Von Andreas Eschbach sind in der Verlagsgruppe Lübbe folgende Titel erschienen:

Bd. 14912 Exponentialdrift
Bd. 15040 Eine Billion Dollar
Bd. 15305 Der Letzte seiner Art
Bd. 15763 Der Nobelpreis
Bd. 15859 Eine unberührte Welt
Bd. 15923 Ausgebrannt
Bd. 24259 Solarstation
Bd. 23232 Kelwitts Stern
Bd. 24332 Das Marsprojekt
Bd. 24337 Die Haarteppichknüpfer
Bd. 24343 Perfect Copy – Die zweite Schöpfung
Bd. 24348 Die seltene Gabe

Sowie als Herausgeber:
Bd. 24326 Eine Trillion Euro

Über den Autor:

Andreas Eschbach, 1959 in Ulm geboren, studierte Luft- und Raumfahrttechnik und arbeitete zunächst als Softwareentwickler. Als Stipendiat der Arno-Schmidt-Stiftung »für schriftstellerisch hoch begabten Nachwuchs« schrieb er seinen ersten Roman DIE HAARTEPPICHKNÜPFER. Bekannt wurde er durch den Thriller DAS JESUS VIDEO. Mit EINE BILLION DOLLAR (2001), DER LETZTE SEINER ART (2003) und DER NOBELPREIS (2005) und zuletzt AUSGEBRANNT stieg er endgültig in die Riege der deutschen Top-Autoren auf. Andreas Eschbach lebt heute als freier Schriftsteller in der Bretagne.

Andreas Eschbach

Eine Billion Dollar

BASTEI LÜBBE STARS
Band 77311

Vollständige Taschenbuchausgabe
der im Gustav Lübbe Verlag erschienenen Hardcoverausgabe

Bastei Lübbe Stars und Gustav Lübbe Verlag
in der Verlagsgruppe Lübbe

© 2001 by Verlagsgruppe Lübbe GmbH & Co. KG,
Bergisch Gladbach
Dieses Werk wurde vermittelt durch die Literarische Agentur
Thomas Schlück GmbH, 30827 Garbsen
Titelbild: © getty-images / Image Source
Umschlaggestaltung: Bettina Reubelt
Satz: hanseatenSatz-Bremen, Bremen
Druck und Verarbeitung: GGP Media GmbH, Pößneck
Printed in Germany, November 2008
ISBN 978-3-404-77311-4

Sie finden uns im Internet unter
www.luebbe.de
Bitte beachten Sie auch: www.lesejury.de

Der Preis dieses Bandes versteht sich einschließlich
der gesetzlichen Mehrwertsteuer.

Demokratie
ist die schlechteste Regierungsform –
mit Ausnahme aller anderen,
die wir bis jetzt ausprobiert haben.

Winston Churchill

PROLOG

Endlich öffneten sich zwei Türflügel vor ihnen, und sie betraten einen von geradezu überirdischem Licht erfüllten Raum. Ein großer, ovaler Tisch aus dunklem Holz beherrschte seine Mitte, davor standen zwei Männer und sahen ihnen erwartungsvoll entgegen.

»Mister Fontanelli, ich darf Ihnen meine Partner vorstellen«, meinte der junge Anwalt, nachdem er die Türen hinter ihnen geschlossen hatte. »Zunächst meinen Vater, Gregorio Vacchi.«

John schüttelte die Hand eines streng dreinblickenden, etwa fünfundfünfzigjährigen Mannes, der einen grauen, einreihigen Anzug trug und eine Brille mit schmalem Goldrand und der mit seinem dünn werdenden Haar etwas von einem Buchhalter an sich hatte. Man konnte ihn sich als Anwalt für Steuerfragen vorstellen, vor den Schranken eines Verwaltungsgerichts mit dünnlippigem Mund trockene Paragrafen aus dem Handelsrecht zitierend. Sein Händedruck fühlte sich kühl an, geschäftsmäßig, und er murmelte etwas von »erfreut, Sie kennen zu lernen«, wobei man nicht den Eindruck hatte, dass er wusste, was das hieß: sich zu freuen.

Der andere Mann war wohl noch etwas älter, wirkte aber mit seinem vollen, lockigen Haar und seinen buschigen Augenbrauen, die seinem Gesichtsausdruck etwas Düsteres verliehen, wesentlich vitaler. Er trug einen Zweireiher, dunkelblau, mit einer streng konventionellen Klubkrawatte und

---

Jährliche Schäden, die der Maiswurzelbohrer (*Diabrotica virgifera*) im Maisanbau der USA verursacht.

1.000.000.000 $

einem formvollendet gesteckten Kavalierstuch. Ihn konnte man sich vorstellen, wie er, ein Glas Champagner in der Hand, in einer Edelkneipe den Sieg in einem aufsehenerregenden Mordprozess feierte und zu vorgerückter Stunde Kellnerinnen lachend in den Hintern zwickte. Sein Händedruck war fest, und er sah John fast unangenehm tief in die Augen, als er sich mit dunkler Stimme vorstellte: »Alberto Vacchi. Ich bin Eduardos Onkel.«

Erst jetzt bemerkte John, dass in einem ausladenden Ohrensessel vor einem der Fenster noch jemand saß – ein alter Mann, der die Augen geschlossen hielt, aber nicht so wirkte, als schlafe er wirklich. Eher, als sei er zu erschöpft, um sich allen Sinnen aussetzen zu können. Sein faltiger Hals ragte mager aus dem weichen Kragen eines Hemdes, über dem er eine graue Strickweste trug. Auf dem Schoß hatte er ein kleines Samtkissen liegen, auf dem wiederum seine gefalteten Hände ruhten.

»Der *Padrone*«, sagte Eduardo Vacchi leise, der Johns Blick bemerkt hatte. »Mein Großvater. Wie Sie sehen, sind wir ein Familienunternehmen.«

John nickte nur, wusste nicht, was er sagen sollte. Er ließ sich zu einem Stuhl dirigieren, der einsam an der einen Breitseite des Konferenztisches stand, und folgte der Einladung einer Hand, sich zu setzen. Auf der gegenüberliegenden Tischseite standen vier Stühle nebeneinander, die Lehnen ordentlich an die Tischkante gerückt, und auf den Plätzen vor diesen Lehnen lagen dünne Aktenmappen aus schwarzem Leder, in das ein Wappen geprägt war.

»Wollen Sie etwas trinken?«, wurde er gefragt. »Kaffee? Mineralwasser?«

»Kaffee, bitte«, hörte John sich sagen. In seinem Brustkorb rührte sich wieder jenes flatternde Gefühl, das aufgetaucht war, als er die Halle des Waldorf-Astoria-Hotels betreten hatte.

Anschaffungskosten eines B2-Bombers.
2.000.000.000 $

Eduardo verteilte Kaffeetassen, die auf einem kleinen fahrbaren Beistelltisch ordentlich aufgestellt bereitstanden, stellte Sahnekännchen und Zuckerstreuer aus getriebenem Silber dazu, schenkte überall ein und stellte die Kanne neben Johns Tasse ab. Die drei Vacchis nahmen Platz, Eduardo auf der Seite, die von John aus gesehen rechts lag, Gregorio, der Vater, neben ihm, und Alberto, der Onkel, wiederum neben diesem. Der vierte Platz, ganz links, blieb leer.

Ein allgemeines Sahneeingießen, Zuckerstreuen und Kaffeeumrühren setzte ein. John starrte auf die wunderbare, mahagonirote Maserung der Tischplatte. Das musste Wurzelholz sein. Während er seinen Kaffee umrührte, mit einem schweren, silbernen Kaffeelöffel, versuchte er, sich unauffällig umzusehen.

Durch die Fenster hinter den drei Anwälten ging der Blick weit hinaus über ein helles, flirrendes New York, in dessen Schluchten das Sonnenlicht tanzte, und auf einen East River, der in tiefem, hellgesprenkeltem Blau glänzte. Rechts und links der Fenster fielen duftige, lachsfarbene Vorhänge herab, die einen vollendeten Kontrast zu dem schweren, makellos dunkelroten Teppichboden und den schneeweißen Wänden bildeten. Unglaublich. John nippte an seinem Kaffee, der stark und aromatisch schmeckte, eher wie der Espresso, den ihm seine Mutter manchmal machte.

Eduardo Vacchi öffnete die Mappe, die vor ihm lag, und das verhaltene Geräusch, das das Leder des Einbands auf der Tischplatte machte, klang wie ein Signal. John stellte seine Tasse zurück und holte noch einmal Luft. Es ging los.

»Mister Fontanelli«, begann der junge Anwalt und beugte sich dabei leicht vor, die Ellbogen auf den Tisch gestützt, die Hände gefaltet. Sein Tonfall war jetzt nicht mehr verbindlich, sondern sozusagen amtlich. »Ich hatte Sie gebeten, einen Identitätsnachweis zu diesem Gespräch mitzubringen – Füh-

---

Jährliche Ausgaben für Tierfutter in Deutschland.
3.000.000.000 $

rerschein, Reisepass oder dergleichen –, nur der Form halber, versteht sich.«

John nickte. »Mein Führerschein. Moment.« Er griff hastig in seine Gesäßtasche, erschrak, als er nichts fand, bis ihm einfiel, dass er den Führerschein in die Innentasche seines Jacketts gesteckt hatte. Mit heißen, beinahe bebenden Fingern reichte er das Papier über den Tisch. Der Anwalt nahm den Führerschein entgegen, musterte ihn flüchtig und reichte ihn dann mit einem Kopfnicken an seinen Vater weiter, der ihn im Gegensatz dazu so eingehend studierte, als sei er überzeugt, es mit einer Fälschung zu tun zu haben.

Eduardo lächelte leicht. »Auch wir haben einen Identitätsnachweis dabei.« Er zog zwei große, äußerst amtlich aussehende Papiere hervor. »Die Familie Vacchi ist seit mehreren Jahrhunderten in Florenz ansässig, und fast alle männlichen Mitglieder dieser Familie sind seit Generationen als Rechtsanwälte und Vermögensverwalter tätig. Das erste Dokument bestätigt dies; das zweite ist eine englische Übersetzung des ersten Dokuments, beglaubigt vom Staate New York.« Er reichte John die beiden Papiere, der sie ratlos musterte. Das eine, eingelegt in eine Klarsichthülle, schien ziemlich alt zu sein. Ein italienischer Text, von dem John nur jedes zehnte Wort verstand, war mit Schreibmaschine auf ergrautes, wappengeprägtes Papier getippt, und zahllose ausgeblichene Stempel und Unterschriften drängten sich darunter. Die englische Übersetzung, ein sauberer Laser-Ausdruck, versehen mit einer Gebührenmarke und einem notariellen Stempel, klang verwirrend und ziemlich juristisch, und soweit John sie verstand, bestätigte sie, was der junge Vacchi gesagt hatte.

Er legte beide Urkunden vor sich hin, verschränkte die Ar-

Strafentschädigung, zu der ExxonMobil für den Tankerunfall der »Exxon Valdez« im Jahr 1989 verurteilt wurde.
4.000.000.000 $

me. Einer seiner Nasenflügel zuckte; hoffentlich sah man das nicht.

Wieder faltete Eduardo die Hände. Johns Führerschein war inzwischen bei Alberto angelangt, der ihn wohlwollend nickend betrachtete und dann bedächtig in die Mitte des Tisches schob.

»Mister Fontanelli, Sie sind Erbe eines beträchtlichen Vermögens«, begann Eduardo erneut, wieder in förmlichem Ton. »Wir sind hier, um Ihnen die Höhe der betreffenden Summe und die Randbedingungen des Erbes mitzuteilen und, falls Sie sich bereit erklären, das Erbe anzutreten, mit Ihnen die Schritte zu besprechen, die für die Eigentumsübertragung notwendig sind.«

John nickte ungeduldig. »Ähm, ja – könnten Sie mir zuerst mal sagen, wer überhaupt gestorben ist?«

»Wenn Sie gestatten, möchte ich die Antwort auf diese Frage noch einen Moment zurückstellen. Es ist eine längere Geschichte. Jedenfalls ist es niemand aus Ihrer unmittelbaren Verwandtschaft.«

»Und wieso erbe ich dann etwas?«

»Das lässt sich, wie gesagt, nicht in ein oder zwei Sätzen erklären. Deswegen bitte ich Sie, sich noch zu gedulden. Im Moment ist die Frage: Sie sollen eine beträchtliche Menge Geld erhalten – wollen Sie es haben?«

John musste unwillkürlich auflachen. »Okay. Wie viel?«

»Über achtzigtausend Dollar.«

»Sagten Sie achtzigtausend?«

»Ja. Achtzigtausend.«

Mann! John lehnte sich zurück, atmete pfeifend aus. Puh. Mann, o Mann. Acht-zig-tau-send! Kein Wunder, dass sie vier Mann hoch angereist waren. Achtzigtausend Dollar, das war eine ordentliche Summe. Wie viel war denn das? Auf einen Schlag! Mann, Mann! Auf einen Schlag, das musste

---

Anschaffungskosten eines Flugzeugträgers.
5.000.000.000 $

man erst einmal verdauen. Das hieß ... Mann, das hieß, er konnte aufs College gehen, locker konnte er das, ohne auch nur noch eine blöde Stunde bei irgendeinem blöden Pizzaservice oder sonst wo jobben zu müssen. Achtzigtausend ... Mann, auf einen Schlag! Einfach so! Unglaublich. Wenn er ... Okay, er musste aufpassen, dass ihn nicht der Größenwahn befiel. Er konnte in der Wohngemeinschaft bleiben, die war okay, nicht luxuriös, aber wenn er sparsam lebte – Mann, es würde noch für einen Gebrauchtwagen reichen! Dazu ein paar gute Klamotten. Dies und das. Ha! Und keine Sorgen mehr.

»Nicht schlecht«, brachte er schließlich heraus. »Und was wollen Sie jetzt von mir wissen? Ob ich das Geld nehme oder nicht?«

»Ja.«

»Mal 'ne ganz dumme Frage: Ist denn ein Haken bei der Sache? Erbe ich irgendwelche Schulden mit oder so was?«

»Nein. Sie erben Geld. Wenn Sie zustimmen, erhalten Sie das Geld und können damit machen, was Sie wollen.«

John schüttelte fassungslos den Kopf. »Können Sie sich vorstellen, dass ich dazu Nein sage? Können Sie sich vorstellen, dass *irgendjemand* dazu Nein sagt?«

Der junge Anwalt hob die Hände. »Es ist eine Formvorschrift. Wir müssen fragen.«

»Ah. Okay. Sie haben gefragt. Und ich sage Ja.«

»Schön. Meinen Glückwunsch.«

John zuckte mit den Schultern. »Wissen Sie, ich glaub's sowieso erst, wenn ich die Scheine in den Händen halte.«

»Das ist Ihr gutes Recht.«

Aber es stimmte nicht: Er glaubte es jetzt schon. Obwohl es so absolut verrückt war, mehr als wahnwitzig – vier Anwälte kamen von Italien nach New York gejettet, um ihm, dem mittellosen, unbegabten Pizza-Ausfahrer, achtzigtausend Dollar zu schenken – einfach so, mir nichts, dir nichts –, glaubte er es. Es war etwas in diesem Raum, das ihn sicher machte. Sicher, an einem Wendepunkt in seinem Leben zu stehen. Es war, als habe er sein Leben lang darauf gewartet, hierher zu kommen. Verrückt. Er spürte eine wohltuende Wärme, die sich in seinem Bauch ausbreitete.

Eduardo Vacchi schloss seine Aktenmappe wieder, und als habe er darauf gewartet, schlug neben ihm sein Vater – wie hieß der noch mal? Gregorio? – die seine auf. John spürte ein Kribbeln im Nacken und hinter den Augenbrauen. Das sah jetzt zu einstudiert aus. Jetzt kam es, das dicke Ende, die große Abzockmasche. Jetzt hieß es aufpassen.

»Aus Gründen, die noch zu erklären sein werden«, begann Eduardos Vater, und seine Stimme klang so teilnahmslos, dass man fast meinte, Staub aus seinem Mund kommen zu sehen, »ist Ihr Fall, Mister Fontanelli, einzigartig in der Geschichte unserer Kanzlei. Obwohl die Vacchis sich seit Generationen mit Vermögensverwaltung befassen, haben wir noch nie ein Gespräch wie das heutige geführt und werden es wohl auch nie wieder führen. In Anbetracht dessen hielten wir es für das Beste, im Zweifelsfall lieber zu vorsichtig als zu sorglos zu sein.« Er nahm seine Brille ab und behielt sie pendelnd in der Hand. »Ein befreundeter Kollege hatte vor einigen Jahren das betrübliche Erlebnis, anlässlich einer Testamentseröffnung einen der Anwesenden einem plötzlichen Herztod erliegen zu sehen, ausgelöst aller Wahrscheinlichkeit nach durch den Schock der freudigen Überraschung, plötzlich Erbe eines bedeutenden Vermögens zu sein. Es hatte sich, das muss hinzugefügt werden, zwar um eine etwas größere Summe gehandelt, als mein Sohn Sie Ihnen eben genannt hat, aber die betreffende Person war nicht wesentlich älter gewesen, als Sie es sind, und bis zu diesem

---

Weltweite jährliche Gewinne aus illegalen Transporten von Flüchtlingen, Frauenhandel und Handel mit Kindern, die gekauft oder entführt und als Prostituierte, Soldaten oder billige Arbeitskräfte verkauft werden. (Nach Aussagen von Menschenrechtsorganisationen werden heute weltweit mehr Menschen als regelrechte Sklaven gehalten als in den schlimmsten Zeiten kolonialen Sklavenhandels.)

7.000.000.000 $

Zeitpunkt hatte man von einer Gefährdung seines Herzens nichts gewusst.« Er setzte die Brille wieder auf, rückte sie sorgsam zurecht und fasste John dann wieder ins Auge. »Sie verstehen, was ich damit sagen will?«

John, der seinem Vortrag nur mit Mühe gefolgt war, nickte automatisch, schüttelte dann aber den Kopf. »Nein. Nein, ich verstehe nichts. Erbe ich jetzt, oder erbe ich nicht?«

»Sie erben, keine Sorge.« Gregorio spähte an seiner Nase entlang auf seine Mappe hinunter, schob mit den Händen Papiere darauf umher. »Alles, was Eduardo Ihnen gesagt hat, stimmt.« Er sah wieder hoch. »Bis auf den Betrag.«

»Bis auf den Betrag?«

»Sie erben nicht achtzigtausend, sondern über vier Millionen Dollar.«

John starrte ihn an, starrte ihn an und hatte das Gefühl, dass die Zeit stehen blieb dabei, starrte ihn an, und das Einzige, das sich bewegte, war sein eigener Unterkiefer, der sich abwärts bewegte, unaufhaltsam, unbeeinflussbar.

Vier!

Millionen!

Dollar!

»Wow!«, entfuhr es ihm. Er griff sich mit den Händen ins Haar, hob den Blick zur Decke hoch und sagte noch mal: »Wow!« Dann fing er an zu lachen. Zerwühlte sich das Haar und lachte wie irrsinnig geworden. Vier Millionen Dollar! Er konnte sich gar nicht beruhigen, lachte, dass die wahrscheinlich schon darüber nachdachten, einen Krankenwagen zu rufen. Vier Millionen! *Vier Millionen!*

Er sah ihn wieder an, den Anwalt aus dem fernen Florenz. Das Licht des Frühlings ließ sein schütteres Haar aussehen wie einen Heiligenschein. Er hätte ihn küssen können. Er hätte sie alle küssen können. Kamen daher und legten ihm vier Millionen Dollar in den Schoß! Er lachte wieder, lachte und lachte.

»Wow!«, sagte er noch einmal, als er wieder zu Atem kam. »Ich verstehe. Sie hatten Angst, dass mich der Schlag trifft, wenn Sie mir aus dem Stand heraus sagen, dass ich vier Millionen geerbt habe, richtig?«

»So könnte man es ausdrücken«, nickte Gregorio Vacchi mit der Andeutung eines Lächelns um die Mundwinkel.

»Und wissen Sie was? Sie haben Recht. Mich hätte der Schlag getroffen. Oh, Mann ...« Er schlug die Hand vor den Mund, wusste gar nicht, wohin mit seinem Blick. »Wissen Sie, dass ich vorgestern die schrecklichste Nacht meines Lebens hatte – und nur, weil mir das Geld für die U-Bahn fehlte? Ein lausiger Dollar, lausige fünfundzwanzig Cent? Und jetzt kommen Sie und reden von vier Millionen ...«

Puh. Puh, puh, puh. Weiß Gott, das war nicht gelogen mit dem Herzschlag. Sein Herz raste. Die bloße Vorstellung von Geld ließ seinen Kreislauf toben, als habe er Sex.

Vier Millionen Dollar. Das war ... Das war mehr als nur Geld. Das war ein anderes Leben. Mit vier Millionen Dollar konnte er machen, was er wollte. Mit vier Millionen Dollar brauchte er keinen Tag seines Lebens mehr zu arbeiten. Ob er studierte oder nicht, ob er der beschissenste Maler der Welt war oder nicht, es spielte keine Rolle.

»Und das ist wirklich wahr?«, musste er plötzlich fragen. »Ich meine, es taucht nicht plötzlich jemand auf und sagt: ›Ätsch, Sie sind in der Versteckten Kamera!‹, oder so was? Wir reden von richtigem Geld, von einer richtigen Erbschaft?«

Der Anwalt hob seine Augenbrauen, als sei diese Vorstellung für ihn der Inbegriff des Absurden. »Wir reden von richtigem Geld. Keine Sorge.«

»Ich meine, wenn Sie mich hier verarschen, werde ich jemanden erwürgen. Und ich weiß nicht, ob das den Zuschauern der ›Versteckten Kamera‹ gefällt.«

»Ich kann Ihnen versichern, wir sind ausschließlich zu dem Zweck hier, Sie zu einem reichen Mann zu machen.«

»Schön.« Es war nicht so, dass er sich tatsächlich Sorgen gemacht hätte. Aber das war ein Gedanke gewesen, den er hatte loswerden müssen, gerade so, als könne durch das bloße Aussprechen die Gefahr gebannt werden. Irgendetwas ließ ihn wissen, dass er nicht belogen wurde.

Es war heiß hier drinnen. Merkwürdig – als sie hereingekommen waren, hatte er den Raum als kühl empfunden, als zu niedrig klimatisiert. Jetzt war ihm, als müsse das Blut in seinen Adern jeden Moment anfangen zu kochen. Ob er Fieber hatte? Vielleicht eine Nachwirkung eben jener vorletzten Nacht, als er zu Fuß über die Brooklyn Bridge nach Hause marschiert war, durch einen feuchten, kalten Wind vom Meer her, der ihn zum Eiszapfen hatte werden lassen.

Er sah an sich herab. Seine Jeans schienen plötzlich schäbig geworden zu sein, sein Jackett – die Enden der Ärmel waren abgewetzt; das war ihm bisher nie aufgefallen. Der Stoff begann fadenscheinig zu werden. Und sein Hemd war ärmlich, ein billiger Lumpen aus dem Trödelladen. Nicht einmal als es neu gewesen war, hatte es richtig gut ausgesehen. Ramsch. Tand. Er fing einen Blick Eduardos auf, der leise lächelte, als errate er seine Gedanken.

Die Skyline draußen glitzerte noch immer wie ein Traum aus Glas und Kristall. Er war jetzt also ein gemachter Mann. John Salvatore Fontanelli, Schuhmachersohn aus New Jersey, hatte es geschafft – ohne eigene Leistung, ohne eigenes Dazutun, einfach durch eine Laune des Schicksals. Vielleicht hatte er so etwas immer geahnt und sich deshalb nie groß angestrengt, nie besondere Mühe gegeben? Weil ihm eine Fee an der Wiege geflüstert hatte, dass er das alles nicht nötig haben würde?

»Okay«, rief er und klatschte in die Hände. »Wie geht es weiter?«

»Sie nehmen das Erbe also an?«

»*Yes, Sir!*«

Der Anwalt nickte zufrieden und klappte seine Aktenmappe wieder zu. John lehnte sich zurück und atmete tief aus. Was für ein Tag! Er fühlte sich wie mit Champagner gefüllt, voller kleiner, lustig blubbernder Bläschen, die aufstiegen und aufstiegen und sich zu einem albernen Kichern im oberen Teil seines Brustkorbs sammelten.

Er war gespannt, wie so eine Erbschaft in der Praxis vor sich ging. Wie er das Geld bekommen würde. Wohl kaum in bar. Per Überweisung würde nicht gehen, da er kein Konto mehr hatte. Vielleicht würde er einen Scheck kriegen. Genau. Und es würde ihm ein Hochgenuss werden, in die Schalterhalle genau der Bank zu spazieren, die ihm sein Konto gekündigt hatte, seinem ehemaligen Kundenbetreuer einen Scheck über vier Millionen Dollar unter die Nase zu halten und abzuwarten, was für ein Gesicht er machen würde. Es würde ein Hochgenuss werden, sich aufzuführen wie ein Schwein, wie das letzte reiche Arschloch ...

Jemand räusperte sich. John sah auf, kehrte aus seinen Tagträumen zurück in die Realität des Konferenzraumes. Es war Alberto Vacchi gewesen, der sich geräuspert hatte.

Und er hatte dabei die Aktenmappe aufgeklappt, die vor ihm gelegen hatte.

John sah Eduardo an. Sah Gregorio an, seinen Vater. Sah Alberto an, seinen Onkel. »Sagen Sie jetzt bloß nicht, es ist *noch* mehr.«

Alberto lachte leise. Es klang wie das Gurren von Tauben. »Doch«, sagte er.

»Mehr als vier Millionen Dollar?«

»Wesentlich mehr.«

Das Wummern seines Herzens fing wieder an. Seine Lunge bildete sich wieder ein, ein Blasebalg zu sein. John hob abwehrend eine Hand. »Warten Sie. Langsam. Vier Millionen war eine ganz gute Zahl. Warum übertreiben? Vier Millionen, das kann einen Mann schon glücklich machen. Mehr wäre ... na ja, vielleicht zu viel ...«

Der Italiener sah ihn unter seinen buschigen Augenbrauen an. In seinen Augen funkelte ein eigenartiges Licht. »Das ist die einzige Bedingung, die mit dem Erbe verknüpft ist, John. Entweder Sie nehmen alles – oder nichts ...«

11.000.000.000 $

John schluckte. »Ist es mehr als das Doppelte?«, fragte er hastig, als gelte es einen Fluch zu bannen, indem er dem anderen zuvorkam.

»Wesentlich mehr.«

»Mehr als das Zehnfache? Mehr als *vierzig* Millionen?«

»John, Sie müssen lernen, in großen Dimensionen zu denken. Das ist nicht leicht, und ich beneide Sie weiß Gott nicht.« Alberto nickte ihm aufmunternd zu, beinahe verschwörerisch, als wolle er ihn ermuntern, ihn in ein verrufenes Haus zu begleiten. »Denken Sie groß, John!«

»Mehr als ...?« John hielt inne. In einer Zeitschrift hatte er einmal etwas über das Vermögen der großen Musikstars gelesen. Madonna, so hatte es geheißen, sei an die sechzig Millionen Dollar schwer, Michael Jackson leicht das Doppelte. Die Rangliste angeführt hatte der Ex-Beatle Paul McCartney, dessen Vermögen auf fünfhundert Millionen Dollar geschätzt wurde. Ihm schwindelte. »Mehr als das Zwanzigfache?« Er hatte ›das Hundertfache‹ sagen wollen, es aber nicht gewagt. Anzunehmen, er könne – einfach so, ohne Mühe, ohne Talent – in Besitz eines Vermögens kommen, das an dasjenige einer solchen Legende auch nur heranreichte, hatte etwas von Gotteslästerung an sich.

Einen Moment war Stille. Der Anwalt sah ihn an, kaute dabei auf seiner Lippe und sagte nichts.

»Befreunden Sie sich«, riet er schließlich, »mit der Zahl *zwei Milliarden*.« Und er fügte hinzu: »Dollar.«

John starrte ihn an, und etwas Schweres, Bleiernes schien sich auf ihn herabzusenken, auf alle Anwesenden. Das war jetzt kein Spaß mehr. Das Sonnenlicht, das durch die Fenster hereinbrach, blendete ihn, schmerzte wie das Licht einer Verhörlampe. Wirklich kein Spaß.

»Das ist Ihr Ernst, nicht wahr?«, fragte er.

Alberto Vacchi nickte.

Bruttosozialprodukt von Luxemburg 1992.
12.000.000.000 $

John sah sich um, fahrig, als suche er einen Ausweg. Milliarden! Die Zahl lastete auf ihm wie ein tonnenschweres Gewicht, drückte seine Schultern herab, presste auf seine Schädeldecke. Milliarden, das waren Dimensionen, in denen er sich noch nicht einmal in seiner Vorstellung je bewegt hatte. Milliarden, das hieß, sich in der Ebene der Rockefellers und Rothschilds, der saudiarabischen Ölscheichs und der japanischen Immobiliengiganten zu befinden. Milliarden, das war mehr als Wohlstand. Das war ... Irrsinn.

Sein Herz wummerte immer noch. An seinem rechten Unterschenkel hatte ein Muskel angefangen zu zucken und wollte überhaupt nicht mehr aufhören. Vor allem musste er erst einmal zur Ruhe finden. Das war doch hier ein ganz seltsames Spiel. So was gab es doch nicht, nicht in der Welt, die er kannte! Dass einfach vier Männer auftauchten, von denen er noch nie im Leben gehört hatte, und behaupteten, er habe zwei Milliarden Dollar geerbt? Nein. So funktionierte das nicht. Hier lief irgendein krummes Spiel. Er hatte keine Ahnung, wie eine solche Erbzeremonie normalerweise ablaufen musste, aber das war jedenfalls seltsam.

Er versuchte, sich an Filme zu erinnern, die er gesehen hatte. Verdammt, er hatte doch so viele Filme gesehen, mehr oder weniger seine Jugend vor dem Fernseher und im Kino verbracht – wie war denn das gewesen? Eine Testamentseröffnung, jawohl. Wenn jemand gestorben war, dann gab es eine Testamentseröffnung, zu der alle infrage kommenden Erben zusammenkamen, um dann aus dem Mund eines Notars zu erfahren, wer wie viel erbte. Und sich anschließend zu zanken.

Genau! Wie ging denn das überhaupt vor sich, wenn jemand starb und etwas zu vererben hatte? Die ersten Erben waren doch Ehegatten und Kinder, oder? Wie konnte es angehen, dass er etwas erben sollte und seine Brüder nicht?

Vermögen von Yoshiaki Tsutsumi, des reichsten Mannes der Welt im Jahre 1989.
13.000.000.000 $

Und wieso erbte er überhaupt etwas, wenn sein Vater noch lebte?

Irgendetwas stimmte hier nicht.

Sein Herz und seine Atmung schalteten einen Gang zurück. Nur nicht zu früh freuen. Erst mal einen auf misstrauisch machen war angesagt.

John räusperte sich. »Ich muss noch mal ganz dumm fragen«, begann er. »Wieso soll ausgerechnet ich etwas erben? Wie kommen Sie auf mich?«

Der Anwalt nickte ruhig. »Wir haben sehr ausführliche und sehr gründliche Recherchen angestellt. Wir hätten Sie nicht um eine Unterredung gebeten, wenn wir uns unserer Sache nicht hundertprozentig sicher wären.«

»Schön, *Sie* sind sich sicher. Aber ich nicht. Wissen Sie zum Beispiel, dass ich zwei Brüder habe? Muss ich ein Erbe nicht mit denen teilen?«

»In diesem Fall nicht.«

»Warum nicht?«

»Sie sind als Alleinerbe bezeichnet.«

»Alleinerbe? Wer zum Teufel kommt auf die Idee, ausgerechnet mich als Alleinerben von zwei Milliarden Dollar einzusetzen? Ich meine, mein Vater ist Schuhmacher. Und ich weiß von unserer Verwandtschaft zwar nicht viel, aber ich bin mir sicher, dass sich kein Milliardär darunter befindet. Der reichste Mann dürfte mein Onkel Giuseppe sein, der ein Taxiunternehmen in Neapel besitzt, mit zehn oder zwölf Fahrzeugen.«

»Richtig.« Alberto Vacchi lächelte. »Und der lebt noch und erfreut sich, soweit wir wissen, bester Gesundheit.«

»Also. Wie soll dann so ein Erbe zu Stande kommen?«

»Das klingt, als seien Sie nicht sehr daran interessiert.«

John spürte, dass er allmählich wütend wurde. Er wurde selten wütend, noch seltener *richtig* wütend, aber hier und heute konnte es gut sein, dass es so weit kam. »Warum weichen Sie mir dauernd aus? Warum machen Sie so ein Geheimnis darum? Warum sagen Sie mir nicht einfach, der und der ist gestorben?«

Der Anwalt blätterte in seinen Papieren, und es sah verdammt noch mal nach einem Ablenkungsmanöver aus. So wie wenn jemand in einem leeren Terminkalender blättert und so tut, als hätte er Mühe, einen freien Termin zu finden.

»Es handelt sich hier«, gab er schließlich zu, »nicht um einen normalen Erbfall. Normalerweise gibt es ein Testament, einen Testamentsvollstrecker und eine Testamentseröffnung. Das Geld, um das es hier geht, ist Eigentum einer Stiftung – in gewisser Weise könnte man sagen, es gehört im Augenblick sich selbst. Wir verwalten es lediglich, seit der Stifter gestorben ist – was schon vor sehr langer Zeit war. Er hat eine Verfügung erlassen, derzufolge das Vermögen der Stiftung auf den jüngsten männlichen Nachfahren übergehen soll, der am 23. April des Jahres 1995 am Leben ist. Und das sind Sie.«

»Der 23. April ...« John kniff misstrauisch die Augen zusammen. »Das war vorgestern. Warum ausgerechnet dieser Tag?«

Alberto zuckte mit den Schultern. »Das ist so festgelegt.«

»Und ich soll der jüngste Fontanelli sein? Sind Sie sicher?«

»Ihr Onkel Giuseppe hat eine fünfzehnjährige Tochter. Aber eben eine Tochter. Ein Cousin Ihres Vaters, Romano Fontanelli, hatte einen sechzehnjährigen Sohn, Lorenzo. Der ist jedoch, wie Sie wahrscheinlich wissen, vor zwei Wochen überraschend verstorben.«

John starrte die spiegelnde Wurzelholztischplatte an wie ein Orakel. Es konnte tatsächlich sein. Sein Bruder Cesare und dessen Frau nervten einen bei jedem Weihnachtsfest mit stundenlangen Diskussionen darüber, wie sinnlos, geradezu verbrecherisch es sei, Kinder in diese Welt zu setzen. Und

---

Kosten für den Wiederaufbau nach den Zerstörungen, die der Hurricane Andrew 1992 in Florida angerichtet hatte – der bis dahin schwersten Naturkatastrophe in den USA.

15.000.000.000 $

Lino – na ja, der hatte bloß Flugzeuge im Kopf. Und seine Mutter hatte neulich von einem Lorenzo erzählt am Telefon, der gestorben war, an irgendetwas entsetzlich Banalem, einem Bienenstich oder so etwas. Ja, wann immer die Sprache auf die italienische Verwandtschaft gekommen war, war von Hochzeiten und Scheidungen und Krankheiten und Todesfällen die Rede gewesen, nie von Kindern. Es konnte tatsächlich sein.

»Worin bestehen diese zwei Milliarden Dollar eigentlich?«, fragte er schließlich. »Ich nehme an, in irgendwelchen Firmenanteilen, Aktien, Ölquellen und solchem Zeug?«

»Geld«, erwiderte Alberto. »Einfach nur Geld. Unzählige Sparkonten bei unzähligen Banken überall auf der Welt.«

John sah ihn an und hatte ein saures Gefühl im Magen. »Und ich soll das erben, nur weil ich zufällig vor zwei Tagen der jüngste Fontanelli war? Was macht das für einen Sinn?«

Der Anwalt erwiderte seinen Blick, lange und geradezu versonnen. »Ich weiß nicht, was das für einen Sinn macht«, gestand er. »Es ist eben so. Wie vieles im Leben.«

John fühlte sich schwindlig. Schwindlig und schmutzig, zerlumpt, ein Mann in billigen Fetzen, die die Bezeichnung Kleidungsstücke kaum verdienten. Immer noch plapperte eine Stimme in seinem Kopf, die der festen Überzeugung war, dass er hier gelinkt, betrogen, auf irgendeine nicht fassbare Weise übers Ohr gehauen werden sollte. Und immer noch war darunter ein tief in seinem Inneren wurzelndes Gefühl, massiv wie das Granitfundament von Manhattan, dass diese Stimme sich irrte, dass sie nichts weiter war als das Produkt unzähliger Stunden vor dem Fernsehschirm, wo es nie vorkommt, dass den Leuten einfach etwas Gutes widerfährt. Die Dramaturgie des Films lässt so etwas nicht zu. So etwas konnte nur in der Wirklichkeit passieren.

Das Gefühl, das sich eingestellt hatte, als er diesen Raum betreten hatte – das Gefühl, an einem Wendepunkt seines

Lebens angekommen zu sein –, war immer noch da, stärker als zuvor.

Nur war jetzt die Angst hinzugetreten, von dieser Wende zermalmt zu werden.

Zwei Milliarden Dollar.

Er konnte sich Geld geben lassen. Wenn sie gekommen waren, um ihm zwei Milliarden Dollar zu vermachen, dann konnten sie ihm vorab ein paar Tausender geben, ohne dass es jemandem wehtat. Dann konnte er sich einen eigenen Anwalt nehmen, der alles genau überprüfen würde. Sein alter Freund Paul Siegel fiel ihm ein. Paul kannte Anwälte. Kannte bestimmt die besten Anwälte der Stadt. Genau. John atmete tief durch.

»Die Frage«, sagte Alberto Vacchi, Anwalt und Vermögensverwalter aus Florenz, Italien, sanft, »ist immer noch dieselbe. Nehmen Sie die Erbschaft an?«

War es gut, reich zu sein? Bisher hatte er sich immer nur angestrengt, nicht allzu arm zu sein. Hatte diejenigen, die dem Geld hinterher waren, verachtet. Andererseits – das Leben war so viel einfacher und angenehmer, wenn man Geld hatte. Kein Geld zu haben hieß, immer in Zugzwang zu sein. Keine Wahl zu haben. Dinge tun zu *müssen*, egal ob sie einem gefielen oder nicht. Wahrscheinlich war das einzige ewig gültige Gesetz: dass es einem mit Geld besser ging als ohne.

Er atmete aus. »Die Antwort«, sagte er dann, und er fand, das klang cool, »ist auch noch dieselbe. Ja.«

Alberto Vacchi lächelte. Bei ihm wirkte es warm und echt gemeint. »Meinen herzlichen Glückwunsch«, sagte er und klappte seine Mappe zu.

Eine ungeheure Spannung wich von John, und er ließ sich zurücksinken, gegen die gepolsterte Lehne seines Stuhls. War er eben Milliardär. Und wenn schon; es gab wirklich Schlim-

---

Außenhandelsüberschuss von Frankreich im Jahre 1999.
17.000.000.000 $

meres, was einem passieren konnte. Er sah die drei Anwälte an, die ihm im Halbkreis gegenübersaßen wie ein Musterungsausschuss, und musste beinahe grinsen.

In diesem Augenblick erhob sich der alte Mann aus seinem Lehnstuhl am Fenster.

Gesamtwert der Medikamente, die die Arzneimittelindustrie in Deutschland im Jahre 1996 hergestellt hat.
18.000.000.000 $

1

JOHNS KINDHEIT WAR bevölkert gewesen von geheimnisvollen Männern. Allein waren sie gekommen oder in Gruppen, zu zweit, zu dritt, hatten ihn vom Rand des Spielplatzes beobachtet, ihm auf dem Schulweg zugelächelt und über ihn gesprochen, wenn sie glaubten, dass er sie nicht verstand oder hörte.

»Das ist er«, hatten sie gesagt, auf Italienisch. Und: »Wir müssen noch warten.« Und sie hatten einander erklärt, wie schwer es ihnen fiel, das Warten.

Seine Mutter erschrak zu Tode, als er zu Hause davon erzählte. Eine endlose Zeit lang durfte er nicht allein aus dem Haus, musste den anderen Kindern vom Fenster aus beim Spielen zusehen. Danach behielt er es für sich, wenn die Männer auftauchten. Irgendwann aber sah er sie nicht mehr, und ihre Gestalten sanken hinab auf den Grund seiner Erinnerungen.

Dann wurde John zwölf Jahre alt und entdeckte, dass Mister Angelo, der vornehmste Kunde in der Werkstatt seines Vaters, ein Geheimnis hatte. Mister Angelo war ihm schon immer wie ein himmlischer Sendbote vorgekommen, nicht nur, weil er so elegant aussah: Wenn er in seinem weißen Anzug auf dem Hocker vor der Werkbank saß und in gemächlichem Italienisch mit Vater plauschte, die bestrumpften Füße auf der Metallstange – dann hieß das, der Sommer begann, herrliche endlose Wochen voller Eistüten, verplanschter Nachmittage in aufblasbaren Becken, Ausflüge nach Coney Island und durchschwitzter Nächte. Erst wenn Mister Angelo zum zweiten Mal im Jahr auftauchte, in einem hellgrauen Anzug

19.000.000.000 $

dann, wenn er Vater seine Schuhe reichte und wissen wollte, wie es der Familie ging, war der Sommer wieder zu Ende und Zeit für den Herbst.

»Sind gute italienische Schuhe«, hörte John Vater einmal zu Mutter sagen. »Herrlich weich, für italienisches Wetter gemacht. Ziemlich alt, aber hervorragend gepflegt, muss man sagen. Ich wette, solche Schuhe kann man heutzutage nirgends mehr kaufen.«

Dass himmlische Sendboten besondere Schuhe trugen, war für John selbstverständlich.

An jenem bewussten Tag, als der Sommer des Jahres 1979 endete – und mehr als ein Sommer, nur ahnte das damals niemand –, durfte John seinen besten Freund Paul Siegel und dessen Mutter zum John-F.-Kennedy-Flughafen begleiten. Jimmy Carter war noch Präsident, das Geiseldrama von Teheran hatte noch nicht begonnen, den Sommer über hatte Art Garfunkel *Bright Eyes* besungen und die Tanzgruppe Village People den *Y. M. C. A.*, und Pauls Vater sollte von einer Geschäftsreise aus Europa zurückkommen. Pauls Eltern besaßen ein Uhrengeschäft in der dreizehnten Straße, und Mister Siegel konnte unglaublich aufregende Geschichten von den Überfällen erzählen, die er schon erlebt hatte. An der hinteren Wand des Ladens gab es, verborgen unter einem gerahmten Foto von Paul als Baby, sogar ein echtes Einschussloch! Und John war zum ersten Mal im Leben auf dem berühmten JFK-Flughafen und drückte sich gemeinsam mit Paul die Nase platt an einer riesigen Glasscheibe, durch die man die ankommenden Passagiere beobachten konnte.

»Die kommen alle aus Rom«, erklärte Paul. Paul war unglaublich klug. Auf der Fahrt hatte er ihnen die Geschichte New Yorks bis bestimmt zurück in die Steinzeit erzählt, alles über die Wallstreet und wer die Brooklyn Bridge erbaut hatte und wann sie eingeweiht worden war und so weiter. »Dad

---

Jährliche Ausgaben Deutschlands für Entwicklungshilfe.
20.000.000.000 $

kommt mit der Maschine aus Kopenhagen. Die hat mindestens eine halbe Stunde Verspätung.«

»Klasse«, meinte John. Er hatte es nicht eilig, wieder nach Hause zu kommen.

»Komm, wir zählen Männer mit Bärten!«, schlug Paul vor. Das war auch typisch. Paul hatte immer Ideen, was man unternehmen konnte. »Es gelten nur Vollbärte, und wer zuerst bei zehn ist, hat gewonnen. Okay? Ich seh schon einen, dort vorne, der mit der roten Aktentasche!«

John kniff die Augen zusammen wie ein Indianerscout. Es war aussichtslos, Paul in einem solchen Wettbewerb schlagen zu wollen, aber versuchen musste er es zumindest.

Da entdeckte er Mister Angelo.

Er war es, ohne Zweifel. Der hellgraue Anzug, die Art, wie er sich bewegte. Das Gesicht. John blinzelte, erwartete die Gestalt wieder verschwinden zu sehen wie ein Trugbild, aber Mister Angelo verschwand nicht, sondern marschierte wie ein ganz normaler Mensch im Strom der anderen Passagiere des Fluges aus Rom mit, ohne hochzusehen, in der Hand nichts als eine Plastiktüte.

»Der Mann in dem braunen Mantel«, rief Paul. »Zwei.«

Ein Uniformierter hielt Mister Angelo an, deutete auf die Tüte und sagte etwas. Mister Angelo öffnete die Plastiktüte und hob zwei Paar Schuhe heraus, ein braunes und ein schwarzes.

»He«, beschwerte sich Paul in dem Moment. »Du spielst gar nicht richtig mit!«

»Ich find's langweilig«, entgegnete John, ohne die Augen von dem Geschehen zu wenden. Der Sicherheitsbeamte war sichtlich verwundert, fragte etwas. Mister Angelo antwortete, die Schuhe in der Hand. Schließlich bedeutete der Unifor-

---

Gesamtumfang der privaten Spenden von Microsoft-Gründer Bill Gates für wohltätige Zwecke. Die von ihm und seiner Frau gegründete "Bill and Melinda Gates Stiftung" gibt pro Jahr zwei Milliarden Dollar aus, vorwiegend für Entwicklung und Vertrieb von lebensrettenden Impfstoffen.

21.000.000.000 $

mierte ihm, dass er weitergehen könne, worauf Mister Angelo seine Schuhe in den Beutel zurück tat und durch eine automatische Tür verschwand.

»Du hast bloß Angst, dass du verlierst«, meinte Paul.

»Ich verlier doch sowieso immer«, sagte John.

Am Abend erfuhr er, dass wahrhaftig Mister Angelo an diesem Tag in Vaters Werkstatt gewesen war. Er hatte Geschenke für die Kinder dagelassen, eine große Tafel Schokolade für jeden und für John außerdem einen Zehndollarschein. Als John die Schokolade und den Geldschein in die Hand nahm, beschlich ihn ein eigenartiges Gefühl. Als habe er etwas entdeckt, das ein Geheimnis hätte bleiben sollen.

»Ich habe Mister Angelo heute auf dem Flughafen gesehen«, erzählte er trotzdem. »Er ist mit dem Flugzeug aus Rom gekommen, und er hatte nichts dabei als seine Schuhe.«

Vater lachte.

Mutter langte nach ihm, zog ihn an sich und seufzte. »Ach, du mein kleiner Träumer.« So nannte sie ihn immer. Sie hatte auch gerade von Rom erzählt, von einem Cousin, der bei irgendwelchen Verwandten zur Welt gekommen war. John fand es merkwürdig, dass er Verwandte in Italien haben sollte, die er noch nie im Leben gesehen hatte.

»Mister Angelo wohnt in Brooklyn«, erklärte Vater. »Er kommt manchmal hierher, weil er den Mann kannte, der den Laden vor mir hatte.«

John schüttelte den Kopf, sagte aber nichts mehr. Es gab nichts mehr zu sagen. Das Geheimnis war gelüftet. Er wusste, dass Mister Angelo nicht mehr wiederkommen würde, und so war es auch.

Im Jahr darauf heiratete sein neun Jahre älterer Bruder Cesare und zog nach Chicago. Sein Bruder Lino, sechs Jahre äl-

---

Gesamtkosten über die Lebensdauer eines Flugzeugträgers der Nimitz-Klasse (bei angenommenen 50 Jahren Nutzung). Diese rund 100.000 Tonnen verdrängenden Flugzeugträger der US Navy sind die größten Kriegsschiffe der Welt.

22.000.000.000 $

ter als John, heiratete nicht, ging aber zur Luftwaffe, um Pilot zu werden. Von einem Monat zum anderen war John plötzlich das einzige Kind zu Hause.

Er durchlief die Schule, seine Noten waren weder gut noch schlecht, und seine Mitschüler kannten ihn als unauffälligen, ruhigen Jungen, der in eine eigene Welt eingesponnen war und wenig Kontakt zu anderen suchte. Er zeigte ein gewisses Interesse an Geschichte und englischer Literatur, aber niemand hätte ihm zum Beispiel die Organisation eines Schulfestes anvertraut. Die Mädchen fanden ihn nett, was so viel hieß, dass sie keine Angst hatten, mit ihm bei Dunkelheit die Straße entlangzugehen. Aber der einzige Kuss, den er in seiner High-School-Zeit abbekam, fand auf einer Silvesterparty statt, zu der ihn jemand mitschleppte und auf der er nur unbehaglich herumstand. Wenn die anderen Jungs von ihren sexuellen Abenteuern berichteten, schwieg er einfach, und niemand fragte nach.

Nach der High School gewann Paul Siegel ein hoch dotiertes Begabtenstipendium und entschwand nach Harvard. John wechselte auf das nahe gelegene Hopkins Junior College, hauptsächlich, weil es erschwinglich war und er zu Hause wohnen bleiben konnte, ohne rechte Vorstellung davon, wie es weitergehen solle.

Im Sommer 1988 fand im Londoner Wembley-Stadion das *Concert for Nelson Mandela* statt, das in alle Welt übertragen wurde. John ging mit ein paar anderen aus seiner Klasse in den Central Park, wo jemand eine Videowand und Lautsprecherboxen aufgestellt hatte, sodass man dem globalen musikalischen Ereignis bei Sonnenschein und Alkohol beiwohnen konnte.

»Wer ist eigentlich dieser Nelson Mandela?«, fragte sich John nach dem ersten Schluck Bier aus einem weißen Plastikbecher.

Bruttosozialprodukt von Nordkorea 1991.
23.000.000.000 $

Obwohl die Frage an niemand bestimmten gerichtet war, erklärte ihm eine etwas pummelige Schwarzhaarige, die neben ihm stand, dass Nelson Mandela der Anführer des südafrikanischen Widerstands gegen die Apartheid sei und seit nunmehr fünfundzwanzig Jahren unschuldig in Haft. Was sie nicht wenig aufzuregen schien.

So fand er sich unversehens in ein Gespräch verwickelt, und da seine Gesprächspartnerin viel zu erzählen hatte, lief es ganz gut. Während sie redeten, brannte die Sonne eines strahlenden Junitages herab, durchglühte ihre Körper und trieb ihnen den Schweiß aus allen Poren. Die Musik dröhnte, unterbrochen von Ansagen, Erklärungen und Appellen an die südafrikanische Regierung, Nelson Mandela freizulassen, und je weiter es in den Nachmittag hineinging, desto weniger war auf der Videowand zu erkennen. Sarah Brickman hatte energisch funkelnde Augen und geradezu alabasterhaft weiße Haut und schlug irgendwann vor, sich wie die anderen Zuhörer auch in den kargen Schatten eines Busches oder Baumes zurückzuziehen. Dort küssten sie sich, und die Küsse schmeckten salzig vom Schweiß. Während ein vielstimmiges »*Free-ee ... Nelson Mandela!*« über den Rasen dröhnte, hakte John Sarahs Büstenhalter auf, und in Anbetracht dessen, dass er so etwas noch nie im Leben gemacht und zudem mehr Alkohol als jemals zuvor intus hatte, meisterte er diese Hürde geradezu elegant. Als er am nächsten Morgen mit schmerzendem Kopf in einem fremden Bett aufwachte und eine schwarze, lockige Mähne neben sich auf den Kissen entdeckte, erinnerte er sich zwar nicht mehr an alle Einzelheiten, aber er schien die Prüfung bestanden zu haben. So zog er unter den Tränen seiner Mutter zu Hause aus und bei Sarah ein, die westlich des Central Parks eine kleine, zugige Wohnung von ihren Eltern geerbt hatte.

Sarah Brickman war Künstlerin. Sie malte große, wilde Bil-

Jährlicher Wehretat Deutschlands im Jahre 2003.
24.000.000.000 $

der in düsteren Farben, die niemand haben wollte. Ungefähr einmal im Jahr stellte sie ein oder zwei Wochen lang in einer der Galerien aus, die dafür von den Künstlern Geld nehmen, verkaufte jedes Mal nichts oder nicht genug, um wenigstens die Galerie zu bezahlen, und war danach tagelang nicht ansprechbar.

John fand einen Abendjob in einer nahe gelegenen Wäscherei, lernte Hemden für die Dampfmangel zusammenzulegen und verbrühte sich in der ersten Woche beide Hände, aber es reichte, um die Stromrechnung zu zahlen und das Essen. Eine Weile versuchte er im College mitzuhalten, doch der Weg bis dahin war jetzt weit und dauerte lange, zudem wusste er immer noch nicht, wozu das alles gut sein sollte, und so gab er es irgendwann auf, ohne seinen Eltern etwas davon zu sagen. Sie erfuhren es ein paar Monate später, was zu einem heftigen Krach führte, in dessen Verlauf mehrmals der Begriff »Hure« in Zusammenhang mit Sarah fiel. Daraufhin meldete John sich lange Zeit nicht mehr bei seiner Familie.

Es beeindruckte ihn, Sarah in farbbeschmiertem Kittel und mit verkniffenem Gesicht an der Staffelei hantieren zu sehen. Abends schleppte sie ihn in verrauchte Kneipen in Greenwich Village, wo sie mit anderen Künstlern über Kunst und Kommerz diskutierte und er kein Wort verstand, was ihn ebenfalls beeindruckte und das Gefühl in ihm erregte, endlich den Anschluss an das wahre Leben gefunden zu haben. Sarahs Freunde allerdings waren nicht so ohne weiteres bereit, ihren Anschluss an das wahre Leben mit einem dahergelaufenen Grünschnabel zu teilen. Sie lachten abfällig, wenn er etwas sagte, überhörten ihn oder verdrehten die Augen, wenn er eine Frage stellte: Für sie war er nichts weiter als Sarahs Liebhaber, ihr Anhängsel und Kuscheltier.

Der Einzige, mit dem er in dieser Clique reden konnte, war

Gesamtkosten des Apollo-Mondlandungsprojektes (nicht inflationsbereinigt).
25.000.000.000 $

ein Leidensgefährte, Marvin Copeland, der mit einer anderen Malerin namens Brenda Carrington zusammen war. Marvin lebte in einer Wohngemeinschaft in Brooklyn, schlug sich als Bassgitarrist in verschiedenen erfolglosen Bands durch, feilte an eigenen Songs, die niemand spielen wollte, verbrachte viel Zeit damit, aus dem Fenster zu schauen oder Marihuana zu rauchen, und es gab keine verrückte Idee, an die er nicht glaubte. Dass die Roswell-Aliens von der Regierung in der AREA 51 versteckt gehalten wurden, war für ihn ebenso ausgemachte Sache wie die Heilkräfte von Pyramiden und Edelsteinen. Dass Elvis noch lebte, das war so ungefähr das Einzige, was er ernsthaft bezweifelte. Es war zumindest immer kurzweilig, sich mit ihm zu unterhalten.

Es kam regelmäßig zu Streits, wenn John eines von Sarahs Bildern, das in ihren Augen misslungen war, gut fand oder gar umgekehrt. Schließlich beschloss er herauszufinden, nach welchen Kriterien man Gemälde eigentlich als gut oder schlecht einstufte. Da er bisher kein Wort verstanden hatte von dem, wovon Sarah und ihre Freunde überhaupt sprachen, begann er, Bücher über Kunst zu lesen und ganze Tage im Museum of Modern Arts zu verbringen, wo er sich in Führungen schmuggelte, bis man ihn wieder erkannte und anfing, peinliche Fragen zu stellen. Während er den Erklärungen zu den Bildern ebenso hingebungsvoll wie verständnislos lauschte, keimte der Gedanke in ihm, die Malerei könne die Richtung in seinem Leben sein, die er immer gesucht hatte. Wie hätte er sie auch früher finden sollen, als Sohn eines Schuhmachermeisters, mit Brüdern, die Finanzbeamte und Kampfjetpiloten waren? Er begann zu malen.

Das war, wie er später erkennen sollte, keine gute Idee. Er hatte erwartet, dass Sarah sich freuen würde, doch sie kritisierte auf schmerzhafte Weise alles, was er zuwege brachte, und spottete vor ihren Freunden über seine Bemühungen. John zweifelte nicht daran, dass jedes Wort gerechtfertigt war, steckte alle Kritik demütig ein und nahm sie zum Anlass, noch härter zu arbeiten. Er hätte gern Unterricht genommen, doch das konnte er sich weder finanziell noch zeitlich leisten.

Eine Zeit lang kam, nachts um vier Uhr und von Werbepausen zerhackstückt, ein Malkurs im Fernsehen, von dem er keine Folge versäumte. Es wurde gezeigt, wie man fichtenumsäumte Waldseen malte oder Windmühlen, die sich als Schattenrisse vor prächtigen Sonnenuntergängen abhoben. Ohne eines von beiden je mit eigenen Augen gesehen zu haben, fand er, dass es ihm durchaus gelang, die Anleitungen umzusetzen, wenngleich Sarah ihn bei diesen Sujets nicht einmal mehr kritisierte, sondern nur noch mit den Augen rollte.

Eines Tages erschien in einem Szeneblatt ein kurzer Bericht über die Künstlerin Sarah Brickman und ihre Arbeiten, den sie ausschnitt, rahmte und sich stolz übers Bett hängte. Kurz darauf tauchte ein Kaufinteressent auf, ein Wall-Street-Jüngling mit pomadisierten Haaren, breit gestreiftem Hemd und Hosenträgern, der mehrmals erklärte, für ihn sei Kunst eine Investition und er wolle sich von Künstlern, die möglicherweise demnächst bedeutend würden, rechtzeitig Werke sichern. Er hielt das offensichtlich für eine geniale Idee. Sarah führte ihn durch das Atelier und zeigte ihm ihre Gemälde, mit denen er aber wenig anzufangen wusste. Erst als sein Blick auf eines von Johns frühen Bildern fiel, eine wilde, bunte Stadtsilhouette, über die Sarah nur angewidert die Nase gerümpft hatte, war er vom Fleck weg begeistert. Er bot zehntausend Dollar, und John nickte einfach nur.

Sarah schloss sich lautstark im Bad ein, kaum dass die Tür hinter Käufer und Bild ins Schloss gefallen war. John, das Geldbündel noch in der Hand, klopfte und wollte wissen, was los sei. »Ist dir klar, dass du mit einem einzigen vermurksten Bild mehr Geld verdient hast als ich in meinem ganzen Leben?«, schrie sie schließlich.

Danach war ihre Beziehung nie wieder so wie vorher und endete kurz darauf, im Februar 1990 – wie der Zufall es

27.000.000.000 $

wollte, just an dem Tag, als die Nachricht von der Freilassung Nelson Mandelas die Medien beherrschte. Sarah erklärte John, dass es aus sei, und genau das war es dann auch. Er kam bei Marvin unter, in dessen Wohngemeinschaft gerade ein ungemütliches, schlauchartiges Zimmer frei geworden war, und dort saß er ein paar Tage später zwischen seinen paar Habseligkeiten auf dem Boden und verstand immer noch nicht, was geschehen war.

Der Verkauf der Stadtsilhouette blieb sein einziger künstlerischer Erfolg, und das Geld war schneller aufgebraucht, als er sich vorgestellt hatte. Nach dem erzwungenen Umzug hatte er den Job in der Wäscherei natürlich aufgeben müssen, und nach ein paar Wochen Herumgerenne, in denen sein Konto endgültig auf null ging, fand er endlich einen neuen Job bei einem von Indern betriebenen Pizzaservice, die als Ausfahrer vorzugsweise junge Männer italienischer Herkunft beschäftigten. Im südlichen Manhattan hieß das, sich mit dem Fahrrad durch den stets mehr oder weniger stehenden Verkehr zu schlängeln und jeden schmalen Schleichweg zwischen den Blocks zu kennen. Es war ein Job, der John straffe Beinmuskeln und durchtrainierte Lungen verschaffte und eine Art Raucherhusten von den Abgasen, die er dabei einatmen musste, aber fast nicht genug Geld zum Überleben. Nicht nur, dass er in dem Zimmer nur mit Mühe genug Platz hatte, um zu malen, und selbst an sonnigen Tagen nicht das nötige Licht, es blieb ihm auch kaum die Zeit dazu. Die Arbeit endete spät in der Nacht und erschöpfte ihn nicht selten so, dass er am nächsten Morgen schlief wie tot, bis ihn ein ausdauernd rasselnder Wecker aufs Neue nach Manhattan schickte. Jedes Mal, wenn er freinahm, um sich bei einem anderen Job vorzustellen, rutschte er durch den Verdienstausfall weiter ins Minus.

Um diese Zeit herum kam Paul Siegel zurück nach New York, mit einem ehrfurchtgebietend guten Harvard-Diplom in der Tasche und einer lukrativen Anstellung bei einer Unter-

28.000.000.000 $

nehmensberatungsfirma, die quasi alle bedeutenden Firmen der Welt zu ihren Klienten zählte und ein paar Regierungen mit dazu. John besuchte ihn einmal in seiner geschmackvoll eingerichteten kleinen Wohnung in West Village und bestaunte den Ausblick über den Hudson River, während Paul ihm so gnadenlos, wie nur ein guter Freund das kann, aufzählte, was er alles falsch machte in seinem Leben.

»Zuerst musst du deine Schulden loswerden. Solange du Schulden hast, bist du nicht frei«, zählte er an den Fingern ab. »Dann musst du dir die Freiräume schaffen, neue Richtungen einschlagen zu können. Aber vor allem musst du wissen, was du willst im Leben.«

»Ja«, sagte John. »Da hast du Recht.«

Aber er wurde seine Schulden nicht los, von allem anderen ganz zu schweigen. Um sich von der Konkurrenz abzuheben, verfiel Murali, der Besitzer des Pizzadienstes, zudem auf die Idee, jedem Kunden südlich des Empire State Buildings die Lieferung seiner Pizza innerhalb von dreißig Minuten ab Bestellung zu garantieren. Wer länger warten musste, brauchte nichts zu bezahlen. Diese Idee stammte aus irgendeinem Buch, das er nicht mal selber gelesen, sondern von dem ihm nur jemand erzählt hatte, und die Folgen waren verheerend. Jeder Ausfahrer hatte vier Verspätungen pro Woche frei, was darüber hinausging, bekam man vom Lohn abgezogen. In Stoßzeiten, wenn die Pizzen schon mit Verspätung aus der Küche kamen und der Kunde womöglich tatsächlich in der dreißigsten Straße wartete, war es schlechterdings nicht zu schaffen. John wurde das Bankkonto gekündigt, er bekam Streit mit Marvin wegen der Miete, und es waren kaum noch irgendwelche Sachen übrig, für die er beim Pfandleiher Geld bekam. Zuletzt versetzte er die Armbanduhr, die ihm sein Vater zur Kommunion geschenkt hatte; eine schlechte Idee, denn danach traute er sich nicht mehr zu seinen Eltern, wo er wenigstens ab und zu verköstigt worden war. An manchen Tagen war ihm regelrecht schlecht vor Hunger, während er

29.000.000.000 $

die nach Käse und Hefe duftenden Styropacks durch die Straßen radelte.

So brach das Jahr 1995 an. In Johns Träumen tauchten ab und zu die märchenhaften Männer seiner Kindheit wieder auf, winkten ihm lächelnd zu und riefen etwas, das er nicht verstand. Die Londoner Baring Bank ging nach fehlgeschlagenen Devisenspekulationen ihres Angestellten Nick Leeson pleite, die japanische Sekte Aum Shiri Kyo tötete mit Giftgasanschlägen auf die Tokioter U-Bahn zwölf Menschen und verletzte fünftausend weitere, und bei einem Bombenanschlag in Oklahoma City kamen 168 Menschen ums Leben. Bill Clinton war immer noch Präsident der Vereinigten Staaten, hatte aber eine schwere Zeit, weil seine Partei in beiden Häusern des Kongresses ihre Mehrheit verloren hatte. John stellte fest, dass er seit über einem Jahr kein Bild gemalt hatte, dass nur die Zeit irgendwie vergangen war, und hatte das Gefühl, auf irgendetwas zu warten, nur dass er nicht hätte sagen können, worauf.

Der 23. April war nicht gerade ein Glückstag. Zunächst mal ein Sonntag, und er musste arbeiten. In der Pizzabäckerei wartete mal wieder eine Nachricht seiner Mutter auf ihn, er solle anrufen – das Telefon in Marvins WG war chronisch abgemeldet, zum Glück. John warf den Zettel weg und widmete sich den Fahrten, von denen es, wie immer an Sonntagen, wenig gab, was hieß, wenig Geld, und meistens ging es zu den verrücktesten Adressen. Da er sein Limit an Verspätungen für diese Woche schon aufgebraucht hatte, legte er sich mächtig ins Zeug, und wahrscheinlich weil er sich so ins Zeug legte, passierte es: Er schoss aus einer Abkürzung zwischen zwei Blocks hinaus auf die Straße, bremste einen Moment zu spät und rammte einen Wagen, eine schwarze, lange Limousine, die aussah, als säße der Typ aus dem Film *Wall Street* darin, den Michael Douglas spielte.

Das Rad war eiernder Schrott, die Pizzen Abfall, während

der Wagen davonglitt, als sei nichts gewesen. John rieb sich die Knie unter den zerrissenen Jeans, sah den dunkelroten Rücklichtern nach und begriff, dass alles noch weit übler für ihn hätte ausgehen können. Murali tobte, als John wieder angehumpelt kam, ein Wort gab das andere, und schließlich war John den Job los, und den fälligen Wochenlohn gab es auch nicht, weil Murali das Geld für die Reparatur des Fahrrads einbehielt. So marschierte John zu Fuß nach Hause, mit ganzen zehn Cent in der Tasche und einer Stinkwut im Bauch, durch eine Nacht, die immer kälter wurde, je länger sie dauerte. Auf den letzten Meilen durch Brooklyn fiel ein ekliger Nieselregen, und als John endlich ankam, wusste er nicht mehr, ob er im Himmel oder in der Hölle war oder noch auf Erden.

Es roch nach Spiegeleiern und Zigaretten, als er die Tür aufschloss, und es war herrlich warm. Marvin hockte, wie er das oft machte, mit untergeschlagenen Beinen in der Küche, seinen Fender Jazz Bass in den Verstärker eingestöpselt, so leise gedreht, wie es noch Sinn machte, aber anstatt wie sonst wild über die Saiten zu fuhrwerken, machte er bloß dumpfe Töne, die sich anhörten wie der Herzschlag eines kranken Riesen. *Du-dumm. Du-dumm. Du-dumm.*

»Da hat jemand nach dir gefragt«, sagte er, als John auf das Badezimmer zusteuerte.

»Was?« John blieb stehen. Nur pinkeln und ins Bett und keinen Schritt weiter, das hatte er sich die ganze letzte Stunde wieder und wieder versprochen. »Nach mir?«

»Zwei Männer.«

»Was für Männer?«

»Keine Ahnung. Männer eben.« *Du-dumm. Du-dumm.* »Zwei Männer in stinkfeinen Anzügen, mit Krawatten und Krawattennadeln und so weiter, und sie wollten wissen, ob hier ein gewisser John Salvatore Fontanelli wohnt.«

Jetzt opferte John doch noch ein paar Schritte extra, in die Küche. Marvin machte unbeirrbar weiter mit der Herzmassage

31.000.000.000 $

für den kranken Riesen. *Du-dumm. Du-dumm.* »John Salvatore«, sagte Marvin und schüttelte tadelnd den Kopf. »Ich wusste nicht mal, dass du einen mittleren Namen hast. Übrigens, du siehst beschissen aus.«

»Danke. Murali hat mich gefeuert.«

»Kein schöner Zug von ihm. Wo wir doch nächste Woche schon wieder Miete zahlen sollen.« *Du-dumm. Du-dumm.* Ohne aus dem Takt zu kommen, langte Marvin neben sich auf den Küchentisch und reichte John eine Visitenkarte. »Da, soll ich dir geben.«

Es war eine teuer aussehende, vierfarbig bedruckte Karte, die ein verschnörkeltes Wappen zeigte. Darunter stand:

Eduardo Vacchi
Rechtsanwalt, Florenz, Italien

z. Zt. The Waldorf Astoria
301 Park Avenue, New York, N. Y.
Tel. 212-355-3000

John glotzte auf die Karte. Alles an ihm wurde schwer von der Wärme in der Küche. »Eduardo Vacchi ... Ich schwöre, ich habe diesen Namen noch nie gehört. Hat er gesagt, was er von mir will?«

»Du sollst ihn anrufen. Er hat gesagt, wenn du kommst, soll ich dir die Karte geben und sagen, dass du ihn anrufen sollst, es sei wichtig.« *Du-dumm.* »Eine Erbschaftsangelegenheit.« *Du-dumm.* »Klingt in meinen Ohren so ähnlich wie das Wort ›Geld‹. Gut, oder?«

2

DER ALTE MANN – der *Padrone*, wie ihn Eduardo genannt hatte – legte das Kissen beiseite, das er auf seinem Schoß liegen gehabt hatte, legte es auf ein kleines Tischchen, das neben ihm stand. Dann stemmte er sich mit einiger Mühe aus dem Sessel hoch, zog mit gichtigen Fingern die Strickjacke zurecht und lächelte sanft in die Runde.

John saß erstarrt, wie vom Donner gerührt. Sein Gehirn hatte völlig ausgesetzt.

Mit leisen, irgendwie sehr *relaxten* Schritten ging der Mann, den Eduardo Vacchi als seinen Großvater bezeichnet hatte, um den Tisch herum, gerade so, als habe er alle Zeit der Welt. Als er hinter John vorbeiging, tätschelte er ihm wohlwollend die Schulter, ganz leicht und beiläufig, und doch war es John, als nehme der *Padrone* ihn damit gewissermaßen in seine Familie auf. Ebenso entspannt und gelassen vollendete er seinen Gang um den Tisch, nahm ruhig auf dem letzten freien Stuhl Platz und schlug die letzte Mappe auf, die noch nicht aufgeschlagen worden war.

Johns Verstand weigerte sich zu begreifen, was hier zu geschehen im Begriff war. Dabei war das doch wie bei den Intelligenztests. Wir haben die Reihe 2 – 4 – 6 – 8, wie lautet die logisch nächste Zahl? Richtig, 10. Wir haben die Reihe 2 – 4 – 8 – 16, wie lautet die logisch nächste Zahl? 32, richtig. Wir haben die Reihe achtzigtausend – vier Millionen – zwei Milliarden, wie lautet die logisch nächste Zahl?

Zu erwartende Gesamtkosten der Einführung des 180 Flugzeuge umfassenden Waffensystems Eurofighter 2000.

33.000.000.000 $

Aber hier endete alle Logik. Vielleicht waren das doch keine Anwälte. Vielleicht waren das Verrückte, die ein verrücktes Spiel spielten. Vielleicht war er das Opfer eines psychologischen Versuchs. Vielleicht war doch alles bloß »Versteckte Kamera«.

»Mein Name ist Cristoforo Vacchi«, sagte der alte Mann mit einer sanften, unerwartet volltönenden Stimme, »und ich bin Anwalt aus Florenz, Italien.«

Dabei sah er John an, und die Intensität dieses Blicks ließ John alle Gedanken an psychologische Versuche und versteckte Kameras vergessen. Dies hier war echt, war real, war so unleugbar wirklich, dass man beinahe Stücke davon abschneiden konnte.

Eine Pause entstand. John hatte das Gefühl, dass von ihm erwartet wurde, etwas zu sagen. Zu fragen. Sich irgendwie zu äußern mit seinem ausgetrockneten Rachen, seiner Lähmung im Unterkiefer, seiner auf Fußballgröße angeschwollenen Zunge und seinem absoluten Verlust aller Sprache. Doch alles, was er fertig brachte, war eine Art keuchendes Flüstern: »*Noch* mehr Geld?«

Der *Padrone* nickte mitfühlend. »Ja, John. Noch mehr Geld.«

Es war schwer zu sagen, wie alt Cristoforo Vacchi sein mochte, aber sicher war er eher achtzig als siebzig. Von seinem schlohweiß gewordenen Haar war wenig übrig, seine Haut war schlaff und fleckig und von zahllosen Falten durchfurcht. Trotzdem wirkte er, wie er, mit graziös ineinander gelegten Händen, dasaß und auf seine Unterlagen hinabsah, absolut kompetent und völlig Herr der Lage. Niemand wäre auch nur auf die *Idee* gekommen, angesichts dieses durchaus gebrechlichen Mannes den Begriff *Senilität* ins Spiel zu bringen. Und sei es nur, weil er damit riskiert hätte, sich selbst lächerlich zu machen.

»Ich will Ihnen jetzt die ganze Geschichte erzählen«, sagte er. »Sie beginnt im Jahre 1480 in Florenz. In diesem Jahr wird Ihr Vorfahre Giacomo Fontanelli geboren, als uneheliches Kind seiner Mutter und eines unbekannten Vaters. Die Mutter findet den Schutz eines Klosters und seines barmherzigen Abtes, und der Junge wächst unter Mönchen heran. Mit fünfzehn Jahren, nach heutiger Zeitrechnung am 23. April des Jahres 1495, hat Giacomo einen Traum – den man vielleicht eher eine Vision nennen muss, obwohl er selbst immer nur von einem Traum schreibt –, einen Traum so hell und intensiv, dass sein ganzes weiteres Leben davon bestimmt wird. Bei den Mönchen hat er schreiben, lesen und rechnen gelernt, und kurz nach dem Traum zieht er hinaus, um Kaufmann und Händler zu werden. Er ist in Rom und vor allem in Venedig tätig, dem damaligen Zentrum der südeuropäischen Wirtschaft, heiratet und setzt insgesamt sechs Kinder in die Welt – allesamt Söhne –, die später zumeist ebenfalls kaufmännische Laufbahnen einschlagen. Giacomo jedoch kehrt im Jahre 1525 in das Kloster zurück, um auch den Rest seines Traumes zur realisieren.«

John schüttelte wie betäubt den Kopf. »Ich höre immer Traum. Was für ein Traum?«

»Einen Traum, in dem Giacomo Fontanelli sozusagen sein eigenes Leben vorweggenommen gesehen hat – seinen beruflichen Weg, seine künftige Frau, und, unter anderem, welche gewinnbringenden Geschäfte er machen würde. Doch viel wichtiger als das: Er sah in diesem Traum auch eine Zeit, die fünfhundert Jahre in der Zukunft lag und die er beschreibt als ein Zeitalter schreienden Elends und erbärmlicher Angst, eine Zeit, in der keiner mehr eine Zukunft sieht. Und er sah, dass es der Wille der Vorsehung war – der Wille Gottes sozusagen –, dass er sein Vermögen demjenigen vermachen sollte,

---

Gesamtetat im US-Haushalt 1998 für Nuklearwaffen, umfassend die Kosten für Wartung und Pflege der Bestände (25 Mrd. $), Forschung und Entwicklung, Raketenabwehrprogramme, Rüstungskontrollmaßnahmen und Überwachung (4,4 Mrd. $) sowie Dekontaminierung und Schadenersatzzahlungen an durch Atmosphärentests erkrankte Personen (5,9 Mrd. $).

35.000.000.000 $

der am fünfhundertsten Jahrestag seines Traumes der jüngste seiner männlichen Nachkommen sein würde. Dieser Mann war auserkoren, den Menschen die verloren gegangene Zukunft zurückzugeben, und er würde dies tun mit dem Vermögen Giacomo Fontanellis.«

»Ich?«, rief John entsetzt aus.

»Sie«, nickte der *Padrone*.

»Ich soll *was* sein? Auserkoren? Seh ich vielleicht aus wie jemand, der auserkoren ist für irgendetwas?«

»Wir sprechen nur von geschichtlichen Tatsachen«, erwiderte Cristoforo Vacchi sanft. »Was ich Ihnen hier erzähle, werden Sie in Bälde im Testament Ihres Urahns nachlesen können. Ich erkläre Ihnen nur, was seine Motive waren.«

»Ach so. Also, Gott war ihm erschienen. Und deshalb sitze ich heute hier?«

»So ist es.«

»Das ist doch verrückt, oder?«

Der alte Mann hob andeutungsweise die Hände. »Das zu entscheiden, überlasse ich Ihnen.«

»Den Menschen die Zukunft zurückgeben. Ausgerechnet ich?« John seufzte. Da sah man wieder mal, was Visionen und heilige Träume wert waren. Genau nichts nämlich. Klar, niemand sah heutzutage mehr eine Zukunft. Jeder wartete bloß noch auf die Entscheidung, an welcher ihrer vielen Plagen die Menschheit untergehen würde. *Dass* sie untergehen würde, war klar und ausgemachte Sache. Die Alternativen beschränkten sich auf die Wahl der Waffen – die Angst vor dem Atomkrieg war in den letzten Jahren ein bisschen aus der Mode gekommen, wahrscheinlich ganz zu Unrecht, hoch gehandelt wurden dagegen Seuchen neuer Epidemien – AIDS, Ebola, Rinderwahnsinn, irgendetwas in dieser Preisklasse –, nicht zu vergessen das Ozonloch und die Ausbreitung der

---

Geschätztes Vermögen von Microsoft-Chef Bill Gates im Jahre 1997. In diesem Jahr ist er nur der zweitreichste Mann der Welt nach Sultan Hassanal Bolkiah von Brunei.
36.000.000.000 $

Wüsten, und wie man hörte, würde auch das Trinkwasser demnächst knapp werden. Nein, es gab wirklich keinen Grund, heutzutage noch eine Zukunft zu sehen. Nur dass er, John Salvatore Fontanelli, da keine Ausnahme bildete. Eher im Gegenteil: Während seine Altersgenossen es immerhin geschafft hatten, zumindest für ihre eigene unmittelbare Zukunft zu sorgen, indem sie sich Haus und Familie und stabiles Einkommen sicherten, hatte er nur dumpf in den Tag hineingelebt und es sogar fertig gebracht, verhältnismäßig nah in der Zukunft liegende Ereignisse wie fällige Mieten zu verdrängen. Wirklich, wenn es jemanden gab, der weniger prädestiniert war für die Suche nach der verloren gegangenen Zukunft der Menschheit als er, dann war er dringend daran interessiert, diesen Typen kennen zu lernen.

Der alte Mann sah wieder in seine Aktenmappe. »Im Jahre 1525, wie gesagt, kehrte Giacomo Fontanelli in das Kloster zurück, in dem er seine Kindheit verbracht hatte, und berichtete dem Abt von seiner Vision. Sie gelangten zu der Überzeugung, dass dieser Traum von Gott gesandt war, ein Traum vergleichbar dem biblischen Traum des Pharaos, aus dem Joseph die sieben fetten und die sieben mageren Jahre vorhersagte, und sie beschlossen, entsprechend zu handeln. Das gesamte Vermögen Giacomo Fontanellis wurde einem mit dem Abt befreundeten Rechtsgelehrten zur Betreuung anvertraut – einem Mann namens Michelangelo Vacchi ...«

»Ach«, sagte John.

»Ja. Mein Vorfahr.«

»Sie wollen sagen, *Ihre* Familie hat das Vermögen *meiner* Familie gehütet, um es *mir* heute zu übergeben?«

»Genau so ist es.«

»Fünfhundert Jahre lang?«

»Ja. Seit fünfhundert Jahren sind die Vacchis Rechtsgelehrte. Das Haus, in dem unsere Kanzlei heute ihren Sitz hat, ist noch dasselbe wie damals.«

John schüttelte den Kopf. Fassungslos. Fassungslos vor allem angesichts der ruhigen Selbstverständlichkeit, mit der der alte Mann ihm diese Ungeheuerlichkeiten schilderte. Längst verschüttet geglaubte Geschichtsstunden erwachten wieder und jagten ihm Schauder über den Rücken: Fünfhundert Jahre, das hieß, die Entdeckung des amerikanischen Kontinents durch Christoph Kolumbus hatte noch gar nicht stattgefunden gehabt, als sein Urahn geboren worden war. Was dieser alte Mann ihm sagen wollte, war nicht mehr und nicht weniger, dass seine Familie in der Zeit zwischen der Entdeckung Amerikas und der ersten Mondlandung nichts anderes getan hatte, als ein aufgrund eines Traumes gestiftetes Vermögen zu hüten – und dass sie sogar die ganze Zeit in demselben Haus gelebt hatten!

»Fünfhundert Jahre?«, wiederholte John. »Das sind ... ich weiß nicht, wie viele Generationen. Ist denn nie jemand auf die Idee gekommen, die zwei Milliarden einfach selber zu behalten?«

»Nie«, sagte Cristoforo Vacchi gelassen.

»Aber kein Mensch hätte es je erfahren! Sogar jetzt, wo Sie es mir erzählen, fällt es mir schwer, es zu glauben.«

»Kein Mensch, das mag sein«, gab der alte Mann zu. »Aber *Gott* hätte es erfahren.«

»Ah«, machte John nur. Ach so war das.

Der *Padrone* breitete die gespreizten Hände aus. »Vielleicht muss ich noch einiges hierzu klarstellen. Selbstverständlich gab es genaue, von Ihrem Urahn aufgesetzte Regelungen, wie unsere Tätigkeit als Vermögensverwalter zu honorieren war, an die wir uns exakt gehalten haben – und wir haben nicht schlecht gelebt dabei, wie ich hinzufügen möchte. Selbstverständlich besitzen wir auch noch alle buchhalterischen Unterlagen und können sämtliche Kontobewegungen und alle Honorarentnahmen belegen.«

Ja, dachte John. Ich *wette*, dass ihr das könnt.

Bruttosozialprodukt von Chile 1992.
38.000.000.000 $

»Und selbstverständlich«, fügte der alte Vacchi hinzu, »betrug das ursprüngliche Vermögen *nicht* zwei Milliarden Dollar. So viel Geld gab es zu dieser Zeit wahrscheinlich überhaupt nicht. Das Vermögen, das Giacomo Fontanelli im Jahre 1525 stiftete, belief sich auf dreihundert Florin, gemessen am heutigen Goldwert umgerechnet etwa zehntausend Dollar.«

»Was?«, entfuhr es John.

Der Alte nickte, was an seinem Hals jedes Mal dinosaurierhaft anmutende Falten verursachte. »Man muss hierbei Umrechnungswert und Kaufkraft auseinander halten. Dreihundert Florin war ein nicht geringes Vermögen, wenn man die damalige Kaufkraft bedenkt. Heute wäre dieses Geld, umgerechnet und umgetauscht, nicht der Rede wert – unsere Reise hätte bereits den Großteil davon verschlungen. Unzählige Währungen und Währungsreformen verstellen für gewöhnlich den Blick auf die einfache Tatsache, dass die Inflation an allen Vermögen nagt, an großen wie an kleinen. Doch Giacomo Fontanelli hatte einen mächtigen Verbündeten«, fügte der *Padrone* bedeutungsvoll hinzu, »nämlich den Zinseszins.«

»Zinseszins?«, echote John blöde.

»Lassen Sie es mich erklären. Im Jahre 1525 wurden umgerechnet zehntausend Dollar deponiert bei einer Einrichtung, die man heute eine Bank nennen würde. Damals gab es noch keine Banken im heutigen Sinn, aber es gab im damaligen Europa, besonders in Italien, eine florierende Wirtschaft und einen gut funktionierenden Kapitalmarkt. Bedenken Sie, Florenz war damals eine Metropole des Geldes, wurde im vierzehnten Jahrhundert beherrscht von Bankiers wie den Bardi und Peruzzi und im fünfzehnten Jahrhundert von den Medici. Es gab zwar ein kirchliches Zinsverbot, aber daran konnte man sich nicht halten, denn es kann kein Kapitalmarkt existieren ohne Zins – es würde schlicht niemand Geld verleihen, wenn es ihm

---

Bruttosozialprodukt von Irland im Jahre 1991.
39.000.000.000 $

nichts einbrächte. Die Investition des Giacomo Fontanelli fiel ideal zusammen mit der Entwicklung eines voll funktionsfähigen internationalen Geldmarktes im sechzehnten Jahrhundert. Mein Vorfahr Michelangelo Vacchi wählte eine sichere, mit vier Prozent Verzinsung vergleichsweise schwach ertragreiche Investition. Das hieß, am Ende des Jahres 1525 waren umgerechnet vierhundert Dollar an Zinsen aufgelaufen, die dem ursprünglichen Vermögen zugeschlagen wurden, sodass im darauf folgenden Jahr nicht mehr zehntausend, sondern zehntausendvierhundert Dollar investiert waren. Und so weiter.«

»Ich weiß, was Zinseszins ist«, murrte John, der immer noch auf die große Pointe wartete – die Entdeckung des Inkaschatzes, die große Goldgrube, irgend so etwas. »Aber das sind ja wohl nur Lappalien, oder?«

»Oh, das würde ich nicht sagen«, lächelte der alte Mann und nahm ein Blatt Papier zur Hand, auf dem lange Kolonnen von Zahlen standen. »Wie die meisten Menschen unterschätzen Sie, was Zinseszins und Zeit gemeinsam ausrichten können. Dabei ist es leicht auszurechnen, denn obwohl die tatsächlichen Gegebenheiten immer wieder leicht variierten, haben wir doch im Schnitt den Zinssatz von vier Prozent über die gesamte Zeit aufrechterhalten können. Das heißt, dass das Vermögen im Jahre 1530, also fünf Jahre nach der Stiftung, etwas über zwölftausend Dollar betrug, umgerechnet in heutiges Geld. Im Jahre 1540 betrug es schon achtzehntausend Dollar, und bereits im Jahr 1543 hatte es sich mehr als verdoppelt. Und die damit erzielten Zinseinnahmen natürlich ebenfalls.«

John schwante etwas, wenn er auch noch nicht hätte sagen können, was. Aber es war etwas Großes. Etwas Atemberaubendes. Etwas wie ein Eisberg, wie ein umstürzender Mammutbaum.

»Und nun«, lächelte Cristoforo Vacchi, »geht es weiter wie in der Geschichte mit dem Schachbrett und den Reiskörnern. Vier Prozent Zinsen bedeutet nämlich, dass sich mit Zins und

Zinseszins das Kapital alle achtzehn Jahre verdoppelt. Im Jahre 1550 betrug das Vermögen sechsundzwanzigtausend Dollar, im Jahre 1600 bereits an die hundertneunzigtausend Dollar. Im Jahre 1643 etwa wurde die Millionengrenze überschritten. Anno 1700 waren es neuneinhalb Millionen, anno 1800 bereits vierhundertachtzig Millionen Dollar, und im Jahre 1819 war die Milliarde erreicht ...«

»Mein Gott«, flüsterte John und spürte wieder das Große, Schwere, das dabei war, sich auf ihn zu legen. Nur dass es diesmal mit seiner vollen Gewalt kam. Diesmal gab es keine Gnade mehr.

»Als das zwanzigste Jahrhundert anbrach«, fuhr der alte Mann erbarmungslos fort, »war das Fontanelli-Vermögen auf über vierundzwanzig Milliarden Dollar angewachsen, verteilt auf Tausende von Konten bei Tausenden von Banken. Als der Zweite Weltkrieg begann, waren es einhundertzwölf Milliarden Dollar, als er endete, einhundertzweiundvierzig Milliarden. Zum Stichtag, also gestern, betrug das Vermögen – *Ihr* Vermögen also – die angenehm runde Summe von fast genau einer Billion Dollar.« Er lächelte süffisant. »So viel zu Zins und Zinseszins.«

John glotzte den Anwalt blöde an, bewegte den Unterkiefer, ohne dass ein Laut zu Stande kam, musste sich räuspern und krächzte schließlich mit der Stimme eines Tuberkulosekranken: »Eine *Billion* Dollar?«

»Eine Billion. Das sind eintausend Milliarden.« Cristoforo Vacchi nickte. »Das heißt ganz einfach, Sie sind der reichste Mann der Welt, sogar der reichste Mann aller Zeiten, und das mit Abstand. Eine Billion Dollar werden Ihnen allein dieses Jahr nicht weniger als vierzig *Milliarden* Dollar Zinsen einbringen. Es gibt etwa zwei- bis dreihundert Dollarmilliardäre, je nachdem, wie man rechnet, aber Sie werden schwerlich mehr als zehn finden, deren Vermögen größer ist als allein Ihr Zinsgewinn dieses einen Jahres. Niemand hat jemals annähernd so viel Geld besessen, wie Sie besitzen werden.«

41.000.000.000 $

»Wenn man die Zinsen herunterrechnet«, meldete sich Eduardo Vacchi eifrig zu Wort, »heißt das, dass Sie mit jedem Atemzug, den Sie tun, etwa viertausend Dollar reicher werden.«

John befand sich in einem schockähnlichen Zustand. Zu sagen, dass er es nicht fassen konnte, wäre eine unzulässige Verharmlosung gewesen. Tatsächlich rotierten seine Gedanken wie eine Hochleistungszentrifuge, wirbelten Erinnerungen, Ängste und schmerzhafte Erfahrungen auf, die mit Geld – oder besser gesagt, fehlendem Geld – zu tun hatten, und das Ganze war eine solche Sturzflut an Emotionen, dass irgendetwas in ihm die Notbremse zog.

»Eine Billion«, sagte er. »Einfach durch Zins und Zinseszins.«

»Und fünfhundert Jahre Zeit«, fügte Cristoforo Vacchi hinzu.

»Das ist so einfach. *Jeder* hätte das machen können.«

»Ja. Aber es *hat* keiner gemacht. Keiner außer Giacomo Fontanelli.« Der greise Anwalt wiegte das Haupt. »Ganz so einfach ist es übrigens auch nicht gewesen. Die Banken sind sich des Zinseszinseffekts natürlich bewusst – deshalb enthalten alle Vertragsbedingungen für Sparkonten die kleine, unauffällige, aber elementar wichtige Klausel, dass Zinszahlungen nach dreißig Jahren ohne Kontobewegung eingestellt werden. Damit soll genau diesem Fall vorgebeugt werden – dass jemand einen kleinen Betrag auf ein Sparbuch einzahlt, es vergisst, und hundert Jahre später findet es jemand und hat Anspruch auf ein riesiges Vermögen.« Er lächelte. »Und natürlich haben die Vacchis aus diesem Grund immer für Bewegung auf den Konten gesorgt. Hier abheben, dort einzahlen. Zehn Jahre später wieder umgekehrt. Im Grunde war das alles, was wir fünfhundert Jahre lang gemacht haben.«

»Nur Bewegung auf den Konten?«

»Genau. Und ich bin überzeugt, dass das der Grund dafür ist, dass dieses Vermögen gewachsen und gewachsen und immer noch vorhanden ist, während so viele andere Vermögen verschwunden sind. Ihre Besitzer hatten nicht so viel Zeit – nur ihr eigenes Leben lang. Sie mussten Risiken eingehen. Sie wollten etwas von ihrem Geld haben ... Nichts davon traf auf meine Familie zu. Wir mussten keine Risiken eingehen, im Gegenteil, wir mieden sie. Wir wollten nichts von dem Geld haben, denn es war nicht unser Geld. Und wir hatten Zeit, unermesslich viel Zeit und einen heiligen Auftrag.« Cristoforo Vacchi schüttelte den Kopf. »Nein, ich glaube nicht, dass das jeder hätte tun können. Ich glaube, es war einzigartig.«

Ein langer Moment der Stille trat ein. John starrte vor sich hin, benommen von dem, was ihm widerfuhr. Die vier Anwälte betrachteten ihn aufmerksam, beobachteten, wie er in wenigen Minuten zu verstehen versuchte, wofür sie selber Jahre gebraucht hatten, jeder von ihnen. Sie betrachteten ihn, wie man ein lange gesuchtes Familienmitglied betrachtet, das verschollen war und nun wiedergefunden ist, heimgekehrt an den Ort, wo es hingehört.

»Und jetzt?«, fragte John Salvatore Fontanelli schließlich und wunderte sich, dass es jenseits der Fensterscheiben immer noch hell war. Er hatte das Gefühl, dass Stunden vergangen sein mussten, seit er den Raum betreten hatte.

»Es sind Formalien zu erledigen«, sagte Alberto Vacchi und zupfte an seinem Einstecktuch. »Das Vermögen muss auf Sie überschrieben werden, und wir wollen verhindern, dass dabei Erbschaftssteuern fällig werden. Und eine Reihe ähnlicher Dinge.«

»Ihr Lebensstil wird sich ändern«, ergänzte Gregorio Vacchi. »Natürlich können wir Ihnen keine Vorschriften machen, aber da wir als Familie uns auf diesen Moment seit Generationen vorbereitet haben, haben wir eine Reihe von Vorschlägen zu machen, die sicherlich hilfreich sein können. Sie werden beispielsweise ein Sekretariat brauchen, schon allein, um die Flut der Bittbriefe zu bewältigen, die sicher eintreffen werden. Und Leibwächter, um nicht Gefahr zu laufen, entführt zu werden.«

»Deshalb«, schloss Eduardo Vacchi, »schlagen wir vor, dass

43.000.000.000 $

Sie zunächst Ihren Haushalt hier in New York auflösen und – zumindest für eine Weile – mit uns nach Florenz kommen, bis Sie sich in Ihr neues Leben eingewöhnt haben.«

John nickte langsam. Ja, das alles wollte wirklich erst einmal verdaut sein. Er würde darüber schlafen müssen. Nach Florenz. Na schön, warum nicht? Was hielt ihn groß in New York? Eine Billion Dollar. Der reichste Mann der Welt. Wirklich, es war ein Witz.

»Und dann?«, fragte er.

»Darauf sind wir gespannt«, sagte Cristoforo Vacchi.

»Wie meinen Sie das?«

Der alte Mann machte eine vage Geste mit den Händen. »Nun, Sie werden über so viel Geld verfügen, dass jede Volkswirtschaft zittern muss vor Ihren Entscheidungen. Das ist Ihre Macht. Was Sie damit tun werden, ist allein Ihre Sache.«

»Was hat denn Giacomo Fontanelli in seinem Traum gesehen, dass ich mache?«

»Das wissen wir nicht. Er hat gesehen, dass Sie das Richtige tun. Mehr sagt er nicht in den Notizen, die uns überliefert sind.«

»Das Richtige? Aber was ist das Richtige?«

»Das, was den Menschen die verloren gegangene Zukunft wiedergibt.«

»Und wie soll das gehen?«

Der *Padrone* lachte. »Keine Ahnung, mein Sohn. Aber ich mache mir keine Sorgen, und Sie sollten sich auch keine machen. Denken Sie daran, dass wir hier eine Prophezeiung erfüllen, von der wir glauben, dass sie heilig ist. Das heißt, was immer Sie tun, Sie können nichts falsch machen.«

Susan Winter, einunddreißig Jahre alt und unverheiratet, saß nervös mit dem Knie wippend an einem der Zweiertische vor dem Rockefeller Center, auf einem weißen Drahtstuhl unter einem der braunen, achteckigen Schirme, und der Mann kam nicht und kam nicht. Zum tausendsten Mal schaute sie auf die Uhr – okay, es waren noch zwei Minuten bis zur vereinbarten Zeit – und hinauf zu dem goldenen Prometheus, dem Titanensohn, der die Front des Hochhauses zierte. Hatte der nicht auch etwas Verbotenes getan, die Götter herausgefordert? Sie versuchte, sich ins Gedächtnis zu rufen, was sie über die antiken Sagen wusste, kam aber nicht darauf.

Dass sie unverheiratet war, lag nach Ansicht ihrer wenigen Freunde daran, dass sie zu wenig Selbstbewusstsein entwickelt hatte, um sich hübsch anzuziehen und so zu schminken, dass ihre Schönheit zur Geltung kam. An diesem Abend trug sie labbrige Jeans und ein ausgebeultes, grau-verwaschenes Sweatshirt, und ihre Haare hingen ihr strähnig ins Gesicht. Der Kellner, bei dem sie ein Mineralwasser bestellt hatte, hatte sie wie ein Neutrum behandelt, und bis jetzt hatte sie ihr Wasser auch noch nicht bekommen. Was ihre Freunde nicht wussten – was niemand wusste –, war, dass Susan Winter wie besessen Lotto spielte. Alles, was sie von ihrem Gehalt abzweigen konnte, verschlang die Spielleidenschaft, auch die wenigen Gewinne, die sie erzielte. Sie hatte längst vor sich zugegeben, dass es eher eine Sucht war als eine Leidenschaft, aber sie fand nicht die Kraft, etwas dagegen zu unternehmen. Manchmal, wenn sie Lose im Dutzend kaufte, stand sie fast neben sich, sah sich selber zu dabei und empfand eine düstere Genugtuung darin, dieses hässliche, sinnlos vor sich hin lebende Geschöpf sich ebenso sinnlos abrackern zu lassen. Ihre Großmutter, bei der Susan die Nachmittage verbracht hatte, als sie ein Kind gewesen war, hatte immer gesagt: »Glück im Spiel, Pech in der Liebe!«, wenn sie bei den endlosen Bridgepartien mit ihren Freundinnen gewann. Glück im Spiel, Pech in der Liebe. Das war ein deutsches Sprichwort gewesen; Großmutter war vor dem Krieg aus Deutschland geflüchtet. Warum, hatte Susan erst viel später verstanden. An diesen Nachmittagen, wenn ihre Eltern arbeiten waren, hatte sie immer neben dem Stuhl ihrer Großmutter gesessen, hatte ihre Puppen gekämmt und umgezogen und den Unterhaltungen der alten Frauen zugehört. Glück im Spiel, Pech in der Liebe. Für sich selber hatte sie es inzwischen umgedreht, war sich nicht einmal mehr sicher, ob es nicht tatsächlich umgekehrt lautete: Pech in der Liebe, Glück im Spiel. Bei so viel Pech, wie sie in der Liebe gehabt hatte, *musste* sie eines Tages Glück im Spiel haben, wenn sie auch nur eine ganz undeutliche Vorstellung davon hatte, wie so ein Glück eigentlich aussehen konnte.

Der Mann kam auf die Minute pünktlich. Er trug seinen immer gleichen dunklen Mantel, als er die Terrasse betrat, und schien sie sofort zu finden, ohne suchen zu müssen. In der Hand hatte er einen braunen Umschlag, und Susan wusste, dass darin Geld war, viel Geld. Mit einem Mal fand sie es erregend, was sie zu tun im Begriff war.

Er setzte sich ihr gegenüber, ungelenk, als leide er an Muskelkater, legte den Umschlag vor sich hin, verschränkte die Hände darüber und sah sie an. Er hatte ein derbes, teigiges Gesicht, als hätte er als Jugendlicher die Pocken gehabt oder zumindest schlimme Akne.

»Nun?«, fragte er.

Er hatte ihr seinen Namen nicht gesagt, und er meldete sich auch nie mit einem Namen, wenn er sie anrief. Sie erkannte ihn immer nur an seiner Stimme. Seit zwei Jahren versorgte sie ihn mit Informationen aus ihrer Firma, und er versorgte sie mit Geld. Zuerst waren es nur Auskünfte gewesen – welche Fälle die Detektei Dalloway bearbeitete, welche Kunden sie hatte –, dann waren die Fragen detaillierter geworden und die Antworten, die sie gab, auch. Heute gab sie zum ersten Mal Unterlagen aus der Hand.

Sie öffnete die Tasche und zog eine dünne Mappe heraus. Er streckte die Hand aus, und sie gab sie ihm. Damit war es passiert.

Er studierte die Unterlagen schweigend. Viel war es nicht.

Jahresüberschuss aller deutschen Unternehmen nach Steuern im Jahr 1989.
46.000.000.000 $

Was sie eben unbemerkt hatte kopieren können. Ein Foto, das er eingehend studierte. Ein paar Kopien von Kopien. Ein paar Seiten Text, die er mehrmals langsam durchlas. Sie beobachtete ihn dabei, starrte die behaarten Rücken seiner Hände an und fühlte sich hässlich und klein und elend. Und gleichzeitig hoffte sie inbrünstig, dass er es ausreichend finden würde und den Preis wert, den er ihr geboten hatte.

»Haben Sie die Informationen über seine Familie auch dabei?«, fragte er plötzlich.

Sie erschrak fast. »Ja.«

Er streckte die Hand aus, gelassen, als sei das, was sie taten, das Selbstverständlichste der Welt, aber gleichzeitig unerbittliche Forderung ausstrahlend. Sie holte die zweite Mappe heraus und gab sie ihm ebenfalls.

Wieder überflog er den Inhalt. Diese Mappe war vollständiger, umfasste fast alles, was die Detektei gesammelt hatte. Manche der Informationen waren auf nicht ganz legalen Wegen erlangt worden. Doch auch diese waren ihr belanglos erschienen.

»Gut.« Er nahm den braunen Umschlag und gab ihn ihr, völlig unzeremoniell, als reiche er ihr ein Paket Wurst. Susan nahm ihn und ließ ihn in ihrer Tasche verschwinden, und ein warmes Gefühl breitete sich in ihrem Unterleib aus.

Er stand auf, auf die gleiche ungelenke Art, und schob dabei die Mappen zusammengerollt in eine Innentasche seines Mantels. »Falls ich noch etwas brauche, melde ich mich in den nächsten Tagen.«

Sie fühlte das Geld durch das Leder ihrer Aktentasche hindurch. »Wenn ich nur verstehen würde, was Sie an dem Jungen so interessiert.«

Der Mann sah mit einem Blick auf sie herab, der sie zusammenzucken ließ. »Versuchen Sie besser nicht, das verstehen zu wollen. Falls Sie einen guten Rat annehmen können.«

Damit ging er, ohne sich noch einmal umzudrehen.

47.000.000.000 $

John saß auf dem Hotelbett, das weich war und nach Lavendel roch, starrte das Telefon auf dem Nachttisch an und rang mit sich, ob er es wagen durfte, damit zu telefonieren. Alles in ihm bebte, als müsse er in Stücke brechen. Das alles musste ein Traum sein, und was er jetzt wollte wie nichts auf der Welt, war, mit jemandem zu sprechen aus der Wirklichkeit, jemand, der ihm sagen konnte: »*Wach auf!*«, oder so etwas. Durfte er telefonieren? Sie hatten gesagt, dass er hier schlafen solle; sie wollten ihn nicht mehr gehen lassen, jetzt, da sie ihn endlich gefunden hatten, nach fünfhundert Jahren ... Hieß das, dass er telefonieren durfte? Er hatte gehört, dass es teuer war, aus Hotels zu telefonieren, und er hatte gerade noch genug Geld für die U-Bahn zurück in der Tasche.

Sie hatten ihm Sachen gekauft, einen Schlafanzug, Hose, Hemd, alles, was nötig war, und alles in den richtigen Größen. Der ganze Boden lag voll davon, er hatte nicht einmal alle Pakete aufgemacht. Mittlerweile war es dunkel geworden, und er saß immer noch da, im Dunkeln.

Dass sie ihn hier übernachten ließen, hieß das, dass sie auch ein Telefonat zahlen würden? Vielleicht. Er starrte das flache, blasse Gerät an, das in der Dämmerung schimmerte, und zitterte weiter. *Eine Billion Dollar*, wiederholte eine Stimme in ihm, wieder und wieder. *Eine Billion Dollar.*

Paul. Paul Siegel würde ihm sagen können, was davon zu halten war. Paul würde ihm helfen, wieder zu Verstand zu kommen.

Seine Hand schoss nach vorn, wie von selbst, riss den Hörer an sich, und der Zeigefinger der anderen Hand wählte. Mit angehaltenem Atem lauschte er den Wählgeräuschen, dem Tuten, hörte wie es knackte, als abgenommen wurde. »Paul Siegel«, kam die vertraute Stimme, und er wollte schon drauflosreden, nur dass ihm nichts einfiel, was er hätte sagen können, nicht einmal, seinen eigenen Namen zu sagen, und dann merkte er auch schon, dass er nur den Anrufbeantworter erwischt hatte. »Ich bin zurzeit auf einer Auslandsreise, aber ich freue mich trotzdem, dass Sie anrufen. Bitte hinterlassen Sie Ihren Namen, Ihre Nachricht und gegebenenfalls Ihre Rufnummer nach dem Pieps, damit ich Sie nach meiner Rückkehr unverzüglich zurückrufen kann. Vielen Dank und bis bald.«

Es piepste. »Paul?« Seine Stimme fühlte sich merkwürdig an. Als hätte er eine Halsoperation hinter sich. »Paul, hier ist John. John Fontanelli. Falls du doch da bist, bitte nimm ab, es ist dringend.« Vielleicht kam er gerade in diesem Moment durch die Tür, atemlos, Koffer und Handgepäck schleppend, wer konnte das wissen? Nestelte gerade mit seinen Schlüsseln herum, während er drinnen den Apparat reden hörte? »Bitte ruf mich an, so schnell wie möglich. Ich bin ziemlich am Durchdrehen ... Es ist was total Verrücktes passiert, und ich könnte einen Rat von dir brauchen. Was machst du im Ausland, ausgerechnet heute, verdammt? Ach so, ja – ich bin im Waldorf Astoria Hotel. Die Nummer hab ich vergessen –«

Der zweite Pieps kappte die Leitung. John legte behutsam auf, wischte noch einmal mit der Hand über den Hörer, der schweißnass glänzte, ließ sich nach hinten in die Kissen sinken, und dann wusste er nichts mehr.

Umsatz der Daimler-Benz AG im Jahre 1992.
49.000.000.000 $

3

MARVIN COPELAND HÖRTE einige Tage nichts von John. Dann kam eine Ansichtskarte. Eine Ansichtskarte von New York.

Ich habe tatsächlich geerbt, schrieb John, *und nicht einmal wenig. Aber das erzähle ich dir alles das nächste Mal. Muss erst mal einige Zeit verreisen – geschäftlich. Ich melde mich, versprochen – ich weiß nur noch nicht, wann. Gruß, John.*

Die Ansichtskarte zeigte die Freiheitsstatue, das World Trade Center, die Brooklyn Bridge und das Museum of Modern Arts. Etwas kleiner und mit einem anderen Kugelschreiber war am Rand dazugekritzelt: *In den nächsten Tagen kommen ein paar Leute von einer Spedition. Bitte zeig ihnen mein Zimmer und lass sie alles einpacken; das geht in Ordnung.*

»Und die Miete?«, murrte Marvin und drehte die Karte noch ein paar Mal hin und her, ohne weitere Nachrichten zu entdecken. »Was ist mit der Miete?«

Er hätte sich keine Sorgen machen zu brauchen, denn die drei Kleiderschränke, die ein paar Tage später auftauchten, händigten ihm einen Briefumschlag aus, in dem reichliche drei Monatsmieten in großen Scheinen steckten und eine kurze Notiz in Johns Handschrift: *Ich melde mich, sobald ich durchblicke, was hier gespielt wird. Halt mir das Zimmer solange frei, O. K.? John.*

»Nur hereinspaziert«, lotste Marvin die muskulösen Männer in Johns Zimmer. Sie schienen ein wenig enttäuscht zu sein,

---

Weltweiter Gesamtetat für Entwicklungshilfe.
50.000.000.000 $

dass es keine Klaviere zu transportieren gab, nicht einmal Möbel, nur ein paar Kartons voll Klamotten, Bücher und Malutensilien. »Wohin geht übrigens die Reise?«

»Ist ein Überseetransport«, sagte der Mann, der die Vollmacht hatte. Er streckte ihm sein Klemmbrett hin. Auf den Papieren stand ›Florenz, Italien‹.

Florenz, Italien.

John spähte fasziniert aus den engen, beschlagenen Bullaugen des ausrollenden Flugzeuges hinaus auf den Flughafen, der im Sonnenlicht flirrte. Peretola Aeroporto war an einem der Gebäude zu lesen. In Florenz war es früher Morgen.

Sie hatten einen Nachtflug gehabt, an die zehn oder elf Stunden, er war durcheinander gekommen mit den verschiedenen Ortszeiten und Sommerzeiten. Und selbstverständlich erster Klasse. Zwei Reihen weiter vorn hatte er ein Gesicht entdeckt, das ihm bekannt vorgekommen war. Es war ein leichter Schock gewesen, als ihm einfiel, woher: Es handelte sich um einen Schauspieler, einen leibhaftigen Hollywoodstar und Oscar-Preisträger, in Begleitung seiner Frau und seines Managers. Er hatte Eduardo leise gefragt, ob er es wohl wagen dürfe, nach vorn zu gehen und den Mann um ein Autogramm zu bitten.

»Warum nicht?«, hatte Eduardo erwidert und trocken hinzugefügt: »Sie können aber auch noch zwei Wochen warten – dann kommt *er* und will ein Autogramm von *Ihnen*!«

Daraufhin hatte John sein Vorhaben aufgegeben.

Trotz der breiten Sitze und der großzügig bemessenen Abstände zwischen den Sitzreihen hatte John nur wenig geschlafen und fühlte sich nicht besonders fit. Das grelle Licht schmerzte in seinen Augen. Er blinzelte, als er auf die sanften Hügel mit den sparsam darüber verteilten Pinien hinaussah,

---

Geschätztes Vermögen von Microsoft-Chef Bill Gates im Jahr 1998. Er ist damit weiterhin reichster Mann der Welt.

51.000.000.000 $

die in ihm ein unerwartet starkes heimatliches Gefühl wachriefen. Dabei war er noch nie in Italien gewesen, hatte immer nur aus den Erzählungen seiner Eltern davon gehört.

Die hatten nicht schlecht gestaunt, als er im schwarzen Lincoln vorgefahren gekommen war. Er musste immer noch lächeln, als er sich an ihre Gesichter erinnerte.

Viel hatte er ihnen nicht erzählt. Das mit dem Erbe hatten sie nicht ganz kapiert – »Wie kannst du erben, wenn wir noch leben, Junge?«, hatte sein Vater bestimmt fünfmal gefragt –, aber dass er jetzt reich war, das hatten sie verstanden. Wie reich, hatte er ihnen vorerst erspart, denn es sollte nur ein kurzer Besuch werden, und unter einer Billion Dollar hätten sie sich ohnehin nichts vorstellen können. Schließlich konnte er das selber noch nicht.

Auf dem Rückweg von Bridgewater hatten sie in der Fifth Avenue Halt gemacht, direkt vor den feinsten und edelsten Läden. Eduardo, der ihn die ganze Zeit begleitete wie ein Reiseführer durch die wunderbare Welt des Reichtums, hatte ihm eine goldene Kreditkarte überreicht, in die sein Name geprägt war, mit den Worten: »Läuft auf eines Ihrer Konten«, und dann waren sie hineingegangen in einen dieser Tempel der Schneiderskunst.

Stille hatte sie umfangen und der Geruch nach Stoffen, feinem Leder und edlem Parfum. Die Vitrinen, Packtische und Kleiderbügel schienen so alt zu sein wie die Besiedelung Amerikas. John wäre kein bisschen überrascht gewesen, wenn jemand behauptet hätte, das dunkle Holz, aus dem die gesamte Ausstattung bestand, stamme von der *Mayflower* selbst. Ein grauhaariger, leicht hinkender Mann war ihnen entgegengetreten wie ein Gralshüter, hatte mit einem raschen, professionellen Blick den tadellos, allenfalls etwas zu modisch gekleideten Eduardo von Kopf bis Fuß gemustert und gleich darauf John, der noch seine Jeans, sein verschlissenes Hemd und sein ausgeleiertes Jackett trug, und ohne eine Miene zu verziehen entschieden, dass John es war, der

52.000.000.000 $

seiner Hilfe bedurfte. Wie viel sie anzulegen gedächten für die Ausstattung des jungen Mannes, hatte er gefragt.

»Was nötig ist«, hatte Eduardo gesagt.

Und dann war es losgegangen. John probierte an, Eduardo entschied, schlug vor, kommentierte, kommandierte die Angestellten umher.

Die Idee, sich mit richtiggehenden Anzügen, Hemden, Krawatten und so weiter auszustaffieren, hatte John zunächst heftig widerstrebt. Das sei unbequem, schmutzanfällig, und er käme sich darin sicher vor wie verkleidet.

»Sie können sich das Beste vom Besten leisten«, hatte Eduardo gesagt, »und das ist ganz bestimmt nicht unbequem, sonst würden es reiche Leute nicht tragen.«

»Zweifellos werden Sie es sich leisten können, anzuziehen, was immer Sie wollen«, hatte sein Vater, Gregorio, umständlich dargelegt. »Aber zumindest für gewisse Anlässe halten wir den Besitz einer entsprechenden Garderobe für empfehlenswert.«

»Sie sind ein reicher Mann«, hatte dessen Bruder Alberto mit einem gemütlichen Augenzwinkern gemeint. »Sie wollen sich doch sicher auch *fühlen* wie ein reicher Mann.«

Großvater Cristoforo hatte gelächelt und gesagt: »Warten Sie doch einfach ab, wie Sie sich fühlen.«

Und in der Tat, als John schließlich im ersten Anzug vor dem Spiegel stand, war er nicht wenig beeindruckt. Du meine Güte, was für ein Unterschied! Als er den Laden betreten hatte, war er sich wie ein Häuflein Elend vorgekommen, wie ein verirrter Stadtstreicher, wie der geborene Verlierer, und eine beinahe übermächtige Stimme in seinem Inneren hatte ihn gedrängt, zu rennen und zu flüchten, weil er in dieser Umgebung einfach nichts verloren hatte, nicht geboren war für so viel Reichtum und Pracht. Und nun, in einem klassischen dunkelblauen Zweireiher, einem schneeweißen Hemd und ei-

---

Bruttosozialprodukt von Venezuela 1991.
53.000.000.000 $

ner dezent gestreiften Krawatte, in glänzenden schwarzen Schuhen, die so hart und schwer waren, dass jeder Schritt ein machtvoll klingendes Geräusch machte, sah er nicht nur aus, als ob er in diese Umgebung gehörte, vielmehr schien geradezu ein Leuchten von seiner Gestalt im Spiegel auszugehen. Auf einmal war er ein Gewinner, eine unübersehbar wichtige Persönlichkeit. John sah auf das erbärmliche Häufchen seiner alten Klamotten hinab und wusste, dass er sie nie mehr anziehen würde. Es war geradezu magisch, diese Anzüge zu tragen. Er fühlte sich wie ein Halbgott darin, und es machte ihn ganz trunken. Es war zum Süchtigwerden schön.

So kauften sie und kauften, und am Schluss belief sich die Rechnung auf sechsundzwanzigtausend Dollar.

»Mein Gott, Mister Vacchi«, flüsterte John Eduardo zu und hatte das Gefühl, blass geworden zu sein. »Sechsundzwanzigtausend Dollar!«

Eduardo hob nur die Augenbrauen. »Ja, und?«

»So viel Geld für ein paar *Anzüge*?«, zischelte John und fühlte sich ganz elend.

»Wir haben fast zwei Stunden gebraucht, um diese Anzüge auszusuchen. Falls es Sie beruhigt – in dieser Zeit ist Ihr Vermögen um annähernd neun Millionen Dollar gewachsen.«

John verschlug es den Atem.

»Neun Millionen? In zwei Stunden?«

»Ich rechne es Ihnen gern vor.«

»Dann hätten wir ja den ganzen Laden kaufen können.«

»Hätten wir.«

John sah wieder auf die Rechnung, und mit einem Mal kam ihm die Endsumme geradezu lächerlich vor. Er ging zurück damit an die Kasse und legte sie zusammen mit seiner neuen Kreditkarte vor, der grauhaarige Mann verschwand damit hinter einem Vorhang, und als er wieder zum Vorschein

---

Weltweite Schäden durch Naturgewalten wie Sturm, Überschwemmungen und Hitzeperioden allein im Jahr 2002.
54.000.000.000 $

kam, schien ihm ein Buckel gewachsen zu sein, so dienstbeflissen war er mit einem Mal. John fragte sich, was er bei seinem Kontrollanruf erfahren haben mochte.

Er beschloss, einen der Anzüge gleich anzubehalten. Man werde seine alte Kleidung selbstverständlich gern entsorgen, erklärte der Grauhaarige. Er sagte tatsächlich ›entsorgen‹, als handele es sich bei dem, was John getragen hatte, als sie in den Laden gekommen waren, um eine Art Sondermüll. John konnte ihn sich direkt vorstellen, wie er, nachdem sie gegangen waren, die alte Jeans mit einer langen stählernen Greifzange vom Boden aufheben und mit angewidertem Gesicht hinab in den Keller tragen würde, um sie im Ofen zu verbrennen. Eduardo regelte die Lieferung der restlichen Garderobe an die Spedition, die auch Johns übrigen Besitz nach Florenz bringen würde, dann gingen sie.

Später, an den Kontrollen am John-F.-Kennedy-Flughafen, fiel John auf, wie anders er sich fühlte und wie anders er auch behandelt wurde – einfach weil er einen teuren Anzug trug. Die Wachbeamten sprachen ihn höflich, geradezu unterwürfig an. Die Zollbeamten glaubten ihm, dass er nichts zu verzollen habe. Die anderen Passagiere warfen respektvolle Blicke herüber und schienen sich zu fragen, wer er war.

»Kleider machen Leute«, sagte Eduardo, als John ihm seine Beobachtungen mitteilte.

»So einfach ist das?«, wunderte John sich.

»Ja.«

»Aber – *jeder* könnte das tun! Sich einen wirklich guten Anzug kaufen. Okay, tausend Dollar ist eine Menge Geld, aber wenn man bedenkt, was Leute für Autos ausgeben ...«

Eduardo hatte nur gelächelt.

Auf dem Parkplatz vor dem Flughafen, direkt vor dem Ausgang, wartete ein silberfarbener Rolls-Royce auf sie, lang ge-

---

Weltweite Schäden durch Naturkatastrophen im Verlauf der gesamten 80er Jahre.
55.000.000.000 $

streckt und makellos glänzend, und jeder, der durch die automatisch auffahrenden Glastüren ins Freie trat, starrte den Wagen an wie hypnotisiert.

Vor dem Wagen stand ein weißhaariger, leicht gebeugt stehender Chauffeur, der ihnen mit aristokratisch unbewegter Miene entgegensah. Seine Uniform ließ an alte Filme denken, und er trug sie mit sichtlichem Stolz. Als die vier Anwälte zusammen mit John herauskamen, ihre Kofferwagen vor sich herschiebend, nahm er die Uniformmütze ab, klemmte sie unter den linken Arm und öffnete mit der Rechten den Wagenschlag.

John wunderte sich schon gar nicht mehr. Ein Rolls-Royce. Na klar. Was denn sonst? Und dass er sich schon nicht mehr wunderte, wunderte ihn wiederum.

»So«, meinte Eduardo dann leichthin, »jetzt werden die Leute gleich was zu staunen haben.«

»Wieso?«, wollte John irritiert wissen.

»Weil wir unsere Koffer selber einladen müssen. Benito hat ziemliche Probleme mit seinem Rücken – die Bandscheiben und noch ein paar lateinische Dinge, die in so einem Rücken kaputt sein können –, und er darf nichts mehr heben, das schwerer ist als ein Autoschlüssel.«

Und so wuchteten John und die drei jüngeren Vacchis die schweren Hartschalenkoffer in den überraschend geräumigen Kofferraum des Rolls-Royce, während der *Padrone* und der Chauffeur zusammenstanden und sich in einem derart schnellen und dialektgefärbten Italienisch unterhielten, dass John so gut wie nichts verstand. Und tatsächlich, die Leute ringsumher staunten, und ein paar machten entsprechende Bemerkungen.

Benito, der Chauffeur, war wirklich nicht mehr der Jüngste. Neben ihm wirkte Eduardos Großvater beinahe jugendlich. Worüber auch immer sie sich unterhielten, sie schienen sich glänzend zu verstehen.

Neuverschuldung von Bund, Ländern und Gemeinden in Deutschland im Jahr 1996.
56.000.000.000 $

»Benito müsste eigentlich seit zehn Jahren in Rente sein, und im Grunde ist er das auch«, erklärte Alberto, der Johns Blicke gesehen und entsprechend gedeutet hatte. »Aber er hat sein Leben lang als Chauffeur für uns gearbeitet. Er würde eingehen, wenn er keinen Rolls-Royce mehr fahren dürfte, und deshalb fährt er ihn, solange er will.«

Nachdem die Koffer untergebracht waren, stiegen sie ein, fuhren los und standen gleich darauf im Stau wie alle anderen Autos ringsumher auch.

»Wir fahren hinaus auf unseren Landsitz«, erklärte Cristoforo, an John gewandt. »Sie sind selbstverständlich unser Gast, bis alle Formalitäten erledigt sind und Sie Ihren künftigen Wohnsitz gewählt haben.«

John, den die ruppige Fahrweise der anderen Autos, das unentwegte Hupen und das Gestikulieren der Fahrer irritierte, sah auf. »Von welchen Formalitäten sprechen wir konkret?«

»Das Vermögen muss offiziell in Ihren Besitz übergehen. Was wir dabei vermeiden müssen – und vermeiden werden, keine Sorge – ist, dass Erbschaftssteuer anfällt.«

»Wie viel wäre das denn?«

»Viel. Die Hälfte.«

Verblüffenderweise spürte John bei dieser Information einen heißen, wütenden Impuls aus seinem Bauch aufsteigen; ein Gefühl, das er gleich darauf als Aggression identifizierte. Verrückt, dachte er. Vor zwei Tagen hatte er sich noch gewünscht, das Erbe hätte sich auf überschaubare vier Millionen Dollar beschränkt, anstatt so überwältigende Dimensionen anzunehmen. Und nun, gerade so, als hätte er jede einzelne der tausend Milliarden im Schweiße seines Angesichts und mit seiner eigenen Hände Arbeit verdient, ließ ihm die Vorstellung, irgendein Finanzamt könne ihm einfach die Hälfte davon wegnehmen, den Kamm schwellen vor Wut.

»Aber wie wollen Sie das anstellen?«

Das war Gregorios Gebiet. »Wir haben eine Art *Gentlemen's Agreement* mit dem italienischen Finanzminister ge-

57.000.000.000 $

troffen. Er begnügt sich mit einer symbolischen Erbschaftssteuer von ein paar Millionen, und Sie versprechen ihm dafür, mindestens ein Jahr lang Ihre Kapitaleinkünfte in Italien zu versteuern. Das bringt ihm zwanzig Milliarden Dollar in die Kasse, die er im Augenblick gut brauchen kann.«

»Jeder Finanzminister könnte das, oder?«

»Ja«, stimmte der Anwalt ihm zu. »Aber Italien möchte unbedingt der Europäischen Währungsunion beitreten, die 1999 beginnen soll, und im Augenblick ist sehr fraglich, ob man die erforderlichen Finanzkriterien bis dahin erfüllen kann. Ihre zwanzig Milliarden könnten das Zünglein an der Waage sein. Deshalb ist der Minister, sagen wir ... *außergewöhnlich kompromissbereit.*«

John nickte verstehend, aber mit einem komischen Gefühl im Magen. An diese Sicht der Dinge musste er sich erst noch gewöhnen. Dass alles, was er sagte oder tat, bemerkt werden würde und, mehr noch, dass es massive Auswirkungen auf das Leben unzähliger anderer Menschen haben konnte.

Irgendwie konnte er das alles noch nicht wirklich glauben.

Eines der Geschäfte entlang der Straße, in der sie sich unwesentlich schneller als ein Fußgänger vorwärts bewegten, zog seine Aufmerksamkeit auf sich.

»Sie haben gesagt, dass mir das Geld wirklich gehört«, sagte er, an Gregorio gerichtet. »Stimmt das jetzt, in diesem Moment, auch schon?«

»Sicher.«

»Ich könnte also nach Belieben etwas davon ausgeben?«

»Jederzeit.« Er wandte sich an seinen Sohn. »Eduardo, du hast ihm doch seine Kreditkarte gegeben, oder?« Der nickte.

»Okay«, sagte John. »Lassen Sie mich aussteigen.«

In einem anderen Leben hatte John einmal einen Artikel gelesen, in dem der Autor eine Fahrt in einem Ferrari mit den Worten beschrieben hatte, es sei besser als Sex.

Der Mann hatte Recht.

58.000.000.000 $

Seit sie von der Autobahn abgefahren waren, die sie an Städten mit klangvollen Namen wie Prato, Pistòria oder Montecatini vorbeigeführt hatte, waren die Straßen schmal und wanden sich in engen Kurven durch trockene Hügel. Entlang der Felder waren Steine zu Haufen aufgeschichtet, und immer wieder kamen sie an uralt und verlassen aussehenden Bauernhäusern vorbei. Wenn sie durch ein Dorf fuhren, liefen schmuddelige Kinder zusammen, schrien und winkten ihnen zu, und auch die Männer, die in offenen Türen standen oder an ihren Traktoren schraubten, hoben grüßend die Hand.

»Wenn Sie an der Kreuzung dort vorn rechts abbiegen, kürzen wir den Weg ab«, schrie Eduardo.

»Und wenn ich geradeaus fahre?«

»Brauchen wir zwanzig Minuten länger.«

»Dann fahren wir geradeaus«, sagte John, gab Gas und genoss es, in die harten Ledersitze gepresst zu werden, als der rote Ferrari mit unnachahmlichem, geradezu göttlichem Röhren beschleunigte und über die weithin leere Kreuzung schoss wie ein von einem Bogen geschnellter Pfeil.

Besser als Sex, wirklich. John hatte es sich toll vorgestellt, einen Ferrari zu fahren, aber die Wirklichkeit war noch weitaus erregender, als er es sich ausgemalt hatte. Man war umgeben von einer kraftvollen Maschine, spürte das Donnern des Motors, als wäre es das Geräusch des eigenen Herzens, und das Auto wurde eins mit dem eigenen Körper – man schoss dahin, unaufhaltsam, mit unbändiger Geschwindigkeit und unbändiger Kraft, jagte über Straßen und durch Kurven, dass das Blut in den Adern kochte, und es war, als gehöre einem die Welt.

»Disqualifiziert mich das jetzt in Ihren Augen?«, fragte John, als sie über eine Brücke donnerten, die über einen schmalen, fast eingetrockneten Bach führte.

»Inwiefern?«

»Na ja«, meinte John mit einer weiten Geste, die ungefähr

59.000.000.000 $

den Wagen umfasste, in dem sie saßen, »da finden Sie den Erben des Fontanelli-Vermögens, den Erfüller der Prophezeiung, der seit einem halben Jahrtausend dazu ausersehen ist, der Menschheit ihre Zukunft zurückzugeben ... und das Erste, was er tut, ist, sich so etwas Sinnloses und absolut Überflüssiges zu kaufen wie einen sündteuren Sportwagen!«

Eduardo lachte. »Da kennen Sie meinen Großvater schlecht. Der hat Sie ins Herz geschlossen, und das ist für immer. Jetzt können Sie anstellen, was Sie wollen.«

John hob überrascht die Augenbrauen. »Oh.« Das berührte ihn irgendwie.

»Abgesehen davon«, fuhr Eduardo fort, »entsprechen Sie genau einer Theorie, die er entwickelt hat.«

»Einer Theorie?«

»Er hat jahrzehntelang die Schicksale von Leuten verfolgt, die plötzlich und unerwartet zu sehr viel Geld gekommen sind. Was man eben aus Zeitungen so erfährt. Er sagt, diejenigen, die sofort anfangen zu sparen, verlieren ihr neues Vermögen bald wieder. Diejenigen dagegen, die sich als Erstes einen total verrückten Wunschtraum erfüllen, lernen später meistens, mit ihrem Geld richtig umzugehen.«

»Dann besteht ja noch Hoffnung.«

»Genau.«

Er hatte es einfach tun müssen. Als er das Schaufenster mit den roten Boliden darin gesehen hatte, mit albern aufgetakelten Schaufensterpuppen und dem unverkennbaren schwarzen Pferd auf gelbem Grund, war es wie Hunger in ihm aufgestiegen: So ein Auto wollte er haben, wollte es fahren, und zwar *sofort*.

In Filmen ging so etwas immer einfach. Auf dieser Seite der Leinwand aber musste ein Auto zugelassen werden, versichert, man musste erst auf tausend Ämtern gewesen sein, ehe man damit losfahren konnte.

Eduardo war ihm mit hilfreichen Worten beigestanden, und schließlich hatte jemand genickt: Man werde alles für ihn erledigen, was zu erledigen war, und es hatte alles bis später Zeit. Er würde sofort losfahren können. Alles, was er zu tun hatte, war, einen Kreditkartenbeleg über einen unglaublichen Riesenbetrag in Lire zu unterschreiben – was John tat, ohne sich die Mühe zu machen, ihn in Dollar umzurechnen –, und dann kam der magische Moment: Der Chef der Niederlassung, ein vorzüglich gekleideter Mann mit ölig glänzendem Haar, drückte ihm den Schlüssel in die Hand, Eduardo und er stiegen in den Wagen, die Schaufensterscheibe vor ihnen wurde beiseite gekurbelt, und begleitet von einem begeisterten Hupkonzert auf der Straße fuhren sie hinaus und davon.

Dabei war John eigentlich nie Ferrari-Fan gewesen. In der Fernsehserie »Magnum« hatte er es ziemlich affig gefunden, dass Tom Selleck darin mit einem Ferrari durch die Gegend fuhr, der in seinen Augen ein überteuertes und unpraktisches Fahrzeug war. Von irgendeinem tollen Auto als Symbol dafür, es geschafft zu haben, hatte er natürlich immer geträumt, wie jeder gesunde Amerikaner, aber sich darunter vielleicht einen Cadillac vorgestellt oder einen Porsche. Bestimmt keinen Ferrari.

Doch wenn er zurückdachte an den Moment, als er aus dem Fond des Rolls-Royce das Schaufenster der Ferrari-Niederlassung gesehen hatte, war es ihm da im Grunde darum gegangen zu testen, was die ganzen Worte wirklich wert waren. Ob er, der jetzt angeblich der reichste Mann aller Zeiten war, einfach hingehen und sich ein unsinniges Auto kaufen konnte.

Und siehe da, er konnte.

»Ihr Großvater glaubt wirklich an diese Prophezeiung, nicht wahr?«, fragte John.

Eduardo nickte. »Ja. Das tut er.«

»Und Sie?«

Bruttosozialprodukt von Portugal 1991.
61.000.000.000 $

»Hmm.« Eine lange Pause. »Nicht in dem Sinne, in dem Großvater daran glaubt.«

»Was glauben Sie?«

»Ich glaube, dass wir als Familie etwas ziemlich Beispielloses geschafft haben, indem wir dieses Vermögen über so lange Zeit erhalten haben. Ich glaube aber auch, dass es nicht uns gehört. Dass es wirklich dem von Fontanelli bestimmten Erben gehört.«

»Mir.«

»Ja.«

»Ist Ihnen niemals der Gedanke gekommen, es einfach zu behalten? Ich meine, wer wusste denn überhaupt von der Existenz dieses Vermögens?«

»Niemand. Es klingt verrückt, ich weiß. Aber so bin ich aufgewachsen. Das können Sie sich vermutlich nicht vorstellen. Ich bin aufgewachsen in einer Atmosphäre des Wartens und Planens, des Arbeitens an den Vorbereitungen für einen ganz bestimmten Tag, einen Tag, der schon seit fünfhundert Jahren feststand. Die Aufgabe der Vacchis ist es, das Vermögen zu hüten und zu bewahren und es sich gleichmäßig vermehren zu lassen, bis es dem Erben übergeben wird. Danach – sobald der Erbe Herr des Vermögens ist – sind wir frei. Dann ist die Verpflichtung erloschen.«

John versuchte, sich diese Lebensweise vorzustellen – Menschen, die sich gebunden fühlten an ein Versprechen, das ihr Urahn Jahrhunderte vorher abgegeben hatte –, und ihn schauderte, so fremdartig kam es ihm vor. »Empfinden Sie das so? Als Verpflichtung? Als drückende Last?«

»Es ist keine drückende Last. Es ist einfach unsere Aufgabe, und erst wenn sie erfüllt ist, können wir uns anderen Dingen zuwenden.« Eduardo zuckte die Schultern. »Das kommt Ihnen wahrscheinlich merkwürdig vor. Aber Sie müssen sich vorstellen, dass ich alle diese Dinge, die Ihnen mein Großvater

---

Ausgaben der US-Bürger im Jahr 2000 für illegale Drogen.
62.000.000.000 $

vor zwei Tagen erzählt hat, zeit meines Lebens kenne. Ich habe die Geschichte von Fontanellis Traum erzählt bekommen wie andere Kinder die Weihnachtsgeschichte. Ich kann sie auswendig herbeten. Jedes Jahr haben wir den 23. April wie einen Festtag begangen und jedes Mal gesagt: Jetzt sind es noch soundsoviel Jahre. Ich kann an kein Ereignis aus der Geschichte der letzten Jahrhunderte denken, ohne dass mir einfällt, welchen Stand das Fontanelli-Vermögen in diesem Jahr erreicht hatte. Und all die Jahre hindurch haben wir die Fontanelli-Familie beobachtet, wussten über jede Eheschließung und jede Geburt Bescheid, wussten, wer welchen Beruf hat und wer in welcher Stadt lebt. Wobei wir in den letzten Jahren etwas geschlampt haben. Je näher der Stichtag kam, desto sicherer waren wir uns, dass Ihr Cousin Lorenzo der Erbe sein würde.«

Das gab John einen Stich. »Und sind Sie jetzt enttäuscht, dass ich es geworden bin?«

»Mich dürfen Sie das nicht fragen. Ich habe bis letzten Herbst studiert und bin ihm nie begegnet. Die Beobachtung war Aufgabe der anderen. – Hier müssen wir rechts.«

John folgte der Anweisung, und sie kamen auf eine leicht bergan führende Straße, die sie zum Langsamfahren zwang, weil sie eng und kurvenreich war. »Wer waren die anderen Kandidaten?«

»Nummer zwei waren Sie. Nummer drei wäre ein Cousin um ein paar Ecken gewesen, ein Zahntechniker in Livorno, einunddreißig Jahre alt, verheiratet, aber kinderlos, was bei den Fontanellis übrigens auffallend häufig ist.«

»Der wird sich ärgern.«

»Er weiß es nicht.«

Sie erreichten einen Bergsattel, und nun führte die Straße sehr überschaubar auf ein Dorf zu. Etwas abseits, mit einem Blick auf das Mittelmeer, der überwältigend sein musste, lag

Bruttosozialprodukt von Israel 1991.
63.000.000.000 $

ein großes Anwesen, und John hatte das sichere Gefühl, dass es sich dabei um den Landsitz der Vacchis handelte.

»Was denkt Ihr Großvater über mich?«

»Dass Sie der Erbe sind, den Giacomo Fontanelli im Jahre 1495 in seinem Traum gesehen hat. Und dass Sie mit Ihrem Vermögen etwas sehr, sehr Gutes für die Menschen vollbringen werden, etwas, das die Türen zur Zukunft wieder öffnet.«

»Ziemlich anspruchsvolle Erwartungen, oder?«

»Offen gestanden denke ich, dass das mystischer Mumpitz ist.« Eduardo lachte laut auf.

Sie näherten sich dem Dorf. Die Straße, die von der anderen Seite kam, erkannte John, wäre breiter gewesen.

»Aber der Glaube kommt bei den Vacchis mit dem Alter, heißt es bei uns«, fuhr Eduardo fort. »Mein Vater und mein Onkel sind in dem Stadium, in dem ein Vacchi zumindest glaubt, dass man mit dem vielen Geld etwas durchschlagend Sinnvolles tun müsste, und sie strengen sich die Köpfe an, um auf eine zündende Idee zu kommen, was das sein könnte. Mein Großvater kümmert sich darum überhaupt nicht. Sie sind der richtige Erbe, das Ganze ist eine heilige Vision, und wenn Sie einen Ferrari kaufen, dann ist das eben in Gottes Plan so vorgesehen, *e basta*.«

Eduardo hatte ihn mit kurzen Fingerzeigen, die John inzwischen gut zu deuten verstand, durch das Dorf gelotst, das einen friedvollen Eindruck machte. Sie erreichten das Anwesen, fuhren durch ein breites Portal, dessen schmiedeeiserne Gittertore weit offen standen, auf einen weiträumigen, kiesbestreuten Innenhof. Der Rolls-Royce stand schon da, im Schatten einiger hoher, alter Bäume, und John brachte den Ferrari daneben zum Stillstand. Es war wie Taubwerden, als der Motor nicht mehr lief.

»Und was denken Sie?«, wollte er wissen.

Eduardo grinste. »Ich denke – John, Sie besitzen eine Billion Dollar. Sie sind der König der Welt. Wenn Sie das jetzt nicht genießen, dann sind Sie bescheuert.«

64.000.000.000 $

4

DAS GANZE ANWESEN atmete Geschichte. Die Wipfel der Bäume rauschten leicht in einem Wind, der vom Meer her kam, und warfen unruhige Schatten auf die trutzig aufragenden Mauern, deren Verputz feine Risse aufwies. Sie hatten gerade ein paar knirschende Schritte über den Kies gemacht, als die Haustür geöffnet wurde. Eine wohlbeleibte Frau, die Mitte fünfzig sein mochte und jederzeit für Spaghetti hätte Reklame machen können, trat ihnen mit einem italienischen Wortschwall entgegen.

»Du musst langsamer reden, Giovanna«, rief ihr Eduardo auf Italienisch entgegen. »Sonst versteht Signor Fontanelli dich nicht!« Zu John gewandt, sagte er auf Englisch: »Das ist Giovanna, der gute Geist des Hauses. Sie wird sich um Sie kümmern, aber sie spricht kein Englisch.«

»Zumindest das, was Sie zu ihr gesagt haben, habe ich verstanden«, grinste John. »Es wird schon gehen.« Sein Vater hatte immer darauf bestanden, dass die Kinder zumindest die Grundbegriffe seiner Muttersprache beherrschten, aber da zu Hause dann doch meistens Englisch gesprochen worden war, hatte er wenig Gelegenheit zum Üben gehabt. Aber das, was er gekonnt hatte, tauchte langsam wieder auf.

Sie traten durch die Tür in eine dunkle, kühle Halle. Eine Treppe führte überaus repräsentativ zu einer Galerie empor. Rechts und links gingen dämmrige Flure ab, und von oben hing ein schwerer Kronleuchter herab. Ihre Schritte hallten auf dem kahlen Terrakottaboden.

Umsatz von IBM im Jahre 1992.
65.000.000.000 $

Eduardo schärfte Giovanna noch einmal ein, langsam und deutlich mit John zu sprechen, was ihm einen verweisenden Blick von ihr eintrug, verabschiedete sich und zog sich zurück. John folgte der resoluten Hausverwalterin die Treppe hinauf und durch lichtere Flure, bis sie in ein großes Zimmer kamen, von dem sie behauptete, es sei seines, ein Zimmer so groß wie ein Saal, das große Glastüren hatte hinaus auf einen weiten Balkon, von dessen verwitterter Sandsteinbrüstung aus man über das Mittelmeer sehen konnte.

»Hier ist Ihr Badezimmer«, sagte sie, aber John hatte nur Augen für die schimmernde Weite des Meeres. Wenn er etwas bräuchte, egal was – er brauche nur die Fünfzehn zu wählen.

»Wie bitte?«, sagte John, schon ganz automatisch auf Italienisch, und drehte sich um. Sie stand neben dem Bett und hielt den Hörer des Telefons in der Hand, ein modernes, schnurloses Telefon, dessen Ladestation auf dem Nachttisch stand.

»Fünfzehn«, sagte Giovanna noch einmal. »Wenn Sie etwas brauchen.«

»Ja.« John nickte, nahm das Telefon, als sie es ihm reichte. »Und wenn ich telefonieren muss? Nach außerhalb?« Das italienische Wort für *Amtsleitung* fiel ihm nicht ein.

»Eine Null wählen«, erklärte Giovanna, geduldig wie eine Mutter mit einem begriffsstutzigen Kind. John fragte sich, ob sie wohl Kinder hatte. Dann schaute er sich das Telefon an. Es hatte ein kleines, durchsichtiges Plastikschildchen, in dem eine Karte mit der Telefonnummer steckte. Seine Durchwahl war 23.

»Danke«, sagte er.

Nachdem sie gegangen war, spürte er, dass er müde war. Das musste der Jetlag sein. Er hatte während des Fluges kaum geschlafen, und er hatte keinerlei Gefühl für die Tageszeit, fühlte sich durcheinander und aufgekratzt und gleich-

---

Bruttosozialprodukt von Griechenland 1991.
66.000.000.000 $

zeitig zum Hinfallen müde. Das Bett sah gut aus, breit und angenehm, frisch gemacht. Die Fahrt mit dem Ferrari war wie ein Adrenalinstoß gewesen, wie ein starker Kaffee, hellwach und ekstatisch, wie er durch die Landschaft geschossen war ... er konnte jetzt nicht schlafen, auch wenn ihm vielleicht danach war. Er würde kein Auge zutun. Aber sich ein bisschen aufs Bett legen, ein wenig ausruhen, das konnte er doch. Das schadete nicht ...

Als er wieder erwachte, hochfuhr und sich umsah und erst langsam begriff, wo er war und was geschehen war, war es immer noch hell – oder vielleicht auch *wieder* hell –, aber das Licht hatte sich verändert. Er setzte sich auf, fuhr sich mit den Fingern durchs Haar und schüttelte benommen den Kopf. In den Kleidern einzuschlafen, von einer Sekunde auf die andere ...

Er stemmte sich mühsam hoch. Wo war das Badezimmer gewesen? Egal. Wie von selbst zog es ihn zu den Balkontüren, hinaus auf den Balkon. Die frische, nach Salz und Weite riechende Luft klärte ihm den Kopf. Die Sonne stand tief am Horizont vor ihm, das musste Westen sein – also war es später Nachmittag. Er hatte mindestens fünf Stunden verschlafen.

Jetzt sah er erst, wie das Haus der Vacchis gebaut war. Es gab ein Haupthaus, von dem zwei Flügel abgingen, die jeweils rechtwinklig umknickten, dem Meer entgegen, und in einer großzügigen Terrasse endeten. Eine davon war die, auf der er jetzt stand. Auf der anderen Terrasse, dem Gegenstück zu seiner am entgegengesetzten Ende des Gebäudes, waren blaue Sonnensegel gespannt, unter denen gerade ein großer Tisch gedeckt wurde. Wilder Wein rankte sich über die Brüstung, auf der große Töpfe mit roten, blauen und violetten Blumen standen. Jemand winkte ihm zu, herüberzukommen. »Abendessen!«, verstand er und erkannte Alberto Vacchi. Der andere, der da saß, konnte sein Bruder Gregorio sein, und dann waren da noch eine Frau, die er nicht kannte, und Gio-

67.000.000.000 $

vanna zusammen mit einem jungen Mädchen in einer formellen Hausmädchenkleidung, die Teller und Gläser auf den Tisch stellten.

John winkte zurück, blieb aber noch eine Weile stehen und schaute über das weite Meer, das im Sonnenlicht funkelte wie eine Kitschpostkarte. Eine große, schneeweiße Jacht zog quer über das Wasser, und ihr Anblick rief jenen leisen Neid in John wach, den wohl jeder spürt, der am Ufer steht und zu einem solchen unerreichbar schönen Schiff hinübersehen muss – Jachten scheinen geradezu dafür gebaut zu sein, solche Gefühle bei Beobachtern hervorzurufen.

Dann fiel ihm ein, dass er ja reich war, unvorstellbar reich. Er konnte sich so eine Jacht kaufen, wenn er wollte. Er konnte sich ein Dutzend solcher Jachten kaufen. Wenn ihm danach war, konnte er sich einen privaten Jumbo-Jet zulegen, eine ganze Flotte davon. Und selbst das würde das stetige Wachstum seines monströsen Vermögens nicht merkbar verzögern. *Mit jedem Atemzug,* hatte Eduardo gesagt, *sind Sie um viertausend Dollar reicher.* Das hieß, das Vermögen wuchs schneller, als er es hätte zählen können, selbst wenn man ihm Tausend-Dollar-Scheine geben würde.

Dieser Gedanke ließ jäh seine Knie weich werden, ohne dass er hätte sagen können, warum eigentlich. Plötzlich war das alles zu viel, machte ihm Angst, rollte heran und drohte ihn unter sich zu zermalmen und zu begraben wie eine abgehende Lawine. Er wandte sich dem Haus zu, tastete an den Glastüren entlang zu der, die offen stand, und ließ sich, als er endlich im Zimmer war, auf den Teppichboden sinken. So blieb er liegen, bis die dunklen Nebel vor seinen Augen wieder wichen.

Hoffentlich sah ihn niemand so. Er setzte sich langsam auf, blieb sitzen, wartete. Schließlich stand er auf, fand das Badezimmer und hielt sein Gesicht unter den Wasserhahn,

---

Bruttosozialprodukt von Polen 1991.
68.000.000.000 $

und als er wieder herauskam, roch er plötzlich unglaublich verlockende Bratendüfte, die von der anderen Terrasse herübergeweht kamen und sich in seinem Zimmer verfingen. Er hätte gern geduscht und etwas anderes angezogen, aber er wusste nicht, wann und wo seine Sachen ankommen würden, und er wollte jetzt, Telefon hin oder her, niemanden deswegen in Aufruhr versetzen. Außerdem lockte das Abendessen, und er beschloss, dass die Dusche Zeit hatte.

Er fand den Weg hinüber auf eigene Faust. Das war nicht so schwer, das Haus war symmetrisch gebaut. Das, was auf seiner Seite sein Zimmer war, war hier ein prachtvoll ausgestatteter Salon, und als er auf die Terrasse trat, wurde er freundlich willkommen geheißen.

»Diese Transatlantikflüge haben es in sich«, meinte Alberto und winkte ihn auf den freien Platz neben sich. »Vor allem die in östliche Richtung. Da hilft nur Schlaf und gute Ernährung ... Giovanna, einen Teller für unseren hohen Gast.«

Sie saßen alle an einem langen, massiven Tisch aus Holz, der vor Jahrhunderten für irgendeinen Rittersaal gezimmert worden zu sein schien, die Anwälte an einem Ende – nur der *Padrone* fehlte – und eine Hand voll weiterer Gäste am anderen, von denen John nur Benito, den Chauffeur, erkannte und Giovanna, die bei ihm saß und heftig gestikulierend auf ihn einredete. Dazwischen, in der Mitte des Tisches standen große gläserne Schüsseln mit farbenprächtigen Salaten, Körbe mit frischem, nach Hefe duftendem Weißbrot und gusseiserne Töpfe, in denen gebratene Fische vor sich hin schmurgelten. Das junge Hausmädchen sprang auf Giovannas Wink herbei und stellte John einen Teller hin, Besteck und ein Glas aus geschliffenem Kristall.

Alberto übernahm unterdessen die Vorstellung. Die Frau, die John schon von seiner Terrasse aus gesehen hatte, hieß Alvina, war Gregorios Frau und demzufolge Eduardos Mutter. Sie sprach gut Englisch, wenn auch mit starkem Akzent, und erzählte, dass sie an der Schule hier im Dorf unterrichtete. Dann sprudelte Alberto weitere Namen hervor, die John sich allesamt nicht merken konnte, aber er besah sich die Gesichter dazu. Der stämmige Mann mit der beginnenden Glatze, der breitbeinig auf seinem Stuhl saß und der Unterhaltung zwischen Giovanna und Benito zuhörte, war also der Gärtner. Die beiden jungen Burschen, die verbissen an ihren Fischen herumsäbelten, waren den Nachmittag über da gewesen, um das Schwimmbad im Keller zu reinigen, was sie einmal im Monat taten, um sich eine Kleinigkeit dazuzuverdienen. Und der zahnlose Greis, der sich mit benebeltem Lächeln an seinem Weinglas festhielt, war einer der Bauern, von denen der Haushalt der Vacchis frisches Obst und Gemüse bezog.

»Das ist eine unserer festen Einrichtungen«, erklärte Alberto. »Ein großes Abendessen, und jeder, der gerade da ist, wird mit an die Tafel geladen. Auf diese Weise erfährt man immer, was es im Dorf Neues gibt. – Sie müssen doch Hunger haben, John; greifen Sie zu!«

John wandte sich den Schüsseln zu und bediente sich reichlich. Der Anwalt goss ihm währenddessen aus einer dunklen Flasche Wein ein, der in dem Glas tiefrot funkelte wie Rubin.

»Ihr Vater kommt nicht?«, fragte John leichthin und erschrak, als sich daraufhin Albertos Gesicht verdüsterte.

»Er schläft noch. Solche Reisen machen ihm mehr zu schaffen, als er zugeben will.« Er schwieg eine Weile und fügte hinzu: »Es steht nicht mehr zum Besten mit seiner Gesundheit, aber er wollte es sich nicht nehmen lassen, dabei zu sein. So ist er nun mal.«

John nickte. »Ich verstehe.«

»Wie gefällt Ihnen Ihr Zimmer?«, fragte Gregorio.

John, der gerade dazu gekommen war, den ersten Bissen Fisch in den Mund zu schieben, nickte kauend und beeilte sich zu schlucken. »Gut. Wirklich sehr gut. Wunderbare Aussicht.«

70.000.000.000 $

»Lass ihn doch essen, Gregorio«, mahnte seine Frau und lächelte John zu. »Es ist das schönste Zimmer im ganzen Haus. Und es wartet schon lange auf Sie.«

»Ah«, machte John und wusste nicht, was er darauf sagen sollte. Weil ihm nichts einfiel, stopfte er sich etwas Salat in den Mund, und während er kaute, wandte sich das allgemeine Gespräch zum Glück anderen Themen zu.

Alberto schien nicht verheiratet zu sein. Erst jetzt fiel John auf, dass er keinen Ehering trug. Er wirkte auch nicht wie jemand, der verheiratet war. Eduardo stocherte schweigend in seinem Salat und schien mit den Gedanken woanders zu sein, während Alvina und Alberto sich über einen ihrer ehemaligen Schüler unterhielten, der, soweit John dem Gespräch folgen konnte, nach Florenz gegangen, sich als Softwareentwickler selbstständig gemacht und nun offenbar einen einträglichen Großauftrag an Land gezogen hatte. Dann stand der Gärtner auf, trat zu ihnen hin, dankte für das Essen und sagte, er müsse jetzt aber weitermachen, weil er fünf Büsche aus der Erde genommen habe; die müsse er noch heute wieder einsetzen, weil sie morgen Früh vertrocknet sein würden. John spürte, wie eine Anspannung von ihm abfiel, derer er sich gar nicht bewusst gewesen war. Es war beruhigend, hier zu sitzen, einem gebratenen Fisch das weiße Fleisch von den Gräten zu schaben und Brotstücke in den Sud zu stippen, der ölig und mit Knoblauch gesättigt war und wunderbar schmeckte, während ringsherum das Leben weiterging wie bisher auch. Etwas ließ ihn ahnen, dass ihm nicht mehr viele solcher friedlichen Momente vergönnt sein würden. Dies war die Ruhe vor dem Sturm.

Und es würde ein Eine-Billion-Dollar-Sturm werden.

Das Erwachen am Morgen dauerte lange. Es war hell um ihn, ein ungewohntes Licht, und er lag in ungewohnt wohlriechenden Laken auf einer Matratze, die seinem Körper gut tat, weder zu hart noch zu weich war, und da fiel ihm alles wieder ein. Das Erbe. Der Flug. Der Ferrari. Oh, und er hatte wirklich *einiges* getrunken gestern Abend.

Aber seltsamerweise keinen wattigen Kopf. Er stemmte sich hoch, setzte die nackten Fußsohlen auf schmeichelweichen Teppichboden und schaute sich blinzelnd um in dem riesigen Zimmer. Die Balkontüren standen offen, man hörte von Ferne das Meer rauschen, und man konnte sich einbilden, es zu riechen. Die Möbel waren nicht ganz sein Geschmack, zu zierlich alles, zu viel Glas und Schnickschnack, aber solide sahen sie aus, und sicher waren sie teuer gewesen.

Er fuhr sich mit beiden Händen durch das Haar, gähnte endlos, versuchte sich zu dehnen. Er erinnerte sich an alles nur wie an einen Traum. Weiß der Himmel, wie er hierher gekommen war, aber das hier war jedenfalls wirklich. Er saß wirklich in einem Pyjama aus Seide auf diesem Bettrand, gähnend, leicht angematscht, aber eindeutig Nicht-Traum.

Und jetzt? Eine Tasse Kaffee würde gut tun. Eine große Tasse, heiß und stark. Vorher eine Dusche.

Und auch ein Billionär musste morgens als Erstes aufs Klo.

Für das Frühstück war auch wieder auf der Terrasse gedeckt, auf der sich anscheinend mehr oder weniger das gesamte Familienleben der Vacchis abzuspielen schien. Jemand hatte das blaue Sonnensegel umgespannt, sodass es die Vormittagssonne abhielt, und in dieser Stellung gewährte es einen Blick über das Meer.

Diesmal saß nur der *Padrone* da, und der Rest der Familie fehlte. Er lud John mit einer zerbrechlich wirkenden Handbewegung ein, neben ihm Platz zu nehmen. »Was möchten Sie frühstücken? Wir hier in Italien nehmen morgens selten mehr als einen Cappuccino zu uns, aber Giovanna ist in ihrer Küche auf alle Wünsche eingerichtet. Sogar eine Auswahl original amerikanischer Frühstücksflocken kann sie Ihnen bieten, wenn ich mich recht erinnere.«

»Ein Kaffee wäre schon mal ein guter Anfang«, meinte John.

Sie schien ihn gehört zu haben, denn sie kam mit einer

72.000.000.000 $

großen Tasse Cappuccino an, die sie ihm hinstellte. Sie wirkte auch noch ziemlich verkatert.

»Die anderen schlafen alle noch«, fuhr der alte Mann gut gelaunt fort, als er bemerkte, wie John die Reihen der Fenster musterte. »Kein Wunder. Ein Flug über den Atlantik, dann eine lange Autofahrt, und zum Schluss ein Gelage ... So jung sind meine Söhne auch nicht mehr, bloß wollen sie das nicht wahrhaben. Alberto hat Ihnen sicher allerlei grauslige Geschichten über meinen Gesundheitszustand erzählt, was? In Wirklichkeit bin ich dem Abendessen absichtlich ferngeblieben. Wissen Sie, ich habe viele Biografien studiert von Leuten, die sehr alt geworden sind, und festgestellt, dass die Schlafgewohnheiten eine wesentliche Rolle spielen. Nicht die einzige, aber doch eine wichtige. Man kann uralt werden, auch ohne ein Wunder an Kondition und Widerstandskraft zu sein, wenn man nur sorgfältig darauf achtet, genug Schlaf zu haben. – Eduardo könnte aber trotzdem allmählich auftauchen, er ist schließlich in Ihrem Alter.«

John nippte an seiner Tasse, und das bittere, heiße Elixier, das er unter dem süßen Schaum hervorschlürfte, rann wohltuend und belebend seine Kehle hinab. In einem chromglänzenden Drahtkorb lagen kleine Gebäckstücke, und er nahm sich eines. »Soweit ich mich erinnere, ging ich ins Bett, er aber in den Keller, um noch Wein zu holen.«

Cristoforo Vacchi lachte und schüttelte den Kopf. »Dann werden wir den Morgen für uns haben, schätze ich.«

»Ist das gut oder schlecht?«

»Das hängt davon ab, was wir daraus machen. Haben Sie schon irgendwelche Pläne?«

John hatte in das Gebäck gebissen. Es schmeckte leicht salzig, aber sehr angenehm. Er schüttelte kauend den Kopf.

»Das hätte mich auch gewundert«, meinte der alte Vacchi. »Es muss Ihnen alles ohnehin vorkommen wie ein Traum. Wir haben Sie aus Ihrer gewohnten Umgebung herausgerissen,

73.000.000.000 $

über den halben Erdball verschleppt, halten Sie hier versteckt ... Eine ziemliche Zumutung.«

»Ziemlich.«

Cristoforo Vacchi sah ihn an, mit einem ernsten, wohlwollenden Blick. »Wie fühlen Sie sich, John?«

John wich dem Blick aus, hob seine Tasse. »Eigentlich ganz gut. Wieso?«

»Fühlen Sie sich *reich*?«

»Reich?« John atmete tief ein und verzog das Gesicht. »Kann ich nicht behaupten. Okay, ich habe gestern den Ferrari gekauft. Glaube ich zumindest. Aber reich ... Nein. Eher, als ob ich in Urlaub wäre. Als ob die italienische Verwandtschaft aufgetaucht und mich überraschend zu einer Europareise mitgenommen hätte.«

»Würden Sie denn gern eine Europareise machen?«

»Darüber habe ich noch nie nachgedacht ... Ich denke schon.«

»Im Moment würde ich Ihnen zwar noch abraten«, sagte Cristoforo Vacchi, »aber davon abgesehen wäre das ein Beispiel für einen Wunsch, über den Sie sich klar werden müssen und auch darüber, dass Sie ihn sich erfüllen können, wenn Sie möchten. Das ist ein Lernprozess. Sie müssen lernen, mit Geld umzugehen, auch mit viel Geld. Es gibt keinen materiellen Wunsch mehr, den Sie sich aus Geldmangel versagen müssten – aber es kann andere Gründe geben, und die müssen Sie im Stande sein zu erkennen. Ihr bisheriges Leben hat Sie hierauf nicht vorbereitet – zumindest vordergründig nicht –, und das müssen Sie nachholen.«

John kniff die Augen zusammen. »Was meinen Sie mit ›vordergründig nicht‹?«

Der *Padrone* schaute prüfend zu dem Sonnensegel hinauf, ließ den Blick über die Verspannung wandern und rückte mit seinem Stuhl dann ein Stück weiter, um im Schatten zu bleiben. »Die Sonne ist nicht mehr dieselbe wie in meiner Jugend. Ich glaube nicht, dass es am Alter liegt. Zu meiner Zeit hat sich niemand über die Sonne beklagt. Ich glaube, es hat tatsächlich mit diesem Ozonloch zu tun. Es hat die Sonne verändert, das heißt natürlich das Licht von ihr, das uns erreicht.« Er nickte nachdenklich. »Derjenige, der die Spraydose erfunden hat, hat das natürlich nicht beabsichtigt. Und vielleicht ist es auch nicht einfach so, dass er allein daran schuld ist. Es kommen immer viele Ursachen zusammen, die ein ganzes Bündel von Wirkungen haben, und alles hängt untereinander zusammen, bildet ein Geflecht, das kaum oder überhaupt nicht zu durchschauen ist. Verstehen Sie, was ich mit ›vordergründig‹ meine?«

John überlegte, nickte dann, obwohl er höchstens ahnte, worauf der alte Mann hinauswollte. »Ja.«

»Ich denke, es hat seinen verborgenen Sinn, dass Sie so aufgewachsen sind, wie Sie aufgewachsen sind, und auch, dass Sie, sagen wir einmal, unserer Aufmerksamkeit ab einem gewissen Alter entgangen sind.« Er schüttelte den Kopf und schien dabei in sich hineinzulachen. »Fünfhundert Jahre Zeit der Vorbereitung, und dann so eine Blamage. Können Sie sich das vorstellen? Nach Lorenzos Tod standen wir da und hatten nichts von Ihnen als einen Namen und Unterlagen, die mindestens zehn Jahre alt waren.« Er kicherte wieder, nahm ein Gebäckstück und tauchte es in seinen Kaffee, bevor er davon abbiss. »Wir wussten nicht einmal, wo Sie wohnen.«

John lächelte mühsam. »Wäre Lorenzo der geeignetere Erbe gewesen?«, fragte er und hielt unwillkürlich den Atem an.

Der *Padrone* wiegte den Kopf. »Geeignet wäre er sicher gewesen. Er war intelligent, sehr intelligent sogar, hatte in der Schule einige Mathematikpreise gewonnen ... Er faszinierte uns alle, das gebe ich zu. Er wäre geeignet gewesen – vordergründig. Aber ich habe Ihnen ja gesagt, dass ich dem Vordergründigen misstraue.«

»Ich habe keine Mathematikpreise gewonnen«, sagte John.

»Ich habe schon Schwierigkeiten mit gewöhnlicher Zinsrechnung. Und sonderlich intelligenter als jemand anders bin ich auch nicht.«

Cristoforo Vacchi sah ihn an. »Aber Lorenzo ist tot, und Sie leben.«

»Vielleicht war das ein Fehler.«

»Gott ist es, der uns unser Leben zumisst. Glauben Sie, Gott macht Fehler?«

John hielt inne. »Ich weiß nicht«, sagte er dann. »Vielleicht. Manchmal denke ich, ja.«

Der alte Mann hob die Tasse an die Lippen, trank, nickte sinnierend vor sich hin, als habe er nicht gehört, was John gesagt hatte. »Sie sind noch jung«, sagte er dann plötzlich. »Sie sind noch zu jung, um die Vollkommenheit der Welt sehen zu können, John. Machen Sie sich nichts daraus. Glauben Sie mir – Sie sind der rechtmäßige Erbe.«

»Und warum fühle ich mich dann nicht so?«

»Weil Sie erst lernen müssen, sich so zu fühlen. Sie stehen gewissermaßen noch unter Schock. Ihr ganzes Leben hat sich fundamental verändert, und Sie müssen sich erst in das neue Leben hineinfinden. Das ist ganz normal. Sie müssen viel lernen, viel verstehen, viel erfahren, ehe Sie diesen Schritt bewältigt haben. – Ich würde gerne«, fuhr Cristoforo Vacchi fort und nippte an seinem Cappuccino, »nachher mit Ihnen nach Florenz fahren. Ihnen ein wenig von der Stadt zeigen. Und vor allem unser Archiv. Das befindet sich in unserem Büro dort. Übrigens auch seit fünfhundert Jahren. Haben Sie Lust?«

Das mit den fünfhundert Jahren, dachte John, geht ihm so selbstverständlich von den Lippen, als habe er die ganze Zeit miterlebt. Als gehöre er einer anderen Rasse an, einer Rasse unsterblicher Anwälte.

»Klingt interessant.«

»Wir haben hier im Keller von allen Dokumenten Mikrofilme«, meinte Cristoforo, »aber eben nur Mikrofilme. Ich würde

Ihnen gerne die Originale zeigen, damit Sie ein Gefühl für die Zeit, die ganze Geschichte bekommen.« Er schmunzelte. »Vorausgesetzt natürlich, es gelingt mir nachher, Benito zu wecken.«

»Ziemlich weiter Weg zur Arbeit«, meinte John, als sie Lucca passierten und ein Straßenschild verkündete, dass es noch achtundsiebzig Kilometer bis *Firenze* seien.

»Nun, wir arbeiten nicht so viel, dass uns das stören würde.« Der *Padrone* lächelte. »Abgesehen davon beschreibt schon Dante die Florentiner als geizig, neidisch und hochmütig – es tut ganz gut, Abstand zu dieser Stadt zu haben.«

»Warum verlassen Sie Florenz dann nicht ganz?«

Cristoforo Vacchi machte eine vage Geste. »Tradition, nehme ich an. Und es macht sich gut auf Visitenkarten, wenn man in der Welt unterwegs ist.«

John nickte und sah wieder aus dem Fenster. »Auch ein Grund.«

Sie redeten ansonsten nicht viel auf der Fahrt. John verlor sich im Anblick der sanften toskanischen Hügel mit ihren Weinbergen und Obstgärten und weißen Villen, und der Alte starrte nachdenklich vor sich hin.

Als sie den Stadtrand von Florenz hinter sich hatten, wies er Benito an, sie an der Piazza San Lorenzo abzusetzen. »Von da aus ist es nicht weit bis zur Kanzlei, und ich kann Ihnen auf dem Weg einige Sehenswürdigkeiten zeigen. Nicht die üblichen – Piazza della Signoria, Uffizien, Duomo, Palazzo Pitti, Ponte Vecchio, das ist so der übliche Rundgang. Aber ich denke, den müssen Sie sich nicht ausgerechnet an einem Samstag antun.«

John nickte. Richtig, heute war Samstag. Sein Zeitgefühl war noch etwas durcheinander.

Der Wagen quälte sich durch endlose Staus zwischen kolossalen mittelalterlichen Fassaden und hielt schließlich vor der rohen Backsteinfront einer wuchtigen, hoch aufragenden

Basilika. Cristoforo bat Benito, sie gegen halb drei vor der Kanzlei wieder abzuholen, dann stiegen John und er aus, und der Rolls-Royce glitt unter den aufmerksamen Blicken der Passanten davon.

Es war viel los auf den Straßen von Florenz. Der ganze Vorplatz der Kirche San Lorenzo wurde von grellbunten Verkaufsständen fliegender Händler beansprucht, zwischen denen sich Heerscharen von Touristen drängten, und ein Stimmengewirr in allen Sprachen der Welt wetteiferte mit dem Knattern vorbeifahrender Mopeds. John hielt sich an Cristoforo, der sich hier sichtlich zu Hause fühlte, und folgte ihm zu einem Denkmal, das, umgrenzt von einem dünnen schwarzen Eisengeländer, in der Mitte des Platzes stand und diesen dominierte. Es bestand aus einem reich verzierten Sockel, auf dem eine überlebensgroße Figur saß.

»Das ist der Begründer der Medici-Dynastie, Giovanni di Averardo«, erklärte der *Padrone*. Er musste schreien, um sich durch den Lärm verständlich zu machen. »Er lebte im vierzehnten Jahrhundert, und sein Sohn Cosimo war der erste Medici, der Florenz regierte – hauptsächlich, weil er reich war. Die Medici besaßen damals das größte Bankimperium Europas.«

John sah zu der nachdenklich dasitzenden Figur auf, betrachtete die lebensecht wirkenden Gesichtszüge. Die Feinheiten der Reliefs waren unter einer dicken schwarzen Patina aus Abgasen und Staub verschwunden, die aussah wie der Schmutz von Jahrhunderten und doch wahrscheinlich nur der Schmutz eines halben Jahres war. »Aha«, machte er.

»Das war um das Jahr 1434 herum, wenn ich mich recht entsinne. Er starb jedenfalls im Jahre 1464, und sein Sohn Piero, den man den Gichtigen nannte, starb fünf Jahre später an eben dieser Krankheit. Damit kam dessen Sohn Lorenzo an die Macht, der damals gerade zwanzig Jahre alt war. Trotzdem regierte er die Stadt mit so viel Umsicht, dass man ihn später ›Il Magnifico‹, ›den Prächtigen‹ nannte.«

78.000.000.000 $

»Ah ja.« Schon wieder ein Lorenzo. Solche Belehrungen vor Ort hatte er schon in der Schule gehasst, aber es führte wohl kein Weg daran vorbei.

»Im Jahre 1480 wurde Ihr Urahn Giacomo Fontanelli geboren«, fuhr der alte Anwalt fort, den Blick auf die Statue gerichtet, und als John ihn von der Seite ansah, begriff er, dass alle diese längst vergangenen Ereignisse für diesen Mann eine Bedeutung besaßen, dass sie so sehr zu seinem Leben gehörten wie der Tag seiner Hochzeit. »Lorenzo hatte gerade eine Verschwörung überlebt, der sein Bruder zum Opfer gefallen war, und die Gelegenheit genutzt, sich seine Feinde vom Hals zu schaffen. Damit wuchs Giacomo Fontanelli auf in der Zeit, in der Florenz seine größte Blüte erlebte – eben die Regentschaft von Lorenzo dem Prächtigen.« Cristoforo deutete in Richtung der Kuppeln, die sich am gegenüberliegenden Ende der Kirche, vor der sie standen, über diese erhoben. »Dort drüben sind die Medici-Fürsten übrigens alle beigesetzt. Wollen wir einmal hineingehen?«

»Gern«, nickte John, ganz erschlagen von der Hitze, dem Staub, dem Lärm und der geballten Ladung Geschichte. Wenn man sich vorstellte, dass das alles noch vor der Entdeckung Amerikas durch Kolumbus passiert war ...

Er stellte es sich lieber nicht vor.

Sie gingen in weitem Bogen um den Platz und die Marktstände herum – »das ist der Canto dei Nelli«, erfuhr er dabei, ohne zu verstehen, was das bedeuten sollte –, bis sie schließlich den Eingang zu den Medici-Kapellen erreichten, wo sie einen lächerlich geringen Eintritt entrichteten und aus dem hitzedurchglühten Tumult der Straße in die kühle Stille der Krypta treten durften.

Zahlreiche Touristen mit schussbereiten Fotoapparaten wanderten umher, unwillkürlich leise und andächtig, und studierten die Inschriften, die sich auf verschiedene Mitglieder der Familie Medici bezogen. Cristoforo deutete auf den letzten Pfeiler auf der rechten Seite: »Dort ist die Letzte der

79.000.000.000 $

Medici bestattet, Anna Maria Ludovica. Hier steht es – gestorben 1743. Mit ihr endet das Geschlecht der Medici.«

Sie standen eine Weile schweigend, nahmen die Stille in sich auf, die Kühle, rochen den muffigen Geruch toter Jahrhunderte.

»Gehen wir weiter in die Sakristei«, meinte Cristoforo schließlich und fügte rätselhaft hinzu: »Die wird Ihnen gefallen.«

Sie durchquerten die dämmrige Krypta und kamen in einen kurzen Korridor, dem sie folgten, bis sie in einen weiten Raum gelangten, der in Sachen Prachtentfaltung alles in den Schatten stellte, was John jemals in seinem Leben gesehen hatte. Um ihn türmten sich Säulen, Nischen und Podeste aus weißem und pastellfarbenem Marmor, die Nischen aus dunklem Marmor umrahmten, schwarze Querbänder stützten, grandiose Weite ausstrahlten. John sah hinauf in die Kuppel, die sich emporwölbte wie das Firmament, und vergaß zu atmen. Und doch war diese Pracht erst der Hintergrund für eine Reihe von Marmorstatuen, die so echt und lebendig wirkten, dass man glauben konnte, die Figuren würden sich jeden Moment anfangen zu bewegen.

»Mein Gott«, hörte John sich murmeln. Er hatte nicht geahnt, dass es so etwas gab.

»Wunderbar, nicht wahr?«

John konnte nur nicken. Es kam ihm vermessen vor, dass er einmal geglaubt hatte, ein Künstler zu sein.

»Wer hat das gemacht?«, fragte er nach einer Weile.

»Michelangelo«, erklärte Cristoforo Vacchi. »Es war sein erstes Bauwerk.«

»Michelangelo ...« Dieser Name rief etwas wach, erinnerte ihn an etwas, das weit zurücklag, aber er hätte nicht sagen können, woran.

Der *Padrone* deutete auf die Skulptur, vor der John stand und die einen Mann in der Pose tiefen Nachdenkens darstellte. »Diese Figur nennt man den *Pensieroso*«, erklärte er, »den

80.000.000.000 $

Denker. Sie stellt Lorenzo den Jüngeren dar, der Enkel von Lorenzo dem Prächtigen. Dessen Grab ist unvollendet geblieben.« Er zeigte auf eine Nische neben dem Eingang. »Lorenzo starb im Jahr 1492, und sein Sohn Piero floh, als zwei Jahre später französische Armeen unter Karl dem Achten in Italien einfielen und unter anderem auch Florenz eroberten. Von Giacomo Fontanelli wissen wir nur, dass er mit seiner Mutter aus Florenz fortging, und wahrscheinlich suchten sie endgültig Zuflucht in dem Kloster, das sie auch früher schon beschützt hatte.«

John starrte die Skulptur an, glaubte sie für einen Moment atmen zu sehen und musste blinzeln, um diesen Eindruck zu verscheuchen. Er hatte Mühe, den Erklärungen des *Padrone* zu folgen. »Existiert dieses Kloster noch?«

»Als Ruine, ja. Es wurde Ende des neunzehnten Jahrhunderts aufgegeben, im Zweiten Weltkrieg als Waffenlager benutzt und durch einen Fliegerangriff zerstört.«

John wanderte weiter durch die Sakristei, verfolgte, wie schimmernde Lichtreflexe über die Oberfläche der Skulpturen wanderten und sie beinahe lebendig aussehen ließen. »Die Medici waren reich, aber sie sind als Familie ausgestorben. Was ist heute von ihrem Vermögen übrig außer diesen Kunstschätzen?«

»Nichts«, sagte Cristoforo Vacchi.

»Und wieso gibt es noch Fontanellis und noch Vacchis? Und wieso existiert das Vermögen von Giacomo Fontanelli noch?«

Cristoforo zuckte die Schultern. »Keiner aus diesen Familien hat je regiert, geherrscht, sich irgendwie hervorgetan. Denken Sie daran, dass viele Medici umgebracht wurden, die meisten von ihren Verwandten. Das Vermögen Fontanellis wurde nie in Geschäfte, Kriegszüge oder Bestechung investiert. Es war nur da und wuchs unbeachtet. Ich glaube, dass die Unauffälligkeit triumphiert hat.«

81.000.000.000 $

Die Kanzlei lag nur ein paar Straßenzüge entfernt, in einer unauffälligen Seitengasse, wenn es im Zentrum von Florenz überhaupt so etwas wie eine unauffällige Seitengasse gab; auch diese war eine düstere gepflasterte Schlucht zwischen zwei uralten Fassaden. Eine ehemals dunkelgrün gestrichene Tür, massiv, verwittert, von der die Farbe abblätterte, daneben ein rostiger Briefkastenschlitz, auf dem der Name Vacchi immerhin eingraviert war – das war alles.

»Finden Ihre Klienten Sie hier denn?«, fragte John, während Cristoforo seinen Schlüsselbund hervorzog.

»Wir haben keine Klienten mehr, die uns finden müssen«, erwiderte der Anwalt und schloss auf.

Die heruntergekommene Fassade war nur Tarnung, begriff John, als er sich im Inneren des schmalen Hauses umsah. Auf der Rückseite der Haustür waren automatische Verriegelungsbolzen aus chromglänzendem Stahl zu sehen. Eine kleine Videokamera richtete sich selbsttätig auf sie aus, während Cristoforo zu einem Kästchen an der Wand trat und auf dem darauf angebrachten Ziffernblock eine lange, mindestens zehnstellige Nummer eintippte, worauf ein rot glimmendes Lämpchen grün wurde. Überall im Treppenhaus waren leise Klickgeräusche zu hören, die von sich entriegelnden Türen stammen mochten.

»Wir lagern hier sehr viele alte Originaldokumente«, erklärte Cristoforo, während sie die Treppe hinaufstiegen, die windschief war, winklig, sicher Jahrhunderte alt. »Bisher musste man nicht fürchten, dass jemand auf die Idee kommen würde, in der Kanzlei einzubrechen. Das könnte sich allerdings ändern. – Der erste Stock: Das war bis ins letzte Jahrhundert eine Wohnung für eine der Vacchi-Familien. Heute gibt es nur noch eine richtige Wohnung hier, für den Fall, dass einer von uns lange hier zu arbeiten hat und abends nicht mehr zurückfahren will, oben im vierten Stock.«

Er öffnete die Tür.

82.000.000.000 $

Gläserne Vitrinenschränke, so weit das Auge reichte, und dahinter nicht enden wollende Reihen dunkler, alter Folianten. Das Licht der Neonröhren an der niedrigen Decke spiegelte sich in den Scheiben, als John näher trat und versuchte, die verblassenden Aufschriften auf den Einbandrücken zu entziffern. Jahreszahlen – 1714, 1715 und so weiter. Es roch wie in einem Museum, nach Staub und Reinigungsmitteln und Linoleumboden.

»Was sind das für Bücher?«, wollte John wissen.

»Kontenbücher«, erwiderte der *Padrone* lächelnd. »Hier können Sie genau nachlesen, wie sich Ihr Vermögen entwickelt hat. Meine Vorfahren waren in dieser Hinsicht von akribischer Sorgfalt. In aller Bescheidenheit muss man sagen, dass die Kontenbücher der Vacchis weitaus genauer und vollständiger sind als die, die Giacomo Fontanelli selber geführt hat.«

»Gibt es die etwa auch noch?«

»Selbstverständlich. Kommen Sie.«

John folgte dem alten Mann durch eine niedrige Tür, bei der er vorsichtshalber den Kopf einzog, in den nächsten Raum, der genauso eingerichtet war. Nicht ganz – bei genauerem Hinsehen entdeckte John, dass die Bände in den Vitrinen dünner waren, älter und zerfledderter aussahen, und dass die Vitrinen selber stabiler waren, geradezu gepanzert und offenbar mit eingebauter Klimaanlage versehen.

»Die Luftverschmutzung«, sagte Cristoforo Vacchi und wiegte bekümmert das Haupt. »In all den Jahrhunderten haben die Dokumente nicht so gelitten wie in den letzten drei Jahrzehnten. Wir mussten dazu übergehen, sie gesondert zu belüften, sonst hätten die Autoabgase in der Luft sie zerfressen.«

Noch eine Türe, und dahinter ein kleiner, dunkler Raum, beinahe leer, schlicht eingerichtet und eher an eine Kapelle gemahnend. Ein Kruzifix hing an der Wand, darunter stand eine Art Schautisch, vor dem wiederum ein Stuhl stand. Cristoforo schaltete zwei Lampen ein, die durch das Glas des Schautisches dessen Inneres beleuchteten.

John trat näher heran, und ein eigenartiger Schauder erfüllte ihn. Er ahnte schon, was er sehen würde, noch ehe der alte Anwalt es aussprach.

»Das ist das Testament«, erklärte Cristoforo Vacchi, beinahe weihevoll. »Das Vermächtnis des Giacomo Fontanelli.«

Es waren zwei große, dunkelbraune Bogen eines dicken, eigenartig schimmernden Papiers, die unter der Glasplatte auf weißem Samt lagen. Die Schrift darauf war klein und kantig und kaum zu entziffern. Beide Bogen waren eng voll geschrieben und durch zwei brüchig aussehende Bänder verbunden, die an beiden Enden mit eindrucksvollen Siegeln befestigt waren. John zog den Stuhl vor, der sich alt anfühlte wie alles hier, alt und solide, und setzte sich. Er beugte sich vor, betrachtete das Dokument unter dem Glas von nahem, versuchte zu erfassen, dass sein Urahn, der Urheber dieses ganzen wahnsinnigen Projektes, mit eigener Hand diese Worte geschrieben hatte.

»Ich verstehe kein einziges Wort«, bekannte er schließlich. »Aber wahrscheinlich ist das mittelalterliches Italienisch, oder?«

»Es ist Latein.«

John nickte, starrte die dunkelbraunen, elegant geschwungenen Linien der Anfangsbuchstaben an. Wie eine Seite aus einer alten, handgeschriebenen Bibel. »Latein. Konnte Lorenzo eigentlich Latein?«

Der *Padrone* legte ihm die Hand auf die Schulter. »Quälen Sie sich nicht«, meinte er. »Sie sind nicht schuld an seinem Tod.«

»Aber ich profitiere davon.«

Die Hand knetete seine Schulter. »Sie sind der Erbe. Sehen Sie hier.« Er zeigte auf eine Stelle in dem handgeschriebenen Text, an der John bei näherem Hinsehen tatsächlich ein aus römischen Zahlen zusammengesetztes Datum erkannte. »Der jüngste männliche Nachfahre, der am 23. April des Jahres 1995 am Leben ist. Am Leben – das sind Sie, John. Sie sind der, den er gemeint hat.«

Johns Blick wanderte wieder über das uralte Schriftstück, verfing sich in den eleganten Bögen der Unterschrift, neben der weitere, kleinere Unterschriften gekritzelt waren, Beglaubigungen vielleicht, notarielle Bestätigungen, genau wie die dunklen, brüchigen Siegel. Er hatte keine Ahnung, ob dieses Dokument so aussah, wie ein Testament aus dem fünfzehnten Jahrhundert aussehen musste. Sie hätten ihm alles Mögliche zeigen können und behaupten, da stünde geschrieben, was sie behaupteten. Nur, welchen Sinn hätte es gemacht, so etwas zu fälschen? Sie wollten ihm eine Billion Dollar schenken. Sie waren ganz versessen darauf, ihn zum reichsten Mann seit der Entstehung des Sonnensystems zu machen. Sie hatten keinen Anlass, ihn zu belügen.

Was mochte dieser Giacomo Fontanelli für ein Mensch gewesen sein? Ein religiöser Eiferer? Ein Fanatiker? Die Unterschrift wirkte kraftvoll, abgerundet, harmonisch. So schrieb ein Mann, der im Vollbesitz seiner Kräfte und sich seiner Sache absolut sicher war. Er wünschte, das Testament lesen zu können. Obwohl, nein – was er sich eigentlich wünschte, war zu wissen, wie das sein mochte: eine Vision zu haben, die das ganze Leben veränderte und bestimmte.

Wie es sein mochte, ein klares Ziel im Leben zu haben.

Schräg über dem Tisch war ein schmales, schießschartenartiges Fenster aus dickem, schlierigem Glas. Ein Stück einer Kuppel war dadurch zu erkennen, und John fragte sich, ob es die Kapelle war, die Michelangelo gebaut hatte für die toten Medici. Er wusste es nicht, hatte nicht einmal eine Vorstellung, in welche Richtung sein Blick durch dieses Fenster ging. Michelangelo. Wieso hing ihm dieser Name so nach, drehte unentwegt Schleifen im Hintergrund seiner Gedanken? Ihm war, als sei da eine Stimme in ihm, die in einem fort diesen Namen wiederholte, als wolle sie ihn an etwas erinnern –

85.000.000.000 $

aber an was? Michelangelo. Er hatte die Sixtinische Kapelle ausgemalt, in Rom. In Rom, wo Lorenzo geboren war, gelebt hatte und starb.

»Wie alt war ich, als Lorenzo zur Welt kam?«

»Wie bitte?«, schreckte Cristoforo aus seinen eigenen Gedanken hoch.

»Zwölf«, beantwortete John seine eigene Frage. »Ungefähr zwölf. Was war davor?«

»Wie meinen Sie das?«

»Vor Lorenzos Geburt. Wer war da der Kandidat?«

»Sie.« Er sagte es, als sei es das Selbstverständlichste der Welt.

»Haben Sie mich damals beobachtet?«

»Sicher.«

Jetzt kam die Erinnerung wieder, flutete aus den Tiefen des Vergessens hoch wie ein Springbrunnen, der eingeschaltet wird und anfängt, ein leeres Becken zu füllen. Ein elegant gekleideter Herr. Silberne Schläfen. Eine manikürte Hand, die ihm eine Tafel Schokolade reichte. Ein gütiger Blick unter buschigen Brauen hervor. Jetzt verstand er plötzlich, was diese Stimme in ihm rief. Sie rief nicht *Michelangelo,* sondern ... *»Mister Angelo«,* entfuhr es John. Er drehte sich auf dem Stuhl herum, fasste Cristoforo Vacchi ins Auge, betrachtete seine gebeugte, hagere Gestalt. »Sie waren Mister Angelo, nicht wahr?«

Der *Padrone* lächelte sanft. »Sie erinnern sich?«

»Ich habe Sie einmal gesehen, wie Sie mit dem Flugzeug aus Europa kamen. Sie hatten nichts bei sich als eine Plastiktüte mit Schuhen darin.«

»Ah, das. Da haben Sie mich gesehen? Das war mein letzter Besuch. Normalerweise bin ich immer ein paar Tage in New York geblieben. Nach Lorenzos Geburt wollte ich Sie noch einmal sehen, aber Sie waren nicht da, als ich die Werkstatt Ihres Vaters erreichte. Eigenartig – an dem Tag waren Sie am Flughafen?«

86.000.000.000 $

John nickte, entdeckte immer mehr von dem, was er kannte, in der greisen Gestalt wieder. Wie lange das alles her war. Kein Wunder, dass ihm Cristoforo Vacchi von Anfang an so vertraut erschienen war. »Ja. Ich weiß nicht mehr genau, warum; ich glaube, die Eltern eines Freundes hatten mich mitgenommen – ein Ausflug oder so etwas. Aber ich habe Sie gesehen. Ich dachte lange, Sie wären nicht mehr gekommen, weil ich Ihr Geheimnis entdeckt hatte.«

»Wie in den Märchen, ja. Ich verstehe.« Der alte Mann nickte nachdenklich. »Im Nachhinein denke ich, dass wir es zu Anfang etwas übertrieben haben mit unseren Beobachtungen. Wir konnten es nicht erwarten, obwohl das Testament ausdrücklich verfügt, dass wir uns erst nach dem Stichtag zu erkennen geben durften. Als Sie noch kleiner waren, sind wir oft zu mehreren gegangen – Alberto hat mich begleitet und später Gregorio, und anfangs auch noch mein verstorbener Bruder Aldo. Wir haben Sie auf dem Schulweg beobachtet, auf Spielplätzen ...«

Erinnerungen, wie Erinnerungen an eine Zeit in dem Land hinter den Spiegeln. »Ich erinnere mich an Begegnungen mit fremden Männern, die mir seltsame Fragen stellten. An drei Männer in Mänteln, die auf der anderen Seite eines Zauns stehen, während ich schaukele. An einen großen, dunklen Mann, der Haare auf dem Handrücken hatte ...«

»Wer das war, weiß ich nicht, aber die drei Männer am Zaun, das waren Aldo, Alberto und ich.«

John musste unwillkürlich auflachen. »Meine Mutter hat sich immer Sorgen gemacht, wenn ich davon erzählte. Erst dachte sie, irgendwelche Sittenstrolche lauern mir auf, und dann, dass etwas mit mir nicht stimmt.« Er sah das Testament im Glaskasten an, die Siegel, die Unterschrift. »Wer wäre auch auf so etwas gekommen ...?«

»Kommen Sie«, forderte Cristoforo ihn auf. »Ich muss Ihnen noch etwas zeigen.«

Es ging wieder hinab, in den Keller. Die Decke hing niedri-

87.000.000.000 $

ger hier, die schmalen Fenster der oberen Stockwerke fehlten, aber alles war hell ausgeleuchtet, glatt verputzt, fast klinisch sauber. Der kurze Gang endete vor einer schweren, schwarz lackierten Stahltür. Ein Geräusch wie von einem auf Hochtouren laufenden Kühlschrank drang dahinter hervor, unerwartet in dem Haus, dessen festungsdicke Wände eine jahrhundertealte Stille gegen den Lärm der Welt draußen abzuschirmen schienen.

Es war, wie sich zeigte, ein Computer. Ein Koloss von einem Computer, ein klobiger, kleiderschrankgroßer Klotz, blau lackiert mit dem unverkennbaren IBM-Logo darauf, beherrschte den Kellerraum, dröhnend und brummend und bestürzend altmodisch aussehend. Als stamme er ebenfalls aus der Zeit der Medici. Dicke graue Kabel führten zu ganzen Batterien von Telefonbuchsen entlang der Wand.

»Draußen im Landhaus gibt es eine moderne Anlage«, erläuterte Cristoforo. »Diese hier haben wir 1969 gekauft und uns eigens ein Programm dafür entwickeln lassen, das im Stande ist, auf die Daten von Tausenden von Banken zuzugreifen, Millionen von Sparkonten verwalten und mit aktuellsten Währungskursen umrechnen und aufsummieren kann. Eduardo wird Ihnen zeigen, wie das im Einzelnen geht, die ganzen Zugriffspasswörter und so weiter, aber das, worauf alles hinausläuft, wollte ich Ihnen nicht vorenthalten. Hier, sehen Sie.«

Er deutete mit unübersehbarem Stolz auf einen wuchtigen, altmodischen Computermonitor, auf dem nichts zu sehen war als eine lange, radargrün schimmernde Zahl. Als John näher trat, sah er, dass die letzten Stellen der dreizehnstelligen Zahl in rasendem Tempo hochzählten, die letzten Ziffern so schnell, dass sie kaum zu lesen waren. Eine Billion und etliche Millionen. Der aktuelle Kontostand. Viertausend Dollar je Atemzug, hatte Eduardo gesagt. John sah den flimmernden Zahlen zu, atmete und versuchte etwas zu erkennen. Viertausend Dollar kam hin. Aber bei längerem Hinsehen merkte man, dass das auf dem Schirm kein gleichmäßiges Hochzählen war, sondern dass der Strom der Zahlen zu atmen schien, zu pulsieren wie der Blutstrom in den Adern, mal schneller, mal langsamer werdend, Nuancen nur, aber unverkennbar.

Eine Billion. Als einzelne Zahl auf einem großen, dunkelgrauen Computerbildschirm sah es nach nichts aus. »Eine Billion Dollar ist ziemlich viel Geld, oder?«, vergewisserte sich John.

Cristoforo Vacchi stand vor dem Bildschirmterminal wie vor einem Altar. »Unfassbar viel«, sagte er ernst. »Das amerikanische Magazin *Forbes* veröffentlicht jedes Jahr eine Liste der hundert reichsten Menschen der Welt. Auf dem ersten Platz stand lange Zeit der Kaufhauskönig Sam Walton, der die Walmart-Kette gegründet und es zu ungefähr vierzig Milliarden Dollar gebracht hat. Vor ein paar Jahren ist er an Knochenkrebs gestorben, wobei ihn inzwischen Bill Gates, der Chef der Firma Microsoft, überflügelt hätte mit um die fünfzig Milliarden Dollar. Gar nicht auf der Liste stehen zum Beispiel die englische Königin oder der Sultan von Brunei, obwohl sie auch darauf gehören würden, der Sultan sogar nach wie vor auf den ersten Platz. Man schätzt sein Vermögen auf siebzig Milliarden Dollar. Aber selbst wenn die Leute auf dieser Liste, die hundert reichsten Menschen der Welt, alles zusammenlegen würden, was sie haben, kämen sie nicht einmal auf eine *halbe* Billion Dollar.«

John sah ihn fassungslos an. »Aber das ist doch Wahnsinn«, meinte er schließlich, mit trockenem Mund. »Was soll ich denn anfangen mit so viel Geld?«

Der *Padrone* wiegte das weißhaarige Haupt. »Ich denke, dass der Schlüssel in dieser Ausnahmestellung liegt. Sie, John, werden nicht einfach ein reicher Mann sein, der gerade ein bisschen reicher ist als die anderen, sondern Sie werden

---

Im Jahr 1998 sind bei Naturkatastrophen weltweit 32.000 Menschen ums Leben gekommen und Sachschäden in Höhe von mindestens 89 Milliarden Dollar entstanden.

89.000.000.000 $

eine einzigartige Stellung haben. Niemand kann sich auch nur annähernd Hoffnungen machen, Ihre Größenordnung zu erreichen. Sie werden reicher sein als die meisten Staaten dieser Erde. Sie werden nicht einfach reich sein, sondern eine finanzielle Weltmacht darstellen. Das ist es, womit Sie etwas anfangen müssen.«

John schwindelte. Die letzten Worte hatte er wahrgenommen wie Regentropfen, die von außen gegen eine dicke Zeltplane trommelten. Das war ihm alles zu viel. Er war nicht dafür geschaffen, derartige Dimensionen zu begreifen. »Ich weiß nicht ... Woher wollen Sie denn wissen, dass ich nicht einfach alles für Ferraris ausgebe?«

»Ich weiß es«, antwortete der greise Anwalt einfach. »Und abgesehen davon«, fügte er mit einem verschmitzten Lächeln hinzu, »gibt es so viele Ferraris überhaupt nicht.«

An diesem Abend, lange nach dem Abendessen, als es kühl vom Meer heraufzog und zitternde Kerzenflammen in kleinen Windgläsern die einzige Beleuchtung an dem langen Tisch waren, besprachen sie die Einzelheiten der Vermögensübertragung. John hörte vor allem zu, fragte selten nach und antwortete nur »Ja«, wenn er nach seinem Einverständnis gefragt wurde. Sein Blick ging hinaus in die Nacht, verlor sich in dem silbrigen Dunst über dem dunklen Meer. Eine Hand voll Sterne glomm am Firmament. Der Wein sah schwarz aus in den Gläsern. Die Anwälte unterhielten sich leise, ihre Stimmen klangen einander immer ähnlicher, und irgendwie wirkten sie beschwingt, unüberhörbar erleichtert. Als wäre das Vermögen eine Bürde, die sie nun endlich einem anderen aufladen konnten.

»In aller Stille«, bekräftigte der *Padrone,* was sie beschlos-

---

Geschätztes Vermögen von Microsoft-Chef Bill Gates im Jahr 1999. In den folgenden Jahren wird es wieder bis auf 41 Milliarden $ im Jahre 2003 schrumpfen. Dennoch bleibt Gates unangefochten der reichste Mann der Welt.
90.000.000.000 $

sen hatten, dass nämlich die Übertragung des Vermögens ohne jedes Aufsehen in einem Notariat in Florenz vor sich gehen solle, an einem der kommenden Tage, sobald ein geeigneter Termin vereinbart war. Man wollte es John überlassen, ob und gegebenenfalls wann er mit der Tatsache und Geschichte seines Reichtums an die Öffentlichkeit gehen würde.

Er würde sich ein Haus wie dieses kaufen, beschloss John. Mit einer Terrasse, von der aus man das Meer sehen konnte. In einer Gegend, in der Grillen zirpten. Eine Terrasse aus Natursteinen, die die Hitze des Tages speicherten und abends wohlig warm abstrahlten.

Ein bisschen habe ich mich schon an den Gedanken gewöhnt, Geld zu haben, kam es John zu Bewusstsein. Von einer Vorstellung von der Menge des Geldes war er zwar noch weit entfernt, aber er fühlte sich nicht länger arm.

Die Stimme Cristoforo Vacchis drang in seine Gedanken. »Ist das in Ihrem Sinne, John?«

»Ja«, sagte John.

91.000.000.000 $

5

MARVIN COPELAND LAS selten Zeitung. Erstens kosteten Zeitungen Geld, und davon hatte er selten genug, und wenn, dann wusste er anderes damit anzufangen. Zweitens interessierten ihn Zeitungen nicht. Berichte über Verbrechen, Baseballspiele, die hohe Politik – was ging *ihn* das an? Und drittens führte er ein so erfülltes Leben zwischen verschiedenen Jobs, verschiedenen Freundinnen und seiner Musik, dass er gar nicht die Zeit dafür übrig gehabt hätte. Zeitung lesen und Fernsehen war nach Marvins Auffassung etwas für Leute, deren Leben leer, langweilig und sinnlos war.

So war Marvin an diesem Morgen absolut ahnungslos. Seit Stunden kannten alle Zeitungen und Nachrichtensendungen nur ein Thema, doch Marvin schlenderte, als sei es ein Tag wie jeder andere, die Straße hinab zu Konstantinos, um einzukaufen. Konstantinos war Gemüsehändler, führte aber auch sonst alles, was man zum Leben brauchte, löslichen Kaffee, Kondensmilch, drei Sorten Frühstückszerealien, Nudeln, Süßigkeiten, Schuhkrem, Zigaretten und so weiter. Wenn in den engen Regalen auch noch Alkohol zu finden gewesen wäre, wäre es der vollkommene Laden gewesen, aber nichts ist vollkommen auf dieser Welt.

Die Sonne brannte ordentlich herab. Marvin wurde den Verdacht nicht los, dass er womöglich einen Probentermin bei einer neuen Band verpennt hatte. Nein, das war morgen gewesen, oder? Er hatte einen Zettel gehabt mit dem Datum, aber der war irgendwie verschwunden. Gut möglich, dass Petes Neue ihn weggeworfen hatte, als sie durch die Wohnung gefegt war. »Wo bin ich hier?«, hatte sie die ganze Zeit

92.000.000.000 $

gesagt. »In einer Wohnung oder in einem Affenkäfig?« Immerhin war es nun direkt vorzeigbar. Vielleicht sollte er seine Eltern einladen, die Gelegenheit würde nie wieder so günstig sein.

Er klimperte mit den Münzen in seiner Tasche. Am Abend vorher hatten sie Joints geraucht und Karten um Quarterdollars gespielt, und er hatte eine Menge gewonnen. Eine erfreuliche Wendung der Dinge, nachdem er peinlicherweise die drei Monatsmieten von John in den Nächten davor restlos verzockt hatte. Er würde etwas von seinen Schulden bei Konstantinos abtragen können. Außerdem war er gestern durchs Haus gegangen, hatte aus allen Briefkästen die Werbeblätter geklaut und nach zwanzig Minuten Arbeit mit der Schere einen ordentlichen Vorrat an Kupons in der Tasche, die *Buy One, Get One Free!* versprachen oder *Fifty Percent Off!* Man musste mal sehen, was sich damit ergattern ließ, im Kühlschrank herrschte jedenfalls bedenkliche Leere. Und die Reihe war an ihm, eine neue Flasche Spülmittel zu besorgen, die alte musste nach mehrmaligem Ausschwenken mit warmem Wasser als endgültig leer betrachtet werden.

Konstantinos war nicht da, seine ewig griesgrämige Frau stand an der Kasse. Das war normalerweise schlecht, weil sie immer nur widerstrebend anschrieb, und wenn, dann nicht ohne ein Mordsgezeter, das schon fast peinlich war. Aber Marvin konnte seine Tasche voll Quarters bei ihr abladen, was sie zwar nicht zum Lächeln brachte – niemand brachte sie jemals zum Lächeln –, aber sie murrte wenigstens nicht, als er seine Einkäufe aus den Regalen klaubte und vor ihr aufbaute, sondern packte alles ohne Widerspruch in eine große braune Papiertüte.

Gleich darauf zeterte sie allerdings umso lauter. Im Hinausgehen war Marvins Blick auf die Zeitungen gefallen, die neben dem Türrahmen in einem uralten Ständer aus Draht lagen, und die Schlagzeilen darauf waren so groß, dass selbst er sie nicht überlesen konnte. Und ein großes Bild war auch

93.000.000.000 $

abgedruckt. Das Bild war wahrscheinlich der Hauptgrund, dass die Tüte Marvins Händen entglitt, ohne dass er es hätte verhindern können.

»Wie konnte das passieren?«, rief Gregorio Vacchi aus und warf die aktuelle Ausgabe des *Corriere della Sera* zu den anderen Zeitungen auf den Tisch. »Und woher *wissen* die das? Das ist mir unerklärlich.«

Es war eigenartig, den eigenen Namen in der Zeitung zu lesen. Auf der Titelseite zumal, in großen fetten schwarzen Lettern. Das machte die ganze Angelegenheit viel realer als alle Dokumente und Stempel und Beglaubigungen der Welt.

»Sie schreiben alle nur über das Geld«, stellte Alberto fest, der die *Repubblica* durchsah. »Über Geld und über Zinseszins. Ich würde sagen, von dem Vermächtnis wissen sie gar nichts.«

Giovanna hatte im Salon im Erdgeschoss eine prachtvolle Tafel gedeckt, der Bedeutung des Tages angemessen, mit gewürfelter Honigmelone und echtem Parmaschinken und Champagner, weißem Leinen und Kristallgläsern, die im Sonnenlicht funkelten. Ein warmer, nach Lavendel duftender Windhauch hatte die Vorhänge vor den hohen Fenstern gebläht, und vom Hof draußen hatte man Schritte auf Kies gehört: Benito, der den Rolls-Royce mit einem weichen Tuch auf Hochglanz polierte. Dann war Alessandro gekommen, ein kräftiger junger Bursche, der in der Küche und im Keller aushalf, um die aktuellen Tageszeitungen zu bringen, und seither war der Teufel los.

Den *Padrone* schien das Ganze zu amüsieren. Er rührte mit stillem Schmunzeln in seiner Cappuccinotasse und wirkte in seiner Ruhe wie das sprichwörtliche Auge des Hurrikans. »Es war doch klar, dass das so kommen musste. Jetzt sind sie eben früher dahinter gekommen, als wir dachten.« Er schaute hoch und warf John einen spitzbübischen Blick zu. »Wahrscheinlich schlagen Sie in den nächsten Tagen sogar Lady Di, was die Wirkung auf die Presse anbelangt.«

94.000.000.000 $

»Großartig«, sagte John. Das konnte ja heiter werden.

Eduardo, der, das Mobiltelefon am Ohr, bis jetzt abseits gestanden und telefoniert hatte, klappte es mit einem lauten *»Ciao!«* zu und trat näher. »Keine Chance«, erklärte er. »Sie belagern das Notariat.«

»Das Notariat!«, erregte sich sein Vater. »Wie um alles in der Welt können sie wissen, wo und wann ...?«

»Sie müssen alle Notariate durchtelefoniert haben. Und Nuncio ist ihnen auf den Leim gegangen.«

»Porco cane! Wie kommt er dazu, irgendeinem Anrufer unseren Termin ...?«

»Laut Nuncio hat vor einer halben Stunde ein Mann angerufen und behauptet, im Auftrag der Familie Vacchi anzufragen, ob man den Termin eine halbe Stunde verschieben könne. Die kannten unseren Namen!«

»Was? Das ist ja ...« Gregorios dünne Augenbrauen hoben sich. »Das heißt ja, dass jeden Moment eine ganze Meute von ... O nein. Das Tor! Alessandro! Giuseppe! Schnell, wir müssen das Tor schließen und verriegeln!« Er eilte hinaus in die Eingangshalle, das heftige Klatschen seiner Hände schien durch das ganze Haus zu hallen. »Giuseppe! Lass alles stehen und liegen, *presto!*«

Susan Winter las natürlich jeden Tag Zeitungen, das gehörte zu ihrem Beruf. Die erste – die *Washington Post* – las sie beim Frühstück am Klapptisch in ihrer kleinen Küche, die zweite – die *New York Times* – in der U-Bahn auf dem Weg zum Büro, und dort dann drei bis vier weitere Zeitungen, meist internationale Ausgaben, je nachdem, woran sie gerade arbeitete.

Und je nachdem, welchen Lotterien sie ihr Geld anvertraut hatte. Die letzten Tage waren ernüchternd gewesen. Das ganze Geld, das sie von dem Unbekannten erhalten hatte – weg. Verspielt.

Als sie an diesem Morgen ihre Zeitung hereinholte und ihr

Blick auf die Schlagzeile und auf das Foto daneben fiel, durchrieselte es sie kalt. *Das* also steckte dahinter!

Sie ärgerte sich nicht einmal darüber, nicht von selbst darauf gekommen zu sein. An so etwas hatte niemand denken können. Dass so etwas überhaupt möglich war, war für sie kaum vorstellbar. Eine *Billion* Dollar! In einem grau unterlegten Kasten stand die Zahl ausgeschrieben – eine Eins mit zwölf Nullen. Eintausend Milliarden. Fasziniert las sie die Erläuterung, wie das Vermögen durch Zins und Zinseszins im Laufe der Jahrhunderte unaufhaltsam gewachsen war. Sie schloss mit den Worten: »Um diesen Text zu lesen, haben Sie etwa eine Minute gebraucht. In dieser Zeit ist das Vermögen John Fontanellis um weitere achtzigtausend Dollar gewachsen.«

Sie vergaß den Kaffee, vergaß den Doughnut. Sie saß da, die Zeitung achtlos vor sich über den Tisch gebreitet, starrte die Wand an, ohne sie zu sehen, und fragte sich, was der Unbekannte von John Fontanelli gewollt hatte. Was er mit den Unterlagen hatte anfangen können, die sie ihm gegeben hatte.

Susan Winter fühlte sich in der Detektei Dalloway nur geduldet, und sie erwartete jeden Tag, dass man dahinter käme, dass sie zu nichts nütze war. Sie arbeitete, so viel sie konnte, und beklagte sich nie, wenn ihr unbezahlte Überstunden aufgehalst wurden. Sie wusste nicht, was ihr Chef tatsächlich von ihr hielt, und selbst wenn es ihr jemand gesagt hätte, hätte sie es nicht geglaubt. Ihr Chef hielt sie tatsächlich für eine neurotische, launische, unzuverlässige Person – aber er hielt große Stücke auf ihre Fähigkeit, in genialen Eingebungen die Motive und Absichten observierter Personen zu durchschauen und vorauszusagen. Diese blitzartigen, geradezu hellseherischen Einsichten wogen für ihn ihre sonstigen Nachteile mehr als auf, und er hätte sie nicht einmal entlassen, wenn er seine Agentur auf die Hälfte der Mannschaft hätte reduzieren müssen.

96.000.000.000 $

Als sie in Gedanken noch einmal den Inhalt der zweiten Mappe durchging, die mit den Recherchen über die Familie John Fontanellis, hatte sie eine dieser Erleuchtungen. Sie glaubte zu wissen, was der Unbekannte vorhatte. Und wenn es stimmte, was sie glaubte, dann konnte sie dieses Wissen zu viel Geld machen, zu mehr Geld, als sie sich jemals vorgestellt hatte. Dann war *das* der Hauptgewinn!

An diesem Tag fuhr sie mit Bauchschmerzen ins Büro, so sehr hatte sie Angst, es zu vermasseln.

Das erste Team kam in einem Porsche, ein Mann und eine Frau. Der Mann trug eine Kamera geschultert, die Frau ein Mikrofon mit dem Logo eines Senders, und so klingelten sie höflich am Tor. Worauf Benito, würdevoll in seiner Chauffeursuniform, sich gemessenen Schrittes zum Gittertor begab und wie geheißen die Auskunft erteilte, die Familie Vacchi sei im Moment nicht zu sprechen.

Kurz darauf traf ein zweites Team ein, vier Männer in einem Kombi, die allerhand Gerät ausluden, große Stative, Kameras, Bandgeräte, Schirmständer und Klappstühle. Das roch schon nach Belagerung. Man schüttelte Hände mit dem anderen Team, und von dem Platz hinter den Vorhängen in der Bibliothek im ersten Stock, von dem aus John und die Vacchis zusahen, sah es aus, als grüßten erbitterte Rivalen einander vor dem Start eines entscheidenden Rennens. Dann wurden Stative aufgebaut, Kameras montiert, Schirme entfaltet.

»Wenn wir sie ein paar Tage hinhalten, verschaffen wir den Leuten im Dorf schöne Extraeinnahmen«, meinte Alberto.

In raschem Stakkato vermehrte sich die Zahl der Reporter. Es gab keine Handschläge mehr, keine kollegialen Gespräche, nur noch rasches, aggressives Abstecken von Claims, Rempeleien um die vermeintlich besten Plätze, Ellbogen und wütende Beschimpfungen. Binnen kürzester Zeit war rings um die Einfahrt zum Hof ein Wald von Objektiven und Mikrofonen errichtet.

97.000.000.000 $

»Bestimmt sind wir jetzt live auf CNN zu sehen«, sagte Eduardo.

Ein Hubschrauber tauchte auf. Einen Moment lang sah es so aus, als habe er vor, im Hof zu landen, aber dann umkreiste er doch nur das Anwesen ein paar Mal, um wieder davonzuziehen.

»Ich fürchte, wenn wir nicht ein paar Fragen beantworten, werden sie anfangen, Gerüchte in die Welt zu setzen«, überlegte Gregorio mit säuerlichem Gesicht. »Die Sendungen und Zeitungen müssen schließlich irgendwie gefüllt werden.«

»Ja«, nickte Alberto. »Wir sollten eine Pressekonferenz abhalten.«

»Zumindest wir als Nachlassverwalter«, stimmte Cristoforo Vacchi zu. »Wie sieht es mit Ihnen aus, John?«

»Ich weiß nicht. Mir ist etwas mulmig«, bekannte John. »Ich habe so was noch nie gemacht – eine Pressekonferenz, meine ich.«

Der *Padrone* schmunzelte. »Meinen Sie, wir etwa?«

John hatte im Fernsehen Berichte von Pressekonferenzen im Weißen Haus gesehen, den Präsidenten, wie er ans Pult trat, eine Erklärung verlas, der Reihe nach Fragen beantwortete, und es war ihm immer vorgekommen wie die langweiligste Sache der Welt. Aber selber vor einem Wald knallbunter Mikrofone zu sitzen, in ein Gewitter aus Blitzlichtern zu blicken und Fragen zu beantworten, die aus einem Pulk durcheinander schreiender Menschen bis zu ihm durchdrangen, war auf seltsame Weise fuchteinflößend und erregend zugleich.

Ob seine Eltern schon von der Erbschaft wüssten? Ja, sagte John. Was er mit dem vielen Geld machen werde? Das wisse er noch nicht. Lauter banale Antworten, aber jedes Wort wurde mit einer Akribie notiert, aufgenommen und gefilmt, als verkünde er Weisheiten von epochaler Bedeutung.

»Sie sind jetzt ein Prominenter«, raunte ihm Eduardo zu,

98.000.000.000 $

der sich bemühte, als derjenige akzeptiert zu werden, der das Wort erteilte.

Sie hatten alle Möbel aus dem Salon räumen lassen, lediglich eine Barriere aus Tischen am hinteren Ende errichtet, in der Nähe einer Tür, durch die sie im äußersten Fall entkommen konnten. Alessandro und Giuseppe standen bereit, einen solchen Rückzug zu decken, und schienen nicht übel Lust auf eine Rauferei mit den Journalisten zu haben, die nach dem Öffnen des Tors hereingestürmt waren wie weiland Beatles-Fans auf der Jagd nach ihren Idolen.

Warum sie das Geld nicht behalten hätten, wurden die Vacchis gefragt.

»Ein solches Verhalten«, beschied Cristoforo Vacchi den Frager kühl, »wäre mit unserem beruflichen Selbstverständnis nicht vereinbar gewesen.«

Das löste schallendes Gelächter aus.

Gregorio hatte die Konferenz damit eröffnet, die Herkunft des Geldes und die Einzelheiten des Testaments zu erläutern. Sie hatten sich zuvor darauf geeinigt, die Prophezeiung des Giacomo Fontanelli nicht zu erwähnen, falls sie nicht direkt darauf angesprochen wurden. Tatsächlich fragte niemand danach, sondern das allgemeine Interesse konzentrierte sich auf die seltsam beliebig wirkende Klausel, wonach der jüngste männliche Nachfahre Fontanellis, der am 23.4.1995 lebte, alles erben solle. Was an diesem Datum Besonderes sei? Nichts, erklärte Gregorio. Von John wollte man wissen, ob er dieses Auswahlverfahren gerecht finde? Nein, bekannte John, aber so sei es nun einmal. Ob es in der heutigen Zeit zu rechtfertigen wäre, weibliche Nachfahren vom Erbe auszuschließen? »Heute würde wohl niemand mehr so etwas schreiben«, sagte John, »aber wir sprechen von einem Testament, das fünfhundert Jahre alt ist.«

Verlust des weltgrößten Medienkonzerns AOL Time Warner im Jahr 2002 – der höchste Verlust, den je ein einzelnes Unternehmen erlitten hat.

99.000.000.000 $

Er spürte, wie sein Hemd feucht wurde, wie ihm der Schweiß den Rücken hinablief. Und was die alles wissen wollten! Ob er verheiratet sei. Ob er Geld an wohltätige Organisationen spenden werde. Welche Sportarten er bevorzuge. Wo er seinen Wohnsitz haben werde. Und so weiter. Als er schließlich die Frage nach seiner Lieblingsspeise mit der Äußerung beantwortet hatte, er werde versuchen, sich an Kaviar zu gewöhnen, aber bis dahin seien es die Tortellini seiner Mutter, erteilte Eduardo einer zierlichen Frau mit ungebärdigen feuerroten Haaren das Wort.

»Brenda Taylor, CNN«, erklärte sie, und John stellte fest, dass sie Feuer auch aus ihren Augen, ihrer Stimme und aus jeder Bewegung versprühte. »Mister Fontanelli – sind Sie glücklich, so reich zu sein?«

Es war eine Frage wie ein Axthieb. Jeder schien plötzlich den Atem anzuhalten, und es war mit einem Mal so still, dass man die berühmte Nadel hätte fallen hören. John starrte in die Halogenlampen und Objektive und begriff, dass seine Antwort auf diese Frage weitergetragen werden würde bis in den letzten Winkel der Erde und dass sie bestimmen würde, was die Menschen in aller Welt über ihn dachten.

»Nun«, begann er umständlich, mit einem Hirn so leer wie eine weiße Wand, »noch bin ich es ja nicht. Die offizielle Übertragung muss erst stattfinden und so weiter... Dann werde ich wissen, wie es ist.«

Aber das war keine Antwort, er spürte es. Sie war noch nicht zufrieden. Das Schweigen schien regelrecht an ihm zu saugen. Alle Augen waren auf ihn gerichtet und forderten mehr.

»Ein solches Vermögen ist nicht dazu da, seinen Besitzer glücklich zu machen«, hörte er sich sagen und hatte keine Ahnung, woher das kam, was er da von sich gab, »vielmehr ist es

---

Gesamtkosten für die Beseitigung des Jahr-2000-Fehlers in den Computersystemen allein der USA.

100.000.000.000 $

eine Verpflichtung. Und die einzige Hoffnung auf Glück ist zu versuchen, dieser Verpflichtung gerecht zu werden.«

Er kam sich so dämlich vor. Wie kam er dazu, so etwas zu verzapfen? Hatte das überhaupt Sinn? Er sah auf die halb offenen Münder, die Kugelschreiber, die unschlüssig über Notizblöcken verharrten ... Gleich würden sie laut loslachen, ihn zum Gespött des Planeten machen ...

Aber dann, irgendwo im Hintergrund, begann jemand langsam zu klatschen. Andere fielen ein, jemand klopfte ihm auf den Rücken und zischte: »Wunderbar, das haben Sie wunderbar gesagt, John ...« Was? Wunderbar? Was war wunderbar?

»Ein guter Abschluss für diese Pressekonferenz, denke ich.« Wer redete da? John wusste nicht mehr, wie ihm geschah. Gedrängel, man schob und stieß ihn, da waren Hände zu schütteln. »Vielen Dank, meine Damen und Herren, danke ... danke für Ihre Aufmerksamkeit ...« Alberto. Oder? Dann war da eine Tür und Stille.

Später lag er auf seinem Bett, allein in seinem Zimmer, hatte einen nassen Waschlappen auf der Stirn und starrte an die Decke. Nur nicht nachdenken. Die Erinnerung an den Morgen verschwamm zu einem Strudel aus Lichtern und Geschrei. Nur nicht darüber nachdenken, dass das nun zu seinem Alltag werden könnte. Hier wenigstens war es ruhig, die Türen zur Terrasse waren geschlossen, nicht einmal das Meer war zu hören, absolut nichts.

Er döste weg, in einen köstlichen Zustand zwischen Wachen und Schlafen, den ihm das Telefon zerklingelte.

Was? Er war hochgefahren, lag nun da, den Oberkörper auf die Ellbogen gestützt, und starrte den Telefonapparat neben seinem Bett an. Das war ein Traum gewesen. Der hatte nicht wirklich geklingelt. Niemand im Haus hätte ihn jetzt gestört.

Auslandsschulden Argentiniens im Jahre 1998.
101.000.000.000 $

Doch, es klingelte erneut, ein hässliches, aufdringliches Schnarren. Er riss den Hörer ans Ohr. »Hallo?«

»Mister Fontanelli?«, fragte eine sonore, nicht unsympathische Stimme mit britischem Akzent.

»Ja?« Hätte er diese Stimme kennen müssen?

»John Salvatore Fontanelli? Sind Sie gerade in Ihrem Zimmer?«

Was sollte *das* denn? »Ja, zum Teufel! Natürlich bin ich in meinem Zimmer, wo denn sonst? Wer sind Sie, und was wollen Sie?«

»Sie kennen mich nicht. Ich hoffe, wir werden uns eines Tages kennen lernen, aber im Augenblick kann ich Ihnen nicht einmal meinen Namen sagen. Es ging mir heute eigentlich nur darum, festzustellen, ob die Telefonnummer noch stimmt.«

»Meine Telefonnummer ...?« John verstand überhaupt nichts.

»Die Durchwahl 23. Ich wollte sehen, ob sie noch in Ihr Zimmer führt. Aber das erkläre ich Ihnen ein andermal genauer. Ach, und noch eins ... bitte erwähnen Sie diesen Anruf niemandem gegenüber, insbesondere nicht gegenüber der Familie Vacchi. Vertrauen Sie mir.«

Der Kerl war doch völlig übergeschnappt, oder? »Ich wüsste nicht, warum ich das tun sollte.«

Der Unbekannte am anderen Ende der Leitung hielt inne, atmete hörbar ein und aus. »Weil Sie Hilfe brauchen werden, Mister Fontanelli«, sagte er schließlich. »Und ich bin derjenige, der sie Ihnen geben kann.«

6

ES GAB AUCH Sitzplätze im *Jeremy's,* aber niemand saß gern dort. Das Kunstleder der Sitze fühlte sich an, als habe jemand eine undefinierbare Soße darauf verschüttet und dann nicht aufgewischt, sondern einfach trocknen lassen, und als bröselten die Überreste nun nach und nach ab. Genau sehen konnte man es nicht, da der Besitzer der Kneipe nur grüne und dunkelgelbe Glühbirnen verwendete, und nicht viele davon. Weiter vorn gab es Tische mit Hockern, aber die Stammkunden stellten sich an den Tresen. Von dort konnte man auch den Fernseher am besten sehen, der immer auf irgendwelche Sportübertragungen eingestellt war.

Lino Fontanelli hatte ein glattes, beinahe kindlich wirkendes Gesicht, das ihn jünger aussehen ließ, als er war. Sein Haar wirkte, als verwende er Unmengen Pomade, aber das tat er nicht; tatsächlich hasste er es, so auszusehen. Er kam ins *Jeremy's,* wenn er keinem der anderen Offiziere der McGuire Airforce Base begegnen wollte, was relativ häufig der Fall war. Das Bier war hier nicht schlechter als anderswo, die Hamburger eher besser, und man hatte seine Ruhe. Er hatte seinen Stammplatz an einer Ecke des Tresens, wo er in Ruhe Zeitung lesen konnte und niemand die Sicht auf die Glotze versperrte.

In den letzten Tagen hatte er verdammt viel Zeitung gelesen.

An diesem Abend war kaum was los. In einem Eck hockten ein fetter Kerl und sein fettes Mädchen und futterten fettige

---

Umsatz der Exxon Corporation im Jahr 1992.
103.000.000.000 $

Pommes, wahrscheinlich um ihr attraktives Aussehen zu bewahren, am anderen Ende des Tresens saß ein grauhaariger alter Schwarzer, der zum Inventar zu gehören schien, und redete an den Barkeeper hin, der gemächlich Gläser abtrocknete und nur dazu nickte. Den Mann, der irgendwann hereinkam, sich ein paar Plätze weiter an den Tresen stellte und ein Bier bestellte, beachtete Lino zuerst überhaupt nicht. Der Typ zog sich einen der Hocker an die Theke, also war er entweder noch nie hier gewesen, oder es machte ihm nichts aus, mit schmierigen Streifen an der Hose heimzukommen.

Als das Bier halb geleert war und Lino gerade zum Sportteil weiterblätterte, deutete der Mann auf die Zeitung und fragte: »Haben Sie das gelesen? Von dem Typen, der eine Billion Dollar erbt?«

Lino sah unwillig hoch. Der Mann trug einen dunklen Mantel und umklammerte sein Glas mit Händen, die behaart waren wie die eines Gorillas. »Ich schätze mal, von dem hat jeder gelesen«, erwiderte er so gleichgültig wie möglich.

»Eine Billion Dollar! Heilige Scheiße. Ich schätze, nicht mal Gott hat so viel Geld, oder?«

»Keine Ahnung, wie viel Geld Gott hat.«

Einen Moment sah es aus, als wollte er Ruhe geben, aber er stierte bloß eine Weile ohne wirkliches Interesse auf das Baseballspiel im Fernsehen. »Ich hab gelesen, dass der Typ einen älteren Bruder hat«, quasselte er dann weiter. »Junge, hab ich mir gesagt, wie muss dem jetzt wohl zu Mute sein? Der hat sich doch bestimmt gewünscht, er hätte den kleinen Schreihals in der Wiege erstickt und das ganze Geld selber geerbt. Also, ich hab keinen Bruder, aber ich könnt mir vorstellen, dass mir das durch den Kopf gegangen wäre.«

Lino ließ die Zeitung sinken und fasste den Kerl genauer ins Auge. Er hatte ein teigiges, pockennarbiges Gesicht und sah aus wie jemand, der einer Schlägerei genauso wenig aus-

---

Bruttosozialprodukt von Norwegen 1991.
104.000.000.000 $

wich wie einem Vollrausch. In seinen Augen schimmerte Hinterhältigkeit.

Er bemerkte Linos Blick. »Kommen Sie. Es ist nur menschlich, so was zu denken, oder? Gedanken sind nicht strafbar. Nur das, was man tut.«

Lino war in der Tat allerlei durch den Kopf gegangen, als er begriffen hatte, dass in den Nachrichten wahrhaftig von *John* die Rede war. Seinem Bruder John, auf den er als Baby immer hatte aufpassen müssen. Der als Dreikäsehoch einmal fast vor den Bus gestolpert wäre. Und so weiter ...

Jetzt allerdings fragte er sich, ob es Zufall war, dass der Typ ausgerechnet ihn belaberte.

»Das muss man sich mal vorstellen, was das für ein Haufen Geld ist. Eine Billion Dollar. Mann, bis vorgestern wusste ich nicht mal, dass es so viel Geld überhaupt gibt! Sogar die in Washington geben sich höchstens mit Milliarden ab ... Und der Junge erbt eine Billion. Vielleicht sollte ich mal die Papiere von meinem Großvater durchsehen, ob da nicht auch irgendwo noch ein Sparbuch aus dem fünfzehnten Jahrhundert rumliegt, was meinen Sie?«

»Ja, vielleicht.«

Der Typ holte eine Visitenkarte aus der Tasche und schob sie ihm herüber. »Bleeker«, sagte er dazu. »Randolph Bleeker. Sie können Randy zu mir sagen.«

Lino nahm die Karte und betrachtete sie. *Anwalt* stand darauf, und: *Fachgebiet Kindschafts- und Erbrecht.*

»Was soll das?«, fragte er. »Was wollen Sie?«

Randy Bleeker vergewisserte sich mit einem kurzen Seitenblick, dass der Barkeeper und alle anderen außer Hörweite waren. »Okay. Ich habe Show gemacht. Wollte nicht, dass Sie weglaufen, verstehen Sie? Ich weiß, dass Sie der Bruder sind. Und was ich will, ist – na ja, ein Job, könnte man sagen.«

»Ein Job?«

Bruttosozialprodukt der Türkei 1991.
105.000.000.000 $

»Ich helfe Ihnen, an das Geld zu kommen. Gegen einen angemessenen Anteil, versteht sich.«

»An das Geld? Was für Geld?«

»Wovon rede ich die ganze Zeit? Von einer Billion Dollar, oder?«

Lino kniff misstrauisch die Augen zusammen. Er sah noch einmal auf die Karte in seiner Hand. Kindschafts- und Erbrecht. Das stank doch zum Himmel. »Ich glaube nicht, dass ich wissen will, was Sie mir vorschlagen werden.«

»Hat es Sie nicht geärgert, dass das Schicksal so dicht an Ihnen vorbeigeschossen hat?«

»Doch, natürlich. Aber es ist eben, wie es ist. Ich habe einen jüngeren Bruder, und er war an diesem seltsamen Stichtag der jüngste Fontanelli. Punkt. Daran kann man nichts mehr ändern.«

Randy musterte ihn mit etwas, das wohl ein Lächeln sein sollte. »Doch«, sagte er mit einem schlauen Funkeln in den Augen. »Kann man. Und ich wundere mich, dass Sie noch nicht von selber draufgekommen sind.«

Die sorgsam ausgeklügelten Pläne mussten alle neu organisiert werden. Die Übertragung des Vermögens würde nicht mehr in Florenz, sondern in Rom stattfinden, direkt im Finanzministerium. Unter größter Geheimhaltung wurde ein Termin vereinbart.

»Wir sollten einen Hubschrauber kommen lassen«, meinte Eduardo in der Diskussion. »Zumindest, wenn die Reporter weiter unser Tor belagern.«

»Unseren Wagen werden sie schon durchlassen«, erwiderte sein Vater, der wirkte, als habe er seit dem Auftauchen der Presse nicht mehr geschlafen. »Wir brauchen das Geld ja nicht zum Fenster hinauszuwerfen.«

John hatte den Vacchis von dem Anruf erzählen wollen, es aber aus irgendeinem Grund hinausgezögert. Und je länger die Gespräche gingen, desto unpassender kam es ihm vor,

106.000.000.000 $

noch davon anzufangen. Im Grunde war es ja bedeutungslos, oder?

Dass der Akt der Übertragung nun in Rom selbst vollzogen werden sollte, würde eine weitere amtliche Prozedur erleichtern, die zuvor stattfinden musste.

»Es gibt eine kleine Komplikation«, hatte Alberto ihm mit gewinnendem Lächeln eröffnet. »Kurz gesagt, müssen Sie Italiener werden.«

Die Komplikation war seine Staatsbürgerschaft. Als Bürger der Vereinigten Staaten von Amerika, setzte Gregorio ihm mit ermüdender Gründlichkeit auseinander, war er mit all seinen Einkünften weltweit in den USA steuerpflichtig. Also auch, was Erbschaftssteuer anbelangte, und um die ging es. Da mit der amerikanischen Finanzbehörde hierüber kein Abkommen zu erzielen gewesen war, blieb nur der Weg, die Staatsbürgerschaft zu wechseln.

John war diese Vorstellung unsympathisch. »Mein Großvater ist vor Mussolini geflohen. Er hat verbissen um seinen amerikanischen Pass gekämpft. Dass ich ihn jetzt wieder hergeben soll, gefällt mir nicht.«

»Ich hoffe, es ist Ihnen nicht entgangen, dass Mussolini nicht mehr an der Macht ist«, sagte Alberto.

»Ich habe meinen Großvater sehr gern gehabt, verstehen Sie? Er war sehr stolz darauf, Amerikaner geworden zu sein. Das aufzugeben kommt mir wie Verrat vor.«

»Ihr Patriotismus und Familiensinn in allen Ehren«, sagte Gregorio Vacchi. »Aber mehrere hundert Milliarden Dollar sind ein zu hoher Preis dafür, meinen Sie nicht?«

»Sicher, aber deswegen muss es mir ja nicht gefallen. Und es gefällt mir auch nicht.«

»Sie nehmen das zu ernst«, mischte sich Eduardo ein. »Sie werden ein reicher Mann sein, John. Ihr Vermögen wird größer sein als das Bruttosozialprodukt der meisten Staaten dieser Welt. Sie werden gehen können, wohin Sie wollen. Realistisch betrachtet brauchen Sie sich nicht einmal an das

107.000.000.000 $

Abkommen mit dem italienischen Finanzminister zu halten, denn: Was kann er machen, wenn Sie gehen? Nichts. Und nun überlegen Sie mal, welche Bedeutung angesichts dieser Dimensionen Ihre Staatsbürgerschaft hat.«

John gab es schließlich auf. »Na gut. Wann geht es los?«

»Sobald alle Vorbereitungen getroffen sind. Geheimhaltung, Personenschutz und so weiter. Und der Ministerpräsident will Sie nach der Zeremonie empfangen«, sagte Gregorio Vacchi. »Nächsten Donnerstag.« Er wirkte, als könne er es kaum erwarten.

John stand am Fenster der Bibliothek und beobachtete durch die dichten Vorhänge hindurch die Presseleute, die auf der Wiese vor dem Hoftor lagerten wie das Publikum eines Open-Air-Konzerts. Er wunderte sich über die verbissene Ausdauer, mit der die Reporter ausharrten, trotz seiner Erklärung, keine Interviews zu geben, solange die Vermögensübertragung nicht notariell vollzogen war. Ein seltsam unwirklicher Anblick war das, und noch unwirklicher, dass er der Anlass all dessen sein sollte. Nein, das war er auch nicht, nicht er als Person. Anlass war eine Art Traum, den er verkörperte, der Traum von grenzenlosem Reichtum vielleicht. Niemand schien zu ahnen, wie fuchteinflößend dieser Reichtum sein konnte.

Er würde, beschloss er, den Menschen vom Vermächtnis des Giacomo Fontanelli erzählen.

»John? Ach, hier sind Sie.«

Eduardos Stimme. John drehte sich herum. Eduardo kam herein, gefolgt von einem Mann, aus dem man leicht hätte zwei machen können: ein breitschultriger Koloss, der ihn um einen Kopf überragte und vor dem sich selbst ein Boxweltmeister gefürchtet hätte.

»Darf ich Ihnen Marco vorstellen? Marco, dies ist Signor Fontanelli.«

»*Buongiorno*«, sagte Marco und streckte John die Hand

hin, die an eine Schaufel denken ließ. John musste sich überwinden, sie zu schütteln, aber die Muskeln an dem zugehörigen Arm schienen hauptsächlich zu beabsichtigen, den Ärmel von Marcos dunklem Anzug zum Zerreißen zu bringen, und der eigentliche Händedruck fiel geradezu erträglich aus.

»Marco kommt vom besten Security Service Italiens«, erklärte Eduardo dazu.

»Security Service?«

»Ihr Bodyguard, *Signore*«, sagte Marco.

»Mein ...« John schluckte. Ach ja, die Vacchis hatten so etwas erwähnt. Vor hundert Jahren, in einem anderen Leben. Leibwächter. Wie ein König, der sich vor skrupellosen Rivalen schützen muss. »Bodyguard. Ich verstehe. Sie sollen auf mich aufpassen.«

»Si, Signore.«

Die bloße physische Präsenz des Mannes war ehrfurchtgebietend. Bestimmt brauchte er nichts weiter zu tun, als bloß da zu sein, um potenzielle Attentäter auf andere Gedanken zu bringen. John holte tief Luft. Ein Bodyguard. Das machte die ganze Geschichte so verdammt real.

Er sah Eduardo an, dem Zufriedenheit aus allen Knopflöchern seines topmodischen Anzugs strahlte. »Und wie wird das praktisch vor sich gehen? Ich meine, wird er nun ständig um mich herum sein, mich überall hin begleiten ...?«

»Scusi, Signore«, warf Marco ein. »Die größte Gefahr, die Ihnen droht, ist die einer Entführung, um Lösegeld zu erpressen. Abgesehen von Situationen, die direkte körperliche Durchsetzung erfordern, etwa wenn es darum geht, Sie unbeschadet durch eine andrängende Menge zu bringen, werde ich mich immer nur so nahe bei Ihnen aufhalten, wie nötig ist, um diese Gefahr so weit wie möglich auszuschalten.«

John starrte den Hünen an. Ihm kam zu Bewusstsein, dass er automatisch davon ausgegangen war, ein Mann mit solchen Muskelbergen könne nicht auch noch im Stande sein, einen klugen Gedanken zu fassen oder sich gar allgemein verständlich auszudrücken. »Eine ... Entführung«, brachte er hervor. »Ich verstehe.«

»Heute Nachmittag treffen noch einige meiner Kollegen ein«, fuhr Marco fort, »die das Anwesen mit Schäferhunden und zusätzlichen Alarmanlagen sichern werden. Ziel ist es, zu erreichen, dass Ihr Schlafzimmer absolut sicher ist, ohne dass jemand von uns darin anwesend sein muss.«

»Oh. Großartig.«

»Auch außerhalb Ihres Zimmers können Sie sich auf unsere Diskretion hundertprozentig verlassen«, versicherte der Bodyguard ernst. Er klang eher wie ein Soziologiedozent als wie jemand, dessen Beruf es war, täglich Stahlgewichte zu stemmen und Karatetritte zu trainieren.

»Schön«, sagte John. Dann fiel ihm noch etwas ein. »Darf ich wissen, wie Sie mit Nachnamen heißen?«

Die Frage schien den Hünen etwas aus der Fassung zu bringen. »Das hat bis jetzt noch niemand wissen wollen«, bekannte er. »Benetti. Mein Name ist Marco Benetti.«

»Angenehm«, nickte John, und sie schüttelten sich noch einmal die Hände.

Nach und nach verwandelte sich das Anwesen in eine Festung. Männer mit Schulterhalftern und Schäferhunden patrouillierten rund um das Gebäude. Bei Nacht blieb die Außenbeleuchtung eingeschaltet. An jeder Hausecke wurden Kameras installiert. Auf der anderen Seite der alten, massiven Gitterzäune harrte die Menge der Reporter aus, in Campingwagen, unter Sonnenschirmen, jeden Schritt um das Haus und jede Bewegung hinter den Fenstern verfolgend. Jeden Tag erschienen sie John mehr und mehr wie eine gierige Meute fremdartiger Raubtiere.

Wenn man durch die Flure ging, hörte man, weit entfernt und durch viele Türen gedämpft, ständig irgendwo ein Tele-

---

Gesamte Baukosten der Internationalen Raumstation ISS.
110.000.000.000 $

fon klingeln. Gregorio, Alberto und Eduardo wechselten sich darin ab, alle paar Stunden in den Hof hinaus und ans Tor zu gehen, um Fragen der Journalisten zu beantworten. Das kam John alles vor wie eine Sturmflut, die gegen die Mauern dieses Gebäudes anbrandete, entfesselte Naturgewalten, gegen die es keinen Schutz auf Dauer gab.

Am selben Tag, an dem die Leibwächter ihre Arbeit aufgenommen hatten, war ihm noch jemand vorgestellt worden, ein kleiner älterer Mann von auffallend aufrechter Haltung, der um die sechzig sein mochte und Sprachlehrer für Italienisch war.

»Ich spreche doch Italienisch«, sagte John.

»*Scusi*«, schüttelte der *professore* den Kopf. »Was Sie tun, ist, die Sprache Ihrer Ahnen zu vergewaltigen. Sie sprechen ein Kaugummi-Italienisch. Ihre Wortwahl ist grotesk, Ihr Satzbau eine Katastrophe. Lassen Sie uns sofort beginnen zu arbeiten.«

Und so zogen sie sich jeden Vormittag und jeden Nachmittag zwei Stunden in die Bibliothek zurück, wo John unter der Anleitung des *professore* italienische Vokabeln paukte, die Regeln der Grammatik lernte, Konversation übte und immer, immer wieder Sätze mit verbesserter Intonation wiederholen musste.

Der *professore* bezog eines der kleineren Gästezimmer im Haus der Vacchis, ein weiteres wurde am darauf folgenden Tag belegt durch eine etwas füllige, aber überaus elegante Dame mittleren Alters. »Signora Orsini ist Tanz- und Benimmlehrerin aus Florenz«, stellte ein unverschämt grinsender Eduardo sie vor. »Sie hat seinerzeit versucht, mir gute Manieren beizubringen. Vielleicht hat sie mit Ihnen mehr Glück.«

»Ich denke mir das folgendermaßen«, erklärte Signora Orsini mit einem warmen, verbindlichen Lächeln. »Vormittags beschäftigen wir uns mit Fragen der Etikette, den späteren Nachmittag widmen wir dem Tanzunterricht. Sie müssen unbedingt tanzen können, um sich mit angemessener Sicherheit auf dem gesellschaftlichen Parkett bewegen zu können.«

Irgendwie hatte John erwartet, dass eine Tanzlehrerin so etwas sagen würde. »Vormittags habe ich schon Sprachunterricht«, wagte er zu erwidern.

»Dann stehen Sie etwas früher auf«, beschied Signora Orsini ihn knapp.

Einmal, als er auf dem Weg vom Sprachunterricht zu seinem Termin mit Signora Orsini die Treppe hinabging, sah er Eduardo mit einem großen Karton voller Briefe hereinkommen und hörte ihn zu seinem Vater sagen: »Wir werden ein Sekretariat einrichten müssen.«

Gregorio Vacchi nahm einen Brief heraus und betrachtete ihn. »Das sieht aus wie Russisch.«

»Ein großes Sekretariat«, sagte Eduardo. »Das ist bestimmt erst der Anfang.«

So wartete alles auf den großen Tag. Jeden Tag standen neue Berichte in den Zeitungen, wurden Details aus Johns Leben über das Fernsehen in die Welt hinausposaunt, die er selber längst vergessen hatte. Er telefonierte mit seiner Mutter, die ihm aufgebracht erzählte, wie aufdringlich die Fernsehleute seien. Über CNN erfuhr er, welch hohe Meinung ehemalige Mitschüler und Lehrer von ihm hatten. NBC brachte ein Interview mit Sarah Brickman, in dessen Verlauf sie mehrfach betonte, John sei die große, ja die einzige Liebe ihres Lebens gewesen.

Der Mann hatte geduldig in der Halle gewartet, bis Johns Italienischstunde beendet war. »Belfiore«, stellte er sich mit einigen Verbeugungen vor, die zeigten, dass sein Haar sich bereits zu lichten begann. »Ich komme, nun, sozusagen im Auftrag der Regierung ...«

»Im Auftrag der Regierung?« John sah sich nervös um, aber keiner der Vacchis ließ sich blicken. »Klingt aufregend.«

112.000.000.000 $

Der Mann kam im Auftrag der Regierung, und nun musste er allein mit ihm reden?

»Nun, ich hoffe, ich kann dieser Erwartung gerecht werden. Ich bin hier, um Ihnen –«

John versuchte, so einladend zu lächeln, wie Signora Orsini es versucht hatte, ihm beizubringen. Gastfreundlich. Souverän. »Gehen wir doch in den Salon«, schlug er vor, deutete mit einer Handbewegung die einzuschlagende Richtung an und kam sich dabei vor wie ein Schauspieler.

»Ja«, nickte der Mann dankbar. »Das ist eine gute Idee.« Er nahm sein Köfferchen auf und folgte John.

Ach ja, Getränke. »Darf ich Ihnen etwas zu trinken anbieten? Einen Kaffee vielleicht?«

»Ein kleiner Espresso, wenn es nicht zu viel verlangt ist.«

John betätigte eine der Klingeln, und Giovanna tauchte auf. »Würden Sie uns bitte zwei Espresso bringen?«, bat John. Verdammt, er fühlte sich wie ein Heuchler dabei. Aber niemand schien es zu stören. Giovanna nickte eifrig und verschwand wieder, und er ging mit diesem Menschen von der Regierung weiter in den Salon. Auch dort keine Spur von den Vacchis.

Was kam nun? Platz anbieten. »Bitte, nehmen Sie doch Platz, Signor Belfiore.« Ungewohnt, das alles. »Was führt Sie zu mir?« Als sage er auswendig gelernte Verse auf.

Belfiore holte etwas aus seinem Koffer, das sich, als er es auf dem Couchtisch ausbreitete, als Landkarte erwies. »Das«, sagte er und deutete auf ein farbig umrandetes Gebiet, »ist die *Calmata*. Ein Naturschutzgebiet. Landschaftlich sehr schön am Tyrrhenischen Meer gelegen, ungefähr zwölf Quadratkilometer groß, keine fünfzehn Minuten vom nächsten Flughafen entfernt. Hier, ein paar Fotos.« Er holte einen Stapel großformatiger Fotografien hervor, die eine idyllische, urwüchsige Mittelmeerlandschaft zeigten, ohne Straßen, Stromleitungen oder Häuser.

»Schön«, meinte John nach einem flüchtigen Blick darauf. »Und was hat das mit mir zu tun?«

113.000.000.000 $

»Die Regierung möchte Ihnen dieses Areal gern verkaufen.«
»Und was soll ich damit?«

»Sie werden, Signor Fontanelli, nach der Übereignung des Vermögens sicherlich einen standesgemäßen Wohnsitz wünschen. Eine Villa an dieser Stelle« – er deutete auf ein dezent eingezeichnetes schwarzes Kreuz ungefähr in der Mitte der Karte – »böte Ihnen eine wunderbare Aussicht, sowohl auf das Meer als auch auf die Berge. Unverbaute, unverfälschte Natur ringsumher, in der Sie reiten oder spazieren gehen könnten. Bis hierher hätten Sie eine malerische Steilküste zu Ihren Füßen, während sich diese Bucht hier unten als Anlegeplatz ausbauen ließe ...«

John hatte plötzlich das sichere Gefühl, sich verhört zu haben. »Sagten Sie nicht gerade, das sei ein Naturschutzgebiet?«

Der Mann machte eine wedelnde Bewegung mit der Hand. »Ja, aber ehrlich gesagt kein besonders bedeutendes. Es gibt dort keine vom Aussterben bedrohten Tierarten oder so etwas. Wir würden uns natürlich wünschen, dass Sie sich mit einigen Einschränkungen einverstanden erklären, was die Nutzung des Grundes anbelangt, aber grundsätzlich stimmen unsere Experten mit uns überein, dass eine Nutzung zu Wohnzwecken unproblematisch wäre.« Er beugte sich wieder über die Karte. »Wir haben uns erlaubt, bereits einige Vorschläge einzuzeichnen, wie der mögliche Verlauf von Straßen und die Wasser- und Stromversorgung aussehen könnte. Ohne Sie in Ihren Vorstellungen damit in irgendeiner Weise einschränken zu wollen, selbstverständlich.«

John blinzelte. Allmählich dämmerte ihm, was hier gespielt wurde. Die Regierung wollte ihn im Land halten. Solange er seinen Wohnsitz in Italien haben würde, würde er in Italien Steuern zahlen. Dafür war man bereit, ihm das schönste Stück Land zu überlassen, das man hatte.

Irgendwie wollte ihm das nicht gefallen. Er hatte plötzlich das Gefühl, mit einer Prostituierten zu verhandeln. Das hatte er zwar noch nie gemacht, aber so musste sich das anfühlen.

»Ich muss mir das überlegen, Signor Belfiore.«

»Es ist ein wunderbares Stück Erde, Signor Fontanelli. Ein wahres Paradies.«

»Zweifellos. Aber noch ist das Vermögen nicht auf mich überschrieben.«

»Nur eine Formalität. Wenn Sie wollen, können wir zusammen hinfahren, damit Sie es sich ansehen.«

»Danke, aber bis zum Notartermin werde ich das Haus nicht verlassen.«

»Dann gleich danach?«

»Ich muss es mir überlegen, wie gesagt.«

»Darf ich Ihnen die Karte und die Fotos dalassen?« Er klang fast, als bettle er. Als habe man ihm Schläge angedroht, wenn er mit einer Ablehnung zurückkäme.

John nickte. »Gern.« Er begleitete den Gast zur Tür und verabschiedete ihn, wie er es bei Signora Orsini gelernt hatte. Jenseits der Gittertore zuckten Blitzlichter dabei.

Zum Glück hatten die Journalisten den Wagen mit der Standarte des Vatikans einige Zeit aufgehalten. Die Wachleute waren noch damit beschäftigt, die Fotografen zurückzudrängen, die an dem Fahrzeug vorbei durch das Hoftor schlüpfen wollten.

»Um Himmels willen«, wandte John sich hilflos an Signora Orsini. »Wie redet man denn einen Kardinal an?«

Die Benimmlehrerin machte große Augen. »Mit *Euer Eminenz*«, erwiderte sie. »Und wenn Sie ein gläubiger Katholik sind, müssen Sie seinen Ring küssen.«

»Und wenn ich kein gläubiger Katholik bin?« John spähte aus dem Fenster hinab in den Hof.

»Dann nicht.«

»Gott sei Dank.«

Eduardo empfing den hohen Gast im Hof und geleitete ihn

115.000.000.000 $

in den Großen Salon. »Kardinal Giancarlo Genaro«, stellte er ihn vor. »Wir fühlen uns sehr geehrt.«

»Euer Eminenz«, sagte John und senkte leicht den Kopf. *Tiefe Verneigungen nur vor Staatsoberhäuptern,* hatte Signora Orsini ihm beigebracht.

Die rot gekleidete Gestalt des Kardinals, der von einem blassen jungen Mann in schwarzer Soutane begleitet wurde, war eine ehrfurchtgebietende Erscheinung. Er war groß, ein Hüne von Mann, mit eisengrauem Haar, strengen Zügen und einem schmallippigen Mund. Er schien seinerseits unsicher zu sein, wie er John ansprechen sollte, und nach ein paar peinlichen Sekunden der Annäherung und des Zögerns kam es schließlich dazu, dass sie sich einfach die Hände schüttelten.

Begrüßungsfloskeln, Platz anbieten, Getränk anbieten, wieder das ganze Zeremoniell. Allmählich bekam er Übung.

»John – ich darf Sie doch John nennen? –«, fragte der Kardinal, als er in einem der Sessel saß wie auf einem Thron, »ich habe erfahren, dass Sie katholisch sind. Hat man mich da richtig informiert?« Sie sahen ihn forschend an, der Kardinal und sein schweigsamer Assistent, der neben dem Sessel stehen geblieben war.

John nickte langsam. »Zumindest bin ich katholisch getauft.«

Es zuckte im Gesicht des Würdenträgers. »Das klingt, als wollten Sie mir sagen, dass Sie seit Ihrer Erstkommunion nicht mehr in der Kirche waren.«

»So ungefähr«, gab John zu. »Abgesehen von der Hochzeit meines ältesten Bruders.«

»Das bedaure ich natürlich, aber es steht mir nicht an, darüber ein Urteil zu fällen.« Ein gütiges Lächeln. »Allerdings schließe ich daraus, dass Sie der Heiligen Römischen Kirche zumindest nahe stehen. Seine Heiligkeit selbst hat mir nämlich aufgetragen, Sie zu einer Privataudienz einzuladen.«

John bemerkte verwundert, dass Giovanna, als sie dem Kardinal das gewünschte Mineralwasser servierte, vor Ehrfurcht fast verging. Man konnte meinen, sie hätte es angemessen gefunden, auf dem Bauch durch den Raum zu robben.

»Eine Privataudienz?« John suchte Eduardos Blick, aber der stand mit ausdrucksloser Miene abseits und betrachtete die Gemälde an den Wänden, als hätte er sie noch nie gesehen.

»Außerdem hat der Heilige Vater mir aufgetragen, Ihnen das hier zu überreichen.« Auf eine kurze Handbewegung hin förderte der blasse Assistent von irgendwo unter seiner Soutane einen großformatigen Bildband mit dem Porträt des Papstes auf dem Umschlag zutage, reichte es dem Kardinal, der es, ohne seinen Begleiter eines Blickes zu würdigen, an John weiterreichte. »Ein Geschenk Seiner Heiligkeit.«

John wog das Buch in Händen. Bilder aus dem Leben Papst Johannes Pauls II. »Danke sehr«, sagte er und wünschte sich, er hätte es mit mehr Aufrichtigkeit sagen können.

»Schlagen Sie es auf«, forderte der Kardinal ihn auf. »Es ist signiert.«

»Wie schön«, murmelte John ergeben und blätterte bis zum Deckblatt. Das war mit einem breiten Filzstift voll gekrakelt, aber er konnte kein einziges Wort entziffern. »Vielen Dank.« Er klappte das Buch wieder zu und legte es vor sich auf den Couchtisch.

Der Kardinal faltete die Hände in einer erhaben wirkenden Geste. »John, Sie werden bald der reichste Mann der Welt sein. Viele Leute werden kommen, um Ihnen Investitionsmöglichkeiten für Ihr Geld anzubieten. Ich bin, um es geradeheraus zu sagen, gekommen, um Sie zu bitten, einen Teil Ihres Vermögens wohltätigen Zwecken zu widmen.«

Wenigstens redete er nicht lange um den heißen Brei herum.

Und er schien auch nicht vorzuhaben, auf Johns Erwiderungen zu warten. Er ließ sich von seinem schwarz gekleideten Adlatus eine Mappe geben, aus der er Fotos von Kindern zog, dunkelhäutig die meisten von ihnen, die an Webrahmen

117.000.000.000 $

saßen, Körbe mit Ziegeln darin auf dem Rücken schleppten oder in dunklen Kellern mit nassen Stoffballen hantierten. »Kinderarbeit ist immer noch weit verbreitet, und Hunderttausende von Kindern arbeiten unter Bedingungen, die man nur als Sklaverei bezeichnen kann. Sie werden von Eltern, die sie nicht ernähren können, für ein paar Dollar in Schuldverhältnisse verkauft, aus denen viele nie wieder entkommen. Da sich der Heilige Vater sehr um das Wohlergehen der Kinder dieser Welt sorgt, hat er mich mit einem Projekt betraut, das, kurz gesagt, zum Ziel hat, möglichst viele dieser Kinder aus der Sklaverei freizukaufen.«

»Sklaverei?«, echote John und betrachtete die Fotos. »Das gibt es noch?«

»Man nennt es nicht so. Die offizielle Lesart ist, dass die Kinder die Schulden ihrer Eltern abzahlen. Aber im Wesentlichen ist das dasselbe.« Der Kardinal entfaltete die Hände wieder, um sie salbungsvoll auszubreiten. »Schon wenige Millionen Dollar könnten hier wahre Wunder bewirken …«

In diesem Augenblick wurde die Tür aufgerissen, und ein völlig atemloser Gregorio streckte den Kopf herein. »John! Eduardo!«, keuchte er. »Kommt, schnell. Das müsst ihr euch ansehen … auf CNN, die neuesten Nachrichten … Nicht zu fassen! Entschuldigung, Euer Eminenz …«

John und Eduardo tauschten einen verwunderten Blick.

»Es scheint wichtig zu sein«, meinte der Kardinal mit gütigem Lächeln. »Gehen Sie nur. Ich warte solange.«

Also gingen sie mit, mehr aus Sorge um Gregorios Zustand als aus Interesse an irgendwelchen Nachrichten, folgten dem keuchenden Mann die Treppe hinauf in den kleinen Salon im ersten Stock. Über den großen Bildschirm dort flimmerte das gewohnt unruhige CNN-Design, eine Journalistin beendete gerade ein Gespräch mit einem Reporter vor Ort mit ein paar nichts sagenden Bemerkungen, Werbung wurde eingeblendet. Der *Padrone* saß in einem tiefen Sessel, vorgebeugt, das Kinn auf die aufgestellten und gefalteten Hände gelegt. Gre-

118.000.000.000 $

gorio blieb schwer atmend hinter der Couch stehen, stützte die Arme darauf, schüttelte den Kopf und keuchte: »So eine Blamage. So eine Blamage.«

John trat neben Alberto, der reglos dastand und das Geschehen mit einem großen Drink in der Hand verfolgte. »Was ist denn los?«

»Ihr Bruder Lino hat aus einer vier Jahre zurückliegenden Affäre einen unehelichen Sohn«, sagte Alberto. »Wenn das stimmt, ist er der Erbe des Fontanelli-Vermögens.«

Auslandsschulden Indonesiens im Jahre 1998.
119.000.000.000 $

7

ER HATTE ES tatsächlich getan. Genau das, was sie vermutet hatte. Susan Winter drehte den Ton ihres Fernsehers ab, nahm das Telefon, legte den Zettel mit der Nummer vor sich hin und starrte darauf. Sie hätte es gern noch vor sich hergeschoben, aber wenn sie nutzen wollte, was sie wusste, dann musste sie es jetzt tun.

Pech in der Liebe. Glück im Spiel. Jetzt galt es, alles oder nichts. Sie tippte die Ziffern der Telefonnummer, die ihr vorkamen wie die Gewinnzahlen einer Lotterie.

Klingeln. Atem anhalten.

Auf der anderen Seite wurde abgehoben. »Ja?« Eine dunkle, sonore, sehr entspannte Männerstimme.

»Mein Name ist Susan Winter«, begann Susan und hasste ihre kieksende Stimme, das zitternde Beben in ihrem Bauch, ihre ganze verdammte Angst. »Sie haben vor etwa drei Wochen von mir Informationen über John Salvatore Fontanelli und seine Familie erhalten. Ich verfolge gerade die Nachrichten auf CNN und wollte Ihnen nur sagen, dass ich weiß, was Sie vorhaben.«

»Woher haben Sie diese Nummer?«, fragte die Stimme ausdruckslos.

»Ich bin Detektivin«, erklärte Susan. »Es ist mein Beruf, solche Dinge herauszufinden.«

»Ich verstehe. Und was habe ich, Ihrer Meinung nach, vor?«

Susan sagte es ihm.

Als sie geendet hatte, hatte sich alles in ihr verkrampft,

Bruttosozialprodukt von Finnland 1991.
120.000.000.000 $

und sie hätte nicht einmal für eine Million Dollar noch ein Wort herausgebracht. Sie schloss die Augen und wartete, was kommen würde – höhnisches Gelächter oder wütende Drohungen, je nachdem, ob sie ins Schwarze getroffen hatte oder nicht.

Doch der Mann lachte nur leise. Es klang beinahe anerkennend. »Respekt«, meinte er, und er schien zu schmunzeln dabei. »Ich gestehe, dass ich Sie unterschätzt habe, Miss Winter. Was wollten Sie mit diesem Telefonat erreichen? Geld, nehme ich an, dafür, dass Sie Ihre Einsichten für sich behalten?«

Susan holte Luft, schluckte, erwiderte mit bebender Stimme: »So etwas in der Art.«

»Wir können es ruhig beim Namen nennen, wir sind ja unter uns. Schweigegeld also. Das können wir selbstverständlich so handhaben, aber ich frage mich, ob ich Ihnen nicht ein noch vorteilhafteres Angebot machen kann.«

Das war jetzt eine Masche, sich herauszureden. Ganz klar. »Vorteilhafter für wen?«

»Für uns beide. Miss Winter, wie viel verdienen Sie in Ihrer gegenwärtigen Stellung?«

»Achtzigtausend.« Sie sagte es, ohne lange nachzudenken. Eigentlich waren es nur siebzigtausend, der Rest waren letztes Jahr Spesen gewesen, aber sie sagte immer achtzigtausend.

»Ich zahle Ihnen das Zehnfache, mit der Aussicht auf Steigerung, wenn Sie diesen Job aufgeben und für mich arbeiten.«

Das konnten ihre Ohren unmöglich richtig verstanden haben. »Wie bitte?« Sie schrie es fast. Absolut unprofessionell mal wieder.

»Wenn Sie meine Telefonnummer herausgefunden haben«, meinte die sonore Stimme am anderen Ende der Leitung,

---

Jährliche Gesamtausgaben für Bildung (Schulen, Hochschulen, Weiterbildung, Forschung, Kultur und Sport) in Deutschland.

121.000.000.000 $

»dann wissen Sie zweifellos noch eine Menge mehr über mich. Und Ihre Analyse meines Vorhabens zeigt mir, dass Sie gut sind. Dass Sie Ihr Talent verschwenden, wenn Sie nur untreue Ehemänner und betrügerische Angestellte verfolgen. Reden wir also nicht um den heißen Brei herum. Tatsache ist, dass ich seit Jahren eine Analystin von Ihren Fähigkeiten suche, und ein Einstiegsgehalt von achthunderttausend Dollar ist zwar etwas höher als üblich, aber so sehr auch wieder nicht. Betrachten wir es als den Schweigegeldanteil. Um es ganz klar zu sagen: Wenn Sie mir schon früher eine Kostprobe Ihres Könnens gegeben hätten, hätte ich Sie Ihrer Detektei sofort abgeworben und jemand anderen bestochen.«

Das ging ja nun irgendwie ... also ... So hatte sie sich das nicht vorgestellt. Sie hatte diesen Mann angerufen, um ihn zu erpressen, und nun bot er ihr eine Stelle an.

»Miss Winter?«, fragte er. »Sind Sie noch dran?«

»Ja. Ich, ähm – überlege noch.« Und wenn das doch ein Trick war? Analystin. Wofür? Aber ja, es konnte sein ... aber sie? Dass ihre Arbeit jemandem achthunderttausend Dollar im Jahr wert sein sollte ...?

»Miss Winter, eine Frage: Lieben Sie Ihren derzeitigen Job so sehr, dass ein Wechsel für Sie ausgeschlossen ist?«

»Ähm – nein. Nein, absolut nicht. Ich meine, doch, ich kann mir einen Wechsel durchaus ... vorstellen ...« Das war gelogen. Sie hatte noch nie im Leben über eine andere Stelle nachgedacht.

»Dann möchte ich Ihnen einen Vorschlag machen, Miss Winter. Ich komme nach New York, und wir treffen uns. Sagen wir, nächsten Dienstag, um sieben Uhr abends, an der Stelle der ersten Kontaktaufnahme? Der Einfachheit halber. Lässt sich das einrichten?«

»Ja«, nickte Susan. »Sicher. Dienstag um sieben.«

»Schön. Ich kenne dort in der Nähe ein gutes, verschwiege-

Bruttosozialprodukt von Dänemark 1991.
122.000.000.000 $

nes Lokal, wo wir alle Einzelheiten besprechen können. Ich werde ein paar Unterlagen mitbringen und einen fertigen Vertrag. Und Sie sollten schon einmal Ihr Kündigungsschreiben formulieren. Wenn Sie den Vertrag gelesen haben, werden Sie es brauchen, das verspreche ich Ihnen.« Er hielt inne, fügte dann hinzu: »Unnötig zu erwähnen, sicherlich, und nur der Form halber – aber sollten Sie das, was Sie herausgefunden haben, irgendjemandem erzählen, ist mein Angebot natürlich hinfällig.«

»Ja.« Susan schluckte. »Natürlich.«

Aber da hatte er schon aufgelegt.

Nach und nach setzte sich zusammen, was geschehen war, aus lauter Randbemerkungen, kurzen Berichten, Zusammenfassungen. Lino hatte vor vier Jahren eine Affäre mit einer Frau aus Philadelphia gehabt, einer gewissen Deborah Peterson, damals Sekretärin in einer dort ansässigen Anwaltskanzlei. Kennen gelernt hatten sie sich auf einer Flugschau, die Deborah mit einer Clique von Freunden besucht und auf der Lino, der zwar ein guter Pilot, aber kein Kunstflieger war, bei der Besucherbetreuung ausgeholfen hatte. Die Beziehung war heftig, heimlich und flüchtig verlaufen – nach einem Monat hatten sie sich wieder getrennt und nie wieder etwas voneinander gehört, bis Deborah nun mithilfe eines Anwalts wieder Kontakt mit Lino aufgenommen hatte. Lino hatte nicht gewusst, dass Deborah bei ihrer Trennung von ihm schwanger gewesen war, und sie hatte niemals verraten, wer der Vater ihres Kindes war.

»Ich wollte seine Karriere nicht gefährden«, flötete die zierliche, blond gelockte Frau in die Kameras. Ihr Sohn Andrew, den sie dabei auf dem Arm hatte, blickte verstört drein. Ein hübsches Kind mit dunklem, lockigem Haar. Die Berichterstatter nannten es schon das *Eine-Billion-Dollar-Kind*.

Auch Lino wurde interviewt, auf dem Rasen vor seinem Haus in Wrightstown stehend. »Ich bin sehr glücklich, einen

123.000.000.000 $

Sohn zu haben«, bekannte er mit nervösem Augenblinzeln. »Es hat mich sehr bewegt, davon zu erfahren ... Es geht mir nicht um das Geld. Ich will das Geld ja nicht für mich. Aber natürlich will ich das Beste für meinen Sohn, verstehen Sie?«

»Werden Sie und Deborah Peterson nun heiraten?«, fragte der Reporter.

Lino kaute auf seinen Lippen. »Das ... weiß ich noch nicht. Ich kann es noch nicht sagen.«

»Aber Sie schließen es nicht aus?«

»Ich schließe nichts aus.«

Es war gewöhnungsbedürftig, den eigenen Bruder im Fernsehen zu sehen, umrahmt von Untertiteln und bunten Senderlogos. John kam zu Bewusstsein, dass es seiner Familie und den Leuten, die ihn von früher kannten, nicht anders ergehen musste. Im Hintergrund war Linos Freundin Vera Jones zu sehen, ihre Tochter Mira umarmend und verheult aussehend. John hatte sie bei diversen Familienfesten im Haus seiner Eltern getroffen, an Weihnachten zuletzt. Sie war eine etwas rundliche, aber herzensgute Frau, die seinen Bruder trotz seiner ewigen schlechten Laune aufrichtig liebte und sich nichts sehnlicher wünschte, als dass er sie heiratete. Diese Geschichte musste sie tief verletzen.

Der *Padrone* stieß einen ärgerlichen Laut aus, als ein Trailer für eine nachfolgende Wirtschaftssendung die Berichterstattung unterbrach.

»Das ist ein Schwindel«, erklärte er grimmig.

Gregorio Vacchi warf seinem Vater einen gereizten Blick zu. »Woher willst du das wissen?«

»Ich weiß es einfach.«

»Ein uneheliches Kind. Giacomo Fontanelli war auch ein uneheliches Kind. Es wäre nicht so weit hergeholt.«

»Dieses Kind ist zu jung.« Cristoforo drehte sich herum. »Denk doch einmal an die Prophezeiung. Was macht es für einen Sinn, wenn ein Dreijähriger ein solches Vermögen erbt?

De facto würden seine Eltern das Geld bekommen und verwalten bis zum Jahr 2010. Und bis dahin würde nichts geschehen. Oder jedenfalls nichts Gutes. Das macht keinen Sinn.«

Gregorio starrte grüblerisch auf den Teppich, als seien dort die Antworten auf alle Fragen zu finden. »Im Testament steht nichts von einem Mindestalter«, sagte er.

»Das weiß ich auch«, versetzte der *Padrone*.

»Aber dir ist schon klar, dass wir nicht tun können, was wir wollen? Wir sind Nachlassverwalter. Wir sind genauso an die Gesetze gebunden wie jeder andere Nachlassverwalter. Entscheidend ist der Text des Testaments. Nicht, wie wir es auslegen.«

Der *Padrone* nickte unwillig. Ein unangenehm wirkender Mann mit einem pockennarbigen Vollmondgesicht erschien auf dem Schirm, der laut Bildunterschrift Randolph Bleeker hieß und der Anwalt von Deborah Peterson war. Auf der Treppe eines imposanten Gebäudes, umringt von Mikrofonen, Kameras und Menschen, hielt er ein ausgefülltes und abgestempeltes Formular in die Höhe. »Mister Lino Fontanelli hat offiziell anerkannt, der Vater von Andrew Peterson zu sein, meine Damen und Herren«, rief er über die Menge. Er hisste ein zweites Papier mit einem Briefkopf, auf dem das Wort *Labor* zu erkennen war. »Dies ist das Ergebnis einer Blutgruppenuntersuchung, die die Vaterschaft bestätigt. Damit ist der Sohn meiner Mandantin, Andrew Peterson, am 23. April 1995 der jüngste männliche Nachfahre des Florentiner Kaufmanns Giacomo Fontanelli gewesen und folglich der rechtmäßige Erbe seines Vermögens. Ich fordere die Anwaltskanzlei Vacchi auf, das Fontanelli-Testament den zuständigen Behörden im Original vorzulegen, sodass dieser Anspruch geprüft werden kann.«

Gregorio Vacchi hieb mit der flachen Hand auf die Sofakissen. »Das können wir nicht ignorieren«, rief er. »Unmöglich. Eduardo – ruf das Finanzministerium an. Den Notar auch.

125.000.000.000 $

Wir sagen alle Termine ab, bis diese Angelegenheit geklärt ist.«

Eduardo sah seinen Großvater fragend an. Der nickte müde sein Einverständnis. Dann suchte sein Blick unter schweren, faltigen Lidern hervor den Johns.

»Wir müssen jetzt über Sie diskutieren, John, das werden Sie verstehen. Aber ich glaube, Sie sollten es sich ersparen, dabei anwesend zu sein.«

Die plötzliche Stille in dem Zimmer, das womöglich bald nicht mehr seines sein würde, war erdrückend. John sah aus dem Fenster hinab auf die Männer, die mit schusssicheren Westen und umgehängten Waffen im Garten patrouillierten. Bald würde er nicht mehr so wichtig sein, dass man auf ihn aufpassen musste. Die Reporter, die jetzt noch das Tor belagerten und einander traten und stießen, um ein Foto von ihm zu ergattern, würden davonziehen und über einen dreijährigen Jungen in Philadelphia herfallen. So wie der Kardinal verschwunden gewesen war, als er zurück in den Großen Salon gekommen war. Irgendwie musste er erfahren haben, was geschehen war. Er hatte sogar den Bildband mit der Widmung des Papstes wieder mitgenommen.

Zurück ins Nichts also, in die Bedeutungslosigkeit, aus der er gekommen war. Das war echt hart. Zurück zu Marvin in die WG, in irgendeinen Job, nachdem er hineingeschnuppert hatte in ein ganz anderes Leben ... Allenfalls konnte er hoffen, dass sich eine Zeitung für seine Lebensgeschichte interessierte, ein paar Dollar dafür zahlte. Und er würde sein Leben lang erzählen können, wie es gewesen war, einen Ferrari zu fahren.

Er sah an sich herab. Ob sie ihm die Anzüge lassen würden? Er hatte sich richtig daran gewöhnt. Andererseits konnte er sich nicht einmal die Reinigung dafür leisten.

Ja, verdammt. Es hatte gerade angefangen, ihm zu gefallen. Vor einer Woche war er überzeugt gewesen, der falsche Erbe zu sein, und nun, da es so aussah, als habe er Recht behalten, spürte er nur grenzenlose Wut auf Lino, der ihm sein Geld wegnehmen wollte.

Meins! Es war eine wilde, trotzige Wut, die Wut eines kleinen Kindes, das sich nicht ein bisschen um die anderen schert, das einfach nur *haben will*. Das bereit ist, zu beißen und zu kratzen und mit den Füßen zu treten, um zu behalten, was ihm gehört. Er spürte seine Lungen arbeiten, als ginge es in einen Kampf.

Das Telefon klingelte.

John fuhr herum und spürte alle Kampfbereitschaft schwinden wie Luft aus einem zerrissenen Ballon. Sein erster Gedanke war, sich ins Bad zu verziehen und es klingeln zu lassen. Aber vielleicht waren es die Vacchis. Um ihm zu sagen, er solle schon mal seine Sachen packen. Er setzte sich aufs Bett und hob ab.

»Sie haben Probleme«, sagte die dunkle Stimme des Unbekannten. »Und man lässt Sie allein damit.«

John schluckte einen mächtigen Kloß hinab. »Kann man sagen.«

»Ich hatte Ihnen versprochen, dass ich mich wieder melde, nicht wahr?«

»Ja.«

»Und ich hatte Ihnen prophezeit, dass Sie Hilfe brauchen würden, richtig?«

»Ja.« John fühlte sich auf einmal ganz schwach in den Beinen.

»Gut. Aber Sie müssen ein paar Vorbereitungen treffen. Es wäre gut, wenn Sie für alle Fälle ein Faxgerät an Ihrem Anschluss zur Verfügung hätten. Meinen Sie, Sie können eines besorgen?«

John fiel die Kreditkarte ein, die Eduardo ihm gegeben hatte. Noch hatte er sie in der Brieftasche. »Ja«, sagte er. »Ich denke schon.«

Bruttosozialprodukt des Iran 1991.
127.000.000.000 $

»Tun Sie es so schnell wie möglich. Ich weiß noch nicht, ob wir es brauchen werden, aber es könnte sein.«

»Sie wollen mir nicht sagen, was Sie vorhaben?«, fragte John.

»Hauptsächlich, weil ich es noch nicht weiß. Vertrauen Sie mir. Sie sind in einer äußerst heiklen Situation, aber ich habe eine ganze Reihe von Möglichkeiten, etwas zu tun. Wir werden sehen.«

Etwas Beruhigendes ging von dem aus, was er sagte, und auch, wie er es sagte. »Ihren Namen erfahre ich heute auch nicht, nehme ich an?«

»Glauben Sie mir, dass es gute Gründe gibt, warum ich so handeln muss«, bat der Unbekannte. »Halten Sie sich so viel wie möglich in Ihrem Zimmer auf, sobald Sie das Faxgerät haben. Ich melde mich wieder.« Damit legte er auf.

Als John die Tür zum Flur öffnete, saß Marco auf einem Stuhl an der Wand gegenüber, die mächtigen Arme vor der Brust verschränkt.

»Marco? Ich brauche ein Faxgerät«, sagte John.

Sein Plan war eigentlich gewesen, klammheimlich mit dem Ferrari in die nächste Stadt zu fahren und eines zu kaufen, aber der Bodyguard zückte blitzartig ein Mobiltelefon und sagte: »*Va bene, Signor Fontanelli.* Ich besorge Ihnen eines.«

Die Zeitungen des nächsten Morgens kannten nur zwei Themen: den Ausbruch einer vermutlich durch den Ebola-Erreger verursachten Epidemie in Zentralafrika und den Streit um das Billionenerbe.

»Mein Großvater glaubt weiter, dass Sie der richtige Erbe sind«, erklärte Eduardo beim Frühstück. »Mein Vater hält das für beginnenden Altersstarrsinn. Mein Onkel findet den Gedanken grässlich, sich mit einem dreijährigen Megamilliardär abplagen zu müssen. Und ich, ehrlich gesagt, auch.«

Sie saßen allein im Salon. Die Vacchis hatten bis lange

nach Mitternacht diskutiert, was zu tun sei, und nur Eduardo hatte es geschafft, schon aufzustehen.

»Und was geschieht nun?«, fragte John.

»Vermutlich«, erklärte Eduardo kauend, »beginnt das, wofür Anwälte nun einmal da sind: ein Rechtsstreit. Der sich vermutlich lange hinziehen wird. Ich meine lange nach Anwaltsmaßstäben. Jahre, vielleicht Jahrzehnte.«

Über dem Haus knatterte wieder einmal ein Hubschrauber. Die Zahl der Reporter hatte nicht abgenommen, sondern sich eher verfünffacht. Kein Lieferant und kein Angestellter kam ins Haus, ohne seine Meinung in ein Dutzend Mikrofone gesagt zu haben.

»Großartig«, meinte John mutlos.

»Zuerst einmal lassen wir uns alle Papiere schicken. Die müssen übersetzt und beglaubigt und so weiter werden. Das dauert, das kostet, na ja. Dann werden wir ein genetisches Gutachten über die Vaterschaft fordern. Der Bluttest, den dieser dubiose Mister Bleeker da so publikumswirksam in die Kameras gehalten hat, ist nämlich so gut wie wertlos.«

»Wirklich? Aber er hat doch behauptet ...«

»Anwälte behaupten ständig irgendwas, sie leben schließlich davon, sich zu streiten. Tatsache ist, dass ein Bluttest nur dazu taugt, eine Vaterschaft *auszuschließen*. Er beruht darauf, dass sich Blutgruppen nach bestimmten Regeln vererben. Wenn ein Kind zum Beispiel die Blutgruppe AB hat und die Mutter Blutgruppe A, dann kann ein Mann mit der Blutgruppe A nicht der Vater sein, sondern nur einer mit Blutgruppe B oder AB. Aber der Bluttest sagt nichts darüber aus, ob ein bestimmter Mann tatsächlich der Vater ist.«

John starrte den jungen Anwalt an. Plötzlich fiel ihm wieder ein, wie Mutter, als sie noch Kinder gewesen waren, Süßigkeiten unter sie verteilt und Lino ihm später seinen Anteil weggenommen hatte. Einfach weggenommen, weil er der Stärkere war. »Und ein Gentest?«, fragte er und hatte das Gefühl, dass seine Stimme vibrierte vor Wut.

129.000.000.000 $

»Da gibt es natürlich auch Zweifelsfälle, aber im Allgemeinen liefert der einen sicheren Vaterschaftsbeweis. Man muss die Körperproben unter Aufsicht entnehmen und so weiter, aber das lässt sich alles arrangieren. Dafür reicht schon eine Haarwurzel oder ein Abstrich der Mundschleimhaut, sodass es auch für das Kind zumutbar ist. Angenehmer als ein Bluttest.«

»Bei mir haben Sie keinen Gentest gemacht.«

»Nein«, erwiderte Eduardo und rührte gedankenverloren in seinem Kaffee. »Bei ehelich geborenen Kindern ist das ohne Belang. Eine männliche Abstammungslinie kann man sowieso nicht mit Sicherheit in die Vergangenheit verfolgen. Im Fall Ihres Bruders geht es aber darum, dass man den Verdacht haben muss, er versucht mit einem Trick an das Fontanelli-Vermögen zu kommen.«

Immerhin hatten sie diesen Verdacht. Aber Lino war seit jeher ein Frauenheld gewesen. Kein Mädchen in der Nachbarschaft zu Hause, bei der er es nicht zumindest versucht hatte. Und immer heimlich. Wenn er ihn mit einem Mädchen knutschend vorfand, hatte Lino ihn mit dem speziellen Blick angesehen, der Prügel verhieß, sollte er auf die Idee kommen zu petzen. Andererseits war er von ihm aufgeklärt worden, schon mit neun oder zehn; da war Lino fünfzehn gewesen und hatte gewusst, wovon er sprach.

Gut möglich, dass es eben einmal daneben gegangen war. Sogar die Reaktion Deborah Petersons, Lino das Kind zu verschweigen, konnte er verstehen. Er hatte immer das Gefühl gehabt, dass Lino Frauen nicht mehr freundlich behandelte, sobald er gehabt hatte, was er wollte.

»Und wenn es kein Trick ist?«, fragte John.

»Wenn es kein Trick ist«, sagte Eduardo, leckte den Löffel ab und legte ihn sorgfältig auf der grazilen weißen Porzellanuntertasse ab, »dann ist Andrew Peterson der Erbe.«

Gesamte Verteidigungsausgaben aller EU-Staaten.
130.000.000.000 $

Was bis jetzt eine Belagerung gewesen war, wurde zum Angriff. Bildlich gesprochen, begannen die Reporter an den Gitterstäben zu rütteln und Einlass zu fordern. Eduardo wagte sich hinaus, begleitet von drei Bodyguards, obwohl er nur bis zum Hoftor ging. Er erklärte den Journalisten ungefähr das, was er John beim Frühstück erklärt hatte, nämlich dass man den Verdacht habe, Lino versuche durch einen Trick in den Besitz des Fontanelli-Vermögens zu kommen, und umriss grob den Verlauf und die Themen des bevorstehenden Rechtsstreits. Man zerriss ihn fast durch das Gitter hindurch.

»Noch einmal so was, und ich trage einen bleibenden Hörschaden davon«, meinte Eduardo, als er zurück im Haus war. Er schüttelte sich. »Was tun die eigentlich alle hier? Sollten die nicht beim Prozess gegen O. J. Simpson sein?«

Keine zwei Stunden später sah er sich selbst auf NBC seine Erklärung abgeben, gegen das zornige Dementi eines aus dem Schlaf gerissenen Lino Fontanelli geschnitten, der »die infamen Unterstellungen dieses jungen italienischen Anwalts« entschieden zurückwies und noch einmal betonte, dass es ihm einzig um das Wohl seines Kindes gehe.

Der Hubschrauber tauchte wieder auf, bald darauf ein zweiter und ein dritter. Hausangestellte, die zu Botengängen unterwegs gewesen waren, berichteten am Nachmittag, man hätte ihnen große Geldsummen angeboten für Schriftstücke aus dem Haushalt der Vacchis, für Fotos aus dem Inneren des Hauses oder dafür, einen Reporter ins Haus zu schmuggeln. Die Wachleute verschärften die Kontrollen.

Am späten Nachmittag telefonierte John mit seiner Mutter. An der Ostküste der Vereinigten Staaten war es kurz vor Mittag, und er hatte sie aus der Küche weggeholt. Die letzten Male, wenn er sie angerufen hatte, war sie lediglich verwirrt gewesen über das, was passierte, und aufgeregt, weil ihr Sohn in allen Zeitungen stand, nun aber war sie richtig un-

131.000.000.000 $

glücklich über all die Zwietracht, die »die Million«, wie sie hartnäckig sagte, in die Familie gebracht hatte.

»Es ist keine Million, *mamma*«, erklärte John zum wiederholten Mal. »Es sind eine Million Millionen.«

»*Non mi piace, non mi piace*«, jammerte sie. »Wer braucht so viel Geld, sag mir das? Ist es das wert, dass ein Bruder mit dem anderen streitet? Und jetzt will er Vera verlassen und diese Frau aus Philadelphia heiraten, nur für das Geld ...«

John spürte es kalt seinen Rücken hinabrieseln. *Wer erbt eigentlich, wenn ein Kind stirbt? Dessen Eltern, oder?* Es war ein hässlicher, grauenerregender Gedanke, der aus dem Nichts zu kommen schien und sich nicht mehr vertreiben lassen wollte.

»Aber du wolltest doch immer ein Enkelkind«, sagte er mühsam. Der *Corriere della Sera* lag vor ihm auf dem Tisch, und das Gesicht des dreijährigen Andrew Peterson blickte großäugig von der Titelseite.

»Mira war mir auch wie ein Enkelkind, und nun soll ich sie verlieren? Ach, es ist alles ein Unglück. Nichts als Unglück hat es gebracht, dieses Geld.« So wehklagte sie weiter, bis ihr einfiel, dass sie Nudelwasser aufsetzen musste. John musste ihr versprechen, wieder anzurufen oder, besser noch, bald zurück nach Hause zu kommen, dann legte sie auf.

Zurück nach Hause, ja. Vielleicht fand er sich besser damit ab. Im Grunde hatte er sich doch von vornherein fehl am Platz gefühlt. Von Anfang an war er der Überzeugung gewesen, dass die Vacchis sich geirrt haben mussten in ihm. Okay, der ganze Luxus war angenehm, keine Frage, und man gewöhnte sich rasch daran, aber im Grunde konnte er doch mit Geld nicht umgehen. Mit wenig Geld nicht, und mit viel Geld erst recht nicht. Wenn es darum ging, der Menschheit ihre verlorene Zukunft wiederzugeben, war er entschieden der

---

Umsatz von General Motors im Jahre 1992.
132.000.000.000 $

Falsche. Er hatte mit seiner eigenen Zukunft schon genug zu tun gehabt, auch ohne das alles hier.

Er nahm die Zeitung hoch, betrachtete das Bild des kleinen *Andrew Peterson*. Ein klangvoller Name. Fast wie *Andrew Carnegie*. Sie konnten ihn auf die richtigen Schulen schicken, ihn langsam in seine Rolle hineinwachsen lassen, ihn auf jede erdenkliche Art vorbereiten auf Reichtum und Macht. Wenn man es recht überlegte, war das keine unvernünftige Wendung des Schicksals.

Die Stimmung beim Abendessen war denkbar deprimierend. Die Vacchis bemühten sich, Konversation zu machen und so zu tun, als sei alles in Ordnung, aber ihr Bemühen war so spürbar, dass es John regelrecht auf den Magen schlug. Ihre Gedanken waren weit weg, bei einem dreijährigen Jungen auf der anderen Seite des Atlantiks und bei der Frage, ob es sein konnte, dass ihnen der wahre Erbe und Erfüller der Prophezeiung gänzlich entgangen war. Obwohl Giovanna sich redlich Mühe gegeben hatte, brachte John nicht viel hinab und zog sich bald zurück. Er ging dabei durch die Küche und entschuldigte sich bei ihr dafür.

Die Dunkelheit seines Zimmers war erdrückend, aber er wagte es nicht, Licht zu machen, um die Aufmerksamkeit der Reporter nicht zu erregen. Er zog sich im Dunkeln aus und legte sich zu Bett.

Warum hatten nicht Cesare und Helen ein Kind haben können? Damit hätte er sich leichter abfinden können. Cesare war immer so vieles älter gewesen, so weit über ihm, dass es ihn nicht berührt hätte. Aber nein, Lino musste es sein. Ausgerechnet Lino. Lino, der immer stärker gewesen war und das auch ausgenutzt hatte. Lino, der als Einziger gute Noten heimbrachte. Lino, der ihn immer besiegt hatte, in allem. Nun hatte er ihn wieder besiegt.

Und was würde er jetzt machen? Er hatte es nicht zu viel gebracht gehabt, aber selbst das lag seit der Begegnung mit den Vacchis in Trümmern. Er würde als tragische Figur in die Annalen eingehen, als der Mann, der beinahe Billionär geworden wäre. Man würde ihn anstarren wie eine Zirkusmonstrosität, wohin er auch ging. Die Hoffnung auch nur auf Rückkehr in ein normales Leben, wie er es gekannt hatte, konnte er begraben.

Seine Gedanken rotierten. Er stand wieder auf, tastete sich ins Bad. Da war ein Medizinschränkchen gewesen, mit allerlei handelsüblichen Medikamenten. Er fand es, öffnete es, tastete über Röhrchen, Tuben und Pillenschachteln. Nun musste er doch ein wenig Licht machen. Er suchte ein Tablettenröhrchen mit Valium heraus und öffnete es.

Am nächsten Morgen ging die Meldung um die Welt, der designierte Billionenerbe John Salvatore Fontanelli habe in der Nacht Selbstmord verübt.

Das Schluchzen am anderen Ende der Leitung wollte kein Ende nehmen. »Was für ein Unglück ... *madre mío, dio mío* ... Nichts als Unglück hat es gebracht, das Geld, hat die Familie zerstört, hat alles zerstört ...«

»Mutter ...«

»Und diese Teufelsbrut von Journalisten belagern mein Haus, kommen in unsere Wohnung, lassen mir keine Ruhe ... Wie kommen die dazu, so etwas zu schreiben? Der Schlag hätte mich treffen können. Oder deinen Vater. Wie kommen die dazu, zu behaupten, du seist tot?«

»Vermutlich, weil sie immer irgendetwas Sensationelles bringen müssen«, sagte John.

»Mir ist fast die Luft weggeblieben. Dein Vater ist auch nicht mehr der Jüngste, denk daran, und in seiner Familie sterben die meisten am Herzen. Es kam vorhin in den Spätnachrichten. Die wir sonst nie sehen. Ich habe kein Auge zugetan seither.«

Er überschlug den Zeitunterschied. In New York musste es halb drei in der Nacht sein. »Wir haben erst vorhin davon erfahren, sonst hätte ich viel früher ...«

134.000.000.000 $

»Und dieses Bild. Wie du da stehst, mit zwanzig Valium in der Hand.«

»Ich will dir doch die ganze Zeit erklären, wie das zu Stande gekommen ist. Das war ein bekannter Skandalreporter, Jim Huston, ein *paparazzo*. Er hat sich tagsüber von einem Hubschrauber auf dem Dach absetzen lassen; niemand hat das gemerkt in all dem Wirbel. Ganz oben gibt es eine Stelle, wo man von unten nicht hinsieht, dort hat er sich versteckt. Abends hat er sich an einem Stahlseil vor mein Schlafzimmerfenster herabgelassen, wie ein Bergsteiger, und sich mit seiner Kamera auf die Lauer gelegt. Als ich ins Bad bin, um eine Schlaftablette zu suchen, hat er mich fotografiert. Ich hab von all dem nichts bemerkt.«

»Das waren mindestens zwanzig Stück! Das hat man genau gesehen!«

»Die sind mir einfach herausgerutscht, Mutter.« Das stimmte nicht. Er hatte nachsehen wollen, wie viele Tabletten noch in dem Röhrchen waren, weil ihn plötzlich die sinnlose Angst befallen hatte, jemand könne später merken, dass er eine genommen habe. Eine Tablette, die ihm nicht gehörte.

Nachdem er seine Mutter einigermaßen beruhigt hatte, zog er noch einmal seinen besten Anzug an und ging hinunter, um sich zusammen mit den Vacchis den Journalisten zu zeigen und so zweifelsfrei zu beweisen, dass er noch lebte.

»Was werden Sie jetzt tun?«, schrie man ihm zu, mit Mikrofonen an langen Stangen nach ihm stochernd, und: »Glauben Sie, dass Andrew Peterson wirklich der Sohn Ihres Bruders ist?« Doch John schüttelte nur den Kopf und sagte kein Wort.

Eduardo zeigte die Überbleibsel der Stahlseilkonstruktion und erklärte, wie Huston das Bild gemacht hatte. Als ein paar der Reporter anerkennend pfiffen, warnte er vor Nachahmung. »Jim Huston hat eindeutig die Privatsphäre Mister Fontanellis verletzt, und wir werden ihn verklagen, entweder

135.000.000.000 $

auf unterlassene Hilfeleistung oder auf Betrug. Egal wie er argumentiert, eine dieser beiden Straftaten hat er begangen.«

Als sie wieder im Haus waren, erklärte John, er halte es für das Beste, in die Vereinigten Staaten zurückzukehren, in das Haus seiner Eltern, bis der Fall geklärt sei. »Meine Eltern sind dem Presserummel nicht gewachsen. Ich denke, ich sollte dort sein und die Aufmerksamkeit von ihnen ablenken.«

Die Vacchis nickten, bis auf den *Padrone,* der missbilligend den Kopf schüttelte. »Ihr Platz ist hier, John«, sagte er. »Das alles ist ein Spuk, der vorübergehen wird.«

»Also, ich kann John gut verstehen«, sagte Alberto.

»Ich denke, es ist wirklich das Beste«, sagte Gregorio.

Eduardo seufzte. »Wenn Sie wollen, arrangiere ich Ihnen für morgen einen Flug.«

»Danke«, sagte John.

Dann ging er auf sein Zimmer, um zu packen. Doch als er vor dem Schrank stand, stellte er fest, dass nichts von all den Dingen darin wirklich ihm gehörte. Er würde Eduardo bitten, ihm aus den Kartons mit seinen eigenen Habseligkeiten, die noch irgendwo untergestellt sein mussten, etwas zum Anziehen zu besorgen.

So war das also. Das Ende des Traums. Er ließ sich mutlos aufs Bett sinken, starrte zur Decke hoch. Von einer Stunde zur anderen hatte alles begonnen, von einer Stunde zur anderen endete es wieder.

Irgendwann erwachte er aus dem dämmrigen Halbschlaf, in den er unversehens gefallen war. Dem Licht nach musste es bereits Nachmittag sein, und er fühlte sich auf eine unwirkliche Weise gut.

Wie ruhig es war! John stand auf, ging auf die Terrasse, die bis vor kurzem noch seine gewesen war, atmete die salzige Luft ein, die vom Meer heraufwehte, und schloss die Augen. Es zirpte aus den Büschen unter ihm, und von weit weg hörte man die raunenden Stimmen der Reporter vor dem Tor.

Schade. Er würde es vermissen, sich wie ein Millionär zu fühlen. Sich wie ein Milliardär zu fühlen, so weit hatte er es in den paar Tagen nicht gebracht, ganz zu schweigen von der Billion. Aber wie ein Millionär hatte er sich hin und wieder gefühlt, und es hatte ihm gefallen.

Das Telefon klingelte. Sicher noch einmal seine Mutter. Um ihm zu sagen, dass sie noch ein wenig geschlafen hatte und sich nun besser fühlte. Er ging hinein und hob ab. »Ja?«

»Haben Sie ein Faxgerät besorgt?«, fragte die dunkle Stimme des Unbekannten.

John erschrak, ging unwillkürlich in die Knie und schaute unter das Bett. Dort stand der Karton, den Marco gebracht hatte. »Ja. Ja, ich hab eins.«

»Ist es angeschlossen?«

»Was? Nein. Noch nicht. Ich glaube, ich muss das Telefon dazu ausstecken.«

»Verstehe.« Der Unbekannte schien zu schmunzeln. »Die Telefondosen sind mindestens dreißig Jahre alt, oder? Genau wie der Telefonapparat.«

»So ungefähr.«

»Gut. Schließen Sie das Faxgerät bitte an. Ich faxe Ihnen in fünf Minuten ein Dokument, für dessen Echtheit ich mich verbürge. Machen Sie bestmöglichen Gebrauch davon.«

»Danke«, sagte John. »Ich verstehe aber nicht ...« Doch die Leitung war schon tot.

Fünf Minuten? Oha. Vielleicht hätte er die Bedienungsanleitung etwas eher lesen sollen ... Er zog den Karton unter dem Bett hervor, riss ihn auf und schälte das Faxgerät mit fliegenden Fingern aus dem Styropor. Ein Glück, Marco hatte daran gedacht, auch eine Rolle Faxpapier zu besorgen und einen Adapter, um es an die alte Dose anzuschließen. Er brauchte drei Minuten, um das Gerät empfangsbereit zu machen. Die restliche Zeit saß er davor, starrte den Ausgabeschlitz an und hatte das Gefühl, dass Stunden vergingen.

Dann endlich klickte etwas im Inneren des dunkelgrauen

Kastens, und der Schlitz leuchtete grünblau auf. Mit leisem Surren schob sich Papier heraus, darauf krakelige Linien und verwaschene Buchstaben. John beugte sich darüber, versuchte den Text zu entziffern, während weitere Seiten nachquollen.

Es war ein Bericht über die medizinische Untersuchung des Second Lieutenant Lino Fontanelli, vorgenommen vom Stabsarzt der McGuire Airforce Base, im Februar 1991. Seitenweise Befunde aus EKG, EEG, Lungenkapazitätstest, kardiologischen Belastungstests, Reaktionstests, Blutbildern, Analysen der Rückenmarksflüssigkeit und so weiter. Auf der letzten Seite war das Kästchen angekreuzt, das ihm die volle gesundheitliche Eignung zum Piloten eines Kampfjets bescheinigte, daneben prangte die schwungvolle, völlig unleserliche Unterschrift des Arztes.

Den entscheidenden Vermerk hätte John beinahe übersehen. In der Rubrik *Medizinische Befunde ohne Auswirkungen auf die Flugtauglichkeit* stand lapidar: *Zeugungsunfähig.*

Gesamte jährliche Verteidigungsausgaben der NATO-Staaten ohne USA.
138.000.000.000 $

8

DAS FAX WAR wie ein Schlag in die Magengrube. John saß da, starrte es an, ohne dass er hätte sagen können, wie lange, und versuchte zu begreifen, was es bedeutete. Niemand kam, niemand rief an, auch nicht, nachdem er geistesabwesend das Gerät wieder ausgesteckt und zurück unters Bett geschoben hatte. Niemand störte ihn, und so hatte er Zeit, gründlich nachzudenken.

Als der Abend dämmerte, hatte er beschlossen, das Fax zu verschweigen, um nicht erklären zu müssen, woher es stammte. Stattdessen fragte er beim Abendessen, das in spürbar bedrückter Stimmung verlief, möglichst beiläufig: »Lässt sich aus einer genetischen Analyse eigentlich erkennen, ob jemand unfruchtbar ist?«

»Nein.« Eduardo schüttelte den Kopf, damit beschäftigt, eine dampfende Petersilienkartoffel mit einer silbernen Gabel aus dem achtzehnten Jahrhundert zu zerteilen. »Warum?«

»Mir ist ein Gespräch eingefallen, das ich letzte Weihnachten mit Vera hatte. Die Freundin meines Bruders«, setzte John hinzu. »Sie deutete so etwas an, dass sie sich wunderte, warum sie nicht von Lino schwanger wurde.« Das war erfunden. Vera hätte nie im Leben mit jemandem über solche Themen gesprochen, der nicht ihr Arzt war.

»Himmel!«, stieß Gregorio Vacchi hervor und ließ das Besteck sinken. Die spärlichen Haare schienen ihm zu Berge zu stehen. »Daran habe ich überhaupt noch nicht gedacht.«

Der *Padrone* machte ebenfalls große Augen. »Unfruchtbarkeit. Das ist ein häufig anzutreffendes Leiden in der Familie Fontanelli.«

139.000.000.000 $

Alberto runzelte die Stirn. »Aber er kann doch unmöglich glauben, dass so etwas unentdeckt bleiben würde?«

»Ich hatte den Eindruck«, spann John seine Geschichte weiter, »dass Lino nichts von Veras ... Bemühungen weiß.«

»Das heißt, möglicherweise versucht diese Peterson, ihm ihr Kind unterzuschieben!«, folgerte Eduardo entgeistert.

Sein Vater nahm die Serviette vom Schoß und warf sie neben seinen erst halb geleerten Teller. »Ich muss sofort telefonieren.«

Die Sensation am nächsten Tag war komplett. Lino gestand zerknirscht vor laufenden Kameras, von Bleeker zu diesem Plan angestiftet worden zu sein. Tatsächlich sei er Deborah Peterson nie zuvor begegnet. Und von seiner Unfruchtbarkeit habe er nichts gewusst. Im Hintergrund flatterten gelbe Plastikbänder über dem Rasen seines Hauses, Polizisten gingen ein und aus. Weder Sarah Jones noch ihre Tochter waren zu sehen.

Deborah Peterson erzählte einem Reporter, wie Randolph Bleeker sie aufgesucht und zu seinem Plan überredet habe. Sie habe Bleeker von ihrem früheren Job in der Anwaltskanzlei her flüchtig gekannt, allerdings nie besonders sympathisch gefunden. Da sie als allein erziehende Mutter dringend Geld brauchte, habe sie eingewilligt. Bleeker habe sie und Lino zusammengebracht, um sie alle Einzelheiten ihrer angeblichen Affäre auswendig lernen zu lassen, ehe er mit der selbst fabrizierten Sensation an die Öffentlichkeit ging.

Wie sich herausstellte, war Andrew Peterson tatsächlich die Frucht einer kurzen Affäre, nach deren Ende seine Mutter niemals wieder etwas vom Vater des Kindes gehört hatte. Sie hatte nach Andrews Geburt zunächst geglaubt, allein damit fertig zu werden, und aus Stolz keine Angaben über den Kindsvater gemacht. Als ihre Ersparnisse zur Neige gingen, hatte sie sich an Randolph Bleeker gewandt, um Andrews Vater aufzuspüren und auf Unterhalt zu verklagen. Bleeker hatte ihn auch wirklich aufgespürt: Der ehemalige Lastwagenfahrer lag seit einem Raubüberfall in einer neurologischen Klinik und besaß nur noch die Intelligenz eines Blumenkohls. Im Gesicht der jungen Frau mischten sich Entsetzen und Faszination, als sie davon erzählte, wie der Anwalt diese Situation für seinen Plan zu verwenden gedachte: Er hatte von dem komatösen echten Vater des Kindes heimlich Haar- und Gewebeproben entnommen und sie tiefgekühlt verwahrt, um sie vor dem zu erwartenden genetischen Vergleichstest gegen die Proben auszutauschen, die man von Lino nehmen würde. Wie er den Austausch unbemerkt bewerkstelligen wolle, habe er ihr nicht gesagt.

Diese abenteuerliche Geschichte verdrängte das Ebola-Virus, das in der zentralafrikanischen Stadt Kikwit Tausenden von Menschen die inneren Organe zerfallen ließ, endgültig von den Titelseiten. Zum offenkundigen Entzücken der Nachrichtenleute war obendrein der Urheber des betrügerischen Plans, der Anwalt Randolph Bleeker, genannt Randy, unauffindbar verschwunden. Seine Wohnung in Philadelphia wurde verlassen vorgefunden, und ein Kamerateam, das zeitgleich mit der Polizei in seinem miefigen kleinen Büro eintraf, konnte nur eine ratlos die Schultern zuckende Sekretärin filmen, die keine Ahnung hatte, wo ihr Arbeitgeber abgeblieben war.

Der Rolls-Royce verließ um halb acht Uhr morgens, die Vorhänge hinter den hinteren Scheiben sorgfältig zugezogen, das Anwesen der Familie Vacchi. Verfolgt von einem Tross von Fahrzeugen, die mit den Signets von Fernsehsendern und Nachrichtenagenturen bedruckt waren, glitt der majestätische Wagen mit fast unhörbar schnurrendem Motor durch die Dörfer und Siedlungen. Als er kurz vor Florenz auf die *Autostrada* nach Rom wechselte, tauchten zwei Hubschrauber auf und schlossen sich dem Convoi in der Luft an. Ab zehn Uhr

---

Auslandsschulden Mexikos im Jahre 1998.
141.000.000.000 $

Ortszeit wurde die Fahrt des Rolls-Royce Richtung Rom von CNN live übertragen.

Niemand hatte dagegen auf den Lieferwagen geachtet, der wie immer um fünf Uhr früh durch das kleinere Tor am hinteren Ende des Landsitzes gefahren war, um wie jeden Morgen einige Kisten mit frischer Wäsche aus- und Säcke mit Schmutzwäsche dafür einzuladen. Unbehelligt fuhr er danach wieder von dannen, hielt nur kurz und unbeobachtet an der Wäscherei im Ort, wo die rückwärtige Tür aufging und die Säcke hinausgeworfen wurden, damit John Fontanelli und die Vacchis im Inneren des Wagens mehr Platz hatten. Der *Padrone* wechselte bei dieser Gelegenheit auf den Beifahrersitz, Marco hinter das Steuer, alle schüttelten sie noch einmal dem jungen Fahrer der Wäscherei dankend die Hand, dann bretterten sie los, als gelte es, sich für die Formel 1 zu qualifizieren. Die Straßen waren um diese Zeit noch weitgehend leer, sodass sie die Autobahn eher als geplant erreichten, und auch dort ließ sich der Verkehr ertragen. Eduardo, der den Plan ausgetüftelt hatte, grinste vergnügt. Sie würden die Vermögensübereignung vollzogen haben, ehe die ersten Journalisten in Rom eintrafen.

Als sie durch Rom fuhren, rückte John an eines der hinteren Fenster und spähte hinaus. Ihn, dem zeitlebens das Empire State Building wie ein antikes Bauwerk vorgekommen war, hatten die ganzen wirklich alten Gebäude in der Altstadt von Florenz tief beeindruckt. Aber Rom – Rom war einfach ... monumental. Bei Gott, er verstand plötzlich, warum man es *die Ewige Stadt* nannte. Jede Straßenkreuzung gewährte ihm sekundenlange Blicke in Abgründe von Vergangenheit und Geschichte, von denen er nie geahnt hatte, dass sie existierten. Wie konnte jemand hupen im Angesicht dieser erhabenen Bauwerke? Wie konnte ein Autofahrer einen anderen überholen wollen in dieser Stadt, in der die Zeit stillgestanden hatte? Er konnte sich nicht satt sehen und bedauerte es fast, als sie plötzlich von der Straße ab und durch einen

142.000.000.000 $

dunklen Torbogen fuhren und da waren. Im Finanzministerium der Republik Italien.

Stählerne Tore fuhren hinter ihnen zu. Uniformierte Männer mit Funkgeräten und automatischen Waffen tauchten auf, sahen mit steinernen Gesichtern zu, wie sie aus dem Lieferwagen kletterten, und geleiteten sie dann in bedrohlich wirkendem Schweigen eine schmale, unscheinbare Treppe hinauf. Unlackierte, rostige Stahltüren mit mehreren Schlössern öffneten sich vor ihnen und wurden hinter ihnen klirrend wieder verriegelt. Ihre Schritte hallten durch kahle Gänge, die einen eher an ein Gefängnis als an ein Ministerium denken ließen. Ein uralter Aufzug bot maximal vier Personen Platz, sodass sie in Etappen fahren mussten. »Der Weg hinaus nachher wird aber standesgemäß«, raunte Eduardo ihm zu. Er wirkte angespannt.

Oben ging es durch eine breite Tür, hinter der Teppiche lagen, Bilder an den Wänden hingen, Fresken und bemalter Stuck die Decken zierten. John hatte längst jede Orientierung verloren, als eine riesige Türe geöffnet wurde und man sie in einen kleinen Saal führte, dessen Wände über und über bemalt waren in einer Farbenpracht, die einen schier erschlug. Vor lauter Engeln mit vergoldeten Flügeln und Rosenbüschen hätte er fast die Männer übersehen, die darauf warteten, ihm vorgestellt zu werden. »Signor Fantozzi, der Finanzminister. Signor Bernardini, der stellvertretende Minister des Inneren. Signor Nuncio Tafale, der Notar.« John schüttelte Hände und versicherte, wie angenehm es ihm sei, all diese Leute kennen zu lernen, und so früh am Morgen noch dazu.

Er hatte sich die ganzen letzten Tage, seit feststand, dass es passieren würde, gefragt, wie es sein würde. Er hatte sich einen weihevollen Akt vorgestellt, und es war zu merken, wie sie sich bemühten, es zu einem solchen zu gestalten. Aber John spürte nur sein Herz schlagen, das Blut im Hals und im Schädel pochen, und alles in ihm war darauf konzentriert, keinen Fehler zu machen, nichts Dummes zu sagen, all diese

143.000.000.000 $

Weihe nicht zu zerstören. Es war wie damals bei seiner Fahrprüfung, an die er sich nur noch erinnern konnte als an eine Zeit, von der er nicht hätte sagen können, wie lange sie gedauert hatte, Stunden oder Tage. Nur dass er so absolut bei der Sache gewesen war, dass er sich, als alles vorbei gewesen war, nicht einmal mehr erinnern konnte, wo er überall gefahren war und wo er eingeparkt hatte. Absoluter Tunnelblick. Stress. Und hier und jetzt – wozu? Das war keine Prüfung, die es zu bestehen galt. Er hatte nichts dafür getan, er konnte auch nichts dagegen tun. Diese Männer waren aufgetaucht mit dem festen Vorsatz, ihm eine Billion Dollar zu schenken, und sie waren nicht davon abzubringen gewesen. Er hätte aufspringen und zu allem Nein sagen müssen, um es zu verhindern.

Es begann mit dem Innenminister, dem stellvertretenden, der ihm ein Formular vorlegte, das fertig ausgefüllt war, und etwas, das aussah wie ein Vertrag, mit roter Kordel und richtigem Siegel, und auf beide Dokumente stürzten sich die Vacchis und prüften sie Buchstabe für Buchstabe, ehe sie ihm zunickten, dass er unterschreiben solle. Und John unterschrieb gehorsam. Sein Italienisch reichte inzwischen mit Mühe für die Zeitungen, vor den juristischen Texten musste er kapitulieren. Ohne die Vacchis an seiner Seite hätte man ihm eine Waschmaschine verkaufen können, und er hätte es nicht gemerkt.

Der Innenminister lächelte, mehr höflich als entspannt, und händigte ihm seinen neuen Pass aus, einen samtroten Europapass, fix und fertig mit Passfoto und Unterschrift, fälschungssicher eingesiegelt. Seinen zerfledderten alten blauen amerikanischen Pass musste er dafür abgeben. Der Innenminister nahm ihn an sich wie ein Beutestück; John fragte sich flüchtig, was er wohl damit machen würde. Stand nicht *Eigentum der Vereinigten Staaten von Amerika* darin?

Noch mal Händeschütteln. Glückwünsche. Nun war er Italiener, wieder Bürger des Landes, aus dem sein Großvater geflohen war. Der stellvertretende Innenminister lächelte ihm aufmunternd zu, als wolle er ihm versichern, dass das so schlimm nicht sei, aber der Finanzminister lächelte deutlich stärker.

Als alle Hände geschüttelt waren und Kaffee nachgeschenkt, ergriff der Notar das Wort. Das tat er, indem er ein Schriftstück hervorholte und es vorlas in einer Weise, die einen hätte glauben lassen können, ein blinder Gott schwebe unsichtbar im Raum und nichts gelte, ehe es nicht an seine Ohren gedrungen war. »Rom, am 16. Mai 1995. Vor dem beurkundenden Notar Nuncio Tafale sind in der Angelegenheit Übereignung des Vermögens des Giacomo Fontanelli erschienen: John Salvatore Fontanelli, italienischer Staatsbürger, geboren am 1.9.1967 in New York; Cristoforo Vacchi, italienischer Staatsbürger, geboren ...«

Und so ging es weiter, bis John nichts mehr verstand. Die Worte ›Nachlass‹ und ›Übereignung‹ und ›uneingeschränkte Verfügung‹ tauchten aus dem Singsang auf wie platzende Blasen aus einem sich schwerfällig dahinwälzenden Wortstrom. Dann verlasen die Vacchis ihrerseits Dokumente, die in einem altertümlichen, formellen Italienisch verfasst waren, gegen das die Ansprache des Notars wie feinsinnige, federleichte Poesie wirkte, und so ging das hin und her, bis John sich anfing zu fragen, wozu man ihn bei all dem überhaupt brauchte.

Als es losging mit dem Unterschreiben, wusste er wieder, wozu. Unsinnigerweise musste er sich noch einmal ausweisen, mit seinem neuen Pass diesmal, den der Notar prüfte, als argwöhne er, John könne in der Zwischenzeit gegen eine andere Person ausgetauscht worden sein. Danach war des Unterschreibens kein Ende mehr. Ein Blatt nach dem anderen, auch für die Vacchis, minutenlang hörte man nichts als das Kratzen von Tintenfedern auf schwerem Urkundenpapier. Stempel knallten, Tintentrockner rollten über die blauen Krakel, Siegel

145.000.000.000 $

wurden angebracht, und das breite Lächeln des Finanzministers wurde mit jeder geleisteten Unterschrift einen Zahn breiter. Er war auch der Erste, der aufsprang und John gratulierte mit den Worten: »Ich danke Ihnen, dass Sie sich für Italien entschieden haben!«

Dann gratulierten ihm die Vacchis, von irgendwoher kamen weitere Hände dazu, die seine Rechte schüttelten. Der halbe Beamtenstand Italiens schien sich in diesem kleinen Zimmer versammelt zu haben.

»Jetzt sind Sie endgültig und rechtskräftig der reichste Mann der Welt«, sagte Cristoforo Vacchi. »Nun ist es unumkehrbar.«

Er wirkte erleichtert, als er das sagte.

Das Timing war exzellent. Der Rolls-Royce fuhr majestätisch am unteren Ende der Treppe vor, und die Traube von Fernseh- und Bildreportern fotografierte eine leere Rückbank, als Benito den hinteren Wagenschlag öffnete. Es dauerte eine Schrecksekunde, bis einer der Journalisten John und die Vacchis oben an der Treppe stehen sah. Ein ausgestreckter Arm, ein Schrei wie Kriegsgeheul, alles stürmte die Stufen empor, während John hineinschritt in das Blitzlichtgewitter und ein Lächeln in seinem Gesicht entstand, und ohne dass er gewusst hätte, was er tat und warum, hob er in einer triumphierenden Geste die lederne Mappe mit den Dokumenten, die seinen unfassbaren Reichtum besiegelten, hoch über den Kopf.

Das war das Bild, das um die Welt gehen sollte.

Nach der notariellen Zeremonie stand ein Empfang beim italienischen Ministerpräsidenten an. Der Rolls-Royce wurde von einer Ehrenkavalkade auf Motorrädern zum Sitz des Regierungschefs eskortiert, der John bereits auf den Treppenstufen entgegenkam. Mitten auf dem breiten roten Teppich und inmitten eines wahren Blitzlichtgewitters schüttelten Ministerpräsident Lamberto Dini und John Fontanelli einander minutenlang die Hände, lächelten in die Kameras, in die Menge, in die Kameras. Massen von Polizisten bildeten einen Kordon gegen die andrängenden Presseleute und Tausende von Schaulustigen, die John zujubelten, als habe er etwas Unerhörtes geleistet.

»Winken Sie«, raunte der Premierminister, ein Mann Mitte sechzig mit dem Gesicht einer traurigen Bulldogge, ihm zu.

Also winkte John, und der Jubel kannte keine Grenzen mehr.

Regiert wurde offenbar nicht an diesem Tag in Italien, denn alle Minister waren versammelt, um dem frisch gebackenen Billionär die Hand zu schütteln. Unmöglich, sich all die Namen zu merken. John lächelte, schüttelte Hände, fühlte sich wie in einem Wirbelsturm. »Sie können mich jederzeit anrufen«, erklärte ihm fast jeder, und John nickte, versprach, daran zu denken, und fragte sich, welchen Grund es geben mochte, einen Minister persönlich anzurufen.

Auf der Rückfahrt von Rom befiel John eine eigenartige Rastlosigkeit. Zwischendurch hatte er das Gefühl, es keine Sekunde mehr länger auszuhalten, tatenlos im Wagen zu sitzen und durch die unter einer warmen nachmittäglichen Sonne liegende Landschaft zu gleiten. Es musste etwas geschehen, und er hätte was darum gegeben, wenn er nur eine Ahnung gehabt hätte, was.

Nun war es also amtlich. Reichster Mann der Welt, reichster Mann aller Zeiten. Ohne Verdienste, ohne eigenes Zutun, ohne besondere Begabungen, einfach aufgrund der Laune eines Vorfahren, der ohne dieses Vermächtnis längst vergessen gewesen wäre. Fühlte er sich nun anders? Nein. Er sah auf die Mappe hinab, die eine Menge unverständlicher Dokumente enthielt – nicht dass sein Reichtum künftig vom Besitz dieser Dokumente abhängig gewesen wäre: Beglaubigte Duplikate waren hinterlegt, beim Notar, im Ministerium, an

147.000.000.000 $

zahllosen weiteren Orten; er hätte die Mappe in den nächsten Ofen werfen können und wäre immer noch der reichste Mann der Welt gewesen – diese Mappe also, diese Papiere mit ihren Stempeln und Unterschriften, die Listen von Konten und Kontoständen, sie bewiesen etwas, was ansonsten völlig abstrakt blieb: dass er reich war. Er fühlte sich nicht reicher, als er sich heute Morgen um vier Uhr gefühlt hatte. Was hatte diese Zeremonie verändert? Nichts. Er war vorher zu Gast gewesen bei Leuten, die er noch keinen Monat kannte, und er war es immer noch.

Als die Straßen schmaler wurden und sie schließlich wieder ins Dorf fuhren, standen Hunderte von Leuten Spalier, klatschten Beifall, warfen Luftschlangen. Auf einem freien Feld entdeckte John Zelte und Karussells, die am Morgen noch nicht da gewesen waren. Ein Volksfest, zweifellos ihm zu Ehren. Als ob er etwas vollbracht hätte, wofür ihm Ehre gebührte.

In der Eingangshalle der Villa erwartete sie ein Tisch mit Champagnergläsern und einer großen, staubigen Flasche in einem gläsernen Kühler.

»Wir haben uns erlaubt«, erklärte Cristoforo, »ein kleines Fest für Sie auszurichten. Das heißt, es ist vor allem Eduardo gewesen, der sich um alles gekümmert hat.«

John nickte beklommen und hatte das Gefühl, Ameisen statt Blut in den Adern zu haben. Er sah zu, wie die Gläser eingeschenkt wurden, und wäre am liebsten losgerannt, irgendwohin, um Wäsche zu mangeln oder Pizzen auszufahren.

Alberto Vacchi hob sein Glas empor. Ein letzter Sonnenstrahl traf durch eines der Fenster über der Balustrade direkt darauf und ließ die Bläschen darin aussehen wie Perlen. »Ich würde gern sagen können«, erklärte er, »dass wir diese Flasche bei Ihrer Geburt gekauft und bis zum heutigen Tag aufbewahrt hätten. Leider stimmt das nicht, ich habe sie erst letzte Woche erstanden. Aber sie ist so alt wie Sie, John –

achtundzwanzig Jahre alter Champagner, einer der besten, den man für Geld kaufen kann. *A votre santé!«*

John kam sich den ganzen Abend vor wie im falschen Film. Eduardo half ihm, den Frack korrekt anzuziehen, und er erschrak regelrecht vor der ehrfurchtgebietenden Erscheinung im Spiegel. Aber als ihm dann reihenweise distinguierte Männer in ähnlichem Outfit und Frauen von atemberaubend aristokratischem Äußeren vorgestellt wurden – sogar Marco und die anderen Bodyguards steckten in vornehmen Anzügen –, war er froh, einigermaßen ebenbürtig gekleidet zu sein.

Auch später, während ein Pianist zusammen mit zwei Streichern dezente Plaudermusik zum Besten gab und alles mit Gläsern und kleinen Snacktellern in der Hand herumstand und redete, als würde es morgen verboten, fühlte John sich wie unter einem Mikroskop. Männer lachten laut über seine Witze, Frauen streckten ihm mit strahlendem Lächeln eindrucksvolle Dekolletés entgegen, und alles nur, weil er reich war. Jedem, mit dem er sprach, war das Bemühen anzumerken, Eindruck zu machen, seine Sympathie zu gewinnen, und alles nur, weil er mehr Geld hatte als sonst jemand auf diesem Planeten.

Kein Einziger unter all diesen Menschen hätte ihn vor sechs Wochen, als er hungrig und frierend und mit nur zehn Cent in der Tasche durch New York getigert war, auch nur eines Blickes gewürdigt. Dabei war alles, was sich geändert hatte, seine Kleidung, sein Haarschnitt und die Zahl auf seinem Bankkonto.

Na gut – die Zahlen auf seinen zweihundertfünfzigtausend Bankkonten.

»Wie fühlt man sich als Billionär?«, wollte ein Mann wissen, der um die fünfzig sein mochte, einen Anzug mit einem Kragen aus Leopardenfell trug und einen Ring mit einem Saphir von der Größe eines Ochsenauges und, wenn John sich recht erinnerte, ein berühmter Filmproduzent war.

149.000.000.000 $

»Das wüsste ich auch gern«, bekannte John. »Ich meine, ich kann mich auch nur satt essen und nur jeweils eine Hose zu einer Zeit tragen ... Eigentlich denke ich, dass es viel zu viel Geld ist für einen einzelnen Menschen.«

Irgendwie war das nicht das, was der Mann hatte hören wollen. »Sie spielen den Bescheidenen, Signor Fontanelli«, meinte er und fasste John kritisch ins Auge. »Aber mich täuschen Sie nicht. Ich kenne die Menschen, weiß Gott.«

John sah ihm nach, als er sich unter die anderen Gäste mischte, und fragte sich, ob es Leute gab, die in ihm nicht nur eine potenzielle Kreditquelle sahen, sondern auch so etwas wie ein Idol. Der reichste Mann der Welt – wenn der nicht glücklich ist, dann gibt es so etwas wie Glück nicht. Ungefähr nach diesem Motto.

»Wie fühlt man sich eigentlich so als Billionär?«, wollte eine Frau wissen, die ihr Haar hochtoupiert trug und deren Kleid vorn hochgeschlossen, am Rücken dafür so tief ausgeschnitten war, dass nur noch wenig der Fantasie des Betrachters überlassen blieb. Sie war die Tochter eines Großindustriellen, verheiratet mit dem Sohn eines anderen Großindustriellen, der am anderen Ende des Saals gerade mit einem schwarzhaarigen Fotomodell flirtete.

»Wie ein Milliardär«, erwiderte John mit höflichem Lächeln. »Nur tausendmal besser.«

Sie fuhr sich mit der Zungenspitze über die halb geöffneten Lippen. »Das klingt ja wahnsinnig aufregend. Bestimmt haben Sie auch eine beeindruckende Briefmarkensammlung, so reich, wie Sie sind, oder?«

Ach du meine Güte! »Bedaure«, beeilte John sich zu versichern, »aber falls ich mir einmal eine zulegen sollte, erfahren Sie es als Erste, Signora.«

Auf der Klimakonferenz in Neu Delhi über die Umsetzung des Kyoto-Protokolls hat Klaus Töpfer für die UNEP (Umweltprogramm der Vereinten Nationen) eine Studie vorgestellt, wonach Naturkatastrophen in den nächsten Jahren jährlich etwa 150 Milliarden Dollar Schaden verursachen werden.
150.000.000.000 $

Er machte, dass er davonkam. Auf der Toilette traf er Eduardo an, der sich gerade kämmte, und erzählte ihm davon. Der grinste sein Spiegelbild an und meinte nur: »Dann passen Sie nur auf, dass sie nicht herausfindet, wo Ihr Zimmer liegt.«

»Im Ernst? Ich meine, ihr Mann stand keine zwanzig Meter entfernt ...«

»Und hat eine andere Frau angebaggert, wetten? Wie man hört, ist das bei denen so üblich. Denken Sie sich nichts dabei.«

Als er zurück in den Salon kam, war sie verschwunden, blieb es ziemlich lange und tauchte irgendwann wieder auf, leicht derangiert wirkend. John bemühte sich, Eduardos Rat zu befolgen und sich nichts dabei zu denken.

Der Finanzminister war auch auf dem Fest. »Falls Sie übrigens Investitionsmöglichkeiten für Ihr Vermögen suchen«, meinte er in scherzhaft-verschwörerischem Ton und hob sein Glas, »darf ich Ihnen unsere Staatsanleihen wärmstens empfehlen.«

John hatte keine Ahnung, was Staatsanleihen waren. Vermutlich war das ohnehin nur Smalltalk. »Ich werde drüber nachdenken«, versprach er und stieß mit dem Minister an.

Als ihm Alberto über den Weg lief, fragte er ihn danach. »Eine Staatsanleihe bedeutet, dass Sie dem Staat Geld leihen«, erklärte der, zwei Drinks in Händen. »Geld, das Sie über einen definierten Zeitraum mit festgelegtem Zins zurückbezahlt bekommen. Ziemlich langweilige, aber risikoarme Anlage, wenn Sie sich nicht gerade die Anleihe einer bankrotten Bananenrepublik aussuchen.«

»Heißt das, der Staat leiht sich Geld von Privatleuten?«, flüsterte John verblüfft.

»Wenn eine Regierung einen Haushalt vorlegt, der soundsoviel Milliarden Neuverschuldung vorsieht, dann werden für genau diesen Betrag Staatsanleihen ausgegeben. Und die kann jeder erwerben, der will. Banken tun das und auch Privatleute, ja.« Damit ließ er ihn stehen und steuerte wieder auf ein blondes Wesen zu, das wie alle Frauen auf diesem Fest aus einem anderen Universum zu stammen schien als die, die John in seinem bisherigen Leben kennen gelernt hatte.

Er traf den Finanzminister am Büfett wieder, und offenbar war es mehr als Smalltalk gewesen, denn während er Lachsschnittchen und Trüffelpastete auf seinen Teller häufte, fing er wieder von seinen Staatsanleihen an und ob er es sich schon überlegt hätte.

»Ich weiß nicht«, erwiderte John zögernd. »Ist das denn eine sichere Investition? Ich meine, Sie sind der Staat. Wenn Sie beschließen, das Geld nicht zurückzuzahlen, bin ich wehrlos.«

»Ich bitte Sie!« Alle Scherzhaftigkeit war aus seinem Ton verschwunden, und er richtete sich zu seiner ganzen Größe auf. »Ein Finanzminister würde eher seiner eigenen Mutter die Rente kürzen, als den Schuldendienst nicht zu erfüllen. In den Ruf zu kommen, ein unsicherer Schuldner zu sein, das wäre so, als würde man seine Miete nicht bezahlen ... Keine Regierung der Welt kann sich das leisten.«

Blitzartig stand die schwammige Gestalt von Miss Pearson wieder vor Johns innerem Auge, ihrer Vermieterin, und wie sie immer in der Tür gestanden und mit Marvin herumgezankt hatte, wenn sie mit ihrem Schuldendienst in Verzug geraten waren. Wie lange war das her? Ein paar Wochen. Hunderttausend Jahre. Er begriff, was der Minister meinte. Eine Regierung, die ihre Schulden nicht abbezahlte, würde sich schwer tun, neue Kredite aufzunehmen. Eigentlich logisch.

»Ich ... ähm ...«, meinte er und versuchte zu lächeln, »habe noch nicht die Zeit gefunden, eine ... Investitionsstrategie zu, ähm, festzulegen. Aber ich werde an Ihren Vorschlag denken.«

Er sprach mit einem Nobelpreisträger über das Wetter, mit einem Bankier über die Wahl von Jacques Chirac zum neuen französischen Staatspräsidenten und mit einer Sopranistin über die Auseinandersetzungen in Bosnien-Herzegowina. Er ließ sich Visitenkarten zustecken, versprach Invesititionsangebote zu prüfen und wechselte irgendwann von Champagner zu Selters, weil ihm allmählich schlecht wurde.

»Wie fühlt man sich eigentlich als Billionär?«, fragte eine Frau mit mühsam gebändigten roten Lockenhaaren. Ihr ebenfalls rotes Kleid aus Paillettenstoff erwies sich aus der Nähe als unerhört transparent.

»Man fühlt sich«, erklärte John mit schwerer Zunge, »als lägen einem alle Frauen der Welt zu Füßen.«

»Ach, tatsächlich?«, meinte sie mit pikiertem Blick.

Für diesen Abend war damit die am besten funktionierende Antwort gefunden. Diesmal war sie es, die unter einem Vorwand das Weite suchte.

Es dämmerte schon in zarten grauen und blauen Farben, als John die Tür seines Zimmers hinter sich schloss und einen Moment dagegen gelehnt stehen blieb, um die plötzliche Ruhe zu genießen. Außerdem stand er nicht mehr allzu sicher auf den Beinen.

Reichster Mann der Welt? Er fühlte sich gerade wie der müdeste Mann der Welt. Von dem frisch gemachten und einladend aufgeschlagenen Bett ging eine unsagbare Verlockung aus.

Er öffnete die Tür des Kleiderschranks, die den Spiegel enthielt, und betrachtete sich noch einmal mit trunkener Intensität. Irgendwie gar kein so übles Kleidungsstück, so ein Frack. Stand ihm. Er würde sich daran gewöhnen. Auch daran, ein Billionär zu sein.

Ob er sich an Champagner gewöhnen würde, stand auf einem anderen Blatt. Er erinnerte sich dunkel, mit etlichen Leuten Brüderschaft getrunken zu haben, aber nicht mehr genau, mit wem. Mit Eduardo, das wusste er noch. Der hatte danach der Frau im roten Paillettenkleid den Hof gemacht, und später hatte er ihn nicht mehr gesehen. Die Frau im roten Paillettenkleid auch nicht.

153.000.000.000 $

Das Weiss der Frackschleife hatte etwas gelitten. Er nahm die Manschettenknöpfe ab, zog den Frack aus, nestelte die Schleife unter dem Hemdkragen mehr schlecht als recht auseinander. Als er gerade dabei war, die Frackweste aufzuknöpfen, hörte er eine Gartentür quietschen.

Um diese Zeit? Er trat ans Fenster. Auf dieser Seite hatte das Landhaus der Vacchis einen kleinen, niedrigen Anbau, der aussah wie eine kleine Werkstatt oder ein ehemaliger Schuppen. Auf der Strassenseite gab es einen ummauerten Vorhof, und die rostige Tür zu diesem Vorhof war es, die gequietscht hatte.

John streifte die Weste ab und runzelte die Stirn. Auf der Strasse parkte ein Kastenwagen, aus dem ein Mann, den er schon öfter für die Vacchis Besorgungen hatte machen sehen, Kartons auslud. Hinter den Fenstern des Anbaus brannte Licht, und hinter einem davon sah John eine Frau an einem Tisch sitzen. Als der Mann den ersten Karton bis zur Tür getragen und vermutlich geklopft hatte, stand sie auf, tauchte gleich darauf im Vorhof auf und half ihm, die restlichen Kartons auszuladen.

John knöpfte sein Hemd auf. Die gefältelte Brust wies ebenfalls diverse Weinflecken auf, er warf es in den Wäschekorb.

Merkwürdig. Dass es jemanden gab, der um diese Zeit arbeiten musste! Vielleicht war es nicht gut, mit so viel Alkohol im Blut über solche Dinge nachzudenken. John steuerte auf das Bett zu und ergab sich seiner unsagbaren Verlockung.

Container in allen Farben, die aus der Ferne wie bunte Bauklötze wirkten und aus der Nähe wie zerschrammter, verbeulter Schrott. Ein Containerkran, der tagsüber jammernd seinen Dienst tat und die Nacht über weiter rostete. Schienen, zerfurchte Kieswege, eine uralte Pier, die in den Hudson hinausragte und vergeblich auf ein Frachtschiff wartete.

Susan Winter war eine Viertelstunde zu früh am Treffpunkt, schlenderte hinaus auf die Pier, betrachtete das Spiel von Licht und Schatten zwischen den Wolkenkratzern Manhattans und überlegte, was sie mit achthunderttausend Dollar Jahresgehalt anfangen würde. Als es sieben Uhr war, sah sie sich um und fragte sich flüchtig, wo hier in der Nähe ein Lokal sein mochte, aber sie war zu fasziniert von der Vorstellung, wie ihre Kontoauszüge in Zukunft aussehen würden, um den Gedanken weiter zu verfolgen.

Als sie zurück zu den Containern schlenderte, trat der Mann dazwischen hervor, und es war wieder genauso wie damals, als sie das erste Mal eingewilligt hatte, Geld durch unrechtmäßige Taten zu verdienen. Er trug denselben dunklen Mantel, den er damals und auch später immer angehabt hatte, zuletzt bei ihrem Treffen vor dem Rockefeller Center. Er bewegte sich immer noch so ungelenk, als leide er an Rheuma, und sein Gesicht war auch nicht schöner geworden.

Höchstens bekannter. Immerhin kannte sie inzwischen seinen Namen.

»Hallo, Randy!«, sagte Susan Winter abschätzig. »Tut mir Leid, dass Sie sich herbemüht haben. Wo Sie doch alle Welt sucht. Aber heute bin ich mit Ihrem Auftraggeber verabredet.«

»Ich weiß«, erklärte Randolph Bleeker mit einem hässlichen Lächeln. »Er hat mir nämlich einen Auftrag erteilt, Sie betreffend.«

Susan kam mit der Plötzlichkeit eines Blitzeinschlags zu Bewusstsein, dass sie allein war und ungeschützt. Mit Analysen in eigener Sache hatte sie noch nie Glück gehabt. Sie sah Bleeker an und spürte ihre Augen größer werden vor Entsetzen.

Diesmal war es kein Umschlag mit Geld, den er aus der Tasche zog.

Auslandsschulden der Volksrepublik China im Jahre 1998.
155.000.000.000 $

9

DIE SONNE STAND schon hoch am Himmel, als sie sich am nächsten Tag trafen. Giovanna hatte einen kleinen Frühstückstisch in der Bibliothek aufgestellt, einem der wenigen Räume, die von der Party nicht in Mitleidenschaft gezogen worden waren. Im gesamten Untergeschoss wuselten die Leute vom Partyservice umher, um wieder sauber zu machen. Durch die geöffneten Fenster hörte man die Geräusche und Stimmen, die den Abbau der Karussells und Buden auf dem Festplatz begleiteten.

»Eine schöne Sache, reich zu sein«, sagte John.

»Zweifellos.« Alberto Vacchi nippte müde an seinem Espresso. Sein Bruder Gregorio hatte rot geränderte Augen und blickte ebenso mürrisch wie unausgeschlafen drein. Eduardos Gesicht wirkte verquollen, als habe er überhaupt nicht geschlafen. Wach wirkte er allerdings auch nicht, er saß nur schweigend da und kippte einen Kaffee nach dem anderen.

Nur der *Padrone* sah aus wie das blühende Leben. Er war, wie üblich, früh zu Bett gegangen und hatte bereits einen langen Spaziergang hinter sich.

»Aber meine Aufgabe«, fuhr John fort und betrachtete die nachtschwarze Flüssigkeit in seiner Tasse, »ist jetzt ja wohl, das ganze Geld unter die Armen zu verteilen, nicht wahr?«

Schlagartig war Stille. Als habe er etwas unsagbar Peinliches von sich gegeben.

John sah hoch und in aufgerissene Augen. »Das habe ich so verstanden. Oder? Das Geld ist nicht für mich bestimmt,

156.000.000.000 $

sondern ich soll etwas damit bewirken. Die Not lindern. Die Armut. So etwas in der Art.«

Der *Padrone* schloss die Augen, atmete langsam und tief ein und öffnete sie wieder. »Es ist *Ihr Geld,* John«, sagte er. »Es *gehört* Ihnen. Ohne jede Bedingung.«

»Sie können damit machen, was Sie wollen«, setzte Alberto hinzu.

»Aber da ist doch diese Klausel in dem Testament? Dass ich mit dem Geld der Menschheit die Zukunft wiedergeben muss, oder so ähnlich.«

»Das ist keine Klausel«, korrigierte ihn Cristoforo Vacchi. »Das ist eine Prophezeiung. Sie müssen nicht – Sie *werden.* Das ist ein himmelweiter Unterschied.«

»Soll das heißen, ich kann tatsächlich auch alles behalten, wenn ich will?«

»Sie sind völlig frei. Sie können es behalten, oder Sie können es unter die Armen verteilen – ganz wie Sie wollen.«

»Wobei man«, warf Gregorio mit säuerlicher Oberlehrermiene ein, »vielleicht einmal fragen müsste, wer das eigentlich sein soll – ›die Armen‹?«

John kam zu Bewusstsein, dass er die ganze Zeit unausgesprochen davon ausgegangen war, dass das alles nicht wirklich *ihn* betraf, nichts mit ihm als Person zu tun hatte, sondern dass er nur als eine Art Stellvertreter diente, als Vorwand, dass er ein Strohmann sein würde für eine von Anfang an anders geplante Verwendung für das Vermögen. »Also«, meinte er lahm, »alle Menschen, die Hunger leiden – die kann man doch wohl als arm bezeichnen, oder?«

»Einverstanden.« Gregorio stand auf, trat an einen der Bücherschränke und zog einen dicken Wälzer heraus, dem Titel nach ein statistisches Jahrbuch oder dergleichen. Zielsicher blätterte er darin. »Das sind etwa ... 1,3 Milliarden Menschen. Wie viel bekäme dann jeder?«

Bruttosozialprodukt von Österreich 1991.
157.000.000.000 $

»Ungefähr ...« Das konnte er nicht im Kopf ausrechnen. Im Kopfrechnen war er noch nie gut gewesen, und der Restalkohol machte es vollends unmöglich. John zog einen Taschenrechner heran, der auf einem der Lesepulte lag, und begann zu tippen. »Eine Billion geteilt durch ...«

Er hielt inne. Der Taschenrechner hatte, wie die meisten Geräte dieser Art, ein achtstelliges Display. Eine Billion aber hat dreizehn Stellen. Mit anderen Worten, der Rechner war nicht im Stande, diese Zahl zu fassen.

Und 1,3 Milliarden fasste er auch nicht.

John starrte das Gerät bestürzt an. Es hatte ein Gehäuse aus hellem Plastik und Tasten aus schwarzem Gummi, ein Rechner, wie man ihn überall auf der Welt für ein paar Dollar kaufen konnte. Den meisten Menschen genügte ein solcher Rechner bei weitem für alles, was sie auszurechnen hatten. Selbst einem mehrfachen Millionär reichte er. Es wollte ihm nicht in den Kopf, dass er sich nun in Regionen befand, die jenseits dessen lagen.

»Knapp 770 Dollar«, erklärte Gregorio, der die Rechnung mit Bleistift und Papier durchgeführt hatte. »769 Dollar und 23 Cent, wenn man es genau nimmt, aber einerseits haben Sie mittlerweile mehr als eine Billion Dollar, andererseits müssten Sie die Kosten abziehen, die durch den Verteilungsvorgang selbst entstünden, sodass es Unsinn wäre, so genau zu rechnen.«

John sah ihn an mit dem Gefühl zu träumen. »770 Dollar? Pro Person?« Das war ja Wahnsinn. Er sah sich die Division an, überschlug, was da stand. Es stimmte.

»Nicht sehr viel«, räsonierte Gregorio. »Nach spätestens einem Jahr dürfte das verfrühstückt sein, selbst wenn die Lebensmittel billig sind.«

War eine Billion Dollar, mehr Geld, als irgendjemand jemals besessen hatte, am Ende so wenig? John schwindelte. Er

---

Auslandsschulden Brasiliens im Jahr 1998.
158.000.000.000 $

musste aufhören, darüber nachzudenken, jedenfalls im Moment. »Sie haben Recht«, meinte er. »Vielleicht ist das doch keine so gute Idee.«

Der *Padrone* reichte ihm den aus Silber getriebenen Korb mit dem Gebäck. »Wenn Sie einen kleinen Rat von mir akzeptieren wollen«, sagte er mit feinem Lächeln, »dann denken Sie einstweilen nicht darüber nach, wie Sie das Geld wieder loswerden können. Gewöhnen Sie sich erst einmal daran, dass es da ist.«

Der Lear-Jet, den Eduardo für den Trip nach London gechartert hatte, war innen in ruhigem, blassem Grau gehalten. Er hatte sieben lederbezogene Sitze, ein Stereogerät mit CD-Wechsler und federleichtem Kopfhörer für jeden Fluggast, und eine zarte Stewardess servierte Kaffee und kalte Getränke. Sie starteten morgens um halb zehn von einem Privatflughafen nahe Florenz, der klein und überschaubar war und aussah, wie in einer guten alten Zeit Flughäfen ausgesehen haben mussten. Keine Warteschlange vor einem *Check-In-Schalter*, kein wichtigtuerisches Bodenpersonal und keine *Departure Lounge*: Sie stiegen einfach aus dem Auto und schlenderten über das Flugfeld zu der Maschine, vor der Pilot und Copilot sie mit Handschlag begrüßten. Und als sie alle drei – John, Eduardo und Marco – bequem saßen, ging es los, ohne dass jemand ein Wort über Sauerstoffmasken oder Schwimmwesten verlor.

»Du brauchst maßgeschneiderte Anzüge«, hatte Eduardo entschieden, »die besten der Welt.«

Trotz der Fotos, die seit Wochen durch die Weltpresse gingen, nahm niemand von ihnen Notiz, als sie am frühen Nachmittag die Savile Row entlangflanierten. John hatte sich die Londoner Nobelmeile der Schneiderskunst etwas eindrucksvoller vorgestellt – das grobe Pflaster, die buntscheckigen Fassaden, die an manchen Stellen abbröckelten, und die Müllsäcke in manchen Hausecken ließen sie aussehen wie je-

159.000.000.000 $

de andere Straße in diesem Teil Westminsters auch. Allenfalls hingen etliche Fahnen mehr als anderswo über dem Gehweg, Union Jacks in allen Größen, aber auch Werbefahnen der ansässigen Firmen, und es gab ein paar von kantigen Marmorsäulen überdachte Hauseingänge mehr als sonst.

Marco folgte ihnen mit diskretem Abstand, während sie die Schaufenster von Firmen wie Henry Poole & Co., Gieves & Hawkes, J. Dege & Sons oder Kilgour, French & Stanbury studierten, die auf kopflosen Ständern dezent geschnittene Anzüge in dezenten Farben präsentierten. Schließlich blieben sie vor einer leicht lila schimmernden Fassade stehen. Über großen Fenstern, durch die man Tische mit zahllosen Ballen dunklen Tuches erspähte, prangte in goldenen Lettern der Name Anderson & Sheppard. »Man sagt, dass Prince Charles seine Anzüge vorzugsweise hier fertigen lässt«, wusste Eduardo. Und was für den britischen Thronfolger gut genug war, schien für den reichsten Mann der Welt zumindest des Erwägens wert zu sein. Also traten sie ein.

Neben dem Mann, der ihnen entgegentrat, hätte sein Kollege in der Fifth Avenue wie ein Konfirmand gewirkt. Eduardo erläuterte ihm rasch und in verhaltenem Ton, wer sie waren – was sie wollten, war offensichtlich –, ohne dass dies die geringste Reaktion im Mienenspiel seines Gegenübers ausgelöst hätte. Er war es offenbar nicht anders gewöhnt, als dass die Schönen, Reichen und Berühmten der Welt sich bei ihm die Klinke in die Hand gaben. Anders schon Eduardos Erklärung, man benötige gleich ein Dutzend Anzüge für die verschiedensten Anlässe auf einmal: Das zauberte den Anflug eines erfreuten Lächelns auf sein Gesicht.

John wurde in einen hellen, separaten Raum geführt. Auf einer Kommode mit unzähligen Schubladen lagen weiße Schneiderkreide, Maßbänder und ein Auftragsbuch mit Seiten aus zartgrünem Papier bereit. Ein älterer Mann mit beginnender Stirnglatze und einer dünnrandigen Brille kam mit einem Bündel von Stoffproben, die auf Johns Arm gelegt oder ihm unter das Kinn gehalten wurden, und dabei wurde ausgiebig über Schnitte und Details der Ausstattung verhandelt – fallende oder gepolsterte Schulter, Weste oder nicht, den Sitz der Hosen auf der Hüfte, ob diese später mit Gürtel oder Hosenträger getragen werden sollte, die Art der Taschen, Knöpfe, Klappen, Nähte und so weiter. Dann gesellte sich ein junger, pausbäckiger Mann dazu, der Buch führte, während bei John mit zurückhaltendem Gleichmut die Maße genommen wurden und eigenartige Codewörter wie »DRS« oder »BL 1« fielen und sorgfältig notiert wurden. Es hatte etwas von einem Ritual, einem Aufnahmeritus in eine geheime Bruderschaft, die Königliche Gesellschaft der Wahren Anzugträger vielleicht.

Zu Johns Erstaunen wollte niemand eine Anzahlung, nicht einmal eine Anschrift wurde verlangt. Nur der Name wurde notiert und ein Termin für die erste Anprobe vereinbart. In sechs Wochen, ob ihm das angenehm sei?

»Das passt uns hervorragend«, erklärte Eduardo an Johns Stelle.

Da sie schon einmal in London waren, folgten ähnliche Prozeduren bei Turnbull & Asser in der Jermyn Street 71, wo John für einen Auftrag über sechs Dutzend Maßhemden vermessen wurde, die er binnen zwölf Wochen zugesandt erhalten würde, und bei John Lobb in der St. James's Street 9, um zwanzig Paar Maßschuhe zu bestellen. Dem Ansinnen, sich gleich nebenan bei Lock & Co. einen Zylinder maßschneidern zu lassen, widersetzte sich John, erstand allerdings zwei Panamahüte, die zu seiner Verblüffung in zylindrischen Kartons zusammengerollt verkauft wurden. Sie beschlossen spontan, zu übernachten, verständigten die Besatzung des Jets, dass es nun doch nicht abends zurückgehen würde, und nahmen die Royal Suite im Savoy Hotel. Kurz vor Ladenschluss erstanden sie bei Fortnum's eine Dose Beluga-Kaviar in Malossol-Qualität zu einem Preis, dass John im ersten Moment dachte, der Rechnungsbetrag sei in Lire gemeint statt in Pfund Ster-

161.000.000.000 $

ling, schmuggelten sie ins Hotel und machten sich dann darüber her.

»Nur pur essen«, dozierte Eduardo, während er die Dose hingebungsvoll in das Eis drückte, in dem der Zimmerservice einen trockenen Champagner gebracht hatte. »Die Leute, die Kaviar mit Sauerrahm, Anschovis, gehackten Kapern, hart gekochten Eiern und so weiter essen, machen sich nicht klar, dass sie dadurch genau den Geschmack zerstören, für den sie teuer bezahlt haben. Allenfalls dünnen Toast mit ungesalzener Butter würde ich gelten lassen, aber am besten isst man Kaviar pur. Und niemals«, fuhr er beschwörend fort, als gelte es, John vor einer unverzeihlichen Sünde zu bewahren, »wirklich niemals streicht man Kaviar mit einem Messer auf einen Toast. Genau das gleiche Barbarentum. Der Witz bei Kaviar ist, die Eier intakt bis in den Mund zu befördern und dort zu zerdrücken, zwischen Gaumen und Zunge, und dabei die winzigen Geschmacksexplosionen zu genießen, um die sich das ganze Theater dreht.«

John musterte die dunkle Masse in der geöffneten Dose, die wie eine Ansammlung klebriger schwarzer Perlen aussah. »Und wie macht man es richtig?«

»Man nimmt einen Löffel«, erwiderte Eduardo und präsentierte zwei weiße Plastiklöffel, nicht unähnlich den Löffeln für Babynahrung. »Früher hat man Löffel aus Horn genommen, aus Holz oder Elfenbein, aber Plastik ist am besten – leicht, weich, ohne scharfe Kanten, hygienisch und wegwerfbar.«

Als John den ersten Löffel Kaviar nahm, kam ihm flüchtig zu Bewusstsein, dass dieser Mund voll mehr kostete, als er noch vor wenigen Wochen pro Monat verdient hatte. Wahnsinn. Geradezu pervers, dachte er. Dann biss er zu und dachte: *Andererseits ...*

Am nächsten Morgen ging es weiter. Sie spazierten vom Picadilly zur Burlington Arcade, studierten die makellos braunen Schaufenster und kauften dann Jacketts und Pullover aus reinem Kaschmir, Geldscheinklammern aus Sterlingsilber, Manschettenknöpfe aus Platin und Krawattennadeln, die ein kleines Vermögen kosteten.

»Was ist mit Krawatten?«, fragte John.

»Da kommt nur Paris oder Neapel infrage«, erklärte Eduardo bestimmt. »Hermés oder Marinella.«

»Ach so«, nickte John.

Sie kauften Sonnenbrillen, seidene Einstecktücher, Handschuhe aus Hirschleder, Schals aus Wolle und Seide, Strümpfe, Mäntel und Regenschirme, Letztere bei Swaine, Adeney, Brigg & Sons, den, wie Eduardo begeistert berichtete, Hoflieferanten des britischen Königshauses. Und während die Beute von diensteifrigen Menschen zum Flughafen transportiert wurde, wo der Jet samt seiner Besatzung immer noch darauf wartete, wann es ihnen einfallen mochte, weiterzufliegen, besuchten sie, weil es sich gerade ergab, ein Pferderennen.

John konnte dieser Veranstaltung zunächst nichts abgewinnen: eine Menge aufgeregter Leute und ab und zu ein Pulk Pferde, die die Rennstrecke entlanghetzten. Und nach jedem Rennen stiefelte man über mehr zerrissene Wettscheine als vorher. Mehr aus Langeweile verfiel er auf die Idee, auszuprobieren, wie es sich anfühlte, Geld aufs Spiel zu setzen und zu verlieren, und nachdem er sich die Verfahrensweise hatte erklären lassen, setzte er hundert Pfund auf ein als chancenlos betrachtetes Pferd.

Solcherart zumindest minimal beteiligt zu sein erhöhte den Reiz der Veranstaltung sofort, verschmolz das Geräusch der donnernden Pferdehufe und die Nervosität der Zuschauer mit ihren Ferngläsern, Tweedjacken und Tippscheinen zu einem beinahe aufregenden Erlebnis. Zu allem Überfluss gewann Johns Pferd, und sie verließen die Rennbahn mit einem dicken Bündel von Pfundnoten. John konnte es kaum fassen. Irgendwie verdarb es das Rennbahnerlebnis beinahe wieder.

Nachmittags flogen sie nach Paris weiter, um Krawatten zu erstehen, und Eduardo führte ihn in ein kleines, erlesenes

163.000.000.000 $

Restaurant, um ihm den Genuss von echtem Périgord-Trüffel zu verschaffen. Nicht ohne ihm zu versprechen, dass sie zum Vergleich auch weißen Trüffel probieren würden, aber der wachse in Italien, in Piemont, und sei daher in Frankreich sozusagen geächtet.

»Und?«, wollte Eduardo wissen, als der Jet spät in der Nacht wieder Richtung Florenz donnerte. »Wie fühlt man sich als Billionär?«

John sah ihn an und seufzte. Wenn er darauf nur eine Antwort gewusst hätte. »Im Augenblick«, bekannte er, »fühle ich mich wie im Disneyland für Reiche.«

Mittlerweile hatte die Belagerung durch die Medien ein Ende gefunden, sodass man wieder ungestört draußen auf der Terrasse frühstücken konnte. Als John am nächsten Morgen danach zurück in sein Zimmer kam, hatte irgendjemand die ganzen Einkäufe aus London dorthin geschafft: Dutzende von Kartons, Papp-Tragetüten und in buntes Papier eingeschlagene Dinge. Im ersten Moment war es wie Weihnachten, alles auszupacken, aber als er fertig war, fand er sich umzingelt von Schirmen, Pullovern, Schals, diamantbesetzten Krawattennadeln und Manschettenknöpfen, und es kam ihm so sinnlos vor, all diese Gegenstände gekauft zu haben. Wie er so auf seinem Bett saß und sich kraftlos und ratlos fühlte, klingelte das Telefon, und John nahm geistesabwesend ab.

»Guten Morgen. Wie geht es Ihnen?« Der Unbekannte.

John holte erst einmal tief Luft, versuchte die diffuse Gedankenmasse aus seinem Kopf zu vertreiben. »Danke«, meinte er vage. »Ganz gut, denke ich. Vielen Dank übrigens für das Fax.«

»Gern geschehen.«

Das schien schon Ewigkeiten her zu sein. Dabei war es erst letzte Woche gewesen. »Das kam – wie soll ich sagen? Ziemlich überraschend. Sozusagen Rettung in letzter Sekunde.«

»Ja«, sagte die sonore Stimme ruhig.

»Ich nehme an, es hat keinen Zweck zu fragen, woher Sie diesen medizinischen Bericht hatten?«

Ein dunkles, verhaltenes Lachen, das Ruhe ausstrahlte. Er machte sich nicht einmal die Mühe, Nein zu sagen.

»Jedenfalls haben Sie jetzt was gut bei mir«, sagte John. »Falls Ihnen das etwas bedeutet.«

Einen Augenblick war es so still, als sei die Verbindung unterbrochen worden. Dann sagte der Unbekannte: »Das bedeutet mir sehr viel. Und vielleicht werde ich darauf zurückkommen.«

Etwas an der Art, wie er das sagte, verursachte John ein unangenehmes Gefühl. Oder war es die Erinnerung an Lino, die wieder wach wurde? Daran, dass sein eigener Bruder bereit gewesen war, ihn zu betrügen? Er wusste es nicht.

»Nachdem Sie nun der reichste Mann der Welt sind«, fuhr der Unbekannte fort, »was haben Sie vor?«

Da war es wieder. Gerade hatte er es so schön verdrängt. Man konnte eine ganze Menge verdrängen, wenn man zum Einkaufen quer über den Kontinent jettete. Auch Prophezeiungen und heilige Aufgaben. Besonders die.

»Ich weiß noch nicht«, zögerte er und überlegte, dass er eigentlich überhaupt nicht dazu verpflichtet war, irgendeinem Anrufer Rede und Antwort zu stehen, der nicht einmal bereit war, seinen Namen zu nennen. »Im Augenblick bin ich noch völlig damit beschäftigt, mich an das viele Geld zu gewöhnen. Einkaufen in London, Essen in Paris, solche Sachen.«

»Verständlich. Und es sei Ihnen gegönnt. Aber haben Sie schon darüber hinausgedacht? Was wollen Sie in einem Jahr, in fünf Jahren, in zehn Jahren machen? Wo wollen Sie leben? Wie soll die Welt um Sie herum aussehen?«

John starrte auf den Berg von Pullovern und Schals und hasste sie alle. »Das ... ähm ... habe ich noch nicht entschieden«, erklärte er mit einem Gefühl wachsender Atemnot. War das gut formuliert? Besser als: *Ich habe keine Ahnung?*

165.000.000.000 $

»Das haben Sie noch nicht entschieden, so, so. Zwischen welchen Alternativen müssen Sie denn entscheiden?«

»Wenn man eine Billion Dollar besitzt, kann man machen, was man will«, erwiderte John patziger, als er beabsichtigt hatte. »Das sind eine verdammt große Menge an Alternativen, oder?«

»Sicher.« Wenn er den anderen beleidigt hatte, ließ dieser es sich jedenfalls nicht anmerken. »Die Qual der Wahl nennt man das wohl. Menschen, die keine Wahl haben, können ein solches Dilemma selten angemessen würdigen.«

Was sollte das nun wieder heißen?

»Genau«, nickte John und fühlte sich vollkommen konfus.

»Aber«, hakte der Unbekannte nach, »es ist offenbar schon so, dass Ihnen die Prophezeiung zu schaffen macht, nicht wahr?«

Der Mann schien ja alles zu wissen. »Welche Prophezeiung?«, fragte John trotzdem.

»Kommen Sie! Die Prophezeiung Ihres Urahns Giacomo Fontanelli. Der Erbe seines Vermögens werde der Menschheit die Zukunft zurückgeben, die sie verloren hat. Ich müsste mich sehr in Ihnen täuschen, wenn die Frage, was er damit gemeint haben könnte, nicht unablässig in Ihrem Hinterkopf bohren und bohren würde.«

Ich habe diese Prophezeiung noch nicht einmal im Original gelesen, dachte John. Weil sie auf Lateinisch geschrieben ist, und der Erbe des Fontanelli-Vermögens hat diese Sprache zufällig nicht gelernt. Aber er sagte es nicht, sondern schwieg.

Wieder dieses leise Lachen, wie von weit her, von den Höhen des Himalayas vielleicht. »Sie werden meine Hilfe noch einmal benötigen, John. Denken Sie darüber nach.« Damit hängte er auf.

Jeden Tag kamen Einladungen zu Banketten, Vernissagen, Empfängen, Fußballturnieren oder Galaabenden. Man trug

John die Schirmherrschaft über karitative Projekte an oder lud ihn ein, dem Lions Club, dem Rotary Club und anderen exklusiven Zirkeln beizutreten. Cristoforo Vacchi las diese Schreiben gern beim Mittagessen vor, um sie dann beiseite zu legen und zu sagen: »Sie sind noch nicht so weit, John. Machen Sie sich ruhig zunächst etwas rar. Warten Sie, bis sich die öffentliche Aufregung gelegt hat. Nehmen Sie sich Zeit, in Ihre Rolle hineinzuwachsen.«

Eduardo hatte an diesem Samstagabend allerdings eine Einladung zu einer Theaterpremiere in Florenz und überredete John, der ohnehin nichts anderes vorhatte, mitzukommen.

Es handelte sich, wie sich herausstellte, um ein sehr kleines, sehr avantgardistisches Theater in einem Teil von Florenz, von dem Touristen nicht einmal ahnen, dass er existiert. Das Stück war ebenfalls sehr avantgardistisch, was hieß, dass junge, exaltierte Schauspieler sinnlos anmutende Dialoge in den kleinen, kaum hundert Zuschauer fassenden Saal brüllten, ab und zu auf große leere Fässer eintrommelten und sich gegenseitig mit glibbrigen, farbigen Flüssigkeiten übergossen. Gegen Ende des Stücks rissen sie sich zunehmend die Kleider vom Leib, und den Schlussapplaus nahmen die meisten von ihnen halb nackt entgegen. Der wollte kein Ende nehmen, was damit zu tun haben mochte, dass das vorwiegend männliche Publikum sich nicht an den sich verbeugenden Schauspielerinnen sattsehen konnte. Ziemlich raffiniert, fand John. Verstanden hatte er nichts. Vielleicht musste er seinen Sprachunterricht beim *professore* künftig ernster nehmen.

Anschließend gab es einen Empfang für Theaterkritiker, Freunde des Hauses und geladene Ehrengäste. Ein äußerst voluminöser Mensch, Regisseur und Intendant in Personalunion, und der Autor des Stückes, ein verhuschtes Männchen mit wilder Mähne, John-Lennon-Brille und schlechtem Atem, stellten sich den Fragen der Presse. Nach und nach gesellten sich Bühnentechniker, Beleuchter und schließlich die Schauspieler, frisch gewaschen und geföhnt, dazu, Alkohol floss in Strömen, und der Empfang entartete zur Endlosparty.

Ein agiler Typ, ganz in Schwarz gekleidet wie die meisten, hofierte John, wobei er sich bemühte, so zu wirken, als hofiere er ihn nicht. Er vermied auch das Wort *Geld*, redete stattdessen von *Aufwand*. Aber John kapierte, dass er die Finanzen des Theaters verwaltete, und wurde das Gefühl nicht los, wie ein wandelnder Geldbeutel auszusehen.

Wenig später verwickelte der Regisseur ihn in ein Gespräch, dem nicht zu entkommen war, und sei es, weil man vermutlich verdurstet wäre, wenn man versucht hätte, um ihn herumzulaufen. Ob er sich sein Leben als Theaterstück vorstellen könne?

»Aber ich lebe doch noch«, sagte John. »Das würde ein ziemlich unvollendetes Stück.«

»Oh, das macht nichts«, sagte der Regisseur.

Irgendwann verlor John das Gefühl dafür, wie spät es war und in welcher Reihenfolge sich die Ereignisse zutrugen. Jemand bot ihm Kokain an. Marco war allgegenwärtig, schweigend und nüchtern. Eine der Schauspielerinnen war nicht davon abzubringen, das Stück zusammen mit John zu wiederholen, zumindest soweit es darum ging, sich und ihm die Kleider vom Leib zu reißen. John achtete nicht auf die Blitzlichter dabei.

Am Montagmorgen war das Bild in etlichen Zeitungen. Die Vacchis grinsten nur, und John beschloss, dass sich etwas ändern musste in seinem Lebenswandel.

168.000.000.000 $

10

»HIERMIT KÖNNEN SIE die Jalousien verstellen«, erklärte der Makler, ein kleiner, agiler Mann mit penibel frisierten Haaren, und wies auf eine kleine, hochwissenschaftlich aussehende Schalttafel an der Wand. »Aber Sie können das auch der Automatik überlassen.« Er bemühte sich um strahlende Zuversicht. Dass Eduardo herumstand, eine unzufriedene Miene zur Schau trug und an allem etwas zu mäkeln fand, irritierte ihn spürbar.

John sah an der schrägen Fensterfront empor. Schneeweiße Lamellen, die sich mit leisem Surren aufwärts zusammenschoben oder abwärts entblätterten, je nachdem, wie die Sonne in das riesige Wohnzimmer einfiel. Grandios, wie alles an diesem Haus, das kein Haus mehr war und auch keine Villa mehr, sondern ein Traum von einem Palast.

»Entworfen von einem der besten Architekten des Landes, wie gesagt«, erinnerte der Makler.

Alles war weiß in weiß, flirrte in der Sonne. Vor den hohen, schräg nach innen gerichteten Fenstern erstreckte sich eine weite Terrasse mit kühn geschwungener Balustrade, und jenseits davon lag das Mittelmeer in so unwirklichem Azurblau, dass es auf einem Foto kitschig gewirkt hätte. Ein schmaler Weg führte zum Strand, den man sich auf viele Kilometer nur mit Besitzern ähnlicher Prachtbauten teilen musste.

»Schön«, meinte John, aber eigentlich zu sich selbst. Für einen Augenblick hatte er die Anwesenheit der anderen vergessen. Das konnte sein Haus werden, wenn er wollte. Er brauchte nur Ja zu sagen. Seltsam – er hatte sich niemals zuvor mit dem Gedanken beschäftigt, ein Haus zu kaufen,

169.000.000.000 $

weil er niemals annähernd so viel Geld gehabt oder verdient hatte, dass er auch nur auf die Idee gekommen wäre. Nun hatte er plötzlich genug Geld. Er konnte diese Villa kaufen und, wenn es ihm einfiel, noch den ganzen Küstenstreifen dazu – aber das Gefühl von Besitz wollte sich nicht einstellen. Eine Billion Dollar. Seit er in diesen merkwürdigen Kosmos jenseits aller materiellen Notwendigkeiten geraten war, schien sich die ganze Welt in eine Art Spielplatz verwandelt zu haben. Er konnte tun, was immer er wollte, aber es schien keinen Unterschied mehr zu machen. Egal, wie viel Geld er ausgab, das Vermögen würde nicht ernsthaft weniger werden.

Wie konnte er etwas als Besitz betrachten, für das er nichts getan, nichts gearbeitet, nichts geleistet hatte? *Vielleicht,* überlegte John, *verwandele ich mich jetzt in ein Arschloch, das umherstreift und, wenn er sich in einem Laden schlecht behandelt fühlt, gleich den ganzen Konzern aufkauft, um dann den Verkäufer feuern zu können.*

»Wem hat das Haus eigentlich vorher gehört?«, fragte er.

Der Makler blätterte in seinen Unterlagen. »Einem bekannten Schallplattenproduzenten«, meinte er dabei eifrig, »ich komme allerdings gerade nicht auf den Namen. Sein größter Hit war dieses Lied, wie ging das noch mal?« Er summte eine Art Melodie, die John nicht im Geringsten bekannt vorkam. »Jedenfalls, er hat in einen Film mit einer seiner Sängerinnen investiert, der dann gefloppt ist, und dadurch hat er das Haus an die Bank verloren.«

»Ah«, machte John. So konnte das also gehen. Er schaute sich um und versuchte, sich auszumalen, wie das Haus eingerichtet gewesen sein mochte. Ob wohl goldene Schallplatten an den heute so makellos weißen Wänden gehangen hatten? Ob kostbare Teppiche auf dem hellen Parkett gelegen hatten, das glatt und spiegelnd die Räume füllte und aussah wie eine zähe Flüssigkeit? Stars mit gesegneten Kehlen waren über die flache Treppe aus flaschengrünem Marmor geschritten, die auf die Eingangsebene hinaufführte. Hochbegabte Popmusiker waren im Speisesaal bewirtet worden oder hatten in einem der Arbeitszimmer Verträge unterschrieben. Und wer wusste, was sich im Stockwerk darüber abgespielt haben mochte mit seinen zahllosen Schlafzimmern, Bädern und Fitnessräumen?

All das konnte nun ihm gehören, ihm, John Fontanelli, dem Mann ohne Talente jeglicher Art. Kaum zu glauben.

Eduardo trat neben ihn. »Bisschen mickrig für den reichsten Mann der Welt, oder?«, meinte er halblaut. »Ich wusste gleich, dass wir in dieser Gegend unsere Zeit verschwenden.«

»Mir gefällt es.«

»Was?« Er schien ehrlich erschüttert. »John, ich bitte dich ... Solche Villen gibt es hier massenhaft. Das ist nichts Besonderes, ich meine ... nicht einmal ein simpler Milliardär würde sich damit begnügen.«

John musste unwillkürlich auflachen. Eduardos unablässige Sorge um sein standesgemäßes Erscheinungsbild war manchmal direkt rührend.

»Nein, wirklich«, beharrte Eduardo. »Portecéto! Portecéto ist doch ein Kaff. Kein Mensch hat jemals von Portecéto gehört. Auf den meisten Karten ist es nicht mal eingezeichnet.«

»Vielleicht ändert sich das ja, wenn ich hier wohne?«

»Ich finde, du solltest die *Calmata* kaufen, wenn sie dir schon angeboten wird, und dir dort eine Villa bauen lassen. Vom besten Architekten der Welt.«

»Ich zieh doch nicht mitten in ein Naturschutzgebiet. Ich käm mir vor wie ein Arschloch.«

»Dann kauf einen schönen alten Palazzo und lass ihn herrichten.«

»Das kann ich immer noch. Aber das hier wäre ein Anfang.«

»Ein Anfang?« Eduardo sagte es hoffnungsvoll. »Ja, gut – als Anfang ...«

171.000.000.000 $

Nach den Zeitungsberichten vom Montag hielt der *Padrone* sich zurück, was das Vorlesen von Einladungen anbelangte. Am Freitag jedoch hielt er eine unscheinbare, bekritzelte Karte in die Höhe und fragte: »Sagt Ihnen der Name Giovanni Agnelli etwas?«

»Ein italienischer Unternehmer, oder?«, sagte John.

»So kann man es auch sagen. Agnelli ist so etwas wie der ungekrönte König Italiens: Vorstandsvorsitzender von FIAT, reichster Mann des Landes – bislang zumindest – und über seine Holding in praktisch allen wesentlichen Wirtschaftszweigen vertreten.« Cristoforo Vacchi blickte versonnen drein. »Ich bin ihm mal an der Universität begegnet. Er ist etwas jünger als ich, aber er hat auch Jura studiert. Schon damals war er ein sehr charismatischer Mann ...« Er wedelte wieder mit der Karte. »Er lädt Sie ein. Kommenden Sonntag, Mailänder Scala. *La Traviata*.«

John musste etwas irritiert dreingeblickt haben, denn Alberto beeilte sich, zu erklären: »Eine Oper. Von Verdi.«

»Das klingt, als wollten Sie mich dort hinschicken«, sagte John.

»Als Kontrastprogramm zu Ihrem kleinen Abenteuer vom letzten Wochenende.«

»Ich denke, ich soll mir noch Zeit lassen? Außerdem mache ich mir nichts aus Opern.«

»Die Oper ist Nebensache. Ich meine, es wäre gut für Sie, Agnelli kennen zu lernen. Er ist ein interessanter Mann. Hat Stil, *Grandezza* ... ein richtiger Gentleman. An ihm können Sie am lebenden Objekt studieren, wie jemand mit Reichtum und Einfluss umzugehen versteht.« Er schmunzelte. »Die Firma Ferrari gehört ihm übrigens auch.«

Das *Teatro alla Scala* erhob sich wie ein Palast in Hellbraun und Gelb vor ihm, als er kurz vor halb drei Uhr mit dem

---

Schulden, die die Staaten des ehemaligen Ostblocks in das Jahr 1991 übernahmen.
172.000.000.000 $

Rolls-Royce vorfuhr. Uniformierte Pagen öffneten ihm die Tür und geleiteten ihn und die Leibwächter an den übrigen Besuchern vorbei ins Foyer. Zwischen römischen Säulen verkündete ein Transparent, dass es sich um eine Sondervorstellung zum hundertfünfzigsten Jahrestag der *Collaborazione Fernet-Branca* handelte, reserviert für geladene Gäste. Im Innern des Gebäudes war es trotz des nachmittäglichen Termins so dunkel, dass die kristallenen Lüster eingeschaltet waren und sich vornehm im blank polierten Boden spiegelten. Allgemeines Gemurmel erfüllte den Raum, auf silbernen Tabletts wurden Gläser mit dunkelbraunem Kräuterlikör gereicht, und John bildete sich ein, dass mehr als einer zu ihm hersah und ihn erkannte, aber so tat, als erkenne er ihn nicht.

Über rote Teppiche ging es aufwärts, in den Rundgang, der zu den Logen führte. Hohe Kassettentüren mit hohen Türgriffen, als seien die Menschen früher Riesen gewesen. Und dann, umringt von einer Art Hofstaat, begrüßte ihn Agnelli.

»Es ist mir eine Ehre«, sagte der Milliardär, und es klang, als meine er das auch so. Er hatte grau meliertes, welliges Haar, ein wenig wie der *Padrone,* aber er wirkte wesentlich vitaler und dynamischer, wie jemand, der trotz seines Alters immer noch Frauen faszinieren konnte. Zahllose feine Fältchen durchfurchten sein lebhaftes Gesicht und kündeten von zurückliegenden wilden Jahren.

»Ich beneide Sie nicht«, erklärte Agnelli, als sie die Loge betraten und sich ihre Leibwächter hinter ihnen über die Aufgabenverteilung einigten. »Ich weiß, was es heißt, ein Vermögen zu erben. Es ist oft, als würde einen das Geld besitzen, anstatt umgekehrt. Man muss kämpfen. Man muss sich wirklich anstrengen.«

»Einen Kampf habe ich schon hinter mir«, sagte John spontan. »Vielleicht haben Sie davon gehört.«

»Ja. Innerhalb der Familie. Das ist schlimm. Aber glauben Sie mir, das ist erst der Anfang.«

Die Loge war verblüffend klein. Ganze zwei Sessel hatten

173.000.000.000 $

darin Platz. Auch der Saal selbst, rund, mit roten Plüschsesseln im Parkett und sechs Reihen Logen darüber wie Hühnerkäfige, kam John unerwartet klein vor.

Unvermeidlich: die Oper. Agnelli lauschte andächtig; John langweilte sich zu Tode. Die Bühne war imposant ausgestattet, die Darsteller trugen prachtvolle Kostüme, und der Dirigent, Signor Riccardo Muti, wie John dem Programm entnahm, legte sich mächtig ins Zeug. Trotzdem hätte John jederzeit ein Rockkonzert vorgezogen, die Rolling Stones vielleicht oder Bruce Springsteen.

In der Pause unterhielten sie sich. Agnelli erzählte ihm, er werde sich demnächst aus dem Geschäftsleben zurückziehen und die Leitung seines Konzerns seinem Neffen Giovanni Alberto anvertrauen. »Solche Gedanken werden Sie sich auch eines Tages machen müssen«, sagte er. »Und das ist nicht leicht. Mein Sohn Eduardo zum Beispiel wäre als Nachfolger völlig ungeeignet. Zu schwacher Charakter. Er würde vor jeder Entscheidung die Sterne befragen oder einen Hellseher, und im Nu wäre alles ruiniert.«

Von Rückzug aus dem Geschäftsleben war allerdings noch nichts zu spüren, im Gegenteil: Agnelli schien dessen Zentrum zu sein. Jeden Augenblick kamen vornehme Herren in Begleitung eleganter Damen, schüttelten dem Industriemagnaten die Hand, der sie dann mit John Fontanelli bekannt machte. John schüttelte höflich Hände, feste, gierige, schlaffe, brutale, und brachte bei den Damen den Handkuss an, wie er ihn mit Signora Orsini eingeübt hatte. Er blickte in erfreute Augen und in feindselige, in interessierte, stumpfe, abschätzige und freundliche.

»Guignard«, stellte sich ein drahtiger Franzose vor. »Jean Baptiste Guignard. Sehr erfreut, Monsieur Fontanelli.«

»Jean«, erläuterte Agnelli, »hat seine Leidenschaft zum Beruf gemacht. Kann man das so sagen, Jean? Ihm gehört eine Werft in Cannes. Er baut Jachten.«

Wie ein aufzuckendes Stroboskopbild kam die Erinnerung.

Coney Island. Ihre Spiele im Sand. Wenn man hinaussah aufs Meer, waren da Jachten, weit draußen, und die winzigen Gestalten darauf, von denen wusste man, das waren reiche Leute. Fabelwesen. Keine Menschen, denen man begegnen konnte. Reiche Leute waren dem normalen Leben auf eine sagenhafte Weise entrückt, den Engeln näher als den Menschen.

Und sie lebten auf Jachten.

»Sehr erfreut«, sagte John und schüttelte die Hand des Jachtbauers Jean Baptiste Guignard.

»Eine *Jacht*?«

Gregorio Vacchi blickte auf den Tisch voller Prospekte, Zeitschriften und Bücher herab, als hätten John und Eduardo eine Sammlung widerlichster Pornomagazine ausgebreitet. Seine Frage hatte er in normaler Gesprächslautstärke gestellt, aber in solcher Schärfe, dass sie wie ein Aufschrei klang. Sogar der Wachhund draußen auf dem Rasen spitzte die Ohren.

»Eine Jacht, na und?«, erwiderte Eduardo ärgerlich. »John ist ein reicher Mann, und ein reicher Mann braucht eine Jacht.«

»Papperlapapp«, erklärte sein Vater ungnädig. »Ein sinnloser Luxus. Eine Jacht zu besitzen ist, als stehe man im strömenden Regen und zerreiße Tausenddollarscheine, hat einmal jemand gesagt.«

»John kann Tausenddollarscheine zerreißen bis an sein Lebensende, wenn er will.«

»Ich kann nicht sehen, wie das irgendetwas zur Erfüllung der Prophezeiung beitragen könnte.«

Eduardo rollte mit den Augen. »Das ist doch einfach albern! Du kannst doch nicht so tun, als ob irgendeine Jacht zu teuer wäre für John. Er könnte sich die *Queen Elizabeth* kaufen, wenn er wollte!«

In einem Augenblick seltener, kostbarer Klarsichtigkeit, wie man ihn manchmal in einem Traum erlebt, wenn man träumt

175.000.000.000 $

und sich plötzlich dessen bewusst ist, dass man träumt, erkannte John, dass dies ein Moment war, in dem er eine Entscheidung treffen musste, die sein Leben auf lange Sicht hin prägen würde. Er beugte sich vor, mit dem Gefühl, als geschehe alles in Zeitlupe, langte über den Tisch und zog aus den Prospekten der Schiffsmakler einen hervor, der ihm vorher aufgefallen war, eine Mappe aus weißem Karton mit Goldprägung, die ein großes Foto des größten angebotenen Schiffes enthielt und eine sorgfältig abgesetzte Beschreibung: eine 53-Meter-Hochseejacht, mit zwei Beibooten und einem Hubschrauberlandedeck, komplett mit zwölf Mann Besatzung. Der Kaufpreis war exorbitant, ebenso wie die laufenden Kosten des Unterhalts.

Er hielt den Prospekt aufgeklappt in die Höhe.

»Ich«, erklärte er mit fester Stimme, die durch den Raum schnitt wie eine stählerne Peitsche, »habe beschlossen, dieses Schiff zu kaufen.«

Sie sahen ihn an, Eduardo mit aufgerissenen Augen, Gregorio mit heruntergeklapptem Unterkiefer. Keiner von ihnen sagte etwas. Schließlich streckte Gregorio die Hand aus, nahm den Prospekt und studierte ihn schweigend und mit offensichtlichem Missfallen. Er reichte ihn zurück mit den Worten: »Es ist Ihr Geld.«

Ja, dachte John triumphierend, während Gregorio zur Tür ging. *Genau!*

Die Szenerie war perfekt. Der Augenblick war perfekt. Aus dem Büro des Schiffsmaklers ging der Blick durch hohe Scheiben, die so klar waren wie reine Gebirgsluft, hinaus auf die Bucht von Cannes. Auf dem mit schneeweißem Marmor gepflasterten Vorplatz stand der Mercedes, der sie vom Flughafen hergebracht hatte, im Schatten einer Palme. Sie saßen in federnden, schmeichelweichen Ledersesseln vor dem Schreibtisch, der aus dunklem Wurzelholz war und so groß wie zwei Billardtische. Das Gemälde, das dahinter an der

Wand hing, war drei auf vier Meter groß, grell und bunt und zweifellos echt. Der Makler selbst trug einen Anzug von *Ermenegildo Zegna*, hatte sorgfältig maniküre Fingernägel und ein strahlendes Lächeln. »Selbstverständlich kümmern wir uns um alles«, erklärte er mit genau der Mischung aus Nonchalance und Diensteifrigkeit, die einem das Vertrauen einflößt, es mit jemandem zu tun zu haben, der weiß, wovon er spricht. »Wir besorgen Ihnen einen Liegeplatz im Jachthafen von Portecéto und eine Mitgliedschaft im dortigen Jachtklub, wenn Sie es wünschen – übrigens ein sehr exklusiver Klub. Wir erledigen die behördlichen Anmeldungen, stellen die Crew zusammen und sorgen für den nötigen Versicherungsschutz. Alles, was Sie tun müssen, ist, den Kapitän anzurufen und ihm zu sagen, wann Sie wohin fahren wollen.«

»Wunderbar«, nickte John und fühlte sich großartig.

Die Sekretärin, die die Verträge brachte, war groß, blond, hatte atemberaubend lange Beine und eine enorme Oberweite, und der hautenge Schlauch von einem Kleid, das sie trug, war eher dazu geeignet, all diese körperlichen Merkmale zu unterstreichen, als sie zu verhüllen.

»Wunderbar«, sagte John noch einmal.

Der Kaufvertrag war auf Papier mit Wasserzeichen gedruckt. Der Makler legte ihm das Dokument vor und reichte ihm einen *Montblanc*-Füllfederhalter, der dick und schwer in der Hand lag und sich teuer anfühlte.

Es ist so geil, reich zu sein, dachte John, während er unterschrieb. Er hatte sich ausgerechnet, dass diese Unterschrift ihn hundertmal so viel kosten würde wie alle bisherigen Einkäufe, Restaurantbesuche und gecharterten Privatjets zusammen. Millionen Dollar setzten sich in Bewegung, nur dadurch, dass er seinen Namen auf diese gepunktete Linie kritzelte. *Es ist besser als Sex.*

Der Makler gestattete sich ein dezentes Lächeln. Die Palme über dem Mercedes wiegte sich im Wind. Der Himmel war strahlend blau.

177.000.000.000 $

»Nun sollten wir«, meinte der Mann hinter dem Schreibtisch und schlug seinen in Wasserbüffelleder gebundenen Terminkalender auf, »einen Termin für die Übernahme Ihrer Jacht vereinbaren.«

Als sie zurückkamen, fühlte John sich großartig. Als flösse Champagner in seinen Adern statt Blut. Alles war großartig. Das Knirschen der Reifen auf dem Kies, als der Ferrari im Innenhof der Vacchi-Villa zum Stehen kam, klang großartig. Das Blau des Himmels, das blasse Rotbraun der Mauern, das vielfarbige Grün der Bäume war großartig. Die Farben der Welt schienen plötzlich farbiger zu sein als je zuvor.

Ich bin reich!, dachte John und nahm die Treppe aufwärts zwei Stufen auf einmal. *Ich bin der König der Welt!* Als er in sein Zimmer trat, war das Zimmermädchen, ein junges schwarzlockiges Ding, gerade dabei, das Bett frisch zu überziehen, und er klopfte ihr im Vorbeigehen frech auf den Hintern. Sie schrak zusammen, dann kicherte sie. »*Signor Fontanelli!*«

John sah auf die Uhr. Zeit, seine Mutter anzurufen. Seine Eltern begingen demnächst ihren Hochzeitstag, und den feierten sie jedes Jahr im Kreis ihrer Kinder und deren spärlichen Familien. Dieses Jahr würde es etwas Besonderes werden, ein unvergessliches Erlebnis für alle, dafür würde er sorgen. Er nahm den Hörer ab und wählte die endlose Nummer.

»*Ciao, mamma!*«, rief er, als seine Mutter an den Apparat ging. »Ich bin's, John!«

»*Ciao, John.*« Es klang nach aller Mühsal dieser Welt. »Weißt du es schon? Lino hat sich nach Alaska versetzen lassen. Gerade habe ich es erfahren. Und zum Hochzeitstag wird er auch nicht kommen.«

»Ach, der wird sich schon wieder einkriegen«, meinte John wegwerfend. »Weißt du, was ich mir überlegt habe? Wir könnten dieses Jahr aus eurem Hochzeitstag etwas ganz Besonderes machen. Ihr kommt alle herüber nach *bella Italia*, im Privatjet natürlich, und dann feiern wir auf meiner neuen Jacht – was hältst du davon? Ich habe mir heute eine Jacht gekauft, und ich könnte mir nichts Schöneres vorstellen, um sie einzuweihen.«

Einen Moment war es so still am anderen Ende, dass John glaubte, die Leitung sei zusammengebrochen. Dann hörte er seine Mutter mit eisiger Stimme sagen: »Ich dulde nicht, dass sich einer meiner Söhne wie ein Angeber benimmt. Wir feiern hier, in diesem Haus, in dem ich euch alle zur Welt gebracht habe, es gibt Saltimbocca mit Brokkoli und Parmesan, wie immer, und nachmittags gehen wir zum Kaffeetrinken aus, wie jedes Jahr. Und entweder du kommst, oder du lässt es bleiben.«

Es war, als hätte sie ihn geohrfeigt, quer über den Atlantik. John fühlte sich plötzlich wie ein Ballon, aus dem die Luft entwich.

»Ja«, erwiderte er und spürte, wie das Blut in seine Ohren stieg. »Ich verstehe. Natürlich komme ich, *mamma*. Ich komme ganz bestimmt.«

Als er das Gespräch beendete, waren seine Knie so weich, dass er sich aufs Bett setzen musste.

Fuck! Er war dabei, zum Arschloch zu werden. Verdammt. Heute kaufte er eine Jacht, um alle Welt zu beeindrucken, und morgen? Würde er anfangen, Cadillacs zu verschenken wie einst Elvis Presley? Und irgendwann genauso enden, fett, verfressen, tablettensüchtig, umgeben von Ja sagenden Höflingen, die von seinem Reichtum schmarotzten?

Er fühlte sich, als sei er den ganzen Tag betrunken gewesen und gerade eben wieder nüchtern geworden. Als habe ihm jemand ein nasses Handtuch um die Ohren geklatscht. Betrunken? Nein, besoffen, regelrecht besoffen vom Geld und dem Gefühl, bedeutend und wichtig zu sein.

Geld verdirbt den Charakter. So hieß es doch, oder? Es war was dran an dem Spruch. Er musste aufpassen, höllisch aufpassen auf sich. Niemand anderer konnte das für ihn tun.

179.000.000.000 $

Seine Mutter hatte ihn gerade noch mal heruntergeholt von einem Höhenflug, aber das würde ihr nicht immer gelingen, und sie würde auch nicht für immer da sein.

Und, *fuck!*, die Uhr! Er fasste sich ans Handgelenk, starrte seine neue Uhr an, eine Patek Philippe für fünfzigtausend Dollar, weil Eduardo ihm die Rolex, die er eigentlich hatte kaufen wollen, ausgeredet hatte. *(Ordinär! Zuhälteruhr!)* Unmöglich konnte er seinen Eltern unter die Augen treten ohne die Uhr, die sein Vater ihm geschenkt hatte. Die immer noch in New York beim Pfandleiher lag.

Jetzt musste ihm etwas einfallen.

180.000.000.000 $

11

»KEIN PROBLEM«, SAGTE Eduardo, ging hinaus und kehrte kurz darauf mit einer mehrseitigen Liste zurück, die er ihm in die Hand drückte. »Bitte sehr. Telefonnummern und Anschriften aller Leute, die du kennst.«

»Eine Liste von Leuten, die ich kenne?« John glaubte seinen Ohren nicht zu trauen. »Wie kommst du zu einer Liste von Leuten, die ich kenne?«

»Von Dalloway. Das ist der Detektiv, der dich aufspüren sollte. Ich wollte sie dir schon längst mal zeigen, damit du sie durchsiehst, ob jemand fehlt.«

Der Detektiv hatte ganze Arbeit geleistet. Die meisten Namen kamen John höchstens vage bekannt vor, aber nach einer Weile fiel ihm dunkel ein, dass es sich um Mitschüler aus der Primary School handelte, um Nachbarn seiner Eltern oder um Leute aus Sarahs Clique. Murali mit seinem Pizzaservice stand ebenso verzeichnet wie die Dampfwäscherei, in der er gearbeitet hatte, oder ihre Vermieterin, Miss Pearson.

»Wozu um alles in der Welt«, fragte John, »brauchst du so eine Liste?«

Eduardo grinste. »Tja«, sagte er. »Es gibt da ein dunkles Geheimnis, von dem du nichts weißt.«

Zu Johns Verblüffung führte Eduardo ihn zu eben dem Anbau, den er vom Fenster seines Zimmers aus sehen konnte und von dem er sich gefragt hatte, was darin vorging.

Das Gebäude war, erzählte Eduardo, während sie über den staubigen Vorplatz gingen, jahrhundertelang ein Stall gewesen und nach dem Krieg als Werkstatt genutzt worden. Die

181.000.000.000 $

Bohlentür war alt, schwer und schief, aber das Schloss darin nagelneu. Innen waren Boden, Wände und Decken mit Sperrholz verkleidet, aber man roch hinter dem Geruch von Holz immer noch Ziegenmist und Maschinenöl. Ein kleiner, enger Gang führte in ein kleines, enges Büro, in dem drei Schreibtische standen, an denen drei Frauen saßen, und der verbleibende Raum wurde von Holzregalen voller Schachteln und Kästen beansprucht.

»Das«, erklärte Eduardo und breitete die Arme aus, »ist dein Sekretariat.«

»Wie bitte?«, rief John aus.

Eduardo stellte sich neben eine der Frauen. »Signora Vanzetti. Englisch und Französisch in Wort und Schrift, ausgebildete Handelskorrespondentin. Sie leitet das Büro.«

Sie nickte John mit unsicherem Lächeln zu. Er erkannte in ihr die Frau, die an jenem Morgen nach dem Fest geholfen hatte, die Kartons auszuladen. *»Buongiorno«*, sagte John flüchtig. »Eduardo, was soll das heißen?«

»Signora Muccini«, fuhr Eduardo mit der Vorstellung fort. »Englisch und Spanisch, ein wenig Portugiesisch, wobei sich herausgestellt hat, dass wir das nicht brauchen.« Die Frau, eine robuste italienische *mamma,* sah verlegen wie ein Teenager zu Boden, als sei John ein Popstar, dem persönlich zu begegnen sie nie für möglich gehalten hätte.

»Und Signora Tronfi – Russisch und Polnisch fließend, jede andere slawische Sprache gut genug, um Briefe entziffern zu können.« Signora Tronfi lachte ein breites Vollmondlachen.

»Briefe.« Jetzt erst fiel ihm auf, dass es Briefe waren, die stapelweise die Schreibtische bedeckten.

»Seit dem Tag, an dem dein Name in der Zeitung stand«, erklärte Eduardo, »werden wir überschwemmt von Briefen. Tausende von Briefen, an dich oder an unsere Kanzlei adressiert, jeden Tag. Grob gesagt gibt es drei Arten von Briefen. Erstens – Heiratsangebote.« Er deutete auf mehrere nebeneinander stehende weiße Schachteln, auf die mit schwarzem

Filzstift ungeschickt Herzen gemalt waren. »Die sammeln wir hier. Hunderte von Frauen jeden Alters, die dich heiraten wollen. Aus den Fotos, die sie mitschicken, könnte man ein Pornomagazin versorgen. Zweitens – Drohbriefe.« Er hob einen schwarzen Karton hoch, auf dem ein Totenkopfaufkleber prangte, wie man ihn auf Giftflaschen anbringt. »Morddrohungen, Drohungen, dich zu entführen, deiner Familie etwas anzutun, jede Art von psychopathischem Zeug. Das wandert hier hinein und jeden Tag weiter zur Polizei. Inzwischen hat Interpol vermutlich schon eine eigene Abteilung, die sich nur mit dir beschäftigt. Und drittens« – er wies auf Kartons, die mit Dollarzeichen gekennzeichnet waren, ganze Reihen davon, regalweise, aufeinander gestapelt, Unmengen – »Bettelbriefe.«

»Bettelbriefe?«

»Leute, deren einziges Kind dringend eine Operation braucht, die sie nicht bezahlen können. Menschen, die ihr Haus und ihren Besitz durch einen Brand verloren haben und nicht versichert waren. Arbeitslose allein erziehende Mütter, die nicht wissen, wie sie ihre Kinder ernähren sollen. Männer, die durch einen Unfall arbeitsunfähig geworden sind und keine Rente bekommen.« John sah, dass die Kartons durch Kennbuchstaben in verschiedene Kategorien unterteilt waren. Eduardo hatte auf eine Schachtel mit der Aufschrift *$$-A* gezeigt, nun wies er auf eine, die das Kürzel *$$-B* trug. »Geschäftsleute, die kurz vor der Pleite stehen und von den Banken keinen Kredit mehr bekommen. Erfinder, die Geld brauchen, um ihre Erfindung zur Marktreife zu entwickeln, und dir Beteiligungen mit fantastischen Gewinnchancen anbieten. Grundstücksbesitzer, die dir Land anbieten, auf dem Öl vermutet wird. Oder Gold. Oder Platin. Oder Uran. Aber die mit Abstand meisten Briefe«, fuhr Eduardo fort und ging weiter zu Kartons mit der Aufschrift *$$-C*, von denen es mehr gab als von allen anderen zusammen, »kommen von den wohltätigen Organisationen dieser Welt. Hier sind sie alle

183.000.000.000 $

vertreten. Blindenfürsorge. Armenspeisung. Heilsarmee. Projekte in afrikanischen Dörfern. Biblische Missionen. Rettung von Straßenkindern. UNICEF. Brot für die Welt. Welthungerhilfe. Caritas. Schwangerenhilfe. Kriegsgräberpflege. Resozialisierung Strafgefangener. Betreuung krebskranker Kinder. Aktion für fairen Handel mit der Dritten Welt. AIDS-Hilfe. Alzheimer. Hilfe für Suchtkranke. Bekämpfung der Tuberkulose. Schutz des Wattenmeers. Pflege internationaler Städtepartnerschaften. Und die Gesellschaft zur Erhaltung der rätoromanischen Sprache, nicht zu vergessen.«

»Die Gesellschaft zur Erhaltung der rätoromanischen Sprache?«, echote John und glotzte blöde auf die Kolonnen von briefgefüllten Kisten und Kästen.

»Das ist ein richtiges Business«, meinte Eduardo grimmig, »da darf man sich nichts vormachen. *Fundraising* nennt man das bei euch in den USA. Es gibt Kurse, wie man solche Briefe schreibt, *fundraising*-Berater für notleidende Organisationen, alles, was das Herz begehrt.«

John nahm aufs Geratewohl den Deckel von einem der Kartons und einen Brief heraus: ein dickes Schreiben mit einem beigelegten Prospekt. Es ging um Erhalt der Artenvielfalt und Naturschutz, und man bat ihn, sich mit einem zweistelligen Millionenbetrag an einem Schutzprojekt im südlichen Amazonasgebiet zu beteiligen. Für den Anfang.

Eduardo sah ihm über die Schulter. »Tierschützer!«, grollte er. »Die sind die eifrigsten. Dabei hat das ja wohl am wenigsten mit der Zukunft der Menschheit zu tun.«

John versuchte, seine Gedanken zu ordnen. Tausende von Briefen, unglaublich. »Angenommen, jemand, den ich tatsächlich kenne, hat mir einen Brief geschrieben? Der geht dann in der ganzen Masse unter, oder?«

»Das wollen wir nicht hoffen«, sagte Eduardo. »Denn dafür haben wir ja diese Liste.« Er deutete auf die Blätter, die John immer noch in der Hand hielt. »Jeder Brief, der von einem dieser Absender kommt, wird an dich weitergeleitet.«

184.000.000.000 $

»Aber bis jetzt hat noch keiner geschrieben«, flötete Signora Vanzetti.

»Doch, heute kam etwas!«, wandte Mamma Muccini ein und griff in eine kleine signalrote Schachtel. »Hier!«

Sie reichte John einen blassblauen Briefumschlag, der vom Hopkins Junior College, New Jersey stammte. John riss ihn auf und überflog den Brief darin.

»Absolut verrückt.« Man wollte ihm den Abschluss ehrenhalber verleihen und ihn in einer großen Feier als bedeutendsten Absolventen ehren. John schüttelte den Kopf und steckte den Brief samt der Liste ein.

Als sie den Anbau wieder verließen, fühlte er sich, als sei eine Dampfwalze über ihn hinweggefahren.

Nach dem Abendessen erhob sich Cristoforo Vacchi, wie üblich, doch als er hinter John vorbeiging, legte er ihm wieder die Hand auf die Schulter, genau so, wie er es damals, vor ewigen Zeiten, in New York getan hatte, beugte sich ein wenig vor und sagte: »Etwas muss ich Ihnen noch sagen, John: Auch wenn Sie nun bald Ihr eigenes Haus beziehen und Ihre eigenen Wege gehen werden, sind Sie jederzeit bei uns ein willkommener Gast. Jederzeit, John, und egal was geschieht. Bitte vergessen Sie das niemals.«

John sah verblüfft hoch, in das faltige Gesicht, die müden Augen mit Pupillen wie Abgründe, und versprach es. Der *Padrone* nickte mit wissendem Lächeln, drückte ihm die Schulter noch einmal und schlurfte dann davon.

Alberto war der Nächste, den es ins Bett zog. »Ich würde mich einfach freuen, wenn Sie uns ab und zu besuchen kommen«, meinte er und zwinkerte vergnügt. »Es ist ja nicht weit, mit Ihrem Ferrari ... Und wenn ich schon die Erfüllung unserer Aufgabe erleben durfte, interessiert mich auch, wie es weitergeht, wenn Sie verstehen, was ich meine.«

Dann saßen sie zu viert auf der Terrasse, nur im Schein der Sterne und einiger Windlichter, John, Eduardo und dessen Eltern. Gregorios Frau erzählte ein paar lustige Anekdoten aus der Schule – natürlich war im Dorf bekannt geworden, welche Rolle die Vacchis im Zusammenhang mit dem Fontanelli-Vermögen gespielt hatten, und so konnte es nicht ausbleiben, dass sie den unteren Klassen veranschaulichen musste, wie viel eine Billion war, und den oberen Klassen, wie Zins und Zinseszins funktionierte. »Bis jetzt sind es schon zehn Kinder«, lächelte sie, »die beschlossen haben, ihr Taschengeld auf ihr Sparbuch einzuzahlen und das ihren Nachfahren im fünfundzwanzigsten Jahrhundert zu hinterlassen. Ich glaube, da muss uns um die Zukunft nicht bang sein.«

Gregorio strich sich die strähnigen Haare ebenso oft aus der Stirn, wie der Meereswind sie wieder dorthin wehte. »Noch etwas Geschäftliches, John«, meinte er mit verkniffenem Ernst. Seine Frau hatte den Arm um ihn gelegt, zupfte ein bisschen an seinem Hemd und ein bisschen an seinem Ohr herum und legte es offenbar darauf an, ihn möglichst umgehend ins Bett zu locken. »Sie werden weiterhin Anwälte brauchen, und was ich Ihnen anbieten möchte, ist, für Sie tätig zu werden. Mein Vater hat das nicht eigens erwähnt, aber wir hatten außer Ihnen beziehungsweise Ihrem Vorfahren auch immer wieder andere Klienten. Nicht weil wir das Geld nötig gehabt hätten, sondern um in Form zu bleiben, auf dem neuesten Stand, um genau die Rechtsanwälte zu sein, die der reichste Mann der Welt braucht.«

John nickte bereitwillig. »Selbstverständlich. Keine Frage.«

»Gut«, meinte Gregorio zufrieden. Dann verabschiedeten sich die beiden. John sah noch, wie er seine Frau küsste, mit einer Heftigkeit, die man bei ihm nie und nimmer vermutet hätte, dann verschmolzen ihre Gestalten mit dem Dunkel im Inneren des Hauses.

Eduardo nahm einen tiefen Schluck aus seinem Weinglas und lachte leise. »Keine Sorge. Ich gehe jetzt noch nicht, und ich lasse auch keine salbungsvollen Abschiedsworte vom Stapel. So in Etappen wie in New York reden wir eigentlich nur, wenn wir es gründlich geprobt haben.«

»Ihr habt das echt geprobt?«

»Wie ein Theaterstück, das kann ich dir flüstern. Du hättest das auch so gemacht, wenn ein Fünfundzwanzigjähriger vor deinen Augen an einem Herzanfall gestorben wäre, nur weil er ein paar Millionen geerbt hat.« Eduardo zuckte die Schultern. »Mein Vater hat das miterlebt, in dem Notariat, wo er seine Ausbildung gemacht hat. Ist schon eine Weile her.«

Sie zogen zwei Stühle vor die metallene Brüstung, sodass sie die Füße darauf stellen und aufs Meer hinaussehen konnten, dazu einen Tisch für die Gläser, die Weinflasche und die Windlichter. Es war angenehm, ein warmer, duftender Wind kam vom Meer her, und in der Schwärze unter ihnen zirpten die Grillen.

»Ehrlich gesagt«, gestand John nach einer Weile – im Wein liegt eben doch Wahrheit –, »ich habe keine Ahnung, was ich machen soll. Nicht einmal wegen der Prophezeiung, sondern einfach so. Was werde ich tun? Ich ziehe in diese Villa, laufe einmal durch alle Zimmer und gucke sie mir an, und dann? Was tue ich dann? Wie verbringe ich die Tage, ganz banal gefragt?«

»Au weia«, sagte Eduardo und schenkte nach.

»Ich meine, ich kann doch nicht immer nur einkaufen.«

»Stimmt.«

»Ich könnte das Geld verschenken.«

»Anregungen, an wen, hast du jetzt ja kistenweise.«

»Ja. Aber irgendwie habe ich das Gefühl, das ist es auch nicht.«

»Außerdem könnte dir das Geld auf die Weise doch bald ausgehen. Miss Vanzetti führt Buch, und die Briefschreiber langen ordentlich zu. Ich glaube, fünfhundert Milliarden Dollar oder so könntest du schon mal an die bisherigen loswerden.«

John nahm sein Glas und schüttete den sündhaft teuren

187.000.000.000 $

Chianti hinab, als müsse er etwas in sich ertränken. »Weißt du, ich frage mich, was reiche Leute eigentlich den ganzen Tag tun. Was tut man, wenn man nicht gezwungen ist zu arbeiten, um trotzdem das Gefühl zu haben, dass das Leben einen Sinn hat?«

Eduardo holte hörbar Luft. »Nun ... man kann ehrenamtlich arbeiten. *Pro bono.* So machen wir es. Und ich finde es angenehm, wenn man seinen Lebensunterhalt nicht aus seiner Arbeit beziehen muss.«

»Aber du hast etwas gelernt. Du kannst etwas. Ich habe nicht mal einen brauchbaren Schulabschluss, und gelernt habe ich nur Pizza-Ausfahren und Hemden-Mangeln.«

»Du kannst doch jetzt alles lernen, was du willst. Du kannst einen Abschluss machen und studieren, wenn du es darauf anlegst. Die ganze Welt steht dir offen.«

»Ja, schon. Aber ich wollte eigentlich nie studieren, und ich will es immer noch nicht. Es käme mir jetzt auch völlig künstlich vor. Als würde ich nur verzweifelt nach einem interessanten Spielzeug suchen.«

»Du hast doch früher gemalt. Was ist damit? Künstlerische Betätigung?«

»Ich habe angefangen zu malen, weil ich eine Freundin hatte, die gemalt hat. Je länger es her ist, dass wir auseinander sind, desto weniger verstehe ich, was ich daran gefunden habe. Nein, ich bin kein Künstler. Ich bin völlig untalentiert für die Kunst.« John seufzte. »Ich bin eigentlich überhaupt völlig untalentiert. Ich habe nicht mal Talent zum Reichsein.«

»Au weia«, sagte Eduardo wieder, und dann schauten sie hinaus auf das silberdunkel schimmernde Meer und sagten lange nichts.

Der Wind landeinwärts wurde kühler.

Die Sterne funkelten unbeeindruckt hoch über ihnen.

Im Gebüsch weit unten raschelte ein Tier.

»*Fühlst* du dich eigentlich reich?«, fragte Eduardo unvermittelt.

188.000.000.000 $

John schreckte aus diffusen Gedanken hoch. »Was?«

»Wahrscheinlich ist es Blödsinn. Mir kam nur gerade die Frage in den Sinn. Ob du dich reich *fühlst*.«

»Hmm.« John stülpte die Lippen vor. »Ob ich mich reich fühle?« Er dachte nach. »Wie fühle ich mich überhaupt? Keine Ahnung. Das hat mich alles einigermaßen überwältigt, weißt du? Vor einem Monat war ich noch ein armer Pizza-Ausfahrer, und großartig anders fühle ich mich jetzt auch noch nicht. Okay, ich weiß jetzt, wie Kaviar schmeckt, und habe Brooks-Brothers-Anzüge im Schrank hängen ... aber es kommt mir alles noch vor wie ein Traum. Irreal. Als könnte es morgen Früh wieder vorbei sein.«

»Vielleicht liegt es daran«, überlegte Eduardo und ließ den Wein in seinem Glas kreisen, der im Kerzenschein aussah wie Blut: »Weißt du, ich war mit diesen Dingen – reich sein, arm sein, Geld haben und so weiter – mein Leben lang konfrontiert. Seit meiner Kindheit. Und mir ist aufgefallen, dass reiche Leute anders denken als andere. Es sind keine besseren Menschen, im Großen und Ganzen auch keine schlechteren, aber sie denken in anderen Bahnen. Ich weiß nicht genau, warum – vielleicht, weil sie nicht in diesen Kategorien denken müssen, in denen es ums reine Überleben geht. Um Ratenzahlungen und Weihnachtsgeld. Geld ist einfach da, wenn man reich ist, so selbstverständlich wie Luft und Wasser.«

»Willst du damit sagen, dass reiche Leute nie über Geld nachdenken?« John musterte ihn skeptisch von der Seite.

Eduardo runzelte die Stirn. »Du hast Recht, das kann man nicht gerade behaupten. Manche denken an überhaupt nichts anderes. Aber die sind im Geiste immer noch arm. Wenn man tief innen glaubt, dass man nicht genug Geld hat, dann schuftet man auch mit zwanzig Millionen auf dem Konto weiter, um es auf vierzig Millionen zu bringen, und so weiter. Solche gibt es mehr als genug. Stimmt.«

Bruttosozialprodukt von Belgien 1991.
189.000.000.000 $

»Aber dann hat das doch gar nichts damit zu tun, wie viel Geld jemand tatsächlich hat«, meinte John. »Dann ist das doch eher eine Frage der Prägungen und Ängste und so weiter, und jemand, der sich mit zwanzig Millionen auf dem Konto immer noch arm fühlt, sollte zum Psychiater gehen?«

»Ja.« Eduardo stellte sein Glas ab und dehnte die Schultern. »Aber nicht alle sind so. Es gibt Leute, die mit Reichtum richtig gut zurechtkommen. Ich hatte so eine vage Vorstellung ... Du bist reicher als die hundert nächstreicheren Leute der Welt zusammen. Du bist eine Klasse für sich. Also dachte ich, vielleicht, wenn du dich erst einmal wirklich eingewöhnt hast ... eines Tages ... wird dir etwas einfallen. Etwas Unerhörtes. Etwas, an das noch niemand gedacht hat. Die Erfüllung der Prophezeiung.«

John holte tief Luft und stieß sie in kurzen Schnaubern wieder aus. »Meinst du? Ich kann mir überhaupt nicht vorstellen, was das sein soll.«

»Wenn's so einfach wäre, dann wüsste ich es auch«, gestand Eduardo. »Schließlich tüftle ich schon mein Leben lang daran herum. Aber wer weiß – vielleicht war Giacomo Fontanellis Vision letzten Endes doch nur ein besserer Albtraum, und es gibt keine solche Lösung. Dann war er nur ein Mann mit einem Spleen, genauso wie meine Vorfahren, und alle miteinander haben dich einfach reich gemacht – sinnlos reich.«

»Na großartig«, seufzte John und musste plötzlich auflachen, ein kollerndes Kichern, das sich aus den tiefsten Tiefen seines Bauches den Weg ins Freie bahnte. »Weißt du, nie im Leben hätte ich gedacht, dass ich einmal dasitzen und mich elend fühlen würde, weil ich *zu reich bin*. Das ist doch echt der Gipfel der Undankbarkeit, oder?«

»Kann man wohl sagen«, grinste Eduardo.

Gesamtausgaben im Gesundheitswesen Deutschlands pro Jahr.
190.000.000.000 $

In den folgenden Tagen widmete sich John seinem Unterricht mit einer Hingabe, die ihn selbst überraschte. Eines Nachmittags ließ er sich von Eduardo in die Geheimnisse der Computeranlage einweihen, die in einem Kellerraum des Anwesens untergebracht war und etwas von einer Kontrollzentrale aus einem James-Bond-Film hatte. Man musste etliche eindrucksvoll aussehende Schlösser öffnen, um hineinzugelangen, und saß dann unter Neonlicht an einem weißen Tisch, auf dem ein kleiner, moderner Computer stand, über dessen Bildschirm bunte Zahlen mit vielen, vielen Stellen liefen: Kontostände aus aller Welt, wie Eduardo erklärt hatte, die ähnlich wie bei der Anlage in der Kanzlei per Datenleitung abgefragt wurden, nur dass hier ein schlichtes graues Kabel und eine unscheinbare Plastikdose an der Wand genügten.

Die Art und Weise, wie Eduardo mit der Tastatur und der Maus hantierte, ließ vermuten, dass er sich damit bestens auskannte. »Datensicherung«, erklärte er, während er eine Bandkassette in den Schlitz eines Gerätes schob, dessen Anzeigelampe gleich darauf von Grün auf Rot wechselte. »Wenn wir die ganzen Passwörter und so weiter verlieren würden, müsstest du durch die ganze Welt reisen, dich für jedes einzelne Konto ausweisen und einen Berg Formulare ausfüllen – kannst du dir vorstellen, wie lange du mit zweihundertfünfzigtausend Konten beschäftigt wärst?«

John war beeindruckt. »Du scheinst ziemlich fit zu sein mit Computern, was?«

»Mein Vater bestand darauf, dass ich alles lerne, was damit zu tun hat«, sagte Eduardo. »Betriebssysteme, Programmierung kaufmännischer Anwendungen, Technik der Datenfernübertragung – verlang irgendwas, ich kann es. Das war noch wichtiger als mein Jurastudium. Jemand aus der Familie muss den Computer vollkommen beherrschen, hieß es.«

John betrachtete den Bildschirm ehrfürchtig. »Heißt das, du hast das hier auch alles programmiert?«

191.000.000.000 $

Das Bandlaufwerk surrte und knurrte vor sich hin, die Lampe daran blinkte hektisch. Eduardo gab dem Gerät einen Klaps, worauf das Blinken aufhörte. »Nein, das ist zum größten Teil noch das ursprüngliche Programm. Ein ziemlich raffiniertes Programm übrigens. Ich habe es nur von dem alten IBM-Hobel auf den PC übertragen, die Bildschirmausgabe ein bisschen angepasst, ein paar grafische Darstellungen eingebaut. Nichts, was einen echten Profi vom Hocker hauen würde.«

»Und wer hat das ursprüngliche Programm gemacht?«

»Jemand von IBM. Ich weiß es nicht genau – das war noch vor meiner Geburt –, aber es muss damals ziemlichen Ärger gegeben haben mit dem Typ. Er fing an, Fragen zu stellen, und so weiter – jedenfalls hieß es von da an, das muss jemand aus der Familie können.«

»Und jetzt kannst du es?«

»Ja. Kurse für hunderttausend Dollar, einen Sommer lang Strippen ziehen als Praktikant einer Netzwerkfirma, einen Winter lang Unterhilfsprogrammierer in einer verqualmten Hackerhöhle – und schon kann ich es.« Eduardo grinste. »Aber so schwer ist das nicht. Wenn die Tresorfritzen mit deinem Keller so weit sind und die Telefonleitungen liegen, bauen wir hier alles ab und bei dir wieder auf. Und ich erkläre dir, wie man damit umgeht.«

John schluckte. Er teilte die Zuversicht des jungen Anwalts nicht. Dann fiel ihm etwas ein. »Was geschieht eigentlich mit der Anlage in eurer Kanzlei in Florenz?«

»Die wird verschrottet.«

»Und wenn – was weiß ich – mein Haus einstürzt? Bin ich dann mittellos?«

»Unfug«, erklärte Eduardo. Das Bandgerät piepste, er nahm die Kassette heraus und verschloss sie in dem Tresor an der Wand. »Die Konten laufen alle auf dich. Wenn du Geld brauchst, gehst du zur Bank und weist dich aus. Alles weitere findet sich.«

192.000.000.000 $

»Und woher weiß ich, zu welcher Bank ich gehen muss?«

»Das ist fast egal, weil du bei praktisch jeder Bank auf diesem Planeten ein millionenschweres Konto hast. Aber in den Unterlagen, die du bekommen hast, gibt es eine entsprechende Liste.« Eduardo musterte ihn spöttisch. »Vielleicht solltest du dir die Papiere bei Gelegenheit doch einmal ansehen.«

John blinzelte irritiert. »Aber wozu brauch ich dann den Computer überhaupt?«

»Um künftig jeden Morgen nachsehen zu können, um wie viele Millionen du über Nacht reicher geworden bist. Um dich warnen zu lassen, wenn in einem Land die Inflationsrate höher steigt als der Zinssatz, sodass du dein Geld rechtzeitig woandershin verlagern kannst. Um ...«

»Also kann ich damit doch Geld überweisen?«, unterbrach ihn John. »Und jemand, der bei mir einbricht, kann es auch. Er kann eine Milliarde auf sein Konto überweisen, ohne dass ich es merken würde.«

Eduardo lehnte sich zurück und verschränkte die Hände hinter dem Kopf. »Nein, kann er nicht. Ich sagte ja, es ist ein ziemlich raffiniertes System. Man kann Geld überweisen, aber nur zwischen den Konten, die dir gehören. Und diese Einschränkung ist bei den jeweiligen Banken selbst hinterlegt, sodass selbst der beste Hacker keine Chance hat, das von hier aus zu umgehen.«

»Hmm«, machte John und betrachtete die sinnlos große Zahl am unteren Rand des Bildschirms, die immer noch größer und noch größer wurde und deren letzte Stellen flirrten wie Bienenflügel. »Ihr habt an alles gedacht, was?«

»Wir haben uns zumindest alle Mühe gegeben.«

Ein Moment der Stille trat ein. Kühle, köstliche Stille. John musste an die Innenarchitektin denken, eine zierliche blonde Frau, vor Tatkraft geradezu glühend, die ihm Entwürfe für die Gestaltung der wichtigsten Räume der Villa gezeigt hatte. Alles, was er zu tun gehabt hatte, war, auf die Zeichnungen zu zeigen, die ihm am besten gefielen – gefallen hatten sie

193.000.000.000 $

ihm alle, die Frau war ein Genie –, zu sagen: »So!«, und die zugehörigen Ausstattungslisten zu unterschreiben. Seither waren Kolonnen von Arbeitern damit beschäftigt, die Entwürfe in die Tat umzusetzen und ihm ein Heim von erlesener Eleganz zu schaffen, ohne dass er auch nur einen weiteren Gedanken zu erübrigen brauchte.

Und was immer es kostete, die Zahl unten auf dem Bildschirm würde ungebremst weiter und weiter wachsen.

Die Sonne stand tief am Horizont und zauberte einen warmen, goldenen Schimmer über das Meer vor Portecéto, als die Jacht in Sicht kam. Sie so dahingleiten zu sehen, mit ihrem grazilen, schlanken Rumpf, strahlendweiß und anmutig wie ein Segelschiff, war ein Anblick, der John den Atem stocken ließ. Sogar Eduardo, der noch auf der Herfahrt laut überlegt hatte, dass man auf lange Sicht erwägen könne, eine angemessen große Jacht eigens bauen zu lassen, hieb ihm nun begeistert auf die Schulter. »Da kommt sie!«, johlte er.

»Ja«, flüsterte John. Sie war wunderschön und irgendwie viel größer, als er sie von der Besichtigung in Cannes in Erinnerung hatte. Schier endlos zog das Schiff an ihnen vorbei, als es anlegte. Am Heck wehte nun die italienische Flagge statt der englischen, dahinter war unter einer gespannten Persenning ein Motorboot auszumachen, und auf dem obersten Deck hockte ein Hubschrauber wie ein fluchtbereites Insekt. Ein junger Mann in schmucker Uniform winkte ihnen vom zweiten Deck aus zu, und sie winkten zurück.

In Windeseile war das Schiff vertäut und der Steg gelegt. Als sie an Bord gingen, kam ihnen der Kapitän entgegen, ein etwa vierzig Jahre alter Franzose namens Alain Broussard, den sie in Cannes bereits kurz kennen gelernt hatten, salutierte und begrüßte sie danach per Handschlag. »Sie wollen sicher sofort in See stechen«, meinte er in seinem stark französisch gefärbten Englisch. »Ich lasse Ihr Gepäck holen, dann können wir ablegen und in den Sonnenuntergang fahren.«

194.000.000.000 $

Ein Wink, und der junge Mann, der ihnen zugewinkt hatte, stand da wie aus dem Boden gewachsen. John gab ihm den Schlüssel zu dem, was man bei Ferrari für einen Kofferraum hielt, dann folgten sie dem Kapitän zu einem Rundgang durch das Schiff.

Er hatte nicht erwartet, dass ihn das Wiedersehen mit der Jacht so überwältigen würde. Alles atmete Weiträumigkeit. Als sie in einen der hellen, indirekt beleuchteten Salons kamen, konnte er nicht anders, als mit den Fingerspitzen die Wandtäfelung aus fein gemasertem Holz zu berühren und über die Lehne eines der Sofas zu streichen, die mit hochlehnigen Sesseln und Glastischen zu kleinen Sitzgruppen zusammengestellt waren. Farblich abgestimmte Seidenkissen mit indianisch anmutenden Motiven lagen darauf verteilt, kostbar aussehende Tiffany-Lampen mit schweren, vergoldeten Füßen standen auf Beistelltischen aus weißgrauem Marmor. Die Wände des Speiseraums waren mit Intarsienarbeiten in Mahagoni verkleidet, die jemand so sauber poliert hatte, dass sich der antike, mit Silber und Kristall gedeckte Esstisch darin spiegelte. Große Fenster boten freien Blick auf das Meer, über dem eine müde Sonne feuerrot niedersank.

Es war ein schwimmender Palast. Jedes Märchen aus Tausendundeiner Nacht hätte man in diesen Räumen verfilmen können.

Auf dem Weg zur Brücke – das Geländer der aufwärts führenden Treppe war übrigens vergoldet, weil man, um mit den Worten des Maklers zu sprechen, »Messing täglich polieren muss, Gold aber nicht« – kamen sie an einer Stelle vorbei, an der der Name, den der Vorbesitzer, ein englischer Geschäftsmann, der Jacht gegeben hatte, noch zu erkennen war: *Shangri-La*. Die Buchstaben waren nicht von der Wandung entfernt, sondern nur weiß überlackiert worden.

»Ich will, dass das da wegkommt«, sagte John und tippte mit den Fingerspitzen dagegen.

»*Pas de problème*«, versicherte der Kapitän. »Ich lasse es

195.000.000.000 $

entfernen. Sie wollen dem Schiff einen anderen Namen geben?«

»Ja«, nickte John und sah hinauf auf das Meer, das dunkler und dunkler wurde. »Es soll *PROPHECY* heißen.«

196.000.000.000 $

12

DER BOTE VON UPS klingelte Marvin in aller Frühe aus dem Bett, und dann wollte er auch noch einen Ausweis sehen. »Führerschein, Reisepass, irgendwas, auf dem Ihr Bild und Ihr Name ist und ein amtlicher Stempel«, meinte er gelangweilt und klemmte sich das Paket abwartend unter den Arm.

»Mann«, knurrte Marvin, der die Augen immer noch nicht richtig aufbekam, »ich *wohne* hier. Sieht man das nicht?«

»Tut mir Leid. Wertsendung. Ich hab meine Vorschriften.«

Marvin überlegte einen Moment, ihm die Türe vor der Nase zuzuschlagen, aber die Neugier, wer um alles in der Welt ihm ein Wertpaket schickte – wie das schon klang! *Wert*sendung! – überwog. Er schlurfte zurück in sein Zimmer und holte seinen Führerschein, nicht ohne die Befürchtung, dem Bild um diese Uhrzeit noch nicht hinreichend zu ähneln, sodass die ganze Mühe umsonst sein mochte. Aber der Bote war damit zufrieden, sich die Ausweisnummer zu notieren, dann noch eine Unterschrift, und Marvin bekam sein Paket. Bis er entziffert hatte, von wem es kam, hörte er unten schon den Motor des Lieferwagens aufheulen.

»John?«, las Marvin zu seiner grenzenlosen Verblüffung. »John Fontanelli aus Florenz. Mich laust der Affe.«

Jetzt war an Schlaf nicht mehr zu denken. Er stieß die Tür hinter sich ins Schloss, trug das Paket zum Küchentisch und kramte ein Küchenmesser hervor, um die Verpackung aufzuschlitzen.

In der Schachtel, sorgfältig in Styropor verpackt, lag ein Mobiltelefon.

»Was soll *das* jetzt?«, brummte Marvin ratlos. Er kontrollierte noch einmal die Verpackung und den Adressaufkleber. Da stand sein Name und seine Adresse, tatsächlich. Kein Versehen. Und bei *Auszuliefern bis* war *neun Uhr* angekreuzt! »Will der mich foltern oder was?«

Er nahm das Gerät heraus. Mit einem Klebstreifen war eine kleine, zusammengefaltete Karte daran befestigt. Er löste sie ab und klappte sie auf.

Hi, Marvin, stand darauf, unverkennbar in Johns Handschrift. *Die Batterie ist aufgeladen, der Chip steckt, die PIN-Nummer ist 1595. Bitte schalt es gleich ein und warte auf meinen Anruf. Gruß, John.*

»Spinn ich jetzt, oder was?« Marvin sah auf die Uhr. Eine Minute vor neun. »Ich träum das doch alles.« Aber er drückte die grüne Taste. Mit einem Pieps erwachte das Gerät zum Leben, und er konnte die Codenummer eintippen, was mit einem nochmaligen Pieps und der Displayanzeige *Ready* quittiert wurde.

Punkt neun klingelte es.

»Eigentlich dachte ich, das gibt's nur im Film«, murmelte Marvin kopfschüttelnd.

Er drückte die Taste, auf der ein abgehobener Hörer abgebildet war, und hielt das Gerät neugierig ans Ohr. »Hallo?«

»Hallo, Marvin«, begrüßte ihn John begeistert. »Ich bin's, John.«

Marvin holte tief Luft. »Sag mal – aber sonst geht's noch, oder? Was soll denn *diese* Show jetzt?«

»Du warst nicht zu erreichen«, erwiderte John lachend. »Dein Telefon ist doch wie immer abgeklemmt, also – wie hätte ich sonst mit dir sprechen können?«

»Mann«, maulte Marvin, immer noch fassungslos. »Ich komm mir vor wie James Bond. Also, wen soll ich umlegen?«

»Hast du schon unter dem Styropor nachgeguckt? Da müsste ein Briefumschlag mit tausend Dollar und einem Flugticket sein.«

198.000.000.000 $

»Wird ja immer besser.« Er hob den Styroporeinsatz hoch. Da lag ein Umschlag. »*Yeah, man*, hab ihn. Moment!« Er legte das Telefon weg, riss den Brief auf. Eine Menge Dollarscheine und ein Ticket erster Klasse nach Florenz, ausgestellt auf Marvin Copeland. »Sieht so aus, als soll ich dich besuchen kommen, oder was?«

»Ja, aber vorher möchte ich dich um einen wichtigen Gefallen bitten.«

»Es gibt halt nichts umsonst auf dieser Welt«, seufzte Marvin. »*Okay*, sag an.«

»Erinnerst du dich an meine Armbanduhr?«

»Deine Armbanduhr? Nein. Ich könnte schwören, dass du gar keine hattest.«

»Ich hatte sie auch nicht mehr. Ich hab sie bei einem Pfandleiher in Manhattan versetzt. Das Problem ist, die Uhr ist ein Geschenk meines Vaters, ich hab den Pfandschein verloren, und die Aufbewahrungsfrist läuft Freitag nächster Woche ab.«

Das war jetzt doch etwas viel für die frühe Morgenstunde. »Langsam«, bat Marvin, »da muss ich jetzt mitschreiben.« Er zog einen Bleistift aus einer halb leeren Kaffeetasse, wischte ihn an einem unaussprechlich klebrigen Küchenhandtuch ab und zerrte dann eine leere Cornflakes-Schachtel aus dem Papiermüll, die er so aufriss, dass er auf der freien Innenfläche schreiben konnte. Er nahm das Telefon wieder ans Ohr. »Also, der Reihe nach. Wo ist der Pfandleiher, wie sieht die Uhr aus, unter welcher Telefonnummer kann ich dich erreichen?«

Als John nach dem Telefonat mit Marvin zurück aufs Sonnendeck kam, konnte man die südfranzösische Küste bereits als dünne, graubraune Linie am Horizont sehen. Ein Steward war dabei, einen kleinen Tisch unter einem Sonnensegel für den Nachmittagskaffee zu decken. Am Himmel tauchten die ersten Möwen auf.

199.000.000.000 $

»Wir müssen uns allmählich entscheiden, ob wir Nizza oder Cannes anlaufen«, meinte Eduardo. »In Nizza gibt es ein gutes Restaurant, in dem ich schon immer mal zu Abend essen wollte. Was denkst du?«

»Warum nicht?« John gesellte sich zu ihm an die Reling. Seit gestern Abend hatten sie Korsika umfahren und kreuzten nun im Ligurischen Meer. Es war eine ruhige Fahrt, das Mittelmeer lag silbrigblau da und brachte keine Welle hervor, mit der die Stabilisatoren des Schiffes nicht fertig geworden wären. »Klingt gut.«

Eine Stunde später tauchte ein dunkler Punkt am Himmel auf, der keine Möwe war: ein Hubschrauber. Zuerst schenkten sie dem lauter werdenden Geräusch keine Beachtung, doch als er zielstrebig näher kam und richtig laut wurde, wurde es unumgänglich, einmal nachzusehen, was los war.

»Es scheint sich um Presse zu handeln«, informierte sie Broussard über das Bordtelefon. »Auf dem hinteren Sitz des Hubschraubers erkennt man einen Mann, der mehrere Kameras mit Teleobjektiven um den Hals trägt.«

John verzog das Gesicht. »Bordgeschütze haben wir nicht, nehme ich an?«

Wie eine wütende Wespe umkreiste der Hubschrauber die *PROPHECY,* in teilweise so gewagten Manövern, dass man sich wundern musste, dass der Mann, der auf der Rückbank aus der offenen Tür fotografierte, nicht herausfiel. Schließlich waren die Filme voll, und die Maschine zog wieder davon, Richtung Festland.

»Sollen wir das überhaupt machen mit dem Restaurant?«, fragte John, während er ihr nachsah. »Ohne Leibwächter?«

»Ein paar Männer der Besatzung sehen ganz eindrucksvoll aus, die können uns begleiten«, meinte Eduardo. »Hey, du wirst dir doch davon nicht den Tag verderben lassen?«

»Allmählich geht es mir auf die Nerven. Was finden die bloß alle an mir?«

Eduardo lachte. »Du bist reich, also bist du interessant.

Geld macht sexy, mein Lieber. Übrigens eine Tatsache, die du meiner Meinung nach noch viel zu wenig ausnutzt.«

»Sollte ich das denn?« John musterte die Küstenlinie, die kühn in den Fels gebauten Straßen und die Häuser, die wie weiße Einsprengsel aussahen.

»Hör mal, eine Menge Frauen würde gern wissen, wie es ist, mit einem Billionär zu schlafen.«

»Auch nicht anders als mit irgendeinem anderen Mann.«

»Na klar – aber lass sie das doch selber herausfinden.« Eduardo nahm den Hörer des Bordtelefons auf. »Ich sehe, du brauchst immer noch einen Grundkurs in der Kunst, das Leben zu genießen. Ich rufe jetzt das Restaurant an, dass man uns einen Wagen schickt. Was ich gehört habe, verkehren dort überhaupt nur Millionäre; ich denke also, die kennen sich damit aus, die Presse auf Abstand zu halten. Und dann wird genossen.« Es klang wie ein Befehl.

Als sie anlegten, standen schon eine Hand voll Reporter am Pier. Als die *PROPHECY* fertig vertäut war, war daraus eine Meute geworden, durch die ihnen die vier stämmigsten Seeleute der Schiffsbesatzung nur mit Mühe einen Weg zum Auto bahnten. Sogar das Fernsehen hielt in dem Getümmel kräftig mit.

Der Fahrer der Limousine kannte sich in Nizza aus und schien überdies einmal Rennfahrer gewesen zu sein, jedenfalls gelang es ihm, die Verfolger, die teilweise auf spurtstarken Motorrädern unterwegs waren, abzuhängen. Als sie vor dem Restaurant ankamen, war alles ruhig, still, und die Sonne schickte sich an, ihnen einen wundervollen Abend auf der Terrasse zu bereiten.

Es handelte sich bei dem Restaurant um das eines Luxushotels, alt, vornehm, erlesen ausgestattet, mit traumhaftem Blick über die Bucht – ein Ort also, dachte John, an dem es unmöglich war, das Abendessen *nicht* zu genießen. Zu seinem nicht geringen Erstaunen bemerkte er am Nebentisch vier ältere Männer, ohne Zweifel allesamt altgediente Multi-

201.000.000.000 $

millionäre, die dieses Kunststück dennoch fertig brachten. Der Weißwein hatte nicht die richtige Temperatur. Das Fleisch war eine Spur zu fest, das Gemüse eine Idee zu weich, also völlig ungenießbar. Einer von ihnen hob den Finger, ungefähr bis zur Höhe seines erbitterten Kinns, und es dauerte nicht länger als dreißig Sekunden, bis der Ober neben ihm stand – Himmel, was war bloß aus der Welt geworden? John verstand kein Französisch, aber um das unablässige Gemurmel von Unzufriedenheit zu deuten, das während der ganzen Mahlzeit vom Nachbartisch herüberquoll, brauchte man keine Sprachkenntnisse. Und als er sich umsah, bemerkte er dieselbe Atmosphäre im ganzen Raum. Als hielte jeder nur misstrauisch Ausschau nach der nächsten Enttäuschung. Es mochten alles Millionäre sein, die hier speisten, aber kein Einziger von ihnen war fröhlich oder auch nur guter Laune.

Dabei schmeckte das Essen zum Sterben gut.

»Peccato«, meinte Eduardo verhalten. »Das war wohl das falsche Anschauungsmaterial.«

»Allerdings. Falls ich mal so werden sollte wie die hier«, bat John, »dann erschieß mich bitte.«

Mitternacht. John schloss die Zimmertür hinter sich in dem Bewusstsein, dass dies eine der letzten Nächte unter dem Dach der Vacchis sein würde. Er streifte den Blazer ab, hängte ihn auf einen Bügel und genoss es, wieder festen Boden unter den Füßen zu haben.

Sie hatten es nicht lange ausgehalten in Nizza. Nach dem Dessert und dem Sonnenuntergang waren sie aufs Schiff zurückgekehrt, und die Fahrt hinüber nach Portecéto war mit voller Maschinenkraft nur ein Katzensprung von vier Stunden oder so gewesen.

Er war gerade dabei, die Segelschuhe abzustreifen, als das Telefon klingelte. Marvin vermutlich, dachte John und hoppelte auf einem Bein hinüber zum Telefon. In New York war es erst kurz nach sechs Uhr abends.

202.000.000.000 $

Aber es war nicht Marvin. Es war der Unbekannte.

»Ich wollte Ihnen gratulieren«, sagte er mit einem spöttischen Klang in der Stimme. »Zu Ihrer neuen Jacht.«

»Danke«, sagte John. Das beeindruckte ihn jetzt weniger. Wahrscheinlich hatte er einen Bericht im französischen Fernsehen mitbekommen.

»Eine schöne Jacht. Darf man fragen, was sie gekostet hat? Zwanzig Millionen, schätze ich. Oder waren es eher dreißig?«

»Was wollen Sie?«, fragte John unwirsch.

»Ihnen ein paar Vorschläge machen, was Sie als Nächstes kaufen können.«

»Ich bin ganz Ohr.«

»Sie haben eine Jacht, und Sie haben ein Haus. Mit der offensichtlichen Möglichkeit, sich weitere Wohnsitze an verschiedenen Orten der Welt zuzulegen, will ich Sie nicht langweilen; das haben Sie sich sicher selber schon überlegt. Eine etwas ausgefallene Variante wäre allenfalls ein Schloss. Es gibt zahlreiche echte alte Schlösser in Europa, und viele davon sind käuflich zu erwerben, wussten Sie das? Natürlich muss man jeweils noch ein paar Millionen hineinstecken, ehe sie standesgemäß aussehen, aber das sollte kein Problem sein. Eine andere Möglichkeit, Geld und Aufmerksamkeit zu investieren, wäre der Kauf eines Fußballklubs oder dergleichen – haben Sie sich das schon einmal überlegt? Da kann man für viele Millionen Spieler kaufen und verkaufen, um die Befriedigung zu gewinnen, in der Tabelle aufzusteigen. Oder Sie könnten sich gleich aufs Sammeln verlegen – alte Ölgemälde zum Beispiel, van Gogh, Picasso, Monet. Oder wertvollen Schmuck. Antiquitäten. Nicht allein das Aufspüren und Kaufen ist ein Abenteuer – auch die Anschaffung passender Safes, der Unterhalt verlässlicher Wachmannschaften, das Abschließen der nötigen Versicherungen und so fort kann einen ganz schön in Atem halten.« Er hielt inne. »Brauchen Sie noch mehr Anregungen?«

John massierte sich die Nasenwurzel. Er war müde. »Wozu erzählen Sie mir das?«

203.000.000.000 $

»Um Sie darauf aufmerksam zu machen, dass Sie reich genug sind, um Ihr ganzes restliches Leben lang irgendwelche Kinkerlitzchen kaufen zu können. Aber mit all dem«, fuhr er fort, »laufen Sie nur vor der Prophezeiung des Giacomo Fontanelli davon.«

»Sie rufen mich um Mitternacht an, um mir das zu sagen?«

»Sie waren nicht früher da, und jemand muss es Ihnen sagen.«

»Was soll das alles? Warum dieses Versteckspiel? Warum sagen Sie mir nicht, wer Sie sind und was das alles soll?«

Ein Wimpernschlag Stille. »Glauben Sie mir, Sie werden eines Tages verstehen, dass ich nicht anders handeln kann, als ich es tue«, versprach der Unbekannte. »Vorausgesetzt, Sie lassen den Kontakt jetzt nicht abreißen, werden wir uns eines Tages begegnen, und ich werde Ihnen alles erklären. Wenn nicht, werden Sie sich Ihr Leben lang fragen, was ich Ihnen gesagt hätte.«

»Was soll das heißen?«

»Sie werden umziehen, oder? Ich will Ihnen vorschlagen, mir Ihre künftige Telefonnummer zu sagen.«

John fühlte den Hörer in seiner Hand feucht werden – oder waren es seine Hände? Das war die Gelegenheit, ihn loszuwerden. Er brauchte ihm nur eine falsche Nummer zu nennen. Ganz einfach.

»Sie sollten noch eines wissen, John«, fuhr die dunkle Stimme aus dem Nichts fort. »Ich bin der Mann, der mehr über Sie weiß als Sie selbst. Ich weiß, was Ihre wirkliche Aufgabe ist, und ich weiß, wie Sie sie bewältigen können. Sie sollten den Kontakt jetzt nur beenden, wenn Sie sich absolut sicher sind, dass Sie mich zu all dem niemals etwas werden fragen müssen.«

Dann sagte er nichts mehr. Dann war nur noch Schweigen, das endlos zu dauern schien.

Das war ein Trick, oder? John starrte vor sich hin, sah nichts, wusste nicht, was er tun sollte. Ein Trick, aber ... auf der anderen Seite ... Was lag schon daran? Er konnte jederzeit die Telefonnummer ändern lassen, wenn er der Sache überdrüssig wurde.

Er zog die Nachttischschublade auf. Als Erstes fand er den Brief vom Hopkins Junior College, dann den Bettelbrief, in dem es um das Artensterben ging. Den musste er wohl aus Versehen mit eingesteckt haben. Schließlich fand er den Briefumschlag mit der Benachrichtigung der Telecom. »Also«, sagte er und musste sich räuspern, »meine neue Telefonnummer lautet folgendermaßen ...«

Eduardo drängte auf eine weitere Ausfahrt mit der *PROPHECY*, und als er zum verabredeten Zeitpunkt im Jachthafen von Portecéto eintraf, hatte er ein Mädchen dabei. »Constantina Volpe«, stellte er sie vor, »wir haben zusammen studiert. Ich hoffe, es macht dir nichts aus, dass ich sie eingeladen habe, mitzukommen?«

John starrte Eduardo an, in dessen spöttischem Grinsen die erklärte Absicht, ihn zu verkuppeln, geschrieben stand, dann die Frau. Sie war entschieden der lohnenswertere Anblick. Kaum zu glauben, dass Eduardo solche Frauen kannte. Kaum zu glauben, dass solche Frauen Jura studierten, anstatt als Topmodels reich und berühmt zu werden. Constantina hatte langes, schwarzes Haar, das ihr der Seewind ständig vor das Gesicht wehte, ein herzförmiges Gesicht mit grünen, großen Augen und einem unglaublichen Mund. Und ihre Figur war geeignet, den Verstand eines gesunden Mannes zum Stillstand zu bringen. John musste sich erst räuspern, ehe er wieder etwas sagen konnte, und dann brachte er auch nur ein unbeholfenes »Herzlich willkommen an Bord« heraus und ein tollpatschiges »Sehr erfreut, Sie kennen zu lernen«.

Auch die Männer der Besatzung machten Stielaugen. Der Steward, der zur Begrüßung Champagner servierte, konnte seinen Blick kaum von ihr wenden. Der Kapitän verließ eigens die Brücke, um *Madame Constantina* seine Grüße zu entbieten, wobei er, wie es John schien, mehr als sonst in seinen französischen Akzent verfiel.

Die *PROPHECY* fuhr hinaus und ging in der Mündung der Bucht von Portecéto vor Anker, in malerischer Nähe zu einem kühn aus dem Meer ragenden Felskliff, in dem Möwen und andere Seevögel nisteten. Am Heck wurden eine Badeleiter, eine Rutsche und ein Sprungbrett montiert, und der gemütliche Tag am Meer konnte beginnen.

John bewohnte natürlich die große Eignerkabine, die ganz vorn im Bug des Schiffs lag, und hatte einen entsprechend weiten Weg. Deshalb wunderte es ihn nicht, dass Constantina schon im knappen, schwarzen Bikini auf ihrem Handtuch saß und dabei war, sich einzucremen, als er aufs Badedeck zurückkam. Eher wunderte ihn, wo Eduardo blieb.

»Wären Sie so freundlich, mir den Rücken einzucremen?«, bat sie mit einem Augenaufschlag, der ihn, Vermögen hin oder her, in einen ungeschickten Schuljungen zurückzuverwandeln schien.

»Ja, klar.« War das seine Stimme? Egal. Er nahm die Tube, die sie ihm reichte, und widmete sich der Aufgabe, das weiße Zeug daraus auf ihrem Rücken zu verteilen.

»Bitte auch unter die Träger«, meldete sie sich nach einer Weile und bot an: »Soll ich sie aufknöpfen?«

»Nein«, beeilte sich John zu erklären. »Es geht schon.« Atemberaubend, ihr unter die Träger zu fahren mit der glitschigen Hand. Wie weit sollte man an der Seite gehen, ehe man den Busen erreichte? Und wo blieb eigentlich Eduardo? Die Sonne brannte herab, das Universum schmolz zusammen auf das strahlend weiße Deck, die Berührung ihrer Haut und den Geruch der Sonnencreme.

»Danke«, beendete sie die Prozedur. »Jetzt Sie.«

John war froh, dass er auf dem Bauch lag, während sie ihm den Rücken einrieb, mit festen, ausholenden Bewegungen. Er musste auch noch eine Weile auf dem Bauch liegen

206.000.000.000 $

bleiben, nachdem sie damit aufgehört hatte. Zum Glück tauchte Eduardo endlich auf und lenkte ihre Aufmerksamkeit ab.

Zuerst gingen sie über die Leiter ins Wasser, vorsichtig und langsam, weil das Wasser kalt war. Es nahm einem den Atem, das erste Mal darin einzutauchen, aber dann war es herrlich, darin zu schwimmen, die Tiefe unter sich, die Weite um sich und das riesige, leuchtende Schiff über sich.

Eine halbe Stunde später ließen sie sich über die Rutsche ins Wasser gleiten, unter Jauchzen und Johlen wie die kleinen Kinder, und schließlich wagte Eduardo den ersten Kopfsprung vom Brett.

Dann, erschöpft und ausgekühlt, lagen sie auf dem glutheißen Badedeck auf den Handtüchern. Vor Anker liegend bewegte sich das Schiff mit den Wellen, und die schaukelnde Bewegung trug einen im Nu fort in einen herrlichen Zustand zwischen Wachen und Schlaf. Die grellwarme Sonne tat wohl, ging durch und durch und ließ die Haut glühen. Nichts war mehr wichtig, kein noch so großes Vermögen, keine Prophezeiung, nichts außer diesem Tag und diesem Dasein und der flirrenden Sonnenhitze und den Möwenschreien hoch über ihnen im endlosen Blau.

»Wir haben auch Wasserski an Bord«, schreckte Eduardo sie hoch. »Hat noch jemand Lust, Wasserski zu fahren?«

»Nein, danke«, murmelte Constantina schläfrig. »Keine Umstände meinetwegen.«

»Ich auch nicht«, brummte John, der in seinem Leben noch nie Wasserski gefahren war und bis zu diesem Augenblick auch noch nie daran gedacht hatte, es zu tun.

»Ihr wisst nicht, was euch entgeht«, entgegnete Eduardo und stemmte sich hoch.

Sein Einfall scheuchte die Mannschaft zu hektischer Aktivität auf und vertrieb die beschauliche Ruhe. Das größere der beiden Boote wurde von der Persenning befreit und mit den Davitts über Bord gehievt, die Wasserski und die Leinen wurden hervorgeholt und befestigt, und kurz darauf schoss das Boot über die Wellen und Eduardo auf Skiern hinterher.

»Sie sind also auch Rechtsanwältin?«, fragte John in dem Versuch, eine Konversation zu beginnen, jetzt, da sie schon wach waren und allein.

Constantina strich sich das Haar aus der Stirn und lächelte. »Um genau zu sein, ich arbeite als Referendarin für die Staatsanwaltschaft. Ich habe Eduardo im Verdacht, dass er den Kontakt aufrechterhält, weil er hofft, so an Informationen aus Feindesland zu gelangen.«

Diesen Verdacht konnte John nicht ganz teilen, aber er sagte nichts dazu, schon weil ihm nichts Gescheites einfiel.

»Ein schönes Schiff«, meinte Constantina nach einer Weile.

»Ja«, nickte John. »Das ist es wirklich.«

»Es ist auch schön, hier draußen zu sein und das Meer gewissermaßen für sich zu haben.«

»Ja.« Er kam sich vor wie ein Idiot.

Wie um ihn aus seiner Verlegenheit zu retten, stand plötzlich der Steward da, ein Telefon in der Hand, und erklärte: »Ein Anruf für Signor Vacchi.«

Sie sprangen auf, winkend und rufend, und brachten das Motorboot dazu, mit Eduardo wieder längsseits zu gehen. Der schien schon zu ahnen, um was es ging, denn er nahm das Telefon mit äußerst umwölktem Gesichtsausdruck entgegen. *»Pronto!«*, sagte er und hörte eine Weile zu. »Und wo ist er jetzt?«, fragte er dann und fuhr fort: »Ah. Verstehe. Nein, unternehmen Sie nichts. Ich komme so schnell wie möglich.«

»Es tut mir schrecklich Leid«, erklärte er ihnen, während der Steward das Telefon wieder davontrug, »aber ich muss sofort nach Florenz. Einer unserer wenigen Fälle, eigentlich der einzig wirklich problematische, mit Bewährungsauflagen und so weiter ... Jedenfalls, ich muss mich unverzüglich darum kümmern.«

»Schade!«, rief Constantina aus. »Wo es gerade so schön ist ...«

208.000.000.000 $

»Nein, nein, ihr bleibt natürlich hier«, beeilte sich Eduardo zu erwidern. »Das Motorboot kann mich rüber nach Portecéto bringen, das ist ja nicht weit. Ich zieh mich nur rasch um.«

John sah ihm ungläubig nach, während er mit nassen Füßen im Salon verschwand. Das hatte jetzt aber verdammt einstudiert geklungen. Dieser durchtriebene ...

»Das ist doch ein Vorwand!«, zischte John Eduardo zu, als der die Leiter zum Boot hinabstieg.

Eduardo grinste übers ganze Gesicht. »Psst«, machte er dabei. »Sei jetzt ein guter Gastgeber ...«

Dann fegte das Motorboot davon, Richtung Küste, und John sah ihm nach mit einem eigenartigen Gefühl in den Lenden, als wüssten die schon mehr als er über das, was kommen würde.

Er setzte sich wieder auf sein Handtuch, als das Boot außer Sicht war, und vermied es, Constantina anzusehen. Sie saß auch, leicht vorgebeugt, das sah er aus den Augenwinkeln, auf einen Arm gestützt, sodass ihre Brüste voll und rund zur Geltung kamen.

»Es ist ziemlich heiß in der Sonne, finden Sie nicht?«, fragte sie mit sanfter Stimme, die nicht wie die einer künftigen Staatsanwältin klang.

»Ja«, sagte er dumpf. »Ziemlich heiß.«

»Meinen Sie, wir können ein wenig hineingehen?«

»Wenn Sie mögen ...«

Es war angenehm kühl im Salon, und richtiggehend dunkel nach dem grellen Sonnenlicht.

»Würden Sie mir ein bisschen vom Schiff zeigen?«, bat Constantina.

»Ja, gern. Was möchten Sie denn sehen?«, bot John an und dachte an die Brücke, den Maschinenraum oder die Kombüse.

Gesamtausgaben der Entwicklungsländer für Waffenkäufe im Ausland in den Jahren 1994 bis 2001.

209.000.000.000 $

Constantina sah ihn aus großen Augen an. »Ich würde zu gern wissen, wie Ihre Kabine aussieht.«

So ging das also. John nickte nur, ging voraus. Seine Kabine. Seine Briefmarkensammlung. Wollte er sich wirklich so einfach verkuppeln lassen?

Sie gingen den langen Gang nach vorn, über Teppichboden, zwischen Wurzelholztäfelung, unter vergoldeten Strahlern. Alles bezahlt von dem Geld, das ihn nun so sexy machte.

Aber vielleicht bildete er sich das alles nur ein. Männer waren doch so veranlagt, im Verhalten von Frauen das zu sehen, was sie sehen wollten, oder? Er war es, der Constantina sexy fand, wie jeder gesunde Mann sie sexy gefunden hätte, und nun interpretierte er in ihre Neugier, in Eduardos Verhalten, alles Mögliche hinein. Genau, so herum war es. Besser, er kam wieder runter auf den Boden und benahm sich wie ein vernünftiger Mensch.

»Das hier ist es«, sagte er und öffnete die Tür.

»Wahnsinn«, hauchte sie und trat ein, sah sich um, drehte sich einmal um sich selbst, um die Einrichtung zu bestaunen, die lederbespannte Decke, die indirekte Beleuchtung, die kostbar verzierten Wandschränke, alles. »Und ein rundes Bett.« Sie ließ sich darauf sinken, auf dieses alberne, riesige, runde Bett, das aussah wie die Spielwiese eines arabischen Potentaten, räkelte sich auf der seidenweichen Tagesdecke, und John fiel fast der Unterkiefer herunter, während er ihr zusah.

Dann hielt sie inne, hob den Kopf, fixierte ihn mit einem rätselhaften Blick, fasste sich mit den Händen in den Rücken und zog ihr Oberteil aus.

John starrte sie an. Jede Faser seines Körpers glühte von der Sonne. Oder vor Verlangen? Schwer zu unterscheiden. Wie lange war es her, dass er das letzte Mal mit einer Frau geschlafen hatte? Lange. Monate.

»Was ...«, begann er, befeuchtete seine Lippen, setzte neu

an, mit trockener, kaum hörbarer Stimme: »Was machen Sie da ...?«

Sie hielt den Blick immer noch unverwandt auf ihn gerichtet, ließ sich nach hinten sinken, zog ihr Bikinihöschen herab, über die Schenkel, die Knie, die Knöchel.

John spürte sein Herz schlagen, sein Blut pochen, in seinen Adern, seinem Kopf, seiner Männlichkeit, und die Stimme, die ihm zurief, dass das alles abgekartet war, Kuppelei, war kaum noch zu hören unter all dem Pochen und Klopfen. Da lag sie, langbeinig, langhaarig, nackt, begehrenswert. Zum Teufel mit Eduardo und seinen Spielchen. Zum Teufel damit. Das war alles eingefädelt, einstudiert, verabredet. Und wie sie sich räkelte. Wie sie ihn ansah. Wie sie roch, nach Sonne, nach dem Salz des Meeres, nach Sonnencreme. Und wie sie glänzte, dort, wo sie ihre Beine öffnete ...

Zum Teufel mit allen Bedenken, dachte John und streifte seine Badehose auch ab.

Gesamtausgaben der gesetzlichen Rentenversicherungen in Deutschland im Jahre 1995.
211.000.000.000 $

13

ER TRÄUMTE, DASS sein Bett schwankte, und als er mit verklebten Augen erwachte, schwankte es immer noch, ganz leicht. Sein großes, rundes Bett. John stemmte sich hoch und begriff, dass er noch auf dem Schiff war. Und der nackte Arm neben ihm und die schwarzen Haare, die wie die Tentakel eines Oktopus über das weiße Seidenlaken ausgestreckt lagen, bewiesen, dass er das, woran er sich erinnerte, nicht geträumt hatte.

Sie erwachte davon, dass er sich aufsetzte, und sah ihn aus ihren unergründlichen grünen Augen an. »*Buongiorno*«, murmelte sie mit verschlafener Stimme.

»*Buongiorno*«, sagte John knapp, immer noch bemüht, einen klaren Gedanken zu fassen. Er drehte sich zur Seite, langte nach dem Telefon auf der Bettumrandung und wählte die Nummer der Brücke.

»Broussard, wo sind wir?«, wollte er wissen.

»Immer noch dort, wo wir gestern vor Anker gegangen sind, Sir«, erwiderte der Kapitän. Täuschte er sich, oder klang der Franzose deutlich respektvoller als bisher?

Er ist beeindruckt, weil er weiß, dass ich mit Constantina geschlafen habe, durchzuckte es John. Er sah sich nach ihr um. Sie lag halb aufgerichtet, auf ihre Ellbogen aufgestützt, was ihre Brüste in einer Weise zur Geltung brachte, die einem den Atem nahm. Sie war eine einzige Einladung, das Geschehen von gestern Abend zu wiederholen, sich in ihr zu vergraben bis zur Erschöpfung. Er konnte es tun. Und warum nicht? Dies war sein Reich, hier war er unumschränkter Herrscher, hier geschah, was er wollte.

212.000.000.000 $

»Broussard?«

»Ja, Sir?«

Seine Zunge war fast nicht dazu zu bewegen, diesen Verrat am Verlangen seines Körpers zu begehen. »Fahren Sie zurück nach Portecéto.«

»Wie Sie wünschen, Sir.«

In Constantinas Gesicht las er Fassungslosigkeit, Schmerz beinahe, als er den Hörer auflegte. »Gefalle ich dir nicht?«, fragte sie leise. Ihr Busen machte eine leichte Bewegung seitwärts, ein Anblick, den John durch seinen ganzen Körper zucken fühlte. Er musste wegsehen.

»Doch«, sagte er dumpf. »Du gefällst mir. Ich finde dich wahnsinnig sexy und aufregender als jede andere Frau, die ich je gesehen habe. Das Problem ist nur«, fuhr er fort und sah ihr nun doch wieder in die Augen, »dass ich dich nicht liebe.«

Sie runzelte die Stirn.

»Ich liebe dich nicht«, wiederholte er. »Nicht ein bisschen. Es war toll gestern und alles, absolut umwerfend, aber heute Morgen wache ich auf mit dem Gefühl, etwas Falsches getan zu haben. Und so will ich nicht aufwachen, verstehst du?«

Constantina zog sich das Laken vor die Brust und nickte. »Ja.« Sie studierte sein Gesicht. »Ich wusste nicht, dass es Männer gibt, für die das eine Rolle spielt.«

John seufzte. »Ich hab's auch heute erst herausgefunden«, sagte er.

Der Umzug gestaltete sich denkbar unproblematisch. Alles, was John zu tun hatte, war, eine Tasche mit seinen Papieren zu packen, um alles andere kümmerten sich die Spediteure. Er verabschiedete sich von allen, ließ sich ein paar gut gemeinte Ermahnungen vom *Padrone* mit auf den Weg geben, herzliche Wünsche von Alberto, nicht ganz so herzliche, aber zweifellos ehrlich gemeinte von Gregorio, und Eduardo würde ihn ohnehin begleiten, um die Einzugsparty zu organisieren. Ihm versprach er während der Fahrt, ihn zu verprügeln, wenn er noch einmal so etwas wie mit Constantina versuchte.

Die Männer mit den Hunden und den Schulterhalftern zogen ebenfalls nach Portecéto um, wo sie für Beunruhigung unter den Lieferanten sorgten, die mit den Vorbereitungen für die Party beschäftigt waren. Ob die Innenarchitektin, die sie vor dem Eingang erwartete, auch deswegen nervös war oder wegen der Abnahme, war schwer zu sagen. Sie umklammerte während des Rundgangs jedenfalls ihre Mappe mit den Unterlagen, als handle es sich dabei um ihren Herzschrittmacher.

John ließ sich alles zeigen, und alles gefiel ihm. Das Schwimmbad im Untergeschoss, von dem aus man aufs Meer sehen konnte, war um einen Hotwhirlpool erweitert worden, den man mit einer elektrisch ausfahrbaren Trennwand in ein beschauliches Séparée verwandeln konnte. Die zahlreichen Gästeschlafzimmer folgten den unterschiedlichsten Stilrichtungen: War das eine ganz im neuenglischen Kolonialstil gehalten, wartete hinter der nächsten Tür eine Komposition in modernem italienischem Design oder eine Studie in fernöstlichem Zen-Stil. Die Küche glänzte von modernstem Edelstahlgerät, der Speisesaal war einladend und der Salon mit seinem himmelhohen Ausblick ein Traum. Man konnte förmlich hören, wie der Innenarchitektin mit jedem anerkennenden Nicken ein weiterer Stein vom Herzen fiel.

Nachdem er seine Unterschrift unter die Abnahme gesetzt und die Architektin verabschiedet hatte, tauchte Jeremy wie aus dem Nichts auf und bot an, ihm nunmehr, falls es seinen Plänen für den Tag entsprechen sollte, das Personal vorzustellen.

»Es entspricht«, nickte John.

Jeremy war ein original englischer Butler. Eigentlich war er Spanier – in seinem Pass stand als Vorname Javier –, aber da er die *Ivor Spencer International School for Butler Administrators* absolviert hatte, konnte er britischer auftreten als der

214.000.000.000 $

Prinzgemahl selbst. Eduardo hatte ihn aufgestöbert, John hatte ihn beeindruckt eingestellt und ihm die Auswahl des restlichen Personals überlassen, das schließlich fortan unter seiner Leitung arbeiten würde.

So lernte er Gustave kennen, einen ehemaligen französischen Hotelkoch mit ansteckend guter Laune; Sofia, die Haushälterin, die aus Neapel stammte und bislang nur in adligen Häusern gearbeitet hatte, wie sie betonte; Francesca, das Zimmermädchen, eine blasse kleine Erscheinung, die ihm kaum in die Augen zu sehen wagte und höchstens eine Sekunde lang ein Lächeln riskierte; und schließlich, ungewöhnlich, die Gärtnerin. Sie hieß Maria, betreute mehrere Gärten in der Nachbarschaft und wohnte in ihrer eigenen Wohnung im Zentrum von Portecéto, was ungemein praktisch war, da es, abgesehen vom Pförtnerhäuschen, das der Sicherheitsdienst benötigte, auf dem Gelände nur vier Dienstbotenwohnungen gab.

»Wunderbar«, sagte John, lächelte und wünschte sich, er hätte das Gefühl loswerden können, ein Schauspieler zu sein, der einen reichen Mann spielte.

Jemand hatte die Kartons mit seinen Sachen aus New York im Schlafzimmer abgestellt. Die hatte er schon fast vergessen gehabt. Er wuchtete den ersten Karton vom Stapel herunter, zog das Klebeband ab und förderte amüsiert Küchengeschirr zutage, das er jahrelang benutzt hatte und das ihm nun, nach wenigen Wochen Reichtum, wie reiner Müll vorkam. Das Muster auf den Tellern war aufdringlich und billig, das Besteck bestand aus besserem Blech, die Tassen hatten abgesprungene Ränder und abscheuliche Motive. Die Töpfe: Blechnäpfe, gut genug allenfalls für Hundefutter. Man hätte sich die Mühe sparen können, das Zeug über den Atlantik zu spedieren.

Bruttosozialprodukt von Schweden 1991.
215.000.000.000 $

Er stellte den Karton beiseite. Weg damit. Vergangenheit. Doch dann hob er den Deckel doch noch einmal hoch, nahm noch einmal einen seiner alten Teller heraus und betrachtete ihn, als hätte er einen archäologischen Fund vor sich.

Wie konnte das sein, dass ihm dieser Teller jahrelang gut genug gewesen war und er es nun als Zumutung empfunden hätte, davon essen zu müssen? Was geschah hier mit ihm? Wenn er nicht mehr im Stande war, dorthin zurückzugehen, woher er gekommen war, dann hieß das doch, dass er zum Gefangenen geworden war, zum Gefangenen des Reichtums, abhängig von Luxus und Geld. Würde er eines Tages seine Seele verkaufen, nur um nicht wieder Bohnensuppe im Blechtopf erwärmen zu müssen?

Er legte den Teller zurück, öffnete einen der anderen Kartons. Viele waren es nicht. Sein ganzes Hab und Gut, angesammelt in achtundzwanzig Jahren, hätte auf der Ladefläche eines Ford Pickup Platz gehabt. Da, die Malutensilien. Eingetrocknete Farbe in verklebten Dosen, Pinsel, die er nicht rechtzeitig ausgewaschen hatte und die inzwischen bretthart waren, leere Glasflaschen, aus denen das Terpentin verdunstet war. Eine Leinwand mit einer Skizze darauf, nur angefangen. Und, hey, eine Schachtel mit unbenutzten Öltuben! Wo war die denn gewesen?

Er konnte die Kartons in den Keller stellen lassen. Wer wusste schon, was kommen würde? Vielleicht war all die Herrlichkeit eines Tages doch wieder vorbei – dann konnte er einfach das, was er vorher besessen hatte, auf einen Wagen laden und davonfahren, ohne Verpflichtungen, ohne Schulden. Genau. So würde er es machen.

Irgendwo mussten doch seine Bücher sein, die konnte er ja jetzt auch brauchen. Und sein eigenes Adressbüchlein. Die Schachtel mit den Briefen. Die Fotos. Er kramte die Kartons durch, die sorgfältig, aber ziemlich unsystematisch gepackt waren. Ein eigenartiges Gefühl, die alten Jeans herauszuziehen oder die ausgelatschten Turnschuhe. Sein rot-schwarz kariertes Hemd, für drei Dollar auf dem Trödelmarkt ergattert. Manche der Knöpfe hatte er selber wieder angenäht, nachdem Sarah ihm gezeigt hatte, wie das ging. Seine Mutter hatte Flicken auf die Ärmel gesetzt, die man kaum sah.

So kramte er Erinnerung um Erinnerung aus seinen Kartons und seinem Gedächtnis, bis Eduardo unvermittelt ins Zimmer platzte. »Ach hier bist du«, rief er in aufgekratzter Partylaune. »Was ist, willst du dich den ganzen Tag hier bei deinem alten Trödel verstecken? Deine Gäste warten!« Um ihn herum quoll eine Geräuschkulisse aus Musik, Gläserklingen und dem Gegacker zahlloser durcheinander redender Leute ins Zimmer.

Seine Gäste? Es waren Eduardos Gäste. Er hatte sie ausgesucht. Junge Künstler, junge Geschäftsleute, junge Universitätsdozenten. Er kannte keine einzige Seele, abgesehen von Constantina, die vorhin im Garten mit einem völlig in Schwarz gekleideten Mann geflirtet hatte, und ihr wollte er nicht unbedingt begegnen.

»Ja«, erklärte John. »Vielleicht mache ich das. Mich den ganzen Tag hier verstecken.«

»Nein, nein, das machst du nicht. Das ist deine Party, Junge! Das sind deine Gäste – sie fressen deinen Kühlschrank leer und verwüsten dein Haus, da musst du wenigstens mal Guten Tag sagen. Und wer weiß, vielleicht lernst du ja jemanden kennen, der es wert ist?«

»Mir ist aber gerade nicht nach Party zu Mute.«

»Halt mal, halt mal. Wessen Idee war denn das? Wer hat gesagt, Eduardo, lass uns eine Einzugsparty schmeißen?«

»Ja, ich weiß. Es war ein Fehler. Aber diese dauernden Partys – das ist es nicht, worum es bei der Prophezeiung geht.«

Eduardo starrte ihn an, als habe er ihm einen Amboss auf den Fuß fallen lassen. »Junge!«, machte er und rollte mit den Augen. »Was sagst du da?« Er drohte ihm mit dem halb leeren Champagnerglas. »Ich weiß, was los ist. Du bist infiziert. Das Vacchi-Virus hat dich voll erwischt.«

217.000.000.000 $

»Bloß weil ich etwas anderes mit meinem Leben anfangen will, als mich in einen Jetset-Playboy zu verwandeln?«

Eine halbtrunkene Handbewegung, wobei ein paar Spritzer des Champagners aus dem Glas schwappten. »Schluss jetzt«, kommandierte Eduardo. »Ich gebe dir eine halbe Stunde, dich umzuziehen und bester Laune herunterzukommen. Andernfalls schicke ich Constantina, dass sie dich holt.«

Er kicherte über diesen Einfall, zog die Tür wieder zu und ließ John in gnädiger Stille zurück.

Nachdem Marvin auf dem Flughafen von Florenz gelandet war und die Passkontrollen endlich passiert hatte, brauchte er noch ewig, bis er einen Taxifahrer fand, der einigermaßen Englisch sprach, und der bestand, nachdem er den Zettel mit der Adresse gesehen hatte, auf Vorkasse. Immerhin gab er sich mit Dollars zufrieden. Da die Auslösung von Johns Uhr nur fünfzig Dollar gekostet hatte, waren davon noch eine ganze Menge übrig. Trotz diverser Spesen, die Marvin sich unterwegs genehmigt hatte.

Sie fuhren ein Stück Autobahn, dann ging es endlos auf engen Straßen weiter, die sich korkenziehermäßig in die Landschaft schraubten. Die war ganz nett, aber wie man solche Straßen bauen konnte, war Marvin ein Rätsel. Jedes entgegenkommende Fahrzeug wurde zum Drama, und wenn sie durch ein Dorf kamen, hatte er das Gefühl, den Leuten durchs Wohnzimmer zu fahren. Europa halt, der Kontinent der Puppenstubenarchitektur.

Ungefähr hundert Jahre später tauchte ein blauer Streifen Meer am Horizont auf, und es ging sanft abwärts. Sie bretterten hupend durch ein uraltes Städtchen mit einem Hafen voller Luxusjachten, wo der Taxifahrer an einer Ecke hielt und ein verhutzeltes altes Weib nach dem Weg fragte, und fünf Minuten später waren sie in einem Viertel voller Villen, und wie es sich gehörte, hielt der Wagen vor der größten davon.

218.000.000.000 $

Marvin steckte dem Fahrer noch einen Zwanzigdollarschein zu, schulterte seinen Matchsack und schlenderte auf das Anwesen zu. In der Einfahrt standen jede Menge Fahrzeuge vom oberen Ende der Preisskala. Die Einzugsparty, die John am Telefon erwähnt hatte. Da kam er wohl gerade richtig. *Partytime, Partytime* – er würde diesen Schickimicki-Typen mal zeigen, wie man richtig einen draufmachte ...

Unvermittelt verbaute ihm eine Art Panzerschrank in Menschengestalt den Weg und feuerte ein paar Fragen in maschinengewehrmäßigem Italienisch auf ihn ab.

»*Non capisco!*«, erwiderte Marvin. »*Sono Americano!*«

»Wer sind Sie?«, wechselte der Schrank in fließendes Englisch. »Und was wollen Sie hier?«

Marvin wuchtete den Matchsack auf die andere Schulter und trat einen halben Schritt zurück, damit er sein Gegenüber besser überblicken konnte. »Copeland«, erklärte er, »mein Name ist Marvin Copeland, ich komme gerade aus New York City, und wenn das da vorn die Villa von John Fontanelli ist, dann werde ich vom Hausherrn persönlich erwartet, und zwar geradezu sehnsüchtig.« Da der Schrank immer noch keine Anstalten machte, vor Ehrfurcht in die Knie zu gehen, setzte er hinzu: »Zufällig bin ich nämlich einer seiner besten Freunde.«

»Können Sie sich ausweisen?«

»Klar doch.« Seit John sich wieder gemeldet hatte, hatte er sich öfter ausweisen müssen als sonst in zehn Jahren. Er hielt dem Schrank seinen Pass unter die Nase, worauf dieser ein Funkgerät zückte und mit irgendwem auf Italienisch verhandelte. Immerhin hörte er seinen Namen aus dem Kauderwelsch heraus.

»Okay«, sagte der Schrank schließlich und gab den Weg frei. »Sie werden erwartet. Einfach dort vorne zur Eingangstür hinein.«

»Danke für den Tipp«, erwiderte Marvin. »Vielen herzlichen Dank. Und nur weiter schön aufpassen.«

Man sah die Gäste schon von außen in der Halle herumstehen, jede Menge davon. Aufgetakelt wie für eine Modenschau natürlich, vor allem die Frauen. Junge, da würde er auffallen wie eine nackte Frau in der Bischofskonferenz in seinen schmuddeligen Jeans und seinem miefigen T-Shirt! Hoffentlich war das Büfett noch nicht leer gefressen.

Besonders tolle Partystimmung schien allerdings nicht gerade zu herrschen. Keine Musik, alle standen nur herum und schauten reichlich belämmert drein. Sah eher aus wie ein Begräbnis, von außen jedenfalls.

Aber angeblich wurde er ja erwartet. Also immer rein in die gute Stube.

Ein etwas konfus wirkender junger Typ in optisch voll korrektem Outfit kam auf ihn zu, als er die Eingangshalle betrat, packte seine Hand und schüttelte sie. »Eduardo Vacchi«, stellte er sich vor, »ich bin der Anwalt von Mister Fontanelli.«

»Davon braucht er ja neuerdings eine Menge, wie man so hört«, meinte Marvin. »Marvin Copeland. Ich bin Johns Freund aus New York.«

»Ja, ich erinnere mich. John hat Sie erwähnt.«

»Fein. Wo steckt er denn? Ich würde ihm nämlich gern kurz die Hand schütteln, wenn es sich einrichten lässt.«

»Ja, sehen Sie ...« Irgendwie wirkte er entschieden unhappy. Er hatte die eine Hand unentwegt am Hemdkragen, fingerte daran herum, kratzte sich den Hals und schaute sich dabei nach allen Seiten um, als würde er verfolgt. »Ich fürchte, es lässt sich gerade nicht einrichten.«

»Hätte ich schon von New York aus einen Termin beantragen müssen oder so was?«

»Nein. Aber wir haben gerade entdeckt, dass John verschwunden ist, und niemand weiß, wohin.«

Nachdem die halbe Stunde verstrichen war, hatte Eduardo die versammelte Gästeschar angestiftet, laut »John! John!« zu skandieren, und solcherart angefeuert, war er zusammen mit

Constantina die Treppe hochgegangen in der Absicht, ihn mit vereinten Kräften aus dem Schlafzimmer zu zerren.

Aber als sie die Tür öffneten, fanden sie das Zimmer verlassen.

Die meisten Gäste hatten das in dem Stadium noch für einen gelungenen Partygag gehalten und sich mit großem Vergnügen an der Suchaktion im ganzen Haus und im Garten beteiligt. Aber als die Leibwächter anfingen, ausgesprochen finster dreinzublicken, und pausenlos in ihre Funkgeräte knurrten, dämmerte ihnen, dass das so nicht geplant gewesen war. Schließlich stellte sich heraus, dass auch Johns Ferrari verschwunden war, und da wusste dann jeder, dass die Lage ernst war.

»Wie kann der Ferrari einfach verschwinden?«, wollte Eduardo wissen. »Er stand in der Einfahrt. Auf bewachtem Gelände.«

Auf Marcos Stirn glänzten feine Schweißperlen. »Einer meiner Leute hat gesehen, wie er hinausgefahren wurde, vor etwa zwanzig Minuten. Aber er sagt, am Steuer sei jemand vom Partyservice gesessen. Einer der Jungs, die die Autos wegparken.«

»Und? War es einer von denen? Fehlt einer?«

»Das prüfen wir gerade. Anscheinend nicht.«

»Na großartig.« Eduardo rieb sich den Hals. Irgendwie schien das Hemd vorzuhaben, ihn zu erwürgen. »Können Sie sich vorstellen, was los ist, wenn wir die Polizei einschalten müssen?«

Die Gäste standen nur noch herum und starrten sie an. Jemand hatte den CD-Player ausgeschaltet. Die Stille, die sich auf die Gesellschaft legte, war erdrückend.

»Der Ferrari hat eine satellitengestützte Diebstahlsicherung eingebaut«, erklärte Marco. »Darüber können wir seinen Standort ausfindig machen. Außerdem lassen wir jetzt den Hubschrauber von der Jacht herüberkommen.«

Eduardo kaute auf seinem Daumengelenk. »Wir brauchen

221.000.000.000 $

die Personalien von jedem, der sich auf dem Gelände aufhält. Vor allem von den Lieferanten. Die Gäste kenne ich alle.«

»Wir sind schon dabei.«

Alles kein Grund, die guten Sachen auf dem Büfett verkommen zu lassen, fand Marvin. Immerhin herrschte kein Gedrängel; in aller Ruhe konnte er sich seinen Teller voll schaufeln. Und was es alles gab! Lachs, Kaviar, eingelegte Auberginen, getrocknete Salami, schwarze Oliven, dampfendes Filet im Backmantel, dazu eine Menge Sachen, die er noch nie im Leben gesehen hatte. Grandios.

Sie fiel ihm auf, als er gerade den ersten Bissen im Mund hatte. Sah kurz in seine Richtung, beiläufig, dann wieder weg. Marvin hörte auf zu kauen, starrte bloß noch.

Junge! Millionen Meilen lange Beine. Kurven, dass einem die Luft wegblieb, und das Kleid – Mann! Hauteng. Schwarz wie ihre Mähne. Absoluter Wahnsinn.

Er sondierte kurz die Lage. Wenn sie mit einem Typ da war, musste er den eben kurz auf der Toilette erwürgen oder so was. Sah aber nicht so aus. Sah wahrscheinlich auch nicht besonders cool aus, wie er direkt auf sie zumarschierte, aber für Feinheiten war jetzt nicht die Zeit. Er stellte sich neben sie, sah kurz dorthin, wo sie auch hinsah – ein paar Bodyguards, die herumstanden und mit ihren Walkie-Talkies quatschten, absolut langweilig –, wandte sich ihr zu und meinte: »Hi. Ich heiße Marvin.«

Ein Blick, kalt wie Eis, wanderte an ihm herab und wieder hinauf und analysierte vermutlich die chemische Zusammensetzung seiner Kleidung und ihren Wert in *Lira*. »Hallo.«

»Ich bin Johns bester Freund«, erklärte Marvin. *Einfach quasseln,* sagte er sich. »Aus früheren Zeiten, Sie verstehen? Er hat mich extra aus New York einfliegen lassen für seine Party. Und jetzt ist er gar nicht da. Komische Sache, was?«

Jetzt war doch plötzlich ein interessierter Glanz in ihrem

222.000.000.000 $

Blick. Sie strich sich die Haare hinters Ohr mit einer Bewegung, bei der Marvin beinahe seinen Teller hätte fallen lassen, und lächelte ihm zu. »Machen Sie sich denn überhaupt keine Sorgen?«

»Ach was. Der hat schon ganz andere Sachen überstanden.«

Sie lächelte immer noch. »Ich heiße übrigens Constantina«, sagte sie.

Die Sache mit der Ortsbestimmung über Satellitenpeilung war langwieriger als gedacht. Eine Stunde später, als die meisten Gäste gegangen waren und der Partyservice enttäuscht die teilweise unberührten Platten abräumte, hielt Eduardo es nicht mehr aus und ging wieder hinauf, um sich im Schlafzimmer umzusehen. Marco war dagegen, weil er im Geiste schon die Spurensicherungs-Experten darin an der Arbeit sah, aber davon wollte Eduardo nichts hören.

Auf einem Sessel, der zum Fenster hin stand, sodass man von der Tür aus nicht sehen konnte, was darin lag, fand er den hellen Leinenanzug, den John zuletzt getragen hatte. Jackett, Hose, Hemd. Die Schuhe dazu standen unter dem Sessel.

»Wir haben den Ferrari angepeilt.« Marco blieb im Türrahmen stehen. »Er steht am Stadtrand von Capánnori. Der Hubschrauber ist schon dorthin unterwegs.«

Eduardo hob das Jackett in die Höhe. »Er hat sich umgezogen, ehe er verschwunden ist.« Er schob die Tür des Kleiderschrankes auf und musterte die lange Reihe der Anzüge. »Wir könnten den Butler fragen, ob ein Anzug fehlt.«

»Ich lasse ihn rufen«, sagte Marco und gab eine entsprechende Anordnung per Funk weiter.

Doch statt des Butlers tauchte erst einmal dieser eigenartige New-Yorker im Flur auf, zu Eduardos nicht geringer Irritation mit Constantina, die sich wie selbstverständlich bei ihm eingehakt hatte. Unbekümmert traten die beiden ins Zimmer,

223.000.000.000 $

und Copeland, laut Liste ein Bekannter von John, ließ seinen neugierigen Blick umherschweifen.

»Nicht schlecht«, kommentierte er, als gäbe es nichts, worum man sich Sorgen machen müsste. Er beäugte die teilweise geöffneten Kartons. »Nur die alten Sachen machen sich ein bisschen schäbig hier, oder?«

Jeremy kam schnellen, nichtsdestotrotz steifen Schrittes. Er inspizierte den Kleiderschrank mit unbewegtem Blick und kam zu dem Schluss, dass nichts fehle.

»Aber er wird doch wohl kaum in Unterhosen unterwegs sein!«, meinte Eduardo ärgerlich.

»Das«, pflichtete der Butler ihm bei, »glaube ich auch nicht.«

Eduardo sah unwillig zu, wie Copeland an einen Umzugskarton trat und ein verwaschenes grünes T-Shirt mit der Aufschrift *Smile if you like sex* herauszog.

»Vielleicht hat er was von seinen alten Sachen angezogen?«, meinte der ungepflegte Amerikaner.

»Weshalb hätte er das tun sollen?«

»Vielleicht war ihm danach, ein bisschen auszubüchsen und sich unters gemeine Volk zu mischen?«

»Er hatte hier ein Fest mit über hundert geladenen Gästen. Wohl kaum der geeignete Zeitpunkt für so etwas.«

Der Mensch mit den fettigen Haaren und dem T-Shirt, das höchstens noch als Lumpen für eine Motorölkontrolle taugte, machte eine wegwerfende Handbewegung. »Kommen Sie! Wenn ich einen wie John entführen will, dann mache ich das doch nicht während einer Party, wenn tausend Leute herumlaufen und eine Million Dinge schief gehen können.« Er wandte sich an Marco. »An Ihrer Stelle würde ich in diesem Capánnori nach einem Burger King oder so was Ausschau halten.«

Sie fanden John tatsächlich in einem McDonald's-Restaurant im Zentrum von Capánnori. Er trug Jeans, ausgeleierte Turnschuhe und ein rot-schwarz kariertes, vielfach geflicktes Hemd, saß allein an einem schmierigen Tisch und vertilgte gerade seine letzten Pommes frites, als sie bei ihm auftauchten: Marco, Eduardo und zwei weitere Bodyguards mit ausgebeulten Jacketts.

»Wo kommt ihr denn her?«, fragte er stirnrunzelnd und nuckelte an seiner Cola. »Müsstet ihr nicht auf der Party sein?«

»Die Party ist vorbei, John«, erklärte Eduardo. »Wir dachten, du seist entführt worden.«

»Entführt? Meine Güte. Ich war nur nicht in Stimmung. Und außerdem wollte ich mal herausfinden, ob mir ein Big Mac noch schmeckt.« Er lächelte zufrieden. »Und siehe da, er schmeckt noch.«

Eduardo starrte ihn an, und jeder konnte sehen, dass er eine Menge von dem, was ihm auf der Zunge lag, hinunterschluckte. Und es schauten schon massig Leute her zu diesen seltsamen Männern in feinen Anzügen, die um einen jungen Burschen herumstanden, der nichts getan hatte. Sah nach Mafia aus, fand der Manager des Restaurants und erwog, die Polizei zu rufen.

»Ich habe mir verdammte Sorgen gemacht«, sagte Eduardo schließlich. »Du hättest mir Bescheid sagen sollen.«

John lächelte nicht mehr. »Ich wollte wissen, ob ich noch irgendwohin gehen kann, *ohne* jemandem Bescheid zu sagen.« Er knüllte die Serviette zusammen, warf sie auf das Tablett und stand auf. »Okay, jetzt weiß ich es. Gehen wir.«

225.000.000.000 $

14

DER STRAND GEHÖRTE Leuten, die keine Zeit hatten, am Strand zu sein, deshalb lag er still und verlassen. An diesem Morgen hielt sich selbst die Sonne hinter blassen Wolken versteckt. Das Meer schwappte träge die graue, sandige Schräge hoch. Die Häuser jenseits der trockenen Böschung wirkten abweisend und desinteressiert.

Seit ein paar Tagen hätte jemand, den das interessierte, einen Mann den Strand entlanggehen sehen können, stundenlang, oft mehrmals am Tag. Ihm folgte ein zweiter Mann, immer in einigem Abstand, als habe er mit dem ersten nichts zu tun, aber geschworen, jede seiner Bewegungen mitzumachen. Sie wanderten den Strand entlang, langsam, weil man nicht gut vorankam in dem Sand, bis sie das nördliche Ende erreichten, wo der Strand schmaler wurde und Felsen begannen, dann kehrten sie wieder um und wanderten zurück. Am südlichen Ende endete der Strand abrupt an der Betonmauer einer Kanalisationsmündung, auch dort kehrten sie wieder um.

An diesem Morgen tauchte plötzlich ein dritter Mann auf, der den beiden nacheilte. Ein ganz und gar aussichtsloses Unterfangen. Der Mann hatte einen beachtlichen Leibesumfang vorzuweisen, sein Atem ging pfeifend und bald so schnell, dass er stehen bleiben musste, um zu verschnaufen. Er verlegte sich aufs Rufen und Winken, und es gelang ihm, die Aufmerksamkeit der anderen auf sich zu lenken, die daraufhin sofort kehrtmachten und ihm entgegenkamen.

»Danke, dass Sie kommen konnten«, sagte John, als er Alberto Vacchi erreicht hatte, und schüttelte ihm die Hand.

226.000.000.000 $

»Wenn ich geahnt hätte, wie schnell Sie sind, hätte ich Sie natürlich im Haus erwartet.«

»Es klang sehr dringend am Telefon«, meinte der Anwalt und wischte sich ein paar Schweißtropfen aus dem Ansatz seiner schwarz gelockten Haare.

»Nein, ich habe doch nur gesagt ... Hmm. Klang es wirklich dringend?« John runzelte die Stirn. »Ja, vielleicht ist es dringender, als mir bewusst ist. Kommen Sie, gehen wir ins Haus zurück.«

Ein Beobachter hätte bei diesem Satz ein verstohlenes Lächeln der Erleichterung über das Gesicht des Leibwächters huschen sehen. Die Bodyguards verlosten inzwischen die Strandspaziergänge unter sich, und wer verlor, musste John Fontanelli begleiten.

»Und?«, wollte Alberto Vacchi wissen, während sie den Weg zurückstapften, den er gekommen war. »Wie gefällt es Ihnen in Ihrem neuen Heim?«

»Gut, danke. Ich muss mich noch ein bisschen daran gewöhnen, dass dauernd jemand vom Personal da ist und um mich herumräumt, aber es gibt Schlimmeres.«

»Ich habe mich etwas gewundert, dass Eduardo nicht da ist; Sie beide haben die letzten Wochen doch dauernd zusammengesteckt ...«

John lächelte flüchtig. »Ich glaube, er ist noch etwas verstimmt wegen meines Ausflugs nach Capánnori.«

Alberto nickte verstehend. »Das Gefühl hatte ich auch. Aber das gibt sich wieder.« Er warf ihm einen kurzen Blick von der Seite zu. »Aber das war es nicht, weswegen Sie mich sprechen wollten, oder?«

»Nein.« John blieb abrupt stehen, sah hinaus auf das graue Meer, kaute dabei auf seiner Unterlippe und schaute Alberto dann plötzlich an, mit einer Heftigkeit im Blick, als müsse er Anlauf nehmen für die Frage, die er zu stellen hatte. »Was war Lorenzo für ein Mensch?«

»Was?«, schnappte der Anwalt überrascht.

227.000.000.000 $

»Sie haben ihn gekannt. Erzählen Sie mir etwas über ihn.«

»Lorenzo ...« Alberto Vacchi senkte den Kopf, betrachtete seine Schuhspitzen und den Sand, der daran klebte. »Lorenzo war ein zartes Kind. Frühreif, intelligent, sehr musikalisch, sehr belesen ... Er entwickelte diese Allergien. Gegen Haselnüsse, Äpfel, gegen Nickel und so weiter. Davon bekam er Ausschläge, manchmal musste er sich sogar hinlegen, weil sein Kreislauf verrückt spielte. Richtig dramatisch war die Bienengiftallergie. Als Siebenjähriger ist er einmal gestochen worden und musste sofort ins Krankenhaus. Na ja – und das mit den fünf Stichen wissen Sie ja. Vier davon im Innern der Mundhöhle. Er muss in eine Frucht gebissen haben, in der Bienen gesteckt haben, meinte der Arzt; eine Birne wahrscheinlich, die mochte er gern, abgesehen davon, dass es eine der wenigen Obstsorten war, die er vertrug.«

»Hat er sich denn nicht in Acht genommen vor Bienen?«

»Doch, und wie. Er hatte panische Angst vor allen Insekten. Nein, panische Angst ist nicht das richtige Wort – er passte sehr gut auf. Mied die Berührung mit Insekten äußerst sorgfältig. Er trug selten kurze Hosen und immer Hemden mit langen Ärmeln, wenn er hinausging, und er ging nie barfuß.« Alberto seufzte. »Und dann passiert so was. Es ist tragisch. Wirklich sehr tragisch. Ich mochte ihn gern, wissen Sie?«

John nickte langsam, versuchte sich vorzustellen, was das für ein Junge gewesen sein mochte. Lorenzo Fontanelli. »Sie sagten, er war sehr musikalisch?«

»Wie? Ja, richtig. Sehr musikalisch. Er spielte Klavier und Querflöte. Nahm zusätzlichen Unterricht, spielte eine Zeit lang im Schulorchester. Überhaupt war er gut in der Schule. Es gab nie Probleme. Was Mathematik anbelangte, war er wohl so etwas wie ein Wunderkind; mit zwölf fand er ein Buch über Infinitesimalrechnung unter den Sachen seines Großvaters und brachte sich alles, was darin stand, selber bei.

Bruttosozialprodukt der Schweiz 1991.
228.000.000.000 $

Ich weiß, ehrlich gesagt, heute noch nicht, was es damit auf sich hat, vielleicht beeindruckt es mich deshalb so. Jedenfalls, kurz darauf nahm er an einem Mathematikwettbewerb für Schüler teil und gewann den ersten Preis. Da kam er sogar in die Zeitung, mit Bild. Ich habe den Ausschnitt aufgehoben; ich kann ihn Ihnen einmal zeigen, wenn Sie wollen.«

»Ja. Gern.«

Alberto sah John an, der gedankenverloren in die Weite starrte. »Ich habe das Gefühl, ich hätte Ihnen all das nicht erzählen sollen.«

John atmete langsam ein und aus, es klang wie ein Echo von Ebbe und Flut. »Er war der geeignete Kandidat, nicht wahr?«

»John – Sie sollten sich nicht quälen damit.«

»Sie haben es geglaubt, oder?«

»Was spielt das denn für eine ...« Alberto hielt inne. Seine Schultern fielen wehrlos herab. »Ja. Wir haben es geglaubt, alle. Wir konnten es manchmal nicht fassen, dass die Vorsehung einen Menschen zum Erben des Fontanelli-Vermögens gemacht hatte, der derart geeignet schien, Außerordentliches damit zu vollbringen.«

John lächelte dünn, fast schmerzlich. »Und dann hatten Sie plötzlich mich am Hals. Muss eine ganz schöne Enttäuschung gewesen sein.«

»So denken wir nicht, John«, sagte Alberto Vacchi. In seiner Stimme war auf einmal ein warmer, besorgter Klang. »Sie kennen meinen Vater. Er glaubt an Sie, so unbeirrbar wie an den Lauf der Sonne. Und wir glauben an ihn.«

»Ja. Ich weiß.« John wandte sich ihm zu, fasste ihn am Arm und sah ihm in die Augen. »Ich danke Ihnen, dass Sie mir die Wahrheit gesagt haben, Alberto. Sie werden es vielleicht seltsam finden, aber jetzt geht es mir besser.« Er machte eine einladende Bewegung mit dem Kopf. »Kommen Sie, gehen wir ins Haus zurück und trinken wir einen Cappuccino.«

229.000.000.000 $

Serbische Streitkräfte hatten ein Fernsehzentrum in Sarajewo beschossen. In Südkorea hatten zum ersten Mal seit 35 Jahren Kommunalwahlen stattgefunden, die zu einem Triumph für die Opposition geworden waren. Die amerikanische Raumfähre *Atlantis* hatte zum ersten Mal an die russische Raumstation MIR angedockt. Und der Berliner Reichstag war immer noch verhüllt.

John las die Zeitung mehr aus Langeweile als aus wirklichem Interesse. Seit Jeremy sich um sein leibliches Wohl kümmerte, fühlte sich die Zeitung anders an, als John das gewohnt gewesen war, und als er einmal nachfragte, hatte er erfahren, dass der Butler die Zeitung jeden Morgen sorgfältig *bügelte* – dadurch lasse sich die Zeitung viel angenehmer blättern, und die Druckerschwärze färbe nicht mehr ab! John war so verblüfft gewesen, dass er Jeremy gewähren ließ, und mittlerweile hatte er sich daran gewöhnt.

»Entschuldigen Sie, Sir.« Jeremy stand steif wie ein Stock in der Wohnzimmertür. »Ein gewisser Marvin Copeland ist da und wünscht Sie zu sprechen.« Als habe er Zweifel, ob John etwas mit dem Namen anfangen könnte, fügte er hinzu: »Ich erinnere mich, dass er auf Ihrer Einzugsparty anwesend war, Sir.«

»Marvin?« John legte die gebügelte Zeitung beiseite. »Er ist hier?«

»In der Eingangshalle, Sir.«

Tatsächlich, da stand er, schief und bleich, den Matchsack über der Schulter. »Hi, John«, sagte er. »Ich hoffe, ich störe nicht bei irgendwelchen Geschäften.«

Sie umarmten sich, wie in alten Zeiten. »Hi, Marv«, sagte John. »Wo hast du denn gesteckt?«

»Na ja ...« Marvin ließ den Matchsack ab. »Ich hab doch auf deiner Party diese Frau kennen gelernt, Constantina. Bei der war ich.«

John nickte. Eduardo hatte ihm so etwas erzählt. »Danke, dass du die Uhr mitgebracht hast.«

230.000.000.000 $

»War doch klar. War doch mein Auftrag, oder?«

»Komm, gehen wir in den Salon. Willst du was trinken? Oder was essen?«

Marvin folgte ihm schlurfend, sah sich um dabei. »Was zu essen wäre toll. Das hab ich ein bisschen vernachlässigt.«

»Kein Problem. Ich sag der Küche Bescheid.« John nahm den Hörer des nächstgelegenen Hausapparats ab und wählte die Nummer der Küche. »Soll es was Bestimmtes sein?«

»Egal«, erwiderte Marvin. »Hauptsache viel und gut.« Er betastete ein Sideboard aus Kirschholz. »Hübsch hast du 's hier. Ist mir gar nicht aufgefallen auf der Party. Ziemlich geräumig. Meinst du, du kannst mich in irgendeinem Eckchen ein paar Tage unterbringen?«

»He, ich hab so viele Gästezimmer, ich könnte eine ganze Fußballmannschaft unterbringen. Bleib, solang du willst. Gustave?«, rief John, als der Koch abnahm. »Ich habe einen Gast, der dicht vor dem Verhungern steht. Würden Sie rasch was Gutes zaubern? Was Sie dahaben und was schnell geht. Und satt macht. Danke.«

Als er sich umdrehte, stand Marvin da und musterte ihn mit einem seltsamen Blick. »Du hast das schon ganz gut drauf«, sagte er. »Diesen Kommandoton, meine ich. Wie du deine Domestiken umherscheuchst.«

»Findest du?« John runzelte die Stirn und rekapitulierte, was er zu Gustave gesagt hatte und in welchem Ton. Eigentlich war ihm das ganz normal vorgekommen. Wie hätte er es anders sagen sollen?

»Vergiss es«, winkte Marvin ab.

Als sie in den Salon kamen, fuhren die Jalousien gerade automatisch hoch und gaben einen atemberaubenden Blick frei auf das Meer und die Sonne, die glutrot den Horizont berührte. Marvin blieb im Durchgang stehen wie angewurzelt, als könne er nicht fassen, was er sah.

»Willst du was trinken?«, fragte John behutsam.

Marvin löste sich aus seiner Starre, mühsam. »Was heißt

231.000.000.000 $

wollen?«, fragte er und wirkte benommen dabei. »Ich muss. Anders ist es nicht zu ertragen.«

»Was?«

»Whisky, wenn du hast. Ach, hast du bestimmt. Du hast ja jetzt alles.«

Das hatte John mit seiner Frage eigentlich nicht gemeint, aber er sagte nichts.

Während er die Drinks eingoss, musterte er den Freund im Spiegel des Barfachs. Marvin wirkte verändert. Vermutlich hatte Constantina ihn schließlich hinausgeworfen, warum sonst wäre er mit Sack und Pack hergekommen? Und wahrscheinlich war es das, was ihm zu schaffen machte, mehr, als er zugeben wollte. Besser, er ließ das zunächst auf sich beruhen.

»Ich fliege am Montagmorgen nach London und nachmittags weiter nach New York«, erzählte John, als sie saßen. »Meine Eltern haben Hochzeitstag. Du weißt ja, das ist immer ein Familientreffen. Aber du kannst natürlich hier bleiben, das ist kein Problem.« Nach London musste er wegen der Anprobe seiner Anzüge.

Marvin nickte versonnen, sah ihn wieder an mit dem Blick von vorhin. Ein Blick, der etwas Unheilvolles hatte. Dann stürzte er seinen Drink in einem Zug hinab, stellte das Glas auf den Tisch, lehnte sich zurück und sagte: »Pass auf, John. Pass auf, dass dich das Geld nicht verändert.«

Er zog seine alte Armbanduhr für die Reise zu seinen Eltern an, seinem Vater zuliebe. Aber es wäre ihm wie Heuchelei vorgekommen, so zu tun, als führe er noch dasselbe Leben wie früher, deshalb wählte er den Rest seiner Garderobe so, wie es ihm gefiel.

Beim Zusammensuchen der Reisepapiere fiel ihm wieder der Brief über den Schutz der Artenvielfalt in die Hände. Der schien ihn mit einer gewissen Hartnäckigkeit zu verfolgen. Er beschloss, ihn mitzunehmen, während des Fluges zu lesen und danach entweder fortzuwerfen oder Geld zu überweisen. Da er sich ohnehin vorgenommen hatte, gründlich nachzudenken, was er mit dem Geld und der Prophezeiung machen würde, konnte ihm das genauso gut als Ausgangspunkt dienen wie alles andere.

Es war ein gewöhnlicher Linienflug erster Klasse nach New York, auf dem Oberdeck eines Jumbo-Jets, das mit Sitzgruppen aus bequemen Polstersesseln eingerichtet war wie ein überfülltes Wohnzimmer. Die Leibwächter hatten nur darauf bestanden, für die Weiterfahrt nach New Jersey bei einem New-Yorker Schutzdienst ihres Vertrauens eine gepanzerte Limousine zu mieten, die sie am Flughafen erwarten würde.

Der Brief stammte vom World Wildlife Fund und bat um finanzielle Unterstützung einer Kampagne, die *»Living Planet«* genannt wurde. Sie hatte zum Ziel, die zweihundert wichtigsten Lebensräume der Erde zu erhalten – Gebiete, die sich durch besondere Natürlichkeit, Einmaligkeit, Ursprünglichkeit oder Seltenheit auszeichneten oder aus sonst einem Grund eine Schlüsselrolle in der Evolution des Lebens spielten. Der Erhalt dieser Gebiete, hieß es, rette rund achtzig Prozent der heutigen Biodiversität.

Biodiversität, erfuhr John in dem beiliegenden Prospekt, war im Grunde nichts anderes als Artenvielfalt, sowohl was Tiere als auch Pflanzen betraf. In den letzten Jahrzehnten beobachteten Forscher ein Massenaussterben von Arten, wie es das zuletzt vor 65 Millionen Jahren gegeben hatte, als die Dinosaurier von der Erde verschwunden waren. Gegenwärtig, las John und musste es gleich zweimal lesen, weil er es kaum glauben konnte, verschwand durchschnittlich alle zwanzig Minuten eine Art. Das waren rund sechsundzwanzigtausend Tier- und Pflanzenarten jedes Jahr, die für immer verloren gingen. Rund ein Viertel aller Wirbeltiere galt als gefährdet, jede achte Pflanzenart als vom Aussterben bedroht. Dieses Aussterben war dabei beileibe nicht etwas, das sich nur in irgendwelchen fernen Regenwäldern abspielte und bizarre

Heuschreckenarten oder seltene Orchideen betraf: Sogar die Nutztierrassen waren in Gefahr. Es gab zum Beispiel rund fünfhundert Rinderrassen, doch von diesen wurden nur zwanzig weitergezüchtet, die übrigen verschwanden nach und nach. Nur noch zehn Prozent der existierenden Maisarten wurden angebaut, vorzugsweise hochleistungsfähige, aber krankheitsanfällige Sorten. Der genetische Pool auch der überlebenden Arten und Rassen verarmte auf diese Weise dramatisch.

Alle Lebensgrundlagen des Menschen, führte der Prospekt aus, waren abhängig von einem funktionierenden Ökosystem. Gesunde Nahrung, sauberes Wasser, stabiles Klima und so weiter setzten voraus, dass es Meere gab, die für den Ausgleich von Temperaturen und Feuchtigkeit sorgten und nebenbei Lebensraum für Fische darstellten, dass Wälder Kohlendioxid speicherten und Sauerstoff erzeugten, dass Holz wuchs, Insekten die Schädlinge des Menschen dezimierten, dass Mikroorganismen im Boden existierten, ohne die unsere Felder keine Erträge liefern würden.

Alle diese kostenlos erbrachten Leistungen des irdischen Ökosystems stellten einen Wert von rund dreißig Billionen Dollar dar, rechnete der Prospekt vor, fast das Doppelte des globalen Bruttosozialprodukts.

John hob den Blick und spähte durch eines der Fenster hinaus auf die strahlende Wolkendecke, über der sie flogen. Das war das erste Mal, dass er eine Zahl fand, zu der er sein unvorstellbares Vermögen in Beziehung setzen konnte. Demnach betrug das globale Bruttosozialprodukt ungefähr fünfzehn Billionen Dollar. Mit anderen Worten, mit seinem Geld hätte er ein Fünfzehntel aller Waren und Dienstleistungen kaufen können, die in einem Jahr auf der ganzen Welt produziert wurden. Kaum zu glauben, oder? Was er damit wohl bewirken konnte? Irgend so eine raffinierte Maßnahme musste es sein, die die Prophezeiung meinte, irgendein Schachzug, den er nur mit einer riesigen Masse Geld anstellen konnte und der etwas Entscheidendes bewirken würde ... Aber was?

Er wartete eine Weile, aber da waren nur wallende Nebel und diffuse Ungewissheit an der Stelle, an der er einen Geistesblitz gebraucht hätte, und so widmete er sich wieder dem Prospekt. Dreißig Billionen Dollar also war das Ökosystem der Erde wert.

Es war bemerkenswert, das einmal so auf den Punkt gebracht zu sehen. Die Argumente, die er bisher in seinem Leben gehört hatte, waren überwiegend emotionaler Natur gewesen – wie herrlich die Natur doch sei und wie schrecklich, dass sie so verschandelt wurde, diese Art von tränenumflorten Klageliedern. Dagegen konnte man nicht wirklich etwas einwenden, aber auf diese Weise wurde die Diskussion auch entwertet. Sicher, es war schrecklich, wenn ein schöner Wald für eine Autobahn oder eine Fabrik untergepflügt wurde, aber wenn es aus irgendwelchen Gründen »sein musste«, wenn Gefühle gegen Geld abgewogen wurden, dann gewann in der Regel das Geld.

Aber wurden in Wirklichkeit die Kosten für das Ökosystem nicht einfach außer Acht gelassen? Angenommen, man würde auf dem Mond oder einem anderen unwirtlichen Gestirn, auf dem es nichts gibt außer Platz, versuchen, die Erde nachzubauen. Man müsste in diesem Fall für all das selber sorgen, was es auf der Erde umsonst gab – Wasser, Luft, eine Vielfalt an Pflanzen und Tieren, fruchtbaren Boden. Man müsste Wasser herbeitransportieren oder künstlich erzeugen. Man müsste Luft herstellen, aufbereiten, reinigen und so weiter. All das würde unglaublich viel kosten. Wahrscheinlich wäre es unbezahlbar, auch nur ein erdähnliches Areal von der Größe eines Dorfes mit seinen Feldern auf dem Mond zu errichten. Und wenn dem so war, dann beging man, wenn man so tat, als sei das alles auf der Erde kostenlos, schlicht einen Rechenfehler.

Das hieß doch, dass die Naturschützer ihre Zeit verschwen-

235.000.000.000 $

deten, wenn sie Bagger blockierten und auf Mahnwachen Gitarrenlieder sangen? Die Unterpflüger konnten nur mit ihren eigenen Waffen geschlagen werden. Was man tun musste, war, hinzugehen und ihre Kalkulationen auseinander nehmen, den Wert des Ökosystems mit hineinzurechnen und zu sehen, was unterm Strich herauskam.

Aber er selber hätte das auch nicht gekonnt. Und bestimmt gab es keine allgemein anerkannte Art, den Geldwert eines Waldes, eines Sees oder einer Tierart auszurechnen.

Am Schluss betonte der Brief noch einmal, dass Ökosysteme nicht an Landesgrenzen endeten und deshalb länderübergreifend verhandelt werden müsste, wofür der WWF prädestiniert sei. Und man würde ihn, sollte er sich entschließen, eine größere Summe zu spenden – so von hundert Millionen aufwärts – mit einer besonderen Zeremonie ehren. John steckte ihn weg, ließ sich einen Fruchtcocktail mit wenig Alkohol bringen und starrte nachdenklich aus dem Fenster.

Was war denn der Grund für das massenhafte Artensterben? Das Verschwinden der unberührten Natur. Menschen hatten im Lauf der Zeit jeden Fleck der Erde betreten, ihn dann erkundet und schließlich angefangen zu nutzen. Sie schlugen Holz, bauten Häuser, rangen mit Dünger und Pestiziden und Maschinen dem Boden Nahrung ab. Und der Grund für diese Entwicklung war, ganz banal, dass es immer mehr Menschen gab. Immer mehr Menschen, die essen wollten, die irgendwo leben mussten, die wiederum Kinder in die Welt setzten. Und so weiter.

Das war alles so verdammt kompliziert. Und so verdammt aussichtslos. Sollte er seine Billion dafür ausgeben, alle Welt mit Präservativen und Anti-Baby-Pillen zu versorgen? Das sah doch aus wie das Problem im Herzen aller Probleme. Menschen, viele, viele Menschen. Heerscharen davon, eine überbordende Flut von Menschen, immer mehr, die sich auf dem immer noch gleich großen Planeten drängten.

Er sah sich um in der ersten Klasse, die zwar eng war, aber

236.000.000.000 $

immer noch weitläufig verglichen mit der sardinenbüchsenartigen Touristenklasse ein Deck tiefer, dachte an seine Villa am Strand, den großen Zaun um den Garten, die Schutzleute, den Privatstrand, die Jacht. Wie ein plötzlicher Zahnschmerz durchzuckte ihn die Erkenntnis, dass reiche Leute eine Menge Geld dafür ausgaben, sich diese Menschenfluten vom Leib zu halten.

Er hatte Angst gehabt, das Haus seiner Eltern könnte ihm fremd geworden sein, könnte ihm ärmlich und billig vorkommen wie sein altes Geschirr. Aber als sie ankamen und er durch die Tür trat, war plötzlich alles wieder vertraut, atmete Heimat und Zuhause. Er umarmte seine Mutter im Flur, in dem es nach Leder roch und nach Wachs aus der Werkstatt, die sein Vater für diesen Tag zugemacht hatte. Im Wohnzimmer hing der Geruch aus der Küche, nach Tomaten, frischem Basilikum und Nudelwasser, und John und sein Vater umarmten sich, während Mutter sich kaum beruhigen konnte darüber, wie stattlich er aussehe und wie braun gebrannt.

Alles war noch wie immer. Die braune Rautentapete im Flur, die immer dunkler wurde mit den Jahren. Die Treppe nach oben, deren dritte Stufe immer noch knarrte. Sein Zimmer, in dem nichts verändert worden war seit seinem Auszug zu Sarah. Er würde heute Nacht in einem Museum schlafen. Und immer noch dieser undefinierbare Geruch im oberen Stockwerk, der ihm mehr als alles andere seine Kindheit in Erinnerung rief.

Immerhin stand ein neuer Fernseher im Wohnzimmer. Er setzte sich auf das Sofa, auf dessen Lehne gehäkelte Deckchen lagen, und sagte, dass es ihm gut ginge. Mutter deckte den Tisch. Vater erzählte, dass sie es mit den Beinen gehabt habe in letzter Zeit. Er ließ nicht erkennen, ob ihm aufgefallen war, dass John seine alte Uhr trug, aber das war auch nicht zu erwarten gewesen.

237.000.000.000 $

Kurz darauf kamen Helen und Cesare an. Sie brachten einen großen Blumenstrauß mit. Die Art, wie sie John begrüßten, hatte etwas Gezwungenes, als wüssten sie nicht recht, wie sie sich ihm gegenüber verhalten sollten. Helen sah aus wie immer, ganz die intellektuelle Frau und Philosophiedozentin, das lange Haar offen, in modisches Schwarz gekleidet, zeitlos, als habe sie einen Trick gefunden, der Aufmerksamkeit der verstreichenden Jahre zu entgehen. Cesare dagegen wurde immer lichter auf dem Kopf, was ihn aussehen ließ, als sei er schon weit über vierzig, obwohl er noch nicht einmal achtunddreißig war. Die angestrengt wirkenden Falten um den Mund hatte John letzte Weihnachten noch nicht an ihm bemerkt. Cesare war immer noch mager, und besonders glücklich sah er nicht aus.

»Euer wie vielter Hochzeitstag ist das jetzt?«, fragte Helen, als sie am Tisch saßen. Über Lino wurde kein Wort verloren, sein Stuhl fehlte einfach. »Euer neununddreißigster? Dann müsst ihr nächstes Jahr etwas ganz Besonderes machen!«

John sah, dass der Blick seiner Mutter ihn kurz streifte bei dieser Bemerkung. »Mal sehen«, sagte sie knapp.

Das Saltimbocca schmeckte großartig. Es war kaum zu fassen. John sah, während er den ersten Bissen kaute, hinab auf den Teller und fragte sich, ob es ihm in irgendeinem der zahllosen guten, teuren Restaurants, in denen er in der Zwischenzeit gewesen war, jemals so gut geschmeckt hatte. Oder kam ihm das nur so vor, weil er mit dieser Küche aufgewachsen war?

»John«, fragte seine Mutter halblaut, »müssen diese beiden Männer unbedingt da draußen im Flur sitzen?«

Er verstand nicht recht, worauf sie hinauswollte. Sein anderes, neues Leben kam ihm im Augenblick wie ein ferner Traum vor. »Sie tun nur ihren Job, *mamma.*«

»Aber es ist in Ordnung, wenn ich ihnen auch einen Teller rausbringe, oder?«

Die Leibwächter ließen sich überreden, in die Küche zu gehen und dort am Tisch zu essen. »Die haben ja Waffen unter ihren Jacketts«, raunte ihm seine Mutter erschrocken zu, als sie zurückkam.

Das brachte ihm sein Vorhaben wieder in Erinnerung. Beim Dessert erklärte er, dass er vorhabe, jedes Mitglied der Familie finanziell unabhängig zu stellen. »Auch Lino natürlich«, fügte er hinzu. Jeder solle zehn Millionen Dollar erhalten, ein Kapital, von dessen Zinsen man bequem leben könne, ohne sich jemals wieder Sorgen um Geld machen zu müssen.

»Allerdings wird da Schenkungssteuer fällig«, warf Cesare in bestem Finanzbeamtenton ein.

Sein Vater räusperte sich vernehmlich, nahm die Serviette vom Schoß, legte sie neben den Teller und furchte die Stirn und die buschigen Augenbrauen. »Also gut«, sagte er. »Aber ich werde nicht aufhören zu arbeiten.«

»Aber du musst nicht mehr arbeiten!«

»Ein gesunder Mensch muss arbeiten. Das Leben ist so. John, wir können doch nicht alle nur von Zinsen leben! Es muss auch jemanden geben, der das Brot backt und die Schuhe flickt und so weiter. Ich werde das Geld annehmen und Danke sagen und aufhören, mir Sorgen zu machen, dass es nicht reichen könnte. Das wird eine Erleichterung sein, ja. Aber im Grunde glaube ich, dass ich diese Sorgen nur habe, weil wir die Welt so seltsam eingerichtet haben, dass jemand, der nur einer ehrlichen Arbeit nachgeht, davon kein ordentliches Auskommen mehr hat.«

John sah ihn an und kam sich vor, als hätte er einen absolut lächerlichen Vorschlag gemacht. Zu allem Überfluss sagte Helen mit spitzem Mund: »Wir werden dein Geld nicht annehmen, John. Tut mir Leid. Ich weiß, es war gut gemeint. Aber wir brauchen es nicht. Wir haben jeder unseren Beruf, verdienen gut und haben alles, was wir brauchen.«

»Ich verstehe«, sagte John gefasst und sah seinen älteren Bruder an. Der nickte bekräftigend, aber da war plötzlich ein grauer Schatten in seinem Gesicht, der vorher nicht da gewesen war. John fragte sich, ob Helen das allein entschieden hatte. Hier am Tisch war jedenfalls keine Gelegenheit gewesen, sich auszutauschen.

»Vor ein paar Jahren«, fing Vater an zu erzählen, »da hat ein Mann hier in der Straße im Lotto gewonnen. Gianna, erinnerst du dich an ihn? Er ist immer mit diesem Pudel spazieren gegangen, der eine helle Locke auf der Stirn hatte ... Ein Russe, Malkov oder so ähnlich ...«

»Malenkov«, sagte Mutter. »Karol Malenkov. Aber er war aus Polen.«

»Malenkov, richtig. Er hat im Lotto gewonnen, zwei Millionen Dollar, glaube ich. Ein Busfahrer. Jedenfalls, er hat aufgehört zu arbeiten und ist bloß noch spazieren gegangen. Ich habe ihn immer gesehen vom kleinen Fenster in der Werkstatt aus, mit seinem Hund. Und ein halbes Jahr später höre ich, er ist tot. Seine Frau hat gesagt, es hat ihm nicht gut getan zu faulenzen. Irgendwann ist das Herz so faul geworden, dass es aufgehört hat zu schlagen.«

»Reichtum macht dein Leben kompliziert«, warf Helen ein. »Du bist dir dessen möglicherweise noch nicht bewusst. Aber du hast jetzt eine große Villa, Autos, eine Jacht, Hausangestellte ... Um all diesen Besitz musst du dich kümmern. Das kostet Zeit – Zeit, die du nicht für dich selber hast. Frag dich doch mal, ob nicht vielleicht dein Besitz *dich* besitzt?«

»Na ja«, erwiderte John behutsam, »früher habe ich den ganzen Tag Pizzen ausgefahren, um meine Miete zahlen zu können. Da hatte ich noch viel weniger Zeit für mich.« Er wollte ihr nicht so direkt sagen, dass sie keine Ahnung davon hatte, wie es war, reich zu sein.

»Aber Leibwächter!«, rief sie aus. »Um Himmels willen, John, ich würde lieber sonst was machen, als immer Leibwächter um mich haben zu müssen.«

»Eine Billion Dollar zu haben ist ein bisschen abartig, das gebe ich ja zu«, meinte John. »Da muss das eben sein.«

»Nein, nein. Jetzt habe ich jeden Dollar, den ich besitze,

240.000.000.000 $

selber verdient. Dieses Gefühl von Unabhängigkeit würde ich verlieren, wenn ich dein Geld annehme.«

John zuckte die Schultern. »Wie du meinst.« Von Cesare war jetzt überhaupt nicht mehr die Rede, oder?

Auf dem Weg zu dem Café, in dem ihr Vater ihrer Mutter damals seinen Heiratsantrag gemacht hatte, fragte Helen ihn, warum er sein Geld nicht einfach an die verschiedenen Hilfsorganisationen verteile. »Zehn Millionen kannst du ja behalten und von den Zinsen leben, wie du es sagst. Dann musst du dir um Armut keine Sorgen mehr machen und um Reichtum auch nicht mehr.«

»Ich mache mir ganz andere Sorgen«, gestand John. Die Sonne stand herrlich am Himmel, ließ die Briefkästen an den Straßenecken glänzen und die Aufhängedrähte der Straßenlaternen. Es herrschte reger Verkehr.

Ihre Eltern spazierten, Arm in Arm, ein Stück voraus, und John erzählte seinem Bruder und seiner Schwägerin von der Prophezeiung, die mit dem Erbe ihres Urahns verbunden war, und von dem Gefühl, er müsse das Geld zusammenhalten für ein Vorhaben, das sich nur mit viel Geld auf einmal verwirklichen ließ, von dem er aber noch nicht wusste, was es sein sollte.

Der Besitzer des Cafés hatte, wie jedes Jahr, den bewussten Tisch reserviert.

»Hier habe ich gesessen«, erzählte Mutter mit wehmütigem Lächeln, »und euer Vater da. Genau auf dem Stuhl.«

»Natürlich ist es heute nicht mehr derselbe Stuhl«, brummte Vater und schniefte, um sich die Rührung nicht anmerken zu lassen.

»Wir hatten Cappuccino.«

»War es nicht Kaffee *con latte*?«

»Und wir waren in dem Kino an der Fünften gewesen, das mit den blauen Türmchen, das sie später abgerissen haben. In einem Cary-Grant-Film.«

241.000.000.000 $

»*Über den Dächern von Nizza.* So hieß er.«

»Ich weiß noch, ich war in Gedanken noch ganz in dem Film. Und da fragt er mich, ob ich ihn heiraten will! Stellt euch das vor!«

»Ich hatte Angst, wenn ich jetzt nicht frage, frage ich nie.«

»Er sah damals selber ein bisschen aus wie Cary Grant, euer Vater.«

»Ach was ...«

»Und ich hab sofort Ja gesagt, ohne eine Sekunde nachzudenken.«

Er nahm ihre Hand in die seine, die zerschunden war und erste Altersflecken aufwies. »Würdest du mich noch einmal heiraten, wenn du die Zeit zurückdrehen könntest?«

Sie schlang die Arme um ihn. »Jederzeit.«

Sie küssten sich, ließen sich wieder los, als gehörte sich das nicht, und lachten beide, als ihnen bewusst wurde, wie altmodisch ihre Reaktion war.

Dann bestellten alle Cappuccino – nur Helen wollte einen Espresso – und Kuchen. John glaubte eine gewisse Anspannung in den Gesichtern seines Bruders und seiner Frau zu entdecken. Diese Szene mit anzusehen, die sich so ähnlich jedes Jahr wiederholte, schien sie nicht gerade in einen Zustand der Verliebtheit versetzt zu haben.

Auf dem Rückweg verwickelte Cesare ihn erstaunlicherweise in ein Gespräch über Football, was Helen langweilig fand, sodass sie sich stattdessen zu ihren Schwiegereltern gesellte. John hatte den Eindruck, dass Cesare den Abstand zu den anderen absichtlich größer werden ließ.

»Noch mal wegen der Sache mit dem Geld ...«, wechselte Cesare plötzlich das Thema, stockte aber, als wisse er nicht, wie er es sagen sollte.

»Ja?«, versuchte John ihn zu ermuntern.

»Ich habe vor ein paar Monaten einen Aktientipp gekriegt. Es sah wirklich gut aus, wie eine sichere Sache. Deshalb hab ich gedacht, ich riskier es mal.« Cesare zögerte. »Helen weiß nichts davon. Natürlich ist es schief gegangen, und die Sache ist die, dass ich jetzt Probleme habe mit den Raten für das Haus, und ...«

»Alles klar. Du musst mir nur eine Kontonummer geben.«

»Du weißt ja, als Finanzbeamter kann man so gut wie nichts dazuverdienen, darum dachte ich, wenn du – ich meine, du hast das Angebot gemacht ...«

»Cesare, du brauchst dich nicht zu rechtfertigen. Helen wird nichts erfahren, ich verspreche es.«

Sein Bruder sah sich um, und als er sich sicher war, dass seine bessere Hälfte nichts mitbekam, steckte er John einen Zettel zu, den er vorhin auf der Toilette des Cafés geschrieben haben musste. »Und, John – keine zehn Millionen, bitte.«

»Wieso nicht?«

Cesares Kinnlinie zuckte eigenartig. »Ich habe ja gesagt, da würde Schenkungssteuer fällig, und das könnte ich vor Helen nicht geheim halten.«

»Verstehe. Wie viel willst du?«

»Der Freibetrag ist zehntausend Dollar pro Jahr. Wenn du mir zehntausend jetzt und nächstes Jahr noch mal ...«

»Zwanzigtausend? Mehr nicht? Ist das dein Ernst?«

»Nur um den Verlust zu decken. Danach komm ich schon klar.«

»Also gut. Mach ich. Kein Problem.«

»Danke.« Cesare seufzte. »Ich würde nicht zurechtkommen mit zehn Millionen Dollar, ganz ehrlich. Ich weiß nicht, wie Dad damit fertig werden will. Und du? Ich begreife nicht, dass du nicht durchdrehst!«

John zuckte die Schultern. »Kann ja noch kommen.«

Sie mussten die Abendmaschine zurück nach Chicago nehmen, weil Cesare nur den einen Tag freibekommen hatte, verabschiedeten sich mit vielen Umarmungen und Küssen, in die nun auch John wieder einbezogen wurde, und nicht ohne mütterliche Tränen. Sie winkten dem Taxi vom Straßenrand aus nach, während die beiden Leibwächter wie Schatten dabeistanden, oben an der Haustür der eine, neben einem Laternenmast der andere.

Dann gingen sie zurück ins Wohnzimmer, und Vater machte einen Chianti auf.

»Weißt du, John«, erklärte er nach dem ersten Schluck, »ich bin ein glücklicher Mann. Na, ich sehe nicht immer so aus – man kann glücklich sein und manchmal doch vergessen, dass man es ist, und sich aufführen wie ein Hornochse, na ja. Aber wenn ich klar bei Verstand bin, weiß ich, dass ich ein glücklicher Mann bin. Nicht nur, weil ich deine Mutter geheiratet habe und wir eine glückliche Ehe führen, obwohl das natürlich sehr wichtig ist. Aber vor allem bin ich glücklich, weil ich meine Arbeit liebe. Weißt du, man kann seine Frau lieben, das ist schön, aber wie oft und wie lange sieht man seine Frau am Tag? Eine Stunde, vielleicht zwei. Seine Arbeit aber macht man jeden Tag acht Stunden lang und länger, und deshalb ist es, schon allein von der Zeit her, entscheidend, ob sie einem gefällt oder nicht. Und ich liebe meine Arbeit. Ich liebe Leder – wie es sich anfühlt, wie es riecht –, ich liebe es, Leder zu schneiden, mit der Ahle ein Schnürloch hineinzustechen; ich liebe das Geräusch des Hammers darauf, wenn ich einen Absatz annagle, und ich liebe es, mit der Maschine eine neue Sohle anzunähen. Gut, ich bin nicht der beste Schuhmacher der Welt. Ganz bestimmt nicht. Vor allem habe ich schon lange keine Schuhe mehr gemacht, ich repariere sie ja nur. Da, meine eigenen Schuhe habe ich selbst gemacht, aber das ist schon lange her. Zehn Jahre, oder? Bald fünfzehn. Egal. Aber was ich sagen will, ist, dass ich mich wohl fühle, wenn ich in meiner Werkstatt stehe, zwischen all den Schuhen, mit den Werkzeugen an der Wand, den alten Maschinen, die nach Öl riechen, und den Dosen mit dem Wachs. Ab und zu kommen Leute herunter, dann hat man ein Schwätzchen, dann wieder ist man allein und kann seinen Gedanken nachhängen, während die alten Hände von selber arbeiten.«

244.000.000.000 $

Er nahm noch einen Schluck und schmatzte genießerisch. »Verstehst du jetzt, dass ich nicht aufhören will zu arbeiten? Ich tue es gern – also, warum sollte ich damit aufhören, nur weil es ›Arbeit‹ heißt?«

John nickte. »Ja. Aber du nimmst das Geld trotzdem.«

»Ja, das habe ich ja gesagt. Du kannst es für mich anlegen, und es wird mich freuen, dass ich mir keine Sorgen mehr machen muss. Weißt du, was für Sorgen ich mir gemacht habe? Immer nur die Sorge, dass das, was ich mit der Werkstatt verdiene, nicht reicht und ich gezwungen sein könnte, in eine der Fabriken zu gehen. Es war ein Glück, dass ich das Haus damals gekauft habe und es abbezahlt ist, denn wenn ich die heutigen Mieten zahlen müsste, ginge es nicht mehr. Ich weiß nicht, wie das mit den kleinen Geschäften weitergehen soll, aber, na ja, davon verstehe ich nichts, darüber sollen andere sich Sorgen machen.«

»Jetzt lass den Jungen doch auch mal zu Wort kommen«, wies ihn seine Frau zurecht. »Erzähl doch mal, John – was hast du für Sorgen drüben in Italien?«

John hielt das Glas in beiden Händen wie eine Wahrsagerkugel und betrachtete die dunkelrote Flüssigkeit darin. Das Licht der dreißig Jahre alten Deckenlampe zauberte glitzernde Funken auf die Oberfläche. Der Wein roch stark und würzig.

»Erzählt mir«, bat er bedächtig, »was ihr über Lorenzo wisst.«

245.000.000.000 $

15

SIE SASS IN ihrem Sitz wie versteinert, erstarrt, betäubt, und ließ alles willenlos mit sich geschehen. Sie bekam kaum mit, wie das Flugzeug beschleunigte und abhob, starrte blicklos geradeaus, als die Sicherheitsgurte und die Atemmasken erklärt wurden, wusste nur, dass da Menschen um sie herum waren und Geräusche und dass es zu Ende war.

Als ob sie es geahnt hätte. Eine Überraschung hatte es sein sollen. Bei Gott, das war es geworden. Wenn sie nur Tränen gehabt hätte, mehr als alles andere wünschte sie sich das: weinen zu können über das, was geschehen war. Ihr Herz schlug immer noch wie rasend, als sei es nicht schon Stunden her, dass sie ausgerastet war, geschrien hatte, gebissen und gekratzt, bis die Hoteldiener sie wegzerren mussten. Wenn sie ein Messer in die Hand bekommen hätte, sie wäre zur Mörderin geworden. Sogar jetzt noch spürte sie diesen unbändigen Hass, diese maßlose Verzweiflung, die aus unglaublichen Kraftquellen in ihr hochgesprudelt war, und es tat gut, sich das vorzustellen – ihm das Messer in die Kehle zu rammen, ihn verdammt noch mal zu entmannen, zu kastrieren wie einen Hund.

Ursula Valen, Studentin der Geschichtswissenschaften und freiberufliche Journalistin aus Leipzig, sechsundzwanzig Jahre alt und seit zwei Stunden und fünfundfünfzig Minuten wieder allein stehend, schloss die Augen. Es tat so weh. Wie eine Wunde war es, in ihrem Bauch, in ihrer Seele. Als hätte er ihr ein Stück aus dem Leib geschnitten. Ihr war danach, sich zu krümmen vor Schmerz, sich in der Haltung eines Embryos auf einem Bett zusammenzurollen und den Rest ihres

246.000.000.000 $

Lebens zu heulen und zu klagen. Sie wusste, dass sie das nicht tun würde, dass sie morgen mit ihrer Arbeit weitermachen und niemanden merken lassen würde, was geschehen war.

Die Tür zu öffnen, ahnungslos, und ihn nackt zu sehen, war nicht einmal das Schlimmste gewesen. Auch nicht, dann diese Frau zu entdecken, ebenfalls nackt natürlich. Das, was ihr durch Leib und Seele gefahren war wie blanker Stahl, war, zu sehen, wie er ihr zugewandt war. Wie er geredet hatte, sich bewegt, der Tonfall, die Gesten ... All das war *ihres,* und er verschenkte es an irgendjemanden! Das, was sie für seine Liebe gehalten hatte, für das, was einzigartig war in ihrer Beziehung, war nur seine spezielle Masche gewesen, sein persönlicher Kniff, Frauen flachzulegen.

Wie viel Geld hatte sie ausgegeben, wie viele Aufträge abgelehnt, um so oft wie möglich bei ihm in New York zu sein. Locker den Gegenwert eines guten gebrauchten Mittelklassewagens hatte sie an diese Beziehung hingegeben – und er *tauschte sie einfach aus!*

Atmen. Einfach atmen. Ein. Aus. Und nichts denken. Spüren, wie der Sitz gegen den Körper drückt. Den kalten Hauch der Klimaanlage riechen. Dem Dröhnen der Triebwerke lauschen, der Unterhaltung der Sitznachbarn ...

»Hör mal, John ist ein einigermaßen gebildeter Amerikaner des ausgehenden zwanzigsten Jahrhunderts.« Die Stimme einer Frau, unduldsam, scharf, hart. »Wie kann jemand wie er im Ernst an so etwas wie diese Prophezeiung glauben?«

»Ich hatte nicht den Eindruck, dass er daran glaubt.« Die Stimme eines Mannes, unsicher, weich, unwillig. »Er hat sie eben zur Kenntnis genommen und fragt sich, ob es damit etwas auf sich hat.«

»Nein, nein, mein Lieber. Er hat klipp und klar gesagt, er will das Geld zusammenhalten, weil er glaubt, dass er es in seiner Gesamtheit brauchen wird, um die Prophezeiung zu erfüllen.«

247.000.000.000 $

»Hat er das so gesagt?«

»Ja, hat er.«

Da war immer noch diese Stimme in ihrem Inneren, die darauf beharrte, dass sie es doch geahnt habe. Wann hatte sie den Auftrag bekommen, einen großen Hintergrundbericht zum hundertsten Geburtstag des Automobils zu schreiben? Im Dezember. Schon damals war klar gewesen, dass die Recherchen sie nach Chicago und Detroit führen würden. Und wie oft hatten sie sich seither gesehen oder miteinander telefoniert? Kein einziges Wort hatte sie verraten. Von Chicago einfach nach New York zu fliegen, um ihn zu überraschen, war kein so spontaner Einfall gewesen, wie sie sich vorzumachen versuchte. Die Eifersucht hatte ihr diesen Plan schon vor Monaten eingeflüstert. *Was er wohl macht, wenn ich nicht da bin?*

Nun wusste sie es. Er bumste junge Studentinnen.

»Na ja, vielleicht hast du Recht.« Wieder der Mann. Wollte einfach nur seine Ruhe und keinen Streit. »Vielleicht glaubt er tatsächlich daran. Aber so schlimm kann ich das nicht finden.«

»Mich regt es auf. Genauso, wie es mich aufregt, wenn Marjorie nicht aus dem Haus geht, weil ihr Tageshoroskop sie ängstigt.«

Er war eine so stattliche Erscheinung gewesen, als sie ihm auf dem Presseball der Internationalen Historischen Gesellschaft begegnet war. Doktor Friedhelm Funk. Fünfzehn Jahre älter, die Mutter Amerikanerin, der Vater Deutscher, in Deutschland aufgewachsen, später glanzvolle wissenschaftliche Karriere in den USA, schließlich Dozent für Geschichtswissenschaften in New York, für die Vereinten Nationen beratend tätig. Von ihm stammte die Studie der historischen Hintergründe des Balkankonflikts, die der UN-Generalsekretär konsultierte, ehe er Entscheidungen im Bosnienkonflikt traf. Wie hätte sie sich durch sein Interesse nicht geschmeichelt fühlen sollen? Wie hätte sie seinem Lob ihrer Arbeiten widerstehen können?

248.000.000.000 $

Dabei hatte er sie nur aufgenommen in den Harem, den er durch sein Schlafzimmer jonglierte.

»Was ich verstehen kann, ist, dass dieser Giacomo Fontanelli an seine Vision geglaubt hat. Er lebte im fünfzehnten Jahrhundert. Damals war das normal. Aber heute? Ich bitte dich!«

Wovon redete diese Frau da? Fontanelli – diesen Namen hatte sie schon einmal gehört, in einem anderen Leben, in einem Leben voller Träume und blind machender Verliebtheit. War das nicht dieser Junge, der eine Billion Dollar geerbt hatte? Sie hatte das damals zuerst für eine Ente gehalten, aber offenbar war es tatsächlich so. Zins und Zinseszins und fünfhundert Jahre Zeit – alle Magazine hatten es auf Heller und Pfennig vorgerechnet. Seither hatte sich in Deutschland die Zahl der Sparbücher, die für Neugeborene angelegt wurden, verdreifacht.

Ursula Valen warf einen kurzen Blick zur Seite. Der Mann kam ihr bekannt vor. Genau – sie hatte sein Gesicht schon einmal in der BILD-Zeitung abgedruckt gesehen. Ein älterer Bruder des Billionenerben. Der einzige, der verheiratet war. *Hätte dieser Mann einen Sohn, wäre er der reichste Mann der Welt,* hatten die Zeitungsmacher in ihrer unnachahmlichen Art dazu getextet. *So bleibt er Angestellter des amerikanischen Finanzamts mit vierzigtausend Dollar Jahresgehalt.* Demnach musste das seine Frau sein.

Eine Prophezeiung? Was für eine Prophezeiung?

Ursula Valen räusperte sich. »Entschuldigen Sie«, lächelte sie, so gut sie konnte. »Ich konnte nicht umhin, Ihr Gespräch mit anzuhören ... Ihr Name ist Fontanelli, nicht wahr?« Die skeptischen Blicke der beiden schmolzen dahin, insbesondere der der Frau, als sie hinzufügte: »Ich bin Journalistin, aus Deutschland. Darf ich so dreist sein, zu fragen, was es mit dieser Prophezeiung auf sich hat ...?«

Auf dem Rückflug nach Europa fasste John den Entschluss, die Familie seines verstorbenen Cousins Lorenzo aufzusuchen. Er hätte nicht sagen können, was er sich davon versprach, aber da war ein unnachgiebiger Drang in ihm, so viel wie möglich über den Jungen, den er nie kennen gelernt hatte, herauszufinden.

Als er in Portecéto ankam, war Marvin verschwunden, ohne Notiz, ohne Brief. Am Montagvormittag habe er telefoniert, wusste Jeremy zu berichten, dann sei er ohne ein Wort gegangen, mitsamt seinem Matchsack. Sofia, die Haushälterin, glaubte gesehen zu haben, dass er weiter unten an der Straße von einem vorbeifahrenden Auto mitgenommen worden war. Francesca, das Zimmermädchen, erklärte ungefragt, sie habe sein Zimmer schon aufgeräumt, »alles weggemacht«, wie sie sich ausdrückte. Sie kaute dabei nervös auf ihrer Unterlippe und blickte drein, als gebe sie sich die Schuld daran, dass der Gast aus Amerika das Weite gesucht habe.

»Seltsam«, sagte John. Er hatte sich beinahe darauf gefreut, den Abend mit Marvin zusammenzuhocken. Aber wie es aussah, hatte den das Heimweh gepackt, so allein in dem großen Haus, und er war zurückgeflogen.

Den Rest des Tages schlich John um den Telefonapparat herum und schob es vor sich her, bei den Verwandten in Rom anzurufen. Sie kannten ihn schließlich überhaupt nicht. Für sie musste er doch der Nutznießer von Lorenzos Tod sein. Erst als sich die Sonne auf den Horizont herabsenkte und das Wohnzimmer mit orangerotem Lagerfeuerlicht erfüllte, raffte er sich endlich auf und wählte die Nummer.

Und siehe da, die Frau am anderen Ende, Lorenzos Mutter, die Frau des Cousins seines Vaters, schien fast außer sich vor Freude, dass jemand sich für ihren toten Sohn interessierte. Ja, selbstverständlich könne er kommen, jederzeit, wann es ihm passe. Auch morgen, kein Problem, sie sei sowieso zu Hause.

John war erleichtert, als er auflegte, und schweißnass unter seinem Hemd. Die Sonne war in einem düsterroten Saum am Horizont untergegangen, der Himmel sternklar im Zenit. Er sah empor zu den verhalten funkelnden Lichtpunkten in schwarzem Samt und sagte sich, dass angesichts der Größe des Universums gleichgültig war, was er hier tat. Ob er die Zukunft der Menschheit rettete oder nicht, die Sterne würden weiter leuchten in erhabener Gleichgültigkeit.

Am nächsten Morgen fand er zu seiner Überraschung Marvin im Salon auf dem weißen Sofa lümmeln und in einer englischen Musikzeitschrift blättern.

»Hi«, meinte er, ohne aufzusehen. »Und? Schönes Wetter in New York?«

»Ja, kann man so sagen«, sagte John. »War schön.« Er ließ sich in einen der Sessel fallen. »Ich wundere mich, dass du da bist. Gestern Abend hätte ich gewettet, du seist nach Hause geflogen.«

»Nicht dran zu denken. Mir gefällt's hier. Ich bleib erst mal, wenn du nichts dagegen hast.«

»Natürlich nicht. Hab ich doch gesagt.« Es irritierte ihn, dass Marvin ihn nicht ansah, während sie miteinander sprachen. Und er konnte seinen Blick kaum von Marvins klobigen schwarzen Schuhen abwenden, die achtlos auf der Armlehne ruhten.

»Schön«, sagte John, bemüht, sich seine Irritation nicht anmerken zu lassen. »Und was hast du vor hier in Italien?«

»Das, was ich immer vorhabe. Mich so durchs Leben schlagen«, meinte Marvin knapp und vertiefte sich in die Abbildung einer schwarz lackierten Bassgitarre. Er kratzte sich ausgiebig im Rücken, und seine Schuhe rutschten hin und her dabei mit einem leisen, schabenden Geräusch, das John fast körperlich spürte.

»Sag mal«, fragte er, »könntest du bitte deine Schuhe vom Sofa herunternehmen?«

Marvin sah unwillig hoch. »Wirst du jetzt spießig, oder was?«

»Das ist Alpaka-Leder. Ich kann von hier aus sehen, dass deine Sohlen schwarze Streifen darauf machen.«

251.000.000.000 $

Marvin rührte sich keinen Millimeter. »Ich schätze, es bringt dich nicht an den Bettelstab, ein neues zu kaufen.«

»Stimmt, aber das werde ich nicht tun«, entfuhr es John mit einer Schärfe, die ihn selbst überraschte. »Irgendjemand hat viele Stunden an diesem Sofa gearbeitet und eine Menge Sorgfalt hineingesteckt. Auch wenn ich noch so reich bin, gibt mir das nicht das Recht, seine Arbeit mit Füßen zu treten.«

»Okay, okay, reg dich wieder ab!« Marvin zog die Füße an und ließ die Beine auf den Boden hinabrutschen, bis er in einer vollkommen unnatürlichen Haltung auf dem Sofa lag. »Zufrieden?«

John fragte sich, ob es normal war, dass er jetzt schon Streit anfing wegen eines Sofas aus sinnlos empfindlichem Leder. »Sorry«, sagte er.

»Schon okay«, meinte Marvin großzügig. »Ehrlich, ich versteh das. Du bist jetzt ein reicher Mann, und reiche Leute haben nun mal Sachen, auf die sie gut aufpassen müssen.«

John sagte nichts. Mit bestürzender Klarheit sah er, dass sie nicht mehr die Kumpels und Leidensgefährten waren, die sie noch vor drei Monaten gewesen waren, und dass sie es nie wieder sein würden. Auf eine schwer zu begreifende Weise stand das Geld zwischen ihnen.

»Ich war übrigens bei Constantina«, erklärte Marvin unvermittelt.

»Ah«, machte John. Doch Marvin sagte nichts weiter, und so setzte er hinzu: »Schön. Ich ... na ja, neulich, als du herkamst ... ich dachte, das sei nur eine Affäre gewesen.«

»Ist es ja auch. Und was für eine. Du machst dir kein Bild, wie verrückt die nach mir ist.« Marvin blätterte weiter. »Es war bloß so, dass wir uns letzte Woche fast die Augen aus dem Kopf gevögelt haben, und ich dachte, vielleicht tun uns ein paar Tage Abstand ganz gut.« Er lachte meckernd in sich hinein. »Angehende Staatsanwältin ... Sie war ganz schön platt, als ich ihr 'nen Joint angeboten habe. Schätze, sie hat so was vorher noch nie geraucht.«

John blinzelte. Marvin musste verrückt sein, Marihuana mit sich herumzutragen. »Und was ist mit Brenda?«

Marvin machte eine wegwerfende Handbewegung. »Vergiss es. Das lief in letzter Zeit ohnehin eher problematisch.« Er legte die Zeitschrift beiseite und räkelte sich, musterte die Einrichtung des sonnenlichtdurchfluteten Salons, als schätze er ihren Wert. »Sag mal, du hast doch bestimmt einen Job für mich, oder?«

»Einen Job?«, stutzte John.

»Ich dachte, du könntest mich als deinen persönlichen Sekretär oder so einstellen«, erklärte Marvin. »Dein Mann für alle Fälle. Wie in dem Fall mit der Uhr von deinem Vater. Also – du musst zugeben, dass ich das erstklassig für dich erledigt habe, oder? Wenn der Typ in der Pfandleihe nämlich gemerkt hätte, dass dein Name auf der Rückseite der Uhr eingraviert ist, hätten die tausend Dollar sicher nicht gereicht, die du mir geschickt hast.«

John starrte ihn nur an. Er fühlte sich überrumpelt. »Ich weiß nicht ...«

»Du brauchst so jemanden, Mann!« Marvins Stimme bekam jetzt denselben singenden Unterton, mit dem er sonst auf Konstantinos einredete, dass der ihm trotz seiner Schulden noch einmal Kredit gab. »Du bist jetzt reich, und du bist berühmt. Du kannst ohne Leibwächter nirgends hingehen. Überall starren dich alle Leute an. Dein Geld ist ein goldener Käfig, Mann, und deswegen brauchst du einen persönlichen Sekretär. Jemanden wie mich – intelligent, findig, vertrauenswürdig. Jemand, den du unauffällig losschicken kannst, damit er für dich die Kastanien aus dem Feuer holt ...«

John fühlte sich in die Enge getrieben. Irgendwie hatte er kein gutes Gefühl bei der Sache. Marvin hatte ihm von jedem Job, den er je gehabt hatte, die schauerlichsten Geschichten erzählt, wie man ihn ausgenutzt hatte und schlecht behandelt. Und er hatte im Lauf der Zeit angefangen zu bezweifeln, dass Marvin daran tatsächlich immer so schuldlos gewesen war.

Andererseits – je länger Marvin auf ihn einredete, desto mehr kam es ihm wie ein unausweichlicher Schritt vor. Als wäre nur so eine neue Basis zwischen ihnen zu finden.

»Also gut«, sagte er schließlich wenig begeistert. »Du bist engagiert.«

»Hey, ich wusste, dass ich auf dich zählen kann, Kumpel«, grinste Marvin. »Ich nehme an, dann geht es auch in Ordnung, dass ich hier wohnen bleibe; schließlich brauchst du deinen Sekretär ja in Rufweite, oder?« Ein Schatten oder so etwas musste über Johns Gesicht gehuscht sein, denn er beeilte sich hinzuzufügen: »Die erste Zeit, meine ich. Ich schätze, Miss Nimmersatt Constantina wird demnächst sowieso darauf bestehen, dass ich bei ihr einziehe. Ach so –«, fiel ihm ein, »was zahlst du eigentlich?«

John hatte keine Lust, sich darüber den Kopf zu zerbrechen. »Was hast du dir denn vorgestellt?«

»Wie wär's mit fünftausend Dollar monatlich?«

»Okay.«

Was waren für ihn schließlich schon fünftausend Dollar? Ein längerer Atemzug, mehr nicht. Außerdem würde es doch darauf hinauslaufen, dass Marvin die ganze Zeit bei Constantina verbrachte.

John kam ein Gedanke. Er langte nach dem Notizblock, den er im Flugzeug dabeigehabt hatte, und überflog die hingekritzelten Zeilen. »Ich hätte auch gleich was für dich zu tun«, sagte er.

»Schau einer an«, meinte Marvin mit unterkühlter Begeisterung.

»Ich brauche englischsprachige Bücher. Jeremy kann ich nicht schicken, der ist Spanier und kann nur so viel Englisch, wie er als Butler braucht. Und selber zu gehen, mit Leibwächtern und allem, würde ich gern vermeiden.«

254.000.000.000 $

»Bücher?« Marvin sah drein, als habe er dieses Wort noch nie gehört.

»Alles, was sich auftreiben lässt zu den Themen Umweltschutz, Bevölkerungswachstum, Treibhauseffekt, Luftverschmutzung, Artensterben, Ozonloch und so weiter. Eine komplette Bibliothek zum Thema Zukunft der Menschheit.«

»Moment«, brummte Marvin. »Das muss ich mir aufschreiben. Hast du mal was zu schreiben?«

John reichte ihm den Kugelschreiber aus seinem Notizmäppchen, und er fing an, auf die Rückseite seiner Zeitschrift zu kritzeln. »Also, wie war das? Umweltschutz, und was noch?«

John diktierte ihm die Liste noch einmal. »Und außerdem Bücher zum Thema Wirtschaft und Finanzen. Was du kriegen kannst.«

»Da wirst du eine Menge Regale brauchen, schätze ich.«

»Ja. Die kannst du auch gleich besorgen. Und aufstellen. Wir machen aus einem der kleinen Salons hinten eine Bibliothek.«

Marvin furchte die Stirn, während er schrieb. »Eine Ahnung, wo ich hier in Spaghetti-Land englische Bücher auftreibe?«

»Nein«, gestand John. »Ich würde es in Florenz probieren, das ist immerhin eine Universitätsstadt.«

»Mach ich. Kann ich den Ferrari nehmen?«

»Den brauche ich nachher selber«, erwiderte John. Marvin würde demnächst seine Zahnbürste beanspruchen, wenn er in allem nachgab. »Du kannst einen der kleinen Lieferwagen nehmen. Sofia hat die Schlüssel dazu.«

»Das ist die Haushälterin?«

»Ja.«

»Okay.« Marvin stemmte sich lustlos in die Höhe. »Das ging ja schneller, als ich dachte. Ich richte bei der Gelegenheit dann gleich mal ein Konto ein und was man so braucht, okay?«

255.000.000.000 $

»Tu das. Die Kontonummer kannst du Jeremy geben, der verwaltet alle Angestellten.«

»Ich seh schon, es hat alles seine Ordnung bei dir.« Im Hinausgehen blieb er noch einmal stehen und drehte sich um, einen unzufriedenen Ausdruck im Gesicht. Er zögerte. »Darf ich dich noch was fragen?«

»Klar.«

»Du hättest auch zehntausend gezahlt, wenn ich 's verlangt hätte, oder?«

John zuckte die Schultern. Das wusste er selber nicht.

»Scheiße«, brummte Marvin und zog ab.

Als kurz darauf das Telefon klingelte, wusste er, dass es der Unbekannte war. Er wusste es einfach.

»Haben Sie nachgedacht?«, wollte die sonore Stimme wissen.

»Die ganze Zeit«, antwortete John und hatte Lust, ihn zu ärgern. »Sind Sie zufällig gestern von New York nach Paris geflogen?«

»Wie bitte? Nein.« Sieh an, man konnte ihn also doch ein bisschen aus der Fassung bringen.

»Ich dachte, ich hätte Sie erkannt.«

Ein Moment Stille, dann leises Lachen. »Guter Versuch.« Wieder ganz souverän. »Aber zurück zu Ihren Plänen. Was werden Sie machen mit Ihrem vielen Geld?«

»Meine bisher beste Idee ist, ein weltweites Projekt zur Geburtenkontrolle zu finanzieren.« Warum erzählte er ihm das? Andererseits: Warum sollte er ihm das nicht erzählen? Schließlich war es gelogen. Die Wahrheit wäre gewesen, dass er völlig konfus war. Und das brauchte er ihm nicht auf die Nase zu binden.

»Bemerkenswert.« Das klang fast wie ein Lob. »Darf ich fragen, aus welchem Beweggrund?«

John ging zum Sofa hinüber, setzte sich und versuchte, während des Telefonierens mit feuchtem Zeigefinger die Spuren von Marvins Schuhen abzurubbeln. Vergebens. »Ich denke, dass alle Probleme, mit denen die Menschheit zu tun hat, miteinander verknüpft sind. Probleme entstehen aus Gegebenheiten, die wiederum Folgen anderer Probleme sind. Und wenn man eine solche Kette bis an ihren Anfang verfolgt, stößt man am Schluss immer darauf, dass die Bevölkerung der Erde unaufhörlich wächst. Das Bevölkerungswachstum ist das, was Saddam Hussein vielleicht ›die Mutter aller Probleme‹ nennen würde.«

Diese Formulierung schien ihn zu amüsieren. »Bis jetzt stimme ich Ihnen zu.«

»Also wird man keines der Probleme für sich allein lösen können, aber man wird alle auf einen Schlag lösen, wenn man das Problem löst, das an der Wurzel sitzt.« Es tat gut, zu reden. Die Gedanken kamen ihm, während er redete, das hatte er sich nicht vorher so überlegt gehabt. Er staunte über sich selbst. »Und das Problem des Bevölkerungswachstums kann nur über Geburtenkontrolle gelöst werden.«

»Schön. Im Grundsatz richtig, und im Grunde nahe liegend. Für Originalität oder Tiefe des Denkens kann ich Ihnen aber noch keinen Punkt geben, es sei denn, Sie beschreiben mir, wie dieses Projekt konkret aussehen soll.«

John furchte die Brauen. »Wie das konkret aussehen soll? Nun, Geburtenkontrolle, das heißt, Empfängnisverhütung. Man muss den Leuten die Mittel dazu verfügbar machen, ihnen beibringen, wie man sie wirksam anwendet, und so weiter. Und das überall auf der Welt.«

»Von welchen ›Leuten‹ reden wir? Von Männern? Von Frauen? Und was wollen Sie ihnen verfügbar machen? Die Pille? Kondome?«

»Das sind doch wohl nur Detailfragen.«

»Detailfragen, genau. Aber im Leben sind es die Details, auf die es ankommt. Was machen Sie mit Ländern, die Ihre Aktionen verbieten? Länder, in denen fanatische Mullahs regieren oder der Papst starken Einfluss hat? Und was machen

Sie mit Leuten, die viele Kinder *wollen?* Sie täuschen sich, wenn Sie glauben, dass in Entwicklungsländern nur ungewollte Kinder zur Welt kommen.«

»Hmm«, machte John. Darüber musste er wirklich noch einmal nachdenken. Bis jetzt hatten seine Ideen, wie die Prophezeiung zu erfüllen wäre, nicht mehr Niveau als das Palaver an einem Stammtisch.

»Ich glaube, es wird langsam Zeit, dass wir uns treffen«, sagte der Unbekannte.

»Erst müssen Sie mir sagen, wer Sie sind«, konterte John.

»Das werden Sie erfahren, wenn wir uns gegenüberstehen.«

»Solange ich Ihren Namen nicht kenne, werde ich mich nicht mit Ihnen verabreden.«

Eine Patt-Situation, so nannte man das wohl.

»Nun gut«, meinte die sonore Stimme. »Dann eben nicht. Aber, Mister Fontanelli, bitte bedenken Sie eines: Ich weiß, was zu tun ist. Sie wissen es nicht. Wenn Sie es erfahren wollen, müssen Sie zu mir kommen, das ist das Mindeste.«

Damit legte er auf.

John musterte das Telefon mit gerunzelter Stirn. »Was glaubt der eigentlich, wer er ist?«, murmelte er.

Am nächsten Morgen fegte er nach Rom hinab, begleitet nur von Marco, der nach einem Bremsmanöver trocken meinte, er könne ihn im besten Fall gegen Attentäter und Entführer schützen, aber nicht gegen Zusammenstöße mit LKWs. Sie erreichten die ersten Vororte, als die Geschäfte öffneten, und John erstand noch einen großen Blumenstrauß. Die Floristin, der er erklärt hatte, was er wollte, hatte ihm versichert, ihn aus Blumen zusammengestellt zu haben, die einem Trauerfall angemessen waren.

Lorenzos Mutter war eine auf traurige Weise schöne Frau, schlank, mit ebenmäßigen Gesichtszügen, höchstens vierzig Jahre alt. Sie begrüßte John ernst, aber herzlich, ließ sich erklären, wer Marco war, ohne weiter darauf einzugehen, und bat sie dann beide in die Küche. »Du ähnelst deinem Vater«, meinte sie und stellte ihnen Kaffeetassen hin. Als John sie, unsicher, ein weiteres Mal mit »Signora Fontanelli« anredete, schüttelte sie den Kopf und befahl: »Nenn mich Leona, John!«

Sie sah nicht so aus, als ob sie den Morgen über geweint hätte. Sie sah aus, als hätte sie die letzten drei Monate ohne Unterlass geweint und erst vor wenigen Tagen den Entschluss gefasst, wieder ins Leben zurückzukehren. Die Haut ihres Gesichts hatte etwas Durchscheinendes, Aufgeweichtes, und ihr langes schwarzes Haar war glanzlos und matt.

»Er kam nicht nach Hause an dem Abend«, erzählte sie tonlos, den Blick in unbestimmte Fernen gerichtet. »Er ging nach dem Mittagessen, um sich mit jemandem zu treffen, einem Freund aus der Schule. Ich sehe ihn noch, wie er dort den Hügel hochgeht – man kann den Weg vom Küchenfenster aus sehen, und manchmal, wenn ich hinausschaue, denke ich, er muss jeden Augenblick über den Berg herunterkommen, und dann stehe ich und warte ... Es war ein sonniger Tag. Ich habe die Blumen hinausgestellt an dem Nachmittag ...« Sie verstummte, saß schweigend, verloren in Erinnerungen. Dann kehrte sie zurück in die Gegenwart, sah John an. »Möchtest du sein Zimmer sehen?«

John musste schlucken. »Ja«, sagte er. »Gern.«

Es war ein großes Zimmer im ersten Stock, aber so voll gestopft mit alten, dunklen Großvatermöbeln und einem mächtigen schwarzen Klavier, dass es trotz allem beengt wirkte. Auf dem Klavier lag ein Stapel Noten und darauf das Etui mit der Querflöte, geöffnet, die silberne Flöte halb von einem Tuch verdeckt. An der Wand darüber hing ein Bilderrahmen mit einer Urkunde darin.

»Das ist der Mathematikpreis, den er gewonnen hat«, erklärte Leona, die die Arme um ihren Körper verschränkt hielt, als müsse sie sich selbst festhalten. »Außerdem hat er fünfhunderttausend Lire bekommen und gleich wieder ausgege-

259.000.000.000 $

ben für Bücher.« Eine kurze Handbewegung zum Bücherregal. John neigte den Kopf, versuchte die Titel zu entziffern. Viel Mathematik, Astronomie, ein Handbuch der Wirtschaft und ein zerlesenes Exemplar des *Berichts an den Club of Rome*.

»Darf ich das mal herausnehmen?«, bat er.

»Ja, ja. Darin hat er viel gelesen, schon als er noch viel jünger war. Ich weiß nicht mal, woher er es hatte.«

John schlug das Buch auf. Auf jeder Seite waren zahllose Sätze markiert, in verschiedenen Farben unterstrichen, Bemerkungen an den Rand oder in die verschiedenen Schaubilder hineingekritzelt. Er blätterte umher. Sein Italienisch war nicht flüssig genug, um den Inhalt überfliegen zu können, alles, was er lesen konnte, waren die Zwischenüberschriften. Aber das reichte schon, um zu erkennen, dass Lorenzo sich schon seit Jahren mit genau den Fragen beschäftigt hatte, auf die er, John, erst vor kurzem überhaupt gestoßen war.

Das ganze Buch war durchgearbeitet, von vorne bis hinten. John fühlte sich leer und traurig, wie ein Betrüger, der seiner unvermeidlichen Entlarvung entgegensah. Hier war ein grässlicher Fehler passiert. Das Schicksal hatte sich geirrt. Ein Unwürdiger hatte das Vermögen geerbt, jemand, der außer Stande war, damit etwas Vernünftiges anzufangen.

Ein Stück Papier glitt aus den Seiten und fiel zu Boden. John hob es rasch auf. Ein Zeitungsausschnitt. Ein blass gewordenes Bild zeigte einen kleinen Jungen von zwölf oder dreizehn Jahren vor einer großen Tafel, die über und über voll gekritzelt war mit Kurven und mathematischen Formeln. Der Junge hielt die Urkunde in der Hand, die jetzt hier gerahmt an der Wand hing, und sah ebenso ernst wie selbstsicher in die Kamera.

»Ach, hier hat er ihn hingetan!«, rief Leona und nahm das

Durchschnittliche jährliche Militärausgaben der USA während der 90er Jahre.
260.000.000.000 $

Papier an sich. »Ich habe den Ausschnitt überall gesucht und nicht gefunden. Danke.«

Der Anblick Lorenzos hatte John richtiggehend erschüttert. Nicht genug, dass er so intelligent und gebildet gewesen war, auf dem Foto strahlte er auch Selbstgewissheit und Entschlossenheit aus, Eigenschaften, die sich John für sich selbst immer gewünscht hatte. Er hatte kein richtiges Wort dafür. Souveränität vielleicht. Jemand, der sein Leben im Griff hatte. Vielleicht sogar Charisma.

Er verstand jetzt, warum die Vacchis sich ihrer Sache so sicher gewesen waren, nur zu gut. *Was ich nicht verstehe, ist, wie sie in mir den wahren Erben sehen können,* dachte er bitter. Aber wahrscheinlich taten sie das nicht wirklich. Er kam sich vor wie ein Idiot. Ein Träumer war er, genau wie seine Mutter es immer gesagt hatte, ohne Ziel und ohne Antrieb. Und ganz gewiss war er nicht der, den die Prophezeiung meinte. Er trug nur Lorenzos Anzüge, fuhr sein Auto, wohnte in seinem Haus.

Leona öffnete das Rollverdeck eines wuchtigen Sekretärs. Eine Schreibmaschine kam zum Vorschein, klein und schwarz, fast ein Museumsstück. »Er hat viel hier gesessen und geschrieben. Er wollte natürlich einen Computer, wie alle Jungs. Die Maschine hat er von seinem Großvater geerbt.« Sie strich mit der Hand über das Gerät.

»Was hat er denn so geschrieben?«, fragte John, mehr aus dem Gefühl heraus, dass sie von ihm erwartete, dass er das fragen würde. Am liebsten wäre er davongerannt. Hätte sich in Luft aufgelöst.

»Alles Mögliche, ich weiß nicht. Irgendwann werde ich die Sachen durchsehen. Er hat mir mal ein Theaterstück gezeigt. Ich weiß nicht, ob es gut war. Briefe hat er viel geschrieben, an alle möglichen Leute. Und Artikel für die Schülerzeitung, solche Sachen.«

»Artikel für die Schülerzeitung?« Aus irgendeinem Grund erregte das sein Interesse.

»In der letzten Ausgabe war einer, warte ...« Sie sah einen kleinen Stapel dünner Hefte mit seltsamen Strichzeichnungen auf den Umschlägen durch. »Hier.«

John nahm das Heft. Es trug den Titel *Ritirata*. Toilette. Er schlug das Inhaltsverzeichnis auf. Der Hauptbeitrag der Ausgabe trug den Titel *Der Weg der Menschheit ins 21. Jahrhundert, von Lorenzo Fontanelli*. John spürte, wie sein Puls Gas gab.

Es war unglaublich. Es war wirklich und wahrhaftig ein langer Artikel, der die Probleme, mit denen sich die Menschheit an der Schwelle zum neuen Jahrtausend konfrontiert sah, eingehend und umfassend analysierte. Und das auf knappen zehn Seiten. »Kann ich mir davon eine Kopie machen?«, fragte John mit trockenem Mund.

»Du kannst das Heft mitnehmen. Ich habe noch ein paar Exemplare. Bitte, es würde mich freuen.«

»Danke«, wollte John sagen, aber dazu fehlte ihm plötzlich der Atem. Er hatte zum Ende des Artikels geblättert und den letzten Absatz gelesen. Er las ihn fassungslos noch einmal.

Das sind eine Menge Probleme auf einmal, und auf den ersten Blick sieht es ziemlich beschissen für uns aus, hatte Lorenzo seinen Artikel beendet. *Aber ich werde zeigen, dass hinter allem nur ein simpler Konstruktionsfehler unserer Zivilisation steckt, an dem wir selber schuld sind – und den wir deshalb auch selber wieder aus der Welt schaffen können. Also begeht nicht voreilig Selbstmord, sondern lest die nächste Ausgabe des ›Ritirata‹!*

262.000.000.000 $

16

NACHDEM DAS TELEFONAT beendet war, behielt Cristoforo Vacchi den Apparat noch eine Weile auf dem Schoß, während sein Blick in unbestimmte Ferne ging. Er lächelte leise.

Gregorio räusperte sich vernehmlich und zerstörte den Zauber des Augenblicks.

Der *Padrone* seufzte unhörbar. Junge Leute haben noch keinen Sinn für die subtilen Kräfte, die hinter den Kulissen der scheinbar objektiven Wirklichkeit am Werk sind, dachte er. »Du wunderst dich?«, fragte er seinen Sohn.

»Allerdings. Ich frage mich, ob du weißt, was du da tust.«

Er stellte das Telefon beiseite. »Es ist an der Zeit, dass die ganze Geschichte bekannt wird.«

»Das ist gegen die Abmachungen.«

»Vielleicht kann ich einfach der Versuchung, Schicksal zu spielen, nicht widerstehen«, sagte Cristoforo Vacchi.

»Nichts!«, sagte Marco. »Es ist nicht dabei.«

John stand zwischen Stapeln von Papier wie ein Feldherr zwischen seinen Truppen, musterte die leer geräumten Regale und gähnend weit offen stehenden Schranktüren. »Haben wir wirklich nichts übersehen?«

Der Leibwächter seufzte. »Nein.«

Leona hatte ihnen nach langem Zureden widerstrebend erlaubt, Lorenzos Sachen nach dem Manuskript für den zweiten Teil des Artikels zu durchsuchen. »Aber ich gehe währenddessen hinaus«, hatte sie gemeint. John hatte Marco hinzugezogen, der Italienisch flüssiger lesen konnte als er selbst, und gemeinsam hatten sie schon den zweiten systematischen Durchgang durch alles, was an beschriebenem Papier vorhanden war, hinter sich. Sie hatten Gedichte und das besagte Theaterstück gefunden und noch ein paar weitere Prosatexte, getippte Listen von Büchern, die Lorenzo aus verschiedenen Bibliotheken entliehen gehabt hatte, respektlose Aufsätze zu religiösen Themen, Zusammenfassungen von Lernstoffen aus der Biologie und Erdkunde, alles ohne erkennbares System. Zwei dicke Ordner waren mit mathematischen Abhandlungen gefüllt, die John weniger als nichts sagten.

Bei ihrer Suche waren sie hier und da auch auf Manuskripte gestoßen, die offenkundig für die Schülerzeitung gedacht gewesen waren – Sammlungen von Lehrerzitaten, ungestüme Kritiken an gesellschaftlichen Verhältnissen und Maßnahmen der Regierung, Beiträge über Menschenrechte und Tierschutz. Nur der zweite Teil des Artikels blieb unauffindbar.

»Er wird ihn schon der Redaktion eingereicht haben«, meinte Marco, der wie ein müder Bär vor dem Bett auf dem Boden saß und deutlich erkennbar keine Lust hatte, die ganzen Stapel ein drittes Mal umzuwälzen.

John nickte. »Aufräumen müssen wir aber noch.«

Das Büro der Schülerzeitung war im Keller der Schule untergebracht, hatte hoch liegende, winzige Fenster, sodass viel Wand blieb für Regale, in denen sich aufgerissene Papierpacken, leere Bier- und Colaflaschen, Bücher mit zahllosen Lesezeichen und prallvolle Ordner drängten. Die Stühle waren so abgeschabt wie die Tische, der Bildschirm des einzigen Computers flimmerte, das Telefon gehörte eigentlich ins Museum, und der Drucker machte unentwegt leise, quietschende Geräusche. Und es stank durchdringend nach Zigarettenrauch.

Das war auch kein Wunder, denn der Junge, der sich ihnen als Chefredakteur vorgestellt hatte, war eine schmächtige Ge-

264.000.000.000 $

stalt mit strohigen Haaren, flinken Augen hinter einer dünnrandigen Brille und flinken Fingern, die unentwegt entweder mit dem Drehen von Zigaretten beschäftigt waren oder mit dem Kritzeln von Notizen, wenn die Zigarette brannte.

»Was für eine Ehre, was für eine Ehre«, begrüßte er sie und räumte zwei Stühle von Pappschachteln und Aschenbechern frei. »Bitte Platz zu nehmen, Signor Fontanelli; leider kann ich Ihnen nur die äußerst bescheidenen Sitzgelegenheiten unserer kleinen Zeitschrift anbieten, womit nicht gesagt sein soll, dass wir uns gegen eine kleine oder auch nicht so kleine Spende zur Wehr setzen würden ...«

John setzte sich. Marco zog es vor, mit verschränkten Armen an der Tür stehen zu bleiben.

»Sie haben sich etwas, wie soll ich sagen, *dubios* ausgedrückt am Telefon – was allerdings meine Neugierde entfacht hat, wie ich zugeben muss. Ich habe nur so viel verstanden, dass Lorenzo Ihr Cousin war, richtig?«

»Sein Vater ist der Cousin meines Vaters«, erklärte John. »Ich weiß nicht, ob es dafür ein Wort gibt.«

»Ah, verstehe, verstehe. Nein, da fällt mir im Moment auch kein Wort dafür ein. Aber wie auch immer, Sie sagten, Sie seien auf der Suche nach etwas, was Lorenzo geschrieben hat ...« Er zerrte ein kleines Tonbandgerät unter einem Stapel aus Zeitungen, großen Briefumschlägen und einer staubigen Zipfelmütze hervor. »Ach, würde es Ihnen etwas ausmachen, wenn ich unser Gespräch auf Band aufnehme? Ein Exklusivinterview mit dem reichsten Mann der Welt könnte die Auflagenzahl unserer chronisch vom Bankrott bedrohten Zeitschrift wieder in gesunde Bereiche heben, was, offen gestanden, mein größtes Interesse im Moment ist.«

John zögerte. »Ich weiß nicht so recht ...«

Der jugendliche Zeitungsmacher fingerte schon an den Schaltern herum. »Interview mit John Salvatore Fontanelli, Billionär, am Nachmittag des – wo ist denn der Kalender? Keine Ahnung, den wievielten wir heute haben, den siebten

265.000.000.000 $

Juli oder so.« Er stellte das kleine schwarze Kästchen an die Tischkante zwischen sie. »Signor Fontanelli, Sie sind ein weitläufiger Verwandter unseres verstorbenen Mitschülers Lorenzo. Wenn ich die entsprechenden Zeitungsmeldungen richtig im Kopf habe, wäre es so gewesen, dass, wäre er nicht kurz vor dem berühmten Stichtag ums Leben gekommen, Lorenzo das Billionenvermögen geerbt hätte – ist das richtig?«

»Ja«, antwortete John langsam. Irgendwie fühlte er sich schon wieder etwas überrollt. »Das ist richtig.«

»Nun haben Sie in seinen Unterlagen die jüngste Ausgabe unseres berühmt-berüchtigten Magazins *Ritirata* gefunden und darin den ersten Teil eines Artikels von Lorenzo Fontanelli über die Probleme der Menschheit, wie Sie mir am Telefon sagten. Und Sie sind hierher in die Redaktion gekommen, weil Sie den zweiten Teil dieses Artikels suchen, in dem nämlich die Lösung besagter Probleme erklärt werden soll. Erlauben Sie mir die Frage, Signore, ob Sie im Nachlass Ihres Cousins Lorenzo nach Ideen suchen, was Sie Sinnvolles mit Ihrem sagenhaften Vermögen anstellen können?«

John sah ihn an. Dieser Junge war ganz schön auf Draht, und ein Schlitzohr obendrein, wenn er jemals eines getroffen hatte. Er deutete auf den Kassettenrekorder. »Machen Sie das aus.«

Die Augen hinter der Brille blinzelten, als erleide er gerade einen Anfall von Debilität. »Signore, es ist keine große Sache – ich stelle nur ein paar Fragen, und Sie ...« Er sah, dass sich Marco bewegte, ungefähr einen Millimeter oder so, und griff hastig nach dem Rekorder, um ihn abzuschalten. »Schon gut.«

»Also«, wollte John wissen, »was ist mit dem Manuskript des zweiten Teils?«

»Tja. Das wird mich noch ganz schön in Schwierigkeiten bringen«, meinte der Junge, dessen Namen John wieder vergessen hatte. Antonio oder so ähnlich. »Ich hab es nämlich nicht.«

266.000.000.000 $

John und Marco wechselten einen kurzen Blick. Dann sagte John langsam: »Wenn es eine Frage des Geldes sein sollte – ich werde mich natürlich mit einer nicht zu geringen Spende erkenntlich zeigen für diesen Gefallen.«

»Ja, ja, das hoffe ich, aber sehen Sie, ich habe den ersten Teil herausgebracht, ohne den zweiten in Händen zu haben, weil mir Lorenzo hoch und heilig versprochen hatte, dass er ihn so gut wie fertig habe und mir unverzüglich schicken werde. In solchen Dingen war immer Verlass auf ihn, deshalb habe ich mir nichts dabei gedacht. Ich meine, dass er sich eine Birne voller Bienen in den Mund steckt, damit konnte ja niemand rechnen. Jedenfalls, ich habe den zweiten Teil nicht. Im nächsten Heft bringen wir stattdessen einen Nachruf.«

»Er hat gesagt, er wolle ihn *schicken*?«, hakte John nach. »Aber Lorenzo ging doch auch auf diese Schule, oder?«

»Richtig, aber er kam nie hierher ins Büro. Ich glaube, er hatte etwas gegen den Rauch, den wir zum Arbeiten brauchen. Wir haben meistens per Telefon miteinander gesprochen, ab und zu auf dem Schulhof, und seine Manuskripte hat er immer geschickt. Schätze, er kam sich auf die Weise eher wie ein Schriftsteller vor.«

»Wie lange ist das her, dass er es schicken wollte?«

»Hmm, ja, warten Sie – das letzte Mal habe ich drei oder vier Tage vor seinem Tod mit ihm gesprochen, also, ich würde sagen, zwei Monate, rund gerechnet, müsste es her sein. Eher mehr.«

John furchte die Stirn. »Dann kann es nicht mehr unterwegs sein.«

»Oh, das ist nicht gesagt, bei der italienischen Post ist alles möglich. Mein Vater hat seiner ersten großen Liebe einen Liebesbrief geschickt, den sie erst nach der Geburt ihres ersten Kindes erhalten hat, von einem anderen Mann natürlich, mit dem sie inzwischen verheiratet ...«

»Mit anderen Worten«, fuhr John fort, »es gibt den zweiten

267.000.000.000 $

Teil des Artikels wahrscheinlich überhaupt nicht.« Sie jagten eine Fata Morgana.

Die flinken Hände drückten die aktuelle Zigarette in einer abgesägten Coladose aus und langten flugs nach dem Tabaksbeutel. »Ich suche gern alles noch einmal durch. Wie viel, sagten Sie, wollten Sie im Erfolgsfalle spenden? Eine Million Dollar?«

»Ich habe keine Zahl genannt«, sagte John und stand auf. »Aber ich werde nicht geizig sein.« Er reichte ihm seine Visitenkarte. »Falls Sie fündig werden.« Er musste dem Sekretariat den Namen durchgeben, für die Liste der Absender, deren Briefe ungeöffnet weitergeleitet werden sollten. Auch wenn wahrscheinlich nie einer kommen würde.

Von hier oben ging der Blick über ein regenverhangenes Hamburg, ein graues Meer nasser Dächer, das einen trübe und rostig aussehenden Hafen säumte. Ursula Valen nahm auf dem Besucherstuhl Platz, den Wilfried van Delft ihr freigeräumt hatte, und wartete, während der Leiter des Ressorts Unterhaltung, Medien und Modernes Leben der Illustrierten *Stern* mit dem Stapel von Büchern und Kassetten, die vorher auf der Sitzfläche gelegen hatten, vor seinem überquellenden Wandregal stand und nach einem Platz dafür Ausschau hielt.

»Es ist doch immer wieder frustrierend…«, seufzte der Mann, der Mitte fünfzig sein mochte, dünnes rotblondes Haar hatte und eine für einen Schreibtischarbeiter bemerkenswert gut erhaltene Figur. »Wer hat eigentlich den Begriff von der Informationsflut geprägt? Das muss ein vorausschauender Mann gewesen sein. Ein Prophet, möchte ich fast sagen.« Schließlich gab er es auf, legte alles auf einen Haufen, der sich bereits in einem Eck türmte, und kehrte hinter seinen Schreibtisch zurück. »Wie war es in Amerika?«, fragte er dann, die breiten Hände übereinander gelegt.

Ursula Valen sah verblüfft auf. »Woher wissen Sie, dass ich in Amerika war?«

268.000.000.000 $

»Oh, ich verfolge Ihre Arbeit mit dem größten Interesse, das ist Ihnen doch wohl klar?« Er lächelte wie ein Magier, dem ein Zaubertrick gut gelungen war. »Abgesehen davon sollte Ihnen klar sein, dass der Redakteur, der Sie beauftragt hat, zwar für eine andere Zeitschrift arbeitet, aber sein Gehalt von demselben Konto überwiesen bekommt wie ich. So ist das eben heutzutage in der Verlagswelt. Ein Drache, viele Köpfe.«

Ursula nickte langsam. Die Verlagskonglomerate zu durchschauen fiel ihr immer noch schwer. Sie dachte auch ungern darüber nach, weil das in ihr unangenehme Erinnerungen an die gleichgeschaltete DDR-Presse früher wachrief. »Es war sehr lehrreich«, sagte sie. »Ich kann Ihnen gern ein Exemplar des Artikels schicken, wenn Sie wollen.«

Van Delft hob die Hände. »Tun Sie mir das nicht an. Bitte nur Artikel, die ich drucken darf.«

»Womit wir beim Thema wären«, hakte Ursula ein. »Ich bin auf etwas gestoßen, das eine sensationelle Geschichte sein könnte. Und ich möchte der Sache nachgehen.«

»Letztes Mal haben Sie behauptet, Ihr Studium zu beenden hätte absolute Priorität.«

»Ich weiß.«

»Na schön. Mein Gehörgang gehört Ihnen.«

Ursula berichtete ihm von der Begegnung im Flugzeug, wobei sie ein paar Details änderte, weil sie nicht gefragt werden wollte, was sie in New York gemacht habe, das in der Geschichte des Automobils nun wirklich keine Rolle spielte. »Ich meine«, schloss sie, »warum hätten die beiden mir etwas vormachen sollen? Sie wussten nicht, wer ich bin; es hätte keinen Sinn gemacht. Auf der anderen Seite würde die Existenz einer solchen Prophezeiung annähernd erklären, warum die Anwaltsfamilie dieses unglaubliche Vermögen über Generationen hinweg treu gehütet hat und warum sie es am Schluss tatsächlich hergegeben hat.«

Van Delft hatte angefangen, mit seinem großen Brieföff-

269.000.000.000 $

ner zu spielen. Das tat er immer, wenn er angestrengt nachdachte. »Und Sie sind sicher, dass es Fontanellis Bruder war?«

»Absolut.«

Er schwenkte seinen Sessel zurück und betrachtete den voll gekritzelten Jahreskalender an der Wand hinter sich, der fast so bunt aussah wie die darüber hängenden Kindergartenzeichnungen seiner Enkeltochter. »Das ist interessant, da haben Sie Recht«, gab er zu. »Aber Ihnen ist klar, dass die Geschichte hieb- und stichfest sein muss, ehe wir sie bringen können?«

»Völlig«, nickte Ursula. Es lag zwölf Jahre zurück, dass der *Stern* auf die gefälschten Hitler-Tagebücher hereingefallen war, ein Fiasko, von dem sich die Illustrierte bis heute nicht wirklich wieder erholt hatte.

»Wobei«, sagte van Delft und fuhr mit den Fingern die Klinge des Brieföffners entlang, »ein zufällig belauschtes Gespräch zwischen zwei Mitreisenden nicht unbedingt das ist, was ich unter einer zuverlässigen Quelle verstehe.«

»Völlig klar. Als Erstes fahre ich nach Florenz und schaue mir das Original des Testaments an. Falls sich darin Hinweise finden, dass an der Geschichte etwas dran ist, recherchiere ich in anderen Quellen über Giacomo Fontanelli ...« Sie hielt inne, weil van Delft angefangen hatte, auf eine Weise zu lächeln, die ihr das Gefühl gab, gerade etwas völlig Idiotisches gesagt zu haben.

»Mein liebes Kind, haben Sie eine Vorstellung davon, gegen was für eine Burg Sie da anrennen? Die Familie Vacchi schottet sich derart vollständig gegen Journalisten ab, wie ich es noch nie erlebt habe. Die Liste der Kollegen, die frustriert aus Florenz zurückgekommen sind, reicht von hier bis zur Alster. Ich schätze, Sie bekommen leichter die Erlaubnis, Michael Jackson unter der Dusche zu fotografieren, als Zugang zu den Unterlagen der Vacchis.«

»Ehrlich?«, staunte Ursula.

270.000.000.000 $

»Ehrlich. Amerikanische Zeitungen haben schon Millionenbeträge geboten dafür. Aber reich sind die Vacchis selber. Absolut nichts zu machen.«

Nun war es an Ursula, sich zurückzulehnen und zu lächeln. »Interessant«, sagte sie. »Ich habe gestern mit Cristoforo Vacchi telefoniert und ihm meine Bitte vorgetragen, und er hat mich eingeladen zu kommen. Nächsten Dienstag. Er holt mich sogar vom Bahnhof ab.«

Van Delft verletzte sich beinahe an seinem Brieföffner. »Das ist nicht Ihr Ernst.«

»Ich war vorhin schon am Bahnhof und habe eine Verbindung herausgesucht. Ich brauche nur noch zu buchen.«

»Und Sie sind sicher, dass Sie mit dem alten Vacchi gesprochen haben?« Als er ihren Gesichtsausdruck sah, winkte er ab. »Schon gut. War 'ne blöde Frage. Was um alles in der Welt haben Sie ihm erzählt?«

»Nur die Wahrheit. Dass ich Geschichte studiere und nebenher für Zeitschriften arbeite.«

Wilfried van Delft schüttelte den Kopf. Das brachte ihn sichtbar aus der Fassung. »Und Sie haben ihm gesagt, dass Sie das Testament sehen wollen?«

»Natürlich. Er wollte nur wissen, ob ich Latein kann.« Ursula biss sich auf die Lippe, als ihr klar wurde, was van Delfts Reaktion bedeutete. Sie holte tief Luft und sagte: »Ich biete Ihnen die Erstabdrucksrechte an dem Artikel an, den ich schreiben werde.«

»Die Erstabdrucksrechte ...?«, echote van Delft.

»Für Deutschland«, ergänzte Ursula und überlegte fieberhaft, wo die Visitenkarte des Presseagenten war, den sie einmal auf einem Empfang in der Konzernzentrale kennen gelernt hatte. Sie würde seine Hilfe brauchen. Und alles musste jetzt sehr schnell gehen. »Nicht exklusiv.«

»Ich wusste gar nicht, dass Sie so geschäftstüchtig sind«, sagte Wilfried van Delft säuerlich.

271.000.000.000 $

Die Bibliothek machte noch langsamere Fortschritte, als John befürchtet hatte. Nach fast einer Woche hatte Marvin in dem Raum, den die übrigen Hausangestellten noch am selben Tag, nachdem John den Umbau beschlossen hatte, leer geräumt hatten, gerade mal ein kümmerliches Regal aufgestellt und etwa dreißig Bücher darauf verteilt, allesamt esoterische Titel, die die Wiederkehr der UFOs versprachen, die Prophezeiungen des Nostradamus zum bevorstehenden Weltuntergang erläuterten oder die Rückkehr zum Nomadentum forderten.

»Ich wollte *wissenschaftliche* Bücher! Physik. Biologie. Soziologie. Wirtschaft. Keinen solchen Quatsch.«

Marvin lag auf dem Sofa und las in einem Buch mit dem Titel *Die großen Verschwörungen*. »Sind bestellt, reg dich ab«, meinte er, ohne aufzusehen. »Das hatten sie halt da, und ich dachte, zur Abrundung schadet es nichts. Auf die Weise kannst du dich mal mit ein paar Gedanken vertraut machen, die aus dem konventionellen Denkraster rausfallen, oder?«

John musterte die Umschläge der beiden Bücher in seinen Händen. »Weder der Glaube an Nostradamus noch der an UFOs kommt mir besonders unkonventionell vor.«

»Das hier ist zum Beispiel schon mal sehr aufschlussreich«, meinte Marvin und hob seine Lektüre in die Höhe. »Wenn das stimmt, was hier steht ...«

»... was zum Glück nicht der Fall ist ...«, knurrte John.

»... dann bist du in Wirklichkeit das Opfer einer Verschwörung!«

John verdrehte die Augen. »Irgendwie wusste ich, dass du das sagen würdest.«

»Der Stichtag verrät es. Der dreiundzwanzigste April. Die 23 ist die Symbolzahl der Illuminati. Das ist die geheimste Verschwörung der Welt – die haben alles und jedes unterwandert, um die Weltherrschaft an sich zu reißen.«

»Wenn sie so geheim sind, wieso steht dann alles in diesem Buch?«

272.000.000.000 $

»Na ja, es ist eben immer wieder was durchgesickert. Kennedy zum Beispiel ist ihnen gefährlich geworden, deswegen haben sie ihn umbringen lassen. An einem Dreiundzwanzigsten, um allen, die Bescheid wissen, ihre Macht zu demonstrieren.«

John musterte ihn skeptisch. »Wenn ich mich recht entsinne, war das Attentat am *zweiundzwanzigsten* November.«

»Echt?« Marvin stutzte. »Komisch. Vielleicht haben sie sich vertan. Die lassen alles durch Helfershelfer machen, weißt du, und vielleicht haben die sich nicht genau an die Instruktionen gehalten.«

»Ah ja«, nickte John. »Kann ich mir lebhaft vorstellen, was sie für Sorgen mit denen haben. Hast du übrigens schon ein Konto eingerichtet?«

»*Nope.* Hab's vergessen.«

»Wenn du je eins haben solltest, gib die Nummer bitte doch mir, nicht Jeremy. Okay?«

Beim Anblick des traurigen Bücherregals war ihm klar geworden, dass er den offenen Aufruhr provozierte, wenn die Hausangestellten erfuhren, was für ein fürstliches Gehalt er Marvin fürs Faulenzen zahlte. Er würde das an Jeremy vorbei regeln müssen, von einem anderen Konto aus, an denen zum Glück ja kein Mangel herrschte.

Aber er fühlte sich nicht gut dabei. Im Prinzip bestrafte er diejenigen, die ehrlich für ihn arbeiteten. Genau wie sein Vater gesagt hatte.

Marvin nickte gähnend. »Alles klar.«

Später, als Marvin zu einer Verabredung mit Constantina verschwunden war, bezog John wieder den Platz auf der Terrasse, den er sich seit ein paar Tagen unter einem gelben, straff gespannten Sonnensegel eingerichtet hatte: Tisch und Stuhl, Schreibmaterial, ein italienisch-englisches Wörterbuch und eine Kopie von Lorenzos Artikel. Er hatte beschlossen, den Text selber ins Englische zu übersetzen,

273.000.000.000 $

erstens, um ihn leichter lesen zu können, und zweitens, weil er hoffte, dass er ihn auf diese Weise besonders gründlich verstehen würde.

Es ist vor einigen Jahren so viel – und so viel Deprimierendes – zum Thema »Grenzen des Wachstums«, die Zukunft der Menschheit und so weiter geschrieben und gesagt worden, dass die Leute die Nase voll davon bekommen haben. Niemand wollte mehr derartige Bücher und Artikel lesen, deshalb erschienen keine mehr. Und weil nichts mehr erschien, hat man heute das Gefühl, es sei alles gar nicht so schlimm, wie man früher gemeint hat.

Aber dieses Gefühl täuscht. Die Generation unserer Eltern – diejenigen, die kurz nach dem Krieg geboren sind, sich zur Musik von David Bowie, Pink Floyd und Abba verliebt haben und von Papst Paul VI. am Geschlechtsverkehr gehindert wurden – hat das goldene Zeitalter der Menschheit erlebt. Ihre Lebensqualität war höher, als sie es je war und je wieder sein wird. Wir dagegen, Freunde, erleben schon das Ende dieser Ära.

Die Ursache des Abstiegs ist dieselbe wie die Ursache des Aufstiegs: die Industrialisierung. Technische Erfindungen haben zu Verbesserungen der Lebensbedingungen geführt, die einem Menschen vergangener Jahrhunderte wie reine Zauberei vorkommen müssen. Aber die Erfindungen allein waren es nicht, die diese Veränderungen bewirkt haben; sie wären wirkungslos geblieben ohne ihre Nutzung auf breiter Basis – ein Auto für jedermann, Telefon und Farbfernseher in jedes Haus. Es war die Industrialisierung, die diese Verbreitung möglich gemacht hat. Antibiotika müssen industriell hergestellt werden, damit sie jederzeit und überall zur Verfügung stehen. Die Methoden der modernen Landwirtschaft haben so gut wie nichts mehr mit denen des letzten Jahrhunderts gemeinsam. Maschinen, Kunstdünger und

---

Bruttosozialprodukt von Südkorea 1991.
274.000.000.000 $

Pestizide haben die Erträge so gesteigert, dass heute schon Überproduktion bekämpft wird.

Die medizinischen Fortschritte haben dazu geführt, dass die Säuglingssterblichkeit gesunken und die Lebenserwartung gestiegen ist, was ein rasantes Bevölkerungswachstum zur Folge hatte. Bis jetzt konnten die höheren Erträge der Landwirtschaft damit einigermaßen Schritt halten; der Hunger in der Welt ist in erster Linie ein Verteilungs-, nicht ein Produktionsproblem. Aber die Landwirtschaft stößt allmählich an räumliche Grenzen, zudem gehen durch Verödung überall auf der Welt landwirtschaftlich nutzbare Flächen für immer verloren. Auch die Industrie gelangt an Grenzen, nämlich die der vorhandenen Rohstoffvorräte und die der Erträglichkeit der Umweltbelastung.

Davon merken wir kaum etwas, werdet Ihr sagen. Die Dinge des täglichen Bedarfs sind reichlich vorhanden, manche davon werden eher billiger als teurer. Die oft prophezeite katastrophale Verschmutzung von Luft und Wasser ist ausgeblieben. Irgendwie scheint man es also doch im Griff zu haben, oder?

Aber man stelle sich einmal vor, man könnte über Nacht die ganze Welt auf den Lebensstandard bringen, wie wir ihn hier in Italien oder in anderen Industrienationen gewohnt sind. Eine Milliarde Auto fahrende Chinesen, eine Milliarde Inder in Reihenhäuschen mit Gartengrill und so fort. Was das bedeuten würde, ist leicht auszurechnen. In den unterentwickelten Ländern leben rund viermal so viel Menschen wie in den Industriestaaten. Ein Bürger der Industriestaaten belastet die Umwelt und die Rohstoffvorräte der Erde rund zehn- bis zwanzigmal mehr als ein Bewohner der Dritten Welt. Es würde also bedeuten, die Belastung der Erde, die ja jetzt schon hoch ist, noch einmal etwa zu verzehnfachen! Das wäre der Kollaps.

Mit anderen Worten: Die Grenzen sind bereits erreicht. Denn wenn das Leben, das wir führen, nicht für alle Men-

275.000.000.000 $

schen möglich ist, heißt das nichts anderes, als dass wir uns mehr vom Kuchen genommen haben, als uns zusteht. Wir merken nur kaum etwas von den beschriebenen Problemen, weil es uns gelungen ist, sie in weit entfernte Länder zu verlagern. Italien verbraucht längst mehr Rohstoffe, als es besitzt, und das gilt für ganz Europa. Unser ständiges wirtschaftliches Wachstum ist nur möglich, weil wir den Ländern der Dritten Welt ihre Rohstoffe billig entreißen. Dafür schicken wir ihnen unseren Müll wieder zurück.

Und wir sind anscheinend immer noch nicht zufrieden. Obwohl die Bevölkerung Italiens kaum noch zunimmt, ist alles Sinnen und Trachten auf weiteres wirtschaftliches Wachstum gerichtet. Alles muss immer größer, immer mehr und immer aufwändiger werden. Es scheint ein Ding der Unmöglichkeit zu sein, »Genug!« zu sagen und sich zufrieden zu geben mit dem, was man erreicht hat. Aber wohin soll das denn führen, dieses ständige wirtschaftliche Wachstum, das den Regierungen wichtiger ist als alles andere? Man jammert, wenn es nur zwei Prozent sind. Einmal angenommen, es wären fünf Prozent. Magere fünf Prozent, man rechne das einmal hoch, wenn man in Mathematik einigermaßen aufgepasst hat. Das heißt nämlich Verdoppelung nach sechzehn Jahren – doppelt so hoher Rohstoffverbrauch, doppelt so große Umweltbelastung und so weiter. Über die Jahre führt auch ein prozentual geringes Wachstum zu einer gigantischeren Aufblähung, als wir uns vorstellen können.

John nickte, als er an diese Stelle kam. Genau auf diese Weise war auch sein Billionenvermögen entstanden, das man mit Fug und Recht als gigantische Aufblähung betrachten konnte.

Aber natürlich können solche Entwicklungen nicht für immer so weitergehen. Wenn vor zehn Jahren eine Familie im Schnitt ein Auto hatte und heute im Schnitt drei, dann heißt das nicht, dass irgendwann jede Familie hundert Au-

tos haben wird. Alle diese Bereiche – Rohstoffreserven, Umweltbelastung, Gesundheit, Fortpflanzung, Lebensstandard, Klima und so weiter – sind in vielfacher Weise miteinander verbunden. Änderungen in einem Bereich wirken sich auf andere Bereiche aus. Und was in solchen vernetzten Systemen passieren kann, ist, dass sie nach einer langen Zeit der Belastung plötzlich kollabieren, weil in einem Bereich etwas zusammenbricht, das auch die anderen Bereiche zusammenbrechen lässt, eine Art Domino-Effekt. In kleinem Maßstab kennt man das von Seen in Nordeuropa, die lange Zeit die Einleitung von Schadstoffen scheinbar unbeeinflusst überstanden haben, um plötzlich ›umzukippen‹, und die heute tote Gewässer ohne Pflanzen oder Fische sind. Etwas Ähnliches könnte dem großen Ökosystem Erde auch passieren, und vielleicht werden sich in 65 Millionen Jahren intelligente Insekten darüber wundern, wieso wir genauso plötzlich ausgestorben sind wie vor uns die Dinosaurier.

Das sind eine Menge Probleme auf einmal, und auf den ersten Blick sieht es ziemlich beschissen für uns aus. Aber ich werde zeigen, dass hinter allem nur ein simpler Konstruktionsfehler unserer Zivilisation steckt, an dem wir selber schuld sind – und den wir deshalb auch selber wieder aus der Welt schaffen können. Also begeht nicht voreilig Selbstmord, sondern lest die nächste Ausgabe des ›Ritirata‹!

Das war, dachte John, während er seine Übersetzung noch einmal im Ganzen durchsah, vielleicht nicht brillant, aber für einen Sechzehnjährigen ganz beachtlich.

Die Ankündigung am Schluss klang allerdings kühn. Und es war deprimierend, nicht den Hauch einer Ahnung zu haben, wovon der zweite Teil des Artikels handeln mochte.

277.000.000.000 $

17

Mittlerweile war es schon ein Ritual. Gerade als John zu Bett gehen wollte, klingelte das Telefon im Schlafzimmer. Wie üblich wollte der Anrufer wissen, wie weit seine Überlegungen gediehen seien.

»Ich denke, die Industrialisierung selbst ist das Problem«, resümierte John und lehnte sich bequem auf dem kleinen Sofa zurück, das so vor dem Schlafzimmerfenster stand, dass man einen schönen Blick auf den weiten, dunklen, verlassen daliegenden Strand und die silberfunkelnde Brandung hatte. Es war angenehm, so zu reden, aufs Geratewohl, und am anderen Ende jemanden zu haben, der aufmerksam zuhörte. Man kam auf ganz neue Gedanken auf diese Weise. Es war ein bisschen wie früher, als er zur Beichte gegangen war. Oder als läge er bei einem Therapeuten auf der Couch – jedenfalls stellte er sich das so vor. Er war in seinem Leben nur einmal bei einem Therapeuten gewesen, als Kind, weil seine Mutter sich gesorgt hatte, er könne zu viel Fantasie haben und ein Träumer sein, aber der hatte ihn mit kleinen Modellpuppen spielen und Geschichten dazu erfinden lassen. Danach hatte der Therapeut zu seiner Mutter gesagt, ihr Sohn sei zwar zweifellos ein Träumer, aber außergewöhnlich viel Fantasie habe er deswegen trotzdem nicht.

»Die Industrialisierung? Aha. Und was wollen Sie auf Grundlage dieser Einsicht *tun*?«

»Wir müssen einen Weg zurück finden. Zurück zur Natur, auch wenn das kein origineller Plan ist.«

Das dunkle Lachen klang fast abfällig. »Vor allem ist es ein mörderischer Plan, Mister Fontanelli, das muss Ihnen klar

278.000.000.000 $

sein. Es ist die industrielle Zivilisation, die diese große Zahl an Menschen am Leben erhält, zumindest einigermaßen. Nehmen Sie die Düngemittel und Zuchtpflanzen weg, reduzieren Sie den verfügbaren Strom, und Sie werden zwischen Bergen von Leichen wandeln.«

»Nicht von heute auf morgen natürlich. Mir schwebt gerade ein allmählicher Übergang vor, mit biologischem Landbau, Nutzung von Sonnenenergie, die ganze alternative Palette eben.«

»Man kann Zigaretten aus biologisch-dynamischem Anbau rauchen, aber das sind immer noch Zigaretten. Oder man kann sich das Rauchen wirklich abgewöhnen. Und das ist hart. Was Sie sich vor Augen halten müssen, ist, dass dieser Planet ohne technische Hilfsmittel für allerhöchstens fünfhundert Millionen Menschen Lebensraum bietet. Ehe Sie diese Zahl nicht wieder erreicht haben, können Sie auf Technik und Industrie nicht verzichten.«

John seufzte. »Na gut. Ich habe keinen Plan. Aber Sie haben einen, behaupten Sie?«

»Ja. Ich weiß, was zu tun ist.«

»Dann sagen Sie 's mir.«

Er klang, als schmunzle er. »Das werde ich gern tun, aber am Telefon geht das nicht.«

Was sollte das für ein Plan sein? Er bluffte doch, genau wie Lorenzo. Es gab keinen solchen Plan. Es gab nichts, was man tun konnte, so sah es aus.

»Wir müssen uns treffen«, sagte der Unbekannte. »So bald wie möglich.«

»Ich denke darüber nach«, erwiderte John und legte auf.

Er fühlte sich rastlos, eingesperrt in einem goldenen Käfig, fühlte das Vermögen wie eine monströse, unsichtbare Last an sich zerren. Eine Billion Dollar. Unvorstellbar viel Geld. Eintausend Milliarden. Eine Million Millionen. Eine solche gewaltige Masse Geld, auf einen wirkungsvollen Punkt konzentriert, für einen wohl durchdachten Plan verwendet – das fühlte sich schon an wie ein Vorhaben, das die Räder der Geschichte in ein anderes Gleis zwingen konnte.

Aber welcher Punkt war denn der wirkungsvollste? Gab es einen solchen Punkt überhaupt – oder war es schon zu spät, um noch etwas am Lauf der Dinge zu ändern?

Er lief ruhelos durch das große Haus, versuchte im Whirlpool Entspannung zu finden und sprang doch wieder hinaus, kaum dass das Wasser heiß war, stand auf der Terrasse, schaute aufs Meer hinaus und sah es doch nicht.

In den dunkelsten Augenblicken sagte er sich, dass es zumindest ihn nicht treffen würde. Mit all seinem Geld konnte er sich und die, die ihm nahe standen, bis zum Äußersten schützen. Er würde noch sauberes Wasser haben, wenn ringsum Krieg darum tobte. Er konnte einen sauberen Flecken Erde kaufen und verteidigen lassen bis zuletzt. Er konnte Bunker bauen lassen, wenn es sein musste. Er würde zu jeder Zeit die beste medizinische Versorgung erhalten, die es gab. Er konnte kaufen, engagieren, bestechen, egal was geschah.

In einem dieser dunklen Augenblicke wurde ihm plötzlich klar, was die Prophezeiung gemeint hatte. *Die Menschen haben ihre Zukunft verloren.* Dieses Gefühl war gemeint: diese angstvolle Ahnung, dass von nun an alles nur noch schlechter werden und schließlich ganz aufhören würde. Dieses Wegblicken in eine romantisch verklärte Vergangenheit oder in eine rauschhaft umtriebige Gegenwart, nur um nicht an die Zukunft denken zu müssen, eine Zukunft, die ein unsagbar schwarzes Loch war, auf das die Menschen unentrinnbar zutrieben.

Die Menschen hatten ihre Zukunft verloren. Irgendwann, irgendwie war sie ihnen abhanden gekommen. Sie hatten den Glauben an ihre Zukunft verloren, und hieß es nicht, der Glaube versetze Berge? Möglich, dass er auch Zivilisationen untergehen ließ.

Nur noch raffen. Hauptsache ich. Solange es noch geht.

280.000.000.000 $

Egal was danach kommt, denn danach kommt ja nichts mehr. Nur jetzt noch rausholen, was drin ist, noch so gut leben, wie es sich machen lässt, ehe alles den Bach runtergeht. War das nicht die Stimmung, die allem zugrunde lag, was geschah? Wenn einer davon anfing, was im Jahr 2100 sein würde – den lachte man doch aus, oder? Zu glauben, es könne im Jahr 2100 überhaupt noch irgendwas geben außer einem rußschwarzen Himmel, stinkenden Gewässern und vielleicht ein paar Kakerlaken, die alles überlebten, selbst den Fallout von Atombomben, galt doch als Zeichen hochgradiger Naivität ...

Irgendwo auf seinen ruhelosen Wanderungen fand John eine Flasche, die er mitnahm ins Wohnzimmer, eine Flasche starken, alten Portweins, die sicher sündhaft teuer gewesen war und die er andachtsvoll leerte, Glas um Glas, während über ihm die Sonne unterging. Das endlich brachte das Karussell seiner Gedanken zum Stillstand.

Unter den Büchern, die kistenweise angeliefert wurden, stieß John auf eines zum Thema Übervölkerung, das geschrieben worden war, als er fünf Jahre alt gewesen war. Marvin musste es in einem Antiquariat aufgestöbert haben. Fragen konnte er ihn nicht, denn sein Sekretär für alles und nichts glänzte durch Abwesenheit, ebenso wie die versprochenen Regale in der Bibliothek.

Er blätterte es durch, betrachtete die zahlreichen Diagramme und Formeln, las hier und da ein wenig. Viel verstand er nicht, nur dass der Verfasser, offenbar ein bedeutender Fachmann, so ziemlich alles infrage stellte, was man gemeinhin über das Bevölkerungswachstum zu wissen glaubte. Was, fragte er, ist eigentlich *Über*völkerung? Warum gilt Kalkutta als übervölkert, Paris aber nicht? Bangladesh ist so dicht besiedelt wie Malta – also berechtigt einen wohl kaum die Siedlungsdichte allein dazu, ein Land als übervölkert zu bezeichnen. Bezeichnet man am Ende als Übervölkerung, was in

281.000.000.000 $

Wirklichkeit schlicht Armut ist? Wären die Menschen in den Entwicklungsländern nicht so entsetzlich arm, könnten sie höhere Nahrungspreise bezahlen, und eine Mehrproduktion – die Investitionen in Maschinen und dergleichen voraussetzt – würde rentabel.

Von einem Weltbevölkerungsproblem zu sprechen sei, schrieb der Autor, eine unzulässige Verallgemeinerung. Tatsächlich stünde schon fest, dass sich die Weltbevölkerung irgendwann auf einen gleich bleibenden Stand einpendeln werde, vermutlich zwischen zwölf und fünfzehn Milliarden Seelen, und es sei auch nicht ausgeschlossen, dass sie später wieder sinken werde – ähnliche Entwicklungen habe es, lokal begrenzt, in der Vergangenheit oft gegeben. Was als Übervölkerung empfunden werde, sei tatsächlich eher in Kategorien von Armut zu beschreiben, genauer gesagt, von Verelendung. Das Elend sei ein Symptom einer schweren Krise der Wirtschafts- und Gesellschaftssysteme. Einen »Wettlauf zwischen Storch und Pflug« zu sehen, wie ihn Robert Malthus schon im neunzehnten Jahrhundert postulierte, sei deshalb irreführend und verdummend und führe in letzter Konsequenz zur »Volk-ohne-Raum«-Ideologie des Dritten Reiches.

John drehte das Buch hin und her, studierte die Klappentexte und die Biografie des Autors. Redete der sich hier die Lage schön, oder war das die Stimme der Vernunft in einem Meer der Hysterie? Wenn er nur keinen so dicken Kopf gehabt hätte heute Morgen. Oder, besser gesagt, wenn er nur keinen so *dummen* Kopf gehabt hätte! Er hatte das Gefühl, die Hälfte seines Gehirns eingebüßt zu haben, aber wo er auch in den Text hineinlas, er fand immer einen Tonfall kühler, auf Sachlichkeit bedachter Analyse. Einen vertrauenerweckenden Tonfall. Vielleicht war alles doch nicht so dramatisch?

Er blickte überhaupt nicht mehr durch.

Bruttosozialprodukt der Niederlande 1991.
282.000.000.000 $

Der Erbe wird einst den Menschen die Zukunft zurückgeben, die sie schon verloren hatten.

Was stand eigentlich noch in dem Testament? Er hatte es nie genau gelesen, weil er kein Latein konnte. Auf die Idee, jemanden um Hilfe zu bitten, war er nicht gekommen.

Aber er brauchte Hilfe. Diese Geschichte war zu groß, als dass er sie allein bewältigen konnte. Im Kino hatte er immer die coolen, hyperintelligenten Supermänner bewundert, die Tom Cruises und Arnold Schwarzeneggers, die die Last der ganzen Welt auf sich nahmen und immer genau wussten, wo es langging, die am Ende immer Recht hatten und immer gewannen. Falls es solche Gestalten im wirklichen Leben geben sollte, gehörte er jedenfalls nicht dazu.

Er rief Eduardo an. Er bat ihn, ihn nach Florenz ins Archiv der Kanzlei zu begleiten und ihm zu helfen, das Testament zu lesen, Wort für Wort. Und was es sonst noch an Hinterlassenschaften Giacomo Fontanellis geben mochte. »Und danach wünsche ich mir, dass wir entweder zusammen essen gehen oder uns gemeinsam besaufen oder uns nach Leibeskräften verprügeln.«

Das schien ihm zumindest ein Schmunzeln zu entlocken. Seit der Sache mit Capánnori hatte er sich kaum noch blicken lassen. Vielleicht ließ sich das ja wieder einrenken.

»Wieso interessiert sich eigentlich plötzlich alle Welt für das Archiv?«, wollte Eduardo wissen. »Hab ich was verpasst? Ist heute der Internationale Tag des Alten Papiers oder so was?«

Wie er das meine, fragte John.

»Großvater ist heute dort mit einer Geschichtsstudentin aus Deutschland, die sich für die Prophezeiung Fontanellis interessiert. Hat er dir nichts gesagt?«

»Nein«, erwiderte John irritiert. »Woher weiß sie überhaupt, dass so eine Prophezeiung existiert?«

»Gute Frage, nicht wahr?«, meinte Eduardo.

283.000.000.000 $

»Ich kann diesen alten Schmökern nichts abgewinnen, ehrlich«, gestand Eduardo auf der Fahrt nach Florenz. »Staubiges altes Papier, weiter nichts. An manchen Tagen regt es mich richtig auf, wie wir uns binden und bestimmen lassen von irgendwelchen Worten, die jemand vor fünfhundert Jahren aufgeschrieben hat – mit welchem Recht hat er erwartet, dass wir uns danach richten sollen?«

»Keine Ahnung«, meinte John. »Im Moment klingst du jedenfalls nicht wie ein Vacchi.«

Es war die erste Fahrt in dem gepanzerten Mercedes, den er auf dringende Empfehlung Marcos bestellt hatte. Man brauchte eine besondere Ausbildung, um so ein Fahrzeug richtig fahren zu können, deshalb saß Marco am Steuer. Alles roch noch ganz neu, nach Leder und viel Geld. Und irgendwie schienen die Schlaglöcher auf den kleinen Straßen nach Florenz über Nacht alle aufgefüllt worden zu sein.

»Ich bin ja auch der letzte Bewahrer des Fontanelli-Vermögens gewesen«, orakelte Eduardo düster. »Wir haben unser Gelübde erfüllt. Nach mir ist die Familie Vacchi endlich frei.« Er spähte aus dem Fenster. »Und wird wahrscheinlich aussterben.«

Florenz quoll wie immer über von Touristen. Auf den Straßen war kein Vorankommen. Passanten lugten neugierig durch die dunkel getönten Scheiben, wenn der Wagen wieder einmal feststeckte, und John verstand plötzlich, wozu die Vorhänge an den hinteren Fenstern gut waren.

Glücklicherweise lag die Kanzlei in einer Gasse, die sich als architektonisch und historisch uninteressant herausgestellt hatte und deshalb relativ ruhig war. An die Prozedur des Aussteigens hatte John sich mittlerweile gewöhnt; Marco hielt unmittelbar vor dem Eingang, trotz eines ausdrücklichen absoluten Halteverbots, stieg aus, die Hand im Jackett, sah sich nach allen Seiten um und öffnete dann den hinteren Wagenschlag. Und er stieg erst wieder ein, um weiterzufahren, als sie sicher im Haus waren. Er würde den Wagen in der Nähe parken und warten, bis sie ihn über das Funktelefon riefen.

Es roch immer noch kühl und altehrwürdig in den Räumen des uralten Hauses, aber sehr leise, beinahe unterhalb der Hörbarkeitsschwelle, nahm man Stimmen wahr. Der *Padrone* und diese Studentin waren also schon da.

Sie stiegen hinauf in den ersten Stock. Die Tür stand halb offen, das Licht war an. Die Stimmen wurden deutlicher hörbar. Es war vor allem eine Stimme, die Stimme einer Frau.

Der Klang dieser Stimme löste eine seltsame Unruhe in John aus, die er sich nicht recht erklären konnte. Hatte er diese Stimme schon einmal gehört? Nein, das war es nicht. Vielleicht fühlte er sich übergangen, dass Cristoforo Vacchi jemand anderem zu diesen Räumen, zu diesen Dokumenten Zutritt gewährte, ohne ihn zu fragen oder auch nur zu informieren.

Die beiden hörten sie nicht kommen. Sie saßen in dem hinteren Raum, konzentriert über den Kasten mit dem Testament gebeugt, der *Padrone* und eine junge Frau mit langen, hellbraunen Haaren, die Block und Stift und ein kleines Lexikon neben sich hatte und halblaut mitsprach, was sie an Übersetzung aufschrieb. »Und zwar begab es sich in der Nacht auf den 23. April des Jahres 1495, dass ich träumte, Gott spräche zu mir ...«

Hiermit erkläre ich, Giacomo Fontanelli, geboren im Jahre des Herrn 1480 zu Florenz, dass dies mein letzter Wille und meine Verfügung über mein Vermögen ist. Ich erkläre dies und schreibe dies nieder in Gegenwart der Zeugen, die dies auf diesem Dokument beurkunden. Ich erkläre dies ferner, obgleich ich heute, zum Zeitpunkt der Niederschrift, bei besten Kräften stehe und, soweit Menschen dies ermessen können, weit entfernt von der Schwelle des Todes, denn ich erkläre weiter, dass ich nach dieser Verfügung meines Vermögens und meiner sonstigen weltlichen Güter entsagen

285.000.000.000 $

und mich dem Dienst an Gott, unserem Herrn, weihen werde, da mir dies bestimmt war seit langer Zeit. In aller Demut erkläre ich dies.

Es war mir dies bestimmt durch einen Traum, den ich als Knabe träumte und der so hell und deutlich war, wie ich nie zuvor und nie mehr seither geträumt habe. Und zwar begab es sich in der Nacht auf den 23. April des Jahres 1495, dass ich träumte, Gott spräche zu mir. In aller Demut sage ich dies, denn mir war tatsächlich, als lasse Gott mich an einem winzigen Teil seiner Allwissenheit teilhaben, und es war wahrhaft wunderbar, dies zu erleben. Ich sah mich auf dem Bette liegen, in der Kammer des Diensthauses, in dem ich mit meiner Mutter lebte, und obgleich im Traume, war doch jede Einzelheit genauso wie in der Wirklichkeit, und doch wusste ich, dass ich träumte. Mein Blick erhob sich und weitete sich und sah das Land und die Stadt Florenz, doch sah ich nicht nur in Entfernungen, die dem menschlichen Auge sonst verborgen sind, sondern überblickte genauso Vergangenheit wie Zukunft. Ich sah, dass Gottes Herrschaft in dem Prior Savonarola enden und er brennen würde vor dem Rathause, und erschrak sehr, denn ich war noch ein Knabe von fünfzehn Jahren und bemüht, ein frommes, gottgefälliges Leben zu führen. Aber zugleich blieb ich in dem Traume ruhig, gleichsam von erhabenem Gleichmut und unberührt von den Belangen der Welt, und war solcherart in der Lage, offenen Auges aufzunehmen, was ich sah, denn mein Blick ging immer weiter in die Zukunft. Ich sah Kriege und Schlachten, Hungersnöte und Pestilenzen, große Männer und feigen Verrat und sah eine solche Fülle von Gesichten, dass ich sie an anderer Stelle aufgeschrieben habe, auf dass sie anderen als Wegweisung dienen mögen.

Als ich schließlich eine Zeit erblickte, von der ich wusste, dass sie fünfhundert Jahre in der Zukunft und an der Schwelle des nächsten Jahrtausends liegt, da sah ich eine

Welt, unvorstellbar prächtig und grauenerregend zugleich. Ich sah Millionen Menschen so prunkvoll leben wie die Medici und mit allerlei Geräten Dinge bewirken, die ich in dem Traume alle verstand, aber die ich heute nicht mehr zu beschreiben vermag, nur dass sie uns wie Zauberei vorkommen würden, aber das waren sie nicht, vielmehr lernten schon die Kinder, wie man sie bewirkt. Doch nicht das Paradies war es, was ich erblickte, sondern ich sah zugleich Kriege, in denen Menschen übers Land marschierten wie Ameisen und alles verheerten, die Sonne selbst herabgeschleudert wurde auf den Feind und alles in Angst erstarrte vor dieser Macht, und man hatte Angst, ein Krieg könnte ausbrechen, der die Erde selbst zerstört, so mächtig waren die Menschen geworden. Sie hatten sich von Gott abgewandt und verehrten den Mammon an seiner Stelle, doch lebten sie dadurch in schreiendem Elend und erbärmlicher Angst, und keiner von ihnen sah mehr eine Zukunft. Viele von ihnen glaubten an eine zweite Wiederkehr der Sintflut und dass das Menschengeschlecht diesmal endgültig vergehen würde, und viele von ihnen lebten ihr Leben unter der Last dieser Erwartung.

Ich erkannte aber, dass Gott die Menschen unverbrüchlich liebt, ungeachtet ihrer Taten oder ihres Glaubens, ob sie sich von ihm abwenden oder nicht, und dass es nicht Gott ist, der die Menschen straft, sondern sie bestrafen sich zur Genüge selber, indem sie sich abwenden von der Liebe und ihr Heil in weltlichen Dingen suchen. So klar und eindrücklich erkannte ich dies, dass ich nun wünschte, ich wäre wortgewaltiger, als ich es bin, und im Stande, euch durch meine Darlegung teilhaben lassen zu können an dieser herrlichen Gewissheit, allein, ich vermag es nicht.

Ich sah danach mein eigenes Leben sich entfalten und erkannte, was Gott mit mir vorhatte. Ich sah mich das Kloster verlassen und bei einem Kaufmann in die Lehre gehen, der mich förderte und gut ausbildete und mich zu seinem Part-

287.000.000.000 $

ner machte. Ich sah mich als Händler und Kaufmann nach Venedig und Rom gehen, sah die einträglichen Geschäfte und die, die ich zu meinem Glücke meiden würde, und sah, wie ich wohlhabend und reich wurde. Ich sah in diesem Traume selbst die Frau, die mir bestimmt war, und ich sah es so, wie es sich später tatsächlich ereignete. Ich sah, dass ich sechs Söhne haben und ein glückliches Leben führen würde, um das man mich wohl beneiden mag, aber ich sah auch den traurigen Augenblick, den ich all die Jahre hindurch niemals vergessen habe, da ich mein geliebtes Weib würde zu Grabe tragen müssen, und da dies nun geschehen ist, weiß ich, dass der Zeitpunkt gekommen ist, den Plan der Vorsehung zu erfüllen. Dies tue ich mit dieser Erklärung.

Ich übereigne mein gesamtes Vermögen dem Michelangelo Vacchi zur Sorge, dass dieser es bewahren und durch Beleihen und Zinsnahme nach Kräften mehren möge, doch nicht zu seinem Eigentum bestimme ich es, sondern es soll bewahrt und vermehrt einst demjenigen übergeben werden, der an dem Tag, den man im Jahre 1995 den 23. April nennen wird, der jüngste lebende männliche Nachfahre meines Geschlechts ist, denn dieser ist ausersehen, den Menschen die verloren gegangene Zukunft wiederzugeben, und er wird dies tun mit der Hilfe dieses Vermögens. Da ich unehelich geboren ward, bestimme ich, dass auch uneheliche Kinder zu meinen Nachfahren dazugerechnet werden genauso wie ehelich geborene, nur an Kindes statt angenommene Kinder sollen nicht gelten. In meinem Traume habe ich gesehen, dass Michelangelo Vacchi, obgleich er dies heute nicht zu glauben vermag, Kinder haben wird und seine Linie in fünfhundert Jahren nicht aussterben, sondern ihre Pflicht erfüllen wird. Seine Familie darf den tausendsten Teil eines Zehnten des Vermögens behalten und alle meine Schriften. Dieses Dokument aber und dieses Vorhaben muss geheim bleiben bis zu dem genannten Tage.

288.000.000.000 $

»... geheim bleiben bis zu dem genannten Tage«, vollendete Ursula Valen die Übersetzung des Testaments. »Gegeben im Jahre des Herrn 1525. Unterschrift Fontanellis und der Zeugen.« Sie sah auf, in das milde lächelnde Gesicht des alten Mannes neben ihr. »Das ist einfach unglaublich!«

Und das war noch vorsichtig ausgedrückt. Dieses ganze Archiv war aus der Sicht eines Historikers eine Sensation. Ein Archiv, das seit fünfhundert Jahren sorgfältig gepflegt und erhalten worden war im Hinblick darauf, zur heutigen Zeit erschlossen und ausgewertet zu werden! Das war, als hätten Generationen von intelligenten, sorgsamen Menschen Vorarbeiten geleistet für die wissenschaftliche Arbeit heutiger Geschichtswissenschaftler.

Allein die Kontenbücher waren eine Fundgrube an Informationen über alte Währungen, ihre Geltungsdauer und Kaufkraft. Sie hatte Notizen darin gesehen, in denen ein Vacchi Entwicklungen der damaligen Weltpolitik schilderte, um zu begründen, warum er beschlossen hatte, einen Teil des Vermögens von einer Region in eine andere zu verlagern. Ein fünfhundert Jahre lang geführtes Tagebuch der Finanz- und Wirtschaftspolitik Europas und der Welt, das verbarg sich in diesen ledergebundenen, durchnummerierten Bänden.

Das war weitaus mehr Stoff, als sie für eine Magisterarbeit brauchte. Sie würde alles daransetzen, ihre Dissertation hier zu schreiben. Mindestens. Dies war ein Fund, dem ein Wissenschaftler sein Leben widmen konnte.

Ach ja, und dann war da ja noch dieser Artikel für den *Stern* ...

»Meinen Sie, dass Sie etwas damit anfangen können?«, wollte Cristoforo Vacchi wissen.

Ursula lachte hilflos auf. »Das fragen Sie noch? Ich bin ... wie soll ich sagen? Es ist nicht zu fassen. Absolut faszinierend. Ob ich etwas damit anfangen kann? Was für eine Frage! Wenn ich damit nichts anfangen kann, habe ich den falschen Beruf.«

289.000.000.000 $

Eine Explosion hätte sie nicht mehr aufschrecken können als das plötzliche, trockene Räuspern hinter ihnen.

»Darf man fragen, *was* Sie damit anfangen wollen?«, fragte eine unduldsame Stimme.

John hatte das bizarre irrationale Gefühl, dass diese Frau hinter seinem Geld her war. Sie war schlank und anmutig, und ihre Haare umrahmten ein unauffälliges, glattes Gesicht mit großen Augen, dunkel wie Onyx. Ein stiller, dunkler Engel auf den ersten Blick, doch es war etwas an ihr, das ihn zittern ließ, ihm Angst machte, eine namenlose, unentrinnbare Angst.

Sie hatte die Hand auf die Brust gelegt, eine schlanke, zierliche Hand, und die Brüste hoben und senkten sich rasch, erregende Formen, man sah die Brustwarzen durch die Bluse, die sie trug. Er hatte sie erschreckt, das war klar.

Sie stieß einen Satz hervor, auf Deutsch, vermutlich einen Ausruf des Erschreckens, dann fing sie sich und erwiderte in leidlich flüssigem Englisch: »Ich werde hierüber wissenschaftlich arbeiten, das heißt, ich werde Abhandlungen für historische Fachzeitschriften verfassen, vielleicht sogar ein Buch. Und ich werde einen Artikel für eine deutsche Illustrierte schreiben. Freut mich, Sie kennen zu lernen, Mister Fontanelli. Ich würde es allerdings begrüßen, wenn Sie in Zukunft anklopften.«

Warum regte ihn diese Frau so auf? »Einen Artikel? Was für einen Artikel?«

»Über die historischen Hintergründe der Entstehung Ihres Vermögens«, erwiderte sie mit kühler Bestimmtheit. »Abgesehen von plumpen Erläuterungen zu Zins und Zinseszins haben die Medien darüber noch nie etwas Fundiertes gebracht.«

»Ich glaube nicht, dass mir das recht ist.«

»Wieso? Haben Sie etwas zu verbergen?«

Da war ein Impuls, herumzutoben, den John mühsam unterdrücken musste. Er wandte sich an den *Padrone*, den ihr überraschendes Auftauchen nur mäßig irritiert zu haben schien. »Warum haben Sie mir nichts davon gesagt?«

Cristoforo Vacchi runzelte die Stirn. »Oh, früher oder später hätte ich Sie natürlich miteinander bekannt gemacht. Signora Valen, das ist John Fontanelli, der Erbe, von dem in dem Testament die Rede ist, und mein Enkel Eduardo. John, ich darf Ihnen Miss Ursula Valen vorstellen, Studentin der Geschichte aus Deutschland und nebenberuflich Journalistin.«

John nickte so knapp wie möglich. »Halten Sie es für angebracht, einer Journalistin Zugang zu diesen Unterlagen hier zu gewähren?«

»Ja«, sagte der *Padrone*. »Ich hielt es für angebracht.«

»Habe ich da nicht ein Wörtchen mitzureden?«

»Tut mir Leid, John, nein. Das Archiv ist unser Eigentum, das Eigentum der Familie Vacchi. Und ihre Leistung. Es ist ganz natürlich, dass wir uns um Anerkennung dafür bemühen.«

Was für ein arrogantes Arschloch. Ursula Valen musterte Fontanelli. Ganz offensichtlich hielt er sich für etwas Besseres. Klar, er war ja auch der Auserwählte, das Werkzeug Gottes, der Messias quasi. Einigermaßen braun gebrannt, schlank, fast mager, und ebenso teuer wie elegant gekleidet. Aber ein Dutzendgesicht. Niemand hätte sich auf der Straße nach ihm umgedreht ohne all das. Die Erotik, die er ausstrahlte, musste wohl die Erotik des Geldes sein.

Eine Billion Dollar standen dort im Türrahmen. Was für ein Irrsinn. Am Beispiel dieser Geschichte konnte man wieder einmal sehen, zu welch unglaublichen Leistungen Menschen fähig waren, wenn sie durch eine Vision, eine Prophezeiung, einen unbedingten Glauben eben angespornt wurden – und wie erbärmlich wenig Prophezeiungen taugten, selbst wenn sie einem gottgesandten Traum entsprungen waren.

Aber der alte Anwalt schien auf ihrer Seite zu sein. Und die Eigentumsverhältnisse an den Dokumenten waren klar. Sie würde sich das hier nicht nehmen lassen, schon gar nicht von einem schlecht gelaunten Emporkömmling mit schlechten Manieren. Nie wieder würde sie sich etwas nehmen lassen. Sie war im real existierenden Sozialismus aufgewachsen, als Enkeltochter eines erklärten Nazis, was sie in bizarrer Sippenhaft vom gesellschaftlichen Leben ausgeschlossen hatte, von der Mitgliedschaft in der FDJ genauso wie vom Besuch der Universität. Doch dann war der Staat, der ihr das Studium der Geschichte verbieten wollte, untergegangen, und sie hatte, wenn auch mit Verspätung, doch noch studieren können. Nein, sie würde sich nicht einschüchtern lassen.

Am Donnerstag der darauf folgenden Woche erschien der *Stern* in Deutschland mit Ursula Valens Artikel als Titelstory und erzielte die zweithöchste Auflage seiner Geschichte. Am darauf folgenden Tag wurde der Artikel von praktisch allen bedeutenden Zeitungen auf der ganzen Welt abgedruckt, und noch Monate später sollten Gutschriften von Lizenzgebühren auf Ursula Valens Konto eingehen, darunter Zahlungen in so ungewöhnlichen Währungen wie dem thailändischen Baht oder dem vietnamesischen Dong und aus so exotischen Ländern wie Nauru oder Burkina Faso. Allein die Bildrechte an ihrer Fotografie des Testaments brachten so viel Geld ein, dass sie ihr Studiendarlehen davon zurückzahlen konnte.

Die Nacht war dunkler als gewöhnlich, umschlang ihn wie ein schwarzes, undurchdringliches Tuch. Keine Sterne, kein Mond, und das Geräusch der Wellen war wie der keuchende Atmen eines waidwunden Riesen.

»Sie müssen jetzt handeln«, erklärte die dunkle Stimme aus dem Telefonhörer. »Sie können nicht länger warten und hoffen, dass Ihnen eine göttliche Eingebung den Weg weist.«

John sah auf die Zeitung hinab, die, zerlesen und zerfleddert, auf seinem Schoß lag. Der *Corriere della Sera* hatte den

Artikel des *Stern* übernommen, in dem die Leistung der Vacchis gewürdigt wurde, das Vermögen zu bewahren und zu mehren. Er, der Erbe, wurde darin als dümmlicher, ignoranter Taugenichts hingestellt, planlos, eingebildet und die Mühe nicht wert, die Generationen intelligenter, gläubiger Vacchis an ihn verschwendet hatten.

»Sie brauchen Hilfe«, beharrte der Unbekannte. »Und niemand außer mir kann Ihnen die geben, glauben Sie mir. Es ist Zeit, dass wir uns treffen.«

»Also gut«, sagte John. »Sie haben gewonnen. Sagen Sie mir, wo und wie.«

»Kommen Sie nach London. Unauffällig, bitte. Ein normaler Linienflug. Sie allein.«

John stieß einen Laut aus, der halb Seufzen und halb Lachen war. »Allein? Wie stellen Sie sich das vor? Ich kenne Sie nicht. Sie könnten ein gesuchter Massenmörder sein oder ein raffinierter Entführer.«

»Ihre Leibwächter können Sie natürlich begleiten. Was ich damit sagen wollte, ist, dass ich mich in London nicht zu erkennen geben werde, wenn jemand der Familie Vacchi bei Ihnen ist oder die Presse von der Sache Wind bekommen hat.«

»Einverstanden«, sagte John. War das klug? Das würde er erst hinterher wissen. Aber was riskierte er schon? Eine Flugreise, einen verlorenen Tag. Solange er nicht wusste, wie es weitergehen sollte, war ohnehin jeder Tag ein verlorener Tag.

»Gut. Holen Sie sich etwas zu schreiben, ich sage Ihnen die Zeiten und die Nummer des Fluges durch, den Sie nehmen sollen.«

Am darauf folgenden Morgen flogen John und Marco zusammen von Florenz nach Rom und von dort aus nach London.

18

Als sie in London Heathrow ausstiegen, zwei Passagiere unter vielen, reisende Geschäftsleute mit dünnen Lederköfferchen, merkte John, dass er nervös wurde. Er nahm die Fensterglasbrille ab, die Marco ihm aus seinem Fundus geliehen hatte, und schob sie in die Brusttasche. Während sie über die endlosen Rollbänder glitten, suchte er in der Menge nach Gesichtern, die Ausschau hielten, aber dies war ein Flughafen, und viele Leute hielten Ausschau.

Der Mann, der schließlich unvermittelt vor ihm stand, die Hand ausstreckte und mit jener Stimme, die er wieder erkannte, sagte: »Mister Fontanelli?«, war einen halben Kopf größer als er, schätzungsweise fünfzig Jahre alt, hatte dichte, dunkle Haare und Augenbrauen und die Statur eines Boxers. »Mein Name ist McCaine«, erklärte er. »Malcolm McCaine.«

Sie schüttelten Hände, und John stellte Marco vor. »Mein Leibwächter, Marco Benetti.«

McCaine schien etwas überrascht, den Namen eines Leibwächters zu erfahren, aber er schüttelte auch Marcos Hand. »Kommen Sie, ich habe den Wagen da. Wir reden dann in meinem Büro.«

Er marschierte voran in einem Tempo, mit dem John kaum mithalten konnte, ohne in Laufschritt zu verfallen, und die meisten Leute wichen instinktiv zur Seite, als die drei Männer so angestürmt kamen. Vor dem Haupteingang stand ein Jaguar im absoluten Halteverbot. McCaine schloss auf, riss die Strafzettel von den Scheibenwischern weg, knüllte sie zusammen und warf sie achtlos zu Boden.

Er fuhr selbst. John betrachtete ihn, unauffällig, wie er

294.000.000.000 $

hoffte. McCaine trug einen teuren *Savile-Row*-Anzug und Maßschuhe, trotzdem wirkte er nachlässig gekleidet, beinahe ungepflegt. Als gehorche er nur einem Kleidungskodex, mache sich aber im Grunde nichts daraus. Seine Krawatte war schlampig gebunden, und sein Hemd schlug Falten, weil es zu weit aus der Hose gerutscht war; nur die Schuhe glänzten wie neu.

»Ein paar Informationen vorab«, sagte McCaine, die Augen starr, fast kämpferisch auf den Verkehrsstrom gerichtet. Er nutzte jede Gelegenheit, die Fahrspur zu wechseln und eine Idee schneller voranzukommen. »Mein Büro liegt in der City. Mir gehört eine Investmentfirma. *Earnestine Investments Limited.* Earnestine ist der zweite Vorname meiner Mutter, anbei bemerkt. Ich bin nicht besonders fantasievoll, was die Namen meiner Firmen anbelangt; ich benenne sie immer nach Familienmitgliedern. Der Wert unseres Fonds beträgt inzwischen rund fünfhundert Millionen Pfund, was gemessen an den Großen nicht viel ist, aber genug, um ernsthaft mitspielen zu können in dem Geschäft.«

John merkte, wie sein Gesicht länger wurde. War das alles? Einfach noch so ein Finanzheini. Der einzige Unterschied war, dass der sich auf raffinierte Weise interessant gemacht hatte. Er ließ sich tiefer in den Sitz sinken und schrieb den Tag in Gedanken ab. Er würde zu allem Nein sagen, was dieser McCaine ihm anbot, egal ob Weizenkontrakte, Schweinebäuche oder Rentenpapiere, und so schnell wie möglich wieder zurückfliegen. Und zu Hause die Belegung seiner Telefonanlage ändern lassen.

Hochhäuser glitten vorbei, glitzernde Fassaden, altehrwürdige Mauern. Er achtete kaum darauf. Irgendwann tauchten sie hinab in eine helle, weite Tiefgarage und dort von einem reservierten Parkplatz ein paar Schritte zu einem Fahrstuhl, der sie in endlose Höhen, wie es schien, emportrug. Als die schimmernden Türen des Lifts beiseite glitten, gaben sie den Blick frei auf ein weites, helles Großraumbüro mit langen

295.000.000.000 $

Pultreihen voller Telefone und Computerbildschirme. Männer und Frauen jeder Hautfarbe saßen davor, telefonierten mit mehreren knallbunten Hörern zugleich und ließen ihre angespannten Blicke keine Sekunde von den Schirmen und den Zahlen und Diagrammen, die sich ruckend darauf bewegten.

»Wir handeln hauptsächlich mit Aktien«, erklärte McCaine, während sie sich ihren Weg durch die Reihen und durch das Gewirr der Stimmen bahnten. »Ein paar meiner Leute halten zwar auch im Devisenhandel mit, aber im Grunde haben wir nicht die Finanzkraft, um in diesem Geschäft richtig Geld zu machen. Wir machen es mehr, um in Form zu bleiben.«

John lächelte säuerlich. Daher also wehte der Wind. Devisenhandel, das hieß, wie er inzwischen gelernt hatte, in großem Stil Währungen eines Landes zu kaufen oder zu verkaufen und von winzigen Schwankungen in den Wechselkursen im Tagesverlauf zu profitieren. Um damit viel Geld zu verdienen, musste man verdammt viel Geld investieren; Hunderte von Millionen pro Transaktion und mehr.

Nicht schwer zu erraten, welchen Vorschlag McCaine ihm machen würde.

Sie erreichten McCaines Büro, einen durch eine Glasfront vom Raum der Broker abgetrennten Raum, der fast halb so groß war wie dieser und eine beeindruckende Aussicht über die Stadt bot. Ein etwas abgeschabter Perserteppich lag auf dem Boden, der gewaltige Schreibtisch mit dem gewaltigen Ledersessel dahinter sah teuer, aber geschmacklos aus, und weder die Sitzgruppe für Besprechungen noch die Bücher- und Aktenregale passten vom Stil her dazu.

»Bitte nehmen Sie Platz, Mister Fontanelli«, bat McCaine mit einer bestimmenden Bewegung in Richtung Couch. »Mister Benetti, Sie darf ich bitten, hier vorne bei der Sekretärin zu warten. Miss O'Neal wird Ihnen einen Kaffee bringen oder was Sie sonst mögen.«

Marco sah John fragend an. Der nickte; lange würde dieses

Trauerspiel ohnehin nicht dauern. Der Leibwächter zog sich ohne ein weiteres Wort in den Bereich vor der Bürotür zurück, wo der Schreibtisch der Sekretärin und ein paar unbequem aussehende Besucherstühle standen. McCaine schloss hinter ihm die Tür, und das allgegenwärtige, durchdringende Gemurmel verstummte wie abgeschnitten. Die Glasfront schien schallisoliert sein.

»So«, sagte er dann und begann, einen Lamellensichtschutz herabzulassen. »Vergessen Sie nun die Investmentgesellschaft. Das ist nur Spielzeug. Meine Trainingswiese, sozusagen. Und ganz bestimmt habe ich Sie nicht hergebeten, um Ihnen gewinnträchtige Investitionen vorzuschlagen. Wenn es jemand auf diesem Planeten gibt, der genug Geld hat, dann sind schließlich Sie das.«

John sah überrascht hoch. Was sollte das nun heißen?

»Ich weiß eine ganze Menge über Sie, Mister Fontanelli, wie Sie zweifellos schon gemerkt haben. Es ist nur fair, wenn ich Ihnen auch einiges über mich und mein Leben erzähle.« McCaine setzte sich auf die Kante seines Schreibtisches und verschränkte die Arme vor der Brust. »Geboren bin ich 1946, hier in London. Mein Vater, Philipp Callum McCaine, war ranghoher Offizier der Royal Air Force, was zur Folge hatte, dass ich, als ich zehn Jahre alt war, in vierzehn verschiedenen Städten in acht verschiedenen Staaten gelebt hatte und fünf Fremdsprachen fließend beherrschte. Wie viele verschiedene Schulen ich im Lauf meiner Jugend besucht habe, weiß ich nicht mehr, aber irgendwann war ich damit fertig, und da die Lebensweise meiner Familie – das heißt, meine und die meiner Eltern; ich habe keine Geschwister – kein Gefühl der Zugehörigkeit zu einer bestimmten Nation in mir erzeugt hatte, fühlte ich mich zu den multinationalen Konzernen hingezogen. Nach einigem Hin und Her ging ich zur IBM und ließ mich zum Programmierer ausbilden. Das war Mitte der Sechzigerjahre, als man noch Lochkarten stanzte und Magnetbänder durch die Gegend

297.000.000.000 $

schickte und Computer Millionen von Dollars kosteten. Übrigens habe ich das Programmieren bis heute nicht ganz aufgegeben; meine Broker« – er wies mit einem Kopfnicken auf die von Lamellen abgedeckte Wand – »arbeiten teilweise mit Programmen, die ich geschrieben habe. In diesem Geschäft entscheidet die Qualität der Software, die man einsetzt; manche der großen Brokerfirmen an der Wall Street, die Milliarden von Dollar Gewinn machen, investieren bis zu einem Drittel davon wieder in ihre Datenverarbeitung! Aber vermutlich hat keine davon einen Boss, der da selber mit Hand anlegen kann.«

John betrachtete den energiegeladen wirkenden Mann erstaunt. Er sah absolut nicht aus wie jemand, der auch nur im Stande war, den Einschaltknopf eines Computers zu finden, vom Programmieren ganz zu schweigen. »Ich verstehe«, meinte er lahm, um überhaupt etwas zu sagen.

»Nun gut, zurück zu den Anfängen«, fuhr McCaine mit einer vagen, heftigen Handbewegung fort. »Durch meine Sprachkenntnisse war ich international einsetzbar, deshalb schickte man mich überall in Europa umher. Belgien, Frankreich, Deutschland, Spanien ... überall vagabundierte ich umher und schrieb kaufmännische Programme für IBM-Kunden. Computersysteme, die über Landesgrenzen hinweg mit anderen verbunden waren, gehörten meist Banken, und ich war bald so etwas wie ein Spezialist für transnationale Computerprojekte. Deswegen fiel die Wahl auf mich, als im Jahr 1969 ein Auftrag aus Italien kam, ein besonderer, ziemlich anspruchsvoller Auftrag.« McCaine sah ihn mit einem durchdringenden Blick an. »Auftraggeber war, sehr ungewöhnlich, eine Anwaltskanzlei aus Florenz.«

John schnappte nach Luft. »Sie ...?«, entfuhr es ihm, gegen seinen Willen.

»Ja. Die ursprüngliche Version des Programms, mit dem Sie Ihre Konten verwalten, habe ich geschrieben.«

298.000.000.000 $

Marco blätterte in einer uninteressanten Zeitschrift, behielt aber seinen Schutzbefohlenen aus den Augenwinkeln und an den Lamellen des Sichtschutzes vorbei, die die Tür nur zur Hälfte bedeckten, immer im Blick. Er sah hoch, als John Fontanelli aufsprang und anfing, in dem großen Büro herumzulaufen und zu gestikulieren. Auch McCaine fing an, umherzulaufen, was bei ihm aussah, als stampfe ein wütender Stier durch die Arena. Der Leibwächter fragte sich flüchtig, was da wohl los sein mochte. Immerhin sah es nicht so aus, als wolle einer dem anderen an die Gurgel. Er lockerte die Muskeln, die sich automatisch sprungbereit angespannt hatten, und lehnte sich wieder zurück.

»Noch einen Kaffee?«, fragte die Sekretärin, eine hübsche junge Frau mit roten, hochtoupierten Haaren und cremig-blasser Haut, der er ganz offensichtlich gefiel.

»Nein, danke«, lächelte er. »Aber vielleicht könnte ich ein Glas Wasser haben?«

»Dieser Auftrag war der Wendepunkt meines Lebens«, erklärte Malcolm McCaine. Sie saßen jetzt beide auf den Sesseln der Besprechungsecke, McCaine vornübergebeugt, die Ellbogen auf den Knien. Er ließ John nicht aus den Augen. »Die Vacchis taten von Anfang an sehr geheimnisvoll, wollten mir nicht verraten, worum es eigentlich ging. Eine Zeit lang hatte ich den Verdacht, dass sie Gelder der Mafia waschen wollten über das System, das ich zu programmieren hatte. Aber egal, was Sie verheimlichen wollen in einer Firma, wenn Sie ein Computersystem entwickeln lassen, kommt es ans Licht. Der Programmierer ist wie ein Beichtvater, ihm müssen Sie selbst das sagen, was Sie dem Finanzamt oder den Behörden der Strafverfolgung verheimlichen – denn sonst wird das Programm nicht funktionieren. Ich musste das Programm ja testen, und als eine Summe von 365 Milliarden Dollar auf dem Schirm stand, fielen mir erst einmal die Augen aus dem Kopf, das können Sie sich vielleicht vorstellen.«

299.000.000.000 $

»365 Milliarden?«, echote John verblüfft.

McCaine nickte. »In den etwas mehr als fünfundzwanzig Jahren seither hat sich Ihr Vermögen fast verdreifacht.«

John machte den Mund auf, aber ihm fiel nichts ein, was er darauf sagen konnte, also machte er ihn wieder zu.

»Sie mussten mir reinen Wein einschenken«, fuhr McCaine fort. »Bis dahin hatten die Vacchis sorgfältig darauf geachtet, dass alle Türen außer der zum Keller abgeschlossen waren, wenn ich im Haus war. Aber ich sagte ihnen, ich hätte den Verdacht, dass es sich um Mafiagelder oder Drogenvermögen handle, und so mussten sie mir wohl oder übel das Archiv und das Testament des Giacomo Fontanelli zeigen und mir die Hintergründe erklären, damit ich nicht zur Polizei ging.« McCaine schüttelte den Kopf. »Ich war absolut fasziniert. Das war die unglaublichste Sache, die ich in meinem ganzen Leben je gehört hatte. Und ich war überzeugt – absolut überzeugt – davon, hier die Bestimmung meines Lebens gefunden zu haben. Ich kündigte bei IBM, kehrte mit meinen nicht unbeträchtlichen Ersparnissen nach London zurück und studierte, Wirtschaftswissenschaften, Volkswirtschaft, Betriebswirtschaft, alles gleichzeitig. Ich hauste in einer billigen Dachkammer ohne Heizung, trug jahrelang dieselbe Hose und dasselbe Jackett, ging niemals aus, rauchte nicht, trank nicht, lebte wie ein Bettelmönch – und fraß den Lehrstoff, wie er noch nie gefressen worden war. Ich saß immer in der ersten Reihe, quälte alle Dozenten mit Fragen, schrieb alle Prüfungen mit besten Noten. Als ich den Abschluss hatte, ging ich in eine Bank, arbeitete als Broker, lernte in der Praxis alles, was es über Aktien, Derivate, Devisenhandel und so weiter zu wissen gab. Dann gründete ich meine eigene Firma, mit meinem eigenen Geld und geliehenem Geld und dem Erbe meines Vaters, schuftete die Nächte durch, bis ich die

---

Jährlicher weltweiter Gesamtumsatz der US-Unterhaltungsindustrie (Kino, CDs, Video etc.).
300.000.000.000 $

ersten Mitarbeiter einstellen konnte, schuftete weiter, bis wir in den schwarzen Zahlen waren und es aufwärts ging. Und bei all dem, all diese Jahre hindurch, in guten wie in schlechten Zeiten, habe ich immer hingefiebert auf diesen Moment, auf den heutigen Tag, an dem ich Ihnen gegenübersitze, dem Erben des Fontanelli-Vermögens, dem Erben von einer Billion Dollar.«

John merkte, dass er den Mann mit aufgerissenen Augen anstarrte. Wahrscheinlich bot er ein lächerliches Bild. Aber von McCaine ging eine solche Energie, eine solch körperlich spürbare Entschlossenheit aus, dass man meinen konnte, einem kochenden Hochofen gegenüberzusitzen.

»Ich fürchte«, meinte John langsam, »ich verstehe noch nicht so richtig.«

»Meine Mission, meine Aufgabe im Leben«, erklärte McCaine mit mächtig mahlenden Kiefern, »ist, Ihnen beizustehen und zu helfen, die Prophezeiung des Giacomo Fontanelli zu erfüllen. Nicht mehr und nicht weniger. Alles, was ich bis jetzt getan habe – das Studium, der Aufbau dieser Firma – war nur Vorbereitung für diese Aufgabe, war nur Training, Übung, Schattenboxen. Ich musste lernen, mit Geld umzugehen, mit viel Geld. Wenn ich Ihnen von Nutzen sein wollte, musste ich mich in der Hochfinanz bewegen können. Nur das war der Grund. Reichtum interessiert mich nicht. Ob ich einen Jaguar fahre oder zu Fuß gehen muss, ist mir gleichgültig. Ich habe damals, vor fünfundzwanzig Jahren, jene Freiheit gewonnen, wie sie einem die absolute Besessenheit von einem Ziel, von einer Vision verleiht. Ich weiß seither, wofür ich auf der Welt bin. Ich bin so fest davon überzeugt wie davon, dass die Sonne morgen Früh wieder aufgehen wird, dass es kein Zufall war, der mich nach Florenz geführt hat, sondern Vorsehung. Dieses Gespräch heute habe ich in Gedanken schon Tausende Male geführt. Fünfundzwanzig Jahre lang habe ich auf diesen Tag, auf diesen Moment hingearbeitet. Alles, was ich hatte, war ein Datum – der Stichtag, der

301.000.000.000 $

23. April 1995 – und eine Telefonnummer. Die Telefonnummer des Gästezimmers, das schon damals in der Villa vorbereitet wurde. Ich habe sie auf einer Liste des Telefontechnikers gesehen, der auch die Leitungen im Keller der Kanzlei einrichtete. Ich wusste, dass die Familie Vacchi diese Telefonnummer nicht ändern würde. Und nun«, fügte er mit geradezu orgiastischer Genugtuung hinzu, »ist es so weit. Sie sind hier.«

John schluckte. Er wusste nicht, was er darauf sagen sollte. Dieser Mann war entweder vollkommen verrückt, oder er war ein Genie. Oder beides. »Woher«, fragte er, »wussten Sie, dass die Vacchis die Telefonnummer nicht ändern würden?«

McCaine lächelte ein kurzes, düsteres Lächeln, an dem seine Augen unbeteiligt blieben. »Nun, der Symbolgehalt der Zahl 23 war offensichtlich. Der Stichtag. Und sie wussten nicht, dass ich die Nummer kannte. Ich habe darauf geachtet, mich nicht zu verraten. Mir war klar, dass ich im Geheimen agieren musste.«

»Wieso das?«

»Weil mein Vorhaben ihre Kompetenz absolut infrage stellte.« Er holte so tief Luft, dass John das Gefühl bekam, McCaine habe seit Beginn ihres Gesprächs nicht mehr geatmet. »Ich sage Ihnen das, was ich jetzt zu sagen habe, mit einem unguten Gefühl, denn ich verstehe, dass Sie der Familie Vacchi vermutlich sehr positive Gefühle entgegenbringen. Die Vacchis haben Sie zu einem reichen Mann gemacht, Ihr Leben in einem Maß zum Besseren verändert, wie Sie es sich niemals hätten träumen lassen – und sie wollen nichts dafür, keine Gegenleistung, nicht einmal Dank. Sie sind damit zufrieden, das Gelübde ihres Urahns erfüllt zu haben. Wahrhaft edle Leute, sollte man meinen.«

John nickte. »Ja. So sehe ich das in der Tat.«

»Aber tatsächlich«, erklärte McCaine, »haben auch sie ihre Schattenseiten. Sie haben fraglos eine unglaubliche Leistung vollbracht, das sei ihnen unbenommen. Aber gerade das, was sie zu dieser Leistung befähigt hat, ist es auch, was ihnen jetzt im Wege steht. Die Vacchis, Mister Fontanelli, sind vergangenheitsorientierte Leute, absolut fixiert auf Bewahrung, auf Erhaltung, auf Tradition. In ihrem Dorf haben sie sich ein kleines Paradies geschaffen, ein Shangri-La, in dem sie die ungekrönten Könige sind. Aber wenn Sie sich, um völlige Unvoreingenommenheit bemüht, einmal fragen, was die Vacchis konkret getan haben, dann werden Sie feststellen, dass sie Ihnen nicht haben helfen können. Nicht, was die Prophezeiung und ihre Erfüllung anbelangt. Im Gegenteil, sie setzen alle Hoffnungen auf Sie. Sie werden es schon machen. Sie sind der Erbe, Sie sind derjenige, den Giacomo Fontanelli in seiner Vision gesehen hat, Sie werden der Menschheit die verlorene Zukunft zurückgeben – irgendwie. Sie sind allein damit geblieben, nicht wahr? Die Vacchis haben Sie vor der Welt geschützt, Sie abgeschirmt, Sie abgelenkt mit all den Spielzeugen, die einem der Reichtum verschaffen kann. Im Grunde ihres Herzens wollen sie nämlich überhaupt nicht, dass irgendetwas anders wird, als es bisher war. Das ist kein böser Wille. Die Vacchis sind zutiefst unfähig zu solchen Wünschen. Diese Eigenschaft hat diese Familie dazu befähigt, fünfhundert Jahre lang Rechtsgelehrte hervorzubringen, in jeder einzelnen Generation, und niemals der Versuchung zu erliegen, das Geld für sich zu behalten. Aber die gleiche Eigenschaft macht sie unfähig, Ihnen zu helfen, den notwendigen Wandel herbeizuführen.« Er sprang auf, stürmte auf die Tiefe des Raumes zu, hielt mitten auf dem Teppich an, fuhr herum und streckte die Arme in einer wilden Geste aus, die einem Propheten des Alten Testaments gut zu Gesicht gestanden hätte. »Erkennen Sie nun den Plan? Diese faszinierende Wendung des Schicksals, die ausgerechnet jemanden wie mich in dieses Geheimnis einweihte, rechtzeitig, um die Vorbereitungen zu treffen, dem Erben zur Seite stehen zu können? Jemanden, der ganz anders denkt, fühlt und handelt als diejenigen, die das Vermögen bewahrt haben? Alles

303.000.000.000 $

geht genau so, wie es gehen muss. Ein Rädchen greift ins andere. Ich habe gewartet, fünfundzwanzig Jahre lang habe ich auf Sie gewartet, gewartet und mich vorbereitet, und nun sind Sie da. Es ist so weit. Heute ist der Tag, von dem man einmal sagen wird, dass an ihm die Zukunft begonnen hat.«

John starrte ihn an, dann musste er sich abwenden, legte eine Hand über die Augen. »Das ist jetzt alles ein bisschen viel«, gestand er. Sein Herz führte sich auf, als sei er schon ein alter Mann, der keine Aufregungen mehr vertrug. »Vor allem habe ich immer noch keine Ahnung, wie Ihr Plan für die Zukunft aussieht. Die Vergangenheit – okay. Das habe ich verstanden. Aber was würden Sie denn *tun*? Was würden Sie ganz konkret mit einer Billion Dollar *tun*, um die Zukunft zu retten?«

»Augenblick«, hakte McCaine ein und hob lehrerhaft den Finger. »Das war noch so ein Denkfehler der Familie Vacchi. Zu glauben, jemand könnte quasi aus dem Stand heraus die ungeheuer komplizierte Weltlage analysieren und auf nie da gewesene Ideen kommen, wie die Probleme zu lösen wären. Niemand könnte das. Sie nicht, ich nicht, und Albert Einstein könnte es auch nicht. Aber vergessen Sie nicht – ich hatte ein Vierteljahrhundert Zeit, nachzudenken. Und viel Zeit gleicht mitunter mangelndes Genie aus. Ich hatte Zeit, nachzudenken und zu planen, und ich hatte Zeit, mich umzusehen, was andere zu dieser Frage gedacht haben. Und siehe da: Eine Heerschar hochintelligenter Wissenschaftler hat dieses Problem schon seit langem von allen Seiten beleuchtet. Es ist überhaupt nicht nötig, auf irgendeine geniale Idee zu kommen – alle notwendigen Ideen sind längst gefunden, veröffentlicht und verfügbar. Das Problem ist nicht, dass man nicht wüsste, was zu tun ist – sondern dass man es nicht tut. Alles, was getan worden ist, war, Zeit ungenützt verstreichen zu lassen.«

John sah ihm nach, wie er zu seinem Bücherschrank raste und darin herumsuchte. Sein Mund war trocken. McCaine schien nicht auf die Idee zu kommen, ihm etwas anzubieten. Vermutlich ging er davon aus, dass alle Menschen so bedürfnislos waren wie er selbst, die wichtigen zumindest.

»Hier«, präsentierte McCaine ihm ein Buch, dessen Titel er aus der Ferne nicht entziffern konnte. »Dieses Buch würde ich an den Anfang setzen. Davor gab es nur diffuse, Angst machende Abhandlungen, die einander zu guten Teilen widersprachen, verfasst von wenig systematisch denkenden Publizisten. Danach gab es ernsthafte Forschung und wirkliche Erkenntnis. *Die Grenzen des Wachstums.* Das ist der Titel des Buches, das Anfang der siebziger erschienen ist. Die Autoren waren Dennis Meadows und Jay W. Forrester. Forrester war Professor am MIT und entwickelte die theoretischen Grundlagen der Systemdynamik, ein Teilgebiet der Kybernetik, in dem das Verhalten hochgradig vernetzter Systeme erforscht wurde. Meadows machte daraus ein Computerprogramm namens WORLD2, das noch sehr schlicht und beschränkt war, aber doch schon aufzeigte, wie die Zukunft der Menschheit in groben Zügen aussehen würde, und anhand dessen man untersuchen konnte, wie verschiedene Maßnahmen sich auf diese Zukunft auswirken würden.« McCaine setzte sich wieder und legte das Buch auf den Tisch. John hatte noch nie ein zerleseneres Buch gesehen. McCaine musste es sich jahrelang unters Kopfkissen gelegt haben. »Sie werden verstehen, dass mir als Programmierer diese Ansatzweise zugesagt hat. Vergessen Sie nicht, damals war das Programmieren von Computern eine legendenumwitterte Geheimwissenschaft. Ich habe Meadows' Programm abgeschrieben, um selber damit zu experimentieren. Damals brauchte ich dafür Rechenzeit am Großrechner der Universität, musste kartonweise Lochkarten durch die Gegend schleppen und nachts um eins aufstehen, weil Studenten nur um diese Zeit kostenlosen Zugang zum Rechner bekamen. Heute könnte man dasselbe auf jedem PC für tausend Dollar machen. Nur – heute macht es keiner mehr.«

305.000.000.000 $

Er schlug das Buch auf, schob es ihm aufgeschlagen hin, damit er die Diagramme darin betrachten konnte. John fragte sich, warum McCaine nie daran gedacht hatte, ein neues Exemplar zu kaufen. Fast jeder Satz war unterstrichen oder sonst wie markiert, manche Seiten lösten sich aus der Bindung.

»Das ist der so genannte *Standardlauf*«, erläuterte McCaine und tippte auf ein primitiv aussehendes Diagramm, in dem fünf Linien sich wellenförmig hoben und wieder senkten. »Die Entwicklung der wichtigsten fünf Zustandsgrößen Bevölkerungszahl, Lebensqualität, Umweltverschmutzung, Rohstoffvorräte und investiertes Kapital unter der Annahme, dass keine entscheidenden Maßnahmen erfolgen. Im Jahre 1975 wohlgemerkt. Heute wissen wir, dass bislang nichts geschehen ist, also stellt dieser Lauf dar, was sich tatsächlich seither getan hat. Sehen Sie hier die Linien, die ich bei 1970 und 1995 eingetragen habe? Betrachtet man nur diesen Ausschnitt, sieht es nicht übel aus. Leichter Anstieg der Umweltverschmutzung und starker Anstieg der Bevölkerungszahl, geringer Rückgang der Rohstoffvorräte sowie der Lebensqualität. Ungefähr das, was man beobachtet, nicht wahr? Das Ozonloch hat sich aufgetan, die Weltbevölkerung hat sogar noch etwas stärker zugelegt, nähert sich schon der sechsten Milliarde und so weiter. Und nun sehen Sie, worauf das hinausläuft: ein Kollaps ungefähr um das Jahr 2030 herum, herbeigeführt durch Rohstoffmangel.«

»Aber das ist doch unwahrscheinlich«, meinte John. »Rohstoffe werden doch eher billiger. Man findet immer neue Vorräte, und man findet zunehmend Ersatzstoffe. Erst neulich habe ich gelesen, dass man, um ein ganzes Land mit Glasfasern zu verkabeln, nur einen Lastwagen voll Sand braucht, im Gegensatz zu den Tonnen von Kupfer früher.«

McCaine faltete die Hände. Auch diese Argumente hatte er ganz offenbar schon oft gehört. »Erstens ist das ein simples Modell. Unter Rohstoffe fällt einfach alles – Kupfer genauso

306.000.000.000 $

wie Erdöl. Diese Linie ist also ein sehr, sehr grober Durchschnittswert. Zweitens, was die Rohstoffpreise anbelangt: Ja, man kann viel ersetzen, und viele Rohstoffe – Eisen etwa oder Aluminium – sind wirklich in Hülle und Fülle vorhanden. Aber Sie übersehen, was viele Leute übersehen, nämlich, dass zahlreiche Rohstoffe, von denen man selten etwas hört, die aber für viele industrielle Prozesse von entscheidender Bedeutung sind, tatsächlich immer seltener und teurer werden. Stoffe wie Molybdän oder Tantal, Palladium oder Hafnium, Germanicum oder Niob und so weiter. Drittens aber«, fuhr er fort, nahm das Buch wieder an sich und blätterte zu einer anderen Grafik weiter – er schien den Inhalt so auswendig zu kennen wie ein Pfarrer die Bibel –, »handelt es sich vor allem um ein vernetztes System. Alle Faktoren hängen mit allen anderen zusammen. Ihr Argument, Mister Fontanelli, ist ein typisches Argument des linearen Denkens. Ein Problem taucht auf, man bekämpft es, ohne zu erkennen, dass die Lösung des Problems in anderen Bereichen neue, womöglich schlimmere Probleme nach sich zieht. Wenn man den Rohstoffmangel beseitigt – was man in dem Programm leicht durchspielen kann, indem man zum Beispiel fünffach höhere Vorräte annimmt, als bekannt sind –, werden stattdessen eben andere Lasten wirksam. Sehen Sie dieses Diagramm: Würde der Rohstoffverbrauch sinken, wäre eine über alle Maßen steigende Umweltverschmutzung der limitierende Faktor, der etwa um die gleiche Zeit einen weitaus jäheren Zusammenbruch des Systems verursacht.«

»Oh.« John blätterte weiter. Ein Diagramm sah schlimmer aus als das vorhergehende. Was man auch versuchte, es endete stets in einer Katastrophe. Sogar eine verringerte Freisetzung von Schadstoffen konnte den Zusammenbruch nur um zwei Jahrzehnte hinauszögern.

Allerdings: *Nach* dem Eintreten der Katastrophe, am rapiden Rückgang der Bevölkerungszahl erkennbar, was gleichbedeutend war mit Millionen von Toten, bewegten sich manche

307.000.000.000 $

der Kurven wieder in vernünftige Bereiche. Gerade so, als breche danach eine Zeit der Befriedung an.

McCaine hatte seinen Blick bemerkt und schien seine Gedanken zu erahnen. »Vergessen Sie die Kurven nach dem Kollaps, egal wie sie aussehen«, sagte er. »Im Prinzip dürfte man sie nicht weiter zeichnen als bis zum Punkt des Zusammenbruchs. Was danach kommt, ist nicht berechenbar. Vermutlich bedeutet es das Ende der Menschheit als Gattung.«

»Das sieht aber ziemlich hoffnungslos aus«, meinte John.

»Das kommt daher, dass es ziemlich hoffnungslos ist«, sagte McCaine. Er blätterte das Buch weiter, schlug eine Seite weit hinten auf. »Das hier hätte man erreichen können, wenn man im Jahr 1970 angefangen hätte, einschneidende Maßnahmen umzusetzen. Einen Gleichgewichtszustand. Man hätte eine strikte Kontrolle der Fortpflanzung einführen müssen, Umweltverschmutzung drastisch reduzieren und mit Rohstoffen äußerst sparsam umgehen müssen. Was das im Detail hieße, lässt sich hieraus nicht ableiten, aber klar ist, dass die Voraussetzung für einen solchen Zustand – der immerhin eine langfristig gesicherte Existenz auf einem sehr hohen Niveau der Lebensqualität darstellt – die Beendigung des Wachstums von Wirtschaft und Bevölkerung ist.«

John fiel Lorenzos Artikel wieder ein. Sein Cousin hatte den Finger zielsicher auf das gleiche Problem gelegt: das ständige, unaufhörliche, von allen geradezu vergötterte Wachstum. »Beendigung des Wachstums«, wiederholte er sinnend. »Und wie ließe sich das erreichen?«

»Die Frage ist, warum es nicht schon längst erreicht ist. Wachstum geschieht schließlich nicht von selbst. Man muss sich anstrengen dafür. Es fordert Schweiß und Entbehrungen. Die Frage ist, warum man nicht aufhört, wenn man genug hat.«

»Na schön. Und warum hört man nicht auf?«

»Weil keiner anfangen will. Es ist wie beim Wettrüsten – jeder hat Angst, den ersten Schritt zu tun, weil er Angst hat, ins Hintertreffen zu geraten. Man hört nicht auf, weil die anderen nicht aufhören.«

John starrte auf das zerfledderte Buch hinab. Er hatte Kopfschmerzen. »Okay. Und was hat das alles mit mir zu tun? Und mit Ihnen?«

»Liegt das nicht auf der Hand?«

»Nein.« John drehte beide Handinnenflächen nach oben. »Auf meiner Hand liegt gar nichts.«

»*Alright*«, sagte McCaine, lehnte sich im Sessel zurück und verschränkte die Arme vor der Brust. »Mister Fontanelli, was wissen Sie darüber, wie man reich wird?«

»Wie bitte?« John blinzelte ihn an. »Wie man reich wird?«

»Ja. Wie funktioniert das? Wieso werden die einen reich und die anderen nicht? Erbschaften einmal ausgenommen.«

»Darüber habe ich noch nie nachgedacht.«

»Wie die meisten Leute. Aber es ist Ihnen klar, dass es da bestimmte Zusammenhänge geben muss?«

»Ich denke, viel ist Zufall. Außerdem sehe ich den Zusammenhang zu vorhin nicht.«

»Sie werden ihn gleich sehen.« McCaine stand auf, mit einem Mal schwerfällig wirkend. »Lehnen Sie sich zurück. Entspannen Sie sich. Ich werde es Ihnen erklären.«

Sie hieß Karen, und je länger Marco mit ihr schäkerte, desto besser gefiel sie ihm auch. Ab und zu spähte er noch durch die Glastür, aber die beiden Männer waren in Gespräche vertieft, und es sah so aus, als drohe Mister Fontanelli keine Gefahr. Die rothaarige Sekretärin schien heute nicht viel zu tun zu haben, trotz ihres Schreibcomputers und der großen Telefonanlage.

»Es gibt so Tage«, meinte sie. »An anderen Tagen ist wieder die Hölle los. Je nachdem, was an der Börse passiert, wissen Sie?«

»Damit kenne ich mich nicht aus«, gestand Marco.

Karen überredete ihn doch noch zu einem Kaffee und trieb

von irgendwo her Gebäck auf, und sie erzählten sich gegenseitig aus ihrem Leben, während sie die winzigen pappsüßen Stücke futterten.

»Ich könnte Ihnen London zeigen«, bot Karen an. »Wenn Sie mal wieder kommen.«

Marcos Blick huschte verstohlen an ihrer Figur entlang. »Das würde mich wirklich interessieren«, meinte er und setzte mit ehrlichem Bedauern hinzu: »Aber ich weiß nicht, wann ich wieder nach London komme.«

»Oh, Sie werden bestimmt noch öfter kommen«, meinte Karen O'Neal mit spitzbübischem Lächeln. »Mein Chef möchte nämlich mit Ihrem Chef zusammenarbeiten – und er kann *sehr* überzeugend sein ...«

»Reichtum hängt in erster Linie zusammen mit den Einnahmen und in zweiter Linie mit den Ausgaben«, dozierte McCaine, wie ein dunkler Schattenriss vor dem hellen Panorama Londons stehend. »Wenn Sie mehr ausgeben, als Sie einnehmen, werden Sie ärmer, und wenn Sie weniger ausgeben, als Sie einnehmen, werden Sie reicher. Was die Ausgaben betrifft, können Sie diese nur bis zu einem gewissen Grenzwert senken, jedenfalls wenn Sie ein normales Mitglied der Gesellschaft bleiben wollen. Bleibt also, die Einnahmen zu erhöhen. So weit einverstanden?«

John nickte skeptisch. »So weit banal, ehrlich gesagt.«

McCaine schien ihn nicht zu hören. »Das erzielbare Einkommen folgt einer Hierarchie. Auf der untersten Stufe dieser Hierarchie steht einfach *Arbeit*. Sie tun etwas für jemanden, und dieser gibt Ihnen Geld dafür. Das kann eine Arbeit als Angestellter sein oder als selbstständiger Handwerker, das spielt keine Rolle. Man nennt das im Volksmund ›ehrliche Arbeit‹, und die Einnahmen, die Sie damit erzielen, werden Ihre Ausgaben nie ernsthaft übersteigen. Das hängt mit der Steuer zusammen. Der Staat will Ihr Geld, und am liebsten würde er Ihnen alles wegnehmen. Aber da Sie dann verhungern würden oder zumindest darauf verzichten müssten, Kinder in die Welt zu setzen, neue Staatsbürger und Steuerzahler also, lässt er Ihnen genug zum Leben. Mehr nicht. Kein Staat und keine Gesellschaft hat ein Interesse an einer finanziell unabhängigen Bevölkerung. Ehrliche Arbeit, also das, mit dem die meisten Menschen ihre Zeit verbringen, bringt einem nur immer gerade den allgemein üblichen Lebensstandard ein, mehr nicht.«

John musste an seine Zeit in der Wäscherei denken, die durchgeschwitzten Nächte an der Mangel. Der Wochenlohn hatte gerade fürs Nötigste gereicht.

»Die nächsthöhere Stufe des erzielbaren Einkommens«, fuhr McCaine fort, »ist *spezialisierte Arbeit*. Der Wert von Arbeit folgt, wie alles im Wirtschaftsleben, dem Prinzip von Angebot und Nachfrage. Wenn Sie das lernen, was alle lernen, und das können, was alle können, sind Sie austauschbar und damit erpressbar, also bewegt sich der erzielbare Lohn auf dem niedrigsten möglichen Level. Ihr Lohn steigt, wenn Sie entweder bereit sind, etwas zu tun, was nicht alle zu tun bereit sind – Ihre Gesundheit zu ruinieren, sich körperlich übermäßig anzustrengen, nachts oder an Feiertagen zu arbeiten –, oder wenn Sie etwas können, das nicht jeder kann, vorausgesetzt, es ist ein begehrtes Können. Unter Umständen müssen Sie sich dafür einen Markt erst suchen – ein staatlich angestellter Lehrer verdient immer gleich viel, egal wie gut oder schlecht er unterrichtet, aber wenn er gut ist, kann er in einer Privatschule eventuell ein besseres Gehalt aushandeln. Es gibt auf der anderen Seite Gewerkschaften, Rechtsanwaltskammern und Handwerkerinnungen, Strukturen also, die man in der Industrie als Kartelle bezeichnen würde und die durch Preisabsprachen ihrer Mitglieder dafür sorgen, dass das Entgelt für ihre Leistungen nicht unter eine Mindestmarke sinkt. Doch da auf diese Weise der Markt ein Stück weit ausgehebelt wird, rächt sich dies durch Umsatzbeschränkung, da eine Leistung zu einem höheren Preis nicht genauso viele Abnehmer findet

311.000.000.000 $

wie zu einem niedrigeren. Wie auch immer, je spezieller das ist, was Sie an Leistung anzubieten haben, wenn es gesucht ist, kann Ihr Einkommen daraus enorm wachsen. Ein Rechtsanwalt kann fünfhundert Dollar pro Stunde verdienen, ein einigermaßen berühmter Schlagersänger zwanzigtausend Dollar für einen einstündigen Auftritt. Doch endlos steigern lässt sich das nicht – schon dem Rechtsanwalt entstehen Kosten für sein Büro und seine Sekretärin, die vom Reinverdienst abgehen, und der Schlagersänger muss Termine ausmachen, Verträge aushandeln, anreisen, sich umziehen, proben und Autogramme geben, abgesehen davon, dass er jahrelang für ein Butterbrot aufgetreten ist, als er noch nicht berühmt war.«

Paul Siegel fiel ihm ein, der einmal sein bester Freund gewesen war. Der nach Harvard gegangen war und etwas gelernt hatte, das Unternehmen dazu bewog, für eine Stunde seiner Arbeitszeit bis zu tausend Dollar zu bezahlen. John konnte sich gut an den Moment erinnern, als Paul ihm das erzählt hatte, und an seine grenzenlose Fassungslosigkeit angesichts der Kluft, die sich zwischen ihnen aufgetan hatte.

»Jetzt kommt der erste Sprung. Sozusagen der Übergang von der schiefen Ebene zum Hebelprinzip. Die nächste Stufe in der Hierarchie des Einkommens ist der *Handel*. Handel heißt, etwas billig einkaufen, um es teuer zu verkaufen. Etwas weniger banal ausgedrückt heißt das, dass der Händler Unterschiede in Angebot und Nachfrage durch seine Tätigkeit ausgleicht und daran verdient. Das Hebelprinzip liegt darin, dass sich die Entlohnung nach dem Wert der gehandelten Ware richtet, nicht nach dem Aufwand für die Tätigkeit des Handelns an sich. Wenn Sie eine Melone verkaufen, kann Ihnen das zehn Cent einbringen, verkaufen Sie eine Wasserentsalzungsanlage für eine Fabrik, bringt Ihnen das vielleicht zehntausend Dollar ein. Doch der eigentliche Aufwand kann derselbe sein. Nicht Ihre Arbeit wird bezahlt, sondern Ihre Fähigkeit, einen Bedarf zu entdecken und zu befriedigen. In dieser Stufe wird die Spannweite schon relativ groß – man kann durch Handel wenig bis gar nichts verdienen, aber auch enorm reich werden. Ein Buchhändler darf etwa dreißig bis vierzig Prozent des Verkaufspreises eines Buches als Gewinn einstreichen, der Betreiber einer Modeboutique schlägt auf den Einkaufspreis seiner Waren dagegen zweihundert oder dreihundert Prozent auf. Für die Vermittlung eines Verkaufs sind Provisionen von zehn bis fünfzehn Prozent üblich, was bei einer Maschine für mehrere Millionen ein erkleckliches Sümmchen ausmachen kann für manchmal nur ein paar Telefonate und einen Nachmittag Verhandlung.«

John schwieg. Die Galeristen, bei denen Sarah und die anderen Künstler ausgestellt hatten, fielen vermutlich in diese Kategorie. Sie waren Mittler gewesen zwischen denen, die Kunst produzierten, und denen, die Kunst erwerben wollten, und kassierten dafür von beiden Seiten. Kein Wunder, dass die Galeriebesitzer immer im dicken Auto gekommen waren und die Künstler mit der U-Bahn.

»Der nächste Sprung besteht darin, dass Sie sich gewissermaßen vervielfältigen. Sie arbeiten nicht mehr, sondern Sie leiten andere dazu an, in Ihrem Sinne zu arbeiten. Sie sind dann, mit einem Wort, *Unternehmer*. Dafür, dass jemand das tut, was Sie ihm sagen, erhält er von Ihnen Geld. Sie bemühen sich, seine Arbeit so günstig wie möglich einzukaufen, denn nun sind Sie auf der anderen Seite des Marktmechanismus: Alles, was Sie von dem, was Ihr Unternehmen einbringt, an Ihre Angestellten abgeben müssen, schmälert Ihr eigenes Einkommen. Ein Unternehmen zu gründen ist eine mit vielen Risiken behaftete und am Anfang immer äußerst anstrengende Sache, aber die eigene Vervielfältigung ist auf diese Weise fast beliebig ausbaubar. Sie können Leute anleiten, die wiederum Leute anleiten, und so weiter. Und wenn Sie auf Ihrem Markt gut ankommen, ist das Gehalt, das Sie einem Angestellten zahlen, die beste Geldanlage, die es gibt: In der betriebswirtschaftlichen Betrachtung des Personalwesens geht

313.000.000.000 $

man davon aus, dass ein Angestellter sein Geld wert ist, wenn er dem Unternehmen mindestens das 1,3-fache davon einbringt. Mit anderen Worten, eine Rendite von dreißig Prozent! Mit keinem anderen seriösen Investment ist das auf Dauer zu erreichen. Die großen Konzerne sind ein Beispiel dafür, wie weit man dieses Prinzip treiben kann, und dementsprechend verdienen die Chefs dieser Konzerne vielleicht zehn Millionen Dollar im Jahr, was selbst bei angenommener hoher Arbeitsbelastung mehr als dreitausend Dollar pro Stunde ausmacht.«

Murali fiel ihm ein. Murali hatte in seinem Leben keine einzige Pizza gebacken, geschweige denn ausgefahren, aber er verstand es, Pizzabäcker und Ausfahrer billig einzustellen, er war von früh bis spät im Laden, brummte und knurrte und tobte und hielt alles in Bewegung. Tausende von Leuten in Südmanhattan kamen auf diese Weise rasch zu Pizzen, und davon lebte Murali, wenn John auch keine Ahnung hatte, wie viel er verdiente.

»Ich hoffe, Sie haben bemerkt, welche Rolle das bereits vorhandene Geld in dieser Kategorisierung spielt. Es ist umso leichter, in eine höhere Kategorie des Einkommens zu gelangen, je mehr Geld man bereits hat. Wenn Sie mittellos sind, ist es für Sie nahezu unmöglich, in den Genuss einer Ausbildung zu gelangen, die es Ihnen erlaubt, auch nur aus der untersten Kategorie herauszugelangen. Wenn Sie dagegen bereits ein Vermögen Ihr Eigen nennen, ist es wesentlich leichter, Handel zu betreiben oder ein Unternehmen zu gründen, als wenn Sie dies allein mit Krediten bewerkstelligen müssten. Je mehr Geld Sie bereits haben, desto leichter wird es, weiteres Geld zu verdienen.«

»Aber das ist doch ungerecht«, meinte John, ohne nachzudenken.

»Die Natur ist nicht gerecht«, hielt ihm McCaine entgegen. »Die Welt ist nicht gerecht. Gerechtigkeit hieße Gleichgewicht, aber das Leben ist ein ungleichgewichtiger Zustand, ein Geflecht aus sich gegenseitig verstärkenden Ungleichgewichten – deswegen die fundamentale Ungerechtigkeit, die in dieser Hierarchie des Einkommens wirkt.« Er hob den Zeigefinger, ein dunkler Mephisto vor dem hellen Häusermeer der Stadt. »Und schließlich kommen wir zur obersten Kategorie des Einkommens, zur optimalen Vervielfältigung Ihrer selbst, zur ultimativen Hebelwirkung. Dies ist die Stufe, in der Ihr *Geld* weiteres Geld verdient. Wir reden vom Kapitalmarkt, vom Bereich der reinen Finanzen. Ein Unternehmen zu besitzen ist einträglich, aber es wird immer schwieriger zu handhaben, je größer es ist, als gäbe es Kräfte, die unbegrenztem Wachstum entgegenwirken. Nicht so bei Geld. Ob Sie eine Million, hundert Millionen oder hundert Milliarden durch die Kanäle des weltweiten Finanzverbundes strömen lassen, der Aufwand ist derselbe. Sie, Mister Fontanelli, befinden sich in dieser obersten Stufe. Sie müssen überhaupt nicht mehr arbeiten, denn Ihr Geld arbeitet für Sie, und es bringt Ihnen jedes Jahr mehr Geld ein, als der nach Ihnen reichste Mann der Welt besitzt. Merken Sie etwas davon? Strengt es Sie an? Nicht die Spur. Es kann immer so weitergehen. Von hier aus gibt es nach oben keine Grenze mehr.«

McCaine verließ mit einem heftigen Ruck, der John beinahe erschreckte, seinen Platz am Fenster und begann, im Zimmer auf und ab zu gehen. »Geld«, rief er aus, »ist die größte Kraft auf diesem Planeten. Wenn Sie Geld haben, haben Sie alles andere auch. Sie haben einen Namen. Sie genießen Ansehen. Man erweist Ihnen Achtung. Man liebt Sie! Ja, ich weiß, man sagt *Money Can't Buy Me Love* – aber damit ist es so wie mit den meisten Weisheiten aus Volkes Mund: absoluter Blödsinn. Natürlich können Sie eine Frau für sich gewinnen, ohne etwas zu haben oder etwas zu sein, aber dazu müssen Sie zumindest liebenswert, attraktiv und aufmerksam sein. Sie müssen sich richtig ins Zeug legen. Und Sie können so attraktiv und liebenswert sein, wie Sie wollen – wenn Sie nicht reich sind, bleiben bestimmte Frauen unerreichbar für

315.000.000.000 $

Sie. Nennen Sie mir ein einziges Fotomodell, das mit einem Schreiner oder Kioskverkäufer verheiratet ist: Sie werden keines finden. Glauben Sie, dass Onassis Jackie Kennedy heiraten konnte, weil er so umwerfend gut aussah? *Bullshit.* Er konnte sie flachlegen, weil er einer der reichsten Männer der Welt war, so einfach ist das. Geld macht sexy.«

»Mmh«, machte John und dachte an Constantina. Und an diese deutsche Journalistin, die angebliche Geschichtsstudentin, Ursula irgendwie. Bei der hatte ihn Geld alles andere als sexy erscheinen lassen.

»Sie brauchen nicht schön zu sein, wenn Sie reich sind. Sie brauchen nicht einmal intelligent sein oder talentiert, denn Sie können Intelligenz und Talent *kaufen*. Es ist besser, reich zu sein als ein Künstler, denn mit Geld können Sie Kunst kaufen – ach was, Sie können sogar *Künstler* kaufen!« McCaine hielt inne, heftig atmend, sah ihn an. »Sie brauchen nicht einmal ein guter Händler zu sein, wenn Sie viel Geld haben; denn dann können Sie die Konkurrenten aus dem Markt drängen. Auch ein guter Unternehmer brauchen Sie nicht zu sein; denn Sie müssen ein Unternehmen nicht mühsam gründen und aufbauen in jahrelanger, entbehrungsreicher Arbeit, mit Nachtschichten und Sonntagsarbeit und Wochen panischer Angst, weil Schecks nicht kommen – Sie können es fix und fertig *kaufen!* Verstehen Sie, wovon ich rede? Verstehen Sie, was Geld in Wirklichkeit bedeutet, was es ist? Geld, Mister Fontanelli – ist *Macht*.«

John merkte, dass sein Mund offen stand, und er klappte ihn wieder zu.

McCaine kam langsam auf ihn zu, die Hände in beschwörender Geste vor der Brust. »Sie sind in einer unvergleichlichen Position, Mister Fontanelli. Sie können der mächtigste Mann der Welt werden. Ihr Geld, Ihre tausend Milliarden Dollar sind wirksamer als alle Atomraketen, denn Geld ist der Lebenssaft der Welt, ihr Blut, ihr bestimmendes Element. Wenn Sie das Geld beherrschen, haben Sie die Welt an den Eiern.«

316.000.000.000 $

Er wies auf das Buch, das immer noch auf der Seite mit dem Diagramm, das den Übergang in eine Welt nachhaltiger Existenz zeigte. »Von selber wird das da niemals kommen. Ich weiß es, Sie wissen es, jeder weiß es. Die vergangenen zwanzig Jahre haben es über jeden vernünftigen Zweifel hinaus bewiesen. Die einzige Chance, die es noch gibt – und der Grund, warum die Dinge so geschehen sind, wie sie geschehen sind – ist, dass jemand kommt, der die Macht hat, zu sagen, dass es dieser Weg ist, der eingeschlagen werden muss. Sie, Mister Fontanelli. Sie können das entscheiden. Weil Sie es *erzwingen* können.«

317.000.000.000 $

19

»IST DAS IHR Plan?«

»Ja.«

»Es erzwingen?«

»Es gibt keine andere Möglichkeit«, sagte McCaine. Der Blick seiner Augen schien im Stande zu sein, Löcher in Möbelstücke zu brennen. »Es ist nicht nett, zugegeben. Aber das, was andernfalls passiert, wird auch nicht nett sein.«

»Es erzwingen? Kann ich das denn?« John hob die Hände. »Ich meine, okay, eine Billion Dollar ist ein Haufen Geld – aber *reicht* es?«

McCaine nickte nur.

John schüttelte den Kopf. »Ich habe von Banken gelesen, die über Bilanzsummen von vierhundert, fünfhundert Milliarden Dollar verfügen«, fuhr er fort. »Die Citibank, kann das sein? Und japanische Banken, die Namen konnte ich mir nicht merken. Es gibt Versicherungen, die Hunderte von Milliarden an Rücklagen haben ...«

»Ja«, nickte McCaine wieder. »Aber Ihre Billion, Mister Fontanelli, ist nicht nur einzigartig, sie hat auch noch einen entscheidenden Vorteil – sie *gehört* Ihnen!« Er nahm seine Wanderung wieder auf. Allmählich ahnte John, warum der Teppich so abgewetzt war. »Banken, Versicherungen und auch Investmentfonds – und glauben Sie mir, ich weiß, wovon ich spreche – sind Sklaven des Marktes. Dienstboten des Reichtums. Die Milliarden, die sie bewegen, sind ihnen nur anvertraut, und wenn sie nicht mehr Geld damit erwirtschaften, nimmt man sie ihnen wieder weg. Das engt den Spielraum nicht nur ein, das annulliert ihre Macht fast völlig. Was

318.000.000.000 $

können sie denn entscheiden? Ob sie diese Aktie kaufen oder jene. Und diese Entscheidung hängt davon ab, von welcher Aktie sie mehr Gewinn erhoffen. Ich verwalte mit meiner Firma fünfhundert Millionen Pfund. Was glauben Sie, was passiert, wenn ich beschließe, für das Geld Land im Amazonas zu kaufen, um den Regenwald zu retten? Im Nu würden die Anleger ihr Geld wieder abziehen, und ich würde vermutlich entweder im Gefängnis oder im Irrenhaus landen. Dabei wäre das eine Investition, die sich noch für Kinder und Kindeskinder dieser Investoren segensreich auswirken würde – aber sie bringt kein Geld ein, keine Rendite. Verstehen Sie, was ich meine? Sehen Sie den Unterschied? Die Banken *besitzen* das Geld zwar, aber sie können nicht frei darüber verfügen. Also sind sie nur ausführende Organe, Dienstleister, das Sammelbecken der Investitionsabsichten ihrer Anleger, weiter nichts. Nein, verwechseln Sie nicht Besitz und Eigentum. Eigentum ist das Entscheidende.«

Er ging hinter seinen Schreibtisch, hob die Schreibunterlage hoch und zog einen kleinen Zettel hervor, der dort offenbar schon eine Weile auf seinen Einsatz gewartet hatte. »Zu Ihrer zweiten Frage – wie viel ist denn eine Billion Dollar? Ich habe mir ein paar Zahlen zum Vergleich aufgeschrieben. Solche Zahlen sind, anbei bemerkt, schwer zu bekommen, und meistens sind sie nicht gerade das, was man als tagesaktuell bezeichnen würde. Diese hier stammen von 1993, aus einer Statistik der *Financial Times*. Danach betrug der Gesamtumsatz im Welthandel 1993 4,5 Billionen Dollar, wovon eine Billion Dollar Dienstleistungen waren. Wenn man Auslandseinkommen und internationale Geldtransfers mitrechnet, kommt man auf einen Devisenbedarf von 5,8 Billionen Dollar. Der Gesamtkapitalwert der an der Börse geführten Firmen der Vereinigten Staaten von Amerika belief sich auf 3,3 und der Japans auf 2,3 Billionen Dollar, und weltweit kommt man auf rund 8,8 Billionen Dollar.« Er sah hoch. »Ihre Billion, Mister Fontanelli, ist viel Geld. Nicht genug, um die Welt zu kaufen – aber genug, um bestimmen zu können, wohin sie rollt.«

John rieb sich die Stirn. Das war alles so viel, so schwer, so bedrückend. »Aber wie soll das denn konkret vor sich gehen?«, fragte er schließlich. Seine Stimme klang dünn und weich, fast weinerlich in seinen Ohren, er ärgerte sich darüber. »Ich gehe hin und sage: ›Macht in Zukunft das und das, sonst ...‹ Sonst was? Und wem sage ich das?«

»Nein, so funktioniert das nicht«, lächelte McCaine und steckte seinen Zettel in die Tasche. »Macht ist nicht dasselbe wie Erpressung. Nein, was Sie tun müssen, ist, Firmen zu kaufen. Hierbei kommt Ihnen außerdem etwas zugute, das ich noch gar nicht erwähnt habe, nämlich, dass Sie eine Firma nicht vollständig besitzen müssen, um sie kontrollieren zu können. Es reicht, wenn Ihnen 51 Prozent gehören. Manchmal reicht noch weniger. Und wenn Sie eine Firma kontrollieren, können Sie mit *deren* Geld weitere Firmen kaufen – auf diese Weise potenzieren Sie den Einfluss Ihres Vermögens. Hinzu kommt, dass die heutzutage entscheidenden Produktionsfaktoren – Intelligenz, Knowhow, persönliches Engagement – in der Betriebswirtschaft völlig falsch bewertet werden, weil die sich noch immer an den Verhältnissen des Frühkapitalismus orientiert. Am Wert von Lagerbeständen, Maschinen und so weiter. Aber stellen Sie sich vor, Sie stoßen auf eine junge, kleine Firma, deren Gründer eine fantastische Idee haben und nur etwas Geld für ein paar Computer brauchen, dann können Sie mit fünfzigtausend oder hunderttausend Dollar und einem Kredit von ein paar Millionen – den Sie sogar mit Zinsen zurückerhalten – Kontrolle über eine Firma erhalten, die fünf Jahre später Milliarden wert sein kann.« Er faltete die Hände zusammen. »Gut, und natürlich erreichen Sie nichts, wenn Sie auf diese Weise in Videotheken oder Schnellimbissketten investieren. Sie müssen in strategisch entscheidenden Branchen Fuß fassen. Nahrungsmittel. Finanzwesen. Informationstechnologie. Medien. Rohstoffe.

320.000.000.000 $

Energieversorgung ... Wenn Shell oder BP etwas wollen, glauben Sie nicht auch, dass sie es kriegen werden? Es gibt Leute, die fest davon überzeugt sind, dass die Ölkonzerne die treibenden Kräfte hinter mindestens der Hälfte aller regionalen Kriege dieses Jahrhunderts waren. Egal ob das stimmt oder nicht, allein dass man es ihnen zutraut, zeigt die Macht, die sie darstellen.«

John presste die Lippen zusammen. Woher kamen nur diese Kopfschmerzen? Und durstig war er auch. »Ich kann mir das nicht vorstellen, dass der Besitz von Firmen wirklich bedeutet, dass man Einfluss auf irgendetwas hat«, sagte er. »Ich meine, Einfluss in dem Sinn, den ein Präsident hat. Wirklich etwas entscheiden zu können.«

McCaine verschränkte die Arme vor der Brust, und mit der rechten Hand knetete er in einer Geste der Nachdenklichkeit seine Lippen. »Ich verstehe, was Sie meinen«, sagte er. Er überlegte einen Moment, dann nickte er. »Wahrscheinlich setze ich zu viel voraus. Ich überfalle Sie mit allem, was ich mir in Jahrzehnten des Nachdenkens erarbeitet habe ... Aber es gibt ein historisches Beispiel.« Er kam heran und ließ sich wieder in den Sessel fallen, der John gegenüberstand. »Haben Sie irgendwann einmal im Leben den Namen *Fugger* gehört?«

»Nein.«

»Das dachte ich mir. Eigentlich müsste dieser Name jedem so geläufig sein wie der Napoleons oder Dschingis Khans, aber aus irgendeinem Grund scheint die Geschichtswissenschaft auf dem finanziellen Auge blind zu sein. Die Fugger waren ein Geschlecht von Kaufleuten, ansässig in Augsburg, einer Stadt, die heute im Süden Deutschlands liegt und bis auf den heutigen Tag von den Fuggern geprägt ist. Sie begannen als Weber, aber in ihren besten Zeiten beherrschten sie buchstäblich die Welt – ihr Arm reichte von der Westküste Südamerikas über Europa bis zu den Gewürzinseln der Molukken. Ohne Telegrafie, Satelliten und Computer behielten

321.000.000.000 $

sie ihren Einflussbereich unter Kontrolle mit einer Effektivität, von der manches große Unternehmen heute nur träumen kann, und sie dominierten praktisch alle Bereiche der damaligen Wirtschaft. Sie waren die größten Grundbesitzer, die bedeutendsten Bankiers, das größte Handelshaus, das bis dahin existiert hatte, das größte Bergbauunternehmen, der größte Arbeitgeber des Handwerks, die wichtigsten Waffenproduzenten – sie beherrschten einfach alles, zeitweilig verfügten sie über fast zehn Prozent des gesamten Volksvermögens des Reiches. Ein Konzern von der Übermacht der Fugger ist in unseren Tagen fast nicht mehr vorstellbar – er müsste etwa die sechzig größten Unternehmen der Welt umfassen. Die gewaltigsten heutigen multinationalen Konzerne, seien es General Motors, Mitsubishi oder IBM, sind Zwerge, verglichen mit den Fuggern.«

McCaine nickte, kniff die Augen zusammen, holte Luft, als brauche er viel, viel Luft für das, was er nun zu sagen hatte.

»Der Name des Mannes, an den ich denke, war Jakob Fugger, der Mann, der das Familienunternehmen in dieser Glanzzeit führte und den man Jakob den Reichen nannte. Weil er genau das war – reich. Reich und mächtig. Bestimmt war er, berücksichtigt man die Zeit, in die jemand geboren ist, der mächtigste Mann, der jemals auf diesem Planeten gelebt hat. Nie vorher und nie mehr danach hat ein einzelner Mensch so viel Einfluss gehabt, so viel Macht auf sich vereinigt. Jakob Fugger war es, der entschied, wann Kriege geführt und wann Frieden geschlossen wurde. Fürsten ließ er absetzen, wenn sie seinen Geschäften im Wege waren. Mit seinen Finanzhilfen bestimmte er, wer Kaiser des Heiligen Römischen Reiches Deutscher Nation wurde, und er war es, der die Heere dieses Kaisers bezahlte. Als in seiner Zeit die Reformation in Europa aufkam, schwankte er eine Weile, wen er unterstützen sollte, und nur weil er gute Geschäfte mit dem Heiligen Stuhl machte, schlug er sich schließlich auf die Seite Roms, und die aufständischen Bauern wurden in blutigen Schlachten niedergemetzelt. Hätte er sich auf die Seite der Reformation geschlagen – ich bin überzeugt, es hätte womöglich das Ende der katholischen Kirche bedeutet, wie wir sie kennen.«

McCaine legte die Fingerspitzen gegeneinander. Seine Augen bekamen einen glasigen Glanz, als könne er direkt in eine andere, vergangene Zeit blicken. »Die Fugger, und das macht sie so interessant, Mister Fontanelli, waren Zeitgenossen der Medici. Während die Medici in Florenz lebten und die schönen Künste förderten, lebten die Fugger in Augsburg und scheffelten Geld. Und sie waren damit Zeitgenossen Ihres Urahns. Jakob Fugger der Reiche war gerade mal zwanzig Jahre älter als Giacomo Fontanelli, der als Kaufmann zweifellos die Übermacht der Fugger auf allen Märkten zu spüren bekommen hat. Fontanelli wusste, wo die wirkliche Macht in seiner Zeit lag, wer im Hintergrund der Politik das wahre Sagen hatte. Ohne Zweifel wusste er das. Jeder wusste das damals.« Er hielt inne, richtete den Blick auf John, musterte ihn, als habe er plötzlich etwas ungemein Interessantes in dessen Gesicht entdeckt. »Haben Sie sich nie gefragt, was ihn auf den Gedanken gebracht hat, derjenige, der den Kurs der Menschheit ändern solle, müsse ausgerechnet *Geld* zur Verfügung haben?«

Das, dachte John, war in der Tat eine gute Frage. Eine, die er sich trotzdem noch nie gestellt hatte.

»Fontanelli sah in seiner Vision keinen Wanderprediger, der barfuß durch die Lande zieht und die Menschen mit der Kraft seiner Worte zur Umkehr bewegt«, stellte McCaine fest. »Er sah jemanden, der Geld besitzt, unermesslich viel davon. Vergessen Sie nicht, er war Kaufmann. Zins und Zinseszins waren sein täglich Brot. Er konnte sich *ausrechnen,* wie groß sein Erbe nach fünfhundert Jahren sein würde. Wie unfassbar groß. Und diese unglaubliche Summe Geldes wollte er seinem Nachfahren geben, zusammen mit der Prophezeiung – warum? Weil er wusste, dass Geld Macht bedeutet. Und weil er,

323.000.000.000 $

wie auch immer er das wissen konnte, sah, dass jemand eine machtvolle Entscheidung würde treffen müssen.«

Noch ehe John etwas sagen konnte, war McCaine aufgesprungen, stand dicht vor ihm und legte ihm den Finger auf die Brust. »Sie sind der erste Mensch seit fünfhundert Jahren, der da weitermachen kann, wo Jakob Fugger aufgehört hat. Sie können so mächtig werden wie er zu seiner Zeit. Und nur wenn Sie so mächtig sind, können Sie etwas bewirken, was mit der Erfüllung der Prophezeiung zu tun hat. Ihre Billion, Mister Fontanelli, ist im Augenblick nur ein Haufen Geld, der sinnlos herumliegt. Aber setzen Sie sie in wirtschaftlichen Einfluss um, und Sie können die Welt aus den Angeln heben!«

John sah auf seine Brust hinab, auf den Finger, der auf seiner Brust ruhte, derb und bleich. Er fasste ihn an und schob ihn beiseite wie den Lauf einer Pistole, dann wischte er die Finger an seiner Hose ab, weil der Finger kalt und feucht gewesen war. »Was stellen Sie sich darunter konkret vor?«, fragte er. »Soll ich IBM kaufen? Oder Boeing? Und wenn ich sie habe, was mache ich dann damit?«

McCaine wandte sich sinnierend ab, ging langsam zu seinen Schränken hinüber. »Die Wahrheit, Mister Fontanelli«, erklärte er langsam, mit abgewandtem Gesicht, »ist, dass Sie das nicht alleine tun können. Sie können eine Jacht kaufen, aber Sie können kein Unternehmen kaufen – und leiten schon gar nicht. Das soll keine Kritik an Ihrer Person sein oder an Ihren Fähigkeiten. Aber Sie haben nicht gelernt, was es darüber zu lernen gibt, und Sie haben nicht die Erfahrung eines Vierteljahrhunderts im Finanzwesen. Alles, was Sie erreichen werden, wenn Sie auf eigene Faust versuchen, den Weg einzuschlagen, den ich gerade skizziert habe, ist, dass Sie das Vermögen in den Sand setzen.«

Er öffnete einen Schrank, der voller Ordner stand. »Die aktuellen Bilanzen der wichtigsten Unternehmen der Welt. Können Sie sie lesen? Können Sie herausfinden, welche davon bedeutend und welche marode sind? Werden Sie verstehen, wovon die Rede ist, wenn Sie einer Aufsichtsratssitzung beiwohnen oder einer Sitzung des Zentralbankrats? Können Sie fundiert mit dem Internationalen Währungsfonds verhandeln?« Er schloss den Schrank wieder. »Ich habe mich nicht fünfundzwanzig Jahre lang vorbereitet, nur um Ihnen zu sagen, in welcher Richtung die Lösung liegt. Ich habe es getan, um mit Ihnen zu gehen. Um die ganze Detailarbeit zu tun. Was Sie tun müssen, ist, die großen Entscheidungen zu treffen. Wenn Sie mich rufen, lasse ich hier alles liegen und stehen, verkaufe meine Firma, breche alle Brücken hinter mir ab, ohne Wenn und Aber. Wenn Sie mich rufen, werde ich mich hundertprozentig engagieren. Alles, was Sie tun müssen, ist, die Entscheidung zu treffen, dass Sie das wollen.«

John hatte unwillkürlich begonnen, seine Wangen zu massieren. Als er sich dessen bewusst wurde, hörte er auf und legte die Hände wieder auf seine Knie. Er war immer noch durstig, und er hatte immer noch Kopfschmerzen. »Aber nicht jetzt gleich, oder?«

»Wann immer Sie rufen, stehe ich bereit. Und Sie sollten erst rufen, wenn Sie sich Ihrer Sache sicher sind.«

»Das ist jetzt alles ein bisschen viel gewesen für einen Vormittag. Ich muss darüber nachdenken.«

McCaine nickte. »Ja. Selbstverständlich. Ich werde einen Wagen kommen lassen, der Sie zum Flughafen zurückbringt.« Er sah auf die Uhr. »Es müsste gerade für die nächste Maschine nach Rom reichen. Bitte verstehen Sie es nicht als Unhöflichkeit, wenn ich Sie nicht zurück nach Heathrow begleite – ich habe gesagt, was ich zu sagen hatte, und ich will Sie bei Ihrer Entscheidung nicht bedrängen. Bitte verstehen Sie es so. Als eine Art dezenten Rückzug.«

»Ja, ich verstehe.« Es war ihm recht, sehr recht sogar. Noch eine Geschichtslektion mehr, und sein Kopf würde platzen. Wenn dieser McCaine so arbeitete, wie er redete – ohne Pause, ohne Rücksicht auf körperliche Bedürfnisse –, würde er

325.000.000.000 $

mit einer Billion Dollar im Rücken die Weltwirtschaft wahrscheinlich tatsächlich niederbügeln. »Ich muss darüber in Ruhe nachdenken. Darüber schlafen.« Und am Flughafen würde er mit Marco erst einmal etwas essen gehen.

»Auf einen Tag mehr oder weniger kommt es nicht an.«

»Vielleicht wäre es sinnvoll, dass Sie mir – jetzt, da ich Ihren Namen kenne – auch Ihre Telefonnummer geben?«

»Das hätte ich ohnehin getan.« McCaine ging zu seinem Schreibtisch und holte eine Visitenkarte, in Folie eingeschweißt wie ein Ausweis. *Malcolm McCaine* stand darauf und eine Telefonnummer, sonst nichts.

»Ein Wort noch auf den Weg«, meinte McCaine, während sie zum Abschied die Hände schüttelten. »Bitte warten Sie nicht zu lange. Auch wenn es nicht auf einen Tag mehr oder weniger ankommt, läuft uns die Zeit doch davon. Ich glaube an die Menschheit, und ich möchte, dass sie eine Zukunft hat – aber ich glaube auch, dass Giacomo Fontanellis Plan die letzte Chance ist, die wir haben.«

John hielt die Augen geschlossen, während die Maschine abhob, und es tat so gut, sie geschlossen zu haben, dass er sie auch nicht öffnete, als sie in der Luft waren. Er schlief nicht, und eigentlich dachte er auch nicht nach. Es war eher, als hätten die eindringlichen Reden McCaines vielfältige Echos in ihm hervorgerufen, und er verfolgte nun, wie sie in ihm widerhallten und sich schließlich verloren.

Als das Essen kam, machte er die Augen wieder auf, und sofort beugte sich Marco zu ihm herüber, der offenbar nur darauf gewartet hatte. »Signor Fontanelli, darf ich Sie etwas fragen?«

John nickte müde. »Sicher.«

»Waren Ihre Verhandlungen erfolgreich?«

John überlegte kurz. Was sollte er Marco davon erzählen? Was konnte man überhaupt davon erzählen? »Ich bin mir noch nicht sicher.«

326.000.000.000 $

»Könnte es sein, dass wir künftig öfter nach London kommen?«

»Hmm.« John horchte in sich hinein. »Ja. Doch, könnte sein.«

Marco setzte ein breites Lächeln auf. »Mir soll's recht sein«, meinte er. »London gefällt mir.«

John sah verwundert hoch. »Woher wollen Sie denn das wissen? Sie haben doch praktisch nichts davon gesehen.«

Marco lächelte. »Genug, um das zu wissen.«

327.000.000.000 $

20

»WAS WÜRDEST DU an meiner Stelle mit dem Geld machen?«

Eduardo hob einen flachen Kiesel auf und schleuderte ihn hinaus aufs Meer, sodass er zweimal auf den Wellen aufhüpfte, ehe er versank. Wie zur Antwort leckte ein schaumiger Ausläufer der Brandung nach seinen Schuhen. »Keine Ahnung«, erwiderte der junge Anwalt. »Jedenfalls würde ich mir keinen Kopf machen wegen der Prophezeiung eines abergläubischen mittelalterlichen Kaufmanns. Ich meine, es gibt ja eine Menge sinnvolle Projekte, die man unterstützen könnte. Ein paar der ärmsten Entwicklungsländer auf die Beine helfen, wirtschaftlich. Solche Dinge. Lass deine Milliarden dafür draufgehen, so viel Geld kannst du ohnehin nicht ausgeben in deinem Leben. Wenn du hundert Millionen oder so behältst, reicht das immer noch für ein gutes Leben.« Er warf ihm einen spöttischen Blick zu. »Zumal du ohnehin viel zu sehr zur Bescheidenheit neigst, wenn du mich fragst.«

»Was würden Sie an meiner Stelle mit dem Geld machen?«

Gregorio Vacchi nickte ernst. Seine Hand ruhte auf dem Einband eines juristischen Buches, in dem der Anwalt bei Johns Eintreffen gelesen hatte. Nun begannen seine Finger, einen unruhigen Rhythmus darauf zu klopfen. »Ich habe mich das immer gefragt«, gestand er und runzelte die Stirn. »Was könnte man mit eintausend Milliarden Dollar tun, um die Prophezeiung zu erfüllen? Ein weltweites Bildungsprogramm einrichten, dachte ich einmal, um in allen Menschen ein Bewusstsein zu schaffen für die Probleme des Planeten. Aber andererseits haben wir in den Industrieländern genug Bildung, um die ganzen Zusammenhänge zu erkennen, und nichts ändert sich; also würde ein solches Programm auch nichts ändern. Oder sollte man Lizenzen umweltfreundlicher Technologie erwerben und diese in Entwicklungsländer exportieren, um zu verhindern, dass dort alle Anfangsfehler wiederholt werden, die wir durchlaufen haben? Die Chinesen dazu bringen, dass sie von Anfang an Autos mit Katalysator bauen, zum Beispiel? Aber letztlich, sage ich mir, sind das Tropfen auf einen heißen Stein, keine durchschlagenden Lösungen.« Er schüttelte bekümmert den Kopf. »Ich muss gestehen, ich weiß es nicht. Ich kann Ihnen da keinen Rat geben.«

»Was würden Sie an meiner Stelle mit dem Geld machen?«
Alberto Vacchi griff in die Tasche seiner Gärtnerschürze und holte eine Gartenschere hervor, mit der er einen vertrockneten Trieb des Rosenstrauches abknipste. »Ich bin froh, dass ich nicht an Ihrer Stelle bin«, meinte er. »Ganz ehrlich. So viel Geld, und dazu diese Prophezeiung ... Ich kann verstehen, dass Ihnen das auf der Seele liegt. Mir jedenfalls würde es auf der Seele liegen. Ich glaube, ich könnte keine Nacht ruhig schlafen. Natürlich, man kann viel Macht ausüben mit so viel Geld, aber die Frage ist ja, was man bewirken soll, um die Dinge zum Besseren zu wenden. Und, offen gestanden, ich durchschaue die Verwicklungen der heutigen Weltwirtschaft nicht. Wer wem gehört, wer wo wie viele Anteile hat ...« Er hielt inne, begann, einen Zweig des Rosenstrauches in eine andere Richtung zu binden. »Die heutige Weltwirtschaft – was rede ich da? Ich habe es noch nie begriffen, nicht wirklich. Irgendwas in meinem Kopf sieht nicht ein, was das mit meinem Lebensglück zu tun haben soll. Und dann ist es hoffnungslos, dann begreife ich es nie.«

»Was würden Sie an meiner Stelle mit dem Geld machen?«
Cristoforo Vacchi saß auf der Bank, die Hände auf einen

329.000.000.000 $

Spazierstock mit silbernem Griff gestützt, und hielt die Augen geschlossen. »Hören Sie das, John? Das Summen der Bienen? Von diesem Platz aus klingt es wie ein Chor, ein weit entfernter Chor aus tausend Stimmen.« Er schwieg eine Weile, lauschend, dann öffnete er die Lider und musterte John mit wässrigem Blick. »Ich habe viel über diese Frage nachgedacht, als ich jünger war. Aber ich bin schließlich zu dem Schluss gekommen, dass es nicht unsere Aufgabe sein kann, dabei mitzureden. Und wissen Sie, warum? Weil es unsere Aufgabe war, das Vermögen zu bewahren. Wir hätten das nicht vollbringen können, wenn wir nicht eine Familie von Hütern wären, von Beschützern, wenn wir im Lauf der Generationen nicht eine schier absurde Abneigung gegen Veränderungen aller Art entwickelt hätten. Derjenige, der die Prophezeiung erfüllt, muss aber ein Veränderer sein, und das ist von der Mentalität unserer Familie so weit entfernt wie der Südpol vom Nordpol – diametral.« Ein Lächeln erschien auf dem alten Gesicht, ein Ausdruck fast überirdischer Zuversicht. »Aber ich bin sicher, dass Sie das Richtige tun werden, John. Alles, was Giacomo Fontanelli in seiner Vision gesehen hat, ist Wirklichkeit geworden – also wird sich auch das bewahrheiten.«

Abends saßen sie wieder auf der Terrasse, genau wie in den ersten Tagen, als John in Italien angekommen war, und der Tisch bog sich wieder unter Schüsseln und Töpfen, aus denen es nach Fleisch und Knoblauch und gutem Olivenöl duftete. Alberto schenkte schweren roten Wein in dickbauchige Gläser und wollte wissen, was er denn so mache im fernen Portecéto.

»Neulich war ich in London«, erzählte John kauend.

»Verstehe – die Garderobe aufstocken!«, nickte Alberto, und Gregorio erwiderte säuerlich: »Es gibt wunderbare, weltberühmte Schneider auch in Italien, wenn ich das bei dieser Gelegenheit einmal erwähnen darf.«

330.000.000.000 $

»Ich hatte eine Unterredung mit dem Inhaber einer Investmentfirma«, fuhr John fort.

»Kann ich etwas von der Soße haben?«, bat der *Padrone*, auf das dunkelbraune Kännchen am anderen Ende des Tisches deutend. Eduardo reichte sie ihm und meinte: »Man sollte meinen, er hätte genug Geld, oder?«

»Sein Name«, sagte John, »ist Malcolm McCaine.«

Ponk!, machte es, als das Soßenkännchen auf den Tisch geknallt wurde.

Donk!, machte es, als die Weinflasche abrupt abgesetzt wurde.

Einen Herzschlag lang war es so still, als halte die ganze Welt den Atem an.

Dann schrien alle durcheinander.

»Dieser Schwindler! Sie haben ihm hoffentlich kein Wort geglaubt? Ich warne Sie, diesem Mann dürfen Sie nicht über den Weg ...!«

»Ich wusste, dass er eines Tages wieder auftauchen würde! Ich habe es euch von Anfang an gesagt, mit dem Mann haben wir nichts als ...!«

»John, um Himmels willen, wie kommen Sie dazu? Was ist nur in Sie gefahren, dass Sie einem solchen ...?«

Im ersten Moment dachte John, sie würden alle vier über ihn herfallen und ihn verprügeln. Er schrumpfte förmlich in sich zusammen, während die Vacchis auf ihn einschrien, starrte die vier Gesichter an, die schier außer sich waren vor Empörung, und brachte kein Wort heraus.

Aber niemand kann endlos lange außer sich sein. Und sei es nur, weil ihm irgendwann die Puste ausgeht.

»Nehmen Sie sich in Acht vor McCaine, John!«, rief Alberto. »Das ist der abgefeimteste Lügner, den ich je getroffen habe in meinem ganzen Leben!« Damit hielt er inne und rang nach Luft.

»McCaine hat schon damals, als er den Computer aufstellte und von dem Vermögen erfuhr, versucht, es an sich zu bringen!«, erregte sich Gregorio. »Er wollte uns überreden, das Gelübde zu brechen und das Geld selber auszugeben!« Voller Ingrimm rammte er seine Gabel in ein wehrloses Fleischstück und schob es in den Mund, um es zu zerkauen.

»Ich muss Sie warnen vor diesem Mann«, meinte auch der *Padrone* und wiegte das weißhaarige Haupt in Bedenken. »Egal, welchen Eindruck er auf Sie gemacht hat, glauben Sie mir – McCaine ist ein Psychopath. Ein Besessener. Ein wirklich gefährlicher Mann.«

»John, du kannst jeden Finanzberater der Welt engagieren, selbst einen Nobelpreisträger, wenn du willst«, meinte Eduardo beschwörend. »Aber nicht ausgerechnet McCaine!«

John war kurz versucht, nachzugeben, ihnen zuzustimmen, McCaine zu vergessen und alles gut sein zu lassen. Zweifellos war der Engländer nicht mit normalen Maßstäben zu messen, aber das waren die Vacchis schließlich allesamt auch nicht. Und wenn es etwas gab, was er noch weniger ertragen konnte als Streit mit seinen Gönnern und Förderern, dann war es, zurückzukehren in den Zustand der Unentschlossenheit und Ratlosigkeit der letzten Wochen. Deshalb legte er Messer und Gabel behutsam neben den Teller und meinte ebenso behutsam: »Zum ersten Mal, seit ich von der Prophezeiung meines Urahns gehört habe, hat mir jemand einen Weg aufgezeigt, wie sie erfüllt werden könnte. Ich verstehe, dass Sie mit McCaine offenbar unangenehme Erfahrungen gemacht haben, aber das ist fünfundzwanzig Jahre her, und ich muss Ihnen sagen, mich hat er beeindruckt.«

Er erblickte Ablehnung in vier Augenpaaren.

»McCaine kann sehr überzeugend auftreten, daran erinnere ich mich«, sagte Cristoforo kühl. »Aber er ist ein durch und durch amoralischer Mensch. Ich würde so weit gehen zu sagen, dass ich ihm jede Schlechtigkeit zutraue.«

»Okay, ich war noch ein Baby, als er hier zugange war«, meinte Eduardo kopfschüttelnd. »Ich kenne nur seine Programme, aber die waren teilweise verdammt eigenartig. Ich würd's nicht riskieren, John, ehrlich.«

»Lassen Sie sich nicht mit ihm ein«, warnte Alberto. »Ich halte jede Wette, dass Sie es bereuen werden.«

Gregorios Blick war mörderisch. »Und eines muss ich von vornherein klarstellen: Wenn Sie beschließen sollten, mit McCaine zusammenzuarbeiten, werden wir nicht länger für Sie tätig sein.«

Die Sichel des Mondes spiegelte sich in einem ruhigen, dunklen Meer. John stand am Geländer und lauschte der sonoren Stimme aus dem Telefon. Es war eigenartig, nun ein Gesicht und eine Geschichte damit verbinden zu können.

»Wenn ich jemals jemanden kennen gelernt habe, der sich eine private Religion gezimmert hat, dann war das die Familie Vacchi«, erklärte McCaine ruhig. »Sie gehen sonntags in die Kirche und beten zu Gott, aber in Wirklichkeit glauben sie an das Geld und an die Vision des Giacomo Fontanelli. Und an die heilige Aufgabe, die er ihrer Familie aufgetragen hat.«

»Aber Sie müssen Ihnen doch etwas getan haben, dass sie so aufgebracht sind – immer noch?«

Ein kurzes, dunkles Lachen. So richtig amüsiert klang es allerdings nicht. »O ja, ich habe etwas getan. Ich habe ein Sakrileg begangen. Ich habe es gewagt, vorzuschlagen, dass sie ihre heilige Aufgabe und den heiligen Stichtag vergessen und das bereits vorhandene Geld für Dinge ausgeben sollten, die damals, 1970, wichtig und sinnvoll gewesen wären. Immerhin betrug das Vermögen damals über dreihundert Milliarden Dollar, und wenn man das in die Entwicklung erneuerbarer Energien, den Schutz der landwirtschaftlich genutzten Flächen vor Erosion und in Programme zur Geburtenbeschränkung investiert hätte, hätte man viel von dem Elend verhindern können, das die Situation heute so verzweifelt macht.«

»Die Vacchis sind so schlecht auf Sie zu sprechen, nur weil Sie das vorgeschlagen haben?«

333.000.000.000 $

»Ich habe ihnen einen kompletten Plan vorgelegt. Das ist nun mal meine Art. Ich tue, was ich tue, mit vollem Einsatz. Für die Vacchis muss es ausgesehen haben, als wolle ich das Geld an mich reißen.« McCaine gab einen Laut von sich, der halb Seufzer, halb Ausdruck des Unmuts war. »Es ist so viel Zeit vergeudet worden, so viel wertvolle Zeit, und nur durch die Starrköpfigkeit der Vacchis. Man hätte damals ein bedeutsames Zeichen setzen können, aber nein, sie mussten auf den Stichtag warten. Jeden Tag stirbt eine Tierart aus, jeden Tag verhungern Tausende unschuldiger Menschen, aber diese Anwälte hatten nichts anderes im Sinn als ihr obskures Gelübde.«

Er konnte nicht schlafen in dieser Nacht. Er lag wach, starrte das Telefon an, das in der Dunkelheit zu leuchten schien, und musste wieder an Paul Siegel denken. An das eingestürzte Haus in der Straße, in der seine Eltern das Uhrengeschäft führten. An warmen Tagen war das ihr Treffpunkt gewesen. Sie konnten stundenlang auf den staubigen Mauerresten sitzen, die Beine baumeln lassen, die Passanten beobachten und über alles Mögliche reden. Manchmal machten sie ihre Hausaufgaben dort, die Hefte ausgebreitet auf rissigem Beton und Resten von Bodenfliesen. Paul hatte ihm immer geholfen, konnte einem alles erklären, besser als jeder Lehrer – egal, ob es um die Geschichte des Bürgerkriegs ging, Trigonometrie oder darum, was Salinger mit dem *Fänger im Roggen* ausdrücken wollte. Bloß von Mädchen hatten sie beide gleichermaßen wenig Ahnung gehabt. Da hatte er immer erzählt, was er von Lino erfahren hatte, und das hatten sie dann mit roten Ohren diskutiert.

Ewigkeiten her. Und das Telefon glühte immer noch elfenbeinern.

Vielleicht war Paul heimlich eifersüchtig auf ihn. Auf seinen Reichtum, der ihm zugefallen war, einfach so. Ohne dass er ein Begabtenstipendium hatte ergattern müssen.

Ohne endlose Nächte über Büchern und endlose Stunden in Prüfungen. Vielleicht hatte er sich deshalb nicht mehr gemeldet.

John streckte die Hand aus, verharrte kurz, bevor er den Hörer berührte. Doch. Wie spät war es jetzt in New York? Früher Abend. Zu früh vielleicht sogar, aber er konnte ihm zumindest eine Nachricht aufs Band sprechen. Er zog die Adressenliste aus der Nachttischschublade und wählte Pauls Nummer.

Doch da war kein Anrufbeantworter. Der Anschluss, erklärte eine freundliche, weibliche Automatenstimme, bestand nicht mehr.

»Signora Sofia! Caffè, per favore! E presto!«

Das kam aus der Küche. Abgesehen davon, dass es Italienisch war, klang es fast wie Marvins Stimme. John blieb am unteren Ende der Treppe stehen und überlegte, die Hand auf dem Lauf, ob er Lust hatte, seinem Gast über den Weg zu laufen. Nein, eigentlich nicht. Aber dies war die Zeit, verschiedene Dinge in seinem Leben neu zu ordnen, und vielleicht war es keine schlechte Idee, bei Marvin damit anzufangen. Er gab sich einen Ruck und öffnete die aluminiumfarbene Schiebetür zur Küche.

Marvin saß am oberen Ende des großen Tischs. Er hatte Sofia dazu gebracht, ihm original amerikanische Pfannkuchen zum Frühstück zu machen, und die ertränkte er gerade in Ahornsirup. Sofia war dabei, ihm Kaffee nachzugießen, mit einem geradezu mörderischen Gesichtsausdruck.

»Guten Morgen, Herr Sekretär«, sagte John und trat hinter die Lehne des Stuhls am anderen Tischende. »Lange nicht gesehen.«

Marvin sah hoch, mit vollen Backen kauend. »Hi, großer Meister«, brachte er heraus, wobei ihm ein paar Bröckchen aus dem Mund fielen, die er nicht bemerkte. Er wies einladend auf die anderen Stühle am Tisch. »Setz dich doch.«

335.000.000.000 $

John dachte nicht daran, sich in seinem eigenen Haus Platz anbieten zu lassen. »Darf man fragen, wo du die letzten Tage gewesen bist?«

Marvin schluckte, fuchtelte mit der Hand herum. »Mal hier, mal da ... Constantina ist ein Teufelsweib, sag ich dir. Geradezu unersättlich. War dringend nötig, dass ich mich mal in Ruhe stärke, du verstehst?«

»Jeremy sagte, dass sie hier angerufen hat und dich sprechen wollte. Also kannst du wohl kaum die ganze Zeit mit ihr zusammen gewesen sein.«

»Hey, sie ist nicht die einzige Frau in Italien, okay?« Er lehnte sich zurück, legte einen Arm lässig über die Stuhllehne und grinste. »Mann, wenn ich gewusst hätte, wie die Musiker einen hier bewundern, nur weil man aus New York kommt, dann hätte ich den Sprung über den Teich schon viel früher gemacht. Das ist echt abgefahren, weißt du das? Ich hab mir 'nen Bass gekauft vom ersten Gehalt – diesen Steinberger, das endgültige Gerät, sag ich dir – und ein bisschen in der Gegend rumgejammt. Echt genial. Eine Tussi hatte einen Typ, der sah original aus wie der italienische Cousin von Jon Bon Jovi, und den hat sie stehen lassen, nur weil sie total auf meinen New-Yorker Akzent abgefahren ist, kannst du dir das vorstellen?«

John verzichtete darauf, sich irgendetwas vorzustellen. »Beim Stichwort ›erstes Gehalt‹«, stellte er betont kühl fest, »fällt mir ein, dass die Bibliothek immer noch voller unausgepackter Bücherkisten steht und von einem Regal weit und breit nichts zu sehen ist.«

Marvin warf ihm einen abschätzigen Blick zu, langte nach der Flasche mit dem Ahornsirup und goss einen weiteren goldgelben Schwall davon über seinen Pfannkuchen. »Ehrlich gesagt habe ich mir das nicht so vorgestellt, dass es in Schufterei ausartet. Ich dachte, das ist ein Agreement unter Kumpels, von denen einer Glück gehabt hat und den anderen ein bisschen dran teilhaben lässt.«

336.000.000.000 $

»So ähnlich habe ich am Anfang auch gedacht, aber das war ein Fehler. Ich kann dich nicht fürs Nichtstun bezahlen, weil ich damit alle Leute bestrafe, die tatsächlich für mich arbeiten.«

Etwas Lauerndes trat in Marvins Blick. »Hey, Mann, ich hab dich unterkriechen lassen, als Sarah dich an die Luft gesetzt hat, hab Joint und Bier mit dir geteilt. Gerät ziemlich schnell in Vergessenheit, so was, finde ich.«

Er weiß immer noch, welche Knöpfe bei mir funktionieren, dachte John und spürte Ärger in sich aufwallen. Er hatte sich das einfacher vorgestellt. In den Ärger mischte sich Mutlosigkeit; wenn er nicht einmal dieses Problem lösen konnte, wie wollte er dann jemals die Probleme der Welt bewältigen?

»Ich habe das nicht vergessen«, erwiderte er. »Aber wir müssen eine andere Lösung finden. Ich kann dich nicht als Angestellten behalten.«

Marvin stopfte sich Pfannkuchen in den Mund, als befürchte er, sie würden ihm weggenommen, und betrachtete ihn dann kauend. Betrachtete ihn einfach. Es war zum Wahnsinnigwerden.

»Ich könnte dir eine Starthilfe geben«, schlug John schließlich vor, als er es nicht mehr ertrug. »Ein einmaliger Betrag, dass du dir eine Existenz aufbauen kannst.«

Marvin wiegte den Kopf. John presste die Lippen zusammen. Er würde kein weiteres Wort sagen.

»Okay«, meinte Marvin schließlich. »Eine Million Dollar.«

John schüttelte den Kopf, mit zusammengepressten Kinnbacken. »Ausgeschlossen. Maximal hunderttausend.«

»Ganz schön knickrig, was? Wird man so, wenn man reich wird?«

»Hunderttausend, und du musst jetzt einschlagen und heute noch ausziehen.« John holte Luft. »Eine deiner zahllosen Verehrerinnen wird dich ja wohl aufnehmen.«

Marvin schloss die Augen und begann, einen imaginären

337.000.000.000 $

Bass zu zupfen. Er summte eine undeutliche Melodie und meinte: »Ich überlege sowieso, eine Karriere im italienischen Musikgeschäft zu starten. Ich hab schon einen kennen gelernt, der ein Studio hat, jede Menge Producer kennt, ziemlich cooler Typ. Abgesehen davon, dass er beschissen Englisch spricht, na ja. Aber ich könnte 'ne Band gründen. Scheiß auf New York, wo alles überlaufen ist.« Er schlug die Augen wieder auf. »Hunderttausend Dollar und ein Flug nach New York, damit ich meine Songs und ein paar Sachen holen kann. Und du bist mich los.«

John sah ihn an. Sein Hirn fühlte sich an wie leer gefegt.

»Und, hey, den Flug erster Klasse, wenn's nicht zu viel verlangt ist.«

»Abgemacht«, sagte John, ehe Marvin noch mehr einfiel.

Von der unvollendeten Bibliothek aus, die ein Fenster zur Einfahrt hin hatte, verfolgte John eine Stunde später, wie Marvin mit seinem großen Seesack in ein Taxi stieg, einen Scheck über einhundertfünfzigtausend Dollar und eine Million Lire Bargeld in der Tasche. Als das Taxi hinaus auf die Straße bog und hinter dem sich schließenden Tor außer Sicht kam, atmete er erleichtert auf.

Das war geschafft. Nicht gerade eine Heldentat, aber es war vollbracht.

Und nun, da das erste Blut den Boden netzte, hieß es, weiter voranschreiten und das Massaker vollenden. Er hob das Telefon hoch, das er die ganze Zeit in der Hand gehabt hatte, und wählte noch einmal McCaines Nummer. »Ich nehme Ihr Angebot an«, erklärte er einfach.

»Gut«, erwiderte die sonore Stimme ruhig. »Ich komme morgen.«

Danach, mit bebenden Händen, wählte er die Nummer der Vacchis. Eine Sekretärin verband ihn mit Gregorio Vacchi. »Ich habe soeben McCaine engagiert«, sagte John, ohne Begrüßung, solange der Mut noch reichte.

338.000.000.000 $

»Es tut mir Leid, das zu hören«, erwiderte Gregorio mit einer Stimme wie Polareis. »Das bedeutet, wir sind geschiedene Leute.«

339.000.000.000 $

21

SPÄTER SOLLTE JOHN sich an diesen Tag erinnern als an den Moment, in dem sein Leben abrupt in den höchsten Gang geschaltet und auf die Überholspur hinübergezogen wurde, um zu beschleunigen und zu beschleunigen, ohne dass er gesehen hätte, wen oder was er jagte – oder wovor er floh ...

McCaine hatte noch einmal angerufen, um anzukündigen, dass er mit einem gecharterten Jet kommen würde und dass man ihn nicht abholen solle, er werde mit dem Taxi kommen. So wurde es ein Morgen reglosen Wartens. Die Sonne brannte herab, kein Wind ging, das Meer lag bleiern. Sogar in den kargen Büschen, in denen es sonst immer zirpte, raschelte und zwitscherte, herrschte atemlose Stille. Wegen der Hitze vermutlich, aber John kam es so vor, als warteten die Zikaden und Singvögel mit ihm. Immer wieder trat er auf den kleinen Balkon vor einem der Gästezimmer, von dem aus man die Einfahrt überblicken konnte und die Straße, über der die Luft flirrte. Nichts. Dann holte er jedes Mal tief Luft und ging wieder hinein ins Kühle und fragte sich, ob er die richtige Entscheidung getroffen hatte.

Das Taxi kam, als er in der Küche stand, um ein Glas Wasser zu trinken. Durch das Küchenfenster verfolgte er, wie der Wagenschlag geöffnet wurde und sich McCaines massige Gestalt herauswälzte. Er hatte nur einen Aktenkoffer dabei und brachte es wieder fertig, in einem Viertausend-Dollar-Anzug schlampig gekleidet auszusehen.

»Mister Fontanelli«, rief McCaine, als John in die Tür trat, und keuchte dabei, als habe er das Taxi den ganzen Weg schieben müssen.

340.000.000.000 $

»Nennen Sie mich John«, sagte John, als er heran war.

»Malcolm«, erwiderte McCaine und schüttelte ihm die Hand.

An das Haus verschwendete er keinen Blick. John ging voraus ins Wohnzimmer, wo McCaine sofort und als käme es nun auf jede Minute an den Couchtisch mit Beschlag belegte. Er klappte den Kofferdeckel auf, nahm eine Weltkarte heraus und breitete sie auf dem hochglanzpolierten Alabaster aus. »Welche Stadt«, fragte er, »soll künftig das Zentrum der Welt sein?«

»Wie bitte?«, meinte John irritiert.

»Es geht um den Firmensitz. Wir werden als Dach aller weiteren Maßnahmen eine Holdinggesellschaft gründen, und die muss einen offiziellen Sitz haben. Natürlich werden wir Niederlassungen überall in der Welt haben, das versteht sich von selbst, aber wir brauchen eine Zentrale. Die Frage ist: Wo?«

John sah unentschlossen auf die Weltkarte hinab. »Welcher Ort wäre denn am besten geeignet?«

»Jeder. Sie sind John Salvatore Fontanelli, der reichste Mann aller Zeiten. Wo Sie sind, wird immer oben sein.«

»Hmm.« Es widerstrebte ihm, diese Entscheidung hier und jetzt zu treffen, gewissermaßen aus einer Laune heraus. Aber offenbar erwartete McCaine genau das von ihm. Entscheidungsfreude, das hatte er einmal gelesen, war eine wichtige Eigenschaft einer Führungspersönlichkeit. »Wie wäre es mit Florenz?«

McCaine nickte, wenn auch zögerlich. »Florenz. Schön, das ist so gut wie jeder andere Platz.«

»Im Grunde ist es mir egal«, beeilte sich John hinzuzufügen.

»Darf ich dann vielleicht London vorschlagen? Nicht, weil ich dort wohne oder weil meine alte Mutter bei mir im Haus lebt – das ließe sich alles regeln, und ich richte mich selbstverständlich nach Ihrer Entscheidung. Aber London ist ein wichtiger Finanzplatz. Ein Finanzplatz mit Tradition. Wenn

341.000.000.000 $

wir den Sitz in der City of London aufschlagen, hätte das einen bedeutenden symbolischen Wert.«

John zuckte die Schultern. »Schön. London ist mir auch recht.«

»Wunderbar.« McCaine rollte die Weltkarte wieder zusammen. »Dann gründen wir die *Fontanelli Enterprises* mit Sitz in London.« Er sah sich flüchtig um, als sei ihm erst jetzt eingefallen, dass er in einem fremden Haus war und nicht in seinem Büro. »Es wird auch nicht schwer sein, dort in der Nähe einen standesgemäßen Wohnsitz für Sie zu finden.«

»Was ist an dem hier auszusetzen?«, wunderte sich John.

McCaine hob hastig die Hände. »Nichts, überhaupt nichts. Das Haus ist in Ordnung. Nicht dass Sie mich falsch verstehen ...« Er schien zu überlegen, wie er sagen sollte, was zu sagen war. »Die Vacchis haben Sie auf ihren eigenen Level gebracht, das ist nicht zu übersehen. Aber sie haben wenig Fantasie darüber hinaus entwickelt. So schön das Haus ist, es ist der Wohnsitz eines gewöhnlichen Millionärs, nicht der des reichsten Mannes aller Zeiten. Aus der Sicht selbst eines Milliardärs vom Ende der *Forbes*-Liste hausen Sie wie ein armer Schlucker.«

»Das ist mir egal«, sagte John. »Ich fühle mich wohl hier.«

»Darum geht es nicht. Für jemanden wie Sie ist Wohlfühlen kein Ziel, sondern eine Selbstverständlichkeit. Die Grundvoraussetzung sozusagen.« McCaine saß auf dem Sofa, und John stand auf der anderen Seite des Couchtisches, aber irgendwie brachte der Engländer es trotzdem fertig, ihn auf eine Weise anzusehen, als sei er ein strenger Lehrer, der sich mit unnachsichtigem Wohlwollen zu einem Erstklässler hinabbeugt. »Hier gelten andere Regeln, John. Wo wir hingehen, geht es nicht mehr um Reichtum, sondern um Macht. Und in der Welt der Macht muss man nach den Regeln der Macht spielen, und ob Ihnen oder mir das gefällt oder nicht, zu diesen Regeln gehört Imponiergehabe. Sie müssen die anderen beeindrucken und in ihre Schranken weisen. Sie müssen der stärkste Gorilla in der Herde werden, das Alpha-Tier, dem alle folgen.« Er versuchte ein Lächeln, aber der ernste Ausdruck verschwand nicht aus seinen Augen. Der Blick eines Generals, der seine Truppen in eine schwere Schlacht führen muss. »Und das werden Sie. Vertrauen Sie mir.«

Eine Sekunde lang hätte man eine Stecknadel fallen hören können. Dann kreischte hoch in der Luft eine Möwe und brach den Bann. John nickte, obwohl er nicht hätte behaupten können, ihm wirklich zu vertrauen. Aber er hatte diesen Weg gewählt, und er würde ihn gehen.

»Außerdem spricht nichts dagegen, dass Sie dieses Häuschen hier behalten«, meinte McCaine schulterzuckend. Er kam ruckartig wieder in Bewegung, klappte den Koffer erneut auf, holte Papiere heraus, einen dicken Kalender und ein Mobiltelefon. »Also los!«, sagte er, und es klang wie ein Schlachtruf. John setzte sich auf die Armlehne eines Sessels und hörte zu, wie McCaine einen Londoner Notar anrief und so lange bearbeitete, bis der sich bereit erklärte, sie noch heute Abend zwecks Gründung einer Kapitalgesellschaft zu empfangen.

»Lassen Sie ein paar Sachen packen«, meinte McCaine. »Ich organisiere solange alles weitere.«

John war froh, dem Magnetfeld dieses Mannes für einige Augenblicke zu entkommen. An das Tempo, das McCaine vorlegte, würde er sich erst noch gewöhnen müssen. Er rief Jeremy und bat ihn, eine Reisetasche zu packen.

»Für wie lange, Sir?«, wollte der Butler wissen.

John zuckte die Schultern. »Ein paar Tage. Ich weiß es nicht. Kann auch etwas länger dauern.«

»Soll ich die Leibwächter verständigen? Wann geht es los?«

»Heute. Nachher. Ja, sagen Sie Marco Bescheid.«

Der Butler nickte mit steinernem Gesicht und entschwand nach oben. John blieb im Flur stehen und lauschte dem Echo

---

Verteidigungsetat der USA im Haushaltsjahr 2002.
343.000.000.000 $

von McCaines Stimme – wie er drängte, überredete, bestimmte, anordnete, unterschwellig drohte. Der Mann war ein Bulldozer. Mit einer Billion Dollar hinter sich würde er alles platt machen, was ihnen im Weg stand.

»Kontoauszüge!«, rief McCaine vom Wohnzimmer aus.

»Wie bitte?«, rief John zurück, unsicher, ob er überhaupt gemeint war.

Aber da kam der Engländer schon höchstselbst herangeprescht. »Sie sollten aktuelle Auszüge Ihrer Konten ausdrucken und mitnehmen. Ich nehme doch an, der Computer steht hier im Keller, oder?«

»Ja, aber ich habe keine Ahnung, wie man damit irgendetwas ausdruckt.«

»Das kann ich Ihnen zeigen.«

Also ging es im Marschschritt hinunter in den Keller, den eine Tresorbaufirma nach dem neuesten Stand der Technik gepanzert und gesichert hatte. McCaine drehte sich höflich beiseite, während John den Zugangscode eintippte, und nickte anerkennend, als er den PC und das neue Programm darauf sah. »Nicht schlecht«, meinte er. »Wer hat das gemacht? Der junge Vacchi, nehme ich an. Wie heißt er doch gleich? Eduardo?«

John nickte. Die Summe in der untersten Zeile raste wie eh und je, inzwischen waren es eine Billion und dreißig Milliarden Dollar.

»Schön, schön. Darf ich?« Er nahm auf dem Stuhl vor dem Computer Platz, klickte mit der Maus umher. »Wie ich mir dachte, er hat auf mein Programm aufgesetzt. Aber gut gelungen, muss ich sagen. Ja, dann wollen wir mal sehen, was wir da ausdrucken ...«

»Wird das nicht eine Unmenge Papier?«, fiel es John ein.

»Bei einer Summenzeile pro Konto ungefähr zwölftausend Seiten«, nickte McCaine. »Dreißig Aktenordner voll. Das ist natürlich zu viel; wir drucken eine Übersicht nach Ländern und Anlageformen. Das sind nur etwa vierzig Blatt.« Der Drucker begann summend, Papier auszuspucken. »Da fällt mir ein, den Computer in der Kanzlei der Vacchis gibt es immer noch, oder? Den müssen wir abgeschaltet kriegen. Nicht dass ich den Vacchis misstraue, die sind ja von geradezu übermenschlicher Redlichkeit, aber der Gedanke, dass ein Guckloch in unsere Finanzen existiert, gefällt mir nicht, verstehen Sie?«

»Mmh«, machte John. Er fühlte sich etwas unbehaglich dabei, McCaine von *unseren* Finanzen sprechen zu hören. Aber sicher war das nur eine unbedeutende Gedankenlosigkeit.

Die Prozedur der Gründung der *Fontanelli Enterprises Limited* ging womöglich noch unspektakulärer vor sich als die Übertragung des Vermögens. Über London dunkelte es, als sie das Büro des Notars betraten, dunkel getäfelte, hohe Räume, in denen noch der Geist des Britischen Empire wehte. Der Notar, ein distinguierter grauhaariger Mann mit der Statur eines Polospielers, sah aus und benahm sich, als sei er ein Blutsverwandter der Königin selbst. Er setzte John den Inhalt des Gründungsdokuments in dem präzise artikulierten Upperclass-Englisch auseinander, das sich anhört, als habe der Sprecher eine heiße Kartoffel im Mund, und lediglich als ihm zu Bewusstsein kam, dass er gerade dabei war, eine Gesellschaft mit einem liquiden Eigenkapital von einer Billion Dollar zu gründen, verlor er für einen Moment leicht die Fassung. Nicht, ohne sie unverzüglich wiederzugewinnen und weiterzumachen, als sei nichts gewesen. John würde, so erklärte er, alleiniger Anteilseigner der Gesellschaft sein und Malcolm McCaine sein Geschäftsführer. Es ging seitenlang weiter mit Paragrafen, und schließlich wollte er noch den Anstellungsvertrag des Geschäftsführers sehen.

»Das ist doch jetzt unwichtig«, entfuhr es einem merklich ungehaltenen McCaine. »Wir schließen einen ganz gewöhnlichen Anstellungsvertrag. Das können wir auch alleine.«

»Wie Sie meinen«, erwiderte der Notar und neigte den Kopf

leicht zur Seite, was wohl ein gewisses Missfallen zum Ausdruck bringen sollte.

McCaine warf John einen raschen Blick zu. »Er wollte bloß zusätzliche Gebühren herausschinden«, raunte er ihm auf Italienisch zu.

Wieder Stempel, Unterschriften, Löschpapier. Kein Sekt, keine Gratulationen. Eine schmale, blasse Frau wartete in der Tür, um die zur Hinterlegung bestimmten Dokumente entgegenzunehmen, dann reichte der Notar John seine Ausfertigung, schüttelte ihm und McCaine kurz die Hand, und das war es. Fünf Minuten später saßen sie im Wagen zu Johns Hotel.

John war darauf gefasst gewesen, am nächsten Morgen aufzuwachen und das Hotel von Presse umzingelt vorzufinden. Zu seiner nicht geringen Erleichterung war aber, als er aufwachte und als Erstes blinzelnd durch die schweren Vorhänge hinab auf die Straße spähte, nicht eine einzige Satellitenschüssel zu sehen.

Unbemerkt war ihre verschwiegene nächtliche Zeremonie dennoch nicht geblieben. McCaine tauchte auf, als John im Esszimmer seiner Suite bei einem bemerkenswert schlechten Frühstück saß, einen Stapel Zeitungen unter dem Arm. Die *Sun* brachte einen längeren Bericht auf der hinteren Umschlagseite, Grundtenor »Billionen-Bub hat sich ein neues Spielzeug zugelegt«. Die *Financial Times* hatte einen zweispaltigen Artikel für nötig befunden, immerhin auf der ersten Seite, allerdings weit unten und von jenem ätzenden Spott getragen, für den das Blatt berüchtigt war. Man merkte süffisant an, dass noch nicht einmal feststünde, welchen Geschäftszweck die *Fontanelli Enterprises* überhaupt zu verfolgen gedächte. Ob er unter dem Eindruck der Prophezeiung vielleicht als Nächstes den Amazonas-Regenwald aufkaufen würde, um die dortigen Rodungen zu stoppen und so die grüne Lunge der Erde zu erhalten?

346.000.000.000 $

»Die werden sich noch wundern«, war McCaines ganzer Kommentar.

John blätterte den Stapel durch. »Was ist mit amerikanischen Zeitungen?«

»Für die ist es noch zu früh«, sagte McCaine. »Nur CNN bringt nachher einen Sonderbericht, eine halbe Stunde lang. Allerdings frage ich mich, wie sie die füllen wollen. Mit Spekulationen, vermutlich.«

»Ist das gut oder schlecht?«, wollte John wissen, den Rest seines labberigen Toastes betrachtend. Er beschloss, ihn nicht aufzuessen.

McCaine raffte die Blätter wieder zusammen und warf sie in den Papierkorb. »*Any publicity is good publicity,* das gilt nicht nur in Hollywood. Einer Menge Leuten wird heute früh der Appetit vergangen sein.«

Der Kaffee war, genau betrachtet, auch ungenießbar. »Können wir irgendwohin gehen, wo man ein gutes Frühstück bekommt?«, bat John.

McCaine begann noch im Hotelaufzug mit Maklern wegen eines angemessenen Büros zu telefonieren. »Am liebsten ein ganzes Hochhaus in der City of London«, erklärte er einem seiner Gesprächspartner, als sie durchs Foyer rauschten. »Und ich zahle bar, wenn es sein muss.«

John registrierte verblüfft, dass McCaine alles aus dem Gedächtnis bewältigte. Er kannte alle Telefonnummern auswendig, merkte sich durchgesagte Adressen und brauchte offensichtlich auch keinen Stadtplan, um sie zu finden, denn in seinem Auto war keiner.

»Ich denke, für den Anfang genügen Niederlassungen in New York, Tokio, Paris, Berlin, Sydney und Kuwait«, erläuterte McCaine, während er seinen nach wie vor unaufgeräumten Jaguar durch den Londoner Innenstadtverkehr manövrierte. Marco, Carlin und der dritte Leibwächter, dessen Name ebenfalls John war, folgten in dem gepanzerten Mercedes, den sie

347.000.000.000 $

von einer Londoner Sicherheitsfirma gemietet hatten. »Sobald die Organisation steht, müssen wir mindestens in jeder Hauptstadt der Welt vertreten sein.«

»Kuwait?«, wunderte sich John.

»Öl«, sagte McCaine.

»Öl? Ist das denn heutzutage noch so wichtig?«

McCaine warf ihm einen abschätzigen Blick zu. »Sie meinen, verglichen mit Gentechnik?«

»Zum Beispiel. Ich meine, es geht ja um die Zukunft, und die wird doch sicher von solchen Branchen bestimmt ... liest man jedenfalls immer.«

»Vergessen Sie das ganze Gerede. Zukunftsbranchen – klar, mit Gentechnik, Pharmazeutika, Internetsoftware und so weiter wird eine Menge Geld verdient werden. Wenn man der Börse glaubt, ist Microsoft mehr wert als ganz Russland. Aber glauben Sie das? Ein paar Gebäude und Computer sollen mehr wert sein als das größte Land der Erde, mit all seinem Öl, seinen Bodenschätzen, seinen endlosen Weiten? Das ist nicht die Wirklichkeit. Das ist nur der Blick der Börse, und die Börse ist nichts weiter als eine Art Wettbüro. Nur dass dort mit Einsätzen gespielt wird, die so hoch sind, dass sie in richtigen Wettbüros verboten wären.« Der Blick, mit dem McCaine den Verkehr musterte, war der eines Spähers mitten im Krieg. Mit einem raschen Manöver wechselte er die Spur. »Im wirklichen Leben sehen die Dinge anders aus. Im wirklichen Leben zählen nur Nahrungsmittel und Energie. Wussten Sie, dass dieses Jahr die weltweiten Vorräte an Weizen, Reis und anderen Getreidesorten auf dem niedrigsten Stand seit zwei Jahrzehnten sind? In den Nachrichten kommt das natürlich nicht vor, die berichten lieber über irgendwelche Scharmützel in Bosnien-Herzegowina. Und die Prognosen für die diesjährigen Ernten sind schlecht, was heißt, die Vorräte werden nächstes Jahr vermutlich unter die Marke von fünfzig Tagen des Weltverbrauchs sinken. Und während die Bevölkerung wächst, schrumpft weltweit die landwirtschaftlich nutzbare Fläche, durch Erosion, Versalzung, Versteppung, Zersiedelung. Allein auf Java werden derzeit jedes Jahr zwanzigtausend Hektar mit Straßen, Siedlungen und Fabriken zugebaut, eine Fläche, die über dreihunderttausend Menschen ernähren könnte – während die Bevölkerung Indonesiens um drei Millionen pro Jahr wächst. Warum, glauben Sie, legen die USA so großen Wert darauf, der größte Getreide-Exporteur der Welt zu sein und zu bleiben? Weil das Macht bedeutet. Bald werden die amerikanischen Getreidesilos eine größere Macht darstellen als die Flugzeugträger der US Navy.«

»Heißt das, Sie wollen den Regierungen irgendwann mit dem Entzug von Nahrungsmitteln drohen?«, fragte John.

»Nein. Man droht nicht. Man sorgt nur dafür, dass dem anderen klar ist, was man tun *könnte,* und dann sagt man, was man von ihm will. Das genügt schon.« McCaine lächelte undurchdringlich. »Keine Sorge. Sie werden bald merken, wie das funktioniert.«

Eine Woche später unterschrieb John eine Zahlungsanweisung über einen ehrfurchtgebietenden Betrag in Britischen Pfund für einen ehrfurchtgebietenden Büroturm in der City of London, der zuvor der National Bank of Westminster gehört hatte. Deren Schild wurde gerade abmontiert, als sie das erste Mal als rechtmäßige neue Besitzer ankamen. »Es trifft keine Armen«, meinte McCaine leichthin, »die haben noch fünf weitere Wolkenkratzer hier in der Gegend, die meisten größer als dieser.«

Selbst leer geräumt atmete das Gebäude noch immer Macht, Reichtum und jahrhundertealte Geschichte. Hallenden Schrittes wanderten sie durch riesige, stuckverzierte Räume, über uraltes, solides Parkett, schauten aus hohen Fenstern hinaus auf die Stadt.

McCaine zeigte sich hochbefriedigt über den Kauf, mit dem sie ihr Hauptquartier, wie er sich ausdrückte, »mitten in

349.000.000.000 $

Feindesland hineingepflanzt« hätten. »Schauen Sie hinaus, John«, forderte er, als sie im obersten Stockwerk angelangt waren. »Das ist die City of London, ein unabhängiger, selbstverwalteter Stadtbezirk mit eigener Verfassung, eigener Polizei, beinahe ein souveräner Staat. Dort drüben ist die Bank von England, dort ist Lloyd's of London, die Londoner Aktienbörse befindet sich hier, buchstäblich jedes bedeutende Handelshaus der Welt unterhält hier ein Büro. Nirgendwo auf Erden werden Sie eine reichere Quadratmeile finden. Dies ist wirklich und wahrhaftig der Vatikan des Geldes – und wir sind mitten darin.«

John betrachtete die Skyline Londons, den dunkel mäandernden Lauf der Themse, dachte an die vielen Nullen auf dem Scheck, den er unterschrieben hatte, und war nicht ganz so beeindruckt.

»Und wie geht es jetzt weiter?«, fragte er.

Vermutlich hätte man McCaine mitten in der Nacht wecken können, und er wäre trotzdem im Stande gewesen, zu allen Details seiner Vorhaben Auskunft zu geben. »Wir stellen Leute ein«, erklärte er ohne Zögern und ohne den Blick von der Aussicht zu nehmen, die in der Tat bemerkenswert war. »Analysten, die alle Firmen der Welt unter die Lupe nehmen, um festzustellen, welche wir davon brauchen. Verwaltungsfachleute, die eine Organisation aufbauen können. Rechtsanwälte, die alles wasserdicht absichern. Und so weiter. Wir können einige Leute aus meiner alten Firma übernehmen, aber das reicht nicht. Ich habe in allen wichtigen Zeitungen Stellenanzeigen geschaltet, die morgen erscheinen, und außerdem etliche Personalberater beauftragt, gute Führungskräfte zu finden.«

»Personalberater?«, echote John.

Er hatte nur laut überlegt, um was für einen Beruf es sich

Gesamtbetrag der Agrarsubventionen der Industrieländer. Den Löwenanteil erhalten die Bauern in der Europäischen Gemeinschaft.
350.000.000.000 $

dabei genau handeln mochte, aber McCaine schien seine Bemerkung als Sorge um die damit verbundenen Kosten zu verstehen, denn er beeilte sich zu erklären: »Der Erfolg jedes Unternehmens steht und fällt mit seinen Mitarbeitern. Man könnte meinen, das sei das bestgehütete Geheimnis der Wirtschaft, aber in Wirklichkeit wird es überhaupt nicht gehütet. Überall kann man es nachlesen, aber kaum jemand versteht es. Vor allem diejenigen, die Arbeit suchen, verstehen es nicht. Wenn sie es nämlich verstünden, sähe die Welt anders aus.«

Später machte John noch einen kleinen Spaziergang durch den Vatikan des Geldes. Allein, zum ersten Mal seit ... Er konnte sich kaum noch daran erinnern, wann er das letzte Mal allein unterwegs gewesen war. McCaine hatte ihm versichert, dass ihm nichts passieren werde; in der Tat beäugten ihn von jeder Hausecke Videokameras, und die allgegenwärtigen Polizisten, auf deren Helm ein eigenes Signet prangte, ließen ihn nicht aus den Augen. Alles war sauber wie geleckt und ein bisschen langweilig, trotz vergoldeter Wappentiere und prachtvoller Fassaden. Es waren wenig Leute unterwegs, Touristen schienen sich nicht darunter zu befinden.

In einer engen, unscheinbaren einspurigen Gasse stieß er auf ein Schild mit der Aufschrift »N. M. Rothschild & Sons«. Er spähte in die Eingangshalle dahinter. Ein großes Wandgemälde zeigte Moses und sein Volk, das gerade die Zehn Gebote von Gott empfing.

»Sir?« Ein Sicherheitsmann in dunklem Overall war neben ihm aufgetaucht wie aus dem Boden gewachsen. »Würden Sie bitte weitergehen?«, bat er mit stählerner Höflichkeit.

John sah ihn an. *Ich könnte diese Bank kaufen und ihn rauswerfen lassen,* durchzuckte es ihn. Er sah sich selbst, gespiegelt in den dunklen Scheiben des Vestibüls. Falsches Outfit. Er hatte seinen Anzug im Hotel gelassen, trug Jeans und eine dünne Windjacke. Die hatte zwar auch viel Geld gekostet, aber man sah es ihr nicht an. Ganz entschieden sah er nicht aus wie ein Kunde von N. M. Rothschild & Sons.

»Schon gut«, erwiderte John. »Ich wollte sowieso gerade gehen.«

Der Makler war schmächtig, nuschelte, hatte ein schiefes Gesicht und schmutzigrote, widerborstige Haare, aber sein Parfüm roch nach schierem Geld, und auf seiner Visitenkarte prangte ein goldgeprägtes Wappen. Und natürlich fuhr er sie im Rolls-Royce zu den infrage kommenden »Objekten«, wie er sich ausdrückte.

»Das Anwesen«, näselte er, während sie auf ein riesiges, schmiedeeisernes Tor zurollten, »gehörte dem achtzehnten Earl von Harrington-Keynes, der leider kinderlos verstarb.« Er betätigte eine Fernbedienung. Während die Torflügel mit aristokratischer Gelassenheit den Weg freigaben, deutete er auf die darin eingearbeiteten Wappen. »Die Insignien müssten Sie natürlich gegebenfalls entfernen lassen.«

»Selbstverständlich«, erwiderte McCaine. »Gegebenenfalls.«

Sie rollten durch das Tor. Die Umfriedung rechts und links schien noch aus den Zeiten der normannischen Invasion zu stammen, die würdevoll dahinter emporragenden Bäume hatten womöglich schon Heinrich dem Achten Schatten gespendet, und von einem Anwesen war zunächst nichts zu sehen. Der Wagen glitt sanft hügelan durch eine Landschaft, die einem großzügigen Jagdrevier glich oder einem verwilderten Golfplatz.

»Die Countess lebt seit Jahren in einem Pflegeheim und hatte nicht mehr die Möglichkeit, sich angemessen um den Familienbesitz zu kümmern«, fuhr der Makler fort. »Vor zwei Jahren hat sie sich entschlossen zu veräußern.«

Sie überquerten den Hügel. Der Blick weitete sich. Als sei es nicht mehr von dieser Welt, erhob sich ein Schloss vor ihnen, aus trutzigem grauem Basalt für die Ewigkeit erbaut. Es hatte drei mehrstöckige Flügel, die einem symmetrisch angelegten Teich zugewandt waren, türmchengekrönte Erker an den äußeren Ecken und einen offenbar nachträglich überdachten Haupteingang, vor dem der Wagen zum Stehen kam.

Sie stiegen aus. John betrachtete einigermaßen fassungslos die Front des Schlosses, sah von einem Ende zum anderen – und man brauchte ziemlich lange, um von einem Ende zum anderen zu sehen. Das Ding war größer als der Wohnblock, in dem das Haus seiner Eltern lag und in dem er aufgewachsen war. Er fragte sich, ob schon einmal jemand gezählt hatte, wie viele Fenster es eigentlich waren.

»Na, John?«, fragte McCaine mit einer Begeisterung, als habe er alles eigenhändig erbaut. »Was sagen Sie?«

John wandte sich um, sah in die Richtung, aus der sie gekommen waren. »Ziemlich weit bis zum Briefkasten, oder?«, meinte er. »Vor allem, wenn es regnet.«

Der Makler riss entsetzt die Augen auf, aber McCaine lachte nur und meinte: »Lassen Sie uns hineingehen.«

In der Eingangshalle hätte man Tennis spielen können. Von übermannshohen, dunklen Ölgemälden in vergoldeten Rahmen sahen blasierte Gesichter toter Earls auf sie herab.

»Die Ahnengalerie ist einem Museum versprochen«, erklärte der Makler. »Sie müssen sich die Bilder also wegdenken.«

»Herzlich gern«, sagte John.

Die Flure erstreckten sich endlos. Auf den meisten Türgriffen lag Staub. Der Speisesaal ließ einen an das Innere einer Kirche denken.

»Absolut standesgemäß«, befand McCaine.

»Etwas düster«, fand John.

Die Fenster waren hoch, aber schmal, und bei der Ausstattung mit elektrischem Licht hatte man beträchtliches Understatement walten lassen.

»Ein amerikanischer Historiker hat ermittelt, dass das Schloss flächenmäßig genau zehnmal so groß ist wie das Weiße Haus in Washington«, berichtete der Makler und räumte ein: »Nachgeprüft habe ich es allerdings nicht.«

McCaine nickte gewichtig. John schluckte unbehaglich. Sie wanderten noch ein wenig durch die Räumlichkeiten, und als sie sich wieder trafen, nahm McCaine John beiseite und fragte leise: »Und? Ich denke, das wäre ein einigermaßen angemessener Wohnsitz für den reichsten Mann der Welt.«

»Ein Schloss? Ist das nicht etwas übertrieben?«

»Unsinn. Jeder bessere Rockstar hat so was. Soll ich Ihnen den Landsitz von Mick Jagger zeigen? Oder das Schloss, das George Harrison bewohnt?«

»Aber ich finde es so furchtbar ... groß!«

»John«, sagte McCaine und sah ihm ernst in die Augen. »Sie müssen lernen, groß zu denken. Das hier ist nur der Anfang. Sehen Sie es als tägliches Übungsfeld.«

So kaufte John Salvatore Fontanelli, reichster Mann der Welt, ein englisches Schloss aus dem fünfzehnten Jahrhundert mitsamt einem knapp vier Quadratmeilen großen Anwesen, weitläufigen Gesindehäusern, Stallungen, Gartenhütten und Waldlauben, einem Pförtnerhaus und einer eigenen Kapelle. Ein Konsortium von Baufirmen übernahm die Renovierungsarbeiten, der Vertreter des federführenden Architekturbüros würde alle drei Tage zur Berichterstattung erscheinen, um Rücksprache zu Detailfragen zu halten. Kurz vor Weihnachten, so war es geplant, würden die Arbeiten so weit gediehen sein, dass John einziehen konnte.

McCaine bestand darauf, dass weder Kosten noch Mühen gescheut wurden, alles aufs Prachtvollste herzurichten. Das Erdgeschoss des Nordflügels würde in ein großes Schwimmbad umgebaut werden, mit Whirlpool, mehreren Saunen und Dampfbädern, Massageraum und Wandelgarten zwischen exotischen Pflanzen. Um die Luxuskarossen, die sich John auf McCaines Zureden hin bestellte – für den Anfang je ein Exemplar der Marken Rolls-Royce, Jaguar, Mercedes-Benz und Lamborghini – angemessen unterbringen und in gepflegtem Zustand erhalten zu können, würde man die Pferdeställe größtenteils zu Garagen umbauen und außerdem eine eigene Automobilwerkstatt einrichten. Zweihundert Angestellte würden sich dereinst um Haus und Hof kümmern; um deren Auswahl und Einstellung zu überwachen, übergab Jeremy den Haushalt in Portecéto an Sofia und reiste nach London. Für die Leitung der Küche warb man einen mehrfach mit Preisen und Sternen in diversen Restaurantführern ausgezeichneten französischen Koch an, der seine gesamte Mannschaft vom Soßenkoch bis zum Gemüseschneider mitbrachte und völlig freie Hand und ein nahezu unbegrenztes Budget erhielt, was die technische Ausstattung der Küche anbelangte.

In einem entlegeneren Winkel des Anwesens baute man einen Hubschrauberlandeplatz mit Flutlichtanlage. Im Frühjahr sollte sich herausstellen, dass der Lärm, den ein landender Hubschrauber machte, im Schloss selbst erträglich war, dass aber die eigens importierten Pfauen, die malerisch zwischen den frisch angelegten Blumenrabatten umherstolzierten, sich jedes Mal höchst irritiert zeigten.

355.000.000.000 $

22

AUF EINMAL VERLIEF sein Leben in festeren und regelmäßigeren Bahnen als jemals zuvor. Er stand morgens um halb sieben auf, duschte, frühstückte, und um halb acht wartete der Wagen, um ihn ins Büro zu bringen, behütet von einer Schar Bodyguards, deren Zahl von Tag zu Tag zuzunehmen schien, und auf täglich wechselnden Routen. Auf diese Weise sah er wenigstens ein bisschen was von London, denn den Rest der Zeit verbrachte er mit einem besessen wirbelnden McCaine, dessen bloße Nähe wie eine Droge wirkte.

Horden von Handwerkern waren über das Bürogebäude hergefallen und hatten Telefonanlagen, Computernetze und Zugangskontrollen installiert, Fußböden verlegt, Heizungen erneuert, Wände eingerissen, errichtet, getäfelt oder gestrichen, Marmor angebracht, wo vorher Teakholz gewesen war, und Gold, wo einst Edelstahl genügt hatte. Unversehens fand sich John in einem Büro wieder, das die Ausmaße einer Vierzimmerwohnung hatte und eine Aussicht auf das Stadtpanorama, für die man Eintritt hätte verlangen können. McCaine bekam das spiegelbildlich gebaute Gegenstück im gegenüberliegenden Eck, und dazwischen lag ein riesiger Konferenzraum wie aus einem James-Bond-Film, mit einem Tisch so groß wie ein Tennisplatz, jeder Menge versenkbarer Leinwände und Projektoren und Jalousien und so weiter und mit mehr Sitzplätzen als im Parlament. Der Rest des Stockwerks war Empfangsbereich, voller dicker Ledersessel, Glastische und üppig wuchernder Hydrokulturpflanzen, um Heerscharen von Besuchern darauf warten lassen zu können,

356.000.000.000 $

zu ihnen vorgelassen zu werden. Sechs bildhübsche Sekretärinnen thronten hinter einem Tresen aus schneeweißem Marmor, um dereinst besagte Besucher mit ihrem Anblick zu erfreuen, aber einstweilen kamen keine Besucher, und so ließ McCaine sie Briefe schreiben und Telefonate durchführen.

Tage reihten sich zu Wochen, Wochen zu Monaten, und es war beinahe körperlich zu spüren, wie die Dinge in Gang kamen. Die leeren Wegweiser an Aufzügen und Treppenabsätzen füllten sich. Im Stockwerk direkt unter ihnen richtete sich eine Personalabteilung ein, die Analysten und Volkswirtschaftler, die sie einstellten, bevölkerten die untersten drei Etagen. Der Rest des Gebäudes war noch leer, aber es existierten schon genaue Pläne für seine Verwendung, täglich kamen Handwerker und wurden Büromöbel angeliefert, und es war abzusehen, dass der Turm bis Jahresende vor Geschäftigkeit vibrieren würde. Es war, als nehme eine Millionen Tonnen schwere Lokomotive langsam Fahrt auf, kaum wahrnehmbar am Anfang, doch unaufhaltsam, sobald sie erst in Bewegung war.

Sie hatten vage darüber gesprochen, John ein Apartment zu besorgen für die Übergangszeit, aber er hatte dann doch keine Lust, wieder mit Maklern umherzufahren, und beschloss, dass er die Zeit genauso gut im Hotel wohnen bleiben konnte. Die Suite war groß genug, um sich schon einmal an das spätere Leben im Schloss gewöhnen zu können, und luxuriös war alles sowieso. Sogar das Frühstück wurde besser, nachdem er dem Hotelmanager gegenüber eine kurze Bemerkung machte; eine Woche lang erschien daraufhin jeden Morgen, sobald abgeräumt war, der Küchenchef persönlich und erkundigte sich beflissen nach Verbesserungswünschen, bis die Pfannkuchen so locker, der Kaffee so duftig, die Toasts so kross waren, dass John sich schon beim Zubettgehen auf den nächsten Tag freute.

Er hatte sich erst aus Portecéto mehr Anzüge und derglei-

357.000.000.000 $

chen schicken lassen wollen, doch dann fiel ihm McCaines Ermahnung ein, *groß zu denken,* und so ließ er die Schneider anrufen, die seine Maße bereits hatten, um eine komplette weitere Garnitur zu bestellen. Und nicht mit sechs Wochen Lieferzeit, sondern *pronto!* Und, o wundersame Macht des Geldes, niemand brauchte länger als drei Tage, ihm die gewünschten Anzüge, Hemden und so weiter direkt ins Hotel zu liefern. Niemand belästigte ihn mit einer Rechnung. Irgendwie regelte sich das von selbst, ohne dass John mitbekam, wie, und es interessierte ihn auch nicht sonderlich.

Die Tage, die sich zu Wochen reihten, waren ein endloser Strudel von Ereignissen, ohne Pause, ohne Wochenenden oder Feiertage. McCaine schleppte ihn mit zu Besprechungen, gab ihm Pläne, Vertragsentwürfe und endlose Auflistungen von Zahlen zu lesen, erläuterte ihm Bilanzen und Wirtschaftsstatistiken und ließ ihn Schecks unterschreiben, Kaufverträge, Mietverträge, Anstellungsverträge, Behördenformulare und so weiter. Wenn John zwischen all dem ein wenig Zeit hatte, setzte er sich hinter seinen prächtigen Schreibtisch in seinem prächtigen Büro und las verschiedene Tageszeitungen, Finanzblätter und Börsenbriefe oder eines der Bücher über Volkswirtschaft, Betriebswirtschaft und Ökologie, die McCaine ihm empfohlen hatte. Die meisten davon verstand er nicht mehr, sobald er über die ersten zehn Seiten hinaus war, aber er versuchte, es sich nicht anmerken zu lassen. Meistens dauerte es auch keine halbe Stunde, bis McCaine ihn wieder zu sich bat und John nur staunend mit ansehen konnte, wie der Mann mit einer ganzen Batterie von Telefonen gleichzeitig telefonierte, während er Leute berichten ließ und mit Aufträgen wieder davonscheuchte. Wenn John morgens um acht ankam, war McCaine schon da, und obwohl dieser mit keinem Wort und keiner Miene zu verstehen gab, dass er von ihm eine ähnlich aufopfernde Lebensweise erwartete, wurde John zunehmende Schuldgefühle nicht los, wenn er abends um acht zurück ins Hotel wollte und McCaine *immer noch* da war. Im Lauf der Zeit begann er sich zu fragen, ob McCaine überhaupt je nach Hause ging.

So reihten sich die Tage, so verging die Zeit. Frankreich zündete trotz internationaler Proteste eine Atombombe unter dem Mururoa-Atoll, der ehemalige Footballstar O. J. Simpson wurde nach einem zur Sensation aufgebauschten Gerichtsverfahren vom Vorwurf des Mordes freigesprochen und der israelische Ministerpräsident Yitzhak Rabin während einer Friedenskundgebung erschossen. Immer öfter bot London sich morgens in rauchgrauen Nebel gehüllt dar, schon lange hatte niemand mehr mit Mikrofonen und Blitzlichtern vor dem Hotel auf John Fontanelli gewartet, als der Tag kam, an dem es richtig losging.

»Hier sind sie. Die ersten Empfehlungen der Analysten.«

»Ah«, machte John.

»Die wir«, sagte McCaine und ließ den Papierstapel auf den Tisch fallen, »zunächst ignorieren werden.«

Der Knall, mit dem die Papiere auf der bestürzend makellosen Oberfläche des Konferenztisches landeten, hallte einen Moment nach. Es war so still hier oben in dem riesigen Raum, als existiere die Welt draußen nicht wirklich.

»Um stattdessen ... *was* zu tun?«, fragte John, weil er spürte, dass McCaine auf genau diese Frage wartete.

»Unsere erste Firmenübernahme«, erklärte McCaine, »muss ein Paukenschlag sein. Ein richtiger Hammer. Etwas, das niemand ignorieren kann. Unser erster Schlag muss die ganze Welt ins Mark treffen.«

John betrachtete den Anblick, den die Papiere boten. Die weite Fläche des Konferenztisches schimmerte im Licht der morgendlichen Sonne wie ein schwarzer See bei Windstille, und der zerfledderte Stapel war eine felsige Insel darin. »Sie meinen, wir sollten eine richtig große Firma kaufen.«

»Ja, sicher. Aber das allein reicht nicht. Sie muss auch etwas symbolisieren. Sie muss mehr sein als nur eine Firma. Sie muss eine Institution sein. Und es muss eine amerikanische Firma sein. Wir müssen der führenden Wirtschaftsmacht der Welt ein Filetstück wegnehmen, in einem einzigen kühnen Handstreich.«

John furchte die Stirn, ließ die Firmennamen Revue passieren, die er kannte. Mehr oder weniger waren das alles Institutionen, oder? Es schien geradezu das Wesen einer erfolgreichen Firma zu sein, zu so etwas wie einer Institution zu werden. »Sie fragen aber jetzt nicht mich, welche wir nehmen sollen, oder? Sie haben schon eine im Visier.«

McCaine nickte unmerklich, legte die Hand besitzergreifend auf den schwarzen, windstillen See. »Sie als Amerikaner – welchen Namen verbinden Sie mit Reichtum?«

»Bill Gates.«

»*Alright,* den meine ich jetzt nicht. Ich denke an jemanden aus dem vorigen Jahrhundert.«

John musste etwas nachdenken, ehe er darauf kam. »Rockefeller?«

»Genau. John D. Rockefeller. Ist Ihnen auch ein Begriff, wie seine Firma hieß?«

»Warten Sie – Standard Oil?« War in der Schule davon je die Rede gewesen? Er konnte sich nicht erinnern. In einem der Bücher hatte er darüber gelesen, eher zufällig. Und das Fernsehen hatte einmal etwas gebracht, vor Jahren. »Ja, genau. Die Standard Oil Corporation. Das war die Geschichte. Rockefeller hatte ein Monopol auf dem Ölmarkt, bis die Regierung ein Anti-Trust-Gesetz erließ und sein Konzern zerschlagen wurde.«

»Das ist die volkstümliche Version. Die wirkliche Geschichte geht so: John D. Rockefeller wurde 1892 in Ohio nach dem Anti-Trust-Gesetz angeklagt, entging aber der Entscheidung des Gerichts, indem er Standard Oil zerlegte und den Besitz auf Firmen in anderen Ländern verteilte. Firmen, die nach wie vor von ihm und seinem Stab kontrolliert wurden. Das

Gerichtsverfahren brachte ihn dazu, den ersten multinationalen Konzern zu gründen.«

»Na schön. Und? Trotzdem gibt es Standard Oil nicht mehr.«

»Glauben Sie? Die Standard Oil Company of New York heißt seit 1966 Mobil Oil. Die Standard Oils von Indiana, Nebraska und Kansas haben zwischen 1939 und 1948 fusioniert und heißen seit 1985 Amoco. Die Standard Oil Companies von Kalifornien und Kentucky gingen 1961 zusammen und firmieren seit 1984 unter Chevron. Und der größte Brocken von allen ist die ehemalige Holding, die Standard Oil of New Jersey, die ihren Namen 1972 änderte in Exxon Corporation.«

John starrte ihn an und spürte, dass sein Unterkiefer sich selbstständig machen wollte. »Sie wollen Exxon kaufen!«

»Genau. Exxon ist aus vielerlei Gründen der ideale Kandidat für den ersten Schlag. Es ist eines der fünf größten Unternehmen der Welt, der zweitgrößte Energiekonzern nach Shell, weltweit tätig, auf jedem Kontinent vertreten außer in der Antarktis. Und, nicht ganz unwichtig, Exxon ist eine der profitabelsten Firmen auf diesem Planeten.«

»Exxon ...?« John spürte plötzlich seinen Herzschlag im Hals. »Aber können wir uns das denn leisten? Ich meine, Exxon ist doch ein Gigant ...«

McCaine zog eine Zeitschrift aus seinen Unterlagen und schlug eine Seite darin auf. »Das ist die *Fortune-500*-Liste, die Liste der fünfhundert größten Industrieunternehmen der Welt. Wichtig ist die vorletzte Spalte, das Eigenkapital. Einundfünfzig Prozent davon muss Ihnen gehören, um die Firma zu kontrollieren.« Er schob ihm die Liste herüber. »Rechnen Sie einfach mal nach, wie weit Sie kommen.«

John starrte die Liste an, las Namen wie General Motors, IBM, Daimler-Benz, Boeing oder Philip Morris. Er langte nach dem großen Taschenrechner, fing an zu addieren, nur die Milliarden, und hörte auf, als er am Ende der ersten Seite bei Rang 50 ankam und immer noch über sechshundert Milliar-

361.000.000.000 $

den übrig waren. »Ich kann ja tatsächlich die halbe Welt aufkaufen«, murmelte er.

McCaine nickte wie ein Lehrer, der sehr zufrieden ist mit der Antwort seines schwierigsten Schülers. »Und wenn Sie die halbe Welt gekauft haben«, ergänzte er, »ist Ihr Geld ja nicht weg. Es ist investiert. Das heißt, es fängt erst richtig an, noch mehr Geld zu verdienen. Geld, mit dem wir den Rest auch noch kriegen.«

Es war einer dieser magischen Momente, die einem ein Leben lang im Gedächtnis bleiben wie brillant ausgeleuchtete Farbdias. John saß da, starrte auf die Liste mit den hellblau und dunkelblau unterlegten Namen und Zahlen, den beinahe armseligen Zahlen, wenn man sie gegen die ungeheure Wucht eines Vermögens von einer Billion Dollar setzte, und begriff in diesem hell erleuchteten Augenblick, begriff zum ersten Mal wirklich, welche Macht er in die Hände gelegt bekommen hatte. Jetzt erst begriff er, was McCaine vorhatte, begriff die ganze Dimension des Plans und die unwiderstehliche Dynamik, die zu entfesseln sie im Begriff waren. Sie würden Erfolg haben. Einfach deshalb, weil es niemanden und nichts gab, das sich ihnen in den Weg stellen konnte.

»Ja«, flüsterte er. »So machen wir es.«

»Zwei Wochen«, sagte McCaine. »Dann sitzen wir in Texas.«

John fiel noch etwas ein. »Heißt das, praktisch alle großen Ölkonzerne, die es gibt, gehen auf Rockefellers Standard Oil Corporation zurück?«

»Nicht alle. Shell hat Wurzeln in den Niederlanden und in England und mit Standard Oil nie etwas zu tun gehabt. Elf Aquitaine ist französischen, British Petroleum, wie der Name schon sagt, britischen Ursprungs.« McCaine beugte sich vor. »Aber merken Sie was? Da hat schon einmal jemand versucht, sich in unsere Richtung zu bewegen. Rockefellers Problem war, dass er zu früh kam. Im Grunde hat er mit der Macht, die er errungen hat, nichts anzufangen gewusst. Würde er heute leben, würde es erstens nicht mehr gelingen, Standard

Oil zu zerschlagen, und zweitens wüsste er, was die Stunde geschlagen hat. Vermutlich würde er denselben Plan verfolgen wie wir.«

Noch am selben Tag verkündete *Fontanelli Enterprises,* dass sie Exxon zu übernehmen gedachte. Das Anlagevermögen der Exxon Corporation betrug zu diesem Zeitpunkt 91 Milliarden Dollar, dem ein Eigenkapital von 40 Milliarden gegenüberstand, aufgeteilt auf zweieinhalb Milliarden Anteile im Besitz von sechshunderttausend registrierten Anteilseignern. Der aktuelle Kurs lag bei 35 Dollar, Fontanelli bot 38 Dollar je Aktie.

Der Vorstand von Exxon trat unverzüglich zusammen, um die Lage zu beraten. Es war ein Schock; die betriebswirtschaftlichen Zahlen waren so gut, dass man sich gegen Übernahmeversuche gefeit geglaubt hatte. Niemand hatte mit dem Angriff eines Investors gerechnet, dem es auf die Milliarde hin oder her nicht ankam.

Man setzte sich mit den größten Anteilseignern ins Benehmen, erwog, selber größere Aktienkontingente zurückzukaufen, um die Übernahme zu verhindern. Unterdessen kletterte der Börsenkurs unaufhaltsam, überschritt sogar, als jeder begriffen hatte, dass *Fontanelli Enterprises* über nahezu unendlich viel Geld verfügte, die Vorgabe von 38 Dollar und stieg weiter, in schwindelnde Höhen: Wie im Fieber versuchten Investoren, noch in Exxon-Anteile einzusteigen, weil der verrückte Billionär aus London quasi jeden Preis zahlen würde.

»Reine Nervensache«, sagten Leute, die sich für Börsenprofis hielten, als der Kurs die 60-Dollar-Grenze durchbrach. »Wenn er Exxon haben will, wird er zahlen.«

London reagierte kühl. Der Kurs war gerade bei 63,22 Dollar angelangt, als eine jener Meldungen aus den Fernschreibern tickerte, die einem das Gedärm im Leib herumdrehen, sobald man ihre Tragweite begreift. John Salvatore Fontanelli, so wollten es gut unterrichtete Kreise wissen, habe gesagt,

363.000.000.000 $

»dann kaufen wir eben Shell«. Für den folgenden Tag waren Übernahmeangebote an die Aktionäre sämtlicher anderen großen Rohölkonzerne angekündigt.

Alle, die Exxon-Aktien zu völlig überteuerten Kursen gekauft hatten, versuchten panikartig zu verkaufen. Dummerweise hatte die Neuigkeit schon die Runde gemacht, und niemand wollte mehr kaufen. Der Kurs fiel wie ein Stein.

McCaine verfolgte die Zahlen der New-Yorker Börse auf seinem Computermonitor in London mit der angespannten Ruhe eines Bomberschützen.

»Jetzt«, sagte er bei 32,84 Dollar sanft in einen seiner Telefonhörer.

Zwei Wochen später sollten überall auf der Welt Angestellte damit beginnen, altes Briefpapier in Müllcontainer zu werfen, um es durch neues zu ersetzen mit der Kopfzeile *»EXXON – A Fontanelli Corporation«.*

Diesmal bekamen sie die Schlagzeilen auf der ersten Seite, in allen Zeitungen und überall auf der Welt. Kein Nachrichtensender, der nicht zuallererst von der Exxon-Übernahme berichtete. Hätte man den Grundtenor der Meldungen in zwei Worten zusammenfassen müssen, sie hätten gelautet: *blankes Entsetzen.*

Mit einem Schlag war auch dem letzten Journalisten klar geworden, was ein Privatvermögen von einer Billion Dollar bedeutete. In zahllosen Sondersendungen, Gesprächsrunden und Interviews rund um den Globus wurde wieder und wieder erörtert, was McCaine John schon bei ihrem ersten Zusammentreffen erklärt hatte: dass es eine Sache war, wenn ein großer Investmentfonds oder eine Bank über Hunderte von Milliarden Dollar verfügte, und eine ganz andere, wenn einer einzelnen Person dieselbe Summe Geld wirklich und wahrhaftig *gehörte.*

»Der Unterschied«, fasste es ein gewisser Lord Peter Rawburne zusammen, laut Interviewankündigung einer der bedeutendsten Wirtschaftsjournalisten der Welt, »ist ganz einfach der, dass Fontanelli sich den Teufel um Rentabilität scheren muss bei seinen Entscheidungen. Das macht ihn unberechenbar. Man könnte auch sagen, *frei*.«

So viel Freiheit erregte Argwohn. Wirtschaftsminister mahnten soziale Verantwortung an. Gewerkschaftsführer gaben schwere Bedenken gegen derartige Konzentrationen von Geld und Einfluss zu Protokoll. Die Vorstandsvorsitzenden anderer großer Konzerne bemühten sich, Zuversicht auszustrahlen und den Eindruck zu erwecken, alles unter Kontrolle zu haben.

Was, so hechelte man allerorten durch, würde als Nächstes geschehen? Einige Zeitschriften, darunter seriöse Finanzblätter, veröffentlichen richtiggehende Weltkarten, in denen wunderschön eingezeichnet war, mit Firmenlogos und Börsenwerten, wie ein weltumspannender Fontanelli-Konzern aussehen mochte. »Die nehmen unseren Analysten die halbe Arbeit ab«, kommentierte McCaine schmunzelnd. Ein nicht ganz so seriöses Magazin rechnete gar detailliert aus, welche der kleineren Länder Afrikas Fontanelli vollständig aufkaufen könne, mit Grund und Boden und allem staatlichen Besitz. Keine zwei Prognosen glichen sich. Im Prinzip, so schien es, konnte *alles* passieren.

An Weihnachten nahm John die überraschende Einladung McCaines zu einem Abendessen mit ihm und seiner Mutter an.

Mrs. Ruth Earnestine McCaine war eine von fortschreitendem Rheuma gezeichnete Frau, die schief und krumm in ihrem geblümten, viel zu großen Ohrensessel saß, aber trotzdem die unbeugsame Entschlossenheit ausstrahlte, der Krankheit zu trotzen. Blaugraue Augen blickten durchdringend aus einem Gesicht voller Lachfalten und Altersflecken, umrahmt von lockigem, weißem Haar von überraschender Fülle. »Wie gefällt es Ihnen in Ihrem Schloss?«, wollte sie wissen.

»Dazu kann ich noch schwer etwas sagen«, sagte John. »Ich wohne jetzt gerade mal eine Woche dort.«

»Aber es ist doch ein schöner Bau geworden, oder?«

»Ja, sicher. Sehr schön.«

»Sie müssen wissen«, warf McCaine mit einem amüsierten Lächeln ein, »dass meine Mutter einen hervorragenden Überblick über die verschiedenen Erzeugnisse der *Yellow Press* hat. Von daher kennt Sie Ihr Schloss womöglich besser als Sie selber.«

»Ah«, machte John. »Das ist nicht so schwer, glaube ich.« Ein paar der einschlägigen Zeitschriften lagen auf dem Tisch neben ihr. Ein flüchtiger Blick ließ John erleichtert feststellen, dass zumindest Lady Diana ihren Stammplatz auf den Titelseiten nach wie vor innehatte.

Es war eigenartig, McCaine zum ersten Mal sozusagen von seiner privaten Seite zu erleben. Im Büro ein auf Hochtouren laufender Dynamo, ständig in Bewegung, vor Anspannung Funken sprühend und zielgerichtet bis zur Rücksichtslosigkeit, wirkte er an diesem Abend, in seinen eigenen vier Wänden und im Umgang mit seiner betagten Mutter gelassen, völlig entspannt, richtiggehend gut gelaunt.

Das Haus, ein würdevoller weißer Bau der Jahrhundertwende, lag in einer ruhigen Straße eines ruhigen Vororts von London und wirkte zwischen all den anderen, weitaus prachtvolleren Villen beinahe unauffällig. Für McCaines Mutter, die sich nur noch mühsam fortbewegen konnte, war ein moderner gläserner Aufzug eingebaut worden, der die architektonische Harmonie der Eingangshalle zerstörte, doch abgesehen davon hätte man darin einen Film drehen können, der in der Vorkriegszeit spielte, ohne viel an der Einrichtung ändern zu müssen.

Das Essen war wohlschmeckend, aber unaufwändig, beinahe familiär. Serviert wurde es von einer beleibten Haushälterin, der einzigen Angestellten in McCaines Haushalt, wie John erfuhr, abgesehen von einer Pflegerin, die zweimal am

Tag für ein bis zwei Stunden kam, um nach Mrs McCaine zu sehen.

Als McCaine einmal kurz den Tisch verließ, deutete seine Mutter auf ein großes, in schlichtem Edelstahl gerahmtes Aquarell über dem Kamin. »Erkennen Sie das?«

John musterte das Bild. »Könnte Florenz sein«, überlegte er. »Eine der Brücken über den Arno.«

»Die Ponte Vecchio, ja.« In verschwörerischem Ton setzte sie hinzu: »Malcolm hat es gemalt.«

»Tatsächlich?« Nie im Leben wäre er auf den Gedanken gekommen, McCaine könnte je einen Pinsel in der Hand gehabt haben.

»Er hat als junger Mann eine Zeit lang viel gemalt«, erzählte Mrs McCaine. »Mein verstorbener Mann wurde oft versetzt, wissen Sie, und so sind wir viel herumgekommen. Damals lebten wir in Italien, Malcolm ging zu dieser Computerfirma, und kurz darauf hat er aufgehört zu malen.« Ihre Augen funkelten. »Verraten Sie ihm nicht, dass ich es Ihnen erzählt habe.«

John starrte das Bild an und wusste nicht, was er denken sollte. Es war Blödsinn, das für ein Zeichen Gottes zu halten, oder? Aber er konnte nicht anders. Sie hatten beide einmal gemalt und es dann wieder aufgegeben. Ein bedeutungsloses Detail. Ein Zeichen, dass es ihre Bestimmung gewesen war, einander zu treffen.

»Da gibt es noch eine Sache, die wir die ganze Zeit vor uns hergeschoben haben«, meinte McCaine, einen Tag, ehe sie zu den Gesprächen mit dem Exxon-Vorstand nach Irving, Texas, USA fliegen sollten. »Mein Anstellungsvertrag. Das sollten wir klären, ehe ich das erste Mal offiziell als Ihr Geschäftsführer auftrete.«

»Ach so«, sagte John und griff nach einem Kugelschreiber. »Klar. Daran habe ich überhaupt nicht mehr gedacht.«

»Nun, es gab ja auch genug zu tun«, meinte McCaine und

367.000.000.000 $

zog ein mehrseitiges Vertragsdokument in drei Ausfertigungen aus seiner ledernen Mappe. »Aber Sie verstehen, ich muss ab und zu auch an mich denken. Angenommen, wir werden uns jetzt über meinen Vertrag nicht einig, dann habe ich monatelang umsonst für Sie gearbeitet. Und stehe auf der Straße, ohne dass Sie mir einen müden Shilling schulden.«

Seine Besorgnis wunderte John. Wirkte er so wankelmütig auf den Briten? »Na, vielleicht einigen wir uns ja«, versuchte er zu scherzen und streckte die Hand aus. »Geben Sie her.«

McCaine reichte ihm die vorbereiteten Vertragsexemplare und meinte: »Lesen Sie alles genau durch, ehe Sie unterschreiben.« Er setzte sich, schlug die Beine übereinander und verschränkte die Arme, wie jemand, der sich auf eine lange Wartezeit einrichtete.

John musste sich zwingen, jede Seite ganz zu lesen, ehe er weiterblätterte. Er verstand ohnehin nur andeutungsweise, was mit dem ganzen juristischen Kauderwelsch gemeint war.

Erst als der Paragraf kam, in dem es um das Gehalt ging, änderte sich das. Was da stand, war unmissverständlich. John fiel förmlich die Kinnlade herab.

McCaine verlangte ein Jahresgehalt von einhundert Millionen Dollar!

368.000.000.000 $

23

JOHN SPÜRTE EINE heiße Woge in sich hochsteigen, während er die Zahl betrachtete, die da wie selbstverständlich auf dem Papier prangte. Es war diese Selbstverständlichkeit, die ihn ärgerte, aber zugleich fühlte er sich auf eine schwer fassbare Weise gezwungen, seinen Ärger hinunterzuschlucken.

»Ist das nicht, ähm, ein bisschen heftig?«

McCaine hob die Augenbrauen. »Wie meinen Sie das?«

John hob das Blatt ein wenig an. Es schien plötzlich einen Zentner zu wiegen. »Ich bin gerade bei dem Abschnitt über das Gehalt, und irgendwie habe ich das Gefühl, Sie haben eine Null zu viel hingeschrieben.«

»Nein, bestimmt nicht.«

»Aber hundert Millionen Dollar ... Es gibt auf der ganzen Welt keinen Vorstand, der auch nur annähernd hundert Millionen Dollar im Jahr verdient!«

»Kommen Sie, John«, erwiderte McCaine mit einem Anflug von Ärger in der Stimme. »Hundert Millionen, das ist der Zinsertrag Ihres Vermögens an einem einzigen Tag. Und ich werde Ihre Rendite steigern. Ich werde sie ohne weiteres verdoppeln. Das heißt, ich werde mein Gehalt mehr als dreihundertfach wieder hereinbringen. Zeigen Sie mir mal einen Angestellten auf diesem Planeten, der das von sich behaupten kann.«

»Aber darum geht es doch überhaupt nicht. Wir machen das alles doch nicht, um noch mehr Geld anzuhäufen, oder? Ich dachte, wir sind hier, um eine Aufgabe zu erfüllen? Um das Schicksal der Welt in andere Bahnen zu lenken?«

McCaine betrachtete seine Fingernägel. »Sie wissen, dass

369.000.000.000 $

ich mir nichts aus Geld mache, John. Mein Gehalt ist ein Symbol. Es symbolisiert, dass ich der Chef der größten Firma der Welt bin. Der *mit Abstand* größten Firma der Welt. Deshalb muss es auch mit Abstand das größte Gehalt sein, das je gezahlt wurde, verstehen Sie? Man kann so etwas nicht geheim halten. Ich will es auch gar nicht. Wenn ich einem dieser Burschen da draußen gegenübersitze, der sich normalerweise für unglaublich wichtig hält, will ich, dass er weiß, dass ich fünfzigmal so viel verdiene wie er. So läuft das Spiel, John. Er wird es wissen und sich so klein mit Hut fühlen und alles tun, was ich ihm sage.«

John betrachtete wieder die Zahl. Einhundert Millionen Dollar. Natürlich, theoretisch konnte er sich weigern zu unterschreiben. Ihm gehörte das Geld, ihm gehörte die Firma, ihm gehörte alles hier, der Stuhl, auf dem McCaine saß, das Papier, auf das der Vertrag gedruckt worden war, der Kugelschreiber, mit dem er ihn unterschreiben sollte. Er konnte die Zahl durchstreichen und eine andere hinschreiben, zwanzig Millionen vielleicht oder fünfundzwanzig, oder auch nur zehn, was immer noch ein Haufen Geld war, und wenn McCaine das nicht akzeptierte, dann würden sich ihre Wege eben wieder trennen.

Theoretisch. Praktisch hatte er gerade einen Ölmulti gekauft, ein millionenschweres Bürogebäude, hatte Leute eingestellt und Verträge unterzeichnet ... Er hatte Dinge angefangen, mit denen er allein unmöglich zurechtkommen würde. Er hatte von allem, was mit Geschäften und der Wirtschaftswelt zu tun hatte, weniger Ahnung als Murali, der Pizzabäcker. Er wäre nicht einmal im Stande gewesen, einen Zeitungskiosk zu führen, geschweige denn ein Unternehmen, dessen Eigenkapital größer war als das der dreihundert nächstgrößten Unternehmen zusammengenommen.

Er spürte, wie seine Hände feucht wurden. Als ginge Hitze von dem Papier aus. Er warf McCaine einen Blick zu, doch er blickte in ein Pokerface.

370.000.000.000 $

Vielleicht würde McCaine nicht gehen. Immerhin war dieses Projekt sein Lebenswerk. Hatte er zumindest behauptet. Am Ende war alles nur ein raffinierter Plan gewesen, schnell an viel Geld heranzukommen? Aber selbst wenn, er hatte keine Wahl. Irgendwie hatte er sich in eine Ecke manövriert, in der ihm all sein Geld nichts mehr nützte.

»Hmm«, machte John. Eigentlich war es das Gefühl, ausgeliefert zu sein, das ihm zu schaffen machte, nicht das Geld selbst. Und vermutlich hatte McCaine sogar Recht mit seiner Argumentation.

Er hatte jedenfalls keine Wahl.

John griff wieder nach dem Kugelschreiber, der ihm irgendwie entglitten war, seit er angefangen hatte, den Vertrag zu lesen. »Na ja«, machte er in dem schwachen Versuch, es wenigstens wie eine souveräne Entscheidung aussehen zu lassen, »ich denke, Sie haben Recht. Wenn man die Dimensionen bedenkt, ist es nur angemessen.« Er schlug die letzte Seite auf und kritzelte seine Unterschrift auf die dafür vorgesehene Linie, wiederholte die Prozedur rasch bei den anderen beiden Exemplaren, legte eines in seine Mappe und reichte McCaine die übrigen zurück, der sie ohne sichtbare Gefühlsregung entgegennahm.

Einen Moment herrschte peinliches Schweigen.

»Okay«, rief John mit vorgetäuschter Lockerheit, lehnte sich zurück und klatschte in die Hände, »wann geht es los? Was haben wir vor mit den Texanern?«

McCaine erhob sich aus dem Sessel. »Wir werden«, sagte er, »mit dem Vorstand reden, allen freundlich die Hände schütteln und dann die Hälfte von ihnen entlassen.«

»Was? Wieso das denn?« John blinzelte. Im Raum schien es plötzlich ein paar Grad kühler geworden zu sein. »Muss das denn sein? Ich meine, sie haben doch offensichtlich einen guten Job gemacht, wenn Exxon derart profitabel ist?«

»Sicher. Aber das ist nicht der Grund. Der Grund ist, dass

371.000.000.000 $

wir ihnen unmissverständlich zeigen müssen, dass wir jetzt das Sagen haben.«

»Wie bitte?«

»Wir werden ein paar von unseren Leuten einsetzen.«

John hob die Hand. »Warten Sie mal. Das gefällt mir nicht. Mit solchen absurden Machtspielchen will ich nichts zu tun haben.«

McCaine sah kalt auf ihn herab. »John, Sie beherbergen in Ihrem Geist noch eine Vorstellung, die Sie schleunigst loswerden sollten. Die Vorstellung nämlich, wir könnten tun, was wir uns vorgenommen haben, und dabei nette, beliebte Jungs bleiben.« Er schüttelte den Kopf. »Vergessen Sie das. Was wir den Menschen zumuten werden, wird kein Spaziergang und ganz bestimmt nicht angenehm. Man wird uns hassen dafür. Unsere Namen werden hundert Jahre lang Schimpfworte sein, vielleicht für immer. Churchill hat uns seinerzeit Blut, Schweiß und Tränen versprochen, aber diese Metapher ist aufgebraucht; noch einmal kann man den Menschen damit nicht kommen. Wir können niemanden um Erlaubnis fragen, wir müssen einfach durchsetzen, was durchgesetzt werden muss, und das ist eine Frage von Macht, jawohl. Über Macht, John, müssen Sie noch viel lernen. Ich sehe es als Teil meiner Aufgabe an, Ihnen alles beizubringen, was ich darüber weiß.« Er hob die beiden Exemplare seines Anstellungsvertrages in die Höhe. »Das war die erste Lektion. Was haben Sie daraus gelernt?«

John furchte die Stirn. »Was meinen Sie damit?«

»Ich habe Ihnen einen Vertrag hingelegt mit einer exorbitanten Gehaltsforderung, und Sie haben unterschrieben, obwohl Sie sie entschieden zu hoch fanden. Warum?«

»Weil mich Ihre Argumente nach einigem Nachdenken überzeugt haben.«

McCaine lächelte dünn. »Das ist gelogen.«

»Wieso? Ich muss doch wahrhaftig keinen Aufstand machen wegen ein paar Millionen ...«

372.000.000.000 $

»Jetzt rechtfertigen Sie es vor sich selbst. Die Wahrheit ist: Sie fanden mein Gehalt zu hoch, aber Sie haben gedacht, dass Ihnen keine Wahl bleibt, als zu akzeptieren. Mit anderen Worten, ich war in der mächtigeren Position, obwohl Sie der reichste Mann der Welt sind und ich ein Habenichts.« McCaine wandte sich um, ging ein paar Schritte, blieb stehen. »Wollen Sie wissen, wie ich das gemacht habe?«

John fiel der Unterkiefer herab, und einen Moment lang hatte er Schwierigkeiten, den Mund wieder zu schließen. Nicht genug, dass McCaine ihn irgendwie über den Tisch gezogen hatte und ein Salär einstreichen würde, das zweihundertmal höher war als das des amerikanischen Präsidenten, nun brüstete er sich auch noch damit und wollte ihm haarklein erklären, wie er ihn drangekriegt hatte?

»Ich bin«, krächzte er, »gespannt.«

»Sie haben zunächst einen schweren Fehler gemacht, den Sie so nie wieder machen dürfen. Eine elementare Regel, was Verträge anbelangt. Sie haben zugelassen, dass wir die Abfassung des Vertrages hinausgezögert haben. So wurden vollendete Tatsachen geschaffen, und über vollendete Tatsachen kann man nicht mehr verhandeln. Ich konnte in Ruhe abwarten, bis Sie in einer Situation waren, aus der heraus es Ihnen so gut wie unmöglich war, einfach aufzustehen und zu gehen. Wenn Sie aber eine Verhandlung beginnen ohne diese Möglichkeit – einfach wieder aufstehen und ohne Übereinkunft gehen zu können –, dann sitzen Sie automatisch am kürzeren Hebel.« Jetzt wirkte McCaine wie ein Professor, der über einen elementaren Lehrsatz seines Fachgebiets doziert. »Angenommen, Sie ziehen in eine neue Wohnung, ohne sich über einen Mietvertrag geeinigt zu haben. Wenn Sie erst einmal eingezogen sind, kann der Vermieter alles Mögliche zusätzlich verlangen – mehr Miete, Schönheitsreparaturen jedes Jahr und so weiter –, denn Ihre Alternative ist inzwischen nicht mehr – wie es vor dem Einzug gewesen wäre –, das Gespräch zu beenden und nach einer anderen Wohnung Aus-

373.000.000.000 $

schau zu halten. Ihre Alternative ist ein teurer, aufwändiger Auszug. Verstehen Sie? Sie haben zugelassen, dass Tatsachen geschaffen wurden, und dadurch Ihre Verhandlungsposition geschwächt.«

»Das heißt, wir hätten schon bei unserem ersten Treffen über Ihr Gehalt reden müssen?«

»Idealerweise ja«, nickte McCaine. »Damals war Ihre Position optimal. Ich war ein Mann, der sein Leben einer Idee geweiht hatte, die er nur mit Ihrer Zustimmung verwirklichen konnte. Sie waren der reichste Mann der Welt und ziemlich desinteressiert. Teufel, Sie hätten es bloß zu verlangen brauchen, und ich hätte mich bereit erklärt, *umsonst* für Sie zu arbeiten.«

John dachte an den Tag zurück, an dem er mit Marco zusammen nach London gekommen war, zum ersten Mal ohne Wissen der Vacchis. »Ich bin wohl nicht sehr geschickt in solchen Dingen, was?«

»Das ist keine Fähigkeit, mit der man auf die Welt kommt. Das muss man lernen. Der Kurs hat gerade begonnen.«

»Sie haben harte Unterrichtsmethoden.«

»Es ist auch ein hartes Fach«, meinte McCaine. »Nicht wahr, Sie haben vorhin gedacht, ›Was tue ich, wenn er mich mit all dem alleine lässt?‹«

John nickte widerwillig. »Hat man mir das angesehen?«

»Nein. Ich wusste, dass Sie das denken würden. Aber haben Sie auch bemerkt, dass ich nicht gedroht habe? Das wäre Erpressung gewesen. Wenn ich etwas gesagt hätte wie ›Entweder Sie unterschreiben, oder ich gehe!‹, hätten Sie Widerstand entwickelt. Meine Macht bestand darin, dass ich wusste, dass Sie sich über meine Möglichkeiten und Ihre Situation im Klaren waren. Beides nicht zu erwähnen hat diese Position verstärkt. Sie wussten nicht, was ich tun *würde*, aber Sie wussten, was ich tun *konnte*. Die Argumente, die ich vorgebracht habe, waren zwar sachlich richtig, aber nicht entscheidend. Entscheidend war das momentane Machtverhältnis zwischen uns.« McCaine machte eine ausholende Geste in Richtung Fensterfront. »Wir werden in den nächsten Monaten viel unterwegs sein und in vielen Verhandlungen sitzen. Es ist wichtig, dass Sie verstehen, was dabei passiert. *Wirklich* passiert, meine ich.«

John sah ihn an, versuchte zu begreifen. Irgendwie war es schwer vorstellbar, dass das die Spielregeln sein sollten, nach denen die Welt funktionierte.

»Wer von uns beiden ist denn nun von wem abhängig?«, fragte er. »*Wirklich*, meine ich.«

McCaine zuckte die Schultern. »Wie ich das sehe, ist die Abhängigkeit wechselseitig. Sie können den Plan nicht ohne mich, meine Erfahrung, meine ganzen Vorarbeiten durchführen, und ich nicht ohne Sie. Symbiose nennt man das wohl.«

John nahm sein Exemplar des Anstellungsvertrages und hielt es hoch. »Heißt das, wir zerreißen das jetzt wieder?«

McCaine faltete die Verträge der Länge nach zusammen und steckte sie in die Innentasche seines Jacketts. »Wo denken Sie hin?« Er lächelte spöttisch. »Verbuchen Sie es als Kursgebühr.«

Sie flogen nach Texas, schüttelten allen Mitgliedern des Vorstandes von Exxon freundlich lächelnd die Hände, und als sie saßen, verlas McCaine die Namen derer, die mit sofortiger Wirkung entlassen waren.

Es war wie eine Exekution. Sicherheitsleute, die McCaine eigens mitgebracht hatte, begleiteten die Geschassten hinaus und zu ihren Schreibtischen, passten auf, dass sie nur persönliche Gegenstände einpackten und mit niemandem sprachen, und wichen ihnen bis zum Parkplatz hinunter nicht von der Seite. Computerfachleute sorgten dafür, dass ihre Passwörter und Zugangscodes gelöscht wurden. John saß dabei, ohne ein Wort zu sagen, und verfolgte das Geschehen mit undurchdringlicher Miene.

Die Medien flippten aus, erst recht, weil immer noch kein

Interview, keine offizielle Stellungnahme zu bekommen war. *»Was will Fontanelli?«*, titelte ein Kommentar der *Frankfurter Allgemeinen Zeitung*.

McCaine war höchst zufrieden; ein paar der Schlagzeilen ließ er mehrere Tage lang aufgeschlagen auf dem Tisch in seiner Besprechungsecke liegen. John fragte ihn, ob er nicht befürchte, dass ihnen derartige Meldungen schaden könnten.

»Ach was«, meinte der nur. »In einer Woche ist das sowieso wieder Schnee von gestern.«

Und so war es. Mitte Januar kam ein sechstägiges Geiseldrama in Tschetschenien zu einem blutigen Ende, als russische Truppen das Dorf Perwomaiskoje dem Erdboden gleichmachten. Anfang Februar stürzte eine Boeing 757 der türkischen Fluglinie Birgen Air vor der Küste der Dominikanischen Republik ab. Die IRA zündete nach siebzehn Monaten Pause wieder Sprengsätze in London, die drei Menschen töteten und über hundert verletzten. Mitte Februar lief der unter liberianischer Flagge fahrende Öltanker *Sea Empress* vor Milford Haven in Wales auf einen Felsen auf und verseuchte die Inseln Skokholm und Skomer, Brutgebiete Zehntausender Seevögel, sowie den unter Naturschutz stehenden Küstenabschnitt Pembrokeshire. Experten stuften dieses Unglück in dieselbe Größenordnung ein wie die Havarie der *Exxon Valdez* 1989.

»Wir sollten dafür sorgen, dass unseren Tankern so etwas nicht mehr passieren kann«, schlug John vor, und ein Teil von ihm war verblüfft darüber, mit welcher Selbstverständlichkeit er schon von *unseren Tankern* sprechen konnte.

»Das sollten wir wirklich, gute Idee«, meinte McCaine nach kurzem Nachdenken. »Und dann sollten wir eine entsprechende Information an die Presse geben.«

Kurz darauf kam die Meldung, *Fontanelli Enterprises* habe verfügt, Rohöl nur noch in Tankern zu transportieren, die den strengen Kontrollen eines eigens geschaffenen Sicherheitsteams standhielten, und dass der Bau eines doppelwandigen Tankers in Auftrag gegeben sei. Die einzige Reaktion war ein Einbruch des Kurses der Exxon-Aktie.

Am 20. März musste die britische Regierung einräumen, dass man einen Zusammenhang zwischen der Rinderseuche BSE und der Creutzfeldt-Jakob-Krankheit bei Menschen nicht mehr ausschließen könne, worauf die EU ein weltweit geltendes Ausfuhrverbot verhängte und die Zwangsschlachtung von viereinhalb Millionen Rindern angeordnet wurde. Dass BSE auf nicht artgerechte Fütterung der Rinder zurückzuführen war, galt mittlerweile als unstrittig.

»Höchste Zeit, dass wir diese Politiker stoppen«, kommentierte McCaine grimmig, knüllte die Zeitung zusammen und pfefferte sie in den Papierkorb, aus sieben Metern Entfernung und zielsicher, wie John beeindruckt registrierte.

Unter dem Eindruck ständiger neuer Hiobsbotschaften hatte das Interesse der Öffentlichkeit an den Aktivitäten und Beweggründen der *Fontanelli Enterprises* nachgelassen. Den meisten Menschen entging, dass die Einkaufstour gerade erst begonnen hatte.

McCaine folgte nun weitgehend den Empfehlungen der Analysten, und John folgte McCaine. Sie kauften große Firmen, kleine Firmen, Firmen der Nahrungsmittelbranche und der chemischen Industrie, Transportfirmen, Fluglinien, Telefonnetze, Hersteller elektronischer Bauteile und Hersteller von Metallhalbfertigwaren, Maschinenbauunternehmen und Papierproduzenten, Bergwerke, Stahlwerke, Kernkraftwerke, Softwarebüros, Supermarktketten, Versicherungen und Pharma-Firmen. McCaine schien überhaupt nicht mehr zu schlafen, dafür aber zeitweise über vier Arme zu verfügen, mit denen er acht Telefone gleichzeitig benutzte. Eine Besprechung jagte die nächste, früh am Morgen und bis nach Mitternacht und in unglaublichem Tempo. Mit der Steuerung des Videokonferenzsystems konnte John bald besser umgehen als mit der Fernbedienung seines Fernsehers. An manchen Tagen war der Empfangsbereich von einem Dutzend Delegationen

377.000.000.000 $

gleichzeitig bevölkert, die, bewirtet und umsorgt von einer Schar junger Hostessen, darauf warteten, dass sich die große Doppeltür des Konferenzraums für sie öffnete. Ihre Gesprächspartner nahmen Flüge von zwölf, vierzehn, zwanzig Stunden auf sich, um nach einem halbstündigen Gespräch wieder verabschiedet zu werden. Sie gründeten Holdinggesellschaften, die ihrerseits Firmen kauften, um sie neu zu strukturieren, zu zerlegen und anders wieder zusammenzusetzen. Mit Firmen, die in Privatbesitz oder aus sonst einem Grund nicht zu kaufen waren, schlossen sie Kooperationsverträge. Sie erwarben Rechte, Patente, Lizenzen und Konzessionen. Sie kauften Ländereien, Grundstücke, Farmen und Plantagen. Ein junger Designer entwickelte nach der Vorlage von Giacomo Fontanellis Unterschrift unter dem Testament ein elegantes Firmenlogo, das im Wesentlichen aus einem geschwungenen, tiefroten kleinen *f* auf weißem Grund bestand, und dieses königlich schlichte Logo schickte sich an, die Weltkarte zu erobern.

Was auf den ersten Blick wie ein Gemischtwarenladen aussah, hätte sich bei näherer Betrachtung als kompliziertes Geflecht strategischer Abhängigkeiten entpuppt, wenn es jemanden gegeben hätte, der es näher hätte betrachten können – doch da *Fontanelli Enterprises* ein Unternehmen in Privatbesitz war, war es nicht verpflichtet, seine Bilanzen offen zu legen. Weitgehend unbemerkt hatten sie sich das Monopol für etliche wenig beachtete, aber unersetzliche Rohstoffe wie Wolfram, Tellur und Molybdän gesichert und einen bedeutenden Marktanteil bei Selen und Lithium. Das Investment in Erzeugung und Distribution von Energie war enorm, erstreckte sich in jede Form der Energiegewinnung und dort in die strategisch entscheidenden Bereiche: Sie besaßen Atomkraftwerke, vor allem aber gehörten ihnen die Firmen, die Steuerstäbe für Reaktorkerne herstellten, und das Beryllium, aus dem diese bestanden. Sie besaßen Ölfelder, Raffinerien, Pipelines und Tankerflotten, vor allem aber

378.000.000.000 $

gehörten ihnen die aussichtsreichsten Bohrclaims in aller Welt.

»Jeder Idiot investiert heute in Internetbuchhandlungen und Softwarefirmen. Das erklärt, warum man Millionen verdienen kann mit Aktien von Firmen, die keinen Dollar Gewinn machen«, meinte McCaine. »Aber wenn es hart auf hart kommt, zählen nur die wirklichen Werte. Energie. Rohstoffe. Nahrung. Wasser.«

Trotzdem war *Fontanelli Enterprises* auch abseits dieser Gebiete vertreten, hatte ein großes italienisches Modehaus gekauft, sich an einer weltbekannten Werbeagentur beteiligt und – was Aufsehen erregte – zehn europäische Schallplattenfirmen auf einmal erworben, um sie zu einer zu verschmelzen. Derartiges, so McCaine, diene zweierlei Zwecken: außenstehende Beobachter zu verwirren und leichte Gewinne mitzunehmen. Man würde diese Investments wieder abstoßen, sobald deren Profitabilität nachließ.

»Wir müssen, vor allem anderen, zunächst unsere Rendite steigern«, erklärte McCaine. »Sie können es durchrechnen – wenn wir eine Rendite von dreißig Prozent erzielen, gehört uns in zwanzig Jahren buchstäblich die ganze Welt!«

Schlagzeilen machten sie noch mit einigen spektakulären Immobilienkäufen, vor allem, als sie Wallstreet Nummer 40 kauften – einen Wolkenkratzer, der immerhin einst ein Jahr lang das höchste Gebäude New Yorks gewesen war, ehe ihn das Chrysler Building ausgestochen hatte. Es hatte seit dem großen Börsenkrach 1987 leer gestanden, und sie erhielten für etwas mehr als eine halbe Milliarde Dollar den Zuschlag. Unverzüglich begannen die Renovierungsarbeiten in dem Gebäude, das bereits in der 1997er Ausgabe des New Yorker Stadtplans als »Fontanelli Tower« verzeichnet war.

»Donald Trump wollte es auch kaufen«, erzählte McCaine, der die Verhandlungen geführt hatte. »Er hat sogar noch mehr geboten als wir. Also habe ich den Bürgermeister angerufen und ein paar Senatoren und ihnen erklärt, dass wir genau dieses Gebäude bräuchten, um unsere Geschäfte in New York so führen zu können, wie wir uns das vorstellen, und dass unsere einzige Alternative darin bestünde, den Schwerpunkt unserer amerikanischen Aktivitäten in eine andere Stadt zu verlegen – Atlanta vielleicht oder Chicago.« Er lächelte boshaft. »Das hat gewirkt.«

Abends, vor der Kulisse des nächtlichen London, hatte der große Konferenzraum etwas von einer Kathedrale. Ihr Besucher, vor der Tür noch beflissen und gesprächig, verstummte unwillkürlich.

McCaine kam sofort zur Sache. »Was ich will, ist, dass Sie mit den modernsten verfügbaren Mitteln ein Computerprogramm entwickeln, das die Entwicklung der Welt in allen wichtigen Bereichen – wie Bevölkerungsentwicklung, Energiereserven, Rohstoffversorgung, Umweltverschmutzung und so weiter – so genau wie irgend möglich simuliert und die Wirkung von Entscheidungen und Maßnahmen auf mindestens fünfzig Jahre zuverlässig vorausberechnen kann.«

»Genau das versuchen wir seit Jahren«, sagte ihr Gast.

»Und was hat es bis jetzt verhindert?«

»Mangel an Geld, was sonst?« Professor Harlan Collins war ein hagerer Mann Anfang vierzig, der ganz so aussah, als fehle ihm Geld nicht nur für seine Arbeit. Sein Anzug war zerknittert, er trug einen fadenscheinigen Rollkragenpullover statt eines Hemdes, und sein Haar schien es vorzuziehen, allmählich auszugehen, um die Kosten für den Frisör einzusparen. Er war Ökologe und Kybernetiker, leitete ein *Institut für Zukunftsforschung* in Hartford und galt McCaine zufolge als Kapazität auf seinem Gebiet. John hatte noch nie von ihm gehört, aber das hatte nichts zu besagen. Er zog sich auf seine gewohnte Beobachterposition zurück, blätterte in den Unterlagen, die der Professor mitgebracht hatte, und überließ McCaine das Reden.

»Was heißt das genau?«, hakte der nach. »Haben Sie nicht genug Computer?«

380.000.000.000 $

Collins machte eine wegwerfende Handbewegung. »Computer sind kein Problem. Jeder PC aus dem Kaufhaus leistet heute mehr, als Forrester und Meadows damals an Rechenleistung zur Verfügung hatten. Nein, was uns fehlt, ist Geld für kompetente Hilfskräfte. Wir müssen Daten beschaffen, sichten, jede einzelne Zahl auf Plausibilität prüfen. Man kann kein sensibles Modell entwickeln, wenn man auf ungenauen Daten aufbauen muss. Eigentlich logisch, aber ich verbringe den größten Teil meiner Zeit damit, umherzureisen und möglichen Geldgebern diese Binsenweisheit vorzubeten.«

»Ab jetzt nicht mehr«, sagte McCaine. Er lehnte sich zurück. »Wenn wir uns einig werden, heißt das. Sie werden an Ihr Institut zurückfahren und Ihre eigentliche Arbeit tun. Und was immer Sie an Geld benötigen, erhalten Sie von uns.«

Der Professor riss die Augen auf. »Das nenne ich allerdings ein Angebot. Was muss ich dafür tun? Mit meinem Blut unterschreiben?«

McCaine gab ein Schnauben von sich. »Sie haben vielleicht schon einmal gehört, dass wir hier versuchen, eine Prophezeiung zu erfüllen. Wir sollen der Menschheit die verloren gegangene Zukunft zurückgeben. Die Vorsehung hat uns dafür eine Billion Dollar zur Verfügung gestellt.«

»Ich liebe Aufträge mit einem großzügigen Budget«, nickte der Wissenschaftler. »Ja, ich habe davon gehört.«

»Schön. Was sagen Sie zu der Grundannahme, dass wir unsere Zukunft verloren haben?«

»Grundsätzlich weiß ich zu viel über Zukunftsforschung, als dass ich mich zu solchen Aussagen versteigen würde.«

»Sie erstaunen mich.« McCaine zog einen der bereitstehenden Laptopcomputer heran, startete ein Programm und deutete auf das Bild, das ein großer Videoprojektor auf eine Leinwand von Kinoqualität warf. »Ich nehme an, diese Kurve kennen Sie.«

Der Professor blinzelte. »Ja, sicher. Das ist der Standardlauf von WORLD3.«

381.000.000.000 $

»Leicht modifiziert. Sehen Sie die roten Linien, die im Jahr 1996 enden? WORLD3 wurde 1971 entwickelt, um die Zukunft vorherzusagen. Ich habe die tatsächlichen Entwicklungen seither in das Programm eingefügt. Bis jetzt stimmen Prognose und Realität bestürzend genau überein, finden Sie nicht?«

Professor Collins konnte sich ein geduldiges Lächeln nicht verbeißen. »Nun ja. Das kann man so und so sehen. Es ist Ihnen natürlich klar, dass WORLD2 und WORLD3 längst nicht mehr Stand der Technik sind.«

»Wie bitte?« McCaine war sichtlich verdutzt.

»Beide Modelle fassen die Staaten der Erde in eine einzige operative Einheit zusammen, ohne jede Berücksichtigung regionaler Unterschiede. Ich erinnere mich, dass man an der Universität von Sussex die Modelle kritisch auf ihr Verhalten hin untersuchte und fand, dass sie äußerst empfindlich auf Eingabeparameter reagieren, die einen breiten Fehlerbereich enthalten. Auf der anderen Seite zeigen sie ihr normales Verhalten – die berühmten Grenzen des Wachstums eben – nahezu unabhängig von den Ausgangsdaten. Mit anderen Worten, das Verhalten scheint eher dem kybernetischen Zusammenhang zu entstammen als den Daten, mit denen man startet.«

»Scheint?«, wiederholte McCaine. »Das klingt nicht nach einer gründlichen Untersuchung.«

»Ich denke, Aurelio Peccei und den anderen Mitgliedern des Club of Rome war vor allem daran gelegen, rasch eine weltweite Diskussion auszulösen. Dafür eignete sich WORLD3 und seine Vorhersagen natürlich hervorragend.«

McCaine sprang auf und tigerte an der Fensterfront vor dem gewaltigen Lichterpanorama des nächtlichen London auf und ab. »Was ist mit dem Modell von Mesarovic und Pestel? Das berücksichtigt regionale Unterschiede.«

»Das *World Integrated Model,* ja. Sie scheinen sich tatsächlich intensiv mit der Materie befasst zu haben, wenn Sie sich daran noch erinnern. Sie wissen dann vermutlich auch, dass das WIM die Umwelt weitaus weniger stark einbezieht als die WORLD-Modelle. Das ist häufig kritisiert worden, und damals hat man es mit der ohnehin enormen Komplexität des Modells begründet.«

»Aber muss ein präzises Modell nicht notwendigerweise komplex sein?«

»Sicher. Vor allem aber muss es plausibel sein. Man muss nachvollziehen können, was es tut. Sonst könnte man genauso gut aus dem Kaffeesatz lesen.«

McCaine zog einen dicken Wälzer aus einer Schublade und warf ihn auf den Tisch. »Was die Verfasser dieser Studie getan haben, wenn Sie mich fragen. Ich nehme an, Sie kennen sie?«

»Natürlich. ›Global 2000‹, die Studie, die Präsident Carter in Auftrag gegeben hat. Vermutlich das meistverkaufte nichtgelesene Buch der Welt.«

»Und? Was halten Sie davon?«

»Na ja. Es beruht in der Hauptsache darauf, die Schätzungen verschiedener Experten zusammenzufassen, ergänzt um einige nicht sehr genau dokumentierte Modellrechnungen. Was nicht zwangsläufig schlechter sein muss. Aber das größte Manko ist die Beschränkung auf den Zeitraum bis zum Jahr 2000. Es ist heute abzusehen, dass sich wirkliche Umwälzungen, wenn überhaupt, erst Anfang des nächsten Jahrhunderts vollziehen werden.«

»Genau. Und ich will wissen, welche«, sagte McCaine.

»Und wenn Sie es wissen?«

»Will ich mithilfe Ihres Modells herausfinden, wie ich die Katastrophe verhindern kann.«

Der Wissenschaftler sah ihn an, lange, nickte dann langsam. »Gut. Welche Bedingungen schweben Ihnen vor?«

McCaine zögerte keinen Augenblick. »Erstens – es muss ein kybernetisches Modell sein. Egal wie komplex, egal wie teuer. Keine Schätzungen, keine Intuition, keine Annahmen. Alles muss quantifiziert sein, miteinander verknüpft, sich glasklar aus Computerberechnungen ergeben.«

»An so einem Modell arbeiten wir. Wie Sie wissen; andernfalls hätten Sie mich nicht eingeladen.«

»Richtig. Zweitens – Sie berichten mir zuerst. Ich entscheide, wann Ergebnisse veröffentlicht werden dürfen.«

Professor Collins sog hörbar Luft zwischen den Zähnen ein. »Das ist hart. Ich vermute, davon werden Sie sich nicht abbringen lassen?«

»Darauf können Sie wetten«, sagte McCaine. »Drittens ...«

»Wie viel denn noch?«

»Nur das noch. Ich will die Wahrheit wissen. Keine politisch korrekten Aussagen. Keine Beruhigung der Massen, keine Propaganda. Die Wahrheit.«

Kurze Zeit später war der Jumbo-Jet fertig gestellt, den sie für vierhundert Millionen Dollar gekauft und auf der LHT-Werft Fuhlsbüttel in eine komfortable fliegende Konzernzentrale umbauen lassen hatten, mit Büros, Besprechungsraum, Bar, Schlafzimmern und Gästezimmern, per Satellit mit der ganzen Welt verbunden und standesgemäß ausgestattet. Um dem Erscheinungsbild des Konzerns zu entsprechen, war das ganze Flugzeug schneeweiß gestrichen worden, lediglich auf der Heckflosse prangte das geschwungene dunkelrote *f*. Wegen der entfernten Ähnlichkeit mit der Zahl 1 hieß das Flugzeug – zunächst beim Personal, später dann auch bei Piloten und Fluglotsen überall auf der Welt, also sozusagen offiziell – *Moneyforce One*.

Von nun an jetteten sie manchmal wochenlang non-stop um die Welt, von einer Besprechung, Verhandlung oder Besichtigung zur nächsten. John fing es an zu gefallen, als Geschäftsmann aufzutreten, mit dem eigenen Flugzeug irgendwo auf der Welt zu landen, sich von schönen Menschen zu lang gestreckten schwarzen Limousinen geleiten zu lassen und sich begehrt und wichtig vorzukommen. Er begann es zu

384.000.000.000 $

genießen, in geschmackvollen Konferenzräumen an riesigen Tischen aus edlen Hölzern zu sitzen und den Berichten nervöser älterer Herren zuzuhören, umso mehr, als es ihm zunehmend öfter passierte, dass er mit manchen der Zahlen, die die Vorstände nannten oder per Overheadprojektor an Wände strahlten, etwas anzufangen wusste. Es kam vor, dass er ein oder zwei Fragen stellte, die in der Regel unter unübersehbarem Zusammenzucken beantwortet wurden; meist hüllte er sich jedoch in vielsagendes Schweigen, überließ McCaine das Reden und gelangte so im Lauf der Zeit in den Ruf, geheimnisvoll und unnahbar zu sein.

Für Journalisten und Bittsteller mochte John Fontanelli so gut wie unerreichbar sein, für seine Familie und seinen früheren Freundeskreis war er es nicht. Er hatte nach wie vor ein persönliches Sekretariat, das mit anderem Personal, aber nach denselben Prinzipien arbeitete wie das von den Vacchis eingerichtete. Sogar die Liste der ihm persönlich bekannten Absender, deren Anrufe durchzustellen und deren Sendungen ungeprüft an ihn weiterzuleiten waren – sie wurden lediglich durchleuchtet, um Briefbombenanschläge zu verhindern –, war noch dieselbe. Seine Mutter bekam erst nach dem dritten oder vierten Anruf, der zu ihm weitergeschaltet wurde, mit, dass er sich in einem Flugzeug befand, was sie kaum fassen konnte. Und geradezu unglaublich war die Findigkeit und Schnelligkeit, mit der ihm Briefe zugestellt wurden, egal an welchem Punkt der Erde er sich gerade befand. Sie schienen aus Versehen einen Hellseher eingestellt zu haben, der eher als sie selber wusste, wo der Jumbo das nächste Mal landen würde. Auf diese Weise erreichte ihn eines Tages auch Marvins erste CD.

John öffnete den gefütterten Umschlag mit einiger Neugier und musste grinsen, als er die CD herauszog. *Wasted Future* war der Titel. Marvin blickte mit von Weltschmerz umwölktem Blick vom Cover, aufgenommen vor einer Art Müllhalde. »Lieber John, anbei der erste Schritt einer hoffentlich steilen Karriere«, stand auf eine beigelegte Karte gekritzelt, unterschrieben von Marvin und Constantina, die auch unter *vocals* auf der CD genannt war.

Höchst interessant. John ließ alles liegen und stehen, ging in den Salon des Flugzeugs, der mit einer Hi-Fi-Anlage für fünfzigtausend Dollar ausgestattet war, und legte die CD voller Neugier ein.

Sie war, mit einem Wort, schrecklich. Ein dumpfer, breiiger Sound quoll aus den Boxen, in dem einzig die Bassgitarre unangenehm herausstach, während der Sänger hilflos in übermäßig viel Hall und allgemeinem Gewaber unterging. Was kein Verlust war, denn Marvins Gesang klang, als habe ihn klinische Depression und akute Schwindsucht gleichzeitig ereilt. Alles stampfte und wälzte sich in eintönigem Rhythmus dahin, und wenn einmal so etwas wie eine Melodie zu erkennen war, war sie so stark an bekannte Songs angelehnt, dass man sie mit einigem Recht als geklaut hätte bezeichnen können. Von Constantina war zwar so gut wie nichts zu hören, aber auch das Wenige ließ erahnen, dass man dadurch nichts versäumte.

Mit einigem Schaudern nahm John die CD eine halbe Stunde später wieder heraus; er hatte es nicht fertig gebracht, sich das Opus in Gänze anzutun, und einige Male zum jeweils nächsten Stück weitergeschaltet. Es tat ihm aufrichtig Leid, mit schuld daran zu sein, dass ein solches Machwerk das Licht der Welt erblickt hatte, das zweifellos nicht der erste Schritt, sondern der Schlusspunkt einer Karriere war. Was bedeutete, dass Marvin demnächst wieder Geld brauchen würde.

Er schleuderte die CD samt Umschlag und Karte in den Abfall und rief sein Sekretariat in London an, um Marvins Namen von der Liste nehmen zu lassen.

386.000.000.000 $

24

ES WAR EIN strahlender Tag Ende April, der erste ernsthafte Frühlingstag im Grunde. Das Schloss erstrahlte prachtvoller als je zuvor, wahrhaftig wie das Zentrum der Welt.

Marco strahlte auch. Knopf im Ohr, das Funkgerät griffbereit in der Hand, Revolver im Schulterhalfter, ging von ihm in erster Linie ein überwältigender Eindruck von Glück aus.

»Ihnen scheint es tatsächlich gut zu gefallen in England«, stellte John fest.

»Ja«, nickte Marco. »Allerdings liegt das in Wirklichkeit nicht an England, sondern an Karen.«

»Karen?«

»Karen O'Neal. Sie erinnern sich vielleicht, sie war Mister McCaines Sekretärin in seiner alten Firma.« Wieder dieses Strahlen. »Wir sind jetzt zusammen.«

»Ah«, machte John. »Glückwunsch.«

»Danke.« Marcos Hand ging zum Ohr, drückte den Knopfhörer fest. »Der Wagen des Premierministers hat gerade das Tor passiert.«

Das war etwas, das alles Geld der Welt nicht kaufen konnte. Im Gegenteil.

Seit seinem Erlebnis mit Constantina hockte John eine Skepsis im Nacken, die er nicht mehr loswurde. Er wusste, dass er sich die schönsten Frauen der Welt ins Bett hätte holen können, mit oder ohne Bezahlung, aber seit er nach England gekommen war, hatte er keine mehr an sich herankommen lassen. Bei jedem Lächeln und jedem Augenaufschlag durchzuckte ihn der Argwohn, dass das Interesse nicht ihm, sondern seinem Vermögen gelten mochte. Manchmal brauch-

387.000.000.000 $

te es dazu nicht einmal ein Lächeln. Wie damals bei der Journalistin, die im Archiv der Vacchis gekramt und dann die Prophezeiung publik gemacht hatte.

Dabei war sie nicht einmal sein Typ gewesen. Nicht annähernd. Der Himmel mochte wissen, warum er überhaupt noch an sie denken musste.

Sie gingen hinaus. Der Wagen des Premierministers, ein dunkelgrauer Jaguar, kam über die Kuppe gerollt. Die Pfauen standen zwischen den Rabatten und schlugen Rad wie bestellt.

John holte tief Luft, wischte unauffällig die Hände noch einmal an der Hose ab, spürte sein Herz bis in die Fußsohlen schlagen. Immerhin war das der erste Regierungschef, mit dem er sprechen würde.

Das Ganze war McCaines Idee gewesen. Und er ließ ihn auch noch allein damit. *Sie schaffen das,* hatte er gemeint. Sein Tempo, überlegte John, hatte zumindest den Vorteil, dass er nicht allzu oft dazu kam, über sein Liebesleben nachzudenken.

Der Wagen kam würdevoll zum Stehen. Einer der Sicherheitsleute öffnete die Tür, und dann stieg er wirklich und wahrhaftig aus: Premierminister John Major, unverkennbar mit seinem weißen, gescheitelten Haar, der großen, dünnrandigen Brille und seinem breiten Lächeln, genau wie im Fernsehen, und als sie einander die Hände schüttelten, kam es John so vor, als ob der Politiker ebenfalls nervös sei.

Er wird Angst vor Ihnen haben, hatte McCaine erklärt. Es gibt nur eine Hand voll Länder auf der Welt, die einem Angriff Ihres Vermögens standhalten würden – und Großbritannien gehört nicht einmal ansatzweise dazu. Er wird sich fragen, was Sie von ihm wollen. Er wird sich fragen, ob Sie irgendwann während des Essens, zwischen Hauptgang und Dessert, in aller Gelassenheit etwas Ungeheuerliches von ihm verlangen werden.

US-Außenhandelsdefizit im Jahre 2000.
388.000.000.000 $

John hatte das Gefühl, neben sich zu stehen und sich verwundert dabei zuzusehen, wie er dem Premierminister Ihrer Majestät der Königin von England die Hand schüttelte und mit ihm Begrüßungsfloskeln austauschte, als hätte er sein Leben lang nichts anderes getan. In Vorbereitung dieser Einladung hatte er darauf bestanden, einige Unterrichtsstunden bei einem diskreten Benimmlehrer in London zu nehmen, der ihm alle Feinheiten des Protokolls beigebracht und alles, was man einüben konnte, mit ihm eingeübt hatte.

McCaine hatte gelacht. *Sie sind der reichste Mann der Welt, John – Sie können sich benehmen, wie Sie wollen!*

John glaubte zu spüren, dass Major beeindruckt war, als sie hineingingen. Offenbar war dem Innenarchitekten, der als einer der besten der Welt galt, gelungen, was er sich vorgenommen hatte: ein elegantes, würdevolles Ambiente zu schaffen, ohne so zu tun, als lebe hier der Vertreter einer jahrhundertealten Dynastie. Wertvolle Antiquitäten standen neben ultramodernen Designermöbeln aus Stahl und Glas, moderne Gemälde setzten interessante Akzente, und vor allem war es im Schloss seit dem Umbau heller als je zuvor: Taghelle Strahler leuchteten die einstmals dunklen Winkel aus, was in den altehrwürdigen Hallen eine Atmosphäre von Weite und Leichtigkeit schuf.

Sie gingen, wie es das in wochenlanger Arbeit vorbereitete Programm vorsah, ein wenig in den Gärten hinter dem Schloss spazieren, aus der Ferne beobachtet von Dutzenden von Sicherheitsleuten, und versuchten sich in Konversation. John Major, stellte sich heraus, liebte die Oper und den Kricketsport – mit beidem konnte John absolut nichts anfangen. Auch über die Probleme der Pfauenhaltung wusste er nichts zu sagen, also lobten sie das für die Jahreszeit ungewöhnlich schöne Wetter und bekräftigten mehrmals, wie sehr sie sich freuten, den anderen kennen zu lernen. Schließlich rückte der Premierminister damit heraus, dass Seine Königliche Hoheit, der Prinz von Wales, sich sehr interessiert gezeigt

389.000.000.000 $

hätte, ihn kennen zu lernen. »Er hat nicht ausdrücklich gesagt, dass ich Sie von ihm grüßen solle«, fügte der britische Regierungschef hinzu, »aber es könnte gut sein, dass er Sie einmal einlädt.«

John nickte. McCaine und er hatten darüber diskutiert, statt des Premierministers den Thronfolger einzuladen, aber McCaine war dagegen gewesen. *Das wäre eine Brüskierung. Nicht dass wir uns das nicht leisten könnten, und vermutlich würde Prinz Charles sogar kommen – aber dadurch würden wir die wahren Machtverhältnisse zu früh aufdecken.*

Eine halbe Stunde später trafen die übrigen Gäste ein. Die Herausgeberin des angesehenen Monatsmagazins *20th Century Observer,* Viktoria Holden, die man *die große alte Dame des gehobenen Journalismus* nannte, war mit dem Zug aus London angereist, und John hatte sie vom Bahnhof abholen lassen. Zugleich mit ihr kam Alain Smith an, der Herausgeber des Massenblattes *The Sun,* auf der journalistischen Qualitätsskala ungefähr an dem dem *Observer* entgegengesetzten Ende anzusiedeln. Trotzdem begrüßten sich die beiden wie gute alte Freunde. Kurz darauf erschien der Großbritannien-Korrespondent der *Washington Post,* ein drahtiger junger Mann namens David Moody, dessen Händedruck John noch fünf Minuten danach spürte, und schließlich trudelte Lord Peter Rawburne ein, der berühmte Journalist: mit zahlreichen Fehlzündungen, die die Bodyguards nervös in die Jacken greifen ließen, kam er mit einem so gut wie schrottreifen Aston Martin über die Kuppe gekeucht, parkte ungeniert neben all den Nobelkarossen und entstieg in ausgebeulten Tweedklamotten, als käme er gerade von einem Jagdausflug. Um Formen und Konventionen schien er sich einen Teufel zu scheren.

Lord Peter Rawburne war es auch, der den Abend in Bewegung brachte. »Heraus mit der Sprache, Mister Fontanelli«, sagte er, während die Vorspeiseteller abgetragen wurden.

390.000.000.000 $

»Sie haben uns doch nicht eingeladen, um sich die Zeit zu vertreiben, habe ich Recht?«

John legte die Serviette beiseite, sah in die Runde und spürte das Wühlen im Bauch, das ihn seit Tagen nicht schlafen ließ. Hoffentlich wirkte er nicht so lächerlich unsicher, wie er sich fühlte. Er hatte seine Ansprache hundertmal geübt, vor dem Spiegel, vor der Videokamera, bis er den Eindruck gehabt hatte, das, was zu sagen war, einigermaßen locker herüberbringen zu können und so, dass es so aussah, als habe er es *nicht* hundertmal geübt. Nun musste ihm bloß noch der Übergang gelingen.

»Das würde ich niemals wagen«, versuchte er zu scherzen, aber niemand lachte. Das würde wohl nicht so einfach werden. »Ich habe«, begann er also so, wie er es einstudiert hatte, »nach einer Gelegenheit gesucht, ein paar Dinge richtig zu stellen. Dinge, die meine Firma betreffen. *Fontanelli Enterprises* wird in der Öffentlichkeit als gewöhnliches Investment eines großen Vermögens gesehen, mit dem Ziel, Gewinne zu erwirtschaften.« John machte eine kleine Handbewegung, um an die Umgebung zu erinnern, in der sie sich befanden. »Sie werden mir sicher zustimmen, dass ungefähr das Letzte, was ich brauche, noch mehr Geld ist.«

Das Einzige, was Sie ihnen verschweigen müssen, ist, dass wir quasi die Weltherrschaft anstreben, hatte McCaine gemahnt. *Geben Sie sich bescheiden.*

»Ich kenne einige Leute, auf die das ebenfalls zutrifft«, wandte Miss Holden ein. »Trotzdem hören sie nicht auf damit. Ich habe einen von ihnen einmal gefragt, warum er immer noch mehr Geld verdienen wolle, obwohl er es doch nicht mehr brauche. Er sagte: ›Ich tue es nicht, weil ich es *brauche*, sondern weil ich es *kann*.‹«

»Aber ich kann es doch nicht!« Das war John spontan herausgerutscht. Er räusperte sich. »Was ich damit meine, ist, dass mir sicher niemand nachsagen wird, ich sei der geborene Geschäftsmann.«

391.000.000.000 $

»Aber offensichtlich lernen Sie schnell«, sagte David Moody. »Sie investieren ziemlich clever, und Sie investieren weltweit. Ich glaube, die einzigen Länder, in denen Sie nichts gekauft haben, sind der Irak und Nordkorea, und das einzige Land, in dem Sie keine Vertretung haben, ist die Antarktis.«

»Ich habe clevere Mitarbeiter. Abgesehen davon kann man ein so großes Vermögen nicht in ein einziges Land, nicht einmal in einen einzigen Kontinent investieren, ohne Monopole zu schaffen.«

»Vielleicht nicht einmal in einen einzigen Planeten«, spottete Alain Smith.

John wurde heiß. Der Herausgeber der *Sun* lag, ohne es zu ahnen, verdammt nah an der Wahrheit. »Ich empfinde mein Vermögen in erster Linie als Verpflichtung«, sagte John langsam. »Ich will nicht noch mehr Geld anhäufen, sondern der Menschheit damit dienen ...«

»Also doch«, warf Lord Rawburne ein. »Die Prophezeiung Ihres Urahns treibt Sie um.«

»Warum verteilen Sie Ihr Geld dann nicht unter den Armen?«, wollte Smith wissen. »Zumindest einen Teil davon.«

John sah ihn an. »Weil ich glaube, dass damit niemandem wirklich gedient wäre.«

»Der Obdachlose unter der Themsebrücke wird das anders sehen.«

»Er irrt sich«, sagte John. Er war selber überrascht, wie bestimmt ihm das über die Lippen ging, und noch überraschter, als er sah, dass es wirkte. Alain Smith verstummte und nickte, als zöge er ernsthaft in Erwägung, John könne Recht haben. Auch niemand sonst erhob Einspruch, und so kehrte er zu seiner vorbereiteten Rede zurück. Plötzlich hatte er das Gefühl, sie zu Ende bringen zu können, ohne vorher zu sterben. »Was ich sagen wollte, ist, dass mein Hauptaugenmerk dem Umweltschutz gilt. Wir sind dabei, Umweltschutzrichtlinien einzuführen, die überall im Konzern Gültigkeit haben werden, und zwar auch in Ländern und Situationen, wo uns dies

392.000.000.000 $

wirtschaftliche Nachteile bringt. Sie haben vielleicht von unseren Anstrengungen gehört, den Transport von Rohöl sicherer zu machen. Das kostet Geld, aber ich will tun, was ich kann, um zu verhindern, dass einem Schiff, das in meinem Auftrag fährt, so etwas zustößt wie der *Sea Empress*. Was wir im Moment durchführen, sind Maßnahmen, die sich rasch umsetzen lassen – der generelle Einsatz von Umweltschutzpapier für die Verwaltung beispielsweise, Abfalltrennung und Recycling, Verzicht auf Treibgase, die die Ozonschicht gefährden, und so weiter. Leider sind das zumeist Maßnahmen von eher symbolischem Wert. Demnächst werden wir weitergehende Projekte starten, die zum Beispiel die umweltfreundliche Konstruktion von Produkten betreffen, Einzelheiten der Verarbeitung und so weiter. Aber wir haben noch ehrgeizigere Pläne. Nur«, sagte John und sah den Premierminister an, »bedürfen sie der Hilfe der Politik.«

Major machte große Augen, oder vielleicht sah das durch seine große Brille nur so aus. »Ich habe mich schon gefragt, wozu ich eingeladen wurde«, meinte er trocken.

John holte tief Luft. Das Flattern im Bauch war immer noch da. Weitermachen, nicht irritieren lassen! »Die Fontanelli-Gruppe wird in Zukunft, wie ich glaube sagen zu können, eine bedeutende Rolle in der Weltwirtschaft spielen. Das ermutigt mich, bestimmte wirtschaftspolitische Änderungen anzuregen, von denen ich glaube, dass sie auf lange Sicht allen Menschen zugute kommen werden. Ich würde eine entsprechende Politik unterstützen, auch unter Inkaufnahme wirtschaftlicher Einbußen, in der Hoffnung, dass *Fontanelli Enterprises* damit ein Beispiel setzt, dem andere folgen.«

Er blickte in verblüffte Gesichter.

Alain Smith, der am unteren Ende der Tafel saß, griff nach seinem Weinglas, und John hörte ihn murmeln: »Jetzt wird's lustig.«

Das Gesicht des Premierministers war eine steinerne Maske. »Ihre Kooperationsbereitschaft nehme ich erfreut zur Kennt-

393.000.000.000 $

nis«, sagte er in äußerst unerfreutem Tonfall. »Trotzdem muss ich darauf hinweisen, dass in einer Demokratie der korrekte Weg, politische Änderungen zu erreichen, über das Parlament führen muss, nicht über private Vereinbarungen beim Abendessen.«

Viktoria Holden beugte sich vor, die Perlen ihrer Kette streiften unbeabsichtigt ihren Teller und erzeugten ein klingelndes Geräusch. »Mister Fontanelli, würden Sie uns erklären, welche wirtschaftspolitischen Änderungen Ihnen konkret vorschweben?«

John sah sie dankbar an. *Miss Holden wird trotz ihrer bald achtzig Jahre vermutlich der fortschrittlichste und offenste Geist an Ihrer Tafel sein,* hatte McCaine prophezeit. *Und was sie sagt, hat mehr Gewicht, als die Auflage ihres Blattes vermuten lassen würde.*

»Ich bin, wie gesagt, ein Neuling in der Geschäftswelt«, erklärte er ihr und den anderen. »Vielleicht staune ich deshalb noch über viele Dinge, an die sich andere, die in dieser Welt aufgewachsen sind, gewöhnt haben. Ich frage mich zum Beispiel, wie es sein kann, dass es sich lohnt, Nordseekrabben nach Marokko zu transportieren, um sie pulen zu lassen? Wie kann es sein, dass man Äpfel aus Neuseeland einfliegen und dennoch billiger anbieten kann als einheimische Äpfel?« Jetzt war er wieder im Fahrwasser seiner Rede und endlich in dem Teil, der ihm am meisten aus der Seele sprach. »Oder allgemein gefragt: Wie kann das für die Umwelt Schädlichere das wirtschaftlich Lohnendere sein? Doch nur, weil der Preis, den ein Unternehmen für etwas zahlen muss – in diesem Fall für den Transport –, nicht den wirklichen Kosten entspricht. Würde alles so viel kosten, wie es die Umwelt belastet, gäbe es kein Umweltproblem. Denn was wir Menschen gut können, ist, Kosten zu vermeiden. Darin sind wir alle sehr findig. Die Geschichte der Industrialisierung ist eine einzige Geschichte der Kostensenkung für Güter des täglichen Lebens. Warum machen wir uns nicht diese Erfindungskraft nutzbar,

394.000.000.000 $

um eine nachhaltigere Bewirtschaftung der Erde zu entwickeln? Warum erzwingen wir nicht, dass der Faktor Umweltbelastung in allen Kalkulationen berücksichtigt werden muss? Warum richten wir es nicht so ein, dass Umweltbelastung einfach *Geld kostet?*«

Eine endlos lange Sekunde war es so still, als habe er etwas unfassbar Peinliches gesagt.

»Wenn Sie den Transport verteuern, drehen Sie dem Welthandel den Hals zu«, sagte David Moody schließlich und lehnte sich zurück. »Die Wirtschaft ist von guten Transportbedingungen abhängig.«

Dieser Einwand war vorhersehbar gewesen. Sogar er war darauf gekommen, als er zusammen mit McCaine diese Überlegungen ausgearbeitet hatte. »Es geht nicht einfach um Transportkosten. Die Wirtschaft hat sich so entwickelt, wie sie ist, *weil* die Transporte billig waren. Nicht umgekehrt. Es ist mir schon klar, dass die Umsetzung meines Vorschlags gravierende Konsequenzen haben wird. Ich sage auch nicht, dass es mit einem Schlag passieren muss. Aber passieren muss es.«

»Ihr Vorschlag hieße«, stellte Smith fest, »beispielsweise die Subventionen für den Bergbau zu streichen und stattdessen saftige Steuern auf Kohle zu erheben. Oder? Aber das Resultat wären Tausende von Arbeitslosen.«

»Wenn sich nichts verändern würde, könnten wir es lassen«, sagte John.

Der Premierminister Ihrer Majestät sagte nichts, aber er war sichtlich nicht amüsiert. Er blickte starr vor sich hin und schien sich zu wünschen, anderswo zu sein.

In das betretene Schweigen hinein wurde der nächste Gang serviert, eine Lachspastete an Rieslingsoße. *Was für eine verrückte Umgebung, um über die Not der Welt zu sprechen,* dachte John beim Anblick des fantasievoll dekorierten Tellers, den eine geübte Hand schwungvoll vor ihm absetzte.

»Ich finde, Mister Fontanelli hat Recht«, meldete sich Lord

Rawburne zu Wort. Er griff nach Gabel und Fischmesser. »Wir sind hier unter uns, wir sind alle einigermaßen intelligente Menschen, wir brauchen uns also nichts vorzumachen. Wenn Sie sich den Wirtschaftsprozess anschauen, werden Sie immer feststellen, dass sich eine Grenze ausmachen lässt, an der etwas aus der Natur entnommen wird – ein Rohstoff, ein Naturprodukt –, und eine andere Grenze, an der wieder etwas an die Natur übergeben wird – Abfall, in der Regel. Alles, was dazwischen geschieht, ist sozusagen eine interne Angelegenheit der Menschen. Es ist die Existenz dieser beiden Grenzen, die das Umweltproblem schafft. Wir bedienen uns aus Ressourcen, die nicht unbegrenzt sind, und das, was wir abgeben, kann gleichfalls nicht in unbegrenztem Umfang aufgenommen werden. Das wissen wir alle seit langem, ohne dass dieses Wissen Konsequenzen gezeigt hätte. Mister Fontanellis Vorschlag trifft genau den Kern des Problems: Solange es sich für die Wirtschaft nicht finanziell negativ auswirkt, die Umwelt zu belasten, und positiv, sie zu schonen, ist es ihr unmöglich, entsprechend zu handeln. Ich sage mit Absicht *unmöglich*. Es dennoch erwarten, wie es viele Idealisten immer tun, heißt zu erwarten, dass die Wirtschaft unwirtschaftlich handelt. Die Spielregeln sehen Rücksicht auf die Umwelt nicht vor. Aber wir können die Spielregeln ändern. Das ist nicht einmal etwas Besonderes; wir tun es dauernd. Wir ändern das Bankenrecht, das Versicherungswesen, das Börsenrecht, das Steuerrecht – alles Spielregeln für das wirtschaftliche Geschehen. Genauso einfach können wir die Spielregel einführen, dass Umweltbelastung Geld kostet. Dann würde das, was wir bislang mit moralischen Appellen vergeblich angestrebt haben, wie von selbst passieren, allein durch die Dynamik der Marktkräfte. Und es geht nur so. Einen anderen Weg gibt es nicht.«

David Moody hatte während Rawburnes Rede angefangen, den Kopf zu schütteln, und er schien überhaupt nicht mehr damit aufhören zu wollen. »Das ist alles zweifellos gut gemeint«, sagte er, »wenn auch nicht besonders originell. Der Ruf nach staatlicher Kontrolle eben. Aber tatsächlich geht es der Umwelt heute in den Ländern am besten, die einen freien Markt haben, während sie in den ehemaligen Planwirtschaftsländern ruiniert ist.«

Rawburne beugte sich vor und richtete die Spitze seines Fischmessers auf den Amerikaner, als sei es ein Degen. »Eine Spielregel ist nicht dasselbe wie Planwirtschaft, das wissen Sie genau, Mister Moody. Der Staat muss Spielregeln festlegen. Dazu ist er da. Ihr freier Markt würde nicht funktionieren ohne die Spielregeln, die der Staat geschaffen hat – wir reden von Dingen wie dem Aktiengesetz, der Bankenaufsicht, dem Vertragsrecht und so weiter. Und in den Staaten, die die Einhaltung von Spielregeln nicht zu erzwingen im Stande sind, funktioniert Ihr freier Markt ebenfalls nicht. Die berühmten Rahmenbedingungen, deren Fehlen man immer beklagt, wenn man erklärt, warum man nicht in Russland investieren will.«

John hatte das Gefühl, etwas sagen zu müssen, um die Animosität zwischen den beiden, die er zu spüren glaubte, nicht eskalieren zu lassen. »Ich bin alles andere als ein Fachmann in Wirtschaftsfragen«, erklärte er. »Ich habe mir bloß die Frage gestellt, wie unsere Wirtschaft aussehen würde, wenn die Erde, die Natur, eine Firma wäre? Wenn wir alles, was wir brauchen, von dieser Firma kaufen müssten? Wirklich alles – nicht nur Rohstoffe, sondern auch Wasser, Luft, Grund und Boden?«

Wir werden eines Tages diese Firma sein, hatte McCaine gesagt und prostend das Glas erhoben.

Viktoria Holden schmunzelte. »Dann wäre das Leben vermutlich unbezahlbar!«

»Hirngespinste«, meinte Smith.

»Das wäre ein Monopol«, grollte Moody. »Ihre Firma Erde könnte die Preise so hoch ansetzen, dass sie unbezahlbar wären.«

397.000.000.000 $

»Sie scheinen davon auszugehen, dass wir Menschen unerwünscht auf Erden sind«, wandte Lord Rawburne ein. »Eine interessante Grundeinstellung, die zu anderer Gelegenheit sicherlich näherer Betrachtung wert wäre. Dabei liegt die Antwort auf Mister Fontanellis Frage auf der Hand: Selbstredend ist die Natur keine Firma. Ich sehe hier den Staat gefordert. Bisher ist der Staat Interessenvertreter seiner Wirtschaft, in besseren Fällen auch mal der seiner Bevölkerung. Intelligenter wäre es, die Wirtschaft sich selbst zu überlassen und die Rolle eines Treuhänders der Natur zu übernehmen.«

»Das klingt alles gut und schön, Lord Rawburne«, sagte der Premierminister, »aber was die politische Realität anbelangt, ist es reine Utopie. Selbst angenommen, ein derartiger Kurswechsel wäre mehrheitsfähig – alles, was Sie erreichen würden, wäre, die Position Großbritanniens im immer schärfer werdenden globalen Wettbewerb empfindlich zu schwächen.«

»Selbstverständlich erfordert das internationale Kooperation«, meinte Miss Holden. »Ein nationaler Alleingang wäre nicht nur sinnlos, sondern auch wirkungslos.«

Alain Smith winkte ab. »Vergessen Sie's, Viktoria. Jeder Staat würde nur nach Wegen suchen, aus solchen Vereinbarungen auszuscheren.«

John Major nickte grimmig. »Da kann ich Ihrem Kollegen nur beipflichten.«

Das Abendessen verging über hitzigen, aber wenig ergiebigen Diskussionen und weitgehend ohne Würdigung seiner kulinarischen Qualität. Danach, sozusagen zum frühestmöglichen Zeitpunkt, der sich mit den Umgangsformen vereinbaren ließ, verabschiedete sich der Premierminister, natürlich nicht ohne einige wohlgesetzte Worte, die Wertschätzung der Einladung betreffend und der Hoffnung auf ein gutes zukünftiges Verhältnis Ausdruck gebend.

Alain Smith folgte ihm kurze Zeit später. »Immerhin«, meinte er zum Abschied, »finde ich es beruhigend, dass an der Spitze des größten Konzerns der Welt ein Mann steht,

398.000.000.000 $

den höhere Werte leiten als die übliche Kombination von Gier, Ehrgeiz und Machthunger.«

»Ich bin sicher, dass Ihr Umweltengagement ein Zeichen setzen wird«, meinte David Moody. »Sie sollten es nur nicht übertreiben. Verfolgen Sie eine Politik der kleinen Schritte.«

Viktoria Holden hatte keinen Ratschlag, dankte ihm nur für die Einladung.

Der Letzte, der ging, war Lord Peter Rawburne. »Sie denken in die richtige Richtung«, meinte er, während er Johns Hand schüttelte. »Sie haben es nur noch nicht ganz zu Ende gedacht.«

Mit diesen rätselhaften Worten stieg der Journalist in sein unscheinbares Auto und fuhr davon, die Umwelt mit den Rückständen unsauberer Kraftstoffverbrennung belastend.

John stand noch lange am Fenster seines Wohnraums und sah hinaus in den sternklaren Himmel, während die fadendünnen Umrisse einer Idee sich zu einem Entschluss verdichteten. Ein Blick auf die Uhr, als es so weit war. Halb zwölf.

Er ging zum Telefon, blätterte in dem Verzeichnis daneben. Im Schloss gab es über zweihundert Telefone; alle Nebenstellennummern waren deshalb dreistellig. Er fand die Nummer, die er gesucht hatte, und tippte sie ein.

»O'Shaugnessy«, meldete sich eine etwas erschrocken klingende Stimme.

»Fontanelli hier«, sagte John. »Ich hoffe, ich habe Sie nicht geweckt.«

»Ähm, nein, Sir«, sagte der Bibliothekar. »Ich habe noch gelesen.«

John nickte. Das hatte er von dem mageren Iren mit dem für sein Alter ungewöhnlich lichten Haar nicht anders vermutet. »Es tut mir Leid, Sie so spät noch behelligen zu müssen, aber ich habe eine dringende Bitte ...«

399.000.000.000 $

25

EINE WOCHE SPÄTER marschierte John morgens in McCaines Büro, legte ihm ein Buch hin und blieb abwartend vor dem Schreibtisch stehen. Seine Laune war, unübersehbar, nicht die beste.

»*Juan, un momento, por favor*«, bat McCaine seinen augenblicklichen Telefonpartner, legte die Hand über die Sprechmuschel und beugte sich vor. Der Titel des Buches lautete *Die vollautomatische Rettung der Menschheit*. Der Verfasser hieß Peter Rawburne.

Er nahm den Hörer wieder an sein Ohr. »*Juan? Lo siento. Podría llamar usted más tarde? Vale. Hasta luego.*« Er legte auf, nahm das Buch in die Hand und sah John an. »Guten Morgen, John. Wo haben Sie denn das aufgetrieben?«

»O'Shaugnessy hat es aufgetrieben«, erklärte John und fing an, auf den Absätzen zu wippen.

»O'Shaugnessy? Sieh an. Ein findiger Bibliothekar, muss ich sagen.« McCaine klappte den Vorderdeckel auf, blätterte genüsslich den Vorsatz um, studierte das Titelblatt. »Ein gut erhaltenes Exemplar. Besser als mein eigenes.«

John schnaubte. »Sie haben Lord Rawburne eingeladen und mich Ideen vortragen und als eigene Gedanken ausgeben lassen, die er schon vor zwanzig Jahren hatte! Ich komme mir vor wie ein Idiot.«

»Unsinn«, erwiderte McCaine. »Er war hellauf begeistert. Das haben Sie mir selbst erzählt. Er hat Ihre Partei ergriffen, oder etwa nicht?«

»Mir sind gestern Abend fast die Augen aus dem Kopf gefallen. Sie kannten dieses Buch. Warum haben Sie es mir nicht gezeigt?«

»Weil es«, erklärte McCaine geduldig, »besser war, dass Sie von selber auf diese Ideen gekommen sind.«

»Aber ich bin nicht von selber auf diese Ideen gekommen! Sie haben sie mir eingeredet, jede einzelne davon.«

McCaine schüttelte den Kopf. »Wir haben einen Abend lang bei einer guten Flasche Wein zusammengesessen und haben Strategien für die Umgestaltung der Weltwirtschaft erörtert. Wir beide, Sie und ich. *Alright,* ich habe die Gedanken Rawburnes einfließen lassen – aber Sie sind darauf angesprungen, haben sie adoptiert, weitergedacht, waren hellauf begeistert. Und? Ändert es etwas an Ideen, dass jemand anderer sie schon einmal hatte?«

»Sie hätten mir sagen müssen, dass der Urheber dieser Ideen mit an dem Tisch sitzen würde, an dem ich darüber rede!«

»Dann wären Sie befangen gewesen. Sie hätten gewirkt wie ein Proselyt. Wie jemand, der sich gerade zu einer neuen Ideologie bekehrt hat und nun alle Welt damit beglücken will.«

John stutzte. »Das war der Grund? Sie wollten, dass ich unbefangen wirke?«

»John«, sagte McCaine, klappte das Buch langsam zu und legte es ihm wieder hin, oben auf einen Stapel Akten, »ich bin nicht so genial, dass ich auf so etwas von selber käme. Ich gebe es zu. Aber es ist mir auch egal, völlig egal, woher eine gute Idee kommt und wer sie gehabt hat. Ich zahle keine Lizenzgebühren für die Rettung der Welt. Wenn eine Idee etwas taugt, verwende ich sie.«

»Was war mit den anderen? Die wussten auch, dass ich Rawburnes Ideen wiederkäue, oder?«

»Kein Mensch kennt heute noch Rawburnes Ideen.« McCaine deutete auf das Buch. »Das ist ein Privatdruck. Die Auflage betrug zweihundert Stück. Haben Sie sich einmal ge-

401.000.000.000 $

fragt, warum? Oder haben Sie sich einmal gefragt, warum er Ihnen an dem Abend nicht einfach über den Mund gefahren ist? Warum er so getan hat, als spinne er einfach Ihre Idee weiter?«

»Nein«, musste John zugeben.

»Weil er Ihnen geglaubt hat. Er hat Ihnen geglaubt, dass Sie von selber darauf gekommen sind. Und es hat in ihm die Hoffnung geweckt, die Zeit könnte jetzt allmählich reif sein für seine Gedanken. Als er das Buch geschrieben hat – er kann damals höchstens sechsundzwanzig gewesen sein –, war sie es eindeutig nicht. Sie können sich kaum vorstellen, wie er mit seinen Thesen damals in seinen Kreisen angeeckt ist. Steuern nur noch auf Umweltverbrauch, auf Landbesitz, auf Verbrauch von Wasser und Rohstoffen, auf erzeugten Müll! Wenn die Lords nicht alle selber schon halb tot gewesen wären, sie hätten ihn bestimmt gehängt.« McCaine lehnte sich zurück, verschränkte die Hände vor der Brust. »Die Oberklasse hat ihm bis heute nicht verziehen und wird es auch nie. Der Rest der Zivilisation kennt ihn als den wahrscheinlich kompetentesten Wirtschaftsjournalisten der Welt. Wenn er etwas sagt, spitzt jeder die Ohren, Wallstreet genauso wie Downing Street Number 10, Frankfurt genauso wie das Weiße Haus. Dass er Sie ins Herz geschlossen hat, ist für unsere Vorhaben wertvoller, als wenn er Ihnen British Petroleum geschenkt hätte.«

John schluckte. »Im Ernst?«

»Haben Sie letzte Woche die Zeitungen gelesen?«

»Ähm – nein.«

»Das sollten Sie tun. Sie werden feststellen, dass Sie ein Held geworden sind. Die englischen Massenblätter berichten groß über unsere Umweltschutz-Initiativen. Die amerikanischen Zeitungen entdecken eine neue Entwicklung hin zu mehr Rücksichtnahme der Wirtschaft auf die Umwelt, die sie den *Fontanelli-Trend* nennen. Und auf dem Kontinent gibt es sowieso keinen Chefredakteur, der nicht Miss Holdens *20th Century Observer* abonniert hätte.«

402.000.000.000 $

John musterte McCaine, dessen Hemd schon zu dieser frühen Morgenstunde an den Achseln durchgeschwitzt war. »Und das soll alles das Resultat eines einzigen Abendessens und meiner lauwarmen Ansprache sein?«

»Darauf können Sie wetten. Sie sind nicht mehr der verrückte Erbe, der nicht weiß, wohin mit dem Geld. Sie sind ein Sympathieträger. Die Menschen beginnen zu erkennen, dass Sie der wahre Erbe sind; dass Sie die Prophezeiung erfüllen werden. Sie sind ein Popstar, John«, meinte McCaine. »Finden Sie sich damit ab.«

Johns Gesicht verdüsterte sich. »Jeder könnte das, was ich tue. Ich bin ein Versager, der zufällig eine irrsinnige Erbschaft gemacht hat.« Er erschrak über seine eigenen Worte.

McCaine musterte ihn nachdenklich, schwenkte dann mit seinem Sessel zur Seite und sah hinaus auf die Dächer Londons. »Sie sind gescheitert an einer Welt, die zutiefst falsch gepolt ist«, sagte er ruhig. »Wir werden sie umpolen. Wir werden dafür sorgen, dass die richtigen Menschen Erfolg haben und dass das richtige Verhalten belohnt wird, und alles Weitere wird sich von selber regeln.«

Einen anderen Popstar entdeckte John, als er sich eines Abends, zu aufgedreht von einem hektischen Tag, um schon Schlaf finden zu können, vor den Fernseher hockte und durch die Programme zappte: Da starrte ihm unvermutet auf MTV Marvins Gesicht entgegen, düsteren Blickes zu krachender Musik schwer verständliche Gesangsstrophen nuschelnd, während im Hintergrund Berge von Autowracks wie durch Zauberhand höher und höher wuchsen. Die Musik war immer noch schrecklich, aber das Video war beeindruckend, besonders im Refrain des Songs, wenn Constantina mitzwitscherte, nur mit dem Allernötigsten bekleidet, und selbst das schien auf einem Müllplatz zusammengesucht worden zu sein. Ihre lasziven Bewegungen ließen John unwillkürlich an einen gewissen Abend auf einer gewissen, seit Monaten ungenutzt

403.000.000.000 $

vor Anker liegenden Jacht denken, und es tat nicht gut, daran zu denken.

Staatsanwältin würde sie jedenfalls nicht mehr werden.

Im Keller des Gebäudes der Staatsanwaltschaft von Florenz lagerten noch immer so viele Kartons mit der Aufschrift *Drohbriefe/Fontanelli,* dass sie einen eigenen Asservatenraum füllten. Bis zum Wegzug John Fontanellis nach Großbritannien hatte sich eine Sonderkommission damit beschäftigt, was eine Vielzahl von Festnahmen und Anklagen überall in der Welt zur Folge gehabt und eine Reihe von Leuten in Gefängnisse oder psychiatrische Anstalten gebracht hatte.

Im Juni 1996 lockten eigenartige Geräusche aus dem Innenhof des Gebäudes die Leute an die Fenster. Mitten im Hof stand ein Lastwagen einer Datenvernichtungsfirma und tuckerte vor sich hin, und der Reißwolf am hinteren Ende fraß schwarze Kartons, wie sie aus dem Keller hochgeschafft wurden, ungeöffnet, widerspenstig über die schimmernden Zahnwalzen springend und zappelnd, bis eine der Metallzacken endlich in Pappe biss und den Brocken hinabschlang und die Hülle aufplatzte, einen Schwall von Briefumschlägen freigebend wie eine reife Samenkapsel den Samen, aber auch die erfasste der mechanische Schlund und verhackstückte sie zu winzigen Fetzen. Es dauerte keine zwei Stunden, bis die geballten Drohungen gegen den reichsten Mann der Weltgeschichte nur noch Brennmaterial in braunen Papiersäcken waren.

»Eine ausdrückliche Anweisung des Justizministers«, sagte der Oberstaatsanwalt zu seinem Besucher, während sie das Schauspiel durch die Scheiben beobachteten, und nutzte die Gelegenheit, verstohlen an einer Fleischfaser zu pulen, die ihm seit dem Mittagessen zwischen den Zähnen hing. »Der sie wiederum auf ausdrückliche Bitte des Finanzministers erteilt hat, wie man hört.«

»Wirklich?«, staunte sein Besucher pflichtschuldigst.

404.000.000.000 $

Die Fleischfaser gab nach. Was für ein herrliches Gefühl. Angewidert betrachtete der Oberstaatsanwalt das winzige braune Ding an seinem Fingernagel. »Vollkommen richtig, wenn Sie mich fragen. Signor Fontanelli hat nämlich bei seiner Einbürgerung versprochen, in diesem Land Steuern zu zahlen, und drei Monate später ist er nach England verschwunden. Es ist nicht einzusehen, warum wir unentgeltlich für so jemanden arbeiten sollten.«

»Wir zahlen keine Steuern?« John sah von der Bilanzübersicht auf. »Ist das wahr?«

McCaine war damit beschäftigt, eine längere Notiz auf den Rand eines Schriftstücks zu kritzeln. »Das ist ein internes Papier und nur für uns bestimmt«, sagte er, ohne aufzusehen.

»Ich will doch schwer hoffen, dass jede Zahl darin so wahr ist, wie eine Zahl nur sein kann.«

»Hier stehen gerade mal dreizehn Millionen Dollar.«

»Dreizehn Millionen zu viel, wenn Sie mich fragen. Aber die waren eben nicht zu vermeiden.«

»Ich weiß nicht. Ich habe dem italienischen Finanzminister versprochen, mindestens ein Jahr lang in Italien Steuern zu zahlen ...«

»Die sieben Milliarden, die ich letztes Jahr nicht mehr retten konnte, werden ihm reichen müssen.«

»Ich habe es ihm versprochen, verstehen Sie? In die Hand.«

Jetzt sah McCaine doch auf. »Mir kommen gleich die Tränen. Entschuldigen Sie, John, aber wir reden hier von zwanzig, dreißig Milliarden Dollar und mehr. Dafür können Sie die Ukraine kaufen oder halb Afrika. Ich denke nicht daran, so viel Geld irgendeinem Finanzminister in den Rachen zu werfen.«

»Aber wir können doch nicht ... ich meine, wir verdienen Geld. Und wer Geld verdient, muss Steuern zahlen, so ist das nun mal, oder?«

»Wir sind ein internationales Unternehmen. Wir können es

405.000.000.000 $

uns aussuchen, wo wir Steuern zahlen. Und wenn ich es mir aussuchen kann, dann zahle ich den Steuersatz der Cayman-Inseln, nämlich null Dollar.«

John nickte betreten und starrte wieder das Blatt Papier in seiner Hand an. Dreizehn Millionen.

»Wie geht so etwas?«, fragte er. »Wir sind doch nicht auf den Cayman-Inseln. Wir sind hier, in London.«

»Wir haben Firmen auf den Cayman-Inseln. So wie wir Firmen auf der Insel Sark haben, in Belize, auf Gibraltar, in Panama und wie die Steuerparadiese alle heißen. Diese Firmen tun nichts, sie haben keine Angestellten, sie bestehen nur aus einem Eintrag im Handelsregister und einem kleinen Schild an einem Briefkasten. Und auf diesen Schildern stehen unauffällige Namen, weil es nicht sein muss, dass jeder sofort sieht, dass sie Ihnen gehören. Eine dieser Firmen heißt zum Beispiel *International Real Estate* und ist eine Immobilienfirma, der das Hochhaus und Ihr Schloss gehört und die uns dafür satte Mieten in Rechnung stellt. Diese Mieten mindern unseren Geschäftsertrag und damit unsere Steuerlast – aber was will das Finanzamt tun? Man kann uns schließlich nicht verbieten, in gemieteten Räumen zu leben und zu arbeiten. Und dieses Spiel kann man treiben mit Versicherungen für Transporte, Investments, Beratungshonoraren und so weiter, bis man praktisch keine Steuern mehr zahlt.«

»Ist das Geld dort denn überhaupt sicher, auf diesen ganzen Inseln?«

»Seien Sie nicht naiv. Das Geld wird nur in den Computern der Banken bewegt, eine Buchung von einer Festplatte zur anderen. Kein Penny verlässt dieses Land, nicht einmal in Form von Bits.«

Das kam John schier unglaublich vor. Aber er hatte sich daran gewöhnt, in eine Region geraten zu sein, in der das Unglaubliche der Normalfall war. »Mir kommt das nicht ganz astrein vor.«

»Das hat auch niemand behauptet. Im Gegenteil, moralisch

ist es absolut verwerflich. Aber schauen Sie sich die Statistiken des Internationalen Währungsfonds an: Über zwei Billionen Dollar werden in Offshore-Finanzplätzen verwaltet. Es würde unsere Position empfindlich schwächen, wenn wir Steuern zahlen, andere aber nicht.«

John fuhr sich mit den Händen über das Gesicht. »Jeder kleine Handwerker muss Steuern zahlen. Mein *Vater* muss Steuern zahlen. Jeder. Mit welchem Recht soll ich mich da herausnehmen?«

McCaine lehnte sich weit in seinem Sessel zurück, stellte die Finger seiner Hände gegeneinander und stützte sein Kinn darauf, während er John nachdenklich betrachtete. »Das kann man so und so sehen«, meinte er endlich. »Sie sind Unternehmer. Sie sind einer der größten Arbeitgeber der Welt. Sie versorgen den halben Planeten mit Gütern des täglichen Bedarfs. Sie erbringen Leistungen, die keine einzige Regierung zu erbringen im Stande ist. Also, wenn Sie mich fragen – ich sehe nicht ein, dass Sie zu all dem auch noch Steuern zahlen sollen.«

»Der Raubzug geht weiter!«, trompetete McCaine beim Betreten seines Büros. Sie waren etliche Wochen in der Welt unterwegs gewesen und machten wieder einmal für längere Zeit in London Station, und wieder war es, als tobe ein Wirbelsturm durch das Gebäude.

Zuletzt hatten sie zahllose Gespräche mit Firmen in Osteuropa, im Nahen Osten und in Afrika geführt, hatten Fabrikhallen besichtigt, die manchmal Museen glichen oder düsteren Verliesen rechtloser Sklaven, hatten verkrustete Abwasserrohre gesehen, aus denen stinkende, schäumende Brühe ungehindert in Flüsse lief, waren durch öligen Schlamm und über verwahrloste Deponien gestiefelt, immer begleitet von Vorständen oder Direktoren, die auf eine Finanzhilfe angewiesen waren.

»Die Syrer haben verlangt, dass wir auf unsere Investition

407.000.000.000 $

in Israel verzichten«, erzählte er John bei einem ihrer frugalen Mittagessen, die am Besprechungstisch nebenbei einzunehmen sie sich angewöhnt hatten. »Und die israelische Regierung wollte, dass wir nicht in Syrien investieren. Ich habe beiden gesagt, hört zu, wenn ihr mir so kommt, dann investiere ich weder bei euch noch bei den anderen. Und plötzlich waren sie ganz kleinlaut.«

»Eine gute Vorübung«, meinte John, immer wieder erstaunt über die Macht, die in seine Hände gelegt war.

»Übrigens bekommen wir für den Bau der Mikrochip-Fabrik in Bulgarien einen staatlichen Zuschuss von dreihundert Millionen Dollar. Außerdem trägt der Staat die ersten fünf Jahre neunzig Prozent aller eventuell entstehenden Verluste. Die wir natürlich auch machen werden.«

John stutzte. »Haben wir etwa kein Geld mehr?«

»Machen Sie nicht so ein erschrockenes Gesicht, John. Wir haben mehr Geld als je zuvor. Sie können ja mal runter zu unseren Devisenhändlern gehen und zusehen, wie die immer mehr draus machen.«

»Und wozu brauchen wir dann Zuschüsse vom Staat?«

McCaine legte die Salatgabel beiseite. »Wie ich Ihnen schon bei unserem ersten Treffen gesagt habe: Eine Billion Dollar reichen nicht aus, um die Welt zu kaufen. Deswegen müssen wir, wenn es gelingen soll, so viel fremdes Geld kontrollieren wie möglich. Und auf diese Weise tun wir das. Jeden Dollar, den die bulgarische Regierung uns gibt, kann sie nicht für etwas anderes ausgeben. Sie wird schwächer, wir werden stärker. Und weil wir stärker werden, werden wir bei dem nächsten derartigen Geschäft noch mehr heraushandeln können – und so weiter. Eine Schraube ohne Ende.«

»Verstehe.« Von dieser Art Tricks und Manövern zu erfahren verursachte John immer noch ein schales Gefühl, auch wenn er inzwischen zu akzeptieren versuchte, dass die Spielregeln der Macht eben so funktionierten. »Aber was hat eine

Regierung davon, dass wir in ihrem Land investieren, wenn sie in Wirklichkeit fast alles selber zahlt?«

»Was ich ihnen eingeredet habe – abgesehen davon, dass ihnen klar war, dass wir die Chip-Fabrik genauso gut in Rumänien oder Ungarn hätten bauen können –«, sagte McCaine, »war, dass sie auf diese Weise internationales Ansehen bei anderen Investoren gewinnen. Nach dem Motto, wo *Fontanelli Enterprises* investiert, können es auch andere wagen.« Er schüttelte den Kopf und lachte spöttisch auf. »Wissen Sie, ich liebe diese Situation, wenn diese Regierungschefs in ihren alten Palästen, mit ihren Titeln und ihrem ganzen Pomp wie Wachs in meinen Händen sind. Wenn sie mich anschauen und ich sehe, dass sie plötzlich begreifen, wer wirklich das Sagen hat. Dass ihre ganze Macht nur ein Karnevalsumzug für das Volk ist. Es gibt keine Regierungen, John, es gibt nur Leute in Ämtern. Manche von ihnen sind so strohdoof, dass man ihnen alles erzählen kann. Die Übrigen wollen vor allem wiedergewählt werden, und dafür sind neue Arbeitsplätze wichtiger als ein ausgeglichener Staatshaushalt.«

»Es wird Zeit, dass Sie das Geheimnis der wundersamen Geldvermehrung kennen lernen«, meinte McCaine einige Zeit später und fügte spöttisch hinzu: »Weil Sie sich neulich so sorgten, dass uns das Geld ausgehen könnte.«

John musste an Marvin denken, der in den alten Zeiten gern obskuren Geldvermehrungsideen gefolgt war und ihn immer wieder zu Kettenbriefen und ähnlichen Spielchen hatte überreden wollen. Er versicherte, er sei ganz Ohr, erwartete aber nichts Besonderes.

»Zunächst«, erklärte McCaine, »gründen wir eine neue Kapitalgesellschaft. Wir nennen sie, sagen wir, *Fontanelli Power*. Geschäftszweck ist der Handel mit elektrischer Energie. In Europa wird in spätestens vier Jahren der Strommarkt liberalisiert werden, es handelt sich also um eine aussichtsreiche Branche. Als Kapital bringen wir unsere verschiedenen Kraftwerke ein. Die gehören also künftig der *Fontanelli Power*, deren Aktien wiederum gehören *Fontanelli Enterprises*, an den Besitzverhältnissen ändert sich also de facto zunächst nichts.«

Die Gründung der *Fontanelli Power Limited* war eine simple Angelegenheit und in wenigen Tagen erledigt. Im Prinzip geschah nichts weiter, als dass ein kleiner Teil der bestehenden Firma ausgegliedert wurde und einen neuen Namen bekam. Und ein eigenes Firmensignet, kostengünstig entworfen von der New Yorker Werbeagentur, an der *Fontanelli Enterprises* beteiligt war.

»Nun der zweite Schritt. Wir kündigen an, dass *Fontanelli Power* an die Börse gehen wird. Das ist etwas aufwändiger, weil allerlei rechtliche Vorschriften zu erfüllen sind, vor allem aber muss im Vorfeld der Börseneinführung das Interesse der Anleger geweckt werden. Was angesichts des Namens Fontanelli kein Problem sein dürfte.«

Das Rechtliche erledigten die Firmenanwälte, und in den Besprechungen fielen Begriffe wie *Börsenprospekt* und *Neuemission*, mit denen John zwar nichts anfangen konnte, die er sich aber verstohlen notierte, um die Zusammenhänge später nachzulesen. Die Werbeagentur entwarf eine Kampagne, die letztlich aber nicht durchgeführt zu werden brauchte, da sich allein aufgrund der Zeitungsmeldungen ein enormes Interesse an den *Fontanelli-Power*-Aktien entwickelte.

»Wir werden nur einen kleinen Teil der Aktien auf den Markt geben. Sagen wir, fünfzehn Prozent. Da die Aktie dadurch überzeichnet ist ...«

»Bitte was?«, fragte John, mittlerweile reichlich gereizt durch das Börsenchinesisch.

McCaine wurde wieder lehrerhaft. »Es sind mehr Kaufgesuche abgegeben worden, als es Aktien zu kaufen geben wird. Wir werden die Aktien per Los zuteilen, was diejenigen, die leer ausgehen, nur noch begieriger machen sollte. Passen Sie auf.«

410.000.000.000 $

Der Ausgabepreis betrug schließlich 28 Dollar je Aktie. Noch am Ende des ersten Kurstages lag der Kurs bei 59 Dollar, und nach einer Woche hatte er sich bei 103 Dollar eingependelt.

»Haben Sie gesehen, was jetzt passiert ist? Wir besitzen immer noch 85 Prozent von *Fontanelli Power* – aber diese 85 Prozent sind jetzt dreimal mehr wert als die ganze Firma vor dem Börsengang. Unser eingesetztes Vermögen hat sich also, auf dem Papier zwar, aber völlig legal und in Übereinstimmung mit den Spielregeln der Börse, innerhalb einer Woche verdreifacht.«

John kam das reichlich surreal vor. »Und jetzt verkaufen wir alles?«, riet er.

»Bloß nicht. Das ist ja das Verrückte: In dem Moment, in dem wir die übrigen Aktien auf den Markt werfen würden, würde das Angebot die Nachfrage übersteigen und folglich der Preis zusammenbrechen.«

»Das heißt, es ist bloß ein Scheinvermögen, oder?«

»Was ist ein Scheinvermögen? Ihre Billion existiert auch nur in Form magnetischer Impulse in den Computern der Banken. Keine dieser Banken wäre im Stande, Ihnen alles in Bargeld auszuzahlen.«

»Aber was nützt es uns, dass unsere Firma dreimal so viel wert ist wie vorige Woche, wenn wir den Wert nicht zu Geld machen können?«

McCaine lächelte verschlagen. »Ganz einfach. Bisher haben wir Firmen gekauft und Geld dafür bezahlt. Jetzt können wir Firmen übernehmen, indem wir Aktien der *Fontanelli Power* im Tausch anbieten. Wir müssen nur darauf achten, einundfünfzig Prozent zu behalten, dann behalten wir auch die Kontrolle. Bei Lichte betrachtet, setzt uns dieses Manöver im Stande, Firmen in unseren Besitz zu bringen mit Geld, das es überhaupt nicht gibt.«

Das musste sich John noch einmal erklären lassen und dann noch einmal mit hingekritzelten Skizzen auf einem No-

411.000.000.000 $

tizblock, ehe er begriff, dass das tatsächlich so funktionierte, wie er von Anfang an verstanden hatte, aber nicht hatte glauben können.

»Das geht ja wirklich«, gab er schließlich zu.

»Nicht wahr? Als hätte jemand die Regeln speziell für uns gemacht«, meinte McCaine. Unverhohlene Siegesgewissheit stand in sein Gesicht geschrieben, als er hinzufügte: »Und es kommt noch besser.«

»Noch besser?«

»Viel besser. Als Nächstes gründen wir eine Bank.«

Fast auf den Tag genau ein Jahr nach der Gründung von *Fontanelli Enterprises* entstand aus dem Zusammenschluss einiger Banken, die McCaine vorwiegend im Mittelmeerraum gekauft hatte, die *Banco Fontanelli di Firenze,* die größte Privatbank der Welt mit Sitz in Florenz.

Da der Name Fontanelli im Bewusstsein der Öffentlichkeit gleichgesetzt wurde mit dem unfassbaren Betrag von einer Billion Dollar, missverstand man diese Meldung dahingehend, die *Banco Fontanelli* sei die größte Bank der Welt. Das war sie tatsächlich nicht, vielmehr rangierte sie zum Zeitpunkt ihrer Gründung gerade mal ungefähr auf Platz 400. John Fontanelli selbst unterhielt nur ein relativ bescheidenes Konto bei seiner eigenen Bank, verglichen zumindest mit seinen Konten bei amerikanischen und japanischen Großbanken. Da die *Banco Fontanelli* als Privatbank nur einer eingeschränkten Offenlegungspflicht unterlag, wurde dieser Umstand nie allgemein publik; der »Mann auf der Straße« ging davon aus, dass Fontanellis Bank über eine Billion Dollar gebot.

Einem so finanzstark eingeschätzten Bankinstitut brachte man automatisch Vertrauen entgegen, und da die *Banco Fontanelli* zur Eröffnung mit nicht uninteressanten Konditionen aufwarten konnte, beschlossen zahlreiche Großanleger zu wechseln. Bereits wenige Wochen später hatte die *Banco*

Fontanelli di Firenze den Rang 130 inne, mit ungebrochenem Aufwärtstrend.

»Wir werden die größte Bank der Welt«, prophezeite McCaine siegessicher, »und alles mit dem Geld anderer Leute.«

»Wozu brauchen wir eine Bank?«, wollte John wissen.

»Um Geld zu kontrollieren«, erwiderte McCaine, ohne den Blick von den Akten zu heben, die er studierte.

Ihr Jet war auf dem Weg nach Florenz, flog über ein strahlend blaues Mittelmeer, über dem winzige, wie gezupft aussehende Wolken schwebten. Sie würden an der Vorstandssitzung teilnehmen und nachmittags wieder in London sein, gerade rechtzeitig, um Marco, der heute heiratete, alles Gute zu wünschen.

»Aber wie kann eine Bank das Geld anderer Leute kontrollieren? Ich meine, der Inhaber eines Kontos kann es doch jederzeit abheben und damit machen, was er will?«

Jetzt sah McCaine hoch. »Das ist bei den meisten Geldanlagen keineswegs so. Abgesehen davon heben niemals alle Leute ihr Geld gleichzeitig ab; das wäre der Ruin einer Bank. Nein, über das Geld, das die Einleger uns geben, können wir erst einmal verfügen.«

»Aber wir müssen ihnen dafür Zinsen zahlen.«

»Natürlich.«

John nahm das Blatt mit den aktuellen Zinssätzen der *Banco Fontanelli* zur Hand. »Offen gestanden sieht das nicht wie ein besonders gutes Geschäft aus.«

»Weil Sie die Zinssätze so betrachten, wie der Mann auf der Straße das tut. Drei Prozent für ein Sparguthaben, zehn Prozent für einen Kredit, also denkt man gemeinhin, die Bank verdient sieben Prozent. Was man akzeptabel findet. Aber so funktioniert das nicht.«

»Sondern?«

McCaine lächelte sein dünnes Lächeln. »Wenn man es das erste Mal hört, klingt es zu unglaublich, um wahr zu sein.

Aber es ist wahr, Sie können es in jedem Buch über Bankwirtschaftslehre nachlesen. Das Geschäft einer Bank funktioniert so: Angenommen, wir haben 100 Millionen Dollar an verfügbaren Einlagen. Davon müssen wir eine gesetzlich vorgeschriebene Mindestreserve, sagen wir, zehn Prozent, einbehalten, den Rest, in dem Fall also 90 Millionen Dollar, können wir als Kredit vergeben. Nun muss derjenige, der einen Kredit bei uns aufnimmt, seinerseits ein Konto haben, womöglich sogar bei uns – was umso wahrscheinlicher ist, je größer wir als Bank sind, und abgesehen davon können wir, wenn wir wollen, das zur Bedingung machen – also landet das Geld, das wir ihm geben, wieder bei uns. Wir verfügen idealerweise nach der Kreditvergabe über weitere 90 Millionen Dollar Guthaben, von denen wir wieder, abzüglich Mindestreserve, 81 Millionen als Kredit vergeben können, der wieder in unseren Kassen landet, und so weiter. Auf diese Weise können aus 100 Millionen Einlage bis zu 900 Millionen Darlehen werden, auf die wir besagte zehn Prozent Zinsen erheben, summa summarum also ein Zinsertrag von 90 Millionen. Sieht das wie ein gutes Geschäft aus?«

John wollte seinen Ohren kaum trauen. »Ist das ehrlich wahr?«

»Ja. Klingt wie die Lizenz zum Gelddrucken, oder?«

»Allerdings.«

»Und wir haben die Kontrolle. Wir können uns aussuchen, wem wir Geld leihen und wem nicht. Wir können eine Firma ruinieren, indem wir von heute auf morgen die Kredite zurückfordern, die sie bei uns laufen hat. Wozu wir jedes Recht haben, übrigens; wir müssen nur behaupten, wir sähen die Sicherheit des Kredits gefährdet. Faszinierend, nicht wahr?«

»Aber legal ist das nicht, oder?«

»Völlig legal. Genau diese Spielregeln sind gesetzlich vorgegeben und werden staatlich beaufsichtigt. Bankiers sind die angesehensten, ehrenwertesten Leute, die es gibt. Und wir«, lächelte McCaine und widmete sich wieder seinen

Unterlagen, »sind in diesem illustren Kreis nun ebenso angesehene und ehrenwerte Mitglieder. Man wird uns Geheimnisse anvertrauen, die niemand sonst erfährt. Wir werden Geschäfte machen, die Außenstehenden unmöglich wären. Ganz davon abgesehen, dass sich der Besitz einer eigenen Bank hervorragend dazu eignet, finanzielle Transaktionen vor dem Einblick staatlicher Aufsichtsorgane zu schützen. Wenn es Banken nicht schon gäbe, wir müssten sie erfinden.«

Der klobige, elf Stockwerke hohe Sandsteinbau lag sozusagen im Schatten des World Trade Center, was, wie McCaine spöttisch anmerkte, eine völlige Verkehrung des wirklichen Sachverhalts darstellte. Über dem Portal prangte ein riesiges, mit Blattgold belegtes Relief, auf dem zu lesen war: *Kredit ist der Lebensatem des freien Handels. Er hat mehr als tausendmal so viel zum Reichtum der Nationen beigetragen als alle Goldminen der Welt.* John war noch ganz geblendet, als sie die verschwiegene Sphäre dahinter betraten, die Räume von *Moody's Investors Service,* der weltgrößten Bewertungsagentur für Kapitalanlagen.

Moody's untersuchte Firmen, Nationen, alles, worin man Geld investieren konnte, auf Investitionsrisiken. An keinem Ort der Welt wurden vertrauliche Informationen so vieler Staaten und Unternehmen gehütet. Kein fremder Besucher durfte die Büros der Mitarbeiter betreten, und wäre es der Papst persönlich gewesen. Analysten, die auf Einladung nationaler Finanzministerien Staatsfinanzen prüften, reisten ausschließlich zu zweit, um Bestechungsversuchen vorzubeugen, und mussten ihre persönlichen Investitionen offen legen, um Interessenkonflikte zu vermeiden. Die Bewertung der Kreditwürdigkeit von Staatsanleihen durch *Moody's* wirkte sich in Risikozuschlägen am Markt aus, sprich, auf die Zinsen, die Regierungen für Schuldpapiere aufbringen mussten. *Moody's* nahm keinerlei Rücksicht, *Moody's* war unempfindlich gegen die Versuche von Regierungen, Druck auszuüben.

415.000.000.000 $

Wenn *Moody's* kurz vor einer Wahl den Kreditstatus eines Landes zur Nachprüfung ansetzte, konnte das bedeuten, dass die regierende Partei die Wahlen schon so gut wie verloren hatte. Genau das war diesen März in Australien geschehen und hatte zu einer der schwersten Niederlagen der regierenden Labour Party geführt.

Im Grunde hatten sie keinen konkreten Grund für ihren Besuch. »*Moody's* ist eines der wirklichen Machtzentren der Welt«, hatte McCaine einfach gemeint. »Es kann nicht schaden, uns dort einmal blicken zu lassen. Wenn wir schon in der Gegend sind.«

Sie wurden in einen mit dicken Teppichen ausgelegten Empfangsraum gebeten, gleich darauf hinauf in den elften Stock gebracht, in ein elegantes Konferenzzimmer, in dem sie der Präsident des Anfang des Jahrhunderts gegründeten Unternehmens begrüßte. »Was für eine Ehre, Mister Fontanelli, Sie einmal persönlich kennen zu lernen«, meinte er sichtlich bewegt.

Dann versicherte er ihnen, dass die *Banco Fontanelli di Firenze* selbstverständlich bestens bewertet sei und mit dem begehrten *Triple-A* in den Unterlagen stünde, »und wenn wir ein viertes A vergeben würden, hätten Sie das selbstverständlich auch«, setzte er mit einem Leuchten in den Augen hinzu. Hätte der grauhaarige Mann ihn als Nächstes um ein Autogramm gebeten, John wäre nicht überrascht gewesen. Er sah sich selbst in den Gesichtszügen des Präsidenten, einen John Fontanelli, den er so noch nie gesehen hatte. Für den altgedienten Analysten war er, der reichste Mann in der Geschichte der Menschheit, die personifizierte Kreditwürdigkeit. Eine Sagengestalt geradezu. Gott Mammon persönlich.

»Schön zu hören«, sagte John und lächelte. In den Türmen des World Trade Center spiegelte sich die Sonne eines strahlenden Augusttages.

416.000.000.000 $

Sie besichtigten im Lauf der Zeit noch andere Einrichtungen, von denen John nie vorher gehört hatte. Auch die *Society For Worldwide Interbank Financial Telecommunication,* kurz Swift, fühlte sich durch den Besuch John Fontanellis geehrt. Eine Limousine mit abgedunkelten Fenstern brachte sie aus Amsterdam heraus und auf verschlungenen Pfaden zu einem Gebäude, dessen Aussehen und Abmessungen sie beim Aussteigen nur schemenhaft erahnen konnten.

»Signor Vacchi war auch einmal hier«, erzählte ihnen der bleichhäutige, glatzköpfige Holländer, der sie einen Gang entlang führte, von dem aus man durch Panzerglasfenster endlose Reihen großer Computer betrachten konnte. »Aber das ist schon eine Weile her. Wie geht es ihm?«

»Gut«, sagte John einfach, dem nicht danach war, sich über dieses Thema weiter auszulassen.

Swift, erfuhr er, organisierte jährlich fünfhundert Millionen Geldanweisungen weltweit. Mit Verschlüsselungstechniken, die militärischen Anforderungen genügten, sorgte die Organisation dafür, dass Banken untereinander verbindliche Vereinbarungen auf elektronischem Wege treffen konnten. Swift-Botschaften mussten zweimal bestätigt werden, ehe die eigentliche Abwicklung erfolgen konnte – unmöglich, von außen in dieses System einzudringen. Das Nervensystem des globalen Finanzsystems war abgesichert wie ein Atombombensilo und hochgeheim wie die Codes dazu.

Als sie zu Gesprächen mit Abgeordneten des Europaparlaments in Brüssel weilten, besuchten sie *Euroclear,* eine Organisation, die den internationalen Wertpapierhandel abwickelte und sich hinter einer anonymen Fassade aus Granit und Glas in der Avenue Jaqumain verbarg, unauffällig, versteckt, vertraulich. Hier durften sie die Computerzentrale nicht sehen, geschweige denn betreten – nur zehn der über neunhundert Mitarbeiter durften das –, aber man zeigte ihnen die Notstromgeneratoren und die Kühlwassertanks auf dem Dach für Notfälle. An einem geheimen Ort, erfuhren sie, laufe eine

417.000.000.000 $

komplette weitere Anlage parallel, bereit, alle Operationen zu übernehmen, sollte der Hauptrechner ausfallen. Die Geschäfte an den Börsen wurden in Sekunden und auf Zuruf gemacht, doch die eigentliche Abwicklung konnte, obwohl die beste elektronische Ausrüstung zur Verfügung stand, die für Geld zu haben war, und die Vernetzung weltweit war, bis zu drei Tagen dauern, denn neben den eigentlichen Handelspartnern mussten noch die Broker, die nationalen Depotzentralen sowie die beteiligten Banken mit einbezogen werden.

»Wäre es nicht sinnvoll, meine ganzen Guthaben bei allen anderen Banken zu uns zu transferieren?«, fragte John auf dem Weiterflug.

»Darüber denke ich auch schon eine Weile nach«, erwiderte McCaine und wiegte den Kopf. »Ertragreicher wäre es sicher. Aber andererseits zittern die anderen Banken bei dem Gedanken, dass Sie genau das tun könnten. Und es gefällt mir, sie zittern zu wissen.«

So jagten sie unablässig um den Globus, verfügten gigantische Reorganisationen und Umstrukturierungen, kauften und verkauften, organisierten Rationalisierungsmaßnahmen in Sitzungen, die selten länger dauerten als eine halbe Stunde. War abzusehen, dass eine Konferenz mehr Zeit erforderte, fand sie in der Luft statt, auf dem Weg zum nächsten Ziel, von wo aus ihre Gesprächspartner mit Linienmaschinen in ihre Heimat zurückkehren mussten.

Wenn sie etwas sagten, hörte man ihnen zu, wenn sie etwas anordneten, gehorchte man, wenn sie jemanden lobten, war derjenige erleichtert bis an den Grund seiner Seele. Sie waren die Herren der Welt. Der größte Teil dieser Welt wusste noch nichts davon, aber sie würden die Herrscher des kommenden Jahrhunderts sein, und sie waren unbesiegbar.

418.000.000.000 $

26

DER BESITZ EINER eigenen Bank, die sich mit unfassbarer Geschwindigkeit zu einem wahren Finanzmonster auf den Märkten des Planeten entwickelte, eröffnete noch einmal ungeahnte neue Möglichkeiten. Manche dieser Möglichkeiten waren nicht ganz legal, etwa wenn sie in Nacht-und-Nebel-Aktionen Kontenbewegungen studierten, um näheren Aufschluss über Pläne, Beziehungen und Verhältnisse von Konkurrenten oder Übernahmekandidaten zu gewinnen. Die Leute in der Analyseabteilung fragten nicht, woher McCaine die Listen hatte, die er ihnen auf den Schreibtisch legte, aber sie fanden sie immer äußerst aufschlussreich.

Doch ausgerechnet die wirkungsvollsten Möglichkeiten waren absolut legal. Allein durch Vorgabe von Investitionsstrategien und Kreditkriterien konnten sie nach Belieben ganze Branchen oder Regionen fördern oder in Schwierigkeiten bringen, Regierungen von Drittweltländern in Krisen stürzen oder daraus erretten. In der Folge solcher Krisen ergatterten sie Firmen in Malaysia, Südkorea oder Thailand dutzendweise für das sprichwörtliche Butterbrot. Es gab keine Genehmigung oder Konzession, die *Fontanelli Enterprises* nicht bekommen hätte; sie horteten mehr Schürfrechte, Fangrechte und Bohrlizenzen, als irgendjemand bis zum Ende des Jahrtausends hätte ausnutzen können. Mittlerweile gab es keinen Menschen mehr auf dem Globus, der nicht unmittelbar oder mittelbar von den Entscheidungen betroffen gewesen wäre, die in der fliegenden Kommandozentrale des Fontanelli-Imperiums getroffen wurden.

»Wir sind wie ein schwarzes Loch«, begeisterte sich Mc-

419.000.000.000 $

Caine händereibend, als sich ihr Jet gerade wieder einmal in die Lüfte schwang. »Wir reißen alles in unserer Umgebung an uns, und je mehr wir an uns reißen, desto größer und unwiderstehlicher werden wir und desto schneller reißen wir noch mehr an uns. Wir wachsen, bis wir so groß sind wie die ganze Welt.«

John sah ihn nicht an und sagte nichts. Er sah aus dem Fenster und verfolgte den Start. Die Vorstellung, ein schwarzes Loch zu sein, gefiel ihm irgendwie nicht so gut, wie sie McCaine zu gefallen schien.

Es war eine verblüffende Nachricht. In einer beinahe komisch wirkenden Aktion hatten die deutsche und die italienische Steuerfahndung Niederlassungen der Fontanelli-Bank in Frankfurt, München, Florenz, Mailand und Rom durchsucht und sogar einige Kisten voll Akten beschlagnahmt, die freilich von einem Geschwader unverzüglich einfallender Firmenanwälte wieder zurückerobert wurden, ehe auch nur ein Auge eines Gesetzeshüters einen Blick hatte hineinwerfen können.

»Was, zum Teufel, hat das zu bedeuten?«, rief John, den es nicht mehr im Sessel hielt. »Was suchen die? Und was können sie uns anhaben?« Er starrte aus dem Fenster, ohne irgendetwas wahrzunehmen.

»Nichts«, sagte McCaine. »Sie können uns nichts anhaben. Regen Sie sich nicht auf, John, das ist die Sache nicht wert.« Er stand gelassen da, strich sich das Revers seines Anzugs glatt und korrigierte den Sitz seiner Krawatte.

»Aber wir müssen doch irgendetwas tun. Wir können das doch nicht so hinnehmen!«

»Natürlich nicht. Jetzt ist die Zeit, vor die Kameras der Weltöffentlichkeit zu treten und ernste Bedenken an den Tag zu legen. Wir werden uns tiefe Sorgen um den Finanzplatz Europa machen. Wir werden die Bedeutung des freien Kapitalverkehrs beschwören, die Unausweichlichkeit der Globalisierung und die Unkontrollierbarkeit der internationalen Geldströme. Und so weiter.« Er lachte auf, als sei das alles ein amüsantes Spiel für ihn. »Und sie werden wieder jedes Wort glauben.«

John musterte McCaine unschlüssig. »Könnte man das denn? Die internationalen Geldströme kontrollieren?«

McCaine lachte wieder. Ein *höchst* amüsantes Spiel. »Ja, sicher. Alles Geld fließt durch die Computer der Banken, und aus diesem System entweicht nicht ein einziger Cent. Kann Kontrolle noch besser sein?«

»Und die Globalisierung? Das ist doch eine unaufhaltsame Entwicklung ...?«

»John – wir *machen* die Globalisierung. Wir beide, Sie und ich, wir *sind* die Globalisierung. Und wenn all die Staaten da draußen sich einig wären, könnten sie uns mit einem Handstreich stoppen, natürlich. Aber sie sind sich eben nicht einig.« Er zupfte seine Manschetten zurecht. »*Divide et impera* nennt man dieses Prinzip, glaube ich.«

Es klopfte an der Tür, eine der Sekretärinnen streckte den tizianrot geschopften Kopf herein. »Mister Fontanelli, Mister McCaine – die Presseleute sind jetzt unten in der Lounge.«

»Danke, Frances«, sagte McCaine. »Wir kommen gleich.«

John wünschte sich, er hätte so zuversichtlich und unbeschwert sein können wie McCaine. Ihm gefiel das alles gar nicht. Ihm war plötzlich, als wanderten sie auf dünnem Eis. Und um das Knacken unter ihren Füßen nicht zu hören, sangen und pfiffen sie laut vor sich hin.

Die *Moneyforce One* flog entlang der Küste von Nordborneo nordwärts. Unter dem linken Flügel glitzerte das Tiefblau des Südchinesischen Meers, unter dem rechten schimmerten die Nebel über den dunkelgrünen Urwäldern Borneos.

»Das wird Ihnen gefallen«, hatte McCaine gemeint.

Der Dschungel weitete sich zu einer gewaltigen Bucht, mitten darin eine Stadt, die über dem Wasser zu schweben schien. Auf den goldenen Kuppeln von Moscheen und Palästen spielte das Sonnenlicht wie in einem Traum aus Tausend-

421.000.000.000 $

und einer Nacht. John starrte aus dem Fenster neben seinem Sitz und merkte erst nach einer Weile, dass sein Mund offen stand vor Staunen.

»Sie haben Recht«, meinte er, fast atemlos. »Es gefällt mir.«

McCaine sah von einer dicken Akte auf und spähte kurz hinaus, um zu sehen, was er meinte. »Ach das«, sagte er. »Das ist noch gar nichts.«

Kampong Ayer, die »Stadt auf dem Wasser«, so erfuhr John später, war tatsächlich auf Stelzen errichtet worden, und das schon vor Jahrhunderten. Schon arabische Seefahrer des Mittelalters hatten sie so genannt, als das Land darum herum noch Sribuza geheißen hatte. In diesem Jahrhundert hatte sie sich beiderseits der Bucht auf das Festland ausgedehnt und hieß nun Bandar Seri Begawan, die Hauptstadt von Brunei Darussalam, des Sultanats Brunei. Es war, stellte John fest, als sie auf breiten Boulevards hindurchfuhren, eine moderne, reiche Stadt. Kein einziges altes Auto war auf den Straßen zu entdecken, rechts und links reihten sich schmucke Bungalows und Supermärkte. Von den Minaretten riefen die Muezzins zum Gebet, was ihren Fahrer veranlasste, anzuhalten, auszusteigen und den Teppich auszurollen.

»Die Menschen hier haben allen Grund, Allah zu danken«, meinte McCaine und beobachtete den Mann durch die Scheibe hindurch sein Gebet verrichten. »Sie haben noch nie Steuern zahlen müssen, Bildung und medizinische Versorgung sind kostenlos, Armut gibt es nicht, sogar der private Wohnungsbau wird bezuschusst. Und alle dreckigen Arbeiten werden von Ausländern erledigt, Chinesen meist.«

»Alles dank dem Öl«, mutmaßte John.

»Dank dem Öl«, stimmte McCaine zu. »Schon bemerkenswert, wie zielsicher der Schöpfer fast alle großen Ölvorkommen unter islamische Länder platziert hat, finden Sie nicht? Gibt einem manchmal zu denken. Unsere Kollegen von Shell zahlen dem Sultan so viel, dass er sogar nach Abzug aller Staatsausgaben an die zweieinhalb Milliarden Dollar im Jahr

422.000.000.000 $

auf die hohe Kante legen kann. Wo sich bereits etwa dreißig Milliarden US-Dollar befinden, wohlgemerkt. Sultan Haji Hassanal Bolkiah war der reichste Mann der Welt, ehe Sie auf der Bildfläche erschienen.«

Der Fahrer rollte seinen Teppich wieder ein, verstaute ihn im Kofferraum und setzte die Fahrt fort, als sei nichts gewesen.

»Und was genau wollen wir hier?«, fragte John, den ein vages Gefühl von Unbehaglichkeit beschlich.

McCaine machte eine vage Geste mit der Hand. »Es kann nicht schaden, sich einmal persönlich kennen zu lernen. Der Sultan wird uns empfangen, und er hat ausrichten lassen, dass er sich sehr freue, Sie kennen zu lernen.«

»Muss ich mich geehrt fühlen?«

»Gute Frage. Der Sultan ist *Dewa Emas Kayangan,* der goldene Gott, der vom Himmel kam. Für seine traditionsbewussten Untertanen zumindest. Für den Rest der Welt ist er einfach ein Potentat. Ein Potentat mit Öl.«

Der Wagen hatte die Uferpromenade erreicht und rollte auf ein riesiges Gebäude mit goldglänzenden Kuppeldächern zu.

»Hübsch, nicht?«, meinte McCaine spöttisch.

John starrte das Bauwerk fassungslos an, eine Scheußlichkeit, die aussah wie eine missglückte Kreuzung zwischen Petersdom und einem Dutzend Minaretten.

»Der größte Palast der Welt«, erläuterte McCaine. »Erbaut von einem Schüler Le Corbusiers, der allerdings nicht sehr glücklich darüber ist, weil ihm der Sultan wohl ziemlich viel dreingeredet hat. Der Palast hat achtzehnhundert Zimmer, zweihundertfünfzig Toiletten und die Grundfläche von zweieinhalbtausend Einfamilienhäusern. Man hat damals Innenarchitekten aus Italien geholt, Glasmacher aus Venedig, Statiker aus Amerika, seidene Wandtapeten aus Frankreich, Marmor in vierzig Variationen aus Italien, Goldbarren für den Thronsaal aus Indien, Onyx-Fliesen aus Marokko – und so weiter ...«

423.000.000.000 $

»Gütiger Himmel«, meinte John. »Das muss ein Vermögen gekostet haben.«

»Um die fünfhundert Millionen Dollar. Etwas mehr als unser Jumbo. Allerdings war das 1981.«

»Unser Jumbo ist wesentlich ästhetischer.«

»Aber nicht so geräumig.« McCaine zuckte die Schultern. »Wie auch immer, ich wollte, dass Sie das mal sehen. Vielleicht glauben Sie mir jetzt endlich, dass Sie längst noch nicht standesgemäß residieren.«

An diese Worte musste John denken, als sie das nächste Mal in London zwischenlandeten und er nach Hause fuhr. Nach Hause – na ja. Das Schloss war imposant und luxuriös und alles, aber so riesig, wie es war, und mit Hunderten von Hausangestellten hatte er eher das Gefühl, einen Bahnhof zu betreten als ein Zuhause. Und das sollte *immer* noch nicht »standesgemäß« sein? Wie viel Protz und Prunk sollte er denn noch um sich herum anhäufen? Und wozu? Er dachte manchmal – wenn er dazu kam in dem ganzen Wirbel – an die ersten Wochen in Italien und wie idyllisch alles gewesen war. Damals war ihm schon lästig gefallen, dass ihm ein oder zwei Leibwächter auf Schritt und Tritt gefolgt waren. Mittlerweile hatte sich eine immer größer werdende Sicherheitsorganisation um ihn herum entwickelt, eine eigene Armee, die jeden seiner Schritte beschützte und sicherte, noch ehe er ihn tat. Er musste diesen Männern morgens sagen, was er den Tag über vorhatte, wo er hingehen wollte und wo er sich aufzuhalten gedachte, und dann schwärmten sie aus, sein persönlicher Geheimdienst, prüften, sicherten, untersuchten auf Bomben und Attentäter und diskutierten irgendwo, wo er nichts davon mitbekam, was alles schief gehen konnte. Sie waren viele, und sie bemühten sich, diskreten Abstand zu wahren, aber er wusste, dass sie jedes Mal Blut und Wasser schwitzten, wenn er sich unter freiem Himmel oder gar auf bevölkerten Plätzen aufhielt; also bemühte er sich, dergleichen auf ein Minimum zu beschränken, auch wenn er sich manchmal wie ein Gefangener vorkam, nicht wie ein reicher Mann. Ein Gefangener, der unter großem Aufwand von einer Zelle zur anderen transportiert wurde.

Aber er würde sich nicht beklagen. Nicht bei McCaine, der arbeitete wie ein Berserker, und auch sonst bei niemandem. Er war der Erbe des Fontanelli-Vermögens, er war der Erfüller der Prophezeiung. Die paar Unbequemlichkeiten würde er dafür in Kauf nehmen.

Jeremy erwartete ihn. In der Umgebung eines echten englischen Schlosses wirkte er nicht mehr ganz so beeindruckend als Butler. »Ein Mister Copeland hat angerufen«, erklärte er. »Er sagte, es ginge um Leben und Tod.«

John fühlte eine steile Falte in der Stirn entstehen. »Woher hat er diese Nummer?«

Jeremy sah unglücklich drein. »Ich fürchte, Sir, so etwas lässt sich heutzutage herausfinden.«

»Wenn er noch einmal anrufen sollte, wimmeln Sie ihn ab. Ich will ihn nicht sprechen.«

»Jawohl, Sir«, nickte Jeremy in jener devoten Haltung, die John bei anderen Menschen nicht leiden konnte, selbst wenn sie seine Angestellten waren. »Ähm, Sir, da ist noch etwas ...«

Eigentlich wollte er heute nichts mehr besprechen. Nur noch auf seinem Sofa liegen und Musik hören, Bruce Springsteen vielleicht oder Muddy Waters. »Ja? Was denn? Und bitte, Jeremy, schauen Sie mich an, wenn Sie mit mir reden!«

Der Butler machte den Versuch, das Rückgrat aufzurichten. Ein paar Grad schaffte er. »Sir, es hat den Anschein, dass einige der Hausangestellten seit mehreren Wochen ... ähm, stehlen, Sir.«

»Stehlen?«

»Es ist etliches an Lebensmitteln entwendet worden, und

Bruttosozialprodukt der Volksrepublik China 1991.
425.000.000.000 $

es fehlt eine Anzahl wertvoller Gegenstände aus dem Schloss, Sir.«

John starrte ihn verblüfft an. Die Vorstellung, von Leuten bestohlen zu werden, die ihm in seinen eigenen vier Wänden ständig über den Weg liefen, kam ihm absurd vor. »Sind Sie sicher?«

»Leider ja, Sir.« Die aufrechtere Haltung der Wirbelsäule ließ sich offenbar nicht durchhalten.

Johns erster Impuls war, es zu ignorieren. Er war reich genug, dass ihm ein paar Diebstähle nichts ausmachten. Aber, das merkte er im nächsten Augenblick, sie machten ihm etwas aus. Er wollte nicht beim Anblick jedes Zimmermädchens, jedes Gärtners und jedes Kochs vermuten müssen, es mit jemandem zu tun zu haben, der ihn bestahl und betrog, in seinen eigenen vier Wänden.

Na gut, in seinen eigenen vierhundert Wänden.

»Zeigen Sie mir die Bücher«, sagte er.

Als er die Unterlagen studierte, erkannte er, dass es noch viel schlimmer stand, als er befürchtet hatte. Jeremy war mit der Leitung eines so großen Haushaltes schlicht überfordert. Wareneingangslisten waren schlampig geführt, wochenlang zurückliegende Rechnungen noch nicht verbucht. Die Diebstähle waren überhaupt nur aufgefallen, weil die Diebe immer dreister geworden waren. Es half nichts – er würde der Sache nachgehen müssen. Schon um die Ehrlichen nicht zu bestrafen, musste er die Betreffenden finden und sofort entlassen. Er würde nicht umhinkommen, die Polizei einzuschalten. Und er würde einen anderen Haushaltsvorstand brauchen.

Er glaubte zu spüren, wie sich in dem Eis unter seinen Füßen erste Risse bildeten.

McCaine stand wie immer auf, ehe der Bote die Tageszeitung gebracht hatte, und nahm sie beim Verlassen des Hauses mit, um sie im Büro zu lesen.

426.000.000.000 $

An diesem Morgen blieb er nach einem Blick auf die Schlagzeilen stehen und las die erste Seite auf dem Treppenabsatz stehend. Las sie und las sie dann gleich noch einmal.

Der Schweizer Bankverein SBC und die Schweizerische Bankgesellschaft hatten fusioniert. Die neue Bank hieß *United Bank of Switzerland* (UBS), wies eine Bilanzsumme von achthundert Milliarden Dollar auf und verwaltete Vermögen in Höhe von anderthalb Billionen Dollar. Damit war die UBS die größte Bank der Welt.

In dem Artikel hieß es ausdrücklich, entsprechende Gespräche seien seit längerer Zeit geführt, aber unter dem Eindruck der stetigen Erweiterung des Fontanelli-Konzerns beschleunigt zum Abschluss gebracht worden.

An diesem Morgen hörten die Nachbarn McCaines ihn zum ersten Mal aus vollem Hals losbrüllen.

427.000.000.000 $

27

SO AUFGEBRACHT HATTE John McCaine noch nie erlebt. »Hier!«, schrie er, warf ihm die Zeitung hin und stapfte weiter hin und her wie ein gefangener Löwe. »Sie verbünden sich gegen uns!«

John nahm die Zeitung auf. Wieder eine Fusion. Gestern die *United Bank of Switzerland,* heute waren es Mobil Oil und Texaco, die zusammengingen. Wieder mit der Begründung, man könne nur so der marktdominierenden Stellung von *Fontanelli Enterprises* etwas entgegensetzen.

»Und die Kartellbehörde gibt ihren Segen dazu!«, schäumte McCaine. »Dieselbe Kartellbehörde, die dazwischengegangen ist, als *wir* Texaco kaufen wollten. Das stinkt doch zum Himmel!«

»Wir wollten Texaco kaufen?«, wunderte sich John. »Davon weiß ich gar nichts.«

McCaine hielt kurz inne, winkte ab. »Ein Intermezzo von ein paar Tagen. Wozu hätte ich Sie damit behelligen sollen?« Er ballte die Faust. »Amerika. Verdammt! Wir sind noch nicht so weit, es mit den USA aufzunehmen, aber ich wollte, ich könnte diesen Figuren in Washington so richtig einheizen!«

»Sie reden von einer demokratisch gewählten Regierung.« John spürte seinen Rücken, seinen Nacken steif werden. Auch seine Stimme klang ihm kühler, distanzierter, missbilligender in den Ohren, als er beabsichtigt hatte. Aber es half nichts, er musste sein Unbehagen äußern. »In North Dakota und Minnesota gibt es Burschen, die Hütten in den Wäldern bauen, sich bis an die Zähne bewaffnen und auf die Regierung schimpfen. Ungefähr so wie Sie gerade.«

428.000.000.000 $

McCaine erwiderte nichts, sah ihn nur an, eindringlich, als seien Röntgengeräte hinter seinen Augen installiert, die ihn bis auf die Knochen sehen ließen. Er öffnete die Faust langsam, ließ die Hand sinken, wandte sich ab und ging ebenso langsam ans Fenster, und irgendwo auf dem Weg schien die Wut, die ihn gerade noch erfüllt hatte, zu verschwinden, sich in Nichts aufzulösen.

»John«, sagte er dann unvermittelt, mit einer Stimme wie ein Peitschenhieb, »Sie haben immer noch nicht verstanden, was hier gespielt wird. Sonst würden Sie nicht solche lächerlichen Vergleiche ziehen.«

Er drehte sich um. »Ihre Burschen da in North Dakota – ich kenne diese Leuten. Ich habe sogar, ob Sie's glauben oder nicht, mit ein paar von ihnen gesprochen. Ich weiß, wie die ticken. Die denken, es kann so, wie es geht, nicht mehr lange weitergehen. Und wenn alles zusammenbricht, wollen sie eine sichere Festung haben, in der sie weiterleben können. Eine Festung, die sie mit dem Gewehr in der Hand verteidigen werden. Es sind die größten Egoisten, die es gibt, denn ihre Haltung ist: Zum Teufel mit dem Rest der Welt, Hauptsache, wir überleben!«

John nickte finster. »Genau.«

»Aber Regierungen«, fuhr McCaine fort, »demokratisch gewählte Regierungen sind genau vom gleichen Schlag! Wer hat sie denn gewählt? Das Volk! Die Regierung vertritt die Interessen eines Volkes. Und die meisten Völker leben nach dem Motto, zum Teufel mit den anderen, Hauptsache uns geht es gut.«

John öffnete den Mund, wollte etwas sagen, aber er wusste nicht, was. »Hmm«, machte er also und wünschte sich, nicht so hilflos und ungeschickt zu sein in dieser Art von Gesprächen.

»Was tun wir denn hier? Wir arbeiten daran, in eine Position zu kommen, aus der heraus wir die Entwicklung der Dinge in eine günstigere Richtung steuern können. Wir wollen

429.000.000.000 $

doch nichts für uns selbst. Wir haben alles, mehr als genug. Jeder von uns beiden kann problemlos abgeben. Verstehen Sie, wir sind so wohlhabend, dass der Verdacht, wir könnten uns bereichern wollen, überhaupt nicht aufkommen kann. Und was wir tun werden, wird sich nach absolut rationalen Kriterien richten. Wir werden demnächst ein Computermodell der Welt zur Verfügung haben, die detaillierteste kybernetische Simulation, die je erstellt worden ist. Damit werden wir die Folgen jeder einzelnen Maßnahme genau vorausbestimmen können, unter Berücksichtigung aller Wechselwirkungen mit anderen Maßnahmen. Wir werden jede einzelne Entscheidung, die wir treffen, problemlos begründen können. Und unser einziger Maßstab wird das Überleben der Menschheit sein, das größte Wohlergehen für die größte Zahl von Menschen.« McCaine stand vor ihm, die Hände in einer beschwörenden Geste vor der Brust erhoben. »Verstehen Sie nicht, dass jede Art von Interessenvertretung unser Feind ist? Jede! Egal, ob es eine Regierung ist, eine Gewerkschaft, ein Verband, ein Lobbyistenverein – das alles sind Organisationen, die nur den Vorteil ihrer jeweiligen Gruppe im Sinn haben. Die Ungerechtigkeit *wollen!* Verstehen Sie? Das ist das Ziel jeder Interessenvertretung – Ungerechtigkeit zu schaffen, ein Ungleichgewicht herbeizuführen, und zwar zu den eigenen Gunsten!«

John war unwillkürlich einen Schritt zurückgewichen. McCaine so vor sich zu haben, in voller Fahrt, das war, als stünde man einer Zwanzig-Tonnen-Lokomotive im Weg. Was er sagte, das musste John widerwillig zugeben, klang zwar ungewöhnlich, fast schon blasphemisch – aber es entbehrte nicht einer inneren Logik. »So habe ich das noch nie gesehen«, räumte er widerwillig ein.

»Ja.« McCaines Blick bohrte sich in den seinen. »Das ist mir klar.«

»Ich meine – ich habe in meinem ganzen Leben keine einzige Wahl versäumt. Jedenfalls nicht, solange ich in New York gelebt habe. Mein Großvater hat mir das eingeschärft, wieder und wieder. Dass ich das Wahlrecht achten solle. Dass viele, viele Menschen dafür gestorben seien, dass ich wählen dürfe. Er ist damals –«

»– vor Mussolini geflohen, ich weiß. Und er hat Recht, Ihr Großvater. Demokratie ist eine große Errungenschaft, eine feine Sache, das will ich überhaupt nicht bestreiten. Aber man muss sie sich *leisten* können!« McCaine holte tief Luft, trat einen Schritt zurück, musterte John, als müsse er prüfen, was er ihm zumuten konnte und was nicht. »Es wird Ihnen nicht gefallen, was ich jetzt sage.«

»Schon das bisher war nicht so besonders.«

»Ich kann nichts dafür. So ist die Welt eben. Wenn Gefahr im Verzug ist, hat man keine Zeit für lange Palaver. Man wird tot sein, ehe man zu einem Entschluss gelangt ist.« Er hob einen Finger, richtete ihn auf John. »In Notzeiten braucht man einen, der das Kommando übernimmt. Einen Anführer. Wissen Sie, woher das Wort ›Diktator‹ kommt? Aus dem Lateinischen. Im alten Rom wählte man in Krisensituationen für begrenzte Zeit einen Herrscher, dessen Befehlen man sich unterwarf. Das war der *Diktator*. Wenn es gefährlich wird, hat die Demokratie Pause. Immer, zu jeder Zeit. Studieren Sie die Geschichte unvoreingenommen, und Sie werden sehen, dass ich Recht habe.«

John spürte heißes Erschrecken in sich aufwallen. »Sie wollen, dass wir zu *Diktatoren* werden?«

McCaine lachte laut heraus. »Wie würden Sie das nennen, was wir die ganze Zeit vorhaben? Zwei Leute bringen sich in die Position, der übrigen Welt befehlen zu können, wo es langzugehen hat. Das war der Plan, nicht wahr, von Anfang an?«

»Sie haben es nie ›Diktatur‹ genannt.«

»Sie wären damals aufgestanden und gegangen, wenn ich dieses Wort in den Mund genommen hätte.«

»Allerdings. Ich überlege mir jetzt noch, ob ich gehen soll.«

431.000.000.000 $

»Bitte. Niemand hält Sie. Es ist Ihre Billion, aber John – Sie haben eine Prophezeiung zu erfüllen. Bevor Sie gehen, sagen Sie mir bitte, wie Sie das tun wollen. Ihre großartige Demokratie hat es bisher nicht einmal geschafft, eine lächerliche Winzigkeit wie die Produktion von Fluorchlorkohlenwasserstoffen einzustellen, von wirklich wirksamen Maßnahmen ganz abgesehen. Bitte, sagen Sie mir, was Sie tun wollen. Wenn Ihnen ein besserer Weg einfällt, heraus damit! Ich habe ein Vierteljahrhundert danach gesucht und keinen gefunden.«

John hatte ihn die ganze Zeit mit wachsendem Entsetzen angesehen, und seine Augen fühlten sich an, als wollten sie ihm jeden Moment aus dem Kopf fallen. Er musste sich abwenden, fühlte sich plötzlich tonnenschwer. »Das ist nicht leicht, wissen Sie? Ich meine, ich hatte nie eine besonders klare Vorstellung von meinem Leben. Aber ganz bestimmt wollte ich niemals *Diktator* werden!«

Dabei hätte er die ganze Zeit von selber darauf kommen können, dass es das war, worauf alles hinauslief.

»John«, sagte McCaine leise, beinahe sanft, »wir verabscheuen Leute wie Saddam Hussein nicht, weil sie Diktatoren sind. Wir verabscheuen sie, weil sie willkürlich Leute umbringen. Das ist es, was sie zu Tyrannen macht. Wir, John, werden keine Leute umbringen – wir werden Leute *retten*. Wir haben eine Art von Macht, wie sie noch nie jemand hatte, und wir sind die Einzigen, die die Menschheit noch von dem Abgrund zurückreißen können, auf den sie zurast.«

John sah hoch. Zögerte. Die Gedanken in seinem Kopf waren ein einziges Chaos.

»Ich weiß, dass es nicht leicht ist. Ich hatte fünfundzwanzig Jahre Zeit, mich an den Gedanken zu gewöhnen, und schon das war nicht leicht.«

»Allerdings nicht.« Seine Stimme fühlte sich seltsam an, pelzig.

»Ich bin auch immer wählen gegangen.« Er lachte freudlos

auf. »John Major habe ich meine Stimme allerdings nicht gegeben.«

Das Abendessen fiel ihm wieder ein. Die kühle Ablehnung, die der Premierminister an den Tag gelegt hatte. »Ich schätze, ich werde drüber wegkommen.«

»Machen wir also weiter?«

»Ja.«

»Ich muss wissen, dass Sie hinter mir stehen, John.«

John seufzte, spürte das eklige Gefühl von Verrat auf der Zunge. »Ja. Ich stehe hinter Ihnen.«

»Danke.«

Pause. Stille. Durch das offene Fenster hörte man die Glocke von Big Ben schlagen.

»Und was tun wir jetzt?«, fragte John.

McCaine stand an der Schreibtischkante, mit den Fingerspitzen der schlaff herabhängenden Hand einen leisen, unruhigen Rhythmus auf die Platte klopfend. Sein Blick wanderte in ungewisse Ferne. »Der Kampf hat begonnen«, sagte er. »Also werden wir kämpfen.«

Aus aller Herren Länder kamen in den nächsten Tagen Direktoren, Vorstandsvorsitzende und Geschäftsführer nach London gejettet. Der Konferenzraum im obersten Stockwerk der Zentrale von *Fontanelli Enterprises* war zum ersten Mal so voll belegt, dass zusätzliche Stühle herbeigeschafft werden mussten.

Der oberste Boss all dieser Direktoren, Vorstandsvorsitzenden und Geschäftsführer, John Salvatore Fontanelli, reichster Mann der Welt und designierter Retter der Zukunft, eröffnete die Versammlung mit einem kurzen, salbungsvollen Vortrag über die Bedrohung der natürlichen Lebensgrundlagen und die zentrale Rolle, die der Schutz der Umwelt in den Zielen des Konzerns spielte. Der Vortrag gipfelte in dem Satz: »Bitte denken Sie daran, dass man sich Umweltschutz leisten können muss. Von edlen Absichten allein können wir nicht leben.

433.000.000.000 $

Nur wenn wir auf der Kostenseite unseres Unternehmens jede Verschwendung radikal bekämpfen, werden wir die Zukunft sichern.«

Danach zog sich John in sein Büro zurück und überließ McCaine die Detailarbeit. Er war immer noch kein großer Redner. Vor dieser kleinen Ansprache war er vor lauter Lampenfieber fast nicht mehr vom Klo gekommen, die Nacht über hatte er kaum geschlafen, sondern in wilden halb wachen Träumen unentwegt seine Rede wiederholt, und nun war er so schweißgebadet, dass er duschen und sich komplett neu einkleiden musste. Und er hatte damals gelacht, als McCaine darauf bestanden hatte, dass jedes ihrer Büros über ein eigenes Bad und ein Ankleidezimmer verfügen müsse!

»Das kommt mir ein bisschen verlogen vor, dieses Gerede über Umweltschutz«, gestand er McCaine, der einen Moment hereinkam, um Unterlagen zusammenzusuchen, transparente Folien mit Zahlen und bunten Diagrammen darauf. »Ich meine, es geht gerade doch einfach darum, mehr Geld zu verdienen.«

McCaine sah misslaunig auf. »Sie enttäuschen mich, John. Die da drin« – er deutete mit einer abfälligen Kopfbewegung in Richtung der Tür zu der wartenden Versammlung –, »von denen erwarte ich nicht, dass sie verstehen, wie die Dinge zusammenhängen. Aber von Ihnen schon.«

»Scheint mein Schicksal zu sein. Alle möglichen Leute erwarten alle möglichen Dinge von mir, und nie erfülle ich ihre Erwartungen.«

»Also gut. Noch mal langsam zum Mitschreiben. Wir sind der größte Konzern der Welt, richtig? *Noch* jedenfalls. Wofür wir sorgen müssen, ist, dass wir es bleiben. Was nicht geschehen darf, ist, dass sich mehrere ungefähr gleich große Machtblöcke bilden. Dann hätten wir nämlich ein Patt, und es würde sich überhaupt nichts mehr durchsetzen lassen von dem, was getan werden muss.« McCaine hatte die Folien zusammengelegt und hielt sie John vor die Brust, als wolle er ihn

434.000.000.000 $

mit der Ecke des Stapels stechen. »Ist das so schwer zu verstehen? Denken Sie langfristig, John. Die langfristigste Vision gewinnt.«

Damit ging Malcolm McCaine zurück in den Konferenzraum, wo er die Runde der Männer musterte, die ihn anstarrten wie verschreckte Karnickel, das Mikrofon zurechtzog und sagte, was er in den folgenden Tagen noch auf mehreren ähnlichen Versammlungen sagen sollte: »Meine Herren, ich will nur drei Dinge von Ihnen. Erstens Rendite. Zweitens Rendite. Und drittens Rendite.«

Eine der wenigen Frauen unter den Teilnehmern dieser als Konferenzen getarnten Züchtigungsveranstaltungen war Gladys Vane, die Geschäftsführerin von *Polytone Media,* einem aus dem Zusammenschluss mehrerer europäischer Schallplattenverlage hervorgegangenen Medienkonzern mit Sitz in Brüssel. In den zurückliegenden drei Monaten waren zwei Topacts, eine Popsängerin aus Israel und eine englische Band, zu EMI *Electrola* gewechselt, was den Quartalsertrag empfindlich in die roten Zahlen hatte rutschen lassen. Entsprechend viel Prügel hatte die kompakte Frau mit den rauchgrauen Haaren einstecken müssen.

Zurück in Brüssel, berief sie sofort eine ähnliche Versammlung ein, um den Chefs der verschiedenen Sparten und Labels mit ganz ähnlichen Worten den Ernst der Lage klar zu machen.

»Aber es geht nicht ohne Aufbauarbeit«, wandte der Leiter des spanischen Tochterunternehmens ein. »Wir müssen in die Künstler investieren. Es dauert seine Zeit, bis ein Künstler sich am Markt durchsetzt, und wenn wir ihnen diese Zeit nicht geben, werden wir irgendwann keine Künstler mehr haben.«

»Wenn wir unrentabel arbeiten, werden die Künstler irgendwann keine Plattenfirma mehr haben«, versetzte Gladys

---

US-Außenhandelsdefizit im Jahre 2002.
435.000.000.000 $

Vane, die fest entschlossen war, sich nicht noch einmal von dem ungeschlachten Briten zur Schnecke machen zu lassen. »Es bleibt dabei. Was sich nicht rentiert, fliegt raus.«

Die Label Manager duckten sich und blätterten emsig in ihren Listen. Der Leiter von *Cascata Records,* einer in Milano ansässigen Plattenfirma, die seit Mitte des Jahres ebenfalls zu *Polytone* gehörte, betrachtete nachdenklich die Verkaufszahlen einer CD mit dem Titel *Wasted Future.*

»Wir erleben einen Rückschlag«, sagte McCaine. »Das ist nicht schön, aber so läuft es im Leben eben manchmal. Rückschläge sind unvermeidlich, und sie scheiden die Knaben von den Männern.«

John nickte nur. Sie waren auf dem Weg zum Flughafen, doch ihre gepanzerte Limousine steckte im Feierabendverkehr fest. Wenn man in Fahrtrichtung blickte, sah es aus, als seien Lastwagen und rote doppelstöckige Omnibusse ineinander verkeilt. Es nieselte, und entlang der Straße wogten anthrazitgraue Regenschirme.

»Gerade jetzt müssen wir unsere Ziele im Auge behalten, sonst gehen wir im Kleinkrieg unter. Und eines unserer nächsten Ziele ist der Internationale Währungsfonds.«

Das ist der Vorteil eines eigenen Flugzeugs: Man muss sich keine Sorgen machen, dass man seinen Flug verpassen könnte. John durchdachte das, was McCaine gerade gesagt hatte, noch einmal und runzelte die Stirn. »Der IWF?«, wiederholte er. Er hatte darüber gelesen. Der *International Monetary Fund* war, ähnlich den Vereinten Nationen, eine übernationale Institution, die sicherstellen sollte, dass das weltweite Finanzsystem funktionierte, Währungen ineinander umtauschbar blieben und so weiter. Die Beschreibung hatte sterbenslangweilig geklungen. »Das müssen Sie mir erklären«, sagte John. »Was das mit uns zu tun haben soll.«

»Der IWF hat im Augenblick an die 180 Mitglieder. Jedes Mitgliedsland muss eine bestimmte Einlage leisten, die so genannte *Quote,* und zwar umso mehr, je reicher das Land ist. Die Quote legt aber auch das Stimmrecht fest, das heißt, wer am meisten einzahlt, hat am meisten zu sagen. Momentan sind das die USA mit achtzehn Prozent der Stimmen.« McCaine streckte den Zeigefinger aus und umfasste ihn mit der anderen Hand, als müsse er etwas an den Fingern abzählen. »Das ist der erste Punkt, der uns ins Konzept passt: Reichtum ist Einfluss. Offen, unverhüllt, festgelegt in der Satzung.«

»Einfluss, na ja«, meinte John. »Fragt sich nur, worauf.«

»Das ist der zweite Punkt, der für uns interessant ist. Der IWF kann jedem seiner Mitglieder in die Bücher schauen, darf von Regierungen verlangen, dass sie Informationen über ihre Geld- und Steuerpolitik offen legen, hat allerdings kein Weisungsrecht. Im Normalfall. Anders ist es, wenn ein Land Kredite vom IWF bekommt. Solche Kredite werden nur unter strengen Auflagen vergeben, und die Auflagen werden genauestens kontrolliert. Auf keine andere Weise kann man von außen einen derart direkten Einfluss auf die Politik eines Landes nehmen.« McCaine hielt jetzt Zeige- und Mittelfinger umfasst. »Verstehen Sie? Über den IWF können wir verhindern, dass die Schwellenländer die Umwelt kaputtmachen, indem sie anfangen, wie wild zu industrialisieren.«

John betrachtete McCaine, als sähe er ihn zum ersten Mal. Er selbst, das musste er neidlos eingestehen, wäre nie im Leben auf eine solche Idee gekommen. »Über den IWF, ja«, nickte er. »Aber wie wollen Sie Einfluss auf den IWF nehmen?«

McCaine zuckte mit den Schultern. »Durch gute Worte. Durch Kooperationsangebote. Oder, was meine kühnste Vision wäre, indem *Fontanelli Enterprises* das erste Mitglied des IWF wird, das keine Nation ist.«

John musste unwillkürlich Luft holen. »Das nenne ich allerdings kühn.«

»So kühn ist das auch wieder nicht. Momentan verfügt der IWF über Einzahlungen im Gesamtwert von vielleicht 190 Milliarden Dollar, von denen zudem die Hälfte in nicht konvertiblen Währungen, also in zu nichts verwendbarem Geld geleistet sind. Für uns wäre es ein Klacks, mehr einzuzahlen als selbst die USA.«

Einen Moment lang spürte John wieder jenes Gefühl von Unbesiegbarkeit in sich aufsteigen, das ihn den ganzen Sommer hindurch getragen hatte, das besser gewesen war als Sex. Aber in welchem Behältnis auch immer solche Gefühle aufbewahrt wurden, seines schien ein Leck zu haben, denn die Unbesiegbarkeit verrann und ließ nur vages Unbehagen zurück. »Ich glaube nicht, dass sie uns akzeptieren werden.«

McCaine sah aus dem Fenster. »Das ist nur eine Frage der Zeit«, sagte er. »Die Ära der Nationen ist vorbei. Eine Zeit lang werden die Menschen noch daran festhalten, wie an Großmutters Teeservice, das man nie benutzt, weil es nicht spülmaschinenfest ist, aber eine der nächsten Generationen wird nicht mehr verstehen, wozu eine Nation gut sein soll.« Er deutete hinaus, auf das Schaufenster einer Buchhandlung, in dem Bildbände über die unlängst zu Ende gegangenen Olympischen Spiele von Atlanta ausgestellt waren. »Sie werden es noch erleben, glauben Sie mir. Eines Tages werden bei Olympischen Spielen die Athleten nicht mehr im Namen einer Nation, sondern im Namen eines Konzerns antreten.«

»Könnten wir nicht einen Preis ins Leben rufen?«, überlegte John eines Abends, hoch über dem Pazifik. »So etwas wie den Nobelpreis, nur für Umweltschutz?«

McCaine, der wie immer während ihrer Flüge unentwegt Akten studierte, Memoranden und Vertragsentwürfe mit Anmerkungen versah oder Briefe diktierte, sah von seinem Notizblock auf. »Einen Fontanelli-Preis?«

»Nicht unbedingt. Aber ich stelle mir einen jährlichen Preis vor für Leute, die etwas im Sinne der Prophezeiung vollbracht haben. Ich meine, das könnte doch ein Ansporn sein. Das Umdenken fördern. Und es täte unserem Image gut.«

438.000.000.000 $

McCaine klopfte sich mit dem Ende seines Kugelschreibers gegen das Kinn. »*Wollen* Sie einen solchen Preis stiften?«, fragte er.

Die Betonung der Frage kam John eigenartig vor. »Ja«, sagte er.

»Dann tun Sie's doch.«

»Ich?« John sah ihn zweifelnd an. »Ich habe keine Ahnung, wie man so etwas macht.«

McCaine legte seinen Stift bedächtig vor sich auf den Block. »Sie brauchen keine Ahnung zu haben, *wie* etwas gemacht wird. Erinnern Sie sich, was ich Ihnen bei unserem ersten Gespräch gesagt habe? Geld schlägt alles, Geld ersetzt alles, Geld kann alles. Sie brauchen nur zu wissen, *was* Sie wollen. Über das *Wie* sollen andere sich Gedanken machen.«

»Und wer zum Beispiel?«

»Sie rufen die Organisationsabteilung an, zitieren jemanden zu sich ins Büro und sagen ihm, was Sie wollen. Ganz einfach. Und das macht der dann, dafür kriegt er schließlich sein Gehalt.« McCaine lächelte. »Übrigens halte ich das für eine hervorragende Idee.«

Eines ihrer Rationalisierungsprojekte, die Firma HUGEMOVER, einst Weltmarktführer für Baumaschinen, zeitigte unerwartete Resultate: Die Gewerkschaft beschloss zu streiken.

»Hallo, Jim«, sagte McCaine, als die Videokonferenz geschaltet war. »Wir hören hier Dinge, die wir kaum glauben wollen.«

John saß etwas abseits, außerhalb des Erfassungsbereichs der Kamera. McCaine hatte ihm dazu geraten. »Das wird wahrscheinlich hässlich«, hatte er gemeint.

Jim Straus, der Vorstandsvorsitzende von HUGEMOVER, war ein sanft dreinblickender Mann mit der rosigen Haut eines frisch gebadeten Babys. Der Blick, mit dem er aus dem Bildschirm sah, hatte etwas Trotziges. Donald Rash, sein Stellvertreter, saß neben ihm und schien ausprobieren zu wollen, ob

439.000.000.000 $

er seinen Kugelschreiber mit bloßen Händen zerbrechen konnte.

»*Well,* ich müsste lügen, wenn ich behaupten sollte, dass ich die Jungs nicht verstehe«, erklärte Straus. »Die Löhne um zwanzig Prozent kürzen, die Arbeitszeiten um zwei Stunden verlängern, und das alles auf einen Schlag und ohne Verhandlungen auch nur anzubieten? Sie würden auch streiken, Malcolm.«

»Was ich tun oder nicht tun würde, steht nicht zur Debatte. Die Frage ist, was Sie tun werden, Jim.«

»*Well,* ich schätze, wir werden verhandeln.«

»Das eben wollte ich nicht hören. Ihre Löhne sind utopisch, verglichen mit dem Weltmarkt, und Ihre Arbeitszeiten könnten einen auf die Idee bringen, HUGEMOVER sei ein Vergnügungspark.«

»Malcolm, Sie werden sich erinnern, dass ich von Anfang an Bedenken angemeldet habe. Die Veränderungen sind zu groß, und sie kommen zu schnell. Ich habe es Ihnen gesagt.«

John sah McCaine ein paar Mal den Unterkiefer bewegen, als kaue er einen Kaugummi. »Sie sollten bei Gelegenheit in einem guten Lexikon nachlesen, was eine ›selbsterfüllende Prophezeiung‹ ist. Und Sie werden nicht verhandeln.«

»Wir werden nicht anders können. Gute Beziehungen zur Gewerkschaft sind Tradition bei HUGEMOVER.«

McCaine senkte den Kopf und massierte sich mit der Linken hingebungsvoll die Nasenwurzel. Eine Pause entstand, die umso unheilvoller wirkte, je länger sie andauerte. »Ich war sowieso schon schlecht gelaunt«, sagte McCaine endlich, »und da benutzen Sie dieses Wort, auf das ich allergisch bin. *Tradition.* Heute ist nicht Ihr Tag, Jim. Sie sind entlassen.«

»Was?« Das Bild, das Straus bot, hätte man hervorragend zur Illustration des Begriffs ›entgleisende Gesichtszüge‹ verwenden können.

»Donald«, wandte McCaine sich an Straus' Stellvertreter, »sagen Sie mir, ob Sie es besser machen werden.«

440.000.000.000 $

Der bullige Mann gab seinem Kugelschreiber den Rest. »Ähm, Mister McCaine, Sir...«

»Donald – einfache Frage, einfache Antwort. Werden Sie es besser machen? Ja oder nein?«

»Ähm...« Rash ließ die Trümmer seines Kugelschreibers auf die Unterlage fallen und warf seinem bisherigen Chef, der immer noch um Fassung kämpfte, einen unsicheren Blick zu. Dann schien er zu begreifen, was auf dem Spiel stand. Er war zwei Zentimeter größer, als er McCaine ansah und sagte: »Ja, Mister McCaine.«

»Was werden Sie tun, Donald?«

»Ich werde nicht verhandeln. Sollen sie streiken. Wir stehen das durch.«

»Sie sind mein Mann, Donald. Sie kriegen Ihre neuen Papiere so bald wie möglich. Sorgen Sie bitte dafür, dass Mister Straus seine ebenfalls erhält.« Damit schaltete McCaine ab.

Er verharrte einen Moment in stiller Betrachtung des blinden Bildschirms, dann sah er John an. »Fanden Sie das jetzt brutal?«

»Ja«, sagte John.

McCaine nickte ernst. »Manchmal geht es nicht anders. Wir müssen jetzt Entschlossenheit zeigen.«

Das TIME MAGAZIN brachte einen großen Bericht über den Arbeitskampf bei HUGEMOVER und dazu ein Titelbild, das auf dem Plakat eines alten Films mit Terence Hill und Bud Spencer basierte, nur waren deren Gesichter durch die Gesichter John Fontanellis und Malcolm McCaines ersetzt, und der Titel lautete: *Die linke und die rechte Hand des Teufels.* Der entsprechende Artikel war gnadenlos, nannte Johns Engagement für die Umwelt »heuchlerisch« und McCaines Geschäftspraktiken »Raubrittertum«.

John spürte, wie er beim Lesen rote Ohren bekam und wie ihm der Schweiß ausbrach. Er wunderte sich, mit welcher Ruhe und Gelassenheit McCaine die Zeitschrift durchblätterte.

441.000.000.000 $

»Ich bin solche Dinge allmählich leid«, sagte er schließlich. »Es war sowieso immer Teil des Plans, Medienkonzerne zu kaufen – Zeitungen, Fernsehsender und so weiter.« Er schlug das Heft zu und warf es achtlos beiseite. »Wird Zeit, dass wir damit anfangen.«

Weihnachten nahte. Immer öfter hing dichter Nebel über der Themse, breitete sich über die Stadt aus, verzauberte Hochhäuser in unheimliche Trollburgen und Straßenlampen in Elfenlichter.

Der Renner im diesjährigen Vorweihnachtsgeschäft waren Artikel mit dem Fontanelli-*f* darauf. Die Leute kauften Mützen, Tassen, Schlüsselanhänger, Schals, Aktenmappen und vor allem Hemden, alles ganz in Weiß bis auf das ins Violette gehende Dunkelrot des geschwungenen Buchstabens. Allein die Lizenzgebühren für das Logo spülten, unglaublich aber wahr, dreistellige Millionenbeträge in die Kassen.

Am 15. Dezember fusionierten Boeing und McDonnell-Douglas und wurden so zum größten Flugzeugbauer der Welt. Kommentare in den Wirtschaftsfachblättern verwiesen in diesem Zusammenhang immer auf die rasch wachsende Einflusssphäre des Fontanelli-Konzerns, und man rechnete allgemein mit einer Vielzahl weiterer Fusionen in den kommenden Jahren.

Die Situation von HUGEMOVER blieb festgefahren. Die Gewerkschaft streikte, die Unternehmensleitung verweigerte Verhandlungen. Über Weihnachten und Neujahr war der Produktionsrückgang nicht nur zu verschmerzen, sondern angesichts leerer Auftragsbücher sogar willkommen gewesen, aber mit dem neuen Jahr kamen neue Aufträge und Bestellungen, die mit den nicht organisierten Arbeitern allein nicht zu bewältigen waren.

»Das Arbeitsrecht verbietet auch in den USA, Streikenden zu kündigen«, erklärte Donald Rash mit beißlustiger Miene.

442.000.000.000 $

»Wir kaufen so viel wie möglich von unseren Auslandstöchtern, und wir reorganisieren zurzeit jede Woche mehr als sonst in einem Jahr, aber die Grenzen des Möglichen sind absehbar. Bei den Baggern haben wir sie schon erreicht.«

McCaine hielt die Hände vor dem Mund gefaltet, als bete er. »Was haben Sie vor?«

»Neue Leute einstellen«, erwiderte der Chef von HUGEMOVER. »Das Arbeitsrecht verbietet nicht, Streikbrecher anzuheuern. Wir haben Rezession, andere Firmen rationalisieren auch, und aus Übersee kommen gute Leute, die für wenig Geld arbeiten. Außerdem haben wir inzwischen viele Arbeitsabläufe so weit vereinfacht, dass wir nicht unbedingt Facharbeiter brauchen. Früher war das immer das Problem bei Streiks, dass man auf die Leute angewiesen war, aber inzwischen ist es kein Problem mehr, neue zu finden.«

»Das weiß die Gewerkschaft auch, oder?«, fragte McCaine.

»Hmm, ja, ich denke doch.« Rash musterte McCaine, der reglos abwartete. »Ach so. Vielleicht reicht es, wenn ich zunächst damit drohe.«

»Einen Versuch ist es wert«, sagte McCaine.

Zwei Tage später gingen die Streikenden wieder an die Arbeit, zu zwanzig Prozent weniger Lohn und zwei Stunden pro Woche länger.

»Na also«, war McCaines Kommentar, und zum ersten Mal seit langem war wieder so etwas wie ein Lächeln in seinen Zügen.

Das Telefon neben seinem Bett riss John aus dem Schlaf. Er fuhr hoch, starrte das verdammte Ding an und war sich zuerst sicher, dass es nicht wirklich geläutet hatte. Es war halb drei Uhr morgens. Er hatte das geträumt, ganz sicher.

Da klingelte es wieder, wahrhaftig. Kein gutes Zeichen. Ein Telefon, das nachts um halb drei klingelt, tut das nie, um eine frohe Botschaft zu überbringen. Er nahm ab, hastig. »Hallo?«

443.000.000.000 $

»Du verdammter Dreckskerl ...« Eine Frauenstimme aus weiter Ferne, mit merkwürdigem Hall im Hintergrund, als spreche sie aus einem Abwasserkanal. Und sie sprach Italienisch.

»Wie bitte?«

»Ich sagte, du bist ein verdammter *Dreckskerl*.« Sie klang ausgesprochen betrunken.

John fuhr sich mit der Hand über das Gesicht, als könne das die Gehirntätigkeit in Gang bringen. »Zweifellos«, sagte er, »aber würden Sie mir bitte sagen, wer Sie sind?«

»*Porco Dío* ...« Eine längere Pause, in der nur schwere Atemzüge zu hören waren. »Du hast mich doch nicht schon vergessen? Sag, dass du mich nicht schon vergessen hast.« Sie fing an, leise und verquollen zu weinen.

John zermarterte sich das Hirn, aber es wollte ihm nicht um alles in der Welt einfallen, wessen Stimme das sein konnte. »Es tut mir Leid ...«, sagte er zögernd.

»Es tut dir Leid? Ja. Das sollte es auch. Es sollte dir auch Leid tun. Du bist nämlich an allem schuld.« Ein kieksender Schluchzer, dessen Klang nun doch vage Erinnerungen in John wachrief. »Du bist an allem schuld, hast du das gehört? Du ganz allein. Du bist schuld, dass Marvin im Gefängnis sitzt. Und mich kannst du auch irgendwann von der Straße kratzen. Ich hoffe, das wird dir dann auch Leid tun, du Dreckskerl.« Der Hörer wurde mit einem krachenden, schleifenden Geräusch aufgelegt, als habe sie Probleme, den Apparat damit zu treffen.

John behielt seinen Hörer in der Hand, saß mit wummerndem Herzen da und starrte fassungslos vor sich hin. Constantina. Das konnte nur Constantina gewesen sein. Um Gottes willen. Und er hatte sie nicht einmal erkannt.

Marvin im Gefängnis? Das hatte nicht so geklungen, als sei es im Suff so dahingesagt worden. Er wählte die Nummer des Sicherheitsdienstes. Marco meldete sich, und er klang bestürzend wach für die Uhrzeit. John schilderte ihm, was vorgefallen war.

444.000.000.000 $

»Es tut mir Leid, Mister Fontanelli. Ich kann mir nicht erklären, wie der Anruf zu Ihnen durchgekommen ist. Eigentlich ist das die geheimste aller Geheimnummern.«

»Sie wird sie von Marvin haben. Der ist ein Schlitzohr in solchen Dingen. Aber deswegen rufe ich nicht an.« Er erklärte, weswegen er anrief. Später schlüpfte er in seinen Morgenmantel und tigerte ruhelos durch seine hallenartigen Wohnräume, bis das Telefon endlich wieder klingelte.

»Es stimmt«, sagte Marco. »Ein gewisser Marvin Copeland ist in Brindisi verhaftet worden. Die Anklage lautet auf Drogenhandel.«

Gesamtausgaben für Altersvorsorge, Sozialhilfe, Arbeitsförderung, Jugendhilfe, Kindergeld, Erziehungsgeld, Wohngeld usw. in Deutschland pro Jahr.

445.000.000.000 $

28

ZWEI STÜHLE. DAS war das ganze Mobiliar des quadratischen, hohen Raumes, in dem es nach Urin stank und nach Schimmel. Die Tür, durch die man Marvin hereingebracht hatte, hatte ein vergittertes Guckloch und massive Beschläge, die neu aussahen; das Einzige hier, das aus diesem Jahrhundert zu stammen schien.

Und da saß er, Marvin Copeland, missmutig und abgewrackt, kaum im Stande, aufrecht auf seinem Stuhl zu sitzen. In den Sachen, die er trug, schien er seit Wochen geschlafen zu haben, nicht erst die paar Tage, die er in Haft war.

»Was ist passiert?«, fragte John.

Marvin zuckte mit den Schultern, verzog das Gesicht.

Endlich meinte er: »Na ja, was soll passiert sein. Sie haben mich drangekriegt.«

»Drogenhandel? Ist das wahr?«

»Ach, *fuck!* Meine Plattenfirma hat mich auf die Straße gesetzt, von heute auf morgen. Angeblich hat sich mein Album nicht verkauft. Dabei haben die einfach keine vernünftige Werbung gemacht, ich meine, wie soll man sich da durchsetzen gegen Acts wie Michael Jackson oder Aerosmith?« Er saß vornübergebeugt da, starrte auf den Fußboden, sah John dann von schräg unten her an. »Was heißt meine Plattenfirma? Inzwischen ist es ja *deine* Plattenfirma. Wie dir ja inzwischen der halbe Planet gehört.«

»Marvin, du hattest hunderttausend Dollar. Und ich habe mir die Zahlen von *Cascata Records* besorgt. Die haben dir einen Vorschuss von dreihunderttausend Dollar gezahlt. Du hast in anderthalb Jahren fast eine halbe Million Dollar durchgebracht.«

»Mann, du musst gerade reden mit deinem Jumbo-Jet.«

»Es ist kein Jumbo-Jet.«

»Ja, *shit,* das kostet eben alles. Ich muss ein entsprechendes Auto fahren als Rockstar, Klamotten und so weiter ... Du machst dir keine Vorstellung, was das alles kostet.«

»Du meinst, ich mache mir keine Vorstellung, was Kokain kostet. Da hast du allerdings Recht.«

»Junge, Junge. Du solltest dich mal reden hören. Ich hab's dir gesagt, dass das Geld dich verändern wird. Ich hab's dir gesagt.«

»Marvin, Kokain! Das ist was anderes als deine Joints früher. Und zu dealen hast du früher absolut abgelehnt.«

Marvin warf den Oberkörper zurück, als wolle er die Rückenlehne seines Stuhls abbrechen, legte den Kopf mit geschlossenen Augen in den Nacken. Er sah blass aus, hungrig. Eine ganze Weile blieb er so. Aus dem engen, hoch an der Decke liegenden Gitterfenster fiel fahles Licht auf ihn herab, und man hörte den Lärm von der Straße, als habe ihn jemand lauter gedreht, das Hupen und die Motorräder.

»Es ist der Komet«, sagte Marvin schließlich und öffnete die Augen wieder.

»Der Komet?«

»Hale-Bopp. Der Komet. Und sag jetzt bloß nicht, dass du ihn noch nicht gesehen hast. So groß steht er am Himmel.« Er sog geräuschvoll die Luft zwischen den Zähnen ein. »Kometen sind Unheilsbringer. Das weiß man schon seit alters her. Und ein Künstler wie ich, der spürt das. Der ist sensibel für so was, weißt du? Okay, Koks bringt einen noch mal auf eine andere Dimension, aber auch ohne das ...« Er schüttelte den Kopf, eine ganze Weile, sinnend. Dann sah er John an. »Kannst du mich hier rausholen?«

John studierte Marvins Gesicht, den Ausdruck seiner Augen. Er glaubte im einen Moment, so etwas wie Verschlagen-

447.000.000.000 $

heit darin zu erkennen, dann wieder war da nur Hilfsbedürftigkeit, ein großes Betteln, als hielten ihn nur die letzten Reste seines Stolzes davon ab, ihn auf Knien um Rettung aus diesem Verlies zu bitten.

»Deswegen bin ich eigentlich gekommen«, sagte John und fragte sich, ob er Marvin damit wirklich einen Gefallen tat. »Sie sagen, du kannst auf Kaution freikommen. Du darfst eben die Stadt nicht verlassen und so weiter.« Er holte tief Luft und setzte mit einem ekligen Geschmack auf der Zunge hinzu: »Wobei es mich nicht ruinieren wird, falls du es doch tust. Wenn du verstehst, was ich damit sagen will.«

Marvin sah ihn an, als hätte er kein Wort verstanden, dann nickte er. »Du bist irgendwo doch noch ein Freund. Trotz all dem Geld.«

McCaine war *not amused,* als John nach London zurückkam.

»Ihr Freund oder was Sie dafür halten«, sagte er, »ist der Prototyp eines Versagers, wenn ich jemals einen gesehen habe. Er hat nie etwas zuwege gebracht, er wird niemals etwas zuwege bringen. Vergessen Sie ihn, John. So schnell wie möglich. Meiden Sie jeden Kontakt. Versager sind gefährlich für Leute mit hohen Zielen, glauben Sie mir. Sie können der fähigste Mensch sein, der je auf Gottes Erdboden gelebt hat: Wenn Sie sich mit Versagern abgeben, werden Sie trotzdem nichts erreichen. Sie ziehen Sie in die Tiefe. Sie vereiteln Ihre Pläne, kommen Ihnen in entscheidenden Momenten in die Quere, vergiften Ihr Leben auf tausendundeine Weise, als wären sie eine ansteckende Krankheit. Und ich bin mir nicht einmal sicher, ob sie das in gewisser Weise nicht tatsächlich sind.«

John war müde und wünschte sich, er hätte sich vom Flughafen direkt nach Hause bringen lassen. Er war absolut nicht in der Stimmung zu streiten. »Sie sprechen von ihm, als wäre er eine Ratte oder so was.«

»Wie würden Sie das nennen, was er dieser Constantina

antut?« McCaine stand wie ein Fels vor dem abendlichen Panorama Londons, verschränkte die Arme. »Marco war so freundlich, mich über die Hintergründe aufzuklären.«

»Constantina Volpe ist eine erwachsene Frau und für sich selber verantwortlich«, versetzte John entnervt. »Und Marvin hat mir in einigen schwierigen Momenten sehr geholfen. Ich war ihm etwas schuldig.«

»Sie waren ihm etwas schuldig? Ah. Na ja. Und wann werden Sie aufhören, ihm etwas schuldig zu sein?«

»Keine Ahnung.« Darüber hatte er noch nie nachgedacht. Eigentlich konnte es nicht endlos so weitergehen, wenn man es genau überlegte. »Na ja. Ich schätze, jetzt sind wir jedenfalls quitt.«

McCaine gab ein grunzendes Geräusch von sich. »Sie gehen so selbstverständlich davon aus, dass Sie ihm einen Gefallen getan haben mit Ihrer Aktion.«

»Ich habe ihn aus dem Gefängnis geholt.«

»Und weiter? Wie haben Sie sich das gedacht? Sie stellen Kaution für ihn, er kommt frei und kann sich absetzen?«

»So ungefähr.«

»Sie glauben wirklich, mit seinem drogenvernebelten Hirn ist er im Stande, Grenzkontrollen zu vermeiden und einer Fahndung über Interpol zu entgehen? Seien Sie nicht albern.«

»In solchen Dingen halte ich ihn für ziemlich raffiniert, ja«, hielt John ärgerlich dagegen.

McCaine nahm die Arme wieder auseinander, trommelte einen Moment mit den Fingerkuppen gegen die Außenkante von Johns Schreibtisch, dann meinte er: »Nun ja, wie auch immer. Eigentlich wollte ich Sie nur um eines bitten, John – sollten Sie irgendwann wieder einmal ein Problem dieser Art haben, dann kommen Sie damit bitte zu mir. Können wir uns darauf einigen?«

»Was meinen Sie mit ›ein Problem dieser Art‹?«

»Sie verstehen schon, was ich meine.« McCaine blieb in der

449.000.000.000 $

Tür stehen, die Klinke in der Hand. »Tun Sie nichts heimlich. Kommen Sie mit solchen Dingen zu mir. Ich kümmere mich darum.«

John hatte einen Projektmanager namens Lionel Hillman mit dem Stiftungsprojekt betraut, einen umtriebig wirkenden Mann mit rostbraunen Locken und ebenfalls rostbraunen Haaren, die ihm aus der Nase wuchsen und die man nicht umhinkam anzustarren, wenn man mit ihm sprach.

Hillman hatte sich mit voller Energie in das Projekt gestürzt und schien es mittlerweile zu atmen und zu trinken, schien eins damit geworden zu sein. Von ihm stammte der Vorschlag, den Preis *Gäa-Preis* zu nennen, benannt nach *Gaea,* der antiken Erdgöttin, Mutter des Himmels und der Titanen, Quelle der Träume, Nährerin der Pflanzen und Kinder. John, dem all diese Bedeutungen unbekannt gewesen waren, hatte begeistert zugestimmt. Hillman hatte ferner eine Jury zusammengestellt aus fünf anerkannten Biologen, Ökologen und Naturschützern, jeder aus einem anderen Erdteil stammend, hatte eine Satzung und ein Stiftungsmodell entwickelt nach dem Vorbild des Nobelpreises, hatte von einem Künstler eine Preistrophäe entwerfen lassen, die bislang allen, die sie gesehen hatten, ein fast ehrfürchtiges Nicken abgenötigt hatte, und schließlich hatte er eine Werbekampagne entworfen, die die Existenz und Bedeutung des *Gäa-Preises* jedem Erdenbürger ins Bewusstsein zu brennen versprach, bis er im November 1997, am letzten Samstag im Monat, zum ersten Mal verliehen werden würde. Der Zeitpunkt – knapp zwei Wochen vor Verleihung der Nobelpreise – war ebenso mit Bedacht gewählt wie der Ort, Kopenhagen, der den *Gäa-Preis* im Bewusstsein der Öffentlichkeit ebenfalls in diese erlauchte Sphäre zu rücken versprach.

Er lud John ein, die Shootings für das Anzeigenmotiv zu besuchen. Die Erdmutter sollte von niemand Geringerem verkörpert werden als von Patricia deBeers, dem teuersten Model

450.000.000.000 $

der Welt, von den Medien einhellig gefeiert als schönste Frau des Jahrhunderts. Und schön war sie, gütiger Himmel, atemberaubend geradezu. John blieb schüchtern im Schatten eines – was war das, eine Art großer weißer Schirm? – und verfolgte, wie der Fotograf Anweisungen gab, wie sich eine in nichts als Schleier gehüllte erotische Erdgöttin räkelte, dehnte und wand und wie Blitzlichter aufflammten. Wenn das die Menschen nicht animierte, sich für den Erhalt der Natur einzusetzen, dann wusste er jedenfalls nicht, was sonst.

»Pause«, rief der Fotograf. Er gab seinen Helfern ein paar Anweisungen, den Kulissenaufbau betreffend, und im Umhersehen entdeckte er John.

»Ah, Mister Fontanelli.« Er kam heran, schüttelte ihm die Hand. Er war älter, als er aus der Ferne und von den Bewegungen her wirkte, ein drahtiger Mann mit weißblondem Strähnenhaar und Altersflecken im Gesicht. »Curtis. Howard Curtis. Lionel hat angedeutet, dass Sie vielleicht mal vorbeischauen würden. Willkommen. Wie gefällt es Ihnen?«

John nickte, zögerte. Ja, er sei beeindruckt.

»Eine klasse Frau, was? Wirklich toll. Absolut professionell, weiß hundertprozentig, was wie wirkt, hat sich total im Griff. Ein echter Profi, wirklich.«

John sah an ihm vorbei auf die Kulisse. Patricia deBeers saß aufrecht auf einem Hocker, hatte die Schleier zurückgestreift und ließ sich von einer pummeligen Maskenbildnerin den Busen mit irgendetwas abtupfen, Make-up vermutlich. Es war ein Anblick, der es ihm schwer machte, den Worten des Fotografen zu folgen.

»Wissen Sie was ...?« Der Mann, von dem Hillman behauptete, er sei der beste Porträtfotograf der Welt, trat einen Schritt zurück und betrachtete John aus zusammengekniffenen Augen. »Eine Frage, Mister Fontanelli – haben Sie Lust, etwas auszuprobieren?«

Bruttosozialprodukt von Brasilien 1992.
451.000.000.000 $

»Sagen Sie jetzt bloß nicht, dass Sie mich fotografieren wollen.«

»Unbedingt.«

»Nein.«

»Ich akzeptiere kein Nein, Mister Fontanelli.«

»Auf keinen Fall.«

»Ihrer Stiftung zuliebe.«

»Gerade deswegen. Ich will den Preis nicht lächerlich machen, ehe er das erste Mal verliehen wird.«

Curtis trat mit einem abgrundtiefen Seufzer noch einen Schritt zurück und rieb sich heftig das Kinn, ohne den Blick einen Moment von John abzuwenden. »Ein Vorschlag«, sagte er.

»Nein«, sagte John und erwog, einfach zu gehen.

»Ich fotografiere Sie, zusammen mit Miss deBeers und dem Preis. Und Sie entscheiden aufgrund der fertigen Fotos. Bitte –« Curtis hob die Hand, ehe John etwas sagen konnte. »Mir zuliebe. Das bin ich meinem Renommee als Fotograf schuldig.«

»Und mit den fertigen Fotos in der Hand bearbeiten Sie mich dann so lange, bis ich zustimme.«

»Ehrenwort, nein. Das können Sie schriftlich haben oder vor Zeugen, wie Sie wollen. Wenn Sie Nein sagen, ist es nein und fertig.« Curtis lächelte verschmitzt. »Aber Sie werden nicht Nein sagen.«

Ein paar Tage nach dem Fotoshooting – er hatte der Erdgöttin den Preis gereicht, sozusagen zu treuen Händen, sich bemüht, ihr dabei nicht auf den Busen zu starren, und es hatte geklickt und geblitzt ohne Ende – fand er die Zeitung beim Frühstück so gefaltet vor, dass eine Meldung auf einer der letzten Seiten oben lag. Jemand hatte sie zusätzlich rot angestrichen, John hatte keine Ahnung, wer. *Drogenvorwürfe gegen amerikanischen Rockstar haltlos* lautete die Überschrift. Man hatte die Anklage gegen Marvin fallen gelassen, hieß es im Text; ein anfänglicher Verdacht habe sich als unbegründet erwiesen.

»Seien Sie nicht naiv, John«, sagte McCaine, als John in sein Büro marschiert kam und ihm die Nachricht präsentierte. »Ihr Freund ist schuldig wie Judas. Ich musste fünf Polizeibeamte bestechen und zwei Richter, damit die Sache erledigt war.«

John sah ihn bestürzt an. »Wie bitte? *Bestechen?*«

»Ich habe gesagt, dass ich mich darum kümmern würde, oder?«

»Schon, aber Bestechung ...?« John kam sich entsetzlich provinziell vor.

McCaine faltete geduldig die Hände vor dem Leib. »John – Sie glauben doch nicht, dass wir eine Schlagzeile wie *Reichster Mann der Welt kauft Drogendealer frei* hätten verhindern können? Mit allem Geld der Welt nicht. Und wie hätte Ihnen das gefallen?«

»Weiß ich nicht. Dass wir jetzt Leute bestechen, als wären wir irgendwelche Mafiosi, gefällt mir jedenfalls nicht.«

»Das verlangt auch niemand.« McCaine sah ihm forschend in die Augen, mit einer Intensität im Blick, die John erschreckte. Einen Moment lang herrschte Stille im Raum, als ginge ein Engel vorbei. »Es ist in Ordnung, dass es Ihnen nicht gefällt«, sagte McCaine endlich. Er sprach so leise, als sitze der Engel noch in einem Eck des Zimmers. »Mir gefällt es auch nicht. Aber wenn es sein muss, werde ich trotzdem bestechen, ich werde trotzdem lügen oder betrügen, was auch immer, ich werde es tun, wenn es nötig ist, um die Prophezeiung zu erfüllen. Können Sie das verstehen? Ich habe dieser Mission mein Leben geweiht. Ich würde meine Seele dafür geben, John. Und das ist mir bitterernst. Meine Seele.«

John sah auf den Mann hinab, wie er hinter seinem Schreibtisch mit den Telefonen und Computerbildschirmen saß, in einem Savile-Row-Anzug, der dafür geschneidert war,

Macht und Bedeutsamkeit auszustrahlen. Doch alles, was McCaine in diesem Augenblick ausstrahlte, war Hingabe – eine Hingabe, die alles menschliche Maß übertraf. Für die Dauer eines Herzschlags sah er eher aus wie ein Mönch als wie sonst etwas.

John räusperte sich, betrachtete seine Hand, die die Zeitung zerknüllt hatte. »Ja«, sagte er, und es kam ihm so armselig vor als Antwort. Aber da war nur Leere in seinem Kopf, und alles, was er schließlich noch sagen konnte, war: »Danke.«

Damit ging er, und er vermied es, McCaine noch einmal anzusehen.

Malcolm McCaine sah sich in der Tat als eine Art Mönch. Am Abend dieses Tages jedoch, der wie immer bis zur letzten Minute angefüllt gewesen war mit rastloser Arbeit und Entscheidungen, die Tausende von Menschen und Millionen von Dollar in Bewegung setzen würden, beschloss er, dass es wieder einmal an der Zeit war, eine Ausnahme zu machen.

Er reckte sich, dehnte die Schultern, warf einen flüchtigen Blick auf die Uhren an der Wand vor ihm, die die aktuelle Zeit in den wichtigsten Städten der Welt anzeigten. Dann türmte er die Mappen mit den aktuellen Vorgängen oben auf die verschiedenen Stapel auf seinem wie immer chaotisch aussehenden Schreibtisch, schlüpfte in sein Jackett, nahm die Kassetten aus den verschiedenen Diktiergeräten und löschte beim Verlassen seines Büros das Licht.

Die Sekretärinnen waren alle längst gegangen. Er verteilte die Diktate auf ihre Schreibtische, dann ging er zum Fahrstuhl, der ihn direkt hinab in die Tiefgarage brachte.

In den vergangenen Jahrzehnten hatte er weder die Zeit noch die Energie erübrigen können, die einer wirklichen Beziehung seiner Auffassung nach zustand, und deshalb Alternativen gesucht, zumindest die körperlichen Grundbedürfnisse zu befriedigen. Eine dieser Alternativen stellte das

Etablissement dar, das er nach kurzem Überlegen ansteuerte. Es hatte sich durch hervorragende Hygiene und den Ruf absoluter Diskretion einen exklusiven Kreis von Kunden geschaffen, die die gleichfalls exklusiven Tarife zu zahlen gewillt waren.

Die Chefin des Hauses, eine geschmackvoll gekleidete Mittvierzigerin, die man sich auch ohne weiteres als Leiterin einer Telefonmarketingagentur hätte vorstellen können, begrüßte ihn. Sie nannte niemanden beim Namen, erinnerte sich aber an alle Gesichter.

»Wir haben viele neue Mädchen da«, erklärte sie, »schöne junge Frauen aus Asien und Afrika ...«

»Ja, ja.« McCaine verstand nicht wirklich, was sie sagen wollte. Er hatte in so vielen verschiedenen Ländern gelebt, war mit so vielen Menschen verschiedener Nationalität und Hautfarbe aufgewachsen, dass ihm Rassismus völlig fremd war. So entging ihm auch der Rassismus dieser Bemerkung.

Was er suchte, war etwas anderes. Er ging langsam die Parade der Mädchen entlang, ganz dicht vor ihnen, sah jeder forschend ins Gesicht. Er sah in gleichgültige Gesichter, in abgestumpfte Gesichter, in geldgierige Gesichter, ab und zu sogar in so etwas wie Freundlichkeit. Er wusste, dass er kein attraktiver Mann war, zu groß, zu schwer, zu ungeschlacht. Er ging von einer zur anderen, bis er bei einer jenen Ausdruck in den Augen entdeckte, der ihm verriet, dass sie dachte: *Nicht mich! Hoffentlich nimmt er nicht mich!*

»Du!«, sagte er dann, ihr erschrockenes Einatmen befriedigt registrierend.

Sie war schlank, nichts Besonderes, hatte unscheinbares, halblanges Haar von schmutzigem Braun. Es gefiel ihm, hinter ihr die Treppe hochzugehen und den Widerstand in ihren Schritten zu sehen. Es erregte ihn, zu wissen, dass sie ihn verabscheute, dass sie aber, weil er das Geld besaß, trotzdem die Beine für ihn breit machen würde.

455.000.000.000 $

Der Mai des Jahres 1997 brach an. Die Briten wählten mit der Labour Party unter Tony Blair eine neue Regierung, und der charismatische neue *Prime Minister* versprach, alles besser zu machen. John überlegte, während er die Fernsehberichte verfolgte, ob es Sinn machen würde, auch Blair einmal einzuladen; zumindest wirkte er sympathischer als sein Vorgänger.

Die Fotos, die Curtis von John Fontanelli und Patricia deBeers gemacht hatte, waren inzwischen fertig, und wie der Fotograf es vorausgesagt hatte, war John angenehm überrascht. Nach einigem Zögern und Rücksprache mit McCaine gab er sein Einverständnis, diese Bilder in der geplanten Anzeigenkampagne zu verwenden.

HUGEMOVER machte wieder Probleme. Die Gewerkschaft versuchte, mit Bummelstreiks und Dienst nach Vorschrift Sand ins Getriebe zu streuen und so neue Verhandlungen zu erzwingen. Donald Rash wirkte etwas ratlos, nachdem er ihnen vom Bildschirm aus die Situation geschildert hatte.

McCaines Gesicht strahlte düstere Bedrohung aus. »Die Gewerkschaft hat doch sicher in Ihrem Betrieb Schlüsselfiguren, Funktionäre, Anstifter. Wissen Sie, wer das ist?«

»Ja«, sagte Rash. »Sicher.«

»Schmeißen Sie sie raus.«

Der bullige Amerikaner bekam große Augen. »Aber ... das ist illegal!«

»Schmeißen Sie sie trotzdem raus.«

»Und dann? Die Arbeiter werden streiken. Und in diesem Fall darf ich den Streik nicht mit Arbeitskräften von außen brechen. Nicht nach geltendem Recht jedenfalls.«

»Dann schicken Sie die Sesselhocker aus den Büros hinunter in die Halle«, sagte McCaine. »Die Ingenieure, das gesamte untere und mittlere Management. Gehen Sie selber hinunter und schrauben Sie Planierschilde an.« Er nahm ein Blatt mit Zahlen über die Zusammensetzung der Belegschaft von HUGEMOVER zur Hand. »Und Sie haben fünftausend Teilzeitarbeiter, die Sie hinzuziehen können, ohne gegen das Gesetz zu verstoßen. Sagen Sie ihnen, wer seinen Job behalten will, soll sich ins Zeug legen.«

»Aber das ist ...« Rash hielt inne, biss sich auf die Lippe und nickte. »O. K.«

McCaine ließ einen Moment der Stille eintreten, die wie ätzende Säure war. Dann sagte er: »Wir haben es hier mit einem Präzedenzfall zu tun. Wir werden das durchziehen. Verstehen Sie das, Donald?«

Donald Rashs Gesichtsausdruck verriet, dass er begriffen hatte, gut daran zu tun, das zu verstehen. »Ja, Mister McCaine«, sagte er.

Am nächsten Tag stand in der Zeitung, HUGEMOVER habe alle Gewerkschaftsfunktionäre entlassen. Am Tag darauf wurden die Werke erneut bestreikt, siegesgewiss, denn die Kündigungen waren nicht rechtmäßig gewesen. Dass nun Einkaufsleiter in blaue Arbeitsanzüge stiegen, Personalsachbearbeiter mit schweren Schraubenschlüsseln hantierten und Sekretärinnen Gabelstapler fuhren, war allenfalls Anlass zu allgemeiner Heiterkeit.

Der einsame Overheadprojektor am Kopfende des riesigen Konferenztisches strahlte sein fahles Lichttrapez an die Wand. Die Dunkelheit verzog sich in die äußersten Ecken des Raums und schien dort zu hocken wie ein lichtscheues Tier.

»Was sagen Sie zum großen Schachduell?«, wollte McCaine von Professor Collins wissen, während der seine Folien zurechtlegte. »Mensch gegen Maschine. Kasparow gegen *Deep Blue*.«

Der Wissenschaftler sah auf. »Ich muss gestehen, dass ich die Berichterstattung darüber nur am Rande verfolgt habe. Wie steht es denn?«

»Es ist vorbei. Kasparow hat heute die letzte Partie verloren, nach neunzehn Zügen. Der Computer von IBM ist Schachweltmeister, sozusagen.«

Collins nickte. »Nun, was erwarten Sie, dass ich dazu sage?

457.000.000.000 $

Ich denke, dass diejenigen, die jetzt die menschliche Ehre verletzt sehen, dieses Turnier völlig falsch betrachten. Mir zeigt es einfach, wozu Computer im Stande sind. Wozu Computer *da* sind, wozu letztlich alle Maschinen da sind: um spezielle Aufgaben besser zu erledigen, als ein Mensch es könnte.«

McCaine lächelte. »Gut gesagt.«

Der Bericht begann, wie derartige Berichte eben beginnen: mit einem Rückblick auf die Aktivitäten des vergangenen Jahres. John musste an sich halten, um nicht zu gähnen. »Der Umzug in das neue, größere Gebäude«, erzählte Professor Collins und legte ein Bild eines nichts sagend aussehenden Flachdachbaus auf, »hat sich äußerst positiv auf unsere Arbeit ausgewirkt. Wir konnten viele hervorragende neue Mitarbeiter für uns gewinnen, wenngleich wir aufgrund der vereinbarten Geheimhaltungsbestimmungen nicht so attraktiv für Studenten und Doktoranden sind, wie wir es gerne wären. Was die Ausstattung mit Computern anbelangt, haben wir komplett auf RS6000-Maschinen umgestellt und auf UNIX als Betriebssystem, alles ist vernetzt und über ein Firewall-System mit dem Internet verbunden; was also die Arbeitsbedingungen und die Motivation der Leute betrifft, möchte ich behaupten, dass beides besser nicht sein könnte.«

McCaine nickte wohlgefällig. John lehnte sich zurück und schob seine Konferenzmappe drei Zentimeter weiter nach links, einfach so.

»Und«, fuhr Professor Harlan Collins fort, »wir haben erste aussagefähige Simulationsläufe gefahren und ausgewertet.«

John beobachtete, wie die feinen Härchen auf seinen Handrücken sich aufrichteten, und sah hoch. Etwas klang in der Stimme des Professors mit, das ihm durch und durch ging. Dies war nicht einfach ein Bericht. Der Zukunftsforscher brachte alarmierende Nachrichten.

Collins legte eine Folie mit komplizierten Diagrammen auf, die eher wie ein elektronischer Schaltplan aussahen. Er schob sie nervös hin und her, bis er zufrieden war, wie sie lag, räusperte sich mehrmals, und als er weitersprach, hatte er zu seiner gewohnten sachlichen Stimme zurückgefunden. Aber nun klang es wie ein Ablenkungsmanöver.

»Was wir in den letzten Jahrzehnten erlebt haben«, erklärte er, »war eine kontinuierliche Zunahme der Produktivität und damit des Lebensstandards. Das ist ein elementarer Zusammenhang, denn unabhängig von allen anderen Faktoren ist der durchschnittliche Lebensstandard vor allem abhängig von der durchschnittlichen Produktivität. Hierbei handelt es sich um einen positiven Regelkreis, also eine sich selbst verstärkende Entwicklung: Wenn es nämlich gelingt, Produktivität freizusetzen, die nicht für die unmittelbare Lebenserhaltung benötigt wird, kann man in Ausbildung investieren, in Entwicklung neuer Arbeitsmethoden und Hilfsmittel, durch die die Produktivität wiederum zunimmt und es leichter wird, weitere Produktivität freizusetzen, und so weiter. Der Produktivitätssprung, den Henry Ford Anfang des Jahrhunderts erzielte, war zurückzuführen auf eine neue Arbeitsmethode, die hochgradige Arbeitsteilung entlang eines Fließbands. Heutzutage spielt Fließbandarbeit nur noch eine untergeordnete Rolle; der Anteil derer, die an einem Fließband arbeiten, ist ähnlich gering wie der Anteil der in der Landwirtschaft Beschäftigten. Produktivitätsgewinne werden heute erzielt durch hoch entwickelte Maschinen, Einsatz von Robotern, chemischen Hilfsmitteln, vor allem aber durch einen wesentlich höheren Ausbildungsstand und ausgefeiltere Arbeitsmethoden. Es entsteht sogar eine Meta-Ebene, das heißt, es werden Methoden für die Entwickler verbesserter Arbeitsmethoden entwickelt – das sind die Gebiete des Qualitätsmanagements, der Unternehmensberatung und so weiter.«

McCaine hatte sich kampflustig vorgebeugt. »Das klingt doch alles ziemlich positiv.«

»In einer unbegrenzten Umwelt wäre es das auch. Aber die Erde ist nicht unbegrenzt. Was mit Produktivitätssteigerung bisher einhergeht – zum Glück nicht direkt proportional –, ist eine verstärkte Beanspruchung der natürlichen Ressourcen. Rohstoffe werden effizienter abgebaut, Luft, Wasser und Land stärker belastet.«

»Ist nicht genau das durch weitere Produktivitätssteigerung aufzufangen? Ich erinnere mich, dass ich als Kind oft an Flüssen gestanden habe, die nichts waren als stinkende, von den Abwässern chemischer Fabriken verseuchte Kloaken; heute kann – oder muss – man es sich leisten, Abwässer zu klären, und in den Flüssen von einst könnte ich baden, wenn ich wollte.«

»Darauf gibt es keine einfache Antwort. Vielfach hat man gut funktionierende technische Lösungen gefunden. Konsequente Rauchgasentschwefelung etwa liefert Gips von so hoher Qualität, dass Heizkraftwerke die konventionellen Gipsgruben vom Markt verdrängt haben. Aber eine Klärung schwermetallhaltiger Abwässer lässt hochgiftigen, konzentrierten schwermetallhaltigen Abfall zurück, der nur zu oft an Orten landet, wo er Schaden anrichtet. Oder denken Sie an das ganze Gebiet der Klimaveränderungen. Alle technologischen Lösungen sind mit Energieverbrauch verbunden, und Energieverbrauch bedeutet unweigerlich Erwärmung: ein aus vielen Rinnsalen gespeister mächtiger Strom an Wärme, der das Klima der Erde zu verändern im Stande ist.«

McCaine legte die flache Hand auf den Tisch und erzeugte ein leises, klatschendes Geräusch damit, das wie ein Signal durch den Raum hallte. »Gut. Wie sieht Ihre Prognose aus? Wenn alles so weiterläuft, wie es läuft?«

Die Folie wurde ausgewechselt. Ein neues Bild zeigte eine filigrane Schar durcheinander laufender Kurven, einige davon waren mit dickem Filzstift ungelenk markiert. »Der augenblickliche, auf den ersten Blick positiv scheinende Trend wird sich noch eine ganze Weile fortsetzen, mindestens zehn Jahre, eher zwanzig. Vorausgesetzt, es kommt nicht zu politischen Verwerfungen; unser Modell ist bis jetzt nicht trennscharf genug, um Derartiges berücksichtigen zu können. Wir werden also weitere Produktivitätszunahmen erleben und damit verbunden eine weitere Erhöhung des allgemeinen Lebensstandards, in den ärmeren Ländern schwächer ausgeprägt, in den ohnehin reichen Ländern stärker. Die Zunahme der Produktivität speist sich mittlerweile vorwiegend aus Vernetzungseffekten und Integration, es fallen mehr und mehr Hindernisse weg wie Grenzen, Sprachbarrieren, Handelsschranken und dergleichen, hemmende Inkompatibilitäten werden in wachsendem Maß beseitigt, und damit werden die Reserven an Produktivität frei, die man früher dazu aufwenden musste, all diese Hürden zu überwinden. Landläufig gesagt, wächst die Welt zusammen, wirtschaftlich, kommunikationstechnisch, kulturell, in jeder Hinsicht.«

McCaine nickte. »Das kann ich, ehrlich gesagt, so schlecht nicht finden.«

»Grundsätzlich stimme ich Ihnen zu. Aber nichts ist umsonst, und hier ist der Preis der Verlust der einstigen Heterogenität. Was nicht gesehen wird, ist, dass in diesem Prozess unsere gesamten Lebenserhaltungssysteme, seien sie natürlichen oder technischen Ursprungs, zunehmend verletzlicher werden. Der typische Effekt von Monokulturen. Nehmen Sie als Beispiel Computerviren. In einer schlecht vernetzten, weitgehend inkompatiblen Computerlandschaft ist das Auftreten eines Virus kein Problem – er befällt einen Computer oder zwei, die anderen merken nicht einmal etwas davon. Anders, wenn wir ein hochgradig vernetztes Netz hocheffizienter Computer haben, alle mit dem gleichen Betriebssystem, alle mit der gleichen Software. Im normalen Alltag ein Traum, aber sobald ein Virus eindringt, kann er im Nu Hunderte, Tausende, Millionen von Computern befallen und lahm legen und damit das gesamte System. Und genau das ist es, was dem System unserer Lebensgrundlagen auch droht.«

»Ein Computervirus?«

»Nein. Ein Crash. Das Umkippen.«

461.000.000.000 $

»Was heißt das?«

»Wir beanspruchen ein komplex vernetztes System immer stärker, allein schon durch unsere wachsende Zahl. Unweigerlich wird irgendwann eine der beteiligten Komponenten über einen Grenzwert hinausgetrieben, und sie versagt. Das Versagen einer Komponente wirkt auf das gesamte restliche System zurück, und da die gesamte Beanspruchung hoch ist, werden mit hoher Wahrscheinlichkeit dadurch andere Komponenten über ihre Limits getrieben und versagen ebenfalls, und so geht es weiter, wie eine Reihe von Dominosteinen fällt, sobald der erste Stein der Reihe kippt. Das Umkippen betrifft das System als Ganzes, und es geht unfassbar schnell vor sich, verglichen mit der bis dahin üblichen Geschwindigkeit von Veränderungen in dem System.«

John räusperte sich. »Entschuldigen Sie bitte. Was muss ich mir darunter konkret vorstellen? Dass ein Atomkraftwerk in die Luft fliegt?«

»Nein, das wäre als Auslöser ein zu schwaches Ereignis. Es sind eine Reihe von Szenarien für das Umkippen denkbar, darunter auch solche, in denen es durch direkte menschliche Aktivitäten ausgelöst wird. Aber das wären Ereignisse wie ein Nuklearkrieg oder eine künstlich hervorgerufene Seuche. Die meisten Szenarien gehen vom Versagen einer natürlichen Ressource aus.« Er legte eine Weltkarte auf, die die Meeresströmungen zeigte. »Unser augenblickliches Modell errechnet als Auslöser des Umkippens das Versiegen des Golfstroms.«

Die Dunkelheit schien aus den Ecken herabgekrochen zu kommen bei diesen Worten.

»Des *Golfstroms*?«, echote John fassungslos.

Collins deutete mit der Spitze eines Bleistiftes auf die entsprechenden Pfeile in der Karte. »Der Nordatlantikstrom, wie der Golfstrom eigentlich heißt, bringt warmes Wasser aus tropischen Breiten nach Europa, das die Kaltluftströme aus der Arktis erwärmt und durchfeuchtet, bevor sie den Kontinent erreichen und bis zum Ural für gemäßigte Temperaturen und

Niederschläge sorgen. Der Mechanismus, der diesen Strom treibt, beruht auf Unterschieden im Salzgehalt des Meerwassers und in der Temperatur. Je weiter das warme Wasser nach Norden kommt, desto kälter wird es, und durch Verdunstung nimmt zudem der Salzgehalt zu. Schließlich wird es *hypersalin*, wie man sagt, und damit schwerer als alles, was sich darunter befindet; es sinkt auf den Meeresgrund hinab und ergießt sich südwestlich von Grönland als mächtiger unterseeischer Wasserfall in die Tiefe des Atlantikbeckens. Der dadurch erzeugte Sog ist es, der ständig neues warmes Wasser aus dem Golf von Mexiko heraufzieht.«

John dachte an ihre Flüge über den Atlantik und die grandiose Aussicht endlosen Wassers und versuchte, sich vorzustellen, von welch gigantischen Bewegungen hier die Rede war. »Das ist doch ein riesiger Prozess«, sagte er. »Wodurch soll so etwas gebremst werden?«

»Das ist leider ziemlich leicht möglich«, sagte Collins mit trübem Blick. »Und ich rede nicht von einem *Nachlassen* des Golfstroms, ich rede von seinem *Versiegen*. Um das herbeizuführen, genügt bereits eine Erwärmung der Nordhalbkugel um etwa fünf Prozent. Worauf wir uns mit Riesenschritten zubewegen.« Er legte ein anderes Diagramm auf, lauter Pfeile und Formeln, die John nicht das Geringste sagten. »Ich will in groben Zügen den Ablauf skizzieren. Allgemeine Erwärmung führt, wie bekannt sein dürfte, zu einem verstärkten Abschmelzen der Polargletscher. In diesem Zusammenhang denken wir immer nur an steigende Meeresspiegel und freuen uns, wenn wir nicht in einer Hafenstadt leben. Aber was uns hier in Europa betrifft, sind steigende Meeresspiegel das geringste Problem. Viel gravierender ist, dass es sich bei Polareis um Süßwasser handelt. Süßwasser ist leichter als Meerwasser, darum verteilt es sich weiträumig auf dem Meer, und es gefriert leichter. Mit beginnendem Winter bildet sich eine dünne Packeisdecke, die das warme Wasser aus den Tropen von der arktischen Kaltluft isoliert, die also weder erwärmt noch durchfeuchtet werden kann, ehe sie in Europa einfällt. Da umgekehrt nichts von dem tropischen Wasser verdunstet, wird dessen Salinierung verhindert, und anstatt in die Tiefe zu sinken, verteilt es sich einfach in den Weiten des Nordmeers. Der unterseeische Wasserfall versiegt, und damit auch der Sog, der den Golfstrom angetrieben hat.« Der Wissenschaftler sah in die kleine Runde. »Von einem Jahr aufs nächste herrscht damit in Europa dasselbe Klima wie in Südalaska oder Mittelsibirien – kalt, trocken, dauergefrorene Böden. Hier in London wird die Temperatur selbst im Sommer kaum je den Gefrierpunkt übersteigen. Eine halbe Milliarde Menschen leben in Europa – wohin sollen sie gehen, wie sich ernähren? Eine Kettenreaktion politischer, wirtschaftlicher und sozialer Entwicklungen wäre die Folge, die das Ende der Zivilisation bedeuten, wie wir sie kennen.«

John fühlte seinen Mund trocken werden, und er hätte schwören können, schon zu spüren, wie es kälter wurde.

»Und wie kann man das verhindern?«, fragte er.

»Indem man die Erderwärmung stoppt.«

»Und wie stoppt man die Erderwärmung?«

»Indem man den Ausstoß an Kohlendioxid reduziert.«

»Und wie ...?«, begann John, doch McCaine fiel ihm ins Wort. »Nein, John, so funktioniert das nicht. Sie schlagen genau den falschen Weg ein. Das ist lineares Problemlösungsverhalten, und das funktioniert in vernetzten Systemen nicht. Wenn Sie nicht das System als Ganzes im Blick behalten, treffen Sie Entscheidungen, die ein Problem lösen, dafür aber ein Dutzend neue schaffen und zwei Dutzend bestehende verschlimmern.« Er sah den Professor an. »Oder? Das ist doch richtig?«

Collins nickte. »Mehr Atomkraftwerke zum Beispiel würden den Ausstoß an Kohlendioxid merklich reduzieren, aber die Wahrscheinlichkeit eines Unfalls mit weiträumiger radioaktiver Verstrahlung deutlich erhöhen.« Er machte eine vage Handbewegung. »Außerdem zeigt sich die Entwicklung des

Modells dergestalt, dass sich die kritischen Bereiche immer mehr zuspitzen und im Lauf der Zeit die Auslöser eines Umkippens immer weniger groß zu sein brauchen. Wenn der Golfstrom erhalten bleibt, reicht zehn Jahre später, sagen wir, ein großes Erdbeben in Tokio, um die Weltwirtschaft zusammenbrechen zu lassen und in der Folge Hungersnöte ungekannten Ausmaßes auszulösen, in deren Verlauf das ökologische System durch verzweifelte Maßnahmen wie Überfischung, Holzverfeuerung und so weiter vollends zerstört wird. Unabhängig davon wird die gesamte Zivilisation zunehmend anfälliger gegen Epidemien, einerseits weil sich Erreger entlang moderner Verkehrswege immer leichter und weiträumiger ausbreiten können, andererseits weil die Immunsysteme von immer mehr Menschen aus einer Vielzahl von Gründen immer weniger leistungsfähig sind. Und so weiter. Ich könnte Ihnen eine lange, schreckliche Liste von denkbaren Auslösern vorlegen, aber das würde darüber hinwegtäuschen, dass es eben nur Auslöser sind. Zünder, gewissermaßen. Der eigentliche Sprengstoff sind die langsamen Entwicklungen, das Bevölkerungswachstum, die zunehmende Industrialisierung, die Klimaveränderungen und so weiter.«

Die Dunkelheit rann an den Wänden herab wie schwarzes Blut, als er den Projektor ausschaltete.

»Wie viel von dem, was Sie uns gerade erzählt haben«, wollte McCaine wissen, »ist anderen bekannt? Regierungen, Organisationen wie der UNO und so weiter.«

»Schwer zu sagen«, sagte Professor Collins. »Mit Vizepräsident Al Gore ist ja erstaunlicherweise zurzeit ein Mann im Weißen Haus, der sich in dieser Problematik auskennt; jedenfalls lässt das Buch, das er geschrieben hat, darauf schließen. Ich denke, die amerikanische Regierung besitzt grundsätzlich ähnliche Erkenntnisse wie wir. Allerdings dürften bei ihren Entscheidungen eher nationale Interessen im Vordergrund stehen als globale.«

465.000.000.000 $

John legte die Hände flach auf die Tischplatte, eine unsinnige Geste, aber er hatte das Bedürfnis, etwas anzufassen, sich zu vergewissern, dass dies Wirklichkeit war und kein Traum. »Wie sicher ist das alles?«, fragte er leise. Seine Stimme verlor sich in der Stille des dunklen Saals und war doch unüberhörbar zugleich. »Wie zuverlässig ist Ihr Programm, Professor?«

»Abgesehen von den Grundlagen, die auf Forrester, Meadows und so weiter zurückgehen, beruht unser Modell stark auf den Arbeiten von Akira Onishi, der gegenwärtig das *FUGI Global Model* entwickelt. *FUGI* ist die Abkürzung für *Futures of Global Interdependence,* erwähnt also bereits im Namen das Merkmal der Zukunft schlechthin, die weltweite Wechselwirkung von allem, was geschieht. Es ist ein dynamisches kybernetisches Modell, dessen einzelne Bestandteile von hervorragenden Fachleuten entwickelt wurden und das wir anhand historischer Daten kalibriert haben. Das heißt, unsere Simulationen starten im Jahr 1900 und müssen Daten liefern, die bis heute mit den tatsächlich beobachteten Entwicklungen übereinstimmen. Da sie das tun, gehen wir davon aus, dass wir die systematischen Zusammenhänge richtig erfasst haben und die Fortrechnungen in die Zukunft deshalb korrekt sind.«

McCaine hatte die Hände gefaltet. »Liefert dieses Modell, von dem Sie sprachen, *FUGI,* die gleichen Ergebnisse wie Ihres?«

»Nein. Professor Onishi arbeitet für die Vereinten Nationen; was er versucht, ist die Prognose künftiger Wanderungsbewegungen und Flüchtlingsströme.« Collins fingerte an der Folie herum, die immer noch auf dem Overheadprojektor lag. »Abgesehen davon kommen wir in einigen wesentlichen Punkten zu grundlegend anderen Ansichten als er. Sonst hätten wir sein Modell ja einfach übernehmen können.«

»Verstehe.« McCaine schob seinen Sessel zurück. Es gab ein kleines scharrendes Geräusch, das John an die Beerdigung seines Großvaters denken ließ: Als die Totengräber damals den Deckel des Sarges aufgesetzt und festgeschraubt hatten, das hatte genauso geklungen.

Niemand sagte etwas. Die Stille schien mit der Dunkelheit zu verschmelzen. Es wurde rasch kälter, oder bildete er sich das ein?

»Es wäre«, brach Professor Collins schließlich nervös das Schweigen, »erforderlich, eine Entscheidung zu treffen darüber, was als Nächstes geschehen soll. Ob die Ergebnisse der Studie veröffentlicht –«

»Nein«, sagte McCaine sofort. Er holte geräuschvoll Luft, die Hände um die Armlehnen gekrallt. »Es sind schon genug düstere Prognosen veröffentlicht worden. Das bringt nichts. Niemand will das wissen. Ich auch nicht, übrigens.« Er stand auf, mit einer heftigen Bewegung, als berste er geradezu vor Energie. »Was ich wissen will, ist, wie wir es verhindern können. Das ist es, wobei uns Ihr Modell helfen soll. Sind Sie morgen noch in London?«

»Ja«, nickte Professor Collins, »ich habe ein Zimmer im –«

»Gut. Wir setzen uns morgen Früh zusammen. Bringen Sie diesen dicken Wälzer, die Systembeschreibung, mit. Wir werden alle Elemente bestimmen, auf die wir über *Fontanelli Enterprises* Einfluss haben, und auch, wie groß dieser Einfluss sein kann.« Er stampfte durch das Dunkel, fünf Schritte, Kehrtwende, fünf Schritte in die andere Richtung. »Sie werden Simulationsläufe für alle Kombinationen möglicher Einflussnahmen durchspielen. So lange, bis wir exakt wissen, mit welcher Strategie wir die Katastrophe verhindern.«

Professor Collins atmete geräuschvoll ein. »Es ist Ihnen klar, dass das ziemlich viele Läufe werden? Permutationen dieser Art gehen schnell in die Millionen und Milliarden ...«

McCaine blieb stehen. »Na und? Sie bekommen so viele und so schnelle Rechner, wie Sie brauchen. Ich kaufe Ihnen *Deep Blue,* wenn Sie etwas damit anfangen können. Was hat

467.000.000.000 $

der denn anderes getan, als Milliarden möglicher Zugkombinationen durchzurechnen? Und er hat gewonnen.« In seinen Augen funkelte es. »Genauso werden wir es auch machen.«

Der Zug passierte die Elbebrücke, Stützträger huschten vorbei. Der Blick ging über den Hafen. Die Sonne strahlte herrlich, die Ladekräne sahen aus wie eine Herde urweltlicher Tiere, in einem glitzernden Flusslauf weidend. Hamburg, ja, warum nicht? Ursula Valen hauchte gegen die Scheibe und sah zu, wie die beschlagene Stelle rasch wieder verschwand. Falls sie sich tatsächlich entschließen sollte, aus Leipzig fortzuziehen. Falls sie eine Stelle fand, obwohl sie sich nicht einmal sicher war, dass sie eine wollte.

Wozu war sie hier? Wollte sie wirklich Public Relations für einen Handelskonzern machen? Natürlich nicht. Die Wahrheit war, dass sie einen Ausweg suchte.

Im Nachhinein betrachtet war es ein Fehler gewesen, zu versuchen, das Unvermeidliche zu vermeiden. Das Elektrogeschäft, das ihr Vater unmittelbar nach der Wende gegründet hatte, sein ganzer Stolz, war gut gelaufen, ja. Aber nicht gut genug. Zumindest hätte sie darauf bestehen sollen, in andere, billigere Geschäftsräume umzuziehen, ehe sie anfing, ihr eigenes Geld in die Löcher zu stopfen, die sich nach und nach aufgetan hatten, und Bürgschaften zu unterschreiben, an denen sie ein Leben lang zahlen würde. Spätestens in dem Moment, in dem die Miete so irrsinnig erhöht worden war. Aber so ... Da hatte alle Expansion nichts genutzt, die neuen Mitarbeiter nicht und die Werbung in der Straßenbahn auch nicht. Schließlich hatte ihr Vater doch aufgeben und froh sein müssen, bei einem seiner früheren Kunden als Angestellter unterzukommen.

Das also war die Bilanz von zwei Jahren harter Arbeit: all ihr Geld weg, Schulden bis über beide Ohren, und anstatt eines Doktortitels hatte sie gerade mal und auf den letzten Drücker ihren Magister geschafft, mit einem Notenschnitt,

468.000.000.000 $

der den Abschluss kaum das Papier wert sein ließ, auf das er gedruckt war.

Was sie am meisten verbitterte, war, dass es am Ende die horrenden Kosten für die Pflege ihres Großvaters gewesen waren, die dem Geschäft ihrer Eltern den Rest gegeben hatten. Warum waren eigentlich alle diese alten Nazis so verdammt langlebig? Achtundachtzig Lenze zählte Großvater, immer noch rüstig, zäh wie Leder, hart wie Kruppstahl, der ganze verdammte Hitlerjungen-Scheiß. Er hetzte die senilen Idioten um sich herum gegen die Heimleitung auf, tyrannisierte ausländische Pfleger mit rassistischen Sprüchen, und dass einige von dunklerer Hautfarbe sich inzwischen standhaft weigerten, mit ihm zu tun zu haben, schien ihn mit diebischer Freude zu erfüllen. Auszubaden hatten es ihre Eltern, wie eh und je. Falls möglich, war seit der Wende eher noch schlechter mit ihm auszukommen als davor. Zu DDR-Zeiten hatte er wenigstens immer mal wieder ein paar Jahre im Gefängnis gesessen. »Ihr hättet mich eben rechtzeitig vergiften müssen«, war sein ganzer Kommentar gewesen, als sie ihm vorgehalten hatte, dass er ihr schon wieder einmal die Träume ihres Lebens zerstört habe.

Obwohl Ursula Valen nicht an Gott glaubte, hatte sie manchmal den Verdacht, dass es ihn doch gab und er nur zögerte, Großvater zu sich zu rufen, weil auch er nichts mit ihm zu tun haben wollte.

Der Bahnhof umfing sie, die riesige Halle, die dem Leipziger Hauptbahnhof genug ähnelte, um sie einen Schreckmoment lang glauben zu lassen, sie käme bereits zurück. Sie stieg aus, ließ sich im Strom der anderen Reisenden mittreiben, versuchte an das Gespräch zu denken, das ihr bevorstand, und hatte doch nur ihre Eltern vor Augen. Alt und erschöpft waren sie, einfache Leute, die einfach nur ordentlich hatten leben wollen und deren einziger Lichtblick sie war, die Tochter, das einzige Kind. Was immer sie von Leipzig wegführen würde, es lief darauf hinaus, sie allein zu lassen.

469.000.000.000 $

Geistesabwesend studierte sie den U-Bahn-Fahrplan, suchte die richtige Strecke heraus. Es schien sich nicht viel verändert zu haben in Hamburg, seit sie das letzte Mal hier gewesen war. Zwei Jahre war das jetzt her, ziemlich genau. Ein einträglicher Besuch war das gewesen, trotzdem hatte sie alle Anfragen, die danach gekommen waren, abgelehnt, eigentlich ohne zu wissen, warum.

Drei Stunden später war es vorbei. Man hatte ihr gesagt, man werde sie anrufen, aber in einem Tonfall, den sie inzwischen zu deuten wusste. Sie trat durch die große gläserne Drehtür ins Freie und blieb erst mal stehen, schloss die Augen und atmete aus, als habe sie die ganze Zeit die Luft angehalten. Erleichterung. Und ein ganzer Nachmittag, ehe der Zug zurückfuhr.

»Hamburg? Da sollten Sie sich unbedingt das *Paraplui Bleue* anschauen«, hatte jemand gesagt, als sie beiläufig von ihrer Reise erzählte.

Was das *Paraplui Bleue* sei, hatte sie wissen wollen.

»Ein Bistro in der Nähe des Gänsemarkts. Wirbt mit einem blauen Regenschirm, kann man nicht übersehen.«

»Und was ist daran so besonders?«

»Schauen Sie sich 's an«, hatte er gesagt, ein Pressemensch, früher Reporter beim *Stern,* inzwischen ein höheres Tier bei der *Leipziger.*

Zu übersehen war es tatsächlich nicht. In einer stillen Seitenstraße abseits der übervölkerten Gänsemarkt-Passagen balancierte eine gesichtslose Puppe einen blauen Regenschirm auf der ausgestreckten Hand, der drei Meter groß war und sich fortwährend öffnete und schloss. Sie trat ein, sah sich um. Gut besetzt, es roch nach getoastetem Brot und Schinken, und sie merkte plötzlich, dass sie hungrig war. Sie setzte sich auf einen der Hocker an der Theke.

Der Mann dahinter zapfte zwei Bier fertig und stellte sie auf das Tablett der Bedienung, dann wandte er sich ihr zu. Ursula fiel die Speisekarte aus der Hand.

470.000.000.000 $

Es war Wilfried van Delft.

»Was tun Sie denn hier?«, fragte sie entgeistert.

Van Delft schien nicht weniger überrascht zu sein als sie. Er hob das Handtuch, das er in der Hand hielt, und lächelte schief. »Arbeiten.«

Sie sah unwillkürlich umher, suchte voll gepackte Regale voller Manuskripte, Zeitschriften und Bücher, suchte Kinderzeichnungen an Pinnwänden und fand nur Regenschirme in allen Farben und Formen, Schirmständer, gerahmte Fotos vom Regen in der Stadt. »Aber ...«

Van Delfts Blick glitt an ihr vorbei. Sein Kinn hatte mit einem Mal etwas Stählernes. »Ich hatte überlegt, Sie anzurufen und es Ihnen zu erzählen«, sagte er. »Dass man mich rausgeschmissen hat.«

471.000.000.000 $

29

GEGEN ZWEI LEERTE sich das Bistro zusehends, und van Delft fand Zeit, sich mit ihr an einen Tisch zu setzen und zu reden.

»Das Lokal gehört meinem Bruder und seiner Frau. Erstaunlich, wie viel Geld so etwas abwirft; man könnte fast in Versuchung kommen«, erzählte er mit einem flüchtigen Lächeln. Einem sehr flüchtigen Lächeln. »Aber natürlich ist es nicht gerade das, was ich eigentlich bis zur Rente machen wollte.«

Ursula Valen war immer noch sprachlos. Sie hatte ihren Salat mit gebratener Hühnerbrust verzehrt und van Delft beobachtet, wie er notierte, servierte, kassierte, alles mit erstaunlicher Routine, und dabei waren ihr tausend Fragen durch den Kopf geschossen. Inzwischen war nur noch eine übrig: »Warum?«

»Offiziell«, sagte van Delft, »war es eine im Zuge einer internen Umstrukturierung unvermeidliche Entlassung.« Er ließ diesen Worten eine Pause folgen, die unmissverständlich klarmachte, dass das nicht die vollständige Geschichte war und die wahre schon gar nicht. »Einen haben sie rausgeschmissen, weil er eine Hand voll Kugelschreiber mit nach Hause genommen hat, Werbegeschenke zu dreißig Pfennig das Stück, für seine Kinder. Untreue. Den haben sie regelrecht bespitzelt, bis sie etwas hatten, das sie ihm anhängen konnten. Ich meine, das hätte mir auch passieren können. So gesehen habe ich richtig Glück gehabt.«

»Aber wer kommt auf die wahnsinnige Idee, jemanden wie Sie, der jahrelange Erfahrung –«

472.000.000.000 $

»Da könnte ich jetzt Hamlet zitieren, aber ich lasse es. Die Methode ist entsetzlich einfach. Dass Gruner und Jahr inzwischen, wie bald die Hälfte des Planeten, zu dem Konzern gehört, den Ihr sympathischer, umweltschützender junger Billionenerbe in den letzten zwei Jahren zusammengekauft hat, wissen Sie, oder? Nun, ich war so eingebildet zu glauben, ich könnte mich der Zensur widersetzen, die seither herrscht.«

»Zensur?«

»Natürlich ruft niemand aus London an und sagt, das dürft ihr bringen und das nicht. So plump konnte das vielleicht Goebbels machen oder ein Randolph Hearst, aber heute? Nein, wenn man heute etwas totschweigen will, füllt man den zur Verfügung stehenden Platz in den Medien einfach mit etwas anderem, vorzugsweise mit belanglosem Klatsch über belanglose Prominente, und rechtfertigt es, indem man behauptet, das sei es, was die Leute lesen wollen. Und man muss bringen, was die Leute lesen wollen, sonst verliert man Marktanteile und Quoten und Anzeigenvolumen und geht unter im gnadenlosen Konkurrenzkampf, ganz klar, oder? Und schon erfährt niemand, dass es diesen afrikanischen Krieg, diese Hungersnot, diese politische Meinung überhaupt gibt.« Er schob sein Glas auf dem Marmortischchen umher. »Jeder weiß, was die Themen sind, von denen man ganz oben angeblich glaubt, dass sie Marktanteile und Werbekunden sichern, und welche nicht. Und wenn jemand entlassen wird, gibt es immer einen guten neutralen Grund, einen Sachzwang, einen Verstoß, irgendwas. Aber jeder weiß, dass in Wirklichkeit entlassen wird, wer den Herren in London missfällt.«

Ursula betrachtete den Mann mit den rotblonden Haaren. Van Delft hatte einiges zugenommen, seit sie ihn das letzte Mal gesehen hatte, und so gesund wie früher sah er auch nicht mehr aus. Sie wusste nicht, was sie sagen sollte. Und sie wollte nicht glauben, dass es so sein konnte, wie er sagte.

473.000.000.000 $

Van Delft sah sie forschend an. »Klingt das paranoid für Sie? Wie der Rechtfertigungsversuch eines Versagers?«

Sie zuckte die Schultern. »Was haben Sie denn angestellt?«

»Eine Reportage durchgesetzt über katastrophale Zustände in einem bulgarischen Chemiewerk, das zur Fontanelli-Gruppe gehört. Ein hässlicher Kontrast zu den Lobeshymnen, die sonst so gesungen werden auf deren Umweltaktionen und Recyclingkonzepte. Das Ding ist erschienen, vier Seiten, sieben Farbfotos, eine Woche später war die Rede von Umstrukturierung, und zum Monatsende war ich draußen. Mit Abfindung, klar. Aber in meinem Alter heißt das Ende und aus.«

»Aber das stinkt doch zum Himmel!«

»Natürlich. Es *soll* ja stinken. Was glauben Sie, wie vorsichtig die anderen jetzt sind, mit ihren studierenden Kindern und noch nicht abgezahlten Hypotheken? Das ist Terror nach jeder Definition des Wortes. Terror, verpackt in samtene Lügen von Sachzwängen und Quotendruck.« Van Delft betrachtete sein Glas, hob es kurz entschlossen an die Lippen und stürzte den Inhalt, ein stilles Wasser, hinab. »Genug geheult. Was ist mit Ihnen? Was treibt Sie nach Hamburg? Was macht das Studium?«

Sie erzählte ihm kurz und geistesabwesend, was es zu erzählen gab.

Jetzt war die Reihe an ihm, entgeistert dreinzublicken. »Ach du meine Güte. Ursula! Sie wollten doch Ihren Doktor machen? Das Archiv der Familie Vacchi auswerten und die Wirtschaftsgeschichte der letzten fünfhundert Jahre neu schreiben?«

»Ja.« Sie strich sich die Haare aus der Stirn, strich sie bis in den Nacken und hielt sie dort fest. Nutzlos, sie hatte ohnehin keine Klammer dabei. »Kleinmädchenträume. Stattdessen habe ich Angebote geschrieben und Buchhaltung gemacht. Ich kann Ihnen alles über Ethernet-Verkabelung erzählen, was Sie wissen wollen.«

Er wirkte aufrichtig besorgt. »Das war doch Ihr Traum. Ihre

Vision. Sie haben gesagt, das Archiv in Florenz sei ein Geschenk des Himmels ...«

Ursula Valen betrachtete den Rand ihres Glases und wie sich die Fenster des Bistros darin spiegelten. »Ein Geschenk des Himmels ... Ja, damals ist mir das so vorgekommen.« Cristoforo Vacchi hatte sich eine Weile lang immer mal wieder gemeldet, hatte wissen wollen, wie es ihr gehe. Er hatte nie versucht, sie zu irgendetwas zu drängen. Er hatte nur irgendwann aufgehört, sie anzurufen.

»Und heute? Ich meine, es ist doch ausgestanden. Was hindert Sie daran, Ihren Doktor eben jetzt zu machen?«

»Schulden, zum Beispiel. Ich muss Geld verdienen. Und abgesehen davon, wer bin ich denn? Eine der zahllosen Frauen eben, die einen Magister gemacht und nichts damit angefangen haben.«

»Sie sind die Frau, der die Vacchis Zugang zu ihrem Archiv gewährt haben.«

»Möchte wissen, warum.« Sie starrte ins Leere, dachte an damals, die engen Regalreihen voller Kontenbücher, den Geruch von Staub und Leder, das Testament unter Glas ... Sie schüttelte den Kopf. »Nein. Das Kapitel ist abgeschlossen.«

Van Delft schien noch etwas einwenden zu wollen, aber dann sah er sie nur nachdenklich an und sagte: »Das müssen Sie wissen.«

Eine Weile sahen sie den Passanten draußen auf der Straße zu, dann fragte Ursula Valen leise, ohne van Delft anzuschauen: »Ist er wirklich so mächtig geworden? Fontanelli, meine ich.«

»Sagt man. Ich kenne mich in der Finanzwelt nicht so aus, aber hin und wieder treffe ich Jo Jenner von der Wirtschaftsredaktion – vielleicht erinnern Sie sich an den noch, immer reichlich schick gekleidet, mit so einer Fünfziger-Jahre-Brille ...«

»Ja. Ich glaube, ich weiß, wen Sie meinen. Immer ein bisschen blass im Gesicht.«

475.000.000.000 $

»Er wird jedes Mal noch blasser, wenn die Rede auf Fontanelli kommt. Er sagt, man kann sich überhaupt nicht vorstellen, was für ein Gigant da entstanden ist. Die Billion Dollar, meint er, war von Anfang an wie ein Haufen Sprengstoff, genug, um einen Wohnblock in die Luft zu jagen. Aber Fontanelli hat den Sprengstoff in kleine Päckchen aufgeteilt, an strategisch wichtigen Punkten platziert, sauber verkabelt und verdrahtet. Er kann jetzt auf Knopfdruck die ganze Welt hochgehen lassen, sinnbildlich gesprochen.«

»Wir müssen endlich etwas tun«, sagte John und schob das Tablett von sich. Gegrilltes Putenfleisch mit Salaten, aber er hatte kaum mehr als einen Bissen heruntergebracht. Der Teller würde abgeräumt und gespült werden, die Reinigungsmittel mit den gebundenen Fetten würden sich ins Abwasser ergießen. Alles würde in der nächsten Kläranlage landen, und ab da war sich John nicht mehr über die Zusammenhänge im Klaren. Seit dem Gespräch mit Professor Collins jedenfalls verschlug ihm der Konferenzraum definitiv den Appetit.

»Grundsätzlich haben Sie Recht«, nickte McCaine kauend. »Aber wir müssen erst wissen, was.«

Collins war wieder abgereist, mit einem Arbeitsplan von gigantischer Größe im Gepäck und der Zusage von genug Geld, um die Zahl der Computer zu verzehnfachen, die Tag und Nacht arbeiten würden, um Milliarden von Simulationen durchzurechnen. Obwohl alle arbeiten würden bis zur Erschöpfung, war frühestens bis in drei Monaten mit ersten Ergebnissen zu rechnen, einer ersten Strategie, einer Handlungsempfehlung.

John schlief schlecht seit jenem Abend, und tagsüber wurde er ein Gefühl fahriger Getriebenheit nie richtig los. Er brachte kaum noch die Muße auf, die Zeitungen zu lesen, und abends war er manchmal versucht, sich einfach zu betrinken. »Seit zwei Jahren«, sagte er und knetete seine Finger dabei, »tun wir nichts anderes, als Firmen zu kaufen. Aber alles, was wir bisher erreicht haben, ist, dass ein paar tausend Tonnen Formulare auf Recyclingpapier gedruckt werden anstatt auf normales. Das ist aber nicht, worum es geht, oder?«

McCaine nickte. »Stimmt. Das ist nicht, worum es geht.«

»Die Zukunft der Menschheit. Darum geht es, oder? Aber wenn man den Professor so hört, dann ist es aus damit. Dann gibt es keine Zukunft. Dann ist es nur eine Frage der Zeit, bis es zu Ende geht. Oder jedenfalls zu einer Katastrophe kommt.«

»Wenn nichts geschieht.«

»Aber was soll geschehen?«

»Das errechnet er für uns.«

»Und dann? Werden wir es geschehen lassen können? Haben wir denn die Macht dazu? Haben wir überhaupt Macht? Können wir tatsächlich etwas bewirken? Sagen Sie es mir.«

McCaine hielt seine Gabel vor sich hin und betrachtete die Spitzen ihrer Zinken, als frage er sich zum ersten Mal im Leben, was es damit auf sich habe. »Wir haben Macht«, sagte er leise. »Selbstverständlich haben wir Macht.«

»Aber welche Art von Macht? Marschieren Armeen, wenn wir es wollen? Können wir Leute verhaften lassen? Wir können Leute entlassen, das ist alles.«

»Das wollen Sie nicht im Ernst. Dass Armeen marschieren, meine ich.«

»Ich will nur wissen, welche Art von Einfluss wir überhaupt haben.«

»Verstehe.« McCaine widmete sich wieder seinem Teller, säbelte ein Stück Grillfleisch ab, schob es zwischen die Zähne, zermahlte es zwischen seinen Kiefern. »Verstehe«, sagte er dann noch einmal. »Na gut. Es kann nicht schaden, unsere Krallen zu zeigen. Wir werden das durchexerzieren.«

»Der gesamte asiatische Raum hat ein Bevölkerungsproblem«, erklärte McCaine vor der großen Weltkarte, die eine Wand seines Büros zierte. »China tut etwas dagegen, erstaunlich wirkungsvoll sogar, Indien versucht zumindest etwas zu tun, wenn auch bisher ohne vergleichbare Erfolge. Absolut trostlos sieht es auf den Philippinen aus. Hier herrscht noch die römisch-katholische Kirche, praktisch jede Verhütungsmethode gilt als Sünde oder ist verboten, der philippinische *machismo* verlangt von den Männern, möglichst viele Söhne zu zeugen, also vermehren sich die Leute, dass es einem grausen kann.« Er tippte auf die wie hingeschüttet wirkenden Inselchen. »Hier werden wir ansetzen.«

John verschränkte die Arme. »Indem wir als weltgrößter Hersteller von Kondomen und Antibabypillen eine große Werbekampagne starten, nehme ich an.«

»Zu teuer, zu mühsam, zu langsam, zu wirkungslos. Erinnern Sie sich, was ich Ihnen über den Internationalen Währungsfonds erzählt habe. Das ist der Hebel. Wir werden den gesamten Raum – Thailand, Malaysia, Indonesien, die Philippinen und so weiter – finanziell unter Druck setzen, mit einem geballten spekulativen Angriff auf die jeweiligen Landeswährungen. Der IWF wird eingreifen müssen, wird Finanzhilfen gewähren, und eine der Bedingungen wird massive Geburtenbeschränkung sein.«

»Sicher?«

»Sie selber werden nach Washington fliegen und dem Direktor des IWF das als unsere Bedingung unterbreiten, die Finanzattacken zu beenden.« McCaine lächelte maliziös. »Camdessus hat selber sechs Kinder. Ich könnte mir vorstellen, dass er nicht viel von Bevölkerungskontrolle hält. Wir werden schon massiv nachhelfen müssen.«

John starrte die Weltkarte an und versuchte, so zu schlucken, dass McCaine es ihm nicht ansah. Er selber ...? Da hatte er ja was angefangen. »Und«, fragte er mit trockenem Mund, »welcher Art werden diese Finanzattacken sein?«

»Fast alle Währungen in diesem Raum sind an den Dollarkurs gebunden und dadurch überbewertet, seit der Dollar gestiegen ist. Das mindert die Exportchancen, aber Regierungen und Firmen haben große Kredite in US-Dollar laufen, die

478.000.000.000 $

nach einer Abwertung natürlich fast nicht mehr abzuzahlen wären, deswegen wehren sie sich dagegen. Und um sich abzusichern, fangen sie schon einmal an, einheimische Währung gegen Dollar zu tauschen. Was wir tun werden, ist, in großem Stil Terminkontrakte zu zeichnen, Dollar gegen Landeswährung, mit einer Laufzeit von ein bis zwei Monaten.« Er nahm ein dünnes, geheftetes Memorandum hoch, das das *Fontanelli*-Logo im Eck trug und den roten Schrägstrich, der es als vertrauliche Chefsache kennzeichnete. »Unsere Analysten haben alles schon durchgerechnet. Wir brauchen nur eine kritische Größe an solchen Kontrakten einzugehen, dann sind die Zentralbanken gezwungen, vom Dollar abzukoppeln, der Wechselkurs fällt, und wir können uns die jeweiligen Währungen bei Fälligkeit billiger besorgen, als wir sie verkauft haben. George Soros hat so ein ähnliches Manöver einmal mit dem Britischen Pfund durchgespielt und dabei nebenbei das europäische Währungssystem ausgehebelt. Ein sicheres Geschäft, das uns außer offenen Ohren beim IWF auch noch satte Gewinne bescheren wird.«

John nahm das Memorandum, blätterte es durch, betrachtete die Schaubilder und Kalkulationen darin. Er fragte sich flüchtig, wann McCaine das in Auftrag gegeben haben mochte. Oder produzierte die Analyseabteilung fortwährend solche monetären Kriegspläne? Wahrscheinlich. »Und wenn sich der IWF taub stellt?«

»Das wird er nicht. Er *muss* eingreifen, Kredite gewähren, in zweistelliger Milliardenhöhe wenigstens. Das Ganze wird in den Nachrichten ›Hilfsprogramm‹ genannt werden oder ›Soforthilfe‹, aber bei genauer Betrachtung stellt man fest, dass all diese Milliarden nur dazu da sind, in unsere Kassen zu fließen. Und in die derer, die auf den fahrenden Zug aufspringen werden. Der IWF muss uns zuhören, sonst saugen wir ihn aus, ganz einfach.«

Bruttosozialprodukt Russlands 1991.
479.000.000.000 $

Unglaublich. John fühlte plötzlich wieder dieses Kribbeln im Zwerchfell, dieses Gefühl jauchzenden Triumphes. Also war es doch so, dass sie die Macht hatten. Dass Geld die größte Macht auf Erden war.

Ein hässlicher Fleck war noch auf dem Siegesgemälde. »Aber wenn das klappt, dann nur deshalb, weil sich diese Staaten in finanziellen Schwierigkeiten befinden, oder? Darauf sind wir angewiesen?«

»Nein.« McCaine schüttelte den Kopf. »Wenn wir gewillt sind, ein paar Milliarden Dollar zu verlieren, können wir das mit fast jedem Staat der Erde machen, egal wie gut er finanziell dasteht.«

Der hässliche Fleck verschwand. John las die letzte Seite des Plans, studierte die Zusammenstellung der Zahlen. *Alle Angaben in Milliarden Dollar* stand über den Zahlen. Den großen Zahlen. »Sind Sie sicher, dass unsere Mittel dafür reichen?«, fragte er.

McCaine nahm ihm das Heft mit einem unverschämten Grinsen aus der Hand und schlenderte zurück zu seinem Schreibtisch. »Niemand sagt, dass das alles unsere Mittel sein müssen. Nein, wir geben nur den Startschuss. Ich fliege nachher nach Zürich, zu einem Gespräch mit dem Bankverein. Die noblen Herren sind äußerst aufgeschlossen und bereit, in unserem Sinn zu investieren, große Summen. Sehr große Summen. Wenn ich sie jetzt noch dazu bringe, sich in unsere Regie zu fügen, kann der Tanz morgen losgehen. Und ich bringe sie dazu, keine Sorge.«

John folgte ihm und hatte dabei das Gefühl, immer leichter und leichter zu werden, jeden Moment abzuheben und durch den Raum davonzuschweben. »Das klingt gut.«

»Ist das in Ihrem Sinne?«

»Absolut.«

»Dann sagen Sie ›Los!‹, und es wird geschehen.«

John sah McCaine an, musterte die dunklen, erwartungsvollen Augen, in denen diese unerschöpflich scheinende

Energie loderte, bereit, hinauszufahren in die Welt und im Sinne der Prophezeiung zu handeln. Er holte Luft, versuchte zu spüren, dass der richtige Zeitpunkt gekommen war – wäre dies ein Film gewesen, man hätte dramatische Musik gehört, aber dies war kein Film, dies war die Wirklichkeit – und sagte: »Los.«

McCaine nickte, drückte eine Taste an der Gegensprechanlage und sagte: »Machen Sie den Termin mit Zürich klar. Heute Abend. Und sagen Sie den Piloten Bescheid.« Er ließ die Taste los und lächelte. »Es beginnt.«

Eine merkwürdige Pause entstand, in der keiner von beiden etwas sagte.

»Ähm«, machte John. »War das jetzt alles?«

McCaine nickte. »Ja.«

»Gut. Dann, ähm, wünsche ich viel Erfolg und ...«

»Danke. Machen Sie sich keine Sorgen.«

»Alles klar.« John wandte sich verlegen ab, fühlte sich unbeholfen dabei, aber McCaine sah ganz so aus, als warte er nur darauf, wieder seine Ruhe zu haben. Um noch einmal die Akten durchzugehen und so weiter. Sich vorzubereiten. »Man sieht sich morgen wieder?«

»Nehme ich an, ja.«

»Na dann, guten Flug.«

»Danke. Ach ...«, fiel McCaine noch ein, als John schon halb aus der Tür war. »Eine Sache ist da noch. Die müssten wir dringend regeln.«

John drehte sich wieder um. »Nämlich?«

»Ich wollte schon lange mit Ihnen darüber reden, aber Sie bekommen es ja mit, die Probleme die ganze Zeit ...«

John kam langsam zurück zum Schreibtisch. McCaine hatte sich zurückgelehnt, die Arme vor der Brust verschränkt, und rieb sich mit einer Hand die Nase.

»Ja, und?«, fragte er. Irgendwie musste ihm etwas entgangen sein; er hatte keine Ahnung, worauf McCaine anspielte.

481.000.000.000 $

McCaine sah ihn durchdringend an. »Die Leute vom Bankverein haben mir das letzte Mal eine Frage gestellt, die wir uns selber schon längst hätten stellen müssen.«

»Nämlich?«

»Was geschieht mit *Fontanelli Enterprises*«, fragte er, »falls Sie sterben?«

John sah den massigen Mann hinter dem massigen Schreibtisch an und hatte das Gefühl, plötzlich neben sich zu stehen. Als wäre alles nicht real, was hier passierte.

»Sterben?«, hörte er sich sagen. »Warum sollte ich sterben?«

»Es sind Bankiers, John. Bankiers wollen Sicherheiten.«

»Ich erfülle eine Prophezeiung. Gottes Wille. Er wird mich nicht sterben lassen, ehe ich nicht damit fertig bin.«

»Ich fürchte«, meinte McCaine mit hochgezogenen Augenbrauen, »Zürcher Bankiers sind nicht so gottesfürchtig, die Logik dieses Arguments einzusehen.« Er machte eine rasche Handbewegung, so, als verscheuche er eine lästige Fliege. »Sie müssen diese Leute verstehen, John. Wenn sie in unserem Sinn investieren, wollen sie sich darauf verlassen können, dass der Plan durchgezogen wird. Sie wollen nicht, dass im Falle Ihres Todes Ihre Eltern alles erben und womöglich dem Roten Kreuz schenken, verstehen Sie? Und ich kann das nachvollziehen. Und ganz gleich, ob die Sorge dieser Leute berechtigt ist oder nicht, sie sorgen sich, und deswegen ist diese Sorge ein Problem für uns – etwas, das unseren Plänen im Wege steht.«

John kaute auf seiner Unterlippe. »Und was schlagen Sie vor?«, fragte er.

»Die langfristige Lösung kann nur so aussehen, dass Sie sich eine Frau suchen und Kinder haben. Dann können wir nämlich darauf verweisen, dass es Erben gibt, die selbstverständlich bestens erzogen und ausgebildet werden und einst an die Spitze des Konzerns nachrücken können.« McCaine hob die Hände, hielt sie mit etwas Abstand vor sich wie ein

Angler, der von seinem größten Fang erzählt. »Wie gesagt, das ist die langfristige Lösung. Sie wird ein paar Jährchen in Anspruch nehmen. Bei dem Gespräch mit dem Bankverein heute Abend sollte ich aber auch schon etwas vorweisen können.«

John hatte immer noch das Gefühl, zu träumen. »Aber bisher hat doch noch niemand so etwas wissen wollen.«

»Bisher haben wir es auch nur mit armen Schluckern zu tun gehabt. Das jetzt sind Bankiers, John – Männer, die zusammen über mehr Geld gebieten, als Sie besitzen. Nicht einmal wenn wir den ganzen Konzern wieder verkaufen würden, hätten Sie so viel Kapital, wie diese Leute uns zur Verfügung zu stellen bereit sind. Das Geld anderer Leute, John. Ich habe Ihnen ja erklärt, dass das der Schlüssel ist.«

John nickte. »Schon, ja – aber ich wüsste nicht, wie ich heute Nachmittag noch zu Frau und Kind kommen sollte«, sagte er und wurde die Befürchtung nicht los, McCaine könnte schon genau so etwas vorbereitet haben, eine Blitzheirat mit anschließender Adoption eines Kindes zum Beispiel.

McCaine schüttelte den Kopf. »Sie brauchen nicht Frau und Kind, Sie brauchen einen Erben. Und den zu bekommen geht schnell und einfach.« Er zog ein Blatt Papier aus der Schublade und griff nach einem Stift und schob ihm beides hin. »Setzen Sie ein Testament auf und bestimmen Sie mich zu Ihrem Erben.«

»Sie?«

»Halt«, machte McCaine und hob warnend die Hand. »Nicht dass Sie mich falsch verstehen. Es geht nur darum, dass ich den Leuten vom Bankverein etwas zeigen kann. Und da sie mich kennen, wird es am überzeugendsten sein, wenn ich als Ihr Erbe eingesetzt bin.«

John starrte auf das weiße Blatt Papier, auf den Stift. »Ist das jetzt«, fragte er langsam, »wieder ein Test? Eine Lektion in Umgang mit Macht?«

483.000.000.000 $

»Gute Frage. Die Antwort ist nein. Sie brauchen das nicht zu tun. Ich kann versuchen, den Bankverein anders zu überzeugen. Allerdings weiß ich nicht, wie.« McCaine legte die Hände auf den Tisch vor sich, die Handflächen nach oben gerichtet, und sah ihn ernst an. »Es würde uns sehr viel helfen.«

John sah ihn an, fühlte sich schmutzig, elend, hilflos. Einen Moment hatte er McCaine im Verdacht gehabt, ihn anschließend ermorden zu wollen, jetzt schämte er sich fast für den Gedanken. Fast.

Er setzte sich, zog das Blatt zu sich heran, nahm den Stift und schraubte die Kappe herunter. »Das ist also nur, wie sagt man, *pro forma*?«

»Ja.«

»Was muss ich schreiben?«

»Ich diktiere Ihnen. Zuerst die Überschrift. *Mein letzter Wille.*«

John setzte an, hielt inne. »Wäre es nicht besser, mit der Schreibmaschine zu schreiben?«

»Im Gegenteil, dann wäre es ungültig. Testamente müssen von Hand geschrieben sein.«

»Aber meine Handschrift ist schrecklich.«

»Darauf kommt es nicht an. Es kommt darauf an, dass es Ihre Handschrift ist.«

»Wenn Sie meinen.« John setzte wieder an, hielt wieder inne. »Was ist mit meinen Eltern? Kann ich hineinschreiben, dass Sie sie zeitlebens versorgen müssen?«

McCaine seufzte. »Von mir aus. Ja, schreiben Sie's hin. Und erwähnen Sie Ihre Brüder auch. Aber steigern Sie sich jetzt nicht zu sehr rein. Das soll ein Papier werden, das ich bei solchen Sitzungen wie heute Abend vorzeigen kann, nichts weiter. Sobald Ihr erstes Kind das Licht der Welt erblickt, setzen Sie ein Testament zu dessen Gunsten auf, und dann hat alles seine endgültige Ordnung.«

»Hmm«, machte John. Das gefiel ihm alles trotzdem nicht.

484.000.000.000 $

Ganz und gar nicht. Die Finger, die den Stift umklammerten, waren an den Spitzen bleich, so fest drückten sie zu. War es, weil er den Gedanken an seinen eigenen Tod immer möglichst weit von sich geschoben hatte und es geradezu ein Schock war, sich unvermittelt damit beschäftigen zu müssen? Sein Tod, der Tod der Zukunft, der Tod der Menschheit ... Wie war er in all das hineingeraten? Wo waren die unbeschwerten Tage geblieben, als er weder an die Vergangenheit noch an die Zukunft einen Gedanken verschwendet hatte? Alles in ihm wollte aufspringen und flüchten, wollte nicht an Tod denken, nicht an Eiszeiten, Ozonlöcher, Seuchen, Kriege.

»Schreiben Sie«, sagte McCaine.

Und John schrieb. *Ich, John Salvatore Fontanelli, bestimme bei voller geistiger Gesundheit Folgendes zu meinem letzten Willen ...*

»Danke«, sagte McCaine, als John unterschrieben hatte und ihm das Blatt hinschob.

Den Mai und Juni hindurch erschütterten spekulative Attacken auf die thailändische Währung Baht die Finanzmärkte. Thailand und Singapur versuchten gemeinsam, den Baht zu stützen, doch Anfang Juli musste die Regierung den Kampf aufgeben und den Baht vom US-Dollar abkoppeln.

Am 8. Juli 1997 intervenierte die Zentralbank von Malaysia zugunsten der Landeswährung Ringgit, die unter enormen Druck geraten war, doch obwohl die Verkäufe von US-Devisen zunächst Wirkung zeigten, musste Malaysia zwei Wochen später ebenfalls kapitulieren, gefolgt von Indonesien kurz darauf. Die Aktienkurse an den Börsen in Bangkok, Kuala Lumpur, Jakarta und selbst in Hongkong und Seoul stürzten haltlos in die Tiefe.

Am 11. August gab der Internationale Währungsfonds in

Bruttosozialprodukt Spaniens 1991.
485.000.000.000 $

Tokio ein Hilfsprogramm für Thailand bekannt, einen Kredit von insgesamt sechzehn Milliarden Dollar, teilweise vom IWF, teilweise von den Nachbarstaaten finanziert.

»Was ist mit den Philippinen?«, fragte John.

»Die stehen längst unter der Kuratel des IWF«, sagte McCaine. »Wir erledigen die ganze Region in einem Aufwasch.«

In allen großen Zeitschriften der Welt erschienen in diesen Wochen ganzseitige, farbige Anzeigen, in denen eine neu gegründete Stiftung, die *Fontanelli Foundation,* den künftig jährlich zu vergebenden und mit zehn Millionen Dollar dotierten *Gäa-Preis* für umweltbewusste und zukunftsorientierte Projekte von Unternehmen auslobte. Im begleitenden Text waren anerkannte Wissenschaftler aus allen fünf Erdteilen als Mitglieder der Jury genannt. Die Gestalt der *Gäa,* der »Mutter Erde«, wurde in den Anzeigen von dem berühmten Fotomodell Patricia deBeers verkörpert, von der man wusste, dass sie mehr Miss-Wahlen gewonnen hatte als jede andere Frau in der Geschichte; entsprechend erotisch stellte sie die mythische Figur dar.

Eine zweite Anzeigenstaffel zeigte, wie John »Billionenerbe« Fontanelli der *Gäa* den Preis zu treuen Händen überreichte. Jay Leno war der Erste, der diese Anzeige in seiner Late-Night-Show hochhielt und mit dem Spruch »Die Schöne und das Biest!« Lacher erntete. Der Spruch wurde weitergetragen und variiert, das Motiv der Anzeige in Sketchen und Comics verballhornt, und McCaine fing an, sich Sorgen um das Bild zu machen, das die Öffentlichkeit von John Fontanelli hatte.

In allen Industriestaaten wurden Marktforschungsinstitute beauftragt, herauszufinden, was die Menschen über John Fontanelli dachten. Die Umfragen ergaben, dass die Witze die Aufmerksamkeit für Johns Umweltengagement verstärkt hatten. Der Mann auf der Straße hielt John Fontanelli für einen Mann, der sich ehrlich um die Zukunft des Planeten sorgte und der reich und mächtig genug war, um seinen Sorgen auch Taten folgen zu lassen.

»Großartig«, sagte Malcolm McCaine und ließ der Anzeigenaktion eine Plakataktion folgen.

Ursula Valen sah das *Gäa-Plakat* Mitte Juli in mehrfacher Ausfertigung an einem langen Bauzaun, als sie von einem Besuch bei ihren Eltern nach Hause fuhr. Es weckte einen verschwommenen Ärger in ihr, die Erinnerung, ziemlich arrogant und von oben herab behandelt worden zu sein. Dann wechselte vor ihr ein Porsche, ohne zu blinken, auf ihre Spur und zwang sie zu einer Vollbremsung. Sie hupte wütend und schrie hinter dem Wagen her und vergaß das Plakat wieder.

Zu Hause stellte sie fest, dass der Zeitungsausträger, nicht genug, dass er sie immer so spät brachte, die Zeitung wieder einmal so nachlässig in den Briefkasten gesteckt hatte, dass sie herausgefallen war und nun völlig zerfleddert am Boden lag. Egal, inzwischen wusste sie auch so, was den Tag über passiert war. Sie klaubte die staubigen Bogen zusammen und trug sie zur Mülltonne. Auf einem der Blätter war wieder das *Gäa-Bild*. John Fontanelli, der sich als Umweltengel aufspielte.

»Das rettet die Welt auch nicht mehr«, murmelte sie und stopfte alles in den Müll.

Aber nun ging er ihr schon im Kopf herum.

Sie stieg die Treppe hoch bis zu ihrer kleinen Dachwohnung. Stellte die Dachflächenfenster auf Durchzug, warf ihre Tasche ins Eck und setzte Wasser auf. Nahm eine Tasse aus dem Regal und tat einen Löffel löslichen Kaffee hinein. Legte eine Platte auf. Stand unschlüssig am Herd und wartete darauf, dass das Wasser kochte.

Sie merkte erst nach einer Weile, dass der Wasserkessel pfiff. Sie goss den Kaffee auf. Legte ein paar Kekse und einen Apfel auf einen Teller.

Sie ging an das Regal neben ihrem Schreibtisch, kramte in

den Mappen im untersten Fach, bis sie fand, was sie suchte. Es war alles noch da. Sie hatte die ganze Beute ihrer Reise nach Florenz vergessen gehabt und vergraben geglaubt und die ganzen Monate hindurch kein einziges Mal daran gedacht, dass alles nach wie vor hier lag, geheftet und verschnürt, keinen Meter von ihrem Leben entfernt.

Sie schnürte die Bündel auf. John Salvatore Fontanelli. Das war längst ein Thema für die Wirtschaftsredaktionen, nichts mehr, wozu man eine Studentin der Geschichte um ihre Meinung fragte. Aber das hieß nicht, dass alle Fragen, die Geschichte betreffend, schon geklärt gewesen wären.

Zum Beispiel das hier. Sie betrachtete die Fotokopien, die sie von den Kontenbüchern Giacomo Fontanellis und denen Michelangelo Vacchis gemacht hatte. Die Kontenbücher der Vacchis waren mustergültig. Jede Seite war so sauber geschrieben, dass sie gedruckt nicht besser hätte aussehen können. Die Kontenbücher Fontanellis dagegen waren ein wildes Durcheinander aus Buchungen in Florin, Zechinen, Talern, Groschen und Pfennigen, teilweise fast nicht zu entziffern. Passagen waren gestrichen, mit Vermerken versehen, an den Seiten waren bisweilen Nebenrechnungen vermerkt, von denen unklar war, ob und wenn ja, was sie mit den eigentlichen Buchungen zu tun hatten. Auch der großzügigste Wirtschaftsprüfer hätte diesem Kaufmann den Hals umgedreht.

Vor lauter Verwunderung über die schlampige Buchführung Giacomo Fontanellis wäre ihr beinahe die seltsamste Tatsache entgangen.

Die Bücher der Vacchis begannen am ersten Februar 1525 mit einem Kontostand von dreihundert Florins und dem Vermerk, diese Summe von Giacomo Fontanelli zu treuen Händen erhalten zu haben. Ein Florin, der *fiorino d'oro,* hatte aus dreieinhalb Gramm Gold bestanden. Nach dem aktuellen Goldpreis der Londoner Börse entsprachen dreihundert Florins damit rund zehntausend US-Dollar – heute nicht viel, damals jedoch ein einigermaßen stattliches Vermögen.

Giacomo Fontanellis Bücher schlossen am fünften Januar 1525, mit mehreren Kontoständen in verschiedenen Währungen, ineinander umgerechnet und aufsummiert tatsächlich ungefähr dreihundert Florins, aber nicht wirklich nach Währungen getrennt: Es gab mehrere Summen in Zechinen, eine ganze Reihe von Beträgen in Florin und so weiter. Und hinter jeder Zahl stand, schwer zu entziffern, ein Name. Sie hatte sich damals flüchtig gefragt, was das bedeuten mochte, den Gedanken aber nicht weiter verfolgt.

Jetzt stieg ein Verdacht in ihr auf, der so unglaublich war, dass ihr schier der Atem stockte.

Sie blätterte zurück, überflog die Spalten, holte einen Notizblock und Taschenrechner heran, versuchte die Berechnungen nachzuvollziehen. Konnte das wahr sein? Konnte es vor allem wahr sein, dass sie in fünfhundert Jahren die Erste war, die auf diese Idee gekommen war?

Die Beträge, mit denen Giacomo Fontanellis Bücher schlossen, waren keine Vermögenswerte, sondern Schulden, und die Namen hinter den Zahlen waren die Namen derer, denen er die genannten Beträge schuldete. Der florentinische Kaufmann hatte im Jahre 1525 Pleite gemacht.

489.000.000.000 $

30

ANFANG AUGUST KAPITULIERTEN die Streikenden von HUGE-MOVER. Monatelang hatten sie vor den Toren ausgeharrt, Transparente aufgestellt und Flugblätter verteilt, während in den Werkshallen die Produktion weitergegangen, ja sogar gesteigert worden war. Schließlich erklärten sie den Streik für beendet und unterwarfen sich den Arbeitsbedingungen, die in der Zwischenzeit noch einmal verschärft worden waren, erklärten sich einverstanden damit, dass die Löhne gekürzt wurden und sie dennoch im Bedarfsfall bis zu zwölf Stunden pro Tag arbeiten würden, auch an Wochenenden, ohne Zuschlag. »Ich fühle mich verraten«, sagte ein Dreher im Fernsehen, der 27 Jahre lang für HUGEMOVER gearbeitet hatte. »Ich fühle mich, als hätte meine Firma mir den Krieg erklärt.«

John fühlte einen Kloß im Hals, als er den Mann auf dem Videoschirm sprechen sah. Er sah McCaine an. »War es wirklich nötig, so hart zu sein? Nur wegen der paar Prozent Rendite mehr?«

McCaine warf ihm einen abschätzigen Blick zu. »Erstens sind Prozente niemals so unwichtig, dass man ›die paar‹ sagen dürfte. Das sollten Sie wissen, nachdem Sie Ihr Vermögen einem lausigen Durchschnittsprozentsatz von gerade mal vier Prozent verdanken. Zweitens«, sagte er und schob den Unterkiefer grimmig vor, »sind wir nicht angetreten, um die Menschen reich und glücklich zu machen. Dieser Mann da« – er deutete mit einem Kopfnicken auf den Bildschirm – »wird weiterhin mehr als genug zu essen haben und ein Dach über dem Kopf, etwas, was Millionen von Menschen auf diesem

490.000.000.000 $

Planeten niemals haben werden. Wir sind da, um die Zukunft der Menschheit zu retten, und das wird, wenn überhaupt, ein steiniger Weg. Die Menschen werden verzichten müssen, und sie werden sich fügen müssen. Und einige müssen die Lektionen eher lernen als andere. Das ist die Wahrheit, auch wenn ich das vor einer Fernsehkamera natürlich nie sagen würde.«

John nickte, sah zu, wie auf dem Schirm eine Puppe, die Donald Rash darstellte, aufgehängt und angezündet wurde. Er verstand die Leute und ihre Wut, aber er verstand genauso, dass sie nicht die großen Zusammenhänge sahen, wie auch? Es fühlte sich alles so falsch an, so hässlich, aber es gab keine Alternative.

Immerhin, sie hatten gewonnen. Auch wenn der Sieg schal schmeckte.

Kurz darauf flog John Salvatore Fontanelli, reichster Mann der Welt, immer noch, reicher sogar denn je, zu einem Gespräch mit dem Geschäftsführenden Direktor des Internationalen Währungsfonds nach Washington. In den Zeitungen war inzwischen der Begriff Asienkrise gebräuchlich; den letzten Meldungen zufolge geriet nun auch die indische Rupie unter Druck und der südkoreanische Won ebenfalls.

Johns Flugzeug landete mit Sonderpriorität auf dem Washingtoner Flughafen und wurde in einen weiträumig abgesperrten Bereich dirigiert, wo drei schwarze Limousinen mit abgedunkelten Scheiben warteten, von denen eine John zum Sitz des IWF fahren sollte, während die beiden anderen eventuell wartende Fotografen und Reporter ablenken würden. John erhaschte nur einen flüchtigen Blick auf das IWF-Gebäude, einen klobigen Stahlbetonklotz mit eigentümlichen Fensterumrahmungen im obersten Stock, die wie Entlüftungsschächte aussahen, ehe der Wagen in eine Tiefgarage hinabtauchte, von der aus man ihn und seine Begleiter – Juristen und Volkswirtschaftler mit dicken Aktenmappen und wichtigen Mienen – durch Gänge und Aufzüge in ein weit-

491.000.000.000 $

läufiges Besprechungszimmer geleitete. Dort erwartete sie ein gut gekleideter Mann mit kurz geschorenen, silbergrauen Haaren, dessen Hand kalt war, als John ihm die seine zur Begrüßung reichte.

»Mein Name ist Irving«, sagte der Mann mit leiser, präziser Stimme, »Robert Irving. Mister Camdessus lässt Ihnen seine herzlichsten Grüße ausrichten und sein tiefes Bedauern, aber er ist heute leider aus persönlichen Gründen verhindert. Er hat mir jedoch Vollmacht erteilt, mit Ihnen zu sprechen.«

John hörte, wie seine Begleiter sich ebenso vernehmlich wie unwillig räusperten. Einer beugte sich herüber und wisperte ihm ins Ohr: »Ein Vorwand, Sir. Wir sollten einen neuen Termin ausmachen und zurückfliegen.« Aber das kam ja überhaupt nicht infrage. Er war während des ganzen Fluges kaum von der Toilette gekommen vor Anspannung und Nervosität; er wollte es hinter sich bringen.

Außerdem gab es nichts zu verhandeln – er würde sagen, was zu sagen war, und fertig. John setzte ein Lächeln auf und sagte: »Sehr gern.«

Sie versammelten sich also um einen Tisch, John und seine Begleiter auf der einen, Irving und sein Stab auf der anderen Seite. Ein Platz auf der Seite des IWF blieb leer. »Einer meiner Mitarbeiter kommt etwas später«, sagte Irving. »Wir fangen ohne ihn an.«

Aktengeraschel, Füllerkappen wurden abgeschraubt, Notizblöcke zurechtgeschoben. *Denken Sie daran, dass Sie mindestens zehnmal so viel Geld kontrollieren wie der Währungsfonds,* hatte McCaine ihm eingeschärft. *Sie haben allen Grund, Sie zu fürchten.* John räusperte sich und begann die kurze Ansprache, die er mit McCaine zusammen eingeübt hatte. Dass sie die Entwicklung in Asien mit Sorge beobachteten, nicht der augenblicklichen Finanzkrise wegen, sondern vor allem unter dem Aspekt langfristiger Entwicklungen. Dass es namentlich die Bevölkerungsentwicklung auf den Philippinen sei, die zu Sorge Anlass gebe.

492.000.000.000 $

»Sie wissen, dass ich mich bemühe, eine alte Prophezeiung zu erfüllen«, sagte John, während er spürte, wie ihm das Herz im Leibe pochte vor Anspannung. »Worum ich Sie bitten möchte, ist, uns bei diesen Bemühungen beizustehen. Ich halte diese Bitte nicht für anmaßend, denn letztlich ist es ja das Wohl aller, auf das wir abzielen.« *Sie können es sich erlauben, sanft zu sprechen und höfliche Bitten zu äußern,* hatte McCaine gesagt. *Sie sind so mächtig, dass Sie es nicht nötig haben, zu drohen, denken Sie daran.* »Wir haben die Möglichkeit, die Krise der asiatischen Finanzmärkte zu beenden. Wir bieten an, dies zu tun, wenn der IWF den Katalog seiner regulativen Maßnahmen in dieser Region um eine bevölkerungspolitische Komponente erweitert – sprich, dafür sorgt, dass aktive Geburtenkontrolle erlaubt und durchgeführt wird.« Ein Wink, nicht einmal, ein kurzer Blick nur, und einer der Anwälte reichte ein Schriftstück über den Tisch. »Die Einzelheiten können Sie dem Vorschlag entnehmen, den unsere Experten ausgearbeitet haben.«

Das Papier wurde weitergereicht, bis es bei Irving angekommen war, der es flüchtig durchblätterte und dann beiseite legte, um sich die nächste Zigarette anzuzünden. Drei Stummel lagen bereits in dem Aschenbecher vor ihm.

»Für mich klingt das«, erklärte er, während das Feuerzeug nur Funken schlug, weil er es zu hastig betätigte, »als wollte sich der weltgrößte Hersteller von Kondomen und Antibabypillen – der Sie ja nebenbei auch sind, wenn ich recht informiert bin – einen neuen Absatzmarkt erschließen.«

»Unsinn«, sagte John. Es klang grober als beabsichtigt, aber immerhin, ein paar von ihnen schienen zusammenzuzucken. Gut.

»Abgesehen davon, dass der IWF als transnationale Organisation sich unmöglich von Firmen der Privatindustrie etwas vorschreiben lassen kann«, fuhr Irving fort, »überstiegen derartige Maßnahmen bei weitem den für Interventionen üblichen Rahmen. So gut der Vorschlag gemeint sein mag, das

493.000.000.000 $

will ich gar nicht in Abrede stellen. Was Bevölkerungspolitik anbelangt, sind sich übrigens meines Wissens nicht einmal die Experten einig, wie die momentane Entwicklung einzuschätzen ist. Ich denke, wir sollten diesbezügliche Entscheidungen jeder Nation als ihren ureigensten Bereich überlassen.«

John musterte den schlanken, grauhaarigen Mann verblüfft. Er hatte fast wortwörtlich dasselbe gesagt wie McCaine, der in ihren abendlichen Übungsdiskussionen die Rolle des Geschäftsführenden Direktors des IWF gespielt hatte.

»Das mögen Sie so sehen«, versetzte er also, wie er es schon ein Dutzend Mal getan hatte. »Allerdings sind wir entschieden anderer Ansicht. Wir werden in einigen Monaten die Ergebnisse der aufwändigsten Computersimulation globaler Zusammenhänge und Entwicklungen vorlegen, die jemals erstellt worden ist. Auch wenn im Moment noch keine Einzelheiten feststehen, können wir davon ausgehen, dass enorme Anstrengungen zur Beschränkung der Geburtenzahlen unabdingbar sein werden. Und je eher damit begonnen wird, desto besser.« Gut. Besser, als es ihm gegenüber McCaine je gelungen war.

Irving sagte nichts, sog nur an seiner Zigarette und hielt sie dann vor sich hin, beobachtete, wie die Glut wieder verblasste. Der Rauchring, den er ausstieß, war vollkommen. »Sie haben sich nicht zufällig überlegt, dass das, was Sie sagen – und *wie* Sie es sagen –, nach einem Erpressungsversuch klingen könnte?«

»Was ich sagen will, ist lediglich, dass ich Einfluss habe auf die Spekulanten und Investoren, die die Entwicklung in Asien bestimmen. Und was ich Ihnen anbiete, ist, meinen Einfluss in Ihrem Sinne geltend zu machen, wenn Sie im Gegenzug Ihren Einfluss in meinem Sinne geltend machen. Nach meinem Verständnis schlage ich Ihnen ein Geschäft vor, nichts weiter.«

Irving schüttelte den Kopf, eine knappe, kaum wahrnehmbare Bewegung. »Über das es keine Diskussion geben kann. Eine solche Handlungsweise liegt außerhalb unseres Kompetenzbereichs.«

John fühlte etwas wie einen Schmerz im Bauch. Was tat er hier eigentlich? Vor drei Jahren hatte er noch Pizzen ausgefahren, und seine einzige Sorge war gewesen, die Miete zu bezahlen. War das nicht besser gewesen, als sich mit solchen Leuten und so elenden Themen wie der Bevölkerungsentwicklung auf den Philippinen herumzuschlagen? Er hatte plötzlich nicht mehr die Kraft, gegen diesen kalten, glatten Mann auf der anderen Seite des Tisches zu kämpfen. »Ich habe alles gesagt, was ich sagen wollte«, meinte er matt und wollte nur noch weg.

In diesem Augenblick ging die Tür auf. Der letzte Berater, der auf Irvings Seite noch gefehlt hatte, kam herein, breit grinsend, kam um den Tisch herum und auf John zu, streckte ihm die Hand hin und sagte: »Hallo, John. Lange nicht gesehen.«

Es war Paul Siegel.

Irgendwann wusste Ursula Valen nicht mehr, ob es die gnadenlose Augusthitze war, die ihr fast den Kopf platzen ließ, oder die nicht enden wollende Rechnerei. Die Fotokopien von Giacomo Fontanellis Kontenbüchern umzingelten sie, hell leuchtend im Sonnenlicht. Ihr Notizblock war aus grauem Umweltschutzpapier und leuchtete nicht, aber Schweißtropfen machten dunkle, runde Flecken darauf.

Sie durfte sich nicht vertun. Nur nicht blamieren, indem sie falsch rechnete. Verdammt, sie hatte Geschichte studiert, das waren alles Dinge, mit denen sie sich auskennen sollte. Also, noch mal von vorn, zurück zu den Büchern. Finanzwesen im Mittelalter, das hieß zunächst einmal Münzwesen. Karl der Große hatte es auf Silber aufgebaut, ein Pfund oder 384 Gramm aufgeteilt in zwanzig *Sous,* auch Solidus oder Schilling genannt, die wiederum in zwölf Denarii oder Pfennige unterteilt wurden. Im Jahr 1252 hatte Florenz damit begonnen, Münzen aus Gold zu prägen, die auf der Vorderseite das Wappen der Stadt, die Lilie, trugen und auf der Rückseite das Bildnis Johannes des Täufers: den *fiorino,* später Floren oder Florin genannt, während man in den deutschen Ländern *Goldener* oder Gulden dazu sagte und später auch die Goldmünzen so nannte, die man selber prägte. Ein Goldflorin enthielt dreieinhalb Gramm Gold und hatte im Jahr 1252 zwanzig Solidi entsprochen, im Jahr 1457 dagegen 108, und dann hörte die Liste auf, die sie gefunden hatte. Es gab auch einen silbernen Florin, den *fiorino d'argento,* der zwei Drittel eines Talers wert war, aber was, zum Teufel, war in diesem Zusammenhang ein Taler? Die Zechine war die Nachahmung des Florin durch die Republik Venedig, sie wurde auch Dukat genannt. In Nordeuropa war ferner der Groschen gebräuchlich, der im Wert vier Pfennigen entsprach ... Ein Chaos alles, verdammt noch mal. Sie schleuderte das Buch mitsamt Notizblock und Kugelschreiber quer durchs Zimmer und spürte den übermächtigen Impuls, alles zu nehmen, die ganze Mappe, alles, und unten in den Müllcontainer zu stopfen.

Wenn nur nicht diese Hitze gewesen wäre. Und diese Kopfschmerzen. Sie stemmte sich hoch, schaffte es bis zum Kühlschrank und goss Eistee in sich hinein, direkt aus der Tüte und pappsüß, aber gut.

Im zwölften Jahrhundert waren in Genua und anderen italienischen Städten die ersten Banken gegründet worden, die Geld entgegennahmen und Zinsen dafür zahlten und an Kaufleute, Handwerker und hohe Herren Darlehen gaben. Schon längst war üblich, Geld bei einem Geldwechsler in Verwahrung zu geben und nur mit der Bescheinigung über den hinterlegten Betrag auf Reisen zu gehen oder zu bezahlen, Wechselgeschäfte also. Im vierzehnten Jahrhundert ließen venezianische Banken erstmals zu, dass ein Kunde mehr Geld abhob, als er eingezahlt hatte, im fünfzehnten setzten sich die arabischen Zahlen und das kaufmännische Rechnen im gesamten Abendland durch und wurde in Italien die doppelte Buchführung entwickelt. Doch die hatte Giacomo Fontanelli nicht benutzt. Seine Bücher beruhten auf überhaupt keinem erkennbaren System.

Was, wenn er in vorangegangenen Jahren Rücklagen gebildet hatte, die in späteren Bilanzen nicht mehr auftauchten – um die Steuer zu umgehen oder einfach so, aus reiner Schlamperei? Zuzutrauen war es ihm. Da sie bei weitem nicht alle seine Kontenbücher kopiert hatte, hieß das, dass sie nicht darum herumkam, das Archiv noch einmal aufzusuchen.

Zumindest, wenn sie Klarheit haben wollte.

Noch einmal nach Florenz? Den Vacchis erzählen, was sie sicher nicht hören wollten? Sie starrte die Staubflocken an, die in dem schräg durch das Dachfenster fallenden Sonnenlicht tanzten, und plötzlich tanzten ihre Gedanken auch. Ohne weiter zu überlegen, ohne jedes Zögern, wie ein Bogenschütze im Zen, der eins geworden ist mit Pfeil und dem Zentrum der Zielscheibe und den Schuss nur noch geschehen lässt, holte sie ihren Notizkalender, blätterte bis zur Nummer von Cristoforo Vacchi, ging zum Telefon, wählte.

»Selbstverständlich, Signorina Valen«, erklärte Cristoforo Vacchi sofort. Der alte Mann klang müde – oder traurig, das war schwer zu sagen –, aber er schien sich aufrichtig über ihren Anruf zu freuen. Kein Wort über die zwei Jahre, die verstrichen waren, keine Frage nach den Gründen für ihr Zögern, keine Vorhaltungen. »Kommen Sie, wann immer Sie wollen.«

Der Raum war nicht groß, und dass die Ecken abgerundet waren, ließ ihn noch kleiner erscheinen. Ein Tischoval umschloss einen freien Platz in der Mitte, der wie eine Arena wirkte, und graue Sessel auf Rollen umringten das alles in drei Reihen. An der Stirnseite des Raumes bauschte sich ein weißer Vorhang; es war nicht zu erkennen, was er verdeckte.

»Hier tagt das Exekutivdirektorium, dreimal pro Woche«,

497.000.000.000 $

erklärte Paul mit einer knappen Handbewegung hin zu den in hellem Holz getäfelten, teilweise mit weißem Stoff bespannten Wänden. Er sah John an und schüttelte den Kopf. »Verrückt, oder? Dass wir uns ausgerechnet hier wieder begegnen?«

John nickte. »Ja. Alles ziemlich verrückt.«

»Es hat mir immer Leid getan, dass ich damals nicht da war, als du angerufen hast vom Waldorf aus. Ich war gerade in Japan, zwei Wochen. Als ich zurückkam, warst du schon Tagesgespräch in allen Nachrichten, und da dachte ich, jetzt brauche ich auch nicht mehr zurückrufen.«

»Wäre ziemlich sinnlos gewesen, ja.«

Paul fasste in die Tasche und zog ein Etui mit Visitenkarten hervor. »Aber ich habe mir geschworen, dass ich dir die Nummer meines Mobiltelefons gebe, falls wir uns je wieder sehen sollten. Und diesen Schwur löse ich jetzt ein. Nein, sag nichts – ein Schwur ist ein Schwur, und wer weiß, vielleicht passiert dir wieder mal so was in der Art ...« Er kritzelte eine Telefonnummer auf die Rückseite einer Karte und gab sie John.

John betrachtete das eindrucksvoll aussehende Signet des Währungsfonds und den nicht minder eindrucksvoll klingenden Titel unter Pauls Namen, drehte die Karte um, las die Telefonnummer und stutzte. »Ist ja witzig.«

Paul war noch dabei, seinen Kugelschreiber wieder in der entsprechenden Lasche seines Notizbuchs zu verstauen. »Was? Dass ich ein Mobiltelefon habe? Ich sage dir, ich gehe keinen Schritt mehr ohne. Sobald es welche gibt, die man sich einoperieren lassen kann, bin ich dabei.«

»Nein, ich meine die Nummer. Das ist ja dein Geburtstagsdatum. Wie hast du denn das hingekriegt?«

Paul hob die Augenbrauen. »Du, das ist ganz einfach. Man kann sich seine Nummer aussuchen, und ich war von Anfang an dabei. Als noch freie Auswahl herrschte.«

»Kann man sich jedenfalls leicht merken.«

498.000.000.000 $

»Wenn man mich kennt.«

Sie setzten sich, John auf den Sessel des russischen Direktors, Paul auf den des saudiarabischen, und füllten die fehlenden drei Jahre, seit sie zuletzt in Pauls Wohnung im West Village von Manhattan zusammengesessen hatten und John ein armer Schlucker mit Schulden bei aller Welt gewesen war. Paul war vor zwei Jahren, nach dem Ende einer kurzen Beziehung und kurz nach Johns Erbschaft, von der Unternehmensberatung zum Internationalen Währungsfonds gewechselt und nach Washington umgezogen. Deshalb hatte John ihn damals nicht mehr erreicht. Was schon alles war, was Paul zu erzählen hatte. Eine neue Brille hatte er, die ihm gut stand, seine widerspenstigen dunkelbraunen Haare hatten einen neuen Schnitt, der ihm nicht so gut stand, ansonsten war er noch ganz der, der er immer gewesen war, die Verkörperung der Intelligenz, der Fleisch gewordene gesunde Menschenverstand.

Um zu erzählen, was die vergangenen Jahre in seinem Leben verändert hatten, brauchte John deutlich länger, und als er damit fertig war, betrachtete Paul ihn lange und schweigend. »Ich weiß nicht, ob ich dich beneiden oder bemitleiden soll«, gestand er schließlich. »Wirklich. Eine Billion Dollar, beim Allmächtigen! Da weiß man ja nicht, ob das eine Strafe ist oder ein Fluch.« Er lachte auf. »Jedenfalls muss ich mir keine Sorgen mehr machen, dass du verhungern könntest.«

John musste auch lachen. Plötzlich war es wieder so wie früher. Wie damals, als sie auf der Mauer des eingestürzten Hauses in der dreizehnten Straße gesessen und ihre Vermutungen und Erkenntnisse über die Beschaffenheit von Mädchen ausgetauscht hatten. »Was hältst du von all dem?«, fragte er. »Ganz unter uns.«

»Wovon? Von deinem Philippinen-Vorschlag?«

»Von allem. Was ich mit dem Geld mache. McCaine. *Fontanelli Enterprises*. Die Prophezeiung.«

»Von Prophezeiungen halte ich grundsätzlich nichts, dazu

habe ich schon selber zu viele gemacht«, erwiderte Paul und lehnte sich zurück. »Was du dir sicher schon gedacht hast. Ansonsten ... Ich weiß nicht. Als ich erfahren habe, dass du kommst, habe ich ein paar Erkundigungen eingeholt. Viel ist nicht herausgekommen dabei. Ein paar Details über Malcolm McCaines frühere Firmen, nichts Aufregendes, und über seinen Werdegang. Bei IBM hat man ihn ungern gehen lassen, das habe ich etliche Male gehört. Sein Studium hat er mit hervorragenden Noten abgeschlossen, einige seiner Professoren erinnern sich noch an ihn, als etwas schrägen Vogel, das ist alles. Und *Fontanelli Enterprises* – tja.« Er rieb sich die Nase, immer noch so, wie er es früher getan hatte. »Ich habe ein ungutes Gefühl dabei, dass ein solcher Koloss existiert. Jeder Volkswirtschaftler hätte das. Es ist nicht gut für eine Wirtschaft, wenn ein einzelner Teilnehmer so viel größer ist als alle anderen. Du dominierst große Teile der Wirtschaft, mehr als du vielleicht ahnst, und das ist eine Situation, bei der mir nicht wohl ist.«

»Was würdest du an meiner Stelle tun?«

»Hoho!« Paul schüttelte den Kopf. »Wenn ich das wüsste ...« Er sah umher, musterte die vielen leeren Sessel. »Ich denke, ich würde es ausgeben. Ich würde es investieren in Projekte zur wirtschaftlichen Gleichstellung der Frauen überall in der Welt. Die Frauen sind der Schlüssel. Wir haben das bei unseren eigenen Projekten gemerkt; für die Kollegen von der Weltbank ist es längst eine Binsenweisheit. Überall, wo Frauen gebildet und frei genug sind, um selber über ihr Leben entscheiden zu können, sinken die Geburtenzahlen auf ein vernünftiges Maß. Überall, wo Frauen Eigentum haben dürfen, anstatt welches zu sein, erreicht der Lebensstandard ein Niveau, das es erlaubt, über Umweltschutz nachdenken zu können. Bei vielen Entwicklungshilfeprojekten kriegen praktisch nur noch Frauen Geld in die Hand, weil die etwas

---

Geschätzte jährliche weltweite Schäden durch Korruption.
500.000.000.000 $

damit verbessern, während die Männer es nur versaufen oder sich goldene Armbanduhren kaufen.«

»Demzufolge müsstest du meinen Philippinen-Vorschlag unterstützen.«

»John – ja, aber der IWF ist dafür nicht das richtige Forum. Wir sind eine Institution zur Überwachung des internationalen Währungssystems, nichts weiter. Wir sind auf Zusammenarbeit mit allen Regierungen angewiesen, sind in politische Zwänge aller Art eingebettet ... Nein, das, was ich gesagt habe, ist etwas, das eine private Organisation tun könnte. Wir können es nicht.«

Plötzlich war es nicht mehr wie früher auf der Mauer. Sie waren wieder in der Gegenwart, saßen einander gegenüber, ein Vertreter der obersten Währungshüter des Planeten und der reichste Mann der Welt, an einem Tisch, an dem allwöchentlich Entscheidungen von weltweiter Tragweite gefällt wurden, und draußen warteten ein Dutzend Männer darauf, dass sie wieder zum Vorschein kamen. John stand auf. »Ich werde darüber nachdenken«, sagte er.

Der Rolls-Royce wartete wieder, als sie in Florenz aus dem Bahnhof trat, aber es war nicht mehr Benito, der ihn steuerte, sondern ein junger Mann, den Ursula noch nie gesehen hatte. Auch er trug Uniform, und er nahm ihr den Koffer ab, öffnete schneidig den Wagenschlag und sah sie mit loderndem Blick an dabei.

»Benito hatte einen Schlaganfall«, erzählte Cristoforo Vacchi auf der Fahrt hinaus. »Nicht so schlimm, wie es hätte sein können, aber er darf nicht mehr Auto fahren. Er lebt jetzt in der Nähe, bei einer Familie, die sich um ihn kümmert, und seit er wieder laufen kann, kommt er jeden Tag und poliert die *Emmy* – die Kühlerfigur vorne, Sie wissen schon ...«

Ursula nickte. Der *Padrone* sah schmäler aus, als sie ihn in Erinnerung hatte, durchscheinend fast. John Fontanellis Weggang musste ihn tief getroffen haben.

501.000.000.000 $

»Signor Vacchi, es tut mir Leid, dass ich mich so lange nicht –«

»Ich wusste, dass Sie eines Tages wiederkommen würden«, unterbrach er sie mit seinem sanften Lächeln. »Es war nur eine Frage des Anlasses.«

Ursula holte Luft. »Ich weiß nicht, ob Ihnen der Anlass gefallen wird.«

Sie irrte sich, bestimmt. Bestimmt hatte sie sich einfach katastrophal verrechnet. Die Vacchis würden sie auslachen, bestenfalls, oder schlimmstenfalls beschimpfen. Sie würde morgen wieder heimfahren, alle Unterlagen aus ihrem Studium verbrennen und sich um einen Job als Küchenmädchen im *Paraplui Bleue* bewerben. Sie holte tief Luft, erzählte, was ihr in den Kontenbüchern Giacomo Fontanellis aufgefallen war, und fühlte sich dabei, als bestelle sie ihre Henkersmahlzeit.

Aber Cristoforo Vacchi machte nur »Ah!«, als sie geendet hatte, und nickte eine Weile sinnend vor sich hin. »Dieses alte Rätsel ...«

Ursula spürte ihre Augen größer werden. »Sie wissen davon?«

Der *Padrone* lächelte. »O ja! Meine Familie zerbricht sich seit langem den Kopf darüber. Und wir haben nicht den Hauch einer Ahnung, woher das Geld ursprünglich wirklich gekommen ist.«

31

»Was sie in Washington erlebt haben, war Beharrungsvermögen«, erklärte McCaine. »Die Kraft, die alle die Entwicklungen am Leben hält, gegen die wir kämpfen. Jeder will vor allem, dass alles so bleibt, wie es ihm angenehm ist.« Er ballte die Faust. »Sehen Sie, dass es Illusion ist, auf so etwas wie Einsicht zu setzen, auf freiwilligen Verzicht? Das liegt nicht in der menschlichen Natur. Zwang – das ist das einzige Mittel, das funktioniert.«

John nickte düster. »Das heißt, wir müssen weiter kämpfen.«

»Darauf können Sie getrost einen lassen.« McCaine griff nach einem Fax, hob den labbrigen Papierstreifen hoch. »Nachrichten von Collins. Die Erweiterungsarbeiten gehen wie geplant voran. Seine Leute tun sozusagen Tag und Nacht nichts anderes, als neue Rechner auszupacken, ans Netz anzuschließen, Simulationsprogramme aufzuspielen und zu starten. Das heißt, die Ergebnisse werden wie geplant vorliegen.«

»Gut«, sagte John. »Und was tun wir solange?«

McCaine warf ihm einen merkwürdigen Blick zu, stand auf und begann, vor der Fensterfront auf und ab zu gehen. Das hatte er schon lange nicht mehr getan. Draußen leuchtete die Stadt unter einer grellen Augustsonne, als hätte sie jemand ans Mittelmeer versetzt.

»Sie könnten mir helfen«, sagte McCaine unvermittelt und blieb stehen, den Blick auf John gerichtet. »Auf eine Weise, die Ihnen vielleicht verrückt vorkommen wird – möglicherweise auch als Zumutung, ich weiß nicht –, aber Sie könnten mir enorm, wirklich enorm damit helfen.«

503.000.000.000 $

»Falls Sie mich neugierig machen wollten«, sagte John, »haben Sie es geschafft.«

»Vor uns liegt Kampf. Ein Kampf mit harten Bandagen. Unsere Gegner blasen an allen Fronten zur Schlacht, und es wird ein Gemetzel geben, das steht fest. Wir werden vielleicht gezwungen sein, ein paar Schachzüge zu machen, die so nicht im Regelbuch vorgesehen sind, wenn Sie verstehen, was ich damit sagen will. Kurzum, es ist eine Situation, in der wir nichts so gut brauchen können«, sagte McCaine und lächelte finster, »wie Ablenkung.«

»Ablenkung?«

McCaine sah ihn von unten mit einer Art Jack-Nicholson-Blick an. »Ich will nicht mit allem, was ich tun oder nicht tun werde, in der Zeitung stehen, verstehen Sie? Ganz einfach. Und deshalb wäre es gut, wenn in der Zeitung etwas anderes stünde.«

»Aha«, machte John. »Aber wo ist das Problem? Ich meine, uns gehört die Hälfte aller Zeitungen und ...«

»Das Problem ist die andere Hälfte. Die Zeitungen, die uns nicht gehören.«

John musterte McCaine blinzelnd. »Hmm, ja. Klar. Ich verstehe bloß meinen Part dabei nicht, fürchte ich.«

McCaine kehrte zurück an seinen Schreibtisch, zog eine Schublade auf, nahm eine Zeitung heraus, die von weitem als unseriöses Revolverblatt zu erkennen war, und warf sie mit der Titelseite nach oben vor John hin. »Schauen Sie sich das einmal an.«

Die Zeitung war zwei Wochen alt, die Schlagzeile lautete: *Die schönste Frau, der reichste Mann – ist es Liebe?* Darunter war ein Foto aufgedruckt, auf dem John das Fotomodell aus der *Gäa-Werbung* wieder erkannte, Patricia deBeers, wie sie einem Mann, mit dem sie Händchen haltend eine Straße entlangging, vertraulich etwas ins Ohr flüsterte.

Und dieser Mann, erkannte John mit grenzenloser Verblüffung, war er selbst!

504.000.000.000 $

»Was ist das?«, schnappte er.

»Eine Fotomontage«, erklärte McCaine. »Recht geschickt gemacht allerdings. Die Zeitung ist berüchtigt für so was – normalerweise bringen sie Fotos von Kindern mit zwei Köpfen und von fliegenden Untertassen und dergleichen, und keiner kümmert sich weiter darum –, aber interessanterweise stehen seither die Telefone in der Pressestelle nicht mehr still. Alle Welt will wissen, ob etwas dran ist an dem Gerücht.«

»Nichts ist dran, selbstverständlich. Ich bin nie mit dieser Frau spazieren gegangen, schon gar nicht Hand in Hand.«

»Worum ich Sie bitten möchte«, sagte McCaine sanft, »ist, es zu tun.«

John starrte ihn an. »Irgendwie muss mir was entgangen sein in unserem Gespräch. Bitte, *was* soll ich tun?«

»Ja, ich überfalle Sie, das ist mir schon klar.« McCaine nahm die Zeitung auf, faltete sie mit umständlicher Sorgfalt und hielt sie dann hoch wie ein Beweisstück vor Gericht. »Normalerweise glaubt kein Mensch, was in dieser Zeitung steht. Alle sechs Wochen taucht Elvis auf oder das Ungeheuer von Loch Ness, und niemand, ein paar Spinner vielleicht ausgenommen, nimmt es für bare Münze. Deshalb hat mir die Reaktion auf diese Meldung zu denken gegeben. Mir sagt das, die Welt *möchte,* dass dieses Gerücht stimmt. Die Öffentlichkeit sähe nichts lieber als eine Liaison zwischen dem reichsten Mann und der schönsten Frau der Welt. Alle Vorurteile sähen sich bestätigt, alle Träume würden erfüllt. Man *sehnt* sich nach so etwas.«

»Das mag schon sein, aber ich habe nun mal nichts mit dieser Frau. Wir haben bei den Aufnahmen vielleicht vier oder fünf Worte gewechselt, und ich habe mich bemüht, nicht auf ihren Busen zu starren, das war alles.« John hielt inne und hatte plötzlich ein ausgesprochen mulmiges Gefühl.

McCaine nickte langsam und bedächtig. »Aber es wäre das perfekte Ablenkungsmanöver, denken Sie nicht? Sie und

505.000.000.000 $

Patricia deBeers und immer wieder ein Fotograf, dem ein Schnappschuss glückt, wie Sie Händchen halten ... Die Medien wären auf Wochen hinaus im Fieber.«

»Sie haben doch etwas vor.« John studierte McCaines betont ausdrucksloses Gesicht. »Sagen Sie mir, dass es nicht das ist, was ich gerade anfange zu vermuten.«

McCaine drehte die Zeitung in seiner Hand zu einer Rolle und knetete sie hingebungsvoll. »Ich habe mir erlaubt, Ihre Jacht in Marsch zu setzen. Sie war ohnehin zur Inspektion des Radarsystems in Hongkong. Heute oder morgen sollte sie in Manila einlaufen. Ich habe ferner Miss deBeers engagiert, um ...«

»Wie bitte? *Engagiert?*«

»Ich habe eine Schweigeklausel in den Vertrag hineinschreiben lassen und die Agentur dann so lange heruntergehandelt, bis man mich gebeten hat, meinerseits Stillschweigen über das niedrige Honorar zu bewahren. War interessant.«

»Engagiert? Wozu das denn?«

»Sie beide werden das liebende Paar geben, für die Augen der Weltöffentlichkeit zumindest – was Sie privat tun, ist Ihre Sache. Sie schippern ein bisschen durch die paradiesische Inselwelt der Philippinen, lassen sich von Reportern aufspüren, gehen ab und zu zum Shoppen an Land, medienwirksam Arm in Arm bitte ...«

»Das ist nicht Ihr Ernst!«

»Wenn die Welt auf die Philippinen schaut, soll man Sie beide sehen, nicht die Börsenkurse und/oder die Leitzinsen. Das ist es, was ich brauche.«

»Es *ist* Ihr Ernst.« John legte die Hand auf die Stirn, als spüre er Fieber. »Wirklich und wahrhaftig ... Sie wollen eine Schmierenkomödie aufführen.«

»Kommen Sie, John.« McCaine warf die Zeitung oder das, was davon übrig war, in den Papierkorb. »Ich hätte mir weiß Gott Schlimmeres ausdenken können, als Sie ein paar Wochen mit einer der schönsten Frauen dieses Planeten auf

Kreuzfahrt zu schicken, oder? Wer weiß, am Ende finden Sie einander sympathisch ...«

»Nein. Das reicht jetzt.«

»... und aus Illusion wird Realität?« McCaine grinste, als hätte er einen zotigen Witz erzählt. »Gut, ich halte mich raus. Wie Sie meinen. Ich will nur noch einmal daran erinnern, dass Sie allmählich an die Gründung einer Dynastie –«

»Bestimmt nicht mit einem bezahlten Fotomodell«, versetzte John. Er konnte es immer noch nicht fassen. Nein, das war jetzt eine Spur zu heftig. Er würde sich weigern. Er würde einfach Nein sagen, ganz einfach ...

McCaine war übergangslos wieder ernst. »Es wäre eine große Hilfe«, sagte er. »Es wird auch so schwierig genug. Wir müssen die Regierungen von einem halben Dutzend Ländern in die Knie zwingen und eine übernationale Organisation dazu, und das, während die Konkurrenz auf den geringsten Fehler von uns lauert. Es wäre wirklich eine große Hilfe.«

John schloss ergeben die Augen. Er seufzte. »Also gut. Wann soll es losgehen?«

»Sobald Sie können. Miss deBeers ist schon unterwegs. Sie wird Sie in Manila auf der Jacht erwarten.«

»Oh. Ich kann es kaum erwarten.« Er stand auf, fühlte sich grenzenlos müde. »Dann werde ich mal packen gehen.«

McCaine grinste anzüglich. Wenn man es recht bedachte, grinste er in letzter Zeit ziemlich oft anzüglich. »Gute Reise«, sagte er. »Genießen Sie es.«

»Oh, vielen Dank.« Im Hinausgehen betrachtete John sich in dem schmalen Spiegel, den McCaine neben seiner Zimmertür hängen hatte, und murmelte, an niemand Bestimmten gerichtet: »Habe ich das nötig?«

Ursula fühlte sich wohl. Sie hatte geduscht und war wohlig müde von der langen Zugfahrt, und nun saß sie mit dem *Padrone* und den beiden anderen älteren Vacchis – nur Eduardo fehlte – an diesem wunderbar gedeckten Tisch im unteren

507.000.000.000 $

Speisesaal, der nach Majoran und Tomaten und Oregano roch. Was immer es war, das Giovanna servierte, es sah wunderbar aus auf dem edlen Geschirr.

Beim Essen wurde beraten, was sie entdeckt hatte und was der Familie Vacchi anscheinend seit langem bekannt war.

»Wenn Sie sich vergegenwärtigen, dass das Vermögen der Familie Medici, der mächtigsten Familie ihrer Zeit, selbst in Glanzzeiten den Betrag von vierhunderttausend Florin nicht nennenswert überstiegen hat«, sagte Cristoforo Vacchi, während er sich bedächtig die Lippen mit einer dicken, gestärkten Serviette abtupfte, »dann haben Sie eine Vorstellung davon, dass dreihundert Florin damals ein hübsches Vermögen darstellten. Weniger hübsch zweifellos, wenn man in dieser Höhe verschuldet war.«

»Giacomo Fontanelli war ein Kandidat für den Schuldturm«, warf Alberto Vacchi ein, hingebungsvoll mit Messer und Gabel hantierend.

Der *Padrone* griff nach seinem Weinglas und nippte daran. »Er muss zumindest in ziemliche Bedrängnis geraten sein.«

»Wäre nicht denkbar«, schlug Ursula vor, »dass er über die Jahre Reserven gebildet hat, die in den Büchern nicht auftauchen? Dann wäre die letzte Seite einfach eine Zusammenstellung der zu begleichenden Schulden. Ich stelle mir vor, dass er seine weltlichen Angelegenheiten geordnet hat, ehe er ins Kloster gegangen ist.«

»Im Prinzip ja«, sagte Gregorio Vacchi schmallippig. Er schien ein derartiges Verhalten entschieden zu missbilligen. »Allerdings geht aus seinen geschäftlichen Aufzeichnungen nicht hervor, wie er derartige Reserven hätte bilden sollen. Seine Geschäfte gingen einfach nicht gut genug, um es klar zu sagen.«

Ursula legte ihre Gabel beiseite und sah die drei Männer der Reihe nach an. »Und das hat Sie nie stutzig gemacht? Nie an Ihrer Mission zweifeln lassen? Dass Sie nicht wissen, woher das Geld stammt, auf dem alles beruht?«

508.000.000.000 $

Sie hielten inne, sahen einander an, und Cristoforo Vacchi legte schließlich ebenfalls das Besteck ab und faltete die Hände bedächtig auf der Kante des Tisches vor seinem Teller. »Um das zu verstehen«, sagte er, »müssen Sie wissen, dass wir die Bücher Giacomo Fontanellis noch nicht so lange besitzen. Sie sind in unseren Besitz gelangt, als ich noch ein Kind war, am Vorabend des Zweiten Weltkriegs, und damals hatte niemand Zeit, sich eingehend damit zu beschäftigen. Offen gestanden sind wir erst vor wenigen Jahrzehnten auf den Sachverhalt aufmerksam geworden, den Sie entdeckt haben.«

»Vor wenigen Jahrzehnten?«, echote Ursula überrascht. Auf der Herfahrt hatte sich das noch so angehört, als zerbräche sich die Familie Vacchi seit Jahrhunderten den Kopf darüber. »Und wie kam das? Ich meine, wo waren die Bücher so lange?«

»Im Kloster des heiligen Stephanus.«

»Fontanellis Kloster?«

»Genau. Das war ein winziges Felsenkloster in den Apenninen; wenn Sie heute von Florenz in Richtung Forlì fahren, kommen Sie an der Ruine vorbei. Es wurde um 1890 herum aufgegeben und stand leer, bis Mussolini ein Munitionslager daraus machte, das noch kurz vor Kriegsende in die Luft flog. Man sagt, durch einen Fliegerangriff.«

»Und die Bücher?«

»Sind, soweit ich weiß, bei der Auflösung des Klosters mit anderen Unterlagen zusammen nach Rom gebracht worden. Dort müssen sie einige Jahrzehnte gelagert haben, bis jemand auf die Idee kam, die Kontenbücher an meine Familie weiterzuleiten.«

»Und wer war das?«

Cristoforo Vacchi hob müde die Schultern. »Tut mir Leid. Wie gesagt, ich war noch ein Kind.«

»Hmm. Sie haben gesagt, dass es noch andere Unterlagen gab ...«

»Mein Vater hat mir das einmal erzählt. Dass es sie gab. Er

wusste nicht, was es für Unterlagen waren und wo sie abgeblieben sind.«

»Aber das wäre doch interessant zu wissen«, sagte Ursula Valen und spürte etwas, das nur Adrenalin sein konnte. »Oder?«

Er erwachte, weil ein Sonnenstrahl durch das Fenster fiel und ihn in der Nase kitzelte. Immer noch unterwegs, sagte ihm ein Blick aus dem Fenster; die Wolken unter ihnen waren ein prachtvoller Anblick und der sich über der Maschine ehrfurchtgebietend dunkel wölbende Himmel nicht minder. Er konsultierte die Uhr. Nicht mehr lange. Weiter hinten hörte er die Leibwächter in gedämpfter Lautstärke reden. Gegen das gleichmäßige Geräusch der Triebwerke war nicht zu verstehen, worüber; belanglose Gespräche vermutlich, um sich die Zeit zu vertreiben.

Das hätte er sich niemals träumen lassen. Dass ein Teil des Weges, die Prophezeiung zu erfüllen, so etwas sein könnte wie das, was auf ihn wartete: mit einer gemieteten Schönheit umherzuziehen und den Playboy zu mimen. Wie lächerlich. Und wie peinlich, falls die Wahrheit jemals ans Licht kommen sollte.

Es war eine Landung wie jede andere, und auch der Flughafen sah aus wie alle Flughäfen. Sie bekamen ihren abgesicherten Stellplatz zugewiesen, und wie immer wartete eine Limousine, eine große weiße diesmal, die aussah wie ein Cadillac, aber keiner war. Egal. Er war in den letzten beiden Jahren so viel geflogen, dass er sich allmählich Sorgen um seine Strahlenbelastung machen musste. Es würde gut sein, ein paar Wochen auszuspannen, und zur Hölle mit den Reportern!

Während der Fahrt sah er nur flüchtig hinaus. Die Klimaanlage arbeitete auf Hochtouren, und vom Fond eines Luxuswagens aus sah auch Manila nur aus wie alle Großstädte: Hochhäuser, breite Straßen, viel zu viele Leute unterwegs, grelle Reklametafeln, wie sie in Los Angeles hätten stehen können. Baustellen. Männer, die in der flirrenden Hitze eines tropischen Augusttages mit heißem Asphalt hantierten oder mit Presslufthämmern.

»Der Hafen«, sagte Marco, als sie schaukelnd von einer Hauptstraße abbogen auf eine breite, weniger befahrene Straße mit Schlaglöchern.

Wider Erwarten erfüllte es John mit Begeisterung, seine Jacht wiederzusehen. Stolz und prachtvoll lag sie da, ein Traum in Weiß, riesig, der reine Luxus. Zwei Jahre lang hatte er sie nicht betreten, hatte sie nur in der Welt umhergeschickt, damit sie in Schuss blieb und die Mannschaft in Bewegung, während er tagein, tagaus in seinem Büro gehockt und so getan hatte, als verstünde er etwas von Geschäften. Was für eine Verschwendung!

Kapitän Broussard stand an der Reling des Brückendecks und winkte herab. John winkte zurück. In dem Moment, in dem er seinen Fuß auf Deck setzen wollte, tauchte aus einem Aufgang etwas Buntes, Wirbelndes auf, schoss auf ihn zu, und ehe er reagieren konnte, hielt ihn eine schlanke, luftig gekleidete Frau umarmt und küsste ihn leidenschaftlich.

Und lange. John, zuerst steif und voller Abwehr, begann es angenehm zu finden, durchaus. Er umfing sie ebenfalls, fühlte weiche, durchglühte Haut unter duftigem Stoff, roch verlockendes Haar, spürte eindeutige Reaktionen seines Körpers ...

Patricia deBeers ließ ihn wieder los und trat einen Schritt zurück, wie um ihn sich nach langer Trennung genauer anzusehen. Sie sah gut aus, weitaus besser, als er sie in Erinnerung hatte. Eine vollkommene Figur, ein ebenmäßiges Gesicht, die Verkörperung weiblicher Schönheit, und die tropische Sonne brachte all das erst richtig zur Geltung. Diese Reise versprach angenehmer zu werden, als er gedacht hatte.

Sie fasste seine Hand und sagte: »Komm!« Sie zog ihn hinter sich her zum Achterdeck, ausgelassen lachend wie ein frisch verliebtes Schulmädchen, und dort durch die Glastür in den Salon.

Drinnen ließ sie ihn los, schloss die Tür und blieb stehen, auf drei Schritte Abstand, die Arme vor der Brust verschränkt. »Das war der Job, wie ich ihn verstanden habe. Sind Sie zufrieden?«

»Wie?«, machte John. Etwas war in ihrer Stimme, das dieselbe Wirkung hatte wie ein Eimer Eiswasser, der einem unvermutet über den Kopf geschüttet wird, und er begriff. »Oh, ja. Doch. Absolut, ähm, überzeugend gespielt. Absolut.« Alles Show, na klar. Wie abgemacht. Womöglich gab es irgendwo ein Drehbuch für alles, was sie in den nächsten Wochen zu tun hatten.

»Großartig. Ich liebe es, wenn Kunden zufrieden sind.« Es klang nicht, als meine sie es so. Es sah auch nicht so aus. Sie stand da, das Gesicht verkniffen, jedes Nackenhaar aufgestellt, am ganzen Körper bebend wegen irgendwas.

John machte eine Handbewegung, hätte gern irgendetwas getan, um sie zu beruhigen. »Grandios«, sagte er behutsam. »Wie gesagt.«

Sie drehte sich weg, sah hinaus auf das leuchtend blaue Meer, die Phalanx der Segelmasten, die Weite. Eine Weile stand sie so und sagte nichts, sah nur aus wie ein lebendiges Kalenderfoto.

»Wissen Sie, wie ich mir vorkomme, *Mister* Fontanelli?«, fragte sie schließlich, voller Verachtung in der Anrede. »Können Sie sich das vorstellen?«

Es hatte mit der Art und Weise zu tun, wie sie engagiert worden war. Er wusste es, ohne dass sie ein weiteres Wort hätte sagen müssen.

»Hören Sie –«

»Nein, *Sie* hören mir jetzt zu. Sie sind der reichste Mann auf Gottes Erdboden, von mir aus. Aber das gibt Ihnen nicht das Recht, mich wie Dreck zu behandeln. Ich habe Modell gestanden für Ihren *Gäa-Preis,* schön. Zufällig ist es mein Beruf, Modell zu stehen, für alles Mögliche. Aber das macht mich nicht zu einer Hure, verstehen Sie? Sie können meine Zeit mieten, können mein Aussehen für Ihre Zwecke kaufen – das ist der Deal. Das haben Sie gemacht, und ich werde mitspielen. Ich bin Profi. Aber Sie können nicht meine Zuneigung kaufen, Mister John Fontanelli, Mister Eine-Billion-Dollar. Ich bin ein Model, aber in erster Linie bin ich eine Frau, verstehen Sie? Eine Frau.«

»Ja, das sehe ich ... Entschuldigung, ich meinte, das ist mir klar. Dass Sie eine Frau sind. Es war auch nicht meine –«

Sie blinzelte, als müsse sie mit Tränen kämpfen. »Ist Ihnen nichts anderes eingefallen? Wird man so, wenn man reich ist? Dass einem kein anderes Mittel mehr einfällt als Geld?«

»Nein, das verstehen Sie –«

»Sie hätten mich einfach *fragen* können. Einfach fragen, wie ein Mensch einen anderen etwas fragen kann. Ein Mann kann eine Frau fragen, ob sie mit ihm zusammen sein möchte, selbst wenn es nur für eine begrenzte Zeit sein soll, für einen Urlaub, für ein paar Wochen. Sie kann ablehnen, klar, aber das Risiko muss man eingehen. Sonst ist es nichts wert, wenn sie einwilligt, verstehen Sie?«

John sah sie hilflos an. Da hatte McCaine ihm was Schönes eingebrockt. »Ja«, sagte er. »Das verstehe ich.«

Sie sah ihn an, schüttelte den Kopf, dass die teuren Haare flogen. »Nein. Sie verstehen nichts. Sie haben mich einfach engagiert. Sie bezahlen mich. Deshalb ist es nichts wert, dass ich eingewilligt habe. Nichts.« Damit ging sie davon, verschwand im Dunkel des Gangs, ohne Licht zu machen, und kurz darauf hörte John eine Tür ins Schloss krachen. Er seufzte.

Von irgendwoher tauchte ein Steward auf mit einem Telefon. »Für Sie«, sagte er.

Es war McCaine. »Der Kapitän hat mir Bescheid gegeben, dass Sie angekommen sind«, dröhnte er. »Einen ersten Auf-

513.000.000.000 $

tritt gab es auch schon, hat er gesagt, den mindestens zehn Fotografen miterlebt haben. Soll ich Ihnen die Zeitungen schicken, sobald Sie auf der Titelseite sind?«

»Bitte nicht«, ächzte John und ließ sich ergeben in einen der Sessel sinken. Diese Reise versprach noch schlimmer zu werden, als er gedacht hatte.

»Schön, dann nicht. Noch ein paar Details zum Reiseplan. Sie stechen in See, sobald das Gepäck an Bord ist, und gehen für die Nacht vor einem kleineren Hafen in einer Bucht weiter südlich vor Anker. Morgen wird ein Beauftragter der philippinischen Regierung an Bord kommen, der Sie begleitet, dolmetscht, wenn nötig, und Ihnen die schönsten Plätze zwischen den tausend Inseln zeigt.«

»Wo uns die Reporter kaum aufspüren dürften, oder?«

»Machen Sie sich da mal keine Sorgen. Ein bisschen fordern müssen wir sie schon, um interessant zu bleiben.« McCaine hielt inne. »Sie klingen bedrückt. Stimmt irgendwas nicht?«

John ließ den Kopf nach hinten in das weiche Polster sinken und starrte auf das Wurzelholzmuster an der Decke. Man konnte Drachenköpfe und andere Monster darin entdecken, wenn man wollte. »Wie kommen Sie darauf? Mir geht's bestens.«

Am nächsten Morgen stand Frühstück an Deck auf dem Programm, um eventuellen Fotografen etwas zu bieten. Die *PROPHECY* lag unweit eines kleinen, spärlich besuchten Jachthafens vor Anker, und an dem Tisch auf dem oberen Sonnendeck saß man wie auf dem Präsentierteller. Ein Verdeck aus blauem Segeltuch schützte vor direkter Sonne, aber nicht gegen die feuchte Hitze, die noch zuzunehmen versprach.

»Insgesamt neunzehn, Mister Fontanelli, Sir«, sagte der Steward, ohne die Lippen zu bewegen, während er Kaffee und frische, heiße Croissants servierte.

514.000.000.000 $

»Insgesamt neunzehn – was?«, erwiderte John, so irritiert über die seltsame Sprechweise des Mannes, dass er zuerst nicht begriff, wovon die Rede war.

»Drei dort in dem grauen Hyundai am Kai, sehen Sie den? Der Mann auf dem Rücksitz hat das größte Teleobjektiv, das ich je gesehen habe.« Er goss den Kaffee extra umständlich ein. Ohne Zweifel hatte er zu viele James-Bond-Filme gesehen. »Wir haben ein hervorragendes Fernglas auf der Brücke, und von dort oben kann man die ganze Gegend absuchen, ohne dass einen jemand sieht. Sehen Sie die große Segeljacht am dritten Steg außen, die mit dem blauen Rumpf? Da sitzt einer am Heck. Zwei sitzen auf –«

»Schon gut«, sagte John und nahm ihm die Tasse aus der Hand. »Danke. So genau will ich es gar nicht wissen.«

Der Steward schien gekränkt. Er deckte in betretenem Schweigen weiter auf, bis das Erscheinen von Patricia deBeers ihn auf andere Gedanken brachte. Auf derart andere Gedanken, dass beim Einschenken ihres Kaffees ein paar Tropfen danebengingen.

»Was soll denn das?«, schnaubte sie den wehrlosen Mann an.

»Entschuldigen Sie, Miss deBeers, entschuldigen Sie vielmals«, katzbuckelte er, »selbstverständlich hole ich Ihnen sofort eine frische Ta–«

»Das will ich auch hoffen. Und heute noch, wenn's geht.«

»Heute noch, sehr wohl, Miss deBeers.« Er stob davon.

John betrachtete sie verblüfft über den Rand seiner Tasse hinweg, während sie sich setzte. Wie sie gestern gesagt hatte, sie war ein Profi. Sie hatte sich in einen duftigen Morgenmantel gehüllt, ihre Haare waren ungekämmt, und doch sah sie hinreißend aus – ein Beobachter konnte zu keinem anderen Schluss kommen, als dass sie eine wunderbare Liebesnacht hinter sich hatte. Von ihrem schroffen Ton war an Land ja nichts zu hören.

»Und? Was machen wir heute?«, fragte sie mit frostiger

Stimme, aber bezauberndem Lächeln, und griff nach einem Croissant.

John setzte seine Kaffeetasse ab. Ein bisschen zumindest sollte er sich vielleicht doch anstrengen, den Gesamteindruck nicht zu verderben. »Ich weiß es nicht. Nachher kommt ein Gesandter der Regierung, der uns führen soll.«

»Oh. Wie exklusiv.«

»Nicht wahr?« Würden sie sich jetzt wochenlang so angiften? Das konnte heiter werden.

»Ich habe heute Nacht«, begann sie, machte eine Pause, kaute, lächelte, ließ das Wort nachklingen, »einen Reiseführer über die Philippinen gelesen. Aus der Bordbibliothek, stellen Sie sich vor. Unglaublich, was es hier an Attraktionen gibt. Auf der Insel Palawan kann man mit dem Ruderboot durch den *Underground River* fahren, eine riesige Tropfsteinhöhle, die noch gar nicht ganz erforscht ist. Klingt das nicht aufregend?«

»Mmh«, machte John. »Klingt gut.« Sich einen Reiseführer anzuschauen, daran hatte er noch nicht einmal gedacht. Manchmal hatte er das Gefühl, trotz seines irrwitzigen Reichtums das eigentliche Leben zu versäumen. Jetzt gerade zum Beispiel.

»Oder diese Schwefelquellen am Fuß eines erloschenen Vulkans, Mount Makiling oder so ähnlich. Das ist gar nicht weit von hier, vielleicht fünfzig Meilen. Sagen Sie ehrlich« – sie senkte ihre Stimme zu einem verheißungsvollen Gurren –, »hätten Sie nicht Lust, mit mir zusammen in heißen Schwefelquellen zu ... *baden*?«

John starrte sie an. Er hatte nach einem Croissant greifen wollen, aber seine Hand hatte unterwegs ihre Absicht wieder vergessen. »Das ist nicht Ihr Ernst, oder?«

Sie machte einen Schmollmund und zog ihre Füße zu sich hoch auf die Sitzfläche des Stuhls. Was interessante Verwerfungen ihres Morgenmantels hervorrief. »Gönnen Sie mir doch auch meinen Spaß«, maulte sie zweideutig. Dann drehte sie den Kopf in Richtung des Aufgangs und schrie: »Wo bleibt meine Tasse, verdammt noch mal?«

Der Weg hoch in den vierten Stock der Kanzlei brachte sie beide außer Atem – Ursula, weil sie ihre Reisetasche um hatte, und Alberto Vacchi, weil er nicht mehr der Jüngste war. Seine Hand zitterte unübersehbar, als er die Tür aufschloss.

»So«, meinte er, immer noch keuchend, »das ist die Wohnung.«

Ursula ging an ihm vorbei durch die Tür, sah sich um. Schön. Die Decke war niedrig, die Wände weiß getüncht, das Mobiliar stammte aus dem vorigen Jahrhundert, ergänzt um Kühlschrank und Herd und farbenfrohe Bettdecken. Es roch nach abgestandener Luft.

»Es ist schon lange niemand mehr hier gewesen«, sagte der Anwalt entschuldigend. Er ging und riss eines der Fenster auf. Der Lärm der Stadt schwappte herein, schwemmte das Gefühl von Zeitlosigkeit fort, das sie beim Hereinkommen gehabt hatte. »Sind Sie sicher, dass Sie hier bleiben wollen? Es wäre kein Problem. Der Fahrer könnte Sie abends immer abholen und –«

»Machen Sie ruhig wieder zu«, erwiderte Ursula und legte ihre Tasche auf die Sitzbank der Kochnische. »Nein, jeden Tag die Strecke, das wäre Verschwendung. Ich komme schon zurecht.«

Alberto Vacchi schloss das Fenster gehorsam wieder, ging dann klappernd die Schrankfächer durch. »Geschirr, jede Menge. Hier, Dosenvorräte.« Er nahm eine in die Hand, streckte die Nase hoch, um mithilfe des untersten Randes seiner Bifokalbrille die Beschriftung zu entziffern. »Ist sogar noch haltbar, so was.«

Ursula machte den Kühlschrank auf. Er war eingeschaltet, auf niedrigster Stufe, doch alles, was darin stand, war eine Flasche Wasser.

517.000.000.000 $

»Ich kann Ihnen ein paar Restaurants empfehlen, ganz in der Nähe, wo Sie –«

Ursula schüttelte den Kopf. »Ich werde mich schon versorgen.«

Der alte Anwalt fuhr sich mit der Hand durch die Lockenmähne. »Wir hätten daran denken können, Lebensmittel zu besorgen. Soll ich Ihnen welche bringen lassen?«

»Ich werde einkaufen. Ich brauche nicht viel. Ein paar *pani*, etwas *latte*, ein bisschen *verdura* ... e *salame* ... *vino rosso* ...«

»*Bene*«, sagte er. »*D'accordo.*« Er betrachtete eine Weile nachdenklich seine Schuhe. »Ich sage Ihnen die Kombination für den Dokumentenraum. Sie ändert sich jeden Monat, aber bis Ende August sind es ja noch fast zwei Wochen. Sie erhalten den Schlüssel ... Was sonst?« Er sah sie an. »Ah, ja. Ich werde dem Schließdienst Bescheid sagen. Der kommt viermal pro Tag vorbei und überprüft das Haus. Der muss von Ihnen wissen.« Er überlegte, aber mehr fiel ihm nicht ein. Er hob die Hände. »*Si*, das ist alles. Ansonsten – es gibt überall Telefone, wenn Sie also irgendetwas brauchen ... oder irgendetwas ist ... Rufen Sie einfach an.«

»Mach ich«, nickte Ursula. Der alte Mann mit seinem geckenhaft gezupften Einstecktuch wirkte geradezu rührend besorgt.

»Was haben Sie vor?«, fragte er.

Ursula zuckte die Schultern. »Suchen«, sagte sie. »Das kann ich gut. So lange suchen, bis ich etwas finde.«

Der Regierungsgesandte war ein junger, stattlicher Filipino namens Benigno Tatad, ein Mann mit einem Kreuz wie ein Olympiaschwimmer. Er begrüßte John höflich, erklärte, Präsident Ramos persönlich lasse ihn grüßen, und wirkte bei all dem so eingeschüchtert, als sei Johns Reichtum etwas, vor dem man von Rechts wegen eigentlich in die Knie hätte sinken müssen. Als dann noch Patricia auf der Bildfläche erschien, war es vollends um ihn geschehen. Mit bebenden Händen entrollte er eine Karte der Philippinen und schlug ihnen einen Kurs vor, »zu märchenhaften Inseln und verlassenen Traumstränden«, wie er sich ausdrückte. Er flüchtete regelrecht, als John sich einverstanden erklärte und ihn bat, dem Kapitän den Kurs zu erläutern.

Bald nahm die *PROPHECY* gemächlich Fahrt auf, südwärts. Sie passierten die Balayan Bay, während die Sonne über dem Südchinesischen Meer niedersank und die Welt in eine Sinfonie aus Rot und Orange verzauberte. Die See lag ruhig, dunkelgrau und violett vor den Schattenrissen der nördlichen Küste Mondoros, als sie die Verde Island Passage erreichten. Bei Anbruch der Nacht ankerten sie vor Puerto Galera und ließen sich mit dem Motorboot ins grelle Nachtleben übersetzen.

Sie waren eine seltsame Truppe. Zusammen mit den Leibwächtern waren es sieben Männer, die um Patricia herum waren, was die Schönheitskönigin regelrecht zu genießen schien. Sie tänzelte mehr, als sie ging, schäkerte nach links und rechts und schien sich köstlich zu amüsieren.

»Werden wir beobachtet?«, fragte John Marco, als sie die erste Diskothek wieder verließen.

Der nickte gelassen. »Zwei mit Kamera schräg hinter uns. Und der dort vorne auf dem Fahrrad sieht auch so aus.«

John beugte sich zu Patricia hinüber. »Wir sind im Dienst.«

»Ich wette, Sie genießen das«, meinte sie spöttisch.

Sie besuchten einige grelle Diskotheken und eine reichlich schmuddelige Bar und zogen schließlich am Strand entlang zurück zum Boot. Ihr staatlich verordneter Begleiter bemühte sich, gute Miene zum bösen Spiel zu machen, aber sein Lächeln war inzwischen etwas maskenhaft geworden, und als John ihn fragte, gab er zu, dass er Puerto Galera bei Nacht nicht unbedingt für eines jener Highlights hielt, die vorzuführen man ihm aufgetragen hatte.

519.000.000.000 $

In den Tagen, die kamen, glitten sie vorüber an zerklüfteten Küsten, üppigen Wäldern und palmengesäumten Stränden. Immer wieder tauchten knallbunt bemalte Fischerboote auf, einzeln oder zu mehreren, mit knatternden Motoren und weit ausragenden Auslegern manche, andere ruhig dahinziehend, von farbenprächtigen Segeln gezogen. Man winkte ihnen zu, schien sich aber nicht weiter um die gewaltige Jacht zu kümmern. Sie durchquerten die Subuyan-See, steuerten an der Küste von Süd-Luzon entlang und sahen endlich den Vulkan Mayon, hoch in den Himmel aufragend, von vollkommener Kegelgestalt. Eine dünne weiße Rauchfahne kräuselte sich aus seinem engen Krater, wie eine unentwegte Warnung vor der Gefahr, die er darstellte.

Patricia schlug vor, ein wenig durch die Stadt am Fuße des Vulkans, Legaspi, zu bummeln. Benigno Tatad wagte den behutsamen Einwand, es sei eine ausnehmend reizlose und langweilige Stadt ohne jedes Flair. »Na schön«, sagte Patricia sofort. »Dann machen wir eben etwas anderes.«

»Wir sollten Boracay ansteuern«, riet der Gesandte. »Es gibt viele, die sagen, die Strände von Boracay seien die schönsten der Welt.«

So fuhren sie weiter, zwischen kleinen und großen Inseln, durch Wasser, klar wie im Paradies, zurück in die Visaya-See und wieder nach Westen. Einmal kam ein Sportflugzeug und drehte Kreise über ihnen, aber es war schwer zu sagen, ob Reporter darin saßen oder nur reiche Touristen, die ungewöhnliche Bilder machen wollten. Der Anlass und Zweck ihrer Reise geriet ohnehin mehr und mehr in Vergessenheit; das ruhige Gleichmaß ihrer Tage, deren wichtigste Ereignisse köstliche Mahlzeiten waren und verdöste Stunden unter dem Sonnensegel, die einen einlullten mit sanften Schiffsbewegungen und dem Rauschen des Wassers, das der Kiel durchpflügte, vertrieb alle Gedanken an die Welt, die jenseits dieses Paradieses existierte. John war, als fiele nach und nach die

Anspannung zweier Jahre von ihm ab, die ein endloser Marathonlauf gewesen waren, ohne Punkt und Komma, ohne Atempause. In manchen Momenten fragte er sich, ob, wenn er bis zur völligen Entspannung gelangen sollte, noch etwas von ihm übrig sein würde.

Boracay. Sie schwebten durch die türkis schillernden Gewässer weit geschwungener Buchten, in denen sich kleine Auslegerboote mit bunten Segeln tummelten, bestaunten die milchpulverhellen Sandstrände, die von Kokospalmen gesäumt waren wie im Bilderbuch. Der größte Strand, White Beach, erwies sich als touristisch übel verbaut, aber sie fanden unter Benignos Anleitung einen kleineren Strand im Süden.

»Es gibt hier wunderbare Korallenriffe. Wenn Sie wollen, können Sie bei einem tauchen«, regte Benigno an.

John war wenig begeistert. »Ich kann nicht tauchen.«

»Ich bestelle einen Tauchlehrer her, der es Ihnen beibringt, kein Problem. Mitsamt Ausrüstung und allem.«

Patricia fand das eine hervorragende Idee. Sie bestand darauf, dass Benigno mit ihr zusammen tauchen solle, worin dieser mit sichtlich gemischten Gefühlen einwilligte. Am nächsten Tag kam der Tauchlehrer, ein älterer Filipino mit ergrauendem Haar, der abgesehen von den fürs Tauchen nötigen Fachausdrücken nur gebrochen Englisch sprach und Apparate für ein halbes Bataillon aus seinem Boot auslud.

John verlegte seine Mußestunden auf das Vorderdeck, ließ die anderen hinten das Schnorcheln und Gerätetauchen üben und genoss die Ruhe.

»Offiziell komme ich, um Ihnen die neuen Codezahlen für die Schlösser zu sagen«, erklärte Cristoforo Vacchi, der neuerdings auf einen Stock gestützt ging, und lächelte feinsinnig. »Aber natürlich war mir der Anlass gerade recht, nach Ihnen zu sehen. Wir reden jedes Mal beim Essen von Ihnen. Dass

521.000.000.000 $

wir uns Sorgen machen, wäre zu viel gesagt, aber wir machen uns eben so unsere Gedanken. Wir haben ja sonst nicht mehr viel zu tun.«

Ursula musterte den *Padrone* blinzelnd, überrascht, dass er so unvermittelt aufgetaucht war, und irritiert über die Anwesenheit eines anderen Menschen in diesen Räumen. »Ist wirklich schon Ende August?«, fragte sie.

»Der Einunddreißigste.«

»Unglaublich.« Sie hatte alles Zeitgefühl verloren, wie immer, wenn sie in Archiven wühlte und dabei in Ruhe gelassen wurde. Es kam ihr vor, als sei sie erst gestern angekommen, und zugleich hätte sie geglaubt, dass draußen Jahre vergangen waren, falls man ihr das erzählt hätte. Sie legte den Stift beiseite und stand auf, fühlte sich benommen von der Notwendigkeit zu reden. »Ich habe etwas gefunden, das mir merkwürdig vorkommt. Das sollten Sie sich einmal ansehen.«

»Gern.«

Sie öffnete die klimatisierte Vitrine, in der die Bücher Giacomo Fontanellis lagerten, ging die teils grob, teils kunstfertig gebundenen Bände durch, aus denen ungleichmäßig geschnittene, hastig bekritzelte Streifen Notizpapier ragten, Lesezeichen, die sie mit dem Finger durchblätterte. »Hier.« Sie nahm einen schmalen Band heraus, einen der letzten, und schlug die Stelle auf, zeigte sie ihm. »Hier. Diese Notiz. Wie würden Sie das übersetzen?«

Der *Padrone* rückte die Brille zurecht und studierte die blasse, krakelige Schrift. »Hmm. Nicht leicht.«

»Fontanelli hat sich im Lauf der Zeit angewöhnt, Randnotizen in seine Bücher zu machen, fast wie eine Art Tagebuch. Mit wem er gesprochen hat, wo er ein Geschäft gewittert hat, solche Dinge. Das ist die einzige Notiz, die privater Natur ist.«

Cristoforo Vacchi setzte sich an ihren Arbeitstisch, zog die Lampe näher heran, las die Zeilen lautlos. »Merkwürdig, in der Tat«, sagte er dann und übersetzte: »*Heute mit Vater gesprochen. Vielleicht ein Ausweg.* Was mag er damit gemeint haben?«

»Ich dachte bis jetzt, er sei ein uneheliches Kind gewesen und sein Vater unbekannt«, meinte Ursula.

»Jedenfalls behauptet er das in seinem Testament.«

»In dem behauptet er auch, dass er ein Vermögen hinterlässt, nicht Schulden.« Ursula schüttelte den Kopf. »Ich habe alles nachgerechnet. Die ganzen Jahre, alle Florins und Zechinen und Mark und Pfennig. Es ist ein unglaubliches Chaos, aber er hat richtig gerechnet. Falls er irgendwann Geld beiseite geschafft hat, dann aus Geschäften, die in den Büchern nicht verzeichnet sind.«

Der *Padrone* blätterte die knisternden alten Seiten behutsam um. »Von wann ist dieser Eintrag?«

»März 1522.« Sie konsultierte ihre Notizen, ein dickes Ringbuch voller Zahlenkolonnen. »Damals hatte er fast fünfhundert Florin Schulden und war Schuldnern gegenüber in Verzug, bis ihm kurz darauf ein gewisser *J.* ein Darlehen von zweihundert Florin gibt. Er hat sich ganz schön durchgemogelt, der große Stifter.«

Vacchi schloss das Buch, legte es beiseite. »Und wie erklären Sie sich das?«

Ursula massierte ihr Kinn. »Bis jetzt überhaupt nicht. Ich weiß nur, dass ich nach Rom muss. Ich muss die übrigen Unterlagen Giacomo Fontanellis aufspüren.«

»Die weiß Gott wo sein können.«

»Sie sind in diesem Jahrhundert bewegt worden. Bestimmt gibt es Eingangsvermerke, Protokolle, irgendetwas, das mir hilft, sie zu finden.«

»Trauen Sie sich das zu?«

»Ja.« Sie war in einem der Komittees gewesen, die nach dem Ende des SED-Regimes über die Weiterbeschäftigung von Lehrern, Professoren und anderen Staatsbediensteten zu entscheiden hatten. Ihr Talent, Unterlagen aufzuspüren, hat-

523.000.000.000 $

te sie in den Archiven des aufgelösten Staatssicherheitsdienstes entdeckt, und manchmal war sie sich selber unheimlich geworden, wenn sie Dokumente fand, die jemanden belasteten, für die Stasi gearbeitet zu haben, obwohl diese versteckt oder falsch abgelegt worden waren. Es war wie ein sechster Sinn. Ja, sie traute es sich zu.

»Gut«, sagte der *Padrone*. »Wir arrangieren alles. Ich kenne den einen oder anderen, den ich anrufen kann, um Ihnen ein paar Türen zu öffnen ...«

Der Steward, der ihn aufweckte, tat dies nicht, um ihn ans Mittagessen zu erinnern, sondern um ihm das Telefon zu reichen. Es war McCaine, und der sagte: »Prinzessin Diana ist tot.«

John setzte sich auf, nahm den Hörer ans andere Ohr und schnitt Grimassen, um das Gefühl dumpfer Benommenheit zu vertreiben. »Wie bitte?«

»Die geschiedene Frau des britischen Thronfolgers. Sie ist heute Nacht in Paris mit ihrem Wagen gegen einen Brückenpfeiler gerast.«

»Was?« Die feuchte Hitze schlug einem aufs Haupt. »Wieso das denn?«

»Es scheint, sie haben versucht, vor einer Meute Fotografen zu flüchten, die sie auf Motorrädern verfolgt haben. Sie waren zu viert, sie, ihr Freund, der Fahrer und ein Leibwächter. Der lebt noch, aber man weiß nicht, ob er durchkommt. Tragische Sache.«

»So was.« Endlich sah er wieder scharf. Hätte seinen Namen wieder hersagen können. Vermutlich hätte er jetzt so etwas wie Betroffenheit oder Mitgefühl empfinden sollen, aber so weit war er noch nicht. »Und wozu erzählen Sie mir das? Muss ich etwa zum Begräbnis kommen?«

»So weit sind die Dinge noch nicht gediehen. Ich erzähle Ihnen das, weil es bedeutet, dass die Aufmerksamkeit der Öffentlichkeit sich einem anderen und, wie ich zugeben muss, interessanteren Ereignis zuwenden wird als Ihrer Romanze mit Miss deBeers.«

»Ah.« Sollte er jetzt etwa beleidigt sein? »Heißt das, ich soll zurückkommen?«

McCaine hüstelte. »Na, Sie scheinen es ja gar nicht erwarten zu können. Ist es denn so schrecklich mit der schönsten Frau der Welt?«

»Na ja, mittlerweile ist es auszuhalten.«

»Seit Sie sie flachgelegt haben, vermutlich. Na schön. Nein, ich wollte Sie bitten, trotzdem noch zu bleiben. Ich würde gern erst beobachten, ob die Intensität der Berichterstattung anhält. Gerade bahnt sich zwar eine Art publizistischer Dauerorgasmus an, aber selbst das Begräbnis einer Prinzessin ist einmal vorbei, und dann ... Bleiben Sie noch zwei Wochen. Falls wir doch noch etwas inszenieren müssen.«

John betrachtete seine nackten Füße, wackelte mit den Zehen und blinzelte in den unendlich blauen Himmel. Er konnte sich nicht vorstellen, überhaupt jemals in sein Büro zurückzukehren. »Na schön. Von mir aus.«

Hoffentlich klang das entsagungsvoll genug, dachte er, als er sich nach Ende des Telefonats mit wohligem Seufzen zurück auf die Liege sinken ließ. Dann dachte er noch, ehe er wieder wegdöste: *Wer hätte gedacht, dass Pressefotografen so gefährlich sein können ...*

McCaine legte den Hörer auf die Gabel zurück und seine Stirn in düstere Sorgenfalten. Es war fünf Uhr morgens, und er war die ganze Nacht über im Büro geblieben. Ihm gegenüber standen drei Fernseher, in denen drei Nachrichtenkanäle parallel berichteten, CNN, NEW und SKY-News. Über einen vierten Monitor liefen unentwegt Textnachrichten: der Nachrichtendienst von Reuters. Jenseits der Fenster erwachte London allmählich.

»Foster«, sagte er in das dämmrige Dunkel hinein.

Der Mann, der an seinen Tisch trat, war schlank und groß,

525.000.000.000 $

und wesentlich mehr hätte man kaum über ihn zu sagen gewusst, wenn man ihm irgendwo begegnet wäre. Er hatte obsidianfarbene Augen und trug einen dünnen Schnurrbart, aber er hatte schon Augen in allen Farben gehabt, und ein Schnurrbart war schnell abrasiert, falls er nicht ohnehin falsch war.

»Die Prinzessin ist nicht die einzige Frau, die gestern in Paris gestorben ist«, sagte McCaine, zog eine dünne Mappe aus einem der Stapel und schob sie ihm hin.

Foster las schweigend, betrachtete die Fotos. »Constantina Volpe. Was soll mit ihr geschehen?«

»Das ist nicht das Problem. Das Problem heißt Marvin Copeland. Ein Möchtegern-Rockmusiker, und unglücklicherweise ein Freund von Mister Fontanelli, von früher.« Er lehnte sich weit zurück und fuhr sich mit beiden Händen durchs Haar. »Von Rechts wegen säße er jetzt nicht in einem Pariser Untersuchungsgefängnis, sondern in einem richtigen italienischen Knast. Mister Fontanelli hat den Fehler gemacht, ihn davor zu bewahren. Hätte er das nicht getan, wäre Constantina Volpe jetzt nicht die soundsovielte Herointote in der französischen Drogenstatistik.«

Foster reichte ihm die Mappe zurück. Er hatte sie gelesen, er würde sie nicht mehr brauchen. »Was wollen Sie, dass ich tue?«

McCaine kam seufzend wieder hoch. »Am Flughafen steht ein Jet bereit, der Sie nach Paris bringt. Sobald die französische Justiz zu arbeiten anfängt, möchte ich, dass Sie vor der Tür stehen. Holen Sie Copeland heraus, gegen Kaution, gegen gute Worte, egal wie, und schaffen Sie ihn außer Landes.«

»Wohin?«

»Nach Kanada. Dort gibt es eine private Entzugsklinik, die gut arbeitet und keine Fragen stellt, solange die Rechnungen bezahlt werden.« Er öffnete eine Schublade und holte eine Karte heraus. »Hier, die Adresse.« Eine zweite Karte. »Unter dieser Nummer erreichen Sie einen Mann, der seit langem für mich in den USA arbeitet. Er kann Ihnen vor Ort in allem weiterhelfen.«

Foster studierte beide Karten in dem bleichen Licht der Schreibtischbeleuchtung und gab sie ebenfalls zurück. »Wie heißt er?«

»Wie heißt er, ja.« McCaine überlegte. »Sagen wir, er heißt Ron Butler.« Er öffnete eine andere Schublade, darin eine Stahlkassette, und holte einen dicken Briefumschlag heraus. »Das sind hunderttausend Pfund. Was gerade so im Safe war. Wenn Sie mehr brauchen für die Kaution, rufen Sie mich an. Rufen Sie mich auf jeden Fall an, sobald Sie Copeland haben. Die Klinik habe ich schon informiert, ich warte bloß noch auf die endgültige Zusage; deren Verwaltung arbeitet nur tagsüber.«

»*Alright.*« Foster nahm den Briefumschlag und steckte ihn achtlos ein. Er zögerte. »Eine Klinik ... Ist das eine sichere Lösung?«

»Copeland ist ein Freund von Mister Fontanelli, denken Sie daran.«

»Ich denke daran.«

»Abgesehen davon kann ich Sie beruhigen. Die Klinik liegt in einem gottverlassenen Niemandsland in Quebec, und die Leute dort wissen, wie man auf Patienten aufpasst. Die haben eine bessere Flüchtlingsstatistik als Alcatraz. Dort kommt einer erst heraus, wenn er absolut *clean* ist – und manchmal selbst dann nicht.« McCaine rieb sich die rot geränderten Augen. »Solange die Rechnungen bezahlt werden. Und das werden sie.«

Foster nickte. War da der Anflug eines Lächelns? Vermutlich nur eine Täuschung, ein Reflex aus dem Lichtermeer der Stadt.

McCaine streckte sich, ließ dann eine Hand schwer auf einen Stapel Akten fallen. »Das ist alles für den Moment. Als hätte ich nicht genug zu kämpfen mit all diesen Kartellklagen, Anzeigen und Bilanzproblemen, muss ich mich jetzt auch noch um einen Idioten kümmern, der jeden ins Verderben reißt, der sich mit ihm abgibt. Es ist zum Kotzen. Gehen Sie, Foster, und bitte, befreien Sie mich von diesem Problem.«

»Wie immer, Mister McCaine.« Ein kurzes Kopfnicken, dann trat er zurück ins Dämmerlicht, schien damit zu verschmelzen. Doch an der Tür blieb er noch einmal stehen. »Dieser Vorfall ... Wenn die Medien davon Wind bekommen hätten, wäre das unangenehm für Mister Fontanelli gewesen, richtig?«

McCaine sah ihn düster an. »Richtig.«

»So gesehen war der Tod der Prinzessin ziemliches Glück für uns.«

»Ja«, sagte McCaine nur.

Sie schipperten weiter südwärts, geradewegs hinein ins Reich der tausend Inseln, vorbei an kleinen und kleinsten Erhebungen, Felsufern, sandigen Böschungen, tief hängenden Palmen, wo immer das Grundradar eine Fahrtrinne fand. Patricia und Benigno tauchten, sobald die *PROPHECY* vor Anker ging, und erzählten begeistert von farbenprächtigen Korallen, Seeanemonen und Fischschwärmen, wenn John sie bei Tisch traf. Dabei glaubte er in ihrem Umgang miteinander eine Vertrautheit zu beobachten, die ihn überlegen ließ, ob Patricia womöglich eine Affäre mit dem jungen, gut aussehenden Regierungsgesandten angefangen hatte. Andererseits ging ihn das nichts an; sollten sie.

Auf die Dauer wurde es ihm dann doch langweilig, die ganzen Tage zu verdösen, und er ließ sich überreden, es auch mal mit Tauchen zu probieren. Er schnorchelte eine Weile unter der Aufsicht des Tauchlehrers, sah die anderen beiden einträchtig nebeneinander in geheimnisvollen azurblauen Tiefen verschwinden, besah sich den Rumpf der *PROPHECY* und langweilte sich. Während die Jacht weiter über die kristallklare See glitt, übte John das Atmen aus dem Atemgerät, lernte die wichtigsten Handzeichen und das Anlegen des Neoprenanzugs. Endlich ankerten sie wieder, in Sichtweite einer etwas größeren, offenbar bewohnten Insel, vor einer Felsspitze, hinter der eine wie gescheckt schimmernde Korallenbucht begann, deren schmaler Sandstrand von Treibholz übersät war.

»Die Insel da – wissen Sie, wie sie heißt?«, wandte John sich an den Gesandten.

Der war mit seinem Taucheranzug beschäftigt. »Panglawan«, sagte er nach einem flüchtigen Blick und mit einem flüchtigen, etwas verkrampft wirkenden Lächeln. John hatte diese Art Antwort inzwischen zu interpretieren gelernt; das hieß, Benigno wusste es nicht oder zumindest nicht genau.

Im Grunde war es ja auch egal. Nach letzten Ermahnungen des Lehrers setzte John wie die anderen die Maske auf, schob das Atemgerät zurecht, und hinab ging es in das türkisfarbene Meer und zu den Wundern der unberührten Natur.

Zuerst war da nur ein wildes Chaos tanzender Luftbläschen um ihn herum, die Sauerstoffflasche schien sich selbstständig machen zu wollen, und er brauchte eine Weile, bis er sich zurechtgefunden hatte. Und als er endlich so weit war, sich umzusehen, sah er nur Wüste.

Alles hier war tot. Eine Hand voll kleiner bunter Tropenfische flitzten über den grauen Meeresboden, als wollten sie nichts als weg hier. Als John näher kam, versteckten sie sich hastig in dunkel klaffenden Löchern des abgestorbenen Korallenriffs. John fasste an etwas, das wie Gestein aussah, und es zerbröselte ihm unter den Fingern. Er sah auf. Patricia kam heran, mit ihrem langen, wehenden Haar wie eine Meerjungfrau aussehend, und in ihren Augen las er dieselbe Beklemmung, die er fühlte.

Sie schwammen weiter, Benigno ein gutes Stück voraus, doch wohin sie auch kamen, sie fanden nur eine graue, leblose Unterwasserwüste. Jeder Supermarktparkplatz wies mehr Leben auf als diese Korallenbucht. Endlich hielt Benigno inne, drehte sich zu ihnen um und bedeutete ihnen, näher zu kommen.

In diesem Augenblick hörte John ein dumpfes *»Wumm!«* und gleich darauf ein zweites, und er brauchte endlose Sekunden, bis er begriff, dass das, was er hörte, Explosionen waren.

530.000.000.000 $

32

ALBERTO VACCHI WARTETE auf der Freiterrasse vor dem Hotel auf sie, als sie aus dem Staatsarchiv zurückkam, wie die vergangenen Tage auch. Sie wusste nicht, was er den ganzen Tag tat; wie es aussah, nichts weiter, als hier zu sitzen und Cappuccino zu trinken und auf sie zu warten.

Sie ließ sich auf den freien Stuhl ihm gegenüber sinken, ihre Tasche mit den Notizblöcken und Fotokopien auf dem Schoß, und sah ihn nur müde an.

»Sie sind heute früh dran«, sagte der alte Anwalt, nachdem er ihrem Blick eine Weile mit mitleidvoll hochgezogenen Augenbrauen standgehalten hatte. »Wollen Sie etwas trinken? Ihre Kehle ist bestimmt staubig.«

»Nicht bloß meine Kehle«, nickte Ursula Valen und schob ihre Tasche auf den dritten Stuhl hinüber. »Ein Wasser, ja, bitte. Oder einen Whisky. Einen doppelten, dreifachen ...«

Er gab der Bedienung ein Zeichen. »*Madre mío,* das klingt aber nicht gut.«

»Es ist aussichtslos, Alberto. Aussichtslos. Mir fällt kein Stichwort mehr ein, unter dem ich suchen könnte. Es kommt mir so vor, als hätte ich inzwischen jedes einzelne Blatt Papier in Händen gehalten, das sie dort haben.«

»Vielleicht brauchen Sie mehr Hilfe. Ich könnte noch ein paar Studentinnen von der –«

»Nein, daran liegt es nicht. Die Leute, die mir geholfen haben, sind hervorragend – sie sind fleißig, denken mit, können besser Englisch als ich selber... Nein, die Dokumente sind nicht da. Punkt.«

Der *Cameriere* erschien, ein schmaler, dunkelhäutiger

531.000.000.000 $

Mann mit einer scharf geschnittenen Hakennase. Ursula Valen bestellte ein San Pellegrino und einen *caffè con latte,* Alberto Vacchi einen *amaretto.*

»Hmm«, machte er, als der Ober wieder weg war, und zog dabei den Kopf so ein, dass sich Ringwülste an seinem Hals bildeten. »Aber sie waren im Eingangsbuch verzeichnet, richtig? Sie müssten da sein.«

»Wir haben im Personenverzeichnis gesucht. Kein Fontanelli. Einen Vacchi gibt es, aber der hatte nichts mit Ihnen zu tun. Wir haben im Ortsverzeichnis gesucht, im Stichwortkatalog, im –«

Ein plötzlicher Krach ließ sie herumfahren. Es hatte einen Zusammenstoß an der zweiflügligen Klapptür gegeben, die in die Küche führte, ein Tablett lag auf dem Boden, Splitter einer grünen Mineralwasserflasche und eines Glases darum herum, und das Lehrmädchen musste sich, den Tränen nahe, eine Standpauke des *Cameriere* anhören.

Alberto schien das zu amüsieren. »Als ich letztes Jahr hier übernachtet habe, ist genau dasselbe passiert«, erzählte er. »Sie sollten so was wie Verkehrsschilder anbringen, damit jeder sofort weiß, durch welche Tür man hinein- und durch welche man hinausgeht.«

»Ja«, sagte Ursula geistesabwesend. »Ich dachte eigentlich, das würden sie sowieso machen.« Das späte Sonnenlicht brach sich in gleißenden Reflexen auf einer der Glasscherben. Einer der Türflügel schwang immer noch hin und her und machte ein leises, quietschendes Geräusch, das wie Vogelzirpen klang. Alberto sagte etwas, aber sie hörte es nicht, dachte an Verkehrsschilder und Küchenausgänge und fing an, den Kopf zu schütteln. »Ich bin eine Idiotin! Ich bin die größte Idiotin, die jemals ...«

»Ursula?«, fragte Alberto und sah sie besorgt an. »Was ist mit Ihnen?«

Sie stand auf, sah auf ihre Armbanduhr. Es konnte gerade noch reichen. »Ich muss noch einmal ins Archiv«, sagte sie und merkte erst, dass sie vorhin unwillkürlich Deutsch gesprochen hatte.

»Ins Archiv? Aber was wollen Sie denn so spät –«

»Das Ausgangsbuch. Ich habe vergessen, nach einem Ausgangsbuch zu fragen.«

Sie tauchten auf. Benigno riss sich, wassertretend, die Maske vom Gesicht. »Dynamitfischer«, rief er aufgeregt und sah sich um, deutete mit der Hand in eine Richtung. »Dort drüben.«

Tatsächlich, da wippte ein schlankes Fischerboot auf den Wellen, keine Viertelmeile entfernt. Zwei Männer waren darin zu erkennen, einer ruderte, der andere fuhrwerkte mit einem großen Käscher umher.

»Na dann nichts wie weg«, meinte John und sah sich nach der *PROPHECY* um, doch die Jacht lag hinter dem Felsen vor Anker, der die Bucht abschloss, und war von hier aus nicht zu sehen.

»Nein, ich muss da hin«, beharrte der Regierungsbeauftragte. »Dynamitfischen ist streng verboten. Es zerstört die Korallen, die Fischbrut ... Sie haben es ja gesehen. Es ist meine Pflicht, die Leute zu stellen.«

»Wie wollen Sie denn das machen? Mit bloßen Händen? Die Leute dort haben *Dynamit*!«

Doch Benigno schüttelte nur den Kopf, setzte die Maske wieder auf und tauchte ab, in Richtung auf das Boot.

»Was machen wir denn jetzt?«, fragte Patricia beunruhigt. »Wir können ihn doch nicht allein lassen.«

John verzog das Gesicht. »Meine Leibwächter kündigen mir, wenn ich ihm einfach so nachschwimme.« Er tastete an seinem Gürtel nach dem kleinen Plastiketui, das Marco ihm vor dem Tauchgang aufgedrängt hatte, zog den Verschluss auf und holte das Funkgerät darin heraus. »Mal sehen, ob diese Geräte wirklich so wasserdicht sind, wie der Hersteller behauptet.« Er schaltete es ein, und siehe da, tropfnass, wie

533.000.000.000 $

es war, eine rote Leuchtdiode glomm auf. »Nettes Spielzeug.« Er drückte die Ruftaste. »Marco? Hören Sie mich?«

Ichch chöre Sie laucht und deuchtlich«, kam es krachend aus dem versiegelten Lautsprecher.

»Marco, bitte kommen Sie mit dem Motorboot«, rief John in das ähnlich versiegelte Mikrofon, hoffend, dass er sich einfach und unmissverständlich genug ausdrückte. »Wir sind in der Bucht. Und beeilen Sie sich.«

Die Antwort war ein schlichtweg unverständliches *Mchrchrkrchr*.

»Mit dem Boot«, wiederholte er. »Boot. Kommen. Schnell.«

»*Imchrchr krchchr techrchr.*«

John sah die rote Leuchtdiode an, die plötzlich aussah wie ein höhnisch funkelndes Auge. »Also, ich habe jedenfalls getan, was ich konnte«, meinte er, schaltete das Gerät wieder aus und stopfte es zurück in die Tasche. »Kommen Sie. Wir wollten Benigno nicht allein lassen.«

Sie streiften die Atemgeräte ab und schwammen ihm nach, über Wasser und ohne Chance, ihn einzuholen. Offenbar verdankte er das breite Schwimmerkreuz nicht nur seinen Genen. Und während sie auf das Fischerboot zuhielten, trieben rings um sie herum winzige tote Fische an die Oberfläche, mehr und mehr, je näher sie dem Boot kamen, die Opfer der beiden unterseeischen Explosionen.

Die beiden Fischer waren auf der ihnen abgewandten Seite des Bootes mit dem Einsammeln ihrer Beute beschäftigt und bemerkten sie nicht. Als Benigno urplötzlich vor ihnen aus dem Wasser auftauchte, erschraken sie fast zu Tode.

Der eine ließ beinahe seinen Käscher fallen, der andere fing an zu schreien. Benigno schrie dagegen, in einer Sprache, die in Johns Ohren nur aus Variationen der Worte *malang-malang* und *alala* zu bestehen schien, und dann schrien alle durcheinander.

Da entdeckte der am Paddel, dass John und Patricia ebenfalls auf das Boot zugeschwommen kamen. Er sprang auf, hob das Paddel wie eine Schlagwaffe in die Höhe, schreiend und gestikulierend, offensichtlich dicht davor, auszurasten. Der andere redete auf ihn ein, versuchte ihn zu beruhigen, aber offenbar hatte er nicht besonders viel Einfluss auf seinen Begleiter.

»Mein Gott«, schrie Patricia, bekam Wasser zu schlucken, spuckte es aus, »er wird Benigno den Schädel einschlagen!«

John gab keine Antwort, vor allem, weil ihn das schnelle Schwimmen völlig aus der Puste gebracht hatte. Er hielt inne und streckte die Hand aus, um Patricia daran zu hindern, noch näher an das Boot heranzuschwimmen, das unter dem tobenden Ruderer wild hin und her schwankte und zweifellos umgekippt wäre ohne seine beiden Ausleger. Das war jetzt kein Spiel mehr.

»Er hat Angst um sein Boot«, keuchte Patricia wassertretend. »Es wird konfisziert, wenn man ihn beim Dynamitfischen erwischt. Früher stand sogar die Todesstrafe darauf.«

John warf ihr einen erstaunten Blick zu. »Woher wissen Sie denn das?«

»Stand alles in dem Reiseführer.«

Das machte die Aufregung des Mannes verständlich. Ein Fischer ohne Fischerboot, das bedeutete zweifellos seinen Ruin. Menschen hatten schon aus geringeren Anlässen gemordet.

Doch anstatt um sich zu schlagen, erstarrte der Mann mit dem Paddel plötzlich, stand da wie ein Standbild und starrte über sie hinweg den Horizont an. Sie wandten unwillkürlich die Köpfe, um zu sehen, was dort sein mochte, und siehe da: Das Motorboot der *PROPHECY* kam weiß und elegant über die Wellen gebrettert, direkt auf sie zu. Jetzt, da das Geschrei verstummt war, hörte man auch das dumpfe Knattern des Außenborders.

Die gedrungene Gestalt des Fischers sackte in sich zusammen. Er ließ das Ruder fallen, setzte sich und barg das Gesicht in den Händen, weinte. Der andere sah ihn betreten an,

535.000.000.000 $

mit der Hand in den paar Fischlein in seinem Köcher wühlend, und so ergaben sie sich in ihr Schicksal.

Das Motorboot ging mächtig längsseits. Marco saß am Steuer, neben ihm ein junger, drahtiger Mann mit Sonnenbrille, der, soweit John sich erinnerte, Chris hieß, ein rotgeschopfter Ire, dem die Tropensonne sichtlich zu schaffen machte. »Alles in Ordnung?«, fragte Marco besorgt und ließ die Leiter herunter, sodass sie an Bord steigen konnten.

Was John am meisten erschütterte, war, wie mager die Beute der Fischer ausgefallen war. In einem uralten senfgelben Plastikeimer hatten sie kaum den Boden bedeckt mit Fischen, von denen keiner mehr als eine Handspanne maß. Zusammen mit den Tieren, die noch auf dem Wasser trieben, kamen gerade vielleicht zwei Mahlzeiten zusammen, wenn man Flossen und Gräten mitaß. »Das verstehe ich nicht«, sagte er zu Benigno. »Wie kann sich das rechnen? Ich meine, das Dynamit bekommen sie doch nicht umsonst.«

Benigno war nicht in der Stimmung für betriebswirtschaftliche Betrachtungen. Er saß da, wischte sich mit zitternden Händen übers Gesicht und murmelte etwas in seiner Muttersprache vor sich hin. »Über neunzig Prozent der Korallenriffe sind schon durch Dynamit zerstört«, brach es aus ihm heraus. »Man verbietet es ihnen. Man nimmt ihnen die Boote weg. Und sie hören und hören nicht auf damit.«

»Ja«, nickte John. »Aber dafür muss es doch einen Grund geben.«

»Weil sie *dumm* sind! Dumm, abergläubisch und dickköpfig.« Er sah wirklich fertig aus.

John sah in die Runde. Marco blickte ihm erwartungsvoll entgegen, erwartete Anordnungen. Patricia hockte neben Benigno auf der Sitzbank und schien unschlüssig, ob sie den Arm um ihn legen sollte oder nicht. Die beiden Fischer schauten aus ihrem dümpelnden Boot zu ihm hoch, das blanke Entsetzen auf den Gesichtern.

»Benigno«, sagte John, »ich möchte sehen, wie sie leben.«

536.000.000.000 $

Der Gesandte der Regierung blickte ihn verständnislos an. »Wie sie leben?«

»Ja. Ihr Dorf, ihre Familien, ihre sonstige Umgebung. Ich will verstehen, warum sie das tun.«

»Wozu?«

»Das habe ich doch gerade gesagt: Ich will verstehen, wie sie leben.«

Der breitschultrige Filipino wollte etwas erwidern, doch dann fiel ihm wohl wieder ein, womit man ihn beauftragt hatte. »Sie leben sehr einfach. Es ist bestimmt nicht interessant für Sie.«

»Wenn es mich interessiert, ist es doch wohl interessant für mich.«

Er rang mit sich. »Aber das gehört nicht zu den schönen Seiten meines Landes. Die soll ich Ihnen zeigen. Nicht ein armseliges Fischerdorf.«

»Die schönen Seiten Ihres Landes habe ich jetzt drei Wochen lang gesehen.«

Benigno starrte aufs Deck hinab, als sei dort Faszinierendes zu sehen. »Wirklich, wir sollten sie den zuständigen Stellen übergeben und weiterfahren. Das wäre das Beste.«

»Für die beiden sicher nicht. Und ich habe keine Lust, Polizei zu spielen.« John rieb sich das Kinn. »Aber natürlich will ich Sie zu nichts zwingen. Mein Sekretariat kann einen Dolmetscher ausfindig machen und einfliegen, das ist nur eine Sache von Stunden.« Es war gelogen, dass er ihn zu nichts zwingen wollte. Zum ersten Mal wandte er McCaines Lektionen über Macht und ihren Gebrauch bewusst und mit voller Absicht an.

Und mit Erfolg. Benigno starrte blicklos vor sich hin. In dem Schweigen, das Johns Worten folgte, glaubte man förmlich zu hören, was er dachte. Dass er heimgeschickt werden würde. Was für eine Schande das sein würde.

»Nein, das ist nicht nötig«, murmelte er schließlich. »Wenn Sie es gerne möchten ...«

537.000.000.000 $

»Danke.« John deutete zu den Fischern hin. »Sagen Sie Ihnen, was wir wollen. Dass sie uns zu ihrem Dorf führen sollen.«

»Jetzt gleich?«, fuhr Patricia auf. »Nein, John, das können Sie nicht machen. Ich muss zurück aufs Schiff, mir das Salz aus den Haaren waschen.«

Natürlich jetzt gleich, dachte John. *Nachher finden wir sie nie wieder.* »Heute Abend sind wir zurück. Benigno, bitte.«

Während Patricia vor sich hin maulte, beugte sich der Gesandte über Bord und sprach mit den beiden Fischern. Der mit dem Paddel, ein untersetzter Mann mit einem von Narben zerfurchten Gesicht, war offenbar der Wortführer; der andere, dem, wie John erst jetzt entdeckte, an beiden Händen je ein Finger fehlte – was darauf schließen ließ, dass er die Dynamitfischerei nicht erst seit heute betrieb –, war zwar deutlich älter, grauhaarig und faltenreich, wirkte aber weich und unterwürfig.

»Sie sind ziemlich abgeneigt«, erklärte Benigno. »Sie fragen, was wir im Dorf wollen. Sie glauben, wir wollen ihren Familien auch etwas anhaben.«

»Sagen Sie ihnen, dass sie nichts zu befürchten haben. Dass wir sie nicht anzeigen werden.«

Benigno räusperte sich. »Wenn ich einen Vorschlag machen dürfte ... Schenken Sie ihnen etwas Geld. Fünf Dollar oder zehn, das ist hier ein Vermögen. Dann werden sie Ihnen eher glauben.«

John fasste sich an den Neoprenanzug. Natürlich hatte er kein Geld dabei. Wenn er es recht bedachte, hatte er, seit er reich war, so gut wie nie mehr Geld dabei gehabt. »Hat jemand zehn Dollar?«, fragte er und sah in die Runde. »Marco, Sie vielleicht? Sie bekommen es wieder.«

»Mit Zins und Zinseszins?«, grinste Marco, der schon dabei war, seine Hosentaschen zu durchwühlen. Tatsächlich förderte er einen Zehndollarschein zutage und reichte ihn John. »Jetzt haben Sie Schulden bei mir.«

538.000.000.000 $

»Danke.« Er gab den Schein an Benigno weiter, der ihn den Fischern hinhielt. Ein längeres Palaver folgte, der Paddler bekam leuchtende Augen, musterte sie, wie sie da in ihrem großen Motorboot saßen und auf ihn herabsahen, und nahm die zehn Dollar an sich.

»Also, er heißt Pedro, und der andere Francisco«, berichtete Benigno schließlich. »Und sie führen uns zu ihrem Dorf.«

Das Dorf stand so dicht am Wasser, als habe der Wald dahinter es allmählich ins Meer gedrängt. Kleine, graue Hütten mit Wänden aus geflochtenem Stroh und Dächern aus verwitterten Palmblättern standen eng beieinander, einige von ihnen auf Pfählen über dem Wasser oder in den Kronen von Mangroven, die aus den Fluten wuchsen. Fahlfarbene Fetzen hingen an Leinen, erst auf den zweiten Blick erkannte man T-Shirts darin, Hemden, kurze Hosen, wie man auch erst auf den zweiten Blick die Verschläge aus Pappe, Wellblech und Plastikfolien sah, die sich hinter und zwischen die Hütten duckten. Scharen von Kindern, die meisten halb nackt, liefen zusammen, als sich das große, schneeweiße Motorboot ihrem baufälligen Bootssteg näherte wie ein Ding aus einer anderen Welt.

»Berühren Sie niemanden am Kopf«, mahnte Benigno leise, »auch die Kinder nicht. Das gilt als unhöflich.«

Doch in diese Gefahr kamen sie nicht, denn die Kinder hielten respektvoll Abstand und kicherten nur in einem fort über ihre hautengen, quietschbunten Taucheranzüge. So eskortiert folgten sie den beiden Fischern, sogar Patricia, die bis zum Moment des Anlegens wiederholt hatte, sie werde keinen Fuß an Land setzen. Lediglich Chris blieb beim Boot zurück.

Schon auf dem Steg kam ihnen ein Mann entgegen, der nur noch einen rostigen Haken besaß an Stelle seiner rechten Hand; sie schüttelten ihm die linke. Vor einer der Hütten saß, auf einem Stuhl, ein Mann, der nur noch einen Oberschenkel hatte, und auf dem hielt er eine braune Flasche abgestellt und musterte sie trübe. Sie sahen mehrere junge Männer, die auf selbst geschnitzten Krücken gingen, weil sie ein Bein verloren hatten. Der Nächste besaß keine Arme mehr, und als ihre Begleiter mitbekamen, wie sie das berührte, zeigten sie ihnen in einer Hütte einen Mann, der weder Arme noch Beine besaß und in einem Sack von der Decke hing. Sie sagten etwas und lachten herzhaft; sogar der Mann im Sack lachte mit, ein dreckiges, zahnlückiges Lachen.

»Was haben sie gesagt?«, fragte John.

»Dass er zwei Kinder gezeugt hat seit seinem Unfall«, erklärte Benigno verlegen.

Patricia wandte sich ab.

»Ich glaube, ich muss kotzen«, sagte sie.

Es war wie ein Drogentrip durch eine fremde Welt, ein Albtraum aus einem Höllengemälde. Dies war kein Fischerdorf, dies war ein Kriegsschauplatz. Seine Bewohner wirkten, als lebten sie an einer Front, auf der jeder Fußbreit voller Landminen lag, und doch war der einzige Kampf, in den sie verwickelt waren, vermutlich der ums Überleben.

Sie erreichten Pedros Hütte. Seine Frau, ein zierliches Wesen mit großen, illusionslosen Augen, verbeugte sich tief, bis ihr Mann sie mit barscher Stimme schickte, die Gäste zu bewirten. Sie verschwand und kehrte mit gesenktem Haupt, namenlosen braunen Flaschen, aus denen es nach Alkohol roch, und einer Schüssel kaltem Reis mit Fischstückchen darin zurück. Pedro führte ihnen unterdessen seine Kinder vor, sieben an der Zahl, vier davon Söhne, die er ihnen mit Namen vorstellte. Dann bat er sie mit unmissverständlichen Gesten, sich zu setzen, sodass sie essen konnten und reden.

»Ich habe noch etwas Geld«, raunte Marco. »Falls es angebracht sein sollte, sich für die Gastfreundschaft erkenntlich zu zeigen. Ich meine, wir essen ihnen ja jetzt die Wochenration weg, schätze ich.«

»Nachher«, raunte Benigno zurück.

Francisco, von dem sie immer noch nicht verstanden hatten, in welcher Beziehung er zu Pedro und seiner Familie stand, blieb bei ihnen sitzen, und nach und nach gesellten sich andere aus dem Dorf dazu, um die Fremden in Augenschein zu nehmen – obwohl kaum jemand sie länger direkt anzuschauen wagte, von den kleinsten Kindern einmal abgesehen – und um ihren Teil in das Gespräch einzuwerfen.

»Sie sagen, sie müssen immer weiter hinausfahren, weil man in Küstennähe kaum noch etwas fängt«, übersetzte Benigno das Palaver und fügte bitter hinzu: »Kein Wunder, sie haben ja auch alles kaputtgemacht. Sich selbst eingeschlossen.«

Von dem Platz aus, an dem er saß, konnte John ein Stück des Strandes sehen und einen alten, zerlumpt aussehenden Mann, der davon noch nichts gehört zu haben schien, jedenfalls zog er ein Netz, das ziemlich feinmaschig sein musste, so wie es schimmerte, durch das flache Ufergewässer, mit engelsgleicher Geduld, wieder und wieder an denselben Stellen.

»Wissen sie überhaupt, was sie mit dem Dynamit anrichten?«, fragte John. »Warum es verboten ist?«

Benigno fragte, die versammelten Fischer antworteten, und dann sprach Benigno, erklärte ihnen offenbar Zusammenhänge, von denen sie, den Ausdrücken bassen Erstaunens auf ihren Gesichtern nach zu urteilen, noch nie gehört hatten. Dass ein Korallenriff die Heimat für Millionen von Lebewesen war, viele davon Futter für Fische, die dadurch in Schwärmen angelockt wurden. Dass Dynamit all dies zerstörte. Dass sie mit dem Versuch, ihre Fänge zu vergrößern, ihre Fanggründe vernichtet hatten und im Begriff waren, eine Unterwasserwüste zu schaffen, die ihren Kindern keine Lebensgrundlage mehr bieten würde.

John sah wieder zu dem alten Mann am Strand hin und erinnerte sich, dass er einmal, irgendwann, vor hundert Jahren, wie es ihm vorkam, in seinem Büro gesessen und über

541.000.000.000 $

diese Zusammenhänge in einem Buch gelesen hatte. Damals hatte ihm alles wunderbar eingeleuchtet, wobei ihm der Erhalt von Korallenriffen allerdings eher wie eine Nebensache vorgekommen war. Das hier war die Wirklichkeit. Für diese Leute war der Erhalt von Korallenriffen eine Frage von Leben und Tod. Hier war nichts mehr einfach, einleuchtend und wunderbar erst recht nicht.

»Sie wussten es nicht«, berichtete Benigno konsterniert. »Sie haben gedacht, Dynamitfischen sei verboten, weil es gefährlich für die Fischer ist.« Er schüttelte den Kopf. »So ganz begriffen haben sie es auch immer noch nicht ...«

Patricia deBeers drehte die Spitzen ihres Haares zwischen den Fingern und betrachtete sie dabei prüfend. »Warum haben sie überhaupt damit angefangen? Ich meine, die gute alte Methode muss doch jahrhundertelang funktioniert haben, oder?«

»Gute Frage«, nickte John.

Benigno gab die Frage weiter. Es waren vor allem die Älteren, die darauf antworteten, mit langen, melodischen Erzählungen, zu denen die anderen bestätigend nickten. Doch der Gesandte konnte alles, was sie sagten, in einem nüchternen Satz zusammenfassen: »Die Fänge haben nicht mehr gereicht.«

»Und warum?«

»Sie waren zu viele geworden.«

»Und mussten nach Wegen suchen, mehr Fische zu fangen, als mit den alten Methoden möglich war.« John nickte verstehend. Also doch, die Mutter aller Probleme: Bevölkerungswachstum. Er blickte sich um, betrachtete die Schar der Kinder, der menschliche Zins und Zinseszins ihrer Vorfahren. »Haben sie nie daran gedacht, stattdessen weniger Nachkommen in die Welt zu setzen?«

Benigno zögerte, schüttelte den Kopf. »Das brauche ich nicht erst zu fragen. So etwas ist nicht erlaubt.«

»Was?«, fragte Patricia scharf. »Empfängnisverhütung?«

542.000.000.000 $

»Das ist gegen das Gesetz. Und es ist gegen Gottes Wille.«

»Und einem Kind mit Lungenentzündung Penicillin zu geben, ist das auch gegen Gottes Wille?«

Er spreizte in einer verlegenen Geste die Finger. »Das kann ich nicht beurteilen. Das ist Sache der Kirche. Ich richte mich danach, was die Priester sagen.«

»Richtest du dich, so.« Sie musterte ihn mit einem spitzen, verletzten Lächeln, beugte sich dann zu ihm vor und sagte leise: »Ich habe ein Rätsel für dich. Nehme ich die Pille, ja oder nein? Rate mal.«

Benigno sah sie mit geweiteten Augen an, und John hatte den starken Eindruck, dass, falls die beiden eine Affäre miteinander gehabt hatten, er jedenfalls gerade deren Ende erlebt hatte.

Nachher, auf dem Weg zurück zum Boot, begegnete ihnen der Alte mit dem feinen Netz. In den zwei Stunden, die sie hier gewesen waren, hatte er eine Hand voll Fischbrut zusammengebracht, lauter ein bis zwei Zentimeter große Fische.

John deutete darauf und bat Benigno: »Fragen Sie ihn, ob er sich darüber im Klaren ist, dass diese Brut nicht mehr zu großen, fortpflanzungsfähigen Fischen heranwachsen wird. Fragen Sie ihn, ob er weiß, dass er die letzte Chance vernichtet, auch in ein paar Jahren noch etwas zum Essen zu fangen.«

Benigno seufzte verhalten und tat, wie geheißen. Der alte Mann, der nur eine zerschlissene rote Sporthose trug, sah sie aus kurzsichtigen Augen an, lächelte traurig und sagte etwas. Dann ging er an ihnen vorbei, und im Vorbeigehen tätschelte er John leicht auf den Arm.

John sah ihm verblüfft nach. »Was hat er gesagt?«, wollte er wissen.

»Er hat gesagt«, übersetzte Benigno, »Was nützt es mir, die kleinen Fische nicht zu fangen und zu warten, bis sie groß sind, wenn ich bis dahin verhungert bin?«

543.000.000.000 $

Es war so spät am Abend, dass endlich so etwas wie eine kühle Brise aufkam. Sie hatten wie immer gut gegessen, mit schlechtem Gewissen, aber großem Appetit, während zwei der jüngeren Bodyguards noch einmal mit dem Boot hinausgefahren waren, um die Atemgeräte zu holen, die John und Patricia zurückgelassen hatten.

Die große Jacht bewegte sich leicht in der Dünung. Wenn man an der Reling stand und genau hinhörte, konnte man unter Wasser die Stabilisatoren arbeiten hören. Wolken, die wie Rauchschwaden aussahen, verdeckten einen Teil der Sterne; man bildete sich sogar ein, Rauch zu riechen.

Patricia saß, in sich gekehrt, im Salon und schrieb Briefe. Benigno Tatad hockte am Bug und starrte gedankenverloren ins Wasser. John hatte einen Rundgang gemacht, mit den Stewards gesprochen und mit dem Koch, mit den Maschinisten und zuletzt mit Kapitän Broussard, alles in bester Ordnung gefunden und zog sich schließlich in seine Kabine zurück.

Dies war der Raum, den er am wenigsten wohnlich fand, eher ein aufdringlich möbliertes Hotelzimmer als ein Zuhause, aber heute Abend war er froh, hinter sich zuschließen zu können. Er ließ sich in einen der beiden Sessel fallen, starrte eine Weile Löcher in die Luft und griff schließlich zum Telefon, um McCaine anzurufen.

»Was die Umwelt zerstört, ist in Wirklichkeit Armut«, sagte er, nachdem er ihm die Erlebnisse und Erkenntnisse des Tages geschildert hatte. »Nicht das Bevölkerungswachstum, nicht die mangelnde Bildung – Armut. Jemand, der hungert, hat nicht die Wahl, ein Tier, das er erlegen könnte, am Leben zu lassen, weil es vom Aussterben bedroht ist. Denn er muss *jetzt* essen. Jemand der friert, hat nicht die Wahl, einen Baum stehen zu lassen, um zu verhindern, dass die Wüste weiterwächst. Er muss überleben, und es heißt, der Baum oder er. Armut heißt, mit dem Rücken zur Wand zu stehen. Man kann keine Rücksicht nehmen, wenn man mit dem Rü-

544.000.000.000 $

cken zur Wand steht, auf andere Menschen nicht und auf die Natur erst recht nicht. Armut ist der Kern des Problems.«

McCaine schwieg einen Moment, aber vielleicht kam das auch nur von der Satellitenverbindung. »Ich kann Ihnen nicht widersprechen«, sagte er. »Die Frage ist, welche Folgerungen ziehen Sie daraus?«

»Ich frage mich, ob es nicht besser wäre, viele kleine Projekte ins Leben zu rufen, überall auf der Welt, zielgerichtet und auf die jeweiligen Probleme ausgerichtet. Zum Beispiel hier, die Philippinen. Ich habe vor dem Abendessen herumtelefoniert, mit ein paar Leuten, die mir der Gesandte der Regierung nennen konnte, und ein paar, die mir das Sekretariat besorgt hat, und ich habe festgestellt, dass man hier mit geradezu lächerlich wenig Geld Enormes bewirken könnte. Wenn man mit dem Dynamit wirklich aufhört, die Riffe ein paar Jahre in Ruhe lässt, dann erholt sich das Leben dort wieder, und die Fische kehren zurück. Himmel, es hilft sogar, wenn man alte Autoreifen ins Meer versenkt als Riffersatz. Man muss es nur tun. Man müsste simple Lehrfilme produzieren, in jedem der vielen Dialekte, die es hier gibt, und den Fischern die Zusammenhänge erklären. Und man müsste die Verwertung verbessern – sage und schreibe ein Drittel des Fischfangs verdirbt, sechshunderttausend Tonnen pro Jahr, nur weil es nicht genug Kühlhäuser, Eismaschinen und Kühlwagen gibt und die Straßen miserabel sind. Ich komme auf eine Summe von zehn, vielleicht fünfzehn Millionen Dollar, verteilt auf mehrere Jahre, die hier, richtig eingesetzt, buchstäblich Wunder wirken würden.«

»Mmh. Ohne Zweifel ist Ihnen klar, dass es derartige Projekte ohne Zahl auf der Welt gibt.«

»Natürlich. Aber schließlich habe ich eine ganze verdammte Billion Dollar zu verteilen ...«

»Inzwischen mindestens das Doppelte, wenn ich das einflechten darf.«

»Umso besser. Jedenfalls reicht es für hunderttausend solcher Projekte. Hunderttausend Punkte auf dem Globus, an denen wir in Situationen eingreifen, die durch einen vergleichsweise winzigen Anstoß in eine positive Richtung bewegt werden können. Lauter Nadelstiche, aber in der Summe wie eine Akupunkturbehandlung des Planeten, so stelle ich mir das vor.«

McCaine gab ein grunzendes Geräusch von sich. »Was Sie vorschlagen«, meinte er, »läuft auf Flickschusterei hinaus.«

»Es wäre etwas *Reales*«, beharrte John. »Nicht wie diese ganzen Riesenpläne, die wir die ganze Zeit wälzen – *eines Tages* etwas zu tun.«

»Wissen Sie, was Sie gerade tun? Sie flüchten sich in lokale Zusammenhänge, weil Ihnen die Komplexität globaler Zusammenhänge unheimlich ist. Aber wenn Sie zurückkehren zum linearen Denken, machen Sie alles nur noch schlimmer, denn dieses Denken hat die Welt in die Lage gebracht, in der sie ist. Es mag zwar durchaus sein, dass sich derartige Projekte als sinnvoll herausstellen, sobald unser Computermodell –«

»Aber das ist doch nur ein *Modell!* Nicht die Wirklichkeit. Ein Modell kann niemals alle Einzelheiten berücksichtigen, die die Wirklichkeit ausmachen.«

»Das ist zum Glück auch gar nicht nötig. Die Berechnung einer Erdumlaufbahn ist auch nur ein Modell, ein ziemlich grobes sogar, und trotzdem kreist dort oben jetzt der Satellit, über den wir miteinander telefonieren«, erklärte McCaine geduldig. »Sehen Sie, John, ich will Ihnen ein Beispiel sagen. Die Insel, auf der Sie waren, heißt Panglawan, sagten Sie?«

»Genau«, nickte John.

»Ich vermute, das Dorf, das Sie besucht haben, war auffallend eng ans Meer gebaut. Obwohl dahinter flaches Land und üppiger Wald lag.«

John war ehrlich verblüfft. »Ja.«

»Wissen Sie, warum das so ist?«

»Nein.«

»Weil der Wald dem philippinischen Botschafter beim Vatikan gehört, genau wie die Zuckerrohrfelder im Innern der Insel, und der fromme Herr nicht erlaubt, dass jemand in seinem Wald lebt, der nicht für ihn arbeitet. Sehen Sie den Zusammenhang? Die Filipinos bauen ihre Hütten nicht auf Pfähle oder in Baumkronen, weil das so romantisch ist, sondern weil der Raum über dem Meer niemandem gehört. Denn fast aller Grund und Boden auf den Philippinen ist im Besitz von zwanzig Familienclans, die sich noch in den alten Kolonialzeiten in die richtigen Positionen lanciert haben und nichts weniger wollen, als dass sich etwas ändert. Die werden sich bedanken, wenn Sie ihre Probleme lösen, ohne die bestehenden Machtstrukturen infrage zu stellen. Nein, John, auf diese Weise geben Sie nur Ihr Geld aus, und danach wird es nur ein paar Jahre dauern, bis alles wieder beim Alten ist. Das ist nicht gemeint mit ›den Menschen die verlorene Zukunft zurückgeben‹.«

John spürte den Hörer in seiner Hand schwer werden, und es kam ihm vor, als sei er ein Ballon, in den jemand ein Loch gestochen hatte und aus dem nun die Luft entwich. »Hmm«, machte er. »Ich fürchte, ich kann Ihnen auch nicht widersprechen.«

»Die Machtstrukturen sind der Schlüssel«, fuhr McCaine fort. »Da braucht man nicht in die Einzelheiten zu gehen. Das gilt auch für uns, übrigens. Unsere Schonzeit ist vorbei. Die Großen dieser Welt haben begriffen, was läuft. Die USA, Japan – man schmiedet Intrigen gegen uns, das glauben Sie nicht. Alles im Geheimen, natürlich.«

Das klang in Johns Ohren jetzt doch etwas paranoid. »Sind Sie sicher?«

McCaine lachte freudlos. »Ich brauche nur einmal quer über meinen Schreibtisch zu schauen, um mir sicher zu sein. Wir werden gerade mit Klagen überhäuft – Verstöße gegen Wettbewerbsrecht, Kartellrecht, Mitbestimmungsgesetze, Umweltgesetze, alles was das Bücherbord eines Anwalts hergibt; dazu Produkthaftungsklagen auf irrwitzige Entschädigungssummen – alles erstunken und erlogen, und vor Gericht treten Zeugen auf, von denen wir wissen, dass sie für die CIA arbeiten: Wie finden Sie das? In Japan könnten wir den Beamten von der Steuerfahndung demnächst Werksausweise geben, so oft, wie die zurzeit kommen, alles aufhalten und dämliche Fragen stellen. Oder das hier: In Marokko wollten wir die *Bank of Rabat* übernehmen, hatten schon alles verhandelt und die Zusage, da legt das Flugzeug der amerikanischen Außenministerin auf dem Rückweg von einem Israelbesuch eine Zwischenlandung ein, angeblich, um aufzutanken, was seltsamerweise über vier Stunden dauert – und am nächsten Tag bekommen wir den Bescheid, dass nun doch die Chase Manhattan Bank den Zuschlag erhält. Soll ich weitermachen?«

»Ich glaub's Ihnen ja.« John runzelte die Stirn. »Wäre es Ihnen lieber, ich komme zurück?«

»Falls Sie zufällig während Ihres Urlaubs ein Anwaltsexamen samt zehnjähriger Berufspraxis erworben haben, gern. Ansonsten können Sie bei alldem wenig helfen, und es wäre mir lieber, ich hätte Sie vor Ort, damit Sie demnächst wieder einmal als Galionsfigur des Umweltschutzes in Erscheinung treten können. Haben Sie von den Waldbränden gehört?«

»Waldbränden?«

»In Indonesien sind Brandrodungen außer Kontrolle geraten, und man befürchtet jetzt, dass dort in den nächsten Wochen mehr oder weniger der gesamte Wald abfackeln wird, weil dieses Jahr dort die schlimmste Dürre seit fünfzig Jahren geherrscht hat. Eine Katastrophe ohne Beispiel. Rauch und Ruß ziehen schon bis nach Malaysia und Singapur; ich schätze, auf den Philippinen werden Sie in den nächsten Tagen auch etwas davon mitbekommen. Und dabei ist das erst der Anfang.«

»Und was soll ich dazu tun?«

»Den Missbrauch der Natur anprangern, das politische Versagen der Führung, solche Dinge. Da setzen wir eine Rede auf, wenn es so weit ist.« McCaine schien sich, dem Klang seiner Stimme nach, bei diesen Worten herzhaft zu dehnen und zu strecken.

John zögerte. »Ich habe ziemliche Probleme, hier herumzuhängen und Urlaub zu machen, wenn das stimmt, was Sie über all die Klagen und Intrigen erzählt haben. Verstehen Sie mich nicht falsch ... Ich wüsste nur gerne, ob von meiner Firma noch etwas übrig sein wird, wenn ich zurückkomme.«

McCaine lachte. Diesmal klang es, als amüsiere er sich sogar. »Natürlich stimmt das, was ich Ihnen gesagt habe. Aber das heißt nicht, dass wir es nicht im Griff hätten. Der Krieg ist in vollem Gange. Die japanischen Finanzinstitute, die uns die Steuerfahndungen eingebrockt haben, haben seit einiger Zeit *seltsame* Schwierigkeiten, auf dem Geldmarkt an liquide Mittel zu kommen. Eins davon, Yamaichi Securities, das älteste Brokerhaus Japans und entsprechend hoch angesehen, ist zudem in eine höchst peinliche Erpressungsgeschichte verwickelt, was dazu führt, dass mehr und mehr Kunden ihr Kapital abziehen – sollte mich wundern, wenn sie dieses Jahr überstehen. Und was die USA anbelangt: Nun, da ist Gott mit uns. Wir haben in Erfahrung gebracht, dass der Präsident aller Amerikaner eine Affäre mit einer Praktikantin im Weißen Haus gehabt hat, und als er genug von ihr hatte, hat er ihr einen Siebzigtausend-Dollar-Job im Pentagon verschafft, um sie loszuwerden. Was glauben Sie, wie sich das ausschlachten lässt? Der Mann wird Blut und Wasser schwitzen. Er wird keine Zeit mehr für irgendwelche Intrigen haben, weil er sich wünschen wird, Eunuch zu sein, das verspreche ich Ihnen.«

»Hmm«, machte John. »Ich weiß nicht. Das haut mich nicht vom Hocker, ehrlich gesagt. Hat nicht jeder Präsident unter sechzig eine Affäre gehabt? Ich bezweifle, dass das jemanden groß aufregen wird.«

Das war wirklich ein interessanter Gesichtspunkt, dachte McCaine, als das Gespräch beendet war.

549.000.000.000 $

Er wollte einen Schluck Kaffee nehmen, aber in der Tasse war nur noch ein brauner Rand am Boden, und die Thermoskanne war auch leer. Er stellte beides auf den Couchtisch hinüber, wo sich leere Tassen schon zu Bergen türmten. Die sollte er mal hinausschaffen. Putzkräfte konnte er keine mehr hereinlassen, dazu lag zu viel geheimes Material herum, auf allen Tischen und in Stapeln auf dem Boden. Bei der jetzigen Situation musste man davon ausgehen, dass die Amerikaner Spione einsetzen würden, um herauszufinden, was *Fontanelli Enterprises* besaß, konnte und vorhatte. Darum hatte er Wachleute vor den Bürotüren postiert, darum schloss er sein Büro jeden Abend eigenhändig ab, und wenn es darin allmählich anfing zu stinken, dann war das eben der Preis, der zu zahlen war.

Er nahm seine Notizmappe und ging zurück in den Konferenzraum, den er bei sich nur noch *War Room* nannte.

»... den Ministerpräsidenten auf unserer Lohnliste, also ist das kein Problem«, sagte jemand, als er hereinkam, ein stiernackiger Mann mit langen, grauen Haaren, die er zu einem beeindruckenden Pferdeschwanz gebunden trug.

McCaine warf einen kurzen Blick auf die Karte Südamerikas, die auf der Projektionswand leuchtete. Er wusste nicht, von welchem Ministerpräsidenten gerade die Rede war, und es war ihm auch gleichgültig.

Es war wichtiger gewesen, Fontanelli bei Laune zu halten. Dessen Rückkehr hätte im Moment viel zu viele Probleme bereitet, von der Notwendigkeit ganz abgesehen, ihm die Aktionen zu erklären, die im Augenblick liefen oder vorbereitet wurden und nicht immer unbedingt dem entsprachen, was man landläufig als ›moralisch einwandfrei‹ bezeichnete.

Er setzte sich. »Mister Froeman«, wandte er sich dann an den Mann mit dem Pferdeschwanz, »meine Herren ... Entschuldigen Sie, dass ich unterbreche. Mister Fontanelli hat

---

Bruttosozialprodukt von Kanada im Jahre 1991.
550.000.000.000 $

gerade einen Einwand gebracht, die Clinton-Sache betreffend, den ich für bedenkenswert halte.«

»Nämlich?«, fragte Froeman finsteren Blicks.

»Es hat ihn nicht sehr beeindruckt, von der Affäre zu hören. Er meinte, seines Wissens habe jeder Präsident, der jünger war als sechzig, Affären gehabt.«

»Ja, das stimmt«, rief ein dürrer junger Mann, der direkt neben dem Overheadprojektor saß.

McCaine verschränkte die Hände. »Möglicherweise überschätzen wir die Wirksamkeit dieser Geschichte.«

»Hmm«, machte Froeman. Er beugte sich vor, eine Bewegung, die bei ihm aggressiv wirkte, stützte die Ellbogen auf und begann, an dem dicken Siegelring zu drehen, den er an einer Hand trug. »Es kommt darauf an, wie man es macht«, sagte er, nachdem er eine Weile vor sich hin gestarrt hatte. »Angenommen, wir machen nicht die übliche Enthüllungsgeschichte, sondern ... Ja. Wir können ihn wegen was anderem drankriegen. Das ist sogar besser. Wir lassen zuerst etwas durchsickern – nichts Konkretes, nichts Beweisbares. Es muss für ihn so aussehen, als könnte er davonkommen, indem er einfach alles leugnet.«

»Und dann?«, fragte der Mann neben ihm, ein dicker Schwarzer mit einer Narbe am Kinn, skeptisch.

»Wenn wir ihn dazu bringen, die Affäre unter Eid zu leugnen«, erklärte Froeman mit bösem Lächeln, »dann hat er seinen Amtseid gebrochen. Dann können wir mit den Beweisen herauskommen und ihm das Genick brechen, wann immer wir wollen.«

»Seit wann schwört ein amerikanischer Präsident, dass er keine Affäre haben wird?«, knurrte sein Nebenmann.

Froeman hob abfällig die Augenbrauen. »Mit dem Amtseid schwört ein Präsident, die Gesetze der Vereinigten Staaten von Amerika zu achten. Wollen Sie mit mir diskutieren, ob ein Meineid ein Gesetzesbruch ist?«

»Moment!« McCaine hob die Hand. »Ich will den Präsidenten nicht stürzen. Ich will ihn nur mit anderen Dingen beschäftigt halten.«

Froeman nickte unduldsam. »Schon klar. Das machen wir schon. Aber Sie hätten nichts dagegen, wenn Sie ihn anrufen und um die eine oder andere Gefälligkeit bitten könnten, nehme ich an?«

John erwachte ungewöhnlich früh, und als er hinauf an Deck kam, roch es nach Rauch. Er sah zum Himmel hinauf, der grau war, ein ungesundes, bedrohlich aussehendes Grau: keine Wolken, sondern Rauch.

An Bord waren noch alle Sonnenverdecke eingerollt und niemand zu sehen. Aber man konnte schon die Hitze des Tages erahnen, der auf sie wartete.

Er stieg hinauf zum Sonnendeck, setzte sich an den noch ungedeckten Frühstückstisch und betrachtete die Landschaft, die so herrlich war, als hätten sie das Paradies wiedergefunden.

Einige Zeit später kam Benigno die Treppe herauf. Er lächelte unfroh, als er John entdeckte. *Magandang umaga po, Ginoong Fontanelli«*, sagte er und setzte sich zu ihm.

»Auch Ihnen einen guten Morgen, *Ginoong* Tatad«, erwiderte John. Er deutete auf den leeren Tisch. »Fällt Ihnen etwas auf?«

»Es ist nicht gedeckt.«

»Das meine ich nicht. Dazu ist es noch zu früh.«

Der Filipino starrte die Tischplatte an, verzweifelt um eine Antwort bemüht.

»Er ist grau«, half ihm John schließlich. »Aber eigentlich sollte er weiß sein.« Er wischte mit der flachen Hand über die Platte und hielt ihm dann die Handfläche hin. Sie war schwarz verfärbt. »Ruß von den Waldbränden in Indonesien.«

Benigno musterte die Hand, dann die Spur, die sie auf dem spezialversiegelten Holztisch hinterlassen hatte. »Das ist unheimlich«, sagte er schließlich.

552.000.000.000 $

»Nicht wahr? Man hat das Gefühl, dass die Entwicklung sich zuspitzt.« John zog ein Tuch aus der Tasche und wischte die Hand notdürftig daran ab. »Ich habe übrigens vor, heute noch einmal auf die Insel zu fahren und mit den Leuten im Dorf zu sprechen. Es gibt da noch ein paar Dinge, die mir unklar sind.«

553.000.000.000 $

33

Dass die Männer wiedergekommen waren, die Pedro und Francisco beim Dynamitfischen erwischt und nicht angezeigt hatten, machte im Nu die Runde, und dass sie heute Zehn-Dollar-Noten verteilten, echte amerikanische Dollar, blieb auch nicht lange ein Geheimnis. Bald saßen die Besucher umringt von all denen, die an diesem Tag nicht hinausgefahren waren, sei es, dass sie keine Boote mehr besaßen, sei es, dass sie für die Arbeit des Fischens nicht mehr taugten, und fragten nach allen möglichen Dingen, über das Dorf, ob es ein Telefon gab, wo sie die Lebensmittel kauften, die sie nicht selber ernteten oder fingen, und wo sie ihren Fisch verkauften. Sie erzählten ihnen von Tuay und dem Markt dort, wo man Reis kaufen konnte und Kokosöl, von dem Fischaufkäufer mit seiner Eistruhe und dass es in Tuay nicht nur ein Telefon, sondern eine richtige Post gab, außerdem ein Amt und einen Doktor und eine Kirche.

»Fragen Sie sie«, sagte John schließlich zu Benigno, »wer ihnen das Dynamit verkauft.«

Plötzlich gefror ihnen das Lächeln auf den Gesichtern, guckten Augen weg, einer stahl sich davon, Dollarscheine hin oder her. John brauchte keinen Übersetzer, um zu erkennen, dass das eine unwillkommene Frage gewesen war.

»Sagen Sie ihnen, dass wir sie nicht verraten werden. Dass wir nichts mit der Polizei zu tun haben.«

»Das habe ich schon«, sagte Benigno.

John presste die Lippen zusammen und überlegte. »Schauen Sie, Benigno, es muss irgendjemanden geben, der von all dem, was hier geschieht, profitiert. Es muss jemanden geben, der etwas davon hat, dass alles so bleibt, wie es ist. Und es muss jemand sein, der die Macht hat, dafür zu sorgen, *dass* es bleibt, wie es ist. Ich will das nur verstehen, nichts weiter. Wir sind hier am äußersten Rand des Spinnennetzes, und alles, was ich will, ist, die Spinne zu finden. Sagen Sie ihnen das.« Er rollte sein Geldscheinbündel zusammen und schob es, für alle unübersehbar, zurück in die Tasche. »Sagen Sie ihnen auch, dass wir notfalls in ein anderes Fischerdorf gehen.«

Nun rückten sie zögernd damit heraus. Der Fischaufkäufer war es, der ihnen das Dynamit verkaufte. Der Fischaufkäufer verkaufte ihnen auch das Benzin, für die Boote, die einen kleinen Motor hatten und damit weiter hinausfahren konnten aufs Meer, dorthin, wo noch Fische waren. Fünf Pesos kostete das Benzin für eine Fahrt, aber die hatten die meisten nicht. Der Fischaufkäufer streckte einem das Geld vor, wollte aber acht Pesos dafür zurück.

»Üppig«, sagte John. »Das sind sechzig Prozent Zinsen.«

Die meisten der Fischer hatten Schulden, und die Schulden wurden mit der Zeit eher größer als kleiner. Irgendwie, sagten sie traurig, schafften sie es nicht, sie zurückzuzahlen. Ohne Dynamit war nicht daran zu denken, es zu schaffen. Es gab noch ein paar Stellen, geheime Plätze, weit draußen – eigentlich zu weit für ihre kleinen Boote –, dort konnte man noch Fische fangen, die diesen Namen verdienten, manchmal sogar einen *lapu-lapu*, den edelsten Fisch der Philippinen, der gutes Geld brachte. Auch wenn das meistens nur hieß, dass der Fischaufkäufer eine Zahl in seinem schwarzen Heft durchstrich und eine andere Zahl aufschrieb und man ihn doch noch einmal um Kredit bitten musste, um Reis zu kaufen.

»Wie viele solcher Fischaufkäufer gibt es?«, wollte John wissen.

In Tuay gab es nur den einen. Joseph Balabagan hieß er. Man durfte es sich nicht verderben mit Joseph Balabagan.

555.000.000.000 $

»Also bestimmt er den Preis«, nickte John verstehend, »und den Fischern bleibt nichts anderes übrig, als ihn zu akzeptieren. Sie sind von ihm abhängig.«

Er habe versucht, seine Schulden zu bezahlen, erzählte einer der Männer, der mit dem Haken statt der rechten Hand. Im ersten Morgenlicht sei er hinausgefahren, weit hinaus, und habe gearbeitet bis zum Abend, bis er nichts mehr gesehen habe, bis fast zum Umfallen. Er nahm den Aufsatz ab und streckte den rechten Arm aus, der ausgezehrt war und von Narben übersät, mit diesem grässlichen Stumpf am Ende. An einem Abend sei es passiert. Er sei so müde gewesen, dass er kaum die Augen habe aufhalten können, und da habe er sich vertan, die Dynamitstange einen Augenblick zu spät losgelassen. »Meine schöne Hand«, fügte er in einem Englisch hinzu, das fremd war für seine Zunge, und obwohl er lächelte, wie sie alle immer lächelten, glänzten Tränen in seinen Augenwinkeln.

John sah ihn betreten an, versuchte sich vorzustellen, was das hieß, seine Hand zu verlieren, und konnte es nicht. »Und wovon leben Sie jetzt?«, fragte er leise.

Der Fischer senkte den Blick, besah sich die geflochtene Matte, auf der sie saßen, hatte plötzlich einen harten Zug um den Mund. »Meine Tochter schickt Geld. Sie arbeitet als Kindermädchen in Hongkong«, ließ er Benigno übersetzen.

»Als Kindermädchen?«, wunderte sich John.

Benigno räusperte sich verschämt. »Das heißt wahrscheinlich als Prostituierte«, erklärte er leise.

»Oh.« John sah in die Runde der braunhäutigen, invaliden Männer, die mit sanftem Lächeln, aber traurigen Augen um ihn herumsaßen, und glaubte wie in einer fiebrigen Vision plötzlich hinter jedem von ihnen einen gähnenden Abgrund sich auftun zu sehen von Gewalt und Elend und Missbrauch und Leid, eine klaffende Spalte, aus der nur Schreie nach draußen drangen und der Geruch von Blut. Es dauerte nur eine schrecklichen Lidschlag lang, aber ihn schauderte plötzlich beim Anblick der Palmen und des Meers und des Dorfes, das auf den ersten Blick wie die Idylle selbst ausgesehen hatte. Die tropische Szenerie kam ihm auf einmal vor wie eine Kulisse, wie die Tarnung eines furchtbaren Geheimnisses, wie Blumen, die auf einem Massengrab wuchsen.

»Wie viel ist ein Peso eigentlich wert, in Dollar?«, wandte er sich an Benigno.

»Etwa zwei Cent«, sagte der.

»Zwei Cent.« Er verteilte den Rest seines Geldes unter ihnen, stand auf und winkte Marco heran. »Rufen Sie die *PROPHECY*. Sie sollen den Geländewagen ausladen. Wir fahren nach Tuay.«

Die ersten Fischer kamen von ihrer morgendlichen Fangfahrt zurück, als der Geländewagen anlandete. Sie zogen ihre Boote den Strand hoch und sahen zu, wie das große, unnatürlich saubere Fahrzeug mit metallenen Rampen aus dem Motorboot bugsiert wurde.

Patricia deBeers war mitgekommen. »Ich will Ihnen doch nicht das ganze Abenteuer allein überlassen«, sagte sie.

»Ihre Haare werden leiden«, prophezeite John.

»Dreck kann man rauswaschen, Langeweile nicht.«

Die schmale Straße nach Tuay war mit weißem Bruchkies bedeckt und der Wagen im Nu staubig. Sie fuhren unter hohen, saftig wuchernden Bäumen und Palmen, an schlammigen Wasserlöchern vorbei, begleitet von Insektenschwärmen und ohrenbetäubendem Grillen, Zirpen und Zwitschern, und erreichten Tuay keine halbe Stunde später.

Der Ort sah aus, als sei er zurzeit der spanischen Eroberung errichtet worden und seither unverändert geblieben. Eine Kirche, klobig und fahlbraun, erhob sich aus der Mitte einer Hand voll Häuser, in den Gassen dazwischen war fast kein Durchkommen für den Wagen. Es roch nach Feuer, Fisch und

557.000.000.000 $

verrottenden Abfällen. Sie sahen Handwerker Schuhe besohlen und Bretter hobeln, sahen Frauen vor kochenden Töpfen hocken, sahen Schulkinder unter einem Sonnendach in Reih und Glied sitzen und ihrem Lehrer zuhören. Und sie sahen, überrascht, einen Hafen. Eine Hand voll Männer entlud braune Säcke und kistenweise Colaflaschen aus einem Schlepper, der am Kai vertäut war.

»Vielleicht kann die *PROPHECY* hier anlegen«, meinte Marco. »Dann könnten wir den Wagen einfach mit dem Kran zurück an Bord hieven.«

»Das überlegen wir uns auf dem Rückweg«, meinte John unwillig.

Joseph Balabagan war ein wohlgenährter Mann um die fünfzig, der, angetan mit einer kurzen Hose, einem sauberen weißen Polohemd und einer Schildmütze, vor seinem Haus mit seinem Moped beschäftigt war, als sie ankamen. Offenbar wollte es nicht so, wie er wollte, was ihn dazu veranlasste, abwechselnd an diversen Rädchen des Motors zu drehen, entnervt dagegen zu treten und wilde Beschimpfungen auszustoßen. Als Marco den Wagen neben ihm zum Stehen brachte, sah Balabagan unwillig auf, musterte sie kurz und abschätzig und schnaubte: »Ich habe keine Zeit.«

»Wir müssen mit Ihnen reden«, sagte John.

Der Fischaufkäufer gab seinem Moped einen Tritt. »Ich sagte, ich habe keine Zeit«, erwiderte er barsch. »Hören Sie schlecht?«

Eine schrille Frauenstimme schrie ihm aus dem Dunkel des Hauses etwas zu, worauf er wütend etwas zurückbrüllte, in dem eine Menge »*Oo!*« und »*Oho!*« vorkamen. Dann trat er den Starter seines Mopeds durch, wieder und wieder, aber erfolglos.

John gab Marco ein Zeichen, den Motor abzustellen. Hinter dem Mann kamen zwei kleine Mädchen aus dem Schatten des Ladens, in dem man viele ehemals blau gestrichene Holzkisten erkennen konnte und in den Kisten Fische, die in Eis gebettet waren. Der Geruch von Salz mischte sich mit dem Geruch schlecht verbrannter Abgase.

»Wir wollen mit Ihnen über Ihre Geschäftspraktiken reden«, erklärte John beharrlich. »Über die Kredite, die Sie den Fischern geben. Und über –«

In diesem Augenblick erscholl ein Schrei aus dem Haus, der einem das Blut in den Adern gefrieren ließ. Eine Frau schrie, spitz, durchdringend, schmerzgepeinigt.

»Verschwinden Sie!«, schnauzte Balabagan John an. »Haben Sie mich verstanden? Ich habe keine Zeit jetzt.«

John starrte ihn an, starrte das schäbige Haus an, hörte den Schrei von gerade eben noch in seiner Erinnerung widerhallen. Er sah die anderen ratlos an.

»John.« Patricia kam in die Lücke zwischen den Vordersitzen gerutscht. »Fragen Sie ihn, ob seine Frau ins Krankenhaus muss.«

»Wie kommen Sie darauf?«

»Der Schrei gerade. So schreit nur eine Frau, bei der die Wehen einsetzen.«

Gleich darauf waren sie unterwegs nach Lomiao, der nächsten größeren Stadt, in der es ein Krankenhaus gab. Marco fuhr, was die Kolben – und die Straßen – hergaben, John und Benigno drängten sich auf dem Beifahrersitz, Patricia und das Ehepaar Balabagan auf dem Rücksitz. Die Frau war schweißgebadet und kaum bei sich, sie stöhnte, atmete hechelnd und hatte einen Bauch, mit dem sie die Rückbank alleine hätte ausfüllen können. Die Schlaglöcher und Spurrillen mussten eine einzige Folter für sie sein.

Nach fünfzehn Meilen tauchten endlich die ersten Ausläufer der Stadt auf, wild wuchernde Wellblechhüttensiedlungen voller Menschen, grelle Werbeplakate, Fahrräder und Mopeds. Balabagan beugte sich vor und dirigierte sie aufgeregt durch die Straßen, bis sie ein Gebäude erreichten, das unzweifelhaft ein Krankenhaus war. Der Fischaufkäufer

559.000.000.000 $

rannte in die Anmeldung, seine Frau lag totenbleich auf dem Sitz und hauchte in einem fort etwas, das nur Gebete sein konnten, die Hände auf den Leib gepresst. Sie sah aus, als sei sie dem Tode näher als dem Leben. Patricia hielt ihr den Kopf, und alle sahen sie ungeduldig zu der breiten Tür, aus der jeden Augenblick Ärzte und Krankenschwestern herausstürmen mussten.

»Endlich«, entfuhr es Marco, als sich der Türflügel bewegte, aber es war nur ein verzweifelter Joseph Balabagan, der zurückkam und stammelte: »Ich habe nicht genug Geld ... Sie wollen sie nicht nehmen, wenn ich nicht bezahlen kann ...«

John griff in die Tasche. »Wie viel brauchen Sie?«

»Es kostet 650 Pesos, und ich habe nur 500 ...«

»Hier, zehn Dollar. Nehmen sie hier Dollars?«

»Ich weiß nicht. Ich werde fragen.« Der Mann zitterte, als er wieder hineinging, aber offenbar akzeptierte das Krankenhaus Dollars, denn gleich darauf kamen zwei Schwestern mit einer Liege und halfen, die hochschwangere Frau aus dem Auto zu heben.

Krankenhäuser scheinen überall auf der Welt gleich auszusehen, dachte John. Sie hatten den Wagen ein Stück weiter geparkt und saßen nun in der Eingangshalle, in der Hoffnung, dass entweder Balabagan wieder auftauchen würde oder sie Nachricht bekämen, was los war.

»Ich habe«, sagte John zu Patricia, »mich gewundert, dass Sie wissen, wie eine Frau in den Wehen schreit.«

Sie hob amüsiert die Augenbrauen, die schon jedes Modemagazin auf Erden geziert hatten. »Wieso das denn?«

»Irgendwie wirken Sie nicht, als wüssten Sie so etwas.«

»Wie wirke ich denn?«

»Na ja ... Als wären Sie über derlei Dinge erhaben.«

Sie seufzte. »Sie denken doch nicht etwa, deBeers sei mein richtiger Name? Ich heiße Patricia Miller, und aufgewachsen bin ich in Maine, wo es am trübseligsten ist. Ich habe vier jüngere Schwestern, die alle zu Hause zur Welt kamen, alle im Winter und vorzugsweise nachts, bevor die Hebamme da war. Ich versuche derlei Dinge zu vermeiden, aber ich bin nicht darüber erhaben.«

»Ach so«, sagte John und kam sich schrecklich dämlich vor.

Nach einer Weile kam ein verlegener Joseph Balabagan an, seine *New-York-Yankees*-Schirmmütze in den Händen drehend. »Es tut mir Leid, dass ich so unhöflich war zu Ihnen«, sagte er und schluckte, »wo Sie mir doch der Himmel geschickt hat, wie ich jetzt weiß ...« Er biss sich auf die Lippen, machte eine schroffe, linkische Geste mit dem rechten Arm, als werfe er etwas weit von sich. »Dieses Motorrad! Es macht mich wahnsinnig! Immer, wenn ich es brauche, funktioniert es nicht. Ich sollte es wegwerfen. Ja, wirklich, das sollte ich.«

»Wie geht es Ihrer Frau?«, fragte Patricia.

Er wedelte mit den Händen. »Besser, sagen sie. Es ist noch nicht so weit – drei Tage noch, sagen sie. Ich soll noch einmal nach Hause gehen ...«

Eine eigenartige Mischung aus Zufriedenheit und Rastlosigkeit erfüllte John. Zufriedenheit, weil sie mit ihrem Auftauchen einer offensichtlich verzweifelten Frau hatten helfen können – und Rastlosigkeit, weil der Mann dieser Frau der war, den er gesucht hatte, und doch so gar nicht dem Bild entsprach, das er sich nach den Erzählungen der Fischer von ihm gemacht hatte. Balabagan war keine Antwort auf seine Frage. Er mochte die Fischer ausbeuten, aber er war auch nur ein Glied in der Futterkette. Sie waren einen Schritt weiter im Spinnennetz, aber die Spinne hatten sie noch nicht gefunden.

Er bedeutete dem Fischaufkäufer, sich zu setzen, und erklärte ihm, was sie über die Praktiken des Dynamitfischens vor Panglawan wussten und über die Praktiken der Kredite an die Fischer. Während John redete, wurde Joseph Balabagan immer stiller, und als die Sprache auf Dynamit kam, warf er ängstliche Blicke umher.

561.000.000.000 $

»Hören Sie«, sagte er leise, »was wollen Sie von mir? Ich versuche nur, meine Familie durchzubringen. Ich muss acht Pesos zurückverlangen für fünf, die ich ausleihe, weil die meisten ihre Schulden sowieso nie zurückzahlen. Was soll ich denn machen? Ich kann mein Geld doch nicht verschenken. Und mehr zahlen für den Fisch kann ich nicht, weil ich sonst nichts verdiene. Oh, ich kaufe ihnen so oft auch die Fische ab, die nicht mehr frisch sind; ich lege sie ins Eis und hoffe, dass die Fischfabrik nichts merkt. Aber sie merkt es oft, und ich bekomme Geld abgezogen, und wer ersetzt mir das? Niemand. Sie sehen doch, dass ich nicht reich bin. Hätte ich ein Moped, das nicht funktioniert, wenn ich reich wäre? Hätte ich Sie um Geld bitten müssen für das Krankenhaus?«

»Und woher kommt das Dynamit?«, fragte Benigno Tatad.

Balabagan zuckte mit den Schultern. »Ich bekomme es von einem Polizisten. Ich muss ihn bezahlen und seinen Chef auch noch, da bleibt nicht viel. Ich verkaufe es an die Fischer, die es verlangen. Sie verlangen es, weil sie mehr fangen wollen; so ist das. Das will doch jeder – mehr Geld verdienen.«

»Wissen Sie, was das Dynamit in den Korallenriffen anrichtet?«, zischte der Regierungsbeauftragte. »Und dass es die Fischgründe zerstört?«

»Korallenriffe kann man nicht essen«, erwiderte Balabagan und hob ratlos die Hände. »Wenn ich ihnen das Dynamit nicht verkaufe, tut es ein anderer.«

»Diese Fischfabrik«, mischte sich John wieder ein, »wo ist die?«

»In San Carlos. Sie zahlen immer noch so viel wie vor zehn Jahren, dabei ist alles teurer geworden. Aber wem soll ich die Fische sonst verkaufen? Wenn ich einen *lapu-lapu* bekomme, den kann ich an ein Restaurant hier in Lomiao verkaufen, aber all das andere Zeug wollen die auch nicht haben. Ich kann nichts machen.« Er schüttelte den Kopf. »Ich muss auch

562.000.000.000 $

zusehen, wie ich meine eigenen Raten zahle. Mir schenkt auch niemand was, die Bank am allerwenigsten.«

John stutzte. »Die Bank? Welche Bank?«

»Die hier in Lomiao. Die haben nicht so viel Geduld, wie ich sie mit den Fischern habe, das können Sie mir glauben.«

»Und was für Raten zahlen Sie da?«

Der Fischaufkäufer musterte ihn unwillig. »Raten eben«, sagte er zögerlich.

»Für Kredite?«

»Sicher. Wofür sonst zahlt man einer Bank Raten?«

»Und was sind das für Kredite?«

Einen Moment sah der Mann aus, als wolle er aufstehen und gehen. Selbst Benigno atmete hörbar ein. Filipinos mochten derart direkte Fragen nicht, das hatte John inzwischen schon verstanden, aber er war nicht gewillt, von seiner Fährte abzulassen. Er sah den Fischaufkäufer unverwandt an, und schließlich gab der seinen Widerstand auf.

»Es ist ja immer irgendetwas«, sagte er leise. »Als ich die Eismaschine abgezahlt hatte, ging sie kaputt, und ich hatte kein Geld für die Reparatur. Dann musste ich einen Benzintank kaufen für die Zapfanlage ... Und so weiter.« Er verzog das Gesicht. »Zurzeit komme ich kaum nach mit dem Zahlen. Nun schulde ich sogar Ihnen Geld.«

John breitete die Hände aus. »Das schenke ich Ihnen. Und Ihrer Frau.« Die Fischfabrik beschäftigte ihn. Möglicherweise war das die nächste Stufe der Ausbeutung. Wahrscheinlich taten sie das Gleiche wie Balabagan: nutzten ihr Monopol aus, nutzten es aus, dass die Fischhändler an niemand anderen verkaufen konnten, boten niedrigstmögliche Preise und scheffelten auf diese Weise ...

»Wissen Sie«, sagte Balabagan, »ich finde 27 Prozent auch ganz schön hoch.«

»Wie bitte?«, fragte John, in Gedanken woanders. »27 Prozent?«

»Na, weil Sie doch sagten, wenn ich fünf Pesos ausleihe

563.000.000.000 $

und acht zurück will, sind das 60 Prozent. Aber meine Bank verlangt 27 Prozent, und Sicherheiten außerdem ... Ich meine, das ist schon viel, oder?«

John sah ihn ungläubig an. »27 Prozent?«, vergewisserte er sich. »Die Bank hier verlangt *siebenundzwanzig* Prozent Kreditzinsen?«

»Ja.«

Er rief sich die entsprechenden Formeln ins Gedächtnis zurück, die er vor kleinen Ewigkeiten in seinem Büro zu verstehen gelernt hatte. 27 Prozent, das hieß, dass sich der zurückzahlbare Betrag alle zweieinhalb Jahre verdoppelte, ungefähr. »Wie wollen Sie das denn jemals zurückzahlen?«

»Das frage ich mich auch. Bei der Eismaschine damals waren es nur vierzehn Prozent, da habe ich es geschafft ...«

»Aber 27 Prozent! Warum haben Sie sich darauf eingelassen?«

Balabagan wich zurück. »Was hätte ich denn machen sollen? Die Eismaschine war kaputt. Ich kann mein Geschäft nicht betreiben ohne Eis.«

»Sie hätten zu einer anderen Bank gehen sollen.«

»Die anderen Banken wollten mir nichts geben.«

John nickte langsam. Das sah nach einer heißen Spur aus. Er spürte seine Rastlosigkeit einer kalten, unnachsichtigen Wut weichen, und er fragte sich, was er tun würde, wenn er das Zentrum all dieser unbarmherzigen Zwänge und rücksichtslosen Nötigungen aufgespürt hatte, die Spinne in ihrem Netz, das Ende der Kette, den Boss aller Bosse, den obersten Ausbeuter.

Ob er sich würde beherrschen können.

»Na also«, flüsterte Ursula Valen. In der staubigen Stille der Bibliothek klang selbst das wie eine Ruhestörung.

Das Ausgangsbuch des Staatsarchivs hatte sich als Volltreffer erwiesen: Im Jahre 1969 waren die Unterlagen gesammelt an das Historische Institut der Universität weitergegeben worden, wo sie im Rahmen einer Doktorarbeit, die niemals abgeschlossen worden war, anderthalb Jahre herumgestanden hatten, um anschließend in der Bibliothek des Instituts aufbewahrt zu werden, und zwar in jenem abgetrennten Teil, in dem historische Originale aufbewahrt wurden und der deswegen nur mit besonderer Erlaubnis betreten werden durfte. Eine Erlaubnis, die zu beschaffen Alberto Vacchi nicht mehr als einen Anruf gekostet hatte.

Unerhörte Schätze lagen hier versammelt – mittelalterliche Handschriften, uralte Bibeln, Briefe und Tagebücher historischer Persönlichkeiten und so fort. Sie hatte es sich nicht verkneifen können, Blicke in die eine oder andere der grauen, dickwandigen Archivboxen zu werfen, und war in einer auf Briefe Mussolinis gestoßen, kurz, in einer raumgreifenden, großspurigen Handschrift verfasst. Natürlich konnte sie kein Wort lesen, und vielleicht irrte sie sich auch, aber kurios war es doch.

Endlich hatte sie die richtige Box mit der richtigen Nummer aus dem Regal gezogen und zum Lesetisch getragen, der selber eine Antiquität war, mit angehaltenem Atem geöffnet und dann, auf dem ersten Blatt, das sie in die Hand nahm, die Handschrift erkannt, in der auch die Randnotizen in den Kontenbüchern verfasst waren. Dies waren sie, die persönlichen Aufzeichnungen des Giacomo Fontanelli, Kaufmann im Florenz des fünfzehnten Jahrhunderts.

Erstaunlich viele Aufzeichnungen für einen Mann des Mittelalters, fand sie, während sie durch den schmalen Stapel blätterte. Es waren lose Blätter, gut erhalten – und gut lesbar, wenn sie der mittelalterlichen Dialekte Italiens mächtig gewesen wäre. Fast alle Notizen waren datiert, die meisten aus dem Jahre 1521. Einige der Blätter wiesen abweichende Formate und fremde Handschriften auf, offenbar Briefe an Fontanelli, die dieser aufbewahrt hatte ...

Sie stutzte bei einem davon. Äußerst merkwürdig. Der gesamte Brief bestand aus Zahlenkolonnen, lediglich am Ende standen zwei Zeilen normaler Text. Sie hielt das Blatt unter die Leselampe und studierte die Zahlenreihen eingehender. Sie begannen folgendermaßen:

1525	*300*	*12*
1526	*312*	*12½*
1527	*324½*	*13*

Sie spürte ein warmes Gefühl ihren Bauch durchfluten, als sie begriff, was sie hier vor sich hatte. Die erste Spalte, das waren die Jahreszahlen. Die zweite Spalte, das war das Vermögen. Die dritte Spalte war immer die Differenz zwischen dem Wert der zweiten Spalte und dem darunter Folgenden, also der Ertrag des Vermögens. Sie rechnete auf ihrem Notizblock nach und kam auf eine angenommene Verzinsung von vier Prozent.

Ihr Blick wanderte die Kolonnen hinab, staunte wieder einmal, wie damals, als ähnliche Rechnungen in allen Zeitungen gestanden hatten, wie sich das Vermögen zuerst zögerlich und unauffällig, beinahe lächerlich langsam vermehrte, um irgendwann mit kaum fassbarer Geschwindigkeit zuzunehmen und zuzunehmen. Es dauerte über ein Vierteljahrhundert, bis zum Jahre 1556 nämlich, ehe aus den 300 Florin mehr als tausend geworden waren. Im Jahr 1732 waren es erstmals mehr als eine Million, aber schon 1908 mehr als eine Milliarde, um bis 1995 anzuwachsen auf dreißig Milliarden Florin – umgerechnet eben jene eine Billion Dollar.

Was sie gefunden hatte, war die Berechnung, welche Entwicklung das Fontanelli-Vermögen über fünfhundert Jahre hinweg nehmen würde.

Und sie stammte *nicht* von Giacomo Fontanelli.

»Fabiana?« Sie sah sich nach der jungen Geschichtsstudentin um, von der man ihr versprochen hatte, dass sie sich bei allen Übersetzungsproblemen an sie wenden könne.

Fabiana hatte prachtvolles schwarzes Haar bis zum Hintern, etwas teigige Gesichtszüge zwar, aber Kurven an den richtigen Stellen, und Ursula fand sie vor einem Karteikasten sitzend und sich hingebungsvoll die Nägel lackierend. »*Ciao*, Ursula«, strahlte sie gelassen. »Haben Sie etwas gefunden?«

Ursula legte die letzte Seite des Briefes vor sie hin und deutete auf den Brieftext unter den Berechnungen. »Was heißt das?«

Fabiana beugte sich, gleichmäßig ihre Nägel bepustend, über das fast fünfhundert Jahre alte Dokument und betrachtete die dürr gekritzelten Zeilen. »Das heißt, hmm ...« Sie runzelte die Stirn, vergaß zu pusten. »Ich würde das übersetzen als: ›*Du siehst also, wie durch die Gesetze der Mathematik mein Werk Unsterblichkeit erlangen wird.*‹ Merkwürdiger Satz, oder?« Sie las ihn noch einmal. »Doch, steht aber so da. Unterschrift *Jacopo*.«

»Was?« Ursula durchfuhr es wie ein elektrischer Stromschlag. Sie sah genauer hin. Die Unterschrift war ihr auf den ersten Blick wie unentzifferbares Krickelkrakel vorgekommen, doch jetzt, wo sie es sagte ... »*Jacopo?*«

»Steht so da«, erklärte das Mädchen unbeeindruckt.

»Ich glaube«, meinte Ursula Valen schwach, »ich muss mich erst einmal setzen.«

John sah es in den Augen des Bankangestellten aufblitzen, als er sich vorstellte. Ohne Zweifel konnte der Mann mit seinem Namen etwas anfangen, kannte auch sein Gesicht, gab sich aber alle Mühe, nicht übermäßig beeindruckt zu erscheinen. »Angenehm«, sagte er und nannte seinen Namen, der auch auf dem Namensschild am Revers seines konservativ geschnittenen Anzugs stand: »Labarientos.« Er wies auf die beiden Stühle vor seinem Schreibtisch. »Bitte, was kann ich für Sie tun?«

Die Bank war klein, ihre Geschäftsräume waren angenehm klimatisiert, und es war wenig los. Auf John, der mittlerweile

567.000.000.000 $

alles gesehen hatte, was Banken sich jemals in Sachen Protz und Prunk hatten einfallen lassen, wirkten die Räume und ihre Ausstattung ziemlich schlicht, um nicht zu sagen billig. Balabagan wagte kaum, sich anders als demütig gekrümmt auf die Vorderkante des Stuhls zu setzen.

John war sich nicht sicher gewesen, wie er am besten vorgehen sollte, um dem ganzen weit verzweigten Komplott, mit dem er es hier offenbar zu tun hatte, wirksam auf die Schliche zu kommen. Er hatte auf dem Weg hierher erwogen, die Bank einfach zu kaufen, um problemlos ihre Bücher einsehen zu können, aber dann hatte er sich gesagt, dass ihm diese Möglichkeit immer noch blieb und er vielleicht am besten zuerst einmal mit der Tür ins Haus fiel, um zu sehen, was dann geschah.

Er lehnte sich zurück, raumgreifend, die Beine übereinander geschlagen, die Hände locker ineinander auf dem Schoß, genau die Kniffe anwendend, die McCaine ihm beigebracht hatte, um in Besprechungen wichtig und beeindruckend zu wirken, und sagte: »Ich möchte wissen, wie Sie dazu kommen, Mister Balabagan hier für seine Kredite einen Zinssatz von 27 Prozent zu berechnen.«

Nun blinzelte er aber nervös, der Herr Labarientos. »Es gehört nicht zu unseren Gepflogenheiten«, erwiderte er zögerlich, »die Kreditangelegenheiten eines Kunden mit Wildfremden zu erörtern.«

John nickte. »Bei solchen Wucherzinsen glaube ich Ihnen aufs Wort, dass Sie das lieber unter vier Augen abmachen. Aber Herr Balabagan ist hier – bitte, Sie können ihn fragen, ob er damit einverstanden ist.«

Der Fischhändler nickte so hastig, als wolle er verhindern, angesprochen zu werden.

»Nun gut«, meinte der Bankangestellte und wandte sich seinem Computer zu, drückte ein paar Tasten, wartete. Es dauerte seine Zeit, aber schließlich hatte er die Zahlen auf dem Schirm. »Wir haben Herrn Balabagan vor zehn Jahren ein Darlehen gewährt, das ist richtig. Es diente damals der Ablösung mehrerer anderer, fällig gestellter Kredite. Interessieren Sie die genauen Beträge oder was sonst?«

»Mich interessieren die Zinsen. 27 Prozent, ist das richtig?«

»Das ist korrekt.«

John beugte sich vor. »Eines frage ich mich: Wie viel hat Herr Balabagan denn inzwischen schon getilgt? Ungefähr?«

Labarientos warf dem Fischhändler einen unsicheren Blick zu, tippte auf seiner Tastatur herum, schob die Auskunft vor sich her. »Herr Balabagan hat mehrmals um Stundung der Raten gebeten und vor acht Jahren um eine Reduzierung der Rate nachgesucht. Wir haben dem Gesuch entsprochen, aber wie Sie sich ausrechnen können, wurde die Tilgung dadurch natürlich verzögert.«

John spürte kalte Wut in sich aufsteigen. »Sprich, er hat bis jetzt wie viel getilgt? Zwei Prozent? Ein Prozent? Gar nichts?«

Nun waren, trotz Klimaanlage, feine Schweißperlen auf der Oberlippe des Bankangestellten zu sehen. »In der Tat«, gab er zu, »trifft Letzteres zu.«

»Was heißt das?«, fragte Balabagan argwöhnisch.

»Das heißt, dass Sie die ganzen zehn Jahre nur Zinsen gezahlt haben, ohne dass Ihre Schulden auch nur um einen Peso weniger geworden sind«, sagte John brutal. Er fühlte auch eine nie gekannte Brutalität in sich. Ihm war danach, den untersetzten Mann auf der anderen Seite des Schreibtischs aus seinem hübschen blauen Anzug zu prügeln.

»Was?«, fuhr der Fischhändler hoch. »Ja – aber wieso? Ich habe doch fast immer gezahlt, und so viel ...«

»Nicht genug«, schüttelte John den Kopf.

»Und wie soll das weitergehen? Was wird damit? Muss ich jetzt mein ganzes Leben lang zahlen, oder was?«

Labarientos hatte ein Gesicht aus Stein. »Nein«, sagte er. »Der Kredit läuft auf fünfundzwanzig Jahre. Bei Fälligkeit muss er entweder abgelöst werden, oder wir gehen in Vollstreckung.«

»Das heißt«, übersetzte John, »wenn Sie in fünfzehn Jahren alles Geld, was noch fehlt – also Darlehen plus alle noch nicht bezahlten Zinsen –, nicht auf einen Schlag zurückzahlen können, bekommt die Bank Ihr Haus oder was immer Sie sonst an Sicherheit verpfändet haben.«

»Aber wie soll ich denn das machen?«, schrie Balabagan voller Entsetzen. »Wo soll ich das Geld hernehmen? Mein Haus? Mein Sohn soll mein Haus erben, und das Geschäft. Was will die Bank denn mit einem Fischgeschäft?«

»Sie wird es an Ihren Sohn vermieten, vielleicht«, sagte John. Allmählich begriff er, wie das Spiel lief. Er beugte sich vor, sah den Bankmenschen an, zügelte mühsam seinen Zorn. »Mister Labarientos, wie kommen Sie, wie kommt Ihre Bank dazu, für ein Darlehen derart hohe Zinsen zu verlangen? Sagen Sie mir das. Sagen Sie mir, ob das übliche Praxis ist.«

Tipp-tipp-tipp auf dem Computer. Es klang nach Zeitgewinnen, nach Nervosität. »Es war ein Darlehen«, erklärte Labarientos bedächtig, »das in einer Hochzinsphase abgeschlossen wurde, zu festgeschriebenen Zinsen. Das Darlehen hatte ferner schlechte Sicherheiten, das heißt, es war riskant für die Bank. Es ist absolut üblich, in diesem Fall einen Zuschlag zu erheben, wegen des erhöhten Ausfallrisikos.«

»Ist das alles?«, fragte John, dachte an die Dynamitfischer, an ihre verlorenen Arme und Beine, an den Mann, der nur noch im Sack hing, an die Tochter, die nach Hongkong gegangen war, um ihren Körper gegen Geld für die Familie zu tauschen. »Ist das alles, was eine Rolle spielt – das Risiko für die Bank?«

Labarientos sah John an, fuhr sich flüchtig mit der Zunge über die Lippen, faltete die Hände vor sich auf dem Schreibtisch. »Als Bank«, sagte er, kein bisschen eingeschüchtert, »sind wir in erster Linie unseren Einlegern verpflichtet. Ihnen zum Beispiel, Mister Fontanelli. Sie haben bei unserer Bank eines der größten Konten, die wir führen. Sie haben uns viele Millionen Pesos anvertraut. Sie wollen sicherlich nicht, dass wir dieses Geld verlieren – und Sie wollen sicherlich Zinsen dafür, nicht wahr? Das ist es, was wir hier tun. Wir verdienen Ihre Zinsen.«

Johns Gesicht brannte vor Scham, während sie zurückfuhren. Er würde der erste Mensch sein, der von Schamesröte Verbrennungen der Haut davontrug. Er lehnte windschief auf der Rückbank, den Arm über das Gesicht gelegt, und ihm war schlecht vor Entsetzen.

Die ganze Zeit hätte er es wissen können, die ganze Zeit. Es war alles so offensichtlich, so einfach, so klar. Es lag auf der Hand.

Frage: Wie vermehrt sich Geld? Antwort: Überhaupt nicht.

Was für eine Idiotie, etwas anderes zu glauben.

Und doch – von frühester Kindheit an wurde es einem gepredigt, unablässig wiederholt wie ein frommes Mantra, inbrünstiger als das Vaterunser, man kannte es überhaupt nicht anders: dass Geld sich vermehre auf einem Sparkonto. Die Werbung wiederholte es gebetsmühlenhaft, Eltern, Lehrer, Freunde, alle plapperten es nach: Bring dein Geld auf die Bank, damit es mehr wird. Sogar Paul, der kluge Paul Siegel, der Harvard mit *summa cum laude* abgeschlossen hatte und intelligent war wie kein anderer, hatte ihn ermahnt: Du musst dein Geld für dich arbeiten lassen.

Aber Geld arbeitet nicht. Nur Menschen arbeiten.

Wäre es anders: Was hinderte einen daran, genug Geld zu drucken, um jeden zum Millionär zu machen? Nichts. Nur wäre dann niemand da, der einem die Brötchen für das Millionärsfrühstück backt, niemand, der das Getreide für die Brötchen anbaut und erntet und mahlt, nichts dergleichen.

Geld arbeitet nicht. Arbeiten müssen immer Menschen.

571.000.000.000 $

Und Geld vermehrt sich nicht. Jeden Dollar, jeden einzelnen Cent, um den ein Konto anwächst, hat irgendjemand erarbeitet. Jemand, der Schulden hat und deshalb von dem Geld, das er verdient, abgeben muss an den, bei dem er diese Schulden hat.

Schulden, das hieß Miete zahlen für Geld. Schulden und Zinsen waren ein riesiger, raffinierter Mechanismus, der Geld von denen, die wenig davon besaßen, zu denen transportierte, die viel davon besaßen. Dieser Transport erfolgte in homöopathisch kleinen Dosen, die den meisten nicht wehtaten, und mit mathematischer, kalkulierbarer Präzision.

So war sein Vermögen entstanden. Bis auf das Kapital, mit dem alles begonnen hatte, jene lächerlichen zehntausend Dollar, war jeder einzelne der tausend Milliarden Dollars von anderen Menschen erwirtschaftet worden. John sah vor seinem inneren Auge ein ungeheures Geflecht, ein Blutgefäßsystem, dessen große Venen verzweigten in kleine Venen und diese in noch feinere Venen und diese schließlich in haardünne Kapillaren, die sich über den ganzen Erdball erstreckten, in jedes Land, jede Stadt, jedes Dorf, in das Leben jedes einzelnen Menschen, der auf Erden lebte, doch es war kein Blut, das in diesen Gefäßen floss, sondern Geld, Cents und Zehntelcents in den Kapillaren, von wo aus sie zusammenflossen zu Quarters in den größeren Adern und zu Dollars in den noch größeren und zu Hundertern und Tausendern und Millionen und sich schließlich vereinigten zu diesem ungeheuren Strom von Geld, der sich fortwährend und an Stärke beständig zunehmend auf seine Konten ergoss, vierzig Milliarden Dollar pro Jahr, über hundert Millionen Dollar an jedem einzelnen Tag, den Gott werden ließ.

Er war dem Spinnennetz gefolgt, um die Spinne zu finden, und siehe da: Er war es selbst. Er hatte die Futterkette untersucht und festgestellt: Er selbst stand an ihrem Ende. Er war der Boss aller Bosse. Er war der letzte Ausbeuter. Er war der Erbe des Fontanelli-Vermögens und hatte geglaubt, die Lösung zu sein für die Probleme der Welt. In Wirklichkeit war er deren Ursache.

»Halten Sie an«, keuchte er. Der Wagen stoppte. Er stolperte hinaus und übergab sich, als müsse er alles loswerden, was er in den letzten zwei Jahren gegessen hatte.

573.000.000.000 $

34

IRGENDWIE HATTEN SIE ihn zurück an Bord gebracht. Irgendwie hatte er die Nacht überstanden und den Morgen, und dann begehrte er wieder an Land zu gehen, weil noch etwas zu erledigen war. Sie brachten ihn mit dem Motorboot nach Tuay, wo immer noch der Wagen stand, und fragten, ob der noch gebraucht würde. Nein, schüttelte er den Kopf, ihr könnt ihn wieder einladen. Sie sagten etwas davon, dass die *PROPHECY* zu groß sei, um anzulegen, und er nickte nur, alles tat ihm weh innen, ja, sie sei wirklich zu groß, viel zu groß für einen Menschen. Und während sie sich daranmachten, das Auto auf das Motorboot zu bugsieren, ging er schweren Schritts die Straße hoch, die nur aus festgetretener Erde mit ein paar Steinen darin bestand und zum Marktplatz führte, der immerhin asphaltiert war, ließ sich erdrücken vom Anblick der übergroßen Kirche, verharrte mit einem Gefühl in der Kehle, als sitze da ein Schrei, der sich nicht lösen könne, und ging schließlich hinüber zum Haus des Fischaufkäufers.

Joseph Balabagan hockte auf einer Kiste und sah einem Jungen zu, der am Motor des Mopeds herumschraubte. Als er John kommen sah, sprang er auf und kam ihm entgegen. Er habe im Krankenhaus angerufen, seiner Frau gehe es gut, und heute Abend werde er wieder hinfahren, zur Not mit dem Bus, falls das Moped nicht repariert sei bis dahin, und er danke ihm nochmals für alles, was er getan habe.

John ging mit ihm mit, nickte dem Jungen zu, der ihn fröhlich anlächelte, die Finger schwarz vom Öl. Der Fischhändler schickte eine seiner Töchter Gläser holen und holte

574.000.000.000 $

zwei Flaschen Cola aus einer Eiskiste. John setzte sich auf den Stuhl, den er ihm anbot, und zog sein Scheckbuch heraus und einen Kugelschreiber, der, obwohl er nicht so aussah, mehr gekostet hatte als alles, was sein Gastgeber besaß. »Wie viel Schulden haben Sie?«, fragte er.

Balabagan bekam große Augen. »O nein«, würgte er hervor. »Das ist ... das kann ich nicht ...«

John sah ihn nur an, fühlte sich taub und wund im Inneren und sagte: »Mister Balabagan, ich bin der reichste Mann der Welt. Sie haben mir geholfen, jetzt will ich Ihnen helfen. Und Sie brauchen Hilfe, denn aus eigenen Kräften werden Sie diesen Kredit niemals zurückzahlen können. Also?«

Der Fischaufkäufer starrte vor sich hin, in seinem Gesicht arbeitete es, bis endlich eine Seite in ihm siegte, der Instinkt des Überlebens vielleicht. Er nannte leise eine Summe, und John schrieb, ohne sich die Mühe zu machen, sie in Dollar umzurechnen, den doppelten Betrag hin, riss den Scheck heraus und schob ihn ihm hin. »Wäre schön, wenn Sie es einrichten könnten, kein Dynamit mehr zu verkaufen«, sagte er.

»Aber –«, begann Balabagan.

»Leben Sie wohl«, sagte John und stand auf. »Grüßen Sie Ihre Frau. Und danke für die Cola.«

Damit ging er. Es roch wieder nach Rauch, der Himmel im Westen war von grauen Schlieren überzogen, weil sie in Indonesien die Wälder abfackelten, weil sie auch dort für ihn arbeiteten, seine Untertanen, die nichts davon wussten, dass sie ihm tributpflichtig waren. Überall auf der Welt war es so, überall rackerten sich Männer und Frauen ab, schwitzten, strengten sich an, verrichteten gefährliche, schwierige oder langweilige Arbeiten, und ohne dass sie es durchschauten, arbeiteten sie einen Gutteil ihrer Zeit für ihn, trugen bei zum steten Anwachsen seines Vermögens, machten ihn reicher und reicher, ohne dass er etwas dazu tun musste.

Denn, das war ihm heute Morgen elend klar geworden, es

575.000.000.000 $

waren ja nicht nur diejenigen seine Untertanen, seine Leibeigenen, seine Sklaven, die selber Schulden hatten. Die Maschinerie des Geldes arbeitete viel raffinierter. Marvin und er hatten Miete gezahlt an Miss Pearson, die Besitzerin des Hauses, aber die konnte das Geld in Wirklichkeit nicht behalten, sondern musste es an die Bank weitergeben, um das Darlehen abzuzahlen, mit dem sie das Haus gekauft hatte. ›Kapitalkosten‹ hieß das Wort, das er in zahllosen Kalkulationen gesehen hatte, ohne sich etwas dabei zu denken. Mit allem, was man kaufte, bezahlte man die Kredite des Herstellers mit. Einen gewaltigen Anteil der Steuern, die einem abgezogen wurden, verschlangen die Zinsen für die Schulden des Staates. Und all dieses Geld landete, auf welch verschlungenen Wegen auch immer, letzten Endes bei ihm. Nun, nicht alles, aber immer mehr und mehr davon. Das größte Vermögen besaß in diesem System die größte Anziehungskraft, war wie ein Magnet, der durch das, was er ansaugte, an Stärke noch beständig zunahm. Wie McCaine gesagt hatte: Eines Tages konnte ihm die ganze Welt gehören.

John blieb stehen, schaute über die Bucht und die Landschaft, die so paradiesisch aussah und die nach Rauch und Abfällen roch. War er, war sein Geld nicht letzten Endes schuld an der Krise? Wäre alles anders gekommen, wenn nicht durch die Jahrhunderte dieses riesige Vermögen mit seinem unersättlichen Hunger nach Zinsertrag auf allem gelastet hätte wie ein Albdruck? Wie ein Moloch, dem alle Welt beständig hatte Opfer bringen müssen, sodass zu wenig geblieben war für die Bedürfnisse der Menschen und der Natur?

Und wenn dem so war – er musste das nachprüfen, nachrechnen, musste darüber nachdenken, bis er sich sicher war –, war es am Ende das, was er zu tun hatte, um die Prophezeiung zu erfüllen: das Vermögen zu *vernichten?*

Was für ein Gedanke. So paradox, dass er beinahe bestechend überzeugend klang. Kein Wunder, dass die Vacchis niemals dahinter gekommen waren, worin die Lösung bestand. Das Vermögen vernichten hieß, die gewaltige Last einer ertragshungrigen, zinsgierigen Billion Dollar von der Welt nehmen. War es das? Sah so die Antwort aus?

Er sah einen großen Platz vor sich, eine weite Ebene, in einer der Wüsten im Westen der USA vielleicht. Sie würden Straßen brauchen. Sicher würden Schaulustige kommen wollen, um das mit anzusehen. Eine Billion Dollar in Scheinen, wie viele Lastwagen voll das wohl waren? Sicher einige. Was für ein Bild. Es würde Geschichte machen, dieses Bild, wie Lastwagen um Lastwagen Geld ablud, massenhaft gebündelte Dollarnoten, die zu einem Scheiterhaufen aufgetürmt wurden, wie die Welt ihn noch nie gesehen hatte. Man würde bewaffnete Wachposten brauchen, sicher. Er würde eine kurze Rede halten, erklären, was er erkannt hatte und warum es gut war, das Geld zu vernichten, würde die Fackel nehmen und hineinstoßen in die Benjamin Franklins und George Washingtons, und zusammen mit den Zuschauern würde er in gruseliger Erleichterung verfolgen, wie das größte Vermögen, das es jemals gegeben hatte, in Rauch und Asche aufging, in Asche, die noch meilenweit entfernt niedergehen würde ...

John blinzelte, rieb sich die Stirn, war wieder da, auf der Hauptstraße von Tuay. Die Leute sahen ihn mit merkwürdigen Blicken an.

Irgendetwas war falsch an dieser Vorstellung. So erregend sie war. Er machte daran herum, wie man mit der Zunge an den Zähnen herumtastet, wenn man glaubt, irgendwo könnte ein Loch sein. Ein Besuch in einer Zentralbank fiel ihm wieder ein, er wusste nicht mehr, in welchem Land, wie McCaine und er hinter einer Panzerglasscheibe gestanden und den Leuten zugeschaut hatten, die alte, zerrissene, kaputte Geldscheine aussortierten, in den Reißwolf warfen und durch frisch gedruckte Scheine ersetzten.

577.000.000.000 $

War denn ein Geldschein identisch mit Geld? Konnte er sein Vermögen denn wirklich vernichten, indem er sich alle Konten in bar auszahlen ließ und das Bargeld verbrannte? In vielen Ländern würde er sich damit strafbar machen, fiel ihm ein. Vielerorts war es verboten, Geldscheine zu zerstören, die oft Porträts von Königen oder Nationalhelden trugen. Aber davon abgesehen, was hinderte die Zentralbanken daran, das zerstörte Geld durch neues zu ersetzen? Es war ja schließlich nur Papier.

Und wenn man schon darüber nachdachte: Wozu der Aufwand mit den Lastwagenkolonnen voller Geld? Er konnte die *Federal Reserve Bank* darum bitten, eigens für ihn eine Eine-Billion-Dollar-Note zu drucken. Die konnte er dann im Aschenbecher verbrennen, bequem und unspektakulär. Himmel, es würde reichen, sich einen *Scheck* ausstellen zu lassen! Selbst das – wozu? Es ging doch letztlich nur darum, seine Konten auf null zu bringen. Das konnte man machen, indem man ihm Bargeld aushändigte oder einen Scheck, was beides im Grunde nur eine Art Gutschein darstellte. In dem Fall waren die Buchungen ausgeglichen, und alles hatte seine Richtigkeit. Aber genauso gut konnte er sein ganzes Vermögen auf sein Konto bei seiner eigenen Bank überweisen, dann dort einfach ins Rechenzentrum marschieren und dem Programmierer oder dem Operator sagen: »Da, diese Speicherstelle im Computer, an der jetzt eine Billion steht« – oder zwei Billionen oder wie viel auch immer – »löschen Sie das und schreiben Sie Null hinein.« Dann war das Vermögen auch vernichtet, oder?

John schüttelte den Kopf, strich sich die Haare aus der Stirn. Das war alles so verwirrend. Wenn man Geld so einfach vernichten konnte, was hinderte einen dann daran, es genauso einfach zu erschaffen? Genauso gut konnte man in diese Speicherstelle hundert Billionen hineinschreiben oder hundert Trillionen – aber war das dann auch Geld? Und wenn nein, warum nicht? Was *war* denn Geld eigentlich?

578.000.000.000 $

Seine Füße trugen ihn weiter, zu einem Platz im heißen Schatten eines Baumes. Er setzte sich, den Blick unverwandt hinaus aufs Meer und die strahlendweiße Jacht darauf gerichtet, ohne sie wirklich zu sehen.

Geld. Angenommen, man würde nicht nur sein verfluchtes Vermögen vernichten, sondern alles Geld, das überhaupt existierte auf Erden. Was dann? Was würde geschehen? Würden die Menschen hilflos sein, gezwungen, eine neue Wirtschaft ohne Geld zu entwickeln, zum Tauschhandel zurückkehren? Unwahrscheinlich. Sein Vater würde einen Gutschein über ein Paar Schuhe ausstellen, damit zum Bäcker gehen und ihn dort gegen einen Laib Brot und Gutscheine über eine bestimmte Anzahl weiterer Laibe Brot eintauschen, und der Maßstab dafür würden die Preise sein, die die Dinge vorher gehabt hatten. Die Menschen würden das Geld auf eigene Faust wieder erschaffen, in irgendeiner Weise und in irgendeiner Form.

Das war es: Geld war eine menschliche Erfindung. Und es war genauso wenig wieder aus der Welt zu schaffen wie die Atombombe.

»Hallo? Mister Fontanelli?«

John zuckte zusammen, fuhr hoch. Vor ihm stand ein Junge, der sechzehn war oder vielleicht siebzehn und ihn neugierig ansah, aus flinken, wachen Augen. Sein Blick hatte etwas Besorgtes.

»Was ist los?« Er sah sich um. Er saß auf einer schmutzigen, gelben Plastikkiste, wie man sie zum Transportieren von Gemüse verwendete. »Ist das deine Kiste? Entschuldige, ich habe sie hoffentlich nicht kaputt –«

»Nein, Sir, Mister Fontanelli«, winkte der Junge ab. »Das ist nicht meine Kiste. Ich habe Sie nur hier sitzen sehen und, na ja, ich wollte mit Ihnen reden.« Er streckte ihm die Hand hin und lächelte strahlend. »Mein Name ist Manuel Melgar, Sir. Es ist mir eine Ehre.«

579.000.000.000 $

»Na, in dem Fall ...« John schüttelte ihm die Hand und besah ihn sich genauer. Manuel Melgar war schlank, beinahe drahtig zu nennen, trug sein schwarzes Haar lässig gescheitelt, eine saubere Blue Jeans, die aussah, als wäre sie sein ganzer Stolz, und ein blaues T-Shirt mit dem Aufdruck *Bon Jovi* und *Keep The Faith*. John musste lächeln, als er das las; ein Lächeln, das wehtat in seiner Brust. »Hallo, Manuel. Wie geht's?«

»Danke, gut, Sir«, erwiderte er stolz. Er hatte, obwohl er ruhig dastand, etwas Wieselflinkes an sich. Als würde er nicht oft ruhig dastehen.

»Schön«, sagte John. »Freut mich zu hören.«

Manuel rieb sich den Nasenflügel, schien zu überlegen. »Sir – haben Sie möglicherweise gerade einen Moment Zeit? Ich habe mir etwas überlegt und würde gern wissen, was Sie darüber denken.« Nun wippte er doch nervös hin und her. »Entschuldigung, falls ich Sie beim Nachdenken gestört habe oder so. Ich dachte nur, wo Sie schon einmal gerade da sind ...«

»Schon in Ordnung«, nickte John. *Keep The Faith.* »Ich habe Zeit.«

Manuel lächelte teils angespannt, teils begeistert. »Also, mir ist aufgefallen, dass bei den Fischern relativ viel Fisch verdirbt, ehe sie ihn verkaufen können. Bestimmt ein Viertel, wenn nicht ein Drittel. Das kommt daher, dass es ein weiter Weg ist bis zum Fischhändler; die meisten gehen los, wenn sie von der Fahrt morgens zurückkommen, aber da liegen die Fische vom Abend vorher schon die ganze Nacht herum. Kein Wunder, dass viel kaputtgeht.«

John nickte. »Leuchtet ein.«

»Wenn jetzt jemand«, sagte Manuel, »ein Tricycle kaufen würde –«

»Entschuldigung«, unterbrach John. »Was, bitte, ist ein Tricycle?«

»Ein Motorrad mit drei Rädern. Also, ein normales Motorrad mit einem Beiwagen. Sie waren doch gestern in Lomiao; dort fahren viele davon herum als Taxis.«

John fragte sich beiläufig, woher der Junge wusste, dass sie am Tag zuvor in Lomiao gewesen waren, und nickte. Ja, er erinnerte sich, etliche dieser quietschbunten, mit jeder Menge Aufklebern und jeder Menge sinnloser Zusatzscheinwerfer bestückten Gefährte herumknattern gesehen zu haben. »Die nennt man Tricycles. Das wusste ich nicht.«

»Wir nennen sie so; ich weiß nicht, wie man sie anderswo nennt.«

»Ich glaube, anderswo gibt es die gar nicht.«

Manuel stutzte, ein wenig aus dem Konzept gebracht, fing sich aber wieder. »Ich könnte so ein Tricycle kaufen. Gebraucht, ein günstiges Angebot. Und ich würde den Beiwagen so umbauen, dass man ihn mit Eis füllen kann. Ein Freund hilft mir dabei, der in einer Werkstatt in Lomiao arbeitet. Damit würde ich jeden Tag die Fischerdörfer abfahren und den Fisch abholen, wenn er noch frisch ist. Das kostet zwar etwas Benzin, aber es würde sich lohnen, weil nicht mehr so viel verdirbt; ich habe es mir genau ausgerechnet.« Er sah ihn erwartungsvoll an. »Halten Sie das für eine gute Geschäftsidee, Mister Fontanelli?«

John musterte den Jungen verdutzt. »Klingt ziemlich gut, ja. Woher bekommst du das Eis?«

»Von Mister Balabagan. Er hätte gern, dass ich den Fisch für ihn holen fahre, und er würde mir dafür das Eis umsonst geben, aber darauf lasse ich mich nicht ein.«

»Warum nicht?«

Manuel lächelte schlau. »Man muss selbstständig bleiben, wenn man es zu etwas bringen will. Wenn ich für ihn fahre, fahre ich in zehn Jahren immer noch für ihn, und er macht den Gewinn. Nein, ich kaufe den Fischern den Fisch ab, und ich verkaufe ihn an Mister Balabagan weiter. Ich kaufe bei ihm auch das Eis, und sobald ich kann, kaufe ich ein Kälteaggregat für den Wagen.«

581.000.000.000 $

»Aber es ist riskanter so.«

»Andere verlieren ihr Geld beim Würfeln; da mache ich lieber etwas Vernünftiges. Außerdem gibt es noch andere Fischaufkäufer an der Küste, und ich will an den verkaufen können, der am besten zahlt. Wenn einer kurz vor dem Abholtermin wenig in den Kisten hat, lohnt es sich für ihn, mehr zu zahlen, weil er mit mehr Fisch pro Fuhre einen besseren Preis bekommt.«

»Gut überlegt.« John war beeindruckt.

»Und ich kann, wenn ich sowieso in die Dörfer fahre, ein Zusatzgeschäft machen«, fuhr Manuel stolz fort. »Ich nehme Reis und Öl und so weiter mit und verkaufe es zum selben Preis, den sie auf dem Markt zahlen müssten. Ich kaufe aber in Lomiao ein, im Großmarkt, wo es viel billiger ist. Dadurch habe ich einen zusätzlichen Gewinn.« Er faltete die Hände und sah John erwartungsvoll an. »Finden Sie das gut?«

Das war nicht nur gut, John war richtiggehend neidisch auf den Geschäftssinn des Jungen. Er konnte ihn sich lebhaft vorstellen, wie er mit seinem bunten Eismobil die Dörfer abklapperte. »Das ist ein sehr guter Plan«, erklärte er.

»Nicht wahr? Es wird allen zugute kommen. Wenn jetzt ein Drittel der Fische verdirbt und nachher nicht mehr, ergibt sich eine Verbesserung von fünfzig Prozent, ohne dass es irgendjemanden mehr kostet als jetzt.« Er strahlte und setzte hinzu, nicht ohne dass sein strahlendes Lächeln einen listigen Zug bekam: »Könnten Sie sich vorstellen, Mister Fontanelli, Sir, dieses Vorhaben durch einen Kredit zu unterstützen?«

John zuckte zurück. Er musste sich unwillkürlich an die Brust fassen, so durchfuhr es ihn. »Einen Kredit?«, keuchte er. *Ich gebe keine Kredite mehr. Ich will nicht länger die ganze Menschheit aussaugen wie ein Vampir.*

»Ja, sehen Sie, Sir«, verlegte sich Manuel aufs Klagen und Betteln, »mir würde keine Bank einen Kredit geben. Ich habe nichts, meine Eltern sind auch arm, ich habe keine Sicherheiten. Ich habe nur diese Idee. Sie sind reich. Ich stelle mir vor, dass Sie vielleicht einige hundert Dollar für einige Zeit entbehren könnten ... Sie bekommen Sie wieder, mit Zins und Zinseszins. Ehrenwort.«

Er sah den Jungen an, fühlte sich immer noch krank und elend, aber ja, er musste zugeben, es war eine gute Idee. Es war ganz genau das, was hier getan werden musste, und dieser Junge war bereit und willens, es zu tun, und schlau genug, um es gut zu machen, war er auch, ohne Zweifel. Er zückte das Scheckbuch. »Wie viel brauchst du?«

Seine Augen leuchteten. Seine Hände tanzten, als sie die Zahlen aufführten, die er sich wahrscheinlich schon seit langer Zeit wieder und wieder hatte durch den Kopf gehen lassen. »Also, das Tricycle wird hundertfünfzig Dollar kosten, dazu der Umbau, ich schätze, noch mal fünfzig Dollar. Dazu das Geld für das erste Benzin und das Eis und um die Fischer zu bezahlen ... Ich denke, ich brauche dreihundert Dollar.«

»Ich gebe dir tausend«, sagte John und schrieb *Manuel Melgar* in die Rubrik *Empfänger*.

»Nein, Sir«, wehrte der ab. »Das ist gut gemeint, aber für so viel kann ich die Zinsen nicht aufbringen.«

»Du brauchst keine Zinsen aufzubringen. Ich schenke dir das Geld.«

Er wich ein Stück zurück. »Entschuldigen Sie, Sir, Mister Fontanelli. Das will ich nicht. Nein.«

»Ich kann es entbehren, glaub mir.«

»Darum geht es nicht. Es geht ... darum!« Er schlug sich die Hand auf die Brust. »Sir, wenn ... wenn ich einmal alt bin, will ich mir sagen können, dass ich es aus eigener Kraft geschafft habe, verstehen Sie? Dass ich alles *meiner* Idee verdanke. *Meiner* Arbeit. Nicht einem Almosen.« Er schüttelte entschieden den Kopf. »Es würde keinen Spaß machen so. Bitte, Sir, dreihundert Dollar als Darlehen. Ein Geschäft.«

John betrachtete ihn, wie er da stand, voller Energie und

583.000.000.000 $

Entschlossenheit, und wünschte, er selber hätte mehr von beidem gehabt. *Keep The Faith.* Genau. »Gut, wenn du meinst«, nickte er. »Machen wir ein Geschäft. Dreihundert Dollar?«

»Dreihundert Dollar.«

»Wie viel ist das in Pesos?«

»Ich hätte es lieber in US-Dollar, Sir.«

»Alles klar.« Er füllte den Scheck aus und reichte ihn dem Jungen, der ihn mit beneidenswerter Freude entgegennahm. Was machte es schon, wenn sie es als Darlehen deklarierten?

Manuel verstaute den Scheck sorgsam in seiner Hosentasche. »Jetzt brauche ich noch Ihre Karte«, erklärte er sachlich.

»Meine Karte?«

»Ihre Visitenkarte. Mit Ihrer Anschrift. Damit ich weiß, wohin ich meine Raten schicken muss.«

»Ach so.« Er durchfingerte seine Taschen, fand eine Karte, gab sie ihm. Die würde er sicher mal seinen Kindern zeigen. Im Lauf der Zeit würde er dahinter kommen, dass es nichts machte, wenn er das Geld behielt; dass es selbst so schwer genug war.

Im Augenblick jedenfalls war er glücklich, bedankte sich vielmals, wünschte ihm alles Gute, bedankte sich noch einmal und machte dann, dass er davonkam mit seinem Scheck. John stand auf, klopfte sich die Hose ab und ging weiter, hinab zum Hafen, wo das Motorboot wartete.

»Ich werde Sie verlassen«, erklärte Patricia deBeers, als er an Bord kam. Sie saß auf einem der cremeweißen Sofas im Salon, Zeitschriften und leere Kaffeetassen um sich herum, und schwenkte einen Brief.

»Ist heute gekommen. Ein Casting in Hollywood; darauf warte ich schon lange.«

»Glückwunsch«, sagte John.

»Ich habe den Kapitän gebeten, mich heute Nachmittag

mit dem Hubschrauber nach Cebu bringen zu lassen. War das in Ordnung? Von dort aus besorgt mir meine Agentur einen Flug nach Los Angeles.«

Er ließ sich in einen der Sessel fallen. »Ich wusste gar nicht, dass es in Cebu einen Flughafen gibt.«

»*Mactan-Cebu International Airport.* Ich schätze aber, der Flug wird über Manila gehen. Man muss sowieso machen, dass man hier wegkommt. Haben Sie das gehört, mit diesen Bränden in Malaysia und Indonesien? Vorhin war ein Bericht im Fernsehen, grauenhaft. In Kuala Lumpur sieht es aus wie nach einem Atomkrieg. Die Leute tragen Atemschutzmasken, und der Rauch ist so dicht, dass man nicht mal mehr die Hochhäuser sieht, geschweige denn die Sonne.«

John sah aus dem Fenster. Der Himmel im Westen war ölig grau; es wurde jeden Tag schlimmer. »Ja«, sagte er. »Ich habe davon gehört.«

Der Steward tauchte auf. John bat ihn, ihm seine Post ebenfalls zu bringen.

Patricia deBeers betrachtete den Brief in ihrer Hand nachdenklich. »Wie funktioniert das eigentlich? Woher weiß Ihre Poststelle so weit im Voraus, wohin sie die Post nachschicken muss?«

»Die landläufigste Theorie ist, dass wir aus Versehen einen Hellseher eingestellt haben«, sagte John und nahm den Stapel Briefe entgegen, den ihm der Steward reichte. Ein großer, brauner Umschlag fiel ihm besonders auf. Dem Absender nach kam er aus Rom, aber der Name sagte ihm nichts.

»Einen Hellseher. Interessant. Wäre es nicht besser, den zu Ihren Börsenmaklern zu versetzen?«

»Ich weiß nicht«, meinte John. »Was wäre dann mit meiner Post?« Er riss den Umschlag mit dem Zeigefinger auf. Ein Stapel Papiere, die zusammengeheftet waren, Fotokopien eines mit der Schreibmaschine geschriebenen Textes. In Italienisch. Er zog den Begleitbrief heraus, erfreulicherweise in Englisch.

585.000.000.000 $

Er stammte von dem Chefredakteur der Schülerzeitung, für die Lorenzo geschrieben hatte. Der zweite Teil seines Artikels sei aufgetaucht und läge in Kopie bei. *Wider Erwarten*, schrieb er, *trifft die Schuld an dieser Verzögerung nicht die italienische Post. Lorenzos Brief war hinter einen unserer Aktenschränke gerutscht; dort haben wir ihn entdeckt, als es uns neulich die Spende eines ortsansässigen Kaufhauses ermöglichte, unser Büro mit neuen Möbeln auszustatten. Ich habe die Schule inzwischen erfolgreich verlassen, nicht ohne jedoch meinen Nachfolger im Amt dahingehend zu instruieren, der großzügigen Spende Ihrerseits entgegenzusehen, die Sie uns für diesen Fall zugesagt hatten.*

Natürlich gab es kein italienisches Wörterbuch an Bord. Also schrieb er alle Wörter auf, die ihm unbekannt waren oder die er im Zusammenhang nicht verstand, faxte die Liste mit Bitte um Übersetzung an sein Sekretariat und ging hinauf an Deck, um Patricia zu verabschieden.

Sie gab ihm zum Abschied einen Kuss, Benigno nur die Hand.

»Was soll ich denn machen?«, rief er, während die Turbine des Hubschraubers anlief. »Ich bin das siebte von acht Kindern. Wenn es damals Geburtenkontrolle gegeben hätte, gäbe es mich überhaupt nicht!«

»Tolles Argument«, erwiderte Patricia. »Ich habe eine Freundin, die es nicht gäbe, wenn ihre Mutter nicht vergewaltigt worden wäre. Ich frag sie bei Gelegenheit, ob sie Vergewaltigung gut findet.« Damit stieg sie ein, und die Maschine hob ab, in den Himmel, den die Rauchwolken inzwischen zur Hälfte erobert hatten.

Als er hinunterkam, war das Fax vom Übersetzungsbüro bereits da. Er nahm es, schnappte sich Block und Kugelschreiber und verzog sich in seine Kabine.

586.000.000.000 $

Im ersten Teil haben wir herausgefunden, dass nicht die Technik oder die Wissenschaft schuld sind an der Misere der Welt, sondern die Industrialisierung, sprich, die Wirtschaft. Und obwohl unser Lebensstandard den jedes mittelalterlichen Potentaten locker in den Schatten stellt, haben wir alle nur eines im Kopf: Wachstum! Immer mehr und mehr Wirtschaftswachstum, die Vorräte der Erde noch schneller aufbrauchen, die Müllhalden immer höher auftürmen.

Aber warum eigentlich? Das ist die Hauptfrage: Warum rackern sich denn eigentlich alle ab wie blöde?

Normalerweise sagt man darauf, dass wir Menschen eben gierig sind und nie genug bekommen können. Eine Antwort, die den Vorzug hat, einfach, und den Nachteil, falsch zu sein. Denn schaut euch doch um, mit wie wenig die meisten zufrieden sind. Fette Pommes, Bier und Fußball – damit sind viele schon glücklich. Es mag ein paar Gierhälse geben, aber die Mehrzahl der Leute ist mit so wenig zufrieden, dass es einem grausen kann.

Nein, guckt genauer hin. Falls ihr noch mit euren Eltern redet, redet mit ihnen. Sie werden euch erzählen, dass sie sich deshalb so ins Zeug legen, weil sie es müssen. Weil, egal wie man sich abrackert, man das Gefühl hat, nie hinterherzukommen mit allem, was man zu zahlen hat. Selbst wenn das Einkommen steigt, die Ausgaben steigen noch stärker, die Preise, die Steuern, die Gebühren, alles. Wie Alice im Wunderland muss man so schnell rennen, wie man kann, nur um da zu bleiben, wo man ist.

Und das, Freunde, Römer, Landsleute, liegt an einem dummen, kleinen Konstruktionsfehler unseres Wirtschaftssystems. Eine Lappalie eigentlich, aber vergesst nicht – diese Lappalie ist dabei, unseren Planeten zu zerstören. Kleine Ursache, große Wirkung.

Dass irgendetwas nicht stimmt, dass der Fehler im System liegt, das Gefühl plagt die Menschen schon lange. Man

587.000.000.000 $

hat den Fehler zuerst im Geld selbst gesucht. Junge, was ist auf Geld schon geschimpft worden. Keine Religion und kein Moralapostel, der es nicht verflucht hat – aber im Klingelbeutel haben sie es doch immer gern genommen. Trotzdem, Freunde, am Geld liegt es nicht. Wir könnten das jetzt lang und breit diskutieren, wenn der Platz und eure Leselust dazu reichen würde; da beides nicht der Fall ist, hier nur das Endresultat: Geld an sich ist eine tolle Erfindung, und es ist unschuldig.

Der nächste Verdächtige waren immer die Zinsen. Wie ihr euch aus dem Mathematikunterricht erinnert, ist die Zinsrechnung nicht einfach und führt mitunter zu überraschenden Ergebnissen, weil sich das Ganze über den Zinseszins, also den Zins auf die Zinsen, rasch in unanschauliche Dimensionen potenziert. Den meisten Menschen sind Zinsen von daher eher unheimlich, aber im Grunde sind die Zusammenhänge einfach. Wenn einer einem anderen Geld leiht, will er was davon haben, und eine gute Lösung ist, dass ihm der andere sozusagen Miete zahlt für das geliehene Geld, wie man Miete zahlt für einen Leihwagen. Und die Miete für Geld heißt Zins. Klar, wenn sich einer viel borgt, kann ihn das ordentlich ins Schwitzen bringen, wenn er sich das vorher nicht gut überlegt. Und einer, der viel Geld hat, mehr als er braucht, der kann gut verleihen und eine Menge Miete beziehungsweise Zins dafür kassieren, womöglich so viel, dass er außer Geldverleihen überhaupt nichts anderes mehr tun muss.

Das war unseren meist eher nicht so schlauen Vorfahren ein Dorn im Auge – vielleicht waren sie auch einfach nur neidisch –, jedenfalls war das Verbot, Zinsen zu nehmen, immer wieder ein Thema in der Geschichte. Weil die Juden es durften und die christliche Kirche es verbot, gab es allerlei hässliche Massaker, und, o seltsame Eintracht, auch in den Statuten der Faschisten nahm das Verbot des Zinsnehmens einen prominenten Platz ein, begründet damit, dass ein arbeitsloses Einkommen unmoralisch und verwerflich sei.

Trotzdem sind selbst in Zeiten kirchlicher Zinsverbote immer Zinsen gezahlt worden, weil es immer die Notwendigkeit gab, sich Geld zu leihen. Für manche Dinge braucht man einfach einen ganzen Batzen Geld auf einmal, damit man sie überhaupt tun kann.

Es wäre zum Beispiel Unsinn, sein ganzes Leben lang zu sparen, um sich erst mit achtzig ein Haus zu bauen. Besser, man baut es früher und spart sozusagen nachträglich, selbst wenn es dadurch mehr kostet. Oder jemand, der sich selbstständig machen will, als Handwerker etwa: Er braucht seine Maschinen und Werkzeuge von Beginn an, damit er überhaupt arbeiten und Geld verdienen kann, also ist es sinnvoll, er leiht sich das nötige Geld und zahlt es in Raten zurück. Wollte man das verbieten, müsste er arm bleiben.

Trotzdem wird es schon warm. Im Geflecht von Geld und Zinsen liegt der Konstruktionsfehler verborgen. Wir kommen gleich dazu.

Zunächst möchte ich euch in Erinnerung rufen, dass im normalen Leben das Geld ein Kreislauf ist. Ihr kauft euch beim Laden um die Ecke eine Cola. Euer Geld wandert in die Kasse, und der Inhaber des Ladens zahlt damit die Rechnung der Getränkefirma. Die Getränkefirma kauft einen neuen Computer und zahlt ihn, unter anderem, mit dem Geld, das einst in eurer Tasche war. Euer Vater arbeitet bei dieser Computerfirma, die ihm von dem eingenommenen Geld sein Gehalt zahlt, von dem er wiederum euer Taschengeld herausrückt. Und so weiter.

Ihr habt sicher schon einmal das berühmte Spiel MONOPOLY gespielt. Am Anfang ist man knapp bei Kasse, wandert unbeschwert über den Spielplan und überlegt sorgfältig, welche Straßen man sich leisten kann zu kaufen. Gegen Ende baut man Häuser und Hotels in Masse, kassiert atem-

beraubende Mieten und schwimmt im Geld. Nun die Preisfrage: Wo ist all dieses Geld eigentlich hergekommen? Schaut genau hin. Abgesehen von ein paar kleineren Beträgen, die von Ereigniskarten stammen, ist alles Geld dadurch ins Spiel gelangt, dass immer wieder jemand über »Via!«, das Startfeld also, gezogen ist und jedes Mal die berühmten 20 000 Lire eingezogen hat.

Und nun überlegt mal, wie das im wirklichen Leben zugeht. Auch da gibt es ja eine bestimmte Menge Geld, die in Umlauf ist, und diese Menge kann nicht immer gleich bleiben. Die Wirtschaft wächst, wie besessen sogar, also braucht sie auch mehr Geld. Woher kommt es? Natürlich ist es kein Problem, Geldscheine zu drucken – darum geht es nicht. Die Frage ist: Wie kommen sie ins Spiel? Ich habe noch nie einen Brief von der Zentralbank bekommen, in dem etwas in der Art stand: »Auch dieses Jahr ist es wieder notwendig geworden, die im Umlauf befindliche Geldmenge zu vergrößern. Jeder Bürger erhält deswegen fünfhunderttausend Lire ausbezahlt, siehe beiliegende Geldscheine.« Ich wette, ihr auch nicht, und auch sonst niemand.

Aber wie funktioniert es dann? Wie kommt neues Geld ins Spiel? Und sagt jetzt nicht, das interessiert euch nicht. Es sollte euch interessieren. Denn hier versteckt sich der Konstruktionsfehler.

Das, was ich jetzt erkläre, lernt man nicht in der Schule. Wir wissen alle, dass man in der Schule ohnehin nichts lernt, was man im Leben brauchen könnte, deshalb nehmt es als Gütesiegel. Wer skeptisch ist, kann die Zusammenhänge in Büchern über Wirtschaft und Finanzwesen nachlesen; das Stichwort heißt ›Geldschöpfung‹.

Angenommen, die oben erwähnte Getränkefirma will eine neue Abfüllanlage bauen. Sie nimmt dazu einen Kredit bei ihrer Bank auf. Normalerweise verleiht die Bank das Geld aus den Einlagen, die Sparer bei ihr deponiert haben, aber angenommen, sie ist gerade ein bisschen knapp, weil viele

Kredite laufen. In dem Fall wendet sie sich an die Zentralbank. Die Zentralbank darf Kredite vergeben, ohne dass sie dazu Einlagen bräuchte. Sie kann sie sozusagen aus dem Nichts erschaffen und auf diese Weise neues Geld ins Spiel bringen. Hier kann jede Bank zusätzliches Geld bekommen, natürlich ebenfalls in Form eines Darlehens, also gegen Sicherheiten und zu einem feststehenden Zinssatz, dem so genannten Diskontsatz. Der steht jeden Tag im Wirtschaftsteil der Zeitung, schau einmal nach. Festgelegt wird er von der Zentralbank selbst, und zwar nach folgendem Prinzip: Wenn die Zentralbank glaubt, dass mehr Kredite aufgenommen werden, als der Wirtschaft gut tut, erhöht sie den Diskontsatz, wodurch Kredite teurer und entsprechend weniger interessant werden. Umgekehrt kann sie durch Senken des Diskontsatzes Kredite billiger machen und damit attraktiver für Investitionen. Der Diskontsatz ist also eine Art Steuerungsinstrument für die Wirtschaft.

Klingt gut, oder? Dabei ist es der größte Blödsinn. Millionen von Bankkaufleuten lernen das und finden es großartig, aber wenn man einmal genauer darüber nachdenkt, entdeckt man, dass genau hier der Konstruktionsfehler sitzt.

Überlegen wir, was passiert. Die Zentralbank gewährt einen Kredit aus dem Nichts in Höhe von, sagen wir, hundert Millionen Lire. Der Diskontsatz betrage zum Beispiel drei Prozent. Das heißt, zurückzuzahlen sind (bei einer angenommenen Laufzeit von einem Jahr, die wir für alle Beispiele einmal unterstellen wollen, der Einfachheit halber) hundertunddrei Millionen Lire.

Aber woher sollen diese zusätzlichen drei Millionen Lire kommen? Es gibt sie ja gar nicht! Und es gibt auch keine Möglichkeit, zusätzliche drei Millionen Lire herbeizuschaffen, denn nur die Zentralbank darf Geld erzeugen, und dafür will sie wiederum Zinsen haben und so fort! Was für ein Blödsinn!

591.000.000.000 $

Ja, natürlich ist noch mehr Geld im Umlauf, und aus diesem Geld werden die Zinsen in der Praxis auch bezahlt – aber mit dem Ergebnis, dass das Geld eben anderswo fehlt. Und wo Geld fehlt, muss man wieder Kredite aufnehmen, in der Hoffnung, diese später abzuzahlen. Das Finanzwesen ist ein großes System, in dem sich vieles verteilt, ausgleicht, erst mit Verzögerung wirksam wird, aber eines passiert nicht: Es geht nichts verloren, nicht eine einzige müde Lira. Es läuft im Endeffekt darauf hinaus, dass – irgendwann und um hundert Ecken herum – ein weiterer Kredit bei der Zentralbank aufgenommen wird, um die Zinsen für den ersten zu bezahlen.

Wäre die Wirtschaft ein Mensch, wir würden sagen: Er ist süchtig. Die Zentralbank hat ihn angefixt.

Es geht auch anders. Ihr erinnert euch an das Jubiläumsfest an unserer Schule letztes Jahr. Jeder von uns bekam einen roten Plastikchip als Gutschein für ein Stück Pizza, einen blauen Chip als Gutschein für eine Cola und einen grünen Chip als Gutschein für ein Eis. Für die Dauer des Festes waren diese Chips Geld. Ich habe meinen grünen Chip gegen einen roten eingetauscht, weil ich kein Eis mag. Einen habe ich gesehen, der alle Chips gegen blaue getauscht hat, weil er durstig war. Alles hat prima funktioniert, jeder hat mehr oder weniger bekommen, was er wollte. Und als das Fest vorbei war, hat unser Rektor die Chips weggeworfen, weil die Pizzen gegessen, die Colas getrunken und vom Eis auch nichts mehr übrig war.

Stellt euch vor, die Firma, die diese Chips herstellt, hätte sie ihm nicht einfach verkauft, sondern gesagt: Hier haben Sie tausend rote Chips – aber wir wollen dafür tausendunddreißig rote Chips wiederhaben. So dumm, dass er nicht gemerkt hätte, dass das Blödsinn ist, ist nicht einmal unser Rektor.

Nein, was wir auf diesem Fest erlebt haben, ohne uns dessen bewusst zu sein, war ein Geldsystem, wie es sein

592.000.000.000 $

sollte. Das Geld kam im Gleichgewicht zu den vorhandenen Gütern ins Spiel, und als die verbraucht waren, verschwand es wieder. Es war nur zu dem einen Zweck da, zu dem Geld ursprünglich erfunden wurde: den Tausch verschiedener Güter zu vereinfachen. Auf diese Weise konnte jeder nach der Party ruhig nach Hause gehen. Es war nicht nötig, Chips nachzujagen, die überhaupt nicht existierten.

Bringen wir es auf den Punkt: Dadurch, dass die Zentralbank Zinsen auf neu geschaffenes Geld verlangt, entstehen mehr Schulden, als es Geld gibt. Das ist der Fehler im System.

Von da an geht es nämlich weiter wie im Schwarze-Peter-Spiel, nur dass mit jeder Runde mehr schwarze Peter ins Spiel kommen. Jeder muss versuchen, seine schwarzen Peter loszuwerden, und das wird umso schwerer, je mehr es davon gibt. Man muss schneller werden, noch härter arbeiten, muss die anderen überflügeln, kann keine Rücksicht mehr nehmen, muss das Letzte aus sich herausholen. Alles beschleunigt sich, ohne Hoffnung auf Entkommen. Die Spirale dreht sich immer weiter und weiter.

Ist es nicht das, was wir beobachten? Die Wirtschaft wächst und wächst, aber – o Mirakel, o Wunder – überall muss immer stärker gespart werden, die Arbeitsplätze werden knapp, jeder muss härter arbeiten, hat weniger Zeit für sich und seine Familie, die Steuern steigen, jeder hat das Gefühl, dass alles schlechter und schlimmer wird, und das, obwohl doch alle daran arbeiten, dass es immer besser werden soll. Es wird nicht besser. Je mehr wir uns anstrengen, desto mehr Schulden entstehen, nicht zurückzahlbar, unzerstörbar. Je mehr wir versuchen, der Misere zu entkommen, desto schlimmer machen wir sie. Der einzige Ausweg ist, jemand anderen zu finden, der die Zeche zahlt – jemanden weit weg, oder gleich die Natur. Holzen wir halt diesen Regenwald auch noch ab, das bringt Geld, damit kann ich meine Schulden loswerden. Bringen wir noch ein Produkt auf den Markt, das im Grunde niemand braucht, reden wir den Leuten ein, dass sie es doch brauchen, und sei es nur, um ›in‹ zu sein, und lasst es uns so bauen, dass es bald kaputtgeht, sodass wir mehr davon verkaufen. Lasst uns den Leuten das Geld aus der Tasche ziehen, mit allen Mitteln, damit wenigstens wir unsere Schulden bezahlen können. Vergraben wir den Giftmüll einfach, wir können es uns nicht leisten, für seine Entsorgung zu zahlen. Jeder ist sich selbst der Nächste, jeder kämpft für sich allein.

Das Heimtückische daran ist, dass Schulden etwas so Privates sind, etwas Geheimes. Die meisten Leute behalten ihre Schulden für sich wie ein Zeichen persönlichen Versagens. Sie würden eher zugeben, sexuell abartig veranlagt zu sein, ehe sie zugeben, verschuldet zu sein. Offiziell hat niemand Schulden, nach außen hin sind alle happy. Man hat keine finanziellen Probleme, so wenig wie man sich im viktorianischen Zeitalter hätte anmerken lassen, dass man Geschlechtsorgane besaß.

Was tun? Wirtschaft dient dazu, uns das zu verschaffen, was wir zum Leben brauchen. Das funktioniert nicht ohne Geld, es ist sozusagen das Blut der Wirtschaft. Doch dieses Blut ist krank. Es bewirkt, dass die Wirtschaft ins Absurde wächst und dabei unsere Lebensgrundlagen zerstört. Wäre die Wirtschaft ein Lebewesen, man würde sagen, sie hat eine Art Leukämie. Deshalb bleibt ohne eine Gesundung des Geldwesens alles, was wir zur Rettung der Erde tun könnten, letztlich wirkungslos. Der Konstruktionsfehler muss behoben werden.

Das Telefon klingelte. John sah hoch und spürte erst jetzt, wie seine Augen schmerzten vor Müdigkeit. Er sah auf die Uhr. Kurz nach halb zwei, du meine Güte. Eine Zeit, zu der nur noch Katastrophenmeldungen zu erwarten waren. Er nahm ab. »Fontanelli?«

»Eduardo Vacchi«, sagte jene Stimme, die er seit Ewigkeiten nicht mehr gehört hatte. »Entschuldige, man hat mir gerade gesagt, du bist auf den Philippinen. Ist es sehr spät?«

»Ja. Aber ich war sowieso noch auf.«

»Es geht um Großvater«, sagte Eduardo. »Er liegt im Sterben. Und er hat mich gebeten, dir zu sagen, dass er dich gern noch einmal sehen würde.«

595.000.000.000 $

35

UMSTEIGEN IN MANILA. Eine Maschine nach Bangkok. Es würde weitergehen nach Paris mit Zwischenlandung in Karatchi, von dort nach Florenz, sechsundzwanzig Stunden später. So lange musste Cristoforo Vacchi noch leben, wenn er ihn sehen wollte.

John bekam kaum mit, wo sie waren, ließ sich einfach von seinen Bodyguards dirigieren. Im Manila Airport war die Hölle los, in den Hallen und draußen sowieso. Unglaublich, dass Flugzeuge landen konnten in dem öligen, schwarzen Dunst, der den Himmel verhüllte, aber anderswo, hörte man, sei es noch schlimmer: Der Flughafen von Kuala Lumpur sei schon gesperrt, und in Singapur ginge auch nichts mehr; noch nie habe man so was erlebt, die Krankenhäuser seien überfüllt mit Leuten, deren Augen oder Atemwege den Smog nicht mehr aushielten, die ersten seien schon gestorben.

Endlich erhoben sie sich in die Luft und aus der Dunstglocke heraus. Im Inneren der Maschine hörte es auf, nach Rauch zu stinken. John winkte ab, als die Stewardess ihm Getränke anbot; er wollte einfach nur dasitzen und die Stirn gegen die kühle Fensterscheibe aus Plastik drücken. Das Flugzeug zog eine weite Kurve nach Westen. Von hier oben, aus der strahlenden Höhe der Stratosphäre, sah die Qualmwolke aus wie hässlicher, schwarzer Blumenkohl, bis zum Horizont reichend, eine atmosphärische Geschwulst, wuchernd und quellend und abartig.

Ein *metastasierendes Leberkarzinom* habe sein Großvater, hatte Eduardo gesagt. Vor anderthalb Jahren sei der Tumor entdeckt worden, relativ langsam gewachsen sei er, wie meist

596.000.000.000 $

bei alten Leuten, und wegen seines Alters habe man auch nicht mehr viel machen können. Nun ginge es eben zu Ende, rapide. Er solle sich beeilen.

Was für Vorwürfe würde er sich anhören müssen? Im Angesicht des Todes würde der *Padrone* keine Rücksicht nehmen, würde ihm schonungslos die Meinung sagen. Dass er mit McCaine den falschen Weg eingeschlagen habe, kostbare Zeit vergeudet habe mit dem Aufbau eines Imperiums, das niemandem helfe. Dass er, Cristoforo Vacchi, tief enttäuscht sei von ihm. Dass John doch der falsche Erbe gewesen sei.

Lorenzo hätte es gewusst. Das hallte in ihm, hieb immer auf dieselbe Stelle wie eine chinesische Wasserfolter. Schon dass dieser Artikel noch aufgetaucht war, kam ihm vor wie der Hohn unsichtbarer Schicksalsmächte. Und nicht nur, dass er nie im Leben auf einen derartigen Gedanken gekommen wäre – selbst so verstand er nur ansatzweise, was Lorenzo überhaupt gemeint hatte.

Lorenzo hätte es gewusst, würde Cristoforo Vacchi sagen. *Lorenzo wäre der wahre Erbe gewesen.*

Alles in ihm zitterte vor dem Moment, in dem er dem alten Mann wieder gegenübertrat. Dabei hätte man es ohne weiteres einrichten können, zu spät zu kommen. Immerhin, eine Reise um den halben Erdball, keine Kleinigkeit. Niemand hätte ihm einen Vorwurf gemacht.

Niemand außer ihm selbst.

Es war ein eigenartiges Gefühl, wieder hier anzukommen, aus dem Fenster zu spähen und *Peretola Aeroporto* zu lesen, früh am Morgen, fast wie damals, vor zweieinhalb Jahren. Erst hier hatte es wirklich begonnen, sein neues Leben. Zweieinhalb Jahre. Es kam ihm wie eine Ewigkeit vor und zugleich, als wäre es gestern gewesen.

Es war ein eigenartiges Gefühl, wieder von demselben Rolls-Royce abgeholt zu werden, der ihn auch damals durch Florenz gefahren hatte, und er nahm auch wieder denselben

Weg, vorbei an dem Ferrarihändler ... Doch es war nicht mehr Benito, der den Wagen fuhr. Eduardo erzählte von dessen Schlaganfall, zuckte mit den Schultern, so war das Leben.

»Wie war euer Flug?«, wollte er wissen.

»Auf die viereinhalb Stunden Warten in Karatchi hätte ich verzichten können«, meinte John. »Ansonsten war es okay. Ich war froh, dass wir überhaupt einen Flug bekommen haben.«

»Ich dachte, du kommst vielleicht mit deinem eigenen Jet.«

»Nein, den ... ähm ...« *Den braucht McCaine,* hatte er sagen wollen. Besser nicht. »Den hätte ich erst kommen lassen müssen. Das wäre auf keinen Fall schneller gegangen.«

Eduardo nickte. »Ah ja. Klar.«

Er sah anders aus, als John ihn in Erinnerung hatte. Ernster. Nein, gereifter. Erwachsener. Er hätte gern gewusst, wie es ihm ergangen sein mochte, aber er wollte nicht danach fragen. Später vielleicht.

»Wie ... ähm ... geht es ihm?«, fragte er stattdessen beklommen.

Eduardo sah aus dem Fenster. »Er verlischt. Ich weiß nicht, wie ich es anders sagen soll. Jeden Morgen gehen wir zu ihm hinein, und er ... ist immer noch da. Ganz friedlich, weißt du? Will nichts, ist mit allem zufrieden, lächelt, wenn er mit einem spricht. Meistens schläft er.«

»Und es steht fest, dass man ... ich meine, kann man wirklich nichts mehr machen?«

»Der Arzt kommt zweimal am Tag und stellt die Morphinpumpe so ein, dass er keine Schmerzen hat. Das ist es, was man machen kann.«

»Verstehe.« Er sah nach vorn. Marco saß neben dem Fahrer, schien es zu genießen, sich wieder einmal in seiner Muttersprache unterhalten zu können. Zumindest sah es so aus durch die Trennscheibe. »Dann ist es also nur noch eine Frage der Zeit.«

»Der Arzt wundert sich jeden Tag. Er sagt, er habe das Gefühl, Großvater warte auf etwas.«

Auf mich, dachte John und spürte, wie ihm fast schlecht wurde. Er sah sich nach dem schweren Mercedes um, in dem ihnen die anderen Leibwächter folgten. Die konnten ihm jetzt auch nicht helfen.

Es war ein eigenartiges Gefühl, das Landhaus der Vacchis wieder zu betreten. Sich umzusehen und festzustellen, dass sich nichts verändert hatte. War er fort gewesen? War wahrhaftig Zeit vergangen seither? Er begrüßte sie, alle mit ernsten Gesichtern. »Gehen Sie«, sagte Alberto dann leise, als habe er bemerkt, wie John es hinauszögerte. »Er wartet auf Sie.«

So war schließlich keine Hand mehr zu schütteln, und so musste es hinaufgehen, die jahrhundertealten Marmorstufen, den hohen Gang entlang, mit rasendem Herzen und bebenden Händen auf die Tür zu, die ihm eine Pflegerin wies. Die schwere Klinke lag ihm kühl in der Hand, und er drückte sie, weil es keinen anderen Weg gab.

Das Zimmer war groß, still, abgedunkelt. Obwohl man riechen konnte, dass es regelmäßig und gut gelüftet wurde, lag ein Geruch nach Desinfektionsmitteln in der Luft, der an Krankenhaus denken ließ. Ein gewaltiges Himmelbett, die Vorhänge zurückgebunden, stand mit dem Kopfende an der Wand zum Flur und beherrschte den Raum. Auf der gegenüberliegenden Seite wartete ein Tropfständer, an dem ein Beutel mit einer klaren Flüssigkeit hing, den Schlauch noch aufgerollt, daneben trug ein metallener Wagen Verbandszeug, Medikamentenschachteln und allerlei Gerätschaften. Und im Bett lag, auf den ersten Blick fast nicht auszumachen, der *Padrone*. Das, was noch von ihm in dieser Welt war.

»John«, sagte er. »Sie sind gekommen ...« Er war wach, sah ihm mit dunklen, tief in ihren Höhlen versunkenen Augen entgegen. Seine Stimme war kaum zu hören, obwohl es völlig still im Zimmer war. John musste näher kommen, um ihn zu verstehen.

»*Padrone,* ich –«, begann John hastig, doch der sterbende Mann unterbrach ihn: »Nehmen Sie sich doch einen Stuhl.« Sein Finger deutete ins Halbdunkel. »Dort drüben müsste einer stehen.«

John ging und holte etwas heran, das er niemals als ›Stuhl‹ bezeichnet hätte: einen gepolsterten Armlehnstuhl mit aufwändig geschnitzter Rückenlehne, uralt, gut erhalten und ohne Zweifel ein Vermögen wert. Aber letztlich konnte man darauf auch nur sitzen.

»Ich freue mich, Sie noch einmal zu sehen, John«, sagte der alte Mann. »Sie sehen gut aus. Braun gebrannt.«

John verkrallte seine Hände ineinander, knetete sie. »Ich war auf den Philippinen. Sechs Wochen oder so, auf dem Schiff.«

»Ach ja, Eduardo sagte so was. Auf den Philippinen, schön. Ich hatte manchmal ein schlechtes Gewissen, weil ich Ihr Leben so beeinflusst habe, Ihnen das alles aufgebürdet habe ... Aber Sie sehen aus, als ginge es Ihnen gut, oder?«

»Ja, klar. Mir geht es ... ja, gut. Doch.«

Der *Padrone* lächelte. »Dieses Mädchen, mit dem man Sie in den Zeitungen gesehen hat ... Ich sage Mädchen, entschuldigen Sie, natürlich ist sie eine Frau, Patricia deBeers. Ist das etwas Ernstes mit ihr? Entschuldigen Sie meine Neugier.«

John schluckte, schüttelte den Kopf. »Das war nur ... Ich meine, sie ist im Grunde in Ordnung, und zuletzt sind wir auch einigermaßen miteinander ausgekommen, aber am Anfang war es nur eine – eine Aktion. Für die Medien, Sie wissen schon.«

»Ah.« Er nickte, äußerst sacht, kaum zu bemerken. »Hat er sich das ausgedacht? McCaine?«

Gesamter weltweiter Umsatz mit illegalen Drogen pro Jahr - mehr, als auf der ganzen Erde für Ernährung ausgegeben wird.
600.000.000.000 $

»Ja.«

Er lächelte. »McCaine. Irgendwie beruhigt es mich, das zu hören. Ich habe es mir fast gedacht, aber ich war der Meinung, niemand wäre so plump, etwas Derartiges zu inszenieren ... Die Bilder sahen gestellt aus. Ich könnte nicht sagen, wieso. Miss deBeers ist natürlich eine fabelhaft aussehende junge Dame, ohne Zweifel ... aber ich hatte immer das Gefühl, sie passt nicht zu Ihnen.«

John nickte, wusste nicht, was er darauf sagen sollte. Er wusste auch nicht, was er davon halten sollte. Er hatte nicht erwartet, dass ein Mann, der im Sterben lag, sich für derlei Angelegenheiten interessieren würde.

Der *Padrone* schloss kurz die Augen, strich sich mit der Hand über die Stirn, die bleiche Haut, die beinahe durchscheinend war. »Sie denken vielleicht«, sagte er dann und öffnete die Augen wieder, sah ihn an mit einem Blick, der überraschend klar und fest war, »dass ich enttäuscht sei von Ihnen, oder? Seien Sie ehrlich.«

John nickte gefasst. »Ja.«

Er lächelte sanft, beinahe zärtlich. »Aber das bin ich nicht. Haben Sie gedacht, ich will Sie sehen, um Ihnen eine Standpauke zu halten? Dass ich meine letzten Stunden damit vergeude?«

John nickte, einen Kloß im Hals.

»Nein, ich wollte Sie einfach noch einmal sehen. Ein höchst eigensüchtiger Wunsch, wenn Sie so wollen.« Sein Blick ging geradeaus, zum Fenster, durch das man den hellen Himmel sah. »Ich erinnere mich noch an den Moment, als mir klar wurde, dass ich es erleben könnte, wie der Erbe gefunden wurde. Ich war damals zwölf, glaube ich. Kurz vor dem Krieg. Alles redete von Hitler, daran erinnere ich mich noch. Ich habe mehrmals nachgerechnet, bis ich mir sicher war: Mein Vater, der mir mein ganzes Leben lang davon erzählt hatte, würde es nicht mehr erleben – aber ich. Ich fühlte mich auserwählt. Ich fühlte mich Ihnen verbunden, noch ehe Sie auf der Welt waren. Ich

601.000.000.000 $

habe Sie jedes Jahr zweimal besucht, als Sie ein Kind waren, habe verfolgt, wie Sie aufgewachsen sind, Ihre Spiele gesehen, Ihre Wünsche und Träume zu ergründen versucht. Ist es so schwer zu verstehen, dass ich nicht sterben wollte, ohne Sie noch einmal gesehen zu haben?« Er machte eine Pause. Das Sprechen schien ihn zu erschöpfen. »Sie haben nicht getan, was ich erwartet habe. Wäre das ein Grund für mich, Sie zu verurteilen? Ich habe nicht erwartet, dass Sie tun, was ich erwarte. Sonst hätte ich es ja selbst tun können.«

»Aber ich habe mich mit einem Mann zusammengetan, von dem Sie mir abgeraten haben, jeder von Ihnen. Ich habe das Geld benutzt, um ein weltweites Firmenimperium aufzubauen, anstatt den Armen zu helfen, die Hungernden zu sättigen, den Regenwald zu retten oder sonst irgendetwas Sinnvolles zu tun damit. Ich habe nach Macht gestrebt und weiß mittlerweile gar nicht mehr, wozu eigentlich. Ich ...«

»Shht«, machte der alte Mann, die Hand erhoben. »Es hat mich aufgeregt, als Sie weggegangen sind. Ich gebe es zu. Ich habe eine Weile gebraucht, um alles zu verstehen. Ziemlich lange, um ehrlich zu sein.« Er ließ den Arm sinken. »Aber wenn einem der Tod so nahe kommt, dass man ihn immer im Augenwinkel sieht, egal wohin man blickt – das rückt die Prioritäten zurecht, die die Dinge im Leben haben. Denken Sie nicht so schlecht über sich. Sie sind der Erbe. Was immer Sie tun, es wird das Richtige sein.«

»Nein. Nein, ich bin nicht der Erbe, den die Prophezeiung gemeint hat. Ich weiß es jetzt. Lorenzo wäre der richtige Erbe gewesen. Er –«

»John –«

»Ich habe einen Aufsatz von ihm geschickt bekommen, in dem er das Geldwesen untersucht und herausfindet, dass darin der Fehler steckt, im Geldwesen selbst. Das ist genial. Auf so etwas wäre ich nie im Leben gekommen. Selbst jetzt verstehe ich es noch nicht richtig. Lorenzo hätte gewusst, was zu tun ist, *Padrone* – ich weiß es nicht.«

602.000.000.000 $

»Aber es hat Gott gefallen, Lorenzo zu sich zu nehmen, wenige Tage vor dem Stichtag. Also sind Sie der Erbe. Sie werden den Menschen die verloren gegangene Zukunft zurückgeben, mithilfe des Vermögens. So lautet die Prophezeiung, so wird es kommen. Sie können nichts dafür tun und nichts dagegen, das liegt nicht in Ihrer Macht. Was immer Sie tun, am Schluss wird sich erweisen, dass es richtig war.«

John sah ihn fassungslos an. »Sie glauben immer noch.«

»Ich glaube immer noch, ganz recht. Aber dafür kann ich nichts. Es ist einfach so.« Er schloss die Augen, als müsse er in sich hineinhorchen. »Ich glaube, es ist Zeit für mich, ein wenig zu schlafen. John, ich danke Ihnen, dass Sie gekommen sind. Ich hatte ein wenig Sorge deswegen, ehrlich gesagt ...«

Seine Stimme wurde immer leiser, war zum Schluss fast nur noch ein Hauchen, zu schwach, um selbst gegen das Geräusch knitternder Kleidung anzukommen.

John wurde bewusst, dass dies die letzten Worte sein konnten, die er mit dem *Padrone* sprechen konnte, dem *Mister Angelo* seiner Kindheit, dem Boten von Sommer und Herbst; dass alles, was es noch zu sagen gab, jetzt gesagt werden musste oder niemals. Er suchte in sich nach Ungesagtem und fand nichts, und so sah er den sterbenden Mann nur hilflos an.

»Ach, dass ich es nicht vergesse«, fiel es Cristoforo Vacchi noch ein, »da ist eine junge Dame zu Gast – Sie kennen sie, glaube ich –, die etwas wahrhaft Erstaunliches entdeckt hat. Das sollten Sie sich einmal ansehen.« Seine spinnendünne Hand wanderte über die Bettdecke und legte sich auf Johns Rechte, ganz leicht, mehr wie ein Schatten als wie ein wirklicher Körperteil. »Leben Sie wohl, John. Und entspannen Sie sich. Sie werden sehen, letztlich wird alles gut.«

Damit glitt die Hand wieder zurück, legte sich kraftlos neben den ausgezehrten Körper, der fast nicht auszumachen war unter der Decke. Einen Moment glaubte John entsetzt,

603.000.000.000 $

den Augenblick seines Todes mitzuerleben, aber Cristoforo Vacchi schlief nur ein. Bei genauem Hinsehen konnte man erkennen, wie sein Brustkorb sich unmerklich hob und senkte.

John stand behutsam auf, bemüht, kein Geräusch zu machen. Ob er den Stuhl zurückstellen sollte? Besser nicht. Er sah auf den *Padrone* hinab und versuchte zu begreifen, dass dies das letzte Mal sein konnte, dass er ihn lebend sah – und begriff es doch nicht, begriff nur, dass er gut daran tat, Abschied zu nehmen, wie immer man das machte. Er starrte ihn an in dem Versuch, den Augenblick festzuhalten, der Zeit zu entreißen und zu bewahren, zumindest in der Erinnerung, aber alles entglitt ihm. Noch nie hatte er so sehr gespürt, mit welcher Unnachgiebigkeit die Zeit verging.

Schließlich gab er es auf, etwas zu erreichen, sah den Mann einfach nur an, der so unfassbares Vertrauen in ihn gesetzt hatte, stand da und schaute, bis so etwas wie Frieden in ihm entstand und das Wissen, dass es genug war. Dann wandte er sich ab und ging.

Erst als er draußen war und die Tür des Schlafzimmers leise hinter sich schloss, merkte er, dass seine Wangen feucht waren und seine Kehle schluchzte.

Sie saß am Tisch, als gehöre sie zur Familie, blass und ernst, und John musste einen Augenblick überlegen, woher er sie kannte: richtig, damals im Archiv. Die deutsche Geschichtsstudentin, die das Testament übersetzt und die Geschichte der Prophezeiung publik gemacht hatte. »Ursula Valen«, brachte sie ihm ihren Namen in Erinnerung, als er sie begrüßte.

Damals hatte er sich ziemlich aufgeregt über sie, so viel wusste er noch, aber nicht mehr, warum eigentlich. »Der *Padrone* meinte, Sie hätten etwas entdeckt, das ich mir unbedingt ansehen solle«, sagte er.

Sie hob erstaunt die Augenbrauen. »Das hat er Ihnen gesagt? Erstaunlich.«

604.000.000.000 $

»Wieso?«

»Ach, nur so. Sie werden es verstehen, wenn Sie es sehen.« Sie machte eine Geste. »Sobald das hier ... na ja, *vorbei ist.*«

Aber so schnell ging das nicht. Sie saßen und warteten, und der Arzt schüttelte jedes Mal den Kopf, wenn er die Treppe herunterkam. »Das habe ich noch nicht erlebt, dass jemand so friedlich ist im Sterben«, sagte er einmal, und ein andermal fragte er: »Gibt es ein bestimmtes Datum in nächster Zeit, das für ihn von Bedeutung ist? Ein Jahrestag oder so etwas?«

»Nicht dass ich wüsste«, sagte Alberto. »Wieso ist das wichtig?«

»Man erlebt es, dass Sterbende mit ihren Kräften Haus halten, weil sie einen bestimmten Tag noch erleben wollen – einen Geburtstag, ein Jubiläum, den Todestag der Ehefrau ...«

»Unsere Mutter ist im Mai 76 gestorben, das kann es nicht sein«, warf Gregorio ein. Er zog seinen Terminkalender heraus, grübelte eine Weile darüber und schüttelte dann den Kopf. »Nein, mir fällt nichts ein.«

So warteten sie weiter. Ursula hatte ein Gästezimmer, John bekam auch eines, für die Leibwächter, die man nicht mehr im Haus unterbrachte, wurden Zimmer im Dorfgasthof gemietet. Sie saßen beieinander, die Vacchis erzählten von früheren Zeiten, man aß und trank, was Giovanna auftischte, und das war nicht wenig: als könnten sie dem *Padrone* das Leben retten, indem sie den Keller leer aßen. Die Nacht kam und ein neuer Morgen, und der *Padrone* lebte immer noch, atmete, sah stundenlang unverwandt aus dem Fenster in den Himmel, wollte aber niemanden sprechen, nichts.

Es war in diesen Stunden, als breite sich ein tiefer Friede im Haus und über das ganze Anwesen aus, ein Friede, der nicht von dieser Welt zu sein schien. Es war, als lege sich ein Zauber über sie, der alles ringsum versinken lassen und die Zeit anhalten konnte.

Doch zumindest außerhalb des Familiensitzes wirkte der

605.000.000.000 $

Zauber nicht. »Bitte halten Sie mich jetzt nicht für pietätlos«, sagte Gregorio Vacchi zu dem Arzt, »aber es ist nun mal so, dass das Leben weitergeht, der Alltag, dass Termine warten, die man nicht beliebig oft verschieben kann ...«

»Ich kann es Ihnen nicht sagen«, erwiderte der Arzt. »Ich weiß nicht, wie lange es noch gehen wird. Niemand kann das sagen. Vor ein paar Tagen wäre ich mir sicher gewesen, dass Sie sich um die Termine der nächsten Woche keine Sorgen machen müssen, aber mittlerweile ... Womöglich geht es noch in den Oktober hinein. Es würde mich zumindest nicht wundern.«

So warteten sie weiter. Zu erzählen fand sich immer weniger; sie hingen ihren Gedanken nach oder wanderten ruhelos umher, die Nerven bebend von der Intensität der Atmosphäre.

»Denken Sie auch, dass er auf etwas wartet?«, fragte Ursula Valen, als sie John am späten Nachmittag im Garten antraf, am äußersten Ende, dort, wo man aufs Meer hinausschauen konnte.

John hob die Schultern. »Keine Ahnung. Ich hoffe nur, er wartet nicht darauf, dass mir die geniale Idee kommt, wie die Prophezeiung zu erfüllen wäre.«

»Das klingt, als würden Sie an diese Prophezeiung glauben.«

»Ich weiß nicht, was ich glauben soll. *Er* glaubt auf jeden Fall daran.«

Sie nickte. »Ja, ich weiß«, sagte sie und wandte den Blick auch aufs Meer. Über der Küste lag ein dünner Dunstschleier. Der Herbst nahte, auch hier.

John musterte sie von der Seite. Auf eine herbe Art war sie schön. Das war ihm bei ihrer ersten Begegnung überhaupt nicht aufgefallen. Er spürte den Impuls, ihr ein Kompliment zu machen, aber das ließ er wohl besser, so, wie er sich damals aufgeführt hatte.

»Sie haben im Archiv geforscht, nehme ich an«, sagte er

stattdessen. »Für Ihr Buch. Sie wollten doch ein Buch schreiben, wenn ich mich recht erinnere?«

»Das hatte ich mal vor, ja.« Sie warf ihm einen flüchtigen Blick zu, verschränkte die Arme vor der Brust und schaute wieder in die Ferne. Großartig, nun hatte er sie darauf gebracht, an ihren Streit damals in der Kanzlei zu denken. Genau das, was er hatte vermeiden wollen.

Sie drehte sich um und studierte das Haus. »Wir stehen genau vor Mister Vacchis Fenster, glaube ich. Das dort, mit den dicken Vorhängen. Oder?«

John sah in die Richtung, in die sie zeigte, versuchte sich den Aufbau des Hauses zu vergegenwärtigen. Er erinnerte sich an die schweren, goldfarbenen Behänge. »Kann gut sein.«

»Meinen Sie, er sieht uns hier?«

»Ich glaube, von seinem Bett aus sieht er nur den Himmel.« Er sinnierte einen schweigenden Moment lang über den Doppelsinn dieser Formulierung. »Auf gewisse Weise beneide ich ihn«, gestand er dann und fragte sich, warum er ihr das erzählte.

»Einen Sterbenden?«

»Er stirbt in dem Bewusstsein, die Aufgabe erfüllt zu haben, die ihm im Leben zugedacht war. Ich wünschte, ich könnte glauben, dass mir das auch einmal so gehen wird. Ich wünschte, ich wüsste wenigstens, was meine Aufgabe im Leben überhaupt ist.«

Das schien ihr nicht zu gefallen. »Haben wir nicht jeder die gleiche Aufgabe? Das Leben zu leben?«

John starrte auf den Rasen zu seinen Füßen, auf die trockenen, verharrenden Grashalme. »Ehrlich gesagt, ich weiß nicht, was das heißen soll.«

»Dass das Leben nichts Schwieriges ist. Man lebt. Man liebt. Man lacht. Oder weint, wenn es angebracht ist.«

»Das tun die Menschen seit Jahrtausenden, und wenn sie so weitermachen, wird es in ein paar Jahrzehnten keine Menschen mehr geben.« Er schüttelte den Kopf. »Nein. Das ist keine Antwort.«

Jetzt sah sie ihn an. Ihre Augen waren wie große, dunkle Seen. Unergründlich. Aber es gefiel ihm, wie sie ihn ansah. Dass sie ihn ansah. »Sie laden sich da ein bisschen viel auf«, meinte sie.

»Es ist mir aufgeladen worden. Zusammen mit einer irrsinnigen Menge Geld.« Geld, das die ganze Welt versklavte. Er durfte nicht darüber nachdenken.

»Ich glaube«, sagte sie, »es gibt da etwas, das ich Ihnen dringend zeigen sollte.«

»Die erstaunliche Entdeckung?«

»Sie ist mehr als erstaunlich.« Sie sah umher. »Wir müssten dazu nach Florenz fahren, in die Kanzlei.«

Ihm fiel auf, wie still es war. Damals hatten Zikaden in den Büschen gezirpt, doch selbst sie schienen stumm abzuwarten. Die Wolken am Himmel genauso, reglos und blass.

»Der Arzt hat gesagt, es kann noch dauern«, sagte sie.

John zögerte. »Nur weil ich neugierig bin, das Risiko einzugehen ...?«

»Ist es denn ein Risiko? Sterben muss jeder sowieso alleine.«

Und wenn es noch etwas zu sagen gegeben hätte, wäre auch Gelegenheit genug gewesen, ja. John sah sie an und hatte das eigenartige Gefühl, sie schon seit ewigen Zeiten zu kennen. Er spürte seine Augen feucht werden, und es war nicht nötig, es zu verbergen.

Er sah hoch zu dem Fenster, hinter dem der alte Mann auf den Tod wartete, und fühlte sich von einem tiefen Einverständnis durchströmt. *Was immer Sie tun, es wird das Richtige sein.*

»Gehen wir«, sagte er.

Es sah wild aus im ersten Stock der Kanzlei. Vitrinen standen offen, die kostbaren Folianten achtlos obenauf gestapelt, auf Tischen lagen Nachschlagewerke aufgeschlagen, Notizen bergeweise, selbst an den Wänden hingen Zettel mit Jahreszahlen, Beträgen, Stichworten in Deutsch, die er nicht lesen konnte. Sie musste hier schon eine ganze Weile zugange sein.

»Hier, schauen Sie sich zuerst das an.« Sie nahm ein Buch aus der klimatisierten Vitrine, die leicht beschlug, als sie die Tür öffnete, und legte es aufgeschlagen vor ihn hin. »Das ist eines der Kontenbücher Giacomo Fontanellis. Daran sind zwei Dinge bemerkenswert. Erstens, im fünfzehnten Jahrhundert wurde in Italien das entwickelt, was wir heute als *doppelte Buchführung* bezeichnen. Damals hieß es Buchführung *a la veneziana,* und diese neue Methode war mit ein Grund für die überragende Stellung, die die italienischen Kaufleute damals innehatten. Doch Fontanelli benutzt sie nicht, sondern führt eine Art Geschäftstagebuch, und das eher unsystematisch, um es höflich auszudrücken. Beachten Sie die Handschrift – weich, fließend, mit wechselnden Ausrichtungen. Es ist dieselbe Handschrift wie in dem Testament.«

John besah sich die blassen Krakel, verglich sie mit der Schrift auf dem Testament, das immer noch an seinem Platz unter Glas lag. Dort hatte sich der Schreiber mehr Mühe gegeben, sauber zu schreiben, aber davon abgesehen war es zweifelsfrei dieselbe Hand gewesen. »Na ja«, meinte er. »Das war zu erwarten gewesen, oder?«

Ursula Valen nickte beiläufig. »Es wird nachher noch eine Rolle spielen. Für den Moment ist wichtig, dass diese Art der, sagen wir, chaotischen Aufzeichnung es erschwert, sich rasch einen Überblick über die tatsächlichen Vermögensverhältnisse eines Kaufmanns zu verschaffen. Deswegen ist es lange niemandem aufgefallen, dass Fontanellis Bücher nicht mit dreihundert Florin Gewinn, sondern mit dreihundert Florin Verlust abschließen. Um genau zu sein, ich war die Erste, die es gemerkt hat, und es ist noch keine drei Monate her.« Sie legte

609.000.000.000 $

ihm ein anderes Kontenbuch hin, das letzte aus der Reihe, auf der letzten beschriebenen Seite aufgeschlagen. »Punkt zwei.«

»Verlust?« John runzelte die Stirn, während er die Zahlen studierte. Sie sagten ihm nichts. Er musste ihr glauben, darauf vertrauen, dass sie wusste, wovon sie sprach. »Aber wie konnte er ein Vermögen hinterlassen, wenn er keines besaß?«

»Das habe ich mich auch gefragt. Ich habe deswegen nach den übrigen Unterlagen Giacomo Fontanellis gefahndet – mit der Hilfe von Alberto Vacchi übrigens, der hier zu Lande alle und jeden zu kennen scheint«, sagte sie, hob den Deckel von einem alt aussehenden Metallkasten und holte einige ebenso alt aussehende Papiere heraus. »Und schließlich habe ich das hier gefunden.«

Es waren mehrere Blätter voller Zahlenkolonnen. John starrte darauf, versuchte zu verstehen, was er sah. Die Zahlen sahen fremdartig aus, die Zwei etwa ähnelte eher einer liegenden Wellenlinie ... »Sind das Jahreszahlen?«, stutzte er plötzlich. »Hier, 1525, 1526 ...« Er blätterte zum Schluss. »Es endet mit 1995.«

»*Bingo!*«, sagte Ursula. »Es ist die Durchrechnung, wie sich ein Vermögen mit Zins und Zinseszins über fünfhundert Jahre hinweg entwickelt. Und beachten Sie die Handschrift – sie ist streng, präzise, gleichförmig. Wer immer das geschrieben hat, Giacomo Fontanelli war es jedenfalls nicht. Was Sie sehen, ist ein Brief, den er um das Jahr 1523 erhalten haben muss.«

John starrte die Zahlenreihen an und hatte das Gefühl, dass seine Augäpfel anfangen wollten zu brennen. »Das heißt ...?«

»Es war nicht sein Geld, und es war nicht seine Idee«, sprach sie das Ungeheuerliche aus. »Jemand anders hat den ganzen Plan entwickelt und das Geld dafür zur Verfügung gestellt.«

Ihm war, als schwanke der Boden. »Derjenige, der den Brief

geschrieben hat?« Er blätterte um, suchte den Schluss. »Dieser ... was heißt das? *Jacopo?*«

»*Jacopo*«, bestätigte Ursula Valen, »ist die italienische Form des deutschen Namens ›Jakob‹. Man weiß, dass Jakob Fugger zeitlebens die Angewohnheit hatte, Briefe nach Italien so zu unterzeichnen. Sagt Ihnen der Name Jakob Fugger etwas?«

»Jakob Fugger der Reiche«, hörte John sich sagen. McCaine hatte diesen Namen erwähnt, er erinnerte sich. *Der mächtigste Mann, der jemals auf diesem Planeten gelebt hat.* »Sie denken, ich verdanke ihm mein Vermögen?«

Ihre Augen waren große, rätselhafte Edelsteine. »Mehr als das«, sagte sie. »Ich glaube, dass Sie sein Nachfahre sind.«

Wie er da saß und sie ansah, wirkte er so offen und schutzlos, dass sie ihn am liebsten in die Arme genommen hätte. Da war nichts mehr von der Arroganz, die sie das erste Mal bei ihm zu sehen geglaubt hatte, nur die Anziehung war noch da, so stark in der Tat, dass alle ihre Alarmanlagen schrillten, sie an New York denken ließen, an Friedhelm, nackt, mit dieser fremden Frau Verrat übend, an ihre wahnwitzige Wut. Nach all der Zeit spürte sie die Narben immer noch, die das in ihrer Seele geschlagen hatte. Spürte sie angesichts dieses Mannes, zu dem sie eine unerklärliche Wärme fühlte, so, als sei er jemand, auf den sie lange gewartet hatte, jemand, der lange fort gewesen und endlich zurückgekehrt war.

Aber natürlich durfte das nicht sein. Konnte nicht sein. War nicht so. Nein, sie war einfach aufgewühlt nach dem plötzlichen Zusammenbruch des alten Vacchi vor drei Wochen. Es hatte sie mitgenommen, ihn von Tag zu Tag verfallen zu sehen. Die Nähe des Todes hatte eine Ausnahmesituation geschaffen, die alle Gefühle, alle Empfindungen intensiver werden ließ, die einen Hunger weckte nach Leben ... Es hieß aufpassen. Sich zu nichts hinreißen zu lassen.

611.000.000.000 $

Die Sphäre der Fakten und historischen Theorien war eine sichere Burg. Sie griff nach dem Geschichtslexikon wie nach einem Rettungsanker. »Es passt alles zusammen. Jakob Fugger wurde 1459 geboren, als jüngster von sieben Söhnen, und eigentlich war für ihn eine Laufbahn als Geistlicher vorgesehen. Nachdem aber vier seiner Brüder gestorben waren, an Infektionskrankheiten, wie man glaubt, wurde Jakob im September 1478 aus dem Kloster zurück nach Augsburg in die Firma geholt. Als Erstes reiste er nach Italien, um in den dortigen Niederlassungen der Fugger das Geschäft von Grund auf kennen zu lernen. Er ging zuerst nach Rom und kurz darauf nach Venedig, wo er ungefähr ein Jahr lang blieb. Danach kehrte er nach Augsburg zurück, um der zu werden, den man ›den Reichen‹ nennen sollte.« Sie legte das Buch beiseite, sah ihn an. »Laut offizieller Geschichtsschreibung blieb Jakob Fugger kinderlos, aus Gründen, die man nicht kennt. Man unterstellt ihm oft, er sei impotent gewesen, aber das ist wenig plausibel. Unfruchtbarkeit aufgrund einer früheren Erkrankung wäre ein anderer denkbarer Grund. Aber wie auch immer – damals, 1479, war er jung, gerade zwanzig Jahre alt, und er war in Venedig, einer pulsierenden Handelsstadt, ungewohnt intensiver Sonne und brütender Hitze ausgesetzt ... Ist es denkbar, dass das ohne Wirkung auf ihn geblieben ist? Die Maskenbälle, das oft zügellose Treiben – ist es vorstellbar, dass er, ein junger, gesunder Mann, ein ganzes Jahr in dieser schwülen Atmosphäre verbracht haben soll, ohne zumindest eine kurze Affäre gehabt zu haben? Und selbst wenn er später unfruchtbar blieb, wäre es nicht denkbar, dass er damals, in der Blüte seiner Jugend, wenigstens einmal zeugungsfähig war? Es ist sowohl möglich als auch vorstellbar, dass Jakob Fugger während seines Aufenthalts in Venedig eine junge Frau geschwängert hat und abreiste, ohne davon zu erfahren. Eine Frau, von der wir nur den Namen kennen.«

Er sah sie an, nickte verstehend. »Fontanelli.«

612.000.000.000 $

»Genau. Das Geburtsdatum Giacomo Fontanellis, 1480, würde zeitlich genau passen. Und andere Einzelheiten passen auch. Warum zum Beispiel hat er sich geweigert, seine Bücher *a la veneziana* zu führen? Vielleicht, weil ihm seine Mutter aus ihren schlechten Erinnerungen heraus eine Abneigung einimpfte gegen alles, was aus Venedig kam.«

John Fontanelli betrachtete den Brief, die Zahlen darauf, die Unterschrift. »Was ist mit der Schrift?«

Sie holte das Fax aus der Mappe, das ihr ein hilfreicher Kurator aus Deutschland geschickt hatte und das einen anderen Brief Fuggers zeigte. »Hier. Nicht identisch, aber hinreichend ähnlich.«

»Unglaublich.« Er hielt die beiden Papiere nebeneinander, betrachtete sie, doch er schien mit den Gedanken woanders zu sein. Plötzlich sah er hoch, sah sie an und sagte: »Miss Valen, ich möchte mich entschuldigen. Ich weiß nicht mehr, warum ich bei unserer ersten Begegnung so unhöflich war, aber es tut mir Leid.«

Sie sah ihn bestürzt an. Das war so unerwartet, dass sie nicht wusste, was sie sagen sollte. »Na ja«, brachte sie mühsam heraus, »ich war auch nicht gerade die Liebenswürdigkeit in Person.«

»Aber ich habe angefangen«, beharrte er. »Bitte verzeihen Sie mir. Ich bewundere wirklich, wie Sie das alles herausgefunden haben. Wirklich, ich wünschte, ich könnte so etwas ...« Er hob mit einem hilflosen Lächeln die Briefe hoch. »Geschäftssinn hat er mir jedenfalls keinen vererbt, wissen Sie? Meine Kontostände in der Zeit vor der Erbschaft sprechen eher gegen Ihre Theorie.«

Sie musste unwillkürlich lachen, und sie war dankbar dafür, dass er ihr erlaubte, auf das Geschichtliche zurückzukommen. »Ach, das ist noch gar nichts. Selbst Ihr Urahn Giacomo hat nicht besonders viel Geschäftssinn abbekommen. Er war oft verschuldet, hat sich mehr schlecht als recht durchlaviert. Passen Sie auf, hier.« Sie legte ihm das Konten-

613.000.000.000 $

buch vor, das sie schon dem *Padrone* gezeigt hatte. »Hier, ein Eintrag. März 1522. Ein gewisser *J.* leiht ihm zweihundert Florin.«

»*J.* wie Jacopo.«

»Darf man vermuten.«

»Aber wie ist er mit seinem Vater in Kontakt gekommen? Und warum hat er nie gesagt, wer sein Vater ist?«

Ursula zögerte. Das war alles so wilde Spekulation, dass ihr unwohl dabei war. »Ich könnte mir denken, dass seine Mutter ihm irgendwann alles erzählt hat. Vielleicht kurz vor ihrem Tod, wobei wir nicht wissen, wann sie gestorben ist. Und was aus diesem Jakob Fugger geworden war, den sie in jungen Jahren in Venedig kennen gelernt hatte, das wusste damals in Europa jeder. Ich stelle mir vor, dass Fugger sich Fontanellis Stillschweigen erkauft hat mit seinen Darlehen. Der Kontakt hat nach den Notizen in den Kontenbüchern frühestens 1521 stattgefunden. Damals hatte Jakob Fugger noch vier Jahre zu leben, und vielleicht hat er den Tod schon nahen gefühlt. Sein designierter Nachfolger war sein Neffe Anton, und ganz bestimmt wollte ein Jakob Fugger daran nichts zugunsten eines illegitimen Sohnes ändern, schon gar nicht zugunsten eines geschäftlich so wenig erfolgreichen.«

»Aber er hat diesen Plan entwickelt.«

»Eindeutig. Und jemandem mit dem Weitblick und finanziellen Sachverstand eines Jakob Fugger ist ein solcher Plan auch viel eher zuzutrauen.«

»Aber«, sagte er und zögerte, »was ist mit der Prophezeiung?«

Jetzt waren sie am heißesten Punkt angelangt. Ursula spürte, wie ihr warm wurde. »Ich denke, Giacomo Fontanelli hat diesen Traum tatsächlich gehabt. Sie müssen sich vor Augen halten, dass er in einem Kloster aufgewachsen ist, mit all den Legenden und Mythen und Geschichten von Propheten und Märtyrern – da finde ich es alles andere als erstaunlich, wenn ein Fünfzehnjähriger einen solchen Traum träumt und als Vision deutet.«

»Einen Traum, in dem er unsere Zeit immerhin äußerst treffend beschreibt, fünfhundert Jahre in der Zukunft.«

»Finden Sie? Es sind doch eher allgemeine Bilder, die genauso gut aus der Bibel stammen könnten, der Apokalypse etwa oder dem Buch Daniel. Nein, er hatte diesen Traum, hat ihn als Vision verstanden, als Prophezeiung meinetwegen – aber ich denke, dass Jakob Fugger sich diese Prophezeiung zunutze gemacht hat.« Sie deutete auf die letzten Zeilen des Briefes. »Das hier heißt, wenn man es korrekt übersetzt: *So wirken die Gesetze der Mathematik, meinem Vermögen Unsterblichkeit zu verleihen, und du magst davon ausgehen, dass so zugleich deine Vision vollendet wird.* Er wollte die religiöse Überzeugung von Giacomo Fontanelli und seines Freundes Michelangelo Vacchi benutzen, um das, was er geschaffen hatte – das größte Vermögen der Geschichte – in ferner Zukunft wieder erstehen zu lassen.«

John starrte eine Weile ins Leere. »Man könnte es auch so sehen, dass die göttliche Vorsehung das Geld und die Intelligenz Jakob Fuggers benutzt hat, um die Voraussetzungen zu schaffen, die für die Erfüllung der Prophezeiung erforderlich waren.«

»Ja. So kann man es auch sehen. Cristoforo Vacchi zum Beispiel sieht es so. Ich allerdings nicht.«

»Sie haben ihm das alles gezeigt?«

»Sicher.« Ursula hob die Augenbrauen. »Das war nicht der Auslöser seines Zusammenbruchs, keine Sorge.«

Er stand auf, streckte sich, als versuche er ein Gewicht loszuwerden, das auf seinen Schultern lastete – vergebens –, und ging die Reihe der Vitrinenschränke entlang. »Und das alles hier? Die Familie Vacchi hat Unglaubliches zu Stande gebracht, finden Sie nicht? Es fällt mir schwer zu glauben, dass ein Jakob Fugger dafür verantwortlich ist und nicht eine göttliche Kraft.«

615.000.000.000 $

»Ich stelle nicht die religiöse Überzeugung der Familie Vacchi infrage. Was ich infrage stellte, ist die Relevanz der Prophezeiung.«

»Ich dachte, das ist dasselbe.«

»Nein. Ich bestreite, dass es Aufgabe eines einzelnen Menschen sein kann, der Menschheit die verlorene Zukunft zurückzugeben. Ich bestreite, dass man dafür Geld braucht. Ich bestreite sogar, dass die Menschheit ihre Zukunft überhaupt verloren hat.«

Er riss die Augen auf. »Alle Hochrechnungen besagen –«

»Alle Hochrechnungen irren. Haben schon immer geirrt. Es hat zur Jahrhundertwende Hochrechnungen gegeben, den anwachsenden Straßenverkehr betreffend, nach denen wir heute bis zur Hüfte in Pferdedung waten müssten. Das ist alles Unsinn, John. Wir leben nicht mehr und nicht weniger in einer Endzeit als zu jeder anderen Zeit der Geschichte. Wir sind nur ein bisschen nervös, weil mal wieder ein neues Jahrtausend der Zeitrechnung anbricht, das ist alles.«

Er blieb vor ihr stehen, sah sie an, und sie erblickte in seinen Augen eine Seele, auf der ein frostiges Gewicht lastete. »Sie wissen nicht, wie das ist. Derartig viel Geld zu besitzen heißt, das Schicksal der Welt in Händen zu halten. Ich würde gern etwas Gutes damit tun, aber ich weiß nicht, was. Ich weiß nicht, ob man überhaupt etwas Gutes damit tun kann. Aber was ich weiß, ist, dass man sehr leicht sehr viel Schlechtes damit tun kann.«

»Dann geben Sie es weg. Gründen Sie Stiftungen. Verteilen Sie es. Lassen Sie sich doch nicht davon erdrücken.«

»Das verstehen Sie nicht. Ich bin der Erbe. Ich muss –«

»Sie müssen vor allem leben, John«, sagte sie. »Leben.«

»Leben«, wiederholte er, bedächtig, als habe er dieses Wort noch nie benutzt. Etwas wie Schmerz schimmerte in seinem Blick. »Ganz ehrlich – ich weiß nicht, wie man das macht.«

Nein. Es war wie ein Sog, der von seinem Körper ausging und den ihren anzog. *Nein. Ich werde mich zu nichts hin-*

reißen lassen. Sie dachte an Friedhelm, an New York, aber alle Erinnerung war mit einem Mal farblos geworden, blass wie ein Foto aus dem vergangenen Jahrhundert. »Sie tun es doch schon. Sie müssen nur aufhören zu glauben, Gott habe zu Ihnen gesprochen. Das hat er nicht.«

»Wer dann? Jakob Fugger?«

»Niemand. Es ist einfach nur eine alte Geschichte, nichts weiter.«

Sein Atem ging heftiger, seit ein paar Augenblicken schon, aber jetzt erst fiel es ihr auf und auch, dass das Einatmen in Schüben kam, wie bei jemand, der gleich anfängt zu schluchzen. Seine Hände bebten, in seinen Augen glomm Entsetzen. »Aber wenn –«, begann er, atmete keuchend, flüsterte weiter: »Aber wenn ich keine Aufgabe habe ... wenn ich keine Aufgabe habe im Leben ... wer bin ich dann? Wer? Wozu lebe ich?«

Sie konnte nicht anders, als ihn zu umarmen, ihn an sich zu drücken, als er zu weinen begann, und ihn festzuhalten und zu spüren, wie er zitterte und bebte und verzweifelt war, wie die Tränen das Entsetzen langsam wegschwemmten und wie er allmählich ruhig wurde. Was für eine Szenerie, dachte sie zwischendurch, wie wir hier stehen, zwischen all diesen uralten Büchern, in diesem uralten Haus ...

Endlich löste er sich aus ihrer Umarmung. Sie merkte, dass sie ihn ungern losließ. »Danke«, sagte er und schniefte, grub ein Taschentuch aus einer Hosentasche aus. »Ich weiß nicht, was das war.«

»Es ist viel zusammengekommen.« Seltsam, das alles war kein bisschen peinlich.

Er stand da, sah sie aufmerksam an, schien fast ein wenig verwundert. »Es hat mir gefallen, Sie zu spüren«, sagte er mit einer Art Staunen. »Das klingt jetzt vielleicht blöde, aber ich wollte nicht weggehen, ohne Ihnen das zu sagen.«

Sie hatte das Gefühl, zu schwanken. »Das klingt kein bisschen blöde.«

Sie sahen einander an. Standen nur da und sahen einander

617.000.000.000 $

in die Augen, und irgendetwas geschah. *Das gibt es nicht*, schrie etwas in ihr, aber da war ein Kraftfeld zwischen ihnen, das alle Regeln aufhob und alle Vorbehalte unwirksam machte, das sie aufeinander zutrieb und sie sich umarmen ließ, und dann standen sie und fühlten einander, Ewigkeiten lang, ehe es ihre Lippen zueinander zog, und sie forschten und verschmolzen, und etwas, das stärker war als das Universum, riss sie mit sich fort in einen Tanz, der das Leben selbst war.

»Lass uns hinaufgehen in die Wohnung«, war der letzte klar artikulierte Satz, der an diesem Abend gesprochen wurde, und sie hätten später nicht mehr angeben können, wer von ihnen das gesagt hatte.

In dieser Nacht, um zwei Uhr dreißig, starb Cristoforo Vacchi, durch einen seltsamen Zufall wenige Minuten, ehe ein schweres Erdbeben Mittelitalien erschütterte, mehrere Todesopfer forderte und die weltberühmte Basilika San Francesco in Assisi teilweise zerstörte. Die Erdstöße gingen von einem Epizentrum in der Bergregion Foligno aus und waren bis nach Rom und Venedig zu spüren, doch im vierten Stock der Kanzlei Vacchi in Florenz waren ein Mann und eine Frau zu sehr miteinander beschäftigt, um etwas davon zu bemerken.

618.000.000.000 $

36

McCAINE WÜTETE UNTER den Aktengebirgen auf dem Fußboden seines Büros. Es war so nicht länger auszuhalten. Und nachdem tags zuvor der Stahlschrank endlich angeliefert und, unter seiner Aufsicht selbstverständlich, aufgestellt und mit dem Boden verschraubt worden war, musste er es auch nicht länger so aushalten. Stapel um Stapel wurde gesichtet, zugeordnet, wanderte in ein Fach, einen Hängeordner, erhielt eine Registernummer und eine Kennkarte, fein säuberlich, jederzeit auffindbar, jederzeit greifbar. Im Eck stand ein Schredder, aber der bekam nicht viel zu tun: McCaine schätzte es nicht, Unterlagen zu vernichten. Nur zu oft war es schon segensreich gewesen, Einzelheiten längst abgeschlossener Projekte und Geschäfte nachschlagen zu können, sei es, um aus den eigenen Fehlern zu lernen, sei es, um Entwicklungen aktueller Gegebenheiten zu dokumentieren.

Der Schrank war ein Ungetüm, aber so geschickt eingepasst und mit edlem Walnussholz verkleidet, dass er kaum auffiel. McCaine hätte lieber Palisander gehabt, bloß war das nicht opportun für den Geschäftsführer eines Konzerns, der sich Umweltschutz auf seine Fahnen geschrieben hatte. Er musste auf solche Dinge achten. Er hatte schon Interviews in diesem Büro gegeben, auch den Wirtschaftsjournalisten verschiedener Fernsehsender, da wäre eine Schrankwand aus Tropenholz nicht gut gekommen. Obwohl das in seinen Augen Unsinn war und ein typisches Beispiel für die kurzsichtige Art und Weise, wie versucht wurde, Umweltprobleme zu lösen, ohne Berücksichtigung der Zusammenhänge nämlich. Seiner Ansicht nach war der wirkungsvollste Weg, die Brand-

619.000.000.000 $

rodungen in den Regenwäldern zu reduzieren, den Ländern zu ermöglichen, das darin wachsende Holz gewinnbringend zu verkaufen, anstatt es zu verbrennen. Aber er hegte keinerlei Hoffnung, das je einem Journalisten oder gar der Öffentlichkeit klar zu machen.

Immer wieder streckte er den Kopf zur Tür hinaus, aber der Empfangsbereich lag noch in frühmorgendlicher Stille und Verlassenheit. »Bin ich denn der einzige Idiot, der sich noch anstrengt auf dieser Welt?«, knurrte er einmal, als er die Tür wieder hinter sich zuzog.

Das hier war harte Arbeit. Jede Akte stand für ein Geschäft, für einen Eroberungszug, eine Invasion. Und nicht alle dieser Projekte waren erfolgreich, im Gegenteil. Es wurde alles immer schwieriger. Die Börsennotierungen stiegen wie irrsinnig, die lächerlichsten Unternehmen wiesen auf einmal Börsenwerte im Milliardenbereich auf, irgendwelche Internetfirmen etwa, die buchstäblich aus *nichts* bestanden – einem Namen, einem Büro, ein paar lausigen Computern – und in ihrem Leben noch nie einen Cent Gewinn erwirtschaftet hatten. Na gut, die wollte er sowieso nicht haben, aber das zog sich durch. Telekommunikation etwa: Es war absehbar, wann das erste Telefonunternehmen mehr als hundert Milliarden Dollar wert sein würde. Unerschwinglich. Und was besonders bitter daran war: Er selbst hatte zu dieser Entwicklung maßgeblich beigetragen mit all den Börsenmanövern, die *Fontanelli Enterprises* in der Vergangenheit vollführt hatte. Die ganzen Firmenübernahmen, mit gehypten Aktien bezahlt, mit Luft sozusagen. Jetzt rächte es sich.

Endlich, zehn vor sieben, bequemte sich die erste Sekretärin, ihren Dienst anzutreten. »Kaffee«, bellte er sie an, noch ehe sie den Mantel ausgezogen hatte. »Eine ganze Kanne.«

Und John Fontanelli war in Italien, bei den Vacchis auch noch. Wenn die ihm nur nicht wieder irgendwelche Flöhe ins Ohr setzten. Er verspürte einen schier übermächtigen Impuls, irgendetwas an die Wand zu werfen, wenn er daran dachte, was er alles hätte bewirken können, welche unheilvollen Entwicklungen sich hätten verhindern lassen, wenn er das Fontanelli-Vermögen nur zwanzig Jahre früher zur Verfügung gehabt hätte. *Zu spät!* So oft musste er das denken, so oft zu diesem Schluss kommen. *Zu langsam!* Alles, was er anpackte, auf den Weg brachte, vorantrieb – es ging zu langsam, so viel er auch antreiben, drohen und reden mochte.

Er sah die Weltkarte hinter seinem Schreibtisch an, auf der alle Niederlassungen, Betriebe, Beteiligungen, Kooperationen und Tochterfirmen eingetragen waren, ihre Monopole und Märkte, der Grad ihrer Einflussnahme. Es war ein Imperium ohnegleichen, aber es war immer noch zu klein und zu schwach, um dem Lauf der Dinge Einhalt gebieten zu können. Und es war nicht zu erkennen, wie sich daran noch etwas ändern sollte. Sie hatten zu spät begonnen, und sie waren zu langsam vorangekommen.

An der Tür klopfte es. Der Kaffee. Er nahm ihn entgegen und verlangte, Professor Collins ans Telefon zu holen. Dann stand er da, trank den Kaffee direkt aus der Kanne, starrte aus dem Fenster und wartete.

Zwanzig Jahre früher, und man hätte verhindern können, dass die Lawinen losgetreten wurden. Alles, was sie jetzt taten, war, zu versuchen, sie aufzuhalten. Aussichtslos.

Das Telefon. Collins, reichlich verschlafen. »Ich brauche Resultate«, forderte McCaine. »Ich komme zu Ihnen, sagen Sie nur, wann.«

»Nächsten Freitag?«, schlug der Professor vor. »Bis dahin –«
»Einverstanden. Freitag um fünf bin ich bei Ihnen«, sagte McCaine und legte auf.

»Weißt du, was mir ein bisschen peinlich ist?«, fragte John.
»Dass du dich völlig hemmungslos aufgeführt hast? Dass du geschrien hast wie ein brünstiger Stier?«
»Hab ich das?«

621.000.000.000 $

»Ich weiß nicht. Kann auch sein, dass ich es war.«

»Nein, mir ist peinlich, dass ich Marco und Chris vergessen habe. Die haben womöglich die ganze Nacht im Wagen gesessen. Und werden sich ihren Teil denken, was los war.«

»Ach so. Deine Leibgarde.« Ursula zog sich das Kissen übers Gesicht. »Ich hatte bis gerade eben erfolgreich verdrängt, was du für ein Leben führst.«

»Da erforscht diese Frau meine Herkunft bis in ungeahnte Vergangenheiten, und dann so was.«

»Grins nicht so. Das ist ein ernstes Problem für mich.«

»Meinst du, für mich nicht? Aber ich hatte damals nur die Wahl zwischen zu wenig Geld und zu viel Geld. Und wie es mit zu wenig Geld ist, wusste ich schon.«

»Was hätten sie eigentlich gemacht, wenn du das Erbe abgelehnt hättest?«

»Das habe ich mich bis jetzt noch nie gefragt. Hmm. Wäre sicher interessant gewesen, ihre Gesichter zu sehen, was?«

»Unbedingt. Mit einem Fotoapparat hättest du ... He, was ist denn das?«

»Rate mal.«

»Also, falls Jakob Fugger tatsächlich impotent gewesen sein sollte, muss ich meine Theorie noch einmal überdenken ...«

Als sie das zweite Mal erwachten, war es kurz nach halb zwölf Uhr mittags. »Wir sollten wirklich allmählich in Betracht ziehen, mal wieder aufzustehen«, murmelte John schläfrig, wälzte sich zu Ursula hinüber und küsste sie hingebungsvoll.

Sie entwand sich ihm irgendwann und keuchte: »*Gott*, so bin ich ja noch nie geküsst worden. Einen Moment lang hätte ich schwören können, der Boden bebt unter mir.«

John lächelte geschmeichelt. »Das muss der Nachholbedarf sein, der mich –« Er unterbrach sich. »*Oh, shit,* ich glaube, es bebt tatsächlich!«

Gemeinsam verfolgten sie ungläubig, wie eine Tasse, die

dicht am Tischrand gestanden hatte, herabfiel und auf dem ausgetretenen Steinboden zerschellte.

Auf das nächtliche Beben in Umbrien waren am darauf folgenden Vormittag um 11:41 Uhr und 11:45 Uhr zwei neue, schwere Erdstöße gefolgt, die unter anderem die Bergdörfer Cesi, Collecurti und Serraville von der Landkarte tilgten. Das erfuhren sie auf der Rückfahrt zum Landsitz der Vacchis von den beiden Leibwächtern, die die 12-Uhr-Nachrichten im Radio verfolgt hatten. Von ihnen erfuhren sie auch, dass der *Padrone* in der Nacht gestorben war, friedlich und im Schlaf.

Im Haus mischten sich Trauer und Erleichterung. Cristoforo Vacchi sei ein alter Mann gewesen, der nach einem erfüllten, reichen Leben in Frieden habe scheiden dürfen, versicherten ihnen die Besucher aus dem Dorf, die gekommen waren, dem Toten die letzte Ehre zu erweisen. Giovanna kochte und verköstigte jeden, der kam. Gregorio Vacchi organisierte die Einzelheiten der Beisetzung, die für den Mittwoch der kommenden Woche angesetzt war, während sein älterer Bruder Alberto geistesabwesend im Garten stand und sich fortwährend den Bart zwirbelte. Er sei nun der älteste Vacchi, erklärte er mit großen Augen, wenn man ihn ansprach. Bald werde man *Padrone* zu *ihm* sagen.

Es erschien ihnen unpassend, in dieser Situation und Umgebung ihre Frischverliebtheit allzu offen zu zeigen. Abends ging jeder auf sein Zimmer, und sobald alles still im Haus geworden war, hörten die schweigend im Dunkel sitzenden Leibwächter eine Tür gehen und leise, schnelle Schritte nackter Füße den Flur entlanghuschen. Sobald die andere Tür geschlossen war, nahmen sie diskret und geräuschlos neue Positionen ein, weit genug entfernt, um nicht zu hören, was in dem betreffenden Zimmer vor sich ging, aber nah genug, um bei einem Schrei sofort zur Stelle sein zu können.

»Was machen wir denn mit uns?«, fragte Ursula in einer dieser Nächte. »Wenn das alles hier vorbei ist, meine ich.«

623.000.000.000 $

»Ich nehm dich mit auf mein Schloss«, murmelte John schläfrig, »hülle dich in Samt und Seide, überschütte dich mit Juwelen, und dann heiraten wir und setzen massenhaft Kinder in die Welt.«

»Klasse. So habe ich mir mein Leben immer vorgestellt.« Es klang sarkastisch genug, um John wach werden zu lassen.

»Wieso fragst du? Ich meine, wir bleiben auf jeden Fall zusammen, das ist doch klar.«

»Ich bin mir nicht sicher, ob das funktionieren wird.«

Er setzte sich auf. »Hey. Sag jetzt nicht, dass ich für dich bloß ein Abenteuer bin.«

»Bin ich denn etwas anderes für dich?«

»Ob du ...? Wie bitte?« Er fuhr sich mit der Hand durch die Haare. »Du bist die Frau meines Lebens. Ich dachte eigentlich, das steht mir auf die Stirn geschrieben.«

»Bei Giovanna habe ich eine dieser Zeitschriften gesehen. Du warst auf dem Titelbild, Arm in Arm mit Patricia deBeers. Urlaub auf den Philippinen. Hast du ihr auch so was erzählt?«

»Nein, halt. Oh, verdammt. So war das nicht. Ich –«

»Du brauchst dich nicht zu rechtfertigen. Es ist schon in Ordnung. Du bist ein reicher und berühmter Mann, die Frauenherzen fliegen dir zu ...«

»Mir? Von wegen. Meinem Geldbeutel vielleicht.«

»Ich beschwere mich doch gar nicht. Es ist ja ein schönes Abenteuer. Aber du brauchst mir nichts vorzumachen. Das wollte ich dir nur damit sagen.«

Er schüttelte den Kopf. »Ich mache dir nichts vor. Ich hatte nichts mit Patricia deBeers, ehrlich. Und ich ... Ich liebe dich. Lass uns heiraten. Bitte.«

»Das muss ich mir erst überlegen«, erwiderte sie und drehte sich zur Seite, ihr Kissen unter sich begrabend. »Außerdem macht man einen Heiratsantrag nicht so. Den macht man bei einem schönen Essen und mit einer Rose in der Hand.«

Am Montag ging es nach Florenz, einkaufen, denn keiner

von ihnen hatte etwas Passendes anzuziehen für das Begräbnis. Da John nicht einmal Geld bei sich hatte, marschierte er als Erstes in den prunkvollen Hauptsitz der *Banco Fontanelli,* und erst als er den schockierten Blick bemerkte, mit dem Ursula sich in der kirchenschiffartigen Eingangshalle voller Gold, Stuck und Marmor umsah, kam ihm siedend heiß zu Bewusstsein, dass das womöglich nicht so geschickt gewesen war. Dann brach auch noch die Empfangsdame fast zusammen vor Ehrfurcht, rief *»Signor Fontanelli!«*, mehrfach und so laut, dass sich alles nach ihr umdrehte, und konnte sich gar nicht beruhigen. Ob sie ihn zum Direktor bringen solle? Oder den Direktor herunterrufen ...? John hob beschwichtigend die Hände und versuchte ihr begreiflich zu machen, dass er lediglich ein wenig Bargeld benötigte. »Wie viel Geld werden wir brauchen?«, fragte er Ursula, als sie das endlich verstand und sie zur Kasse geleitete.

Ursula hatte nur Augen für die himmelhohen Marmorsäulen, die gewaltigen, goldgerahmten Renaissance-Gemälde an den Wänden, die weite, modern ausgemalte Kuppel. »Das *gehört* dir alles«, hauchte sie fassungslos. »Oder? Es gehört dir doch?«

John folgte ihrem Blick. McCaine war der Meinung gewesen, der Hauptsitz der *Banco Fontanelli* müsse aussehen, als habe jemand den Petersdom gekauft und zu einer Bank umgebaut. Der Anblick erdrückte ihn jedes Mal selber fast. »Ich fürchte, ja.«

Sie löste sich mühsam aus dem Bann, schüttelte den Kopf, als müsse sie ein Gefühl von Benommenheit loswerden. »Ein Fugger in der Stadt der Medici. Ich schätze, du kannst es dir leisten, mich in einen dieser Nobelläden zu führen, Gucci oder Coveri oder so. Nimm zwanzig Millionen Lire.«

Er gab das an den Mann hinter der Panzerglasscheibe weiter und fragte: »Wie viel ist denn das in Dollar?«

»Um die zehntausend, schätze ich«, sagte Ursula und hängte sich an seinen Arm. »Übrigens, steinreicher Geliebter, sag mal – wieso hat jemand wie du eigentlich keine Kreditkarte?«

»Ich habe eben keine«, meinte John. Er hielt es nicht für angebracht, ihr zu sagen, dass normalerweise Geschäfte ihm ihre Waren zur Auswahl ins Haus brachten und er Restaurants verlassen konnte, ohne sich um lästigen Kleinkram wie Rechnungen oder Bezahlung kümmern zu müssen. »Ach, geben Sie mir lieber vierzig Millionen Lire«, sagte er zu dem Kassierer, der sich beeilte, ihm die Banknoten vorzuzählen, und anschließend beinahe devot um eine Quittung bat.

»Findest du es eigentlich in Ordnung, wie die Leute vor dir auf dem Bauch kriechen?«, wollte Ursula wissen, als sie wieder hinaustraten in das Treiben der seltsam mittelalterlich wirkenden Stadt.

»Nein«, sagte John. »Aber ich habe es aufgegeben, es ihnen abgewöhnen zu wollen.«

Sie musterte die vier Leibwächter, die nun wieder um sie herum waren, mit skeptischem Blick. »Die machen mich noch rasend mit ihren coolen Sonnenbrillen«, raunte sie ihm zu.

»Hey, beruhige dich. Ich habe immerhin vierzig Millionen in der Tasche.«

»Ja, schon gut. Du darfst dich mit deinen coolen Jungs nachher in ein Straßencafé setzen, während ich noch ein bisschen alleine shoppen gehe und mich dabei freue, ein ganz normaler Mensch zu sein.«

Es kamen weit mehr Besucher, als die kleine Dorfkirche fassen konnte. Obwohl es selbst in den vorderen, reservierten Bankreihen eng zuging, musste die Hälfte der Leute draußen warten und dem Gottesdienst durch die geöffnete Tür hindurch folgen; man hatte versäumt, Lautsprecher und Verstärker zu beschaffen.

Menschen säumten die schmalen Straßen des Dorfes, als der Trauerzug zum Friedhof ging. Cristoforo Vacchi wurde, wie er es immer gewusst hatte, in der Familiengruft der Vac-

626.000.000.000 $

chis beigesetzt, die seit Hunderten von Jahren gleich hinter der Friedhofskapelle aufragte und so etwas wie der Mittelpunkt des schmalen, sanft abwärts führenden Totenackers war.

»Man hat einen schönen Blick von hier«, sagte Alberto Vacchi nachdenklich, als alle Gebete gesprochen, alle Lieder gesungen und alle Kränze und Blumengebinde abgelegt waren.

Auf dem gemächlichen Rückweg ging Ursula bei John untergehakt und zog ihn unauffällig beiseite. »Ich würde dich gern meinen Eltern vorstellen«, flüsterte sie ihm zu.

John machte große Augen. Das klang vielversprechend. Denn schließlich, seit wann stellt man ein flüchtiges Abenteuer seinen Eltern vor? »Jederzeit«, flüsterte er zurück. »Und ich dich meinen.«

»Auf dem Weg dorthin könnten wir Augsburg besichtigen.«

»Augsburg?«

»Die Stadt der Fugger.«

»Der Fugger? Ich denke, die gibt's nicht mehr?«

»Hast du eine Ahnung!«

Er spürte wilde Freude aufwallen. Das war so gut wie eine Aufforderung, sich schon mal zu überlegen, wann und wie er das mit dem guten Essen und der Rose inszenieren wollte.

»Klar«, sagte er. »Wann soll's losgehen?«

Sie blickte argwöhnisch umher. »Wie wär's mit heute Abend?«

»Bin ich dabei.« Er hatte die Gastfreundschaft der Vacchis ohnehin lange genug beansprucht.

»Und wie wär's«, setzte sie hinzu, »wenn wir deine Gorillas hier lassen?«

John musste husten. »Oha. Du meinst –?«

»Nur du und ich. Wir brennen durch. Fahren zweiter Klasse mit dem Zug wie Millionen andere Menschen auch und vergessen ein paar Tage den ganzen Zirkus.«

Eine deutlich hörbare innere Stimme sagte ihm, dass er

627.000.000.000 $

nicht umhinkommen würde, sich auf dieses Abenteuer einzulassen, wenn er sie nicht verlieren wollte. »Das ist nicht so einfach, wie du dir das denkst«, meinte er trotzdem behutsam. »Ich bin ständig in der Zeitung oder im Fernsehen. Man wird mich erkennen. Und jemand könnte auf dumme Ideen kommen.«

»Wenn du ohne Bodyguards unterwegs bist, erkennt dich kein Mensch. Jede Wette. Was den Leuten auffällt, ist nicht dein Gesicht, sondern dass da jemand daherkommt, der von auffällig unauffälligen Kraftprotzen umgeben ist.«

»Ich weiß nicht recht. Ich habe mich schon so daran gewöhnt, dass ich mir nackt vorkomme bei dem Gedanken …«

»Mein *Gott*!« Sie verdrehte die Augen.

»Also gut, von mir aus«, beeilte er sich zu sagen. »Aber wir müssen erst rauskriegen, wann Züge fahren und …«

»Kurz vor zehn Uhr abends fährt ein Nachtschnellzug nach München«, meinte Ursula und erklärte: »Das hab ich nachgesehen, als ich am Montag ohne euch Jungs unterwegs war.«

John musste an seinen Ferrari denken, der nutzlos in Portecéto stand, in der Garage eines Hauses, das unbewohnt, aber zweifellos gut gepflegt war. »Und wie sollen wir da unbemerkt hinkommen?«

Sie musterte ihn spöttisch. »Na, das ist doch einfach«, sagte sie.

Am Abend ließen sie sich wieder nach Florenz in die Kanzlei bringen. Sie erklärten, noch ein wenig in den Büchern stöbern zu wollen, und man äußerte allgemein großes Verständnis dafür, wenn man auch durchblicken ließ, dass man ihnen kein Wort glaubte. Dass Ursula ihre paar Utensilien aus dem Gästezimmer mitnahm, fiel niemandem auf.

Die Leibwächter hielten wie immer vor der Tür, sicherten die Umgebung und ließen sie aussteigen. Ehe sie die Haustür hinter sich schlossen, fragte Marco: »Werden Sie uns heute noch einmal brauchen?«

628.000.000.000 $

»Nein«, erwiderte John. Das war nicht mal gelogen. »Danke. Ich rufe Sie an.«

Sie räumten auf, packten Ursulas Sachen, und John musste eine billige graue Kunstlederjacke anziehen, die sie ebenfalls während ihres Alleingangs besorgt hatte. »Dein schickes Millionärs-Sakko kommt für die Fahrt in die Tasche«, bestimmte sie.

»Du hast das ja von langer Hand vorbereitet«, erkannte John und musterte sich in dem altersblinden Spiegel im Flur. »Ich sehe grässlich aus.«

»Du siehst aus wie ein normaler Tourist«, korrigierte sie.

Es war schon dunkel, die schmale Seitengasse lag still und verlassen, als sich die Haustür der Kanzlei Vacchi öffnete und zwei Gestalten heraustraten, eine davon mit einer Reisetasche über der Schulter. Sie zogen die Tür hinter sich zu und hörten, wie verborgene Stahlriegel klickend zurück in ihre Zuhaltungen fuhren. Wenig später betraten sie den Florentiner Bahnhof *Santa Maria Novella* und lösten zwei Fahrkarten nach München.

Das alles blieb unbemerkt, bis am nächsten Morgen um halb zehn der Mann vom Wachdienst bei den Vacchis anrief. »Haben Sie nicht gesagt, dass heute die beiden jungen Leute hier sein sollten? Hier ist niemand. Bloß neben dem Schließkasten unten hängt ein Zettel, der aussieht wie ein Brief.«

Doch um diese Zeit spazierten Ursula Valen und John Fontanelli schon durch die Straßen von Augsburg.

Das Gebäude war in dezentem Rotbraun gestrichen, einzelne Konturen goldfarben abgesetzt. »Fürst Fugger Privatbank«, las John das Schild neben der schlichten gläsernen Eingangstür vor. Hinter ihnen rollten Autos über Kopfsteinpflaster, Passanten drängelten sich vorbei, und in einiger Entfernung rasselte eine dicke blaue Straßenbahn um die Kurve. Das Stadtbild war von prachtvollen alten Fassaden, Stuck, Wandmalereien und goldenen Verzierungen geprägt, aber die Straßen kamen ihm weit und luftig vor nach der mittelalterlichen, geschichtsgetränkten Enge in Florenz.

Er sah Ursula an. »Heißt das, die Fugger haben hier immer noch das Sagen?«

»Nein. Aber es gibt sie noch. Die Bank hier etwa gehört der Fürstenfamilie Fugger-Babenhausen. Die Fugger sind immer noch enorm reich, besitzen Brauereien, Industriebeteiligungen und Schlösser, vor allem aber Land. Sie gehören zu den zehn größten Grundbesitzern in Deutschland. Dabei hat diese Familie seit den Tagen Anton Fuggers kein Geld mehr verdient. Sie zehrt nur von dem damaligen Erbe, seit über vierhundert Jahren.« Sie deutete auf ein Bistro in der Nähe. »Komm, lass uns frühstücken.«

Unter gerahmten Fotos von Motorradrennen und an den Wänden aufgehängten Felgen, Lorbeerkränzen und Formel-1-Fahnen tranken sie starken Kaffee und aßen mit Schinken belegte Croissants. John holte etwas von dem deutschen Geld aus der Tasche, das sie in München gegen Lire eingetauscht hatten, und studierte die Münzen und Scheine. »Wer ist eigentlich Clara Schumann?«, murmelte er. Er drehte den Schein um und betrachtete das Klavier, das auf der Rückseite abgebildet war. »Muss etwas mit Musik zu tun haben.« Es waren aufwändig gemachte Geldscheine, mit diesen Wasserzeichen, eingelegten schimmernden Fäden und dem wie geprägt wirkenden Druck. Kein Vergleich mit Dollarnoten. Die allerdings gleichwohl beeindruckender aussahen, fand er.

Er hatte sich inzwischen daran gewöhnt, nicht beachtet zu werden. Im Grunde war es befreiend. Und tatsächlich hatte ihn auf der ganzen Fahrt niemand angesprochen; nicht einmal, dass er eine gewisse Ähnlichkeit mit diesem John Fontanelli habe, war jemandem aufgefallen. Das Einzige, was ihn bedrückte, war der Gedanke, dass sich Marco und die anderen sicher Sorgen um ihn machen würden, gelinde gesagt – inzwischen schwitzten sie wahrscheinlich Blut und Wasser. Es war unfair ihnen gegenüber gewesen, einfach abzuhauen.

»Und was gibt es hier zu sehen?«, wollte er wissen. »Ein Museum, nehme ich an.«

»Etwas viel Besseres«, sagte Ursula und wischte sich die Finger an der winzigen Serviette ab. »Die Fuggerei.«

Sie überquerten die Straße, wanderten kreuz und quer durch winzige, verwinkelte Gässchen, kreuzten eine weitere große Straße, dann ging es in eine Querstraße und hinter einem türkischen Imbiss noch einmal rechts ab, und gleich darauf standen sie vor einer in verblasstem Gelb gestrichenen Hausfront mit zwei Reihen kleiner Fenster unter einem steilgiebligen Dach, die auf niedrige Geschosse im Inneren schließen ließen. Über einem in Blau und Cremeweiß schräg gestreiften Bogentor war eine Inschrift in lateinischen Buchstaben eingemeißelt: MDXIX. IACOB FVGGERI AVGVST GERMANI. Eine schmale Klapptür in dem Tor stand offen, gewährte Durchgang, und sie betraten eine andere Welt.

Gerade als sie durch den Torbogen gingen, kam die Sonne hinter den Wolken heraus und tauchte breite Gassen zwischen schmucken, sandfarbenen Reihenhäusern in goldenes Herbstlicht. John fühlte sich nach Italien zurückversetzt, so anders, so mediterran wirkte die Siedlung, in die sie kamen.

»Und wo ist jetzt diese Fuggerei?«, fragte er.

Ursula machte eine Geste rundherum. »Wir haben sie gerade betreten. Das hier ist die Fuggerei, die älteste Sozialsiedlung der Welt.«

»Eine Sozialsiedlung?« John musterte die einfach, aber ästhetisch gestalteten Häuser, die behaglich überwachsenen Mauern, die hier und da in Aussparungen der Hausecken stehenden Heiligenfiguren. Er musste an die verrufenen Viertel in New York denken, die als Sozialsiedlungen errichtet worden waren, die eingeschlagenen Fensterscheiben dort, die farbverschmierten Wände und überquellenden Mülltonnen.

631.000.000.000 $

»Erstaunlich. Fuggerei? Das heißt, schätze ich, dass sie von den Fuggern erbaut worden ist?«

»Von Jakob Fugger dem Reichen höchstpersönlich. Um das Jahr 1511 hat er sich bemüßigt gefühlt, als Mäzen in Erscheinung zu treten, und weil er nichts davon hielt, Künstler zu fördern, wie das die Medici oder Grimaldi taten, hat er stattdessen das hier errichten lassen. Eine zweifellos geniale Idee, denn die Fuggerei hat ihm bis heute einen besseren Ruf verschafft, als angesichts seiner Taten vermutlich gerechtfertigt wäre.«

John nickte. Das sah in der Tat alles so behaglich aus, dass er schon jetzt äußerst angetan war von seinem mutmaßlichen Ahnherrn.

Sie kamen zu einem beschaulichen Brunnen, wie er auch in der Altstadt von Portecéto hätte stehen können. Der kurze Aufenthalt in Italien schien den später so mächtigen Kaufmann zeitlebens geprägt zu haben, wenn er diesen Baustil gewählt hatte.

»Und wer wohnt hier?«, wollte John wissen. Obwohl in jedem der kleinen Fenster Gardinen oder Blumentöpfe zu sehen waren, lagen die Gassen doch auffallend still. Lediglich eine krumme alte Frau ganz in Schwarz mühte sich Schritt um Schritt vorwärts, ein Einkaufsnetz in der einen und einen Gehstock in der anderen Hand.

»Gestiftet wurde die Fuggerei als Wohnstätte für unverschuldet in Not geratene Augsburger Bürger katholischen Glaubens. Wenn ich mich nicht irre, sind es genau hundertsechs Wohnungen, meistens mit drei Zimmern und für damalige Verhältnisse ausgesprochen komfortabel ausgestattet. Die ganze Siedlung ist ummauert und abgeschlossen, eine kleine Stadt in der Stadt«, erklärte Ursula. »Die Tore sind nachts sogar verschlossen, auch heutzutage noch.«

»Wann, hast du gesagt, hat er das erbauen lassen?«

»Zwischen 1514 und 1523. Das heißt, als Giacomo Fontanelli mit ihm Kontakt aufgenommen hat, im Jahr 1521, hat er einen Jakob Fugger angetroffen, der schon seit Jahren damit beschäftigt war, zu planen, was nach seinem Tod und in ferner Zukunft aus seinem Vermögen werden sollte.«

»Hmm«, zweifelte John. »Oder er hat Rückschau gehalten auf sein Leben, sich gefragt, wozu alles gut gewesen war. Dass da plötzlich ein Sohn auftaucht, von dem er nichts gewusst hat und der ihn um Hilfe bittet, seine Vision zu erfüllen, muss ihm doch wie göttliche Fügung vorgekommen sein.«

Ursula Valen schüttelte den Kopf. »Ich glaube nicht, dass Jakob Fugger so gedacht hat«, meinte sie und strich sich ein paar Haare aus dem Gesicht. Sie deutete in die lange Gasse quer zu ihrem bisherigen Weg. »Komm, ich zeig dir, wieso nicht.«

Am Ende der Gasse fand sich eine kleine Kirche in die Reihe der Häuser gebaut, ein kleiner, hoher Raum mit hölzerner Kassettendecke, einem gewaltigen, prachtvollen Altar und einigen wenigen Bänken davor. In einem kleinen Schaukasten neben dem Eingang war, offenbar als Information für Besucher, ein Text ausgehängt, der besagte, dass dieses Gotteshaus *St.-Markus-Kirche* heiße und den Bewohnern der Fuggerei zum täglichen Gebet für das Seelenheil der Stifter Georg, Ulrich und Jakob Fugger diene.

»Verstehst du?«, fragte Ursula, nachdem sie ihm den Inhalt des sauber getippten Blattes übersetzt hatte. »Jeder Bewohner der Fuggerei ist seit jeher zu zwei Dingen verpflichtet. Erstens, er muss eine Jahresmiete von einem Gulden entrichten. Das war schon damals ein eher symbolischer Betrag, heute zahlt man genau eine Mark und zweiundsiebzig Pfennige, ein im Grunde lächerlicher Betrag, für den man kaum einen Laib Brot kaufen kann. Zweitens – und das ist es, was ich dir zeigen wollte –, jeder Bewohner der Fuggerei ist zur täglichen Fürbitte verpflichtet, zum Gebet für die Seelen der Stifter. Das ist eine vertragliche Verpflichtung und todernst gemeint. In der Stiftungsurkunde sind Art und Ausmaß der

633.000.000.000 $

Gebete genau festgelegt – ein Paternoster, ein Ave Maria, ein Credo, ein Ehre sei dem Vater. Und die Kirche hier wurde eigens für diesen Zweck gebaut.«

John betrachtete die schmalen Kirchenfenster nachdenklich und versuchte zu verstehen, was jemanden zu einer solchen Vorschrift veranlasst haben mochte. »Das macht ziemlich viele Fürbitten in fünfhundert Jahren, oder?«

»Allerdings. Ich bezweifle, dass für irgendjemandes Seele mehr gebetet worden ist als für die Jakob Fuggers und seiner Brüder.«

John fühlte eine eigenartige Beklemmung bei dieser Vorstellung. »Seltsam, oder? Was hat er geglaubt getan zu haben, um so viel Fürbitte zu brauchen?«

»Ich glaube nicht, dass ihn das getrieben hat«, meinte Ursula. »Ich denke, er hat auch in religiösen Dingen wie ein Kaufmann gedacht. Wenn eine Fürbitte gut ist, sind viele Fürbitten besser. Und er hat, im Leben wie im Tod, einen Weg gefunden, sich von dem, was er haben wollte, mehr zu verschaffen als jeder andere. Jakob Fugger wollte auch im Himmel ein reicher Mann sein, ganz einfach.«

Die Fugger waren allgegenwärtig in Augsburg, das Gefühl hatte John am Abend dieses anstrengenden Tages. Sie waren auf einen Turm gestiegen, hatten historische Gassen und Stadtmauerfragmente abmarschiert, waren im Goldenen Saal des Rathauses gewesen, wo in einem angrenzenden Saal eine Ausstellung über die unglaubliche Größe des wirtschaftlichen Imperiums informierte, das die Fugger in alle Welt, bis in das damals gerade entdeckte Südamerika hinein, ausgedehnt hatten. Die ehemalige Konzernzentrale hatten sie besichtigt, eben jene Fuggerhäuser in der Maximilianstraße, an denen sie schon am Morgen vorbeigekommen und in deren Nähe sie gefrühstückt hatten. Heute befand sich die Fugger-Bank darin und ein Luxushotel, das zu betreten John zu riskant erschien; sie übernachteten in einem anderen, etwas bescheideneren Hotel in der Innenstadt, wo niemand einen Ausweis sehen wollte und sie sich als *John und Ursula Valen* eintragen konnten.

Während Ursula noch einmal ging, um ihre Eltern anzurufen – sicherheitshalber nicht vom Hotel aus, sondern aus einer Telefonzelle in unverdächtiger Entfernung –, blieb John auf dem Bett liegen, starrte an die Decke und versuchte, das wirbelnde Chaos seiner Gedanken zu ordnen, die ihm wie ein aufgescheuchter Bienenschwarm hinter seiner Stirn vorkamen. Der *Padrone* gestorben, unbeirrt in seinem Glauben an die Prophezeiung. Die Entdeckung, dass Geld sich nicht vermehrte und er in Wahrheit nicht Retter, sondern größter Blutsauger der Menschheit war. Lorenzos zweiter Artikel ... Konnte es wahr sein, was sein Cousin da geschrieben hatte? Konnte ein sechzehnjähriger Junge etwas entdeckt haben, das Wirtschaftswissenschaftlern, Nobelpreisträgern gar, entgangen war? Es erschien ihm so unwahrscheinlich. Obwohl, es hatte ihm eingeleuchtet, hatte logisch und plausibel geklungen ... Er würde jemanden fragen müssen, wenn er zurück in London war. Einen Volkswirtschaftler. Paul Siegel vielleicht. Der konnte es wissen.

Er sah auf die Uhr. Wo blieb sie denn? Nun, da er sich schon einmal bewegt hatte, konnte er geradeso gut aufstehen und ans Fenster treten. Die Straße entlang glommen bunte Leuchtreklamen, und von der Hälfte der Schriftzüge wusste er, dass es Firmen waren, die *Fontanelli Enterprises* ganz oder zum Teil gehörten. Selbst dieses Hotel gehörte zu einer Kette, an der er dreißig Prozent besaß. Ein Teil dessen, was er für dieses biedere Zimmer bezahlt hatte, würde über viele Etappen zu ihm zurückfließen. Dasselbe galt für das schwarze Kleid, das er Ursula gekauft hatte. Es lief darauf hinaus, dass ihm eines Tages alles gehörte, und dann würde er überhaupt kein Geld mehr ausgeben können.

Da sah er sie kommen, Ursula, zwischen den parkenden Autos und bummelnden Passanten, zielstrebig auf das Hotel

635.000.000.000 $

zuhaltend und sich dabei wachsam nach allen Richtungen umsehend. Er ließ den muffigen Vorhang zurückgleiten. Er verstand immer noch nicht, was mit ihnen geschehen war, aber musste er das verstehen? Er wusste nur, dass er sich in ihrer Gegenwart glücklich fühlte und dass alles andere nebensächlich wurde, sobald sie ihn ansah.

Vielleicht sollte er es so machen, wie sie es vorgeschlagen hatte. Das Geld einfach ausgeben, für kleine, sinnvolle Projekte. Kühlwagen für die Philippinen, solche Dinge. Akupunkturbehandlung des Planeten. Damit würde er den Rest seines Lebens zubringen können, und es würde ein verdammt gutes, befriedigendes Leben sein. Schluss mit dem ganzen dummen Luxus, der Protzerei, der Wichtigtuerei. Egal, ob Jakob Fugger nun sein Urahn war oder nicht – er würde dort weitermachen, wo Fugger mit dem Bau seiner Siedlung aufgehört hatte. Er würde Menschen helfen, und sollte die Zukunft sich doch um sich selbst kümmern.

Die Tür ging, Ursula kam hereingewirbelt. »Alles klar«, verkündete sie, »meine Eltern erwarten uns morgen Nachmittag.«

Er sah sie an und war glücklich. »Und am Wochenende fliegen wir nach New York«, schlug er vor. »Dann lernst du meine Eltern kennen!«

Etwas in ihrem Gesicht passte nicht zu diesem Plan. »Wart erst mal ab«, meinte sie zögernd. »Wart erst mal, bis du ... meine *ganze* Familie kennst.«

McCaine fand das, was die Leibwächter ihm am hellen Morgen zu berichten hatten, alles andere als amüsant. »Mit anderen Worten, Sie wissen nicht, wo er den gestrigen Tag verbracht hat«, knurrte er.

»Wir haben herausgefunden, dass das Mädchen ihre Eltern in Leipzig angerufen hat«, drang die Stimme Marco Benettis aus dem Hörer. »Die erwarten sie und Mister Fontanelli heute Nachmittag zum Kaffee.«

636.000.000.000 $

»Und Sie erwarten die beiden am Bahnhof, will ich hoffen.«

»Selbstverständlich. Chris spricht gerade mit dem Piloten des Jets, der uns nach Leipzig bringt.«

»Beten Sie zu Gott, dass die Sie nicht reingelegt haben.« Er knallte den Hörer zurück auf den Apparat und griff nach der Fernbedienung des Fernsehers, als neben der Nachrichtensprecherin das *Fontanelli*-Logo eingeblendet wurde, um den Ton lauter zu machen. *»... sprach sich Senator Drummond entschieden gegen eine Übernahme von Dayton Chemicals durch die Fontanelli-Gruppe aus. Er forderte den Senat auf...«*

McCaine wählte schon wieder. »Wesley? Ich verfolge gerade die Nachrichten auf NEW. Wer ist eigentlich dieser Senator Drummond?« Er lauschte eine Weile. *»Alright,* dann schicken Sie jemanden zu ihm, der ihm klar macht, dass wir nicht gezwungen sind, je wieder irgendetwas von irgendeinem Zulieferer aus Ohio zu kaufen, wenn er sich nicht zurückhält. Falls er das nicht begreifen sollte, rechnen Sie ihm vor, wie viel Arbeitsplätze das kosten wird, erzählen Sie ihm, auf welchen Fernsehkanälen und Zeitungen er als Hauptschuldiger auftauchen wird, und bieten Sie dem künftigen Ex-Senator dann einen Job als Hilfspacker im Versandzentrum Toledo an. Wie? Natürlich heute noch. Heute Abend will ich in den Nachrichten sehen, dass wir Dayton Chemicals gekauft haben.«

Nichts als Ärger. Er rieb sich die Schläfe, während er seine Termine für den Tag betrachtete. Die Delegation aus Venezuela wartete schon. Erdöl war immer noch ein Rückgrat des Konzerns. Er hatte in fast allen wichtigen Tankerhäfen seinen Einfluss spielen lassen, die Schiffe der *Cumana Oil* besonders spät abzufertigen und besonders oft zu kontrollieren. Es waren Termine versäumt worden und Kunden abgesprungen, hohe Konventionalstrafen hatten ein Übriges getan, die Firma

---

Gesamtsumme der Sozialausgaben in Deutschland im Jahre 1995.
637.000.000.000 $

sturmreif zu schießen, und heute würde er sie kaufen. Danach Mittagessen mit dem CEO der *Mijasaki Steel Corporation,* den er dazu bringen musste, die Struktur seiner Lieferanten im Licht seiner angespannten Kreditsituation neu zu überdenken.

Und anschließend würde er nach Hartford aufbrechen, um sich von Professor Collins sagen zu lassen, wie er all dies, dieses weltweite, komplizierte Netzwerk von Macht und Abhängigkeiten, das er aufgebaut hatte, einsetzen konnte, um die Prophezeiung des Giacomo Fontanelli zu erfüllen.

Viel zu viele Autos unterwegs, fand er auf dem Weg aus London heraus missgelaunt. Das musste die erste Maßnahme sein, sobald die angestrebte Monopolstellung auf dem Erdölmarkt erreicht war: den Preis für Benzin anzuheben, bis Automobilverkehr wirtschaftlich uninteressant wurde.

Ein einziges Gedränge, Gehupe und Geschiebe, furchtbar. Er hatte erwogen, Professor Collins zu sich ins Büro zu zitieren, sich aber dagegen entschieden. Er wollte dessen *Institut für Zukunftsforschung* mit eigenen Augen sehen, feststellen, was daraus geworden war, seit sie endlos Geld hineinpumpten, und ein Gefühl dafür bekommen, wie zuverlässig das sein mochte, was der Professor herausgefunden hatte. Das ging nur vor Ort.

Die Gespräche heute waren nicht gut gelaufen. Vermutlich war er nicht richtig bei der Sache gewesen. Normalerweise hätte er die Venezolaner mit Haut und Haaren gefressen für die Forderung nach einer Garantie für die Eigenständigkeit von *Cumana Oil,* aber heute hatte er sich damit begnügt, sie unverrichteter Dinge heimzuschicken und den Jungs in der Investmentabteilung zu befehlen, das Sperrfeuer an der Börse zu verstärken. Was bildeten die sich ein? Natürlich war das Unternehmen in der Substanz gesund. Sonst hätte er sich wohl kaum dafür interessiert. Aber sie waren klein, und er war groß; es war sein naturgegebenes Recht, sie zu schlucken.

638.000.000.000 $

Und Kasaguro Gato musste einen Kreditgeber gefunden haben, von dem er nichts wusste. Vermutlich hatte er irgendeinen dieser alten japanischen Milliardäre als stillen Teilhaber gewinnen können, nur so war seine lächelnd-unnachgiebige Haltung zu erklären. Mit *Mijasaki Steel* Einfluss auf den größten Arbeitgeber in der südjapanischen Region und damit ein Faustpfand der Regierung gegenüber zu gewinnen, konnte er sich erst einmal abschminken.

Er fühlte sich nicht gut. Zu viele Misserfolge für einen Tag. Es wollte ihm nicht gelingen, beiseite zu schieben, was geschehen war. Eigentlich hatte er auch deshalb nach Hartford hinausfahren wollen – alleine, ohne Chauffeur, ohne Sicherheitsleute –, um unterwegs Abstand zu gewinnen vom Tagesgeschäft, um im Stande zu sein, alle Dinge wieder in großen Zusammenhängen sehen zu können. Aber in ihm brodelte es. Ein schlechter Tag.

Am Himmel zogen dunkle Wolken auf, was er sehr passend fand. Heute Abend würde es regnen, vielleicht sogar ein Gewitter geben. Es lag so ein unheilvoller violetter Schatten in dem Dunkel der Wolkendecke.

Und immer noch Stau, selbst hier draußen, nachdem er London glücklich hinter sich wusste. Er würgte das Lenkrad seines Jaguars, während es Wagen um Wagen voranging, wie bei einer chinesischen Tropfenfolter. Ah, da vorne hatten sie gemeint, eine Baustelle errichten zu müssen, eine ziemlich lange noch dazu, und das am Freitagnachmittag im Berufsverkehr. *Alles Idioten*, dachte er voller Ingrimm.

Vor der Baustelle verengte sich die Fahrbahn von zweien auf eine Spur. McCaine beobachtete den Takt, in dem die Fahrzeuge sich reißverschlussartig auf die eine Spur einfädelten, ließ einen klapprigen VW mit einem verhutzelten alten Mütterchen am Steuer vor und wollte ihr gerade folgen, da kam von links hinten ein dreckig-brauner Wagen angepresst und drängte sich rücksichtslos vor McCaine in die Spur. Als er ungehalten hinübersah, sah er einen blonden, breitschultri-

639.000.000.000 $

gen Affenmenschen am Steuer sitzen, der ihn aus himmelblauen Augen blöde triumphierend anglotzte und sichtlich geradezu animalische Freude daran zu haben schien, einen Jaguar überholt zu haben. Neben ihm hockte ein nuttenhaft aufgetakeltes Weibchen und grinste hirnlos.

McCaine starrte den beiden fassungslos hinterher. Und während es langsam an der – im Übrigen von ganzen zwei müden, lustlosen Bauarbeitern bevölkerten – Baustelle vorbeiging, sah die Frau mehrmals zu ihm zurück, schadenfroh lachend und offenbar begeistert von der Heldentat ihres Begleiters. Sie redeten über ihn. Spotteten. Fühlten sich wie die Größten. McCaine spürte Brechreiz bei dem Anblick. Aber der Kerl hatte Muskeln statt Hirn, zweifellos war es nicht ratsam, ihn zu rammen, aus dem Wagen zu zerren und zu versuchen, ihn zu erwürgen oder dergleichen.

Endlose Minuten kroch er hinter den beiden her und kaute an der Frage herum, warum zum Teufel er sich eigentlich abrackerte, die Menschheit zu retten. Die Menschheit? Waren das nicht in der Mehrzahl solche Bimbos wie die dort vorne? Dummes, geistloses Vieh, und darauf verschwendete er seine Zeit? Die Evolution – oder der blinde Zufall – mochte ein paar Menschen hervorgebracht haben, die der Mühe wert gewesen wären, aber das meiste war doch offenbar Ausschuss.

Vielleicht, dachte McCaine düster, ist es nicht nur unvermeidlich, sondern sogar höchste Zeit, dass die Menschheit ausstirbt.

640.000.000.000 $

37

EINE HALBE STUNDE vor Leipzig hielt der Zug in dem kleinen Ort Naumburg an der Saale, und einem spontanen Impuls folgend, stiegen John und Ursula bereits hier aus und benutzten für den Rest der Strecke ein Taxi.

Der Taxifahrer freute sich über die unerwartet lukrative Fernfahrt, und als Ursula mit ihm besprach, wo er sie absetzen sollte, meinte John nur: »Hauptsache, nicht am Bahnhof.« Er war das Gefühl nicht losgeworden, dass Marco und die anderen dort schon auf sie warten könnten.

Sie stiegen in der Stadtmitte aus, an einem großen Platz mit einem großen Springbrunnen und beeindruckenden Fassaden ringsum. John bezahlte den Taxifahrer, der sich in holprigem Englisch bedankte und freundlich winkend davonfuhr, dann gesellte er sich zu Ursula, die abwartend dastand, ihre Tasche zu ihren Füßen und die Hände tief in den Taschen ihrer Jacke vergraben. Sie war immer schweigsamer und verschlossener geworden, je näher sie Leipzig gekommen waren, und jetzt wirkte sie so angespannt, als erwarte sie etwas Schreckliches.

»Und?«, fragte er.

»Wir sind da«, sagte sie und warf einen Blick umher, als müsse sie sich vergewissern, dass alles noch so war, wie sie es in Erinnerung hatte. »Augustusplatz. Früher hieß er Karl-Marx-Platz. Hier hat alles angefangen.« Sie deutete auf das imposante Gebäude hinter dem Springbrunnen. »Das ist die Oper. Gegenüber ist das Gewandhaus, ein Konzertsaal.« Dahinter erhob sich ein Hochhaus, das aussah wie ein riesiges, halb aufgeklapptes Buch. »Das gehört zur Universität, genau wie der Bau hier vorne ...«

641.000.000.000 $

»Angefangen?«, hakte er ein. »Was hat hier angefangen?«

Sie sah ihn an. »Die Demonstrationen. Vor acht Jahren war das hier noch DDR. Warschauer Pakt. Wir haben hinter dem Eisernen Vorhang gelebt, und ihr Amerikaner wart unsere Feinde.«

»Ah ja, richtig«, nickte John. Vor acht Jahren? Da war seine Beziehung mit Sarah gerade auf ihr ebenso schmerzhaftes wie unausweichliches Ende zugeschlingert. »Ich erinnere mich dunkel. Damals ist die Berliner Mauer gefallen, oder?«

Ursula lächelte freudlos. »Sie ist nicht gefallen. Wir haben sie eingerissen.« Sie blickte an ihm vorbei, aber es war ein Blick, der in Wirklichkeit in die Vergangenheit gerichtet war. »Hier hat alles angefangen. Die ersten Demonstrationen, September 1989. Hier in Leipzig. Im November sind die Leute schon überall im Land auf die Straße gegangen. Ungarn hat seine Grenzen in den Westen geöffnet, und am neunten November ist die Grenze nach Westdeutschland geöffnet worden. In die Bundesrepublik. Und ein Jahr später gab es keine DDR mehr.« Sie schauderte unmerklich. »Das sagt sich alles so leicht. Es ist etwas anderes, wenn man dabei war.«

Sie deutete auf einen einigermaßen modernen, rechteckigen Bau schräg gegenüber, viel Weiß und viel Glas, mit einem gewaltigen, dunkel angelaufenen Relief über dem Eingang. »Das war der Ort meiner Sehnsucht. Die Universität.« Ein schmerzliches Lächeln glitt über ihr Gesicht. »Der Kopf auf dem Relief soll übrigens Karl Marx sein. Das Ding ist aus massivem Metall und derart mit dem Fundament verbaut, dass man das Gebäude einreißen müsste, um es zu entfernen. Nur deshalb ist es noch da.« Sie drehte sich um und wies auf einen lang gezogenen Gebäudekomplex gegenüber. »Dort habe ich gearbeitet. In der Hauptpost, Verwaltungskram, Abrechnungen tippen, belangloses Zeug. Damals habe ich es für Zufall gehalten, dass die Universität in Sichtweite war. In den Mittagspausen habe ich mich manchmal unter die Studenten gemischt und mir vorgestellt, ich würde dazugehören.«

»Und warum hast du nicht dazugehört?«, fragte John behutsam.

»Dazu hätte ich die Erweiterte Oberschule absolvieren müssen, und das hat man mir nicht erlaubt. Nicht weil ich zu dumm dazu war, sondern weil ich aus der falschen Familie stammte. Aus politischen Gründen.« Sie hob ihre Tasche hoch und schulterte sie unschlüssig. »Politik. Es war alles Politik. Ich habe mich lang von den Demonstrationen fern gehalten, wollte nicht noch mehr auffallen ... Ich hatte Angst. Man hat gewusst, dass die Stasi jeden fotografiert, der zu den Gottesdiensten in der Nikolaikirche ging. Trotzdem sind immer mehr hingegangen, selbst als die Kirche längst zu klein für alle war. Nach dem Gottesdienst marschierten sie hier heraus, auf den Karl-Marx-Platz, und zogen dann weiter zum Bahnhof, den ganzen Innenstadtring entlang, mit Kerzen in der Hand, friedlich. Das hat die Regierung fertig gemacht: dass alle friedlich geblieben sind. Sonst hätte man Anlass gehabt, einzugreifen, verstehst du? Aber so ... Sie zogen am ›Runden Eck‹ vorbei, dem Hauptquartier der Stasi, sangen Lieder und stellten Kerzen auf die Eingangstreppe. Was sollten sie machen? Es war ja alles harmlos, oder? In Wirklichkeit war es der Anfang vom Ende.«

John hörte ihr fasziniert zu, versuchte sich vorzustellen, wie dieser so alltäglich wirkende Ort, den er sah, damals gewesen sein mochte, und wusste, dass er es nicht einmal ahnen konnte.

»Der Höhepunkt war der neunte Oktober. Ein Montag. Die Demonstrationen waren immer montags. Es gab Gerüchte, dass das ZK der SED beschlossen hätte, an diesem Montag die Konterrevolution in Leipzig niederzuschlagen. So nannten sie das. In Wirklichkeit hieß das, dass sie auf die Demonstranten schießen lassen wollten. Das war das, vor dem alle immer Angst gehabt hatten – vor der ›chinesischen Lösung‹. Im Juni hatte es diese Studentenrevolte in Peking gegeben, weißt du noch? Auf dem ›Platz des himmlischen Friedens‹, als die Regierung mit Panzern gekommen ist und es Tote gegeben hat. Viele haben geglaubt, dasselbe würde in Leipzig auch passieren. Aber sie sind trotzdem gegangen.«

Sie sah zu dem langen, sandbraunen Gebäude hinüber, das immer noch die Hauptpost war. »Ich war an dem Abend im Büro. Ich bin länger geblieben, es gab viel zu tun und so weiter, aber vor allem ... ich weiß nicht. Vielleicht wollte ich sehen, wie es passiert. Ich weiß noch, wie wir am Fenster standen, da oben, im vierten Stock ... wir hatten das Licht ausgeschaltet, standen nur am offenen Fenster, und da kamen sie ... Tausende von Menschen, der ganze weite Platz voller Menschen, überall, den Springbrunnen gab es damals noch nicht ... und sie riefen: ›Wir sind das Volk.‹ Immer wieder diesen einen Satz, wieder und wieder unter dem schwarzen Himmel, im Schein der Straßenlampen, wie mit einer Stimme – ›Wir sind das Volk. Wir sind das Volk.‹ Das ging mir durch und durch. Es hat mich nicht mehr gehalten, ich bin runter und mit dazu. Mir war egal, was passieren würde. Wenn sie schießen würden, sollten sie schießen. Von da an bin ich immer mitgegangen, jeden Montag, bis zum Ende. Wenn ich schon am Anfang nicht dabei gewesen war, wollte ich wenigstens mithelfen, die Diktatur zu Grabe zu tragen, schätze ich.«

Er sah sie staunend an. Der Verkehr um sie herum, die Leute, die Einkaufstaschen weltbekannter Modeketten schleppten oder mit dem Handy am Ohr auf die Straßenbahn warteten, das schien alles ganz unwirklich zu sein, eine dünne Tünche auf einer düsteren, beklemmenden Wirklichkeit.

»Interessiert dich das überhaupt?«, fragte sie. Er erschrak vor dem Ernst in ihren Augen. Er konnte nur stumm nicken und war froh, dass ihr das zu genügen schien. Sie wischte sich über die Augen, die Reisetasche immer noch über der Schulter. »Es ist wie eine Reise in die Vergangenheit für mich. Entschuldige.«

»Ich bin froh, dass man nicht auf dich geschossen hat«,

sagte er und nahm ihr die Tasche ab. »Dass es nur Gerüchte waren.«

Sie schüttelte den Kopf. »Es waren nicht nur Gerüchte. Später stellte sich heraus, dass es einen solchen Beschluss tatsächlich gegeben hat. Das Wachregiment *Feliks Dzierzynski* war nach Leipzig abkommandiert worden, und die Soldaten hatten Befehl zu schießen. Aber sie haben nicht geschossen. Sie haben es einfach nicht getan. Sie haben in ihren Einheiten diskutiert und beschlossen, den Befehl zu verweigern.«

Das *Institut für Zukunftsforschung* lag südlich von Hartford und wirkte von weitem wie eine militärische Anlage. Drei große, flache Baracken mit Fensterfronten aus grünlich schimmerndem Isolierglas standen um ein eigenes Heizkraftwerk, einen alten Ziegelbau mit einem neuen, wie poliert glänzenden Schornstein. Der Wachmann am Tor wollte McCaines Ausweis sehen und rief, nicht im Mindesten beeindruckt von der Prominenz des Besuchs, von seiner Kabine aus im Institut an, um sich zu vergewissern, und die ganze Zeit ließ sein böse dreinblickender Dobermann McCaine nicht aus den Augen. Der musterte inzwischen den Zaun, der das Gelände drei Meter hoch umspannte, mit dicken Rollen Stacheldraht gekrönt. Auf hohen Masten waren Flutlichtstrahler angebracht, der Rasen rings um die Institutsgebäude war topfeben und sauber gemäht. Alles so, wie er es angeordnet hatte.

»Willkommen, Sir«, meinte der vierschrötige Mann, als er den Ausweis zurückgab, mit einer Miene, die der seines Hundes bedenklich ähnelte. Er stellte das halbautomatische Gewehr, das er die ganze Zeit griffbereit auf dem Rücken gehabt hatte, zurück in seine Halterung und drückte den Knopf, der das weiß lackierte Metalltor auffahren ließ.

McCaine parkte irgendwo auf dem für die Tageszeit immer noch gut belegten Parkplatz und bemerkte erst, als er auf

645.000.000.000 $

den Eingang zumarschierte, dass man ihm einen Platz direkt daneben reserviert hatte. Der Himmel zog sich auch über Hartford zu, es roch nach Gewitter. Ein weiterer Wachmann hinter einer Glasscheibe gab ihm den Durchgang durch die Drehtür frei, und dahinter erwartete ihn Professor Collins, begrüßte ihn unerwartet ehrerbietig und begann sofort mit der Führung.

McCaine sah Flure und Büros, große und kleine Hallen, und alles stand voller Computer, dicht an dicht, ganze Regale voller Bildschirme, auf denen Zahlenreihen liefen, Diagramme zuckten, grafische Darstellungen aller Art sich laufend veränderten. Die Geräusche der zahllosen Lüfter vereinigten sich zu einem dumpf brausenden Chor Unheil verkündender Engelsstimmen, ab und an wie übertönt vom Geräusch eines Druckers, der sirrend ein Blatt Papier ausspuckte. Das blieb nicht liegen, sondern wurde sofort von einem Mitarbeiter aufgenommen, um an eine Wand voller ähnlicher Ausdrucke geheftet oder in einen mit Bedacht ausgewählten Ordner eingelegt zu werden. An Übersichtswänden waren Tafeln angebracht mit Aufschriften wie *Strategie EN-1* oder *Komplex RES/POP,* auf Tischen stapelten sich leere Pizzakartons und Kaffeetassen voller Zigarettenkippen. Unter der Decke zogen sich die Rohre einer leistungsstarken Belüftungsanlage dahin, trotzdem stank es nach ungewaschenen Hemden und Zigarettenrauch. In einem der kleineren Büros erspähte McCaine einen jungen, unrasierten Mann, der mit offenem Mund auf einer Klappliege lag und schlief, den Kugelschreiber noch in den erschlafften Händen.

»Tim Jordan, verantwortlich für die Zusammenführung der Extremepunktstrategien«, erklärte Collins leise. »Er ist seit Dienstag ununterbrochen hier.«

»Glaubt man sofort«, knurrte McCaine, misstrauisch angesichts derart zur Schau gestellten Eifers.

Schließlich erreichten sie das Büro des Professors, das auch nicht viel komfortabler aussah als der Rest des Instituts, aber über den Komfort eines freien Sessels verfügte. Die Wände, soweit sie nicht von Bücherregalen oder Archivschränken beansprucht wurden, und alle Glasfenster waren restlos mit Diagrammen und sorgfältig aus einer Vielzahl von Ausdrucken zusammengeklebten Schaubildern bedeckt.

»Bitte Platz zu nehmen«, komplimentierte Collins ihn in den Sessel. »Kann ich Ihnen etwas zu trinken anbieten? Tee, Saft, Wasser...?«

McCaine schüttelte den Kopf. »Ein Plan, der funktionieren wird, genügt mir für den Moment.«

Der Professor blinzelte hinter seinen Brillengläsern. »Ah, ja, verstehe«, meinte er und rieb sich nervös die Hände. »Sie wollten wissen, zu welchen Ergebnissen wir gelangt sind.« Er nickte, als werde ihm das jetzt erst klar, und fing an, vor seinen beklebten Wänden hin und her zu gehen. »Vielleicht ist es angebracht, dass ich zunächst die Strategien erläutere, die wir gefahren haben. Wir hatten ja im Mai festgelegt, auf welche Parameter des Modells Sie über *Fontanelli Enterprises* Einfluss nehmen können und wie weit, also in welchem Maße. Das ergibt eine definierte Menge an Parametersprüngen, wie wir sagen, also diskrete Änderungen an Zuständen zu einem bestimmten Zeitpunkt, wobei auch diese Zeitpunkte zu variieren waren, in unserem Fall beginnend mit Januar 1998. Da wir es mit einem komplexen Modell zu tun haben, können sich verschiedene Parametersprünge in unvorhersehbarer Weise beeinflussen, und das wiederum heißt, dass sicherheitshalber ein *brute-force*-Ansatz zu wählen war, also eine Kombination jedes möglichen Parametersprungs mit jeder beliebigen Kombination aller übrigen Parametersprünge, wofür in der Mathematik der Begriff Permutation gebräuchlich ist. Schon Permutationen kleiner Mengen ergeben riesige Zahlen, in unserem Fall ist die Zahl astronomisch groß. Wir haben deswegen verschiedene Metastrategien benutzt mit dem Ziel, Bereiche unwirksamer Kombinationen von vornherein auszuschließen oder zumindest zurückzustellen und unser Augenmerk verstärkt auf vielversprechende Ansätze zu richten. Eine dieser Strategien war, zunächst die Permutationen der Extrempunkte zu untersuchen, das heißt der größtmöglichen Einflussnahmen zum frühestmöglichen Zeitpunkt. Eine andere Strategie zielte darauf ab, die Auswirkungen von Schwerpunktbildungen zu studieren, um sensible Bereiche zu identifizieren – was sich, um das gleich vorauszuschicken, als nicht ergiebig herausgestellt hat, weswegen wir Mitte Juli damit aufgehört haben, um alle Kräfte auf die Verfeinerung vielversprechender Kombinationen von Extrema zu richten. Wir haben –«

McCaine hob die Hand, um den Redefluss des Professors zu stoppen. »Wenn ich mich recht entsinne«, sagte er, »haben wir das alles im Mai bereits genau so besprochen.«

Collins stutzte, nickte dann. »Das kann sein. In der Tat.«

»Dann möchte ich darum bitten, dass wir jetzt *endlich* zu den Ergebnissen kommen.«

»Ja. Sicher. Wie Sie wünschen.« Er wirkte äußerst angespannt, der Herr Professor. Sein Arm wedelte in einer schlaksigen Geste zu den Diagrammen an den Wänden hin und fiel dann wieder schwer und schlaff an seiner Seite herab. »Hier sehen Sie sie, die Ergebnisse. Allesamt im Überblick.«

»Ich sehe nur Linien«, sagte McCaine.

»Sicher, sie bedürfen natürlich der Interpretation. Dies hier zum Beispiel ist die Wirtschaftsentwicklung in Asien, als Summe der wirtschaftlichen Entwicklungen sämtlicher Branchen in allen asiatischen Ländern, wobei die gestrichelte Linie das positive Extremum ist – durch die Kennziffer des entsprechenden Laufs gekennzeichnet – und die gepunktete Linie das negative Extremum, ebenfalls mit Verweis auf das Ausgangsdaten-Set. Die Liste daneben ist eine Übersicht aller Daten-Sets, die zu Extremwerten geführt haben; durch den Verweis ist der Zusammenhang leicht –«

»Professor Collins«, unterbrach ihn McCaine wieder, »ich bin im Moment nicht daran interessiert, Ihre Methoden zu diskutieren. Ich bin hergekommen, um Ergebnisse zu bekommen.«

Der Wissenschaftler nickte sinnierend, sich schwer auf die Kante seines Schreibtischs hockend. »Sie meinen den Plan, wie die Entwicklung der Menschheit in stabile, nachhaltige Verhältnisse gelenkt werden kann.«

»Ganz genau. Um ehrlich zu sein, Ihre langatmigen Einleitungen wecken in mir den Verdacht, dass Sie mit Ihrer Arbeit nicht so weit gekommen sind, wie wir im Mai vereinbart und wie Sie mir all die Zeit zurückgemeldet haben.«

»Oh, doch, das sind wir«, erwiderte Collins, nahm seine Brille ab und fing an, sie mit einem Zipfel seines weißen Kittels zu putzen. »Wir sind sogar weiter gekommen als gedacht. Aber der erhoffte Plan, fürchte ich, fand sich unter den Ergebnissen nicht.«

»Das kann nicht sein.«

Der Professor nahm ein Blatt von seinem Tisch. »Angestrebtes Ziel waren hundertzwanzig Millionen Simulationsläufe bis Anfang Oktober. Damit wären alle Extrempunkt-Sets vollständig und die fünfhundert besten Ansätze feingranuliert abgearbeitet gewesen. Tatsächlich haben wir bis heute früh zehn Uhr genau 174 131 204 Läufe absolviert, also fast anderthalb mal so viel wie geplant.« Er legte das Blatt wieder beiseite. »Der Grund, warum wir keinen funktionierenden Plan gefunden haben, ist nicht, dass wir zu langsam gewesen wären oder zu wenig Computer gehabt hätten. Der Grund ist, dass es einen solchen Plan nicht gibt.«

Sie suchten sich einen Platz in einer der alten Kirchenbänke, deren weißer Lackanstrich alt und verwittert wirkte, setzten sich und schwiegen.

John ließ die Atmosphäre auf sich wirken. Es kam ihm ganz und gar unglaublich vor, dass dies ein Ort sein sollte, von dem eine Revolution ausgegangen war. Die Nikolaikirche war klein und unscheinbar, außen von Baustellen umzingelt,

649.000.000.000 $

innen bescheiden erhellt und kaum besucht. Die Fenster ringsum hatte man von außen zugestellt, wo nicht dunkle Vorhänge hinter Mattglas zugezogen waren. In der Ecke neben ihnen stand, neben einer Anschlagtafel und einem Opferstock, ein großes, handgemaltes Schild, das im Innern eines kreisförmigen Regenbogens die Gestalt eines Mannes zeigte, der mit dem Hammer auf etwas einhieb. »Schwerter zu Pflugscharen«, übersetzte Ursula ihm flüsternd die Inschrift. »Friedensgebet in St. Nikolai, jeden Montag 17 Uhr.«

Damit also hatte es angefangen. Mit einer schlichten Einladung in diese Kirche. John versuchte zu erspüren, ob dieser Ort eine Erinnerung bewahrt hatte an hoffende, verzweifelte, verängstigte, wütende, zitternde, zu allem entschlossene Menschen – aber da war nichts, oder wenn, dann spürte er es nicht. Er sah matte, weiße Holztäfelungen, Verzierungen in zartem Lindgrün, mächtige Säulen, die das Dach des Kirchenschiffs trugen, auf stilisierten Kränzen ruhend und weiter oben in ebenso stilisiertem grünem Blattwerk endend; eine ganz normale Kirche eben. Es kam ihm merkwürdig vor, dass nicht einmal eine Gedenktafel auf die Ereignisse des Herbstes 1989 hinwies. Dass nicht einmal die neue Regierung so etwas für nötig befunden zu haben schien.

Als ob auch die neuen Regierenden lieber vergessen machen wollten, wie einfach jede Regierung zu stürzen war – indem nämlich alle Menschen zugleich aufstanden und sagten: »Schluss!«

Ursula sah ihn forschend an. »Bist du eigentlich ... wie sagt man? Gläubig?«

»Meinst du, ob ich oft in die Kirche gehe? Das letzte Mal war ich vor zwanzig Jahren in einer Kirche, als Cesare geheiratet hat. Das ist mein ältester Bruder«, fügte er hinzu.

Sie lächelte flüchtig. »Ich weiß. Ich habe einmal im Flugzeug neben ihm gesessen.«

»Ach so, ja.« Das war eine der Anekdoten gewesen, die sie sich in den vergangenen Nächten erzählt hatten.

650.000.000.000 $

»Nein, ich meinte, ob du religiös bist. Ob du an einen Gott glaubst.«

»Glaube ich an einen Gott?« John holte tief und seufzend Luft. »Vor drei oder vier Jahren hätte ich auf diese Frage eine klare Antwort gehabt, aber heute ... Ich weiß nicht. Du fragst wegen der Prophezeiung, nicht wahr?«

»Klar. Wenn du glaubst, dass Giacomo Fontanelli seine Vision von Gott empfangen hat, musst du logischerweise auch an Gott glauben.«

John wiegte den Kopf. »Sagen wir, ich versuche offen zu sein für die Möglichkeit, dass hinter all dem ein göttlicher Plan stecken könnte ... Vielleicht *hoffe* ich es sogar. Aber dass ich es glaube ...?«

»So wie Cristoforo Vacchi es geglaubt hat?«

»Nein. So nicht«, schüttelte John entschieden den Kopf. »Ich wollte, ich könnte es.«

»Das letzte Mal habe ich bei der Jugendweihe an etwas geglaubt. *Seid ihr bereit, alle eure Kräfte für ein glückliches Leben der werktätigen Menschen einzusetzen? Ja, das geloben wir. Für ein friedliebendes, demokratisches und unabhängiges Deutschland? Ja, das geloben wir.* Und so weiter. Ich wollte *im Geist der Völkerfreundschaft leben,* mich in die *solidarische Gemeinschaft der Werktätigen* einreihen ... Und dann wurde ich nicht zur Oberschule zugelassen, obwohl ich die Beste in der Klasse war. Als ich mich beschwert habe, haben alle nur betreten geguckt und Ausflüchte gesucht – von wegen solidarische Gemeinschaft. Alles leere Phrasen. Glaube und Idealismus, das sind nichts als Einladungen an andere, einen auszunutzen.«

Schweigen, das einem den fernen Verkehrslärm draußen zu Bewusstsein kommen ließ. »Du meinst, so wie Jakob Fugger den Glauben Giacomo Fontanellis ausgenutzt hat?«

»Und den Michelangelo Vacchis, nicht zu vergessen.«

Vorne beim Altar tauchte ein Mann auf, der Kirchendiener vermutlich, zog scheppernd zwei Kerzenständer an neue

651.000.000.000 $

Standorte und machte sich dann an den Kerzen darauf zu schaffen. Es wirkte alles so bestürzend normal.

»Die Leute damals«, fragte John, »woran haben die geglaubt? Ich meine, sie sind hierher in die Kirche gekommen. Sie *müssen* an etwas geglaubt haben.«

Ursula zuckte mit den Schultern. »Ich weiß nicht. Ich hatte das Gefühl, sie waren einfach nur verzweifelt, und es gab keinen anderen Ort, wo man hingehen konnte. Ganz bestimmt haben sie nicht geglaubt, dass sie den Staat stürzen könnten.«

»Nicht?«

»Niemand hat das geglaubt. Das haben auch die wenigsten gewollt. Die meisten wären mit ein bisschen mehr Demokratie und Reisefreiheit schon zufrieden gewesen. So hat ja alles angefangen – dass die Namen von Leuten, die Ausreiseanträge gestellt hatten, im Schaukasten der Kirche ausgehängt wurden, weil sie Angst hatten, sie verschwinden sonst vielleicht plötzlich spurlos.« Sie wandte sich ihm zu. »Niemand hat im Ernst erwartet, dass es zu so etwas wie der Wiedervereinigung kommen würde – das ist ja der Witz, verstehst du? Trotz Gorbatschow in Moskau, trotz Glasnost und Perestroika hat kein Mensch auf der ganzen weiten Welt damit gerechnet. Die Geheimdienste nicht, die Regierungen nicht, niemand. Kein Hellseher hat es vorausgesagt, kein Computer hat es vorausberechnet, es gibt nicht eine einzige utopische Erzählung, die gewagt hätte, die Wiedervereinigung Deutschlands und den Zerfall des Warschauer Pakts zu schildern, und auch noch friedlich und ohne jedes Blutvergießen. Und ich behaupte, das war auch weder vorhersagbar noch zwingend. Es hätte genauso gut anders kommen können. Sie hätten schießen können am neunten Oktober. Der neunte November hätte genauso gut der Anfang des dritten Weltkriegs sein können. Es stand auf Messers Schneide. Wir haben einfach Glück gehabt.«

»Oder es war Vorsehung.«

652.000.000.000 $

»Dieselbe Vorsehung, die es manchmal in die andere Richtung gehen lässt? Na danke. Was nützt mir eine Vorsehung, die genauso gut meinen Tod vorgesehen haben kann? Da sage ich doch lieber, es war Glück, wenn es Glück war.«

»War es denn wirklich so knapp? Daran kann ich mich gar nicht erinnern.«

»Das ist auch nie sonderlich publik gemacht worden. Ich habe darüber recherchiert; eine meiner ersten Arbeiten während des Geschichtsstudiums später. Es gab keinerlei militärische Pläne für den Fall, dass ein friedlicher Volksaufstand stattfindet und die Regierung daraufhin nachgibt. Außerdem sind am Abend des neunten November die Leute nur deshalb massenweise zu den Grenzübergängen geströmt, weil sie die entsprechenden Regierungserklärungen falsch verstanden hatten – eine simple Grenzöffnung war überhaupt nicht vorgesehen gewesen, nur die vereinfachte Abfertigung von Reiseanträgen. Was, wenn auch nur ein Grenzbeamter geschossen hätte?« Sie ließ das wirken und sah ihm zu dabei, und als sie merkte, dass es ihn beeindruckte, fügte sie hinzu: »Für mich heißt das, dass man alle diese schlauen Pläne und Hochrechnungen und Trendanalysen in der Pfeife rauchen kann. Es passiert, was passiert, und alle wirklich wichtigen Ereignisse in diesem Jahrhundert sind überraschend passiert. Und wenn man sich heute alte Prognosen anschaut, fünfzig Jahre oder älter, kann man nur lachen – so gut wie nichts ist so eingetreten wie vorhergesagt.« Sie legte ihm die Hand auf den Arm. »Darum sage ich dir, es ist alles Humbug. Die Prophezeiung ist Humbug. Die Menschheit, die ihre Zukunft verloren hat – Humbug.«

»Und dass mir der halbe Planet gehört? Ist das etwa auch Humbug?«

Ursula kniff die Augen zusammen. »Du musst vor deinen eigenen Leibwächtern fliehen wie ein Dieb. Wie würdest du das nennen? Ein erfülltes, freies Leben?«

653.000.000.000 $

Der Professor schlug den dicken Ordner auf, ließ ihn schwer vor McCaine auf den Tisch fallen und blätterte ihm die Diagramme darin vor. »Hier zum Beispiel. Die möglichen Entwicklungen aller Volkswirtschaften. Wie Sie leicht sehen, haben Sie hier großen Einfluss. Sie können sich fast jedes Land dieser Welt aussuchen und entscheiden, ob Sie seine Wirtschaft zu äußerster Blüte bringen oder aber vollständig ruinieren wollen. Die Nummern der jeweiligen Daten-Sets stehen in den Diagrammen, die zugehörigen Strategien im Anhang. Ein Handbuch zur Weltherrschaft.«

McCaine wendete die Seiten mit spitzen Fingern um. »Es will mir nicht einleuchten, dass derartiger Einfluss nutzlos sein soll.«

»Weil Sie zwei Dinge verwechseln – *Geld* und die *Wirklichkeit*. Alles, was Sie kontrollieren können, ist Geld. Geld ist aber nur eine Fiktion, eine Vereinbarung der Menschen. Wenn Sie das Geld kontrollieren, können Sie die Wirtschaft kontrollieren – aber nur, solange sich alle an die stillschweigenden Vereinbarungen halten. Und auf alles, was nicht Teil des Wirtschaftsprozesses ist, haben Sie so gut wie keinen Einfluss. Zum Beispiel auf die Fortpflanzung.« Collins trat an eines der Schaubilder, klopfte mit dem Handrücken dagegen. »Das ist die Hochrechnung der möglichen Bevölkerungsentwicklungen. Ein bestürzend schmaler Kanal, finden Sie nicht? Noch vor dem Jahr 2000 wird der sechsmilliardste Mensch das Licht der Welt erblicken, das ist unausweichlich. Und diese Zahl wird sich noch einmal verdoppeln, auch daran lässt sich nur marginal etwas ändern.«

McCaine hatte die geballte Faust vor dem Mund, blickte die Kurven düster an und schüttelte nur unwillig den Kopf.

»Und das ist nur die halbe Wahrheit«, fuhr der Wissenschaftler fort. »Denn wenn man sich die Strategien anschaut, die in diesem Diagramm dämpfend auf die Zunahme der Bevölkerung wirken, stellt man fest, dass sie zum Beispiel Versteppung, Wüstenwachstum und Versalzung von Böden fördern.« Er wies auf ein anderes, kleineres Schaubild. »Hier, die Entwicklung des Ackerlandes. Im Jahr 1980 standen pro Erdbewohner 0,31 Hektar fruchtbaren Landes zur Verfügung, im Jahr 2000 werden es nur noch 0,16 Hektar sein. Und die fruchtbaren Böden schwinden, sowohl was ihre Ausdehnung, als auch was ihre Qualität und Ertragskraft anbelangt. Erosion, durch die unvermeidbare Kultivierung noch verstärkt; Versalzung, wo Bewässerung unabdingbar ist, und schließlich Vergiftung fordern ihren Tribut. In fünfundzwanzig Jahren werden vermutlich weniger als 800 Quadratmeter pro Kopf reichen müssen – nur ein besserer Garten also. Wie soll das gehen?« Er ließ die Hand kraftlos herabfallen. »Es *wird* nicht gehen.«

Eine Weile verharrten sie wie eingefroren, ihren Gedanken nachhängend. Dann lehnte sich McCaine bedächtig in seinem Sessel zurück, der dabei ein durchdringendes knarrendes Geräusch von sich gab.

»Ich kann es trotzdem noch nicht glauben«, sagte er. »Was ist zum Beispiel mit Rohstoffen? *Fontanelli Enterprises* hat *de facto* Monopole für zahlreiche Metalle von technisch entscheidender Bedeutung. Wir könnten die Förderung einstellen, wenn wir wollen. Oder Energie? Wir kontrollieren zwar nicht den gesamten Ölmarkt, aber wir können den Preis nahezu beliebig in die Höhe treiben. Das muss doch Effekte haben in Ihren Simulationen.«

Collins hockte sich wieder auf die Kante seines Schreibtischs. »Hat es auch. Aber wenn Sie Druck ausüben auf ein komplexes System, entstehen darin Ausweichstrategien – ganz automatisch, da Sie damit zugleich die Attraktivität alternativer Optionen erhöhen. Nehmen Sie nur die Energie. In dem Maß, in dem der Ölpreis steigt, werden andere Energiesysteme attraktiver, Solarenergie zum Beispiel.«

»Dagegen hätte ich ja nichts.«

»Aber Sie verlieren damit Ihr Druckmittel. Mit Rohstoffen ist es das Gleiche. Dafür gibt es sogar historische Präzedenz-

655.000.000.000 $

fälle. In den Weltkriegen haben die Krieg führenden Parteien versucht, einander durch Boykotte und Seeblockaden von der Versorgung mit Rohstoffen abzuschneiden, die für kriegswichtig gehalten wurden – mit dem Ergebnis, dass Ersatzstoffe erfunden wurden, teilweise mit erheblichen Verbesserungen.«

McCaine legte mit steinernem Gesicht die Hände auf die Sessellehnen. »Ist das also Ihr Ergebnis? Dass alles verloren ist, nur eine Frage der Zeit?«

»Das habe ich nicht gesagt. Mein Ergebnis ist, dass *Ihre* Möglichkeiten der Einflussnahme auf das System nicht ausreichen, den Zusammenbruch zu verhindern. Es liegt nicht in Ihrer Macht, einfach gesagt.«

»Oh, danke«, sagte McCaine.

»Damit ist nicht gesagt, dass man nicht durch weitergehende Einflussnahmen, wie sie etwa durch internationale Zusammenarbeit –«

Der Professor hielt inne, als sein Besucher bei diesen Worten den Kopf in den Nacken legte und einen gellenden Laut ausstieß, der halb Aufschrei, halb Gelächter war.

»Internationale Zusammenarbeit!«, grölte McCaine. »Professor, auf welchem Planeten leben Sie? Wann und wo hat es jemals eine wirksame internationale Zusammenarbeit gegeben? Haben Sie dafür Präzedenzfälle? Ich habe nur Präzedenzfälle für Katastrophen. All die Umweltkonferenzen, die samt und sonders wirkungslos geblieben sind ... Nein, kommen Sie mir nicht damit. Das ist wirklich albern.«

»Wir haben hier die präzisesten, fundiertesten Hochrechnungen, die jemals erstellt worden sind. Wir könnten während einer internationalen Konferenz die Auswirkungen jedes vorgeschlagenen Aktionsprogramms berechnen und den Delegierten noch am selben Tag vorlegen.«

McCaine schüttelte nur schnaubend den Kopf. »Vergessen Sie das.«

»Wir könnten über eine Veröffentlichung der –«

656.000.000.000 $

»Es wird nichts veröffentlicht.«

»Sie sind der Boss.« Collins hagere Gestalt schien in sich zusammenzusacken. »Aber wenn nicht rasch und entschlossen äußerst gravierende Dinge geschehen, kann ich Ihnen nichts mehr anbieten als Hungersnöte und Seuchen jenseits jeder Vorstellung und am Ende eine öde, verpestete, ausgelaugte Erde, auf der zu leben sich nicht mehr lohnen wird.«

Sie warteten vor dem Haus auf sie, in dem Ursulas Eltern ihre kleine Dreizimmerwohnung mit Balkon hatten. Wie aus dem Boden gewachsen stand Marco plötzlich vor ihnen und sagte: »Guten Tag, Mister Fontanelli«, wobei er sich Mühe gab, es nicht vorwurfsvoll klingen zu lassen. Ganz gelang es ihm nicht. Die anderen Männer, die aus einem parkenden Auto stiegen, schauten finster drein und sagten nichts.

Valens wohnten im vierten Stock, einen Aufzug gab es nicht. Sie standen erwartungsvoll in der Tür, als Ursula und John die düsteren Treppen hochgekeucht kamen, zwei bescheiden und bieder aussehende Leute, deren Gesichter beim Anblick ihrer Tochter aufzuleuchten schienen. Sie begrüßten sie, und Ursulas Mutter sagte zwar »Welcome«, beeilte sich aber hinzuzufügen, »I don't speak English«, doch das musste sie mehrmals sagen, ehe John verstand, was sie ihm mitteilen wollte.

Ihr Vater sprach ein paar Brocken Englisch; die Computerfirma, die früher sein Kunde gewesen und heute sein Arbeitgeber war, war die deutsche Niederlassung eines amerikanischen Konzerns, da hatte er sich ein wenig Englisch aneignen müssen. In der Schule habe er nur Russisch gelernt, erzählte er, aber davon könne er nichts mehr. Er lachte viel beim Reden und begrüßte John, als kennten sie sich schon ewige Zeiten. Bei Tisch legte er immer wieder das Besteck beiseite, um sich beiläufig die Handgelenke zu massieren, was, wie John von Ursula wusste, mit seinem Rheuma zu tun hatte.

Ursula selbst sah ihrer Mutter sehr ähnlich, die man für

ihre ältere Schwester hätte halten können ohne das großmütterliche Blümchenkleid, das sie trug, und die graue Kittelschürze darüber. Sie musste die Übersetzerin spielen, weil ihre Mutter viel über John wissen wollte, seine Eltern, seine Geschwister, ob er sich Kinder wünsche und wie viele. Als John daraufhin »zehn« sagte, weigerte sie sich, weiter zu dolmetschen. Aber ihr Vater hatte es verstanden und verriet seiner Frau, was John gesagt hatte, worauf das Gelächter groß war und Ursula rot anlief.

»Hier bin ich aufgewachsen«, sagte Ursula, als sie vom Balkon auf den Kinderspielplatz hinuntersahen. »Da, immer noch die alte Schaukel. Die habe ich geliebt. Und dort hinten bei den Mülltonnen wollte mich ein Junge küssen, als ich elf war.«

»Unpassender Ort.«

»Fand ich auch.«

Die Wohnung war klein und eng und zudem mit Möbeln und allerlei Krimskrams voll gestellt. Ursulas ehemaliges Kinderzimmer wurde von einer mit Hingabe gestalteten Modelleisenbahnanlage beansprucht, die ihnen ihr Vater begeistert vorführte, während ihre Mutter in der Küche letzte Hand an das Abendessen legte. Vor dem Essen gab es Sekt, der nach einer Märchenfigur benannt war – John verstand nicht ganz, welche, und auch nicht, was sie mit Sekt zu tun haben sollte, aber der Sekt selbst schmeckte gut –, und nach dem Nachtisch wurden die Fotoalben herausgekramt, und John bekam Ursula als nacktes Kleinkind, im Kindergarten, bei der Einschulung und halbwüchsig beim Urlaub in Ungarn zu sehen. Sie mussten sich noch Dias von der Reise der Valens nach Gran Canaria ansehen, zur Feier des dreißigsten Hochzeitstages, und als sie sich schließlich verabschiedeten, war es fast Mitternacht und Vater Valen nicht mehr ganz nüchtern.

Es regnete leicht. Die auffallend schweigsamen Bodyguards fuhren sie zu Ursulas Wohnung am anderen Ende der Stadt

658.000.000.000 $

und bleckten nur die Zähne, als John ihnen versicherte, sie diese Nacht nicht mehr zu brauchen.

Als McCaine das Institut am späten Abend verließ, fielen die ersten Tropfen, und bis er vor dem Gasthof in Hartford parkte, in dem er vorbestellt hatte, war ein Wolkenbruch im Gange. Er war der einzige Gast in dieser Nacht und das Zimmer, das er bekam, fast zu groß für einen einzelnen Menschen. Er warf die Reisetasche und seinen nassen Mantel auf das verloren wirkende Doppelbett, trat, ohne das Licht anzuschalten, an die Tür zur Terrasse.

An Schlaf war nicht zu denken. Der Regen prasselte herab, als warte irgendwo wieder eine Arche auf die große Flut, und Blitze zuckten und Donner krachten, als gelte es, den Himmel in Stücke zu hauen.

659.000.000.000 $

38

WIE KONNTE DAS sein? Er hatte doch alles getan, was getan werden konnte, hatte Nächte geopfert, Freunde, Beziehungen, hatte gehungert für das Studium, hatte sich wirklich nicht geschont, nein, das hatte er nicht – und dennoch ...

Wie konnte das sein? Es hatte alles so gut zusammengepasst. Das Schicksal hatte ihn für diese Aufgabe bestimmt, dessen war er sich immer sicher gewesen. Die Vorsehung hatte ihm die Schritte geleitet, hatte ihn an den Platz gestellt, an dem er schließlich gestanden hatte, als es endlich so weit gewesen war ... Er hatte ein Leben daran gegeben, seiner Bestimmung zu folgen, das konnte man mit Fug und Recht sagen. Nicht nur eines. Und dennoch sollte alles vergebens gewesen sein?

Unvorstellbar. Unmöglich.

Unerträglich.

McCaine starrte durch die Scheibe hinaus in das Toben der Elemente, die Hand auf das kühle Glas gepresst, den eigenen Puls in den Fingerspitzen pochen fühlend. Der Regen peitschte mit Wucht gegen das Fenster, wurde zu blasigen Schlieren, duckte sich unter der Gewalt des Sturms. Die Straße drunten war nicht mehr zu sehen, nicht einmal, wenn wieder ein Blitz aufflammte, siedend-grell, blauweißes Licht von ungeheurer Gewalt, Schattenrisse hinter staubig-nebligen, aufleuchtenden Schleiern auf den Netzhäuten seiner starren Augen zurücklassend. Irgendwo riss und schlug ein Fensterladen, ein Hund heulte erbärmlich, als würde ihm das Fell bei lebendigem Leib abgezogen, doch beides waren nur

660.000.000.000 $

schwache, leblose Hintergrundgeräusche, die kaum durch das Toben des Sturms hindurchdrangen.

Und die Donnerschläge, Explosionen von Weltuntergangsgewalt, schädelspaltend, einem das Blut zu Staub werden lassend. Er stand nur und ließ es geschehen, ließ sich vom Widerhall der kochenden Gewalten durchschauern, alles, wenn es nur ein wenig von der Verzweiflung löschen mochte, die in ihm brannte und loderte, dass es ihn verzehrte.

Zu spät. Zu langsam. Was er geahnt hatte, die Hochrechnungen des Professors hatten es ihm bestätigt. Er hatte zu spät begonnen mit dem, was getan werden musste. Er hatte zu lange gewartet. Was er immer befürchtet hatte, seit die Vacchis ihn aus dem Haus gejagt hatten.

Er hatte versagt ... Nein. Das konnte nicht sein, konnte nicht, konnte nicht. Er hatte alles getan, alles gegeben, er hatte seinen Teil erfüllt, wahrhaftig. Es war an der Vorsehung selbst, den ihren zu erfüllen.

Wieder ein Blitz und ein Donner, zugleich diesmal, auf ihn herabfahrend wie das Strafgericht Gottes. Er fuhr von der Scheibe zurück, geblendet, taub, glaubte sich einen Herzschlag lang in Stücke gerissen und hätte gejubelt, wäre es so gewesen. Die Krawatte würgte ihn, er riss sie sich vom Hals, riss sich das Jackett herunter, warf beides achtlos in die Dunkelheit hinter sich. Es wollte ihm nicht in den Schädel – diese ungeheuren, diese unvergleichlichen Mittel, die ihm in die Hände gegeben waren, diese nie vorher da gewesene Macht, dieser alle Vorstellungskraft sprengende Reichtum, all das sollte nichts sein, sollte nicht reichen, den Lauf der Welt aus der Bahn des Verderbens umzuleiten in eine Bahn anhaltenden Lebens, eine Bahn, die in eine Zukunft führte, die diesen Namen auch verdiente? Sollte es wirklich so sein, dass kein Plan das bewirken können sollte? Er war sich so sicher gewesen, immer. Eine glühende Zuversicht, die ihn getragen hatte in Nächten, in denen er keine Kohle gehabt hatte, um sein Zimmer zu heizen, und in Pullovern und Mänteln am Tisch

661.000.000.000 $

gesessen hatte, den Kugelschreiber in den behandschuhten Händen, schreibend, lesend, lernend. Eine Zuversicht, so klar wie die, dass jeden Morgen die Sonne aufgeht, die ihn getragen hatte in Momenten der Verzweiflung, in den ersten Tagen seiner Selbstständigkeit, als Aktien fielen, in die er investiert hatte, Investoren ihr Geld zurückforderten ... Immer war er sich sicher gewesen, nein, hatte er *gewusst,* dass es gut ausgehen würde. Denn die Vorsehung hatte ihm diesen Weg bestimmt, hatte ihn ausgewählt unter allen Menschen, eine ganz besondere Aufgabe zu erfüllen.

War das nicht mehr so? War es am Ende nie so gewesen?

Aber diese ganzen glücklichen Zufälle! So viele Fügungen, die ihm den Weg geebnet hatten, Ereignisse, die ihm geholfen hatten, die herbeizuführen aber nicht entfernt in seiner Macht gestanden hätte. War das alles ...? Nein, das konnte keine Selbsttäuschung gewesen sein. Alle Statistik, alle Wahrscheinlichkeit sprach dagegen. Unmöglich. Er war geleitet und geführt worden, die ganze Zeit, all die Jahre, sein Leben lang.

Es reicht nicht für alle, hatte Professor Collins zum Schluss gesagt. Seine Augen hatten gebrannt, seine Lunge, sein Herz. Kein Fehler in den Strategien, kein Fehler im Modell selbst, nichts, das eine Hoffnung geboten hätte. *Es reicht nicht für alle.* Die Erde, nicht groß genug, um allen Menschen eine Zukunft bieten zu können, ein lebenswertes Leben in Würde, Sicherheit und Gesundheit. Nicht reich genug. Die Zahlen bewiesen es. Die Diagramme waren eindeutig. Nüchterne, gnadenlose Berechnungen ließen keinen Zweifel.

Konnte es sein, dass Gott das wollte? Hatte er es sich anders überlegt seit den Tagen der Prophezeiung? Hatte er beschlossen, die Menschheit doch auszulöschen?

McCaine knöpfte sich das Hemd auf, zerrte es aus der Hose, zerrte es sich vom Arm, schleuderte es davon. Sein Blick fiel auf den Nachttisch neben dem Bett. Eine Schublade. Er stürzte hin, zog sie auf. Ein Buch darin, die Bibel. Noah, wie war das mit Noah gewesen? Er blätterte das Buch auf, aber es war nur die Gideonsbibel, das Neue Testament in drei Sprachen, aber er hätte das Alte Testament gebraucht. Noah. »Der Herr sprach, ich will die Menschen vertilgen von der Erde, vom Menschen bis hin zum Vieh und bis zum Gewürm und bis zu den Vögeln unter dem Himmel, denn es reut mich, dass ich sie gemacht habe.« Lange her, dass er das in der Schule gelernt hatte. Er erinnerte sich nur noch dunkel.

»Bin ich der zweite Noah?«, fragte er in die Dunkelheit hinein, lauschte dem Klang seiner eigenen Stimme nach. Lauschte auf ein Zeichen, aber es kam keines.

Er blieb auf dem Bett sitzen, sah dem prasselnden Wasser an der Scheibe zu und der Straßenlaterne, die verschwommen dahinter sichtbar war und auch, dass sie schwankte unter dem Sturm. Noah hatte die Arche gebaut, ein gewaltiges Schiff, in das er von jeder Tierart ein Paar und von jeder Pflanze eine Probe eingeladen hatte. Eine Legende, natürlich, aber heutzutage wäre es machbar. Ein Bunker, in einem abgeschiedenen Landstrich errichtet, getarnt und gesichert, darin das Wissen der Welt in Datenbanken, auf CD-ROMs oder Mikrofilm gesichert, dazu Genproben aller bekannten Spezies ... Teuer, ja, aber machbar. Ohne Zweifel würden die Mittel von *Fontanelli Enterprises* für ein solches Vorhaben reichen.

Er spürte die Kälte in seinen Körper kriechen, aber er saß da und starrte, reglos, nur noch atmend, während sein Herz gefror. War das in Wahrheit die Aufgabe, die ihm bestimmt war? Dafür zu sorgen, dass das Wissen der Menschheit die dunklen Jahre oder Jahrhunderte überstand, sodass eines Tages ein neuer Anfang möglich sein würde? Es kam ihm so elend vor. So feige. Auf den Zusammenbruch warten zu müssen ...

Die Computer des Professors würden ihn rechtzeitig warnen. Es blieben noch ein paar Jahre, Jahrzehnte wahrscheinlich. Er konnte sich überlegen, wer gerettet werden sollte, konnte Vorkehrungen für ein Überleben im Bunker treffen – und dann? Später? Wohin würden die letzten Menschen zurückkehren? In eine verseuchte, ausgemergelte Welt? In radioaktive Wüsten? In Ruinen?

Nein. Das war erbärmlich. Das hatte nichts von jener Großartigkeit, die er immer gespürt hatte in dem, was die Vorsehung mit ihm und für ihn bewirkt hatte. Das konnte nicht sein.

Es reicht nicht für alle. Die Worte hallten in seinem Kopf wider wie ein grausiges Mantra, wie ein Urteilsspruch, das Urteil über alle Menschen, auf seinen Schultern abgeladen. Er stemmte sich in die Höhe, knöpfte sich, schwankend unter der Last, die Hose auf und ließ sie fallen, streifte die Schuhe ab, die Hose hinterher.

In diesem Augenblick spürte er es, im Hintergrund seines Bewusstseins, einen Gedanken, so groß und gewaltig und furchtbar, dass er nicht auf einmal gedacht werden konnte, eine Erkenntnis so fundamental und folgerichtig, dass einem das Herz stehen bleiben mochte, wenn man sich ihr zu leichtfertig aussetzte. Er verharrte, wusste nicht, was tun. Der Gedanke stieg auf, ein Eisberg auf Kollisionskurs, ein herabstürzender Komet, ein Gedanke, der von einem Titanen gedacht werden musste, nicht von einem sterblichen Menschen.

Der Zusammenbruch ...

Eines Tages würde es so weit sein, noch unvorstellbar heute, aber so vieles war einmal unvorstellbar gewesen und dann doch geschehen, so vieles war vorhergesagt worden, verlacht worden und später tatsächlich eingetreten. Und so würde es eines Tages geschehen: das Ende der Zivilisation. Das Ende der bekannten Welt.

Die Unterwäsche brannte ihm plötzlich auf der Haut. Er streifte die Socken ab, zog alles aus, stand nackt in der Nacht, den Aufprall erwartend.

Der Zusammenbruch ...

664.000.000.000 $

Vielleicht eine Seuche, gegen die es kein Gegenmittel gab. Ein Virus, tödlich wie AIDS und ansteckend wie die Grippe. Oder eine lokale Katastrophe, ein berstendes Atomkraftwerk in Europa etwa, und in der Folge gewaltige Wanderungsbewegungen, Übergriffe, Kriege. Umkippeffekte, Zusammenbruch der Nahrungsversorgung, der Energieversorgung ...

Da kam der erste Splitter dieses zermalmenden, verheerenden Gedankens, brach über ihn herein mit strahlender Klarheit, unvergleichlich, herrlich in seiner Schrecklichkeit, in seiner kristallinen, gottgleichen Unausweichlichkeit.

Je später der Zusammenbruch geschieht, erkannte Malcolm McCaine in jenem furchtbaren Augenblick, in dem sich der Vorhang der göttlichen Wahrheit vor ihm hob, *desto schlimmer wird es.*

Er sank in die Knie, musste sich vornüberbeugen und den Kopf in den Armen bergen. Er zitterte unter dem, was ihm geschah. Wie ein Blitz war es durch ihn hindurchgefahren, wie verzehrendes Feuer, und obwohl es nun wieder dunkel und still war, war doch diese Erkenntnis zurückgeblieben, und nichts konnte sie wieder aus der Welt schaffen. *Je später der Zusammenbruch geschieht, desto schlimmer wird es.* Desto größer die Zerstörungen, die er auf dem Planeten anrichtete. Desto mehr Rohstoffe, die verbraucht waren. Desto mehr Gift, das verteilt, radioaktiver Müll, der angehäuft, und Ackerland, das zu Wüste geworden war.

Desto mehr Tote, die zu beseitigen waren.

Er schloss die Augen, wollte aufhören zu denken. Aus dieser Erkenntnis folgerte etwas, das ahnte er, das wusste er, aber er wollte es noch nicht denken, wollte es hinauszögern, so lange es ging.

Konnte es sein ...?

Nein. Nicht weiterdenken. Nicht in diese Richtung.

Konnte es sein, dass ...?

Das war nicht einmal von Noah verlangt worden. Nicht einmal von Pontius Pilatus. McCaine fuhr hoch, sah sich ge-

665.000.000.000 $

hetzt um, gab es keine Bar in diesem Zimmer, keinen Alkohol, um die Gedanken zum Stillstand zu bringen?

Konnte es sein, dass seine Aufgabe in Wahrheit war...?
Er keuchte. Sein Herz raste. Er war sich plötzlich sicher, dass der Gedanke, zu Ende gedacht, ihn töten würde, dieser Gedanke, der für einen Titanen bestimmt war, ihm aber die Seele in den Grund bohren würde. Und ja, auch das war Erlösung. Ja.

Konnte es sein, dass seine Aufgabe in Wahrheit war, den Zusammenbruch zu beschleunigen? Und dafür zu sorgen, dass nicht irgendjemand, sondern die richtigen Menschen überlebten – und danach noch eine Welt vorfanden, mit der sich eine Zukunft aufbauen ließ?

Er sank zur Seite, lag mit geschlossenen Augen. Zeit verging. Er hätte nicht sagen können, wie lange er so gelegen hatte, aber der Sturm war abgeflaut, als er sich wieder zu rühren wagte, sich eingestand, noch am Leben zu sein. Ihm war kalt, durch und durch. Sein Herz schlug mühsam, sein Blut schien zu dickflüssigem Sirup geronnen, seine Nase war verstopft.

Nun lag also alles vor ihm. Er quälte sich hoch, zitternd, fühlte sich, als könnte er jeden Moment in Stücke zerbrechen. Aber er sah klar. Sah den Weg vor sich, sah auch den Weg, der hinter ihm lag, verstand, warum alles so hatte kommen müssen.

Natürlich hatten sich ihm diese Zusammenhänge nicht früher offenbaren können. In seinen jungen Jahren war er zu idealistisch gewesen, um sich dieser Verantwortung stellen zu können. Das Wissen um die wahren Zusammenhänge wäre eine Bürde gewesen für ihn, die ihn erdrückt hätte, anstatt ihn zu beflügeln. Gnädig hatte ihn die Vorsehung in der Illusion belassen, er werde für alle Menschen die Tür in die Zukunft öffnen können. Er hatte sich zwar immer gefragt, wie das gehen sollte, aber er hatte vertraut. Das war seine Kraft gewesen.

666.000.000.000 $

Es hatte der Gewissheit dieser beispiellos detaillierten Hochrechnung bedurft, um ihm die Augen für die wahren Ausmaße der Krise zu öffnen. Es war nötig gewesen, ihn in ein Tal tiefster Verzweiflung zu stürzen, um ihn zur Einsicht in die Notwendigkeit dessen zu bringen, was getan werden musste. Ihn schauderte vor der majestätischen Grausamkeit der Natur. Nicht nur das Leben brachte sie, sie brachte auch den Tod. Beides war eins, das eine ohne das andere nicht möglich. Alles Leben war Versuch und Irrtum, war Fülle und Ausmerzung des Untauglichen.

Vor dieser Dimension des Göttlichen hatte er immer die Augen verschlossen, ganz befangen im Denken seiner Zeit. Aber wo gelebt wurde, musste auch gestorben werden. Ohne dieses Gleichgewicht war keine Zukunft, war keine Dauer möglich. Dieses Gleichgewicht hatte er immer gesucht in seinen Plänen, seinen Berechnungen, aber er hatte es nicht finden können, weil er nicht bereit gewesen war, den Preis zu bezahlen, um den allein dieses Gleichgewicht zu haben war.

Er kam nicht auf die Beine, also robbte er über den rauen Teppichboden auf das Bett zu, schob Reisetasche und Mantel über Bord und kroch unter die Decke. Wie lange hatte er so dagelegen, nackt in der Kälte? Mühsam drehte er den Kopf. Die Ziffern der Digitaluhr blinkten sinnlos, es musste einen Stromausfall gegeben haben. Er rieb sich die Arme und Schultern, aber es schien nicht so, als würde er von alleine warm werden. Er brauchte eine heiße Dusche, egal wie spät es war.

Während das Wasser auf ihn herabpladderte, schmerzhaft wie Nadelstiche, und es überall zu kribbeln anfing, dachte er wieder an den blonden Halbaffen in dem Auto, der ihm mit primitivem Triumph die Vorfahrt genommen hatte, diesen breitschultrigen *homo erectus,* der vermutlich nur Ficken und Fahren im Kopf hatte. Was für eine Daseinsberechtigung, die Frage musste doch einmal ganz vorurteilsfrei erlaubt sein,

667.000.000.000 $

sollte es für eine derart primitive Existenz geben? Menschen – ach was, *Wesen* wie diese beiden waren nur Nutznießer der Arbeit anderer, produktiver Menschen, Menschen wie er selbst oder die Leute, die für ihn arbeiteten. Wertvolle, nützliche Menschen. Menschen mit Verstand und Geschmack, die etwas aus sich zu machen suchten, die Ziele im Leben verfolgten, die versuchten, für ihre Mitwelt nützlich zu sein. Aber es gab nicht nur Menschen wie diese. Es gab auch noch diese Parasiten, und jede Menge davon. Es war absolut unnötig, dass solche Halbmenschen am Leben erhalten wurden, wenn es ohnehin knapp wurde.

Da es nicht für alle reichen wird, muss dafür gesorgt werden, dass es für die Richtigen reicht.

Malcolm McCaine ließ sich den heißen Strahl über das Gesicht laufen und dachte flüchtig darüber nach, dass es schwierig werden würde, John Fontanelli an dieser Einsicht teilhaben zu lassen.

Nach dem Aufwachen brauchte John einen Moment, ehe er wieder wusste, wo er war. Eine milde Sonne glomm durch eines der Dachfenster, ihr Licht hatte ihn in der Nase gekitzelt und damit aufgeweckt. Ursulas Wohnung war klein, bestand, je nachdem, wie man Mauervorsprünge und Raumteiler zu werten bereit war, aus ein bis zwei Zimmern und einem Bad, aber das alles war ideenreich in das komplizierte Dach hineingebaut und interessant anzusehen. Und obwohl man den meisten Möbeln ansah, dass sie nicht viel gekostet hatten, ging ein Zauber von allem aus, der einen sich spontan wohl fühlen ließ.

Ursula lag halb aufgedeckt neben ihm, und als ob sie gespürt hätte, dass er sie beobachtete, erwachte sie auch, blinzelte ihn verschlafen an und lächelte dabei. »Sieht aus, als gefalle ich dir«, murmelte sie undeutlich.

»Sieht so aus«, grinste John.

Sie wälzte sich herum, was ebenfalls ein attraktiver Anblick war, und langte nach dem Wecker. »Oh. Heute ist Samstag, oder?«

»Falls sie nicht den Kalender geändert haben.«

»Mach keine Witze. Heute könnte unsere schöne Romanze ein abruptes Ende nehmen.«

»Lass mich raten. Du willst mir deinen Ehemann vorstellen, und der ist Boxer.«

»Viel schlimmer. Ich will dir meinen Großvater vorstellen, und der ist ein alter Nazi.«

John fand Ursulas Nervosität merkwürdig. Schließlich wollte er ja nicht ihren Großvater heiraten, oder? Aber darauf reagierte sie nur mit einem angespannten »Warten wir's ab«. Sie schien sich wahrhaftig zu sorgen, er könne sie wortlos stehen lassen und die Flucht ergreifen. Das musste ja ein Viech sein, dieser Großvater. Allmählich wurde er regelrecht neugierig auf ihn.

Auf der Fahrt zum Altersheim war Ursula seltsam aufgekratzt, redete fortwährend mit den Bodyguards, wollte wissen, wie sie das eigentlich bewerkstelligten: die ganze Nacht ein Haus zu bewachen und am Morgen trotzdem ausgeruht und wie aus dem Ei gepellt auszusehen. Marco erläuterte ihr bereitwillig das Schema, wer von wann bis wann in dem Hotelzimmer, das sie sich in so einem Fall in der Nähe besorgten, schlafen und duschen durfte, wie sie es mit den Autos machten und wie man in einem Auto frühstückte, ohne es zu versauen.

»Es gibt noch Hoffnung«, erklärte sie später, als sie durch das Portal des Heims traten. »Mir ist vorhin eingefallen, dass Großvater ja kein Wort Englisch spricht.«

John musste grinsen. »Das wird dann ganz schön langweilig, wenn er seine Kriegsgeschichten erzählt.« Zwei der Leibwächter gingen hinter ihnen. Ursula hatte Recht: Zum ersten Mal seit Tagen sah man ihnen wieder hinterher.

»Er erzählt keine Kriegsgeschichten«, sagte Ursula finster.

669.000.000.000 $

»Er war Ausbilder bei der Totenkopf-SS. Er ist ein in der Wolle gefärbter Nazi, und Hitlers *Mein Kampf* kann er auswendig.«

Er drückte ihre Hand, in der Hoffnung, sie dadurch zu beruhigen. »Er spricht kein Englisch, ich kein Deutsch. Du kannst mir alles erzählen, ich werde es wohl glauben müssen.«

Josef Valen sprach tatsächlich kein Englisch.

Aber Italienisch, und das besser als John selbst.

»Ich war drei Jahre lang in Italien stationiert, auf Befehl von Reichsführer SS Himmler persönlich«, kam die Erklärung militärisch-zackig. »Verbindungsoffizier zu den italienischen Kameraden. Eingehendes Sprachstudium war obligatorisch, ich sollte einsetzbar für Geheimdienstaufgaben werden. Das hat sich später geändert, aber die Sprachkenntnisse sind geblieben.«

Ursula hatte sich entgeistert setzen müssen. John war mehr als verblüfft. Ursulas Großvater war steinalt und saß im Rollstuhl, aber John hatte selten jemanden kennen gelernt, der so hellwach und auf Draht gewesen war wie Josef Valen.

Und er verstand, warum Ursula Angst hatte. Etwas Böses ging von dem alten Mann aus, ein Fluidum von Erbarmungslosigkeit und Härte, das einem unwillkürlich die Nackenhaare aufstellte. Er trug die wenigen Haare kurz geschnitten und streng gescheitelt, und seine klaren, grauen Augen musterten John, wie ein Wolf ein Beutetier angesehen hätte. Man konnte sich von diesem Mann ohne weiteres vorstellen, dass er Frauen und Kinder erschossen hatte. Und man hatte Angst, danach zu fragen, weil man die Antwort nicht wissen wollte.

»Sie sind also dieser berühmte John Salvatore Fontanelli«, sagte Josef Valen. Er deutete auf einen der Stühle, die an der Wand standen. »Nehmen Sie Platz. Mein Sohn hat Sie angekündigt; es ist mir eine Ehre.«

670.000.000.000 $

»*Grazie*«, murmelte John und setzte sich. Ursula hatte eine Hand vor den Mund gelegt und Panik im Blick.

Valen drehte seinen Rollstuhl ein wenig zur Seite. »Ich habe viel über Sie gelesen, *Signor Fontanelli*. Natürlich habe ich nicht ahnen können, dass ich Sie eines Tages kennen lernen würde. Was mich fasziniert hat, war, von dieser Prophezeiung zu erfahren.«

»Ja«, nickte John mit wachsendem Unwohlsein. »Mich auch.«

»Der Menschheit die verlorene Zukunft zurückgeben ...« Der alte Mann hielt den Blick seiner kalten grauen Augen unverwandt auf John gerichtet, forschend. »Ich habe mich immer gefragt, ob Ihnen klar ist, wann die Menschheit ihre Zukunft eigentlich *verloren* hat?«

John lehnte sich zurück, bis er die Wand hinter sich hart im Rücken spürte. War es kalt im Zimmer geworden, oder bildete er sich das ein? »Offen gestanden«, erwiderte er zögernd, »nein.«

»1945«, sagte Valen. »Als die jüdische Weltverschwörung unser Vaterland in die Knie gezwungen hat. Als sich gezeigt hat, wie fest die jüdischen Kapitalisten Amerika im Griff haben.«

Irgendwie, überlegte John, hätte ihm klar sein müssen, dass er so etwas zu hören bekommen würde. »Ah, ja«, nickte er. Auch das hier würde vorübergehen. »Ich verstehe.«

»Sagen Sie nicht ›ja, ich verstehe‹! Sie verstehen es *nicht*, das sehe ich Ihnen doch an!«, bellte der alte Mann. »Adolf Hitler war von der Vorsehung ausersehen, die Zusammenhänge zu erkennen, sich frei zu machen von der Verblendung durch eine Irrlehre, die seit Jahrhunderten die Menschen vergiftet, und zu handeln. Und er *hat* gehandelt.« Valen beugte sich vor und richtete den knochigen Finger auf ihn. »Ist Ihnen überhaupt klar, dass Hitler dasselbe gewollt hat wie Sie?«

John schnappte nach Luft. »Wie ich?«

»Die Zukunft der Menschheit erhalten – natürlich! Das war

671.000.000.000 $

es, worauf er hingearbeitet hat. Ihm war klar, dass die Welt begrenzt ist, dass sie nicht reichen kann für alle. Dass es Kampf geben muss um Boden und Bodenschätze. Und er hat verstanden, dass dieser Kampf von der Natur so gewollt ist, dass sich die Rassen in ihm bewähren müssen, dass nur der Kampf es ist, der sie stark erhält.«

»Wäre allgemeine Empfängnisverhütung nicht die originellere Idee gewesen, das Problem zu lösen?«, fragte John spitz.

»Sie verstehen nicht, *Signor Fontanelli*. Die Natur wirft die Lebewesen in die Welt, und dort müssen sie sich bewähren. Der Schwache stirbt, der Starke lebt – das ist das Gesetz der Natur, das aristokratische Prinzip des Lebens selbst. Die Natur kennt keine Empfängnisverhütung, sie kennt nur Überfluss und Ausmerzung dessen, was nicht lebensfähig ist. Nur das Lebenstüchtigste soll bleiben, so will es die Natur. Und heute? Schauen Sie sich doch um – da wird sich gepaart ohne jedes Rassenbewusstsein, da wird jeder Erbkranke und Debile mit allen Mitteln am Leben erhalten und darf sich fortpflanzen, und was ist das Ergebnis? Das Erbgut verwässert und verdirbt. Die weißen Rassen, die eigentlichen Träger der menschlichen Kultur, sind alle krank bis ins Mark. Degeneration, verstehen Sie? Die Welt, in der wir leben, ist eine Welt der Entarteten und Lebensuntauglichen, und deshalb ist sie dem Untergang geweiht.«

John wollte etwas sagen, wollte dem Schwall gnadenloser Worte Einhalt gebieten, aber er wusste nicht, wie.

»Die Menschheit muss sich wieder der Weisheit der Natur unterwerfen, oder sie wird aussterben. Das ist der einzige Weg, *Signor Fontanelli*«, fuhr Josef Valen fort. »Aber die Weisheit der Natur ist grausam. Sie hat keinen Platz für Pazifismus und Mitleidsreligionen, sie kennt nur das Gesetz des Stärkeren. Der Starke unterwirft die Schwachen, und mit diesem Sieg beweist er sein Lebensrecht. Im Dritten Reich ging es nicht darum, einfach zu erobern – es ging darum, die Menschen selbst zu verbessern, es ging darum, den Fortbestand der Art zu sichern. Verstehen Sie? Der Fortbestand der Art, das war das Ziel. Dasselbe Ziel, das Sie verfolgen ...«

»Eine Frage, *Signor* Valen«, unterbrach John ihn mit einem Herzschlag, der bis hinauf in die Kehle spürbar war. »Sie sehen nicht mehr gerade wie ein Ausbund an Gesundheit und Fitness aus. Aber Sie dürfen hier leben und werden gepflegt – dagegen haben Sie aber nichts, oder?«

Josef Valen rollte heran, so nahe, dass John fast schlecht wurde von seinem Mundgeruch, und zischte: »Ich verhöhne sie alle, und diese Feiglinge erdulden es. Ich spucke auf ihr erbärmliches Mitleid, aber sie ertragen es. Also verdienen sie es nicht anders. Sklavennaturen, allesamt!«

»Gut zu wissen. Ich ertrage es nämlich nicht mehr.« John stand auf und trat einen Schritt zurück. »Es hat mich nicht gefreut, Sie kennen zu lernen, *Signor* Valen, und ich hoffe, es gibt kein Wiedersehen. Sterben Sie wohl.« Damit ging er, und später sollte er sich eingestehen müssen, dass es ihm in diesem Augenblick egal gewesen war, ob Ursula ihm folgte oder nicht.

Aber sie folgte ihm, und er legte den Arm um sie und spürte, wie sie bebte. Sie hörten den alten Mann lachen, und John hörte ihn ihm nachrufen: »Sie gefallen mir, Fontanelli! Warten Sie's ab, eines Tages werden Sie doch das Richtige tun ...!«

Dann waren sie ums Eck, und ein quietschend näher kommender Rollstuhl übertönte den unverständlichen Rest.

»Ich hasse es«, murmelte John, mehr zu sich selber als zu irgendjemandem sonst. »Wenn mir noch einmal jemand vorhersagt, dass ich das Richtige tun werde, fang ich an zu schreien ...«

»Er ist nach dem Krieg zu fünfundzwanzig Jahren Gefängnis verurteilt worden«, erzählte Ursula auf dem Weg zum Flughafen. »Was vermutlich Glück war für meinen Vater, auf diese Weise ist er ziemlich unbelastet aufgewachsen. Er war ein

673.000.000.000 $

Nachzügler, er hatte zwei ältere Brüder, die in den letzten Kriegstagen im Volkssturm umgekommen sind.«

»Ich verstehe nicht, dass ihr euch überhaupt noch mit ihm abgebt.«

»Ich auch nicht. Irgendwie kommt mein Vater nicht von ihm los. Ich denke manchmal, er will ihm etwas beweisen. Vielleicht, dass Liebe den Hass besiegt oder so, keine Ahnung. Ich fand es immer nur grässlich, wenn wir ihn besuchen mussten, in irgendwelchen Gefängnissen oder Krankenhäusern, und er uns mit seinen Sprüchen traktiert hat.«

John spähte aus dem Fenster. Ein Flughafenangestellter schob das Gittertor beiseite und gewährte ihnen freundlich lächelnd die Durchfahrt aufs Rollfeld, wo der Jet schon bereitstand, der sie nach London bringen würde. »Von mir aus brauchst du ihn nie wieder zu besuchen«, sagte er.

McCaine hatte zwei Stunden telefonischer Unerreichbarkeit verhängt. Er saß vor dem Panorama der frisch gewaschen in der Oktobersonne glänzenden Londoner Innenstadt, die Lehne des Sessels zurückgestellt, die Beine hochgelegt, eine Aktenmappe mit einer Reihe höchst brisanter Zahlen auf dem Schoß, den Blick in vage Unendlichkeit gerichtet, und dachte darüber nach, wie die Menschheit sterben würde. Oder zumindest deren unnützer Teil.

Hunger bot sich natürlich an. Hunger, das war ein stiller, unauffälliger Tod. Jedes Jahr starben Millionen Menschen hungers, und das schon seit Jahrzehnten, ohne dass es merklich auf die öffentliche Meinung Einfluss gehabt hätte. Verhungernde Menschen waren auch zu schwach, um Kriege anzetteln zu können; ebenfalls ein Argument, das für Hunger als Waffe sprach.

Ein Minuspunkt war, dass Hunger, betrachtete man die Zahlen, tatsächlich nicht durch Mangel an Nahrung, sondern durch Mängel in der Verteilung verursacht wurde. Menschen verhungerten nicht, weil es nichts zu essen gab, sondern weil sie nicht genug Geld hatten, um sich etwas zu kaufen. Es würde beträchtliche Aufmerksamkeit erfordern, die internationale Logistik auszubauen und die weltweiten Handelsbeziehungen umzugestalten, ohne daran etwas zu ändern. Es würde doppelt schwierig werden, das alles zu tun, ohne Verdacht zu erregen.

Ein beträchtlicher Minuspunkt. Fast schon ein Ausschlusskriterium.

McCaine betrachtete das Diagramm der Bevölkerungsentwicklung der letzten zweitausend Jahre. Die einzige Delle in dieser ansonsten ständig aufwärts strebenden Kurve war durch eine Seuche verursacht worden, die Pestepidemie in der Mitte des vierzehnten Jahrhunderts, die ein Drittel der europäischen Bevölkerung dahingerafft hatte. Nichts sonst hatte Spuren hinterlassen, nicht einmal der Zweite Weltkrieg.

Seuchen. Pest kam natürlich nicht mehr infrage, dazu war es zu gut heilbar geworden. Aber AIDS sah gut aus, oder? AIDS wurde durch einen Virus hervorgerufen, nicht durch ein Bakterium, und gegen Viren gab es immer noch so gut wie nichts im Waffenarsenal der Medizin. AIDS brachte das Kunststück fertig, so gut wie nicht ansteckend zu sein und sich, aufgrund seines Übertragungsweges über Geschlechtsverkehr, trotzdem unaufhaltsam zu verbreiten. Und von der Ansteckung bis zum Ausbruch der Krankheit verging genug Zeit, um wiederum andere anstecken zu können.

Er blätterte die dünne epidemologische Studie durch, die von einem anerkannten schwedischen Institut stammte. Was da stand, las sich für ihn so: AIDS traf in der Hauptsache diejenigen, die nicht intelligent genug waren, um sich wirksam zu schützen, oder zu triebgesteuert, um es zu tun. Mit anderen Worten, AIDS würde eine positive Auslese bewirken, oder? Dieser Gedanke faszinierte ihn. Er verlieh dem Ganzen dieses Odium von waltender Vorsehung, von Gottgewolltheit, von dem er sich gern leiten ließ.

AIDS sah wirklich gut aus. AIDS war eine Seuche, wie man

675.000.000.000 $

sie besser kaum hätte erfinden können. Die einzige Frage war: Würde es schnell genug gehen?

Diesbezüglich sahen die Statistiken noch entmutigend aus. Die Ansteckungsraten waren gering, verglichen mit der Geburtenrate, und vielerorts gingen sie sogar zurück. Natürlich standen sie erst am Anfang der Entwicklung, aber für einen weiteren Knick in der Bevölkerungskurve reichte es noch lange nicht.

Vielleicht war hier der Punkt, wo es hieß, einzugreifen. Man konnte die entsprechenden Pharmafirmen unter Kontrolle bekommen, die Medikamente unerschwinglich teuer machen und die Forschung an Impfstoffen bis zur Bedeutungslosigkeit reduzieren. Sachliche Gründe dafür ließen sich immer finden; zur Not würde man mit dem *shareholder value* argumentieren, der zurzeit in zunehmendem Maß wieder gesellschaftsfähig wurde und zu einem sakrosankten Grund für jede unternehmerische Entscheidung zu werden versprach.

Das Telefon klingelte, trotz Anweisung. Er griff nach dem Hörer. »Ja? Ah. Verstehe. Mit seiner Freundin? Na, so was! Gut, danke, dass Sie mir Bescheid gegeben haben.« Chris O'Hanlon war der zuverlässigste Berichterstatter unter den Leibwächtern, das musste man ihm lassen.

McCaine schloss die Aktenmappe und trug sie zurück an ihren Platz im Schrank. Er würde sich beizeiten Gedanken machen müssen über eine größere Kontrolle von Lebensmitteln, Saatgut und Impfstoffen, aber nicht heute. Man würde Waffen brauchen, um einst die letzten Festungen der Zivilisation gegen anstürmende Barbaren verteidigen zu können. Auch das erforderte beträchtliche Umschichtungen ihres Portefeuilles, und er hatte noch nicht den Schimmer einer Ahnung, wie er John Fontanelli davon überzeugen würde.

676.000.000.000 $

39

Er besass tatsächlich ein Schloss. Sie konnte es kaum glauben, nicht einmal, als sie vor einem schmiedeeisernen Tor darauf warteten, dass die beiden mit dem dunkelroten Fontanelli-*f* verzierten Flügel den Weg freigaben. Nicht genug, dass sie mit einem kleinen Jet geflogen waren, den sie ganz für sich gehabt hatten, und von einer dieser lang gestreckten, schwarzen Limousinen abgeholt worden waren, in der sie sich vorgekommen war wie im Film – nun gab es dieses Schloss, von dem John immer wieder geredet hatte, tatsächlich. Sie hatte es die ganze Zeit für einen Scherz gehalten.

Grau, trutzig, riesig tauchte es hinter dem Hügel auf, ein unglaubliches Anwesen und ihr seltsam unpassend erscheinend für jemanden, der einfach nur Geld besaß, keine auf Generationen von Herrschern zurückblickende Familie. Und die Dienerschaft stand erwartungsvoll Spalier, Hunderte von ihnen, Männer und Frauen in den traditionellen Uniformen ihrer Berufe – Köche, Zimmermädchen, Kellner, Gärtner, Handwerker, Stallburschen und so weiter, und ein wahrhaftiger Butler im steifen Frack trat heran, sobald der Chauffeur den Wagenschlag öffnete, und hieß sie in gestelztem, schmallippigem *Britain English* willkommen.

Hunderte von Augenpaaren auf ihr, als sie ausstieg. Nur nicht stolpern jetzt, keine dumme Bewegung machen, über die wochenlang hinter vorgehaltener Hand getuschelt werden würde. John schien das alles völlig kalt zu lassen, er wirkte auch weder würdevoll noch so, als versuche er, würdevoll zu wirken; inmitten der pompösen Szenerie sah er einfach nur wie ein schlichter New-Yorker Junge aus.

677.000.000.000 $

Ein Schloss, wirklich und wahrhaftig! Die Eingangshalle gab ihr das Gefühl, ein unlängst modernisiertes Museum zu betreten; sie erwartete unwillkürlich, einen Schalter vorzufinden, an dem man Eintrittskarten kaufen musste. Und immer noch Bedienstete, die sie neugierig beobachteten, oder war es Neid, den sie in manchen Augen sah? Sie sehnte sich nach einem kleinen, schlichten Zimmer, in dem sie einfach nur sie selbst sein konnte und wo ihr niemand dabei zusah.

»Man gewöhnt sich schnell daran, glaub mir«, meinte John und nahm ihre Hand. »Komm, ich muss dir etwas zeigen, das glaubst du nicht.«

Treppen hinauf, Gänge entlang, Türen um Türen um Türen, und endlich ein Portal, hoch genug, dass der größte Mensch aller Zeiten zwischen den Türflügeln wie ein Zwerg ausgesehen hätte, dahinter ein Ballsaal in Blau und Gold, mit prächtigen Behängen an den Wänden und riesigen Kristalllüstern an der Decke, und inmitten all der geradezu orientalischen Pracht ... ein gewaltiges vergoldetes Himmelbett! Überquellend von seidenen Kissen und opulenten Decken, überdacht von glitzernden Vorhängen an marmornen Säulen, ein Albtraum in Brokat.

Ursula war sprachlos, und das eine ganze Weile. »Du glaubst doch nicht«, meinte sie endlich, »dass ich in diesem Monsterbett schlafe?«

John grinste nur. »In diesem Monsterbett hat noch nie jemand geschlafen. Das hier ist das *Show-Schlafzimmer* – das ist nur dazu da, von Fotografen fotografiert zu werden. Hollywoodstars haben so etwas, hat der Innenarchitekt erzählt, und er hat gemeint, das bräuchte ich auch.«

Der Swimmingpool schien ihr immerhin zu gefallen, genau wie die beiden Saunen, das Dampfbad und der kleine Wandelgang durch das Gewächshaus mit den tropischen Pflanzen. John blieb am Rand sitzen, baumelte mit den Beinen im

678.000.000.000 $

Wasser und sah ihr nach, wie sie sich treiben ließ, auf dem Rücken liegend, die Augen geschlossen, und wie sanfte Wellen von ihr ausgingen und den Beckenrändern entgegenstrebten. Lichtreflexe tanzten über das in Blautönen gehaltene Deckenmosaik und die künstlichen Felsen, von denen man einen kleinen Wasserfall herabrieseln lassen konnte, wenn man wollte.

»Machst du das?«, fragte sie prustend, als sie zurückgepaddelt kam. »Jeden Morgen ein paar Bahnen schwimmen?«

John grinste verlegen. »Eigentlich eher nicht.«

»Dann verdienst du so ein Schwimmbad nicht.« Sie stieß sich von der Wand ab, tauchte unter, kam wieder hoch und schüttelte den Kopf, dass die langen nassen Haare flogen. Sie sah hinreißend aus.

»Hey«, rief er, »hast du so einen Sichtschutz schon mal gesehen?« Entsprechende Schalter waren, spritzsicher versiegelt, überall entlang des Beckens angebracht. Er drückte einen davon, und wie durch Zauberhand wurden die großzügigen Glasscheiben, die aus der Schwimmhalle hinaus in den Garten gingen, milchig und undurchsichtig. Das war der letzte Schrei und atemberaubend teuer gewesen.

Ursula hatte es mit konsterniertem Blick verfolgt. »Was war denn das?«

»*Piezo*-irgendwas, ich hab die genaue Bezeichnung vergessen. Solange der Strom fließt, ist das Glas absolut undurchsichtig, lässt aber noch genauso viel Licht herein wie vorher.«

»Schön, und wozu?«

»Na ja«, meinte John behutsam, »damit einen niemand beobachten kann. Ich meine, wir ... könnten zum Beispiel nackt baden. Wenn wir wollen. Oder ... alles Mögliche ...«

Es war ein undeutbarer Blick, mit dem sie ihn bedachte. »So heimisch fühle ich mich noch nicht«, sagte sie und verschwand unter Wasser. Lange. Ein farbiger Schemen, der in schimmernden Tiefen dahinglitt.

679.000.000.000 $

»Ich meinte ja bloß«, murmelte John und drückte den Knopf, der dem Glas seine Durchsichtigkeit wieder zurückgab.

Man konnte sich daran gewöhnen. An den elegant gedeckten Frühstückstisch, das immer frische Handtuch neben der immer frisch geputzten Dusche, an die Viertelstunde professioneller Massage vorher. Die Räume, in denen sie tatsächlich schliefen und wohnten, waren durchaus geschmackvoll und gediegen eingerichtet und wie von Zauberhand stets sauber und aufgeräumt. Daran konnte man sich gewöhnen, doch.

Und das war also London, was da jenseits der getönten Scheiben aus Panzerglas zu sehen war. »Ich war jetzt zwei Monate lang nicht im Büro«, hatte John gemeint und sie gebeten, mitzukommen und seinen Partner und Geschäftsführer kennen zu lernen, Malcolm McCaine.

Sie war noch nie in London gewesen, und in Großbritannien auch nicht. Dem Linksverkehr zuzuschauen verursachte ihr gelindes Unbehagen, weswegen sie sich auf die Betrachtung des Stadtbildes konzentrierte. Es gab tatsächlich Männer, die Bowlerhüte und spitz gerollte Regenschirme trugen, unglaublich! Entsprechende Strichzeichnungen in ihrem alten Englischbuch hatte sie immer für Karikaturen gehalten.

Der Name Malcolm McCaine war ihr, wie wohl jedem Erdenbürger, so geläufig wie der Name des amerikanischen Präsidenten. Der Boss von *Fontanelli Enterprises,* dem größten Konzern der Geschichte. Der Mann, der ein Gehalt von hundert Millionen Dollar im Jahr erhielt. Der Mann, den die Hälfte der Wirtschaftsjournalisten für den begnadetsten Manager des Planeten hielt und die andere Hälfte für einen stümperhaften Blender.

Aber sie hätte ihn nicht erkannt, wäre er ihr auf der Straße begegnet. Man hatte ihn so gut wie nie im Fernsehen zu sehen bekommen. Die Zeitungen schienen alle nur ein einziges

Foto von ihm im Archiv zu haben, und dasselbe noch dazu. Van Delft hatte ihr erzählt, vor einem Jahr habe ein australisches Wirtschaftsblatt McCaine zum *Manager des Jahres 1996* erklären wollen, aber er habe dem Reporterteam keinen Fototermin gewährt und kein Interview, sodass das Vorhaben gestorben war.

Der Chauffeur tat ihr den Gefallen, am Buckingham Palace vorbeizufahren, über den Trafalgar Square und ein Stück an der Themse entlang, sodass sie einen Blick auf Big Ben werfen konnte. Es gab sie also alle wirklich, diese legendären Bauwerke! Nach all den Reisen begeisterte sie eine solche Entdeckung immer noch.

Dann Hochhäuser, alte und moderne, Banken und Versicherungen, weltbekannte und unbekannte. Vor einem der Bauten bog der Wagen ab, hielt, Sicherheitsleute schwärmten aus, sahen sich um, als seien sie in ein Kriegsgebiet geraten, und erst auf ihren Wink hin durften sie aussteigen und in das gläserne Foyer eilen. Ein nonchalantes kleines Schild verkündete *Fontanelli Enterprises Headquarters,* so *understated,* dass sie es beinahe übersehen hätte.

Geleitzug zum Aufzug, in dem ein echter Picasso an der Wand hing, effektvoll angestrahlt und sicherlich ebenso effektvoll gegen Diebstahl gesichert. Es ging aufwärts, und mit jedem Meter konnte man sich einbilden zu spüren, wie man dem Mittelpunkt der Welt näher kam, dem einzig gültigen Machtzentrum des ausgehenden zwanzigsten Jahrhunderts. Der Gong, der endlich das Aufgleiten der Türen untermalte, klang, als verkünde er die Ankunft zu Füßen des Throns, von dem aus der Gottvater das Erdenrund regierte.

»Miss Valen«, vernahm sie eine dunkle Stimme, und nun erkannte sie ihn doch. McCaine. Er schüttelte ihr die Hand, verneigte sich leicht, lächelte, sagte: »Erfreut, Sie kennen zu lernen«, und schien es auch zu meinen.

John begrüßte er nicht weniger erfreut. »Gut sehen Sie aus«, erklärte er, »die tropische Sonne hat Ihnen gut getan.

Und Sie haben die Dame Ihres Herzens gefunden, wie ich sehe ...?«

Es war ihr fast peinlich, wie John daraufhin strahlte. Wie ein Schüler, der ein Lob von einem Lehrer erhält, den er anhimmelt. Sie musste wegsehen, die überbordende Pflanzenfülle zwischen den Sitzgruppen ringsum betrachten: Orchideen, Farne und Sträucher, der reinste Urwald unter tief hängenden Tageslichtlampen.

Sie führten sie in den Konferenzraum, dessen Atmosphäre von Macht und Größe ihr fast das Herz stehen ließ, und durch die Büros. Währens Johns Büro unbewohnt wirkte, atmete das McCaines unermüdliche Betriebsamkeit. Die Weltkarte hinter seinem riesigen Schreibtisch, in bestürzendem Maße Fontanelli-rot eingefärbt, verriet, dass hier das eigentliche Zentrum aller Dinge war. John mochte der Besitzer all dessen sein, er war dennoch nur zu Gast.

Dann ging es einen Stock tiefer ins Casino, ein eigenes kleines, luxuriös ausgestattetes Restaurant, wo sie gemeinsam zu Mittag aßen. McCaine gab sich umgänglich, wenn auch die brodelnde Energie, die von ihm ausstrahlte, in manchen Momenten etwas Unheimliches, beinahe Beklemmendes hatte. Er befragte sie nach ihrem Leben und ihren Vorlieben und hörte interessiert zu, wenn sie antwortete, wobei sie jedoch das Gefühl nie ganz los wurde, dass er alles, was sie ihm erzählte, längst wusste.

»Es hat sich eine Menge getan, während Sie unterwegs waren«, sagte er zu John und fuhr, Ursula mit einem kantigen Lächeln bedenkend, fort: »Aber damit will ich Ihre Begleiterin jetzt nicht langweilen.«

John nickte ernsthaft. »Ich komme demnächst wieder regelmäßig ins Büro. Morgen schon, denke ich.«

»Nur keinen Stress«, winkte McCaine ab. »Wir haben alles im Griff. Und dass ich mir ein Privatleben abgewöhnt habe, brauchen Sie nicht zum Anlass zu nehmen, Ihres ebenfalls zu ruinieren.«

682.000.000.000 $

Das Essen war gut. Die Aussicht war traumhaft. McCaine empfahl ihr, erst einmal ausgiebig auf Shopping-Tour zu gehen und dann das Londoner Kulturleben zu erkunden. »Ich bin zwar nicht mehr auf dem Laufenden«, gestand er, »aber wie man mir sagt, ist nach wie vor eine Menge los.« Ursula versprach, darüber nachzudenken.

»Ein bemerkenswerter Mann, dieser McCaine«, meinte sie auf der Rückfahrt zu John.

Der nickte. »Kann man so sagen.«

»Im Grunde macht *er* alles, nicht wahr? Er ist es, der die Geschäfte führt. Der alles entscheidet.«

»Na ja – aber ohne meine Unterschrift geht nichts«, verwahrte sich John sofort. Ursula musterte ihn aufmerksam. Dieses Thema schien ihm unangenehm zu sein.

»Das war nicht als Kritik gedacht«, sagte sie. »Ich habe nur gefragt, weil ich verstehen will, was vor sich geht.«

John blickte grimmig drein. »Er ist Geschäftsführer. Wie der Name sagt, führt er die Geschäfte. Aber er ist mein Angestellter. Ich bin derjenige, dem alles gehört.«

»Aber du unterschreibst das, was er dir vorlegt, oder? Oder sagst du manchmal ›Nein, das machen wir anders‹?«

»Das könnte ich jederzeit sagen, natürlich. Es hat sich bloß noch nie eine solche Situation ergeben. Weil er zufällig ziemlich gut ist und nicht auf dumme Gedanken kommt.«

Sie stocherte in einer Wunde herum, das war sonnenklar. Einer Wunde, von der John nicht einmal wusste, dass er sie hatte. »Kannst du denn das beurteilen?«, fragte sie, von einer eigenartigen Grausamkeit erfüllt, von der sie selber nicht wusste, woher sie kam. »Ich meine, du hast doch weder Betriebswirtschaft studiert noch –«

»Das muss ich auch nicht«, unterbrach John sie. »Ich bin so schweinereich, dass ich überhaupt nichts können oder wissen muss. Trotzdem gehört mir die halbe Welt. Das ist ja das Verrückte.«

Sie hatte unwillkürlich den Atem angehalten. »Das«, sagte

sie vorsichtig, »klingt nicht, als ob du sonderlich glücklich damit wärst.«

»Bin ich auch nicht.« Sein Blick ging starr geradeaus. »Vor drei Jahren war ich noch Pizza-Ausfahrer. Man braucht Zeit, sich in diese Situation hineinzufinden. Das geht nicht von heute auf morgen.« Er machte eine vage Geste. »Klar, McCaine hat das alles studiert, kann alles, hat den großen Plan und so weiter. Meine einzige Entscheidung war, ihn machen zu lassen.«

Sie langte zu ihm hinüber, legte ihm die Hand auf den Arm. »Ist doch okay«, meinte sie leise.

Er sah sie an. »Aber das wird jetzt anders«, erklärte er. »Ich werde mich in Zukunft verstärkt um die ganzen Details kümmern.«

Es war wieder wie immer, nur besser. Es fühlte sich besser an, zur Arbeit zu gehen, wenn man eine wunderbare Nacht hinter sich hatte und eine wunderbare Frau zu Hause wusste. John grüßte jeden, der ihm begegnete, mit strahlendem Lächeln, spürte, während der Aufzug ihn emportrug, das grandiose Gefühl von Siegesgewissheit zurückkehren, marschierte in McCaines Büro und rief: »Und? Haben wir einen Plan?«

McCaine hatte gerade telefonieren wollen, legte den Hörer aber wieder beiseite und sah ihn stirnrunzelnd an. »Einen Plan? Wir hatten schon immer einen Plan.«

John schüttelte den Kopf. »Nein, ich meine Professor Collins. Inzwischen müsste er mit seinen Berechnungen fertig sein, oder?«

»Oh, das«, nickte McCaine langsam. »Ja, klar. Ich war letzten Freitag bei ihm draußen. Er ist fertig mit der ersten Phase. Wir haben bis nach Mitternacht die Ergebnisse diskutiert.«

»Und?«

McCaine schichtete bedächtig die Stapel auf seinem Tisch um, ohne dass man das Gefühl gehabt hätte, er suche etwas Bestimmtes. »Eigenartige Sache mit diesen Computern. Sie

684.000.000.000 $

bringen natürlich keine Ideen hervor. Aber wenn man sie sturheil alle möglichen Kombinationen beliebiger Ausgangswerte durchrechnen lässt, tun sie das völlig leidenschaftslos, ohne jedes Vorurteil. Sie denken nicht: ›Ach, das bringt sowieso nichts!‹ – sie kauen die Zahlen durch und spucken das Ergebnis aus. Und manchmal finden sie auf diese Weise etwas, das gegen jede Erwartung ist – und stoßen einen damit auf Ideen, auf die man anders nie gekommen wäre.« Er sah hoch, musterte John, schien nach Worten zu suchen. »Erinnern Sie sich an die ersten Tage hier in London? Wie ich Ihnen sagte, eines Tages würden die amerikanischen Getreidesilos eine größere Macht darstellen als die Flugzeugträger der US Navy? Genau das ist der Ansatzpunkt.«

»Die Silos oder die Flugzeugträger?«

»Beides. Im Grunde ist es ganz einfach. Die Bevölkerungszahlen wachsen, die Fläche nutzbaren Ackerlandes schrumpft. Was ist die logische Folgerung? Alle Welt ist gezwungen, den Ertrag je Fläche zu steigern. Aber mit herkömmlichen Methoden ist nicht mehr viel zu holen. Was bleibt also?«

John verschränkte die Arme vor der Brust. »Hunger, würde ich sagen.«

»Das – oder Gentechnik.«

»Gentechnik?« Er blinzelte verdutzt. »Sie haben immer gesagt, das sei für uns ein uninteressantes Gebiet.«

»Seit letzten Freitag nicht mehr. Seit letzten Freitag ist es das interessanteste Gebiet überhaupt.« McCaine lächelte maliziös. »Auf gentechnischem Wege wird man Pflanzensorten erzeugen können, die wesentlich ertragreicher sind und zugleich widerstandsfähiger gegen Krankheiten, Schädlinge und andere negative Umwelteinflüsse als alles, was normale Züchtung hervorbringen könnte.« Er hob dozierend den Zeigefinger. »Und vor allem: Den entsprechenden genetischen Code kann man sich patentieren lassen. Das heißt, niemand außer uns darf diese Pflanzen herstellen. Und niemand wird auf Dauer auf unser Saatgut verzichten können, einfach weil ihn

685.000.000.000 $

das Ertragsproblem dazu zwingt. Klingt das wie eine günstige Position für uns?«

John nickte. »Günstig ist gar kein Ausdruck.«

»Es kommt noch besser. Der Markt für Saatgut wird heute schon von einigen wenigen Herstellern beherrscht ...«

»... die wir aufkaufen werden ...«, warf John ein und grinste.

»Selbstverständlich. Aber interessant ist, dass bereits der heutige Stand der Züchtung Sorten hervorbringt, die so genannte *Hybride* sind, also unfruchtbare Kreuzungen nahe verwandter Arten. Einfach gesagt, läuft das Geschäft so, dass Sie Samen kaufen, aus dem wunderbares Getreide oder Gemüse wächst, das aber seinerseits keine Samen mehr hervorbringt oder wenn, dann Samen, die ihrerseits nicht mehr keimfähig sind.«

»Man kann sich also nicht selbstständig machen, sondern muss für jede Ernte neues Saatgut kaufen«, erkannte John staunend.

»Eine Eigenschaft, die man gentechnisch erzeugtem Saatgut natürlich auch einpflanzen kann«, nickte McCaine. »Und das bedeutet, wenn wir es richtig machen, absolute Kontrolle.«

John ließ sich in einen der Sessel fallen, legte die Arme über dem Kopf zusammen und sah beeindruckt zu McCaine hoch. »Das ist genial. Die Staaten werden tun müssen, was wir wollen, weil sie Angst haben müssen, dass wir ihnen sonst kein Saatgut mehr liefern.«

»Obwohl wir natürlich nie offen damit drohen werden.«

»Natürlich nicht. Wann fangen wir an?«

»Ich habe schon angefangen. Leider sind die Börsenwerte dieser Gentechnikfirmen, gelinde gesagt, exorbitant. Wir werden nicht umhinkommen, ein paar Beteiligungen abzustoßen. Und wir müssen uns mal wieder darauf gefasst machen, böses Blut zu erzeugen. Das heißt, die Medien sollten wir alle behalten, um das abdämpfen zu können.«

»Böses Blut? Wer kann etwas dagegen haben, dass wir besseres Saatgut entwickeln?«

686.000.000.000 $

»Gen-Ingenieure sind rar, und zurzeit arbeiten viele in der medizinischen Forschung. Wir werden ein paar Forschungsprojekte kippen müssen, um an geeignete Leute zu kommen.« McCaine rieb sich die Nase. »Ich denke vor allem an die AIDS-Forschung.«

Ursula musterte John über den prachtvoll gedeckten Esstisch hinweg. Er war aufgekratzt aus London zurückgekommen, hatte etwas von einem genialen Plan erwähnt, die Erfüllung der Prophezeiung voranzubringen, und wirkte so euphorisch wie jemand, der unter Drogen stand.

»Gefällt es dir eigentlich, hier zu wohnen?«, fragte sie ihn, als das Gespräch sich endlich etwas zu entspannen begann und gerade keiner der Kellner im Raum war.

Er fuhrwerkte an seinem Nachtisch herum. »Wieso? Ein Schloss, ist doch toll? Wie im Märchen.«

»Wie im Märchen, genau. Ich habe es mir heute mal angesehen.«

»Sag bloß, ein Tag hat dafür gereicht? Ich bin sehr enttäuscht.«

Sie seufzte. »Hast *du* es dir schon einmal angesehen? Warst du schon in jedem Zimmer?«

»War ich schon in jedem Zimmer?« Er sah hoch, zuckte mit den Schultern. »Keine Ahnung.«

»John, ich habe Flure gefunden, in denen auf jeder Türklinke Staub liegt. Es gibt Dutzende von Zimmern, in denen überhaupt nichts ist – völlig leer.«

Er begriff nicht. Sie hätte ihn schütteln mögen. »Staub auf den Türklinken?«, sagte er und runzelte die Stirn. »Das ist ja allerhand. Wofür bezahle ich all diese Leute eigentlich?«

»Du bezahlst sie dafür, dass sie ein Schloss bewirtschaften, das viel zu groß für dich ist«, sagte Ursula finster.

John schleckte den Löffel hingebungsvoll ab. »Weißt du, wo's mir wirklich gut gefallen hat?«, fragte er dann und gestikulierte damit herum. »In meinem Haus in Portecéto. Das

687.000.000.000 $

muss ich dir mal zeigen. Das ist wirklich schön. Im Süden. Italien. Und es ist nicht zu groß. Gerade richtig.«

»Und warum wohnst du dann nicht dort? Wenn es dir dort so gefällt?«

Er sah sie an wie ein Dummchen. »Weil meine Zentrale hier in London ist. Und weil, wenn man es genau betrachtet, das Haus in Portecéto nicht standesgemäß ist.«

»Nicht standesgemäß. Verstehe. Und wer bestimmt das, was standesgemäß ist und was nicht?«

John hob sein Glas und betrachtete den goldgelben Wein darin. »Schau, ich bin der reichste Mann der Welt. Man muss das sehen. Es ist psychologisch wichtig, die Leute zu beeindrucken.«

»Wieso ist das wichtig? Dass du der reichste Mann der Welt bist, weiß inzwischen jedes Schulkind; das musst du niemandem mehr beweisen. Und davon abgesehen, wer sieht dich denn hier? Die nächste Straße ist drei Kilometer entfernt.«

Er sah sie geduldig an. »Der Premierminister zum Beispiel war einmal hier. Nicht Blair, der vorige, Major. Er war beeindruckt, glaub mir. Und das war wichtig.« Er seufzte entsagungsvoll. »Das gehört alles zu McCaines Plan. Ich hab mich auch erst daran gewöhnen müssen. Hey, ich bin der Sohn eines Schuhmachers aus Jersey – glaubst du, ich bin mit goldenen Löffeln aufgewachsen?«

Sie musste wider Willen lachen über das lustige Gesicht, das er dabei machte. Und vielleicht, überlegte sie, sah sie alles ja tatsächlich zu verbissen. Sie dachte an ihre eigene Kindheit und wie oft es in den Gesprächen bei Tisch darum gegangen war, wie etwas Bestimmtes zu bekommen war und wer es einem besorgen konnte. Der Mangel war allgegenwärtig gewesen und Improvisation ständige Notwendigkeit. Zwar ging es für sie seit der Wende aufwärts, aber quasi über Nacht in eine Welt vollkommenen Überflusses geraten zu sein überforderte sie offenbar doch.

688.000.000.000 $

Die Zeit, ins Casino hinabzugehen, gönnten sie sich nur, wenn Gäste zu bewirten waren. Ansonsten kehrten sie zu ihrer Gewohnheit zurück, sich mittags im Konferenzraum einen kleinen Imbiss servieren zu lassen.

»Ist Ihnen eigentlich klar, dass sich Geld in Wirklichkeit nicht vermehrt?«, fragte John bei dieser Gelegenheit.

McCaine musterte ihn kauend. »Wie meinen Sie das?«

»Man sagt das doch immer. Dass man sein Geld auf die Bank tragen soll, damit es Zinsen trägt. Aber wenn ich Geld anlege, stammen die Zinsen, die ich dafür bekomme, von anderen Leuten. Die dafür arbeiten müssen.« In groben Worten umriss John die Erkenntnisse, die er auf Panglawan gewonnen hatte, allerdings ohne auf Einzelheiten einzugehen oder auf den Schock, den ihm jene Entdeckung bereitet hatte – es war einfach zu peinlich, dass ihm diese Zusammenhänge nicht klar gewesen waren: Das war fast so, als hätte er immer noch an den Weihnachtsmann geglaubt und erst jetzt herausgefunden, dass die Geschenke in Wahrheit von seinen Eltern gekommen waren.

»Korrekt«, stimmte McCaine zu. »Geld investieren heißt Geld vermieten. Und der, an den Sie's vermieten, muss zusehen, wie er die Miete zusammenbringt.«

»Und warum erzählen wir es den Leuten dann immer? Ich habe mir unsere Bankprospekte angeguckt – genau der gleiche Stuss. ›Lassen Sie Ihr Geld für sich arbeiten.‹«

»Wir erzählen es, weil die Leute gern an Märchen glauben. Und solange sie an Märchen glauben, fragen sie nicht nach der Wirklichkeit, ganz einfach«, erklärte McCaine. »In Wirklichkeit ist Geld nichts anderes als ein Hilfsmittel, um zwei Dinge zu regeln, die von elementarer Bedeutung sind für das Zusammenleben der Menschen: Erstens, *wer* muss *was* tun, und zweitens, *wer* kriegt *was*. Wenn zwei Menschen miteinander zu tun haben, geht es im Grunde immer darum, dass jeder den anderen dazu bringen möchte, das zu tun, was er will. Und das, was man vom anderen will, ist meistens

689.000.000.000 $

denkbar primitiv: *Gib's mir!* Gib mir dein Stück von der Beute! Gib mir Sex! Gib mir das, was du da hast! So sind wir Menschen gebaut, und weil Geld unsere Erfindung ist, spiegelt es unsere Natur wider – was auch sonst?« McCaine machte eine ausholende Geste mit der Gabel. »Aber das klingt ausgesprochen unsexy, das müssen Sie zugeben. Niemand will das wissen. Glauben Sie mir, die Menschen hören lieber Märchen.«

Allmählich lernte Ursula, einzelne der vielen Hausangestellten wieder zu erkennen. Der Kellner, der den Frühstückstisch deckte, hieß Lance, hatte blasse, kränklich wirkende Haut und abgenagte Fingernägel und redete wenig, meist eigentlich überhaupt nichts. Francesca war eines der Zimmermädchen in ihrem Flügel, eine junge Frau, die einem kaum in die Augen zu sehen wagte und immerfort traurig wirkte, ihre Aufgaben aber mit wahrer Hingabe erledigte. Und der Chauffeur mit den haarigen Händen, der sie zum Einkaufen in die Stadt fuhr, wann immer sie wollte, hieß Innis. Während der Fahrt war es empfehlenswert, entweder mit ihm zu reden oder die Trennscheibe hochzufahren, denn wenn sein Mund nicht anderweitig beschäftigt war, pflegte er zur Unkenntlichkeit entstellte Melodien vor sich hin zu pfeifen.

John hatte ihr eine goldene Kreditkarte gegeben, die auf ihren Namen lautete und deren Limit nach normalen Maßstäben für ein Leben ausgereicht hätte, ganz zu schweigen von einem Monat, aber Ursula machte so behutsam wie möglich Gebrauch davon. Die meiste Zeit bummelte sie nur, beobachtete die Leute, schaute sich an, was sie alles hätte kaufen können, und versuchte die Gegenwart der beiden breitschultrigen Männer zu vergessen, die ihr auf Schritt und Tritt folgten, in dezentem Abstand selbstverständlich. Einmal kam ein Betrunkener auf sie zu und pöbelte sie recht rüde an, in einem Dialekt, den Ursula kaum verstand –

jedenfalls wollte er Geld, so viel verstand sie –, da tauchten die beiden Männer wie von Zauberhand rechts und links von ihm auf und ... na ja, *entfernten* ihn rasch, unauffällig und wirkungsvoll.

Nach diesem Vorfall wurde sie so nachdenklich, dass sie sich kaum noch auf die dargebotenen Parfüms, Modellkleider und Schmuckstücke konzentrieren konnte und sich bald zurückbringen ließ.

Bei einem dieser Stadtbummel durchstöberte sie die größten Buchhandlungen und fand schließlich einen großen Bildband über das Mittelalter, der einen guten Kunstdruck des Porträts von Jakob Fugger dem Reichen enthielt, das Albrecht Dürer gemalt hatte. Sie kaufte den Band, trennte das Bild, das einen ernsten, in schmuckloses Schwarz gekleideten Mann mit strengem, wachem Blick zeigte, heraus, ließ es in einer entsprechenden Werkstatt rahmen und hängte es im Schlafzimmer unübersehbar an die Wand.

»Eröffnest du jetzt eine Ahnengalerie?«, wunderte sich John am Abend.

Ursula schüttelte den Kopf. »Das soll der Erinnerung dienen.«

»Der Erinnerung? Woran? An Jakob Fugger?«

»Daran, dass er sein ganzes Leben lang ein Drahtzieher war. Dass er alles daran gesetzt hat, andere dazu zu bringen, in seinem Sinn zu handeln.«

John sah sie an. Ärger blitzte in seinen Augen auf, als er begriff. »Du hast eine originelle Art, einen schönen Abend zu verderben«, murrte er und drehte sich beiseite.

John ließ sich in großem Stil Unterlagen aus der Buchhaltung bringen, studierte sie eingehend, rechnete Zusammenhänge nach und schreckte nicht davor zurück, den entsprechenden Sachbearbeiter zu sich zu zitieren und zu unklaren Fragen Rede und Antwort zu verlangen. Wenn er allein war, wagte er es, die Wirtschaftsbücher hervorzuziehen, die er in seinem

691.000.000.000 $

Schreibtisch sorgfältig unter Verschluss hielt, und erst wenn ihm die auch nicht weiterhalfen, pilgerte er hinüber zu McCaine.

Das heißt, das erste Mal platzte er hinein mit der Frage: »Seit wann besitzen wir Anteile an Rüstungsfirmen?«

»Bitte?« McCaine sah unleidig von seiner Arbeit hoch. »Ach so, das. Das ist nichts von Bedeutung. Geparktes Geld.«

John wedelte mit der Auswertung. »Das sind *Milliarden*. Bei einem Hersteller von Maschinengewehrmunition, panzerbrechenden Geschossen und Sprengstoffen aller Art.«

»Wir wissen von einem bevorstehenden Großauftrag aus dem arabischen Raum. Den Kursgewinn nehmen wir mit.« McCaine hob die Hände wie jemand, der sich ergeben will. »Das geht alles über einen Strohmann, und der wird das danach in Gentechnikwerte umschichten. Wir müssen vorsichtig agieren, sonst treiben wir die Kurse unnötig in die Höhe.«

John blinzelte verwirrt, dunkel die Zusammenhänge ahnend. »Ach so«, sagte er, und als McCaine Anstalten machte, sich wieder seinen Unterlagen zuzuwenden, zog er sich mit verhaltenem Dank zurück.

Aber am nächsten Tag fand sich schon wieder ein Punkt, der ihm derartige Rätsel aufgab, dass er erneut zu McCaine hinübermusste.

»Haben Sie einen Moment Zeit?«, fragte er höflich.

McCaine saß vor einem seiner Computer und starrte auf eine Wüste von Zahlen. Ein Anblick, von dem er sich offensichtlich nur schwer lösen konnte. »Wieder was entdeckt?«, fragte er knapp, in Gedanken ganz woanders.

»Ja, kann man wohl sagen.« John sah auf das Blatt hinunter, das er in Händen hielt. »Nach dieser Aufstellung hier haben wir einer Firma namens Callum Consulting allein im letzten Jahr über dreihundert Millionen Pfund an Beraterhonoraren gezahlt.« John sah ungläubig auf. »Was um alles in der Welt ist das für eine Firma?«

692.000.000.000 $

»Eine Unternehmensberatung«, erwiderte McCaine unwillig. »Das sagt doch der Name.«

»Eine Unternehmensberatung?«, echote John. »Wozu brauchen wir eine Unternehmensberatung? Noch dazu zu solchen Honoraren? Das sind ja ... das ist fast eine Milliarde Dollar?«

McCaine stieß einen explosionsartigen Seufzer aus, drehte sich mit seinem Sessel von dem Bildschirm weg und stand auf. Es war eine ruckartige, bedrohlich wirkende Bewegung, wie ein Boxer, der zur ersten Runde aus seiner Ecke kommt. »Diese Leute haben für uns gearbeitet. Überall auf der Welt. Hoch qualifizierte Leute, die besten, die man für Geld und gute Worte bekommen kann. Und genau solche Leute brauche ich für das, was wir vorhaben. Weil ich nämlich nicht alles allein machen kann, verstehen Sie?«

»Ja, aber ich bitte Sie, Malcolm – eine Milliarde Dollar an Beraterhonoraren! Das ist doch Irrsinn!«

McCaine schüttelte die Schultern und sah immer noch aus wie ein schlecht gelaunter Boxer. »John«, sagte er langsam, den Unterkiefer vorschiebend, »ich glaube, es wird Zeit, dass ich einmal etwas klarstelle. Mein Tag hat vierundzwanzig Stunden, und ich kann zu jedem Zeitpunkt immer nur an einem Ort sein. Ich arbeite Tag und Nacht – während Sie, anbei bemerkt, durch die Südsee schippern, die schönsten Frauen der Welt vögeln und mit Ihren Bodyguards Räuber und Gendarm spielen. Was ich Sie übrigens dringend bitten möchte, niemals wieder zu tun. Sie haben keine Vorstellung, in welche Gefahr Sie sich und unser ganzes Vorhaben gebracht haben. Alles andere war in Ordnung – ich hatte Sie darum gebeten, es hat unserer Sache gedient, und abgesehen davon sind Sie der Erbe, was Ihnen Vorrechte gibt, die ich Ihnen nicht streitig machen will. Aber«, fuhr er mit einer Stimme wie Axthiebe fort, »von Kreuzfahrten und Sexorgien allein entsteht keine Weltmacht, wie wir sie hier errichten. Jemand muss die Arbeit tun, jemand, der es *kann*. Die Leute von Callum Consulting können es. Sie sind meine Augen und Ohren, meine Hände und Münder überall in der Welt. Sie tun, was getan werden muss, und sie arbeiten so hart, wie es erforderlich ist. Es ist viel Geld, was wir ihnen zahlen, ja – aber sie sind jeden Penny davon wert.«

John starrte Löcher in das Papier in seiner Hand und hatte das sichere Gefühl, Ohren so rot wie Straßenlaternen zu haben. Sein Puls raste. So war er nicht mehr zusammengestaucht worden, seit er die Schule verlassen hatte. »Schon gut«, murmelte er. »Es war nur eine Frage. Es ging nur darum, zu verstehen ...« Er hielt inne, sah hoch. »Wenn die so gut sind – wäre es nicht sinnvoller, sie einfach aufzukaufen?«

McCaine ließ die Schultern sinken, gönnte ihm ein nachsichtiges Lächeln. »Manche Firmen«, sagte er, »kann man nicht kaufen, John. Nicht einmal wir.«

»Wirklich?«, wunderte John sich.

»Abgesehen davon habe ich natürlich die Zeit genutzt, in der Sie mit Miss deBeers zusammen die Aufmerksamkeit auf sich gezogen haben. Das, was Sie da sehen, ist nur ein Spitzenwert. Es würde sich nicht lohnen, die Firma zu kaufen. Man kauft ja auch keine Kuh, wenn man nur ein Glas Milch braucht.«

»Hmm«, machte John unschlüssig. »Na ja. War nur eine Frage.«

»Fragen Sie. Aber nur, wenn Sie Antworten vertragen können.«

Darauf wusste John nichts zu sagen, und so nickte er nur und ging wieder. Im Hinausgehen drehte er sich noch einmal um und sagte: »Übrigens habe ich nicht mit Patricia deBeers geschlafen.«

McCaine hob nur abschätzig die Augenbrauen. »Dann kann ich Ihnen auch nicht helfen.«

Und dann sagte Ursula, als er vor ihr kniete, eine Rose in der linken und das Etui mit dem zweiundzwanzigtausend Pfund teuren Verlobungsring in der rechten Hand: »Ich kann das nicht tun, John. Ich kann dich nicht heiraten.«

Er starrte sie an und hatte das Gefühl, gerade von einem zweiundzwanzigtausend Pfund schweren Sandsack getroffen worden zu sein.

»Was?«, krächzte er.

Ihre Augen schwammen. Das Kerzenlicht spiegelte sich in anschwellenden Tränen. »Ich kann nicht, John.«

»Aber ... wieso denn nicht?« Er hatte sich alle Mühe gegeben, wirklich. Dieses besondere Abendessen organisiert, das Menü ausgesucht, ein Streichquartett engagiert, das in historischen Kostümen romantische Weisen spielte, nichts an der Dekoration des kleinen Speisesaals dem Zufall überlassen, alles sollte perfekt sein für diesen Moment. Und den Ring hatte er besorgt. Einen ganzen Strauß Rosen, aus denen er die schönste ausgewählt hatte. Er verstand die Welt nicht mehr. »Liebst du mich denn nicht?«

»Doch, sicher. Das macht es ja so schwer«, erwiderte sie. »Komm, steh wieder auf.«

Er blieb knien. »Gefällt dir der Ring nicht?«, fragte er blöde.

»Unsinn, der Ring ist wunderbar.«

»Dann sag mir, warum nicht.«

Sie schob den Stuhl zurück, setzte sich zu ihm auf den Boden und umarmte ihn, und so saßen sie eben gemeinsam auf dem Teppich neben dem Tisch und schluchzten einander an. »Ich liebe dich, John. Seit ich dich das erste Mal berührt habe, ist mir, als ob ich dich schon immer kennen würde. Als ob dein Herz und mein Herz im Takt schlagen. Als hätte ich dich einst verloren und endlich wiedergefunden. Aber wenn ich mir vorstelle, dich zu heiraten«, sagte sie mit brechender Stimme, »dreht sich mir der Magen um.«

Er sah sie mit verschleiertem Blick an, wollte flüchten und zugleich, dass sie ihn nie wieder loslassen sollte. »Aber wieso denn?«

»Weil ich, wenn ich dich heirate, auch Ja sagen muss zu

695.000.000.000 $

dem Leben, das du führst. Das ich dann teilen müsste. Und davor graut mir, John, ehrlich.«

»Dir graut davor, reich zu sein?«

»Mir graut davor, ein Leben zu führen, das weder meines ist noch deines, John. Ich bin tagelang durch dieses Schloss hier gegangen, und ich sehe nichts von dir darin, nirgends. Wenn du hier bist, dann scheint das alles überhaupt nichts mit dir zu tun zu haben. Deine Angestellten leben hier. Du bist nur zu Gast.«

Er spürte ein Zittern in seinem Kehlkopf, als wolle der zerreißen. Die Welt bekam Risse, das war es, und hinter diesen Rissen lauerte Bodenlosigkeit. »Willst du, dass wir woanders wohnen?«, fragte er mit tauber Zunge und wusste zugleich, dass nichts mehr zu retten war, dass alles dabei war, zu zerbrechen. »Von mir aus können wir – was weiß ich – ein Haus in der Stadt kaufen oder auf dem Land ... wo du willst ...«

»Darum geht es nicht, John. Es geht darum, dass ich dein Leben teilen will, aber du hast kein Leben, das deines ist. Du lässt von einem Mann, der seit fünfhundert Jahren tot ist, bestimmen, welchen Sinn dein Leben hat. Dein Geschäftsführer schreibt dir vor, wo und wie du wohnen sollst. Du lässt dir sogar von deinem Innenarchitekten vorschreiben, dass du ein Show-Schlafzimmer brauchst, mein Gott!«

»Das wird alles anders«, sagte er. Seine eigene Stimme klang ihm schwach und hilflos in den Ohren. »Das wird anders, ich schwöre es dir.«

»Schwör mir nichts, John«, bat sie traurig.

Er sah auf, sah sich um. Sie waren allein. Die Musiker mussten sich klammheimlich verdrückt haben, ohne dass er es mitbekommen hätte. Die Kellner hatten sich taktvoll zurückgezogen. Der Speisesaal lag verlassen da, öde, tot. »Was wirst du jetzt machen?«, fragte er.

Sie antwortete nicht. Er sah zu ihr hoch, sah in ihr Gesicht und wusste es.

696.000.000.000 $

McCaine betrachtete ihn lange, ohne etwas zu sagen, nickte nur ab und zu sachte und schien gründlich zu überlegen, was zu sagen und was zu tun war. »Das tut mir Leid für Sie, John«, sagte er schließlich. »Sie machte wirklich den Eindruck, die Richtige für Sie zu sein ... Soweit ich das beurteilen kann, natürlich. Ich bin ja auch nicht gerade ein Experte für Zweierbeziehungen.«

John fühlte sich wie tot. Als wäre ihm das Herz herausoperiert worden und nur ein Hohlraum zurückgeblieben. »Sie hat darauf bestanden, einen Linienflug zu nehmen«, sagte er. »Und sie wollte nicht einmal, dass ich sie zum Flughafen begleite.«

»Hmm.«

»Glauben Sie, das stimmt? Wenn eine Frau sagt, dass sie Zeit und Abstand braucht, um über alles nachzudenken ... kann es dann sein, dass sie am Ende doch zurückkommt?«

Es klopfte an der Tür, eine der Sekretärinnen streckte den Kopf herein. McCaine bedeutete ihr mit einer unwirschen Geste, zu verschwinden.

»Ich weiß es nicht, John. Aber wenn ich Ihnen ganz ehrlich sagen soll, was ich glaube ...« Er zögerte.

»Ja?«, machte John mit großen Augen.

McCaine biss sich auf die Lippen, als bereue er es, davon angefangen zu haben. »Ich kann natürlich nur nach dem urteilen, was Sie mir erzählt haben, John.«

»Ja? Und?«

»Es tut mir Leid, Ihnen das sagen zu müssen, aber mir scheint, sie ist eine Frau mit Prinzipien. Prinzipien, die ihr mehr bedeuten als Sie.«

John ächzte. Da war doch noch ein Herz. Jedenfalls eine Stelle, die wehtun konnte.

»Und«, fuhr McCaine damit fort, in der offenen Wunde zu wühlen, »ganz offensichtlich kann sie die Verantwortung nicht akzeptieren, die mit dem Erbe verbunden ist. Sie, John, können es. Es ist eine große Last, und sie schmerzt

697.000.000.000 $

manchmal – aber Sie tragen sie trotzdem. Das ist es, was Sie zum Erben macht. Und so Leid es mir tut, Ihre Partnerin muss Sie darin unterstützen, oder sie kann nicht Ihre Partnerin sein.«

Ja, so war es wohl. John starrte vor sich hin, betrachtete die Muster der dunkelblauen und schwarzen Linien im Teppichboden, sich ausbreitend, ja, wie Risse.

»Sie werden darüber hinwegkommen«, sagte McCaine. »Aber Sie dürfen sich jetzt nicht hängen lassen, John.«

»Ich weiß nicht«, jammerte John.

»John, verdammt noch mal, Sie haben eine Aufgabe. Sie haben eine Verantwortung. Sie sind der *Erbe,* John!«

»Wenn ich es nicht wäre, wäre sie nicht gegangen.«

McCaine gab einen Laut von sich, der wie ein wirkungsvoll zwischen den Zähnen zerbissener Fluch klang, ging stampfend ein paar Schritte durchs Zimmer und fuhr sich mit den Händen durchs Haar. »Himmel, John, das ist unwürdig. Ich kann das nicht mit ansehen. Hören Sie verdammt noch mal auf, sich Leid zu tun.«

John zuckte zusammen wie unter einem Peitschenhieb.

»Dort draußen ist wirkliches Leid«, fauchte McCaine und wies auf die Phalanx seiner Fernsehempfänger. »Auf allen Kanälen wird es uns frei Haus geliefert, und niemand begreift, dass das ein Blick in die Zukunft ist, den wir bekommen, in *unsere* Zukunft – wenn wir beide, Sie und ich, John, uns nicht zusammenreißen und tun, was getan werden muss. Verstehen Sie? Wir können es uns nicht erlauben, dazusitzen und unsere Wunden zu lecken und uns Leid zu tun. Wir müssen handeln. Jeder Tag zählt. Und darum schlucken Sie's runter. Es gibt viel zu tun.«

»Viel zu tun?«, echote John. »Was denn?«

McCaine stampfte durch den Raum, hielt vor seiner Weltkarte an und klatschte mit der Hand auf Mittelamerika. »Mexico City. Hier findet kommende Woche das erste vorbereitende Treffen für die nächste Umweltkonferenz statt, ein

698.000.000.000 $

Fachtreffen der nationalen Arbeitsgruppen. Sie müssen daran teilnehmen.«

»Ich?« John musterte die Karte entsetzt. Sein einziger Bezug zu Mexico waren bisher Tacos aus dem Schnellrestaurant gewesen, wenn er mal keine Pizzen mehr hatte sehen können. »Aber ich bin doch kein Fachmann für irgendwas.«

»Aber Sie sind John Salvatore Fontanelli. Sie sind der Stifter des *Gäa*-Preises. Man wird aufmerksam zuhören, wenn Sie etwas zu sagen haben. Und Sie werden viel über die Lage der Welt erfahren, wenn Sie zuhören.«

John rieb sich das Gesicht mit den flachen Händen. »Nach Mexico? Ich soll nach Mexico?«

McCaine verschränkte die Arme. »Zumindest wird es Sie auf andere Gedanken bringen.«

McCaine begleitete ihn zum Flughafen und briefte ihn unterwegs für die Gespräche in Mexico City. Der Stapel der Unterlagen war ansehnlich – Ordner, ringgebundene wissenschaftliche Studien aus aller Welt, Disketten, Entschließungsanträge, Übersetzungen und Synopsen. Die neun Stunden Flug würden gerade ausreichen, alles einmal durchzublättern.

Wie üblich wurde ihr Wagen aufs Rollfeld durchgewunken, wo die *Moneyforce One* schon bereitstand. Es stank nach Kerosin und verbranntem Gummi, als sie ausstiegen, der Boden war feucht vom Regen in der Nacht, und ein scharfer Wind pfiff über das endlose, ebene Areal.

»Es wird ein Spagat«, schrie McCaine gegen das fauchende Röhren der warmlaufenden Triebwerke an. »Auf der einen Seite müssen wir anstreben, dass Grundlagen für global verbindliche Regelungen zum Klimaschutz zu Stande kommen, aber auf der anderen Seite darf es uns im Moment nichts kosten. Darauf zielt das Konzept der Schadstoffbörse, verstehen Sie?«

Eine Hand voll Männer und Frauen in Borduniformen kamen die Gangway herabgeeilt, um die Kisten mit den Unterlagen auszuladen und an Bord zu bringen. Der Pilot kam ebenfalls herab, ein Klemmbrett mit Checklisten unterm Arm, schüttelte ihnen die Hand und erklärte, es sei höchste Zeit zu starten. »Wenn wir unser zugewiesenes Startfenster verpassen, kann es Stunden dauern, bis wir ein neues bekommen. EUROCONTROL hat mal wieder absolut Land unter.«

»Ja, ja«, rief McCaine ungehalten. »Einen Moment noch.«

»Wieso darf es uns nichts kosten?«, wollte John wissen.

McCaine schien seinem Blick auszuweichen, musterte stattdessen den Horizont. »Ich hab's Ihnen doch erklärt. Wir bauen den ganzen Konzern um für die neue Strategie. Wenn wir uns in dieser Phase verpflichten, überall Abgasreinigung einzubauen, dann kostet uns das den finanziellen Spielraum, der über Sieg oder Niederlage entscheiden kann.«

Mit einem Mal kam John alles so unwirklich vor. Als stünden sie auf einer Bühne und führten ein Stück absurden Theaters auf. Er spürte etwas langsam seine Brust hochsteigen, das ein Anfall unbeherrschten Lachens sein mochte oder ein Brechreiz oder beides. »Wann tun wir eigentlich mal *wirklich* etwas?«, überschrie er den Motorenlärm. »Wir kaufen immer nur, häufen Macht und Einfluss an, aber wir *tun* nichts damit. Im Gegenteil, wir machen alles nur noch schlimmer!«

McCaine sah ihn mit einem geradezu mörderischen Blick an. Ganz klar, er war vom vorgesehenen Text abgewichen. Eine Todsünde für einen Schauspieler, oder? »Sie sehen da etwas völlig falsch«, rief McCaine. »Aber ich fürchte, die Zeit reicht nicht, das jetzt auszudiskutieren. Lassen Sie uns darüber reden, wenn Sie zurückkommen.«

In diesem Augenblick sahen sie das Auto, das halsbrecherisch auf sie zugerast kam. Einen Lidschlag später war Marco schon heran, stellte sich schützend vor John und meinte: »Vielleicht sollten Sie jetzt doch besser hinaufgehen, Mister Fontanelli.«

»Was zum Teufel ...?«, rief McCaine, doch da hielt der Wagen schon mit quietschenden Reifen, die Tür sprang auf und ein Mann kam herausgestürzt und auf sie zu.

»Ich suche einen Marco Benetti«, schrie er. Er war schlank, trug einen dunklen Anzug, einen dünnen Schnurbart und eine kleine Reisetasche in der Hand.

Marco hatte seine Hand immer noch in der Jacke. »Das bin ich.«

Der Mann zückte einen Ausweis mit dem unverkennbaren Signet des konzerneigenen Sicherheitsdienstes. »Die Zentrale hat einen merkwürdigen Anruf von Ihrer Frau bekommen, Marco«, berichtete er keuchend. »Jedenfalls glauben sie, dass es Ihre Frau war. Sie haben versucht, zurückzurufen, aber es ging niemand mehr an den Apparat.« Er zückte die Autoschlüssel. »Ich soll Sie ablösen. Sie können den Wagen nehmen.«

Marco war blass geworden. »Ist etwas mit dem Kind?«

»Wir wissen nichts, wie gesagt. Sie dachten, es ist das Beste, Sie sehen selbst nach ihr. Hier.« Er drückte ihm die Schlüssel in die Hand.

»Gehen Sie«, nickte McCaine, als Marco immer noch unschlüssig wirkte.

Der Pilot sah aus dem Cockpitfenster, klopfte bedeutsam auf seine Armbanduhr. Höchste Zeit.

»Ja, gehen Sie«, meinte auch John. »Wir kommen schon zurecht.«

»Danke«, sagte Marco und setzte sich in Bewegung.

Später, als sie in der Luft waren und unterwegs durch den fast endlosen Tag eines Transatlantikfluges in westlicher Richtung, winkte John den Neuankömmling im Team der Bodyguards zu sich heran. »Ich würde gern wissen, wie Sie heißen«, sagte er.

Der Mann sah ihn ausdruckslos an. Seine Augen hatten die dunkle Farbe glasig erstarrter Lava.

»Foster«, sagte er. »Mein Name ist Foster.«

701.000.000.000 $

Er ließ den Wagen im Halteverbot stehen. Er hatte rote Ampeln überfahren, Stoppschilder missachtet und alle innerstädtischen Geschwindigkeitsbeschränkungen übertreten, darauf kam es jetzt auch nicht mehr an. Das Haus, ein etwas älteres Sechsfamilienhaus im südwestlich von London gelegenen Walton-on-Thames, lag so still und friedlich, dass ihm graute. Er stürzte die Treppen hinauf, im Rennen den Wohnungsschlüssel hervornestelnd, schloss mit fliegenden Fingern auf und …

Karen stand im Flur, eine Babyflasche und ein bekleckertes Lätzchen in der Hand. »Marco?«

»*Madre Díos!*«, entfuhr es ihm. Er sackte in sich zusammen vor Erleichterung, wankte auf sie zu und begrub sie förmlich unter seiner Umarmung.

Sie wusste nicht, wie ihr geschah. »He, leise, sie schläft gerade … Lass mich wenigstens das Lätzchen weglegen … Sag mal, hab ich was falsch verstanden? Solltest du nicht unterwegs sein nach Mexiko?«

Marco gab sie frei und sah sie an. »Hast du in der Zentrale angerufen?«

»In der Zentrale?«

Er erzählte, was passiert war. »Unterwegs nach Mexiko ist jetzt mein Gepäck. Ich werde mir einen zweiten Rasierer kaufen müssen, schätze ich.« Er schüttelte den Kopf. »Wie kommen die in der Zentrale auf die Idee, dass du angerufen hast?«

Karen zuckte mit den Schultern. »Keine Ahnung. Ich habe nicht telefoniert. Ich wollte Betty anrufen, ob sie heute auf einen Tee vorbeikommt, aber ich bin nicht durchgekommen.«

»Nicht durchgekommen.« Marco ging zum Telefonapparat, nahm den Hörer ab und horchte.

»Das Freizeichen klang auch ganz seltsam heute Morgen, fällt mir ein«, sagte Karen skeptisch.

Marco schüttelte den Kopf. »Das ist kein Freizeichen. Das Netz ist gestört.« Er legte den Hörer beinahe andächtig wie-

702.000.000.000 $

der auf. Natürlich konnte alles Zufall sein. Ein fehlgeschalteter Anruf, ein Missverständnis, eine Überreaktion, ein defektes Telefonnetz. Alles Dinge, die geschehen konnten.

Er hatte trotzdem auf einmal ein ganz schlechtes Gefühl.

703.000.000.000 $

40

IM ANFLUG BOT sich Mexico City als unendliches, konturloses Häusermeer dar, umringt von Bergen und Vulkanen und eingehüllt in bräunlichen Smog. John sah hinab auf die Heimat von zwanzig Millionen Menschen, eine der größten Städte der Welt und geradezu Anschauungsbeispiel für die sich anbahnende Umweltkatastrophe. Zweifellos ein geeigneter Ort, um die nächste Umweltkonferenz sachlich vorzubereiten. Er klappte den letzten Aktenordner zu, legte ihn beiseite und sehnte sich nach einem Bett.

Vom Flughafen aus ging es mit einem Hubschrauber weiter, denn mit einem Auto, so erklärte man ihm, bestünde keine Hoffnung auf Durchkommen. *»Rush hour«*, sagte jeder, und tatsächlich sah John dann aus der Luft endlose, unbeweglich scheinende Blechschlangen in allen Straßen, während ihm der Lärm der Hubschrauberturbine schier den Schädel spaltete.

Es ging nach Süden, über die Schatten der einbrechenden Dämmerung hinweg. Kurz vor der Landung erkannte John nach den Abbildungen in dem Reiseführer, den er auf dem Herflug studiert hatte, die berühmte Universitätsbibliothek mit dem riesigen Rätselmosaik. Auf dem Gelände der Universität würden auch die Sitzungen stattfinden, aber erst in einigen Tagen, wenn er wieder einigermaßen ausgeschlafen war. Er ließ sich von Chris und Foster aus dem Helikopter helfen, stieg in das wartende Auto und hatte das Gefühl, taub geworden zu sein.

Die gesicherte Wohnanlage, in die man ihn brachte, war ein von hohen Mauern umgebenes Elysium, in dem Palmen

704.000.000.000 $

rauschten und künstlich angelegte Bächlein murmelten. Stacheldraht auf den Zinnen, lächelnde Sicherheitsleute mit Revolvern im Holster und modernste elektronische Überwachungssysteme *made in USA* würden dafür sorgen, dass nichts und niemand die Ruhe und den Frieden der Bewohner störte. Ein junger Mann in einem hellen Anzug schritt voran, um ihm sein Apartment zu zeigen, und beim Anblick des klaren Wassers, das entlang der Fußwege plätscherte, fiel John ein, dass er von ständiger Wasserknappheit in Mexico City gelesen hatte, das über zweitausend Meter hoch lag und in dem manchmal sogar der Sauerstoff knapp wurde. Wirklich ein sehr passender Ort, um die nächste Umweltkonferenz vorzubereiten.

Das Apartment war von moderner Nüchternheit, weiße Wände und Glas und Metall, und riesig groß dazu. Die wenigen, aber edlen Möbel im Kolonialstil betonten die Weitläufigkeit der Räume noch; ein Traum alles. »Wo ist das Schlafzimmer?«, wollte John wissen.

Chris stellte die Reisetasche mit dem Nötigsten auf einer niedrigen Kommode ab. »Brauchen Sie noch etwas, Sir?«

»Schlaf«, sagte John.

»Verstehe. Gute Nacht, Sir.« Er zog die Türen von außen zu.

John ließ sich auf das Bett sinken und fühlte sich so schwer, als sei er nicht nur in eine andere Zeitzone, sondern auch in eine Zone erhöhter Schwerkraft gereist. Er würde nicht mehr hochkommen heute. Er würde hier im Anzug einschlafen und morgen Früh grässlich aussehen.

Das Telefon klingelte. *Ich schlafe,* dachte John.

Aber es gab keine Ruhe. Schließlich wälzte er sich herum und griff nach dem Apparat auf dem Nachttisch. »Ja?«

»Foster hier, Mister Fontanelli.« Die Stimme des Leibwächters drang wie aus weiter Ferne an sein Ohr. »Es tut mir Leid, dass ich Sie noch stören muss, Sir, aber möglicherweise ist es wichtig ...«

705.000.000.000 $

»Spucken Sie's schon aus«, murmelte John.

»Ich bin hier im Wachhaus an der Pforte«, sagte Foster, »und vor der Tür steht eine junge Frau, die sagt, sie heiße Ursula Valen –«

»Was?« Es war wie ein Stromschlag, der Klang dieses Namens, ein Stoß reinen Adrenalins. Er stand aufrecht, ehe er wusste, was geschehen war. Ursula? Wie um alles in der Welt kam Ursula hierher, nach Mexico? Und noch dazu jetzt, hier, heute Abend? Woher hatte sie wissen können ...?

»Wollen Sie herunterkommen, Sir?«

»Ja!«, bellte John in den Hörer. »Ja, ich komme runter! Einen Moment, ich komme schon.« Ursula? Hier? Unglaublich, einfach unglaublich ... Er knallte den Hörer auf und rannte, stieß Türen auf, hetzte über den kühlen, glatten Marmor, Treppen hinab, die verspielten Wandelpfade zwischen Palmen und Büschen entlang, alles beleuchtet und friedlich.

Als er an der Pforte ankam, stand Foster unschlüssig auf der Straße draußen. »Das ist jetzt wirklich merkwürdig...«, murmelte er vor sich hin, die Hände in die Hüften gestützt.

»Was ist? Wo ist sie?«, keuchte John, für einen Moment von dem heißen Schreck durchzuckt, dass der Anruf eben womöglich nur ein Traum gewesen sein könnte.

Foster sah unschlüssig die Straße hinab, rieb sich die Nase. »Gerade weg. Ich hab ihr gesagt, dass Sie kommen, aber ...«

»Gerade weg? Wohin?«

»Dort unten ums Eck«, meinte der Leibwächter und deutete auf das Ende der Umfriedung, wo eine kleine Querstraße begann und ein paar Autos fuhren.

John spurtete los. »Sir, nicht –!«, hörte er noch hinter sich schreien, aber irgendwie war das unwichtig geworden, nur dass er sie einholte, zählte. Es ging bergab, seine Beine rannten wie von selbst, er würde es schaffen. Die Luft war getränkt mit Abgasen, brannte in den Augen, würgte ihn in der Kehle, aber er rannte. Rannte bis zum Ende der hohen Mauer um die Wohnanlage, bog ums Eck, sah die Gestalt einer Frau am Ende der schmalen Gasse, rief: »Ursula!«

Ein Schlag von hinten auf den Kopf brachte die Frau und die Stadt und überhaupt alles zum Verschwinden.

McCaine erwachte vom Klingeln des Telefons auf seinem Nachttisch. Des Telefons, das absoluten Notfällen vorbehalten war. Er setzte sich auf und schaltete das Licht an. Drei Minuten vor fünf Uhr. In wenigen Augenblicken hätte ohnehin sein Wecker geklingelt. »Haben sich ganz schön Zeit gelassen«, murmelte er, räusperte sich und nahm ab. »McCaine.«

»Chris O'Hanlon hier, Sir«, kam es atemlos. »Sir, es ist etwas passiert. Wir, ähm, haben Mister Fontanelli verloren.«

McCaine hob die Augenbrauen. Eine interessante Formulierung, wenn man es recht bedachte. »Können Sie das ein bisschen genauer erklären?«

Der Leibwächter war hörbar außer sich. »Es war so, dass ... also, Foster hatte die erste Wache an der Pforte, und ich hab mich hingelegt in der Zeit. Ich bin erst aufgewacht, als das Auto vom Flughafen kam mit den Unterlagen und dem restlichen Gepäck, und da hat er's mir erzählt, ganz beiläufig –«

»Hat er Ihnen was erzählt?«

»Dass Mister Fontanelli, kurz nachdem ich ihn zum Apartment begleitet hatte, wieder runtergekommen und rausgegangen ist. Hat ihm gesagt, er wolle einen Spaziergang machen, er sei mit jemandem von der Universität in einem Lokal in der Nähe verabredet ...«

»Lassen Sie mich raten. Er ist immer noch nicht zurück.«

»Ja, leider, Sir. Und dabei hätte ich wetten können, er fällt sofort ins Bett wie ein Toter, so müde, wie er aussah ...«

McCaine stieß einen grunzenden Laut aus. »Hat sich Foster einmal überlegt, aus welchem Grund man gesicherte Wohnanlagen baut?«

»Das habe ich ihm schon gesagt. Er ist gerade ziemlich am

707.000.000.000 $

Boden, habe ich den Eindruck, fürchtet um seinen Job und so ...«

»Nicht ganz zu Unrecht«, sagte McCaine und fügte hinzu: »Das behalten Sie bitte vorerst für sich.«

»Ja, Sir.« O'Hanlon schluckte. »*Jesusmariaundjosef*, Sir, das wäre nicht passiert, wenn Marco da gewesen wäre. Ganz bestimmt wäre das nicht passiert.«

»Ja, das glaube ich auch«, sagte McCaine. Er nahm seinen Terminkalender von dem Stapel Unterlagen, der wie üblich neben ihm auf der noch nie benutzten anderen Hälfte des Doppelbetts lag, und schlug ihn auf. Der ganze Tag war frei von Terminen. Er zückte den Kugelschreiber. »Regen Sie sich ab, Chris, und hören Sie zu. Sie machen jetzt Folgendes ...«

Zuerst begriff er gar nichts, spürte nur diesen grässlich pochenden Schmerz in seinem Kopf. Benommen tastete er über seinen Hinterkopf und fand eine Beule, die wehtat und sich ein wenig blutverkrustet anfühlte. Irgendwie begriff er, dass das alles nicht gut war. Und dann war da dieser merkwürdige Druck um die Handgelenke, ein Widerstand, verbunden mit einem rasselnden Geräusch, wenn er sich bewegte ... Endlich bekam er die Augen auf und betrachtete, was da um seine Handgelenke lag: Handschellen.

»Na, klasse!«, ächzte er. Entführt. Man hatte ihn entführt.

Er stemmte sich hoch. Mit dem Schreck der Erkenntnis ging das schon leichter, wenn sich auch sein Kopf bei jeder Bewegung anfühlte, als sei er in Gefahr, in zwei Hälften zu zerspringen. Da war eine Wand, gegen die er sich lehnen konnte, und das tat er dann auch, keuchend wie von einer großen Anstrengung, und sah sich um.

Eine Zelle. Unverputzt die Wände, das Fenster zugemauert bis auf einen Spalt ganz oben, der grell glühte vom Tageslicht draußen. Hier drinnen herrschte Schummerlicht und ein modriger Gestank nach Schweiß und menschlichen Exkrementen: ein Gefängnis, ganz klar, drei Schritte breit und vier lang, wenn er sich hätte bewegen können. Aber das konnte er nicht; seine Handschellen waren verbunden mit einer Kette, die um ein massives gusseisernes Rohr lief, das den Raum von der Decke bis zum Boden durchquerte. Sein Bewegungsspielraum war beschränkt auf die Matratze, auf der er saß, und dann stand da im Eck noch ein Eimer mit einem Deckel und darauf eine Rolle Klopapier ... John wandte sich angeekelt ab und beschloss, Verstopfung zu bekommen.

Es war also alles nur eine Falle gewesen. In die er wie ein Idiot hineingerannt war. Er seufzte und hätte am liebsten den Kopf geschüttelt, ließ es aber wohlweislich. Woher hatten die Entführer Ursulas Namen gekannt? Rätselhaft. Aus der Zeitung womöglich. Zwar mochte sein kurzes Intermezzo in Deutschland unbemerkt geblieben sein, aber er war eine öffentliche Person, und sein Privatleben war von öffentlichem Interesse. Nur wenn man die *paparazzi* mal wirklich brauchte, waren sie nicht da. Wie jetzt.

Eine gänsehauterregende Bewegung auf dem dunklen Boden ließ ihn unwillkürlich die Beine anziehen. Da bewegte sich etwas. Mit angehaltenem Atem beugte er sich vor und entdeckte einen dicken Kakerlak, der auf ihn zukrabbelte, dunkelbraun, handtellergroß und unheimlich unter seiner fühlerbewehrten Panzerung. John zerrte sich rasch einen Schuh vom Fuß, nahm ihn mit beiden Händen und schlug nach dem Vieh, hatte auch den Eindruck zu treffen, aber der Kakerlak, anstatt anständig zerschmettert am Boden kleben zu bleiben, machte nur kehrt und huschte in den Mauerspalt zurück, aus dem er vermutlich gekommen war. Bei der Vorstellung, dass das Insekt womöglich über ihn hinweggekrabbelt war, während er bewusstlos dagelegen hatte, wurde John ganz anders.

Er lehnte sich wieder gegen die Wand, schloss die Augen, spürte dem dumpfen, pulsierenden Schmerz in seinem Schädel nach und wünschte sich weit fort, an einen anderen Ort, in ein anderes Leben. Dabei musste er kurz eingenickt sein, im Sitzen, denn das plötzliche Geräusch näher kommender Schritte ließ ihn auffahren.

Es klopfte gegen die Tür. *»Hola!«*, rief eine Stimme. »Du wach?«

John verzog das Gesicht, was sich sofort in Form von Schmerzen rächte. »Nicht wirklich.«

»Hinlegen. Gesicht auf Matratze. Nicht schauen, sonst wir dich töten. Hinlegen – *ándele, ándele!«*

»Ja, schon gut«, rief John und tat wie geheißen. Die Matratze stank erbärmlich. Vermutlich war sie durchtränkt vom Angstschweiß zahlloser Entführungsopfer.

Er hörte, wie ein Riegel zurückgezogen wurde, hörte Schritte und ein schabendes Geräusch, dann schlug die Tür wieder zu, mit einem labberigen Klang, so, als bestünde sie nur aus Presspappe, und der metallene Riegel wurde wieder vorgelegt.

Schritte entfernten sich. Stille.

Vermutlich hieß das, dass er sich wieder rühren durfte. John sah langsam hoch. Ein Teller stand da mit einem Stück Brot und daneben eine Blechtasse, aus der es nach so etwas wie Kaffee roch; ein wahrer Wohlgeruch in diesem muffigen Verlies.

Und, ja, er hatte Hunger. Überhaupt fühlte er sich, wenn man von den Kopfschmerzen absah, gut. Ausgeschlafen. Als habe er tagelang geschlafen. Genau konnte er es nicht sagen, da seine Uhr, die eine Datumsanzeige gehabt hatte, verschwunden war.

Er holte sich Teller und Tasse. Der Kaffee war passabel, mit Milch und Zucker, und das Brot schmeckte frisch. So viel Komfort würde sich zweifellos in der Höhe der Lösegeldforderung niederschlagen, aber immerhin wurde einem etwas geboten für sein Geld. Überhaupt wirkte alles eigentümlich geschäftsmäßig; in der Stimme des Unbekannten und in seinem Verhalten war nichts von Panik oder Ausnahmezustand zu spüren gewesen, eher so, als ginge er einfach seiner gewohnten täglichen Arbeit als Kidnapper nach.

Entführt! Nicht zu fassen! Dabei war die ganzen Jahre nie etwas vorgefallen. Die Leibwächter hatten ihn überall begleitet, aber nie mehr zu tun bekommen, als ihm ab und zu einen Weg zu bahnen, wenn Reporter oder Schaulustige allzu aufdringlich wurden. Er hatte sich nie wirklich gefährdet gefühlt, schon gar nicht, seit er mit Ursula ausgebüxt und alles gut gegangen war. Aber das war wohl nur Glück gewesen. McCaine hatte Recht gehabt, wie üblich.

Als er den Teller abstellte und seine Kette wie schon die ganze Zeit auf dem Metall des Rohrs klackerte, sah er auf und musterte die dicke Leitung nachdenklich. Das Geräusch, das seine Kette verursachte, musste weiter oben laut und deutlich zu hören sein. Hatten sie auf diese Weise bemerkt, dass er wach geworden war? Bestimmt. Und hatten sofort das Kaffeewasser aufgesetzt.

John stand auf, bemüht, keine weiteren Kettengeräusche zu machen, und stellte sich vor das Rohr. Was in die eine Richtung ging, musste auch in die anderen Richtung funktionieren, oder? Er legte sein Ohr gegen das kühle Metall, presste es sorgsam an und hielt sich – was nicht ganz einfach war mit den Handschellen – das andere Ohr zu.

Tatsächlich. Er hörte einen Fernseher dudeln, sentimentale Musikschnipsel und die sonore Stimme eines Moderators, hörte jemanden mit Küchengerätschaften hantieren und die Melodien in größter Gelassenheit mitpfeifen. Das Rohr war das reinste Abhörgerät. Ein Telefon klingelte, wurde abgenommen, und jemand sprach in melodischem, aber unverständlichem Spanisch.

Auf Dauer war die zum Lauschen notwendige Körperhaltung allerdings anstrengend, und da er ohnehin kein Spanisch verstand, brachte es ihm wenig mehr als einen allgemeinen Eindruck der Lage. Die so klang, als hätten die Entführer alles unter Kontrolle. Er setzte sich wieder und

711.000.000.000 $

widmete sich der Beobachtung des Spalts, in dem der Monsterkakerlak wohnte.

Zwischendurch schlief er ein, wurde für eine weitere Mahlzeit geweckt, die aus Bohnen mit ein wenig Fleisch bestand und einem Becher Wasser. »Seien Sie geduldig«, beschied ihn der Unbekannte unaufgefordert, während er ihm das Essen hinstellte und das Geschirr vom Frühstück mitnahm.

Die Zeit zu verdösen erwies sich als die beste Möglichkeit, diesen Ratschlag in die Tat umzusetzen. Nach und nach erlosch das Leuchten im Fensterspalt zu einem abendlichen Glimmen. Ehe es völlig dunkel wurde, überwand John sich notgedrungen und urinierte in den Eimer, den er anschließend so weit wie möglich von der Matratze wegstellte.

Er lauschte noch einmal. Im Fernsehen lief eine amerikanische Serie, vermutlich spanisch untertitelt, irgendein Krimi, in dem es um die entführte Tochter eines Multimillionärs ging. Das war ja fast schon als Weiterbildungsmaßnahme zu verstehen, überlegte John, als er sich zum Schlafen hinlegte. Aber anstatt zu schlafen, starrte er nur in die konturlose Finsternis und horchte auf einen möglichen Anmarsch einer Horde Kakerlaken.

Irgendwann musste er dann doch eingeschlafen sein, denn auf einmal erwachte er, und es war Tag. Und keine Kakerlaken um ihn herum. Er erhob sich, ohne mit der Kette zu klappern, und lauschte. Der Fernseher lief ausnahmsweise nicht, stattdessen hörte er mehrere Männer miteinander reden, sehr entspannt, als säßen sie bei einem Kaffee zusammen und hätten nichts anderes zu tun, als die Zeit herumzubringen.

»Frühstück, *por favor*«, murmelte John und rasselte heftig mit der Kette.

Doch dann kam kein Frühstück, sondern ein anderer Mann als am Tag zuvor, ein Mann, der sich nicht damit aufhielt, zu klopfen und ihm Anweisungen zu erteilen, sondern der einfach hereinkam. Ein Mann, der Englisch sprach, den Slang der amerikanischen Ostküste sogar.

712.000.000.000 $

»Wir sind uns noch nie begegnet«, sagte er, »aber wir kennen uns.«

John musterte den Mann skeptisch. Er hatte ein aufgedunsenes, grobschlächtiges Gesicht, auf dem eine schlimme Jugendakne ihre Spuren hinterlassen hatte, und dichte Körperbehaarung quoll ihm aus dem Kragen und unter den Ärmeln hervor. Eine unsympathische Erscheinung. Jemand, auf den zu kennen John keinen Wert gelegt hätte.

Dann fiel es ihm wieder ein. Ja, er hatte diesen Mann in der Tat schon einmal gesehen. Mit einer etwas anderen Frisur. Auf einem Fernsehschirm.

»Bleeker«, sagte er. »Sie sind Randolph Bleeker.«

Es war später nicht mehr zu rekonstruieren, wie die Gerüchte in Umlauf gekommen waren. Die Beamten der mexikanischen Polizei, die in die Sonderkommission berufen worden waren, hatte man auf strengstes Stillschweigen verpflichtet, und die abschließende interne Untersuchung des Falles fand keinen Grund zu der Annahme, dass einer von ihnen die undichte Stelle gewesen war. Trotzdem landeten plötzlich Kamerateams ausländischer Fernsehsender auf dem Flughafen von Mexico City, kamen Anfragen per Fax und Telefon, wollte alle Welt wissen, was dran war an der Behauptung, John Salvatore Fontanelli sei entführt worden.

Die Konzernzentrale von *Fontanelli Enterprises* in London verweigerte jeden Kommentar. Die Polizei von Mexico City lehnte jede Stellungnahme ab. Das Gelände der *Universidad Nacional Autónoma de México* wimmelte plötzlich von Menschen mit Kameras und Mikrofonen.

»Es hört überhaupt nicht mehr auf«, beschwerte sich eine der Sekretärinnen bei McCaine. »Jetzt rufen sie sogar schon von unseren eigenen Fernsehstationen an. Was soll ich denen denn sagen?«

»Nichts«, erwiderte McCaine. Er klappte stirnrunzelnd einen schmalen Ordner zu und schob ihn in eine Schublade.

713.000.000.000 $

»Sagen Sie alle meine Termine für die nächsten fünf Tage ab, und buchen Sie mir einen Flug nach Mexico City.«

»Was soll das hier?«, fragte John. »Ist das jetzt die Rache, weil das Manöver mit meinem Bruder damals nicht funktioniert hat?«

Bleeker grinste abfällig. »Rache? Ach was. Ich bin kein nachtragender Mensch. Ich bin in dieser Angelegenheit völlig leidenschaftslos, wissen Sie? Ich tue nur, was man mir aufträgt.«

»So. Was man Ihnen aufträgt.«

»Das ist aber keine Frage nach meinen Auftraggebern, oder? Dazu sind Sie zu klug.«

John zuckte nur mit den Schultern. »Was geschieht jetzt? Was haben Sie mit mir vor?«

»Oh, Ihr Lösegeld wird Geschichte machen, glaube ich.« Bleeker hielt sich sorgfältig außerhalb seines Bewegungsradius. Er trug einen leichten, ziemlich zerknitterten hellen Anzug und rieb sich unaufhörlich eine kleine Stelle unter dem Ohr. »Und ansonsten ... Das kommt darauf an.«

»Worauf?«

»Auf Sie, zum Beispiel. Ihr Verhalten, Ihre Kooperation. Auch auf andere Dinge, auf die Sie keinen Einfluss haben.«

»Es wird nicht funktionieren«, sagte John und wunderte sich über seine eigene Gelassenheit. »Sie werden wieder scheitern, Bleeker. Genau wie damals, als Sie Lino ins Unglück gestürzt haben.«

Bleeker musterte ihn und bleckte die Zähne. »Sie würden sich wundern, wie detailreich Ihr Bruder sich sein Leben als Vater eines Billionenerben ausgemalt hat.«

John konnte sich vorstellen, dass das womöglich nicht einmal gelogen war. Lino war schon immer ein Anhänger des Lebensmottos *Nehmen, was man kriegen kann* gewesen. Mit Frauen, mit Geld, mit allem. Er verschränkte die Arme. »Ich

714.000.000.000 $

würde vorschlagen, dass Sie mir endlich sagen, was Sie hier wollen.«

»Qualitätskontrolle«, sagte Bleeker. »Ich muss ja sichergehen, dass meine ... *Subunternehmer* korrekte Arbeit geleistet haben. Ob sie den richtigen Mann erwischt haben.«

»Ihre Subunternehmer.«

»Ich tue das nur für Geld, Mister Fontanelli. Da man es mir nicht hinterherwirft, arbeite ich dafür. Ich habe entdeckt, dass man sehr angenehm leben kann, wenn man bereit ist, von Zeit zu Zeit sehr unangenehme Dinge zu tun. Wie das hier, zum Beispiel.«

»Und wie was noch? Sie können doch unmöglich vorhaben, mich am Leben zu lassen. Ich würde Sie belasten, sobald ich frei bin.«

»Was mich wiederum nicht belastet. Ich bin ohnehin auf der Flucht, Sie erinnern sich? Mittlerweile kenne ich die nötigen Kniffe, und ob Sie's glauben oder nicht, es gefällt mir ganz gut so. So bleibt das Leben wenigstens aufregend.«

McCaine betrachtete die monströsen Kristalllüster direkt über seinem Kopf mit Unbehagen. Mexico City wurde bisweilen von Erdbeben heimgesucht; sollte sich ausgerechnet heute Abend eines ereignen, würden die Leuchter ihn glatt erschlagen. Er räusperte sich, und alle Augen, Mikrofone und Kameraobjektive richteten sich auf ihn.

Die Pressekonferenz fand im Großen Saal des Hotels *El Presidente* statt. Grüner Samt war in weiten, zeltartigen Bahnen über Decke und Wände drapiert und kunstvoll in Falten gelegt, goldverzierte Pfeiler schienen das symbolische Zeltdach zu stützen, und all das stand in bizarrem Kontrast zu dem riesigen, farbgewaltigen Wandbild hinter McCaine, das von der Hand Diego Riveras höchstselbst stammte, des größten unter den mexikanischen Malern. Man musste nicht sonderlich gebildet sein, um das zu wissen: Das Hotel tat mit Informationsbroschüren, Hinweistafeln und Inschriften, was es

715.000.000.000 $

konnte, um einen über diese Tatsache nicht im Ungewissen zu lassen.

»Bis jetzt«, erklärte McCaine, nachdem er Grund und Anlass seiner Anwesenheit dargelegt hatte, »wissen wir nur, dass Mister Fontanelli verschwunden ist. Die Umstände seines Verschwindens, soweit wir sie kennen, legen nicht zwingend gewaltsame Gründe hierfür nahe; ausschließen kann man sie gleichwohl nicht. Sollte es sich in der Tat um eine Entführung handeln, so haben sich die Entführer bis jetzt jedenfalls noch nicht gemeldet.«

Eine Frau streckte die Hand hoch. »Weiß man, wer die Person war, mit der Mister Fontanelli sich treffen wollte?«

»Nein«, sagte McCaine. »Ich bezweifle auch, dass es eine solche Verabredung gegeben hat. Meines Wissens kannte Mister Fontanelli niemanden an der hiesigen Universität, mit dem er sich hätte verabreden können.«

Das gab Aufruhr. »Warum hat er das dann behauptet?«, rief ein Mann, ohne abzuwarten, bis McCaine ihm das Wort erteilte.

McCaine beugte sich über den Wald von Mikrofonen vor sich. »Es ist eine allgemein bekannte Tatsache, dass Mister Fontanelli es von Zeit zu Zeit riskiert, sich ohne den Schutz von Leibwächtern in die Öffentlichkeit zu begeben. In der Vergangenheit ist es dabei nie zu Zwischenfällen gekommen, aber natürlich sehen die Bodyguards ein derartiges Verhalten nicht gern. Ich übrigens auch nicht. Aber Mister Fontanelli ist erwachsen und braucht sich von niemandem vorschreiben zu lassen, was er zu tun oder zu lassen hat. Allerdings haben wir festgestellt, dass kurze Zeit danach auch einer der Leibwächter verschwunden ist«, fügte er mit einem Blick in die Runde der eifrig stenografierenden Journalisten hinzu. »Ob es hier einen Zusammenhang gibt, wird zurzeit noch von der Polizei untersucht.«

Ein korpulenter Reporter, der ein T-Shirt mit dem Logo eines amerikanischen Senders trug, meldete sich. »Gehen Sie davon aus, dass es sich um eine geplante Entführung handelt?«

»Ich wüsste nicht, wie jemand das hätte planen können. Dass Mister Fontanelli nach Mexiko kommen würde, steht erst seit ein paar Tagen fest und war nur einem kleinen Kreis bekannt«, sagte McCaine. »Soweit ich weiß, geht die Polizei davon aus, dass es sich um eine spontane Straftat handeln könnte.«

»Werden Sie Lösegeld zahlen?«, rief jemand.

»Bis zu welcher Höhe?«, wollte ein anderer wissen.

Blitzlichter blitzten, Diktafone wurden emporgereckt. McCaine blickte eine Weile dumpf brütend ins Leere, ehe er antwortete. »Wir werden«, sagte er, »sicherlich alles Menschenmögliche tun, um Mister Fontanelli unversehrt freizubekommen, sollte er sich in den Händen von Entführern befinden. Im Moment wissen wir aber, wie gesagt, nichts Definitives.«

»Es soll einen Zeugen geben, der gesehen hat, dass Mister Fontanelli gerannt ist«, kam ein Einwand. »Was sagen Sie dazu? Ist er möglicherweise geflüchtet?«

McCaine hob entschuldigungsheischend die Hände. »Ich kann dazu gar nichts sagen. Ich war nicht dabei.«

»Was ist, falls Mister Fontanelli tot ist? Wer würde das Vermögen erben?«, kam ein Ruf aus dem Hintergrund des Saales.

»Ja, genau? Wer erbt?«, rief ein anderer, und ein allgemeines Geschrei setzte ein, als habe jeder nur auf diese Frage gewartet, aber niemand gewagt, sie zu stellen.

McCaine sah finster in die Runde und wartete, bis wieder einigermaßen Ruhe eingekehrt war. »Sie können davon ausgehen, dass alle erbrechtlichen Fragen hinreichend geklärt sind«, sagte er dann. »Aber ich fände es zum gegenwärtigen Zeitpunkt mehr als geschmacklos, hierzu detaillierte Überlegungen anzustellen oder Erläuterungen abzugeben.«

Er hielt es für unnötig, zu erwähnen, dass er seinen Flug

717.000.000.000 $

nach Mexiko erst angetreten hatte, nachdem einer der bedeutendsten Rechtssachverständigen Großbritanniens Johns handschriftliches Testament eingehend geprüft und versichert hatte, dass es ohne Zweifel als gültig anerkannt werden würde.

Das Warten zehrte an den Nerven. Wenn er gekonnt hätte, wäre er unablässig in der Zelle auf und ab getigert, aber das ließ die Kette nicht zu. Wenn er die wenigstens losgeworden wäre! Als ihm der Unbekannte zu essen brachte, bat er, das Gesicht folgsam in die stinkende Matratze gepresst, sie ihm abzunehmen, aber der Mann schien das nur amüsant zu finden. Nachher betrachtete er die Tür seiner Zelle und verstand, warum: Wäre er nicht angekettet gewesen, er hätte sie mit einem Fußtritt aufbrechen können, und dieser Fußtritt hätte weder besonders kräftig noch besonders laut sein müssen.

So stand er stattdessen alle paar Minuten auf, stellte sich an die Rohrleitung, presste sein Ohr auf das Metall und lauschte, bis ihm Rücken und Nacken lahm wurden und er sich lieber wieder hinsetzte. Die meiste Zeit hörte er nur den Fernseher. Der schien überhaupt den ganzen Tag zu laufen. Zuckrige Musik wechselte sich ab mit den sentimentalen oder übertrieben aufgeregten Dialogen einer billigen Fernsehserie, dazwischen Nachrichten, von einem Sprecher in maschinengewehrartigem Stakkato vorgetragen. Ab und zu waren Küchengeräusche zu hören, das Klappern von Topfdeckeln etwa oder das Hacken von Zutaten auf einem Holzbrett. Bisweilen unterhielten sich ein paar Leute, immer Männer, mit dunklen, tiefen Stimmen, und diese Unterhaltungen klangen ausgesprochen gelangweilt. Die Männer sprachen Spanisch, doch nicht einmal, wenn John diese Sprache beherrscht hätte, hätte er ein Wort verstanden, so verschliffen und vernuschelt war ihre Sprechweise.

Immer, wenn er sich wieder hinsetzte, sagte er sich, dass er es genauso gut lassen konnte, zu lauschen, denn nichts von dem, was er hörte, erlaubte ihm den geringsten Rückschluss darauf, was vor sich ging oder was die Entführer mit ihm vorhatten. Das sagte er sich und starrte den Kakerlaken-Spalt an und wartete, und dann hielt er es doch nicht mehr aus und stand wieder auf, um weiter zu lauschen.

So lauschte er und hörte plötzlich seinen Namen.

Der Klang des eigenen Namens hat etwas Magisches. Selbst wenn man unaufmerksam ist, selbst wenn man von einer Sprache umgeben ist, von der man keine Silbe versteht, ja sogar wenn man mitten in einer Menschenmenge steht, in der alle durcheinander reden – sobald der eigene Name fällt, hört man das heraus. Und gerade weil man nicht darauf gefasst war, durchfährt es einen wie ein leichter Schock.

John hörte seinen Namen. Und es war eine Stimme aus dem Fernseher, die ihn nannte.

Er zuckte zurück, erschrocken. Das musste eine Halluzination gewesen sein, oder? Bestimmt, sagten die Risse und Flecken der Mauer vor ihm. Er presste das Ohr wieder auf das kalte Metall und hörte mit angehaltenem Atem, wie plötzlich Aufregung in die Stimmen der Männer kam.

Man verfolgte die Nachrichtenmeldung. Nervöses Raunen. Der Apparat wurde in den nächsten Kanal geschaltet, das Raunen wurde zu aufgebrachtem Gezeter. Einer fiel dem anderen ins Wort, hin und her ging es, immer lauter, bis schließlich einer sich Gehör verschaffte und die Übrigen zum Schweigen brachte.

Er schien zu telefonieren, herrschte jemanden unfreundlich an. Der Hörer wurde knallend aufgelegt, und die Aufregung brandete wieder hoch, klang mehr und mehr nach heller Panik.

Es war etwas schief gegangen.

John trat von dem Rohr weg und musste die Hand auf die Brust legen, so heftig schlug sein Herz gegen die Rippen. Das war nicht gut. Das war sogar ausgesprochen schlecht. Irgend-

719.000.000.000 $

etwas war anders gelaufen, als seine Entführer sich das vorgestellt hatten, und er hatte genug Geschichten über Entführungen gelesen, um zu wissen, dass das für ihn gefährlich werden konnte.

Er versuchte, ruhig zu atmen und keine verdächtigen Geräusche mit der Kette zu machen, und kehrte in die Lauschposition zurück.

Immer noch Aufregung, immerhin auf gleich bleibendem Level. Nach einer Weile schlug eine Tür, man hörte schwere Schritte, und eine neue Stimme mischte sich ein, die nur gebrochen Spanisch sprach und in der John die Stimme Randolph Bleekers zu erkennen glaubte.

Die Männer setzten ihm heftig zu, attackierten ihn mit Vorwürfen, und anscheinend nicht nur mit Vorwürfen. Bleeker hielt dagegen, redete, schrie, beschwor und schimpfte, und endlich begriff John, was schief gegangen sein musste: Seine Entführer hatten nicht gewusst, wen sie da entführten. Sie hatten nicht gewusst, wer er war. Erst in dem Moment, als das Fernsehen von der Entführung des reichsten Mannes der Welt berichtet hatte, war ihnen aufgegangen, wen sie da in ihrem Verlies angekettet sitzen hatten. Und nun bekamen sie es mit der Angst zu tun.

Wahrscheinlich waren sie tatsächlich berufsmäßige Entführer, kidnappten ab und zu mehr oder weniger wohlhabende Leute, ließen sie gegen ein angemessenes Entgelt wieder laufen und verdienten so ihren Lebensunterhalt. Die Polizei mochte überfordert sein, diesen Fällen nachzugehen, oder erfuhr erst gar nicht davon. Aber, so sagten sie sich jetzt zweifellos, die Entführung eines John Fontanelli würde niemand auf sich beruhen lassen. Himmel und Hölle würden in Bewegung gesetzt werden, um sie zu finden, und würden in Bewegung bleiben, bis man sie gefunden hatte. Diese Sache war eine Nummer zu groß für sie.

Bleeker versuchte zweifellos, sie vom Gegenteil zu überzeugen. Er fluchte und argumentierte, wollte sicher, dass sie

720.000.000.000 $

wie geplant weitermachen sollten, aber die Männer schrien jetzt alle durcheinander, Stühle fielen um, es klang nach Handgemenge und Schlägerei, und schließlich warfen sie Bleeker hinaus. John hörte den ehemaligen Anwalt dreckige amerikanische Flüche schreien, aber da klang er schon, als hätten sie ihn in den Flur gedrängt, und gleich darauf fiel die Tür ins Schloss.

John trat einen Schritt zurück.

Sie werden mich töten, dachte er und fühlte einen kristallenen Schrecken in sich aufsteigen, ihm Herz und Kehle vereisen. *Sie werden kommen und mich töten.*

Er ließ sich auf die Matratze hinabsinken und fragte sich, wie sie es tun würden. Mit einem Schuss, mit einem Messerstich? Würde es wehtun? Und hier, mein Gott, in diesem Gelass, das nach Urin stank. Was für ein Ende für den Mann, der ausersehen gewesen war, eine göttliche Prophezeiung zu erfüllen.

Ein würgendes Lachen kollerte seine Lungen empor. Was hatte der *Padrone* doch für ein Glück gehabt, nach einem langen Leben in Frieden zu sterben, in dem beruhigenden Glauben, seine Mission erfüllt zu haben – und rechtzeitig genug, um nicht miterleben zu müssen, wie grässlich er sich geirrt hatte.

Ursula hatte es ihm gesagt, die ganze Zeit. Sein Glaube an die Prophezeiung war nichts weiter gewesen als die bequeme Ausrede dafür, keine eigenen Entscheidungen treffen zu müssen. Denn das hätte geheißen, Verantwortung tragen zu müssen. Es war so bequem zu sagen: *Gott will es.* Egal, was geschah, man trug keine Schuld. Eine tolle Sache für alle Feiglinge.

John starrte die blasse Tür an, durch die seine Mörder kommen würden, und spürte, wie dieser Glaube noch vor ihm starb, wie er auflöderte und verlosch und wie nicht einmal Asche übrig blieb. Sagte man nicht, dass im Angesicht des Todes das ganze Leben noch einmal an einem vorüberzog?

721.000.000.000 $

Er sah alle Etappen seines Lebens noch einmal in schmerzhafter Klarheit und auch, wie er immer nach jemandem gesucht hatte, der ihm sagte, was er tun sollte. Seine Eltern. Seine Brüder. Er war von zu Hause ausgezogen, weil Sarah es gewollt hatte. Von Marvin hatte er sich raten lassen, den Job bei Muralis Pizzaservice anzunehmen. Cristoforo Vacchi hatte ihm gesagt, dass er eine Bestimmung habe, und Malcolm McCaine hatte gewusst, wie diese Bestimmung zu erfüllen war. Nur auf Ursula hatte er nicht gehört.

Verdammt, sogar dass er mit Constantina ins Bett gegangen war, hatte Eduardo für ihn bestimmt. Und Ursula? Ursula hatte gewollt, dass sie ohne Geleitschutz nach Deutschland fuhren, und er hatte gehorcht.

Die Tür rührte sich nicht. Keine Schritte. Seine Mörder kamen nicht.

Er sah das Rohr an und beschloss, nicht mehr zu lauschen. Er wollte nicht hören, dass womöglich niemand mehr da war. Er wollte nicht wissen, dass sie geflüchtet waren und ihn zurückgelassen hatten, damit er hier umkam und nie gefunden wurde. Er blieb sitzen, starrte in das dämmrige Licht und hörte auf, über sein Leben nachzudenken, hörte überhaupt auf, zu denken, starrte nur vor sich hin und tat nichts mehr außer zu atmen. Die Zeit blieb stehen, das Licht wurde dunkler und erlosch, und da endlich kamen die Schritte.

Das Klopfen an der Tür. »*Hola?* Du wach?«

»Ja«, sagte Johns Stimme.

»Du hinlegen. Gesicht auf Matratze.«

Auch das. Er hatte sein Leben lang auf andere gehört, warum nicht auch im Tod. Also legte er sich auf den Bauch, schloss die Augen und ergab sich in das Unausweichliche.

Die Tür wurde geöffnet, und diesmal waren es mehrere Männer, die hereinkamen. Eine Hand tastete nach seinem Kopf. John spürte ein Zittern tief in sich, biss die Zähne zusammen, nur nicht um Gnade winseln! Da, mit einem Ruck, wurde ihm etwas über den Kopf gezogen, jemand riss ihm die Arme auf den Rücken und fesselte sie aneinander, dann richteten ihn starke Arme auf. »Mitkommen«, sagte der Unbekannte.

Sie führten ihn eine Treppe hinauf, durch einen Flur, in dem er sich die Schulter an einem Möbelstück stieß, warnten ihn vor einer Schwelle, hinter der es ein paar Stufen abwärts ging, in einen Raum, der durch die Maske hindurch nach Holzspänen und Dieselöl stank. Eine Garage offenbar, denn sie hoben ihn hoch wie Spielzeug und stopften ihn in den geräumigen Kofferraum eines Autos. Er hörte noch, wie ein Tor geöffnet wurde, dann ließ jemand dröhnend den Motor an, und die Fahrt ging los.

Sie fuhren endlos, und jeder Versuch, sich etwa den Weg zu merken oder auch nur, wann rechts und wann links abgebogen wurde, war hoffnungslos. Zudem drangen von irgendwoher Abgase in den Kofferraum, die ihm so übel werden ließen, dass er alle Kräfte darauf richten musste, nicht im Inneren des Stoffsacks zu erbrechen, der seinen Kopf bis zum Hals einhüllte.

Endlich hielten sie an. Jemand stieg aus, kehrte nach einer Weile zurück und schwang sich wieder auf den Sitz, dann wendete der Wagen und fuhr ein Stück rückwärts, über holprigen Grund. Der Kofferraum wurde geöffnet. Man schnappte seine Beine und fesselte sie auch noch, mit einem Draht, der hart in die Haut einschnitt. John protestierte, aber man schien ihn nicht einmal zu hören, sondern packte ihn, hob ihn heraus, trug ihn ein Stück und warf ihn dann in hohem Bogen fort.

John schrie auf. Er landete verhältnismäßig weich, auf einem Untergrund, der sich wie Lumpen und zerknülltes Papier anfühlte, vermischt allerdings mit harten und spitzen Brocken, an denen er sich wundschlug. Es stank gottserbärmlich. Er versuchte, sich herumzuwälzen, aber bei jeder Bewegung,

723.000.000.000 $

die er machte, bewegte sich das, worauf er lag, in unheilvoller Weise; so, als könne er jederzeit darin versinken.

So blieb er in einer unbequemen Seitenlage liegen, die Füße zusammengebunden, die Arme auf den Rücken gefesselt, das Gesicht auf dem Boden. Nach und nach drang ein Gestank durch den Stoff seiner Maske, wie er ihn noch nie erlebt hatte, ein unglaubliches Gemenge aus Fäulnis und Verrottung, Verwesung und Zersetzung, ein bestialischer Pesthauch nach Schimmel, Rost und Moder, gegen den die Luft in seinem Verlies geradezu keimfreier Wohlgeruch gewesen war. Mit ungläubigem Staunen begriff er, was seine Entführer mit ihm gemacht hatten. Dies war ein Müllplatz. Sie hatten ihn auf einen *Müllplatz* geworfen.

724.000.000.000 $

41

DIE KÄLTE KAM langsam, kroch zäh durch die Kleidung in die Haut und durchtränkte ihn unnachgiebig bis auf die Knochen. Und wie es immer kälter wurde, wurde es auch immer stiller. Zuerst hatte er weit weg Verkehr gehört und das Geräusch einer Maschine, doch die Maschine wurde irgendwann abgestellt, der Strom des Verkehrs versiegte, und alles, was er dann noch hörte, war sein eigener Atem.

Und ein grauenerregend deutliches Rascheln in der Tiefe.

Ratten.

John zuckte unwillkürlich zusammen, wälzte sich herum, sank ein Stück ein und verharrte voll Entsetzen. Natürlich, auf einem Müllplatz musste es Ratten geben. Ratten, die beißen konnten. Die einen Menschen ernsthaft verletzen konnten, töten womöglich. Er konnte nicht anders, als sich wimmelnde, pelzige, eklige Leiber vorzustellen, mit Nagezähnen und nackten Ringelschwänzen, die sich durch verrottende Lebensmittel und gärenden Müll wühlten auf der Suche nach Beute, und sein Körper bog sich wie von selbst vor Grauen, dass ihm fast die auf den Rücken gebundenen Arme brachen.

Vielleicht, wenn er still hielt. Vielleicht ließen sie ihn dann in Ruhe. Er wagte kaum zu atmen, lauschte, verfolgte jedes Knacken mit angespannten Sinnen, bereit, sich wild umherzuwerfen, sobald ihn ein Tier auch nur berührte, bereit zu schreien und zu toben, um es zu vertreiben. Wachsamkeit, das war es. Nur das konnte ihn retten.

Er erschrak, als er plötzlich eine Hand auf seiner Schulter spürte, und merkte im selben Moment, dass er geschlafen haben musste. Der Lärm der Straße war wieder da, das Wum-

725.000.000.000 $

mern der fernen Maschine, und es waren Schritte um ihn herum. Er fror, als habe er die Nacht in einem Kühlschrank verbracht, seine Arme waren zu tauben, fleischigen Anhängseln geworden, und seine abgeschnürten Füße fühlten sich an wie abgestorben.

»Hilfe!«, krächzte er und schüttelte den Kopf, erstickte schier an dem Stoff auf seinem Gesicht, der inzwischen klamm und klebrig war. »Binden Sie mich los, bitte!«

Stimmen über ihm unterhielten sich. Stimmen von Kindern. Eines stieß ihn an, mit dem Fuß, wie man ein überfahrenes Tier anstößt, um zu sehen, ob es noch lebt.

»So helft mir doch!«, schrie er und zappelte, um keinen Zweifel daran zu lassen, dass er nicht tot war. Verdammt, auch wenn er kein Spanisch sprach – war es denn so schwierig, herauszufinden, was er wollte? »Bindet mich los, ich bitte euch!«

Wieder spürte er Hände auf seinem Körper, kleine Hände mit flinken Fingern, doch sie lösten keine Knoten und banden keine Fesseln auf, sondern durchforschten die Taschen seiner Hose und seines Hemdes. Die Stimmen klangen enttäuscht, als die Hände nichts fanden, keine Brieftasche, kein Geld, keine Schlüssel. »He, verdammt noch mal!«, brüllte John, aber die Kinder machten keine Anstalten, ihm zu helfen. Sie schienen zu beratschlagen, dann entfernten sich ihre Schritte, raschelnd und knisternd auf dem Müll, und alles Schreien brachte sie nicht zurück.

So lag er weiter da, hilflos, verloren, und fühlte Schweiß seinen Körper entlangrinnen. Der zweifellos Tiere anlocken würde. Überhaupt, war nicht eigentlich Ursula schuld an seiner Lage? Nur weil sie ihn verlassen hatte, war er seinen Entführern in die Falle gelaufen. Wenn man seinen Leichnam eines Tages hier finden würde, würde sie davon erfahren und sich grämen, und das geschah ihr recht.

Jemand jammerte, und nach einer Weile merkte John, dass er es selber war. Ein Zittern hatte sich seines Körpers bemächtigt, das an den gefesselten Stellen schmerzte, aber er konnte es nicht anhalten. Ihm war erbärmlich elend; bestimmt kam das von dem Gestank, der ihm schon wie ein übler Geschmack im Mund lag, in jede Pore seines Körpers gedrungen war und sich anschickte, ihn zu zersetzen. Und nun war ihm heiß, so elend heiß, dass seine Zunge austrocknete und anschwoll und sich wie ein Gummiball in seinem Mund anfühlte.

Ein Rascheln, das näher kam. Schritte? Ratten? Sollten sie ihn doch fressen, was scherte es ihn. Aber sie fraßen ihn nicht, sie fraßen die Riemen auf seinem Rücken, und als sie sie gefressen hatten, fielen seine Arme leblos und schwer am Körper herab wie tot, gehörten nicht mehr zu ihm, pochten und pulsten, als wollten sie platzen.

Dann gingen sie ihm an die Kehle, aber dort fühlten sie sich wie Hände an, die aufknoteten und nestelten und zerrten, und endlich wurde ihm die Kapuze vom Kopf gezogen. Das grelle Licht trieb ihm die Tränen in die Augen. Er sah nur endloses Grau über sich und darin das verschwommene Gesicht einer dunkelhaarigen Frau. »Ursula«, sagte er glücklich.

Ursula sagte etwas, und er wunderte sich, dass sie Spanisch mit ihm sprach. Es kitzelte, als der Schmerz um seine Waden nachließ. Sie reichte ihm die Hand, ein breites, engelhaftes Gesicht, dunkle Augen wie tiefe Brunnen. Sie half ihm auf, und das Kind an ihrer Seite half ihm auch, doch es tat weh, zu stehen, seine Füße schmerzten wie offene Wunden, und als er an sich hinabblickte, sah er, dass seine Schuhe verschwunden waren.

»Das ist eine Gemeinheit«, erklärte er ihr. »Das waren John-Lobb-Maßschuhe für sechstausend Dollar.«

Sie sah ihn nur an, und er durfte sich auf sie stützen, und so gingen sie langsam den Müllhügel hinab bis zu einer Tür, in der ein kariertes Stück Stoff hing. Dahinter war es dunkel und eng, und es gab einen Platz zum Hinlegen. Jemand hob seinen Kopf hoch und gab ihm warmes Wasser zu trinken, das nach Metall schmeckte, aber es netzte die Zunge und

727.000.000.000 $

den Rachen, wurde aufgesaugt vom Körper, und als der Becher leer war, durfte er sich zurücklegen und schlafen.

Immer wieder Erwachen aus fiebrigen Träumen, Auftauchen aus Dimensionen der Angst und der Verzweiflung, Hochfahren mit einem Schrei – und eine Hand, die da war, die ihn zurückdrückte, ihm einen Becher mit Wasser an die Lippen setzte. Eine sanfte Stimme, die er nicht verstand, aber sie redete ihm beruhigend zu, bis er wieder hinabsank ins Dunkel.

Sein Herz schlug wild in dieser Zeit ohne Maß, brauchte die Schläge eines halben Lebens auf, um Gifte aus seiner Blutbahn zu treiben, Krankheitserreger abzutöten, Albträume auszuschwitzen. Er versank in Schweiß, schlug um sich, hörte sich heulen und klagen und stöhnen, bis das Vergessen ihn zurückholte.

Sie redete mit ihm, sang ihm seltsame Lieder. Ursula war das nicht, nein. Die Frau hatte samtene, braune Haut und blickte traurig drein. Sie kühlte ihm die Stirn mit feuchten Tüchern, wenn ihm heiß war, seine Augäpfel brannten und sein Herz zu zerspringen drohte. Und bisweilen legte sie ihm die Hand auf die Brust und beschwor unbekannte Götter, bis ihm die Augenlider schwer wurden und der Schlaf zurückkam.

John erwachte und fühlte sich, als sei das Fieber ausgebrannt. Er war schwach, selbst sich nur aufzurichten ließ sein Herz rasen, aber sein Kopf war klar, sein Leib leicht, sein Blick wach. Er wusste wieder, was passiert war, und er wusste, dass er gerettet worden war.

Da war der Vorhang, an den er sich erinnerte, der Vorhang aus kariertem Stoff, und er leuchtete, weil draußen Tag war und die Sonne schien. Stimmen waren zu hören, ferne Rufe, nahe Gespräche, Hunderte von Menschen ringsum. Metall klapperte, Steine hieben auf Steine, emsige Geschäftigkeit. Und alles war durchdrungen von einem beißenden Geruch, Müll, Rauch, Verwesung, Fäulnis.

728.000.000.000 $

Die Luft war dreckig. Er war dreckig. Seine Haut fühlte sich talgig an, von einer unablösbaren Schmierschicht überzogen, seine Unterwäsche kniff klamm und eklig im Schritt, die Kopfhaut juckte erbarmungswürdig ... Als er sich ans Kinn langte, entdeckte er einen Bart, und was für einen, großer Gott – wie lange mochte er krank gewesen sein? Das waren keine Stoppeln mehr, das waren weiche, lange Barthaare, wie er sie noch nie im Leben gehabt hatte.

Er sah sich um. Ein armseliger Unterschlupf aus Wellblech und Karton, nur die Wand unmittelbar neben ihm war ein bröckeliges Stück Mauer. Er lag auf der einzigen Liegestatt im Raum, einer knotigen, rissigen Matratze mit einer grauen Decke darauf. Neben ihm standen Orangenkartons und ein windschiefer, verfärbter Flechtkorb mit Habseligkeiten, ein angesengtes Madonnenbild war der einzige Wandschmuck, darunter hing eine Spiegelscherbe, und am Boden entlang standen schmutzig grüne Flaschen mit Wasser, eine Schachtel mit schrumpeligem Gemüse und, merkwürdiges Besitzstück, ein Paar hochhackiger Schuhe.

Er wälzte sich ächzend herum, sodass er sich in dem Stück Spiegel betrachten konnte, und erblickte einen Fremden. Das Gesicht hohlwangig und ausgezehrt, die Haare verfilzt, dazu der merkwürdig krause Bart: Nicht einmal seine Mutter hätte ihn erkannt. Er musste schon mindestens zwei Wochen hier sein, wenn nicht länger. Falls er das wirklich war, den er da im Spiegel sah. Falls nicht durch einen Zauber oder eine verbotene Operation seine Seele in den Körper eines anderen gelangt war, eines alten Landstreichers und Müllsammlers. Ganz sicher war er sich nicht.

Der Vorhang wurde beiseite getan, Licht fiel in einer breiten Bahn herein und vertrieb allen pittoresken Glanz aus dem Obdach, enthüllte erbarmungslos seine Armseligkeit. John sah blinzelnd herum. Sie. Die ihn gerettet hatte, aufgelesen aus dem Müll, befreit, aufgenommen und gepflegt. Eine kleine, braunhäutige Frau mit breitem Indiogesicht und öligen,

729.000.000.000 $

schwarzen Haaren, in ein schmuckloses Kleid unbestimmbarer Farbe gehüllt, stand sie da und sah ihn ruhig an.

»Du gut?«, fragte sie.

»Ja. Danke«, nickte John. »Es geht mir schon viel besser. Vielen Dank, dass Sie mich aufgenommen haben; ich dachte schon, ich sterbe da draußen im Müll.«

Sie wiegte den Kopf sacht hin und her, schien zu überdenken, was er gesagt hatte, wirkte besorgt. »Du gehen«, sagte sie dann. »Eine Stunde. Dann zurückkommen. Okay?«

John musterte sie verdutzt, unsicher, ob er sie richtig verstanden hatte. »Ich soll eine Stunde lang rausgehen?«

»Ja. Eine Stunde, dann zurück. Hinlegen.«

»Alles klar«, nickte er. »Kein Problem.« Er setzte sich auf und merkte, dass es doch ein Problem war. Er musste sich an der Steinwand abstützen, bis das dunkle Flimmern um ihn herum nachließ. »Kein Problem«, wiederholte er trotzdem und machte, dass er auf die Beine kam. Die Decke war zu niedrig, um aufrecht zu stehen, also hinaus, den Vorhang beiseite und ins grelle Licht des Tages geblinzelt.

»Ich dich rufen«, hörte er sie sagen, eine verschwommene Gestalt vor dem sinnverwirrend hellen Hintergrund.

»Schon klar«, meinte John, heftig nickend, und tastete sich seinen Weg an einem hüfthohen Mauerrest entlang, eine ganze Weile ging das, bis ihm ein Tier durch die Beine strich, eine Katze, und ihm einfiel, dass er sich vielleicht besser nicht so weit von der Hütte entfernte.

So richtig gut war ihm noch nicht, nein. Er sah sich mit tränenden Augen um nach einer Stelle, wo er sitzen konnte. Der Qualm brannte in der Nase und in den Augen, die er sich mit dem Handrücken rieb, und dabei entdeckte er, dass der Qualm von einem offenen Feuer in der Nähe kam. Darüber stand ein verbeulter Kochtopf, in dem etwas köchelte, das nach Gemüse roch und nach Mais. Zwei krätzige Hunde lagen mit hängender Zunge daneben. Eine gebeugt gehende alte Frau tauchte auf, die die Suppe umrührte und etwas keifte, das John nicht ver-

730.000.000.000 $

stand und von dem er nicht einmal wusste, ob es ihm galt oder den Hunden. Zur Sicherheit stand er auf und ging weiter.

Das war hier eine richtige Siedlung am Fuß des Müllbergs, ein Dorf aus Blech, Plastikplanen und Holzdielen, eingebettet in Bauschutt, Hügel verrottenden Zeitungspapiers und Halden zerfledderter Plastiksäcke. John sah staunend zu, wie Kinder und Erwachsene gebückt die Müllhänge und Abfallböschungen absuchten und auflasen, was sie weiterer Nutzung für wert fanden, wie Altmetall zu Haufen getürmt und von anderen Mitgliedern dieser bizarren Müllsammlerarmee bewacht wurde, wie man Kartons zerlegte und Müllsäcke fachgerecht auswaidete, zerrissene Kleidung, alte Autobatterien, Flaschen, Dosen, Krimskrams zutage förderte. Die Älteren trugen Baseballmützen, vor die Nase gebundene Tücher und Handschuhe, die Kinder Jeanshosen und kurzärmlige, gestreifte Polohemden; sie sahen nicht einmal sonderlich ärmlich aus, eher so, als würden sie nur die Schule schwänzen und sich auf der Müllkippe die Zeit vertreiben.

Plötzlich kam Aufregung in die Männer, Frauen und Kinder. Ein schwerer Motor heulte, es krachte und knirschte, und schließlich tauchte am oberen Rand des Müllabhangs ein riesiger Laster auf. Er rangierte in Position, während man unten entlang der Schräge um die besten Plätze rangelte, dann wurde mit durchdringendem Jammern die Pritsche angehoben, bis sich ihr Inhalt in die Tiefe ergoss. Es sah auf absurde Weise aus, als würde ein Füllhorn voller Wohltaten über die Müllfledderer ausgeleert.

Sofort entbrannte heftiger Streit um die besten Stücke. Jemand ergatterte ein Bündel Elektrokabel, ein anderer schleppte einen Sack Kleider davon, ein dritter schnappte sich ein verbeultes Mikrowellengerät. Flaschen wurden herausgelesen und wanderten in mitgeschleppte Plastikkübel, Holzteile schienen in jeder Größe verwertbar zu sein, Blechdosen stampfte man mit dem Absatz zusammen, ehe man sie in Tüten und Säcke stopfte.

731.000.000.000 $

Erst jetzt entdeckte John einige dickleibige Gestalten, auf Matratzenstapeln oder zerlumpten Sesseln am Rand des Geschehens hockend, zu denen die Sammler hinpilgerten, um ihre Beute vorzulegen, wiegen zu lassen und Geld dafür zu bekommen. Jeder dieser Häuptlinge schien für anderes Material zuständig, für Metalle der eine, für Plastik der andere, eine korpulente Frau kaufte Glas und ein fetter Mann Holz. Also ging es auch hier um Geld, wie überall. Wahrscheinlich konnte er auch hier anfangen zu fragen und zu bohren, um am Ende herauszufinden, dass alle diese Menschen den Müll durchwühlten und sammelten und sortierten, um ihren Teil zu seinem Vermögen beizutragen. Ihm wurde schlecht, von dem Gestank, von dem Ort, von allem.

Jemand rief. John brauchte eine Weile, bis er begriff, dass der Ruf ihm galt. »Kommen«, rief die Frau von der Hütte her, winkte. Er stemmte sich hoch, stapfte über Schutt und Scherben zurück, ein Rinnsal braunen, ölschimmernden Sickerwassers umgehend, das unter dem Müll hervorsuppte. Er sah, wie hinter der Frau ein Mann aus der Hütte kam, noch im Begriff, seine Hose zuzuknöpfen, und begriff, dass sie eine Prostituierte war.

Das Fieber kehrte zurück, bannte ihn zu Boden und bescherte seiner Gastgeberin Verdienstausfälle ohne Ende. Einmal erwachte er in der Nacht, sah sie eine Kerze vor dem Madonnenbild anzünden und inbrünstig beten und glaubte mit fiebriger Gewissheit, dass sie um seine Gesundung bat oder dass sie ihn jedenfalls auf anständige Weise loswerde. Wenn er tags erwachte, saß ein Junge da, legte ihm nasse Tücher auf die Stirn und sah ihn ernst an.

»Wie heißt du?«, fragte John.

»Mande?«, sagte der Junge dann. Er mochte sieben sein oder noch jünger, trug eine kurze Hose und ein fleckiges, kariertes Hemd.

Er sah, wie sie vor der Tür auf offenem Feuer kochte, und

wenn sie ihm eine Schüssel Suppe brachte, war sein Hunger stärker als alle Bedenken. Das schien ihr zu gefallen, jedenfalls lächelte sie dann immer und gab ihm mehr.

Das Fieber war zurückgekehrt, aber es verzehrte ihn nicht weiter, musste nur vollbringen, was es angefangen hatte, und ließ dann Tag um Tag nach. Bald saß er neben ihr, wenn sie kochte, und sah ihr zu; sie redete währenddessen unbefangen mit ihrem Kind, als ob es das Selbstverständlichste der Welt sei, dass er hier war. Ab und zu wechselten sie ein paar Worte, mithilfe ihres unbeholfenen Englisch und mit Händen und Füßen. Er erfuhr ihren Namen: Maricarmen Berthier. Das konnte sie sogar schreiben, und er ließ es sich von ihr auf ein kleines Stück Karton kritzeln, das er sorgfältig in seiner Tasche verstaute.

»Ich will mich erkenntlich zeigen, sobald ich kann«, erklärte er ihr, nicht wissend, wie viel davon sie verstand. »Ich habe bei jeder Bank auf der Welt ein Konto, kannst du dir das vorstellen? Ich muss nur hineingehen und sagen, wer ich bin, dann bekomme ich Geld. Und dann werde ich dich entschädigen. Mehr als das.«

Sie rührte in ihrem Topf und lächelte wehmütig, während er sprach.

Endlich fühlte er sich kräftig genug, aufzubrechen. Sie sagte ihm, er solle in westliche Richtung gehen. Er bedankte sich noch einmal und verabschiedete sich. Sie blieb vor ihrer Hütte stehen, die Arme vor der Brust verschlungen, als müsse sie sich selbst festhalten, und sah ihm nach, bis er außer Sicht war.

Als er die Straße erreicht hatte, hielt neben ihm ein kleiner Lastwagen, der vom Müllplatz kam, und er durfte bei dem Altmetall auf der Ladefläche mitfahren. Es ging mit einem Höllentempo über breite und schmale Straßen, an endlosen Slums vorbei, durch verqualmte Industriegebiete und seelenlose Hochhaussiedlungen, eine Strecke, für die er Tage zu Fuß gebraucht hätte, aber irgendwann fiel ihm auf, dass er

733.000.000.000 $

keine Ahnung hatte, wohin die Reise eigentlich ging und ob er sich nicht womöglich in Höllentempo von seinem Ziel entfernte. Und was war überhaupt sein Ziel? Er klopfte an das Fahrerhaus und bedeutete dem Mann, ihn abzusetzen.

Da stand er dann am Straßenrand, verloren in einer Stadt, gegen die New York überschaubar wirkte, auf sich allein gestellt. Er winkte dem davonknatternden Lastauto nach, aus dem ein nackter brauner Arm grüßte, dann war auch das verschwunden.

Er sah sich um. Hohe, abweisend wirkende Mauern, verwitterte Werbetafeln, vergitterte Fenster. Die wenigen Menschen, die unterwegs waren, gingen ihm aus dem Weg, und wenn er an sich hinabsah, verstand er, weshalb. Sein einstmals eleganter, heller Maßanzug hing ihm in Fetzen undefinierbarer Farbe vom Leib, er hatte keine Schuhe mehr an den Füßen, sondern ging in löchrigen, zerschlissenen Socken, und dafür, wie er stank, hatte er längst jedes Empfinden verloren. Mit einem mulmigen Gefühl kam ihm zu Bewusstsein, dass es schwierig werden mochte, zu beweisen, dass er der reichste Mann der Welt war.

An einer Stelle, die wie eine Bushaltestelle aussah, war eine Anschlagtafel an die Hauswand geschraubt, ein simples Holzbrett, an dem ein Fahrplan klebte und ein grober Stadtplan von *Mexico D. F.* und Umgebung, in dessen Betrachtung sich John vertiefte. Wie es aussah, befand er sich im Norden der Stadt, womöglich in einem Stadtteil, der Azcapotzalco hieß. Er versuchte, den Weg zu rekonstruieren, den das Lastauto gefahren war, und kam zu dem Schluss, dass der Müllplatz in Netzahualcóyotl gewesen sein musste, einem Ort unweit eines Sees namens Texcoco.

Das hieß, dass er sich von nun an südlich zu halten hatte. Er versuchte anhand des Sonnenstandes und der vermutlichen Uhrzeit abzuschätzen, wo Süden sein mochte. Einen Moment überlegte er, wie er es anstellen konnte, einen Bus zu nehmen, aber ihm fiel nichts ein. Er würde ein mehrstün-

734.000.000.000 $

diges Wannenbad, eine komplett neue Garderobe und Geld brauchen, ehe an so etwas zu denken war.

Er drehte den Kopf, als er ein Auto heranrollen hörte. Es war ein Polizeiauto. Natürlich, die Polizei! Man suchte sicher nach ihm seit der Entführung. Er brauchte sich nur an den nächsten Polizisten zu wenden, um aller Sorgen ledig zu sein.

In diesem Augenblick ging unter dem Dach des Hauses gegenüber ein Fenster auf, eine alte Frau streckte den Kopf heraus, zeigte mit dem Finger auf ihn und schrie etwas. Das Polizeiauto hielt, und die zwei Männer darin stiegen aus und näherten sich ihm in machomäßigem Wiegeschritt, ihre Knüppel schlagbereit in Händen.

Es sah nicht so aus, als ob sie kamen, um die Zahl seiner Sorgen zu verringern. John machte, dass er in die entgegengesetzte Richtung davonkam, und war heilfroh, dass sich die Polizisten mit diesem Ergebnis ihrer Bemühungen zufrieden gaben.

Das war doch keine so gute Idee. Sich an die Polizei zu wenden hieß, sich schon wieder der Willkür von jemandem auszuliefern, der Waffen besaß, und davon hatte er erst einmal genug. Ihm fiel eine Bemerkung ein, die jemand während des Herfluges hatte fallen lassen, einer der Leibwächter vermutlich: Nichts in Mexiko sei so gefährlich wie die Polizei. Nein, er würde das auf eigene Faust regeln. *Fontanelli Enterprises* unterhielt eine Niederlassung in Mexico-City, an die konnte er sich ohne Gefahr wenden. Er wusste zwar nicht genau, wo das Büro lag, aber es war jedenfalls im Stadtzentrum. Und das würde er vollends zu Fuß erreichen.

So marschierte er los. Und wenn er Tage brauchen sollte, was machte es? Er brauchte nichts, hatte nicht einmal Hunger nach der langen Zeit im Fieber. Ab und zu fand sich ein Brunnen oder ein kleines Rinnsal, aus dem er ein paar Schluck Wasser nahm, um den Staub aus der Kehle zu spülen; dass das Wasser brackig schmeckte oder ölig glänzte, kümmerte ihn nicht. Er wanderte an Straßen entlang, in denen der Verkehr immer dichter wurde, je weiter er kam, was er für ein Zeichen hielt, dass er in der richtigen Richtung unterwegs war. Er kam durch pittoreske Gassen winziger, farbenfroh bemalter Unterkünfte, vor deren Türen in rostigen Eisenfässern Blumen und Gartenkräuter wuchsen und Wäsche an Leinen quer über den Weg trocknete. Kinder spielten hier mit Katzen und sahen ihm neugierig nach, und eine Frau winkte ihn heran, um ihm ein ausgetretenes Paar Turnschuhe zu schenken – ein Geschenk, das ihm die Tränen in die Augen trieb. Er suchte sich seinen Weg durch elend aussehende Viertel, wo der festgetretene Boden mit Abfällen übersät lag, die Häuser rechts und links nur halb fertige Betonbauten waren, aus deren Mauern Stahlarmierungen nach allen Seiten ragten und rosteten, und der Himmel voller Fernsehantennen und abenteuerlich kreuz und quer gespannter Stromkabel hing. Räudige Hunde wühlten in dunklen Ecken, manche Kinder trugen nur Decken um sich gehüllt: Hier fiel er nicht weiter auf. Dann wieder schlich er durch bessere Viertel, in denen die Häuser stuckverzierte Fassaden hatten oder kleine Balkone in französischem Stil und wo vor den Kirchen malerische Plätze lagen, von Bäumen umstellt oder von wulstigen Palmen. Nach und nach wuchsen die Häuser in die Höhe, mehrte sich die Zahl der Leuchtreklamen und der Fahrspuren, und als er endlich wieder einmal einen Stadtplan fand, war darauf nur noch das Stadtzentrum dargestellt und die Umgebung nicht mehr.

Hier sah er auch erstmals Bettler in großer Zahl: verkrüppelte Männer, die am Straßenrand hockten und jedem Passanten elend die Hände hinstreckten, Frauen mit einem Baby im Tragetuch, die sich Männern in Geschäftsanzügen auf dem Weg zum Auto aufdrängten und erst abließen, wenn sie eine Münze ergattert hatten, Kinder in schmutzigeren Kleidern, als er sie selbst in den Slums gesehen hatte, die japanische Touristen mit klagenden Rufen umringten. Die Stadtbewohner ließen die Bettelei über sich ergehen, doch man merkte ihnen das Bemühen an, sie so wenig wie möglich zur Kenntnis zu nehmen.

Er fand eine Telefonzelle, in der ein Telefonbuch so weit erhalten war, dass er die Adresse der Niederlassung daraus ersehen konnte und auch, anhand des Innenstadtplans darin, die ungefähre Lage. Plaza de San Juan, das lag etwas südlich des Alameda-Parks, den zu finden unproblematisch war: Wenn er jemanden fragte, war jeder froh, dass er nur eine Richtung wollte und kein Geld; er brauchte nur den hastig ausgestreckten Armen zu folgen. *Alameda? Allá!*

Endlich fand er das Büro, ein schmales Haus im Kolonialstil, an dem unübersehbar das dunkelrote Fontanelli-*f* auf weißem Grund prangte, und er fand es von Presseleuten umzingelt.

Der Mann hinter dem Steuer des Übertragungswagens leerte die Coladose bis auf den letzten Tropfen. Sein Adamsapfel hüpfte beim Schlucken. Dann zerquetschte er die Dose in seinen Händen und warf sie achtlos auf die Straße. »Angenommen, seine Leiche schwimmt in irgendeinem See«, sagte er zu der Frau, die neben der offenen Tür stand. »Wie wollen sie die je finden? Da stehen wir in fünf Jahren noch hier.«

»In fünf Jahren stehen wir nicht mehr hier, beruhig dich«, erwiderte die Frau. Sie war schlank und zierlich und hatte eine wilde rote Lockenmähne.

John, der hinter ihnen auf der Straße stand und genau wie die beiden das Gebäude ansah, begriff, dass sie von ihm redeten. Man hielt ihn für tot. Wenn er jetzt in dieses Haus hineinging, würde man derart über ihn herfallen, dass er sich am Ende wünschte, er wäre es.

»Ausgerechnet Mexico-City«, lamentierte der Mann weiter. »Ich finde diese Stadt zum Kotzen. Ich merk's in der Brust, sag ich dir. Jeden Morgen, wenn ich aufwache, muss ich husten, als ob ich mir das Rauchen ganz umsonst abgewöhnt hätte. He, wie findest du das? Da gewöhn ich mir das Rau-

737.000.000.000 $

chen ab, und dann hock ich wochenlang in dieser Stadt fest, in der es an jeder Straßenecke zum Gotterbarmen stinkt ...« Bei diesen Worten drehte der Mann sich plötzlich um, als habe er John gewittert. Er verzog das ohnehin schiefe Gesicht. »Hey, Brenda, schau mal. Wir haben Publikum.«

Seine Kollegin wandte den Kopf und sah John an. Ein heißer Schreck durchfuhr John, als ihm klar wurde, dass er diese Frau kannte. *Brenda Taylor, CNN,* lieferte ihm ein sinnlos gutes Gedächtnis sogar den Namen. Sie war es gewesen, die ihn vor hundert Jahren, auf der ersten Pressekonferenz im Haus der Vacchis, gefragt hatte, ob es ihn glücklich mache, reich zu sein. Und nun musterte sie ihn forschend ...

Einer spontanen Eingebung folgend, zog John den Kopf ein, streckte die Hand aus und jammerte in ungefähr dem Slang, der in den Fernsehserien früher immer Mexikaner als solche kenntlich gemacht hatte: *»Please, Missis! Ten dollars, please, Missis!«*

»O *Gott!*«, ächzte der Mann. »Ich *hasse* es.«

Sie hatte abrupt aufgehört, ihn forschend anzusehen. Sie sah beiseite, schlang ihre Arme um den Oberkörper und zischte ihrem Kollegen entnervt zu: »Gib ihm die verdammten zehn Dollar, damit er verschwindet.«

»Zehn Dollar? Das finde ich ganz schön unverschämt, Brenda, die anderen –« Er langte angewidert in die Tasche, fischte einen Schein heraus und warf ihn John zu. »Also gut, da. Und jetzt mach, dass du weiter kommst. *Vamos.* Verdammt, wie ich diese Stadt hasse«, knirschte er und drehte sich auch weg.

»Gracias«, murmelte John, womit seine Spanischkenntnisse ungefähr voll ausgeschöpft waren. *»Muchas gracias, señor.«* Damit schlich er sich davon.

Ein paar Straßen weiter fand er ein kleines *Teléfonos*-Büro, das mit einem blau-weißen Schild mit der Aufschrift *larga distancia* warb. Es ging ein paar Stufen hinab in einen niedrigen Raum, in dem ein Getränkeautomat stand und ein dicker Mann hinter einer Theke hockte, eine Karte von Mexiko im Rücken. Auf den Wänden klebten dicke Schichten veralteter Plakate zu Konzerten und Gottesdiensten. Das Büro war heruntergekommen, aber sauber genug, dass der Mann ihn mit einigem Recht missbilligend musterte.

»Kann ich hier telefonieren?«, fragte John und legte ihm den Zehndollarschein hin.

Buschige Augenbrauen gingen nach oben.

»Ins Ausland«, fügte John hinzu. »USA.«

Die Augenbrauen sanken wieder herab. Eine beringte Pranke zog die Banknote von der Theke, eine andere wies auf den rechten der beiden Telefonapparate an der Wand. *»Está bien. Dos minutes.«*

John nickte dankend und schnappte sich den Hörer. Jetzt nicht verwählen. Er drückte die Auslandsvorwahl, 98, die unübersehbar und in allen wichtigen Sprachen auf dem Apparat stand. Dann 1 für die USA.

Dann hielt er inne. Er hatte das Sekretariat der New Yorker Niederlassung anrufen wollen, um sich unauffällig durch den Sicherheitsdienst abholen zu lassen. Aber irgendwie fühlte diese Idee sich seltsam falsch an.

Der Mann hinter der Theke grummelte etwas, bedeutete ihm gestenreich, weiterzumachen mit dem Wählen, *»ándele, ándele!«*.

Nein. Das war keine gute Idee, warum auch immer. John hob die Hand, wollte schon die Gabel herunterdrücken, als ihm ein anderer Gedanke durch den Kopf schoss, ein Gedanke, dem er folgte, ohne weiter nachzudenken. Sein Finger tippte eine Null und dann die Ziffern einer Telefonnummer, die er so wenig vergessen konnte wie den Geburtstag seines besten Freundes.

»Hallo?«, sagte die Stimme von Paul Siegel.

739.000.000.000 $

42

DER *ZÓCALO* WAR das Zentrum der Stadt und ihr ganzer Stolz. Groß war er, wie geschaffen für Aufmärsche und Paraden, gesäumt von einer gewaltigen Kathedrale und einem pompösen Palast, groß und leer und bei Tag und Nacht bevölkert von Passanten, Bettlern, Pflastermalern, Liebespaaren, Familien und fotografierenden Touristen. Ein nie versiegender Verkehrsstrom umspülte den Platz, in dessen Mitte stolz die Nationalflagge wehte. Abends marschierte ein Garderegiment auf, um das riesige Banner in einer aufwändigen Zeremonie einzuholen, danach flammten Tausende von Lampen entlang der Fassaden ringsum auf und vereinigten sich zu eindrucksvoller Nachtillumination.

John kam sich vor wie unsichtbar. Er umwanderte den Platz langsam, immer Ausschau haltend, immer bereit, davonzurennen, aus welchem Anlass auch immer, aber niemand sah ihn an oder wollte etwas von ihm. Er wanderte an der schier endlosen Front des *Palacio Nacional* entlang, vertiefte sich in die Betrachtung der Reliefs an der Kathedrale und stromerte durch die Arkaden, in denen Geschäfte beheimatet waren, die entweder Schmuck verkauften oder Hüte, nichts anderes. Einmal stand er vor einer Auslage und besah sich sinnend das Geschmeide, das darin lag wie Aztekengold, als ihm eine stämmige Matrone mit ondulierten Haaren ein paar Münzen in die Hand drückte, so bestimmt, dass er keinen Einspruch wagte. Er bekam an einem der Stände in der Querstraße einen Taco dafür, verspeiste ihn mit Heißhunger und hatte ihn nachher wie Beton im Magen liegen.

Er fühlte sich unsichtbar und auf merkwürdige Weise frei. In

740.000.000.000 $

den zurückliegenden Wochen schienen alle Notwendigkeiten der Zivilisation von ihm abgefallen zu sein, die ganzen lästigen Verrichtungen persönlicher Hygiene, die zahllosen Verpflichtungen des Zusammenlebens, an all das erinnerte er sich nur noch wie an etwas, das einmal einen anderen betroffen und von dem er nur erzählt bekommen hatte. Es gab nichts zu tun, aber er langweilte sich nicht, sondern war zufrieden, irgendwo zu hocken, an eine Mauer gelehnt, und geruhsam ins Leere zu starren. Ab und zu verspürte er ein körperliches Bedürfnis, doch vergleichsweise gedämpft, fast als wolle sein Körper es ihm überlassen, darauf einzugehen oder nicht. Hunger, Durst, Müdigkeit – das war alles da, ja, aber es hielt sich im Hintergrund, wurde nie aufdringlich oder fordernd. Es war ein Frieden mit sich und der Welt, wie er ihn noch nie verspürt hatte, und er wünschte sich fast, Paul würde niemals kommen.

Doch irgendwann war er da. Unverkennbar die hagere, bebrillte Gestalt, die vor dem Haupttor der Kathedrale stand und, ohne das historische Bauwerk eines Blickes zu würdigen, den weiten Platz absuchte. John stand seufzend auf und schlenderte auf ihn zu, in weitem Bogen und unauffälligem Tempo, bis er unerkannt fast neben ihm stand.

»Hallo, Paul«, sagte er.

Paul Siegel fuhr herum und starrte ihn an, ungläubig zuerst, dann, je länger es ging, immer fassungsloser. »John ...?«, hauchte er, mit Augen, die aussahen, als würden sie nur noch von den Brillengläsern in ihren Höhlen gehalten.

»Hab ich mich so verändert?«

»Verändert?«, japste Paul. »Mein *Gott*, John – du siehst aus wie ein Fakir, der nach zwanzig Jahren Meditation vom Himalaya steigt.«

»Und stinke wie ein Kanalarbeiter, nehme ich an.«

»Nach zwanzig Jahren in der Kanalisation, ja.« Er schüttelte den Kopf. »Was ein Glück, dass ich einen Mietwagen genommen habe.«

741.000.000.000 $

Sie fuhren aus der Stadt hinaus und nach Norden, mit geöffneten Fenstern, weil Paul es anders nicht ausgehalten hätte. Er hatte allerlei Lebensmittel dabei, Kekse, Obst, Getränke in Flaschen und dergleichen, und wunderte sich, dass John nur zögernd zugriff. »Ist alles hygienisch unbedenklich«, betonte er.

»Mhm«, machte John nur.

Bei einem Hotel, das Paul sich in einem dicken, ausführlichen Reiseführer angestrichen hatte, hielten sie. »Ich hatte auf dem Flug von Washington eine Menge Zeit zu lesen«, sagte er fast entschuldigend. »Im Moment könntest du mich fragen, was du willst, ich habe das Gefühl, ich kenne Mexiko wie meine eigene Wohnung.« Er erledigte die Formalitäten und schmuggelte John danach mehr oder weniger in das Zimmer, das fließend Warmwasser und eine Badewanne hatte. »Ich dachte, das kann nichts schaden, nachdem du von dem Müllplatz erzählt hast. Und das auch nicht«, meinte er und zog eine große Plastikflasche flüssige Spezialseife aus der Tasche. »Untertagearbeiter verwenden so was, und, na ja, Müllmänner auch.«

John nahm die knallrote, beeindruckend aussehende Flasche in die Hand. »Dich kann man wirklich was organisieren lassen. Lass mich raten – frische Kleidung hast du auch dabei?«

»Im Kofferraum. Ich hol sie hoch, während du dich in die Fluten stürzt.«

»Du bist ein Genie.«

Paul lächelte wehmütig. »Ah, ja? Und warum bin ich dann nicht reich und glücklich? Komm, ab ins Bad. Du bist eine Zumutung für die Menschheit. Ach, und noch was – den Bart würde ich dranlassen an deiner Stelle.«

Nach dem Bad und Unmengen Spezialseife fühlte sich John nun doch wie neugeboren. Die Wäsche, die Paul besorgt hatte, passte leidlich, während Hemden, Hose und Slipper so gewählt waren, dass man dabei fast nichts falsch machen konnte. So saßen sie nachher im gedeckten Patio des Hotels, aßen zu Abend und besprachen die weiteren Pläne.

»Ich bin nach San Antonio geflogen und bei Laredo über die Grenze«, erklärte Paul, »und falls du mir keinen Grund sagst, der dagegen spricht, würde ich diesen Weg auch wieder zurück nehmen. Ach ja, übrigens, dein Pass«, fügte er hinzu, zog einen blauen amerikanischen Pass aus der Tasche und schob ihn über den Tisch.

»Wie bitte?« John nahm ihn, blätterte ihn auf. Das Passbild zeigte einen Mann mit einem dünnen Kinnbart, als Name war *Denis Young* angegeben, geboren am 16. März 1966 in Rochester. »Wer ist Denis Young?«

»Ein guter Freund eines guten Freundes. Der keine Fragen stellt und keine Journalisten kennt.«

John betrachtete das jugendlich wirkende Gesicht. »Und du denkst, das klappt?«

»Du brauchst einen Pass, wenn du über die Grenze willst, oder? Und ich bin ehrlich gesagt erschüttert, wie gut das Bild zu dir passt nach deiner Müllplatz-Kur. Ich kann mir nicht vorstellen, dass irgendein Grenzbeamter Verdacht schöpft.«

»Hmm«, machte John versonnen. »Na, wird schon schief gehen.« Er steckte das Dokument ein. »Danke.«

»Bitte«, sagte Paul. Er goss sich etwas Wein nach, dann beugte er sich, das Glas am Stiel haltend, vor. »Dir ist klar, welche Frage ich irgendwann stellen muss?«

»Sonnenklar.«

»Du hättest zur Polizei gehen können.«

»Ja.«

»Die suchen immer noch nach dir.«

»Das will ich auch schwer hoffen.«

»Zumindest hättest du deine Bodyguards anrufen können.«

»Wollte ich auch zuerst.« John atmete geräuschvoll durch. »Ich kann es dir nicht genau sagen. Es war ein ... Gefühl. Eingebung, möchte ich fast sagen. Eine Stimme, die mir geraten

743.000.000.000 $

hat, lieber unauffällig aus all dem zu verschwinden und mich erst einmal versteckt zu halten.«

Paul musterte ihn skeptisch. »Eine Stimme.«

»Na ja, nicht wirklich eine Stimme«, gab John zu. »Ich weiß nicht genau, was es war. Ein Gefühl, wie man es manchmal hat, wenn man mit der Zunge über die Zähne tastet, und etwas fühlt sich nicht in Ordnung an – aber man guckt im Spiegel nach und sieht nichts.«

»Hmm«, machte Paul.

John schob ein paar Krümel vor sich auf der Tischdecke zusammen. »Dieser Bleeker hat etwas von Auftraggebern gesagt. Das lässt mir keine Ruhe.«

Pauls Wohnung in Washington ähnelte derjenigen, die er in Manhattan gehabt hatte, so stark, dass John eine Weile das Gefühl hatte, an keinem bestimmten Ort zu sein. Der Blick ging nicht mehr über den Hudson, sondern über den Potomac River, und in der Ferne war das Capitol zu erahnen, aber es waren dieselben Möbel, derselbe erlesene Geschmack und fast die gleiche Raumaufteilung.

»Es war auch dieselbe Baufirma«, meinte Paul. »Ich schätze, es ist preisgünstiger, einen bewährten Bauplan wieder zu verwenden.«

Es war alles glatt gegangen. Sie waren ohne Zwischenfall durch das mexikanische Hochland gefahren, hatten die Grenze bei Laredo ohne Fragen passiert und die nächstmögliche Flugverbindung nach Washington genommen. Bei der Rückgabe des Wagens hatte Paul sich über den Geruch beschwert, der im Lauf der Fahrt immer schlimmer geworden sei, worauf der Angestellte der Autovermietung meinte, es könne an einem Defekt im Lüftungssystem liegen, einen nachträglichen Preisnachlass anbot und aufatmete, als Paul das ablehnte; so schlimm sei es nun auch wieder nicht gewesen.

»Ich habe der Putzfrau übrigens freigegeben«, erklärte Paul, als er mit Einkäufen fürs Wochenende zurückkam. »Wir müssen unseren Dreck also selber wegmachen, solange du da bist.«

»Kein Problem.« John hatte es sich vor dem Fernseher bequem gemacht und die Nachrichten studiert. McCaine schien es geschafft zu haben, die Yamaichi-Bank in den Konkurs zu treiben und die japanische Regierung in einen Finanzskandal zu verwickeln; eine Filmsequenz, in der ein weinender Finanzminister sich wieder und wieder verbeugte und um Verzeihung bat, wurde ständig wiederholt. Ein Bankdirektor, hieß es, habe Selbstmord verübt.

Über das Verschwinden John Fontanellis vor über drei Wochen wurde nur am Rande berichtet. Eine Sonderkommission der Polizei gehe jedem Hinweis aus der Bevölkerung sorgfältig nach, die Hinweise auf eine Entführung verdichteten sich, aber es seien immer noch keine Forderungen gestellt worden, zumindest keine glaubwürdigen. Es klang, als wisse man im Grunde nichts.

»Was hast du jetzt vor?«, fragte Paul später. Sie saßen am Esstisch, genau vor der Fensterfront mit der großartigen Aussicht. Paul hatte gekocht, und es schmeckte großartig, obwohl es ein schlichtes Gericht war. John fragte sich, ob es etwas gab, in dem sein Jugendfreund nicht hervorragend war.

»Gestern vor dem Einschlafen«, erzählte er und ließ den Blick über das feenhafte Glitzern des Flusses hinweg in die Ferne gleiten, »kam mir ein Gedanke. Ein ziemlich ungeheuerlicher Gedanke, um ehrlich zu sein, und am liebsten würde ich ihn mit Stumpf und Stiel ausreißen und vergessen, aber irgendwie geht das nicht.«

»Das haben Gedanken manchmal so an sich.«

»Es ist ein Verdacht.«

»Das liegt nahe.«

John fing an, sein Glas auf dem Tisch umherzuschieben und Messer und Gabel auf dem Teller symmetrisch auszurichten. »Ein paar Tage, ehe McCaine mich nach Mexiko geschickt hat«, fing er stockend an zu berichten, »hatte ich gerade angefangen, mich für die Buchhaltung des Konzerns zu interessieren. Bis dahin hat mich das nicht die Bohne interessiert, verstehst du? In der ersten Zeit hätte ich nichts damit anfangen können, aber inzwischen habe ich schon das eine oder andere mitgekriegt, jedenfalls ... ich habe angefangen, Fragen zu stellen.«

»Spannend«, meinte Paul trocken. »Klingt wie eine Folge aus *Denver Clan*.«

»Paul, *Fontanelli Enterprises* hat eine Milliarde Dollar an Honoraren an eine Unternehmensberatung gezahlt. Eine Milliarde Dollar!«

Paul sah ihn verdutzt an, saß einen endlosen Lidschlag lang wie erstarrt und platzte dann mit einem prustenden Lachen heraus. »Und du denkst«, rief er begeistert, »dass McCaine dich deswegen aus dem Weg räumen lassen wollte? Weil du ihm auf die Schliche gekommen bist?«

John sah ihm finster zu, wie er schier zusammenbrach vor Lachen. »Was ist daran so komisch?«

»Oh, John ...« Er lachte wahrhaftig *Tränen*. »Im Grunde bist du eben immer noch der Schuhmachersohn aus New Jersey. Für den schon eine Million mehr ist, als er sich vorstellen kann. Oh, John, das ist wirklich köstlich ...«

»Soll das heißen, das ist ein alberner Verdacht?«

»Albern?«, beölte sich Paul. »Mehr als albern – dafür gibt's überhaupt kein Wort ...«

John lehnte sich zurück und wartete, bis Paul sich wieder einigermaßen gefangen hatte. »Freut mich ja, dass du auch ein bisschen Spaß mit mir hast«, sagte er dann, »aber ich würde gern mitlachen.«

»John«, begann Paul, immer noch damit beschäftigt, sich die Augenwinkel und Wangen trockenzureiben, »du hast dich für die Buchhaltung interessiert. Dann kannst du mir sicher ein paar elementare Kennzahlen sagen. Und damit lassen sich dann ein paar elementare Überlegungen anstellen. Wie hoch war zum Beispiel der Konzernumsatz letztes Jahr?«

746.000.000.000 $

John furchte die Stirn. »Etwas über 2,4 Billionen Dollar.«
»Und der *operating profit?* Der Rohertrag also.«
»Knapp 180 Milliarden Dollar.«

Paul wälzte die Zahlen im Kopf hin und her. »Na ja«, meinte er, »nicht unbedingt eine glänzende Kennzahl, aber für einen Konzern dieser Größe passabel. Wie viel Mitarbeiter hat *Fontanelli Enterprises* insgesamt?«

»Siebeneinhalb Millionen.«

»Mehr als die Bevölkerung Finnlands, anbei bemerkt. Wie hoch sind die gesamten Personalkosten?«

John zuckte mit den Schultern. »Keine Ahnung.«

»Hmm«, machte Paul. »Vorsichtig geschätzt, eine halbe Billion Dollar pro Jahr. Kommt auf den Anteil in Billiglohnländern an.« Er grinste. »Und da glaubst du, McCaine zuckt auch nur mit der Wimper wegen einer lumpigen Milliarde? Geschweige denn, dass er finstere Pläne schmiedet? Ich bitte dich.«

John nickte. Im Grunde erleichterte es ihn, das zu hören. Das plötzliche Misstrauen McCaine gegenüber hatte ihm die ganze Zeit auf der Seele gelegen, ohne dass er sich dessen bewusst gewesen war. »Ich glaube, du hast Recht. Was den Schuhmachersohn anbelangt. Eigentlich habe ich mich bis jetzt allerhöchstens an die Größenordnung ›Million‹ gewöhnt. Eine Milliarde – für *Beratung* – mein Gott, hab ich gedacht, das sind ja Unsummen ...«

»Mir kommt es eher bescheiden vor«, meinte Paul mit einem Kopfschütteln. »Ich habe mich schon die ganze Zeit gefragt, wie McCaine das alles bewältigt. Ich meine, er ist ein wahres Monstrum von einem Manager. In so wenigen Jahren einen solchen Konzern aus dem Boden zu stampfen ...«

»Er hat ja mein Geld zur Verfügung gehabt«, wandte John ein.

»Dann überleg dir doch einfach mal, wie weit du allein damit heute wärst«, empfahl ihm Paul. »Nein, das ist schon eine reife Leistung, die ihm so leicht keiner nachmacht. Gut, er ist sicher keine rundum sympathische Person. Aber das war Henry Ford auch nicht.« Er überlegte. »So auf die Schnelle fällt mir eigentlich überhaupt kein großer Unternehmer ein, der nicht mindestens eine massive Macke gehabt hätte. Ich schätze, das ist der Preis.«

»Hmm«, machte John. So richtig zufrieden war er immer noch nicht. Da war immer noch etwas, irgendein Detail, das seiner Aufmerksamkeit entgangen, aber dennoch wichtig war. Ein Zusammenhang, aber verdammt, er hatte keine Ahnung, wo er danach suchen sollte.

»Es spricht eher für ihn, dass er sich Unternehmensberater ins Haus holt, ohne durch eine Krise dazu gezwungen zu sein«, führte Paul weiter aus, und jetzt wirkte er gerade, als hielte er einen Vortrag vor einem Saal interessierter Zuhörer aus Wirtschaft und Forschung. »Gerade jemand in der Position, die McCaine innehat, steht in der Gefahr, zu wenig kritische Stimmen zu hören und sein eigenes Urteil absolut zu setzen. Was zur Folge hätte, dass er den Kontakt zur Realität verliert, ohne es zu merken, und mehr und mehr unsinnige oder gefährliche Entscheidungen trifft. Offenbar war er sich dieser Gefahr bewusst. Innerhalb eines Unternehmens eine Kultur der Kritik aufrechtzuerhalten ist eine schwierige Sache, bei einem Unternehmen der Größe von *Fontanelli Enterprises* fast nicht zu schaffen. Ein externer Berater bietet hier, gerade weil er eben dafür bezahlt wird, Kritik zu üben, den notwendigen Ausgleich. Und für das Management heikler Projekte ist es oft auch besser, einen Externen einzusetzen, dem es egal sein kann, ob er nach Ende des Projekts verhasst oder beliebt ist ...«

»Ich hatte das Gefühl, wir finanzieren die ganze Branche«, bekannte John, der nur am Rande zuhörte.

»Oh, das nicht gerade, aber einen guten Batzen sicher«, nahm Paul das Stichwort auf. »Nagel mich nicht fest, mir schwirrt so eine Zahl von vierzig oder fünfzig Milliarden Dollar im Kopf herum, was den Gesamtumsatz an Beratungsdienstleistungen weltweit betrifft. Wie hießen denn die Firmen? Ich nehme an, die Großen der Branche waren gerade gut genug – McKinsey, Anderson, KPMG ...«

»Nein. Es war nur eine Firma. Callum Consulting.«

»Callum?«, stutzte Paul. »Nie gehört.«

John furchte die Stirn. »Sieht so aus, als seist du nicht auf dem Laufenden, oder?«

»Sieht so aus«, nickte Paul und stand auf. »Du entschuldigst, aber das ist etwas, das ich nicht auf sich beruhen lassen kann.«

Er ging die Wendeltreppe hoch, die hinauf in ein winziges Büro unter dem Dachfirst führte. John folgte ihm, und gemeinsam sahen sie seinem Computer beim Hochfahren zu. Von hier oben hatte man auch einen hübschen Blick, auf Fahrradwege und Vorgärten.

»Es gibt ein paar Wirtschaftsauskunfteien, die für den IWF arbeiten«, erklärte Paul, während die Verbindung zum Internet hergestellt wurde. »Bei einer davon logge ich mich jetzt ein, und eigentlich müsste ich dich bitten, wegzugucken, während ich das Passwort eingebe.«

»Sonst noch was?«, brummte John.

Eine Homepage mit einem eindrucksvollen Wappen erschien. Paul gab seine Zugangsdaten ein, dann kam ein Hinweis, dass eine gesicherte Verbindung aufgebaut wurde. Die Sanduhr lief und lief.

»Callum Consulting«, ließ John sich den Firmennamen auf der Zunge zergehen. »Irgendwas klingelt da immer bei mir, die ganze Zeit schon. Callum – was heißt das eigentlich?«

Paul zuckte mit den Schultern. »Ich glaube, das ist ein Name. Ein schottischer Vorname, wenn mich nicht alles täuscht.«

»Ein Vorname?« Oh, verdammt. Das war irgendwie wichtig. Da war ein Groschen, aber er hing, anstatt zu fallen.

Paul startete eine Abfrage. »Im ersten Jahr in Harvard habe ich mir das Zimmer mit einem geteilt, der Callum mit Vorna-

749.000.000.000 $

men hieß«, erzählte er. »Ein ziemlicher Schnösel. Sein Vater war ein erfolgreicher Rechtsanwalt, aber glaubst du, ich komme jetzt auf den Namen?«

Die Sanduhr drehte sich.

»McKinley?«, überlegte Paul weiter. »Nein, nicht McKinley.«

John hatte plötzlich das Gefühl, von heißem Wasser durchströmt zu werden. *Ich bin nicht besonders fantasievoll, was die Namen meiner Firmen anbelangt; ich benenne sie immer nach Familienmitgliedern.* »McCaine«, entfuhr es ihm.

»Nein, McCaine bestimmt nicht, das wäre mir –«

»McCaines Vater hieß Philipp Callum McCaine«, stieß John hervor. »Deshalb Callum Consulting. Seine Mutter heißt Ruth Earnestine, und seine Brokerfirma hieß Earnestine Investment. Die hat er aufgelöst, aber ich habe ihn nie gefragt, ob er noch eine zweite Firma hat ...«

»Was?«, machte Paul begriffsstutzig.

In diesem Augenblick erschien das Ergebnis der Abfrage auf dem Schirm, und sie hatten es schwarz auf weiß. *Callum Consulting* war eine Unternehmensberatungsfirma mit Sitz in Gibraltar. Sie hatte die Rechtsform einer Einzelfirma, ganze zehn Angestellte, und der alleinige Inhaber und Geschäftsführer hieß Malcolm McCaine.

Bis Weihnachten waren es keine drei Wochen mehr, und Arturo Sanchez wusste nicht, ob er diesen Auftrag lieben oder hassen sollte.

»Warten Sie hier«, sagte der Anwalt zum Fahrer des kleinen Lieferwagens. Der Mann rümpfte die Nase, was er verstehen konnte. Es stank unerträglich. Und es wurde nicht besser, als er den Müllplatz betrat und anfing, die *pepenadores,* die Müllfledderer, zu befragen, die ihn anglotzten wie einen Esel mit zwei Köpfen.

Endlich hatte er sich zu einer windschiefen Blechhütte am Fuß des Müllbergs durchgefragt und konnte eine junge, abgearbeitet aussehende Frau, die vor Schmutz starrte, fragen: »Sind Sie Maricarmen Berthier?«

Und sie sagte: »Ja.«

Sanchez seufzte erleichtert auf. Endlich. »Haben Sie vor etwa vier Wochen einen Mann aus der Müllhalde gerettet und bei sich aufgenommen, während er krank war?«

Sie nickte zögernd. »Ein *Américano*. Mein Sohn hat ihn gefunden. Ich dachte, er stirbt am Fieber, aber er ist nicht gestorben. Die Mutter Gottes hat ihn bewahrt.« Sie hob die Hände. »Aber er ist nicht mehr da. Er ist vor einer Woche gegangen.«

»Ja, ich weiß.« Arturo Sanchez sah sich um. »Können wir hier irgendwo ...? Ach, was soll's.« Er legte seinen Koffer auf den nächstbesten Trümmerstein und ließ das glänzende Schnappschloss aufspringen, holte einen Notizblock heraus und einen Stift, den er ihr reichte. »Bitte schreiben Sie Ihren Namen auf dieses Blatt Papier.«

Sie schien sich zu genieren, schrieb aber schließlich ihren Namen auf. Der Anwalt holte die Fotokopie hervor, die man ihm geschickt hatte, und verglich die Schriftzüge. Sie war es, kein Zweifel.

»*Señora* Berthier«, sagte er, »der Mann, den Sie gepflegt haben, hieß John Fontanelli, und er hat mich beauftragt, Sie zu finden. Er will sich dafür bedanken, dass Sie ihm das Leben gerettet haben. Und weil er ein reicher Mann ist, will er Ihnen etwas schenken.«

Von irgendwoher tauchte ein kleiner Junge auf und flüchtete sich hinter den Rock seiner Mutter. Sanchez hielt inne und betrachtete die beiden, wie sie da standen, inmitten all des Elends. Sie hatten es verdient, weiß Gott.

»Etwas schenken?«, fragte sie mit großen Augen.

Sanchez nickte und holte die Unterlagen heraus. »Es handelt sich um eine Wohnung in der Neubausiedlung San Rosario, einen einmaligen Betrag für Möbel, Kleidung und dergleichen und eine großzügige monatliche Rente für den Rest

751.000.000.000 $

Ihres Lebens. Mister Fontanelli lässt Ihnen ausrichten, dass er glücklich wäre, wenn Sie all dies als sein Geschenk annehmen würden. Ihr Sohn könnte dort die Schule besuchen«, fügte er hinzu.

»Die Schule?«, echote sie mit großen Augen. Sie sah sich um, schien zum ersten Mal wahrzunehmen, in was für einer Umgebung sie bis jetzt gelebt hatte. Ein Schimmer von Entsetzen glomm in ihrem Gesicht auf.

Sanchez legte die Unterlagen zurück in die Tasche. Das hatte alles Zeit. »Ich habe oben einen Wagen«, sagte er. »Wenn Sie wollen, können wir sofort gehen.«

752.000.000.000 $

43

SAMSTAG, DER 29. November 1997, war ein feuchter, nasskalter Tag in London. Dicker Nebel lastete auf der Stadt, verschluckte die Spitzen der Hochhäuser, ließ die Silhouette der Tower Bridge wie ein knochiges Gespenst erscheinen und verlieh den Schlägen Big Bens einen gruseligen Klang. In der Nacht hatte es geregnet, kalten, bissigen Nieselregen, der den nahenden Winter ankündigte. Es war ein Tag, an dem niemand ohne Not das Haus verließ.

Gegen Mittag tauchte die Sonne hinter dem Nebel auf, eine weiß glimmende Scheibe im weißen Dunst, der aus der breit fließenden Themse emporwallte. Die City mit ihren kühlen, altehrwürdigen Häuserfronten und beeindruckend aufragenden Bauten lag verlassen, abgesehen von Wachmännern, die mit hochgeschlagenen Mantelkrägen ihre Runden drehten, und hier und da einem Mann in feinem Zwirn, der eiligen Schrittes die nächste U-Bahn-Station anstrebte. Der Pförtner, der im Erdgeschoss des Fontanelli-Gebäudes Dienst tat, sah deshalb von seiner Zeitung auf, als eines der unverkennbaren Londoner Taxis auf der Auffahrt vor dem Haupteingang hielt.

Ein Mann stieg aus. Er trug eine dunkelgrüne Wachsjacke mit Kapuze, und ohne dem davonfahrenden Taxi einen weiteren Blick zu gönnen – was nach den diesbezüglich umfassenden Beobachtungen des Pförtners fast jeder tat –, kam er auf das Gebäude zumarschiert. In seinen Bewegungen schwang eine Entschlossenheit, die einem fast Furcht einjagen konnte. Er wirkte wie ein menschlicher Panzer mit der Absicht, durch das Eingangsportal zu brechen, mochte es

753.000.000.000 $

hundertmal aus schusssicherem Glas gebaut sein. Der Pförtner tat die Zeitung beiseite und legte die Hand auf den Alarmknopf.

Er atmete unmerklich auf, als der Mann anhielt, um einen Zugangscode einzutippen, wie das jeder Angestellte außerhalb der allgemeinen Bürozeiten tun musste. Doch das Schloss klickte nicht. Stattdessen glomm ein rotes Lämpchen auf dem Pult auf. Falscher Code hieß das.

Der Pförtner runzelte die Stirn. Am besten, er rief gleich einen von den Sicherheitsleuten, oder? Der konnte hinausgehen und sich den Kerl einmal genauer ansehen.

Er versuchte es ein zweites Mal, wieder ohne Erfolg. Dann gab er auf, kam um das Portal herum direkt auf das Fenster zu, klopfte gegen die Scheibe und schlug die Kapuze zurück.

»Mister Fontanelli!«, entfuhr es dem Pförtner.

Der Boss persönlich. Nach dem alle Welt in Mittelamerika suchte. Den man schon für tot hielt, und hier stand er, direkt vor dem Fenster! Der Pförtner winkte ihm zu, dass er ihm aufmachen werde, selbstverständlich, sofort, eilte um das Pult herum, zur Außentür, steckte seine Schlüsselkarte in die innere Entriegelung und zog die Türe auf, um ihn einzulassen, zusammen mit einem Schwall nasser Kälte.

»Mister Fontanelli, was für eine Freude ... Ich wusste nicht ... Ich dachte, Sie ...«

»Ja, danke«, erwiderte John Fontanelli. »Es geht mir gut.«

Der Pförtner war noch ganz außer Atem. »Es tut mir Leid wegen des Zugangscodes«, versicherte er. »Mister McCaine hat Ihren Code sperren lassen, sicherheitshalber ...«

»Aktivieren Sie ihn bitte wieder.«

»Ich ... also, er ist heute gar nicht im Haus, Mister McCaine, meine ich ...«

»Ich weiß«, sagte Fontanelli.

»Er ist in Kopenhagen, wissen Sie, wegen der Verleihung ...«

754.000.000.000 $

»... des *Gäa*-Preises«, nickte Fontanelli, »ich weiß. Sagen Sie, wie viele Sicherheitsleute sind heute da?«

Der Pförtner blinzelte. »Oh«, machte er, überrascht von der Frage, »ich denke ... ich nehme an, die normale Wochenendschicht. Zwölf Männer, denke ich.«

»Rufen Sie sie«, befahl Fontanelli. Er deutete auf das rote Telefon auf dem Pförtnerpult. »Zehn von ihnen sollen mit mir kommen. Und sie sollen mitnehmen, was sie an Nachschlüsseln, Werkzeug und Brecheisen haben.«

Die Streicher trugen Fräcke und stimmten ihre Instrumente. Ein alter Mann in Livree ging durch den Saal und rückte Stühle, bis sie wie mit dem Lineal ausgerichtet dastanden. Die Männer von der Beleuchtung schraubten an Kabeln und Stativen herum und berieten sich mit den Leuten von den Fernsehteams. Zwei Bühnenbildnerinnen legten letzte Hand an die Dekoration, ein kunstvoll drapiertes Banner mit dem Signet des *Gäa*-Preises. Inmitten dieses Treibens standen drei Afrikanerinnen in ihren prachtvollen Festkostümen und versuchten zu verstehen, was der Zeremonienmeister von ihnen wollte. Die drei Frauen waren die Vertreter der diesjährigen Preisträger, einer Fraueninitiative, die am Rand der Sahel-Zone ein erstaunliches Wiederaufforstungsprojekt gestartet hatte und in Eigeninitiative durchführte.

McCaine saß in einem Sessel in der hintersten Reihe und beobachtete die Vorbereitungen für den festlichen Abend. Mit Schloss Christiansborg, einem ausladenden, ehrfurchtgebietenden grauen Bauwerk in Sichtweite des Hafens, war ein angemessener Veranstaltungsort gefunden worden: Immerhin war hier sowohl der Sitz des Folketing, des dänischen Parlaments, wie auch des Obersten Gerichts, und die königlichen Repräsentationsräume ließen an Pracht und Prunk nichts zu wünschen übrig. Leider war es nicht gelungen, Ihre Königliche Hoheit, Margarete II., von Gottes Gnaden Königin von Dänemark, dazu zu bewegen, den Preis zu überreichen; diese

Aufgabe fiel nun dem Ältesten der Juroren zu. Immerhin würden Königin und Prinzgemahl dem Festakt beiwohnen, und McCaine hatte die Fernsehteams eindringlich ermahnt, sie bei der Übertragung so oft wie möglich ins Bild zu bringen. Man hatte Einladungen an Umweltverbände in aller Welt verschickt, von denen die meisten sich nicht lange hatten bitten lassen; in den besten Hotels von Kopenhagen waren vermutlich noch nie so viel über Umweltschutz debattierende Gäste gesehen worden wie an diesem Wochenende. *Fontanelli Enterprises* hatte sich, auf die Wirkung der vorangegangenen Öffentlichkeitsarbeit vertrauend, bei der Ausgestaltung des Festaktes äußerste Zurückhaltung auferlegt; wer das dunkelrote *f* sehen wollte, musste regelrecht danach suchen. McCaine würde, in Vertretung des bedauerlicherweise verhinderten John Fontanelli, lediglich eine kurze Begrüßungsansprache halten.

Alles war also bestens, als eine der Sekretärinnen neben McCaine auftauchte. »Ein Anruf aus London«, sagte sie und reichte ihm einen Zettel.

Es war ungefähr der Moment, in dem John Fontanelli vor der mit einem Codeschloss gesicherten Tür von McCaines Büros zu den zehn Sicherheitsmännern mit den Brechstangen sagte: »Aufbrechen.«

McCaine las die Notiz. »Fontanelli?«, zischte er und sah die Frau ungläubig an.

Sie nickte. »Das hat er gesagt.«

»In London?«

Sie zuckte mit den Schultern.

Es war ungefähr der Moment, in dem in London die schwere Tür nachgab und splitternd aufsprang. John Fontanelli marschierte in den Raum dahinter, deutete auf die Schubladen und Fächer des Schreibtischs und den abgedeckten Aktenschrank an der Wand und sagte: »Aufbrechen. Alles.«

»Rufen Sie den Flughafen an«, befahl McCaine flüsternd.

756.000.000.000 $

»Die Maschine soll sofort startbereit gemacht werden. Ich muss auf dem schnellsten Weg zurück.«

Da saß er nun, blätterte durch eine daumendicke Akte, las Firmennamen, die er noch nie gehört, betriebswirtschaftliche Begriffe, von denen er nur verschwommene Vorstellungen hatte, sah unverständliche Kurven und Seiten voller rätselhafter Zahlen, entzifferte mühsam Anmerkungen und Stichworte in McCaines kruder Handschrift, überflog Faxe, Vertragstexte, Organigramme und Briefkopien. Um schließlich am Ende anzukommen und die Akte stirnrunzelnd auf den Haufen anderer Akten zu legen, die er bereits aus der Schublade gezogen und genauso wenig verstanden hatte.

Das hatte er sich nicht so schwierig vorgestellt. Seine wilde Entschlossenheit verrauchte mit jeder Minute, die er hier hinter McCaines Schreibtisch saß, dessen gewaltsam geöffnete Schubladen ihn angähnten mit verbogenen Metallriegeln und gesplitterten Holzabdeckungen. Die verbeulte Tür in den Vorraum ließ sich nur noch anlehnen, dahinter hörte er die Wachleute miteinander reden, halblaut, noch völlig verwundert über den Sturm, den er in der ersten halben Stunde entfesselt hatte. Der Sturm hatte sich gelegt. Alles, was ihn jetzt noch erfüllte, war Verzagtheit: das Gefühl, ein unglaublicher Idiot zu sein.

Er sah auf. Jenseits der gläsernen Wand weißes Nichts, durch das die benachbarten Gebäude wie Gespensterfratzen schimmerten, ihn auszulachen schienen. Was hatte er geglaubt, hier zu finden? Oder, besser gesagt, wie hatte er geglaubt, etwas Belastendes entdecken zu können? In diesen Unterlagen mochten die größten Verschwörungen, die verruchtesten Intrigen, die durchtriebensten Betrügereien in aller Offenheit geplant stehen – er würde nichts davon sehen.

Der Aktenschrank. Ein Monstrum, wenn man alle Türen öffnete. John studierte die Hängeordner, die sauber beschrifteten Reiter der Mappen, das ganze ehrfurchtgebietende System einer Ordnung, die man McCaine nicht zugetraut hätte,

757.000.000.000 $

wenn man nur die Zustände in seinem Auto zum Maßstab nahm oder seinen Einfallsreichtum hinsichtlich der täglichen Wahl seiner Krawatte, besser gesagt, seinen völligen Mangel an Einfallsreichtum diesbezüglich. Doch ein Blick in diese mit gnadenloser Disziplin geführte Ablage offenbarte eine Zielstrebigkeit, deren bloße Ahnung einem den Atem nahm, eine geradezu monströse Besessenheit von einer Mission, für deren Erfüllung kein Opfer zu groß war, kein persönliches und auch kein Opfer sonst.

Da, die Mappe über *Exxon*. John berührte den Reiter, fragte sich, was er wohl finden mochte darin, und ließ es doch bleiben, nachzusehen, als er weiter hinten, halb im Schatten des oberen Auszugs, einen Reiter erspähte mit der Aufschrift Fontanelli, John.

Er nahm die Mappe heraus, schlug sie auf. Da fand er sein Leben, fein säuberlich zusammengefasst in einem eng getippten Bericht der New-Yorker Detektei Dalloway. *John Salvatore Fontanelli, geboren 1. September 1967 in Bridgewater, New Jersey, als Sohn des Schuhmachermeisters Francesco Fontanelli und Gianna Fontanelli, geborene Ventura. Zwei ältere Brüder: Cesare, geboren 1958, und Lino, geboren 1961, beide kinderlos. Vater ist Jahrgang 1936, einziges Kind von Enrico Fontanelli, 1932 vor politischer Verfolgung unter Mussolini in die USA geflüchtet ...*

Und so weiter, und so weiter. *Gegenwärtig beschäftigt als Pizza-Ausfahrer bei Super-Pizza-Service, Inhaber G. Murali. Keine erkennbaren Ambitionen, daran etwas zu ändern.* Das hatte dieser Dalloway, wer immer das war, verdammt genau beobachtet. John blätterte um. Kopien von Schulzeugnissen, Fotos, wie er durch Manhattan radelte, Kopien seiner erbärmlichen Kontoauszüge sogar, solange er noch ein Konto gehabt hatte. Unterlagen über seine Eltern, seine Geschwister, und sieh an, Helen war über drei Jahre lang in psychotherapeutischer Behandlung gewesen! Davon hatte Cesare nie etwas gesagt.

758.000.000.000 $

Und das Protokoll von Linos Flugtauglichkeitsuntersuchung, natürlich. Er blätterte gedankenverloren die Seiten durch, bis hin zur letzten, auf der es damals gestanden hatte und immer noch stand: *Zeugungsunfähig.*

Das eine Wort, das den Bruderkrieg entschieden hatte.

Nun ja. Er klappte die Mappe wieder zu und wollte sie schon zurückstecken, als sein Blick auf eine andere Akte fiel, eine Akte, die hinter seiner gesteckt hatte und von dem Reiter der Mappe nur verdeckt worden war.

»Schau mal an«, sagte John leise und holte die zweite Mappe heraus. Schlug sie auf. Las.

Es war gleich auf der ersten Seite. Sie war in Italienisch geschrieben, aber das entscheidende Wort, der entscheidende kurze Satz war rot angestrichen, mit einem Ausrufezeichen am Rand. John las ihn, wieder und wieder, weil er eher bereit war, an seinen Sprachkenntnissen zu zweifeln als an dem, was seine Augen lasen und sein Gehirn verstand, aber mit jedem Lesen schien ein Stück der Welt, wie er sie kannte, zu verschwinden, schien der Boden, auf dem er stand, wegzubrechen, bis schließlich nichts mehr übrig sein würde als ein endloser Abgrund.

Aufmarsch der schwarzen Limousinen. Attacke der Männer in grauen Anzügen. Malcolm McCaine, Geschäftsführer des größten Konzerns in der Geschichte der Menschheit und bestbezahlter Manager der Welt, kam im Gefechtsschritt auf das Hauptportal zu, das der Pförtner sich vor ihm zu öffnen beeilte.

»Wo ist er?«, fauchte er.

»Oben, Sir, Mister McCaine ...«, hüstelte der alte Mann in der Dienstlivree.

»Rufen Sie mir den Aufzug.«

Während der Pförtner davoneilte, sagte McCaine zu seinen Begleitern: »Ich erledige das alleine. Warten Sie hier auf mich.«

759.000.000.000 $

Dann erklang der Gong, und die silbern schimmernden Türen des Aufzugs öffneten sich.

Oben standen die Sicherheitsleute starr, als McCaine aus dem Aufzug trat, einige strafften sich, als wollten sie im nächsten Moment salutieren. McCaine ignorierte sie, hatte nur Augen für die Tür, die zerschrammt und zerborsten in ihren Angeln hing. Er stapfte darauf zu, stieß sie beiseite und betrat sein Büro, seit zwei Jahren das wahre Zentrum der Macht auf diesem Planeten.

John Fontanelli hockte mit eingesunkenen Schultern hinter dem Schreibtisch. Dessen Schubladen und Fachtüren waren aufgebrochen, desgleichen der Aktenschrank. Akten lagen zu unordentlichen Stapeln gehäuft umher, der Teppich war übersät von Holzsplittern.

»Darf ich«, fragte McCaine mit mühsam gebändigter Stimme, »erfahren, was hier vor sich geht?«

John Fontanelli sah müde hoch. Seine Augen lagen tief in den Höhlen, und er war weiß im Gesicht, als habe er ein Gespenst gesehen, mehr noch, als habe ihm eine übernatürliche Erscheinung einen frühen und gewaltsamen Tod vorausgesagt. Er fing an zu sprechen und musste sich nach den ersten Worten räuspern und von vorne anfangen. »Deshalb bin ich hergekommen«, sagte er. »Um zu erfahren, was hier vor sich geht.«

McCaine verschränkte die Arme vor der Brust, sah demonstrativ umher. »Waren Sie das? Haben Sie meine ganzen Schränke aufbrechen lassen?«

»Ja«, sagte John einfach.

»Darf ich fragen, warum? Und darf ich fragen«, fuhr er mit eisiger Wut fort, »was, zum Teufel, Sie hier überhaupt machen? Woher Sie so plötzlich kommen, während alle Welt glaubt, dass Sie in Mexiko entführt wurden? Dass Sie womöglich längst tot sind?«

John rieb sich das Kinn. »Tot, ja«, meinte er versonnen. »Dazu hat nicht viel gefehlt.« Er griff mit einer erschöpften

760.000.000.000 $

Bewegung nach einer Mappe, die vor ihm auf der Tischfläche lag, und schob sie McCaine hin. »Wissen Sie, was das ist?«

Der warf nur einen unwilligen Blick darauf. »Keine Ahnung.«

»Es ist ein Dossier, das ich in Ihrem Aktenschrank gefunden habe. Gleich hinter dem Dossier übrigens, das Sie über mich angelegt haben.« Er drehte die Mappe so hin, dass die Beschriftung des Reiters unübersehbar wurde. »Was kein Wunder ist, wenn man die alphabetische Reihenfolge bedenkt.«

Auf dem Reiter stand *Fontanelli, Lorenzo.*

»Und?«, meinte McCaine bissig.

John schlug die Mappe auf. »Das erste Dokument darin«, erklärte er seufzend, »ist ein Krankenbericht. Ein ganz ähnlicher medizinischer Bericht, wie Sie ihn sich über meinen Bruder Lino beschafft haben, weiß der Himmel, wie. Der Krankenbericht ist in Italienisch, aber eine unübersehbare Markierung – von Ihrer Hand, wie ich vermute – weist auf den einen Punkt hin, auf den es ankommt.« Er tippte auf die rot unterstrichene Zeile. »Hier steht *Bienengiftallergie – Gefahr eines anaphylaktischen Schocks.*«

McCaine starrte ihn nur an, ohne etwas zu sagen. In der früh einsetzenden Dämmerung wirkte er furchteinflößend durch seine bloße Anwesenheit. Er schien den Raum vollständig auszufüllen und im Stande, jeden darin nach Belieben zu erdrücken.

»Ich bin ein Idiot«, sagte John. »Ich gebe es zu. Man kann mir alles erzählen: Ich glaube es. Ich stelle keine Fragen, entdecke keine Ungereimtheiten, und Täuschungen durchschaue ich erst recht nicht. Ich bin so naiv, dass es wehtun muss, sich das Lachen zu verkneifen, wenn man mir zusieht. Ein Idiot eben.« Er nahm die Akte und legte sie vor sich hin. »Aber wenn alle Fakten vor mir liegen, klar und eindeutig; wenn man mir außerdem genug Zeit gibt und mir vielleicht noch ein paar Mal einen schweren Gegenstand auf den Kopf schlägt, dann begreife sogar ich, was gespielt wird.«

761.000.000.000 $

Er stand auf, so mühsam, als trage er unsichtbare Tonnenlasten auf den Schultern. »Sie haben sich fünfundzwanzig Jahre lang auf den Stichtag vorbereitet. Natürlich haben Sie, genauso wie die Vacchis das getan haben, die möglichen Erben unter Beobachtung gehalten. Sie haben mich beobachtet, und nachdem Lorenzo zur Welt gekommen war, haben Sie ihn beobachtet – was er für ein Mensch ist, wie er sich entwickelt, was er vorhat im Leben.« Er lachte bitter auf. »Lorenzos Pech war, dass er zu intelligent war, zu selbstständig, zu aufgeweckt. Er war ein Wunderkind, preisgekrönt und gefeiert, vielversprechend und aufmüpfig. Sie müssen ihn sich angesehen und festgestellt haben, dass Sie diesen Jungen niemals würden führen können. Lorenzo war jemand, der umgehend eigene Pläne mit dem Erbe entwickeln würde, und *gute* Pläne noch dazu. Er war ein Mathematikgenie, betriebs- und volkswirtschaftliche Berechnungen wären für ihn ein Klacks gewesen. Er hätte rasch gelernt, mit dem Geld und der Macht umzugehen – wenn nicht er, wer dann? Lorenzo hätte Sie nicht gebraucht. Ihr ganzer schöner Plan, Ihre ganzen Vorbereitungen wären zunichte gewesen, wenn Lorenzo die Billion geerbt hätte. Also beschlossen Sie, lieber den einfältigen, lebensuntauglichen Schusterjungen aus New Jersey zum Erben zu machen.«

McCaine sagte immer noch nichts. Die Dämmerung schritt voran, aber noch drang genug Licht durch die hohen Fenster, dass man sehen konnte, dass sich John Fontanellis Augen mit Tränen gefüllt hatten.

»Lorenzo war der wahre Erbe«, flüsterte John, »und Sie haben ihn getötet. Er wäre es gewesen – der Erbe, den die Prophezeiung vorausgesagt hat, der Mann, der der Menschheit die verlorene Zukunft hätte zurückgeben können. Er hatte alles, was dazu nötig gewesen wäre. Ich habe es die ganze Zeit geahnt. Ich bin es nicht, und ich war es nie – ich war nur eine Figur in Ihrem Spiel, McCaine. Sie haben den wahren Erben getötet, weil Sie um jeden Preis Ihren Plan durchsetzen wollten.«

762.000.000.000 $

Sein Flüstern brach sich in den dunklen Ecken des Zimmers zu einem seltsamen Echo, das klang wie das Zischen von Schlangen.

»John«, sagte McCaine langsam, »Sie reden sich da etwas ein.«

John Fontanelli schien ihn nicht zu hören. »Ich weiß nicht, wie Sie es gemacht haben. Wie bringt man jemanden mit Bienen um? Ich stelle mir ein Glas vor, ein Schraubglas mit einer frischen, süßen, saftigen Birne darin, vielleicht mit ein paar winzigen Luftlöchern für die Bienen. Ich stelle mir einen Mann vor, der einen schmächtigen Jungen festhält und ihm die Birne voller Bienen in den Mund presst. Ich weiß nicht, ob das so funktionieren würde. Hatten Sie Kontakt mit Lorenzo? Haben Sie unter einem Vorwand mit ihm gesprochen, um herauszufinden, was mit ihm anzufangen sein würde? Vielleicht haben Sie auch ein paar Stiche davongetragen, na und. Sie wussten, dass Lorenzo an dem Bienengift sterben würde, wie Sie immer alles wissen über jeden, mit dem Sie zu tun haben. Und er ist gestorben, rechtzeitig vor dem Stichtag und auf hervorragend unverdächtige Weise.«

Atemlose Stille breitete sich aus, in der nur noch Johns Atem zu hören war, der klang wie ein heimliches Schluchzen.

McCaine räusperte sich schließlich vernehmlich. »Nein, John, so geht das nicht. Ehe Sie derart schwere Anschuldigungen gegen jemanden erheben, müssen Sie sich vergewissern, dass Sie alles, was Sie behaupten, auch beweisen können.«

»Ah«, nickte John geistesabwesend.

»Und das können Sie nicht, John«, setzte McCaine hinzu. »Nichts davon können Sie beweisen.«

John holte schniefend Atem. »Wo waren Sie an dem Tag, an dem Lorenzo gestorben ist?«

»Seien Sie nicht albern«, erwiderte McCaine ungehalten. »Das weiß ich selbstverständlich nicht auswendig. Aber ich habe keinen Zweifel, dass ein Blick in einen alten Terminkalender genügt, um es zu rekonstruieren.«

763.000.000.000 $

»Der Fall kann neu aufgerollt werden.«

»Es gibt keinen Fall. Sie haben sich da in etwas verrannt, John.«

»Man könnte anhand der Buchungsdaten der Fluggesellschaften nachvollziehen, wann Sie in Italien waren.« Er hielt inne. »Aber wenn ich bedenke, wie problemlos ich mit einem falschen Pass aus den USA hergeflogen bin, hat das wahrscheinlich wenig Zweck, oder?«

McCaine nickte. »Sie können nichts beweisen. Weil es nichts zu beweisen gibt.«

»Sie haben Recht. Ich kann es nicht beweisen«, sagte John und knipste die Schreibtischlampe an. »Aber es gibt noch etwas, das Sie getan haben, eine richtiggehende Dummheit, und die kann ich beweisen.« In seiner Stimme war plötzlich der Klang von Stahl, und die Bewegung, mit der er ein gefaltetes Stück Papier aus dem Jackett zog, wirkte wie der Prankenhieb eines Panters. »Sie haben Beratungsaufträge im Gesamtwert von einer Milliarde Dollar an die Firma *Callum Consulting* vergeben. An eine Firma, die Ihnen gehört. Jedes Gericht auf diesem Planeten wird in diesem Fall mindestens auf Untreue erkennen und damit eine so schwerwiegende Verletzung Ihres Anstellungsvertrages als Geschäftsführer feststellen, dass eine Kündigung mit sofortiger Wirkung gerechtfertigt ist.«

McCaine sah sich um. Wie aus dem Boden gewachsen standen die Sicherheitsleute plötzlich in der Tür und entlang der Wand hinter ihm. Das Einschalten der Schreibtischlampe war eines der Signale gewesen, die John mit ihnen vereinbart hatte.

»Sie sind entlassen, Malcolm«, sagte John eisig. »Wenn Sie noch persönliche Gegenstände in Ihrem Schreibtisch haben, können Sie sie jetzt an sich nehmen. Anschließend werden diese Herren Sie zum Ausgang begleiten.« Er bedachte ihn mit einem Blick voller Verachtung. »Sie kennen die Prozedur ja.«

44

UND DANN WAR er allein. Allein stellte er sich den Fragen der Presse. Allein saß er in den Räumen jenseits der Marmorbarriere und versuchte, einen Konzern zu leiten, den er nur schemenhaft kannte. Allein las er Unterlagen, empfing er Mitarbeiter, hielt er Besprechungen ab, traf er Entscheidungen. Allein saß er an dem riesigen Tisch in dem riesigen Konferenzraum, aß zu Mittag und ließ dabei seinen Blick über das winterliche Panorama des Finanzzentrums Londons wandern, dessen einsamer, unangefochtener König er war.

Der Presse berichtete John von der Entführung weitgehend so, wie sie sich zugetragen hatte. Er schwieg lediglich zu den Details seiner unerkannten Rückkehr nach Großbritannien; ein Freund habe ihm geholfen, sagte er, und das musste genügen. Er erwähnte die Begegnung mit Randolph Bleeker und auch, dass dieser behauptet hatte, im Auftrag von Hintermännern gearbeitet zu haben. Und er erzählte von seinen Wochen in den Slums am Müll.

Das waren Minuten, in denen für die Verhältnisse einer Pressekonferenz geradezu ergriffene Stille herrschte. »Ich habe einen Anwalt beauftragt, die Frau zu finden. Sie wird meine Aussagen bestätigen können, zum Beispiel auch, dass ich gefesselt war, als sie mich fand«, sagte John. »Wobei das nicht der Hauptgrund meines Auftrags ist. Der Hauptgrund ist, dass ich meine Dankbarkeit zum Ausdruck bringen will.« Er erzählte von der Wohnung, die er der Frau zu schenken beabsichtigte, von der Leibrente, und die Vertreter der Yellow Press heulten unterdrückt auf vor Begeisterung. Nur dass John ihren Namen nicht preisgeben wollte, war ein Wermutstropfen.

765.000.000.000 $

Später bekam er noch einmal Besuch von Interpol-Beamten, die seine Aussagen zu Protokoll nahmen, ihm aber wenig Hoffnung machten, dass diese in irgendeiner Form zu einem Fahndungserfolg führen würden. Es könne höchstens sein, dass man Bleeker eines Tages durch irgendeinen Zufall schnappte, und für den Fall wollte man Belastungsmaterial in den Akten, respektive in den Computern Interpols, griffbereit haben. Immerhin erfuhr er von ihnen, dass Ursula natürlich keineswegs in Mexiko gewesen war, sondern von all dem nichts gewusst hatte, und dass immer noch ohne Erfolg nach dem Bodyguard gefahndet wurde, der unter mysteriösen Umständen Marco Benetti abgelöst hatte und den seine Kollegen unter dem Namen Foster gekannt hatten.

Dies waren die einzigen Abwechslungen in diesen Wochen. Abgesehen davon arbeitete er, wie er noch nie im Leben gearbeitet hatte. Er kam morgens um sieben ins Büro, und als er merkte, dass das nicht reichte, kam er um sechs und schließlich um fünf, las sich durch Berge von Briefen, Vertragsentwürfen und Memoranden bis um neun, danach jagte eine Besprechung die nächste bis in die tiefe Nacht hinein. Er bestellte Leute zum Bericht, erteilte Anweisungen, ließ sich Projekte, Baupläne und Finanzierungen erklären, Probleme und Lösungsvorschläge vortragen und traf die Entscheidungen, traf immer wieder Entscheidungen, sagte Ja oder Nein oder verlangte Alternativen. Er saß an der Spitze des großen, schimmernden Tisches, die Silhouette der Stadt im Rücken, die Augen von fünfzig oder mehr Direktoren auf sich gerichtet, von denen jeder mindestens zehn Jahre älter war als er, sagte ihnen, was er wollte, verlangte, sich vorstellte, und entließ sie mit einem Nicken, weil die nächste Konferenz anstand.

Zuerst war es erregend. Pures Adrenalin. Er war wichtig, er hatte die Dinge in der Hand, er trug die Last der Welt auf seinen Schultern. In manchen Momenten war es besser als Sex, und er begann zu verstehen, warum so viele so gierig auf Karriere, Macht und Einfluss waren. Es war ein angenehmes Gefühl, spätabends vom Schreibtisch aufzustehen, seit Stunden von derselben Dunkelheit umlagert, die er morgens – also vor Ewigkeiten – vorgefunden hatte, und von einem ereignisreichen Tag so wohlig erschöpft zu sein wie von einem Sportmatch oder einer Liebesnacht.

Doch schon nach ein paar Tagen spürte er, wie es an seinen Kräften zehrte. Er kam morgens kaum aus dem Bett, sah Ringe unter den Augen, wenn er im Bad in den Spiegel sah, brauchte Unmengen unglaublich starken Kaffees, um in Fahrt zu kommen, und noch mehr, um in Fahrt zu bleiben. Bald war es weit nach Mitternacht, wenn sein Rolls-Royce aus der Tiefgarage kam, und auf der Rückfahrt ins Schloss schlief er regelmäßig ein. In Besprechungen war er reizbar, verlor rasch die Geduld, wurde ungehalten und unwirsch. Zwar zuckten die Leute zusammen und suchten die Schuld für die schlechte Laune des mächtigen Mannes erst einmal bei sich, aber John wusste, dass es seine eigene Schwäche war, dass er nicht mehr wirklich die Kontrolle hatte über das, was er tat oder sagte. Er hatte das deutliche Gefühl, dass das gefährlich werden konnte, jedoch nur eine verschwommene Vorstellung davon, was das konkret heißen mochte: Schließlich gehörte ihm der Konzern bis zur letzten Schraube und zum abgenagtesten Bleistift – er stand nicht in Gefahr, seinen Posten zu verlieren. Und er war reich genug, dass er selbst dann reich sterben würde, wenn er den Rest seines Lebens Milliardenverluste machen sollte.

Eingedenk McCaines Motto, dass Geld alles ausgleicht, selbst mangelndes Talent, ließ er sich ein paar Tage lang diskret von einem der besten Management-Berater der Welt unterweisen. Er fing an, Prioritäten zu setzen. Er akzeptierte keinen Bericht mehr, der länger war als eine Seite. Er verlangte, dass niemand mit einem Problem ankam, ohne zugleich einen Lösungsvorschlag zu präsentieren. Er hielt Besprechungen im Stehen ab, damit sie nicht so lange dauerten. Er übte sich in der Kunst des richtigen Delegierens. Und so weiter.

Trotzdem kam er zu nichts. Er wollte eigentlich das Schloss

767.000.000.000 $

verkaufen und eine Wohnung in der Stadt nehmen, aber er kam nicht dazu, sich darum zu kümmern. Er hatte erwogen, in einem Nebenraum des Büros ein Bett aufstellen zu lassen: Selbst dieses Vorhaben ging unter. Er kam nicht einmal dazu, Ursula anzurufen – wobei er sich allerdings eingestehen musste, dass er, gesetzt den Fall, sie wäre zu ihm zurückgekehrt, auch nicht gewusst hätte, wie er sie in seinem randvoll gepackten Leben überhaupt noch hätte unterbringen wollen.

Die Weihnachtsfeiertage verschlief er fast vollständig, eine Atempause, die er dringend gebraucht hatte. Mit widerwilligem Respekt fragte er sich, wie McCaine das eigentlich die ganzen Jahre durchgehalten hatte.

»Leider«, sagte der Anwalt und rieb sich die elfenbeinernen Hände, die, wenn er sie nicht beschäftigt hielt, immer wie von selbst zu der Zigarettenpackung in seiner Hemdtasche wanderten und erst im letzten Moment zurückzuckten.

John sah ihn an und fühlte endlose Müdigkeit auf seiner Seele liegen wie eine dichte Schneedecke. Die Glut seines Zorns glomm irgendwo darunter, kaum noch auszumachen und dicht davor, zu verlöschen. »Aber das, was McCaine gemacht hat, ist doch Betrug, oder?«, fragte er.

»Das ist nicht die Frage. Die Frage ist, erreichen wir ein Urteil? Und da sehe ich schwarz«, sagte der Anwalt mit sanfter Stimme. »Allein bis die gerichtliche Zuständigkeit geklärt ist, dürften Jahre vergehen. Mister McCaine ist ein reicher Mann. Er kann die besten Anwälte aufbieten, die es gibt.«

»Die besten Anwälte? Ich dachte, die haben wir?«

»Na ja, sagen wir, es wird ein Kampf zwischen ebenbürtigen Partnern. Interessant wird es auf jeden Fall. Einer der Fälle, die ganze Kanzleien auf Jahre hinaus ernähren.«

John musterte den Anwalt und den Entwurf der Klageschrift und dachte an Lorenzo, der der wahre Erbe gewesen war und der an Bienenstichen hatte sterben müssen, weil McCaine andere Pläne gehabt hatte. Das würde er nie beweisen können, obwohl er bis an den Grund seines Herzens davon überzeugt war, dass es sich so zugetragen haben musste. Und wenn schon nicht dafür, dann wollte er McCaine wenigstens für seinen Betrug ins Gefängnis bringen. »Verklagen Sie ihn«, sagte er und spürte Traurigkeit wie einen Splitter im Herzen. »Es ist mir egal, wie lange es dauert.«

»Wie Sie wünschen«, nickte der Anwalt, und wenn er nickte, sah man, wie schütter sein Haar schon war. »Immerhin, wenn es Sie beruhigt – für Mister McCaines zu erwartende Gegenklage gilt das Gleiche.«

»Was für eine Gegenklage?«

»Es würde mich wundern, wenn er nicht auf Gehaltsfortzahlung und Wiederanstellung wegen unrechtmäßiger Kündigung klagen sollte. In seinem Anstellungsvertrag stehen da ein paar äußerst mehrdeutige Klauseln, mit denen man beinahe alles machen kann.« Er lächelte überlegen. »Aber wie gesagt – das wird sich auch über Jahrzehnte hinziehen. Wir können so was genauso gut.«

Ungewöhnlich viele leitende Führungskräfte kündigten in den ersten Tagen des Januars 1998 ihre verantwortungsvollen, gut dotierten Stellungen in der weit verzweigten Hierarchie von *Fontanelli Enterprises*. Erst als einer der Chefanalysten sich bei John meldete und erzählte, er sei am zweiten Weihnachtsfeiertag von McCaine angerufen worden, der ihn hatte überreden wollen, den Konzern zugunsten einer neuen, besser bezahlten Stelle zu verlassen, begriff John, dass er noch gefährlichere Widersacher hatte als Zeitnot und Überanstrengung.

Aus denen, die gekündigt hatten, war über ihre Beweggründe nichts weiter herauszubekommen; lediglich einer sprach diffus von *Führungsschwäche* und *Zukunftssicherung*, ohne sich festlegen zu lassen, wen oder was er konkret damit meinte. Bei manchen dieser Gespräche hatte John den Eindruck, dass der Betreffende nicht ganz freiwillig gehandelt

769.000.000.000 $

haben mochte, sondern so, als habe McCaine etwas gegen ihn in der Hand.

Manche Kündigungen rissen empfindliche Löcher und schufen zusätzlichen Druck. Doch nach und nach stellte sich heraus, dass es Schlimmeres gab als die McCaine-Getreuen, die den Konzern verließen: die, die dablieben nämlich, um weitgehend unerkannt Sand ins Getriebe zu streuen. Plötzlich liefen Lager leer, weil »vergessen« worden war, rechtzeitig Nachschub zu ordern, und in der Folge standen ganze Produktionsstraßen still. »Dumme Fehler« passierten in wichtigen Anzeigen, Ausschreibungen und Verträgen, Fehler, die Verlustgeschäfte nach sich zogen oder ärgerliche juristische Geplänkel. »Unerklärliche Computerabstürze« legten ganze Werke lahm, brachten die weltweite Logistik durcheinander und sorgten für Schaden in Bilanz und Ansehen. Die Abteilung Devisengeschäfte hatte nach zwei triumphalen Jahren auf einmal eine »Pechsträhne« und machte so schlechte Geschäfte, dass John nicht anders konnte, als sie komplett zu schließen.

Mitte Januar kam John dazu, in Hartford anzurufen. Schon die grabestiefe Stimme, mit der sich Professor Collins meldete, verhieß nichts Gutes, und John war irgendwie nicht wirklich überrascht, als der Zukunftsforscher auf seine Frage, was das Projekt mache, sagte: »Nichts mehr. Ein Computervirus hat alles vernichtet.«

Die Zeiten, in denen Professor Collins vorübergehend auf sein Aussehen und seine Kleidung Wert gelegt hatte, waren vorbei. Das wenige Haar, das ihm geblieben war, machte, was es wollte, und dass sein Hemd Flecken hatte und sein Jackett an den Ärmelumschlägen eingerissen war, schien er nicht einmal zu bemerken. Den Ringen unter seinen Augen nach konnte er in letzter Zeit nicht viel Schlaf gefunden haben.

»Es kann nur Sabotage gewesen sein«, erklärte er. »Nicht nur die UNIX-Rechner waren nach der Virusattacke völlig verwüstet, auch die PCs, auf denen wir den Programmcode noch gespeichert hatten, waren formatiert, die Programme unrettbar verloren.«

Die Sonne strahlte von einem hellblauen Frühlingshimmel und tauchte den Konferenzraum in unpassend fröhliches Licht. John war versucht, die Verdunkelung herabzulassen, und sei es nur, weil ihm das Funkeln der Kaffeekanne in die Augen stach. Dann begnügte er sich aber damit, den metallenen Griff der Kanne ein wenig zur Seite zu drehen.

»Das verstehe ich nicht«, meinte er müde. »Sie müssen doch von allem Datensicherungen gemacht haben.«

»Selbstverständlich. Aber die Sicherungsbänder sind nicht mehr lesbar. Kein einziges mehr. Jemand muss sie mit einem starken Magneten bearbeitet haben.« Der Wissenschaftler begann, sich die Stirn zu massieren. »Es ist alles zerstört. Wir sind dabei, die Programme und Daten aus den schriftlichen Aufzeichnungen, den Ausdrucken und so weiter zu rekonstruieren, aber das wird Monate dauern. Eine Katastrophe.«

»Und wann ist das passiert?«

Collins seufzte. »Mitte Dezember. In der Nacht auf den Vierzehnten. Ein Wochenende.«

»Und warum erfahre ich erst jetzt davon?«

Der Zukunftsforscher stutzte, musterte John versonnen. »Ja, das frage ich mich schon die ganze Zeit ... Nein, nein, aber ich habe Ihnen ein Fax geschickt. Ich erinnere mich deutlich. Wir haben den ganzen Montag damit zugebracht, das Ausmaß des Schadens zu erfassen, und am Dienstag habe ich Ihnen das Fax geschickt. So war es. Ich wollte nicht telefonieren, weil ich zu aufgeregt war, daran erinnere ich mich. Und ich musste Ihnen doch Bescheid geben, wegen der zweiten Phase.«

»Die zweite Phase?« John schüttelte den Kopf. »Das Fax hat mich nicht erreicht, Professor. So was kommt zurzeit leider öfter vor. Und von einer zweiten Phase weiß ich auch nichts.«

»Aber hat Ihnen denn Mister McCaine nicht –?«

»Nein.«

»Ach so.« Er nickte verstehend. Dann schilderte er den Ver-

771.000.000.000 $

lauf des Abends, an dem er McCaine die Resultate der ersten Phase präsentiert hatte. »Am Morgen darauf ist er noch einmal gekommen, wollte eine Version des Programms auf einen Laptop-Computer überspielt haben. Das hat eine Weile gedauert, und währenddessen haben wir die Vorgaben für die zweite Phase besprochen. Die sind etwas spekulativer Natur; so wollte er zum Beispiel die Folgen einer weltweiten Epidemie im Jahr 2009 berechnet haben und solche Dinge ...« Seine dunkel umrandeten Augen blinzelten. »Da fällt mir ein – dieser Laptop! Den müsste er noch haben. Er hat ihn nicht zufällig hier irgendwo gelassen?«

»Nein. Wahrscheinlich hat er ihn mitgenommen.« John machte eine wegwerfende Handbewegung. »Soll er glücklich werden damit.«

Gegen Ende Januar 1998 nahm ein Thema mehr und mehr Raum in den Nachrichten ein und wurde schließlich unüberhörbar: die sexuellen Verfehlungen des amerikanischen Präsidenten. Kaum hatte dieser, nach langem juristischem Tauziehen, in einem seit Monaten schwelenden Fall unter Eid ausgesagt, tauchten neue Namen auf und dubiose Tonbänder, nahm die Auseinandersetzung an Schärfe zu. Der Präsident habe, hieß es, eine Praktikantin zum Meineid anstiften wollen, um die Affäre mit ihr zu vertuschen. Während seine Gegner ein Amtsenthebungsverfahren forderten, stritt der Präsident ab, überhaupt eine Affäre mit besagter Frau gehabt zu haben. Seine Frau sprach von einer Verschwörung rechter Kreise, der Dollarkurs fiel an den internationalen Finanzmärkten, und die Finanzkrise, die in Südostasien einem weiteren Höhepunkt entgegentaumelte, drohte auf die Vereinigten Staaten überzugreifen.

John verfolgte die Fernsehnachrichten mit einem eigentümlichen Gefühl von Irrealität. Das Telefonat mit McCaine während seiner Philippinenreise klang ihm noch im Ohr. Er ließ den Kommentator reden, stand auf, ging an McCaines alten Aktenschrank, fand eine Mappe, betitelt *Clinton, Bill,* die das Konzept eines sorgsam geplanten Rufmords enthielt. Vorn eingeheftet war ein kurzes Dossier über den in der so genannten *Whitewater*-Affäre tätigen Sonderermittler, neben dessen Bild McCaine von Hand Vermerke gekritzelt hatte: geboren in Vernon, Texas; Vater Pastor; nebenher gut gehende Anwaltspraxis (1997: 1 Million Dollar), Klienten u. a. Tabakindustrie. Es folgte die Zusammenfassung eines Abkommens, zu dem die amerikanische Regierung die Tabakindustrie zwingen wollte: Die Zigarettenhersteller sollten, um im Gegenzug vor weiteren Klagen geschützt zu sein, über einen Zeitraum von 25 Jahren insgesamt 368,5 Milliarden Dollar für Behandlungskosten kranker Raucher zahlen. *Wie viel verdienen die eigentlich?,* hatte McCaine dazugekritzelt, außerdem: *Clinton will Verschärfung, bis zu 516 Milliarden im Gespräch.*

Ein vages Gefühl drohenden Unheils beschlich John wie eine Vorahnung.

Es war wie eine Bestätigung dieser Ahnung, als er kurz darauf die *Financial Times* aufschlug und las, dass Malcolm McCaine zum Vorstandsvorsitzenden des Konzerns *Morris-Capstone* berufen worden war. Über dieses Unternehmen war kaum mehr bekannt, als dass es sich praktisch vollständig im Besitz einer alten amerikanischen Unternehmersfamilie befand, für die das Attribut »zurückgezogen lebend« erfunden worden sein musste: Von den meisten Mitgliedern der Familie existierten nicht einmal Fotos. John musste seine Analysten fragen, um zu erfahren, dass *Morris-Capstone,* abgesehen davon, dass es Beteiligungen an einigen der geheimnisumwittertsten Gentechnik-Firmen und einer Fabrik für Handfeuerwaffen jeden Kalibers hielt, vor allem einer der größten Tabakwarenhersteller der Welt war.

Ebenfalls im Besitz besagter alter amerikanischer Unternehmerfamilie stand der Fernsehsender, dem Malcolm McCaine das erste Interview nach seinem Weggang von *Fontanelli Enterprises* gewährte. Zu diesem Thema äußerte er sich ausführlichst. Keineswegs, betonte er auf die entsprechende Frage, sei ihm gekündigt worden; vielmehr habe er, nachdem er unter den Eskapaden John Fontanellis viel zu leiden gehabt hatte, nach dessen letztem Streich, der vorgetäuschten Entführung in Mexiko, keine Alternative mehr gesehen als den Rücktritt.

»Stellen Sie sich vor, Sie würden entführt«, verlangte er von der Interviewerin, »und kämen wieder frei – was würden Sie tun? Sicherlich würden Sie zur Polizei gehen, nicht wahr? Jeder Mensch würde das tun. Nicht so John Fontanelli. Er verschwindet spurlos und taucht wie durch ein Wunder drei Wochen später wohlbehalten an einem sechstausend Meilen entfernten Ort, London, wieder auf. Finden Sie das normal?«

Natürlich fand die Interviewerin das alles andere als normal.

Er habe sich, führte McCaine voller Inbrunst aus, mit aller Kraft dafür eingesetzt, ein stabiles Unternehmen zu schaffen, das auch in den Zeiten der Globalisierung Millionen von Menschen sichere Arbeitsplätze zu bieten im Stande sei. »Fontanelli glaubt, er kann alles selber«, fuhr er fort. »Aber er führt den Konzern nicht einmal zwei Monate, und schon kriselt es an allen Ecken und Enden. Es tut weh, das mit ansehen zu müssen«, fügte er mit bitterem Gesichtsausdruck hinzu. Dann beschrieb er detailliert die Krisen an allen Ecken und Enden des Fontanelli-Imperiums, so detailliert in der Tat, dass er genauso gut hätte zugeben können, interne Informanten im Konzern zu haben.

»Was ist Ihre Prognose?«, fragte die Interviewerin. »Sind all diese Arbeitsplätze in Gefahr?«

McCaine nickte ernst. »Absolut.«

Nach diesem Interview musste John den Fernseher erst einmal ausschalten. Er wies sein Sekretariat an, ihn die nächste Stunde nicht zu stören, dann trat er ans Fenster, um eine Stunde lang in das wilde Schneetreiben über der Londoner City hinauszustarren und sich zu fragen, was, zum Teufel, hier eigentlich gespielt wurde.

774.000.000.000 $

Ein schneedurchsetzter Nieselregen prickelte verhalten gegen die hohen Fenster, die Kulisse der Stadt verschwamm dahinter zu schwarz-weißen Klecksen. Eine Sekretärin hatte Kaffee und Gebäck serviert, doch Lord Peter Rawburne hatte bisher nichts davon angerührt. Der Wirtschaftsjournalist, der sich darin gefiel, anstatt eines Business-Anzugs einen dicken schafweißen Pullover irischer Machart, dunkelgrüne Cordhosen und ausgetretene Stiefel zu tragen, saß behaglich im Sessel und hörte aufmerksam zu, was John ihm über Sinn und Zweck seiner Einladung zu sagen hatte.

»Ich habe, offen gestanden, seit jenem denkwürdigen Abendessen auf Ihrem Schloss auf diesen Moment gewartet«, sagte er dann und verschränkte die Hände ineinander. »Ich dachte eigentlich damals, ich hätte Sie hinreichend neugierig gemacht, aber ... na ja.« Er hob die Hände kurz an und ließ sie wieder in den Schoß zurückfallen. »Sie wollen also wissen, wie die Menschheit noch zu retten wäre.«

John nickte unbehaglich. »Könnte man so sagen.«

»Schön.« Ein flüchtiges Lächeln. »Nun, der erste Schritt ist ganz einfach: Schaffen Sie die Einkommenssteuer ab.«

Für einen diffusen Moment hatte John das Gefühl, neben sich zu stehen, im falschen Film zu sein.

»Das ist ein Witz, oder?«

»Ich versichere Ihnen, es ist mein voller Ernst.«

Er musterte den Wirtschaftsjournalisten stirnrunzelnd. »Ich hatte eigentlich etwas anderes erwartet.«

»Weil Sie mein Buch gelesen haben, klar. Aber das habe ich vor zwanzig Jahren geschrieben. Und danach habe ich nicht aufgehört, über diese Probleme nachzudenken. Und wenn man lang und anhaltend nachdenkt, lässt es sich fast nicht vermeiden, dass einem ab und zu etwas Neues einfällt.« Rawburne breitete die Hände aus. »Wobei ich zugebe, dass die Abschaffung der Einkommenssteuer in erster Linie ein Mittel sein soll, Akzeptanz für meine Reform zu finden. Wenn man beobachtet, was Leute alles zu tun bereit sind, nur um Steuern zu

775.000.000.000 $

sparen, sollten sie auf diese Weise für einen vernünftigen Ansatz zur Veränderung zu gewinnen sein. Davon abgesehen«, fügte er schmunzelnd hinzu, »liebe ich dieses Statement, weil es so intensive Reaktionen hervorruft.«

John verschränkte die Arme vor der Brust und lehnte sich zurück. »Das tut es allerdings.«

Rawburne verfiel in einen dozierenden Ton, so, als hätte er diesen Vortrag schon öfter gehalten oder zumindest geübt. »Es ist interessant, die Geschichte der Steuern zu studieren. Abgaben von der allgemeinen Bevölkerung werden erhoben, seit es städtische Zivilisationen gibt. Das war der Weg, wie die herrschende Klasse ihren Lebensunterhalt, ihre militärischen Abenteuer und andere Projekte finanziert hat. Viele der Steuern, die in der Antike erfunden wurden, werden übrigens heute immer noch erhoben, wenngleich in veränderter Form, und das, obwohl sie lediglich einen winzigen Bruchteil der Staatseinnahmen ausmachen und es in manchen Fällen mehr kostet, sie zu erheben, als sie einbringen. Das hat auch damit zu tun, dass die Steuerlast heute insgesamt höher ist als früher. Jahrhunderte hindurch wurde bereits der ›Zehnte‹, also eine zehnprozentige Abgabe, als nahezu unzumutbar empfunden.« Er hob die Brauen zu einem aristokratisch-spöttischen Lächeln. »Wir würden auf die Knie sinken vor Dankbarkeit, wenn die Steuern jemals wieder annähernd auf dieses Niveau sänken – was sie, anbei bemerkt, niemals tun werden. Denn seit der industriellen Revolution und den damit verbundenen Umwälzungen, wie höheren Kosten für Waffen und Kriegsführung, Anstieg der Sozialausgaben und der Erfindung der Subventionen für bestimmte Wirtschaftsbereiche und so weiter, sind die Staatsausgaben wesentlich schneller gewachsen als die Volkswirtschaft, so hoch in der Tat, dass heute praktisch alle Staaten verschuldet sind und man sich nur fragen kann, wie die damit durchkommen.«

»Ganz einfach«, warf John halblaut ein. »Sie leihen sich Geld bei mir.«

776.000.000.000 $

Darauf ging Rawburne nicht ein. »Großbritannien führte die Einkommenssteuer 1799 ein, um die napoleonischen Kriege zu finanzieren, und schaffte sie 1815 wieder ab. Aber da war man schon auf den Geschmack gekommen. Im Jahr 1842 wurde sie wieder eingeführt, angeblich nur als vorübergehende Maßnahme, aber wie wir alle wissen, ist es dabei geblieben. Und so ähnlich lief es in allen westlichen Nationen, in denen heute Steuern auf Umsätze, Gewinne, Löhne und Einkommen den größten Teil der Staatseinnahmen ausmachen.« Er hob den Zeigefinger. »Was ich damit sagen will, ist, dass die Einkommenssteuer weder gottgegeben noch unantastbar ist. Man hat sie eingeführt, man kann sie auch wieder abschaffen. Man muss es nur tun.«

»Aber warum sollte man?«, wandte John ein. »Ich meine, niemand liebt es, Steuern zu zahlen, aber ich kann nicht sehen, dass die Einkommenssteuer so verheerend wäre, dass sie abgeschafft werden müsste.«

»Natürlich muss man etwas anderes an ihre Stelle setzen«, räumte Rawburne ein. »Ein moderner Staat kann schließlich nicht allein von der Salzsteuer leben.«

»Ihre Steuer auf Umweltbelastung.«

»Sie sind schon nah dran. Aber das war der Stand, wie gesagt, vor zwanzig Jahren. Meine Überlegungen sind inzwischen etwas weiter gediehen.« Rawburne machte eine unbestimmte Geste mit der Hand. »Man muss sich zunächst vor Augen halten, dass Steuern eine lenkende Funktion ausüben. Sie dämpfen das, worauf sie erhoben werden. Steuern auf wertschöpfende Aktivitäten wie Arbeit, Investitionen oder Handel beeinträchtigen genau diese, denn dadurch, dass sie prozentual berechnet sind und das in der Regel auch noch progressiv, sind sie ein Faktor, den man niemals vernachlässigen kann, egal wie viel man verdient. In den USA werden etwa 500 Milliarden Dollar Lohnsteuer eingezogen, aber dadurch steigen natürlich die Lohnkosten, was zur Folge hat, dass weniger neue Arbeitsplätze geschaffen werden können,

777.000.000.000 $

weil die Hürde, bis ein Arbeitsplatz sich rechnet, höher ist. Man schätzt den Verlust für die Gesamtwirtschaft hierdurch auf 150 Milliarden Dollar. Ähnliche Berechnungen kann man für jede Steuerart und für jedes Land durchführen, und es gibt keinen Trick, mit dem man diesen Zusammenhang aus der Welt schaffen könnte, denn wir haben es mit einer mathematischen Gesetzmäßigkeit zu tun, unverrückbar wie die Sterne und unwandelbar wie das Gesetz der Schwerkraft.«

John überlegte eine Weile. »Aber diese Verluste würden sich bei jeder Steuerart ergeben, oder? Man kann sie nicht verhindern, es sei denn, man erhebt überhaupt keine Steuern.«

»Richtig«, stimmte der Wirtschaftsjournalist zu. »Es geht auch nicht darum, sie zu verhindern, sondern um das Verständnis, in welcher Weise Steuern auf das Verhalten und die Entscheidungen der Menschen wirken. Steuern lenken. Indem sie das bestrafen, worauf sie erhoben werden, vermindern sie es.« Er drehte die Hände so, dass die Handflächen nach oben wiesen. »Meine Grundidee war, wie Sie ja schon gesagt haben, Steuern auf Umweltbelastung zu erheben. Klingt gut im ersten Moment, nicht wahr?«

John stutzte. »Ja. Deswegen sitzen wir ja hier.«

»So holen einen die Sünden der Jugend wieder ein«, seufzte der Lord, aber es klang nicht wirklich bekümmert. »Der Teufel steckt nämlich im Detail. Denn wie berechnet man Umweltbelastung? In meinem Buch habe ich mich um diese Art Fragen herumgedrückt. Wie viel Schadstoffausstoß soll wie viel kosten? Kostet Cadmium im Boden mehr als Kohlenmonoxid in der Luft, und wenn ja, wie viel mehr? Berechnet sich die Steuer auf Müll nach Volumen, Gewicht oder Zusammensetzung? Und wie erfasse ich die Wärmeabstrahlung von Maschinen? Ein komplexes Thema, das zu Manipulationen und Tricksereien geradezu einlädt. Damals dachte ich, das seien sekundäre Detailfragen, aber als ich anfing, mich damit zu beschäftigen, habe ich über ein Jahrzehnt herumgerechnet auf der vergeblichen Suche nach Einfachheit und Gerechtigkeit. Bis mir aufging, was grundlegend verkehrt war.«

Nun endlich widmete er sich seiner Kaffeetasse, füllte auf, gab Zucker hinzu, rührte seelenruhig um. John fiel auf, was für feinnervige Hände Rawburne hatte, Hände eines Musikers oder Künstlers, die in seltsamem Gegensatz zu seinem rustikalen Auftreten standen.

»In den Achtzigerjahren fiel mir eine volkswirtschaftliche Bilanz von Costa Rica in die Hände, die auf den ersten Blick vielversprechend aussah und auf den zweiten das reine Grauen war. Diese Leute hatten über vierzig Prozent ihres in Jahrhunderten herangereiften Waldbestandes abgeholzt und das Holz exportiert. Was mich so schockierte, war, dass sich dies in der Berechnung des Bruttosozialprodukts ausschließlich positiv niederschlug. Nach diesen Maßstäben wäre es am besten gewesen, sie hätten jeden einzelnen Baum im Land abgesägt und verkauft. Dass das in den folgenden Jahren eine landwirtschaftliche Katastrophe heraufbeschworen hätte, war aus den Zahlen nicht ablesbar. Ich dachte lange darüber nach und kam zu dem Schluss, dass alles Übel hier beginnt: Es wird schlicht und einfach falsch gerechnet.«

John hatte zu seiner eigenen Tasse greifen wollen, hielt aber in der Bewegung inne. »Eine falsch gerechnete Bilanz? Das verstehe ich jetzt nicht.«

»Oh, die Bilanz selber war korrekt, das meine ich nicht. Die Regeln, nach denen sie zu erstellen war, waren falsch. Die Definition des Bruttosozialproduktes ist Unsinn, weil sie solche Faktoren wie Umwelt und begrenzte natürliche Ressourcen überhaupt nicht berücksichtigt. Mittlerweile ist man auf eine andere Kenngröße umgestiegen, das Bruttoinlandsprodukt, aber das ist nicht viel besser.«

»Sie kritisieren gerade die Wirtschaftswissenschaft an sich, wenn ich Sie richtig verstehe.«

»Es gibt namhafte Leute, die bestreiten, dass es so etwas wie Wirtschaftswissenschaft überhaupt gibt.«

779.000.000.000 $

»Sind das zufällig dieselben Leute, die bestreiten, dass die Mondlandung wirklich stattgefunden hat?«

»Ich war bei der Mondlandung nicht dabei, Sie etwa?«

»Ich war damals keine zwei Jahre alt.«

»Der Unterschied ist, dass ich hier nicht glauben muss, was mir jemand sagt. Ich kann selber nachrechnen. Und seit mir das klar ist, stelle ich wieder und wieder fest, dass alle Katastrophen damit beginnen, dass jemand falsch rechnet.« Endlich riskierte er einen Schluck Kaffee. »Nehmen Sie nur die Kernenergie. Unabhängig von allen Streits für und wider die Nutzung von Atomkraft, die meistens eher von Gefühlen als von Überlegung genährt sind, ist es so, dass niemals auch nur ein einziges ziviles Kernkraftwerk gebaut worden wäre, wenn man von Anfang an richtig gerechnet hätte. Der angeblich so billige Atomstrom war nur deshalb billig, weil die Betreiber es sorgsam vermieden haben, irgendwelche Rückstellungen für die Entsorgung des atomaren Mülls in die Kalkulation aufzunehmen. Da Kernenergie politisch gewollt war, konnten sie davon ausgehen, dass sie diese Kosten der Gemeinschaft würden unterschieben können, zudem zu einem Zeitpunkt, an dem man sie nicht mehr würde belangen können. Wenn ein Energieunternehmen lediglich vor der Entscheidung gestanden hätte, ein Kernkraftwerk zu bauen oder etwas anderes, sie hätten unweigerlich gefunden, dass Kernkraft sich nicht rentiert. *Das* meine ich mit falscher Berechnung. Wenn Ihr Buchhalter so etwas tut, Mister Fontanelli, kommt er ins Gefängnis.«

Er stellte seine Kaffeetasse gelassen wieder ab. »Ich dachte also eine Weile über Berechnungsmethoden nach und darüber, wie man im Falle von Costa Rica den Verlust an Waldbestand hätte einkalkulieren müssen, und kam schließlich darauf, dass der Fehler, den die herkömmliche Betrachtungsweise macht, der ist, Ressourcen als unbegrenzt anzunehmen und als Kosten nur die reinen Gewinnungskosten anzusetzen. Das ist ungefähr so vernünftig, als würde ein Kaufmann, der ein Geschäft mit einem großen Lagerbestand an, sagen wir, Toastern übernommen hat, in seiner Preiskalkulation nur die Kosten ansetzen, die es verursacht, ins Lager zu gehen und einen Toaster aus dem Regal zu nehmen. Genau das tun wir aber. Da ist ein Wald, und wir rechnen als Kosten nur, was das Umsägen eines Baumes kostet an Arbeitskraft und Sägeblattabnutzung, vielleicht noch den Transport zum Exporthafen, und freuen uns über alles, was wir darüber hinaus erlösen. Ja, unsere volkswirtschaftliche Lehre ermutigt uns sogar dazu, so zu denken, zu rechnen und zu handeln. Wobei man bei Wald unter Umständen ahnt, dass es so nicht stimmen kann. Aber sobald wir etwas aus der Erde holen – Öl, Erze und dergleichen – und es mit einiger Mühe verbunden ist, denken wir schon nicht mehr darüber nach.«

Weil eine Pause entstand und Lord Rawburne ihn so fragend ansah, nickte John und meinte: »Verstehe.«

Damit war er zufrieden und fuhr fort: »Darüber sinnierte ich, wie gesagt, eine Weile, und schließlich dämmerte mir, dass sich in diesem Ansatz die Lösung für das Problem verbarg, an dem ich über zehn Jahre herumgeknabbert hatte.« Er machte eine Kunstpause, ehe er damit herausrückte. »Wie wäre es, überlegte ich mir, alle bestehenden Steuern abzuschaffen und ausschließlich Steuern auf Rohstoffe zu erheben?«

»Was?«, entfuhr es John. »Aber das wäre in höchstem Maße ... ach so?« Er stutzte. »Ich wollte sagen, das wäre ungerecht, weil es nur die rohstoffverarbeitenden Betriebe treffen würde, aber –«

Rawburne hob dozierend den Zeigefinger. »Wohlgemerkt, die Steuern müssten weltweit einheitlich geregelt sein, damit es kein Abwandern der Industrie gibt, und zahlen müsste jeweils derjenige, der etwas aus der Erde entnimmt – die Ölbohrgesellschaft, die Kohlengrube, das Bergwerk und so weiter. Aber natürlich würde der sie in Form höherer Preise weitergeben, sodass letztlich alle sie bezahlen. Lediglich der Verwaltungsaufwand wäre radikal geringer als heutzutage. Keine Einkommenssteuererklärung mehr, keine Steuerabzüge

781.000.000.000 $

vom Lohn – dafür allerdings wären die Dinge des täglichen Lebens teurer.«

»Weil auf den Preisen, zu denen der Hersteller die Rohstoffe bezieht, die Steuern lägen.«

»Ganz genau.«

John ließ das eine Weile auf sich wirken. War das der größte Unsinn, den er je gehört hatte, oder ein genialer Einfall, das Ei des Kolumbus gewissermaßen?

»Man würde also sparsamer mit Rohstoffen und mit Energie umgehen«, überlegte John. »Es würde sich nicht lohnen, Konserven durch halb Europa zu fahren; zumindest würden sie dann nicht für ein paar Cent im Regal stehen. Verpackung würde teurer, also würden die Menschen vermehrt auf Unverpacktes ausweichen.«

Rawburne nickte. »Recycling würde sich plötzlich lohnen. Heute muss man Firmen dazu zwingen, alte Getränkedosen und dergleichen zurückzunehmen. Warum? Weil Rohstoffe viel zu billig sind. Weil die Preise dafür nicht der Wahrheit entsprechen, weder der ökonomischen noch der ökologischen. Aber erheben Sie eine Rohstoffsteuer, und plötzlich werden Recyclingfirmen an den Türen der Leute klingeln und ihnen ihren Müll *abkaufen*.«

»Es wäre ein starker Anreiz da, Geräte langlebiger und haltbarer zu bauen«, spann John den Faden weiter. »Selbst wenn sie mehr kosten, könnte das immer noch ein gutes Geschäft sein.«

»Genau. Wenn Rohstoffe teuer sind, wird man es sich sorgfältig überlegen, ob man sie in Form von Schadstoffen in der Umwelt verteilt.« Rawburne hob die Hand. »Und bedenken Sie, selbstredend sind auch alle Formen der Umsatzsteuer abgeschafft. Das heißt, Arbeit wird wieder billiger, weil sie nicht mehr mit Steuern belastet ist. Dienstleistungen aller Art würden eher billiger als teurer. Arbeitslosigkeit würde aufhören, ein Problem zu sein.«

John nickte sinnierend. »Aber«, fiel ihm ein, »wäre das

denn gerecht? Ich meine, einen bestimmten Grundumsatz an Ressourcen, Energie vor allem, braucht man doch, einfach nur um am Leben zu bleiben. Trifft Ihre Steuer nicht vor allem die Armen, während die Reichen freie Bahn haben, ihr Geld für umweltzerstörerische Aktivitäten auszugeben?«

Rawburne breitete die Arme aus. »Es wird Ihnen, Mister Fontanelli, in Ihrem bisherigen Leben nicht entgangen sein, dass alle Unbill im Leben Arme härter trifft als Reiche, von einer Krise in der Kaviarproduktion vielleicht einmal abgesehen. Das ist geradezu unsere Definition von Reichtum, nicht wahr?«

»Sicher, aber das brauche ich durch ein Steuersystem ja nicht noch zu verschärfen. Oder denken Sie daran, dass Länder über unterschiedlich ausgeprägte Rohstoffvorkommen verfügen. Japan etwa hat so gut wie keine Rohstoffe. Also würde es nur minimale Steuern einnehmen.«

»Das ist schon der bessere Einwand«, pflichtete Rawburne bei, »und dazu habe ich auch einen Vorschlag. Die Steuern auf Rohstoffe müssen, wie gesagt, weltweit einheitlich gelten, aber ich würde es einzelnen Staaten oder sogar Regionen und Städten freistellen, zusätzlich die *Vermögen* ihrer Bürger nach Gutdünken zu besteuern. Das wäre eine Steuer, die Reichere stärker beträfe und so für sozialen Ausgleich sorgen würde. Mehr noch, auf diese Weise wäre es möglich, viele Hindernisse, die einer wirklichen Freizügigkeit heute im Wege stehen – Grenzen, Einwanderungsquoten, Begrenzungen der Arbeitserlaubnis und so weiter –, abzuschaffen, weil sich alle Wanderungsbewegungen durch die unterschiedliche Attraktivität der Regionen von selbst regulieren würden.«

Das klang gut, gestand sich John ein. Und er musste plötzlich wieder an seinen ersten Besuch in London denken, in einem anderen Büro, unter anderen Voraussetzungen, und wie auch damals alles gut, geradezu genial geklungen hatte.

So lang war das her. So viel war passiert in der Zwischenzeit – und doch ... *nichts* ...

»Aber haben Sie da nicht dasselbe Problem wieder?«, fragte

783.000.000.000 $

er. »Wie wollen Sie festlegen, welcher Rohstoff wie viel Steuern kosten soll?«

Rawburne nickte, als habe er auf diesen Einwand gewartet. »Es ist dasselbe Problem, mit dem Unterschied, dass es für dieses eine Lösung gibt. Eine geradezu brutal einfache mathematische Lösung. Sie müssen nämlich nur korrekt bilanzieren, nach genau denselben Maßstäben, die in einem Unternehmen gelten. Nehmen Sie zum Beispiel Kohle oder Erdöl. Niemand wird heute mehr bestreiten, dass es sich dabei um begrenzt vorhandene Rohstoffe handelt. Es gibt unterschiedliche Theorien darüber, wie groß die Vorräte sind, aber dass sie nicht unbegrenzt sind, darüber ist man sich einig. Nun, in der Betriebswirtschaft gehören Vorräte zum Aktivkapital und sind deshalb mit den Wiederbeschaffungskosten zu bilanzieren. Und genau das müssen wir hier auch tun.«

»Den Wiederbeschaffungswert?«, stutzte John. »Aber wie wollen Sie Erdöl wieder beschaffen?«

»Erdöl ist ein fossiler Energieträger und damit im Grunde eingelagerte Sonnenenergie. Man muss als Wiederbeschaffungswert also mindestens die Kosten ansetzen, die die Gewinnung der entsprechenden Menge Sonnenenergie heutzutage verursachen würde. Da die Verbrennung eines gegebenen Quantums Erdöl zudem eine messbare Verminderung der Luftqualität verursacht, wäre noch ein – zugegeben etwas schwieriger zu ermittelnder – Aufschlag für Luftreinigung zu berücksichtigen. *Voilà* – die Steuer auf fossile Energieträger.«

John furchte die Brauen. »Das heißt aber, dass dadurch Sonnenenergie in jedem Fall billiger wäre als jede andere Energieart.«

Rawburne lächelte verschmitzt. »Gratuliere. Sie merken schon, zu welch segensreichen Schlussfolgerungen meine Reform die Menschen bringen wird.«

»Aber wie berechnen Sie den Wiederbeschaffungswert von, sagen wir, Kupfer? Das müsste man ja von einem anderen Planeten holen, oder?«

784.000.000.000 $

»Müsste man, ja, aber an dieser Stelle können wir es uns erlauben, pragmatisch zu denken«, sagte Rawburne. »Wie Sie vielleicht wissen, findet sich praktisch jedes Element, das in der Erdkruste vorkommt, auch im Meerwasser gelöst, und zwar in so atemberaubend großen Mengen, dass die Vorräte darin für länger reichen werden, als wir hoffen können, als Spezies auf diesem Planeten zu überleben. Das einzige Problem ist, dass es extrem energieaufwändig ist, besagte Elemente – Kupfer, zum Beispiel – aus dem Wasser herauszufiltern. Für Energie haben wir aber vorhin bereits einen Kostenansatz gefunden. Den setzen wir hier einfach ein, und schon haben wir unsere Steuer auf Kupfer.«

»Das klingt aber, als würden Rohstoffe dann irrsinnig teuer.«

»Wodurch der Anreiz, eine sparsame Technik zu entwickeln, ebenfalls irrsinnig wäre«, stimmte Rawburne dem zu. »Es gibt wunderbare Geschichten, wie Mangel an etwas den technischen Erfindergeist angeregt hat.«

»Aber wenn im Meer alle Rohstoffe im Übermaß vorhanden sind«, dämmerte es John, »dann gibt es in Wirklichkeit überhaupt keine Knappheit an Rohstoffen. Höchstens an Energie.«

Der adlige Journalist richtete den Finger auf ihn. »Der Kandidat hat hundert Punkte. Wir nähern uns dem Kern meines Konzepts. Die Steuer auf Rohstoffe hat nämlich nicht in erster Linie den Zweck, begrenzte Vorräte zu bewahren. In der Tat werden uns die Rohstoffe nicht so schnell ausgehen, von Erdöl und Erdgas einmal abgesehen. Was uns aber ausgehen wird, und das bald, sind die Kapazitäten der Ökosysteme, Schadstoffe und überschüssige Energie aufzunehmen. Wir könnten die ganze Welt in eine einzige, unbewohnbare Müllkippe verwandeln, und in der Erdkruste würden sich immer noch ausreichend Metalle finden lassen, um die heutige technische Produktion aufrechtzuerhalten. Der springende Punkt ist, dass wir Rohstoffe und Energie benötigen, um die Umwelt zu belasten. Es ist im Prinzip dieselbe Grundidee wie damals

785.000.000.000 $

in meinem Buch, nur vom anderen Ende her aufgezäumt. Von dem Ende, das leichter zu kontrollieren ist. Das Prinzip ist dasselbe – das zu besteuern, was schadet, und so die Weichen zu stellen für eine Umgestaltung der Wirtschaft. Und diese Umgestaltung, das ist das Schöne an meinem Konzept, wird in völliger Freiheit vor sich gehen. Sie brauchen keine Vorschriften, keine Zehnjahrespläne, keine Umweltpolizei, nichts dergleichen. Sie können die ganzen Einzelheiten den Mechanismen des Marktes überlassen. Der Markt wird alles in derselben Vollkommenheit lösen, wie er es schon immer getan hat. Nur die richtigen Rahmenbedingungen, die müssen Sie schaffen. Schaffen Sie die Steuern auf menschliche Leistung ab und erheben Sie stattdessen Steuern auf Rohstoffe, und die Rettung der Menschheit erfolgt vollautomatisch.«

Nachdem Rawburne gegangen war, wanderte John in seinem Büro auf und ab wie ein gefangener Tiger, immer im Kreis herum, genau wie die Gedanken in seinem Kopf. Er hatte sich von dem Gespräch einen neuen Plan erhofft, die Prophezeiung zu erfüllen, aber statt Klarheit und Zuversicht erfüllten ihn jetzt Konfusion und Verzagtheit.

»Wie soll ich das denn machen?«, hatte er gefragt. »Ich erhebe ja keine Steuern. Regierungen erheben Steuern.«

Rawburne hatte nur mit den Schultern gezuckt. »Sie sind der mächtige Mann. Man wird auf Sie hören.«

Würde man das? Auf einen Unternehmer, der verlangte, das Steuersystem zu ändern? Nie im Leben.

»Ich kann nur die Ideen liefern«, hatte Rawburne abgewehrt. »Umsetzen müssen es andere.«

Dabei war es geblieben.

John starrte das Fenster an, das sich mehr und mehr mit Schnee zusetzte. Würde es überhaupt funktionieren? Es hatte alles gut geklungen, aber er war kein Fachmann, konnte es im Grunde nicht wirklich beurteilen. Gut, er konnte die volkswirtschaftliche Abteilung darauf ansetzen. Konnte eine Studie erstellen lassen in Zusammenarbeit mit einer Universität. Leute vom Währungsfonds oder der Weltbank zu Gesprächen einladen, die mit internationalen Finanzkonzepten vertraut waren.

»Ich kann es nicht«, sagte John laut und lauschte dem Klang seiner Stimme.

»Ich kann es nicht«, wiederholte er und fand, dass es wahr klang. Er war nicht mehr im Stande, sich noch einmal mit Herz und Seele auf jemandes Plan einzulassen, der versprach, der Welt die Rettung zu bringen. Egal, wie überzeugend er wirkte. Er hatte nicht mehr die Kraft, nicht mehr den Glauben. McCaine hatte am Anfang genauso überzeugend gewirkt, und John war, als sei seine Fähigkeit, sich für etwas einzusetzen, in dessen Projekt vollständig aufgebraucht worden.

Er ballte die rechte Hand zu einer Faust, langsam, und sah seinen Fingern zu dabei. »Ich wollte, ich hätte einmal im Leben selber eine Idee«, sagte er zu seinem Spiegelbild in der Scheibe, durch die man nichts mehr von der Welt draußen sah, die in Nacht und Kälte versank.

Später rief er Paul Siegel an und sagte: »Ich brauche dich.«

»Schon wieder?«, fragte der.

»Ich will, dass du die Geschäftsführung von *Fontanelli Enterprises* übernimmst.«

Am anderen Ende war etwas wie ein lang gedehnter Atemzug zu hören. »John – das ist nett von dir und sicher gut gemeint und ehrt mich ohne Zweifel. Aber ich bin Volkswirtschaftler, kein Betriebswirt.«

»Paul«, erwiderte John, »der Umsatz meines Konzerns ist höher als das Bruttosozialprodukt der meisten Staaten dieser Welt. Ich habe mehr Angestellte als Finnland Einwohner. Wer, wenn nicht ein Volkswirtschaftler, soll damit zurechtkommen?«

Einen Moment herrschte Stille. Dann hüstelte Paul Siegel. »Das ist allerdings ein Argument.«

787.000.000.000 $

45

Die *TEMPLE TOMORROW Society* lud zu einem Kongress unter dem Titel *»Planet Management«*. Sie lud Nobelpreisträger, ehemalige US-Präsidenten, in Ehren und Ansehen ergraute ausländische frühere Staatschefs und vor allem die ihrer Auffassung nach namhaftesten Wirtschaftsführer aus aller Welt nach San Francisco, um drei Tage lang im berühmten Fairmont-Hotel, dieser Kultstätte des Wohlstands, in intensiven Gesprächen *den Weg ins 21. Jahrhundert zu erkunden und zu weisen, den Weg zu einer neuen Zivilisation*. Dass man, wenn man im gläsernen Lift an der Außenseite des Hotelturms hochfuhr zum *Crown Room's Restaurant*, freien Blick hatte auf die Golden-Gate-Brücke, die fernen Hügel von Berkeley und das Silicon Valley, wurde als passend und anregend zugleich empfunden. Dass John Fontanelli nicht unter den geladenen Wirtschaftsgrößen war, schien niemanden zu stören.

»Ich bin nicht beleidigt oder so etwas«, sagte John, als Marco kam, um die Ergebnisse der Recherchen zu präsentieren, die Leute der Sicherheitsorganisation vor Ort angestellt hatten. »Ich will nur wissen, was da vorgeht.«

»Selbstverständlich, Mister Fontanelli«, sagte Marco.

John sah ihn an. »Sie glauben mir das doch, oder?«

»Ja«, sagte der Bodyguard und legte die Folie auf den Projektor.

Die *Temple Tomorrow Society* war kurz vor Weihnachten 1997 gegründet worden. Stifter und Ehrenvorsitzender war Bradford C. Temple, bis dahin Vorstandsvorsitzender von *Morris-Capstone* und im Zuge der Übernahme der Geschäfte

788.000.000.000 $

durch Malcolm McCaine in den Ruhestand gewechselt. Temple war ein blonder, dickbäuchiger Mann aus dem Mittleren Westen, dem man den Fotos zufolge, die es von ihm gab, vielleicht eine Leidenschaft für Pferderennen oder junge Nackttänzerinnen zugetraut hätte, aber niemals die Gründung einer Gesellschaft, die es sich in die Satzung geschrieben hatte, *der Menschheit den Weg in die Zukunft zu ebnen*.

»Also steckt McCaine dahinter«, stellte John fest. Damit war klar, warum man ihn nicht eingeladen hatte.

Der *»Planet-Management«*-Kongress tagte in Klausur, streng gegen die Medien abgeschirmt. Nur eine kleine, handverlesene Schar von Journalisten war zu einer Anzahl halböffentlicher Sitzungen zugelassen, wobei alle Berichte vor Veröffentlichung vorgelegt werden mussten und jede Ton- oder Videoaufnahme überprüft wurde.

Eine dieser Videoaufnahmen legte Marco ein. Es hatte ein kleines Vermögen gekostet, sie so rasch von San Francisco nach London transportieren zu lassen.

Ein Ökonomieprofessor sprach über den Freihandel und seine künftige Entwicklung. Ein Milliardär ließ sich über Investment in neue Märkte aus. Niemand sprach länger als fünf Minuten, alles wurde aufs Äußerste verkürzt dargeboten. Ein Topmanager einer Computerfirma schilderte, wie bei ihnen Softwareentwickler aus aller Welt über vernetzte Computer jederzeit und rund um die Uhr arbeiteten, wann sie wollten und so lange sie könnten, ohne Einreiseprobleme und unabhängig von nationalen Regierungen und ihren Vorschriften für die Arbeitswelt. »Die Leute werden am Computer eingestellt, arbeiten am Computer und werden per Computer wieder gefeuert.« Ein Handelsmagnat aus Südostasien prophezeite, infolge der zunehmenden Produktivität der Arbeit würden in Zukunft zwanzig Prozent der arbeitsfähigen Bevölkerung genügen, um die gesamte Weltwirtschaft in Schwung zu halten. Ein Fünftel werde ausreichen, um alle Waren herzustellen und alle Dienstleistungen zu erbringen, die sich die Welt leisten könne.

789.000.000.000 $

Es war Malcolm McCaine, der nach ihm ans Rednerpult trat, grimmig in die Runde blickte, um dann die Frage zu stellen, die gestellt werden musste: »Aber was sollen wir mit den überflüssigen Leuten machen?«

John traute seinen Ohren nicht. McCaine benutzte wahrhaftig den Begriff *surplus people* – überflüssige Leute. Und niemand erhob einen Einwand. Nicht einmal ein Raunen ging durch den Saal.

Paul Siegel begann seine Tätigkeit als Geschäftsführer von *Fontanelli Enterprises* Anfang März. Er kam ein paar Tage davor nach London und brachte zuwege, was John ihm als aussichtslos hatte ausreden wollen: mithilfe eines Maklers und »unverschämt viel Glück« eine Wohnung zu finden, sogar eine, die all seinen Vorstellungen entsprach. So ähnelte sie auch seinen bisherigen Wohnungen wieder verblüffend, nur dass der schöne Blick von hoch oben nicht mehr auf Hudson oder Potomac, sondern auf die Themse ging.

John hatte McCaines Büro renovieren lassen und war dann selber eingezogen, Paul seinen bisherigen Raum überlassend. Der Gedanke, ihn in dasselbe Büro zu setzen wie McCaine, sozusagen als Ersatz, war ihm zuwider gewesen.

Paul führte einen neuen Umgangsstil in der Führungsetage des Konzerns ein. Ab sofort war Schluss mit den einsamen, frugalen Mittagsmenüs am Konferenztisch – Paul Siegel aß mit allen gerade anwesenden Direktoren im Casino zu Mittag, scheute sich nicht, ein paar Tische zusammenrücken zu lassen, und ermunterte die Männer und wenigen Frauen, frisch von der Leber weg zu reden, was Sache war. John schloss sich nach einigem Zögern an und fand es erfrischend, die Höhe des einsamen Kommandostandes wenigstens zeitweise zu verlassen.

Doch Paul Siegel war nicht nur umgänglich und aufgeschlossen. Er bewies umgehend, dass er auch durchgreifen konnte, wenn es sein musste. Er hörte sich aufmerksam an, wie drei der Direktoren sich für die McCaine'sche Vorstellung,

790.000.000.000 $

es gebe so etwas wie *surplus people*, begeisterten. Die Detektive, die er auf sie ansetzte, fanden bei zweien Beweise für Verbindungen zu McCaine, worauf er ihnen mit den Worten »Die *surplus people* – das sind Sie« kündigte und sie wegen Untreue, Anstiftung zur Sachbeschädigung und Wirtschaftsspionage verklagte. In der Folge machte er zahlreiche weitere »Maulwürfe« in den verschiedenen Führungsebenen ausfindig, die er ebenfalls ausnahmslos feuerte.

John versuchte insgesamt dreimal, Ursula anzurufen. Das erste Mal fing er an zu wählen, legte aber nach der Vorwahl wieder auf und sagte sich, dass sie sich gemeldet hätte, wenn ihr noch etwas an ihm gelegen hätte. Einige Tage später überwand er sich, zu Ende zu wählen, doch er bekam nur ihren Anrufbeantworter zu hören und legte auf, ohne eine Nachricht zu hinterlassen: Das, was er wollte, war nichts, was sich per Anrufbeantworter regeln ließ. Und als er es einige Tage darauf noch einmal versuchte, meldete sich nicht einmal mehr das Gerät, sondern es klingelte nur endlos und vergeblich.

In diesen Tagen war es, dass eine der Sekretärinnen John einen Brief brachte, der sich auffallend von der normalen Geschäftspost abhob. »Wir dachten erst, es wäre einer dieser Briefe, die Kinder Ihnen manchmal schreiben«, sagte sie, »aber es ist tatsächlich geschäftlich.«

»Tatsächlich?«, wunderte sich John und nahm den Umschlag zur Hand. Wie alle Briefe an ihn war er natürlich durchleuchtet und vorab geöffnet worden. Er klebte voller bunter Abziehbilder und war, von Hand und in ungelenker Kugelschreiberschrift, aber korrekt, an *Mister John S. Fontanelli* adressiert und trug Briefmarken der Republik der Philippinen. Absender war ein gewisser Manuel Melgar.

»Wer ist Manuel Melgar?«, murmelte John, und im selben Moment fiel es ihm wieder ein. Der Junge. Tuay. Panglawan. Der ihn um dreihundert Dollar angepumpt hatte.

Der Umschlag enthielt ein Schreiben, in dem Manuel seine ersten geschäftlichen Erfolge und Fehlschläge schilderte – er

791.000.000.000 $

hatte das Tricycle gekauft und umgebaut, sich nach zwei Monaten mit Mister Balabagan zerstritten, inzwischen einen anderen Fischaufkäufer gefunden, und das Geschäft ging gut, wobei sich besonders der Verkauf von Süßigkeiten an Kinder unterwegs als unerwarteter Renner entpuppt hatte. Beigelegt war ein Foto seines mit Werbeaufklebern übersäten Tricycles, mit einem vor Stolz strahlenden jungen Filipino hinter dem Lenker, ferner ein auf kariertem Papier sorgfältig ausgerechneter Tilgungsplan für die Rückzahlung der dreihundert Dollar. Manuel hatte eigenmächtig eine Laufzeit von fünfzehn Jahren und einen Zinssatz von sechs Prozent veranschlagt und kam auf eine monatliche Rate von 2 Dollar und 53 Cent. Für das erste halbe Jahr hatte er einen Scheck über $15.18 angeheftet.

»Ja, verdammt noch mal«, murmelte John. »Werd ich denn überhaupt kein Geld mehr los?«

Paul schien Johns Erregung nicht nachvollziehen zu können. Er überflog den Brief, studierte seelenruhig den Tilgungsplan, deutete auf eine der Zahlen und sagte, nach seinem Taschenrechner greifend: »Ich glaube, da hat er sich verrechnet.«

»Darum geht es doch überhaupt nicht«, brauste John auf.

»Worum dann? Du hast ihm Geld geliehen, er zahlt es zurück. Die normalste Sache der Welt.«

»Mit Zinsen!« John sprang auf. »Verdammt noch mal, ich habe ihm das Geld gegeben, damit er eine Chance hat, damit er sich was aufbaut ... und jetzt *verdiene* ich auch noch daran! Wie soll das eigentlich enden? Ich gebe Leuten Geld, sie geben mir mehr Geld zurück. Das muss doch irgendwann einmal aufhören! Sonst ist eines Tages *alles* Geld bei mir, und dann? Dann gehört mir die ganze Welt, oder? Das macht verdammt noch mal keinen Sinn.«

Paul lehnte sich zurück und betrachtete ihn nachdenklich. »Ich glaube nicht, dass es so weit kommt. Dass dir irgendwann die ganze Welt gehört, meine ich.«

»Du glaubst es nicht, so. Paul, mir fließt mehr Geld zu, als

792.000.000.000 $

ich loswerden kann. Wie soll das denn anders enden, als dass eines Tages alles bei mir ist?«

»Bis jetzt ist noch jedes große Vermögen eines Tages wieder verschwunden.«

»Bis jetzt.«

»Wenn es so einfach wäre, wie du gerade denkst, würde längst die ganze Welt der Familie Rockefeller gehören, wenn nicht den Nachfahren der Fugger.«

John stieß einen spitzen Schrei aus. »Und wie ist es denn? Wer bin ich denn? Ein Nachfahre Jakob Fuggers!«

»Sagt eine gewisse Ursula Valen. Was mich anbelangt, bist du in erster Linie ein Nachfahre Francesco Fontanellis.«

»Oh, ja.« John ließ sich in einen der Sessel fallen, legte die gefalteten Hände vor den Mund und starrte an die Decke. Eine Weile war Schweigen, punktiert vom Klicken des Kugelschreibers, mit dem Paul herumspielte. »Was ist mit der Prophezeiung?«

»Was soll mit ihr sein?« Pauls Stimme klang Millionen Meilen weit weg.

»Bin ich der Erbe? Ja. Bin ich der *wahre* Erbe? Nein. Ich kann den Menschen die verlorene Zukunft nicht zurückgeben. Ich habe keine Ahnung, wie ich das tun sollte. Ich weiß nicht mal, wovon die Rede ist.« Er fing an, die gefalteten Hände hin und her zu bewegen. »Lorenzo hätte es gewusst. Lorenzo wäre es gewesen. Aber McCaine hat ihn umgebracht ...«

»John?«, sagte Paul.

»Hmm?«

»Ich weiß nicht, ob ich sonderlich beeindruckt sein soll von einer göttlichen Vorsehung, die sich von jemandem wie McCaine so einfach ins Handwerk pfuschen lässt.«

John sah überrascht hoch. Paul saß hinter seinem Schreibtisch, drehte den Kugelschreiber zwischen den Händen und wirkte leicht gereizt. »Was?«

»Ich halte das alles für großen *bullshit*«, sagte Paul. »Es ist

793.000.000.000 $

doch völlig egal, wessen Nachfahre du bist und was für Visionen irgendjemand irgendwann gehabt hat. Was zählt, ist die Gegenwart. Du hast jetzt nun mal dieses Vermögen und diesen Konzern am Hals und musst sehen, wie du damit zurechtkommst. Was hätte deinem Cousin denn anderes einfallen sollen? Er war sechzehn, mein Gott. Was weiß man in diesem Alter schon vom Leben?«

»Was man in diesem Alter vom Leben weiß?« John stemmte sich hoch. »Ich werde dir zeigen, was Lorenzo in diesem Alter vom Leben wusste.« Er stürmte in sein Büro hinüber, durchwühlte seine Schubladen nach den beiden Schülerzeitungsbeiträgen und den Übersetzungen, die er davon angefertigt hatte, und kehrte damit zu Paul zurück. »Hier. Lies das.«

Paul las es. Las es, schmunzelte zuerst, runzelte die Stirn, je weiter er kam, und machte schließlich: »Hmm.«

»Und?«, fragte John lauernd. »Genial, oder?«

»Ich weiß nicht. Klingt ein wenig wie eines dieser Pamphlete, die beweisen wollen, dass Einstein Unrecht hatte oder dass die Evolutionslehre nicht stimmen kann. Die einem irgendwelche Spinner mit verfilztem Bart und irrem Blick am Times Square in die Hand drücken.« Er legte die Blätter beiseite, als seien sie von Flöhen besiedelt.

»Wieso?«, setzte John ihm zu. »Sag mir, was nicht stimmt. Ich habe das nachgelesen. Geldschöpfung funktioniert so. Über die Zentralbank oder über die Geschäftsbanken. Das hat Lorenzo nicht erklärt, aber ich kenne das Spiel ja aus meiner eigenen Bank: Jemand legt Geld an, ich leihe es aus an jemanden, der es wieder bei mir anlegt, sodass ich es wieder ausleihen kann, und immer so fort. So entstehen immer mehr Guthaben, und die gelten als Geld. Stimmt doch, oder?«

»Ja«, nickte Paul widerwillig.

»Aber das, was er sagt, steht nicht in den Büchern, die ich gelesen habe. Dabei liegt es auf der Hand. Denn zusammen mit Guthaben müssen Schulden entstehen. Immer, zwangsläufig. Und zwar, durch die Zinsen, *mehr* Schulden als Guthaben.

794.000.000.000 $

Das ganze System ist unumkehrbar. Man muss es immer weiter treiben, und je mehr man sich anstrengt, desto tiefer reitet man sich hinein ins Verderben. Ein Schneeballeffekt.«

Paul Siegel blinzelte irritiert. »Ich weiß nicht. Das ist eine ziemlich unorthodoxe Sicht der Dinge ... Das widerspricht allem, was ich gelernt habe.«

»Das ist mir schon klar.« John ließ sich zurück in den Sessel fallen. »Und ich weiß auch beim besten Willen nicht, was ich mit all dem anfangen soll.«

Eine Weile herrschte Schweigen. Ein leises Rascheln vom Schreibtisch her verriet, dass Paul den Text noch einmal las. »Du hast nur die beiden Alternativen«, meinte er schließlich. »Entweder Geldwirtschaft, mit all ihren Vor- und Nachteilen, oder du kehrst in irgendeiner Form zur Tauschwirtschaft zurück. Die hauptsächlich Nachteile hat. Ich meine, gut, vorstellbar ist, dass heutzutage mit all den Computern und per Internet allerhand machbar wäre, was früher nicht ging ... Aber ich habe, ehrlich gesagt, nicht die Fantasie, mir das in Einzelheiten auszumalen.«

»Glaubst du«, fragte John, »dass wir, wenn uns eine geniale Alternative zum Geldsystem einfallen würde, überhaupt die Macht hätten, es durchzusetzen?«

»Nein«, sagte Paul ohne Zögern.

»Der größte Konzern der Welt? Das größte Privatvermögen aller Zeiten?«

»Nie im Leben. Da wäre sich die Welt auf einmal einig. Aber gegen dich.«

»Ja«, nickte John und legte den Kopf nach hinten, auf die Lehne. »Genau das denke ich auch.«

In seinem Schädel pochte es. Er spürte ein Unwohlsein, ein bisschen so, als habe er etwas übersehen, einen Zusammenhang, irgendein wichtiges Detail, nur wollte ihm nicht einfallen, was. Aber vielleicht wurde er auch einfach nur krank. Er fasste sich an die Stirn. Heiß. Na also, kein Wunder nach diesen Wochen voller Stress.

795.000.000.000 $

Er stand auf. Draußen dämmerte es schon. »Ich geh heim«, sagte er. Paul sah ihn überrascht an. »Mir ist nicht gut. Besser, ich trinke einen Kräutertee und gehe zeitig zu Bett.«

»Oh«, sagte Paul. »Tu das.« Er hob die Übersetzungen in die Höhe. »Kann ich das noch eine Weile behalten? Vielleicht fällt mir ja was dazu ein.«

»Klar, kein Problem. Retten wir die Welt ein andermal.«

Ein ekliger Schneeregen empfing ihn, als sie vor dem Schloss ankamen. »Soll ich durch die Garage fahren, Sir?«, fragte der Chauffeur. Auf diesem Wege wäre man trockenen Fußes ins Haus gelangt, allerdings über zahlreiche Treppen, die John im Augenblick schlimmer vorkamen als fünf Schritte durch den Regen.

»Nein«, sagte er. »Es geht schon.«

Drinnen nahm ihm der Butler den feuchten Mantel ab, reichte ihm ein angewärmtes Handtuch für die Haare und, nachdem John sich abgetrocknet hatte, Kamm und Spiegel. John bat ihn, ihm einen Erkältungstee bringen zu lassen, und schleppte sich hinauf in seine Räume.

Das Zimmermädchen brachte den Tee, Francesca, nach all den Jahren immer noch so scheu wie damals, als sie in der Villa in Portecéto angefangen hatte. Sie stellte ihm das Tablett hin, auf dem eine kleine, wertvolle Porzellankanne stand, eine dazu passende Tasse, Zitrone, Milch, Zucker, eine kleine Sanduhr, in Gold gefasst, die anzeigte, wann das Teesieb herauszunehmen war, und ein Ablegeteller dafür. Da die richtige Zeit gerade abgelaufen war, nahm sie das Teesieb heraus und schenkte ihm eine Tasse Tee ein.

»*Grazie*«, sagte John.

»*Prego*«, hauchte sie, doch anstatt sich leise wie ein Schatten zu verziehen, wie er es von ihr gewohnt war, begann sie zögernd: »*Scusi, Signor Fontanelli ...*«

John roch an dem Tee, fühlte sich krank und so, als müsse sein Schädel jeden Augenblick platzen. »*Si?*«

796.000.000.000 $

Sie schien es kaum wagen zu wollen, ihr Anliegen vorzutragen. »Ich, ähm ... es ist so, dass ich, ähm ...«, begann sie, und jedes Wort pulsierte in seinem Gehörgang, dass ihn schauderte.

»Come?«, flüsterte er.

»Eine CD«, würgte sie, mit den Händen rudernd, als wolle sie jetzt und hier einen spastischen Anfall bekommen. »Ich habe mir eine CD gekauft und ... wollte Sie fragen, ob Sie etwas dagegen hätten ...«

Er sah das blasse, schmalhüftige Zimmermädchen mit tränenden Augen an und fragte sich, ob sie im Ernst glaubte, dass er dafür zuständig war, ihr den Kauf einer CD zu erlauben.

»... wenn ich sie mir einmal auf Ihrer Stereoanlage anhöre?«, brachte sie endlich heraus, zuckte zurück, als erwarte sie, geschlagen zu werden, und sah ihn großäugig an. »Natürlich nur, wenn Sie nicht zu Hause sind«, fügte sie flüsternd hinzu.

Das war alles? John nickte gequält. »*Si. D'accordo.*« Und er dankte dem Himmel, dass sie ihn danach in Frieden ließ.

Er trank den Tee in kleinen Schlucken, und mit jedem Schluck fühlte es sich weniger wie eine Erkältung an. Eher, als sei sein Gehirn angefüllt mit gärenden Gedanken. Und tonnenschwer. Ob er den Arzt rufen sollte? Oder eine Tablette nehmen?

Er war nicht mehr im Stande, darüber nachzudenken, irgendeine Entscheidung zu treffen. Zweifellos würde es heute Nacht seinen Kopf zerreißen – und wenn schon. Er trank den Tee aus und ging zu Bett, wo er in einen unruhigen, von wilden Träumen geplagten Schlaf fiel.

Am nächsten Tag erwachte er und fühlte sich, als habe er nicht geschlafen, sondern sei betäubt gewesen. Es ging ihm ein wenig besser, aber nicht viel: Es fühlte sich an wie eine erste dünne Haut über einer bösen Wunde, die jederzeit wieder aufbrechen konnte. Trotzdem – zu Hause herumsitzen

797.000.000.000 $

mochte er nicht, und so ließ er sich ins Büro bringen. Dort fand er eine Notiz von Paul auf seinem Schreibtisch, in der er ihm gute Besserung wünschte, er sei den Tag über zu Verhandlungen in Paris und erst gegen Abend zurück.

Er sagte alle Termine ab, las stattdessen Geschäftsberichte der *Banco Fontanelli* und der südamerikanischen Minengesellschaft und Zeitungen. McCaine, der in den letzten Wochen öfter in der Öffentlichkeit aufgetreten war als in den zwei Jahren als Boss von *Fontanelli Enterprises,* avancierte allmählich zum Idol von Investoren aus aller Welt. Er sprach sich offen dafür aus, die »Leistungselite« von Abgaben zu befreien, deren einziger Sinn sei, »Leistungsverweigerer« am Leben zu erhalten. »Die Natur kennt auch keine Sozialabgaben«, erklärte er unter Beifall auf einem Wirtschaftssymposium und verlangte außerdem rigorosen Abbau aller Handelshemmnisse sowie radikale Deregulierung der Märkte.

John verfolgte einen Fernsehbericht über die Demonstrationen, die vor den verriegelten Türen des Tagungszentrums stattfanden. Ein älterer Mann mit Brillengläsern dick wie Flaschenböden erklärte der Reporterin: »Ich bin schwer zuckerkrank und seit sieben Jahren arbeitslos. Ich demonstriere, weil ich das Gefühl habe, McCaine und seine Gefolgsleute würden Leute wie mich am liebsten vergasen.«

Ein Memorandum aus der Marktanalyseabteilung berichtete von einer zunehmenden Zahl von Unternehmenskooperationen unter der Führung von McCaine, der inzwischen in elf Aufsichtsräten saß, unter anderem in dem des nach *Fontanelli Enterprises* zweitgrößten Energieproduzenten. Die Börsenkurse der zu *Morris-Capstone* gehörenden Unternehmen, soweit sie börsennotiert waren, stiegen in Höhen, die bislang als unvorstellbar gegolten hatten.

Die globalen Militärausgaben im Jahre 1995.
798.000.000.000 $

John nahm all das zur Kenntnis und dachte darüber nach, aber wie er es auch drehte und wendete, er wurde das Gefühl drohender Gefahr nicht los und auch nicht das Gefühl, versagt zu haben.

Das Casino lag im Halbdunkel, durch die Scheiben sah man das Lichtermeer Londons. Sie waren die einzigen Gäste, und falls der Mann hinter dem Tresen am anderen Ende des großen Raumes darauf wartete, dass er endlich nach Hause gehen konnte, anstatt sich die Zeit mit dem Polieren sauberer Gläser zu vertreiben, dann hütete er sich, es sich anmerken zu lassen.

»Früher konnte man sich einfach in irgendeine Kneipe setzen«, sagte John.

Paul nippte an seinem Drink. »Trotzdem haben wir es nicht gemacht.«

»Aber wir hätten es tun *können*.«

»Hätten wir nicht. Weil du nämlich nie genug Geld hattest.«

»Irgendwas ist halt immer.« John sah in sein Glas. »Seit Mexiko passen sie so gut auf mich auf, dass ich manchmal denke, ich lebe im Gefängnis.«

»Tja. Nichts ist umsonst. Nicht mal grenzenloser Reichtum.«

Sanfte Kühle ging von den Fenstern aus. Die Themse glitzerte frostig in der Ferne. Man sah weit unten Autos fahren und Spaziergänger, Paare meist, kurz in den dunstigen Lichtkegeln der Straßenbeleuchtung auftauchen und ein paar Schritte weiter wieder mit der Nacht verschmelzen.

»Wie geht es weiter?«, wollte John wissen.

Paul hob die Augenbrauen. »Wie meinst du das?«

»Wir vergessen die Prophezeiung. Wir begraben alle Ambitionen, den Lauf der Welt zu beeinflussen. Wir machen *business as usual*, kaufen, verkaufen, stellen ein, entlassen, zählen Geld.« John drehte sein Glas in den Händen. »Und dann?«

Paul lehnte sich zurück. »Nichts ›und dann‹. Das kann man sein Leben lang so treiben.«

799.000.000.000 $

»Aber was macht das für einen Sinn?«

»Du bist kein Unternehmer, das merkt man deutlich. Es geht nicht ums Geldzählen, es geht darum, etwas zu gestalten. So ein Konzern ist in ständiger Entwicklung. Permanent passiert irgendwo etwas, verändern sich die Bedingungen, muss man reagieren oder vorausschauend handeln. So läuft das Spiel. Es ist ein Spiel, wie Baseball. Letztendlich spielt man es, weil es Spaß macht.«

John betrachtete den letzten Rest in seinem Glas, kippte ihn schließlich hinab und bestellte mit einer Geste einen neuen Drink. »Wann warst du das letzte Mal bei einem Baseball-Spiel?«

»Oh.« Paul überlegte. »Das ist lang her. Ich glaube, das letzte Mal waren wir zusammen bei den New York Yankees. Bevor ich nach Harvard gegangen bin.« Er schüttelte den Kopf. »Aber du kannst mich schlagen, ich weiß nicht mal mehr, gegen wen sie gespielt haben.«

»Ich auch nicht.« Der Kellner kam, stellte ihm seinen neuen Drink hin und nahm das alte Glas mit. Paul bestellte noch einmal dasselbe. »Ich hab die Ligaspiele eine Zeit lang verfolgt, aber dann hatte ich eine Weile keinen Fernseher und bin völlig rausgekommen.«

»Ging mir so ähnlich. Prüfungsvorbereitungen.«

John nickte, lachte trocken auf. »Ist das nicht grässlich? Wie schnell man jeden Sinn für die wahren Werte verliert?«

»Geradezu tragisch.« Pauls neuer Drink kam. Er nahm ihn mit dankendem Nicken entgegen, trank einen Schluck und wartete, bis der Mann wieder weg war. »Weißt du«, sagte er dann, »was jetzt passieren wird, ist einfach, dass mit dir eine neue Finanzdynastie entsteht. Eine Familie wie die Rockefellers, die Rothschildts oder die Medici. Oder die Fugger meinetwegen. Irgendwann wirst du doch noch eine Frau finden, die Geld und Luxus erträgt, wirst einen Haufen Kinder haben, die umsorgt aufwachsen, die besten Schulen der Welt besuchen und nach und nach ins Geschäft einsteigen –«

»Jetzt klingst du wie McCaine. Der hatte es auch dauernd damit, dass ich eine Dynastie gründen soll.«

»Na ja, nicht alles, was er gesagt hat, war dumm. Nach dem, was du erzählt hast, und dem, was ich in der Zeitung lese, scheint er erst seit neuestem durchzudrehen.« Paul schob sein Glas auf dem Tisch umher. »So läuft das einfach, weißt du? In Harvard konnte man das gut beobachten, all die Berufssöhne und -töchter ... Zu deinen Lebzeiten wird dein Vermögen wachsen, deine Kinder werden es stabil halten, und mit der Generation deiner Enkel wird es beginnen, abzunehmen. So geht es allen großen Vermögen. Aber eine Billion Dollar, das wird für viele Generationen reichen, egal wie verschwenderisch sie sind.«

John trank einen Schluck und hatte Lust, sich heute richtig voll laufen zu lassen. »Klingt großartig. Vielleicht müssen sie ja irgendwann ein paar Millionen für den letzten Eimer sauberes Wasser verschwenden, wer weiß?«

»Hey«, meinte Paul. »Du kannst auch Geld stiften, wenn dir das besser gefällt. Der alte Rockefeller hat das gemacht, als ihn endlich die Sinnkrise überkam, und seine Stiftungen sind heute aus Medizin, Bildung und Wissenschaft nicht mehr wegzudenken.«

»Am besten suche ich mir jemanden mit einer Vision. Der legt eine halbe Million Dollar fünfhundert Jahre lang an, und ein armes Schwein im Jahr 2500 erbt dann eine Trillion Dollar. Oder was immer dann die Währung sein wird.« Er kippte den Drink vollends hinab, runter damit, und genoss das Brennen in der Kehle. Und es tat gut, dass der Schmerz in seiner Seele nachließ wie von einem wattigen Tuch zugedeckt. »Wer weiß, am Ende ist das Fugger-Vermögen auch so entstanden? Ich würd mich totlachen, wenn das eines Tages rauskäme. Hey!«, rief er und hob das leere Glas. »Noch einen. Einen Doppelten!«

Paul musterte ihn kritisch. »Hast du vor, dich zu betrinken?«

»Gut erkannt«, nickte John lobend.

801.000.000.000 $

»Tu es nicht.«

»Ich muss. Ich muss, sonst platzt mir heute Nacht das Hirn von all den Gedanken, die darin rotieren.« Aber er winkte dem Mann hinter der Theke. »Kommando zurück. Eine Cola, bitte.«

Eine peinliche Pause entstand, die dauerte, bis die Cola vor John auf dem Tisch stand. Dann seufzte Paul und meinte: »Weißt du, vielleicht erleben wir auch gerade eine viel bedeutendere Phase, als uns klar ist. Vielleicht erleben wir gerade, wie das Mittelalter zurückkehrt.«

»Das Mittelalter?« John stand in diesem Moment, warum auch immer, das streng blickende Antlitz Jakob Fuggers vor Augen, das nach wie vor in seinem Schlafzimmer hing.

»Ich habe mal so was gelesen; ich weiß nicht mehr, wo. Jemand hat zusammengestellt, welche Ähnlichkeiten es zwischen heutigen Konzernen und den Herrschaftsstrukturen im Mittelalter gibt. Du zum Beispiel bist ein König, ich bin dein Kanzler, die Direktoren sind Herzöge, die du ernannt hast, und so weiter bis hinunter zu deinen Angestellten, deinen Untertanen.« Er machte eine Geste zur Decke und zum Boden. »Deine Burg, geschützt von tapferen Rittern, oder? Du hast eigene Kommunikationssysteme und, wenn man bedenkt, dass man in allen Kantinen, Firmentankstellen und so weiter mit seinem Firmenausweis zahlen kann, sogar ein eigenes Finanzsystem. Und während ringsum die Landschaften veröden und die überkommenen Sitten verfallen, während die Barbaren an den Grenzen drängen und allenthalben Krisen schwelen, bauen du und die anderen Könige ihre Reiche immer weiter aus, wächst eure Macht, bis das alte Großreich – damals Rom, heute vermutlich Amerika – untergegangen ist und ihr die Welt neu ordnet.«

»Hey«, machte John fasziniert. »Gar nicht so dumm.« Vor seinem inneren Auge tauchten trutzige Klostermauern auf, gepanzerte Reiter und farbenprächtige Handelskarawanen. Er fühlte förmlich den Hermelinmantel um seine Schultern.

»Nicht wahr?«, meinte Paul und setzte wehmütig hinzu:

802.000.000.000 $

»Aber Mittelalter, das heißt dunkle Jahrhunderte der Ignoranz, voller Kriege und Seuchen und Elend. Vielleicht sollten wir, solange wir noch können, eine Reihe von Klöstern gründen, in denen wenigstens das heutige Wissen eine Chance hat, bewahrt zu werden. Wenn schon Freiheit und Demokratie nach so kurzer Blüte wieder im Feudalismus untergehen.«

John nickte beeindruckt. »Ja«, sagte er. »Vielleicht sollten wir das wirklich tun.« Sein Blick ging hinaus über die Stadt. Die Türme ringsum sahen plötzlich wirklich wie die Zinnen feindlicher Burgen aus, die Straßen in der Tiefe wie Bastionen und Wehrgänge. Nebel kam auf wie der Rauch einer nahen Schlacht. »Was für ein Gedanke ...«

Später konnte er nicht mehr sagen, was letztlich der Auslöser gewesen war. Er spürte plötzlich, wie er starr wurde, wie etwas in ihm sich verkrampfte, so, als ob die Haut, die er über der wunden Stelle seiner Seele zu spüren geglaubt hatte, sich zur Blase gedehnt hätte und geplatzt wäre und hätte herausströmen lassen, was sich darin angesammelt hatte, ihn überflutete mit Wogen von Bildern, Ideen und Gefühlen. Sicher war in dem, was Paul gesagt hatte, ein Stichwort gewesen, das eine Kette von Assoziationen angestoßen hatte, unaufhaltsam wie eine fallende Reihe von Dominosteinen, und während all dies geschah, zersplitterte seine Umgebung, zerbrach er selber und setzte sich neu zusammen, aus denselben Teilen, nur neu geordnet, besser geordnet, zum ersten Mal richtig, seit er denken konnte. Es war, als bräche eine Lawine aus Tausenden bleischwerer Puzzlesteine auf ihn herab, um sich von selbst zum fertigen Bild zu legen. Es kostete keine Anstrengung mehr, denn alle Anstrengung war längst geleistet worden, nur den Nacken musste man einziehen gegen den Aufprall und die Luft anhalten.

»Ich weiß es jetzt«, flüsterte er heiser. Und blieb starr sitzen dabei, den Blick unverwandt nach draußen gerichtet, auf ein

803.000.000.000 $

Gebäude, ein helles Fenster darin, weit weg, ein gelber Lichtpunkt nur.

»Wie bitte?«, fragte Paul.

»Ich weiß, was wir tun müssen.« Regungslos, denn die kleinste Bewegung konnte die Vision wieder verscheuchen.

Paul beugte sich vor und sah ihn jetzt mit argwöhnischer Aufmerksamkeit an. »Was wir tun müssen?«, wiederholte er.

»Um die Prophezeiung zu erfüllen.«

»John, ist dir nicht –«

»Es ist ganz einfach. So einfach. Wir hätten schon die ganze Zeit draufkommen können.«

»Oh«, machte Paul verdutzt. Er grübelte eine Weile vor sich hin, während John diesen kleinen schimmernden Punkt in dunkler Ferne fixiert hielt, fragte schließlich: »Und was?«

John sagte es ihm. Sagte ihm, was sie tun mussten.

Als er damit fertig war, lag eine Stille im Raum, als sei die Luft gefroren. John löste sich aus seiner Erstarrung, suchte Pauls Blick, sah in große, ungläubig starrende Augen.

Er hatte es zum ersten Mal im Leben geschafft, Paul Siegel zu verblüffen.

46

NEW YORK, *CAPUT mundi*, Hauptstadt der Welt. Der erste wirklich schöne Frühlingstag strahlte auf die Stadt am Hudson herab, ließ Dampf aus feuchten Häuserschluchten aufsteigen und die gläsernen Türme Manhattans weithin über den Atlantik leuchten. Man konnte auf das Dach des *World Trade Center* fahren und auf die weite, frisch gewaschene Welt hinabschauen, ohne dass einen eiskalte Winde und Regenschauer gleich wieder in Deckung zwangen.

Niemand von denen, die das berühmte, unverkennbare schneeweiße Flugzeug mit dem dunkelroten *f* auf der Heckflosse auf den John-F.-Kennedy-Flughafen niedergehen sahen, dachte sich etwas dabei. Die Maschine kam oft genug nach New York, um ein gewohnter Anblick zu sein.

»*Moneyforce One*, Sie haben Landeerlaubnis.«

Niemand ahnte, dass John Fontanelli diesmal kam, um die Welt zu verändern.

Der Sitz der Vereinten Nationen am East River ist ein großes, offen und einladend angelegtes Gebäude, das, nach Ideen des Architekten Le Corbusier erbaut, bis auf den heutigen Tag Größe und Optimismus ausstrahlt. Dennoch muss jeder, der es betreten will, einen auffälligen Lichtbildausweis bei sich tragen, den man nur nach eingehenden Überprüfungen erhält, und penible Kontrollen seines Gepäcks und seiner Person über sich ergehen lassen. Bewaffnete Sicherheitsleute, Durchleuchtungsgeräte und Metalldetektoren prägen das Bild, das der Eingangsbereich bietet.

Die Limousine, die John Fontanelli und Paul Siegel vom

805.000.000.000 $

Flughafen hergebracht hatte, wurde von einem bulligen Wachmann an einen festgelegten Standplatz gewinkt. Ein Kordon Bewaffneter geleitete sie die weitläufigen Treppen empor, sie durften alle Sperren passieren, ohne dass jemand auch nur ihre Ausweise sehen wollte, und anschließend brachte man sie hoch in den 38. Stock, wo sie große, beinahe steril wirkende Räume empfingen und der Generalsekretär der Vereinten Nationen, Kofi Annan persönlich.

»Ich hatte immer das Gefühl, dass wir uns eines Tages kennen lernen werden«, sagte er. »Willkommen.«

Später, in gemütlicher Runde und nach Austausch der üblichen Höflichkeiten, kam John auf sein Anliegen zu sprechen. »Sie wissen, dass ich mich bemühe, die Prophezeiung meines Urahns zu erfüllen«, sagte er. »Ich war mir lange im Unklaren, wie ich das tun sollte. Aber nun weiß ich es. Ich will etwas tun, wobei ich gern Ihre Unterstützung hätte. Ich brauche diese Unterstützung nicht, aber ich hätte sie gerne. Zur Not könnte ich auch alleine tun, was ich vorhabe, aber mir wäre es lieber, ich müsste nicht.«

»Wie kann ich Ihnen behilflich sein?«, fragte Annan.

»Lassen Sie uns zunächst«, bat John, »über Globalisierung sprechen.«

Im Jahre 1998 gab es weltweit 25 000 Zusammenschlüsse von Firmen, also Fusionen oder Übernahmen. Eine der spektakulärsten Fusionen war die zwischen der deutschen Daimler-Benz AG und der amerikanischen Chrysler Corporation zum ersten »transatlantischen Unternehmen« DaimlerChrysler und drittgrößten Automobilhersteller der Welt. Der gigantischste Deal war die Übernahme des Investmenthauses *Bankers Trust Corporation* durch die Deutsche Bank, die dadurch mit einer Bilanzsumme von 1,4 Billionen DM weltweit auf Platz eins der Bankhäuser rückte, noch vor den bisherigen Spitzenreiter *UBS*, die *United Bank of Switzerland*.

806.000.000.000 $

»Wovon reden wir?«, sagte Paul Siegel. »Wir reden davon, dass Schranken abgebaut werden, dass Kommunikation hergestellt wird. Wir reden davon, dass das, was wir bei Olympischen Spielen schon lange kennen – weltweiter Wettbewerb ohne Ansehen von Herkunft, Hautfarbe oder Religion –, sich nun auch auf wirtschaftlichem Gebiet vollzieht. Programmierer aus Indien, Ingenieure aus Korea, Regisseure aus Argentinien, Ärzte aus Ägypten – dass es überall auf der Welt fähige Menschen gibt, ist keine Theorie mehr: Wir erleben es. Alte Vorurteile verblassen, gegenseitiger Respekt entsteht. Man redet miteinander, nicht weil man muss, sondern weil man will. Wir reden von einer immer umfassenderen globalen Vernetzung, die Frieden attraktiver macht und wahrscheinlicher als Krieg, was alleine schon Rechtfertigung genug wäre. Wenn wir von Globalisierung reden, reden wir, um es in einem Satz zu sagen, von einem Prozess, der das Potenzial hätte, die großen Probleme der ganzen Menschheit zu lösen.«

Der Generalsekretär nickte wohlwollend. »Sie reden von meinem Lebensinhalt«, meinte er.

»Die dunkle Seite der Globalisierung«, sagte John Fontanelli, »ist, dass sich Konzerne entwickelt haben, die in der Lage sind, Nationalstaaten gegeneinander auszuspielen, um sie zu ruinösen Zugeständnissen zu zwingen. Ich weiß das, weil ich es selber oft genug gemacht habe. Ich habe Regierungen unter Druck gesetzt, Abgeordnete bestochen, ich habe mit Investitionen gelockt oder mit dem Abzug von Arbeitsplätzen gedroht, um zu bekommen, was ich wollte: Schürfrechte und andere Lizenzen, gewinnträchtige Monopole oder Bedingungen, die mir erlaubt haben, Konkurrenten auszuschalten. Manchmal habe ich nationale Industrien einfach vernichtet, um den Markt für mich alleine zu haben. Mit dem Ergebnis, dass keine Chancengleichheit mehr herrscht, nicht einmal annähernd. Gegen einen Konzern wie *Fontanelli Enterprises* anzutreten ist für ein normales Unternehmen wie ein Schachspiel gegen einen Gegner, der mit fünfzehn Damen zugleich

807.000.000.000 $

spielen darf.« Er hob die Hände in einer Geste der Entschuldigung. »Ich bin darauf nicht stolz. Ich sage nur, wie es war. Ich habe unter dem Einfluss meines damaligen Geschäftsführers gehandelt, nichtsdestotrotz bin ich dafür verantwortlich. Alle Verträge, Briefe und sonstigen Dokumente tragen meine Unterschrift.«

»Niemand macht Ihnen einen Vorwurf«, sagte Annan.

John nickte. »Ja. Aber genau das ist doch das Problem, oder? Dass es niemanden gibt, der mir einen Vorwurf machen *könnte*. Es gibt kein Gesetz mehr, das mich wirklich bindet. Ich kann tun und lassen, was ich will.« John beugte sich vor. »Wir haben ein Wort für Organisationen, die tun, was sie wollen, ohne sich um Gesetze zu kümmern. Ein Wort, das aus dem Italienischen kommt: *Mafia*.«

Am 12. Juli 1998 gewann die französische Nationalmannschaft die Fußball-Weltmeisterschaft mit einem überzeugenden Sieg gegen die favorisierte Mannschaft aus Brasilien. Interessant war, dass viele Spieler des Teams aus ehemaligen französischen Kolonien in Übersee oder Nordafrika stammten. In der Zeit nach der Weltmeisterschaft war zu beobachten, dass die rechtsgerichteten Parteien Frankreichs ihre bisherigen, von Rassismus geprägten Kampagnen weitgehend einstellten.

»Es sollte unübersehbar sein«, fuhr John fort. »Wir erzwingen überall, dass Löhne sinken und Sozialleistungen gekürzt werden. Dagegen steigen unsere Gewinne mit zweistelligen Zuwachsraten, von den Börsenkursen ganz zu schweigen. Ich meine, es liegt auf der Hand, dass Regierungen, denen es wirklich um das Wohl ihrer Bevölkerung geht, solche Entwicklungen nicht unterstützen dürften. Aber in Wahrheit haben sie keine Wahl. Auch wenn viele Regierungschefs noch in der Illusion leben, zumindest in zentralen Fragen souverän entscheiden zu können: Sie können es nicht, und Konzerne wie der meine profitieren davon.«

808.000.000.000 $

Der Mann an der Spitze der Vereinten Nationen nickte sorgenvoll.

»Wenn ich sage ›profitieren‹, meine ich, dass Geld verdient wird. Diesem Ziel wird alles geopfert, alles unterworfen. Selbst *Fontanelli Enterprises* hat, wie ich feststellen musste, allen edlen Absichtserklärungen zum Trotz überall da, wo man es ungestraft tun konnte, giftige Abwässer ungeklärt in Flüsse geleitet, Industrieabfall auf Müllhalden gekippt, die Luft verpestet, Arbeitsschutzbestimmungen ignoriert, Umweltschutzauflagen missachtet und Gesundheitsvorschriften umgangen. Und warum? Weil, wenn wir es nicht tun, es andere tun. In einigen Fällen habe ich es unterbunden, mit dem Resultat, dass unsere Konkurrenten billiger anbieten konnten und unser Anteil an dem jeweiligen Markt zurückging, bis wir die Sparte einstellen mussten.« John streckte eine Hand aus, die Handfläche nach oben. »Wir tun das nicht, weil wir gierig sind. Wir sind auch nicht einfach böse Menschen. Wir handeln so, weil wir das Gefühl haben, wir *müssen*. Wir sind Getriebene, die einander jagen. Weil alles erlaubt ist, können wir es uns nicht erlauben, vor irgendeiner Schandtat zurückzuschrecken.«

John hatte einen irritierenden Augenblick lang das Gefühl, schon immer gewusst zu haben, dass er eines Tages hier sitzen würde. Selbst damals schon, als er noch mit Pizzen auf dem Fahrrad unten vorbeigeradelt war, dort, wo jetzt die Limousine parkte. Als sei sein ganzes Leben nur Vorbereitung gewesen dafür, die Worte auszusprechen, die er nun zu sagen hatte.

»Aber ist das das Ideal? Ein Unternehmen, das unabhängig von Gesetzen handeln kann? Ich sehe nicht, wie sich ein solches Unternehmen von einer Verbrecherorganisation noch unterscheiden würde.« Er schüttelte den Kopf. »Ich glaube nicht, dass das wirklich jemand will. Man will vielleicht reich werden – aber das kann man auch da, wo Spielregeln gelten. Es müssen nur gerechte Spielregeln sein, und sie müssen für alle gelten. Das ist der springende Punkt. Solche Spielregeln,

809.000.000.000 $

solche Gesetze wären nicht wirklich eine Einschränkung, im Gegenteil – sie wären eine Erleichterung. Im Grunde *fehlen* sie uns.«

Der UN-Generalsekretär schwieg, hob nur die Augenbrauen.

John verschränkte die Finger seiner Hände ineinander. »In den Zeiten des Wilden Westens sind die Menschen schneller in unerschlossenes Land vorgerückt, als die Staatsmacht ihnen folgen konnte. Damals haben räuberische Banden weite Teile des Landes beherrscht, bis sich das Gesetz mühsam wieder Geltung verschafft hat. Und in so einer Situation befinden wir uns heute wieder. Multinationale Konzerne sind mächtiger als Nationalstaaten geworden. Das heißt nichts anderes, als dass das Ordnungsprinzip nationaler Souveränität überholt ist. Was nötig ist, ist eine transnationale Macht, die Gesetz und Ordnung auf globaler Ebene herstellt.«

Kofi Annan musterte ihn mit besorgter Nachdenklichkeit. »Sie denken dabei aber hoffentlich nicht an die Vereinten Nationen?«, vergewisserte er sich.

»Nein«, sagte John Fontanelli. »Ich denke dabei nicht an die Vereinten Nationen.«

In diesen Tagen war das Gebäude Wallstreet Nummer 40, bislang bekannt als *Fontanelli Tower,* Gegenstand intensivster baulicher Maßnahmen. Bataillone uniformierter Möbelpacker schleppten Möbel, Kartons und Kisten heraus und verluden sie in Umzugswagen, die in einer nicht enden wollenden Schlange vorfuhren. Gleichzeitig wurde an der Außenfassade gearbeitet. Die untersten fünf Stockwerke wurden mit zahllosen stilisierten menschlichen Gestalten in den Farben Rot, Gelb, Schwarz, Grün und Blau bemalt. Die Etagen darüber strich man mit einer neu entwickelten Spezialfarbe, die optische Aufheller ähnlich denen in Waschmitteln enthielt und

---

Die globalen Militärausgaben im Jahre 1996.
810.000.000.000 $

das Gebäude in nie gesehenem, fast unirdischem Weiß erstrahlen ließ.

»Was wird das?«, wollten Reporter vom Bauleiter wissen.

»Die unteren fünf Stockwerke«, erklärte der gegen den Lärm der Lastwagen und der Kompressoren für die Farbsprüher, »werden das Hauptquartier –«

»Nein, der weiß gestrichene Teil?«

»Oh, das ...?« Der Bauleiter nahm den Helm ab und wischte sich Schweiß, Farbspritzer und Staub von der Stirn. »Ja, das ist allerdings ein Ding ...«

»Ebenso wie alle anderen internationalen Organisationen – WTO, IWF, Weltbank und so weiter – sind die Vereinten Nationen von Regierungen ins Leben gerufen worden, hauptsächlich, um ein Gesprächsforum für Fragen von internationaler Bedeutung zu sein. Aber sie selber sind nicht mächtig. Es war nie Absicht, eine Weltregierung zu schaffen. Im Gegenteil, man wollte mit allen Mitteln *verhindern,* dass eine Weltregierung entsteht. Deshalb hat man den Vereinten Nationen wirkliche Macht vorenthalten.«

Der Generalsekretär runzelte die Stirn. »Was genau meinen Sie damit?«

»Es gibt nur eine wirkliche Macht auf diesem Planeten«, sagte John Fontanelli. »Ich habe lange gebraucht, um das zu begreifen. Obwohl es offensichtlich sein sollte.«

Der dynamisch wirkende Mann mit den rostbraunen, gelockten Haaren wartete, bis die Fotografen schussbereit waren, und zog dann mit einer schwungvollen Geste das weiße Tuch von dem Schild neben dem Eingangsportal. Blitzlichtumlodert stand er da, mit der Hand auf das Signet weisend, das er enthüllt hatte.

Es zeigte vor dem Hintergrund einer Weltkarte, die an das Emblem der Vereinten Nationen erinnerte, fünf stilisierte Köpfe unbestimmten Geschlechts in denselben Farben, in denen auch die Olympischen Ringe dargestellt zu werden pflegten – Blau, Gelb, Schwarz, Grün und Rot – und auch ungefähr so angeordnet.

Darunter stand: *We The People Org. – Headquarters*.

Er hatte das Gefühl, einen Schwelbrand in seiner Brust zu beherbergen, der ihn verzehrte, der ihn zwang, das, was zu sagen war, zu sagen, ehe es zu spät war, ohne Aufschub, ohne Zögern, ohne Bedenken. Wie ferne Lichtreflexe tauchten andere, zweifelnde Gedanken am Rand seines Bewusstseins auf – er ließ Paul nicht mehr zu Wort kommen, obwohl sie ihre Rollen abgesprochen hatten; und der Generalsekretär: War sein höfliches Interesse am Ende nur genau das: höflich? weil nicht einmal der Generalsekretär der Vereinten Nationen es sich erlauben wollte, den reichsten Mann aller Zeiten zu verärgern? –, aber im nächsten Moment verflogen diese Gedanken wieder, waren vergessen, waren nie da gewesen.

»Ich kann die Gelegenheiten nicht mehr zählen«, sagte er, »bei denen ich die Öffentlichkeit getäuscht, belogen oder zumindest beschwichtigt habe, die Anlässe, zu denen ich versucht habe, die öffentliche Aufmerksamkeit durch gezielte Manipulation der Medien von bestimmten Dingen abzulenken. Ich weiß nicht, wie viele Stunden ich insgesamt damit zugebracht habe, mir den Kopf zu zerbrechen, wie das, was ich zu tun vorhatte, bei den Leuten ankommen würde. Ich habe Unmengen Geld ausgegeben, um bei den Menschen bestimmte Emotionen zu wecken, sie für etwas zu gewinnen oder von etwas abzuhalten, kurz, um ihr Denken, ihr Fühlen und damit ihre Entscheidungen zu beeinflussen. Und nun frage ich Sie: Warum eigentlich?«

Die Frage schien in der Luft hängen zu bleiben wie ein Ton, der so langsam verklingt, dass man sich irgendwann nicht mehr sicher ist, ob man ihn noch hört oder sich nur einbildet, ihn zu hören. John Fontanelli sah sich um, in die schweigenden Gesichter der anderen. Wie mochte Giacomo Fontanelli empfunden haben, als er von seiner Vision berichtete? Hatten ihn auch diese Momente der Verzagtheit geplagt, diese Funken gleißender Angst, die ihn überkamen wie Stromstöße?

»Warum diese Mühe?«, fuhr er leise fort, mit bebender Stimme. »Ich bin doch ein mächtiger Mann, sagt man. Warum gebe ich mir solche Mühe, die Menschen, gewöhnliche Menschen auf der Straße, in Fabriken und U-Bahnen, zu beeinflussen? Es könnte mir doch egal sein, was sie denken. Oder?«

Der Klang seiner Stimme verlor sich zwischen den kahlen Wänden des Büros, aus dem der Blick hinausging über ein schier endloses Häusermeer, das erst am Horizont in bräunlichem Dunst verschwand.

»Und denken Sie an alle *wirklich* mächtigen Männer, die großen Diktatoren der Geschichte – jeder von ihnen war besessen davon, die Medien zu kontrollieren und gleichzuschalten, Kontrolle zu haben über das, was gedruckt, gezeigt, gesagt wurde. Warum? Wenn er doch mächtig war, was kümmerte ihn da das Geschwätz?« John legte die Hände zusammen, umklammerte den Zeigefinger der rechten mit der linken Hand, spürte ihn pochen. »Weil er nicht wirklich Macht besaß. Weil auch ich nicht wirklich Macht besitze. Es sieht nur so aus.«

Jetzt, endlich, als erwache er aus einer entsetzten Starre, begann der Generalsekretär wieder zu nicken, ganz leicht nur, und ein leichtes Lächeln spielte auf seinen Lippen. Wie ein trunkener Taumel fiel es John an, was hier geschah: Er, der Schustersohn aus New Jersey, sprach zum ersten Mann der Vereinten Nationen – und der hörte ihm aufmerksam zu ...

»Es gibt nur eine Quelle wirklicher Macht auf Erden«, sagte John mit einem Gefühl, als fielen ihm Worte aus Stahl aus dem Mund, »und das sind die Menschen selbst. Das Volk. Und wenn ich das sage, rede ich nicht von etwas, das so ›sein sollte‹. Ich rede nicht von einer noblen Idee oder einem schönen Wunschtraum. Ich rede von einer Tatsache, die so unab-

813.000.000.000 $

änderlich ist wie die Bewegungen der Gestirne am Himmel. Ein Mensch, der Macht haben will, muss andere dazu bringen, ihm ihre Unterstützung zu erklären – das ist Demokratie –, oder sie dazu bringen, zu vergessen, dass sie die Macht haben, sie glauben machen, sie seien machtlos. Und das ist Tyrannei.«

Er sah Paul an, der ihm ermutigend zunickte, dann Annan, der sich sacht über den krausen Bart strich. Aber ihm war, als säße er in diesem Moment wieder in Leipzig in der Nikolaikirche und als spüre er diesmal, was er damals nicht wahrzunehmen im Stande gewesen war. »Ich habe es erst vor ein paar Wochen wirklich begriffen«, gestand er. »In Leipzig habe ich erfahren, dass ein Volk einfach aufstehen und sagen kann: ›Genug.‹ Und was dann passiert. Ich habe nur gestaunt. Ich habe mir gesagt, dass das ein besonderes Ereignis gewesen sein muss – zweifellos war es das –, aber ich habe nicht begriffen, dass sich hier ein grundlegendes Prinzip gezeigt hat.« Er hob eine Hand wie zur Kapitulation. »Sogar in den Demokratien kann man es beobachten, wenn man genau hinschaut. Es sind nicht nur die Wahlen alle paar Jahre, die eine Rolle spielen. Nein, fast jede Woche passiert es, dass irgendein Minister oder Staatssekretär scheinbar beiläufig eine Bemerkung fallen lässt oder einen Vorschlag äußert, und dann schaut man, wie die Bevölkerung reagiert. Wenn sich Unmut regt, kann man immer noch alles dementieren, beteuern, dass es nicht so gemeint war oder dass man falsch verstanden wurde. Auf diese Weise bestimmt das Volk permanent mit, was geschieht – sogar ohne es zu merken!«

Er richtete den Zeigefinger auf den Generalsekretär, spürte seine Hand beben. »Die Völker haben Sie nicht gewählt. Niemand, der in Ihrem Plenum sitzt, ist von der Bevölkerung gewählt worden. Die Vereinten Nationen haben keine demokratische Basis. Und deshalb sind sie schwach.«

»Ich glaube, ich ahne, was Sie vorhaben«, sagte Annan.

»Nein«, sagte John Fontanelli. »Das glaube ich nicht.«

814.000.000.000 $

Das vierstöckige Gebäude lag etwas zurückgesetzt vom Züricher Paradeplatz, dem Sitz aller Schweizer Großbanken und größten Geldumschlagsplatz der Alpenrepublik. Vom Fenster des Büros, in dem der Leiter der *Fontanelli Foundation for Money Education,* Ernst Färber, arbeitete, sah man einen der gusseisernen Löwen und einige der traubenartigen Laternen und hörte das Klingeln der Straßenbahnen.

»Vor einigen Jahrzehnten«, erklärte der vierschrötige Mann mit dem Oberlippenbart und den durchdringenden, kornblumenblauen Augen seinen Besuchern, »wurden überall in der Welt Kampagnen durchgeführt, die zum Ziel hatten, ein allgemeines Bewusstsein für die Notwendigkeit grundlegender Hygienemaßnahmen zu schaffen. Es folgten groß angelegte Feldzüge, jedem Erwachsenen, der es noch nicht konnte, Lesen und Schreiben beizubringen. Wir sehen unsere künftige Tätigkeit in dieser Tradition.«

Einer der Journalisten hob den Schreibstift. »Ähm ... heißt das, Sie wollen den Menschen in der Dritten Welt das Rechnen beibringen?«

Färber fasste ihn ins Auge. Auf seiner Stirn bildete sich eine bedrohlich wirkende Falte. »Wenn Sie das schreiben, junger Mann, werden Sie nie wieder zu irgendeiner Pressekonferenz eingeladen. Wir treten an, um allen Menschen den richtigen Umgang mit Geld beizubringen. Rechnen ...? Das ist das wenigste. Das können die meisten durchaus.«

»Aber mit Geld umgehen doch auch«, warf ein anderer Reporter skeptisch ein.

»Meinen Sie? Warum gibt es dann so viele hoffnungslos überschuldete Haushalte? Warum arbeiten so viele Leute ihr Leben lang hart und sind am Ende doch arm? Wie viele Menschen haben nicht die leiseste Ahnung, wie viel Geld sie eigentlich wofür ausgeben?« Färber schüttelte den Kopf. »Ich werde Sie nachher noch mit Doktor Füeli bekannt machen, unserem Psychologen, der die Auffassung vertritt, dass die meisten Menschen mehr Probleme mit Geld haben als mit

815.000.000.000 $

Sex. Ob Sie seine Meinung teilen werden, überlasse ich Ihnen, aber, meine Damen und Herren: Der Umgang mit Geld ist kein Luxusthema. Nichts, was man sich nebenbei mal anschauen kann, so wie man vor dem Urlaub in einem Reiseführer blättert. Geld ist elementar. Niemand kommt darum herum, nicht einmal ein Mönch im Kloster. Geldprobleme können Ihre Ehe scheitern lassen oder Sie krank machen, zu viele Schulden können Ihr früher Tod sein, und ob sich der Traum Ihres Lebens erfüllt oder nicht, kann durchaus davon abhängen, ob Sie die Kosten eines Kredits richtig kalkulieren können.«

Er führte die Schar der Presseleute durch das helle, frisch und luftig wirkende Haus, ließ sie Blicke in große und kleine Büros werfen, in denen emsig arbeitende Menschen an komfortabel ausgestatteten Schreibtischen saßen.

»Wir besitzen eigene Fernsehsatelliten, die jeden bewohnten Landstrich auf Erden erreichen«, erklärte er. »Ab kommenden Monat werden unsere Fernsehsender Unterrichtsprogramme in zunächst einhunderteinundzwanzig Sprachen produzieren und ausstrahlen. Wir gründen im Augenblick pro Tag mindestens zwei Institute irgendwo auf der Welt, die sofort mit der Arbeit beginnen; in der Regel, indem sie eine örtliche Druckerei mit der Herstellung von Unterrichtsmaterialien und Büchern beauftragen.«

»Das klingt, als ob Sie selber jedenfalls genug Geld zur Verfügung hätten«, meinte eine Journalistin.

Färber nickte gewichtig. »Das Kapital der Stiftung beträgt sechzig Milliarden Schweizer Franken. Damit ist die *Fontanelli Foundation for Money Education* die größte jemals gegründete Stiftung.« Er erlaubte sich ein dezentes Lächeln. »Im Augenblick zumindest.«

»Es gibt ein Sprichwort. *Geld regiert die Welt*. Seltsamerweise denkt aber fast niemand darüber nach, wer eigentlich das Geld regiert, nach welchen Regeln das vor sich geht. Es

816.000.000.000 $

gibt kaum einen geheimnisvolleren Bereich als die Hochfinanz.«

John sah die anderen an, während sich ein schweres, elendes Gefühl in seinem Inneren ausbreitete. Angst. So, als betrete er mit diesen Worten das Territorium eines mächtigen Feindes.

Das war doch verrückt, oder? Ihm gehörte eine der größten Banken der Welt. Er besaß das größte Privatvermögen aller Zeiten. Er war der Feind!

Aber er fühlte nicht so. Er gehörte nicht wirklich dazu. Für die Direktoren seiner Bank war er ein Fremder, ein Eindringling, ein Thronräuber. Selbst nach drei Jahren war er weder akzeptiert noch zugehörig.

»Man betrachtet das Geldwesen, als wäre es so etwas wie die Wasserversorgung. Langweilig. Im Grunde unbedeutend. Etwas, das ohnehin nach unabänderlichen Gesetzmäßigkeiten funktioniert, sodass es sich nicht lohnt, einen Gedanken daran zu verschwenden«, sagte John und hatte das Gefühl, von sich selbst zu reden. So war es ihm den größten Teil seines bisherigen Lebens ergangen. Geld hatte man oder hatte es nicht, und wenn man es hatte, gab man es aus. Selbst ein Sparkonto war jenseits seiner Vorstellung gewesen. Etwas für andere Leute. Mit dem Wirtschaftsteil der Zeitung hatte er allenfalls den Mülleimer ausgelegt. »Dabei könnte nichts falscher sein. Die Gesetzmäßigkeiten sind nicht unabänderlich, und erst recht sind sie nicht unbedeutend.«

Er sah den grauen Computerbildschirm auf dem Schreibtisch des Generalsekretärs, deutete darauf. »Das Geldwesen ist so etwas wie das Betriebssystem unserer Zivilisation. Seine Regeln bestimmen, wie alles andere vor sich geht. Wer sie festlegen kann, regiert die Welt.«

Der Mann an der Spitze der Vereinten Nationen hob die Augenbrauen. »Vorhin hätte ich gewettet, dass Ihr Vorschlag darin besteht, eine Weltregierung einzusetzen, der alle Streit-

817.000.000.000 $

kräfte der Welt unterstellt wären. Und dann hätte ich Ihnen gesagt, dass das unmöglich ist.«

John nickte. »Zweifellos.«

»Aber Sie scheinen eher darauf hinauszuwollen, eine weltweit einheitliche Aufsicht über das Finanzwesen zu schaffen.«

»Richtig.«

Der Generalsekretär faltete die Hände.

»Dergleichen ist schon oft versucht worden, Mister Fontanelli«, sagte er ernst. »Niemand bestreitet, dass eine solche Einrichtung segensreich wirken könnte. Aber bisher sind alle derartigen Initiativen gescheitert, weil die Staaten sich nicht ihrer Souveränität berauben lassen wollen.«

John nickte. Mit gläserner Klarheit erkannte er plötzlich, dass es ein Missverständnis gewesen war zu glauben, eine Vision würde einem Gewissheit geben. Das tat sie nicht. Entschlossenheit, das war es, was sie einem verlieh.

»Ihr Anliegen ist ehrenwert«, fuhr Kofi Annan fort, »aber ich kann mir nicht vorstellen, wie Sie das erreichen wollen.«

»Nicht?« John Fontanelli hob verwundert die Augenbrauen. »Ich dachte, das liegt auf der Hand.«

Larry King beugte sich über den Tisch, die Daumen in die breiten Hosenträger gehakt, die sein Markenzeichen waren. »Mister Fontanelli – was könnte eine solche Institution denn bewirken? So eine ... Was wäre das eigentlich? Eine Art Welt-Zentralbank?«

»Nein. Eher eine Art Welt-Finanzministerium«, sagte sein Gast.

»Brauchen wir das denn?«, fragte der berühmte Talkmaster sofort zurück. »Ich meine, Mister Fontanelli, ich glaube mich erinnern zu können, dass die Prophezeiung, die zu erfüllen Sie angetreten sind, lautete, der Erbe des Vermögens – also Sie – werde der Menschheit die verlorene Zukunft zurückgeben. Da denkt man – ich jedenfalls tue das – eher an Dinge

818.000.000.000 $

wie Ozonloch, Klimaschutz und Bevölkerungsexplosion. Nicht unbedingt an Geld und Steuern.«

»Aber Geld steckt hinter allem. Menschen hungern, weil sie kein Geld haben, um sich etwas zu essen zu kaufen. Menschen setzen viele Kinder in die Welt, wenn das die einzige Chance ist, im Alter versorgt zu sein. Seinen Lebensunterhalt verdienen heißt Geld verdienen, deshalb bestimmen die finanziellen Bedingungen fast alles, was wir tun und lassen.«

»Aber rettet es die Welt, wenn ich denselben Steuersatz zahle wie, sagen wir, der Reisbauer in Indochina oder der Landarzt in Tansania?«

Der reichste Mann der Welt lächelte. »Es wird eher darauf hinauslaufen, dass das Steuersystem generell geändert wird.« Er stützte sich auf die Armlehne seines Sessels. »Ich will Ihnen ein Beispiel sagen, das ich aus eigener Anschauung kenne. Sie wissen, dass unvorstellbare Geldmengen über die Devisenmärkte der Welt schwappen, über anderthalb Billionen Dollar pro Tag, in Sekundenbruchteilen von einer Währung in die andere getauscht, um an winzigsten Kursschwankungen zu verdienen. Es ist ein Geschäft, um das ganz klar zu sagen, bei dem nichts produziert, nichts von irgendeinem Wert hervorgebracht wird. Niemand wird satt davon. Jeden Tag wechselt mehr Geld den Besitzer, als im ganzen Jahr für den gesamten Warenverkehr der Erde gebräucht würde, und am Abend gibt es nicht einmal eine zusätzliche Scheibe Brot deswegen auf der Welt. Es werden riesige Gewinne gemacht, aber jeder Gewinn ist unweigerlich und bis auf die letzte Stelle hinter dem Komma der Verlust eines anderen. Ich habe bis vor wenigen Wochen selber eine Devisenhandelsabteilung gehabt und in diesem Geschäft mitgemischt, und ich bin nicht stolz darauf, glauben Sie mir.«

»Aber die Leute in diesem Geschäft sind doch unter sich? Ich meine, es geht vielleicht zu wie in einer Spielbank – aber was muss mich das kümmern?«

»Weil es Auswirkungen auf Sie hat. Sehen Sie, eine solche

Woge an Geld, die ständig unterwegs ist, ein regelrechter Tsunami an elektronischen Devisen, unterwirft sich alle Entwicklungen in der realen, materiellen Wirtschaft, bügelt sie einfach platt mit der schieren Wucht der größeren Zahl. Die Asienkrise, mit all ihrem Elend, den geplünderten Geschäften und Pleite gegangenen Firmen, verdanken wir einem abrupten Sturm im Devisenhandel.«

»Den *Fontanelli Enterprises* ausgelöst hat«, warf Larry King ein und blinzelte hinter seiner dicken Hornbrille. »Absichtlich. Um die Regierungen der Region unter Druck zu setzen.«

»Ja. Das konnten wir einfach tun. Es war vielleicht nicht nett, aber es war nicht illegal.«

»Aber was hätte Ihr Welt-Finanzministerium denn dagegen tun können?«

»Etwas verblüffend Einfaches und Wirkungsvolles«, sagte John Fontanelli. »Es gibt nämlich schon seit den Siebzigerjahren einen Plan, den der Ökonom und Nobelpreisträger James Tobin entwickelt hat und der im Grunde wissenschaftlich unumstritten ist. Er sieht vor, einfach auf alle Devisentransaktionen eine Steuer zu erheben, die nicht höher zu sein bräuchte als ein Prozent.«

»Ich müsste also ein Prozent Steuer zahlen, wenn ich, sagen wir, nach Frankreich in den Urlaub gehen will und US-Dollar gegen französische Francs tausche?«

»Aber das würde kaum ins Gewicht fallen gegen die Gebühren, die Ihnen die Bank sowieso berechnet. Normale Exportgeschäfte wären nur geringfügig belastet, langfristig geplante ernsthafte Investitionen genauso.«

»Schön, aber was soll so eine Steuer dann bewirken?«

»Devisenspekulanten«, erklärte Fontanelli, »tauschen einen großen Betrag einer Währung – sagen wir, hundert Millionen US-Dollar – in eine andere, um sie ein paar Stunden, vielleicht nur ein paar Minuten später wieder zurückzutauschen. Angenommen, der Wechselkurs hat sich um ein hundertstel Prozent verbessert, hat er zehntausend Dollar gutgemacht.

Wenn er aber für den Umtausch ein Prozent Steuern zahlen muss, was in diesem Fall eine Million Dollar wären – und er muss ja zweimal tauschen, einmal hin, einmal zurück – würde sich das Geschäft mit einem Schlag nicht mehr lohnen. Dabei müsste die Steuer nicht unbedingt ein Prozent betragen, selbst Steuersätze von einem Zehntelprozent würden schon wohltuend bremsen.«

Larry King stützte das Kinn auf. »Na schön. Die Jungs sind ihre Jobs los – und dann? Was hat der Reisbauer in Indochina davon?«

»Heute ist es so, dass eine Finanzkrise in einem Teil der Welt sofort auf den Rest des Globus durchschlägt. Investiertes Kapital flüchtet, wodurch die Krise noch verschärft wird. Gut möglich, dass der Reisbauer plötzlich für seinen Reis weniger Geld bekommt und in Not gerät, nur weil in Japan eine Bank Pleite gegangen ist oder die Wirtschaft in Brasilien ins Stottern kommt.« Fontanelli deutete mit gegeneinander gestellten Händen eine Art Wall auf dem Tisch an. »Die Tobin-Steuer wäre das, was ein Damm gegen eine Sturmflut ist. Sie würde die Regionen bis zu einem gewissen Grad voneinander abgrenzen, sodass die jeweiligen Notenbanken das Zinsniveau in ihren Ländern wieder so steuern könnten, dass es der eigenen Wirtschaftslage angemessen ist. Wobei es sich nur um eine Art Schwelle handelt, nicht um eine Mauer – Regierungen könnten also auch weiterhin keineswegs machen, was sie wollen.«

»Aber es hieße weniger Freiheit im Devisenhandel, oder?«

»Wieso denn? Die Freiheit des Devisenhandels ist in keiner Weise eingeschränkt. Nach wie vor kann man jede konvertible Währung in jeder gewünschten Menge in jede andere tauschen – es kostet eben nur etwas.«

»Aber würde sich das lohnen? Ich meine, wenn so viel Geld unterwegs ist, wie Sie vorhin gesagt haben – man braucht doch sicher Legionen von Computern, um das alles zu kontrollieren?«

»Sicher. Aber alle diese Computer gibt es schon, anders wäre

821.000.000.000 $

der weltweite Handel überhaupt nicht zu bewältigen. Man muss nur ihre Software anpassen. Es wäre eine der am einfachsten einzuführenden Steuern.«

Der Talkmaster wiegte den Kopf. »Ich weiß nicht. Wenn es so einfach ist, wie es klingt, warum hat man es dann nicht schon längst gemacht?«

»Weil die, die es treffen soll, die Staaten gegeneinander ausspielen. Denn wenn nur ein einziger Finanzplatz auf der Welt von der Steuer befreit ist, würde er den gesamten Devisenhandel an sich ziehen. Sie kann nur funktionieren, wenn sie weltweit einheitlich eingeführt wird.«

»Und wie rettet sie unsere Zukunft?«

»Sie ist nur ein erster, kleiner Schritt. Es gibt weitere Konzepte, die zu prüfen sind – ein Übergang zu ökologisch orientierten Steuern etwa.«

Larry King wandte sich der Kamera zu. »Das alles diskutieren wir nach der Werbung. Bleiben Sie dran.«

Der Generalsekretär der Vereinten Nationen blickte seinen Besucher ausgesprochen skeptisch an.

»Ich habe eine Organisation gegründet, die dieser Tage ihre Arbeit aufnimmt«, erklärte John Fontanelli. »Es handelt sich um eine unabhängige Stiftung, ausgestattet mit einem Kapital von einhundert Milliarden Dollar, die in den kommenden Monaten eine weltweite Abstimmung organisieren wird, ein Referendum darüber, ob die Menschheit eine solche Institution mit globaler Kompetenz wünscht. Der Name der Organisation lautet *We The People,* und sie wird ihren Sitz in Wallstreet Nummer 40 haben.« Nun war es heraus. Der ganze wahnwitzige Plan. »Gewählt werden soll ein *World Speaker,* ein Vertreter der Völker, um das Handeln der nationalen Regierungen in Fragen von globaler Tragweite zu koordinieren.« John hob die Hand, als wolle er einem Einwand zuvorkommen. »Der Stimmzettel wird selbstverständlich auch die Möglichkeit vorsehen, gegen eine solche Einrichtung zu stimmen.«

822.000.000.000 $

Kofi Annan beugte sich vor, stützte die Unterarme auf die Lehnen und sah John an. »Das ist tollkühn.« Es klang, als habe er eigentlich etwas weitaus Undiplomatischeres sagen wollen. Er schüttelte den Kopf. »Das ist absolut ... tollkühn«, wiederholte er, als fiele ihm kein anderes Wort dafür ein.

John hatte sich die ganze Zeit, seit sie das Gebäude betreten, eigentlich schon seit dem Moment, als sie das Flugzeug betreten hatten, gegen den Moment der Ablehnung zu wappnen versucht. Nun merkte er zu seiner grenzenlosen Verblüffung, dass ihm genau aus dieser Ablehnung heraus Kraft zuwuchs, als hätte etwas in ihm nur auf einen Gegner gewartet, um zu erstarken und aufzublühen. Er lächelte. »Aus irgendeinem Grund sagt das jeder. Zweifeln Sie daran, dass sich ein solches Referendum durchführen lässt?«

»Mit hundert Milliarden Dollar im Hintergrund? Ich wollte, ich hätte nur eine davon. Nein, ich bezweifle nicht, dass Sie eine solche Wahl durchführen können. Ich bezweifle nur, dass etwas dabei herauskommen wird. Was bringt Sie zu der Annahme, dass die Regierungen auf das hören werden, was der *World Speaker* sagt?«

»Dass er oder sie das Votum der gesamten Menschheit hinter sich haben wird.«

Der Generalsekretär wollte etwas erwidern, hielt aber im Ansatz inne, sah eine Weile blicklos ins Leere und nickte endlich nachdenklich. »Das ist zweifellos eine starke moralische Position«, gab er zu. Er sah hoch, sah John an. »Wie wollen Sie den Vorwurf entkräften, die Stimmen manipuliert zu haben?«

»Alles, bis auf den Vorgang der Stimmabgabe selbst, wird in völliger Offenheit vor sich gehen. In jedem Wahllokal werden Wahlbeobachter zugelassen sein, die Stimmen werden nach Schließung öffentlich ausgezählt. Wir werden normale Stimmzettel zum Ankreuzen verwenden – keine Computer, keine sonstigen Maschinen, die man manipulieren könnte. Selbst die Finanzen der Organisation *We The People* selbst werden radikal offen gelegt. Da es nichts gibt, was man ver-

823.000.000.000 $

bergen müsste, wird jeder, der es wünscht, per Internet oder persönlich Einblick nehmen können in alle Kontobewegungen und Buchungsbelege.«

Eine lange Pause entstand, eine Pause wie das Einatmen eines mythologischen Untiers.

»We The People«, wiederholte Annan nachdenklich.

»Ja«, nickte John Fontanelli. »Die Menschen, die vor neun Jahren in Leipzig und anderen Städten Ostdeutschlands auf die Straße gegangen sind, haben gerufen: ›Wir sind das Volk.‹ Das ist es, worum es hier geht.«

»Das hat noch nie jemand versucht«, sagte der Generalsekretär dann.

»Darum wird es Zeit, dass es jemand tut«, erwiderte John.

Name der Stiftung: We The People Organisation.
Sitz: Wallstreet 40, New York, NY, USA.
Stiftungszweck: Organisation und Durchführung von weltweiten Abstimmungen, Wahlen und Referenden.
Stiftungskapital: Das Stiftungskapital beträgt 100 Milliarden US-Dollar. Stiftungsgeber ist John Salvatore Fontanelli. Die Höhe des Stiftungskapitals wurde so gewählt, dass alle zu erwartenden Aufwendungen in voller Höhe aus Kapitalerträgen bestritten werden können.
Geschäftsführer: Lionel Hillman.
Hauptaufgabenbereiche: Einrichten von Wahllokalen (insgesamt ca. 5,1 Millionen) in allen Ländern der Erde. Anwerbung und Ausbildung von regional ansässigen Wahlhelfern. Registrierung der Wähler. Führen von Wählerlisten. Entgegennahme von Kandidaturen, öffentliche Bekanntmachung der Kandidaten. Druck und Bereitstellung der Stimmzettel. Ankündigung und Durchführung der Abstimmungen. Veröffentlichung der Ergebnisse.
Offenlegung: Sämtliche Unterlagen, Kontobewegungen, Buchungen und sonstigen Vorgänge in der Stiftung sind öffentlich. Über die Website der Stiftung (www.WeThePeople.org)

824.000.000.000 $

sind alle Konten ständig einsehbar. Interessierte Bürger können jederzeit in alle Unterlagen Einsicht nehmen; telefonische Voranmeldung wird erbeten.

Ausnahmen von der Offenlegung: Die Wählerlisten sind nicht allgemein zugänglich. Auf Anfrage kann jeder Bürger jedoch erfahren, ob und gegebenenfalls in welcher Liste er eingetragen ist, sowie seine Eintragung beziehungsweise seine Umschreibung in eine andere Liste beantragen. Hierfür ist die Beibringung eines Identitätsnachweises erforderlich; wenden Sie sich an Ihr regionales WTPO-Büro.

Öffentlichkeit während der Abstimmungen: Wahlbeobachter sind in allen Wahllokalen jederzeit zugelassen, sowohl während der Abstimmung als auch während der öffentlichen Auszählung der abgegebenen Stimmen. Die Ergebnisse aller Abstimmungen werden, nach Wahllokalen aufgeschlüsselt, in regionalen Zeitungen veröffentlicht.

Wahlgrundlagen: Alle Abstimmungen erfolgen geheim, frei und gleich. Abstimmungsberechtigt sind alle Erwachsenen, die 18 Jahre oder älter sind, zum Zeitpunkt der Abstimmung nicht wegen eines Verbrechens in Haft sind und über die keine Vormundschaft wegen geistiger Beeinträchtigung besteht.

Touristische Hinweise: Die Büros der Stiftung befinden sich in den untersten fünf Stockwerken (erkenntlich an der bunten Fassadenbemalung; es handelt sich um ein Werk des chilenischen Künstlers Chico Roxas). Der obere, weiß gestrichene Teil des Gebäudes vom 6. Stock an aufwärts ist als künftige Residenz des *World Speaker* vorgesehen.

Annan saß zurückgelehnt, die feingliedrigen Finger ineinander verschränkt, nachdenklich. Im Ausdruck seines Gesichts rangen Faszination und professionelle Skepsis miteinander.

»Haben Sie sich schon überlegt«, fragte er schließlich, »dass Sie Kandidaten brauchen?«

John Fontanelli und Paul Siegel wechselten einen Blick.

»Unter anderem deshalb sind wir hier«, nickte John.

825.000.000.000 $

»Für den Job des *World Speaker* ideal geeignet«, erklärte Paul, »wäre ein ehemaliger Staatschef oder jemand in einer vergleichbaren Position. Jemand, der überall auf der Welt bekannt ist, sich einen Ruf aufgebaut hat und bereits Beziehungen zu wichtigen Regierungen hat.«

»Wir dachten an Sie«, fügte John hinzu.

Kofi Annan hob zuerst erstaunt die Augenbrauen, dann die Hände, abwehrend. »O nein. Ich bin dafür nicht geeignet.« Er schüttelte den Kopf. »Nein. Danke.«

»Warum nicht? Sie –«

»Weil ich Diplomat bin. Ein Vermittler zwischen verschiedenen Positionen. Ein Verwalter.« Er breitete die Hände aus. »Reden wir nicht darum herum. Sie haben im Grunde vor, einen Weltpräsidenten zu wählen. Und man würde mich als Weltpräsidenten nicht akzeptieren.«

»Aber niemand ist dieser Position näher als Sie.«

»Eben nicht.« Der Generalsekretär schüttelte den Kopf. »Schon aus Gründen politischer Integrität wäre ich der Letzte, der für dieses Amt kandidieren dürfte. Ich müsste mich fragen lassen, ob ich Ihr Vorhaben unterstütze, um selber Karriere zu machen.«

Paul Siegel räusperte sich. »Um ehrlich zu sein, wir haben zuerst Michail Gorbatschow gefragt«, sagte er. »Er hat abgewinkt, weil seine Frau schwer krank ist und er sich um sie kümmern will. Er war es, der Sie vorgeschlagen hat.«

»Ich fühle mich geehrt, auch wenn ich ablehnen muss.«

John spürte tiefe Erschöpfung, die sich seiner von einem Moment zum anderen bemächtigt zu haben schien. Konnte das ein Problem werden? Nein, das konnte unmöglich ein Problem werden. Visionen scheiterten nicht an solchen Lappalien. Er strich sich eine Strähne aus dem Gesicht, und sein Arm fühlte sich an wie ein ausgewrungener Lappen.

»Aber«, fuhr Kofi Annan da fort, »ich kann Ihnen jemanden vorschlagen. Jemand, den ich sehr bewundere und der für dieses Amt geeignet wäre wie kein Zweiter.«

826.000.000.000 $

47

NOCH WÄHREND IHR Flugzeug über dem Atlantik war, gingen die entsprechenden Mitteilungen an die Presseagenturen, wurden die ersten Informationssendungen, die das globale Referendum ankündigten, weltweit ausgestrahlt. Und schon auf dem Weg von London Heathrow nach London City klingelte das Telefon in Johns Jackett.

»John?«, brüllte es aus dem Hörer. »Sind Sie jetzt vollkommen wahnsinnig geworden?«

Er musste das Gerät vom Ohr nehmen. »Malcolm? Sind Sie das?«

»Ja, verdammt noch mal. Sagen Sie, haben Sie überhaupt nichts begriffen? Eine weltweite Abstimmung? Ungebildete, ahnungslose Leute entscheiden lassen, was geschehen soll? Ich fasse es nicht. Jahrelang erkläre ich Ihnen, wie die Welt funktioniert, und kaum bin ich weg, fangen Sie die große Märchenstunde an. Was glauben Sie denn, wofür sich ein Bauer von den Reisfeldern Jakartas oder ein Minenarbeiter in Peru entscheiden wird, wenn Sie ihn fragen, wie er leben will? Für Verzicht und Bescheidenheit?«

»Das frage ich ihn doch gar nicht«, erwiderte John kühl.

»John, wenn die Menschheit über ihren Lebensstil abstimmen darf, dann können Sie die Erde zupflastern mit Vorstädten voller Villen, Swimmingpools und Einkaufszentren. Das wird das Ende sein, das ist Ihnen hoffentlich klar?«

»Ich bin zuversichtlich, dass den meisten Gerechtigkeit und eine Zukunft für ihre Kinder wichtiger sein wird als ein Swimmingpool.«

McCaine gab einen Laut von sich, als versuche er, gleich-

827.000.000.000 $

zeitig zu schreien und nach Luft zu schnappen. »Sie sind ein Träumer, John!«

»Das hat meine Mutter auch immer gesagt«, erwiderte John. »Ich denke, deshalb hat das Schicksal mich zum Erben gemacht und nicht Sie. Leben Sie wohl, Malcolm.« Er unterbrach die Verbindung, rief sein Sekretariat an und ordnete an, dass Anrufe von McCaine nicht mehr an ihn, sondern in die Rechtsabteilung durchzustellen seien.

Das Musikstück, das aus seinem Wohnzimmer dröhnte, und das mit einer Lautstärke, die einem schon im Flur fast den Kopf wegblies, kam John vage bekannt vor.

Unborn children
want your money
and their screaming
never stops.
House on fire,
god is leaving,
you're not important
anymore.
Wasted future, wasted future,
all you offer me are tears ...

Der scheppernde Sound, der schwindsüchtige Gesang – das war Marvins CD, ohne Zweifel. Aber hatte er die nicht damals gleich weggeworfen?

Als er ins Wohnzimmer kam, stand Francesca mitten im Raum, die Augen geschlossen, die Arme um sich gelegt, als umarme sie sich selber, und wiegte sich hingebungsvoll in den wummernden Klängen der Bassgitarre. John starrte sie an wie das achte und neunte Weltwunder zugleich: Diese dumpfe Kakofonie elektrischer Instrumente schien ihr wahrhaftig zu gefallen!

Trotzdem schreckte sie gleich darauf hoch und entdeckte

828.000.000.000 $

ihn in der Tür. Sofort raste sie zum CD-Player, um ihn auszuschalten. Die abrupte Stille war ohrenbetäubend.

»*Scusi*«, hauchte sie, während sie die Silberscheibe aus dem Gerät nestelte und zurück in die Hülle legte. »Ich habe ganz vergessen, dass Sie heute zurückkommen.« Sie deutete mit einer scheuen Bewegung umher. »Aber es ist alles aufgeräumt. Alles sauber, alles gemacht.«

»*Va bene*«, meinte John beruhigend, aber da huschte sie schon mit einem kaum vernehmbaren *Buona notte* an ihm vorbei hinaus, die CD mit dem Bild Marvins wie einen Schatz an ihre Brust gepresst.

John sah ihr nach, auf eine diffuse Weise beunruhigt von der Beobachtung, wie gravierend sich Geschmack und Wertvorstellungen von Menschen unterscheiden konnten. Und Marvin, meine Güte – von dem hatte er schon ewig nichts mehr gehört. Er hatte nicht den Hauch einer Vorstellung, wo der abgeblieben sein mochte.

Wenn Marvin hinausdurfte, zog es ihn die unwegsamen Hänge hoch, hinauf in die Wälder, die das Tal wie majestätische Wächter umringten. Dort streifte er stundenlang durch das Unterholz, stieg über umgestürzte Bäume, atmete die kalte, klare Luft und horchte auf die Stille, in der nur die Laute der Natur, sein eigener Atem und die Geräusche seiner Schritte zu hören waren. Wenn es nicht diese rotweißen Streifen an Bäumen und Stahlstangen gegeben hätten, die die Grenze zwischen dem Bereich, in dem er sich mit der elektronischen Fußfessel bewegen durfte, und dem Rest der Welt markierten, er hätte sich frei gefühlt wie noch nie.

Mittlerweile gewährten sie ihm schon bis zu vier Stunden am Nachmittag. Trotzdem kam das Tonsignal an seiner Wade, das ihn wieder zurückpfiff, immer unerwartet früh.

Von oben sah die Klinik aus wie ein elegantes weißes Landhaus, seltsam fehl am Platz inmitten der weglosen Einsamkeit. Dass die Fenster vergittert und die Zufahrtsstraße bewacht war, all das sah man erst, wenn man näher kam. Und die anderen Patienten, Junkies allesamt, arrogante, kaltherzige Söhne aus reichen Familien, die schwarzen Schafe, die Papas monatlicher Scheck an diesen Ort im Niemandsland fesselte, die sah man erst, wenn man wieder durch die Tür trat. Marvin hasste diesen Moment.

An diesem Tag hatte er das Gefühl, nicht allein zu sein im Wald.

Zu sehen war niemand. Es war eher ... eine Witterung. Einer der anderen? Hoffentlich nicht. Marvin stapfte zurück bis zu einer Stelle am Waldrand, von der aus man das Klinikgelände übersah, und zählte die jämmerlichen Gestalten auf den Gartenwegen. Es fehlte keiner. Wer immer hier oben herumschlich, es war kein Patient.

Er beschloss, sich nicht darum zu kümmern. Er stieg seine Pfade durch das Gestrüpp hoch, keuchte vor sich hin und musste beim Anblick seines rauchweißen Atems an früher denken, die Stadt, die Abgase in den Straßen, seine Joints am Fenster. Das schien alles in einem anderen Leben stattgefunden zu haben. Er hätte schwören können, dass er seit hundert Jahren in der Klinik lebte, in dem Zimmer mit dem Gitterblick auf ein Stück Rasen, so konturlos und langweilig wie ein grüner Teppich. Und wie es aussah, würde er bis an sein Lebensende hier bleiben.

Da war ein Mann. Er trug einen moosgrünen, gefütterten Parka und eine dunkelblaue Baseball-Kappe und stand plötzlich da im Unterholz, auf der anderen Seite der Grenzlinie, und beobachtete ihn reglos.

Marvin betrachtete ihn. Er konnte ihn einfach stehen lassen und seiner Wege gehen; schließlich war es nicht verboten, im Wald herumzustehen. Aber dann tat er es doch nicht, sondern rief ihm zu: »Hey! Wie geht's?«

Der Mann hob grüßend eine Hand, winkte ihm, näher zu kommen.

»*Sorry!*«, rief Marvin zurück und deutete auf seinen rechten Fuß. »Ich hab da so ein Gerät am Knöchel sitzen, das haut mir ein Betäubungsmittel ins Bein, wenn ich weitergehe. Ist hier so üblich, wissen Sie?«

Er schien das zu verstehen, denn er bequemte sich herbei, ungelenk über Wurzeln und Stein staksend.

»Ist das wirklich so streng?«, fragte er, als er Marvin erreicht hatte.

Marvin zuckte die Schultern. »Spätestens zwanzig Schritte weiter schlägt der Alarm an. Hat was mit der Entfernung vom Sender zu tun. Und wenn sie mich mit Hunden holen müssen, gibt es Minimum zwei Wochen keine frische Luft.«

»Klingt schlimm.« Der Mann hatte ein derbes, vernarbtes Gesicht und einen buschigen Oberlippenbart. Marvin hatte das vage Gefühl, ihn schon einmal gesehen zu haben, aber dieses Gefühl hatte er in letzter Zeit oft bei Leuten. Eine Nachwirkung der Medikamente, die er zu Anfang bekommen hatte, behauptete Doktor Doddridge, sein Therapeut.

Marvin zuckte mit den Schultern. »Ich schätze, die müssen das so machen. Es gibt ein paar ziemlich kaputte Typen hier.«

»Sie scheinen nicht dazu zu zählen. Zu den kaputten Typen, meine ich.«

»Gott, nein. Ich hab ja auch nur ganz wenig genommen. Hätte jederzeit damit aufhören können, wenn ich gewollt hätte.« Marvin griff nach einem Grashalm, riss ihn ab und nahm ihn zwischen die Lippen. Sah cooler aus so, fand er. »Das gehörte irgendwie dazu zu dem ganzen Rockstar-Ding, wissen Sie? Man steht einfach unter einem unmenschlichen Druck. Das kann einen echt fertig machen, wenn Sie verstehen, was ich meine.«

»Hmm«, machte der Unbekannte. »Aber es scheint Ihnen wieder ganz gut zu gehen.«

»Ja, doch.« Er hatte nur verschwommene Erinnerungen daran, wie es ihm früher gegangen war. Doch es würde ihm wieder einfallen, meinte Doktor Doddridge. »Was die da alles mit einem machen, das ist echt enorm. Wasserkur, Entgiftung, Hypnose, Gesprächstherapie – doch, ja, die haben mich wieder ganz gut hingekriegt.«

Der Blick des Mannes hatte etwas Lauerndes, Schlangenartiges. »Und warum sind Sie dann noch hier?«

»Keine Ahnung. Schätze, so ganz wiederhergestellt bin ich vielleicht doch noch nicht.«

»Und das glauben Sie wirklich?«

Marvin sah den Unbekannten misstrauisch an. Er trug einen dunkelroten Strickpullover, und am Hals quoll ihm dicke schwarze Körperbehaarung aus dem Ausschnitt. »Wie meinen Sie das?«

»Sie haben mich schon verstanden. Haben Sie sich noch nie die Frage gestellt, was hinter all dem, was Ihnen zugestoßen ist, tatsächlich steckt?«

»Was soll denn dahinter stecken?«

»Denken Sie mal darüber nach«, empfahl ihm der Mann und wandte sich zum Gehen.

»Hey, was soll das heißen?«, begehrte Marvin auf, wäre ihm am liebsten nachgestiegen. »Sie können mich doch nicht einfach hier stehen lassen? Wer sind Sie überhaupt?«

Der Mann hob nur kurz die Hand, ohne sich noch einmal umzudrehen. »Ich komme wieder«, rief er. »Denken Sie solange darüber nach.« Damit verschwand er zwischen den Bäumen.

Am liebsten hätte Marvin diese Begegnung aus seiner Erinnerung gestrichen, aber natürlich musste er den ganzen restlichen Tag an nichts anderes denken. Und mitten in der Nacht fiel ihm ein, woher er den Mann kannte.

Die Medien konnten sich mit dem Begriff *World Speaker* nicht anfreunden. Nicht einmal die zum Fontanelli-Konzern gehörenden Zeitungen und Fernsehsender hielten sich lange damit auf. Was man in den Nachrichten erfuhr, war, dass ein Weltpräsident gewählt werden solle. Und die ersten Kommentatoren schienen sich nicht sicher zu sein, ob sie nicht einem bösen Scherz aufsaßen.

832.000.000.000 $

Sie hätten gut daran getan, einmal in ihrer Anzeigenabteilung nachzufragen. Schon am Tag darauf erschienen in praktisch allen freien Zeitungen der Welt – sogar in einigen regierungseigenen Blättern, wo derlei noch nie vorgekommen war – doppelseitige, ordnungsgemäß bezahlte Anzeigen, in denen sich die Organisation *We The People* vorstellte und den Zeitplan und die Modalitäten der Abstimmung erläuterte. Staunende Menschen auf allen Erdteilen erfuhren, dass sich jeder Erwachsene um das Amt des *World Speaker* bewerben konnte, vorausgesetzt, er brachte eine ausreichende Anzahl von Unterschriften zusammen von Leuten, die seine Kandidatur unterstützten, wobei es sich bei der Hälfte davon nicht um Menschen der eigenen Nationalität handeln durfte. In Kneipen und Kantinen wurden die ersten Kandidaturen erwogen, noch ehe die Regierungen der Welt sich von ihrer Verblüffung erholt hatten. Bereits am zweiten Tag nach Beginn der Kampagne gingen die ersten Bewerbungen in New York ein. Und die Serie riesiger Anzeigen ging weiter. Minutenlange Spots im Fernsehen, zu den besten und teuersten Sendezeiten, folgten. Das Logo mit den fünf bunten Köpfen tauchte plötzlich überall auf, an Plakatwänden, in U-Bahn-Stationen, auf der Rückseite von Kinotickets, am Rand von Fußballfeldern, auf Bussen und Bahnen und vor jedem einzelnen Film, der in irgendeinem Kino irgendwo auf dem Planeten lief. Auf der Internetseite von *We The People* konnte man nachlesen, dass die Organisation bis zum Wahltermin mehr für Werbung ausgeben würde als die Coca-Cola-Corporation in zehn Jahren. Man begriff, dass *We The People* Geld ohne Ende hatte und willens war, so viel davon in Aufklärungsarbeit zu stecken, wie nötig war. Man begriff, dass die Sache ernst gemeint war.

Politiker in Amt und Würden waren klug genug, sich möglichst nicht ungefragt zu Fontanellis Plan zu äußern. Instinktiv war ihnen klar, dass sie das Vorhaben dadurch nur aufgewertet hätten. Aber auch wenn sie gefragt wurden, hielten sie sich zurück, sprachen vage vom Recht auf freie Meinungsäu-

833.000.000.000 $

ßerung, lobten die erprobten Strukturen der Demokratie. Ein EU-Kommissar, also ein Mitglied jenes mächtigen Gremiums, dessen Zusammensetzung ohne jegliche Beteiligung des Wahlvolkes von den Regierungen der Europäischen Union ausgekungelt wurde, erklärte, er sehe keine Veranlassung, an den bestehenden Verhältnissen etwas zu ändern.

Das Interview, das John Fontanelli dem japanischen Fernsehen gab, war nur eine Station einer Weltreise, auf der er für sein Vorhaben warb. Schon nach wenigen Tagen hätte er den Ablauf, den jedes Gespräch nahm, geradezu aufs Wort vorhersagen können. Wo immer er hinkam, erklärte ihm der jeweilige Gesprächspartner in aller Ausführlichkeit, wie ganz anders sein Land war und wie verschieden seine Kultur vom Rest der Welt, um anschließend genau dieselben Fragen zu stellen wie alle anderen.

»Mister Fontanelli«, sagte der athletisch gebaute Japaner, dessen Namen John gleich nach der Vorstellung wieder vergessen hatte – aber er hatte seine Visitenkarte eingesteckt, für alle Fälle –, »glauben Sie wirklich, dass Länder wie China, der Irak oder Nord-Korea freie und geheime Abstimmungen zulassen werden?«

Die Regierung in Peking hatte schon zugestimmt, nur würde er das einstweilen niemandem auf die Nase binden. China brauchte Weizen; es war einfach gewesen. Kuba, das war ein wirkliches Sorgenkind. »Eine Regierung, die ihren Bürgern nicht gestattet, an den Abstimmungen teilzunehmen«, begnügte John sich also mit einem erprobten Statement, »muss sich darüber im Klaren sein, dass sie dadurch auf jegliche Mitsprache bei der Neuordnung des globalen Finanzsystems verzichtet.«

»Werden Sie Druck auf solche Regierungen ausüben?«, wollte der Mann wissen.

Sein hoch bezahlter Stab von Psychologen, Rhetorikern und Redenschreibern hatte für diese zu erwartende Frage eine ebenso eindrucksvolle wie nichts sagende Antwort erarbeitet, aber zum Teufel, da hätte man genauso gut ein Tonband schicken können, oder? Die Lust herauszufordern war plötzlich unwiderstehlich. Er räusperte sich und sagte mit grimmigem Lächeln: »Ich will es mal so sagen: Falls jemand immer noch glaubt, dass ein einzelnes Land dem Einfluss der großen Konzerne widerstehen kann, ist es höchste Zeit, dass er eines Besseren belehrt wird.«

Es dauerte eine Woche, bis der Mann wiederkam.

Jeden Tag hatte Marvin zwischen den riesigen Rotholzstämmen Ausschau gehalten, bei Regen wie bei Kälte, doch da war niemand. Er hatte zurück zu dem Platz gehen und sich die Fußspuren ansehen müssen, um sich zu vergewissern, dass er die Begegnung nicht nur geträumt hatte. Und als er eine Woche später wieder dorthin kam, wartete der Mann schon.

»Ich weiß, wer Sie sind«, erklärte Marvin sofort.

»Bemerkenswert«, sagte der Mann.

»Ich habe Sie im Fernsehen gesehen. Ihr Name ist Randolph Bleeker. Sie haben John Fontanellis Bruder vertreten, und seit der Schwindel aufgeflogen ist, sucht die Polizei Sie.«

Das schien ihn nicht im Mindesten zu beunruhigen. »Richtig, Mister Copeland«, sagte er. »Aber wissen Sie auch, dass die Polizei Sie ebenfalls sucht?«

Marvin starrte ihn an wie geohrfeigt. »Mich?«

»Die französische Polizei würde Ihnen gern ein paar Fragen im Zusammenhang mit dem Tod Ihrer Freundin Constantina Volpe stellen. Erinnern Sie sich an Mrs Volpe?«

»Constantina ...?« Die Erinnerung kam wie eine Sturmflut. Er sah dunkle Gassen vor sich, einen Algerier, der Franc-Scheine zählte, einen Plastikbeutel mit weißem Pulver ... Und dann – Filmriss. Erwachen neben kalten, bläulich verfärbten Gliedmaßen. Mit zitternden Händen versuchen, eine Telefonnummer zu wählen. Wieder eine Zelle. Bis ein Mann kam, mit leeren schwarzen Augen.

835.000.000.000 $

»Jemand hat Sie hierher gebracht. In Sicherheit. Das ist nicht nur eine Klinik, Mister Copeland – das ist auch ein Versteck. Für Sie auf jeden Fall.« Der Mann, der Bleeker war und der in einem anderen Leben versucht hatte, seinen Kumpel John reinzulegen und die ganze Welt mit dazu, sah ihn abschätzig an. »Haben Sie sich nie gefragt, wer das war? Und warum er es getan hat?«

Nein, das hatte er sich tatsächlich noch nie gefragt. Marvin schüttelte zögernd den Kopf. »Nein«, gab er zu. »Ich habe keine Ahnung.«

»Wollen Sie es wissen?«

»Ja. Klar.«

Bleeker holte geräuschvoll Luft. »Es wird Ihnen nicht gefallen«, sagte er mit zweifelndem Blick. »Sie sind da in etwas verstrickt, das größer ist, als Sie sich in Ihren schlimmsten Albträumen ausmalen könnten.«

»Hey«, meinte Marvin. »Lassen Sie das meine Sorge sein, *okay*?«

Bleeker sah ihn eine Weile an, schien zu einem Entschluss zu kommen. »Gut. Kommen Sie, setzen wir uns dort drüben auf den Stamm. Es wird gut sein, wenn Sie sitzen.«

Nun wurde Marvin doch etwas unbehaglich. Hinter seiner Stirn pochte etwas, als sei da ein Tier, das herauswollte. Er setzte sich neben Bleeker auf einen Baum, den ein Wintersturm gefällt hatte, und wartete auf das, was da kommen mochte.

»Können Sie sich vorstellen«, begann der Mann mit dem grobschlächtigen Gesicht, »dass hinter allem, was in der Welt geschieht, in Wirklichkeit ein kleiner Kreis von mächtigen Leuten steckt, die überall die Fäden ziehen, Nachrichten manipulieren und unerkannt ihre Interessen verfolgen? Dass nichts so ist, wie es scheint?«

Marvin nickte. »*Yeah*, Mann. Das denke ich die ganze Zeit.«

»Es ist so. Ich weiß es, denn ich habe für diese Leute gearbeitet.«

836.000.000.000 $

Wahnsinn. Wenn er nur nicht diese Kopfschmerzen gehabt hätte.

»Ehrlich?«, fragte er und versuchte, cool zu bleiben.

Bleeker beugte sich vor wie unter einer unsichtbaren Last, stützte die Arme auf die Knie. »Gut«, sagte er. »Deswegen bin ich hier. Sie sollen die Wahrheit erfahren.«

837.000.000.000 $

48

NELSON ROLIHLAHLA MANDELA, geboren 1918, von 1962 bis 1989 politischer Gefangener der Republik Südafrika und seit 1994 ihr gewählter Präsident, trat vor die Mikrofone der geladenen Weltpresse und erklärte, John Salvatore Fontanelli habe ihn gebeten, für das Amt des *World Speaker* zu kandidieren. »Und ich habe mich entschlossen«, sagte er, »dieser Bitte zu entsprechen.«

Journalisten sind im Allgemeinen nicht leicht zu verblüffen. Sie sind es gewohnt, die unerwartetsten Erklärungen zu hören, die überraschendsten Ankündigungen und die schockierendsten Reden. Doch nach diesen Worten war im Saal die Hölle los. Jede Disziplin vergessend, wurden Fragen durch den Raum geschrien, Mobiltelefone gezückt, rasch hingekritzelte Meldungen durchdiktiert, und draußen in den Gängen sah man Leute zu den Telefonzellen rennen.

Dass Mandela für eine zweite Amtszeit nicht hatte antreten wollen, hatte man gewusst, doch bisher hatte man Altersgründe dafür angenommen. Aber Weltpräsident ...?

»Wir werden uns bald von einem Jahrhundert verabschieden, das in vielerlei Hinsicht eine schmerzvolle Epoche der Menschheit gewesen ist. Wenn wir Bilanz ziehen, kommen wir nicht umhin festzustellen, dass Konflikte und Kriege immer noch viele Teile unseres Planeten beherrschen. Wir müssen feststellen, dass der größte Teil der Erdbevölkerung in Armut lebt; und dass die Beziehungen zwischen den Nationen im Ungleichgewicht sind zugunsten der mächtigsten. Ich sage das nicht, um Verzweiflung und Hoffnungslosigkeit zu verbreiten, sondern um einige der Herausforderungen zu be-

838.000.000.000 $

nennen, mit denen wir in ein neues Jahrhundert eintreten. Wir haben schreckliche Beispiele unserer Unmenschlichkeit untereinander gesehen. Wir haben Tiere und Pflanzen zerstört, viele an den Rand der Ausrottung gebracht, unsere natürliche Umgebung misshandelt. Wir können jedoch nicht bestreiten, dass wir auch Zeuge vieler Triumphe des menschlichen Geistes gewesen sind in Wissenschaft, Literatur, Kunst und vielen anderen Gebieten. Moderne Kommunikationsmittel und globale Wirtschaft haben die Welt zu einem kleinen, überschaubaren Ort gemacht, in dem kein Land mehr für sich alleine leben oder Probleme lösen kann. Wir müssen internationale Organisationen bilden, die den Interessen aller wirkungsvoll dienen und den Sinn für die uns allen gemeinsame Menschlichkeit stärken können. Aus diesem Grunde folge ich mit Freude und Demut der Bitte, für das Amt des Vertreters der Völker zu kandidieren. Zugleich appelliere ich an die Menschen in allen Erdteilen, die historische Chance zu nutzen und sich an den Abstimmungen zu beteiligen, und ich bitte jeden von ihnen um seine Stimme. Ich verspreche, mit all meiner Kraft jene zu unterstützen, deren ehrliches Anliegen es ist, eine Welt zu erschaffen, in der Menschen in Würde und Freundschaft untereinander leben können. Ich danke Ihnen.«

»Hol mich der Teufel«, sagte ein englischer Journalist zu seinem Kollegen, »aber ich kann mir das verdammt gut vorstellen.«

»Kein Grund zu fluchen«, sagte der andere.

In Kolumbien hob eine Razzia des Anti-Drogen-Kommandos ein geheimes Umpacklager im Dschungel aus. Dabei stellten die Soldaten fünfzig Zentner Kokain sicher, die in Plastiksäcke mit dem Firmenemblem der *Morris-Capstone-Company* verpackt waren. Ein Firmensprecher beeilte sich, im Fernsehen zu erklären, dass der Konzern *Morris-Capstone* damit nichts zu tun habe. Die Säcke seien für brasilianische Tabakplanta-

839.000.000.000 $

gen bestimmt gewesen; sie waren vermutlich unbemerkt gestohlen worden.

Ungefähr zur gleichen Zeit sprach sich McCaine in einer Talkshow gegen staatlich geförderte Rehabilitierungsprogramme für Drogenabhängige aus. »Sie funktionieren nicht, sie kosten nur Geld. Sie können nicht funktionieren, weil es denen, die vor den Herausforderungen des Lebens in die künstliche Befriedigung von Drogen fliehen, an Selbstverantwortung mangelt«, erklärte er. »Solche Programme finanzieren zu müssen ist eine Verhöhnung aller Menschen, die leben wollen und sich redlich abmühen dafür. Da die Welt ohnehin aus allen Nähten platzt, sollten wir für jeden dankbar sein, der sich freiwillig daraus verabschiedet.«

Nicht ganz freiwillig aus der Welt schieden die verhafteten Drogenhändler in Kolumbien. Sie wurden auf ungeklärte Weise im Gefängnis ermordet, noch ehe sie von einem Richter befragt werden konnten.

Sich nichts anmerken lassen, als das Signal kam, das war die Devise. Immerhin hatte er vier Stunden. Eine Menge Zeit.

Die weiß lackierte Stahltür fiel hinter ihm ins Schloss, wurde rasselnd abgeschlossen, alles wie immer. Marvin hielt die Nase in die kühle, würzige Luft, nicht länger als sonst, aber auch nicht kürzer, stapfte dann los, so gemächlich wie jeden Nachmittag, den Hang hinauf.

Aus einem der blind glänzenden Fenster beobachteten sie ihn, da war er sich sicher. Sie hatten nie etwas durchblicken lassen, hatten so getan, als interessiere sie nicht, wohin er ging, solange er nur pünktlich zurückkam. Aber sie hatten diese Funkpeileinrichtung und so weiter; sie waren so drauf, alles über einen wissen zu wollen.

Vier Stunden, wie gesagt. Der Weg bis zum Waldrand dauerte keine zehn Minuten.

Das Signal war ein gelbes Stoffband an einem der Bäume, die er von seinem Zimmer aus sehen konnte, kaum zu bemer-

840.000.000.000 $

ken, wenn man nicht Ausschau hielt und wusste, worauf man achten musste. Es war ein gutes Stück Weg durch unwegsames Unterholz, bis er den Baum erreicht hatte und wahrhaftig ein Astloch fand und darin einen Plastikbeutel mit einer Karte der Umgebung, einem Autoschlüssel, dreihundert kanadischen Dollars und zweihundert amerikanischen und einem Ding, das nur ein Schlüssel zu seiner Fußfessel sein konnte. Es sah etwas anders aus als das Gerät, das die Wärter benutzten, aber es passte. Marvin nahm die Fessel ab und schloss sie, wie Bleeker ihm eingeschärft hatte, sofort wieder.

Er konnte sich aber dann doch nicht verkneifen, den Jungs ein Rätsel aufzugeben. Er fand zwei junge Bäume, deren Stämme dicht nebeneinander und knöcheldick standen und einander in Hüfthöhe kreuzten, und schloss die Fußfessel um einen davon. Das würde so aussehen, als habe ein Zauberer ihn in ein Baumpaar verwandelt. Die Vorstellung, was für Gesichter sie machen und wie sie sich fragen würden, was, zur Hölle, vorgefallen war, gefiel ihm.

Dann steckte er alles ein und machte sich auf den Weg. Der führte die Zufahrtsstraße entlang, oben am Bergkamm, unwegsames Gelände, steinig, voller Felsspalten und gefährlicher Kanten. Es war verteufelt anstrengend, und obwohl es ohne das Teil am Knöchel leichter ging, war er bald in Schweiß gebadet und völlig außer Atem. Jede Zelle seines Körpers schrie nach einer Pause, aber das war nicht drin. Er hatte vier Stunden, was doch nicht so massig viel war wie gedacht, und er war in der wichtigsten Mission unterwegs, die je ein Mensch gehabt hatte.

Die Kandidatur Nelson Mandelas eröffnete eine neue Dimension in der Auseinandersetzung um das Für und Wider eines globalen Referendums. Ob die Initiative ernst zu nehmen war, stand nicht länger zur Debatte; die Diskussion verengte sich auf die Frage, ob es einen *World Speaker* geben und, wenn ja, wer es sein sollte.

841.000.000.000 $

Die Popularität des südafrikanischen Präsidenten in aller Welt war, wie die Reaktionen auf seine Erklärung zeigten, ungeheuer. Der Schauspieler, Schriftsteller und UN-Sonderbotschafter Sir Peter Ustinov, der als einer der Ersten kandidiert hatte, zog seine Kandidatur wieder zurück, um sich ausdrücklich für Nelson Mandela auszusprechen. Diejenigen Publizisten, die gegen das Referendum waren und deshalb versuchten, die Person Mandela in Misskredit zu bringen, erwiesen ihrem Anliegen einen schlechten Dienst, denn dergleichen fasste die Bevölkerung in den Ländern der Dritten Welt als schlichten Rassismus auf. Vielerorts fanden spontane Kundgebungen statt, und Plakate mit der Aufschrift *Mandela For World President* waren bald aus keiner Demonstration mehr wegzudenken, selbst wenn es um ganz andere Belange ging.

Dennoch erhoben sich auch andere Stimmen. Eine europäische Initiativgruppe sprach sich für eine Kandidatur des tschechischen Präsidenten Václav Havel aus und sammelte dessen Weigerung zum Trotz fleißig Unterschriften.

In den USA bildete sich eine Bewegung, die den ehemaligen Präsidenten Jimmy Carter zu einer Kandidatur bewegen wollte, was dieser, sechs Jahre jünger als Mandela, mit den Worten ablehnte: »Ich glaube nicht, dass bei dieser ersten Wahl ein Weißer eine Chance hat zu gewinnen.«

CNN führte im Rahmen einer Sondersendung ein ausführliches Interview mit dem Geschäftsführer der Organisation *We The People*, Lionel Hillman.

»Mister Hillman«, begrüßte die Interviewerin den Mann mit den rostbraunen Locken, »stimmt es, dass Gaddhafi kandidiert?«

Hillman nickte lächelnd. »Wenn Sie unsere Veröffentli-

Die globalen Militärausgaben im Jahre 1997.
842.000.000.000 $

chungen verfolgen, wissen Sie, dass das stimmt. Muammar al-Gaddhafi hat gestern eine gültige Bewerbung eingereicht.«

»Das heißt, der libysche Staatschef wird auf dem Stimmzettel stehen?«

»Selbstverständlich.«

Die Interviewerin, eine dunkelhäutige Frau namens Deborah Norris, runzelte die Stirn. »Finden Sie das in Ordnung?«

Der künftige Welt-Wahlleiter fand das absolut in Ordnung. »Das ist Demokratie. Für alle gelten die gleichen Regeln. Und wenn Sie einen Kandidaten nicht mögen, dann wählen Sie ihn eben nicht.«

Mrs Norris hielt es für ratsam, das Thema zu wechseln. »Wie weit haben Sie denn die Weltkarte inzwischen abgedeckt? China wird die Abstimmung erlauben, hat man gehört. Was ist mit dem Irak? Kuba? Nord-Korea?«

»In Kuba wird abgestimmt werden, das steht schon fest. Castro war erst gegen das Referendum, weil es von einem Kapitalisten initiiert wurde, aber nach einem persönlichen Gespräch mit John Fontanelli hat er sein Placet gegeben. Der Irak wird die Abstimmung wohl auch erlauben, allerdings beobachten wir, dass im Vorfeld massiver Druck auf die Bevölkerung ausgeübt wird, den Wahllokalen fern zu bleiben – eine Einschüchterungstaktik, die leider vielerorts versucht wird, in Afghanistan etwa oder in Haiti.«

»Und Nord-Korea?«

»Nord-Korea wird, wie es aussieht, die letzte Enklave völliger Bevormundung bleiben. Ich bedaure das, aber gegenwärtig lässt sich daran nichts ändern.«

»Viele Regierungen erklären, dass sie, sollte ein *World Speaker* gewählt werden, ihn nicht anerkennen werden.«

»Was heißt viele? Fast alle«, sagte Hillman und zuckte mit den Schultern. »Aber damit habe ich kein Problem. Mein Job ist nur, die Wahl zu organisieren. Alles weitere muss sich finden.«

843.000.000.000 $

»Stichwort John Fontanelli. Wie viel hat er zu sagen bei *We The People*?«, fragte Deborah Norris provokant.

»Nichts«, erklärte Hillman prompt. »Er ist ein Bürger mit genau einer Stimme, wie jeder andere auch.«

»Aber er hat das Geld gestiftet, mit dem Sie arbeiten.«

»Sicher, aber Geld stiften heißt, sich davon zu verabschieden. Im Übrigen wüsste ich nicht, was für besondere Rechte jemand bei uns beanspruchen könnte. Wir essen alle in derselben Kantine und gehen auf dieselben Toiletten, und unsere Statuten kann nur ein *World Speaker* ändern, und selbst das nur mittels Volksentscheid.«

Sie nickte friedvoll. »Wie wird der Ablauf sein? Wie viele Wahlgänge wird es geben?«

»Zwei. Im ersten Wahlgang werden alle gültigen Kandidaten zur Wahl stehen, der zweite Durchgang ist dann eine Stichwahl zwischen den beiden Kandidaten mit den meisten Stimmen.«

»Wen erwarten Sie im Finale?«

Hillman wiegte den Kopf. »Offiziell habe ich dazu keine Meinung.«

»Und inoffiziell?«

»Inoffiziell erwarte ich, dass die Wahl zwischen Nelson Mandela und der Ablehnungsoption ausgetragen werden wird.«

»Also der Möglichkeit, gegen die Einrichtung des *World Speaker* zu stimmen.«

»Genau.«

»Welches Ergebnis wünschen Sie sich?«

Lionel Hillman lächelte salomonisch. »Ein Ergebnis mit einer Wahlbeteiligung von mehr als siebzig Prozent.«

»Und was werden Sie tun, wenn die Ablehnungsoption gewinnt?«

»Dasselbe, was wir in jedem Fall tun werden: in vier Jahren eine neue Wahl veranstalten.«

844.000.000.000 $

»Wir haben bereits einen Weltpräsidenten«, sagte Malcolm McCaine in einem Fernsehinterview. »Sie kennen ihn alle; er heißt John Salvatore Fontanelli. Ist das nicht offensichtlich? Überall auf der Welt geschieht, was er will. Zufällig will er, dass Wahllokale eingerichtet werden, weil er sich eine utopische Idee in den Kopf gesetzt hat. Aber obwohl jedem klar sein dürfte, wie unsinnig das alles ist, gehorcht man ihm dennoch.«

McCaine war der Erste, der offensiv gegen den Fontanelli-Plan Stellung bezog. In Anzeigen, Plakaten und Fernsehspots, die *Morris-Capstone* bezahlte, wurde das Vorhaben angegriffen und lächerlich gemacht. In Europa räsonierten seine Propagandisten in intellektuellen Talkshows verhalten darüber, dass, obgleich die Vorstellung einer Weltregierung natürlich »Charme« habe, es noch zu früh sei selbst für einen ersten Schritt. In Wochenzeitungen malten sie aus, wie eine Milliarde Inder und eine Milliarde Chinesen nach dem Fontanelli-Plan künftig über das Schicksal der Europäer mitbestimmen würden. In Israel warnten Radiospots, den Arabern auch nur den Hauch von Mitsprache über Wohl und Wehe des jüdischen Staates zu geben, während bezahlte Sondersendungen im arabischen Fernsehen erklärten, ein Ja zum Fontanelli-Plan hieße, dem Einfluss des korrupten, moralisch verdorbenen Westens Tür und Tor zu öffnen. In den Vereinigten Staaten trommelten ganzseitige Anzeigen und minutenlange Spots zur teuersten Sendezeit: »Amerikas Präsident ist der mächtigste Mann der Welt. Es gibt keinen Grund, daran etwas zu ändern.«, und auf Autos tauchten Aufkleber auf, die über einer dem Logo von *We The People* nachgeahmten Grafik die Aufschrift trugen: *Just Ignore!*

Der UN-Botschafter der Vereinigten Staaten kritisierte die Entscheidung Kofi Annans, das von »dem Billionär« geplante Referendum zu unterstützen, in ungewöhnlich scharfen Worten. In gut informierten Kreisen ging man danach davon aus, dass die Tage des Generalsekretärs gezählt waren.

845.000.000.000 $

Marvin hielt auf dem kiesigen Seitenstreifen und betrachtete das Motel aus der Entfernung. Der aus einem Baumstamm herausgeschnitzte Grizzlybär vor dem Eingang, die Anordnung der zwei flachen, lang gezogenen Bauten, die gelb gestrichenen Wände – die Beschreibung stimmte. Den geparkten Autos nach waren nur zwei der Apartments vermietet, und einer der beiden Wagen, ein alter Ford Pickup, wurde gerade von zwei stämmigen Männern, die aussahen wie Holzfäller auf Reisen, wieder beladen.

Er legte den Gang wieder ein und fuhr das letzte Stück bis zum Parkplatz des Motels. Hinter der Empfangstheke saß ein schlampig wirkender Mann mit seltsam kinnlosem Gesicht und Pferdeschwanz, der die Anmeldeprozedur ausgesprochen unlustig erledigte.

»Kann man von den Zimmern aus telefonieren?«, fragte Marvin, während der Rezeptionist das Geld in die Kasse einsortierte.

»Einfach die Null vorwählen«, kam brummig die Antwort.

»Auch ins Ausland?«

»Yep.« Der Schlüssel wurde über die Theke geschoben. »Nummer drei. Gleich draußen links.«

Das Zimmer hatte eine zum Schreien scheußliche braune Tapete, war ansonsten aber so weit in Ordnung. Marvin wusch sich das Gesicht, spähte einmal aus jedem Fenster, ohne etwas anderes zu entdecken als Wald, Wald und nochmals Wald, dann setzte er sich auf das Bett und nahm den Telefonapparat auf den Schoß. Kein Mobiltelefon, hatte Bleeker ihm eingeschärft. *Die können den Standort von jedem einzelnen Mobiltelefon auf der Welt auf zehn Schritt genau anpeilen.* Logisch. Das gehörte zu ihrem Plan. Den er ihnen vermasseln würde, und wenn es das Letzte war, was er tat.

Marvin überlegte kurz, wählte dann eine lange Nummer. Eine Frauenstimme meldete sich, er nannte einen Namen, es klingelte. Gleich darauf meldete sich eine andere Frau, die

846.000.000.000 $

Englisch mit einem bezaubernden italienischen Akzent sprach. »Hallo, Francesca«, sagte er. »Ich bin's, Marvin.«

»Marvin?«, hauchte sie, schien fast in Ohnmacht zu fallen am Telefon. »Wo bist du? Was ...? Ich muss immerzu an dich denken, Marvin, jeden Tag und ... Ich habe deine CD gekauft ...«

»Francesca«, unterbrach er sie sanft. »Ich brauche deine Hilfe.«

»Meine Hilfe?«

»Francesca, Darling – du musst eine Telefonnummer für mich herausfinden ...«

»Man spricht oft von Südafrikas friedlichem Übergang als von einem Wunder«, sagte Nelson Mandela bei einem Staatsbesuch in Australien. »Für alle Welt schien festzustehen, dass Südafrika dazu bestimmt war, in blutigen Rassenunruhen unterzugehen. Aber die Führer der verschiedenen Gemeinschaften und politischen Parteien widerlegten die Untergangspropheten durch ihre Bereitschaft zu Verhandlungen und zu Kompromissen. Wenn die Erfahrung Südafrikas etwas für die Welt als Ganzes bedeutet, so hoffe ich als Beispiel dafür, dass, wo Menschen guten Willens zusammenkommen und ihre Meinungsverschiedenheiten zugunsten des Allgemeinwohls überwinden, friedliche und gerechte Lösungen selbst für die schwierigsten Probleme gefunden werden können.«

Die unter freiem Himmel versammelten Zuhörer klatschten höflich. Das Licht hatte eine herbstliche Färbung, in Australien stand die kalte Jahreszeit bevor.

»Sehr salbungsvoll«, raunte einer der Journalisten seinem Nachbarn zu und hob die Hand, um sich für eine Frage zu melden. »Was ist dran an den Gerüchten, dass Sie als *World Speaker* dem Fontanelli-Konzern verpflichtet wären?«, fragte er, als ihm das Wort erteilt wurde.

Mandela betrachtete den Fragesteller nachdenklich. »Ich

847.000.000.000 $

habe von diesen Gerüchten gehört«, sagte er dann. »Sie stimmen nicht. Nicht Mister Fontanelli wird mich, gegebenenfalls, wählen, sondern die Menschen aller Völker dieser Erde. Ihnen werde ich verpflichtet sein. Aber was Sie von mir erwarten dürfen, sollte ich gewählt werden, ist, dass ich dasselbe tun werde, was ich in meinem Land getan habe: nach Wahrhaftigkeit und Gerechtigkeit streben.«

Ein allgemeines, unbestimmtes Raunen setzte ein. Ein Teil der Zuhörer, vor allem die geladenen Gäste aus Wirtschaft und Politik, schien die Frage des Journalisten ungehörig zu finden.

»Eine Laune des Schicksals«, fuhr Nelson Mandela mit sanftem, beinahe entschuldigendem Lächeln fort, »will, dass es im Rahmen einer neuen finanziellen Weltordnung gerade Mister Fontanelli als Ersten hart treffen wird. Denn er hat sein Erbe seinerzeit angetreten, ohne Erbschaftssteuer zu entrichten. Das ist die Wahrheit. Und es ist eine Ungerechtigkeit. Wir werden das nicht dulden können.«

848.000.000.000 $

49

SO ENDETE ES also.
Das Licht in der Eingangshalle schien düsterer zu sein als sonst, die Stimmen in den Fluren gedämpfter, die Farben der Einrichtung grauer. Die Menschen, die ihn gestern noch für den Herrn der Welt gehalten hatten, wichen ihm nun aus, sahen ihn an wie einen Todgeweihten.

Die Anwälte, die den schweren Tisch umringten wie ein Rudel bissiger Hunde, erstarrten in der Bewegung, als John Fontanelli den Besprechungsraum der Rechtsabteilung betrat. Sie hatten Schwitzflecken unter den Achseln und Berge von Papier vor sich, und manche von ihnen sahen aus, als hätten sie sich die ganze Nacht über in Beißlust und Blutdurst hineingesteigert. Es roch nach Massaker.

»Und?«, fragte John, während er sich setzte.

»Bis jetzt ist alles noch völlig unklar«, bellte der Chef der Firmenanwälte laut, ein sehr stämmiger Mann mit geäderter Haut und dicken Fingern. »In welchem Land ist die Steuer zu entrichten? Italien? In den USA? Auf welcher Rechtsgrundlage könnte eine Nachzahlung gefordert werden?«

»Welches Rechtssystem ist überhaupt anzuwenden, wenn es zu einer Verhandlung kommt?«, kläffte ein untersetzter Anwalt mit hüpfendem Adamsapfel dazwischen.

»Wie steht es mit der Gültigkeit der Vereinbarung, die Sie mit der italienischen Regierung getroffen haben?«, blaffte eine fast verhungert wirkende Blondine, ihren Kugelschreiber wie ein Florett schwenkend.

»Aber die hat Mister Fontanelli nicht erfüllt«, fuhr sie ein

849.000.000.000 $

anderer an, der dick war und pustelige Haut hatte. »Darauf können wir uns nicht berufen.«

John Fontanelli hob die Hand und wartete, bis so etwas wie Ruhe eintrat. Sie sahen ihn an, mit bebenden Lefzen, hechelnd, wollten nur aus dem Käfig gelassen werden und sich auf den Feind stürzen dürfen, doch sie sahen ihn an und warteten. »Wie viel?«, fragte er.

»Fünfhundert Milliarden Dollar«, belferte einer.

»Mindestens«, ein anderer.

»Falls nicht noch weitere Nachforderungen kommen.«

»Es braucht bloß einem einzufallen, dass die Vacchis auch keine Steuern gezahlt haben.«

»Aber wieso müssen wir dafür geradestehen?«, jaulte jemand und hieb mit der Faust auf einen der ledergebundenen Folianten, die auf dem Tisch verstreut lagen.

John hob die Hand wieder, dämpfte die Stimmen. »Ich werde zahlen«, sagte er.

Ihre Kiefer klappten kollektiv herab. Ihre Augen quollen aus den Höhlen, als seien sie durch ein unter dem Tisch verstecktes Druckluftsystem miteinander verbunden.

»Was bleibt mir denn anderes übrig?«, fügte er hinzu.

Sie sahen einander an, suchten nach einem, der gewusst hätte, was anderes übrig blieb, aber es kam nichts außer ein paar unbestimmten Lauten, die wie Schmerz klangen.

John war selber überrascht gewesen, als er sich das eine unruhige, schlaflose Nacht lang hatte durch den Kopf gehen lassen. Jemand, der die Zustimmung der Mehrheit aller Menschen hinter sich vereinigte – das war eine faszinierende Idee gewesen, als sie in seinem Geist aufgetaucht war, als sie sie besprochen und gemeinsam ausgefeilt hatten. Dass es sie selber betreffen könnte, ja, betreffen *musste*, zwangsläufig und unausweichlich, daran hatten sie keinen Moment lang gedacht. So gewohnt waren sie es schon, sich nicht an Gesetze einzelner Nationen halten zu müssen, so geübt darin, Länder zum eigenen Vorteil und nach Gutdünken gegeneinander auszuspielen, dass die bloße Vorstellung eines *World Speaker,* der Forderungen an sie stellte, wie ein Schock war.

Er hatte die Worte Mandelas im Fernsehen gehört. Auf keinem Kanal war ein Entkommen gewesen, geradezu triumphierend hatten alle Sender das Statement aufgegriffen und es diskutiert und kommentiert. Im ersten Moment hatte John etwas verspürt wie spöttische Verachtung. Was auch immer diese Politiker redeten und beschlossen, ihn hatte es noch nie wirklich betroffen, er war darüber erhaben. In den Jahren mit McCaine hatte sich diese Art zu denken bei ihm eingeschliffen, das war ihm später klar geworden, und er hatte sich auch noch etwas darauf eingebildet. Verächtlich spotten und dann überlegen, wie man sie austricksen konnte, die Kläffer und Beinpinkler, das war schon zum Reflex geworden, und in diesen Bahnen waren seine Gedanken auch diesmal gelaufen wie von selbst.

Und zu einem fast schmerzhaften Halt gekommen. Denn: Wohin wollte er ausweichen vor einem *World Speaker?* Wen wollte er gegen ihn ausspielen? Da gab es niemanden. Und ihm sein Geld abzunehmen – das war ein Fall, in dem die Nationen der Welt dem *World Speaker* nur allzu bereitwillig folgen würden.

Er hatte keine Chance.

»Ich werde zahlen«, wiederholte John. »Das bedeutet, ich muss einen großen Teil des Konzerns verkaufen. Ich möchte Sie bitten, Ihre Anstrengungen darauf zu richten, das vorzubereiten. Ich habe die Analyseabteilung schon beauftragt, entsprechende Konzepte zu entwerfen. Es sind noch einige Monate bis zur Wahl; das sollte genug Zeit sein, um nicht in Druck zu geraten und optimale Preise zu erzielen.«

Jemand schien etwas einwenden zu wollen, klappte den Mund aber wieder zu, ohne ein Wort zu sagen, und nickte wie die anderen.

»Und es, äh, tut mir Leid, dass ich Sie gestern mit so viel Druck an die Arbeit geschickt habe«, schloss John und stand

851.000.000.000 $

auf. »Das war unüberlegt. Ich bitte Sie, mir das nachzusehen.«

Sie nickten wieder. Sie nickten, bis er zur Tür hinaus war.

Paul kam des Weges, hatte ihn gesucht, begleitete ihn zum Aufzug. »Schöne Bescherung, was?«, meinte er.

Es tat gut, auszuschreiten, mit raumgreifenden Schritten den Flur entlangzupreschen. »Wieso?«, fragte John. Auf einmal war ihm seltsam leicht zu Mute, beinahe heiter. »So wollte ich es doch, oder?«

»Dass Mandela dir dein ganzes Geld wegnimmt?«

»Die eine oder andere Million wird er mir schon lassen. Und mit dem Rest habe ich sowieso nichts anzufangen gewusst. Soll er entscheiden, wer es bekommt.«

»Ich weiß nicht ...« Paul schüttelte den Kopf. »Irgendwo ist das ganz schön undankbar.«

John blieb abrupt stehen. »Das wollen wir immer, nicht wahr? Gerechtigkeit für alle, aber Sonderrechte für uns.« Er lachte auf. »Paul, begreifst du nicht, was hier geschieht? Siehst du es nicht? Es funktioniert. Der Plan funktioniert!«

Der Anruf kam, als John im Auto nach Hause saß. Das nicht mehr lange sein Zuhause sein würde, dachte er, während er das Telefon aus der Tasche holte. »Ja?«

»Ich bin's«, kam eine Stimme, die er schon ewig nicht mehr gehört hatte. »Marvin.«

»Marvin?«, entfuhr es John. »Das ist ja ...« Überraschung war gar kein Ausdruck. »Wie geht's dir? Von wo rufst du an?«

Die Stimme klang leise, weit weg, und kam mit unmerklicher Verzögerung, wie er es von transatlantischen Gesprächen kannte. »Scheißegal, wo ich gerade bin, Mann. Ich ruf nicht an, um über alte Zeiten zu reden. Ich ruf an wegen dir. Du bist dabei, die ganz große Kacke anzurühren. Du spülst uns alle ins Klo und glaubst noch, du tust ein gutes Werk. Deswegen ruf ich an, Mann.«

852.000.000.000 $

»Was?« John blinzelte. Draußen zogen die Straßenlaternen vorbei wie eine Kette perlmuttfarbener Monde auf schwarzem Samt.

»John, ich weiß, du bist der große Macker geworden, und alles hört auf dein Kommando, aber einmal im Leben, ich bitte dich, dieses eine Mal im Leben musst du mir zuhören. Bis zum Ende. Weil es diesmal gottverdammt scheißwichtig ist, klar?« Ein tiefer Atemzug. »Ich war auf Entzug. In einer Klinik. Das Kleingedruckte und die netten Anekdoten kann ich dir ein andermal erzählen, wichtig ist, dass ich dort einen kennen gelernt habe, der Bescheid weiß. Der absolut – verstehst du? – der absolut hinter die Kulissen schaut. Weil er dabei war in dem Spiel, das dort läuft, und ausgestiegen ist. Weshalb sie hinter ihm her sind, anbei bemerkt. So weit klar?«

»Hmm«, machte John stirnrunzelnd. »Klar.«

»Der erste Hammer ist gleich dein Geld. Deine eine Billion Dollar. Zins und Zinseszins und fünfhundert Jahre, die ganze Story. Das Fontanelli-Vermögen eben, bekannt aus Film, Funk und Fernsehen. Ach, sitzt du eigentlich?«

Unwillkürlich vergewisserte John sich, indem er die Hand auf das schmeichelweiche Wildleder des Rücksitzes legte. »Ja.«

»Gut. Das Fontanelli-Vermögen gibt's nämlich in Wirklichkeit überhaupt nicht.«

Auf eine schwer zu fassende Art klang Marvin anders als sonst. Nicht auf Drogen und nicht betrunken, aber auch nicht so, wie John ihn in Erinnerung hatte. »Interessant«, sagte er behutsam. »Marvin, ich fahre gerade in einem gepanzerten Mercedes, der eine Million Dollar gekostet hat, und ich bilde mir ein, dass ich den bezahlt habe. Und nicht von Geld, das ich mit Pizza-Ausfahren verdient habe, das weiß ich zufällig ganz genau.«

Marvin schien nicht in der Stimmung für Scherze zu sein. »Ja, Mann, klar – sie haben dir einen Haufen Geld gegeben.

853.000.000.000 $

Schon klar. Das ist nicht der Punkt. Der Punkt ist, dass es nicht daher kommt, wo du glaubst, dass es herkommt. Im alten Florenz hat es zwar einen Giacomo Fontanelli gegeben, und der war auch Kaufmann und wohl auch dein Vorfahr, aber er hat kein Geld hinterlassen. Null. *Nada. Niente.*«

»Oh«, machte John. Woher konnte Marvin etwas von dem wissen, was Ursula herausgefunden hatte? Wer konnte überhaupt etwas davon wissen? »Sondern?«

»Es hat irgendwann«, erklärte Marvin, »Mitte der Achtzigerjahre ein geheimes Projekt gegeben namens *Millennium Fonds*. Eine Art Investmentfonds, aber nur zugänglich für die Typen mit den ganz großen Geldbeuteln. Da haben Banker und Industrielle und andere Schwerreiche eingezahlt, bis eine Billion Dollar beisammen war. Das war das Geld, was du gekriegt hast. Der ganze andere Stuss, die Prophezeiung und so weiter: alles Schwindel. Das Testament, überhaupt alle Unterlagen sind Fälschungen. Du bist in ein absolut abgekartetes Spiel geraten, in dem jeder weiß, was gespielt wird, bloß du nicht. Und die Öffentlichkeit nicht. Aber alle anderen sind eingeweiht. McCaine. Die Familie Vacchi. Einen Michelangelo Vacchi hat es nie gegeben, Mann. Hast du dir mal ein Geschichtsbuch angeschaut, die letzten fünfhundert Jahre? Kein Mensch ist so genial, ein so großes Vermögen ungeschoren durch dieses Chaos zu bringen, sag ich dir. Absolut ausgeschlossen. Du bist einem Schwindel aufgesessen, glaub mir. Die haben dich die ganze Zeit benutzt, nur benutzt. Du bist ihre Marionette gewesen von Anfang an. Und jetzt, John«, fügte er hinzu, »ist Zahltag. Jetzt kommen sie, um zu kassieren. Weil, in einen Investmentfonds will man nicht nur einzahlen – irgendwann will man auch wieder was rauskriegen. Und nicht zu knapp.«

»Zahltag?«, echote John beunruhigt. Es war etwas in dem, was Marvin da faselte, das ihm Gänsehaut machte. Oder im Klang seiner Stimme, in dem, *wie* er es sagte? »Wovon redest du, Marvin? Selbst angenommen, es würde stimmen – was sollte jemand haben von all dem, was passiert ist?«

»Darum geht es doch nicht, *shit*. Es geht nicht um das, was passiert ist. Es geht um das, was passieren *wird*. Na, klingelt was?«

John spürte den Impuls, die Fensterscheibe herunterzulassen und das Telefon einfach hinaus in die Nacht zu werfen. »Nein. Tut mir Leid.«

»Die Weltregierung, Mann. Du bist dabei, die Weltregierung zu installieren. Und das ist genau, was sie wollen. Alles andere, der jüngste männliche Nachfahre, das Erbe, die Prophezeiung – das ist alles Kino. Hollywood. Erstunken und erlogen, um Show zu machen. Die Leute zu beeindrucken. Das, was sie wollen, ist, dass eine Weltregierung entsteht, und du bist der Aufhänger, die Leute dazu zu bringen, auch noch begeistert mitzumachen. Weil die Leute an dich glauben. Du bist der Erbe, du wirst die Prophezeiung erfüllen, du wirst uns allen die Zukunft zurückgeben, Amen. *Shit,* Mann. Einen Dreck wirst du. Eine Weltregierung, das heißt, sie haben bloß noch eine Stelle, die sie manipulieren, bestechen, aus dem Hintergrund lenken müssen. Es wird für sie alles einfacher. Sie werden die endgültige Kontrolle über uns alle bekommen. Sie werden uns Barcodes in die Haut eintätowieren, und wir werden begeistert sein, dass wir die Kreditkarte zu Hause lassen können. Sie werden uns das Kinderkriegen ausreden und die künftigen Sklavenarbeiter in ihren gentechnischen Labors genau so züchten, wie sie sie haben wollen. Irgendwann wird es bloß noch sie geben, etwa tausend Familien, die die absoluten Herrscher sein werden, die Herrenrasse – und wir, der Rest, sind ihre Sklaven, hirnlos, wehrlos, nichts als *Fleisch*. John, ich beschwöre dich, du musst das stoppen!«

Einen Moment lang glaubte er ihm. Einen Moment lang war ihm, als risse ein Vorhang entzwei und gebe den Blick frei auf eine Szenerie unaussprechlicher Scheußlichkeit, eine

855.000.000.000 $

Verschwörung monströsen Ausmaßes, eine Welt so grauenhaft, dass einen der bloße Anblick den Verstand kosten konnte. Dann fielen ihm Marvins andere Besessenheiten wieder ein – die Aliens von Roswell, die Sagen der Hopi-Indianer, die Drogenphilosophie Carlos Castanedas, die prophetischen Kräfte von Runen und die Heilkräfte von Edelsteinen. »Was hat er denn darüber gesagt, ob Elvis noch lebt, dein geheimnisvoller Bekannter?«

»Was?«, schnappte Marvin. »Hey, was soll der Scheiß jetzt?«

»Marvin, vergiss es. Es ist unmöglich. Niemand hätte all das so planen können, wie es passiert ist.«

Ein Laut wie ein Aufheulen war zu hören, mit der Verzögerung eines interkontinentalen Telefonats. »Du weißt nicht, was die alles können! Die haben alles unterwandert, jede Organisation, jede Partei ... die stecken hinter allem, echt hinter allem ... Und die haben Technologien, die du dir nicht vorstellen kannst, Hypnose, unglaubliche Drogen, die können sogar deine Aura beeinflussen ...«

»Ja. Kann ich mir lebhaft vorstellen, dass die das können.«

»Ja, Mann, ich sag dir, die haben auch die Technologie der Aliens, die in den vierzigern abgestürzt sind. Die können mit hypermagnetischen Flugscheiben zum Mars fliegen und bauen dort längst ihre Städte, und uns machen sie vor, dass dort bloß tote Wüste –«

»Marvin?«, unterbrach John ihn. »Das ist alles *bullshit*. Wer immer dir das erzählt, tickt nicht richtig. Oder er lügt. Nicht mal das mit der Weltregierung stimmt. Ich installiere keine Weltregierung.«

»Aber darauf läuft es hinaus.«

»In fünfzig Jahren vielleicht. Im Moment geht es nur darum, einen *World Speaker* zu wählen, und der wird äußerstenfalls ein paar Steuern ändern und –«

»Oh, Mann!« Es klang, als ob sich Marvin erbrach. »Ich hätt's wissen müssen. Sie haben dich schon. Sie haben dich

856.000.000.000 $

geistig im Griff. Scheiße, Mann. Sie sitzen in deinem Hirn, John, und du merkst es nicht mal!«

»Niemand sitzt in meinem Gehirn.«

»Scheiße, Mann, ich kann sie aus dir *reden hören!*«, schrie Marvin, dann war übergangslos die Verbindung weg.

John nahm das Telefon vom Ohr, betrachtete es beunruhigt und schaltete es schließlich aus. Woher hatte Marvin eigentlich seine Nummer? In diesem Punkt zumindest schien McCaine nicht Unrecht gehabt zu haben. Es war wirklich besser, wenn er den Kontakt zu ihm künftig mied.

Nach der ersten hämischen Schadenfreude über den Tiefschlag für den Billionär John Fontanelli begriffen allerdings auch andere Leute, dass ihr Vermögen den Blick der Gerechtigkeit zu fürchten hatte.

Eine neue Art von Druck entstand. Allerorten »entdeckten« plötzlich Anwälte, die die Reichen und Mächtigen zu ihrem Klientel zählten und bislang eher durch Verschwiegenheit und Unauffälligkeit geglänzt hatten, dass man die Teilnahme an einer Wahl wie der zum *World Speaker* womöglich als Landesverrat werten konnte. Schließlich kennen die meisten Gesetzbücher den mit hohen Strafen bewehrten Tatbestand des Beitritts zu ausländischen Armeen: War nicht die Stimmabgabe in einem globalen Referendum sinngemäß dasselbe? Hierüber entbrannten verstörende Debatten mit Rechtswissenschaftlern anderer Auffassung in Podiumsdiskussionen, Talkshows und Zeitungen.

In plumper Weise ließen zahlreiche Unternehmen Angestellte und Arbeiter Erklärungen unterschreiben, in denen diese sich verpflichteten, der Abstimmung fern zu bleiben. »Nicht rechtlich bindend«, riefen andere Anwälte und verklagten die Unternehmen wegen Behinderung des Rechts auf freie Meinungsäußerung. Doch die Prozesse würden sich länger hinziehen als die Wahlperiode, und jedermann war erst einmal verunsichert.

857.000.000.000 $

Gruppierungen, die gegen das Referendum waren, kündigten an, Wahlbeobachter in die Wahllokale schicken zu wollen: weniger um die Wahl als vielmehr um die Wähler zu beobachten und diejenigen, die sich an der Wahl beteiligten, in Namenslisten zu erfassen. Was mit diesen Listen geschehen sollte, darüber schwieg man sich vielsagend aus, und das war einschüchternder als jede konkrete Drohung. Die Organisation *We The People* konnte ihnen ihr Vorhaben auch schlecht verbieten, schließlich war die Offenheit des Wahlvorgangs Grundlage des Verfahrens und das Recht, Einsicht zu nehmen, jedem Bürger zugesichert, auch solchen, die gegen das gesamte Vorhaben waren.

Druck. Verunsicherung. Einschüchterung. Umfragen zeigten ein rapides Sinken der voraussichtlichen Wahlbeteiligung, und selbst viele dieser Umfragen waren noch gefälscht, um Abstimmungswillige zu entmutigen.

Er wartete. Saß auf dem Doppelbett mit dem dunkelgelben Bezug, was affenscheußlich aussah gegen die braune Tapete, starrte die Tür des Apartments an und wartete. Sprang alle fünf Minuten auf, rannte zum Fenster und sah durch die Vorhänge, die nach hundert Jahre altem Rauch stanken, hinaus auf den Vorplatz, die Zufahrt, die Parkplätze. Autos kamen, Autos fuhren. Junge Paare stiegen ein, die Französisch sprachen und aussahen, als hätten sie eine leidenschaftliche Nacht hinter sich. Alte, einsame Männer mit grobkarierten Hemden und Hüten, an denen Fischköder staken, luden Angelruten und Kühlboxen auf. Babys krakeelten auf Rücksitzen und wurden von Müttern zum Schweigen gebracht. An Wochenenden war verdammt viel los hier.

Das Motel hatte einen kleinen Kiosk, der sich *Super Marché* nannte, aber kaum größer war als eine ausgebreitete Tageszeitung, und ab und zu raste er da hin und kaufte irgendwas zu essen, Chips und Schokolade und alle Sandwiches, die sie seit wer-weiß-wie-lang dahatten, ledrige, gummiartige

Dinger mit geschmacklosem Huhn darin oder fadem Coleslaw oder Schinken, der eklig roch, aber er aß trotzdem alles auf. Nicht weil er wirklich Hunger hatte, sondern weil es eine Abwechslung war. Er versuchte, sich so herausgeben zu lassen, dass Quarters dabei waren, kanadische Vierteldollars, eigenartig sahen die aus, und das waren die einzigen Münzen, die der Fernseher schluckte. Eine Stunde kostete einen Quarter, und meistens war die gerade rum, wenn ein Krimi spannend wurde, und dann schnappte das Bild weg und ließ ihn zurück in der Wirklichkeit, die ihn anfiel von allen Seiten und zerrieb.

In ihm bebte es. Als kröchen kleine Tiere unter seiner Haut herum, die seinen Verstand Stück für Stück wegfraßen. Es war ein Zittern, das aus seinen Knochen kam und gegen das er machtlos war. So wartete er, saß auf dem dunkelgelben Bettbezug, der voller Krümel war, starrte die Tür des Apartments an, und als der Mann endlich kam, konnte er kaum aufstehen, um ihm die Hand zu geben.

»Ich hab's versiebt«, sagte er, ehe die Frage kommen konnte.

Der Mann sah ihn an. Erst hatte er sich nicht setzen wollen, hatte nur die ganzen Plastiktüten und Kräckerschachteln mit dem Fuß beiseite geschoben und ihn angesehen, aber nun musste er sich doch setzen. »Was heißt das?«, wollte er wissen, und so erzählte er ihm, wie es gelaufen war.

Er hatte sich nach dem Telefonat überlegt, dass es vielleicht falsch gewesen war, von den UFOs und den Städten auf dem Mars anzufangen; das waren Zusammenhänge, von denen Bleeker ihm nichts erzählt hatte, die hatte er sich selber dazugereimt. Schließlich hatte man ja auch ein paar Bücher gelesen und ein paar Sachen gehört und konnte zwei und zwei zusammenzählen. Für John war das zu viel gewesen, danach hatte er vollends zugemacht. Aber davon sagte er Bleeker besser nichts. Es war nicht nötig, jemanden auf die Idee zu bringen, er könne zu genau Bescheid wissen.

859.000.000.000 $

»Was heißt das?«, fragte Bleeker noch mal, als er ihm den Verlauf des Gesprächs so weit geschildert hatte.

Marvin sah ihn an, ließ Zeit verstreichen, schreckte davor zurück, das Urteil auszusprechen. »Sie haben ihn schon im Griff«, sagte er endlich. »Irgendwie. Hypnotisch behandelt, was weiß ich. Aber er ... er blockt total ab, wenn man ihm die Dinge erklärt. Total. Kein Durchkommen.«

Bleeker verfärbte sich bei diesen Worten, wurde blass wie der Tod, starrte ihn zutiefst erschüttert an, mit Augen groß wie Radkappen. »Dann ist das Schicksal der Menschheit besiegelt«, sagte er.

Er sagte es noch mal, immer wieder, wie eine Beschwörung böser Götter, und seine Stimme war tief wie ein chinesischer Gong, der widerhallte in den Tiefen seiner Seele.

Am Freitag, dem 26. Juni 1998, um Mitternacht Ortszeit New York, endete die zehnwöchige Frist für Kandidaturen zum *World Speaker*. Insgesamt waren 167 411 Bewerbungen eingegangen, von denen jedoch nur 251 den geforderten Kriterien entsprachen. Die meisten hatten nicht genügend oder überhaupt keine Unterschriftslisten beigefügt; viele Listen entsprachen nicht der Forderung, dass die Namen darauf nachprüfbar sein mussten; bei 12 Listen mit der geforderten Zahl von Unterschriften wurden Fälschungen entdeckt, was zum Ausschluss des Bewerbers führte. Trotzdem würde der Stimmzettel des ersten Wahlgangs beeindruckend lang werden.

Unter den Kandidaten fanden sich lediglich 12 Frauen, was allgemein beklagt wurde, aber nicht zu ändern war und, wie der Wahlleiter, Lionel Hillman, meinte, »vermutlich etwas aussagt über den Zustand der Welt«. Neben einigen ehemaligen Staatschefs bewarben sich berühmte Schauspieler, erfolgreiche Unternehmer, namhafte Schriftsteller und bekannte Sportler, darunter ein südamerikanisches Fußballidol (dessen Chancen zumindest nach den Wetten der Buchmacher er-

860.000.000.000 $

staunlich gut waren), ferner der Führer einer umstrittenen Sekte, eine ehemalige Pornodarstellerin, ein waschechter König (eines afrikanischen Stammes) sowie eine erstaunliche Anzahl unbekannter Leute, bei denen rätselhaft war, wie sie die benötigte Zahl von Unterstützern aufgetrieben hatten. Nur 34 Kandidaten waren jünger als sechzig und keiner jünger als vierzig. Es wurde noch eine Statistik veröffentlicht, die die Kandidaten nach Heimatländern aufschlüsselte, weitere Kategorien gab es nicht.

Am Samstag, dem 27. Juni, sollte in der Generalversammlung der Vereinten Nationen eine Zeremonie anlässlich des Beginns der Wahlperiode stattfinden. Generalsekretär Kofi Annan würde sprechen, ferner als sein Gast der Wahlleiter Lionel Hillman, der die inzwischen sattsam bekannten Regularien der Wahl noch einmal erläutern würde, und die Kamera, die das alles weltweit übertrug, würde kurz auf John Fontanelli schwenken, der eingeladen war, dem allem als Zuschauer beizuwohnen. Anlass und Ort waren heftig umstritten gewesen, aber die Mitglieder der Generalversammlung hatten sich mit knapper Mehrheit dafür ausgesprochen, und da sie zu bestimmen hatten, was auf dem achtzehn Morgen großen UN-Gelände auf der Ostseite Manhattans geschah, mochten ihre Regierungen wettern, so viel sie wollten. (Es hieß, dass der Generalsekretär in persönlichen Gesprächen mit den Delegierten keinen Hehl aus seiner Überzeugung gemacht hatte, dass die Vereinten Nationen gut daran taten, den *World Speaker* sozusagen inoffiziell als künftiges Oberhaupt zu betrachten, da sich andernfalls dereinst ein eventuelles Weltparlament anderswo bilden und damit die UN überflüssig machen könnte.)

John Fontanelli und sein Stab reisten am Vortag der *Global Plebiscite Opening Ceremony* nach New York. Während des Flugs kamen die Ergebnisse der neuesten Meinungsumfrage durch, bei der es sich diesmal nicht um die amateurhafte Aufsummierung amateurhafter Interviews mit Passanten in

861.000.000.000 $

aller Welt handelte, sondern um eine von der *New York Times* bei einem renommierten Forschungsinstitut in Auftrag gegebene Studie. Die Methoden waren Stand der Wissenschaft, die Auswahl der Befragten repräsentativ, die Zahlen validiert.

Und das Resultat war niederschmetternd.

»Es geht in die Hose, John«, meinte Paul besorgt, das Fax studierend, als hoffe er, es könne sich nachträglich noch etwas ändern an dem, was da schwarz auf weiß und leicht verschoben gedruckt stand. »Wenn tatsächlich nur fünfzehn Prozent zur Wahl gehen, kannst du den *World Speaker* vergessen. Dann ist er eine Witzfigur.«

John nahm ihm die Blätter ab, las sie und gab sie kommentarlos zurück. »Nein«, wehrte er ab, als Paul weiterreden wollte. »Keine Diskussion. Wir ziehen es durch, egal was irgendwer sagt.«

Für die Pressekonferenz am Abend ihrer Ankunft in New York reichte auch der größte Saal des Hotels nicht. Es mussten Tausende von Journalisten sein, die blitzten und ihre Mikrofone nach vorn richteten, und alle, alle hatten sie die Meinungsumfrage gelesen.

»Eine Meinungsumfrage ist keine Abstimmung«, erklärte John Fontanelli. »Sie ist eine Momentaufnahme. Wir haben die zwanzig Wochen lange Wahlperiode vor uns, in der die Kandidaten für das Amt des *World Speaker* sich um unsere Stimmen bewerben. Im November und nach Auszählung aller Stimmen werden wir mehr wissen.«

Geschrei, Tumult. Unmöglich, eine Frage herauszuhören. John sprach einfach weiter, sagte, was ihm gerade einfiel. Er war müde. Die Vorstellung, das Projekt scheitern zu sehen, entsetzte ihn mehr, als er zugeben mochte.

»Wir stehen nicht nur vor der Entscheidung zwischen 251 Kandidaten«, sagte er. »Wir stehen vor einer viel grundlegenderen Entscheidung, nämlich der zwischen einer um eine Dimension erweiterten Demokratie und einem neuen Zeitalter des Feudalismus, der diesmal ein Konzernfeudalismus sein wird.«

Wie sie alle kritzelten, dieses Wort aufnahmen, es weiter trugen, es sich auf Schlagzeilen und Titelseiten dachten ... John fühlte nur noch Leere. Eine leise innere Stimme mahnte an, lieber aufzuhören und zu schweigen, als etwas zu sagen, das er später bereuen würde. Aber er konnte nicht aufhören, aus irgendeinem Grund, der stärker war als alle guten Argumente und alle Weisheit der Öffentlichkeitsarbeit. »Wenn es Gott war, der mich an diesen Platz und an diese Aufgabe gestellt hat«, sagte John Salvatore Fontanelli zum Entsetzen seines Stabes und zum Entzücken des Publikums, »dann wollte er zweifellos, dass ich tue, was ich nach bestem Wissen und Gewissen für das Richtige halte. Und das, was geschehen soll, halte ich für das Richtige. Wir gehen großen Herausforderungen entgegen. Wenn wir es nicht schaffen, sie auf anständige, menschliche Weise zu bewältigen, dann sind wir es nicht wert, fortzuexistieren.«

Es habe geklungen wie das Gespräch eines Depressiven mit seinem Therapeuten, sollte Paul Siegel später sagen, dem es gelang, die Pressekonferenz an dieser Stelle abrupt zu beenden.

Man bat die Beteiligten der Zeremonie zu einer Generalprobe, nachmittags um zwei Uhr Ortszeit, um den genauen Ablauf, wer wann von wo kommen und wohin abgehen sollte, durchzuspielen und es den Beleuchtern zu ermöglichen, das Licht optimal einzustellen. So fuhr John nach einer schweren Nacht und einem schweigsamen Morgen in seiner Limousine vor, allein diesmal, nur von Marco und zwei anderen Leibwächtern begleitet, weil Paul den Tag in Gesprächen mit Vertretern amerikanischer Konzerne verbrachte. Wie es aussah, würde die erste Firma, die er gekauft hatte, auch die erste sein, die er wieder verkaufen würde: Die Mobil Corporation zeigte sich interessiert am Erwerb von Exxon.

863.000.000.000 $

Er hätte ihn beinahe übersehen. Er stieg aus, als ihm der Wagenschlag geöffnet wurde, ging den roten Teppich entlang, wie er es unzählige Male irgendwo auf der Welt getan hatte, vorbei an Wachmännern und anderem Personal, Ausschau haltend nach wichtigen Leuten, als plötzlich eine Stimme an sein Ohr, in sein Bewusstsein drang, die sagte: »Hallo, Bruder.«

John fuhr herum, suchte in den Gesichtern entlang seines Weges und entdeckte ihn endlich. »Lino?«

»Überraschung«, meinte der mit schrägem Grinsen. Stand da einfach zwischen den anderen Sicherheitsleuten, in der Uniform der UN-Mannschaften, als ob er da hingehörte.

»Lino ...? Was tust du denn hier?«

Lino klopfte mit der Hand auf die Revolvertasche an seinem Gürtel. »Die haben gemeint, ich sollte ein bisschen auf dich aufpassen.«

»Du?« John schüttelte den Kopf. »Wieso das denn?«

»Befehl ist Befehl. Letzten Samstag hab ich mir noch an der Bering-See den Arsch abgefroren und nichts geahnt von meinem Glück.«

»Und wo hast du deinen Kampfjet gelassen?«

Lino sah mit angespannten Lippen zu dem Vordach über ihnen hoch und zu der Reihe der Fahnenmasten mit den Flaggen aller Mitgliedsstaaten gegenüber. »Na ja«, sagte er, »ein bisschen eng, um hier damit herumzukurven.«

Er war alt geworden. Als hätte die Kälte des hohen Nordens ihm Falten ins Gesicht gegraben und sein einst so dunkles, volles Haar strähnenweise eisig weiß werden lassen. In seinen Augen schimmerte Schmerz.

John fasste ihn am Ärmel und zog ihn mit sich, hinein in die Vorhalle, wo sie ein ruhigeres Eck fanden. »Lino, es tut mir so Leid«, sagte er mit einem Kloß in der Kehle. »Dass das alles passiert ist damals ...«

Er schüttelte den Kopf. »Es braucht dir nicht Leid zu tun, John. Ich bin selber schuld. Ich ... na ja, ich habe geglaubt,

864.000.000.000 $

ich sei verdammt schlau. Dabei war ich ein kompletter Idiot.«

»Sie lassen dich nicht mehr fliegen, stimmt's?«

»Nicht wegen dir, bild dir bloß nichts ein. Es ist scheißkalt dort oben, und manchmal braucht man eben eine Menge Whisky, damit einem warm wird.« Lino kaute auf seiner Lippe herum, das wenigstens war immer noch seine Marotte. »Ich hab mich ziemlich gehen lassen, nachdem Vera diesen Immobilienmakler geheiratet hat. Die waren dicht dran, mich rauszuwerfen. Hat nicht viel gefehlt. Schätze, sie hielten es aber für die härtere Strafe, mich am Polarkreis Wache schieben zu lassen.«

»Und weil du noch mal was angestellt hast, haben sie dich hierher geschickt.«

Lino grinste dankbar. »Ja, vielleicht hab ich ein bisschen hart zugeschlagen in der Prügelei mit dem Kommandanten ...«

Sie lachten, und dann umarmten sie sich, unbeholfen, weil sie das zuletzt als Kinder getan hatten, und nur einen heilsamen Moment lang.

»Das war echt seltsam«, meinte Lino danach mit feuchten Augen, die er sich verstohlen rieb. »Wie ich hierher gekommen bin, meine ich. Mein Kommandant hat bloß einen Anruf gekriegt, und peng, schon saß ich in der nächsten Maschine. Erst hab ich gedacht, er ist froh, mich loszuwerden, aber dann habe ich mir überlegt, ob uns jemand eine Chance geben wollte, uns wieder zu vertragen? Keine Ahnung.«

»Kann doch sein«, nickte John. Er sah seinen Bruder an. »Warst du mal zu Hause?«

Lino nickte gewichtig. »Am vierzigsten Hochzeitstag. Mutter war schwer enttäuscht, dass dir irgend so eine Fabrik in Bulgarien wichtiger war.«

»Hmm«, machte John. »Kommenden Freitag haben sie, glaube ich, den Zweiundvierzigsten, oder? Ich könnte eine Woche bleiben, wenn das hier alles vorbei –«

865.000.000.000 $

In diesem Moment trat eine zierliche Frau mit asiatischen Gesichtszügen auf John zu. »Mister Fontanelli? Entschuldigen Sie bitte. Man wartet drinnen auf Sie.«

John sah Lino entschuldigend an. »Aber noch ist es nicht vorbei, wie du siehst.«

»Befehl ist Befehl«, sagte Lino und salutierte. »Geh nur, ich passe solange hier draußen auf.«

»Alles klar.«

Der Saal der Generalversammlung der Vereinten Nationen ist das wahrscheinlich eindrucksvollste Parlamentsgebäude, das Menschen jemals gebaut haben. Es ist der einzige Sitzungssaal auf dem Gelände, der das Emblem der Vereinten Nationen, die von einem Ölbaumzweig umkränzte stilisierte Erdkugel, enthält. Unübersehbar prangt es an der goldschimmernden Stirnseite des Saals, umgeben von einer Architektur, die den Blick des Betrachters in unnachahmlicher Weise führt und ein Bild bietet, das den Geist der Statuten vollendet wiedergibt. Zwei gewaltige, schräg gestellte, dunkle Mauervorsprünge umfassen in kühnem Schwung das Parkett. Hinter schmalen Fenstern darin sieht man die Dolmetscher, die unentbehrlich sind für die hier zu leistende Arbeit, doch wandert der Blick unaufhaltsam weiter, nach vorn auf das Podium und hinab auf das Rednerpult, und wer immer dort steht, im architektonischen Brennpunkt des Raumes, ist unübersehbar und erscheint zugleich klein, ein Mensch nur, angewiesen auf die Gemeinschaft der anderen Menschen und ihren Zusammenhalt.

Achtzehnhundert Delegierte fasst der Saal, an langen, geschwungenen Tischen, lindgrün mit gelber Fassung und einem Mikrofon an jedem Platz. Eine große Kuppel wölbt sich über dem Parkett, aus der Strahler herableuchten wie Sterne. Wer diesen Saal zum ersten Mal betritt, dem stockt der Atem, und wer nicht völlig dem Zynismus anheim gefallen ist, der ahnt hier etwas von dem, was Menschen möglich wäre.

866.000.000.000 $

Am Nachmittag des 27. Juni war der majestätische Raum fast leer. Vor dem Podium standen eine Hand voll Leute und besprachen sich, zwei davon trugen Fernsehkameras geschultert, und hoch über ihnen gingen Strahler an und aus. Jemand mit einem Klemmbrett in der einen Hand und einem quäkenden Walkie-Talkie in der anderen fuchtelte herum und gab Kommandos. Männer in Overalls verlegten dicke Kabel und klebten sie mit schwarzem Klebeband am Boden fest. Der Generalsekretär stand hinter dem Rednerpult und ließ es geduldig über sich ergehen, dass jemand mit einem Belichtungsmesser vor seinem Gesicht hantierte. Lionel Hillman wartete in einiger Entfernung, hatte die Arme verschränkt und hörte aufmerksam dem zu, was ihm ein anderer Mann mit einem anderen Klemmbrett sagte.

John Fontanelli dagegen hatte nichts zu tun, außer auf dem Platz zu sitzen, den man ihm zugewiesen hatte, auf den Augenblick zu warten, in dem ihn die Kamera erfassen würde, und dann ein würdevolles Gesicht zu machen oder zumindest nicht gerade in der Nase zu popeln. Alles, was er behalten musste, war, wann er den Saal betreten sollte und durch welche Tür, und das war schnell geklärt gewesen. Nun saß er da, erfüllt von dem Frieden der unerwarteten Versöhnung mit seinem Bruder, sah den anderen zu und ließ die Atmosphäre des Auditoriums auf sich wirken.

Eine tröstliche Zuversicht schien von diesem Raum auszugehen, eine geduldige, zähe, fast dickköpfige Beharrlichkeit, gerade so, als seien die Seelen Mahatma Gandhis und Martin Luther Kings hier zu Hause. *Trotzdem* schienen diese Wände zu sagen, und *eines Tages* flüsterten die leeren Bänke. *Es ist nur eine Frage der Zeit.* Eines Tages würde es ein Weltparlament geben, eine Regierung für die ganze Erde, und das würde den Menschen, die dann lebten, völlig selbstverständlich erscheinen. Kinder würden im Geschichtsunterricht lernen, dass die Kontinente einst in Nationen unterteilt gewesen waren, dass die Länder ihre eigenen Regierungen gehabt

867.000.000.000 $

hatten, eigene Armeen und eigenes Geld, und das würde ihnen so absurd erscheinen, wie einem heute die Zeit vorkam, in der Nordamerika englische Provinz gewesen war und man Sklaven gehandelt hatte wie Vieh.

John hob den Blick zur Kuppel hinauf. Vielleicht würde dies einst der Sitzungssaal des Weltparlaments sein, altehrwürdig und traditionsreich. Er konnte diese mögliche Zukunft beinahe körperlich spüren. Dort vorn sah er den Weltpräsidenten stehen – oder die Weltpräsidentin – und eine Regierungserklärung abgeben. Er hörte die unsichtbare, ungeborene Unruhe in den Reihen des Parlaments, denn noch immer gab es Parteien, unterschiedliche Auffassungen, Streit um Geld und Einfluss und den einzuschlagenden Weg. Das, so sah er plötzlich mit luzider Klarheit, würde auch so bleiben, solange es Menschen auf diesem Planeten gab, weil es Teil war dessen, was es hieß, als Mensch zu leben. Und er spürte die Welt jenseits der Mauern, die dann sein würde, eine große, wilde, komplizierte Welt merkwürdiger Moden und bizarrer Technologien, voller Menschen und Gedanken und noch ungedachter Ideen, ein pulsierender Kosmos verschiedener Lebensweisen, zusammengehalten durch ein atemberaubend komplexes Netz von Abhängigkeiten und gegenseitigen Beziehungen, das keinen Raum ließ für Trennung und Spaltung. Er spürte eine Welt, die keine Lust mehr hatte, auch nur den geringsten Aufwand an Separation zu verschwenden, und es gefiel ihm. *Ja,* dachte er. Ja.

Nur mühsam fand er aus seiner Vision zurück in die Wirklichkeit, sah sich blinzelnd um, als der Mann mit dem Walkie-Talkie auf ihn zeigte und rief: »Sind Sie bereit, Mister Fontanelli? Wir spielen das jetzt alles einmal durch.«

Der Vorraum war unerwartet hell und unruhig. Die Medien veranstalteten ihre eigene Generalprobe, aus Dutzenden riesigen Scheinwerfern flutete Licht, Leute liefen durcheinander, steckten Stecker ineinander, montierten Kameras auf Stative.

868.000.000.000 $

John sah sich um, sah den Wagen draußen warten, hielt Ausschau nach Lino, der nirgends zu sein schien. Er winkte Marco, der durch die Menge auf ihn zukam.

»Da will Sie jemand sprechen«, sagte er und wies über Johns Kopf hinweg.

John drehte sich um und spürte einen Schlag dabei und noch einen und einen heißen Schmerz, der ihm durch den Körper brannte. Seine Beine brachen weg, ringsherum rannte und schrie alles, ein wabernder Chor von Stimmen und Bewegungen, während er an sich herabsah und das Blut entdeckte auf seinem Bauch und den Händen, die sich dagegen gepresst hatten. Leuchtend rot war es, sprudelte regelrecht, und mit einem Mal fiel ihm ein, was er vergessen hatte, was er die ganze Zeit übersehen hatte.

Das Testament, wollte er rufen, denen, die um ihn herum waren, aber die schrien und rannten durcheinander und hörten ihm nicht zu, und irgendwie war ihm, als bekäme er auch keinen Ton über die Lippen. Da war ein Geschmack nach Eisen in seinem Mund, und seine Kehle lief mit einer warmen Flüssigkeit voll, die seine Stimmbänder ertränkte.

Jetzt drehte sich die Welt um ihn, ein langsames Ballett, er sah alles, verstanden sie denn nicht? *Das Testament.* Das war der Schlüssel. Der große Fehler. Da lief ihm das Blut aus dem Bauch, und sie hörten ihm nicht zu.

Jemand beugte sich über ihn. Marco, Tränen in den Augen. *Das Testament!* Es war wichtig, das noch loszuwerden. Vorher durfte er sich nicht in die gnadenvolle Dunkelheit sinken lassen, die ihn rief, die lockte mit der Verheißung von Frieden und Ruhe. Erst musste er ihnen sagen, was er entdeckt hatte, was ihm eingefallen war, zu spät vielleicht ...

Das Testament. McCaine hat noch mein Testament. Ich habe vergessen, ein neues aufzusetzen. Wenn ich sterbe, erbt er alles ...

869.000.000.000 $

Eine Untersuchungskommission unter Leitung von Chief Detective Robert A. Wilson legte nach Abschluss aller Ermittlungen einen tausend Seiten umfassenden Bericht vor, der später *Wilson-Bericht* genannt werden sollte.

Demzufolge war Marvin Copeland, geboren 1968 in New York, am 3. September 1997 mit mittelschweren Symptomen des Heroinentzugs in die im kanadischen Quebec gelegene Landsteiner-Klinik für Suchttherapie gekommen und dort unter dem Namen Marvin Bruce aufgenommen worden. Die Verwendung angenommener Namen wurde den Ermittlern als gängige Praxis geschildert; da sich häufig Mitglieder namhafter Familien dorthin zum Entzug begeben, ist die Zusicherung von Anonymität Geschäftsgrundlage. Dass Copeland zu diesem Zeitpunkt von der französischen Kriminalpolizei gesucht wurde, war dem Klinikpersonal nach eigenen Angaben nicht bekannt.

Copelands Untertauchen scheint im Zusammenhang zu stehen mit dem Tod der italienischen arbeitslosen Staatsanwaltsgehilfin Constantina Volpe durch eine Überdosis Heroin in der Nacht des 31. August in einem Hotel in Paris. Copeland war festgenommen worden, nachdem andere Hotelgäste Schreie aus dem Zimmer des Paares vernommen hatten und die Hotelleitung daraufhin die Polizei verständigte. Copeland war zum Zeitpunkt seiner Verhaftung nicht vernehmungsfähig und wurde deshalb in die Krankenstation des Untersuchungsgefängnisses des 19. Arrondissements verbracht. Dort verschwand er in den frühen Morgenstunden auf ungeklärte Weise.

Unklar ist ebenfalls, wie Copeland nach Kanada gekommen ist. Er wurde beim Eintreffen in der Klinik von einem Mann mittleren Alters begleitet, der seinen Namen als Brian Smith angab. Die Behandlungskosten wurden monatlich per Überweisung von einem Konto der First Pacific Bank in Vancouver beglichen, das auf den Namen Ron Butler lief. Dieses Konto war am 2. September 1997 mit einer größeren Bareinzahlung

870.000.000.000 $

eröffnet worden, die einzigen Kontobewegungen waren die Abbuchungen der Klinikkosten. Eine Person des Namens Ron Butler ließ sich nicht ausfindig machen; die hinterlegten Dokumentenkopien erwiesen sich als gefälscht, was bis dahin aber niemandem in der Bank aufgefallen war.

Copeland verblieb über neun Monate in der Klinik und durchlief dort das normale Programm von klinischem Entzug, körperlicher Regeneration und Psychotherapie. Am 10. Juni 1998, nach Aussage der Ärzte drei Wochen vor seiner geplanten Entlassung, entwich Copeland aus der Klinik. Aufgrund der geübten Sicherheitspraxis ist davon auszugehen, dass er hierbei Hilfe von außen gehabt haben muss. Sein Verschwinden wurde nach etwa vier Stunden bemerkt; eine sofort eingeleitete Suche mit Spürhunden und dem klinikeigenen Hubschrauber fand eine Spur durch den Wald, die auf einem Parkplatz an der Zufahrtsstraße endete. Von dort scheint Copeland seine Flucht mit einem Fahrzeug fortgesetzt zu haben, was ebenfalls auf fremde Hilfe schließen lässt.

Am Nachmittag des 11. Juni nahm Copeland ein Apartment in dem am Highway 113 gelegenen Motel namens *Wooden Grizzly,* wo er bis zum Morgen des 14. Juni blieb. Laut Unterlagen des Motels war er zu diesem Zeitpunkt im Besitz eines in Toronto gestohlenen grauen Mitsubishi Colt. Nach Aussage der Motelbediensteten versorgte sich Copeland in diesen Tagen aus dem Drugstore des Motels, wobei er alle Mahlzeiten in seinem Apartment einnahm, das er ansonsten nicht verließ. Er führte zwei längere Ferngespräche, das erste noch am späten Abend des 11. Juni, das zweite am darauf folgenden Tag. Laut den Daten der Telefonanlage war die erste angerufene Nummer die der Londoner Residenz von John Fontanelli, die zweite die von Fontanellis persönlichem Mobiltelefon. Am Abend des 13. Juni erhielt er Besuch von einem Mann in einem schwarzen Sportwagen, vermutlich einer Corvette, der etwa drei Stunden bei Copeland blieb. Copeland verließ das Motel am darauf folgenden Morgen.

871.000.000.000 $

Seine weitere Route kann nicht mit letzter Sicherheit rekonstruiert werden. Es gibt Hinweise, dass er in dem in der Nähe des Lac St. Jean gelegenen Ort La Dore eine auffallend große Menge Obst kaufte, vorwiegend Melonen. Zeugen wollen am Lac Le Barrois, einem kleinen See abseits des Highways 167, einen Mann beobachtet haben, der Schießübungen machte. An besagter Stelle fanden Spaziergänger später zerstückelte Überreste von Obst, die ohne weiteres von Versuchsschüssen stammen konnten.

Nach Angaben von Bekannten Copelands hatte dieser niemals zuvor eine Waffe besessen oder abgefeuert, er hatte auch keinerlei militärische Ausbildung.

Unklar ist auch, wo Copeland die Grenze überquert hat. Ein Grenzbeamter glaubt sich an einen verstört wirkenden jungen Mann in einem grauen Mitsubishi zu erinnern, auf den die Beschreibung Copelands passen würde; er durchsuchte ihn auf Drogen, fand aber nichts, insbesondere keine Waffe.

Feststeht, dass Copeland am Morgen des 22. Juni 1998 in New York eintraf, da sein Auto gegen halb neun Uhr morgens von dem Streifenpolizisten Warren Martin im Halteverbot entdeckt und als gestohlen identifiziert wurde. Copeland kehrte jedoch nicht zu seinem Fahrzeug zurück. Es konnte auch nicht festgestellt werden, wo er die Woche in New York verbracht hat. Niemand aus seinem Bekanntenkreis will ihn beherbergt haben; allerdings wurde verschiedentlich vermutet, er werde sich höchstwahrscheinlich bei einer früheren Geliebten aufgehalten haben.

Dass am Samstag im Gebäude der Vereinten Nationen die *Global Plebiscite Opening Ceremony,* die offizielle Eröffnung der Wahlperiode für die Wahl des *World Speaker,* stattfinden sollte, war durch die Medien allgemein bekannt. Dass und für wann die Hauptprobe geplant war, ließ sich ebenfalls auf vielerlei Weise in Erfahrung bringen, etwa durch einen einfachen Anruf in der Hausverwaltung. Das gesamte UN-Gelände

872.000.000.000 $

war an diesem Tag für den Besucherverkehr gesperrt. Aus diesem Grund wurden die ansonsten üblichen Sicherheitskontrollen (Metalldetektoren, Durchleuchtung von Gepäck) nicht durchgeführt, jedoch waren zusätzlich zu den UN-eigenen Kräften mehrere Leibwächter von Mister Fontanelli anwesend, sodass von ausreichenden Sicherheitsvorkehrungen ausgegangen werden konnte.

Besonderer Erwähnung bedürfen die erstaunlichen Umstände, die zur Anwesenheit von Lino Fontanelli, des älteren Bruders von John Fontanelli, unter den Sicherheitskräften an diesem Tag führten. Lino Fontanelli, ehemaliger Kampfflieger der US Air Force, war im Mai 1995 in Zusammenhang mit der so genannten »Bleeker-Affäre« bekannt geworden, wegen psychischen Problemen und mehrfacher Trunkenheit degradiert und zuletzt der Stützpunktsicherung des Stützpunkts Shaktoolik am Norton Sound, Alaska, zugeteilt worden. Von dort wurde er am 20. Juni durch einen telefonisch erteilten Befehl nach New York beordert und den UN-Sicherungskräften unterstellt.

Es ist unklar, wie dies zu Stande kam. Der Kommandierende des Stützpunkts, Major Norman Reed, ist bereit zu beeiden, die Stimme seines ihm persönlich bekannten Vorgesetzten, Oberst James D. Buchanan, erkannt zu haben. Dieser wiederum bestreitet jede Kenntnis von diesem Vorgang. Es sollte eine Bestätigung per Fax erfolgen, die Übertragung des Faksimiles brach aber – was laut Major Reed eher die Regel als die Ausnahme war – ab, ehe die Unterschrift von Oberst Buchanan zum Vorschein kam. Da Major Reed nach eigenen Angaben nicht unglücklich war, den Problemfall Fontanelli loszuwerden, genügte ihm das als Grundlage, diesen nach New York zu beordern.

Lino Fontanelli war am 27. Juni 1998 dem Gebäudeschutz im Eingangsbereich der *General Assembly Hall* zugeteilt, seine vorgesehene Dienstzeit begann um ein Uhr nachmittags und sollte um elf Uhr abends enden, mit einer Pause zwi-

873.000.000.000 $

schen fünf und halb sieben Uhr. Er war bewaffnet mit einem langläufigen Smith-&-Wesson .41er Magnum-Revolver.

John Fontanelli traf etwa zehn Minuten vor zwei Uhr vor der *General Assembly Hall* ein. Nach dem Aussteigen aus seinem Wagen, einem gepanzerten Lincoln, kam es zu einer für ihn unerwarteten Begegnung mit seinem Bruder Lino und einem anschließenden kurzen Gespräch. John Fontanelli begab sich etwa um zwei Uhr für die Hauptprobe in den Sitzungssaal, während Lino Fontanelli wieder seinen Platz im Eingangsbereich einnahm. Die Hauptprobe dauerte anderthalb Stunden und war um halb vier Uhr beendet.

Einer der Leibwächter Mister Fontanellis, Marco Benetti, geboren 1971 in Rom, verheiratet, wohnhaft in London, gab zu Protokoll, dass er kurz vor drei Uhr von einem UN-Sicherheitsmann, George Brown, geboren 1976 in Alliance, Ohio, angesprochen wurde, ob er etwas davon wisse, dass Mister Fontanelli Besuch erwarte. Er erwiderte, ihm sei nichts dergleichen bekannt, begleitete Brown aber, als ihn dieser darum bat, nicht jedoch ohne seinen Kollegen Chris O'Hanlon darüber in Kenntnis zu setzen. Beide waren mit Mobiltelefonen ausgerüstet und vereinbarten, dass O'Hanlon Benetti unverzüglich informieren würde, falls die Hauptprobe enden sollte.

Es stellte sich heraus, dass Wachleute des Arealschutzes eine Person beim Versuch, das abgesperrte UN-Gelände zu betreten, aufgegriffen hatten. Bei dieser Person handelte es sich, wie Benetti bei seinem Eintreffen feststellte, um Marvin Copeland, der Benetti persönlich bekannt war. Copeland behauptete, mit John Fontanelli telefoniert zu haben, und gab an, dieser habe ihn um ein Treffen nach Ende der Hauptprobe gebeten. Auf Benettis geäußerte Skepsis hin wies Copeland einen Zettel mit einer Telefonnummer vor, die Benetti als die Mobilfunknummer von Mister Fontanellis Gerät erkannte. Daraufhin ging Benetti davon aus, dass das angegebene Telefonat tatsächlich stattgefunden hatte, und bot Copeland an, ihn ins Gebäude zu bringen. Obwohl er davon ausging, dass die UN-Sicherheitskräfte Copeland bereits untersucht hatten, überprüfte er diesen noch einmal persönlich. Es entspann sich ein Gespräch darüber, in dessen Verlauf Copeland Verständnis für die Sicherheitsmaßnahmen äußerte.

Sie trafen kurz nach drei Uhr am Haupteingang ein. Im Vorraum hatten bereits die Vorbereitungsarbeiten für die abendliche Fernsehübertragung begonnen, woraufhin Copeland vorschlug, draußen zu warten. Benetti willigte ein. Sie hatten unterwegs ihr Gespräch fortgesetzt. Copeland habe ihm, laut Aussage Benettis, erzählt, er sei schon vor über einem halben Jahr nach New York zurückgekehrt, habe sich von den Tantiemen seiner ersten CD eine kleine Wohnung in Greenwich Village gekauft und arbeite seither an seiner zweiten Platte, für die er allerdings noch keine Plattenfirma habe. Benetti vermutete zu diesem Zeitpunkt, dass Copeland Fontanelli vor allem in der Hoffnung treffen wollte, dass ihm dieser zu einem Plattenvertrag verhelfen werde, wie er es schon einmal getan hatte.

Kurz vor halb vier erhielt Benetti einen Anruf O'Hanlons, dass die Hauptprobe zu Ende gehe. Copeland wurde aufgeregt und bat Benetti, ihm rasch zu sagen, wo es zu den Toiletten gehe, was dieser tat.

Bei der Rückkehr Copelands war Fontanelli bereits aus dem Saal gekommen und befand sich in der Vorhalle. Copeland und Benetti begaben sich in Eile zu ihm, wobei sie, kurz bevor sie Mister Fontanelli erreichten, auf zwei verschiedenen Wegen um ein Hindernis – einen Büfetttisch, auf dem von zwei Floristen soeben der Blumenschmuck arrangiert wurde – herumgingen, sodass sich Copeland in Fontanellis Rücken befand. In demselben Moment, als Benetti diesen auf die Anwesenheit seines Freundes aufmerksam machte, zog Copeland völlig überraschend eine Waffe, eine 9mm Sig-Sauer Automatik, und feuerte rasch mehrmals auf Fontanelli.

Es ist davon auszugehen, dass Copeland die Waffe im Lauf der Woche während einer der üblichen Führungen für Besu-

875.000.000.000 $

cher auf der Toilette versteckt hat. Es gelang ihm, sie so ausgeklügelt zu verbergen (an einem geschwärzten Faden in einen abwärts führenden Lüftungsschacht gehängt), dass das Versteck nicht nur den vorher durchgeführten Kontrollen entging, sondern selbst nach dem Attentat fast nicht entdeckt worden wäre.

Insgesamt feuerte Copeland fünf Schüsse ab, von denen vier trafen, zwei in den Bauch, einer in die rechte obere Lunge und einer als Streifschuss am Hals. Dann traf ihn der erste von mehreren Schüssen, die Lino Fontanelli unter Inkaufnahme erheblicher Gefährdung der Anwesenden aus siebzig Fuß Entfernung auf ihn abgab, in den Kopf und tötete ihn auf der Stelle. Zeugen berichten übereinstimmend, dass Lino Fontanelli ununterbrochen geschrien habe, bis man ihn seinerseits überwältigte und ihm ein starkes Beruhigungsmittel verabreichte.

876.000.000.000 $

50

Er erwachte mühsam, brachte die Augen auf gegen einen Druck von Tonnen und Tonnen und fühlte sich seltsam abgetrennt von seinem Körper, der entsetzlich schmerzte. Doch zum Glück kamen die Schmerzen nur wie durch rosarote Watte zu ihm, waren mehr Informationen als wirkliche Empfindungen. Er blinzelte, und die Augenlider bewegten sich wie die Panzertore an den Eingängen atombombensicherer Bunker, langsam, wuchtig, und es piepste in einem fort.

Ach nein, das war über ihm, ein Gerät in einem dunkelblauen Gehäuse aus Metall, das aussah wie aus einer dieser Arztserien im Fernsehen.

Diese Beobachtung rollte eine Weile in seinem Geist umher, träge, schwerfällig, sich ganz allmählich zu einer Vermutung umformend: Konnte es sein, dass er in einem Krankenhaus lag?

Oh-oh.

Da war doch was gewesen. Undeutliche Bilder an Blut, das zwischen seinen Fingern hervorquoll. Eine Umgebung schreiender und rennender Menschen und wie sie zusammenschrumpfte, weil sich von den Rändern des Blickfelds dunkle Schatten immer weiter zur Mitte hinschoben.

Ein Schuss, konnte das sein? Dass man auf ihn geschossen hatte? Und so verdammt schrecklich fühlte sich so etwas an? Das hatte im Fernsehen immer ganz anders ausgesehen.

Nicht so ... andauernd.

Er dämmerte eine Weile weg, schwebte zwischen den Sternen, trieb durch goldene Ozeane, bis er Stimmen hörte, die

877.000.000.000 $

ihn zurückriefen. Diesmal ging es leichter, die Augen aufzukriegen, dafür dauerte es, bis er scharf sah. Ein heller Fleck wurde zum Gesicht einer Frau mit mandelförmigen Augen.

»Er ist wach«, sagte sie zu jemandem und verschwand. Ein anderes Gesicht tauchte am Himmel auf und sagte leise: »Hallo, John.«

Er kannte sie. Ja. *Klicke-di-klick,* alles kam wieder, die ganzen Erinnerungen, sein ganzes Leben. Ursula. Wenn nur sein Mund nicht so trocken gewesen wäre, seine Zunge nicht so dick aufgequollen, und steckte ihm da etwas im Hals? In der Nase? Es war alles so anstrengend.

»Du brauchst nicht zu sprechen, wenn es dir zu schwer fällt«, sagte sie mit traurigem Lächeln. Ihre Augen waren gerötet, wie von einer Erkältung oder einem Transatlantikflug. Es gab noch etwas, das Augen so röten konnte, aber er kam nicht drauf, was. Nur dass Augen von der trockenen, dünnen Luft in Flugzeugen so rot und verschwollen werden konnten, das wusste er.

»Ich ...«, brachte er heraus.

Sie lächelte, berührte ihn am Arm, weit weg war das.

»Ich habe ... versucht, dich anzurufen ...«

»Ja«, sagte sie. »Ich weiß.«

»Du warst ... nicht da ...«

»Ich war die ganze Zeit in Florenz«, erklärte sie mit traurigem Lächeln. »Im Archiv, du weißt schon. Hab mich in Arbeit vergraben.«

Er versuchte zu nicken, aber es ging nicht. »Aber jetzt bist du ... da.«

»Ja. Jetzt bin ich da.«

Er schloss die Augen, atmete tief durch, fühlte sich glücklich. Er sah sie wieder an, dachte an die Zeit, die sie zusammen gehabt hatten. »Weißt du«, sagte er, »ab jetzt wird alles anders. Glaub mir. Ich muss Erbschaftssteuer zahlen, stell dir vor. Das hast du wahrscheinlich schon gehört. Ich denke, das restliche Geld werde ich auch weggeben. Na ja, bis auf ein

878.000.000.000 $

paar Millionen vielleicht. Und wenn du ... also, wenn du dir vorstellen könntest, mit mir ... ich weiß nicht, wie ich sagen soll ...«

Seltsam, sie schien ihm nicht zuzuhören. »John?«, rief sie, und ihr Blick wanderte wie panisch über die Geräte über seinem Kopf. »John, was ist?«

»Wieso?«, fragte er. »Was soll sein?«

»*Schwester!*« Sie wandte sich ab, stürmte davon. John wollte ihr nachsehen, sah aber nur noch die beiden Flügel der Tür in den Angeln nachschwingen, mit leisen, quietschenden Geräuschen.

Doch er war nicht allein. Da war noch eine Gestalt.

Der *Padrone*.

Er stand da, so gelassen, wie er ihn in Erinnerung hatte, und sagte: »Hallo, John.«

»Hallo«, erwiderte John zögernd. Er war überrascht, ihn zu sehen. Es gab einen Grund, aus dem er nicht hätte hier sein dürfen, aber der wollte ihm gerade nicht einfallen. »Ich hab's vermasselt, nicht wahr?«

»Wieso denkst du das?«

»Ich hätte die Prophezeiung erfüllen sollen. Den Menschen die verlorene Zukunft wiedergeben.« Er fühlte sich plötzlich so traurig. »Aber ich habe es nicht geschafft. Jetzt sterbe ich, und McCaine wird das Vermögen erben. Und weiß der Himmel, was er damit machen wird.«

»Wieso denkst du, dass McCaine das Vermögen erben wird?«

»Ich habe vergessen, ein neues Testament aufzusetzen«, gestand John beschämt. »Nicht einmal daran habe ich gedacht.« Er wandte den Blick ab, zur Zimmerdecke, deren dunkles Muster anfing zu zerfließen. »Ich war der Falsche, nicht wahr?«

Der *Padrone* trat dicht an das Bett und sah auf ihn hinab. »Alles, was McCaine hat, ist ein Stück Papier. Was ist das schon?«

879.000.000.000 $

»Ein gültiges Testament«, sagte John voller Verzweiflung.

»Aber nein. Gültig ist nur das, was die Menschen als gültig anerkennen.« Der *Padrone* legte ihm die Hand auf die Stirn, kühl und beruhigend. »Hast du vergessen, dass die Wahlperiode begonnen hat? Die erste weltweite Abstimmung, die jemals stattgefunden hat? Du hast die Menschen aufgefordert, sich zu entscheiden. Und jetzt, nach dem Attentat auf dich, wissen sie: Wenn sie sich dafür entscheiden, alles beim Alten zu belassen, entscheiden sie sich für McCaine. Dann wird McCaine das Vermögen erben und eines Tages der Herrscher der Welt sein. Aber so muss es nicht kommen. Es wird ein Votum geben. Eine Stimme, weiter nichts – klein, leise, scheinbar unbedeutend – und doch mächtiger als alle Waffen der Welt, denn es wird die Stimme aller Menschen sein. Sie können sich dafür entscheiden, die Dinge zu verändern. Ein erster Schritt nur, aber alles beginnt so.« Er sah ihn an, ein gütiges Gesicht, durchscheinend beinahe. »Und du hast das ermöglicht. Du hast die Tür in die Zukunft geöffnet. Es ist an den anderen, hindurchzuschreiten oder sich abzuwenden; das ist nicht mehr deine Verantwortung. Aber jetzt, in diesem Moment, in diesen Tagen, haben die Menschen eine Zukunft. Und du hast sie ihnen gegeben.«

John sah ihn an, fühlte Tränen in die Augen steigen. »Ist das wahr?«

»Du weißt, dass es so ist.«

Ja. Er wusste es. Aber es war beunruhigend, trotz allem.

»Und ich? Was geschieht jetzt mit mir?«

Der *Padrone* streckte ihm die Hand hin. »Komm.«

John zögerte. »Aber wenn es doch ein Fehler war? Wenn ich es anders hätte machen müssen? Vielleicht, wenn ich es versucht hätte ... wenigstens versucht, das Steuersystem zu ändern ...? Es gibt so vieles, was ich nicht einmal versucht habe ...«

Die Stille schien ewig zu dauern. Doch je länger sie dauerte, desto mehr von seiner Verzweiflung saugte sie in sich auf

880.000.000.000 $

wie Löschpapier verschüttete Tinte. Seine Tränen versiegten. Er wurde ruhig.

»Sag mir eins«, forderte der *Padrone* ihn auf. »Hast du getan, was du konntest?«

»Ich weiß nicht. Ich –«

»Nicht was irgendjemand gekonnt hätte. Was du konntest.«

John dachte nach, überdachte sein Leben, die vielen Wendungen, die es genommen hatte. »Ja«, sagte er. »Ich hab's nicht immer gut gemacht, aber immer so gut, wie ich konnte.«

Der *Padrone* nickte sachte. »Mehr«, sagte er ruhig, »wird nicht verlangt.«

John setzte sich auf, ließ sich von ihm aus dem Bett auf die Beine helfen. Der Boden war glatt und kalt unter seinen nackten Füßen, aber da waren keine Schuhe oder Slipper, nichts.

»Komm«, sagte der *Padrone*.

John sah umher, sah den Kranken in dem Bett hinter sich, der schlimm aussah mit all den Schläuchen und Kabeln und Leitungen am Körper, all den Geräten und blinkenden Lämpchen über sich, und ihm war irgendwie nicht wohl dabei, das alles zurückzulassen.

Aber der *Padrone* stand schon an der Tür und winkte ihn her. »Du brauchst dir keine Sorgen zu machen, John. Du hast deine Aufgabe erfüllt.«

Plötzlich ging es ihm unglaublich auf den Geist, dieses ewige Rätselraten um den Sinn des Lebens und die Aufgabe, die man angeblich darin hatte. »Wissen Sie was, *Padrone*?«, sagte er. »Das ist mir inzwischen so was von egal.«

Da endlich öffneten sich die zwei Türflügel vor ihnen, und sie traten hinaus in einen von geradezu überirdischem Licht erfüllten Raum.

881.000.000.000 $

DANKSAGUNGEN UND ANMERKUNGEN

VOR ALLEN ANDEREN will ich meiner Frau Marianne danken, die mir immer wieder Mut gemacht hat und mir half, die Begeisterung für dieses Thema aufrechtzuerhalten. Ohne sie wäre dieses Buch nicht entstanden.

Dann habe ich vielen Menschen zu danken, die mich bei meinen Recherchen unterstützt haben – ich hoffe, ich vergesse jetzt niemanden.

Zu Dank verpflichtet bin ich Timothy Stahl für zahlreiche Auskünfte über Alltag und rechtliche Bestimmungen in den USA, Robin Benatti und Nirbija Fuchs für entsprechende Auskünfte über Italien. Thomas Braatz, Manfred Orlowski und Dirk Berger aus Leipzig erzählten mir ausführlich alles, was ich über das Leben in der DDR, die Montagsdemonstrationen und den Mauerfall wissen wollte. Ralf Wagner, Dozent für Volkswirtschaft in Berlin, beantwortete mir geduldig eine Reihe von schwierigen Fragen vor allem zum Thema Geldschöpfung – wobei ich ausdrücklich betonen möchte, dass er in keinster Weise dafür verantwortlich ist, was ich dann daraus gemacht habe.

Danken möchte ich auch meinen Freunden Thomas Thiemeyer und David Kenlock, die den Roman im Entwurfsstadium gelesen haben, für ihre Anregungen, ihre Kritik und Ermutigung. David Kenlock überzeugte mich davon, den Roman so anfangen zu lassen, wie er jetzt anfängt – und über hundert Seiten dafür zu streichen!

Ich danke ferner den Mitarbeiterinnen der Stadtbücherei Kornwestheim für ihre großzügige Auslegung des Begriffs

Rückgabefrist sowie den Betreibern des Online-Archivs der Zeitung DIE WELT *(www.welt.de),* das mir eine unschätzbare Hilfe war.

Es ließ sich nicht vermeiden, an vielen Stellen tatsächlich existierende Personen der Zeitgeschichte auftauchen zu lassen; bisweilen musste ich ihnen auch Dialoge in den Mund legen, die sie so nie geführt haben. Opfer dieser bei Schriftstellern weit verbreiteten Schandtat wurde insbesondere der Generalsekretär der Vereinten Nationen, Kofi Annan – ich hoffe, er verzeiht mir. Das Gebäude Wallstreet Nummer 40 ist übrigens, soweit ich weiß, in Wirklichkeit tatsächlich im Besitz von Donald Trump (den ich in meinem Roman *Das Jesus-Video* etwas vorschnell als ›in der Versenkung verschwunden‹ bezeichnet habe – sorry, Mister Trump).

Meine Darstellung der Weltwirtschaft, des Geldsystems und der Konzernverflechtungen stützten sich u. a. auf folgende Quellen:

Eduard Lehmann, *Dynamik des Geldes* (Zürich 1998).

Johann-Günther König, *Alle Macht den Konzernen* (Reinbek 1999).

Rüdiger Liedtke, *Special: Konzerne* (Reinbek 1995).

Vance Packard, *Die Ultra-Reichen* (Düsseldorf 1990).

Joel Kotkin, *Stämme der Macht. Der Erfolg weltweiter Clans in Wirtschaft und Politik* (Hamburg 1996).

Hans Christoph Binswanger, *Geld und Natur. Das wirtschaftliche Wachstum im Spannungsfeld zwischen Ökonomie und Ökologie* (Stuttgart 1991).

Margrit Kennedy, *Geld ohne Zinsen und Inflation* (München 1990).

Anthony Sampson, *Globalmacht Geld* (Hamburg 1990).

Einige wichtige Anregungen gab mir ferner die Zeitschrift *Der Blaue Reiter, Journal für Philosophie,* deren im Januar 2000 in Stuttgart erschienene Ausgabe 11 sich dem Thema »Geld« widmete.

883.000.000.000 $

Wesentliches über die politische Bedeutung von Rohstoffen fand ich in *Die strategischen Rohstoffe* (Wuppertal 1988) von Dieter Eich und Karl Hübner sowie in *Zum Beispiel Erdöl* (Göttingen 1991) von Ekkehard Launer.

Alle Einzelheiten über den Internationalen Währungsfonds (IWF) stützen sich entweder auf dessen Homepage *(www.imf.org)* oder das Buch *IWF und Weltbank* (Göttingen 1999) von Uwe Hoering.

Ein Kompendium globaler ökonomischer Daten fand ich unter *www.ntu.edu.sg/library/statdata.htm*.

Die Finanzdaten über Exxon entnahm ich den unter *www.exxon.com* veröffentlichten Geschäftsberichten des Konzerns. Die Geschichte von John D. Rockefeller, des Standard Oil Trusts und dessen Aufspaltung in die heute bekannten Ölkonzerne kann man in der *Encyclopaedia Britannica* nachlesen.

Wesentliche Details zum Geldwert in der Geschichte fand ich in *Allgemeine Münzkunde und Geldgeschichte des Mittelalters und der neueren Zeit* (Oldenburg 1976, Nachdruck von 1926) von A. Luschin von Ebengreuth, in der *Geschichte des privaten Lebens* (Frankfurt 1991) von Philippe Ariès und Roger Chartier sowie in Ernst Samhaber, *Das Geld. Eine Kulturgeschichte* (München 1964).

Von den Büchern, die das künftige Überleben der Menschheit auf diesem Planeten zum Thema haben, kann ich an dieser Stelle nur die wichtigsten aufführen:

Dennis Meadows, Donella Meadows, Erich Zahn, Peter Milling, *Die Grenzen des Wachstums* (Stuttgart 1972).

Dennis Meadows, Donella Meadows, *Das globale Gleichgewicht* (Stuttgart 1974).

Mihailo Mesarovic, Eduard Pestel, *Menschheit am Wendepunkt* (Stuttgart 1974).

The Global 2000 Report to the President (Washington 1980).

Herbert Gruhl, *Himmelfahrt ins Nichts. Der geplünderte Planet vor dem Ende* (München 1992).

884.000.000.000 $

Zum Thema Übervölkerung aufschlussreich war Heinrich von Loesch, *Stehplatz für Milliarden?* (Stuttgart 1974).

Die Dynamik des Golfstroms und wie er zusammenbrechen könnte, hat Wolfgang Jeschke im Editorial zum *Science-Fiction-Jahrbuch 1998* (München 1997) beschrieben: Es handelt sich jedoch nicht um Science-Fiction, sondern um die Zusammenfassung einiger Thesen aus dem Buch *Der Schritt aus der Kälte – Klimakatastrophen und die Entwicklung der menschlichen Intelligenz* (München 1997) von William H. Calvin.

Die Geschichte der Fugger fand ich ausführlich beschrieben in *Kauf dir einen Kaiser* (München 1978) von Günter Ogger. Ergänzende Angaben entnahm ich der Broschüre *Die Fuggerei*, die man im Museum der Fuggerei in Augsburg kaufen kann.

Die Szenen, die auf der philippinischen Insel Panglawan spielen, sind an tatsächliche Begebenheiten angelehnt, die die Autoren Günter und Peer Ederer in ihrem Sachbuch *Das Erbe der Egoisten* (München 1997) schildern.

Auch die mexikanischen Müllsammler gibt es tatsächlich. Wertvolle Quellen hierzu waren das Buch *18-mal Mexiko* (München 1986) von Alan Riding sowie der Artikel »Vom Leben auf Mexikos Müllhalden« in der *Stuttgarter Zeitung* vom 16. Oktober 1996.

Eine große Inspiration bei der Entwicklung des Weges, den McCaine geht, war die Lektüre des Buches *Hitler als Vorläufer* (München 1998) von Carl Amery, die zugleich einleuchtendste und grauenerregendste Analyse des Nationalsozialismus, die ich je gelesen habe.

Die Ideen, die Lord Peter Rawburne vorträgt, stammten zunächst von mir. In einem der alljährlich vom *Worldwatch Institute* herausgegebenen Reports, nämlich dem von 1996 (»Zur Lage der Welt 1996«, Frankfurt 1996), fand ich einen Artikel von David Malin Roodman, »Marktmechanismen für den Umweltschutz nutzen«, anhand dessen ich sie noch ein-

885.000.000.000 $

mal gründlich überarbeitet habe. Für einen Teil der Argumentation habe ich mich auf einen Artikel von Günter Purwig, »Ohne korrekte Bilanz keine korrekte Ökonomie« (erschienen in der Ausgabe November 1997 der Zeitschrift *Der Dritte Weg,* Treuchtlingen), gestützt. Die beiden Artikel und Autoren haben jedoch nichts miteinander zu tun.

Die Konferenz im Hotel »The Fairmont« in San Francisco hat so ähnlich tatsächlich stattgefunden, allerdings nicht 1998, sondern bereits im September 1995. Gastgeber war damals der ehemalige Staatschef der Sowjetunion, Michail Gorbatschow. Einer der wenigen Journalisten, die an den Arbeitskreisen des Treffens teilnehmen durften, war der SPIEGEL-Redakteur Hans Peter Martin, der daraufhin zusammen mit seinem Kollegen Harald Schumann den Bestseller *Die Globalisierungsfalle – Der Angriff auf Demokratie und Wohlstand* (Reinbek 1996), geschrieben hat. Im ersten Kapitel dieses Buches sind die Original-Statements nachzulesen.

Zum Thema Globalisierung ferner aufschlussreich waren die entsprechenden Artikel in den Ausgaben 39/1996, S. 82 ff., und 25/1999, S. 121 ff., des SPIEGEL.

Die Ideen, die Lorenzo Fontanelli in seinem Artikel entwickelt, sind zum Teil inspiriert von dem Aufsatz *I Want The Earth Plus 5%* von Larry Hannigan, Australien 1999, der an verschiedenen Stellen im Internet gefunden werden kann.

Die Überlegungen hinsichtlich des Heraufdämmerns eines neuen Mittelalters, die Paul Siegel anstellt, gehen natürlich auf niemand anderen als Umberto Eco, *Auf dem Wege zu einem neuen Mittelalter* (München 1989), zurück.

Das Konzept der Devisenumsatzsteuer stammt in der Tat von dem Ökonomen und Nobelpreisträger James Tobin (1981 Nobelpreis für Wirtschaftswissenschaften), sie wird deshalb auch »Tobin-Tax« genannt. Einzelheiten hierzu entnahm ich dem Buch *Die 10 Globalisierungslügen* von Gerald Boxberger und Harald Klimenta (München 1998).

Die Äußerungen von Nelson Mandela im Roman sind zum

größten Teil seiner Rede am 28. Januar 1999 anlässlich der Verleihung des Deutschen Medienpreises in Baden-Baden entnommen.

Wesentliche Einsichten verdanke ich auch dem Werk von Giovanni Sartori, *Demokratietheorie* (Darmstadt 1992).

Eine kleine Bitte zum Schluss: Sollten Sie in die Situation kommen, einem oder einer Bekannten aus dem amerikanischen Sprachraum gegenüber dieses Buch zu erwähnen, so denken Sie bitte daran, dass die Zahl, die wir als Billion bezeichnen, dort *a trillion* genannt wird, während es sich bei einer *billion dollars* nur um eine schlichte Milliarde handelt. Der Titel dieses Romans muss also als *One Trillion Dollars* übersetzt werden, um verstanden zu werden. Danke.

887.000.000.000 $

*Selbst mit dem letzten Tropfen Benzin
kann man noch beschleunigen –
doch wie lange noch?*

Andreas Eschbach
AUSGEBRANNT
Thriller
752 Seiten
ISBN 978-3-404-15923-9

Die Menschheit vor ihrer größten Herausforderung: Das Ende des Erdölzeitalters steht bevor! Als in Saudi-Arabien das größte Ölfeld der Welt versiegt, kommt es weltweit zu Unruhen. Bahnt sich tatsächlich das Ende unserer Zivilisation an? Nur Markus Westermann glaubt an ein Wunder. Er glaubt eine Methode zu kennen, wie man noch Öl finden kann. Viel Öl. Doch der Schein trügt.

»Eschbach denkt konsequent weiter, was schon längst Gegenwart ist und kaum jemand wahrhaben will.« *Deutsche Welle*

Bastei Lübbe Taschenbuch

Ein einziger Augenblick kann ein Leben zerstören

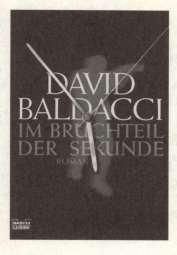

David Baldacci
IM BRUCHTEIL DER
SEKUNDE
Roman
512 Seiten
ISBN 978-3-404-15500-2

Sean King ist Agent des Secret Service. Sein Auftrag: Schutz eines Präsidentschaftskandidaten. Sein Fehler: Für den Bruchteil einer Sekunde lässt er sich ablenken, und die Kugel des Mörders findet ihr Ziel.
Acht Jahre später. Ein neuer Wahlkampf. Eine junge Agentin. Auch sie begeht einen Fehler, und der Mann, den sie schützen soll, wird vor ihren Augen entführt. Michelle Maxwells einzige Chance, einen zweiten Mord zu verhindern, liegt in dem ungelösten Fall von damals – und der Antwort auf die entscheidende Frage: Was hat Sean King in jenem Augenblick gesehen?

Bastei Lübbe Taschenbuch